千秋人物

把栏杆拍遍

梁衡——著

人民东方出版传媒
People's Oriental Publishing & Media

东方出版社
The Oriental Press

图书在版编目（ＣＩＰ）数据

把栏杆拍遍 . 千秋人物 / 梁衡著 . — 北京：东方出版社，2023.9
ISBN 978-7-5207-3605-3

Ⅰ . ①把…　Ⅱ . ①梁…　Ⅲ . ①散文集—中国—当代　Ⅳ . ① I267

中国国家版本馆 CIP 数据核字（2023）第 158317 号

把栏杆拍遍 . 千秋人物
（ BA LANGAN PAIBIAN . QIANQIU RENWU ）

作　　者：梁　衡

策划编辑：鲁艳芳
责任编辑：王晶晶　刘之南
出　　版：**东方出版社**
发　　行：人民东方出版传媒有限公司
地　　址：北京市东城区朝阳门内大街 166 号
邮政编码：100010
印　　刷：北京市十月印刷有限公司
版　　次：2023 年 9 月第 1 版
印　　次：2024 年 3 月北京第 3 次印刷
开　　本：880 毫米×1230 毫米　1/32
印　　张：6
字　　数：133 千字
书　　号：ISBN 978-7-5207-3605-3
定　　价：218.00 元（全 6 册）
发行电话：（010）85924663　85924644　85924641

目录

秋风桐槐说项羽

十月里的一天，我在洪泽湖畔继续我的寻访古树之旅。在一家小酒店用早餐时，无意间听到百里外的项羽故里有两棵古树，下午即驱车前往。这里今属江苏省宿迁市，我原本以为故里者一古朴草房，或农家小院，不想竟是一座新修的旅游城，而城中真正与项羽有关的旧物却只有这两棵树了，一棵青桐和一棵古槐。

中国人知道项羽是因为司马迁的《史记》，一篇《项羽本纪》在中华民族三千年的文明史上树起了一个英雄，从此国人心中就有了一个永远抹不去的楚霸王。斯人远去，旧物难寻，今天要想触摸一下他的体温，体会一下他的情感，就只有来凭吊这两棵树了。

那棵青桐，树上专门挂了牌，名"项里桐"。据说项羽出生后，家人将他的胞衣（胎盘）埋于这棵树下，这桐树就特别茂盛，青枝绿叶，直冲云天。项羽是公元前232年出生的，算到现在已有两千二百多年了，梧桐这个树种不可能有这么长的寿命。但是，这棵"项里桐"却

开门见山，引起下文项羽故里寻访古树之旅。"竟"写出发现故里是新城的意外与惊讶。"只"写出对仅存两棵古树的遗憾与感慨。

四字短语，典雅凝练，写出遗物和古迹少的遗憾。"触摸"一词情意绵绵，崇敬、凭吊之情溢于言表。

怪，每当将要老死之时，树根处就又生出一株小桐，这样接续不断，代代相传，现在我们看到的已是第九代了。

桐树是一个大家族，常见的有青桐、泡桐、法国梧桐等。而青桐又名中国梧桐，是桐树中的美君子，其树身笔直溜圆，一年四季都苍翠青绿。如果是雨后，那树皮绿得能渗出水来，光亮得照见了人影。它的叶子大如蒲扇，交互层叠，浓荫蔽日。在中国神话中，梧桐是凤凰的栖身之地，有桐有凤的人家贵不可言，项羽在此树下出生盖有天意。现在这棵九代"项里桐"正"少年得志"，蓬勃向上，挺拔的树身带着一团翠绿的披挂，轻扫着蓝天白云。

桐树之东不远处，有一棵巨大的中国槐，说是项羽手植。槐树家族有中国槐、洋槐、紫穗槐、龙爪槐、红花槐等，这其中又以中国槐为正宗，俗称国槐。它体型庞大，巍然如山，又寿命极长。由于此地是黄河故道，历史上黄河几次决口，像一条黄龙一样滚来滚去。这故里曾被淹没、推平、淤盖，但这棵槐树不死，其树身已被淤没六米多深，我们现在看到的其实是它探出淤泥的树头，而这树头又已长出一房之高，翠枝披拂，两人才能合抱。

岁月沧桑，英雄多难，这个从淤泥中挣扎而出的树头，某年又遭雷电劈为两半，一枝向北，

宕开一笔，讲述青桐的神奇之处，烘托项羽出身不凡和高贵，似有天意，增添了神秘色彩，增加了文章的知识性和趣味性。

用比喻修辞，生动形象地写出黄河决口的气势汹汹，衬托槐树顽强的生命力。融知识性、传奇性为一体，为下文写其不凡做铺垫。

一枝向南，撕肝裂肺，狂呼疾喊，身上还有电火
烧过的焦痕。向北的那枝，略挺起身子，斗大的
树洞，怒目圆睁，青筋暴突，如霸王扛鼎；向南
的一枝已朽掉了木质部分，只剩下半圆形的黑色
树皮，活像霸王刚刚卸落的铠甲。但不管南枝、
北枝都绿叶如云，浓荫泼地。两千年的风雨，手
植槐修成了黄河槐，黄河槐又炼成了雷公槐。这
摄取了天地之精、大河之灵的古槐，日修月炼，
水淹不没，沙淤不死，雷劈不倒，壮哉项羽！

古槐宛然成了项羽的化身！从手植槐到黄河槐，再到雷公槐，惨遭水淹、沙淤、雷劈而不死。这哪里只是一棵槐，简直是项羽精神的化身，赞叹之情呼之欲出。

项羽是个失败的英雄，但中国史学有个好传
统，不以成败论英雄，这是历史唯物主义。项羽
的对立面是刘邦，刘项之争是中国历史上第一出
争为帝王的大戏。司马迁为他们两人都写了"本
纪"，而在整部《史记》里给未成帝后者立"本
纪"的却只有项羽一人，可见他在太史公心中的
地位。

项羽是个悲剧人物，他的失败源于他性格
上的弱点。他学而无恒，不肯读书，学兵法又浅
尝辄止；他性格残忍，动不动就坑（活埋）俘虏
几十万；他优柔寡断，鸿门宴放走刘邦，铸成大
错；他个人英雄，常单骑杀敌，陶醉于自己的武
功。这些都是他失败的因素，但他却在最后失
败的一刹那，擦出了人性的火花，成就了另一
个自我。

和上一段第一句话一样，总领全段。引领读者由整体评价走近悲剧英雄项羽。后面用排比一一列举，欲扬先抑，为下文写他成就了另一个自我做铺垫。

垓下受困，他毫无惧色，再发虎威，连斩数

将。当他知道已不可能突围时，便对敌阵中的一个熟人喊道，你过来，拿我的头去领赏吧，说罢拔剑自刎。他轻生死，知耻辱，重人格，宁肯去见阎王，也羞于再见江东父老。他与刘邦长期争斗，看到生灵涂炭，就说百姓何罪？请与刘邦单独决斗，狡猾的刘邦当然不干，这也看出他纯朴天真的一面。项羽本是秦末农民大起义中一支普通的反秦力量，后渐成主力，成了诸侯的首领。灭秦后他封这个为王，那个为王，一口气封了近二十个王，他却不称帝，而只给自己封了一个"西楚霸王"，他有心称霸扬威，却无意治国安邦，缺乏帝王之术。

刘邦的"狡猾"和项羽的"纯朴天真"形成对比，作者的褒贬之情显而易见，丰富了读者对项羽的认识。

项羽的家乡在苏北平原，两千年来不知几经战火，文物留存极少，但他的故里却一直没有被人忘记。清康熙四十二年，时任县令的胡三俊在原地竖了一块碑，上书"项王故里"四个大字。这恐怕是第一次正式为项羽立碑，由是这里就香火不绝，直到现在有了这个旅游城。

城内遍置各种与项羽有关的游乐设施，其中有一种可在架子上翻转的木牌，正面是项羽、虞姬等各种画像，翻过来就是一条条因项羽而生的成语。如：破釜沉舟、取而代之、一决雌雄、所向披靡、拔山扛鼎、分我杯羹、沐猴而冠、锦衣夜行、霸王别姬……讲解员说她统计过，有一百多条。现在我们常用到的成语总共也就一千

从联想回到现实，引用人们熟知的成语，突出项羽对后世的影响之大。

来条，一般的成语辞典收三四千条，大型辞典收到上万条，项羽一人就占到百条。要知道他才活了三十一岁呀，政治、军事生涯也只有五年。后人多欣赏他的武功，倒忽略了他的这一份文化贡献。项羽少年时不爱读书，说"书足以记名姓而已"，未想他自己倒成了一本后人读不完的书。汉代是中国文化的源头之一，司马迁写了这样一个人物，塑造了这样一个英雄，就影响了我们民族的历史两千年，而且还将影响下去。

汉之后，项羽成了中国人说不尽的话题。史家说，小说家写，戏剧家演，诗人咏，画家画，民间传。直到现在，他的故里又出现了这个旅游城，城门、大殿、雕像、车马、演出、射箭、投壶、立体电影、仿古一条街，喧声笑语，游客如云。项羽是民间筛选出来的，体现了平民价值观和生活旨趣的人物，人们喜欢他的勇敢刚烈、纯朴真实，就如喜欢关羽的忠义。历史上的"两羽"一勇一忠，成了中国人的偶像。这是民间的海选，与政治无关，与成败无关，是与岳飞的精忠报国、文天祥的青史丹心并存的两个价值体系。一个是做人，一个是爱国。

项羽是个多色彩的人物。刚烈坚强又优柔寡断，雄心勃勃又谦谦君子，欲雄霸天下又留恋家乡，八尺男子却儿女情长。他少不读书，临终之时却填了一首感天动地、流传千古的好歌词：

和关羽作类比，体现普通百姓对项羽勇敢刚烈、纯朴真实的喜爱。引出两种不同的人格魅力，深化读者认知。

整齐的句式，极富节奏感，凝练又富有表现力。生动地呈现出项羽的多面性。用"多色彩"一词，具体可感。

"力拔山兮气盖世。时不利兮骓不逝。骓不逝兮可奈何！虞兮虞兮奈若何！"他杀人如麻，却爱得缠绵，在身陷重围、生死存亡之际还与虞姬弹剑而歌，然后两人从容自刎，真堪比现代"刑场上的婚礼"。这种沙场上的王者之爱，比起唐明皇杨贵妃宫闱中的靡靡之爱不知要高出多少倍。他是一个性情中人，艺术境界中的人物，有巨大的悲剧之美，后人不能不爱他。

他身上有矛盾、有冲突、有故事；而其形象又壮如山、声如雷、貌如天神，是艺术创作的好原型，民间说唱的好话题。连国粹京剧都专为他设了一个脸谱，而民间以霸王命名的"霸王花""霸王鞭"等不知几多。全国北至河北南到台湾，"项王祠""项王庙"又不知有多少，百姓自觉地供奉他。南迁到福建的王姓家族奉霸王为自家的保护神，台湾许姓从大陆请去项羽塑像建庙供养，以保佑他们平安、幸福。这就像商人把关羽奉为财神，没有什么理由，就是信，自觉地信。

但项羽毕竟是曾活跃于政治舞台上的人物，于是他又成了一面历史的镜子。可以看出来，太史公是以热情的笔触、惋惜的心情刻画了这个人物，后人也纷纷从不同角度褒贬他、评点他，抒发自己的感慨。

鲁迅说，一部《红楼梦》有的见淫，有的见

口语化，用间隔反复，写出百姓对项羽无条件的爱与信任，进一步呼应上文项羽对中国文化、对中国人的影响之大。

《易》。一个历史人物，就如一部古典名著，能给人以充分的解读空间，才够得上是个大人物。唐代诗人杜牧抱怨项羽脸皮太薄，说你怎么就不能再忍一回呢："胜败兵家事不期，包羞忍耻是男儿。江东子弟多才俊，卷土重来未可知。"宋代的李清照却推崇他的这种刚烈："生当作人杰，死亦为鬼雄。至今思项羽，不肯过江东。"毛泽东则借他来诠释政治："宜将剩勇追穷寇，不可沽名学霸王。"

项羽是一面历史的多棱镜，能折射出不同的光谱，满足人们多方位的思考。而就在这个园子里，在秋风梧桐与黄河古槐的树荫下，我看见几个姑娘对着虞姬的塑像正若有所思，而一个小男孩已经爬到乌骓马的背上，作扬鞭驰骋状。

这个旅游城的设计是以游乐为主，所以强调互动，游人可以上去乘车骑马，可以与雕像拥抱照相，可以投壶射箭，可以登上城楼，出入项羽的卧房、大帐，但是有两个地方不能去，那就是青桐树下和古槐树旁。两棵树四周都围了齐腰的栏杆，只可远观而不可亵玩。再嬉闹的游人到了树下也立即肃穆而立，礼敬有加。他们轻手轻脚，给围栏系上一条条红色的绸带，表达对项王的敬仰，并为自己祈福。于是这两个红色的围栏便成了园子里最显眼的，在绿地上与楼阁殿宇间飘动着的方舟。秋风乍起，红色的方舟上托着两棵苍翠的古树。

站在项羽城里，我想，我们现在还能知道项羽，甚至还可以开发项羽，第一要感谢司马迁，第二要感谢这两棵青桐和古槐。环顾全城，房是新的，墙是新的，碑廊是新的，人物、车马全是新的。唯有这两棵树是古的，是与项羽关联最紧的旧物。是因为有了这两棵树，人们才顺藤摸瓜，慢慢地发掘、整理出其他的物什。

1985年在附近出土一个硕大的石马槽，是当年项羽用过的遗物，于是就移来园中，并于槽上拴了一匹高大的乌骓石马。青桐既是项羽埋胞衣之处，桐树后便盖起了数进深的院子，分别是项羽父母房、项羽房、客厅等，院中有项羽练功的石锁，象征力量的八吨重的大铜鼎。项宅的入口处是那块清康熙年间立的石碑，而大槐树前则有陈设项羽生平的大殿及广场。一切，皆因这两棵树而再生，而存在。

梁实秋说在20世纪30年代的北平，人们讥笑暴发户是"树小墙新画不古"。你有钱可以盖院子，但却不能再造一棵古树。幸亏有这青桐、古槐为项羽故里存了一脉魂，为我们存了一条汉文化的根。考古学家把留有人类活动遗存的土壤叫"文化层"，扎根在"文化层"上的古树，其枝枝叶叶间都渗透着文化的汁液，一棵古树就是一种文化的标志。

城内建设的"新"和古树的"古"形成对比，突出树的古老，引出下文的石马槽，起到过渡的作用。

用暗喻，"青桐、古槐"是故里的魂，是汉文化的根，是文化的标志。生动形象地写出古树的意义，照应上文。

　　我以为，要记录历史有三种形式。一种是文字，如《史记》；一种是文物，如长城、金字塔，也如这院子里的石马槽；第三种就是古树。林学界认为一百年以上的树为古树，五百年以上的古树就是国宝了。因为世间比人的寿命更长，又与人类长相厮守地活着的生命就只有树木了。它可以超出人十倍、二十倍年岁存活，它的年轮在默默地帮人类记录历史。就算它死去，埋于地下硅化为石为玉，仍然在用碳–14等各种自然信息，为我们留存着那个时代的风云。

　　秋风梧桐，黄河古槐，塑造了一个触手可摸的项羽。

结尾呼应标题，照应开头，总结全文。含蓄地点明文章主旨，表达对两棵古树以及项羽的敬意和赞叹。

秦　岩　　　　点评老师

山东省临清市京华中学高级语文教师，荣获聊城市"水城名师"称号。

心中的桃花源

每一个多少读过点书的人，都知道陶渊明的《桃花源记》。一篇只有三百六十字的散文能流传一千五百年，家喻户晓，传唱不衰，其中必有它的道理。这篇文字连同作者最流行的诗作，大约是我在孩提时代，为习文识字，被父亲捉来读的，当时的印象也就是文字优美、故事奇特而已。直到年过花甲之后，才渐有所悟，一篇好文章原来是要用整整一生去阅读的。反过来，一篇文章也只有经过读者的检验，岁月的打磨，才能称得上是经典。凡是经典的散文总是说出了一种道理，蕴含着一种美感，让你一开卷就沉浸在它的怀抱里。《桃花源记》就是这样的文字。

> "也就是……而已"表明孩提时代并没有真正领悟到《桃花源记》的精彩之处，与"花甲之后，才渐有所悟"形成对比，为下文解读《桃花源记》做了铺垫。

《桃花源记》想说什么？

> 用设问句作小标题，既直截了当地告诉读者这部分内容，又巧妙设悬引发读者思考，还与后面的两个小标题形成呼应，标明了文章的行文思路。

一般人都将《桃花源记》看作是一篇美文小品。它确实美，朴实无华，清秀似水，而又神韵无穷。但正是因为这美害了它，让人望美驻足，而忽略了它更深一层的含义。就如一个美女英雄或美女学者，人们总是惊叹她的容貌，而少谈她的业绩。《桃花源记》也是吃了这个亏，顶了"美文"的名，始终在文人圈子和文章堆里打转转，殊不知它的第一含义在政治。

《桃花源记》与"美女英雄、美女学者"形成类比，突出上文观点："因为这美害了它，让人望美驻足，而忽略了它更深一层的含义"。

陶渊明所处的晋代自秦统一天下已六百年，在陶之前不是没有过政治家。你看，贾谊是政治家，他的《过秦论》剖析暴秦之灭亡何等精辟，但汉文帝召见他时"不问苍生问鬼神"；诸葛亮是政治家，是智者的化身，但他用尽脑汁，也不过是为了帮刘备恢复汉家天下；曹操是政治家，雄才大略，横槊赋诗何其风光，但刚为曹家挣到一点江山底子，转瞬间就让司马氏篡权换成晋朝旗号。

举例论证，列举贾谊、诸葛亮、曹操的政治生涯，阐明了陶之前政治家们的人生遗憾，为下文写陶渊明用文章阐明政治观点的高明做铺垫。

陶渊明也不是没有参与过政治，读书人谁不想建功立业？况且他的曾祖陶侃（就是成语"陶侃惜分阴"的那个陶侃）就曾是一个为晋王朝立有大功的政治家、军事家。陶渊明曾多次出入权贵的幕府，但是他所处的政治环境实在是太黑暗了。东晋王朝气数将尽，争权夺利，贪污腐败，军阀混战，民不聊生。以东晋的重臣刘裕为例，未发迹时是一个无赖，好赌，借大族刁氏钱不还，刁氏将其绑在树上用皮鞭抽。有一叫王谧的富人可怜他，便代为还钱。刘发迹，就扶王为相，而将刁家数百人满门抄斩，后来干脆篡位灭晋建宋。陶渊明曾四隐四出，因家里实在太穷，

"多次"与"但……实在"形成对比，点明陶渊明所处的政治时代，这正是《桃花源记》的创作背景。

无力养活六个孩子，公元405年时他已四十二岁，不得已便又第五次出山当了彭泽县令，这更让他近距离看透了政治。东晋从公元377年（太元二年）起实行"口税法"，即按人口收税，每人年缴米三石。但有权有势的大户人家纷纷隐瞒人口，国家收不到税，就抬高收税标准，每人五石，恶性循环的结果是小民的负担更重，纷纷逃亡藏匿，国库更穷。

陶一上任，就在自己从政的小舞台上大刀阔斧地搞改革，他从清查户籍入手，先拿本县一户何姓大地主开刀。何家有成年男丁两百人，却每年只缴二十人的税，何家有人在郡里当官，历任县令都不敢动他一根毫毛。

陶是个知识分子，骨子里是心忧国家，要踏破不平救黎民、治天下，年轻时他就曾一人仗剑游四方。你看他的诗"刑天舞干戚，猛志固常在""君子死知己，提剑出燕京"，绝不只是一个东篱采菊人。所以鲁迅说陶渊明除了"静穆"之外，还有"金刚怒目"的一面。一时彭泽县里削富济贫、充实国库的政改试验搞得轰轰烈烈。正是：

　　莫谓我隐伴菊眠，半醉半醒酒半酣。
　　翻身一怒虎啸川，秀才出手乾坤转！

印证上文"陶渊明也不是没有参与过政治，读书人谁不想建功立业？"，引出下文对陶渊明作为一名"政治家"大刀阔斧改革的介绍。

本段中多处直接引用陶渊明的诗文，既印证所阐述的观点——"陶是个知识分子，骨子里是心忧国家，要踏破不平救黎民、治天下"，增强了文章的说服力；又使得文章语言典雅凝练，文采斐然。

　　但是上层整整一个利益集团已经形成，哪能容得他这个书生"刑天舞干戚"来撼动呢？邪恶对付光明自然有一套潜规则。这年干部考察时何家买通"督邮"（监察和考核官员政绩的官）来找麻烦，部下告诉陶，按惯例这时都要行贿，给点好处。陶渊明大怒："我安能为五斗米折腰！"连夜罢官而去。回家之后便写了那篇著名的《归去来兮辞》："归去来兮，田园将芜胡不归？既自以心为形役，奚惆怅而独悲。……世与我而相违，复驾言兮焉求？"

　　这次出去为官对他刺激太大了，他对官府、对这个制度已经绝望。他向往尧舜时那种人与人之间平等、和谐的生活；向往《山海经》里的神仙世界；向往古代隐士的超尘绝世。从此，他就这样一直在乡下读书、思考、种地，终于在他弃彭泽令回家十六年之后的五十七岁时，写成了这篇三百六十字的《桃花源记》。作者纵有万般忧伤压于心底，却化作千树桃花昭示未来，虽是政治文字却不焦不躁，不偏不激，于淡淡的写景叙事中，铺排出热烈的治国理想，这种用文学翻译政治的功夫真令人叫绝。但这时离他去世只剩下六年了，这篇政治美文可以说是他一生观察思考的结晶，是他思想和艺术的顶峰。历史竟会有这样的相似，陶渊明五仕五隐，范仲淹四起四落。范仲淹那篇著名的政治美文《岳阳楼记》，是在

　　用反问句表达作者的观点，语气更强烈，感情更丰富。既有对上层利益集团的讽刺挖苦，又有对陶渊明的深切同情。

　　排比句的使用使得句式整齐，读起来朗朗上口。不仅突出强调了陶渊明"向往"的内容，而且还给读者带来心理上的反差，向往越美现实的打击就越大，增强了感染力。

　　对偶句，句式整齐，语言典雅凝练，写出了陶渊明创作《桃花源记》时的心情和目的。

他五十八岁那年写成的，离去世也还只剩六年。

这两篇政治美文都是作者在生命的末期总其一生之跌宕，积其一生之情思，发出的灿烂之光。不过范文是正统的儒家治国之道，提出了一个政治家的个人行为准则；陶文却本老子的无为而治，绘出了一个最佳幸福社会的蓝图。

陶渊明是用文学来翻译政治的，在《桃花源记》中他塑造了这样一个理想的社会：土地平旷，屋舍俨然，良田美池，往来耕作，鸡犬相闻，黄发垂髫，怡然自乐。这是一个自自在在的社会，一种轻轻松松的生活，人人干着自己喜欢的工作。在这里没有阶级，没有欺诈，没有剥削，没有烦恼，没有污染。人与人和谐，人与自然和谐。这是什么？这简直就是共产主义。

陶渊明是在晋太元年间（376–396年）说这个话的，离《共产党宣言》（1858年）还差一千四百多年呢。只是有那么一点点影子，我们就算它是"桃源主义"吧，但他确实是开了一条政治幻想的先河。当政治家们为怎样治国争论不休时，作为文学家的陶渊明却轻轻叹了一声："不如不治。"然后提笔濡墨，描绘了一幅桃花源图。这正如五祖门下的几个佛家大弟子，为怎样克服人生烦恼争论不休时，当时还是个打杂小和尚的六祖却在一旁叹道："菩提本无树，明镜亦非台。本来无一物，何处染尘埃。"人性本自

运用对比，突出了陶渊明与范仲淹治国之道的不同，一个是正统的儒家治国之道，一个是道家老子的无为而治。

化用《桃花源记》原文，一方面描绘出陶渊明的桃花源中自然环境和社会环境之美，另一方面也作为事实论据，印证下文作者的观点——"这简直就是共产主义"。

仿词，因为《共产党宣言》还没有发表，所以称陶渊明的政治理想为"桃源主义"，语言诙谐幽默。

由，劳动最可爱，本来无阶级，平等最应该。不是政治家的陶渊明走的就是这种釜底抽薪的路子。

陶之后一千二百年，欧洲出现了空想社会主义。而且巧得很，也是用文学作品来表达未来社会的蓝图，但不是散文，是两本小说，在社会发展史和世界文化史上影响极大，这就是1516年英国人莫尔出版的《乌托邦》，和1623年意大利人康帕内拉出版的《太阳城》。所以《桃花源记》也可以归入政治文献，而不是只存在于文学史中。

其实《桃花源记》又何尝不可以当成小说来读呢，甚至那两本书的构思手法与《桃花源记》也惊人地相似。陶渊明是假设打鱼人误入桃花源，而在《乌托邦》里是写一个探险家在南美，误登上一座孤悬海中的小岛。岛上绿草如茵，四周波平浪静，街上灯火辉煌，家家门前有花园。每个街区都有公共食堂，供人免费取食，个人所用的物品都可到公共仓库任意领取，并无人借机多占。探险家在这里生活了五年，回来后将此事传于世人，就如武陵人讲桃花源中事。《乌托邦》成书后顷刻间风靡欧洲，被译成多国文字，传遍世界，中国近代翻译家严复也把它介绍到了中国。

1623年意大利人康帕内拉又出版了一本书《太阳城》，很巧，还是陶渊明的手法。一个水

"釜底抽薪"一词，表明了作者对陶渊明表达政治理想的方式与途径由衷的赞叹和敬佩，不做无谓的争论，只描绘一幅桃花源图，在这幅未来社会的蓝图面前，众人自然哑口无言。

用双重否定句和副词"甚至"加强肯定语气，表明了作者的观点——《桃花源记》不仅"开了一条政治幻想的先河"，而且也给后世的文学创作提供了范式。

连用四字短语，从不同角度描绘城堡的环境及居民生活状况，短促有力，气势足。

手在印度洋遇险上岸，穿过森林进到一座城堡，内外七层，街道平整，宫殿华丽，居民身体健康，风度高雅，衣食无忧。在这个城市里没有私产，实行供给制，服装统一制作，按四季更换。每日晨起，一声长号，击鼓升旗，大家都到田里劳动。没有工农之分，没有商品交换，没有货币，孩子两岁后即离开父母交由公家培养。总之一切都是公有，需求由政府实施公共分配。甚至婚姻也是政府考虑到后代的优生而搭配，靓男配美女，胖男配瘦女。又是那个水手归来"海客谈瀛洲"，如同武陵人讲桃花源。这本书同样风靡全球，是空想社会主义的又一座里程碑。以幻想理想社会类的文学作品而论，有三大里程碑：《桃花源记》《乌托邦》《太阳城》。

"桃园三结义"，陶渊明是老大。

用典，语言诙谐幽默，既丰富了文章的内容，又增添了文章的趣味性，激发了读者的阅读兴趣。

为了追求真实的桃花源，除出书外，还有人身体力行地去试验。1825年4月，英国人欧文用十五万美元在美国买了一块地，办起一个"新和谐公社"。这公社规划得十分理想，有农田、工厂、住宅、学校、医院。公社成员一律平等，也是吹号起床，集体劳动，吃公共食堂。没有交换，没有货币，算是一个西洋版的"桃花源"。可惜这个公社来得实在太早，与时下的生产力水平、道德标准相差太远。墙内清贫而浪漫的生活，抵挡不住墙外资本主义金钱、名利的诱惑，维持了两年，试验宣告失败。

但是人们心中那盏理想的明灯总是在轻轻闪烁，在西方这种试验一直顽强地延续着。今天，英国查尔斯王子在本国一个叫庞德伯里的小城，也搞了一个"小国寡民"的建设，四百户人家，全部环保建材，绿荫小街，各家一色的院落，无汽车之喧嚣，无贫富之悬殊。美国弗吉尼亚州双橡树合作社区试验，从1967年坚持到现在已有五十多年。四百五十英亩土地，百十个人口，财产公有，自愿结合，这是北美共产社区中维持时间最长的一个。

桃花源在中国人的心里更是根深蒂固，那个美丽的梦也总是挥之不去。洪秀全就曾搞过太平天国版的空想共产主义，分男营、女营，不要家庭生活（当然这并不妨碍他妻妾成群），而在1930年立法院也讨论过要不要家庭。

青年毛泽东在1919年，也做过一次乡村新社会的试验。他说："我数年来梦想新社会生活，而没有办法。七年（指1918年）春季，想邀数朋友在省城对岸岳麓山设工读同志会，从事半耕半读，因他们多不能久在湖南，我亦有北京之游，事无成议。今春回湘，再发生这种想象，乃有在岳麓山建设新村的计议，而先从办一实行社会说、本位教育说的学校入手，此新村以新家庭、新学校及旁的新社会连成一块为根本理想。"

举例论证，用英国查尔斯王子的事例，论证了陶渊明的政治理想，是人们心目中理想社会的共同追求。

一个"更"字承上启下，从写外国人对"桃花源"生活的追求，过渡到写中国人对"桃花源"的追求；同时"更"字还有对比的意味，突出"桃花源"在中国人心中的影响之深。

列举洪秀全、毛泽东、人民公社的例子，论证了上文"桃花源在中国人的心里更是根深蒂固，那个美丽的梦也总是挥之不去"的观点，有理有据，增强了说服力。

（见《毛泽东早期文稿》第二版）

1958年在这个全球人口最多的国度，又开始了一场人民公社大试验，吃饭不要钱，一如《乌托邦》和"新和谐公社"里的情景，但又像欧文一样失败了。可是试验并没有停止。1986年人民公社体制在全国正式取消后，个别生产力（财富）和精神文明（觉悟）发达的集体仍在坚持着"共产"模式。如河南的南街村，到今天仍是吃饭不要钱，各家用多少米面，到库房里随便领取。那天参观时我奇怪地问："有人多领怎么办？""领多了，吃不了，也没用。""如果他送给外村的亲戚呢？""相信他的觉悟。"财富加觉悟，这真是一个现代版的桃花源，微型的"空想共产主义"。

空想虽然空洞一些，但思想解放就是力量。无论是一个人还是一个社会，如果没有幻想，就会静止，就会死亡。自陶渊明之后，这种对未来社会的想象从来没有停止过，到马克思那里终于产生了科学社会主义。《共产党宣言》预言未来的理想社会是"自由人联合体"。没有阶级，没有剥削，没有贫富差别，没有尔虞我诈，大家自由地联合在一起。恩格斯给出的蓝图是："这种制度将给所有的人提供健康而有益的工作，给所有的人提供充裕的物质生活和闲暇的时间，给所有的人提供真正的、充分的自由。"你看这不就

用作者与村民的对话，论证了南街村的"共产"模式，有身临其境之感。

用"虽然……但是、无论……如果……就"的句式，点明作者观点，一方面指出空想的不切实际，另一方面也点明了这些空洞的举动背后的积极意义。

是桃花源中人吗？

就主体来说陶渊明是诗人而不是政治家、思想家，他只是以憧憬的心情写了一篇短文。武陵人误入桃花源，陶渊明误入政治思想界，他万万没有想到他的幻想竟引来了这么多的试验版本。相比于政治和哲学，文学更富有想象力，陶渊明的桃花源足够后人一代一代地去寻找、评说。

桃花源在哪里？

中国文学史上有许多的游记名篇，造就了许多的山水品牌，成了今天旅游的新卖点。但让人吃惊的是，一个虚构的桃花源却盖过了所有的真山水，弄得国内只要稍微有一点姿色的风景，就去打桃花源的牌子，硬贴软靠，甚至争风吃醋，莫辨真伪。北至山西、河北、河南，南到广西、台湾，处处自诩桃花源，人人争当武陵人。只我亲身游历过的"桃花源"就不下几十处，遍布大半个中国，是花还是非花，也无人去较真，但正是这似与不似之间，叫哪一处真山水也比不上幻影中的桃花源，而那些著名游记又无论如何也不能与《桃花源记》相提并论。就连最有名的《小石潭记》，现在也只不过是柳州的一个废土坑而已，也未见有哪个地方去与之争版权、争冠名，

总结上文，一个"更"字突出了陶渊明用文学阐明政治追求的高明之处，"一代一代"则突出了陶渊明的桃花源给后人带来的影响之长久。

"争风吃醋"写出了桃花源地点的不确定性，和各地争抢桃花源的势头，呼应小标题。

"只不过"突出了"小石潭"在后人心目中的地位，与上文"桃

桃花源成了风景的偶像。何方化作身千亿，一处山水一桃源，陶渊明用什么魔法将这桃花源的基因遍洒中华大地，遗传千年，繁衍不息？

凡偶像都代表一种精神，而精神的东西是既无形，又可幻化为万形。陶渊明笔下的桃花源是一处风景，但绝不是单纯的风景，它是被审美的汁液所浸泡，又为理想的光环所笼罩着的山水。美好的事物谁不向往？正如地球上无论东西方都有空想社会主义的模式，在中国无论东西南北，都能按图索骥找到"桃花源"。桃花源不是小石潭，不是滕王阁，不是月下赤壁，也不是雨中的西湖。它是神秘山口中放出的一束佛光，是这佛光幻化的海市蜃楼，这里桃林夹岸，中无杂树，芳草鲜美，落英缤纷。《桃花源记》是一个多棱镜，能折射出每一个人心中的桃花源，而每一个桃花源里都有陶渊明的影子，一处桃源一陶翁。

我见到的第一个桃花源是在福建武夷山区。从福州出发北上，过永安县，车停路边，有指路牌：桃花源。我说这柏油马路一条，石山一座，怎么是桃花源？主人说不急，先请下车。行几百米，果见一河，溯流而上，渐行渐深，林木葱茏，繁花似锦，两山夹岸，绿风荡漾，胸爽如洗。而半山腰庙宇民房，红墙绿瓦，飘于树梢之上，疑是仙境。折而右行，半壁之上突现一岩缝，竟容一人，曰"一线天"。我从缝中望去，山那边蓝天白云，往来如鹤。因为要赶路，我们不能如武陵人"便舍船，从口入"了，但我相信穿过一线天，那边定有一个桃花源。

再沿路北上就是著名的武夷山。山之有名因二：一是通体暗红，山崖如血，属典型的丹霞地貌；二是环山有溪水绕过，做九折之状，即著名的"武夷九曲"。想不到在这景区深处却还另藏着一个小"桃花源"。

当游人气喘吁吁地翻过名为"天游"的石山顶，自天而降；或溯流而上，游完九曲，弃筏登岸时，身已累极，心乏神疲，忽眼前一亮见一竹篱小墙。穿过篱笆小门，地敞为坪，青草如茵，草坪尽处一泓碧水如镜，整座红色的山崖倒映其中，绿树四合，凉风拂衣，汗热顿消。正是陶诗"蔼蔼堂前林，中夏贮清阴。凯风因时来，回飙开我襟"的意境。这时席地而坐，仰望"天游"之顶，见人小如蚁，缘壁而行；俯视池水之中，蓝天白云，悠然自得。草坪上散摆着些茶桌，武夷山的"大红袍"茶海内知名。你在这里尽可细品杯中乾坤，把玩手中岁月。那天我正低头品茗，忽听有人呼唤，隔数桌之外走过一人，原来是十多年未见的一位南海边的朋友，不期在此相遇。我们相抱而呼，以茶代酒，痛饮一番。我既感叹世界之小，又更觉这桃花源之妙，它真是一个可暗通今昔的时光隧道。

"想不到"与"却"互为补充，巧设悬念，引出下文对小"桃花源"的介绍。

多角度写景，突出小"桃花源"景致之美。上下句构成对仗，结构整齐，读来朗朗上口。"人小如蚁"运用比喻、夸张的修辞，突出了山之高、游人之小。

光阴者，百代之过客，这武夷山里不知过往了多少名人，朱熹就是从这里走出去开创了他的哲学流派，我怀疑他"半亩方塘一鉴开，天光云影共徘徊。问渠那得清如许，为有源头活水来"的名句，就是取自这个意境。明代大将军戚继光在南方抗倭之后，又被调到北方修长城，曾路过此地，在这里照影洗尘，竟激动得不想离去。他赋诗道："一剑横空星斗寒，甫随平房复征蛮。他年觅得封侯印，愿学幽人住此山。"而陆游、辛弃疾在不得志之时，甚至还在这里任过守山的官职。朱、戚、陆、辛都是中国历史上屈指可数的人物。他们在绚烂过后更想要一个平淡，要做陶渊明，做一个桃花源中人。辛词写道："今宵依旧醉中行。试寻残菊处，中路候渊明。"

我看到的第二处桃花源，是湖南桃源县的桃源洞。一般认为这处景观最接近正宗的桃花源，况且国内毕竟也就只有这一个以桃源命名的县。这里除山水幽静外，更多了一分文化的积淀，史上多有文人来此凭吊，孟浩然、李白、韩愈、苏轼等人都留有诗作。由此可见桃花源早已不是一个风景概念，而是一种文化现象了。

我印象最深的是这里刻于石碑上的一首回文诗：

牛郎织女会佳期，月底弹琴又赋诗。

引用诗句，不仅写出了小桃花源景点的魅力，而且增添了文章的文学韵味，意蕴丰富。

引用戚继光的诗文，突出小桃花源景点之美，另一方面也表明桃花源不仅仅是一处景点，更是众人追寻向往的理想境地，呼应上文作者提到的"美好的事物谁不向往"的观点。

议论句，点明湖南桃源县桃花源景点的意义所在，突出此地与武夷山景区的"小桃花源"的不同之处。

寺静惟闻钟鼓響（响），音停始觉星斗移。

多少黄冠归道观，见几而作尽忘机。

几时得到桃源洞，同彼仙人下象棋。

一般的回文诗是下句首字套用上句的末一个字，这在修辞学上叫"顶真"格。而这首诗是从上字中拆出半个字来起写下句，这样的"顶真"就更难。接着还有一个更难的动作，刻碑时第一字不从右上起，而是中心开花，向外旋转，到最后一字收尾，正好成方。

这样的挖空心思说明后人对桃花源题材是多么喜爱。而小石潭、赤壁，就是现代朱自清笔下的荷花塘也没有这样的殊荣呀！陶渊明所创造的"桃花源"实在是一个忘却时空、成仙成道的境界，比《乌托邦》《太阳城》多了几分审美，比《小石潭记》《赤壁赋》又多了几分理想。

那天我不觉技痒，也仿其格填了一首回文诗（比原式更苛求一点，连首尾都半字相咬）：

因曾数读《桃花源》，原知诗人梦秦汉。

又来桃源寻旧梦，夕阳压山柳如烟。

我看到的第三处桃花源是在湖北恩施，这里是湘、鄂、黔交界的武陵山区，陶渊明是今江西

用更难的"回文诗"呼应上文"桃花源早已不是一个风景概念，而是一种文化现象了"的观点，再一次印证湖南桃源县桃花源景点与其他自命名为"桃花源"景点的不同之处。

再次运用对比，突出陶渊明笔下的"桃花源"的特别之处，既是一种审美的再现，又是一个理想社会的美丽图景。

九江人，其活动区域不会到过这一带。但阴差阳错，这山却名"武陵"，而《桃花源记》正好说的是武陵人的事。当地人以此附比桃花源也算言之有据，比别处更多一点骄傲。况且，这里地处偏远，至今还保有极浓的世外桃源的味道。

"也算"一词，表明作者认可湖北恩施自命名为"桃花源"的理由，"更"写出了当地人以"武陵人"自居时的得意之情。

武陵山区多洞，这洞大得让你不敢去想，一个洞就能开进一架直升机，而洞深几许到现在也没有探出个所以，这比陶渊明说的"桃林夹岸，山有小口，豁然开朗"更要神秘。那天我们就在山洞里的一个千人大剧场看了一台现代武陵人的歌舞演出，真是恍若隔世，不知身在何处。

"千人大剧场"用数字真实、准确地写出了山洞之大，用"恍若隔世"描述作者游此"桃花源"时的感觉，印证《桃花源记》中"遂与外人间隔"一句。

最动人的是情歌演唱。男女歌手分别站在舞台两侧的两个山头上（请注意，洞里还有山）引吭高歌：

（女）郎在高坡放早牛，
妹在院中梳早头。
郎在高坡招招手，
妹在院中点点头。

（男）太阳一出红似火，
晒得小妹无处躲。
郎我心中实难过，
送顶草帽你戴着。

引用歌词，再现当地朴素自然的民风民俗，侧面介绍了此地命名为"桃花源"的原因。

你看男子心疼他心爱的女子，恨不能立即送

去一顶遮阳的草帽。楚人是善于歌颂爱情或者借爱情说事的，从屈原始，古今亦然。陶渊明的楚文化背景很深，这让我立即想起他的《闲情赋》，有一段是这样翻译的：

由当地民歌引出陶渊明的《闲情赋》，再一次点明此地命名"桃花源"的原因。

> 我愿做她的衣领，以闻到她颈上的芳香。
> 可惜就寝时，衣服总要被弃置一旁；
> 我愿做她的衣带，终日系于她的腰间，
> 可惜换装时，衣带被解下，又有暂别的忧伤；
> 我愿做一滴发乳，涂在她的黑发上，
> 可她总要洗发，我又会受到冲洗的熬煎；
> 我愿做一把竹扇，让她握于手上，凉风送爽，
> 可秋天来临，还是难免有离去的凄凉；
> 我愿做一株桐木，制成一把她膝上鸣琴，
> 可她也有悲伤的时候，会推开我不再奏弹。
> （愿在衣而为领，承华首之余芳；悲罗襟之宵离，怨秋夜之未央……）

还有哭嫁歌。婚嫁本是喜事，但女儿出嫁要哭，大哭，不舍爹娘，不舍闺友，大骂媒婆。哭，且能成歌，有腔有调，有情有韵。艺术这种东西真是无孔不入，喜怒哀乐都有美，悲欢离合都是歌。但是这歌和大城市里舞台上那些尖嗓

子、哑喉咙、扭屁股、声光电的歌不一样，这是桃花源中的歌，是在武陵山中的时光隧道中听到的魏晋声、秦汉韵啊。

那天演的又有丧葬歌。人之大悲莫过于死，但这么悲伤的事却用唱歌来表达。当地风俗"谁家昨日添新鬼，一夜歌声到天明"。你看那个主唱的男子，击鼓为拍，踏歌而舞，众人起身而合，袖之飘兮，足之蹈兮，十分洒脱。生死由命，回归自然，一种多么伟大的达观，仿佛到了一个生死无界、喜乐无忧的神仙境界。这远胜于现代都市里作秀式的告别仪式、追悼大会。

在歌声中我听到了一千五百年前陶渊明那首自己拟的《挽歌》："荒草何茫茫，白杨亦萧萧。严霜九月中，送我出远郊。""千秋万岁后，谁知荣与辱。但恨在世时，饮酒不得足。"武陵人这洒脱的"丧歌"，那源头竟是陶公的《挽歌》啊，你不得不承认这山洞里的桃源世界，确实还在继续着陶渊明所创造的那个生命境界和审美意境。

一连几天我就在这深山里转，感受这歌声、这舞蹈，还有米酒。这里喝酒也是桃花源式，是在别处从没有见过的。喝时要唱，要喊，要舞，喝到高兴处还要摔酒碗。双手过头，一饮而尽，然后"啪"的一声，满地瓷片，当然是那种很便宜的陶瓷碗。这正是陶渊明《杂诗》与《饮酒》

诗的意境:"得欢当作乐,斗酒聚比邻。""忽与一觞酒,日夕欢相持。""若复不快饮,空负头上巾。"历史越千年,风物亦然。

一日,喝罢酒,我们去游一个叫"四洞峡"的地方,那又是一处桃花源了。离开公路,夹岸数步,人就落入一个大峡谷中。头上奇树蔽日,脚下湍流漱石。平时在城里花盆中才能见到的杜鹃花,在这里长成了合抱之粗的大树,花大如盘,洁白如雪。一种金色的不老兰,攀于岩上,遍洒峡中,灿若繁星。古藤缠树,树树翠帘倒挂;香茅牵衣,依依不叫人行。

引用诗句,描绘陶渊明笔下的喝酒情状,既表明此地仍传承着桃源式的喝酒风格,又增添了文章的文化底蕴。

许多草木都见所未见,闻所未闻。一种铁匠树,木极硬,木工工具对付不了它,要用铁匠工具才能加工,因有此名。其木放入炉中,如炭一样一晚不灭。一种似草似灌木的植物,秆子肥肥胖胖,就名"胖婆娘的腿",真是目不暇接。走着,走着,这一路风景突然没入一个悠长的石洞,瞬间一片幽暗,不见天日,唯闻流水潺潺,暗香浮动。我们扶杖踏石,缘壁而行,大气也不敢出一口,仿佛真的要走回到秦汉去,也不知这样如履薄冰行了几时,忽又见天日重回到了人间。这样忽明忽暗,穿峡过洞,如是者四次,是为"四洞峡"。到最后一个石洞的出口处,有巨石如人头,传说是远古时一将军在此守洞,慢慢石化而成。

运用四字短语和对偶句,写出了花的形状与色彩,以及兰、古藤和香茅的生长态势,语言凝练而又生动,极富感染力。"树树、依依"运用叠词,饱含着作者的喜爱之情。

连用两个"走着",刻画了作者一行人的动作行为,与"突然"形成呼应,带给读者一种猝不及防的变化美,语言灵动。

石壁上长有一株手腕粗的黄杨木，传言已生有八百年。据说这种树平时正常生长，而每逢有闰月就又往回缩，它竟能自由地挪动时空。现代物理学已有一种"虫洞"假说，借助虫洞人们可轻易穿越时空退回过去，而桃花源中的植物竟然早已有了这种本事。我回望洞口，看着这石将军、这黄杨树，浮想联翩。当年陶渊明由晋而返秦，我们现在莫不是返回到了东晋？

出峡之时已近黄昏，主人请我们参观他们的万亩桃林。这里乡民以种桃为生，已不知起于何年。近年来为了进一步富民，政府又请专家指导，搞了一项万亩桃园工程，好大的规模，放眼望去漫山遍野全是桃树。正是开花季节，晚照中红浪滚滚，一直铺向天边，只间或露出些道路、谷场，或农家的青瓦粉墙。我们随意选了一处半山腰的"农家乐"，在院子里摆桌吃饭。席间仍是要喝米酒、唱古老的歌、摔酒碗，主人对我们这些山外来人更是十分亲热。有如《桃花源记》所言："见渔人，乃大惊，问所从来。具答之。便要还家，设酒杀鸡作食。"又如陶诗："落地为兄弟，何必骨肉亲！得欢便作乐，斗酒聚比邻。"他们不会去作什么回文诗，但他们知道这里就是桃花源，是他们的家，祖祖辈辈都这样自自然然地生活着。

桃花源不只是风景，更是一种生活符号，一

种文化标记。

心中的桃花源

　　陶渊明为晋代柴桑人，即现在的江西柴桑区、庐山市一带。九江我是去过的，这次为写这篇文章，又重去两地寻找感觉，结果这感觉真的让我大吃一惊。在陶渊明纪念馆，我看到了许多历代、各地甚至还有国外研究他的资料，以及出版的各种书刊。像东北鞍山这样远的地方都有陶学的研究团体，而今年的全国陶学年会是在内蒙古召开的。日本亦有专门的陶学社团。一本专刊上这样说："渊明文学在日本的流传，不论时光如何流逝，人们对他恬淡高洁的人格的憧憬，对其诗文的热爱从未中断。"

　　而更未想到的是，陶渊明的墓是在一座部队的营房里，官兵们用平时节约下来的经费将其修葺保护得十分完美。我们登上营房后的小山，香樟、桂花、茶树等江南名木掩映着一座青石古墓，墓的四角，四株合抱粗的油松皮红叶绿，直冲云天，只看这树就知这墓的年头在数百年之上。陶卒于乱世，其墓本无可考，元代时大水在这附近冲出一块记载陶事的石碑，官民喜而存之，因碑起墓，代代飨祭。现在这个墓是部队在2003年重修，并立碑记其事。一个诗人，一个逝

　　祖辈辈用热情好客的习俗自自然然地证明着这里就是陶渊明笔下的桃花源。

　　引用论证，引用专刊中的原话论证了陶渊明的影响之大，增强了论证的严谨性，同时也解释了上文"大吃一惊"的原因。

去了一千五百多年的古人，怎么会引起这么广泛、久远的共鸣呢？

陶渊明的《桃花源记》确是以艺术的魅力，激起了我们千百年来对理想社会和美好山水的不断追求。但更有"普世价值"的是，他设计出了一个人心理的最佳状态，这就是以不变应万变，永远平和自然，永葆一颗平常心。他以亲身的实践证明了这一点，接着又用自己的作品定格、升华、传达了这种感觉。他在我们每个人的心里都埋下了一粒桃花源的种子，无论如何斗转星移，岁月更换，后人只要一读陶诗、陶文，就心生桃花，暖意融融，悠然自悟，妙不可言。当代德国著名哲学家海德格尔认为，哲学家应该具有诗人的思维，他说哲学最好的表达方式是诗歌。陶渊明已经做到了这一点，他始终是用诗歌来表现人生。

人生在世有三样东西绕不过去。一是谁能没有挫折坎坷；二是任你有多少辉煌也要消失，没有不散的筵席；三是人总要死去，总要离开这个世界。与这三样东西相对应的心境是灰心、失落与恐惧。怎样面对这个难题，克服人精神上的消极面，让每一天都过得快活一些，历来不知有多少思想家、宗教徒都在做着不尽的探索。过去关于奋斗、修养的书不知几多，现在"励志"类的书又满街满巷。而所谓"修养"，已经滑进了

设问句，既引人深思，又巧妙过渡，自然而然地引出下文。

"但"字表明作者不仅肯定《桃花源记》的艺术魅力，更突出强调的是《桃花源记》的"普世价值"：陶渊明设计出了一个人心理的最佳状态。

"厚黑"的死胡同，而你就是励志、奋斗、成就之后还是绕不开这三点。

你看现实生活中，有的人生活并没有到谷底，甚至还有几分殷实小康，但还在没完没了地嫉妒、哭穷、诉苦；有的人已身居高位，还在贪婪、虚荣、邀功；有的人已退出官场，还在回头、恋权、恋名，苦心安排身后事。陶渊明官也做过，民也当过；富也富过，穷也穷过；也曾顺利，也曾坎坷，但这些毛病他一点也没有。他学儒、学道、学佛，又非儒、非道、非佛，而求静、求真、求我，从思想到实践，较好地回答了人生修养这个难题。

陶渊明生活在一个不幸的时代，军阀混战，政权更迭，民不聊生。他虽也做过几次官，但不愿为五斗米折腰，归隐回乡，日子过得紧紧巴巴。为避战乱他曾两次逃难，仇家一把火又将他可怜的家产烧了个精光。但在他的诗文中，却找不到杜甫"亲朋无一字，老病有孤舟"式的哀叹，反倒常是一种"采菊东篱下，悠然见南山"的恬静。这是一种境界，一种回归，回归自然，回归自我，不为权、财、名所累，永葆一颗平常心的境界。

他为官时不为五斗米折腰，不丢人格；穷困时安贫知足，不发牢骚，不和自己过不去，也就是《桃花源记》里说的"黄发垂髫，并怡然自

该段起到了承上启下的过渡作用，围绕"三样东西"展开论述，畅谈"人生修养"，引出下文对陶渊明人生修养的赞叹。

对比论证，将现实生活中有的人的表现，与陶渊明的表现进行对比，突出了陶渊明修养的高贵之处。

言简意赅地总结出陶渊明的人生境界，既呼应上文作者观点，"陶渊明的《桃花源记》"的"普世价值"，又在对比中突出陶渊明人生修养的特点。

乐"。我们没有理由责备陶渊明为什么不像白居易那样去写《卖炭翁》，不像陆游那样去写"铁马秋风大散关"，不像辛弃疾那样"把栏杆拍遍"。陶所处的时代没有辛弃疾、岳飞那样尖锐的民族矛盾，他也未能像魏征、范仲淹那样身处于高层政治的旋涡之中。存在决定意识，各人有各人的历史定位。陶渊明的背景就是一个"乱"字，世乱如倾，政乱如粥，心乱如麻。他的贡献是于乱世、乱政、乱象之中，在人的心灵深处开发出了一块恬静的心田，"结庐在人境，而无车马喧。问君何能尔？心远地自偏。采菊东篱下，悠然见南山。"

陶渊明一生大多身处逆境，但他却永远开朗。不是说这逆境不存在，而是他能精神变物质，逆来顺推，化烦躁为平和。他以太极手段，四两拨千斤，将愁苦从心头轻轻化去，让苦难不再发酵放大，或干脆就转而发酵为一坛美酒。马克思说："受难使人思考，思考使人受难。"世上总有不平事，尤其是爱思考的知识分子，世有多大，心有多忧，忧便有苦，苦则要学会排解。陶渊明对辞官后的农耕生活要求并不高，"岂期过满腹，但愿饱粳粮。御冬足大布，粗绨以应阳"，粗布淡饭而已。但他却从这种清苦中，找到了精神上的寄托和审美的享受，"耕种有时息，行者无问津。日入相与归，壶浆劳近邻。长吟掩柴门，聊为陇亩民"。

　　陶渊明也不是没有做过官，但他不把做官当饭吃，他一生五仕五隐，那官场的生活只不过是他的人生试验。他对朝廷也曾是忠心的，甚至还有对晋王朝的眷恋，自晋亡后，他写诗就从不署新朝的年号。但是他把人格看得比政治要重。不为五斗米折腰，不看人的脸色。政治生活一旦妨碍了他的人性自由，就宁可回家。他高唱着："归去来兮，田园将芜胡不归？既自以心为形役，奚惆怅而独悲？悟已往之不谏，知来者之可追。实迷途其未远，觉今是而昨非。舟遥遥以轻飏，风飘飘而吹衣。"何等痛快。朱熹评陶渊明说："晋宋人物，虽曰尚清高，然个个要官职，这边一面清谈，那边一面招权纳货。陶渊明真个能不要，此所以高于晋宋人物。"他岂止高于晋宋人物，也远高于现代的许多跑官要官、贪财受贿、争权夺利、图名好虚之人。

　　陶渊明对死亡的思考更是彻底，并有一种另类的美感。他说："有生必有死，早终非命促。""千秋万岁后，谁知荣与辱。""死去何所道，托体同山阿。""自古皆有没，何人得灵长？不死复不老，万岁如平常。"人总有一死，何必叹什么命长命短，操心什么死后的荣誉。如果一个人总是不死，那生和死又有什么区别？这种彻底的唯物主义真让我们吃惊。正因为有这种生死观，他从不要什么虚荣，没有一点浮躁。更不会如今人那样非要生前争什么镜头、版面，死后留什么传记、文选。

引用名人名言，旁征博引，一方面增强了论证的严谨性，另一方面也表明陶渊明的思想确实影响了一代又一代的人。

龚自珍说："陶潜酷似卧龙豪，万古浔阳松菊高。莫信诗人竟平淡，二分《梁甫》一分《骚》。"梁启超说："这位先生身份太高了，原来用不着我恭维。"说是不用"恭维"，但历来研究、赞美他的人实在太多。他的思想确实影响了一代又一代的人，他的这种达观精神几乎成了后人处世的楷模，如果你抚摸着陶之后的历史画卷，就会听到无数伟人、名人与他的共鸣，而这些人都是中国历史上的群山高峰啊。于是我们就会发现，一股从遥远的桃花源深处发出的雷鸣，在历史的大峡谷中，滚滚回荡，隐隐不绝。

这一自然段运用举例论证和引用论证的方法，列举李白、白居易、苏东坡、毛泽东等名人对陶渊明的敬仰，论证了上文所说的"他的这种达观精神几乎成了后人处世的楷模"这一观点。

李白算是中国诗歌的高峰了，被尊为诗仙，但他对陶是何等的敬仰："梦见五柳枝，已堪挂马鞭。何日到彭泽，狂歌陶令前。"他梦见陶公门前的五柳树了，要到彭泽去与他狂歌。白居易曾被贬为江州司马，离陶的家乡不远，他在任上时陶诗不离手："亭上独吟罢，眼前无事时。数峰太白雪，一卷陶潜诗。"苏东坡曾被发配到偏远的海南，他是把陶渊明当老师才渡过困境的："吾于诗人无所甚好，独好渊明之诗。渊明作诗不多，然其诗质而实绮，癯而实腴，自曹、刘、鲍、谢、李、杜诸人，皆莫及也。"他把陶放在曹植、李白、杜甫之上，而且居然把陶诗逐一和了一遍，这恐怕主要是精神上的相通。

庄子说"内圣而外王"，事业是皮毛，心灵的自由才是人的终极追求。魏晋人追求的大概就是这个风度，所谓："居官无官官之事，处事无事事之心。"亦即陶渊明说的不要让心情为外形所役使（既自以心为形役）。翻阅史书，我们发现凡真正建功立业、轰轰烈烈的大人物，其内心深处都有一个静谧的桃花源，能隐能出，能动能静，收放自如。

诸葛亮六出祁山，七擒孟获，火烧赤壁，舌战群儒，一生何等忙碌，但留下的格言是："淡泊明志，宁静致远。"范仲淹"先天下之忧而忧，后天下之乐而乐"，其政治抱负多么强烈，但他的心理支柱是"不以物喜，不以己悲"。辛弃疾晚年写词："岁岁有黄菊，千载一东篱……都把轩窗写遍，更使儿童诵得。"（《水调歌头·赋傅岩叟修习悠然阁》）

陶渊明不是政治家，却勾勒出一个理想社会，让人们不断地去追求；他不是专门的游记作家，却描绘了一幅最美的山水图，让人们不断地去寻找；他不是专门的哲学家，却给出了人生智慧，设计了一种最好的心态，让人们去解脱。如果真要说专业的话，陶渊明是一个诗人，他开创了田园诗派，用美来净化人们的心灵。中外文学

过渡句，承上启下。"凡、都"强调了范围，表示无一例外，再次论证了以陶渊明为代表的魏晋风度的伟大，同时也点明了所有大人物的终极追求——静谧的桃花源。

排比句，句式整齐，读起来有气势。连用三个"不是……却"，突出强调了陶渊明所描绘的桃花源的价值与意义所在。这段文字还起到了总结全文的作用，表达了作者对陶渊明的敬仰和赞美。

史上从来没有哪一位诗人，能像他这样创造了一个社会模式、一种山水布景、一种人生哲学，深深地植根在后人的心中，让人不断地去追寻。

赵建霞   点 评 老 师

山东省寿光市圣城街道一中语文教师，潍坊市立德树人标兵。

读韩愈

　　韩愈为唐宋八大家之首，其文章写得好是真的。所以，我读韩愈其人，是从读韩愈其文开始的，因为中学课本上就有他的《师说》《进学解》。课外阅读、各种选本上韩文也随处可见。他的许多警句，如"师者，所以传道受业解惑也""业精于勤荒于嬉，行成于思毁于随"等，跨越了一千多年，仍在指导我们的行为。

　　但由读其文而读其人，却是因一件事而起的。去年到潮州出差，潮州有韩文公祠，祠依山临水而建，气势雄伟。祠后有山曰韩山，祠前有水名韩江，当地人说此皆因韩愈而名。我大惑不解，韩愈一介书生，怎么会在这天涯海角霸得一块山水，享千秋之祀呢？

　　原来有这样一段故事。唐代有个宪宗皇帝十分迷信佛教，在他的倡导下国内佛事大盛，公元819年，又搞了一次大规模的迎佛骨活动，就是将据称是佛祖的一块朽骨迎到长安，修路盖庙，人山人海，官商民等舍物捐款，劳民伤财，一场闹剧。韩愈对这件事有看法，他当过监察御史，

　　韩愈"一介书生"却能让潮州的山水人文都姓"韩"，个中缘由为何？此处设疑，激发读者思考。

　　冗长的历史故事被作者写得精要又清晰，这得益于四字词语的恰当运用。

有随时向上面提出诚实意见的习惯。这种官职的第一素质就是不怕得罪人，因提意见获死罪都在所不辞，所谓"文死谏，武死战"。韩愈在上书前思想好一番斗争，最后是大义战胜了私心，终于实现了勇敢的"一递"。谁知奏折一递，就惹来了大祸，而大祸又引来了一连串的故事，也成就了他的身后名。

由"一段故事"引出"一连串的故事"，韩愈的"大义"逐渐显现。"大义战胜了私心"，是韩愈精神的总纲。

韩愈是个文章家，写奏折自然比一般为官者要讲究些，于理、于情都特别动人，文字铿锵有力。他说那所谓佛骨不过是一块脏兮兮的枯骨，皇帝您"今无故取朽秽之物，亲临观之""群臣不言其非，御史不举其失，臣实耻之。乞以此骨付之有司，投诸水火，永绝根本……岂不盛哉，岂不快哉！"这佛如果真的有灵，有什么祸殃，就让他来找我吧（"佛如有灵，能作祸祟，凡有殃咎，宜加臣身"）。这真有一股不怕鬼、不信邪的凛然之气和献身精神。但是，这正应了我们现时说的"立场不同，感情不同"这句话。韩愈越是肝脑涂地陈利害表忠心，宪宗越觉得他是在抗龙颜、揭龙鳞、大逆不道。于是，大喝一声把他赶出京城，贬到八千里外的海边潮州去当地方小官。

"抗龙颜、揭龙鳞"的比喻彰显了韩愈敢于仗义执言的精神——这正是"大义"的表现，同时揭示了他被贬的原因。

韩愈这一贬，是他人生的一大挫折。因为这不同于一般的逆境，一般的不顺，比之李白的怀才不遇、柳永的屡试不第要严重得多。他们不过是登山无路，韩愈是已登山顶，又一下子被推到无底深渊，其心情之坏可想而知。他被押送出京不久，家眷也被赶出长安，年仅十二岁的小女儿也惨死在驿道旁。韩愈自己觉得实在活得没有什么意思了，他在过蓝关时写了那首著名的诗。我向来觉得韩愈文好，诗却一般，只有这首，胸中块垒，笔底波涛，确是不一样：

> 一封朝奏九重天，夕贬潮阳路八千。
> 欲为圣明除弊事，肯将衰朽惜残年？
> 云横秦岭家何在，雪拥蓝关马不前。
> 知汝远来应有意，好收吾骨瘴江边。

这是给前来看他的侄孙写的，其心境之冷可见一斑。但是，当他到了潮州后，发现当地的情况比他的心境还要坏。就气候水土而言这里条件不坏，但由于地处偏僻，文化落后，弊政陋习极多极重，农耕方式原始，乡村学校不兴。当时在北方早已告别了奴隶制，唐律明确规定了不准蓄奴，这里却还在买卖人口，有钱人养奴成风。"岭南以口为货，其荒阻处，父子相缚为奴。"其习俗又多崇鬼神，有病不求药，杀鸡杀狗，求神显灵，人们长年生活在浑浑噩噩中。

见此情景韩愈大吃一惊，比之于北方的先进文明，这里简直就是茹毛饮血，同为大唐圣土，

将李白、柳永和韩愈作对比，突出了韩愈的遭遇之惨，为后文写韩愈被贬却心系百姓做了铺垫，突显了他的高尚人格。

想象韩愈见到蛮荒之地的心理，体现了韩

同为大唐子民，何忍遗此一隅，视而不救呢？用我们现在的话说，就是同在一片蓝天下，人人都该享有爱。按照当时的规矩，贬臣如罪人服刑，老老实实磨时间，等机会便是，绝不会主动参政。但韩愈还是忍不住，他觉得自己的知识、能力还能为地方百姓做点事，觉得比起百姓之苦，自己的这点冤、这点苦反倒算不了什么。于是他到任之后，就如新官上任一般，连续干了四件事。

一是驱除鳄鱼。当时鳄鱼为害甚烈，当地人又迷信，只知投牲畜以祭，韩愈"选材技吏民，操强弓毒矢"，大除其害。二是兴修水利，推广北方先进耕作技术。三是赎放奴婢。他下令奴婢可以工钱抵债，钱债相抵就给人自由，不抵者可用钱赎，以后不得蓄奴。四是兴办教育，请先生，建学校，甚至还"以正音为潮人语"，用今天的话说就是推广普通话。不可想象，从他贬潮州到离潮州而调袁州，八个月就干了这四件事。我们且不说这事的大小，只说他那片诚心。

我在祠内仔细看着题刻碑文和有关资料。韩愈的确是个文人，干什么都要用文章来表现，也正是这一点，为我们留下了如日记一样珍贵的史料。比如，除鳄之前，他先写了一篇《祭鳄鱼文》，这简直就是一篇讨鳄檄文。他说我受天子之命来守此土，而鳄鱼悍然在这里争食民畜，

"与刺史亢拒，争为长雄。刺史虽驽弱，亦安肯为鳄鱼低首下心"。他限鳄鱼三日内远徙于海，三日不行五日，五日不行七日，再不行就是傲天子之命吏，"必尽杀乃止"！

阴雨连绵不断，他连写祭文，祭于湖，祭于城隍，祭于石，请求天晴。他说天啊，老这么下雨，稻不得熟，蚕不得成，百姓吃什么，穿什么呢？要是我为官的不好，就降我以罪吧，百姓是无辜的，请降福给他们（"刺史不仁，可以坐罪；惟彼无辜，惠以福也"）。一片拳拳之心。韩愈在潮州任上共有十三篇文章，除三篇短信、两篇上表外，其余皆是驱鳄祭天、请设乡校、为民请命祈福之作。文如其人，文如其心。当其获罪海隅、家破人亡之时，尚能心系百姓，真是难能可贵了。

一个人为文不说空话，为官不说假话，为政务求实绩，这在封建时代难能可贵。应该说韩愈是言行一致的。他在政治上高举儒家旗帜，是个封建传统思想道德的维护者。传统这个东西有两面性，当它面对革命新潮时，表现出一副可憎的顽固面孔；而当它面对逆流邪说时，又表现出撼山易撼传统难的威严。韩愈也是这样。他一方面反对宰相王叔文的改革，一方面又对当时最尖锐的两个社会问题，即藩镇割据和佛道泛滥，深恶痛绝，坚决抨击。他亲自参加平定叛乱，到晚年

文如其人，几个简单的数字却将韩愈心系百姓的仁心表现得淋漓尽致，这是韩愈"大义"的又一表现。

时还以衰朽之身，一人一马到叛军营中去劝敌投诚，其英雄气概不亚于关云长单刀赴会。

他出身小户，考进士三次落第，第四次才中进士，在考官时又三次碰壁，乌纱帽得来不易，按说他该惜官如命，但是他两次犯上直言，被贬后又继续尽其所能为民办事。这是中国知识分子的传统，以国为任，以民为本，不违心、不费时、不浪费生命。他又倡导古文运动，领导了一场文章革命，他提倡"文以载道""陈言务去"，开一代文章先河，砍掉了骈文这个重形式求华丽的节外之枝，而直承秦汉。所以苏东坡说他："文起八代之衰，而道济天下之溺。"他既立业又立言，全面实践了儒家道德。

当我手抚韩祠石栏，远眺滚滚韩江时，我就想，宪宗佞佛，满朝文武就只有韩愈敢出来说话，如果有人在韩愈之前上书直谏呢？如果在韩愈被贬时又有人出来为之抗争呢？历史会怎样改写？还有，在韩愈到来之前潮州买卖人口、教育荒废等四个问题早已存在，地方官吏走马灯似的换了一任又一任，任职超过八个月的也大有人在，为什么没有谁去解决呢？如果有人在韩愈之前解决了这些问题，历史又将怎样写？但是没有，什么都没有。长安大殿上的雕梁玉砌，在如钩晓月下静静地等待；秦岭驿道上的风雪、南海丛林中的雾瘴，在悄悄地徘徊。历史终于等来了一个衰朽的书生，他长须弓背，双手托着一封奏折，一步一颤地走上大殿，然后又单人瘦马、形影相吊地走向海角天涯。

人生的逆境大约可分四种：一曰生活之苦，饥寒交迫；二曰心境之苦，怀才不遇；三曰事业受阻，功败垂成；四曰性命之危，身处绝境。处逆境之心也分四种：一是心灰意冷，逆来顺受；二是怨天尤人，牢骚满腹；三是见心明志，直言疾呼；四是泰然处之，尽力有为。

韩愈处在第二、第三种逆境，而选择了后两种心态，既见心明志，著文倡道，又脚踏实地，尽力而为。只这一点他比屈原、李白就要多一层高明，没有只停留在江畔沉吟、蜀道叹难上。他不辞海隅之小，不求其功之显，只是奉献于民，求成于心。有人研究，韩愈之前，潮州只有进士三名，韩愈之后到南宋时，登第进士就达一百七十二名。是他大开教育之功，所以韩祠中有诗曰："文章随代起，烟瘴几时开。不有韩夫子，人心尚草莱。"

这倒使我想到现代的一件实事。1957年反右扩大化中，京城不少知识分子被错划为右派，并发配到基层。当时王震同志主持新疆开发，就主动收容了一批。想不到这倒促成了春风度玉门，戈壁绽绿荫。那年我在石河子采访，亲身感受到充边文人的功劳。一个人不管你有多大的委屈，

運用"理字訣"，總結出人生的四種逆境，文章便意蘊陡升。

作者思接千载、神游万仞，他把对韩愈的思考置于历史长河之中，得出了"历史只认你的贡献"的深刻启示。

历史绝不会陪你哭泣，而它只认你的贡献，"悲壮"二字，无"壮"便无以言"悲"。这宏伟的韩文公祠，还有这韩山韩水，不是纪念韩愈的冤屈，而是纪念他的功绩。

李渊父子虽然得了天下，大唐河山也没有听说哪山哪河易姓为李，倒是韩愈一个罪臣，在海边一块蛮夷之地施政八月，这里就忽然山河易姓了。历朝历代有多少人希望不朽，或刻碑勒石，或建庙建祠，但哪一块碑哪一座庙能大过高山，永如江河呢？这是人民对办了好事的人永久的纪念。一个人是微不足道的，但是当他与百姓利益、与社会进步连在一起时就价值无穷，就被社会所承认。我遍读祠内凭吊之作，诗、词、文、联，上起唐宋下迄当今，刻于匾、勒于石，不下百十来件。一千三百年来，各种人物在这里将韩公不知读了多少遍。我心中也渐渐浮现这样四句诗：

呼应前文。韩愈与百姓利益、与社会进步连在一起，这使他身为一介书生却"霸得一块山水，享千秋之祀"。

结尾化用韩愈诗句自作一首诗，表达出作者对韩愈的敬仰与赞美。

一封朝奏九重天，夕贬潮阳路八千。
八月为民兴四利，一片江山尽姓韩。

柳慧娟   点 评 老 师

北京师范大学鄂尔多斯第二附属学校初中语文教研组组长，北京大学汉语国际教育硕士。

读柳永

柳永是中国历史上一个并不大的人物。很多人不知道他，或者碰到过又很快忘了他。但是近年来这根柳丝却紧紧地系着我，倒不是为了他的名句"杨柳岸，晓风残月"，也不为那句"衣带渐宽终不悔，为伊消得人憔悴"，只为他那人，他那身不由己的经历和那歪打正着的成就，以及由此揭示的做人成事的道理。

开宗明义，精要概括词人柳永戏剧性的一生，总领全文。

柳永是福建北部崇安人，他没有为我们留下太多的生平记载，以至于现在也不知道他确切的生卒年月。那年到闽北去，我曾想打听一下他的家世，找一点可凭吊的实物，但一川绿风，山水寂寂，没有一点的音息。我们现在只知道他大约在三十岁时便告别家乡，到京城求功名去了。

情景交融，将落寞之情融于寂寥之景，读来让人唏嘘。

柳永像封建时代的大多数知识分子一样，总是把从政作为人生的第一目标。其实这也有一定的道理，人生一世谁不想让有限的生命发挥最大的光热？有职才能有权，才能施展抱负，改造世界，名垂后世。那时没有像现在这样成就多元化，可以当企业家，当作家，当歌星、球星，当运用排比修辞，列举历史上一些名人墨客，因求政不顺转而醉心山水或避世隐居，文势畅达。

"轻轻一笑"，神态描写，柳永狂傲的形象跃然纸上。

富翁，在那时要成名只有一条路，去当官，所以就出现了各种各样在从政大路上跋涉着的而被扭曲了的人。像李白、陶渊明那样求政不得而求山水；像苏轼、白居易那样政心不顺而求文心；像孟浩然那样躲在终南山里而窥京城；像诸葛亮那样虽说不求闻达，布衣躬耕，却又暗暗积聚内力，一遇明主就出来建功立业。

柳永是另一类的人物，他先以极大的热情投身政治，碰了钉子后没有像大多数文人那样转向山水，而是转向市井深处，扎到市民堆里，在这里成就了他的文名，成就了他在中国文学史上的地位，他是中国封建知识分子中一个仅有的类型，一个特殊的代表。

柳永大约在公元1017年，宋真宗天禧元年时到京城赶考。以自己的才华，他有充分的信心金榜题名，而且幻想着有一番大作为。谁知第一次考试就没有考上，他不在乎，轻轻一笑，填词道："富贵岂由人，时会高志须酬。"等了三年，第二次开科又没有考上，这回他忍不住要发牢骚了，便写了那首著名的《鹤冲天》：

黄金榜上，偶失龙头望。明代暂遗贤，如何向。未遂风云便，争不恣狂荡，何须论得丧。才子词人，自是白衣卿相。

烟花巷陌，依约丹青屏障。幸有意中人，堪

寻访。且恁偎红翠，风流事，平生畅。青春都一
饷。忍把浮名，换了浅斟低唱。

　　他说我考不上官有什么关系呢？只要我有
才，也一样被社会承认，我就是一个没有穿官服
的官。要那些虚名有什么用，还不如把它换来吃
酒唱歌。这本是一个在背地里发的小牢骚，但是
他也没有想一想，你怎么敢用你最拿手的歌词
来发牢骚呢？他这时或许还不知道自己歌词的分
量。它那美丽的语句和优美的音律，已经征服了
所有的歌迷，覆盖了所有官家的和民间的歌舞
晚会，"凡有井水处皆能歌柳词"。这使我想起
"文化大革命"中，大书法家沈尹默先生被打成
"黑帮"，被逼写检查。但是他贴出去的检查大
字报，总是糨糊未干就被人偷去，这检查总是交
代不了。

　　柳永这首牢骚歌不胫而走传到了宫里，宋仁
宗一听大为恼火，并记在心里。柳永在京城又挨
了三年，参加了下一次考试，这次好不容易通过
了，但临到皇帝亲自圈点放榜时，仁宗说："且
去浅斟低唱，何要浮名。"又把他给勾掉了。这
次打击实在太大，柳永就更深地扎到市民堆里去
写他的歌词，并且不无解嘲地说："我是奉旨填
词。"他终日出入歌馆妓楼，交了许多歌伎朋
友，许多歌伎也因他的词而走红。她们真诚地爱

考试也许需要运
气，才华却是无可替代
的。学习也一样，结局
固然重要，过程的收获
才能让我们与众不同。

此处举例，用沈尹
默的大字报总被偷的例
子，来说明名家才华的
分量。

运用"设问"和"排比"的修辞，让我们感受到柳永生活的凄苦。然而，绝处逢生，屡考不中也让他绽放出更璀璨的光芒。

护他，给他吃，给他住，还给他发稿费。你想他一介穷书生流落京城有什么生活来源，只有卖词为生。这种生活的压力、生活的体味，还有皇家的冷淡，倒使他一心去从事民间创作。他是第一个去到民间的词作家，这种扎根坊间的创作生活一直持续了十七年，直到他终于在四十七岁那年才算通过考试，得了一个小官。

歌馆妓楼是什么地方啊，是提供享乐、制造消沉、拉你堕落、教你挥霍、引人轻浮、教人浪荡的地方。任你有四海之心、摩天之志，在这里也要魂销骨铄，化作一团烂泥。但是柳永没有被化掉，他的才华在这里派上了用场。成语言：脱颖而出。锥子装在衣袋里总要露出尖来，宋仁宗嫌柳永这把锥子不好，"啪"的一声从皇宫大殿上扔到了市井底层，不想俗衣破袍仍然裹不住他闪亮的锥尖。这真应了柳永自己的那句话："才子词人，自是白衣卿相。"寒酸的衣服裹着闪光的才华。有才还得有志，多少人进了红粉堆里，也就把才沤了粪。

一系列的比喻，形象写出了柳永才华的耀眼，表达诙谐幽默，极具表现力。

对比，把柳永和辛弃疾、陆游进行对比，看似写柳永没有"大志"，实则引出下文，赞美柳永的独树一帜。

也许我们可以责备柳永没有大志，同为词人不像辛弃疾那样"男儿到死心如铁，看试手，补天裂"，不像陆游那样"自许封侯在万里。有谁知，鬓虽残，心未死"。时势不同，柳永所处的时代正当北宋开国不久，国家统一，天下太平，经济文化正复苏繁荣。京城汴梁是当时世界上最大的都市，新兴市民阶层迅速形成，都市通俗文艺相应发展。恩格斯论欧洲文艺复兴时说，这是一个需要巨人而且产生了巨人的时代，市民文化呼唤着自己的文化巨人。这时柳永出现了，他是中国历史上第一个专业的市民文学作家。市井这块沃土堆拥着他，托举着他，他像田禾见了水肥一样拼命地疯长，淋漓酣畅地发挥着自己的才华。

运用"拟人"和"类比"，形象地写出柳永是时代成就的伟大词人。

柳永于词的贡献，可以说如牛顿、爱因斯坦于物理学的贡献一样，是里程碑式的。他在形式上把过去只有几十字的短令，发展成为百多字的长调。在内容上把词从官词中解放出来，大胆引进了市民生活、市民情感、市民语言，从而开创了市民所歌唱着的是自己的词的局面。在艺术上他发展了铺叙手法，基本上不用比兴，硬是靠叙述、白描的功夫，创造出前所未有的意境。就像超声波探测，就像电子显微镜扫描，你得佩服他的笔怎么能伸入到这么细微绝妙的层次。他常常只用几个字，就是我们调动全套摄影器材也很难达到这个情景。比如这首已传唱九百年不衰的名作《八声甘州》：

运用比喻和对比修辞，形象生动地写出了柳永艺术上的高超成就。

　　对潇潇暮雨洒江天，一番洗清秋。渐霜风凄紧，关河冷落，残照当楼。是处红衰翠减，苒苒物华休。唯有长江水，无语东流。

　　不忍登高临远，望故乡渺邈，归思难收。叹

年来踪迹，何事苦淹留？想佳人、妆楼颙望，误几回、天际识归舟。争知我、倚阑干处、正恁凝愁。

一读到这些句子，我就联想到第一次置身于九寨沟山水中的感觉，那时照相根本不用选景，随便一抬手就是一幅绝妙的山水图。现在你对着这词，任裁其中一句都情意无尽，美不胜收。这种功夫，古今词坛能有几人。

艺术高峰的产生和自然界的名山秀峰一样，是不以人的意志为转移的，柳永自己也没有想到，他在中国文学史上会占有这样一个重要位置。就像我们现在作为典范而临摹的碑帖，很多就是死人墓里一块普通的刻了主人生平的石头，大部分连作者姓名也没有。凡艺术成就都是阴差阳错，各种条件交汇而成一个特殊气候，一粒艺术的种子就在这种气候下自然地生根发芽了。

柳永不是想当名作家而到市井中去的，他是怀着极不情愿的心情，考场落第后走向瓦肆勾栏，但是他身上的文学才华与艺术天赋，立即与这里喧闹的生活气息、优美的丝竹管弦和多情婀娜的女子发生共鸣。他在这里没有堕落，他跳进了一个消费的陷阱，却成了一个创造的巨人。这再次证明成事成才的辩证道理，一个人在社会这架大算盘上只是一颗珠子，他受命运的摆弄，但是在自身这架小算盘上他却是一只拨着算珠的

運用通感的修辞手法，将柳永词的艺术成就比作九寨沟的山水，都是精美绝伦。

一个人的成就，既有自身努力的必然，也有外在因素的偶然，无论如何，机会都是留给有准备的人。

绝妙的比喻句，把抽象的人生道理表达得清楚明晰，我们不能选择自己所处的环境，但是可以决定如何面对。

手，才华、时间、精力、意志、学识、环境，统统变成了由你支配的珠子。

一个人很难选择环境，却可以利用环境，大约每个人都有他基本的条件，也有基本的才学，他能不能成才成事，原来全在他与外部世界的关系怎么处理。就像黄山上的迎客松，立于悬崖绝壁，沐着霜风雪雨，就渐渐干挺如铁，叶茂如云，游人见了都要敬之仰之了。但是如果当初这一粒松子有灵，让它自选生命的落脚地，它肯定选择山下风和日丽的平原，只是一阵无奈的山风将它带到这里，或者飞鸟将它衔到这里，托于高山之上，寄于绝壁之缝。它哭天天不应，喊地地不灵，一阵悲泣（也许还有如柳永那样的牢骚）之后，也就把那岩石拍遍，痛下决心，既活就要活出个样子。它拼命地吸天地之精华，探出枝叶追日，伸着根须找水，与风斗与雪斗，终于成就了自己。这时它想到，多亏我留在了这里，要是生在山下将平庸一世。

生命是什么，生命就是创造，是携带着母体留下的那一点信息，去与外部世界做着最大限度的重新组合，创造一个新的生命。为什么逆境能成大才，就是因为在逆境下你心里想着一个世界，上天却偏要给你另外一个世界。两个世界矛盾斗争的结果，你便得到了一个超乎这两个之上的更新的、更完美的世界。而顺境下，时时天遂

> 以黄山迎客松的成长为例，来说明本段论点，"一个人很难选择环境，却可以利用环境。"

> 发人深省的议论句，面对生命中的挫折和磨难，我们不要怨天尤人，要主动创造全新的独特的完美世界。

人愿，你心里没有矛盾，没有企盼，没有一个理想中的新世界，当然也不会去为之斗争，为之创造，那就只有徒增马齿，虚掷一生了。柳永是经历了宋真宗、仁宗两朝四次大考才中了进士的，这四次共取士九百一十六人，其他九百一十五人都顺顺利利地当了官，有的或许还很显赫，但他们大都被历史忘得干干净净，而柳永至今仍享此殊荣。

呜呼，人生在世，天地公心。人各其志，人各其才，无大无小，贵贱不分。只要其心不死，才得其用，就能名垂后世，就不算虚度生命。这就是为什么历史记住了秦皇汉武，也同样记住了柳永。

卒章显志，在柳永的故事里思考我们的人生，心之所向，一往无前，有限的生命便能开出永恒的花朵。

魏俊芸　　　　　　　　点评老师

江西省南昌市优秀教师，曾获南昌市"园丁杯"语文课堂教学一等奖。

一个永恒的范仲淹

山东青州为中国最古老的行政区之一。当年大禹治水后将中国分为九州，即有青州，《尚书·禹贡》上有记。现在人们到青州来，主要是两件事，一是上山"拜寿"，二是到城里凭吊范仲淹。

出青州城南五里，有一山名云门山。自山脚下遥望山顶，崖上隐隐有一寿字，这就是人们要来看的奇迹。一条石阶小路折转而上，两边一色翠柏，枝枝蔓蔓，撒满沟沟壑壑。树并不很粗，却坚劲挺拔，都生在石上。树根缘石壁而行，如闪电裂空；树干破石而出，如大纛迎风。偶有一两株树直挡路中，那是修路时不忍斫损，特意留下的，树皮已被游人摸得油光。环视四周，让人感到往日岁月的细密。

片刻我们爬到半山望寿阁，在这里小憩，山顶石壁上的大红寿字已历历在目。回望山下，街市远退，田园如织。再鼓余勇，直迫山顶，这时再仰观那寿字，犹如一艘多桅巨船，挟云裹雾，好像就要压到头上。同行的一个小伙子贴身字上，还没有寿下"寸"字的一竖高。这是世界上最大的寿字，是书法的精品、极品，日本的书道专家还常渡海西来顶礼膜拜呢。这是明代嘉靖三十九年，青州衡王为自己祝寿时所刻，距今已四百多年。

山上残雪未消，我在料峭春风中，细细端详这个奇迹。这字高7.5米，宽3.7米，也不知当初怎样写上去、刻出来，却又这样不失间架结构，点画笔意。这衡王创造了奇迹，但他当时的目的并不为艺术，正如古墓中出土的魏碑，今天我们看作书法精品，当年不过是死者身边一块普通的石头。衡王刻字希冀自己长寿百岁，同时也向老百姓摆摆皇族的威风。但是数代之后衡王府就被抄家，命不能永存，威风也早风吹雨打去，倒是这个有艺术价值的寿字，寿到如今。

从寿字前左行，进一洞，洞如城门。回望门外云气蒸腾，这是云门山的由来。由门折上山巅，如鲤鱼之背，稍平，上有石阶，有亭，有庙，有佛窟。扶栏远眺，海风东来，云霭茫茫，山川河流，远城近乡，都渺渺如画。遥想当年大禹治水，从这里东去导流入海，天下才得以从漫漫洪水中解救出来，有此青州。从此，人们在这里男耕女织，一代一代地繁衍生息。

范仲淹曾来这里为官，李清照曾在这里隐居，衡王在这里治自己的小天地。人们在这石山上摩崖刻字，凿窟造像，叽叽喳喳，忙忙碌碌，

一句转折，衡王的气概随风而逝，反而是这无心插柳的"寿"字所体现出的艺术价值历久弥新，不禁让人深思。

这里运用白描的手法，朴素简练的笔法，几笔勾勒出云门山巅的地形，既清晰明了，又古朴凝重。

简单罗列范仲淹、李清照、衡王三人在青州的故事，增加了青州历史的深沉和厚重。

唯有这山默默无言。我想当年云门山神看着那个花钱刻字、以求福寿的衡王，肯定轻蔑地哼了一声便继续打坐入定了。我环山走着、看着这些从唐至明的遗迹，看着山下缭绕的云雾，真为云门山而骄傲，它蔑风雨而抗雷电，渺四野而越千年。林则徐说山："壁立千仞，无欲则刚。"它无求无欲，永存于世。

从山上下来，到青州城西去谒范公祠。这是人们为纪念北宋名臣范仲淹所修，千年来香火不绝。这祠并不大，大约就是两个篮球场大的院子。院心有一井，名范公井，传为范公所修。这井水也不一般，清洌有加，传范仲淹公余用此水调成一种"青州白丸药"，治民痼疾，颇有奇效。如同情人的信物，这井成了后人怀念范公的依托。宋人有诗云："甘清汲取无穷已，好似希文昔日心"（范仲淹字希文），现在这井还水清如镜。

将"范公井"比作情人的信物，最终成为后人跟范仲淹之间无法割裂的情感纽带，并借此寄托情思。

正东有三贤祠，中正供有范公像及其生平壁画。祠堂左右供欧阳修和富弼，他们都是当年推行庆历新政时的主持。院南有竹林一片，翠竹千竿，蔚然秀地灵之气。竹后有碑廊，廊中刻有范公的名文《岳阳楼记》。院心有古木三株，为唐楸宋槐，可知这祠的久远。树之北有冯玉祥将军的隶书碑联："兵甲富胸中，纵教他虏骑横飞，也怕那范小老子；忧乐观天下，愿今人砥砺

既写出了范仲淹的将帅之才，也写出了其与民同忧乐的为官之道，突出了冯玉祥对范仲淹溢于言表的敬佩之情。

振奋，都学这秀才先生。"这两句话准确地概括了范公的一生。

简述范仲淹的求学和履职经历，让范仲淹"忧乐观天下"的形象更加深入人心。

范仲淹从小丧父，家境贫寒。他发愤读书，早起煮一小盆粥，粥凉后划为四块，这就是他一天的饭食。以后他科举得官，授龙图阁大学士，为政清廉，且力图革新。后来，西夏频频入侵，朝中无军事人才，他以文官身份统兵戍边，大败敌寇。西夏人惊呼"他胸中自有雄兵百万"，边民尊称为"龙图老子"。连皇帝都按着地图说，有仲淹在，朕就不愁了。后又调回朝中主持庆历新政的改革，大刀阔斧地除旧图新，又频繁调各地任职，亲自推行地方政治的革新。无论在边防、在朝中、在地方，他总是"进亦忧，退亦忧"，其忧国忧民之心如炽如焰。范仲淹是一个

将范仲淹与诸葛亮、周恩来这样的行动派政治家进行类比，就是为了突出其"鞠躬尽瘁，死而后已"的精神。

诸葛亮、周恩来式的政治家，一生主要是实践。他按自己认定的处世治国之道，鞠躬尽瘁地去做，将全部才华都投身到处理具体政务、军务中去，并不着意为文。不是没有文才，是没有时间。

宋仁宗皇祐三年（1051年）范仲淹到青州任知府，这是他的官宦生涯，也是人生旅途的最后一站，第二年他便病逝于此地。《岳阳楼记》是他去世前七年，因病从前线调内地任职时所作。正如《出师表》一样，这是一个伟人后期的作品，也是他一生思想的结晶。我能想见，一个

老人在这小院中，在井亭下、竹林中是怎样地焦虑徘徊，自责自求，忧国忧民。他回忆着"人不寐，将军白发征夫泪"的戍边生活；回忆着"居庙堂之高"，伴君勤政的艰辛；回忆赈灾放粮，所见到的平民水火之苦。他总结历代先贤和自己一生的政治阅历，终于长叹一声："先天下之忧而忧，后天下之乐而乐。"这声大彻大悟的慨叹如名刹大庙里的钟声，浑厚沉远，震悟大千。

合理想象范仲淹因无法参与战事而内心焦虑的生活场景，一个心系国家、心忧天下的忠臣形象跃然纸上。

这一声长叹悠悠千年，激励着多少志士仁人，匡正了多少仕人官宦。《岳阳楼记》并不在岳阳楼上所作，洞庭湖之大观当时也不在先生眼前，可以说这是一篇借题发挥之作。范公将他对人生、对社会的理解，将他一生经历的政治波涛，将他胸中起伏的思潮，一起借洞庭湖的万千气象倾泻而出，然后又顿然一收，总成这句名言，化为彩虹，横跨天际，光照千秋。

春风拂动唐楸宋槐的新枝，翠竹摆动着嫩绿的叶片，这古祠在岁月长河中又迈入新的一年。范公端坐祠内，默默享受这满院春光。我于院中徘徊，面对范公、欧阳公和富公的神位，默想千年古史中，如他们这样职位的官员有多少，如他们这样勤勉治事的人又有多少，但为什么范仲淹能教人千年永记，时时不忘呢？我想一个人只是辛苦地实践、忠诚地牺牲还不行，这些只能随寿而终，只能被同时代的人理解。更重要的是，他

一个设问，同时将历任勤勉官员和范仲淹进行对比，引人深思，是什么使范仲淹超越时代，成为永恒。

将两种人的不同结局进行对比，既高度概括了范仲淹的功绩，又饱含深情地表达了对范仲淹的赞美。

要能创造一种精神，能提炼出一种符合民心、符合历史规律的思想，是那句"先天下之忧而忧，后天下之乐而乐"的名言，是这种进步的忧乐观使范仲淹得到了永恒。

走出三贤祠，上车出城。路边闪过两个高大的石牌楼，突兀兀地在寒风中寂寞。人说这是当年衡王府的旧址，多么威风的皇族，现在只剩下这路边的牌楼和山上的寿字。遥望云门，雾霭中翠柏披拂，奇峰傲立。在山上刻字的人终究留不住，留下的是这默默无言的山；把门楼修得很高的人还是存不住，长存的是那些曾用生命去推动历史车轮滚滚向前的人。

陈 洲　　　　　　　　　点 评 老 师

四川省成都市嘉祥外国语学校一级教师，获得成都市成华区语文课堂教学大赛一等奖。

乱世中的美神

　　李清照是因为那首著名的《声声慢》被人们所记住的。那是一种凄冷的美，特别是那句"寻寻觅觅，冷冷清清，凄凄惨惨戚戚"，简直成了她个人的专有品牌，彪炳于文学史，空前绝后，没有任何人能企及。于是，她便被当作了愁的化身。当我们穿过历史的尘烟，咀嚼她的愁情时，才发现在中国三千年的古代文学史中，特立独行、登峰造极的女性也就只有她一人，而对她的解读又"怎一个愁字了得"。

　　其实李清照在写这首词前，曾经有过太多太多的欢乐。

　　李清照于宋神宗元丰七年（1084年）出生于一个官宦人家。父亲李格非进士出身，在朝为官，地位并不算低，是学者兼文学家，又是苏东坡的学生。母亲也是名门闺秀，善文学。这样的出身，在当时对一个女子来说是很可贵的。官宦门第及政治活动的濡染，让她视界开阔，气质高贵。而文学艺术的熏陶，又让她能更深切细微地感知生活，体验美感。因为不可能有当时的照片传世，我们现在无从知道她的相貌。但据这出身推测，再参考她以后诗词所流露的神韵，她该天生就是一个美人坯子。李清照几乎一懂事，就开始接受中国传统文化的审美训练。又几乎是同时，她一边创作，一边评判他人作品，研究文艺理论。她不但会享受美，还能驾驭美，一下就跃上一个很高的起点，而这时她还只是一个待字闺中的少女。

请看下面这三首词：

绣面芙蓉一笑开，斜飞宝鸭衬香腮。眼波才动被人猜。

一面风情深有韵，半笺娇恨寄幽怀。月移花影约重来。

——《浣溪沙》

淡荡春光寒食天，玉炉沉水袅残烟，梦回山枕隐花钿。

海燕未来人斗草，江梅已过柳生绵，黄昏疏雨湿秋千。

——《浣溪沙》

蹴罢秋千，起来慵整纤纤手。露浓花瘦，薄汗轻衣透。

见客入来，袜刬金钗溜，和羞走。倚门回首，却把青梅嗅。

——《点绛唇》

一个天真无邪的少女，秀发香腮，面如花玉，情窦初开，春心萌动，难以按捺。她躺在闺房中，或者静静地看着沉香袅袅，或者起身写一封情书，然后又到后园里去与女伴斗一会儿草。

官宦人家的千金小姐，享受着舒适的生活，并能得到一定的文化教育，这在数千年封建社会中并不奇怪。令人惊奇的是，李清照并没有按常规初识文字，娴熟针绣，然后就等待出嫁。她饱览了父亲所有的藏书，文化的汁液将她浇灌得不但外美如花，而且内秀如竹。她在驾驭诗词格律方面已经如斗草、荡秋千般随意自如，而品评史实人物，却胸有丘壑，大气如虹。

唐开元、天宝间的"安史之乱"及其被平定，是中国历史上的一个大事件，后人多有评论。唐代诗人元结作有著名的《大唐中兴颂》，并请大书法家颜真卿书刻于壁，被称为"双绝"。与李清照同时的张文潜，是"苏门四学士"之一，诗名已盛，也算个大人物，曾就这道碑写了一首诗，感叹：

天遣二子传将来，高山十丈磨苍崖。
谁持此碑入我室，使我一见昏眸开。

这诗转闺阁，入绣户，传到李清照的耳朵

梁衡先生叙事善用"突转"手法。"文似看山不喜平"，在形式上，突转可以造成文势的波澜，使原有的平铺直叙变得摇曳多姿，形成跌宕起伏的动态美。

用"斗草、荡秋千"来比喻少女李清照在驾驭诗词格律方面的能力，极其恰当，不但符合她少女的形象，而且凸显其才华横溢。

节选自张文潜的《读中兴碑》。这是一首咏怀古迹的诗作，既凭吊古人，发百年兴废之感慨；又自抒胸襟，表达了对元结、颜真卿无限景仰之情。

里，她随即和一首道：

五十年功如电扫，华清花柳咸阳草。

五坊供奉斗鸡儿，酒肉堆中不知老。

胡兵忽自天上来，逆胡亦是奸雄才。

勤政楼前走胡马，珠翠踏尽香尘埃。

何为出战辄披靡，传置荔枝多马死。

尧功舜德本如天，安用区区纪文字。

著碑铭德真陋哉，乃令神鬼磨山崖。

你看这诗的气势，哪像是出自一个闺中女子之手。铺叙场面，品评功过，慨叹世事，不输浪漫豪放派的李白、辛弃疾。李父格非初见此诗不觉一惊，这诗传到外面更是引起文人堆里好一阵躁动。李家有女初长成，笔走龙蛇起雷声。少女李清照静静地享受着娇宠和才气编织的美丽光环。

爱情是人生最美好的一章。它是一个渡口，一个人将从这里出发，从少年走向青年，从父母温暖的翅膀下走向独立的人生，包括再延续新的生命。因此，它充满着期待的焦虑、碰撞的火花、沁人的温馨，也有失败的悲凉。它能奏出最复杂、最震撼人心的交响乐，许多伟人的生命都是在这一刻放出奇光异彩的。

当李清照满载着闺中少女所能得到的一切幸福，步入爱河时，她的美好人生又更上一层

此诗不仅批判腐化昏聩的唐明皇和诸般谄媚误国的佞臣，而且影射了北宋末年腐败的朝政。用借古喻今的方式来对当权者予以劝诫，表现诗人对北宋末年朝政的担忧。

化用白居易《长恨歌》中的"杨家有女初长成，养在深闺人未识"，李清照早早就因自己的才气和胸襟让世人钦佩。

用"火花、交响"来形容爱情，这种方法是文章五诀中"借形写形"写法的体现，用有形之物来说无形之感，形象生动体现爱情在人生中的意义。

楼，为我们留下了一部爱情经典。她的爱情不像西方的罗密欧与朱丽叶，也不像东方的梁山伯与祝英台。不是那种经历千难万阻、要死要活之后才享受到的甜蜜，而是起步甚高，一开始就跌在蜜罐里，就站在山顶上，就住进了水晶宫里。夫婿赵明诚是一位翩翩少年，两人又是文学知己，情投意合。赵明诚的父亲也在朝为官，两家门当户对。更难得的是，他们二人除一般文人诗词琴棋的雅兴外，还有更相投的事业结合点，金石研究。在不准自由恋爱，要遵媒妁之言、父母之命的封建时代，两人能有这样的爱情结局，真是天赐良缘，百里挑一了。陆游的《钗头凤》为我们留下爱的悲伤，而李清照为我们留下了爱情的另一端，爱的甜美。这个爱情故事，经李清照妙笔的深情润色，成了中国人千余年来的精神享受。

请看这首《减字木兰花》：

卖花担上，买得一枝春欲放。泪染轻匀，犹带彤霞晓露痕。

怕郎猜道，奴面不如花面好。云鬓斜簪，徒要教郎比并看。

这是婚后的甜蜜，是对丈夫的撒娇，从中也透出她对自己美丽的自信。

如何形象描述李清照和赵明诚之间的爱情呢？作者继续"借形写形"，借西方的罗密欧与朱丽叶、东方的梁山伯与祝英台两大爱情悲剧来对比，表明少女时期的词人获得了上天的眷顾，爱情之路不但顺畅而且甜美。同时用"跌在蜜罐里、站在山顶上、住进水晶宫里"等具体形象来形容这场爱恋，字里行间充溢着对两人爱情的赞美。

再看这首送别之作《一剪梅》：

　　红藕香残玉簟秋。轻解罗裳，独上兰舟。云中谁寄锦书来？雁字回时，月满西楼。

　　花自飘零水自流。一种相思，两处闲愁。此情无计可消除，才下眉头，却上心头。

玉簟（diàn），光滑似玉的精美竹席。

　　"此情无计可消除，才下眉头，却上心头。"这种相思之情笼罩心头，无法排遣，蹙着的愁眉方才舒展，而思绪又涌上心头，其内心的绵绵愁苦挥之不去，遣之不走。"才下、却上"，把外露的情感转向内心，把相思之苦表现得极其形象，体现出词人绵绵无尽的相思与愁情，成为千古绝唱。

　　离愁别绪，难舍难分，爱之愈深，思之愈切。另是一种甜蜜的、偷偷的咀嚼。

　　更重要的是，李清照绝不是一般的只会叹息几句"贱妾守空房"的小妇人，她在空房里修炼着文学，直将这门艺术炼得炉火纯青，于是这种最普通的爱情表达，竟变成了夫妻间的命题创作比赛，成了他们向艺术高峰攀登的记录。

　　请看这首《醉花阴·重阳》：

　　薄雾浓云愁永昼，瑞脑销金兽。佳节又重阳，玉枕纱橱，半夜凉初透。

　　东篱把酒黄昏后，有暗香盈袖。莫道不销魂，帘卷西风，人比黄花瘦。

　　这是赵明诚在外地时，李清照寄给他的一首相思词。彻骨地爱恋，痴痴地思念，借秋风、黄花表现得淋漓尽致。史载赵明诚收到这首词后，先为情所感，后更为词的艺术魅力所激，发誓要写一首超过妻子的词。他闭门谢客，三日得词五十首，将李词杂于其间，请友人评点，不料友人说只有三句最好："莫道不销魂，帘卷西风，人比黄花瘦。"赵自叹不如。这个故事流传极广，可想他们夫妻二人是怎样在相互爱慕中享受着琴瑟相和的甜蜜，这也令后世一切有才有貌却得不到相应爱情质量的男女感到一丝的悲凉。李清照自己在《金石录后序》里追忆那段生活时说："余性偶强记，每饭罢，坐归来堂烹茶，指堆积书史，言某事在某卷第几页第几行，以中否角胜负，为饮茶先后。中即举杯大笑，至茶倾覆怀中，反不得饮而起。"这是何等的幸福，何等的欢乐，怎一个"甜"字了得。这蜜一样的生活，滋养着她绰约的风姿和旺盛的艺术创造。

但上天早就发现了李清照更博大的艺术才华，如果只让她这样去轻松地写一点闺怨闲愁，中国历史、文学史将会从她的身边白白走过。于是宇宙爆炸、时空激荡，新的人格考验，新的命题创作一起推到了李清照的面前。

宋王朝经过一百六十七年"清明上河图"式的和平繁荣之后，天降煞星，北方崛起了一个游牧民族。金人一锤砸烂了都城汴京（开封）的琼楼玉苑，还掠走了徽、钦二帝，赵宋王朝于公元1127年匆匆南逃，开始了中国历史上民族国家极屈辱的一页。李清照在山东青州的爱巢也树倒窝

此句意为："我天性博闻强记，每次吃完饭，和明诚坐在归来堂上烹茶，指着堆积的史书，说某一典故在某书某卷第几页第几行，以猜中与否决定胜负，作为饮茶的先后。猜中了便举杯大笑，以至把茶倒在怀中，反而饮不到一口。"

又一"突转"，甜美不能成就真正的"美神"，它只是上苍为成就乱世中的"美神"打下的精神底子。

夸张手法，"一锤"极写出力之少，"砸烂"极写破坏之大，体现重文轻武的宋王朝面对气势汹汹的金人毫无回击之力。

散，一家人开始过起漂泊无定的生活。

南渡第二年，赵明诚被任命为京城建康的知府，不想就在这时发生了一件负国耻又蒙家羞的事。一天深夜城里发生叛乱，身为地方长官的赵明诚不是身先士卒指挥戡乱，而是偷偷用绳子缒城逃走。事定之后他被朝廷撤职，李清照这个柔弱女子，在这件事上却表现出大节大义，很为丈夫临阵脱逃而羞愧。赵被撤职后夫妇二人继续沿长江而上向江西方向流亡，一路难免有点别扭，略失往昔的鱼水之和。当行至乌江镇时，李清照得知这就是当年项羽兵败自刎之处，不觉心潮起伏，面对浩浩江面，吟下了这首千古绝唱：

> 生当作人杰，死亦为鬼雄。
> 至今思项羽，不肯过江东。
>
> ——《夏日绝句》

丈夫在其身后听着这一字一句的金石之声，面有愧色，心中泛起深深的自责。第二年（1129年）赵明诚被召回京复职，但随即患急病而亡。

人不能没有爱，如花的女人不能没有爱，感情丰富的女诗人就更不能没有爱。正当她的艺术之树在爱的汁液浇灌下苗壮成长时，上帝无情地斩断了她的爱河。李清照是一懂得爱就被爱所

这种大节大义并非突如其来，在李清照少女时期的诗文中已能窥见一斑。

"人杰"：人中的豪杰。汉高祖曾称赞开国功臣张良、萧何、韩信是"人杰"。"鬼雄"：鬼中的英雄。屈原《国殇》："身既死兮神以灵，子魂魄兮为鬼雄。"短短的二十个字，却连用三个典故，通过歌颂项羽的悲壮之举来讽刺南宋当权者不思进取、苟且偷生，可谓字字珠玑。

宠、被家所捧的人，现在一下被困在了干涸的河床上，她怎么能不犯愁呢？

失家之后的李清照开始了她后半生的三大磨难。

第一大磨难是：再婚又离婚，遭遇感情生活的痛苦。

赵明诚死后，李清照居无定所，身心憔悴。不久嫁给了一个叫张汝舟的人。对于李清照为什么改嫁，史说不一，但一个人生活的艰辛恐怕是主要原因。这个张汝舟，初一接触也是个彬彬有礼的君子，刚结婚之后张对她照顾得也还不错，但很快就露出原形，原来他是想占有李清照身边尚存的文物。这些东西李视之如命，而且《金石录》也还没有整理成书，当然不能失去。在张看来，你既嫁我，你的身体连同你的一切都归我所有，为我支配，你还会有什么独立的追求？

两人先是在文物支配权上闹矛盾，渐渐发现志向情趣大异，真正是同床异梦。张汝舟先是以占有这样一个美妇名词人自豪，后渐因不能俘获她的心，不能支配她的行为而恼羞成怒，最后完全撕下文人的面纱，拳脚相加，大打出手。华帐前、红烛下，李清照看着露出真面目的张汝舟，真是怒火中烧。曾经沧海难为水，心存高洁不低头。李清照视人格比生命更珍贵，哪里受得这种窝囊气，便决定与他分手。但在封建社会，女人

承上启下过渡句。作者从感情生活的痛苦、颠沛流离的愁苦、超越时空的孤独三个角度，来书写失家后的李清照所经历的三大磨难。由浅入深，层层深入，带着读者寻觅在不幸磋磨下慢慢呈现出的风骨。

化用元稹《离思五首》中的"曾经沧海难为水，除却巫山不是云"一句。原句多喻指

对爱情的忠诚，说明非伊莫属，爱不另与。作者化用此句，暗含曾拥有甜蜜爱情的李清照在"居无定所，身心憔悴"时的改嫁并不是爱情所致，而在看清这一点后，她自然为守高洁心志而选择分手。

此句意为："我怎么会在自己的晚年，以清清白白之身，嫁给这么一个肮脏低劣的市侩呢。"作者从信中择取此句，正是为了表明李清照虽遇人不淑，但绝不苟且，宁为玉碎不为瓦全。少女时期的词人"内秀如竹"，再婚后的她呈现出的依旧是"凛凛冰霜节，修修玉雪身"的品格。

要离婚谈何容易。无奈之中，李清照走上一条绝路，鱼死网破，告发张汝舟的欺君之罪。

原来，张汝舟在将李清照娶到手后十分得意，就将自己科举考试作弊过关的事拿来夸耀，这当然是大逆不道。李清照知道，只有将张汝舟告倒治罪，自己才能脱离这张罗网。但依宋朝法律，女人告丈夫，无论对错输赢，都要坐牢两年。李清照是一个在感情生活上绝不凑合的人，她宁肯受皮肉之苦，也不受精神的奴役。一旦看穿对方的灵魂，她便表现出无情的鄙视和深切的懊悔。她在给友人的信中说："猥以桑榆之晚景，配兹驵侩之下材。"她是何等刚烈之人，宁可坐牢下狱也不肯与"驵侩"之人为伴。

这场官司的结果是张汝舟被发配到柳州，李清照也随之入狱。我们现在想象李清照为了婚姻的自由，在大堂之上，昂首挺胸，将纤细柔弱的双手伸进枷锁中的一瞬，其坚毅平和之态真不亚于项羽引颈向剑时那勇敢的一刈。可能是李清照的名声太大，当时又有许多人关注此事，再加上朝中友人帮忙，李只坐了九天牢便被释放了。但这在她心灵深处留下了重重的一道伤痕。

今天男女之间分离结合是合法合情的平常事，但在宋代，一个女人，尤其是一个读书女人的再婚又离婚就要引起社会舆论的极大歧视。在当时和事后的许多记载李清照的史书中，都是一面肯定她的才华，同时又无不以"不终晚节""无检操""晚节流荡无归"记之。节是什么？就是不管好坏，女人都得跟着这个男人过，就是你不许有个性的追求。可见我们的女诗人当时是承受了多么大的心理压力。但是她不怕，她坚守独立的人格，坚持高质量的爱情，她以两个月的时间快刀斩乱麻，甩掉了张汝舟这个"驵侩"包袱，便全身心地投入到《金石录》的编写中去了。现在我们读这段史料，真不敢相信是发生在近千年以前宋代的事，倒像是一个"五四"时代反封建的新女性。

生命对人来说只有一次，那么爱情对一个人来说有几次呢？大概最美好的、最揪心彻骨的也只有一次。爱情是在生命之舟上做着的一种极危险的实验，是把青春、才华、时间、事业都要赌进去的实验。只有极少的人第一次便告成功，他们像中了头彩的幸运者一样，一边窃喜着自己的侥幸，美其名曰"缘"；一边又用同情、怜悯的目光审视着其余芸芸众生的失败，或者半失败。李清照本来是属于这一类型的，但上苍欲成其名，必先夺其情，苦其心，于是就把她赶出这幸福一族，先是让赵明诚离她而去，再派一个张汝舟来试其心志。她驾着一叶生命的孤舟，迎着世俗的恶浪，以破釜沉舟的胆力做了好一场恶斗。本来爱情一次失败，再试成功，甚而更加风光者

宋代以后，经周敦颐、二程、朱熹等理学大师们的大力提倡，"存天理，灭人欲"，"饿死事极小，失节事极大"这一套说教逐渐成为人们的精神枷锁。在这样的社会背景之下，李清照想离婚就要承受来自社会强大的舆论压力。

化用孟子《生于忧患，死于安乐》中"故天将降大任于是人也，必先苦其心志"一句，告诉读者，李清照的惊才绝艳更多来自后天历经的苦难。

大有人在，司马相如与卓文君就是。李清照也是准备再攀爱峰的，但可惜没有翻过这道山梁。这是一个悲剧，一个女人心中爱的火花就这样永远地熄灭了，这怎么能不令她沮丧，叫她犯愁呢？

李清照的第二大磨难是：身心颠沛流离，四处逃亡。

建炎三年（1129年）八月，丈夫赵明诚刚去世，九月就有金兵南犯。李清照带着沉重的书籍文物开始逃难。她基本上是追随着皇帝逃亡的路线，国君是国家的代表啊。但是这个可怜可恨的高宗赵构并没有这个觉悟，他不代表国家，就代表他自己的那条小命。他从建康出逃，经越州、明州、奉化、宁海、台州，一路逃下去，一直漂泊到海上，又过海到温州。

李清照一个孤寡妇人，眼巴巴地追寻着国君远去的方向，自己雇船、求人、投亲靠友，带着她和赵明诚一生搜集的书籍文物，这样苦苦地坚持着。赵明诚生前有托，这些文物是舍命也不能丢的，而且《金石录》也还没有出版，这是她一生的精神寄托。她还有一个想法，就是这些文物在战火中靠她个人实在难以保全，希望追上去送给朝廷，但是她始终没能追上皇帝。

她在当年十一月流浪到衢州，第二年三月又到越州。这期间，她寄存在洪州的两万卷书、两千卷金石拓片又被南侵的金兵焚掠一空。而到

通过"孤舟"与"恶浪"的对比，写出李清照的艰难，"破釜沉舟"写出她的坚毅和决绝，"一场恶斗"更是表明这场婚姻之战的艰难。通过比喻与对比，读者不但能明白李清照的痛苦和坚毅，更能体会到作者对她的敬意和推崇。

"眼巴巴"指急切的盼望，"追寻"指跟踪寻找，李清照盼望的无非是朝廷对子民的爱护，此处极写期盼之深重，追寻之艰难，为她最后看到龙旗龙舟"消失"的失落、茫然做铺垫。

越州时，随身带着的五大箱文物又被贼人破墙盗走。1130年11月，皇帝看到身后跟随的人太多不利逃跑，干脆就下令遣散百官。李清照望着龙旗龙舟消失在茫茫大海中，就更感到无限的失望。按封建社会的观念，国家者，国土、国君、百姓。今国土让人家占去一半，国君让人家撵得抱头鼠窜，百姓四处流离。国已不国，君已不君，她这个无处立身的亡国之民怎么能不犯愁呢？李清照的身心在历史的油锅里忍受着痛苦的煎熬。

大约是在避难温州时，她写下这首《添字丑奴儿》：

窗前谁种芭蕉树？阴满中庭。阴满中庭，叶叶心心，舒卷有馀清。

伤心枕上三更雨，点滴霖霪。点滴霖霪，愁损北人，不惯起来听。

"北人"是什么样人呢？就是流浪之人，是亡国之民，李清照正是其中的一个。中国历史上的异族入侵多是由北而南，所以"北人"逃难就成了一种历史现象，也成了一种文学现象。"愁损北人不惯起来听"，我们听到了什么呢？听到了祖逖中流击水的呼喊；听到了陆游"遗民泪尽胡尘里，南望王师又一年"的叹息；听到了辛弃疾"可堪回首，佛狸祠下，一片神鸦社鼓"的无

"消失"的不仅是龙舟，更是子民对朝廷的信任。李清照一路逃难，却在此刻发现"国已不国，君已不君"，自己已成"无处立身的亡国之民"。

出自陆游《秋夜将晓出篱门迎凉有感二首·其二》。

出自辛弃疾的《永遇乐·京口北固亭怀古》。

奈；更仿佛听到了"我的家在东北松花江上"那悲凉的歌声。

1134年，金人又一次南侵，赵构又弃都再逃，李清照第二次流亡到了金华。国运维艰，愁压心头，有人请她去游附近的双溪名胜，她长叹一声，无心出游。

风住尘香花已尽，日晚倦梳头。物是人非事事休，欲语泪先流。

闻说双溪春尚好，也拟泛轻舟。只恐双溪舴艋舟，载不动许多愁。

——《武陵春》

李清照在流亡途中居无定所，国家支离破碎，到处物是人非，这愁就是一条船也载不动啊！这使我们想起杜甫在逃难中的诗句"感时花溅泪，恨别鸟惊心"。李清照这时的愁早已不是"一种相思，两处闲愁"的家愁、情愁，现在国已破，家已亡，就是真有旧愁，想觅也难寻了。她这时是《诗经》的《离黍》之愁，是辛弃疾"而今识尽愁滋味"的愁，是国家民族的大愁，她是在替天发愁啊。

李清照是恪守"诗言志，歌永言"古训的。她在词中歌唱的主要是一种情绪，而在诗中直抒的才是自己的胸怀、志向、好恶。因为她的词名太甚，所以人们更多地看到她愁绪满怀的一面。我们如果参读她的诗文，就能更好地理解她的词背后所蕴含的苦闷、挣扎和追求，就知道她到底愁为哪般了。

　　1133年，高宗忽然想起应派人到金国去探视一下徽、钦二帝，顺便打探有无求和的可能。但听说要入虎狼之域，一时朝中无人敢应命。大臣韩肖胄见状自告奋勇，愿冒险一去。李清照日夜关心国事，闻此十分激动，满腹愁绪顿然化作希望与豪情，便作了一首长诗相赠。她在序中说："有易安室者，父祖皆出韩公门下，今家世沦替，子姓寒微，不敢望公之车尘。又贫病，但神明未衰弱。见此大号令，不能忘言，作古、律诗各一章，以寄区区之意，以待采诗者云。"

　　当时她是一个贫病交加、身心憔悴、独身寡居的妇道人家，却还这样关心国事。不用说她在朝中没有地位，就是在社会上也轮不到她来议论这些事啊。但是她站了出来，大声歌颂韩肖胄此举的凛然大义："愿奉天地灵，愿奉宗庙威。径持紫泥诏，直入黄龙城。""脱衣已被汉恩暖，离歌不道易水寒。"她愿以一个民间寡妇的身份临别赠几句话："闾阎嫠妇亦何知，沥血投书干记室。""不乞隋珠与和璧，只乞乡关新信息。""子孙南渡今几年，飘零遂与流人伍。欲将血泪寄山河，去洒东山一抔土。"

"诗言志，歌咏言"。词，宣泄的是李清照的情感；诗，则是抒发她胸怀志向的。从情绪到胸怀，从感性到理性，通过诗词互文参读，作者带领读者一步步贴近李清照。

诗名为《上枢密韩肖胄诗二首·其一》。表现了诗人以一个民间寡妇的身份，对肩负重任的使者崇敬和期待，表达了诗人的爱国情怀。

用典，希望两位使者像韩信忠于汉室、荆轲勇于赴难那样，完成出使任务，从而对韩胡二人表达了崇敬之情。

浙江金华有因南北朝时沈约曾题《八咏诗》而得名的一座名楼。李避难于此，登楼遥望这残存的南国半壁江山，不禁临风感慨：

千古风流八咏楼，江山留与后人愁。
水通南国三千里，气压江城十四州。

——《题八咏楼》

悲宋室之不振，慨江山之难守，此诗中的"江山留与后人愁"之句，堪称千古绝唱。

我们单看这诗的气势，这哪里像一个流浪中的女子所写啊！倒像一个亟待收复失地的将军，或一个忧国伤时的臣子。那一年我到金华，特地去凭吊这座名楼，时日推移，楼已被后起的民房拥挤在一处深巷里，但依然鹤立鸡群，风骨不减当年。一位看楼的老人也是个李清照迷，他向我讲了几个李清照故事的民间版本，又拿出几页新搜集的手抄的李词送给我。我仰望危楼，俯察巷陌，深感词人英魂不去，长在人间。李清照在金华避难期间，还写了一篇《打马赋》。"打马"本是当时的一种赌博游戏，李却借题发挥，在文中大量引用历史上名臣良将的典故，状写金戈铁马、挥师疆场的气势，谴责宋室的无能。文末直抒自己烈士暮年的壮志：

"鹤立鸡群，风骨不减当年"，言辞之间带着作者浓重的敬佩之情。楼本无情，风雨之中寄予它情怀的是人的情感。

木兰横戈好女子！老矣谁能志千里，但愿相将过淮水！

此句意为：木兰这样的好女子和勇敢的老

　　从这些诗文中可以看见，她真是"位卑不敢忘忧国"，何等的心忧天下，心忧国家啊！"但愿相将过淮水"，这使我们想起祖逖闻鸡起舞，想起北宋抗金名臣宗泽病危之时仍拥被而坐大喊：过河！这是一个女诗人，一个"闾阎嫠妇"发出的呼喊啊！与她早期的闲愁闲悲真是相差十万八千里。这愁中又多了多少政治之忧、民族之痛啊！

　　后人评李清照常常止于她的一怀愁绪，殊不知她的心灵深处，总是冒着抗争的火花和对理想的呼喊，她是为看不到出路而愁啊！她不依奉权贵，不违心做事。她和当朝权臣秦桧本是亲戚，秦桧的夫人是她二舅的女儿，亲表姐。但是李清照与他们概不来往，就是在她的婚事最困难的时候，她宁可去求远亲也不上秦家的门。秦府落成，大宴亲朋，她也拒不参加。

　　她不满足于自己"学诗谩有惊人句"，而"欲将血泪寄山河"，她希望收复失地，"径持紫泥诏，直入黄龙城"。但是她看到了什么呢？是偏安都城的虚假繁荣，是朝廷打击志士、迫害忠良的怪事，是主战派和民族义士们血泪的呼喊。1142年，也就是李清照五十八岁这一年，岳飞被秦桧下狱害死，这件案子惊动京城，震动全国，乌云压城，愁结广宇。李清照心绪难宁，我们的女诗人又陷入更深的忧伤之中。

英雄，其志在千里之外的战场上，但愿能随他们渡过淮水回到家乡。

　　直抒胸臆，"呼喊、政治之忧、民族之痛"，作者将心中的情感倾吐出来，通过真诚、浓烈而动人心弦的感情抒发，体现出作者对李清照忧民、忧国、忧君的崇敬之情。

　　连用四字短语，增强语势，充分表达岳飞被害一案的影响力，表现李清照对此事的忧伤，以及透过冤案看到国家危难时的忧虑。

前文已用"苦海"比喻李清照此时的生活，以"一叶孤舟"比喻其命运，凸显上苍对她的磨难之深。然而，"但"一字转折，却表明她还需要面对更大的磨难——超越时空的孤独。

"暮年、没有孩子、孤清的小院落、没有一个亲人"，一连串的修饰语表明了李清照当时处境之恶劣。"秋风、黄叶"，环境描写，更是凸显出她的孤寒。

连用四字短语形容李清照的理想、才情、胸襟以及她的处境，前后对比鲜明，烘托强烈。

李清照遇到的第三大磨难是：超越时空的孤独。

感情生活的痛苦和对国家民族的忧心，已将她推入深深的苦海，她像一叶孤舟在风浪中无助地飘摇。但如果只是这两点，还不算最伤最痛，最孤最寒。本来生活中婚变情离者，时时难免；忠臣遭弃，也是代代不绝。更何况她一柔弱女子又生于乱世呢？问题在于她除了遭遇国难、情愁，就连想实现一个普通人的价值，竟也是这样难。已渐入暮年的李清照没有孩子，守着一孤清的小院落，身边没有一个亲人，国事已难问，家事怕再提，只有秋风扫着黄叶在门前盘旋，偶尔有一两个旧友来访。

她有一孙姓朋友，其小女十岁，极为聪颖。一日孩子来玩时，李清照对她说，你该学点东西，我老了，愿将平生所学相授。不想这孩子脱口说道："才藻非女子事也。"李清照不由得倒抽一口凉气，她觉得一阵晕眩，手扶门框，才使自己勉强没有摔倒。童言无忌，原来在这个社会上有才有情的女子是真正多余啊！而她却一直还奢想什么关心国事、著书立说、传道授业。她收集的文物汗牛充栋，她学富五车，词动京华，到头来却落得个报国无门，情无所托，学无所传，别人看她如同怪物。

李清照感到她像是落在四面不着边际的深渊

里，一种可怕的孤独向她袭来，这个世界上没有一个人能读懂她的心。她像祥林嫂一样茫然地行走在杭州深秋的落叶黄花中，吟出这首浓缩了她一生和全身心痛楚的，也确立了她在中国文学史上地位的《声声慢》：

　　寻寻觅觅，冷冷清清，凄凄惨惨戚戚。乍暖还寒时候，最难将息。三杯两盏淡酒，怎敌它，晚来风急。雁过也，正伤心，却是旧时相识。

　　满地黄花堆积，憔悴损，如今有谁堪摘。守着窗儿，独自怎生得黑。梧桐更兼细雨，到黄昏，点点滴滴。这次第，怎一个愁字了得！

　　是的，她的国愁、家愁、情愁，还有学术之愁，怎一个愁字了得！

　　李清照寻寻觅觅的是什么呢？从她的身世和诗词文章中，我们至少可以看出，她在寻觅三样东西：一是国家民族的前途。她不愿看到山河破碎，不愿"飘零遂与流人伍""欲将血泪寄山河"。在这点上她与同时代的岳飞、陆游及稍晚的辛弃疾是相通的。但身为女人，她既不能像岳飞那样驰骋疆场，也不能像辛弃疾那样上朝议事，甚至不能像陆、辛那样有政界、文坛朋友可以痛痛快快地使酒骂座、痛拍栏杆。她甚至没有机会和他们交往，只能独自一人愁。

二是寻觅幸福的爱情。她曾有过美满的家庭,有过幸福的爱情,但转瞬就破碎了。她也做过再寻真爱的梦,但又碎得更惨,甚至身负枷锁,银铛入狱。还被以"不终晚节"载入史书,生前身后受此奇辱。她能说什么呢?也只有独自一人愁。

三是寻觅自身的价值。她以非凡的才华和勤奋,又借着爱情的力量,在学术上完成了《金石录》巨著,在词艺上达到了空前的高度。但是,那个社会不以为奇,不以为功,连那十岁的小女孩都说"才藻非女子事",甚至后来陆游为这个孙姓女子写墓志时都认为这话说得好。以陆游这样热血的爱国诗人,也认为"才藻非女子事",李清照还有什么话可说呢?她只好一人咀嚼自己的凄凉,又是只有一个愁。

李是研究金石学、文化史的,她当然知道从夏商到宋,女人有才藻、有著作的寥若晨星,而词艺绝高的也只有她一人。都说物以稀为贵,而她却被看作是异类、是叛逆、是多余。她环顾上下两千年,长夜如磐,风雨如晦,相知有谁?鲁迅有一首为歌女立照的诗:"华灯照宴敞豪门,娇女严妆侍玉樽。忽忆情亲焦土下,佯看罗袜掩啼痕。"李清照是一个被封建社会役使的歌者,她本在严妆靓容地侍奉着这个社会,但忽然想到她所有的追求都已失落,她所歌唱的无一实现,不由得一阵心酸，只好"佯说黄花与秋风"。

李清照的悲剧就在于她是生在封建时代的一个有文化的女人。作为女人，她处在封建社会的底层，作为一个知识分子，她又处在社会思想的制高点，她看到了许多别人看不到的事情，追求着许多别人不追求的境界，这就难免有孤独的悲哀。

本来，三千年封建社会，来来往往有多少人都在心安理得、随波逐流地生活。你看，北宋仓皇南渡后不是又夹风夹雨、称臣称儿地苟延了一百五十二年吗？尽管与李清照同时代的陆游愤怒地喊道："公卿有党排宗泽，帷幄无人用岳飞。"但朝中的大人们不是照样做官，照样花天酒地吗？你看，虽生乱世，有多少文人不是照样手摇折扇、歌咏风月、舞文弄墨了一生吗？你看，有多少女性，就像那个孙姓女子一般，不学什么辞藻，不追求什么爱情，不是照样生活吗？但是李清照却不，她以平民之身，思公卿之责，念国家大事；以女人之身，求人格平等，寻爱情之尊。无论对待政事、学业还是爱情、婚姻，她绝不随波，绝不凑合，这就难免有了超越时空的孤独和无法解脱的悲哀。

她背着沉重的十字架，集国难、家难、婚难和学业之难于一身，凡封建专制制度所造成的政治、文化、道德、婚姻、人格方面的冲突、磨

女连悲伤都不自由的不幸。"佯看"，更见出少女的不得已。强颜欢笑的痛苦才是最深沉的痛苦，这不正是李清照当时处境的写照吗？

用一连串的反问组成排比，写出三千年封建社会，来来往往的许多人都在心安理得、随波逐流地生活，反衬李清照不与世俗同流合污的风骨，以及坚持这一风骨的不易。

"绝不随波，绝不凑合"，所以李清照才会在磨难中辗转挣扎苦痛。但也正因为如此，她才能在男性为主场的历史中活成闪耀的"美神"。

难，都折射在她那如黄花般瘦弱的身子上。一如她的名字所昭示的，"明月松间照，清泉石上流"。李清照骨子里所追求的是一种人格的超群脱俗，这就难免像屈原一样"众人皆醉我独醒"，难免有超现实的理想化的悲哀。

有一本书叫《百年孤独》，李清照是千年孤独，环顾女界无同类，再看左右无相知，所以她才上溯千年到英雄霸王那里去求相通，"至今思项羽，不肯过江东"。还有，她不可能知道，千年之后到封建社会气数将尽时，才又出了一个与她相知相通的女性，秋瑾。那秋瑾回首长夜三千年，也长叹了一声："秋雨秋风愁煞人！"

此句作为秋瑾女士的遗言而广为传诵。充分表达出秋瑾对封建黑暗统治的不满，和忧国忧民、壮志未酬的悲愤心情。

如果李清照像那个孙姓女孩或者鲁迅笔下的祥林嫂一样，是一个已经麻木的人，也就算了；如果李清照是以死抗争的杜十娘，也就算了。她偏偏是以心抗世，以笔唤天。她凭着极高的艺术天赋，将这漫天愁绪又抽丝剥茧般地进行了细细的纺织，化愁为美，创造了让人们永远享受无穷的词作珍品。

李清照的前半生是"美"的，后半生是"愁"的，但"内秀如竹"的秉性却让她"化愁为美"，最终成为乱世中的"美神"。

李词的特殊魅力就在于它一如作者的人品，于哀怨缠绵之中有执着坚韧的阳刚之气，虽为说愁，实为写真情大志，所以才耐得人百年千年地读下去。郑振铎在《中国文学史》中评价说："她是独创一格的，她是独立于一群词人之中的。她不受别的词人的什么影响，别的词人也似

引用郑振铎在《中国文学史》中对李清照

乎受不到她的影响。她是太高绝一时了，庸才的作家是绝不能追得上的。无数的词人诗人，写着无数的离情闺怨的诗词，他们一大半是代女主人翁立言的，这一切的诗词，在清照之前，直如粪土似的无可评价。"于是，她一生的故事和心底的怨愁就转化为凄清的悲剧之美，她和她的词也就永远高悬在历史的星空。

随着时代的进步，李清照当年许多痛苦着的事和情都已有了答案，可是当我们偶然再回望一下千年前的风雨时，总能看见那个立于秋风黄花中的寻寻觅觅的美神。

的评价，耐人寻味，在文章中有着画龙点睛和升华主题的作用。

呼应首段，总结全文，升华主题。

徐敏红　　点 评 老 师

浙江省温岭市箬横镇中学语文高级教师，温岭市教坛新秀。

徐霞客的丛林

　　丛林这个词，在自然界就是树林，密密麻麻，丛生着的树木；在佛教里是指僧人聚居的地方——寺院，后来演变成寺院管理。大概出家人总是在远离烟火的地方修行，那里除了树林还是树林。于是丛林，就同时为自然界和精神界所借代，横跨两域而囊括四方。而有一个人，却一生都在这两个丛林里穿行，他就是徐霞客，让我们现在来截取一段他最后的丛林生活。

　　徐霞客是中国的旅行文学之祖，他一生足迹遍及现在全国的二十一个省，经三十年撰成六十万字的《徐霞客游记》。我总在好奇地想一个问题，古代交通不便，山水阻隔，而且像旧小说上说的那样，还时有强人出没。以他一人之力，是怎么完成这个壮举的？2018年11月，我到云南宾川县找树，却误撞入徐霞客的丛林——他穿行过的树林和探访过的寺院，才知道他的游历绝不是我们想象的那样单枪匹马。

　　徐霞客从二十二岁开始，游历了中国的东南部和北部。到1636年，他已四十九岁，翘首西望，彩云之南还有一块神秘之地未曾去过。他自知时日不多，便决然地对家人说，我将寄身天涯，再探胜地，家里勿念，生死由之。就这样，徐霞客开始了他人生的收官之旅。

同乡的静闻和尚知他远行，说吾闻云南有佛地鸡足山，心向往之，早刺血写就了一部《法华经》，今日正好与你结伴，亲送血经，了我大愿。他们离开江阴，晓行夜宿，不想行至湖南境内遭强人打劫，行李、银两尽失。静闻一病不起，他对徐说，吾将不生，请务必将这部血经与我的骨灰带到鸡足山，拜托，拜托。静闻死后，徐霞客将其火化，捧经负骨，一路向鸡足山而来。

我们现在查到的日期，徐霞客是明崇祯十一年（1638年）十二月二十二日进山的，还带了一个姓顾的随身仆人，就是日记里常提到的顾仆。他这次连续住了三十天，每天写一篇游记。后应丽江土司之邀下山，第二年八月又再返回山上，日记续写到九月十四日，是为《徐霞客游记》的最后一篇。两次共考察记录了二十五寺、十九庵、二十七静室、六阁和两庙。而吃住、供应、交际，几乎全都是在寺院里。日出而作，青山绿水；日入而息，黄卷青灯。终日在两个丛林中穿行，超凡脱俗，过着化外生活。

作为旅行文学家他有一种天生的使命感，就是发现自然之美并诉诸美妙的文字，我们至今

开启"万里遐征"，一遂平生之愿。阔达豪迈之余，亦有悲壮之意。

现在人们常将寺和庙混为一谈，实际上二者的意义和作用明显不同。一般来讲，寺是男佛教徒修行的场所，如少林寺、灵隐寺、净慈寺、悬空寺等；庙是人们祭祀鬼神的场所，如家庙、孔庙、关帝庙、岳王庙等。

运用对偶修辞，语言凝练，韵味悠长，将徐霞客在鸡足山的考察生活写得极富诗意。

可与之分享快乐。徐霞客在这里寻奇觅险，就连随从、仆人都不敢上的地方，他常一人攀藤附葛，直达绝顶。舍身崖，一般都是佛地名山的最高最险处，只有舍身敬佛的教徒，为表虔诚才肯冒险一试。你看他是这样登上鸡足山舍身崖的："余攀蹑从之，顾仆不能至。时罡风横厉，欲卷人掷向空中。余手粘足踞，幸不为舍身者，几希矣。"半空绝壁，大风能把人抛向谷中。他"手粘足踞"像壁虎一样地爬了上去。而遇风景优美处，则如在仙境。水帘洞"垂空洒壁，历乱纵横，皆如明珠贯索"，石上绿苔"若绚彩铺绒，翠色欲滴"，崖畔"巨松夹陇，翠荫分流"。

　　这里所说的水帘洞和《西游记》无关。一般而言，凡"前有水帘，后有洞天"的景观都可称为"水帘洞"，我国境内此类景观有多处，民间甚至有"六大水帘洞、十大水帘洞"之说。

　　"斫"（zhuó），此处为砍的意思。

　　他去探一个壁上的奇洞，没有路，"见一木依崖直立，少斫级痕以受趾，遂揉木升崖……足之力半寄于手，手之力半无所寄，所谓凭虚御风，而实凭无所凭，御无所御也。"你看，这简直是练杂技。仅靠在一根直木上砍出的几个印子，只能踩住脚趾，就敢攀岩。而且，你再细细品读"揉木升崖"的那个"揉"字，用得多好。他只能全神贯注地体会脚下这力，反复试踏，揉挪脚趾，如履薄冰。我们现代人开车，碰到难停的车位，或需小心地调头、倒车、错车时，就常用"揉车"这个词，原来在三百年前徐霞客就早有发明。遇有风景好的时候，他则心情大好。"（楼）前瞰重壑，左右抱两峰，甚舒而称。楼

　　攀舍身崖，"揉"依崖木，既难又险，非志在其中、乐在其中而不能为。

前以杪松连皮为栏，制朴而雅，楼窗疏灵明静。度除夕于万山深处，此一宵胜人间千百宵。"

　　他几乎每天都是在这样地冒险、享受，其乐无穷，他的日记就是一部旅游词典。类似的妙语还有：蚁附虫行、悬峻梯空、涧水泠泠、乔松落落，等等。登山时"作猿猴升"；民俗的热闹"鼓吹填街"；除夕夜举火朝山的人群"彻夜荧然不绝"。他登上鸡足最高峰，看东北方向，雪山皑皑，金沙江明灭一线，蜿蜒东来。徐霞客终于完成了中国地学的新发现，金沙江才是长江的源头："而雪山之东，金沙江实透腋南注。"只有登临绝顶，俯视大千，揽山河于怀中，才会溢出"透腋南注"这样的词句，真巨笔如椽，气达乾坤。连毛泽东都很佩服他。1958年1月28日毛泽东在最高国务会议上说："他（徐霞客）跑了那么多路，找出了金沙江是长江的发源。'岷江导江'，这是经书上讲的，他说这是错误的，他说是'金沙江导江'。""他不到处跑，怎么能写得那么好？这不仅是科学作品，也是文学作品。"毛泽东一直有一个梦想，说过多次要做一回徐霞客，步行走一次长江、黄河。

　　徐霞客是大学问家，他的旅行自然不在游玩山水，而是游学山水，把文章写在大地上和山水之间。晚年的徐霞客已经声名远播，粉丝如云。许多人争相为他提供考察线索，而地方上也常以

　　徐霞客"志在四方"，此番游历可谓"求仁得仁"，尽得山水之乐，遂生"此一宵胜人间千百宵"之感慨！语义夸张，表达了他对此时、此地、此景强烈的喜爱和珍重之情。

　　"椽"（chuán），指架在檩（lǐn）子上承接屋面和瓦片的长条形木料。巨笔如椽，意为像椽子一般巨大的笔。比喻记录大事的手笔，也比喻笔力雄健的文辞。

　　徐霞客在那个思想禁锢的时代，敢于质疑《尚书》所记载的"岷江导江"，大胆提出"金沙江导江"，终结了流传两千年的错误认识，殊为不易。

能接待他为荣。这就应了马克思的那句话，人是各种社会关系的总和。他早不是一个自然的个体人，而已是一个社会的人，他的行走也成了文化上的穿针引线。

徐霞客在西行前，当时的大学者陈继儒分别写介绍信给滇中名士唐大来、丽江土司木增，和鸡足山上的主持弘辨、安仁二僧。而这二僧当年曾在江浙一带修行，木增土司又很向往汉文化，宗教成了南北四方文化交流的纽带。徐霞客人还未到，消息就不胫而走，僧俗人等翘首以盼。徐到后的第一件事情，就是安顿好静闻和尚的后事。上山当天他先进的是大觉寺，一进山门就解下包袱，献上血经，将静闻和尚的骨灰挂于院中的一株宋梅上，商议如何修塔归葬。而他也好像有了回家的感觉。

忠静闻所托，偿"鸡足"之愿。这段友情感人至深，可谓人间佳话。

云南省的宾川县为金沙江南岸之干热河谷，海拔从一千四百米到三千三百米不等，是典型的立体气候，植物品种极为丰富。感谢徐霞客在三百多年前就穿行在这片丛林里，给我们留下了生物多样性的记录。《徐霞客游记》中详细描写了鸡足山从山下到山顶的松树、胡桃、栗树、桂子、竹、草、兰等。他总是以一种好奇的、喜悦的心情观察自然，山水多情，草木有灵。

此处写松树家族的分类情况，突出云南松的与众不同。

鸡足山上长着一种云南松，为松科松属的常绿乔木。松树是一个大家族，世界上的松树种

类有八十余种，在我国分布于华北、西北的有油
松、樟子松、黑松和赤松；华中的有马尾松、黄
山松、高山松；川滇地区的有云南松、思茅松。
松树以其耐旱、抗寒、长寿和树形高大而常被赋
予人格上的象征，受人喜爱。松树因每束针叶的
数量不同，而分为二针、三针、四针、五针，云
南松通常三针一束。它还有一个特点是松针柔软
而细长，是普通油松的三四倍，颜色鲜嫩青翠，
一穗穗的披拂在枝，如观音手中的拂尘。更奇
特的是，春天这鲜嫩的松针是可以做成菜吃的，
二十多年前我来云南时就曾尝过。

　　在《徐霞客游记》中，徐霞客详细描绘了
传衣古寺前的一株云南松，主干一丈五尺以上，
有三人合抱之粗，而横枝却比树干还大，已经开
裂，只好筑了一个台子，撑起木桩来保护。它的
枝叶从四面披散倒悬下来，如凌空飞舞的凤凰。
松后的石坊上有一副对联："峰影遥看云盖结，
松涛静听海潮生。"山中有寺，寺前有坊，坊上
有联，而这一切又掩映在一株不知年月的古松之
中，这是何等有人文气息的丛林。亦幻亦真，亦
树亦文。他一生踏寻山水，遍访名刹，现在又沉
浸在大自然与历史文化相融相映的气氛之中，慢
慢品着这副对联，竟推敲起文字来，"涛潮二字
连用，不免叠床之病，何不以'声'字易'涛'
字呼？"后来他修《鸡足山志》时，又特为这棵

此处运用"形字
诀"，写传衣古寺前的云
南松形态奇特，枝横叶
披，宛如凤凰。

"鬣"（liè），一般指狮子等动物颈上的长毛，这里代指松针，五鬣松因其松针五根为一簇而得名。

将佛教寺院与欧洲教会相类比，引出徐霞客到访鸡足山时的盛况。"青烟缭绕、钟鼓相闻"，视觉、听觉一经结合，"画面"马上就活了，现场感十足。

有大志者亦有闲情。

葼（zōng），古代的一种草。

"传衣寺古松"立此存照："鸡山之松，以五鬣（五鬣，即云南松古称，以其针穗长如动物毛发）见奇，参霄蔽陇，碧荫百里，须眉尽绿，然挺直不虬，巨润而不古，而古者常种也。龙鳞鹤氅，横盘倒垂，缨络千万，独峙于传衣之前，不意众美之外，又独出此一老。"可惜现在这松与寺都已不复存在了。

如欧洲早期的教会一样，中国的佛教寺院也是一块精神和文化的高地。明代万历年间，鸡足山上逐渐形成了一个青烟缭绕、钟鼓相闻的佛国世界。最盛时有三十二寺七十二庵，两千僧人。而寺庙的兴建、香客的云集，又拉动了建筑业、商贸业与民间文化交流。徐霞客在山上记山水、考寺院、研究文学，收集诗文，编《鸡足山志》。每日不是漫步在山风绿树间，就是浸润在精神的丛林中，足行手记，为我们留下了那个时代的人文写真。虽远在深山，却情趣多多。

徐曾记某日寺里的早点，"三空先具小食，馒后继以黄黍之糕，乃小米所蒸，而柔软更胜于糯粉者。乳酪、椒油、葼油、梅醋，杂沓而陈，不丰而有风致。"他在山上考察十分辛苦，跋山涉水汗流浃背，抄录碑文，冻僵手指。寺里就请他去洗热水澡。这是一个长丈五、宽八尺、深四尺之大池，连着一口烧水大锅，要一天才能烧热。他与四个长老同浴，先在池外洗擦，再入池浸泡，"浸时不一动，恐垢落池中"，再擦，再泡，类似现代的桑拿浴。他自觉有趣，"如此番之浴，遇亦罕矣"。

大觉寺里居然还有一个人工喷泉，池中置盆，"盆中置一锡管，水自管倒腾空中，其高三丈，玉痕一缕，自下上喷，随风飞洒，散作空花。"他一颗童心，饶有兴趣地去分析研究，终于弄清是将对面崖上的水，用管子从地下暗引过来，水压形成喷泉。这恐怕是有记载的中国最早的人工喷泉。

和尚们与他的关系很好，争着、抢着邀他到自己的寺、庵、静室里去住，真有点"米酒油馍炕上坐，快把亲人迎进来"的感觉。山上僧众也有派系，徐甚至还为他们解决矛盾，排解纠纷。

他常住在悉檀寺。悉檀者，梵语，普度之意。这是明王朝敕封的皇家寺院，宏伟庄严"为一山之冠"。日记载，那年腊月二十九他在寺里吃过早饭，到街上去买了一双鞋，仆人买了一个帽子，逛街，中午吃了一碗面。又上行二里，到兰陀寺，寺主热情出迎。见院内有一块残碑，就细考并笔录。神情专注，不觉天黑，"录犹未竟"，寺主备饭留宿。他就让仆人回悉檀寺取自己的卧具，仆人带回悉檀长老的话说，别忘了明天是除夕呀，让你的主人早点回来，"毋令人悬望"。你看，多么温馨的画面，好一个暖暖

徐霞客与四长老同浴一事，见《滇游日记十六》，文中把洗浴过程描摹得生动有趣，池中人小心翼翼的样子更是让人忍俊不禁。

此处运用"事字诀"，写徐霞客在丛林中流连忘返、广受欢迎。悉檀长老的口信"别忘了明天是除夕呀，让你的主人早点回来"，画面温馨，好比"日暮茶饭好，慈母唤顽童"。

的丛林。有时回来晚了，寺里就派人举灯到路边或"遍呼山头"。正月十五那天，寺里与民间一样张灯结彩，铺松毛坐地，摆各种果盒，饮茶谈笑，山上居然还有外国僧人。

他的日记，随意记来，山风扑面，洞水有声，僧俗人物等都跃然纸上。

我不知道徐霞客在其他地方是如何游历的，想来别处也不可能一地而集中这两种高档的丛林，有这么多奇绝秀美的山、洞、瀑、树，还有许多从皇家寺院到个人的茅庵、静庐。他是真正来做文化修行的啊，丛林复丛林，何处是归程，徐霞客找到了自己的归宿。而佛祖也觉得他已功德圆满，该招他回西天去了。他那双跋涉了大半生的赤脚疲倦了，一日忽生足疾，渐次不能行走。崇祯十二年（1639年）九月十四日，他写完了《徐霞客游记》的最后一篇。在山上边休养边修《鸡山志》，三个月后丽江知府派来了八个壮汉，用竹椅将他抬下山去，一直送到湖北境内上船，一百五十天后回到江阴老家。不久便去世了，享年五十四岁。

我在山上沿着徐霞客考察的路线走了一遍，努力想找回他当年的影子。顺着一条深涧的边沿，我们折进一片林子，约行二里，即是他曾住过的悉檀寺。当年的皇家寺院已毁于"文化大革命"，没膝深的荒草荆棘里依稀可辨旧时的柱

徐霞客游记写得好，作者这番评价亦好。一句"山风扑面，洞水有声，僧俗人物等都跃然纸上"可谓字字传神，三个短句对应触、听、视三觉，读来生动、立体，让人似有所感、似有所闻、似有所见。

徐霞客所撰《鸡山志》"逾三月而始就"，可惜现已散佚，仅存《鸡山志目》《鸡山志略一》《鸡山志略二》三篇，附于《徐霞客游记》之后。

寻踪不得，觅迹已毁，唯余寺前松，顶立天地间。

础、房基和片片的瓦砾。唯有寺前的一棵云南松孤挺着伸向蔚蓝的天空，随着时间潮水的退去，它已长成一个顶天立地的汉子，这棵松树该命名为徐霞客松。

当年丽江土司所差的八位壮士就是从这个路口抬他下山的，他示意绕松而过，再看一眼涧边的飞瀑。平时他最喜在这里观瀑，日记中写道："坠崖悬练，深百丈余""绝顶浮岚，中悬九天"。其时正当冬日，叶落满山，飞瀑送客，呼声切切。他这次可不是平常出游之后的回乡，而是客居人间一回，就要大辞而别了。徐霞客从怀中掏出一支磨秃了的毛笔，挥手掷入涧中，伫望良久，他想听一听生命的回声。那支笔飘摇徐下，化作了一株空谷幽兰，依在悬崖之上，数百年来一直静静地绽放着异香。人们把它叫作《徐霞客游记》。

正是：

霞落深山林青青，掷笔涧底有回音。

风尘一生落定时，文章万卷留后人。

寻踪不得，觅迹已毁，唯余寺前松，顶立天地间。这里说那棵云南松"已长成一个顶天立地的汉子"，属于拟人修辞。

"飞瀑送客，呼声切切"也是运用拟人修辞，赋予飞瀑以人的动作和情感，表达了对徐霞客"大辞而别"的惋惜之情。

此处运用"情字诀"，以写意的手法勾勒出徐霞客掷笔化兰的浪漫场景，意犹未尽处"诗以咏志"，表达了作者对徐霞客深深的敬仰之情。

卢志元　点评老师

山东省济南市济阳区竞业园学校教师，济阳区十大优秀青年、优秀教师、济南市优秀班主任。

最后一位戴罪的功臣

既然中国近代史是从1840年鸦片战争算起，禁烟英雄林则徐就是近代史上第一人。可惜这个第一英雄刚在南海点燃销烟烈火，就被发往新疆接受朝廷给他的处罚。功与罪在瞬间便交织在一个人身上，将其扭曲再造，像原子裂变一样，产生出一个意想不到的结果。

封建皇帝作为最大的私有者，总是以天下为私。道光帝在禁烟问题上本来就犹豫，大臣中也分两派。我推想，是林则徐那篇著名的奏折，指出若再任鸦片泛滥，几十年后中原将"无可以御敌之兵""无可以充饷之银"，狠狠地击中了他的私心。他感到家天下难保，所以就鞭打快牛，顺手给了林一个禁烟钦差。林眼见国危民弱，出于公心，勇赴重任，表示"若鸦片一日未绝，本大臣一日不回，誓与此事相始终"。

他太天真，不知道自己"回不回"、鸦片"绝不绝"，不是他说了算，还得听皇上的。果然他上任只有一年半，1840年9月，就被革职贬到镇海。第二年七月，又被"从重发往伊犁，效力赎罪"。就在林赴疆就罪的途中，黄河泛滥，在军机大臣王鼎的保荐下，林则徐被派赴黄河戴罪治水。他是一个见害就除、见民有难就救的人，不管是烟害、夷害还是水害，都挺着身子去堵。半年后治水完毕，所有的人都论功行赏，唯独他得到的却是"仍往伊犁"的谕旨。众情难平，须发皆白的王鼎伤心得泪如滂沱。

一个"挺"字用得妙，形象表明林则徐为民除害的果敢坚毅，奋不顾身的责任担当。

林则徐就是在这样一而再、再而三的打击下西出玉门关的。他以诗言志："苟利国家生死以，岂因祸福避趋之。谪居正是君恩厚，养拙刚于戍卒宜。"这诗前两句刻画出他的铮铮铁骨，刚直不阿，后两句道出了他的牢骚与无奈。给我一个谪贬休息的机会，这是皇上的大恩啊，去当一名戍卒正好养拙。你看这话是不是有点像柳永的"奉旨填词"，和辛弃疾的"君恩重，且教种芙蓉"。但不同的是，柳被弃于都城闹市，辛被闲置在江南水乡，林却被发往大漠戈壁。辛、柳只是被弃而不用，而林则徐却被钦定为一个政治犯。

前两句意思是"只要有利于国家，哪怕去死，我也要去做，哪能因为害怕灾祸而逃避呢？"已成为千古名句。

拿辛、柳两个历史人物的事例与之比较，凸显林则徐所受到的待遇极不公平。

但是，自从林则徐开始西行就罪，随着离朝廷渐行渐远，朝中那股阴冷之气也就渐趋淡弱，而民间和中下层官吏对他的热情却渐渐高涨，如同离开冰窖走进火炉。这种强烈的反差，不仅是当年的林则徐没有想到，就是一百五十年后的我们也为之惊喜。

林则徐在广东和镇海被革职时，当地群众就表达出了强烈的愤懑。他们不管皇帝老子怎样说、怎样做，纷纷到林则徐的住处慰问，人数之众，阻塞了街巷。他们为林则徐送靴，送伞，送香炉、明镜，还送来了五十二面颂牌，痛痛快快地表达着自己对民族英雄的敬仰和对朝廷的抗议。林则徐治河有功之后又一次遭贬，中原立即发起援救高潮，开封知府邹鸣鹤公开宣示："有人能救林则徐者酬万金。"林则徐自中原出发后，一路西行，接受着为英雄壮行的洗礼。不论是各级官吏还是普通百姓都争着迎送，好一睹他的风采，都想尽力为他做一点事，以减轻他心理和身体上的痛苦。山高皇帝远，民心任表达。

1842年8月21日，林离开西安，"自将军、院、司、道、府以及州、县、营员送于郊外者三十余人"。抵兰州时，督抚亲率文职官员出城相迎，武官更是迎出十里之外。过甘肃古浪县时，县知事到离县三十里外的驿站恭迎。林则徐西行的沿途茶食住行都被安排得无微不至。进入新疆哈密，办事大臣率文武官员到行馆拜见林，又送坐骑一匹。

到乌鲁木齐，地方官员不但热情接待，还专门为他雇了大车五辆、太平车一辆、轿车两辆。1842年12月11日，经过四个月零三天的长途跋涉，林则徐终于到达新疆伊犁。伊犁将军布彦泰立即亲到寓所拜访，送菜、送茶，并委派他掌管粮饷。这哪里是监管朝廷流放的罪臣啊，简直是欢迎凯旋的英雄。林则徐是被皇帝远远甩出去的一块破砖头，但这块砖头还未落地就被中下层官吏和民众轻轻接住，并以身相护，安放在他们中间。

现在等待林则徐的是两个考验。

一是恶劣环境的折磨。从现存的资料看，我们知道林则徐虽有民众呵护，还是吃了不少苦头。由于年老体弱，路途颠簸，林一过西安就脾痛，鼻流血不止。当他从乌鲁木齐出发取道果子沟进伊犁时，大雪漫天而落，脚下是厚厚的坚冰，无法骑马坐车，只好徒步，踏雪而行。陪他进疆的两个儿子，于两旁搀扶老爹，心痛得泪流满面，遂跪于地上对天祷告："若父能早日得赦召还，孩儿愿赤脚蹚过此沟。"

林则徐到伊犁后，"体气衰颓，常患感冒""作字不能过二百，看书不能及三十行"。历史上许多朝臣就是这样死在被发配之地，这本来也是皇帝的目的之一。林则徐感到一个无形的黑影向他压来，他在日记中写道："深觉时光可惜，暮景可伤！""频搔白发惭衰病，犹剩丹心耐折磨。"他是以心力来抵抗身病的啊。

二是脱离战场的寂寞。林是一步一回头离开

把林则徐比喻成"破砖头"，"甩出去"表明朝廷对他的抛弃，"轻轻接住"表明民众对他的爱护，生动形象。

"两个考验"领起下文，后文从两个方面进行分说，文章结构严谨，难怪季羡林先生称作者为"经营派"作家。

尽管年老体衰、环境恶劣、颠沛流离，但林则徐"犹剩丹心耐折磨"，实在可怜可敬！

中原的，当他走到酒泉时，听到清政府签订《南京条约》的消息，痛心疾首，深感国事艰难。他在致友人书中说："自念一身休咎死生，皆可置之度外，惟中原顿遭蹂躏，如火燎原，……侧身回望，寝馈皆不能安。"他赋诗感叹："小丑跳梁谁殄灭，中原揽辔望澄清，关山万里残宵梦，犹听江东战鼓声。"他为中原局势危机、无人可用而急。

果然是中原乏人吗？人才被一批一批地撤职流放。这时和他一起在虎门销烟的邓廷桢，已早他半年被贬新疆。写下名句"我劝天公重抖擞，不拘一格降人才"的龚自珍，为朝廷提出许多御敌方略，但就是不被采用。本来封建社会一切有为的知识分子，都希望能被朝廷重用，能为国家民族做一点事，这是有为臣子的最大愿望，是他们人生价值观的核心。现在剥夺了这个愿望就是剥夺了他的生命，就是用刀子慢慢地割他的肉。虎落平川，马放南山，让他在痛苦和寂寞中毁灭。

"羌笛何须怨杨柳""西出阳关无故人"。玉门关外风物凄凉，人情不再，实在是天设地造的折磨罪臣身心的好场所。当我们现在行进在大漠戈壁时，我真感叹于当年封建专制者这种"流放边地"的发明。你走一天是黄沙，再走一天还是黄沙；你走一天是冰雪，再走一天还是冰雪。

一个设问句，引出邓廷桢、龚自珍等爱国名将的处境，表明当时朝廷的昏庸。

叙述后进行评议，叙议结合，表达作者对英雄无用武之地这一现象的不满。"割肉"的比喻，生动地写出折磨之深。

"好场所""发明"等反语，是对朝廷专制者的抨击。作者善用铺排的手法，写出玉门关外的环境恶劣。

不见人，不见村，不见市。这种空虚与寂寞，与把你关在牢中目徒四壁，没有根本区别。马克思说："人是各种社会关系的总和。"把你推到大漠戈壁里，一下子割断你的所有关系，你还是人吗？呜呼，人将不人！特别是对一个博学而有思想的人、一个曾经有作为的人、一个有大志于未来的人。

用高度凝练的语言，点明人物的精神品质。

他一人这样过除夕：

腊雪频添鬓影皤，春醪暂借病颜酡。
三年漂泊居无定，百岁光阴去已多。
新韶明日逐人来，迁客何时结伴回？
空有灯光照虚耗，竟无神诀卖痴呆。

——《伊江除夕书怀》

皤（pó），白色的意思。醪（láo），一种酒。酡（tuó），喝了酒脸色发红。

他一个人这样过中秋：

雪月天山皎夜光，边声惯听唱伊凉。
孤村白酒愁无奈，隔院红裙乐未央。

——《中秋感怀》

连续三个短句概述，连续引用林则徐的三首诗，寂寞无奈之情力透纸背。

他在季节变换中咀嚼着春的寂寞：

谪居权作探花使。忍轻抛，韶光九十，番风廿四。寒玉未消冰岭雪，毳幕偏闻花气。算修

毳（cuì），鸟兽的细毛。

了，边城春禊。怨绿愁红成底事，任花开花谢皆天意。休问讯，春归未。

　　　　　　　　——《金缕曲·春暮看花》

　　当权者实在聪明，他就是要让你在这个环境里无事可做，消磨掉理想意志，不管你怎样怒吼、狂笑、悲歌，那空旷的戈壁瞬间就将这一切吸收得干干净净，这比有回音的囚室还可怕。任你是怎样的人杰，在这里也要成为常人、庸人、废人，失魂落魄。林则徐是一个有经天纬地之才的良臣，是可以作为历史坐标点的人物。禁烟的烈火仍在胸中燃烧，南海的涛声还在耳边回响，万里之外朝野上下还在与英国人做无奈的抗争，而他只能面对这大漠的寂寞。兔未死而狗先烹，鸟未尽而弓先藏。"何日穹庐能解脱，宝刀盼上短辕车。"他是一个被捆绑悬于壁上的壮士，心急如焚，而无可用力。

　　怎么摆脱这种状况？最常规的办法是得过且过，忍气苟安，争取朝廷早点召回。特别是不能再惹是非，自加其罪。一般还要想方设法讨好皇帝，贿赂官员。像韩愈当年发配南海，第一件事就是向皇帝上一篇谢恩表，不管心中服不服，嘴上先要讨个好。这时内地林的家人和朋友正在筹措银两，准备按清朝法律为他赎罪。林则徐却断然拒绝，他写信说："获咎之由，实与寻常迥异""此事定须终止，不可渎呈"。他明确表示，我没有任何错，这样假罪真赎，是自认其咎，何以面对历史？

如今这些信稿还存在伊犁的纪念馆里，翰墨淋漓，正气凛然。当我以十二分的虔诚拜读文物柜中的这些手稿时，顿生一种仰望泰山、遥对长城的肃然之敬，不觉想起林公那句座右铭："海纳百川，有容乃大；壁立千仞，无欲则刚。"他没有一点私欲，不必向任何人低头，为了自己抱定的信念，他能容得下一切不公平。他选择了上对苍天，下对百姓，我行我志，不改初衷，继续为国尽力。

> "海纳百川，有容乃大；壁立万仞，无欲则刚。"千古名句，震撼人心！做人就要像林公那样胸怀宽广，正直无私。

一个爱国臣子和封建君王的本质区别是，前者爱国爱民，以天下为己任；后者爱自己的权位，据天下为己有。当这两者暂时统一，就表现为臣忠君贤，上下一心，并且在臣子一方常将爱国统一于忠君；当这两者不能一致时，就表现为忠臣见逐，弃而不用。在臣子一方或谨遵君命，孤愤而死，如贾谊、岳飞；或暂置君于一旁，为国为民办点实事，如韩愈、辛弃疾、林则徐。他们能摆脱权力高压和私利荣辱，直接对历史负责，所以也被历史所接受，所记录。

> 分析论证爱国臣子与封建君王的本质区别，用众多忠臣的事例作为论据，赞扬林则徐"以天下为己任"的爱国情怀。

林则徐看到这里荒地遍野，便向伊犁将军建议屯田固边，先协助将军开垦城边的二十万亩荒地。垦荒必先兴水利，但这里向无治水习惯与经验，林带头示范，捐出自己的私银，承修了一段河渠。历时四个月，用工二百一十万。这被后人称为"林公渠"的工程，一直使用了一百二十多年，直到1967年新渠建成才得以退役。就像当年韩愈发配南海之滨带去中原先进耕作技术一样，林则徐也将内地的水利种植技术推广到清王朝最西北的边陲。他还发现并研究了当地人创造的特殊水利工程"坎儿井"，并大力推广。

朝廷本是要用边地的恶劣环境折磨他，他却用自己的意志和才能改造了环境；朝廷要用寂寞和孤闷郁杀他，他却在这亘古荒原上爆出一声惊雷。自古罪臣被流放边地的结局有两种，大部分屈从命运，于孤闷中凄惨地死于流放地。只有少数人能挽命运狂澜于既倒，重新放出生命和事业的光芒。从周文王被拘羑里而演《周易》，到越王勾践被吴所俘后卧薪尝胆，直至邓小平"文化大革命"被贬江西而思考中国特色的社会主义，这是生命交响曲中最强的一支，林则徐就属此支此脉。

林则徐在北疆伊犁修渠垦荒卓有成效，但就像当年治好黄河一样，皇帝仍不饶他，又派他到南疆去勘察荒地。北疆虽僻远，但雨量较多，农业尚可。南疆沙海无垠、天气燥热、人烟稀少、语言不通，且北疆南疆天山阻隔，雪峰摩天，这无疑又是对林则徐的一场更大更苦的折磨。现在

修建"林公渠"，创造"坎儿井"，如此为民造福的功臣，历史不会忘记，人民不会忘记。

羑（yǒu）里，又称羑都。

用周文王、越王勾践、邓小平的事例作类比，赞扬林则徐等这一类人的坚韧不拔。

南北疆已有公路可行，汽车可乘，去年八月盛夏我过天山时，仍要爬雪山，穿冰洞，可想当年林则徐是怎样以羸弱之躯担当此苦任的。对皇帝而言，这是对他的进一步惩罚，而在他，则是在暮年为国为民再尽一点力气。

1845年1月17日，林则徐在三儿聪彝的陪伴下，由伊犁出发，在以后一年内，他南到喀什，东到哈密，勘遍东、南疆域。他经历了踏冰而行的寒冬和烈日如火的酷暑，走过"车厢簸似箕中粟"的戈壁，住过茅屋、毡房、地穴，风起时"彻夕怒号""毡庐欲拔""殊难成眠"，甚至可以吹走人马车辆。

林则徐每到一地，三儿与随从搭棚造饭，他则立即伏案办公，"理公牍至四鼓"，只能靠第二天在车上假寐一会儿，其工作紧张、艰辛如同行军作战。对垦荒修渠工程他必得亲验土方，察看质量，要求属下必须"上可对朝廷，下可对百姓，中可对僚友"。别人十分不理解，他是戍边的罪臣啊，何必这样认真，又哪来的这种精神。说来可怜，这次受旨勘地，也算是"钦差"吧，但这与当年南下禁烟已完全不同，这是皇帝给的苦役，活得干，名分全无。他的一切功劳只能记在当地官员的名下，甚至连向皇帝写奏折、汇报工作、反映问题的权利也没有，只能拟好文稿，以别人的名义上奏，这和治黄有功而不上褒奖名

以作者过天山的艰难，衬托林则徐当年被发配边疆的不易。

恶劣的自然条件、简陋的办公场所、紧张的工作状态、难堪的地位处境，丝毫没有动摇林则徐为民办实事的决心。

单如出一辙。

林则徐在诗中写道："羁臣奉使原非分""头衔笑被旁人问"。这是何等的难堪，又是何等的心灵折磨啊！但是他忍了，他不计较，只要能工作，能为国出力就行。整整一年，他为清政府新增六十九万亩耕地，极大地丰盈了府库，巩固了边防。林则徐真是干了一场"非分"之举，他以罪臣之分，而行忠臣之事。

而历史与现实中也常有人干着另一种"非分"的事，即凭着合法的职位，用国家赋予的权力去贪赃营私。如王莽、杨国忠、秦桧，直至林彪、成克杰。原来社会上无论是大奸、巨贪还是小人，都是以合法的名分而行分外之奸、分外之贪、分外之私的。当然，他们最后也被历史所记录。陈毅有诗："手莫伸，伸手必被捉。"他们被历史捉来，钉在了耻辱柱上。可知世上之事，相差之远者莫如人格之分了。有人以罪身而忍辱负重，建功立业；有人以功位而鼠窃狗盗，自取其耻，自取其罪。确实，"分"这个界限就是"人"这个原子的外壳，一旦外壳破而裂变，无论好坏，其力量都特别地大。

林则徐还有一件更加"分外"的事，就是大胆进行了一次"土地改革"。当勘地工作将结束，返回哈密时，路遇百余官绅商民跪地不起，拦轿告状。原来这里山高皇帝远，哈密土王将辖

文章一直从罪臣之分、行忠臣之事两个角度选材行文，对比越强烈，越富有冲击力，越能凸显人物精神。

从非分、名分、分内、分外的"分"字入手，运用排比、比喻多种修辞，论证每个人都应该守规则、不过界。

区所有土地及煤矿、山林、瓜园、菜圃等皆霸为己有。汉、维群众无寸土可耕，就是驻军修营房拉一车土也要交几十文钱，百姓埋一个死人也要交银数两。土王大肆截留国家税收，数十年间如此横行竟无人敢管。

林则徐接状后勃然大怒："此咽喉要地，实边防最重之区，无田无粮，几成化外。"立判将土王所占一万多亩耕地分给当地汉、维农民耕种。并张贴告示："新疆与内地均在皇舆一统之内，无寸土可以自私。汉人与维吾尔人均在圣恩并育之中，无一处可以异视。必须互相和睦，畛域无分。"为防有变，他还将此布告刻制成碑，"立于城关大道之旁，俾众目共瞻，永昭遵守"。布告一出，各族人民奔走相告，不但有了生计，且民族和睦，边防巩固。要知道他这是以罪臣之身又多管了一件"闲事"啊！恰这时清廷赦令亦下，林则徐在万众感激和依依不舍的祝愿声中向关内走去。

一百五十年后，我又来细细寻觅林公的踪迹。在惠远城里，我提出一定要谒拜一下当年先生住的城南东二巷故居。陪同说，原城已无存，现在这个城是在清1882年，在原城后撤了七公里的地方重建的，当年的惠远城早已毁于沙俄的入侵。这没有关系，我追寻的是那颗闪耀在中国近代史上空的民族魂，至于其载体为何无关本

畛（zhěn），界限的意思。

俾（bǐ），使（达到某种效果）。

管"闲事"，正话反说。不计较个人得失、一心为国为民的林公伟大形象，在所管"闲事"的具体描述中体现得淋漓尽致。

旨。我们现在瞻仰的西柏坡村，不也是从山下上撤几十里重建的吗？

我小心地迈进那条小巷，小院短墙，瓜棚豆蔓。旧时林公堂前燕，依然展翅迎远客。我不甘心，又驱车南行去寻找那个旧城。穿过一个村镇，沿着参天的白杨，再过一条河渠，一片茂密的玉米地旁留有一堵土墙，这就是古惠远城。夕阳下沉重的黄土划开浩浩绿海，如一条大堤直伸到天际。我感到了林公的魂灵充盈天地，贯穿古今。

林则徐是皇家钦定的、中国古代最后一位罪臣，又是人民托举出来的、近代史开篇的第一位功臣。

描写林则徐故居古惠远城，寓情于景，情景交融，作者对林则徐的敬仰之情渗透在字里行间。

结尾与开头及标题呼应。"罪"与"功"，"皇家钦定"与"人民托举"，"古代最后"与"近代史开篇"对比。

陈海霞

点评老师

贵州省江口县淮阳中学执行校长，中学语文高级教师，铜仁市市级骨干教师。

左公柳，西北天际的一抹绿云

清代的左宗棠是以平定太平天国、捻军、回民起义，收复新疆的武功而闻名后世的。但是，他万万没有想到，自己死后被追封为"文襄公"，而人们对他最没有争议的纪念竟是一种树，并不约而同地呼之为"左公柳"。可见和平重于战争，生态高于政治。环境第一，生存至上。

带棺西行

十年前我就去过一次甘肃平凉，专门去柳湖凭吊那里的柳树。平凉是当年左宗棠西征、收复新疆的跳板，他的署衙就设在柳湖。左虽是个带兵的人，但骨子里是推崇中国传统文化中耕读修身的知识分子。未出山以前，他像诸葛亮那样躬耕于湖南湘阴，潜心治兵法、农林、地理之学，后来虽半生都在带兵打仗，但所到之处总不忘讲农、治水、栽树。他驻兵平凉时，于马嘶镝鸣之中还颇有兴致地发现了一个三九不冻的暖泉，就集资修浚了这个湖，并手题"柳湖"二字，现在这遗墨仍立于水旁。那年来时，我的印象是湖水泱泱，柳丝绵绵，老柳环岸，一派古风，内心只是泛起了一点岁月的沧桑，并未深动。直到近年读了几本关于左公的书，才又引起我的注意，去年秋天又专门重访了一次柳湖。

先总写各种柳树，叙述柳树的特点，及不同地方生长的柳树的不同之处，为下文写"左公柳"做铺垫。

由西安出发西行，车子驶入甘肃境内，公路两边就是又浓又密的柳树。在北方的各种树木中，柳树是发芽最早的，当春寒寂寂之时，它总是最先透出一抹绿色，为我们报春。柳树的生命力又是最顽强的，它随遇而安，无处不长，且品种极多，形态各样。我在青藏高原的风雪中见过形似古柏、遒劲如铁的藏柳；在江南的春风细雨中见过婀娜多姿的垂柳。只我的家乡山西，就有两种截然不同的柳。北部的山坡下生长着一种树形高大、树冠浑圆的馒头柳，其树头的分枝修长柔韧，常用来制作草原上牧民用的套马杆。而南部平原上的小河流水旁，却生长着一种矮小的呈灌木状的白条柳，褪去绿皮，雪白的柳条是编制簸箕、笸箩、油篓等农家用具的绝好材料。

笔锋从藏柳、江南垂柳自然转移到西北高原的旱柳，采用白描的手法，写出旱柳高大、挺直、茂盛的特点。

由近及远，由单个到群体，运用比喻的修辞手法，写出西北高原旱柳的旺盛生命力；"冲、射、四散垂落、泼洒"几个具有强烈冲

现在我眼前的这种柳是西北高原常见的旱柳，它树身高大，树干挺直，如松如杨，而枝叶却柔密浓厚。每一棵树就像一个突然从地心涌出的绿色喷泉，茂盛的枝叶冲出地面，射向天空，然后再四散垂落，泼洒到路的两边。远远望去连

绵不断，又像是两道结实的堤坝，我们的车子夹行其中，好像永远也逃不出这绿的围堵。

击力的动词的运用，使文章更富力量和动感。

左宗棠是1869年5月沿着我们今天走的这条路进入甘肃的。在这之前的十一年，马克思在《鸦片贸易史》中分析中国："一个人口几乎占人类三分之一的大帝国，不顾时势，安于现状，人为地隔绝于世并因此竭力以天朝尽善尽美的幻想自欺。这样一个帝国，注定最后要在一场殊死的决斗中被打垮。"不幸言中。十年来，大清帝国在和西方列强及国内农民起义的搏斗中已经精疲力竭，到了垮台的边缘。虽有曾国藩、李鸿章这些晚清重臣垂死支撑，但还是每况愈下。李鸿章说，他就是一个帝国的"裱糊匠"，就在这时左宗棠横空出世，为日落时分的帝国又争得耀眼的一亮。

左宗棠算得上是中国官僚史上的一个奇人。按照古代中国的官制，先得读书，考中进士后先授一小官，然后一步一步地往上熬。他三考不中便无心再去读枯涩的经书，便在乡下边种地边研究农桑、水利等实用之学，后因太平天国乱起，就随曾国藩建湘军。1866年甘肃出现民变时，左正在福建办船政，建海军，对付东南的外敌。朝中无人，同治皇帝只好拆东墙补西墙，急召他赴西北平叛。但这时的政局已千疮百孔，哪里只是一个西北民变。

插入对左宗棠的经历的叙述，丰富文章内容。

甘肃之西，新疆外来的阿古柏政权已形成割据，而甘肃之东继太平军之后兴起的东、西捻军，纵横陕西、河南、山东，如入无人之境。左受命时皇太后问西事几年可定，他答，五年。并提出一个战略构想：欲平回先平捻，先稳甘再收疆，一开口就擘画出半个中国的未来形势图，其雄心和眼光超过当年诸葛亮的隆中对。而这时清政府捉襟见肘，哪有这个实力。朝中以李鸿章为代表的主流派，干脆主张放弃新疆这块荒远之地，是他力排众议终于说动朝廷用兵西北。

国运衰微、西北战事吃紧，左宗棠的智慧胆略与远见卓识，都在他擘画的半个中国未来形势图上体现得淋漓尽致。

左宗棠受命之后，先驻汉口指挥平捻，到1869年11月才进驻平凉，这年他已五十八岁。如果历史可以回放的话，这是一个十分悲壮的镜头：一队从遥远的湖南长途跋涉而来的士兵，穿着南国的衣服，说着北方人听不懂的“南蛮”语，艰难地行进在黄风、沙尘之中。队伍前面的高头大马上坐着一位目光炯炯、须发皆白的老者，他就是左宗棠。最奇的是，他的身后十多个士兵抬着一具黑漆发亮的棺材，在刀枪、军旗的辉映下十分醒目。左宗棠发誓，不收复新疆，平定西北，决不回京。人们熟知“力拔山兮气盖世”的项羽破釜沉舟的故事，可有多少人知道这个年近花甲的南国老翁，带棺出征过天山呢？

画面感十足的描写，让人情不自禁地联想到：“风萧萧兮易水寒，壮士一去兮不复还。”

绿染戈壁

　　左宗棠在西北的政治、军事建树历史自有公论，我们这里要说的是他怎样首创西北的绿化和生态建设。左到西北后发现这里的危机不只是政治腐败、军事瘫痪，还有生态环境的恶劣和耕作习惯的落后。大军所过之处全是不毛的荒山、无垠的黄沙、裸露的戈壁、洪水冲刷过后的沟壑，这与江南的青山绿水、稻丰鱼肥形成强烈的反差。左宗棠隐居乡间时曾躬耕农亩，他是抱着儒家"穷则独善其身"的思想，准备种田教书、终老乡下的。但是命运却把他推向西北，让他"达则兼济天下"，兼顾西北。而且除让他施展胸中的军事学、地理学外，还要挖掘他腹中的农林水利之学。

　　面对赤地千里，他干的第一件事就是栽树，这当然是结合战争的需要，但古往今来西北不知几多战事，而栽树将军又有几人？用兵西北先要修路，左宗棠修的路宽三到十丈，东起陕西的潼关，横穿甘肃的河西走廊，旁出宁夏、青海，到新疆哈密，再分别延至南疆北疆。穿戈壁，翻天山，全长三四千里，后人尊称为"左公大道"。

　　1871年2月左下令栽树，有路必有树，路旁最少栽一行，多至四五行。这是为巩固路基，

> 抓住西北最富有特征的地势地貌进行描写，写出了西北之贫瘠，为下文写左宗棠在恶劣的环境下种树做铺垫。

"限戎马之足"，为路人提供荫凉。左对种树是真有兴趣，真去研究，躬身参与，强力推行。他先选树种，认为西北植树应以杨、榆、柳为主。河西天寒，多种杨；陇东温和，多种柳，凡军队扎营之处都要栽树。他还把种树的好处编印成册，广为宣传，又颁布各种规章保护树木。史载左宗棠"严令以种树为急务""相檄各防军夹道植树，意为居民取材，用庇行人，以复承平景象"。

我特别想找到这个"檄"和"令"，即他下达的栽树命令的原文，史海茫茫，文牍泱泱，可惜没有找到。好在其他奏稿、文告、书信中常有涉及。他的《楚军营制》（楚军即湘军）规定："长夫人等（后勤人员）不得在外砍柴。但（意：只要是）屋边、庙边、园内竹木及果树，概不准砍。""马夫宜看守马匹，切不可践食百姓生芽。如践食百姓生芽，无论何营人见，即将马匹牵至该营禀报，该营营官即将马夫口粮钱拿出四百立赏送马之人，再查明践食若干，值钱若干，亦拿马夫之钱赔偿。如下次再犯将马夫重责二百，加倍处罚。"你看，他实行的是严格的责任制。左每到一地必视察营旁是否种树。在他的带领下，各营军官竞相种树，一时成为风气。现在平凉仍存有一块《威武军各营频年种树记》碑，详细记录了当时各营种树的情景。

由于这样顽强地坚持，左宗棠在取得西北战事胜利的同时，生态建设也卓有成效。左宗棠1866年9月奉调陕甘总督，到1880年12月奉旨离开，在西北任职十多年。他刚到西北时的情景是"土地芜废，人民稀少，弥望黄沙白骨，不似人间光景"。到他离开时，中国这片最干旱、最贫瘠的土地上奇迹般地出现了一条绿色长廊。他在奏稿中向皇上报告返京途中所见："道旁所种榆、柳业已成林，自嘉峪关至省，除碱地沙碛外，拱把之树接续不断。""兰州东路所种之树，密如木城，行列整齐。"这对夕阳中的大清帝国来说真是难得的欣慰。要知朝中的主流派原是要放弃这块疆土的啊，左宗棠力挽狂澜，一人带榇出关，又排除种种刁难，自筹军费，自募新兵，不但收回了这片失土，而且在向朝廷奉上时还将她绿化打扮一番。曾经的焦土、荒漠，现在绿风荡漾，树城连绵，怎么能不让人高兴呢？

左宗棠在西北到底种了多少树，很难有确切的数字。他在光绪六年（1880年）的奏折中称："自陕西长武到甘肃会宁县东门六百里，……种活树二十六万四千多棵。"其中柳湖有一千两百多棵。再加上甘肃其余各州约有四十万棵，还有在河西走廊和新疆种的树，总数达一二百万棵之

> 对比手法，表明左宗棠将军种植左公柳，是千秋之大业，是惠民之实事。

> 榇（chèn），棺材。

插入中国三条著名大道的历史资料，丰富文章内容。

左公绿柳之路是中国西北自秦至清代的三条大道之一，足见其历史之功绩。

用对偶的修辞手法，进行对比。

多。而当时左指挥的部队大约是十二万人，合每人种树十多棵。中国西北自秦之后至清代有三条著名的大道。一是秦始皇统一中国后修的驰道；二是唐代的丝绸之路（巧合，丝绸之路在宋元后已经衰落，它的重新发现并命名是1877年德国地理学家希霍芬在其著作《中国——亲身旅行的成果和以之为依据的研究》中首次提出，其时左宗棠正埋头在这条古道遗址上修路栽树）；三就是左宗棠开辟的这条"左公绿柳之路"，中华人民共和国成立后的西北公路建设，基本上是沿用这个路基。三千里大道，百万棵绿柳，这在荒凉的西北是何等壮观的景色，它注定要成为西北开发史上的丰碑。

左宗棠的绿色情结也还远不只是沿路栽树，他不但要三千里路绿一线，还要让万里河山绿一片，至少还有两点值得一说。

一是种桑养蚕，引进南方的先进耕作技术。他自言："家世寒素，耕读相承，少小从事农亩，于北农南农诸书，性喜研求，躬验而有得。"他考证，西北历史上即有养蚕之俗，《诗经》采桑之咏，说的就是陕西邠州和甘肃泾川的事。他大声疾呼改变当地保守、懒惰的恶习，要养蚕植棉，不要"坐失美利，甘为冻鬼"。又从浙江引来桑苗并工匠六十人，还亲自在酒泉驻地栽了几百株桑示范。蚕桑随之在西北逐渐推广。

"向之衣不蔽体者亦免受寒冻之苦。"他又严禁烧荒，保护植被，"况冬令严寒，虫类蜷伏，任意焚烧，生机尽矣，是仁人君子所宜为？"左宗棠的远景目标是就地取材，靠养羊、纺毛、种桑、种棉，解决西北人民的穿衣问题。

　　二是美化城镇，改善环境。虽战事紧张，左每收复或进驻一地，都要对环境美化，倡导文明生活。他驻兰州后开凿了饮和池、挹清池两个市民饮水工程，方便当地百姓用水。听说国外有"公园"，左就将总督府的后花园修治整理，定期向社会开放。光绪五年（1879年）他第二次驻节肃州时，捐出俸银二百两，将酒泉疏浚成湖，湖心筑三岛，建楼阁，环湖种花树。左在给友人的信中高兴地说："白波万叠，沙鸟水禽飞翔游泳水边，亭子上有层楼，下有扁舟。时闻笛声，悠扬断续。""近城士女及远近数十里间父老幼稚，挈伴载酒往来堤干，恣其游览，连日络绎。"这在荒凉的西北简直就是仙境下凡，可以想见祖祖辈辈居住在这里的人们是怎样的惊喜。以至于左怕人们因此忘掉正事，"肆志游冶，或致废业"，不得不将酒泉湖限期开放。左宗棠是在西北建设城市公园的第一人。

　　兵者，杀气也。向来手握兵权的人多以杀人为功、毁城为乐，项羽烧阿房宫，黄巢烧长安，前朝文明尽毁于一旦。他们能掀起造反的万丈狂

左宗棠的济世情怀之一：因地制宜种桑养蚕，解决西北人民穿衣的问题。

挹（yì），舀的意思。

左宗棠的济世情怀之二：建设城市公园，关注百姓精神享受。

作者采用议论的表现手法，从"兵者，杀气也"的角度，将左宗棠放在历史长河中，与项羽、

黄巢进行对比，蕴含深意，点明主题，表达对左公的敬仰和赞颂。

四字词语的铺排、堆叠，极富画面感，也令文章语言凝练优美。

运用"理字诀"，朴素的语言，道出生活与文学简单又深奥的关系。

澜，却迈不过政权建设这道门槛。只有少数有远见的政治家，才会在战火弥漫的同时播撒建设的种子，随着硝烟的退去便显出生命的绿色。

春风玉门

在清代以前，古人写西北的诗词中最常见的句子是：大漠孤烟、平沙无垠、白骨在野、春风不度，等等。左宗棠和他的湘军改写了西北风物志，也改写了西北文学史。三千里大道，数百万棵左公柳及陌上桑、沙中湖、江南景的出现，为西北灰黄的天际抹上一笔重重的新绿，也给沉闷枯寂的西北诗坛带来了生机。一时以左公柳为题材的诗歌传唱不休。最流行的一首是左宗棠的一个叫杨昌浚的部下真实的感叹："大将筹边尚未还，湖湘子弟满天山。新栽杨柳三千里，引得春风度玉关。"杨并不是诗人，也未见再有其他的诗作行世，但只这一首便足以让他跻身诗坛，流芳百世。自左宗棠之后，在文学作品中，春风终于度过了玉门关。

文学反映现实，生活造就文学，这真是颠扑不破的真理。清代之后，左公柳成了开发西北的标志，也成了历代文人竞相唱和的主题。就是中华人民共和国成立后一段时间，史家对左宗棠或贬或缄之时，文人和民间对左公柳的歌颂也从未间断。如果以杨昌浚的诗打头，顺流而下足可以编出一部蔚为壮观的《左公柳诗文集》，这里面不乏名家之作。

1934年春小说家张恨水游西北，是年正遇大旱，无奈之下百姓以柳树皮充饥。张有感写了一首《竹枝词》："大旱要谢左宗棠，种下垂柳绿两行。剥下树皮和草煮，又充饭菜又充汤。"1935年7月名记者范长江到西北采访，左公柳也被写入了他的《中国的西北角》："庄浪河东西两岸的冲积平原上，杨柳相望，水渠交通……道旁尚间有左宗棠征新疆时所植柳树，古老苍劲，令人对左氏雄才大略，不胜其企慕之思。"近代教育家、诗人罗家伦出国途经西北，见左公柳大为感动，写词一首，经李惟宁作曲成为传唱一时的校园歌曲："左公柳拂玉门晓，塞上春光好！天山融雪灌田畴，大漠习沙旋落照，沙中水草堆，好似仙人岛；过瓜田，碧玉丛丛；望马群，白浪滔滔，想乘槎张骞，定远班超，汉唐先烈经营早。当年是匈奴右臂，将来是欧亚孔道。经营趁早，经营趁早，莫让碧眼儿射西域盘雕。"

至于民间传说和一般文人笔下的诗画就更见真情。西北一直有左宗棠杀驴护树的传说，左最恨毁树，严令不许牲口啃食。一次，左从新疆返回酒泉，发现柳树皮被剥，便微服私访，见农民

直接引用，直白又显张力，加深文学作品中对左公种柳的伟大作用和深远意义的表现。

槎（chá），意思为木筏。

进城都将驴拴于树上。左大怒，立将驴带回衙门杀掉，并出告示，若有再犯，格杀勿论。甚至还有"斩侄护树"的传说。左去世后不久，当时很有名的《点石斋画报》曾发表一幅《甘棠遗泽》图，再现左公大道的真实情景：山川逶迤，大道向天，绿柳浓荫中行人正在赶路。画上题字曰："种树十余年来，浓荫蔽日，翠幄连云，六月徂暑者，荫赐于下，无不感文襄公之德。""手泽在途，口碑载道，千年遗爱。"

一个人和他栽的树能经得起民间一百多年的传唱不衰，其中必有道理。文学形象所意象化了的春风实际上就是左公精神，春风何能度玉门，为有振臂呼风人。左是在政治腐败、国危民穷、环境恶劣的大背景下去西北的。按说他只有平乱之命，并无建设之责。但儒家的担当精神和胸中的才学让他觉得应该为整顿、开发西北尽一点力。左宗棠挟军事胜利之威，掀起了一股新政的狂飙，扫荡着那经年累世的污泥浊水。西北严酷的现实与一个南国饱学的儒生，砥砺出一串精神的火花，闪耀在中国古代史的最后一章之上，绽放出一丝回暖的春意。

左宗棠在西北开创的政治新风有这样几个特点。

一是强化国家主权，力主新疆建省。他痛斥朝中那些放弃西北的谬论，"周、秦、汉、唐之

何谓"左公精神"？爱国御侮、心忧天下、敢于担当、求强自立，便是左公精神。

"砥砺、闪耀、绽放"，诗意的语言，把左公之精神化作美好的文学意境，给读者独特的审美感受。

盛，奄有西北，及其衰也，先捐西北以保东南，国势浸弱，以底灭亡。"捐出西北，最后必定是国家的灭亡。从汉至清，新疆只设军事机构而无行省郡县。左前后五次上书吁请建省，终得批准，从此西北版图归一统。

二是反贪倡廉。清晚期的政治已成糜烂之局，何况西北，鞭长莫及。地方官为所欲为，贪腐成性。他严查了几个地方和军队里贪污、吃空额的典型，严立新规。他自己以身作则，陕甘军费，每年过手一千二百四十万两白银，无一毫不清。西北十年，没有安排一个亲朋。有家乡远来投靠者他都自费招待，又贴路费送回。光绪五年儿子带四五人从湖南到西北来看他。他训示："不可沾染官场习气，少爷排场，一切简约为主。署中大厨房，只准改两灶，一煮饭，一熬菜。厨子一、打杂一、水火夫一，此外不宜多用人。尔宜三、八日作诗文，不准在外应酬。"你看，不但戒奢，还要像小学生一样留作业。

三是惩治不作为。他一针见血地指出："甘肃官场恶习，惟以徇比弥缝，见好属吏为事，不以国家民事为念"，"官场控案只讲和息事"，对贪污、失职、营私等事官官相护。里面已经腐烂，外面还在抹稀泥，维护表面的稳定。他最恨那些身居要位怕事、躲事、不干事的懒官、庸官，常驳回其文，令其重办，"如有一字含糊，

举出三个具体事例，以说明左宗棠清廉的品格。接着引用左宗棠的训示原话，展现出他告诫下属戒奢侈的良苦用心。

定惟该道是问！"其严厉作风无人不怕。

四是亲民恤下。战乱之后十室九空，左细心安排移民，村庄选址、沿途护送无不想到，又计算到牲畜、种子、口粮。光绪三年大旱，一亩地只值三百文，一个面饼换一个女人。他命在西安开粥厂，路人都可来喝，多时一天七万人。他身为钦差、总督，又年过花甲，带兵时仍住帐篷。地方官劝他住馆舍，他说："斗帐虽寒，固犹愈于士卒之苦也。"

五是务实，不喜虚荣。他人还未到兰州，当地乡绅已为他修了一座歌功颂德的生祠，他最看不惯这种拍马屁的作风，立令拆毁。下面凡有送礼一律退回。地方官员或前方将领有写信来问安者，他说百废待举，军务、政务这么忙，哪有时间听这些空话、套话，一律不看。"一切称颂贺候套禀，概置不览，且拉杂烧之。"他又大抓文风，所有公文"毋得照绿营恶习，撷拾浮词，……尽可据实直陈，如写家信，不必装点隐饰。"他又兴办实业，引进洋人的技术修桥、开渠、办厂……

撷（zhí），摘取的意思。

中国历史上多是来自北方的入侵，造成北人南渡，无意中将先进文化带到南方。而左宗棠这次是南人北伐，收复失地，主动将先进的江南文化推广到了西北。历来战争都是一次生态大破坏，而左宗棠这次是未打仗先栽树，硝烟中植

将历史上大部分文化推广情况与左宗棠进行对比，凸显左宗棠的与众不同。

桑棉，惊人地实现了一次与战争同步的生态大修复。恐怕史上也仅此一例。

左宗棠性格决绝，办事认真，绝不做李鸿章那样的裱糊匠，虽不能回天救世，也要救一时、一地之弊。他抬棺西进，收失地，振颓政，救民生，这在晚清的落日残照中，在西北寒冷孤寂的大漠上，真不啻一阵东来的春风悄然渡玉门，而那三千里绿柳正是他春风中飘扬的旗帜。

西学东渐，湘人北上，春风玉门，西北之幸！

柳色长青

柳树是一种易活好栽、适应性很强的树种，但也有一个缺点，不像松柏那样耐年头。我们要找千年的古柏很容易，千年的古柳几不可能，甚至百年以上的也不多见。所以对左公柳的保护、补栽，成了西北人民的一个情结，也是官方的一种责任，历代出台的保护文告接连不断。这一半是为了保护生态，一半是为了延续左公精神。我们现在能看到的最早的保护文件，是晚清官府在古驿道旁贴的一张告谕："昆仑之阴，积雪皑皑，杯酒阳关，马嘶人泣，谁引春风，千里一碧。勿剪勿伐，左公所植。"可以看出，此告谕的重点不在树而在

"绿柳"正是左公精神的象征，并运用极其凝练的语言彰显左公精神，赞美左公精神的生命力及其对后世的深远影响。

这张告谕，有西北恶劣的环境，有边关残酷的战争，有对左公柳的保护，有历史沉积的深情。保护左公柳，就是在传承和延续左公精神。

人，是保护树，但更看重左公精神的传承。1935年甘肃省政府发布的《保护左公柳办法》规定更为详细：一、全省普查编号；二、分段保护，落实到人；三、树如枯死，亦不许伐；四、已砍伐者，按原位补齐；五、树旁不得采掘草土、引火、拴牲口等；六、违规者处以相当的罚金或工役；七、保护不力唯县长是问。

现存档案也记录了多起对盗伐事件的处理。1946年，隆德县建设科长等人借处理枯树，伙同乡里人员盗卖柳树四百棵，县政府给予处罚后还要求"补植新苗，保护成活，以重先贤遗爱"。并就此对境内的左公柳进行了普查，还剩三千六百一十棵，都一一编号建档。我们发现在近代的政府文告中总少不了这样的词语：左公、先贤、遗爱、遗泽等，要知道这是官方的公文啊，但是仍掩盖不住对左宗棠的尊敬。左宗棠修缮过的兰州城门曾被改名为"宗棠门"。

在众多研究左宗棠在西北的著作中最权威的一本是1975年初版于重庆，后经王震将军提议又在1984年重印的《左文襄公在西北》。此书从书名到内文，凡说到左宗棠时概不直呼其名，都是尊称"文襄公"，可见其在人们心目中的地位。

于是我又联想到一个著名的典故。当年左宗棠在湖南初露头角，他恃才傲物得罪了人，有人

用文告中经常出现的词语，来说明后人对左宗棠的敬仰之情。

运用文章五诀中的"典字诀"，追寻历史，印证前文左宗棠之"奇"。

告了御状，眼看就要掉脑袋。大臣潘祖荫惜才，上书疾呼："天下不可一日无湖南，湖南不可一日无左宗棠。"这一句话救了他的一条命。假使当年左不明不白地死去，哪有新疆的收复，西北的开发？真可谓中国不可一日无西北，西北不可一日无左宗棠。左一人而救湖湘，救陕、甘、宁、青、疆，救大清天下。拔危救难，力挽狂澜，这样的名臣史上能有几人？不知为什么，在西北采访，我眼前总是浮现着苍凉的大漠、浩荡的队伍、一具黑色的棺材，须发皆白的左公和伸向天边的绿柳。有哪一个画家能画一张左公西行图，或哪一个导演能拍一部片子，这将是何等地动人。

岁月无情，从1871年左宗棠下令植树到现在已一百四十多年，要想拜谒一下左公亲植的柳树已经是一件很难的事了。档案记载，1935年时的统计，平凉境内还有左公柳七千九百七十八棵，而1998年8月出版的《甘肃森林》记载，全省境内的左公柳只剩两百零二棵，其中大部分存于柳湖公园，有一百八十七棵（左当年栽了一千二百棵）。看来我十年间两到柳湖还是来对了，这里确实是左公遗泽最多处。但1998年到如今又过了十五年啊，斗转星移，大树枯衰，左公柳还在锐减。

那天，我到柳湖去，想穿越时空一会左公的音容。只见湖边星星点点，隔不远处就会现出几

> 照应前文左宗棠"带棺西行"和"戈壁植绿"，回环呼应，荡气回肠。

株古柳，躯干总是昂然向上的，但树身实在是老了，表皮皴裂着，满是纵横的纹路，如布满山川戈壁的西北地图；齐腰处敞开黑黑的树洞，像是在撕胸裂肺地呼喊；而它的根，有的悄无声息地抓地入土，吸吮着岸边的湖水，有的则青筋暴突抱定青石，如西北风霜中老人的手臂。但不管哪一棵，则一律于枝端发出翠绿的枝叶，密浓如发，披拂若裾，在秋日的暖阳中绽出恬静的微笑。

柳湖公园正在扩建，岸边补栽的新柳柔枝嫩叶随风摇曳，如儿孙绕膝。而在柳湖之外，已是绿满西北，绿满天涯了。我以手抚树，读着左公柳这本岁月的天书，端详着这座生命的雕塑。古往今来于战火中不忘栽树且卓有建树的将军，恐怕只有左宗棠一人了。

作者的语言之美体现于字里行间。用词之美——写出了古柳的沧桑，新柳的盎然；修辞之美——形象地写出了柳树古老而生机盎然的生存状态；句式之美——整散句相结合，使文章错落有致，语言变化多姿。

言简意赅，表情达意，立足于现实，描述了当下绿满天涯的景象，启示人们要传承左公精神，重视环境治理和生态保护。

龚　燕

点评老师

甘肃省酒泉市第六中学语文教师，市骨干教师。

沈公榕，眺望大海一百五十年

世人多知左公柳，而很少有人知道"沈公榕"。

历史竟是这样浪漫，在祖国的西北大漠和东南沿海，各用两棵树来标志中国近代史的进程。左公柳见证了新疆的收复，沈公榕见证了中国近代海军的诞生。

栽树明志，从一篑之土筑新基

2016年与2017年的岁尾年初，"辽宁舰"穿过宫古海峡进入西太平洋。中国航母编队的首次远航，虽然刚跨过第一个年头，而中国海军却已整整走过了一百五十年。一百五十年了，中国海军才迈出家门口走向深蓝，这个时刻我们不应该忘记一个人。

一百五十年前的12月23日，福州马尾船厂破土动工，中国人要建造军舰。近日，马尾船厂正在筹备大庆，有一个熟人知道我在全国到处找有人文价值的古树，就来电话说："马尾有船政

开篇以世人的"知"与"不知"做对比，写沈公榕没有受到应有的重视，反证了写此文的必要性；第二段用类比手法，以左公柳和沈公榕分别见证中国近代史的进程，表明沈公榕和左公柳具有同等重要的历史文化价值。

小标题划分出清晰的板块，便于读者了解内容、理清层次。

篑（kuì），古时盛土的筐子，有成语"功亏一篑"。

从辽宁舰穿过宫古海峡进入西太平洋写起，时间的对照显示中国海军缓慢而持续的发展历程，同时暗示中国海军的创建起点是沈葆桢。

大臣沈葆桢手植的一棵古榕树，见证了中国海军史，你不来看一看？而且，船厂马上要乔迁新址，将来这树被丢在那里，还不知会是什么样子。"我连忙赶到马尾。

马尾船厂是1866年12月开工的，当时请法国人日意格任总监督，一切管理遵从法式。我走在旧厂的大院里，像是回到了19世纪的法国。西边是一座法式的红砖办公楼，和一个现存的中国最古老的车间——船政轮机厂；南边是当年的"绘事院"，即绘图设计室；东边是一座五层的尖顶法式钟楼。当年拖着长辫子的中国员工，就是在这钟声中上下班的。他们好奇地听金发碧眼、高鼻梁的洋师傅讲蒸汽机原理，学车、铆、电焊。

我要找的沈公榕就在钟楼的侧前方。一百五十年了，它已是一棵参天巨木，浓荫覆地，大约有多半个篮球场那么大，郁郁乎如一座绿城。树根处立有一块石头，被绿苔紧紧包裹。我贴近树身，蹲下身子，用一根细树枝一点一点地小心清理，渐渐露出了"沈公榕"三个大字。这榕一出土就分为三股，现已各有牛腰之粗。一枝向左，浓荫遮住了厂区的大路；一枝向后，如一扇大屏风贴在一座四层小楼上；还有一枝往右探向钟楼。可是，正当它伸到一半时却在空中齐齐折断，突兀地停在半空，枝上垂挂的气根随风舞动，像是一个长须老人在与钟楼隔空呼唤。我一

按照方位顺序介绍马尾船厂的建筑特点，可以想见该厂应该坐南朝北，作者从右、前、左三个方位来介绍，符合人们认识事物的规律。

"郁郁"，叠词，强调了沈公榕的树荫浓郁；"乎"，语气词，表感叹。"郁郁乎"典雅隽永，抒发了对沈公榕生机旺盛、浓荫覆地的赞美之情。

把气根随风舞动的沈公榕，比作一个长须老人在与钟楼隔空呼唤，赋予老树以庄严智

时被这个场面惊呆，有一种莫名的惆怅，静静地仰望着这一百五十年前的历史天空。

别看我现在脚下的这一小块土地，它是中国近代最早的舰船基地，中国制造业的发端处，中国飞机制造的发祥地，中国海军的摇篮，中国近代教育的第一个学堂，中西文化大交流的第一个平台。学者研究，这里竟创造了十多个中国第一。现在我们来凭吊它，就只有这几座红砖房子、一座钟楼和一棵古榕了。

鸦片战争后，清帝国被列强敲开了国门，国势日弱。老祖宗传下来的大刀长矛，在洋枪、洋炮面前是那样的无奈。镇压太平军起家的湘军名将彭玉麟，看到江面上飞驰的洋人炮艇，被惊得目瞪口呆，大呼："将来亡我者洋人也。"说罢口吐鲜血而死。洋务派深切地感到必须学习西方先进技术，"师夷长技以制夷"。

1866年6月左宗棠上书，请在福建马尾开办船厂，立被批准。但10月西北烽烟突起，左宗棠被任命为陕甘总督，西去平定叛乱，收复新疆。他不放心刚起步的船政大事，遍选接替之人，最后力保时任江西巡抚，正因母丧在福州家中守孝的沈葆桢出任船政大臣。历史有时是这样的匆忙。沈守孝在家，被逼上任，而当大任。当年曾国藩也是守孝在家，太平军起，政府命他就地组建湘军，而成为晚清名臣。天将降大任于斯人

慧长者的风貌，令人想到生前栽树的沈公。

用密集的笔触、排比的句式，介绍沈公榕所见证的诸多重大历史节点。结尾用对照的手法抒发今昔对比的感慨，为下文述说沈公榕历史做铺垫。

运用神态、语言和动作描写，寥寥数语生动呈现典型历史画面，反证中国海军发展的历史急迫性，突出沈葆桢的贡献之大。

此处夹叙夹议，文白间杂，语句简短，节奏短促，将沈葆桢和曾国藩均在居家守孝的情

形下出任要职相类比，突出国势急迫，个人必须做出牺牲和担当。

此句有关键作用，总领下文关于沈葆桢上任时的情况的介绍。

于实际意义上，榕树是固土建厂的依托，于精神意义上，榕树象征着担起造船重任的国之栋梁沈葆桢。

也，与你没商量。

沈葆桢是林则徐的女婿，从小受过严格的儒家思想教育，忠君报国，一身正气。但他也看到了世界潮流，力主"师夷制夷"，变革图强。在晚清睁眼看世界的先进分子中，他是晚于林则徐、魏源，早于康有为、梁启超的过渡人物。当时政局一团乱麻，帝国主义势力插手中国，多国角逐，朝野保守与开放的思想激烈冲突。经镇压太平军、捻军而兴起的湘军、淮军等地方实力派、各路封疆大吏互相掣肘。在这一团乱麻中要理出个头绪，师夷制夷，造船强军，谈何容易。况且在家乡办事，关系更复杂。本来，沈葆桢是不想接这个摊子的，但左宗棠三顾茅庐力请出山，并亲自为他配好各种助手，请"红顶商人"胡雪岩帮他筹钱，又一再上书朝廷，催其就职。忠孝不能两全，孝期未满的沈葆桢就走马上任了。

马尾，地处闽江入海口，形同马的尾巴，地低而土软，要建厂就得清理地基，类似现在的"三通一平"。他们先打入五千根木桩，加固岸基，填高近两米的土层，然后遍植榕树以固定厂房、船坞的周边。沈葆桢带头栽下了第一棵榕树，然后挥笔写下一副对联，悬于船政衙门的大柱上：

以一篑为始基，自古天下无难事

致九译之新法，于今中国有圣人

　　他要引进新法，以精卫精神，一筐一筐地填海筑基，开创近代中国的造船大业，不信事情办不成。

"权自我操"，逆流而上， 沈葆桢快刀斩乱麻

　　沈葆桢坐在船政衙门的大堂上，看着外面熙熙攘攘的工地、堆积如山的物资，特别是门外榕树上那些七长八短、随风舞动的气根，心乱如麻。

　　"船政"是一个洋务新词。是指海防及与船舰有关的一切事务，包括建厂、造船、办船校、买船、延请外国专家、制定相关政策、办理对外交涉，等等。总之，都是过去没有过的新事物，所以专设一个"船政衙门"，直属中央，类似我们改革开放初的"改革办""特区办"。

　　1866年的世界，西方工业革命已经走过了一百年。西班牙、荷兰、英国、法国都有了横行世界的蒸汽机舰队，而中国还在海上摇橹划桨或借风行船。思想开放的左宗棠，曾在杭州西湖里仿造了一条小洋船，但行之无力，遂决定引进洋

技师、洋工匠，开船厂、办船校。

新事物一开始就遇到保守势力的顽强阻挠，还没有造船，就先是一场思想大论战，这很有点像中国改革开放初的"真理大讨论"。许多朝中和地方的大员说，只要"以忠信为甲胄，礼义为干橹"就能战无不胜，"何必师事夷人"。左宗棠痛斥这帮迂腐之臣，他上书说："臣愚以为，欲防海之害而收其利，非整理水师不可。泰西巧，而中国不必安于拙也；泰西有，而中国不能傲以无也。""安于拙、傲以无"，左宗棠尖刻地刻画出了保守的当权者的嘴脸。

当时的福建地方官吴棠愚顽不化，沈葆桢来马尾办船政，他在经费、人力、材料、土地等方面，事事发难，处处拆台，几乎是"逢沈必反"。此人有一个特殊的背景，他早先在苏北运河边任一小知县，某日，一位曾有恩于他的官员扶柩南下，停于河上，吴遣差人送去银子三百两。正巧，有一位在旗少女扶父亲的灵柩北上，也停于河边。阴差阳错，差人将银子误投到旗女的船上。吴明知投错，也不好追回。谁知，这位少女就是后来的慈禧太后。天上掉馅饼，吴后半生有了一个大靠山，不断被提拔，处处受保护。现在他与沈不合，上面虽知船政重要，但总是和稀泥，劝沈与他和衷共济。有时一个重大历史的结点，就"结"在一个人身上，一个人可以

此处使用了两个贬义词，效果不同，"尖刻"表现左宗棠批判保守派犀利入骨，"嘴脸"则表现保守派愚顽不化的丑陋精神状态。

举例证明当权派恃势弄权、愚顽不化，阻碍沈葆桢办船政，反衬出沈葆桢的工作难度之大。

绑架历史，影响国运。沈愤怒地上书："船政之事，非诸臣之事，国家之事也"，"非不知和衷共济"，而"大局攸关，安忍、顾虑、瞻徇，负朝廷委任"。表示"惟有毁誉听之人，祸福听之天，竭尽愚诚"。

他是本地人，工厂一开工，亲朋故旧都上门来找饭碗。他平生最恨劣幕奸胥、裙带相缠，为洗刷旧衙陈腐之风，他以法治厂，半军事化管理，甚至不惜开杀戒。一官员买铜不报，他批"阻挠国是，侮慢大臣"，就地立斩。他有一姻亲，触犯厂规，批："军法从事，杀！"布政使知是沈家亲戚，请求缓办，他坚持立即开堂问审。这时他父亲送来一信，他知必是求情，便说："家父的信是私事，等我办完公事再拆不迟。"喝令立斩。然后拆阅，果然是求情信，但已无用。一些劣绅还借助迷信煽动地痞与不明真相的群众闹事，阻挠开工。他一边做说服工作，一边捕杀两个为首之徒，事态当即平息。

开山用大斧，乱世用重典。向来成大事者必用铁手腕。沈葆桢、左宗棠、李鸿章、曾国藩，这些晚清名臣，本都是手无缚鸡之力的读书人，但他们都遇事不乱，刚毅过人，竟也杀人如麻。曾国藩的外号就是"曾剃头"，晚清的回光返照，全赖他们支撑。马尾船厂，这个中国近代工业的序幕，终于经沈葆桢的铁手腕轻轻拉开。

办洋务，最难把握的是与洋人的关系，沈的原则是："优赏洋员，权自我操"。经济上给予高酬重奖，政治上一寸不让。船政是个复杂的联合体，其所属的工厂、学校以及设计、绘图、管理等部门，经常保持有洋人技师、领班、教师、工匠、翻译、医生等六七十人。所以，船政衙门，也可以说是中国最早的"外国专家局"。沈给他们高薪，十年下来，雇佣洋人共用银九十三万两，占船厂支出的百分之十八。法国人日意格为总监督，从头到尾参与了船政活动，尽职尽责，起了极大的作用。沈给他月薪一千两，而他自己的月薪才六百两。洋技师月薪二百两至二百五十两，而中国工人的月工资最低四两，最高二十一两。这样的高薪买技术，沈认为值得。

用列数字的方法，说明沈葆桢"优赏洋员"、高薪买技术是如何实施的。

但是在管理权上，沈葆桢绝不松手。当时清政府与列强定有屈辱的领事公约，通商中凡涉洋人之事由领事馆裁决，所谓"领事裁判权"。福州不是通商口岸，也未设领事馆，但法国驻宁波的领事却老远跑到福州来干涉船政。沈义正词严地说："根据万国外交惯例，领事是为通商而设。船厂非商务机构，与贵领事何干？"左宗棠还逼法外交部正式表态，不再干预中国的船政。

沈与洋人订有严格、细密的合同，最终目标是对方必须教会中国人自主造船。前三年，洋人手把手地教。后两年只在一旁指导，让中国工人自己动手干。直到造出船，又能驾船出海，这样才算履行了合同，可兑现薪酬。对不遵厂规、不听指挥、不尽职守者开除、解聘。1869年，新造的第一艘轮船下水，总监工达士博要求用洋人引港。沈说，在中国的闽江口试航，我们熟悉水道，为什么一定要用洋人？不能开此先例。达士博以总监工身份相要挟，不答应就不上船，还煽动工人怠工。沈再三相劝，并因之推迟试航日期，达士博仍不让步，沈当即将其开除。而对尽职尽责的总监督日意格，沈除给予他重奖外，还奏请朝廷赏加提督衔并顶戴花翎，这是洋人在华获得的最高荣誉。正是有了高薪和沈的灵活把握，总体上中外合作是愉快的。

那天采访船政旧址时，我意外地碰到一个正在筹备的日意格个人回顾展，这是船政纪念活动的一部分。一位法国友人提供了日意格在华工作时的一百多幅照片，还有他在法国工程师协会介绍中国船政的一个法文讲稿，这是一批极珍贵的船政资料。

日意格是这样评价他的两个中国合作者的。关于左宗棠，他说："因循守旧的北京政府，仅知道满足于在别人呈递的奏折上批文签字，左宗棠不得不为此计划独自担负全责。此项创举若是失败，他在中国官僚机构中所能达到的最为辉煌的职业生涯将毁于一旦。左宗棠决心无论如何要

总结沈葆桢"权自我操"的事例，概括为灵活二字，凸显出沈的管理智慧。

用外国专家的评价，来表现左宗棠和沈葆桢的担当精神、奉献品质以及卓越才干。

孤注一掷了，他不再听任其他官员对他将要进行的大业指手画脚，他的眼中只有一件事，就是迅速地将中国推上发展道路。他知道要迈出这至关重要的第一步需要有人勇挑重担。我真希望手边拥有这份左宗棠呈送皇帝的理由充分、勇气十足的奏折，你们若是读了这份奏折，一定会惊叹于他的观点。你们将会看到这些通常被我们认为滑稽可笑的人，品德是多么高尚，见识是多么深远。"他评价沈葆桢："中国政府特派一名钦差大臣来到此地担任总理船政大臣，这位官员名字叫沈葆桢，是一位出类拔萃、精明强干、意志坚定、善于指挥的将才。"

到1874年，福州船政共建造完成十五艘轮船，包括十一艘军舰，左宗棠的计划，在沈葆桢手上已全部实现。近代中国的造船工业挤入了世界十强，技术水平与西方国家已相当接近，最大的"扬武"号已相当于国际上的二等巡洋舰。

洋为中用，落地生根，
开放接纳促变革

沈葆桢栽榕时，也许没有想到他的洋务事业如这榕树一样，枝垂气根，根又生树，蔚然成林。

榕树生长于热带、亚热带，树形特别庞大。

自此，此板块内容从多个角度全面展现沈葆桢手握船务大权，顶住朝中和地方保守派的压力、亲朋故旧的纠缠，处理好和洋人之间的关系，锐意创新，终成大业。三个"已"字说明沈葆桢的杰出成就和巨大贡献。

运用四字句写景，既典雅精练又富有气势，描绘出沈公榕的生机旺盛，象征沈葆桢创立的造船事业蓬勃发展。

它有一个特殊功能，就是可以从枝上垂下细如毛发的气根，密密麻麻如帘如幕。当这细丝飘在空中时有如一团乱麻，随风来去，看不出有什么用途。但是，它有点像希腊神话里的安泰俄斯，只要柔软的须尖一接到地面，就见土生根，再难撼动，根又成树，树又吐根，就这样连绵不断地延展开去，一树成林。国内最大的榕树家族有梁启超的家乡——广东新会县的"小鸟天堂"，一树成林占地六亩。我见过海南岛昌江县的一棵榕树成林，占地竟达九亩。福建是盛产榕树的地方，福州就简称榕城。马尾建厂之时，沈葆桢带头植榕，一时闽江口内外郁郁葱葱，蔚为壮观。每当沈葆桢坐在船政衙门大堂上办公，看着窗外日渐繁茂、已覆盖了山脚海滩的榕树林时，特别是那些气根落地又生出的第二代、第三代榕树时，心里就有了一些宽慰。

办厂之初，最缺的是人才，中国从汉到清独尊儒学，以文章选人立国。好的一面是礼义廉耻，修炼人的品德；琴棋书画，修养人的心性。不好的一面是重文、轻工、轻商，更不研究自然之理。在唯心和自我陶醉中生活，个人自我感觉顶天立地，国家自封为天朝，闭关锁国。1866年左宗棠上书办船厂，其时上溯两百年，即1666年，牛顿已经发现万有引力，而中国却还没有物理学这个词；上溯一百年，1765年瓦特已改良了

这里既介绍了榕树的生长习性，又用比喻的修辞手法说明成大事业要扎根实际。

"宽慰"和前文写沈葆桢看窗外榕树"心乱如麻"形成对照。同样观看榕树，建厂之初和建厂之后所感迥然不同，从侧面突出沈葆桢创办船务成就可观。

从"好的一面"和"不好的一面"议论古代中国以文章选拔人才的得失和后果。论证中肯，语言朴素。

三组"只有……没有……"，揭示出传统教育的严重缺陷，反证沈葆桢开办船政学堂、教授工科知识和实用技能的重大意义。段末引用左宗棠的话来批判保守势力的愚昧不化，反问句语气强烈，饱含关切。

蒸汽机，而中国的主要动力还是人力、畜力。在中国的教育体系里只有文科，没有工科。知识体系里只有经史子集，没有自然科学知识。明代刘伯温有一句名言："半部《论语》治天下"，《论语》里只有礼义廉耻，而没有物理化学。"安于拙、傲以无"，盲人骑瞎马，用人类的一半知识来治国，这怎么能立于世界民族之林呢？

在这种教育和选官体制中，左宗棠屡试不第，他就愤而不再应试，在家里自学农桑、水利、地理等有用之学。沈葆桢倒是按科举制度中了进士，点了翰林，走入仕途。但是他一与西方人打交道，发现自己简直就是一个文盲。他痛感一个国家的落后是文化落后、人才落后。现在要造船，牵一发而动全身、动全国，动了老祖宗，首先动到了中国的教育体系，千百年来科举制培养的秀才、举人、进士，一个也用不上。他们决定边办船厂，边办学校，从西方引进造船业。像栽下了一棵大榕树，但这树如果只有树干，而没有"气根"，永远只是一棵树，不能繁衍，不能成林。

时时用气根作喻，显出文法的灵活机变。此处用气根来比喻接触实际的科技人才，让人联想到真正的人才能够根据国家需要干实事。中国最早的海军人才"气根"是在沈葆桢的努力下培养起来的。

左宗棠上书说，花上几百万两银子，只造出十几条船，这不是目的。最终是要培养出自己的人才，能造船，会开船。他请办一座"求是堂艺局"，他要让洋人来教授知识和技术。一听这个学校的名字就很有意思，既不是传统的"书院"，也不是后来叫的"学堂""大学"。而取名"局"，在"局"中求自然之"是"（规律），学习具体的技艺。"艺"是从传统的六艺而来，中国还没有"技术"这个词。它生动地反映了中国教育机构的进化过程，就像一条进化中的美人鱼，已有人头，却还留着鱼身。

沈葆桢决心要在洋务这棵大榕树上多生下一点气根，接入中国的土壤，完成由洋到土的转化。船厂一开办，他就同时办了两所学堂——前学堂与后学堂。前学堂用法文授课，教造船，培养技工；后学堂用英文授课，教驾船，培养海员。沈亲自出题，招考最优秀的学生。学校实行最严格的"宽进严出"制度。每三个月考试一次，依考分划为三等。一等赏银十元。如三次一等，另赏衣料，三次三等则除名。开办之初共收生三百余人，只有一多半的人读到了毕业。现在看当时的办学章程，实为在中国近代教育史上打下的第一根界桩，兹录如下：

运用比喻，把"求是堂艺局"比喻成一条进化中的美人鱼，生动地说明"求是堂艺局"是中国教育机构进化的标签，充满了赞赏之情。

求是堂艺局章程

第一条　各子弟到局学习后，每逢端午、中秋给假三日，度岁时于封印日回家，开印日到局。凡遇外国礼拜日，亦不给假。每日晨起、夜眠，听教习、洋员训课，不准在外嬉游，致荒学

引录沈葆桢船政学堂的办学章程，具体说明其在近代教育发展史上开职业教育之先河。

业；不准侮慢教师，欺凌同学。

第二条　各子弟到局后，饮食及患病医药之费，均由局中给发。患病较重者，监督验其病果沉重，送回本家调理，病瘥后即行销假。

第三条　各子弟饮食既由艺局供给，仍每名月给银四两，俾赡其家，以昭体恤。

俾（bǐ），使。

第四条　开艺局之日起，每三个月考试一次，由教习洋员分别等第。其学有进境考列一等者，赏洋银十元，二等者无赏无罚，三等者记惰一次，两次连考三等者戒责，三次连考三等者斥出。其三次连考一等者，于照章奖赏外，另赏衣料，以示鼓舞。

肄（yì）习，学习。

第五条　子弟入局肄习，总以五年为限。于入局时，取具其父兄及本人甘结，限内不得告请长假，不得改习别业，以取专精。

第六条　艺局内宜拣派明干正绅，常川住局，稽察师徒勤惰，亦便剽学艺事，以扩见闻。其委绅等应由总理船政大臣遴选给委。

擢（zhuó）用，提升重用。

第七条　各子弟学成后，准以水师员弁擢用。惟学习监工、船主等事，非资性颖敏人不能。其有由文职、文生入局者，亦未便概保武职，应准照军功人员例议奖。

第八条　各子弟之学成监造者，学成船主者，即令作监工、作船主，每月薪水照外国监工、船主辛工银数发给，仍特加优擢，以奖异能。

　　沈葆桢是为了造船才同时培养人才的，无意中他成了中国工科教育和职业教育第一人。中国的第一所工业专科学校，也是中国的第一所职业教育学校诞生了，这是一个伟大的创举，一座历史的里程碑。

　　过去儒家教育强调义理一面，遇强敌入侵幻想"忠信为甲胄"，这种唯心论有如义和团"刀枪不入"的魔咒，结果无论疆土还是肉体都被洋炮炸得粉碎。沈开办船政学堂之初，中国的孩子还没有一点科学基础。他只能选品德好、性聪明的少年重新打造。他先以儒家观点考其品学，为首期考生出的题目是"大孝终生慕父母"，考得第一名的是后来的大思想家严复。

　　但学生一入学，就再不要这块敲门砖，金蝉脱壳，甩掉"之乎者也"，立即钻进科技书堆中，沈自己也恶补科学。学堂开的课有代数、几何、物理、微积分、机械，还有船体和蒸汽机制造两门实习课。他又选十五岁至十八岁，力大、聪明的孩子办了一个"艺徒班"，这是中国最早的技工学校。他又发现，只跟着师傅照葫芦画瓢学造船还不行，还要能自己画图设计船只，于是又开设了"绘事院"，这又是中国最早的工业设计院。总之，沈葆桢借船政，牵一发而动全身，牵出了近代教育，催生了近代先进思

运用议论，用"伟大、创举、历史的里程碑"等词语，极力褒扬沈葆桢为造船而开启中国职业教育先河的历史功勋。

用金蝉脱壳，来比喻沈葆桢摆脱儒家学说唯心论的桎梏，专注科技教育，造就新式人才，生动形象，富有趣味。

想和科学技术人才，牵动了历史，这也是他始料不及的。

中国的文化人大致有五个阶段。一是古代传统文化人物，读经书，过科举，守儒教；二是近代文化人物，虽出身科举，但开始吸收西学，如康有为、梁启超；三是现代文化人物，上过私塾，但已废科举，后又上了西式新学堂，如鲁迅、胡适；四是有旧学底子，后又接受马克思主义，如陈独秀、毛泽东；五是当代文化人，在新中国成长起来，先接受马克思主义教育，改革开放后再次学习西方文化。

在这个文化传承的链条中，船政学校正当古代文化到近代文化的过渡，是第一类文化人向第二类文化人的桥梁，是一次文化大变革。它培养的人才，填补了从旧式经学到新式实用科技的空缺。而且他们在接触西方科技的同时，也接触西方的思想文化，于是这批人又成了东西方文化的桥梁。他们中间出了翻译《天演论》的严复，修了中国第一条铁路的詹天佑，而船校几乎培养了中国海军的全部骨干。

1871年，三十余名船校学生，驾船进行了第一次航海训练。南至新加坡，北至辽东湾，这是中国近代海军的第一次远航。而在二十多年后的甲午海战中，中方参战的十二艘舰的舰长（管带）十四人，有十人是马尾船校第一期的同班同学。其中四人阵亡，三人战败后愤而自杀。美籍历史学家唐德刚在《晚清七十年》一书中说，这是"一校一级之生而对一国"之大战。辛亥革命后，大总统孙中山即到马尾视察，他说："到马江船政局，又荷船政局长沈君希南尽礼欢迎，邀观制造轮机、铁胁、锅炉等厂十余所，乃知从前缔造之艰，经营之善，成船之多，足为海军之根基。"新中国成立前夕，张爱萍受命初创海军，他一个一个上门拜访的海军宿将，还是马尾旧人。1949年8月28日，毛泽东接见国民党海军起义将领时说："1866年马尾船政学堂开办起来，中国算是有了近代海军、现代海军。"近代著名的海军将领萨镇冰活了九十四岁，见证了三个时代的海军事业。

在马尾闽江口，沈葆桢亲手栽下的这棵巨榕，绵延海疆数十米，荫蔽华夏百余年。要论其大，远超兴会和海南的大榕树。沈公榕的生命力极强，我们在老厂区采访时，随便在办公楼的走廊上、窗户下，都能看到墙缝里钻出的榕树苗。而院子里，更是浓荫蔽日。福州身为榕城，以榕树为骄傲，现从马江口到罗星塔顶，建成了一座大型榕树公园。满山的榕树攀山附石，层层叠叠，绿云压城。气根从天而降，密如天幕，有的竟穿透石块，石上生根，直如弦，挺如柱，它们都是沈公榕的后代。而路旁、草地上的树下，因

由叙述海军发展回到描绘沈公榕，整齐的对偶句写意般地勾勒出榕树的伟岸形象，彰显其荫蔽华夏之功。

运用密集的短句，简洁传神地刻画出榕树神奇旺盛的生命力和笔直挺立的形象。"天

幕"喻其密度，"穿透"写其力度，"生"刻画出强度，"弦、柱"绘其正直，隐喻沈葆桢创办新学带来的巨大影响力，并用其歌颂沈葆桢高洁、坚强、正直的品格。

"生肌长肉、补气壮骨"，运用医学术语，生动形象地刻画出沈葆桢欲以造船强军之举，疗治国之疲弱的急切心情，富有感染力。

"咬"字传神地刻画出靠军国主义扩张的日本豺狼嘴脸，暗伏国运多舛，为下文述史做铺垫。

地取势，遍立了严复、詹天佑、邓世昌等几十个船政人物的雕像，他们都是沈葆桢的学生。都或坐或立，仰望大海，还在关心着中国的海疆、中国的命运。

最遗憾，未能狠揍日寇一棒，历史遂成糜烂之局一百年

正当沈葆桢全力以赴造船强军，希冀病弱的大清帝国快快生肌长肉、补气壮骨之时，列强加快了对中国的挑衅蚕食。

与马尾一水之隔的台湾，历经荷兰人侵占，郑成功收复后回归祖国。岛上只有薄弱的清兵守备，管理松散，日本早就对台湾垂涎三尺。日本是一个岛国，其传统文化中的海盗基因，扩张本性难改。无时不在寻机挑衅，总想咬邻居一口。

1871年冬，时属中国藩国的琉球派六十九人往广东中山府纳贡，返途遇风暴漂至台湾，三人遇难，余六十六人误入当地高山族牡丹社生番乡。琉球船民被剥去衣物，有五十四人被追杀，余十二人被知县保护，送至省城福州。休养一段时间后，送回琉球。此事与日本毫无干系，1873年日本派员到华交换通商条约，借机质询两年前的杀人之事。中方答："台、琉二岛皆属我土。

杀人之事，裁决在我，与贵国何干？"但日本人已铁了心要侵台，继续在做文章。1874年3月，日本照会清政府："前年冬，我国人漂流其地，被杀戮者数十名，我政府将出师问罪。"这种强找借口，占你一地，甚至灭你一国，向来是帝国主义的本性。即使没有借口，它也可以随便制造一个。1937年的卢沟桥事变，就是日军假说他在训练中走失一个士兵，要强入宛平城寻人，接着就开枪开炮，占北京，占华北。

1874年4月，日本判断清政府不敢抵抗，正式宣布组织远征军侵台。5月17日，日军三千五百人在台湾南部登陆。清政府反应迟钝，到5月底才连忙下旨："着授沈葆桢为钦差，办理台湾等处海防兼理各国事务大臣。"沈接任后提出，一边办外交，以理屈敌；一边"储利器"积极战备。要求速购两艘铁甲舰，并召回马尾船厂经年所造的，已在天津、山东、浙江、广东等沿海服役的各舰备用。又建议速铺厦门到台湾的海底电缆，以通军情。他摆出决战之势，以震慑日本之野心。随后沈于6月19日到达台湾，坐镇指挥。而这时日军已控制了台南多个地区。我高山族同胞一面以原始刀矛奋起抵抗，一面请求沈葆桢保护，愿协同官军一致抗日。

沈一面备战，一面抚民、修路、练兵。"结民心，通番情，审地利""全台屹著长城"。他

运用"即使……也可以……"的假设句式，揭露出日本帝国主义寻衅侵略、鱼肉他国人民的本质。

"一边……一边……"写沈葆桢临事不乱，全局谋划，积极应对。

"摆"字写出沈葆桢的卫国意志坚决，不容撼动。

从琉球可自鸣不平、可照会总理衙门商办、日军不应波及无辜、版图不敢与人、日军补给困难五个方面写沈葆桢竭力以理屈兵的过程。

始终以软硬两手对敌，先派人谈判，以理屈兵。他在照会中说："琉球虽弱，亦俨然一国，尽可自鸣不平""即贵国专意恤怜，亦可照会总理衙门商办"，为何要出兵？当时只牡丹社生番乡土民杀人，而今天日军报复，却在整个台湾南部杀人掠土，波及无辜。严正声明"无论中国版图，尺寸不敢以与人"，并指出，你军后勤补给已出现困难，粮运已为我控制，就不想想后路？"本大臣心有所危，何敢不开诚布公，以效愚者之一得"，我真替你捏一把汗呀。这义正词严、软中带硬的照会，使敌一时不敢妄动。

他深知日本人是在讹诈，一再吁请朝廷切不可退让。他说："倭奴虽有悔心，然窥我军械之不精，营头之不厚，贪赘之心，积久难消。退后不甘，因求贴费，贴费不允，必求通商。此皆不可开之端，且有不可胜穷之弊。非益严儆备，断难望转圜。"

他积极调兵，又请日意格雇来洋匠在台湾安平修筑了巨大炮台，基隆、澎湖等地也加筑炮台。马尾船厂这几年建造的"扬武""飞云""万年清"等十多艘兵舰全部调来台海。又请日意格出面租借外轮，从大陆运来当时最精锐的陆军——淮军，清军渐成绝对优势。而这时日军后勤补给困难，师老兵疲，士兵思乡厌战。到7月疾病开始流行，每天运来之兵不抵送回之病号。侵台高峰时士兵、民夫四千六百人，病死者达五百六十人。随着时间的推移，对日方愈加不利。沈又托日意格物色到一艘丹麦铁甲船，并交了定金，清军更如虎添翼。

当时中日的军力对比，日本并不比我国强多少。日本是1867年开始明治维新的，到1877年内战结束，前后十年才正式完成。它也曾经历了闭关锁国、被西方欺侮、订立不平等条约等和中国一样的过程，而这十年也正是中国觉醒，大办洋务自强的十年。历史巧合，1867年日本颁布维新令，同年中国马尾船厂开工、洋学堂开学。中日两国同时睁开眼向西方学习，在图强路上赛跑。但是，双方文化背景不同，一个是谦谦君子，学习是为了自卫；一个是海盗本性，学习是为了扩张。而明治维新除了发展工业外，在体制上还埋下了天皇制和军国主义的种子。李鸿章评价日本人，"其外貌恭谨，性情狙诈深险，变幻百端，与西洋迥异""日人情同无赖，武勇自矜，深知中国虚实，乃敢下此险着"。日本看准了中国官场的腐败、偷安、避战，如狼伺羊，不咬一口，总觉吃亏。

这时候沈葆桢的头脑最清醒。他认为，最好的办法是当其未成气候之时，猛击一棒，打断脊梁，灭其野心，一除后患。他的计划是，在台湾一举歼灭侵台日军，然后我舰队在琉球登陆，

本段用三个"又"字，叙述沈葆桢以理屈兵之余，为御日寇积极行动、构筑军事、布排海防，刻画出一个睿智、强干、文武兼备的优秀官员形象。

运用对偶，以"谦谦君子"和"海盗本性"，"自卫"和"扩张"对比，揭示出中日两国维新图强的目的截然不同。

挥师长崎港，聚歼鹿儿岛舰队，迫敌订城下之盟。一战慑敌，使之数十年之内再不敢妄动。自古凡有战事，总会有投降派跳了出来，这时"各路劝勿开仗之信，纷至沓来"。沈一边应付日本人的侵略，一边还得应付国内投降派的掣肘。枪杆子、笔杆子他都有，一手提枪对日备战，一手握笔与投降派论战。他说"倭备日顿，倭情渐怯""倭营貌为整暇，实有不可终日之势""虽勉强支持，决不能持久也""若欲速了而迁就之，恐愈迁就，愈葛藤矣""臣等汲汲于备战，非为台湾一战计，实为海疆全局计。愿国家勿惜目前之巨费，以杜后患于未形"。否则"急欲销兵，转成滋蔓"。正当沈葆桢秣马厉兵，要直捣黄龙之时，北京传来议和消息，清政府赔银五十万两，换取日本撤兵。侵略者未得到惩罚，志得意满，体面收兵。

从1866年沈葆桢接手办船政，到1874年10月日本侵台罢兵。八年间，沈从无到有，打造了一支中国海军，在当时的世界上已进入十强之列。正因为有了这支海军，才镇住了日本的侵台野心。但正当他要挥起这把利剑，剁敌魔爪时，清政府议和了，1875年7月他遗憾地从台湾返回。

八年船政，八年蓄势。功亏一篑，一朝放弃。臣子恨，恨难平。

沈葆桢郁郁不乐，回到了他的马尾船政衙

"掣肘"，指拉着胳膊，阻拦别人做事，比喻有人从旁牵制，工作受干扰，该词形象地刻画出投降派阻挠沈葆桢备战的情形。

"直捣黄龙"出自《宋史·岳飞传》，指捣毁敌人的巢穴，将战斗进行到底。这里刻画出沈葆桢欲与日本侵略者彻底决战的决心。

"挥利剑，剁魔爪"与"议和"形成鲜明对比，揭示出软弱的清政府让沈葆桢无法施展本领，彻底消灭日寇侵略野心，致使训练有素、当时已经强大起来的中国海军无用武之地。

门，猛抬头看到了柱子上手书的对联：

以一篑为始基，自古天下无难事
致九译之新法，于今中国有圣人

新法已学到手，圣人却寸步难行。没有技术不行，只靠技术，政治不强也不行。日本是一个搬不走的坏邻居，中国失去了一次震慑恶邻的机会。而从此，日本渐渐坐大，野心更加膨胀，日后给中华民族造成的麻烦，如沈所言"愈迁就，愈葛藤""急欲销兵，转成滋蔓"，一直葛藤不断，滋蔓了一百年。先是二十年后，1894年的甲午海战，中国大败。日本不忘在台败于沈的旧恨，立逼清政府割让台湾。1931年日本又发动"九一八事变"，侵占了大半个中国，我艰苦抗战十四年，牺牲军民三千万。至今日本还在东海寻衅，南湾挑事，一如当年。这国际关系就和人与人一样，你一回示软，人家欺侮你一百年。

通俗的比喻，生动揭示出日本对于中国的长期威胁，终酿恶果。

以人际关系类比国际关系，用朴实的语言、对比的手法，揭示出在侵略面前不可示弱的深刻道理。

壮士断臂，华丽转身求再生

现在我们再回到文章的开头，当年马尾厂区的那棵老榕树，横空断枝，留下了一个秃兀的树身，这断下的一枝哪里去了？

老榕断枝，是马尾厂史上的一件奇事、大事。

到了21世纪初，马尾船厂早已不是一百五十年前跟着洋人学造船的小厂子，而已是订单遍五洲，洋人来上门来买大船的大公司了。船厂已扩大成集团公司，老厂区再装不下这个大摊子。近年来，他们在海边选址，建起了更大的船坞、码头和办公楼，只等一百五十年庆典一过就搬新家。搬厂房、搬船坞、搬设备，这些都好说。就连那个法式的老钟楼，也已按原样在新厂区复建了一座。但是，那棵巨大的沈公榕怎么办？它连着马尾船厂人的心，难割舍，却移不走。

一连串"搬"字，运用铺陈手法，表现出搬新厂的繁忙；"怎么办"，疑问句式刻画出人们面对巨大的沈公榕束手无策的心理。

还有一年了，搬家工作开始倒计时。正当大家苦无良策、一筹莫展之时，7月的一个晚上，雷声大作，风狂雨骤。一道闪电划破夜空，轰隆一声，有如陨石落地，震得厂区都轻轻一动。第二天起来一看，沈公榕的一枝齐齐地断裂于地，青枝绿叶，团团气根，整整盖满了半个院子。而树梢在地上伸展开去，直抚着老钟楼的墙根。雨停了，榕树的叶片被洗得洁净油绿，在橘红色的晨晖中愈发光彩照人。平时如一团乱麻的气根，也被雨水漂洗得干干净净，梳理得齐齐整整，就像船甲板上一盘备用的新缆绳。正是上班时分，人愈聚愈多，大家围过来看着断枝，都不说话，像是在肃穆地行着注目礼。谁都知道沈公榕是马

"苦无良策、一筹莫展、雷声大作、风狂雨骤、陨石落地、青枝绿叶、团团气根、整整齐齐……"众多典雅生动、极具表现力的四字短语，再现了老榕断枝的情形；"抚"字把断枝拟人化，赋予老树深情；"新缆绳"隐喻断枝将移植新址，更新换代焕发新的生机；"高呼出门"赋予老榕树以人的行为动作，神采宛然。

尾厂的魂，当此船厂更新换代之际，老榕有灵，高呼出门，壮士断臂，要华丽转身！

这意外的事件倒给厂领导带来了灵感，虽说榕树靠气根繁殖，我们能不能试一试整枝栽培呢。他们请来园林专家，把这枝合抱粗的断榕小心清理，扶上卡车，护送到新区，一年后居然成活。为我们纪念沈葆桢留下了一件活着的念想之物。

沈葆桢是一位很低调的人物，他的历史贡献与他的知名度很不相称。他从左宗棠手中接办船政，晚年又与李鸿章分管南北洋海军，为朝廷重臣。他一生不忘强军固海，1879年在生命垂危之时，仍口授奏折，要朝廷加强海军，警惕日本，报此旧恨。"倭人夷我属国，虎视眈眈，凡有血气者，咸思灭此朝食。""臣每饭不忘者，在购买铁甲船一事……倭人万不可轻视。倘船械未备……兵势一交，必成不可收拾之势。"可惜天不假命，他只活了六十岁，灭倭的壮志未能实现。

沈葆桢是林则徐的外甥兼女婿，很得林的家风。"苟利国家生死以，岂因祸福避趋之"，他只求报国，不求闻达，一生清贫。甚至在世时身为高官，却常要借债度日。临终也没有给孩子留下一间房、一亩地，反而留下一份这样的遗嘱："身后，如行状、年谱、墓志铭、神道碑之类，

引用林则徐的诗句，赞美沈葆桢的勇克时艰、敢于担当；借用诸葛亮的"不求闻达"和引用本人遗嘱，来表现沈葆桢一心为国、心底无私的高风亮节；借

鲁迅的"只求速朽"，叙述其著作不多，来刻画其淡泊生死名利的人格追求。

切勿举办。"有点像鲁迅说的只求速朽。他本人的著作也不多，只是随着时间的推移，中国海军和造船事业的发展，及国际形势似曾相识似的循环归来，人们才又想起这位开拓者、预言者，近年才有了些对他的研究。

12月20日，在一百五十年庆典的前三日，我来到马尾船厂新区。沿海边的几个大型船坞里停着十几层楼高的在建大船，岸上滑动的巨型龙门吊，就像一道移动的彩虹。李厂长手指海边，讲解说，那一艘是在建的地质采矿船，可直接从一千五百米的深海下采矿、粉碎、装船。那一艘是科考船的生活船，本身就是一座七层楼的活动大旅店。我们头戴红色安全帽，在机器的轰鸣声中要大声喊话。人行走在这如山的大船旁和悬在半空的龙门吊下，就像几个正在蠕动的小甲虫。

生动的比喻，把行走在大船旁的人比作蠕动的小甲虫，反衬出科考生活船的威武，流露出对我国现代科技迅速发展的惊叹。

新区已建成了一座十二层高的办公大楼，楼前广场上刻意保留了有当年船政记忆的三件标志物：沈葆桢雕像、沈公榕和法式钟楼。沈的雕像，背靠大楼，面向大门，雄伟高大。雕像高1.866米，寓意1866年，船政也即是近代中国海军的开创年份。底座高4.7米，寓意他在四十七岁那年接此重任，掮动了中国近代海军史的历史车轮。雕像的底座上有这样一段铭文：

"掮动"，用肩膀扛动，形象地揭示出沈

沈葆桢（1820—1879），字翰宇，号幼丹。福建侯官人，清道光二十年进士。1866年得闽浙总督左宗棠力荐，出任总理船政钦差大臣。在福州马尾船厂制造轮船，开办新式学堂，不惮艰辛，为国图强。开拓了中国造船工业，并组建我国近代第一支海军舰队。

1874年临危受命，率船政轮船水师，赴台抗御日军入侵，保卫了宝岛台湾。1875年调任两江总督，广有惠政业绩。公忠体国，尽瘁于任上。清廷追赠太子太保，入祀贤良祠。

感谢马尾人，恐怕这是中国大地上唯一的一座沈葆桢雕像了。

只见他顶戴花翎，身披长袍，手执一卷文书，许是新船的设计图，或者是将要上奏的船政方案。海风拂动他的长袍，他挺身眺望着碧浪滔滔的大海。他看见了什么？看见了一百五十年来海面上的滚滚不停的巨浪，看到了头上的天空诡谲多变的风云。他还在翘首瞭望，他放不下这颗赤子心。而在他的右后方，就是那棵新栽的"壮士断臂榕"，主干有一抱之粗，上面的细枝已吐出翠绿的叶片和团团的气根。整个树形昂首向东，指向古钟楼，如一匹伏枥的老马，随时准备飞腾上阵。

有趣的是，沈葆桢雕像的面部和沈公榕的

葆桢为开创并推动中国近代海军发展所做出的巨大贡献，遣词生动，富有画面感。

运用对偶句式，以想象的手法描绘雕像所见，表现沈葆桢心系海疆的报国情怀。

"伏枥老马"之喻，取自曹操《龟虽寿》中"老骥伏枥志在千里；烈士暮年，壮心不已"的典故，表现"壮士断臂榕"虽老犹壮，切思报国。

火苗之喻，令人想起"星星之火可以燎原"，沈葆桢作为中国海军事业的先驱，点燃了无数中华后辈为强大海防而努力奋斗的似火热情。

以自拟诗结尾，以巨榕隐喻沈葆桢，以苍龙隐喻来犯之敌，以"吸尽海水"隐喻英雄驱敌护国的巨大决心，总结沈葆桢的船政人生和报国壮志，人树合一，完成形象塑造。

树梢，都还蒙着一块薄薄的红色纱巾，在微风中如一团火苗。厂长说，要等到三天后，大庆正日子的那天早晨，才会在锣鼓和鞭炮声中揭去这块红盖头。为的是要给沈公一个惊喜，让他看看一百五十年后，今天中国的新船政。

正是：

东海波涛涛不平，
英雄抱恨恨难宁。
化作巨榕根千条，
吸尽海水缚苍龙。

李亚平　　　　　点 评 老 师

山东省济宁市高新区杨村煤矿中学语文高级教师，教育部关工委优秀辅导教师。

将军几死却永生

今年是新中国成立70周年，共和国的由来
有多块奠基石，其中之一就是抗日战争的胜利。
诚如天安门广场上人民英雄纪念碑的碑文所说：
"三年以来，在人民解放战争和人民革命中牺
牲的人民英雄们永垂不朽。三十年以来，在人
民解放战争和人民革命中牺牲的人民英雄们永
垂不朽。由此上溯到一千八百四十年，从那时
起，为了反对内外敌人，争取民族独立和人民自
由幸福，在历次斗争中牺牲的人民英雄们永垂不
朽。"抗日战争中，国共两党团结御敌，同仇敌
忾。国军方面牺牲之最高将领为张自忠将军，八
路军方面为副参谋长左权将军。他们所代表的无
数先烈，用热血凝铸了共和国的基石。

但是，张自忠将军受国人的尊重和纪念，还
有更深的一层背景。他是一个人格受辱，曾被误
认为汉奸，几乎被舆论的唾沫星子淹没的人。然
而他决然为国捐躯，以死来证明自己的清白。

我第一次知道张自忠将军这个名字，是
五十六年前考入北京的中国人民大学，那时学

开篇交代社会背
景，引出写作对象——
革命英烈张自忠将军。

用承上启下的过渡
句，引出下文张自忠将
军如何以死证明清白的
内容。

校就坐落在张自忠路上。想不到五十多年后我有事过湖北宜城，这里竟是他1940年的战死之地。2015年9月，世界反法西斯战争胜利70周年，宜城在当年的旧战场处修了巨大的纪念碑，从山脚至山顶铺一千两百余级步道。步道中段留出一段保留原来的地貌，约三十平方米，为将军牺牲之地，内有七块坚石、一片绿草、一丛怒放的杜鹃花。激战之后在这里发现了他的遗体，时将军身受八处伤，有枪伤、炮弹炸伤、刺刀伤，可见搏斗之惨烈。一位上将级战地最高指挥官，这样慷慨赴死于刀丛弹雨之中，实为现代战争中所罕见。将军的热血浸透了身下的土地。后来这个地方就名"血窝"，作特别保留。现在每一个从血窝旁走过的人都会驻足致敬，流下热泪。

描写将军牺牲之地的环境，坚石象征将军牺牲时的坚定意志，绿草、杜鹃花象征着他的革命精神万古长青。

看到血窝，就会让人想起将军战死沙场的惨烈、慷慨赴义的悲壮，不觉驻足致敬、热泪盈眶。

将军出身行伍，成名于1933年长城抗战，以大刀杀敌。其时中、日两国之国力、军力甚为悬殊。我军还使用冷兵器，每人背大刀一把，只能靠夜战、近战，摸入敌营。一曲大刀进行曲响彻长城内外。

明知会被骂为汉奸，却仍然委屈受命，表现了张自忠将军以国家民族利益为重、顾全大局的可贵品质。

1937年"七七事变"后，在和战两难、进退维谷的状态下，上面命他留在北平，任北平市长，与敌虚与委蛇。他明知这是一件要背黑锅的事，为挽大局只好委屈受命。他给南撤的战友送行时说，以后诸君是民族英雄，我怕要被骂为汉奸了。果然民情汹汹，一片喊骂。没过多久日寇野心膨胀，残局已无法维持，他逃出北平，过济南时群众在站台上围攻喊骂，高呼打倒汉奸，他都无法下车。后转道青岛，到南京述职，反接到蒋介石的一纸处分令，这更坐实了他应对平津败局负责。

　　其实，抗战初期我方研判失误，一不战而失东北，二稍战即退出平津热河。国土沦丧，这本是应由最高当局负责的，而骂名却不公正地落在了他一个人的头上。敌犯土失，官责民斥，百口莫辩，其内心之煎熬可想而知。他明白，如不能洗污，将成秦桧，就誓以死明志。

　　将军以民族大义为重，团结抗敌，处事有节。国共合作，常有摩擦，张部却从未有此事。1939年4月上面下达《限制异党活动办法》，时两名红色女记者安娥、史末特莱正在他的防区采访。将军毫不刁难，立派人将她们送至新四军李先念防区。他的干训团有进步教员讲社会发展史，团长说是通共，将人捆绑，他立令释放。西北军另一悍将庞炳勋与张同是冯玉祥的部下，兄弟多年，但中原大战庞叛冯投蒋，并突袭张的师部，欲置其死，张逃得一命。从此两人结下怨仇。

　　抗战中，冤家路窄，张、庞又同在五战区。临沂战事，庞被日军围困，危在旦夕。当时李宗仁帐下无人，急召张自忠说："我知你们有

段首句概括了将军高尚情操，议论句总领全段，以引出下文具体事例。

旧怨，但那是打内战时的私仇。今庞在前方浴血，是为国难。望你受点委屈，捐弃前嫌，急救之。"张二话没说，带队驰援。出生入死，如赵子龙七进七出，两救庞于临沂，击败号称铁军的日板垣师团，坂垣羞极，几欲自杀，张部也因此损失五千多人。蒋介石大受感动，亲致电嘉勉，并撤销了对他因"七七事变"失守北平的处分。

将军一向治军极严。临沂之战最激烈时，一营长逃阵，立即枪毙；一旅长进攻不力，阵前撤职。他有这样一个绰号："扒皮将军"。他经常训诫部下要遵守军纪、爱护百姓。常挂在嘴边的一句话是："看我不扒了你的皮！"这让我想起三十多年前看到的一则旧事。张带军驻扎某地，借宿民房，一军官侵犯民女，第二天被指认出来，立判枪毙。此人是一员猛将，战功无数，对此事也供认不讳，只求暂留一命，让他明天死在杀敌的战场上。众将也为之求情。张不许，只是吩咐去买一副好棺材。事有蹊跷，这个跟随他多年的老部下被枪决入棺，因未至要害，人醒过来后又翻棺而出，不但没有逃走反倒回来向他报到，并要求杀敌而后死。张仍不许，二次枪毙。

在襄阳我还听到另一个故事，20世纪70年代有一跟随张的抗日老兵退伍在襄阳。一日被驻军请去干活，正遇上新兵训练。此老兵不由梦回沙场，上前接枪示范，白发皓眉，雄姿勃发，吼声震天，全场为之震惊，可见张将军的治军之风。

　　将军待民以亲，待下以慈，持己则严。虽是战时，仍不忘民生。襄阳著名的战国时期水利工程白起渠年久失修，他就向当时已流亡到恩施的湖北省政府打报告，倡议修复，并亲率士兵挖渠。他常说军队离不开老百姓，抗战胜利全赖民资助，每驻一地，即筹划生产，公平贸易。这一点很像左宗棠，虽在行伍，却有政经胸怀。

　　他的部队开饭前先唱《吃饭歌》，歌词大意是："这些饭食人民给，救国救民我天职。"逢节日时常有座谈联欢，对六十岁以上的老人亲送礼品一件。一次宿劫后山村，见百姓极苦，就吩咐军需官每户发洋十元。一老妪感激下跪，他急忙搀起说："是该我们当兵的给您下跪，我们没有保护好老百姓。"

　　他爱兵如子，每宿营，兵无食，他必不食。伤员出院归队，必亲自一一验伤，凡子弹从身前穿入者，即大声点名，让其站前排，表彰其英勇。伤者无不感无上光荣，人人争先恐后，奋勇杀敌。临沂战役，跟随他多年的冉营长负重伤，自知性命难保，留下遗言。一是望司令见其遗体一面，二是勿告家属，三是墓上立一小碑。张抱尸痛哭，亲写碑文，后将遗属接到部队说："冉营长为国牺牲，死得有价值。今天我张自忠还在，说不定哪一天也会死在抗日战场上。这是一个军人在国难当头时的责

段首总领句，概括将军对待人民、部下和自己的不同要求，引出下文具体内容。

动作、语言描写，写出了将军对老妪的尊敬和未能保护好人民的自责，表现了将军待民以亲的品质。

对冉营长的一系列做法和安排，可以看出将军爱兵如子的精神。

任。今后，有我张自忠的一天，就有你们母子的一天。两个孩子的教育费由我负责。以后我的家属在哪里，就送你们去哪里，与我的家眷在一块。"而他严于律己，为当时高官所罕见。一次指挥部转移新地，荒村破舍，副官调几名战士打扫卫生，他批评说："士兵是国家的士兵，不是我张自忠的奴仆。他们保卫国家，战死沙场是本分，但没有给我打扫卫生的义务。弟兄们行军已走得很累，你让他们累上加累，很不应该。"

他历充要职，却持身极俭。他的参谋长张克侠（共产党员）回忆他："如偶有过人享受，辄有不安之意……公殁后，余回部，过其所居，见报纸糊壁，敞席悬门，其刻苦奉公之状如在目前，不禁泣下。"1940年3月文人梁实秋到前线慰问，遍访九个战区，张的司令部最为简陋。他留下这样一段文字："张将军司令部固然简单，张将军本人却更简单。……穿普通的灰布棉军服，没有任何官阶标识。他不健谈，更不善应酬……他见了我们只是闲道家常，对于政治军事一字不提。他招待我们一餐永不能忘的饭食，四碗菜，一只火锅。菜以青菜豆腐为主，火锅是豆腐青菜为主……我看得出来，这是他在司令部里最大的排场。……大概高级将领之能刻苦自律如张自忠将军者实不可多见。"长官如师如父，可见一支军队之炼成，首先是长官人格意志之造

側面描写，通过梁实秋所留的文字，側面表现了将军刻苦自律、持身极俭的品质。

就。张自忠将军带出来的这支军队，后来在淮海战场上由张克侠、何基沣两将军带领起义，投向人民的怀抱。

自从大刀抗战之后，将军又有几次痛快的杀敌。1937年底他辗转回到自己的部队，失声痛哭，言今日回来乃为杀敌报国，共寻死所，部下皆泣不成声，誓死追随。他重新出山后一战淝水，二战临沂，皆建奇功。不到一年，除撤销处分外，连获晋升。由军长而军团长、集团军总司令、战区右翼兵团总司令。他说别人都可以打败仗，唯有我张自忠不能打败仗。

1939年5月日寇进犯襄阳，张率部在襄河东岸指挥了一场漂亮的伏击，毙伤敌九百余，更重要的是缴获了敌人准备大规模渡河的舟船辎重，其中竟有张学良放弃东北，日军借其兵工厂生产的折叠船，可见当年不放一弹而失东北之恶果，张立令全部烧毁。此役虽小，却粉碎了敌突破汉水，攻占襄阳、宜城之企图。其时将军拔剑独立汉、襄两水之间，一如当年屹立长城。

岳飞有名言，只要武官不怕死，文官不爱钱，国就不会亡；文天祥在《指南录》中谈到他于国难中不知几死；纵观张自忠将军之精神，就是抱定武人必为国赴死的信念。自敌寇压境，他经常挂在嘴边的一个字就是"死"。一个人只要拼得一死，总能干成一件事，一件轰轰烈

语言描写，用张自忠自己的话，来表现他一往无前的精神。

以转折句式，说明此次战役意义非凡。

运用"典字诀"，叙述岳飞、文天祥的名言，引出张自忠为国赴死的决心与事实。

烈的大事。

开始进行关于"死"的决心的事实叙述，分别在致电蒋介石、见冯玉祥、给部下训话、给弟弟写信、答记者问中表明他赴死的决心。

他每见长官必言死，战前他致电蒋介石："职现亲率三十八师之两团渡河，攻击北窜之敌，如任务不能达到，决一死以报钧座。"他去重庆述职，行前别老上司冯玉祥，突然下跪。冯忙拉住说："这是干什么？"他答："蒙先生栽培，终身难忘。此去我死也死个样子，决不给先生丢脸！"冯一时语塞，不知该如何劝慰。

他给部下训话，常说的是："不惜一切牺牲，阵地就是棺材！"他给亲人（弟弟）写信："吾自南下作战，濒死者屡矣。濒死而不死，是天留吾身以报国耳。……吾一日不死，必尽吾一日杀敌之责；敌一日不去，吾必以忠贞，死而后已。"他答记者问："现在的军人，很简单地讲句话，就是怎样找个机会去死。因为中国所以闹到这个地步，可以说是军人的罪恶。十几年来，要是军人认清国家的危机，团结御敌，敌寇决不会来犯。我们军人要想洗刷他的罪恶，完成对于国家的义务，也只有一条路——去死，光荣地死！"这是他由一个旧军阀部队的将领，在国难当头时自觉转化为一个爱国将领的心声。他到日本考察，日本人说你们中国有文德而无武德，女人死节者多，男子捐躯者少，很刺痛他的心。他说这一回，我一定要给日本人看一看。每有大战，他便将军务推给副司令，亲上前线督战。正如他言："濒死者屡矣。"

1940年5月，敌再犯襄阳。他又如以往，从容做好以死报国的准备。会战刚开始，5月1日他即致信五十九军团以上将校，表示共赴国难：

> 看最近之情况，敌人或要再来碰一下钉子。只要敌来犯，兄即到河东与弟等共同去牺牲。国家到了如此地步，除我等为其死，毫无其他办法。更相信我等能本此决心，我们的国家及我五千年历史之民族，决不致亡于区区三岛倭奴之手。为国家民族死之决心，海不清（枯），石不烂，决不半点改变。愿与诸弟共勉之。
>
> 小兄张自忠手启

引述信件原文，呼应上文中提到的他"从容做好一死报国的准备"。寥寥数语，足见一位爱国将领为国捐躯的决心和忠诚。

5月4日又给副司令留下遗书："现已决定今晚往襄河东岸进发……奔着我们最后之目标（死）往北迈进。无论做好坏一定求良心得到安慰。以公以私请我弟负责。"开作战会议时，他见一团长未佩手枪，便说：长官上前线一定要带手枪，一为自卫，二为必要时杀身成仁。大家预感不妙，劝他说主将不应冒险到前线去拼命，他说："不是日本人不怕死，而是中国人当大官的太怕死了。"5月16日遭敌最后包围，他说："你们每个人都可以走，唯有我张自忠不可以走。"遂从容指挥，将苏联顾问、文职、后勤、伤员等一一安语言精练，描写张自忠将军最后殉职时所遭受的痛苦，神态描写刻画出将军视死如归、英勇杀敌的大义凛然。

排护送走。然后带少数警卫与敌激战，先是左臂被子弹打穿，后弹片划伤肩、胸、肋多处，此时敌已近身，将军昂然而立，怒目逼视，大呼杀敌，又遭枪击、刀刺，终于殉职。

张自忠将军的牺牲震动国共两党。其遗体被我军拼死抢回，前线将领抚其伤口，放声大哭，十天前将军的遗言犹在耳旁，部下瞻仰遗容，皆泣不成声。前线总部作简单吊唁后入殓，楠木棺内置《孟子》一本，彰其为富贵不淫、贫贱不移、威武不屈的大丈夫；又置《三民主义》一本，"三民"之第一义即求民族独立，彰其为争民族独立之英雄。

灵柩过宜昌，十万人送行，敌机在头顶盘旋，送灵的人群无一慌乱。抵达重庆后，蒋介石以下军政要员在码头迎灵。国民政府先后宣布为其国葬，入祀忠烈祠，改宜城县为自忠县。8月15日，延安各界举行追悼大会。1943年将军牺牲三周年之际，周恩来又亲在《新华日报》著文："每读张上将于渡河亲致前线将领及冯致安将军的两封遗书，深觉其忠义之志，壮烈之气，直可以为我国抗战军人之魂！"1945年10月毛泽东赴重庆谈判，专门去拜望将军在世的老母，表达崇敬之情。

通过记叙周恩来的著文和毛泽东的拜望，表现了两位领导人对张自忠将军英勇抗敌、壮烈牺牲的悼念、崇敬之情。

新中国一成立，张即被追封为烈士，北京、天津、武汉等地设张自忠路。2009年，新中国成立60周年，又被评为"一百位为新中国成立做出突出贡献的英雄模范人物"。2015年纪念世界反法西斯战争胜利70周年，又为之重立丰碑。

　　死生，人之大节也。将军在世时，不知曾经几死；其死后实又每日犹生，与国同在。痛哉！天不留其身，然其忠魂长在，壮我华夏。他如岳飞、如文天祥，是一位彪炳青史的民族英雄。

　　运用古文句式抒情，照应文题，点明中心，高度赞扬将军是一位永垂青史的民族英雄，他的精神永垂不朽。

何庆华　　　　　　点评老师

安徽省安庆市怀宁县振宁初中语文教师，安庆市学科带头人、骨干教师。

梁思成落户大同

当北京正在为拆掉梁思成、林徽因故居，而闹得沸沸扬扬、满城风雨时，山西大同却悄悄地建成一座梁思成纪念馆。这是我知道的国内第一座关于他的纪念馆，没有出现在他拼死保护的古都北京，也没有出现在他的故乡广东，却坐落在塞外古城大同。

我当时听到这件事不觉大奇，主持城建的耿彦波市长却静静地回答说："这有两个原因，一是20世纪30年代梁先生即来大同考察，为古城留下许多宝贵资料，这次古城重建全赖他当年的文字和图录；二是解放初梁先生提出，将北京新旧城分开建设以保护古都的方案，可惜未能实现。六十多年后，大同重建正是用的这个思路。"大同人厚道，古城重建工程还未完工，便先在东城墙下为先生安了一座住宅。开馆半年，参观者已过三万人。

梁思成是古建专家，但更不如说他是古城专家、古城墙专家。他后半生的命运是与古城、古城墙连在一起的。1949年初，解放军攻城的炮声传到了清华园，他不为食忧，不为命忧，却为身处的这座古城北平担忧。一夜，有两位神秘人物来访，是解放军派来的，手持一张北平城区图，诚意相求，请他将城内的文物古迹标出，以免为炮火所伤。从来改朝换代一把火啊，项羽烧阿房，黄巢烧长安，哪有未攻城先保城的呢？仁者之师啊，他激动得说不出话来，标图的手在颤抖。这是他一生最难忘的一幕。

这一段不仅点明了梁思成的身份，还介绍了解放军对北平古建筑的保护，与后文写北京古建筑被毁形成对比。

中国有世界上最古老的房子，却鲜少留下怎么盖房的文字。一代一代，匠人们口手相传地盖着宏伟的宫殿和辉煌的庙宇，诗人们笔墨相续，歌颂着雕栏玉砌，却不知道祖先留下的这些宝贝是怎样造就的。梁思成说："独是建筑，数千年来，完全在技工匠师之手。其艺术表现大多数是不自觉的师承及演变之结果。这个同欧洲文艺复兴以前的建筑情形相似。这些无名匠师，虽在实物上为世界留下许多伟大奇迹，在理论上却未为自己或其创造留下解析或夸耀。"

引用梁思成的话，说明了当时中国在古代建筑学方面还是一片空白，梁思成先生的研究便填补了这一空白。

如何发扬光大我民族建筑技艺，在以往都是无名匠师不自觉地贡献，今后却要成为近代建筑师的责任了。直到20世纪20年代末，国内发现了一本宋版的《营造法式》，但人们不懂它在说些什么。大学者梁启超隐约觉得这是一把开启古建之门的钥匙，便把它寄给在美国学建筑的儿子梁思成，希望他能向洪荒中开出一片新天地。梁思成像读天书、破密码一样，终于弄懂这是一本古代讲建筑结构和方法的图书。

《营造法式》是宋代李诫创作的建筑学著作。"读天书、破密码"，生动形象地写出了读懂这本书的难度之高。

在这样艰苦的环境下，梁思成和林徽因仍致力于古建筑的研究与保护，他们是不畏困难、献身科学的崇高典范。

纸上得来终觉浅，他从欧美留学回来便一头扎进实地考察之中。那时的中国兵荒马乱，梁带着他美丽的妻子林徽因和几个助手，跑遍了河北、山西的古城和古庙。山西北部为佛教西来传入中原时的驻足之地，庙宇建筑、雕塑壁画等保存丰富；又是北方游牧民族定居、建都之地，城建规模宏大。20世纪30年代，西方科学研究的"田野调查"之法刚刚引进，这里就成为中国第一代古建研究人的理想试验田。

1933年9月6日，梁思成、林徽因一行来到大同，下午即开始调查测量华严寺，接着又对云冈、善化寺进行详细考察，十七日后又往附近的应县木塔、恒山悬空寺调查。再后来，梁、林又专门去了一次五台山，直到卢沟桥的炮声响起，他们才撤回北平。因为有梁思成的到来，这些上千年的殿堂才首次有现代照相机、经纬仪等设备为其量身造影。

这一段连续用了"即、接着、再后来"等表时间的副词，表现出他们研究工作的紧张而有序。

这是细节描写。梁思成夫妇在艰苦的条件下全身心投入工作，这些被定格的瞬间，表现出他们对事业的无比热爱。

在纪念馆里，我们看到了梁思成满面风尘趴在大梁上的情景，也看到了秀发披肩、系着一条工作大围裙的林徽因正双手叉腰，专注地仰望着一尊有她三倍之高的彩塑大佛。幸亏抢在日本人占领之前，梁思成和林徽因等人的这次测量留下了许多宝贵资料，以后许多文物即毁在侵略者的

炮火下。抗战期间，他们到处流浪，丢钱丢物也
不肯丢掉这批宝贵资料，终于在四川长江边一个
叫李庄的小镇上，完成了《图像中国建筑史》等
一批中国古建研究的重要著作，也成就了梁、林
在中国建筑史上的地位。

　　现在纪念馆的墙上和橱窗里，还有梁、林当
年为大同所绘的古建图，严格的尺寸、详尽的数
据、漂亮的线条，还有石窟中那许多婀娜灵动的
飞天。真不知道当时在蛛网如织、蝙蝠横飞、积
土盈寸的大殿里，在昏暗的油灯下，在简陋的旅
舍里，他们是怎样完成这些开山之作的。这些资
料不只是为大同留下了记录，也为研究中国建筑
艺术提供了依据。

　　1949年新中国成立，饱受战乱之苦又饱览
古建之学的梁思成极为兴奋。他想得很远，9月
开国前夕，他即上书北平市长聂荣臻将军，说自
己"对于整个北平建设及其对于今后数十百年影
响之极度关心""人民的首都在开始建设时必须
'慎始'"，要严格规划，不要"铸成难以矫正
的错误"。

　　他头脑里想得最多的是怎样保存北京这座古
城。当时保护文物的概念已有，但是，把整座城
完好保存，不破坏它的结构布局，不损坏城墙、
城楼、民居这些基本元素，这却是梁思成首次提
出。他曾经设想，为完整保留北京古城，在其西

工作的场所如此简
陋，形成鲜明对比的是
"严格的尺寸、详尽的数
据、漂亮的线条"，作者
的赞叹之情洋溢其中。

从此处开始，作者
按时间顺序记叙了梁思
成与北平的故事，都与
"大同纪念馆"有关，
这就是"草蛇灰线"的
笔法。

"首次提出"，这
是开天辟地式的伟大构
想，表现了梁思成超前
的眼光。

边另辟新城，以应首都人民的工作和生活之需；他又设想在城墙上开辟遗址公园，"城墙上面，平均宽度约十米以上，可以砌花池，栽植丁香、蔷薇一类的灌木，或铺些草地，种植草花，再安放些园椅。夏季黄昏，可供数十万人纳凉游息。秋高气爽的时节，登高远眺，俯视全城，西北苍苍的西山，东南无际的平原，居住于城市的人民可以这样接近大自然，胸襟壮阔；还有城楼角楼等可以辟为陈列馆、阅览室、茶点铺。这样一带环城的文娱圈、环城立体公园，是全世界独一无二的"。

你看，他的论文和建议，也这样富有文采，可知其人是多么纯真浪漫，这就是一代学者的遗风。现在我们在纪念馆里，还可以看到他当年手绘的城头公园效果图。但是他的这个思想太超前了，不但与新中国翻身后建设的狂热格格不入，就是当时比较发达、亟待从战火中复苏的伦敦、莫斯科、华沙等都市也无法接受。其时世界各国都在忙于清理战争垃圾，重建新城。刚解放的北京竟清理出34.9万吨垃圾、61万吨大粪，人们恨不能将这座旧城一锹挖去，他的这些设想也就只能是停留在建议中和图纸上了。

中华人民共和国成立后的十多年间，北京今天拆一座城楼，明天拆一段城墙。每当他听到轰然倒塌的声响，或者锹镐拆墙的咔嚓声，他就痛苦得无处可逃。他说拆一座门楼是挖他的心，拆一层城墙是剥他的皮。诚如他在给聂荣臻的信里所言，他想的是"今后数十百年"的事啊。向来，知识分子的工作就不是处置现实，而是探寻规律、预示未来。他们是先知先觉，先人之忧，先国之忧。所以也就有了超出众人、超出时代的孤独，有了心忧天下而不为人识的悲伤。

这是议论一笔，由梁思成超前的设想，联想到知识分子的使命，体现了梁衡散文"大情大理"的特点。

1965年，他率中国建筑代表团赴巴黎出席世界建筑师大会，这时许多名城，如伦敦、莫斯科、罗马在战后重建中都有了拆毁古迹的教训，法国也正在热烈争论巴黎古城的毁与存，会议期间法国终于通过了保护巴黎古城另建新区的方案，而这时比巴黎更古老的北京却开始大规模地拆毁城墙。消息传来，他当即病倒。回国途中他神志恍惚，如有所失，过莫斯科时在中国大使馆小住，他找到一本《矛盾论》，把自己关在房子里苦读数遍，在字里行间寻找着，希望能排解心中的矛盾。

这是细节描写，写出了梁思成得知北京开始拆毁城墙时的心痛之情，只能通过这样的方式来排解心中的矛盾。

一年后，"文化大革命"爆发，北京开始修地铁，而地铁选线就正在古城墙之下，好像专门要矫枉过正，要惩罚保护，要给梁思成这些"城墙保皇派"一点颜色看，硬是推其墙、毁其城、刨其根，再入地百米，铺上铁轨，拉进机车，终日让隆隆的火车去震扰那千年的古城之根。这正合了"文化大革命"中最流

这样的短句，写出了毁古城墙行为之迅速、野蛮、彻底，字里行间蕴含着梁思成的心痛与悲哀。

行的一句革命口号，"打翻在地，再踏上一只脚"，算是挖了古城北京的祖坟。

记得那几年我正在北京西郊读书，每次进出城都是在西直门城楼下的公交车站换车，总是不由得仰望一会儿那巍峨的城楼和翘动的飞檐。如果赶在黄昏时刻，那夕阳中的剪影，总叫你心中升起一阵莫名的感动。但到毕业那年，楼去墙毁，沟壑纵横，黄土漫天。而这时梁思成早已被赶出清华园，经过无数次的批斗，然后被塞进旧城一个胡同的阴暗小屋里，忍受着冬日的寒风和疾病的折磨，直到1972年去世。

辛弃疾晚年怀才不遇，报国无门，他曾自嘲自己的姓氏不好，"艰辛做就，悲辛滋味，总是辛酸、辛苦"。梁先生是熟悉宋词的，他晚年在这间房子里一定也联想到自己的姓氏，真是凄凉做就，悲凉滋味，凉得叫他彻心彻骨。这个小屋是他在这个生活、工作，并拼命为之保护的城市里的最后一个住所，就是这样一间旧房也还是租来的。我们伟大的建筑学家，研究了中国古往今来所有的房子，终身以他的智慧和生命来保护整座北京城，但是他一生从没有一间属于自己的房子。

今天我站在新落成的大同古城墙上，想起林徽因当年劝北京市领导人的一句话："你们现在可以拆毁古城，将来觉悟了也可以重修古城，但真城永去，留下的只不过是一件人造古董。"我们现在就正处在这种无奈和尴尬之中。但是重修总是比抛弃好，毕竟我们还没有忘记历史，在经历了痛苦的反思后又重续文明。

现在的城市早已没有城墙，有城墙的城市是古代社会的缩影，城墙上的每一块砖，都保留着那个时代的信息和文化基因。每一个有文化的民族，都懂得爱护自己的古城，犹如爱护自己身上的皮肤。我看过南京的明城墙，墙缝里长着百年老树，城砖上刻有当年制砖人的名字，而缘砖缝生长的小树根，竟将这个我们不相识的古人拓印下来，他生命的信息融入了这棵绿树，就这样一直伴随着改朝换代的风雨走到我们的面前。我想当初如果听了梁先生的话，北京那四十公里长的古城墙，还有十多座巍峨的城楼，至今还会完好保存。我们爬上北京的城楼，能从中读出多少感人的故事，听到多少历史的回声。而现在我只能在大同城头发思古之幽情，和表示对梁先生的敬意了。

我手抚城墙，城内的华严寺、善化寺近在咫尺，那不是人造古董，而是真正的辽、宋古建文物，是《营造法式》书中的实物。寺内的佛像至今还保存完整，栩栩如生。他们见证了当年梁先生的考察，也见证了近年来这座古城的新生。

手抚这似古而新的城墙垛口，远眺古城内

宕开一笔，写南京的明城墙，南京古城墙都保留着那个时代的信息和文化基因，北平古城墙早已无迹可寻。

从北京之思回到大同之景，保存完整的建筑、佛像是历史的见证者，而这些都得益于梁思成的研究。

外，我在心中哦吟着这样的句子：大同之城，世界大同。哲人之爱，无复西东。古城巍巍，朔风阵阵。先生安矣！在天之魂。

四字短语的对仗式结尾，是思想、诗意、激情的完美融合。"我"的情感，也是贯穿全文的一条暗线。

苏 丽　　　　　　　　　　　　　　　点 评 老 师

北京师范大学附属中学语文教师，贵州省初中语文乡村名师工作室主持人。

百年明镜季羡老

九十八岁的季羡林先生离我们而去了。

初识先生是在20世纪90年代的一次颁奖会上。那时我在新闻出版署工作，全国每两年评选一次优秀图书，季老是评委，坐第一排，我在台上干一点宣布谁谁讲话之类的"主持"之事。他大概看过我哪一篇文章，托助手李玉洁女士来对号，我赶忙上前向他致敬，会后又带上我的几本书到北大他的住处去拜访求教。他对家中的保姆也指导读书，还教她写点小文章。先生的住处是在校园北边的一座很旧的老式楼房里，朗润园十三号楼。那天我穿树林，过小桥找到楼下，一位司机正在擦车，说正是这里，刚才老人还出来看客人来了没有。

房共两层，先生住一层。左边一套是他的会客室，有客厅和卧室兼书房，不过这只能叫书房之一，主要是用来写散文随笔的，我在心里给它取一个名字叫"散文书屋"，著名的《牛棚杂忆》就产生在这里。书房里有一张睡了几十年的铁皮旧床，甚至还铺着粗布草垫，环墙满架是文学方面的书，还有朋友、学生的赠书。他很认真，凡别人送的书，都让助手仔细登记、编号、上架。到书多得放不下时，就送到学校为他准备的专门图书室去。他每天四时即起，就在床边的一张不大的书桌上写作。这是多年的习惯，学校里都知道他是"北大一盏灯"。有时会客室里客人多时，就先把熟一点的朋友避让到这间房里。

"北大一盏灯"，既是实指，凌晨开灯，勤奋写作；又是虚指，季老如明灯一般，给人引领与启迪。

有一年春节我去看他，碰到教育部长来拜年，一会儿市委副书记又来，他就很耐心地让我到书房等一会儿，并没有一些大人物乘机借新客来就逐旧客走的手段。我尽情地仰观满架的藏书，还可低头细读他写了一半的手稿。他用钢笔，总是写那样整齐的略显扁一点的小楷。学校考虑到他年事已高，尽量减少打扰，就在门上贴了不会客之类的小告示，助手也常出面挡驾。但先生很随和，听到动静，常主动出来请客人进屋。助手李玉洁女士说："没办法，你看我们倒成了恶人。"

与其他大人物对比，突出季老待客耐心、随和周到的品德，不因人物身份不同而有所区别。

这套房子的对面还有一套东屋，我暗叫它"学术书房"，共两间，全部摆满语言、佛教等方面的专业书，人要在书架的夹道中侧身穿行。和"散文书屋"不同，这里是先生专注学术文章的地方，向南临窗也有一书桌。我曾带我的学摄影的孩子，在这里为先生照过一次相。他很慷慨地为一个孙辈小儿写了一幅勉励的字，是韩愈的

"侧身穿行"生动写出书架的密集，卷帙浩繁，突出季老学术研究之专业、精深。

那句"业精于勤荒于嬉",还要写上"某某小友惠存"。他每有新书出版,送我时,还要写上"老友或兄指正"之类,弄得我很紧张。他却总是慈祥地笑一笑问:还有一本什么新书送过你没有?有许多书我是没有的,但这份情太重,我不敢多受,受之一二本已很满足,就连忙说有了,有了。

先生年事已高,一般我是不带人或带任务去看他的。有一次,我在中央党校学习,党校离北大不远,他们办的《学习时报》大约正逢几周年,要我向季老求字,我就带了一个年轻记者去采访他,采访中记者很为他的平易近人和居家生活的简朴所感动。那天助手李玉洁女士讲了一件事。季老常为目前社会上的奢费之风担忧,特别是水资源的浪费,他是多次呼吁的,但没有效果。他就从自家做起,在马桶水箱里放了两块砖,这样来减少水箱的排水量。这位年轻的女记者当时就笑弯了腰,她不能理解,先生生活起居都有国家操心,自己何至于这样认真?以后过了几年,她每次见到我都提起那件事,说季老可亲可爱,就像她家乡农村里的一位老爷爷。

后来季老住进三○一医院,为了整理先生的谈话我还带过我的一位学生去看他,这位年轻人回来后也说,总觉得先生就像是隔壁邻居的一位老大爷。我就只有这两次带外人去见他,不忍

以神态、语言正面刻画季老,"总是"一词突出季老一贯的慈祥,"不敢、连忙说"等词足见作者对季老的敬重与感激。

以生活小事刻画季老身体力行,反对奢侈之风。季老简朴、节约的形象鲜活地呈现出来。此为"借事塑形"——借一件事情来塑造一个人的形象。(出自《梁衡的21堂作文课》)

心加重他的负担。但是后来过了两年,我又一次住党校时,有一位学员认识他,居然带了同班十多个人去他病房里去问这问那、合影留念。他们回来向我兴奋地炫耀,我却心里戚戚然,十分不安,老人也实在太厚道了。

先生永远是一身中山装,每日三餐粗茶淡饭。他是在二十四岁那一年,人生可塑可造的年龄留洋的啊,一去十年。以后又一生都在搞外国文学、外语教学和中外文化交流的研究,怎么就没有一点"洋"味呢?近几年基因之说盛行,我就想大概是他身上农民子弟的基因使然。有一次他在病房里给我讲,小时穷得吃不饱饭,给一个亲戚家割牛草,送完草后磨蹭着不走,直等到中午,只为能给一口玉米饼子吃。他现在仍极为节俭,害怕浪费,厌恶虚荣。每到春节,总有各级官场上的人去看他,送许多大小花篮,他病房门口的走廊上就摆起一条花篮的长龙。到医院去找他,这是一个最显眼的标志,他对这总是暗自摇头。我知道先生是最怕虚应故事的,有一年老同学胡乔木邀他同去敦煌,他是研究古西域文化的,当然想去,但一想到沿途的官场迎送,便婉言谢绝。

自从知道他心里的所好,我再去看他时,就专送最土的、最实用的东西。一次从香山下来,见到山脚下地摊上卖红薯,很干净漂亮的红薯,我就买了一些直接送到病房，他极高兴，说很久没有见到这样好的红薯了。先生睡眠不好，已经吃了四十年的安眠药，但他仍好喝茶。杭州的"龙井"当然是名茶，有一年我从浙江开化县的一次环保现场会上带回一种"龙顶"茶。我告诉他这"龙顶"在"龙井"上游三百公里处，少了许多污染，最好喝。他大奇，说从未听说过，目光里竟有一点孩子似的天真。我立即联想到他写的一篇《神奇的丝瓜》，文中他仰头观察房上的丝瓜，也是这个神态。这一刻我一下读懂了一个大学者的童心，和他对自然的关怀。季老为读者所喜爱，实在不关什么学术，至少不全因学术。

他很喜欢我家乡出的一种"沁州黄"小米，这米只能在一小片特定的土地上生长，过去是专供皇上的。现在人们有了经营头脑，就打起贡品的招牌，用一种肚大嘴小的青花瓷罐包装。先生吃过米后，却舍不得扔掉罐子，在窗台上摆着，说插花很好看。以后我就摸着他的脾气，送土不送洋，鲜花之类的是绝不带的。后来聊得多了，我又发现了一丝微妙，虽是同一辈的大学者，但他对洋派一些的人物，总是所言不多。

我到先生处聊天，一般是我说得多些，考虑先生年事已高，出门不便，就尽量通报一点社会上的信息。有时政、社会新闻，也有近期学术动态，或说到新出的哪一本书、哪一本杂志。有

季老对红薯喜爱，对龙顶茶好奇，与上文对花篮摇头、对官场迎送的厌恶形成对比。写季老反对浪费，厌恶虚荣、孩子似的目光，突出了季老的童心和对自然的关怀。

"借事塑形"，刻画季老的节俭，给人的印象鲜明而深刻。

为常来往的客人取雅号，足见季老的随和、幽默。作者长时间未拜访，季老询问助手，足见季老对作者的关爱、挂念。"借事言情"——把一件事情讲出来，自然就把一种情感说出来了（出自《梁衡的21堂作文课》），作者对季老的深切思念只言未见，但我们却能感同身受。

神态描写，写季老被林氏父子打动，展现季老对爱国和孝道的看重。

时出差回来，就说一说外地见闻。有时也汇报一下自己的创作，他都很认真地听。助手李玉洁说先生希望你们多来，他还给常来的人都起个"雅号"，我的雅号是"政治散文"，他还就这个意思为我的散文集写过一篇序。如时间长了我未去，他会问助手，"政治散文"怎么没有来。

一次我从新疆回来，正在创作《最后一位戴罪的功臣》，我谈到在伊犁采访林则徐的旧事。虎门销烟之后林被清政府发配伊犁，家人和朋友要依清律出银为他赎罪，林坚决不肯，不愿认这个罪。在纪念馆里有他就此事给夫人的信稿。还有发配入疆时，过险地"果子沟"，大雪拥谷，车不能走，林家父子只好下车蹚雪而行，其子跪地向天祷告："父若能早日得救召还，孩儿愿赤脚蹚过此沟。"先生的眼角已经饱含泪水。他对爱国和孝敬老人这两种道德观念是看得很重的。他说，爱国，世界各国都爱，但中国人爱国观念更重些。欧洲许多小国，历史变化很大，唯有中国有自己一以继之的历史，爱国情感也就更浓。他对孝道也很看重，说"孝"这个词是汉语里特有的，外语里没有相应的单词。我因在报社分管教育方面的报道，一次到病房里看他，聊天时就说到儿童教育，他说："我主张小学生的德育标准是：热爱祖国、孝顺父母、尊敬师长、同伴和睦。"他当即提笔写下这四句话，后来发表在

《人民日报》上。

先生原住在北大，房子虽旧，环境却好。门口有一水塘，夏天开满荷花。是他的学生从南方带了一把莲子，他随手扬入池中，一年、两年、三年就渐渐荷叶连连，红花映日，他有一文专记此事。于是，北大这处荷花水景就叫"季荷"。但2003年，就是中国大地"非典"流行那一年，先生病了，年初住进了三〇一医院，开始治疗一段时间还回家去住一两次，后来就只好以院为家了。"留得枯荷听雨声"，季荷再也没见到它的主人，我也无缘季荷池了，以后就只有在医院里见面。

刚去时，常碰到护士换药。是腿疾，要用夹子伸到伤口里洗脓涂药，近百岁老人受此折磨，令人心中不是滋味，他却说不痛。助手说，哪能不痛？先生从不言痛。医院都说他是最好伺候的、配合得最好的模范病人。他很坦然地对我说，自己已老朽，对他用药已无价值。他郑重建议医院千万不要用贵药，实在是浪费。医院就骗他说，药不贵。一次护士说漏了嘴："季老，给您用的是最好的药。"这一下坏了，倒叫他心里长时间不安，不过他的腿疾却神奇般地好了。

先生在医院享受国家领导人待遇，刚进来时住在聂荣臻元帅曾住过的病房里。我和家人去看他，一切条件都好，但有两条不便。一是病房没

"随手扬入"写季老的率性，"荷叶连连，红花映日"写季老居住环境的优美，曾经的美景无缘再见，更反衬出作者的哀思。

作者引用李义山诗句，追忆季老坐于燕园小楼的几尺阳台听雨的场景，"借事言情"，对季老的哀思令人动容。

以医护人员的评价和季老本人的话，正面侧面结合来写，突出季老的慈祥、谦和、节俭的品质。

有电话（为安静，有意不装）；二是没有一个方便的、可移动的小书桌。先生是因腿疾住院的，不能行走、站立，而他看书、写作的习惯却不能丢。我即开车到医院南面的玉泉营商场，买了一个有四个小轮的可移动小桌，下可盛书，上可写字。先生笑呵呵地说，这就好了，这就好了。我再去时，小桌上总是堆满书，还有笔和放大镜。后来先生又搬到三〇一南院，条件更好一些。许多重要的文章，如悼念巴金、臧克家的文章都是在小桌板上，如小学生那样伏案写成的。他住院四年，竟又写了一本《病榻杂记》。

我去看季老时大部分是问病，或聊天，从不敢谈学问。在我看来他的学问高深莫测，他大学时候受教于王国维、陈寅恪这些国学大师，留德十年，回国后与胡适、傅斯年共事，朋友中有朱光潜、冯友兰、吴晗、任继愈、臧克家，还有胡乔木、乔冠华等。"文化大革命"前他创办并主持北大东语系二十年。

他研究佛教，研究佛经翻译，研究古代印度和西域的各种方言，又和英、德、法、俄等国语言进行比较。试想我们现在读古汉语已是多么吃力费解，他却去读人家印度还有西域的古语言，还要理出规律。我们平常听和尚念经，嗡嗡然，不知何意，就是看翻译过来的佛经"揭谛揭谛波罗揭谛"也不知所云，而先生却要去研究、分

以季老的神态、语言和书桌的陈设，正面侧面结合描写，突出季老病中仍笔耕不辍。

过渡句，从季老的生活过渡到季老的学问，同时也道出文章前详后略的写作缘由。下文列举季老的师友，正面衬托季老的学问博大精深。

将常人读古汉语与季老研究印度、西域古语言对比，常人听和尚念经与季老研究梵文对比，两组对比，和下文对"佛"的多种译法的列举，让读者明白季老学术研究的难度之大。

辨、对比这些经文是梵文的，还是那些已经消失的西域古国文字。又研究法显、玄奘如何到西天取经，这经到汉地以后如何翻译，只一个"佛"就有佛陀、浮陀、勃陀、母陀、步他、浮屠、香勃陀等二十多种译法。

不只是佛经、佛教，他还研究印度古代文学，翻译剧本《沙恭达罗》、史诗《罗摩衍那》。他不像专攻古诗词、古汉语、古代史的学者，可直接在自己的领地上打天下，享受成果和荣誉，他是在依稀可辨的古文字中研究东方古文学的遗存，在浩渺的史料中寻找中印交流与东西方交流的轨迹，及思想、文化的源流。比如他从梵文与其他多国文的"糖"字的考证中，竟如茧抽丝，写出一本八十万字的《糖史》，真让人不敢相信。这些东西在我们看来像一片茫茫的原始森林，稍一涉足就会迷路而不得返。我对这些实在心存恐惧，所以很长时间没敢问及。但是就像一个孩子觉得糖好吃就忍不住要打听与糖有关的事，以后见面多了，我还是从旁观的角度提了许多可笑的问题。

我说您研究佛教，信不信佛？他很干脆地说："不信。"这让我很吃一惊，中国知识分子从苏东坡到梁漱溟，都把佛学当作自己立身处世规则的一部分，先生却是这样的坚决。他说："我是无神论，佛、天主、耶稣、真主都不信。

以"茫茫的原始森林"，比喻季老在佛经、佛教、印度古代文学等方面的研究，写出了常人对这些研究的畏惧，表现了季老研究的浩渺、艰深。

假如研究一个宗教，结果又信这个教，说明他不是真研究，或者没有研究通。"

我还有一个更外行的问题："季老，您研究吐火罗文，研究那些外国古代的学问，总是让人觉得很遥远，对现实有什么用？"他没有正面回答，说："学问，不能拿有用还是无用的标准来衡量，只要精深就行。当年牛顿研究万有引力时知道有什么用？"是的，我从来没有考虑过这个问题，牛顿当时如果只想有用无用，可能早经商发财去了。事实上，大部分科学家在开始研究一个原理时，都没有功利主义地问它有何用，只要是未知，他就去探寻，不问结果。至于有没有用，那是后人的事。而许多时候，科学家、学者都是再没有看到自己的研究结果。先生在回答这个问题时的那一份平静，深深地印在我的脑子里。

有一次，我带一本新出的梁漱溟的书去见他。他说："我崇拜梁漱溟。"我就乘势问："您还崇拜谁？"他说："并世之人，还有彭德怀。"这又让我吃一惊。一个学者崇拜的怎么会是一个将军。他说："彭德怀在庐山会议上敢说真话，这一点不简单，很可贵。"我又问："还有可崇拜的人吗？""没有了。"他又想了一会儿："如果有的话，马寅初算一个。"我没有再问，我知道希望说真话一直是他心中隐隐的痛。

"可笑、外行"的问题，其实也是普通读者的疑惑。季老的回答，以直接引用原话的方式呈现，严谨地展现出他对学术研究的态度，也印证了下文"先生在回答这个问题时的那一份平静，深深地印在我的脑子里"。

语言描写，刻画季老对彭德怀讲真话的敬重，表现出季老的忧时忧政及对说真话的坚守。

在骨子里，他是一个忧时忧政的人。巴金去世时，他在病中写了《悼巴金》，特别提到巴老的《真话集》。"文化大革命"结束十年后，他又出版了一本《牛棚杂忆》。

我每去医院，总看见老人端坐在小桌后面的沙发里，挺胸，目光看着窗户一侧的明亮处，两道长长的寿眉从眼睛上方垂下来，那样深沉慈祥。前额深刻着的皱纹、嘴角处的棱线，连同身上那件特有的病袍，显出几分威严。我想起先生对自己概括的一个字："犟"，这一点他和彭总、马老是相通的。不知怎么，我脑子里又飞快地联想到先生的另一个形象。一次大会堂开一个关于古籍整理的座谈会，我正好在场。任继愈老先生讲了一个故事，说北京图书馆的善本只限定有一定资格的学者才能借阅，季先生带的研究生写论文需要查阅，但无资格，先生就陪着他到北图，借出书来让学生读，他端坐一旁等着，好一幅寿者课童图。渐渐地，这与我眼前季老端坐病室的身影叠加起来，历史就这样洗磨出一位百岁老人，一个经历了时代变革与发展的中国知识分子。

近几年先生的眼睛也不大好了，后来近似失明，他题字时几乎是靠惯性，笔一停就连不上了。我越来越觉得应该为先生做点事，便开始整理一点与先生的谈话。我又想到先生不只是一个

细致入微的外貌、神态刻画，肖像画一般呈现在读者面前，照应下文的"寿者课童图"，展现出百岁老人作为知识分子的责任与担当。

照应标题，呼应尾段"照出百年来国家民族的命运"。

很专业的学者，他的思想、精神和文采应该普及和传播，于是去年建议帮他选一本面向青少年的文集，他欣然应允，并自定题目，自题书名。又为其中的一本图集写了书名《风风雨雨一百年》。在定编辑思想时，他一再说："我这一生就是一面镜子。"我就写了一篇短跋，表达我对先生的尊敬。去年这套《季羡林自选集》终于出版，想不到这竟是我为先生做的最后一件事。而谈话整理，总是因各种打扰，惜未做完。

现在我翻着先生的著作，回忆着与他无数次的见面，先生确是一面镜子，一面为时代风雨所打磨的百年明镜。在这面镜子里可以照出百年来国家民族的命运，思想学术的兴替，也可以照见我们自己的人生。

作者追忆与季老最后交往的情景，书名和季老的原话，再次照应标题。简约叙述，不加修饰，"借事言情"，作者的忧伤和对季老的思念直抵人心。

篇末点题，结构严整，收束全文，表达出作者对季老的崇高敬意。

点评老师

季现辉

山东省济宁市安居第一中学语文教师。

把栏杆拍遍

行走人生

梁衡——著

人民东方出版传媒
People's Oriental Publishing & Media
东方出版社
The Oriental Press

图书在版编目（CIP）数据

把栏杆拍遍．行走人生 / 梁衡著 . — 北京：东方出版社，2023.9
ISBN 978-7-5207-3605-3

Ⅰ．①把… Ⅱ．①梁… Ⅲ．①散文集—中国—当代 Ⅳ．① I267
中国国家版本馆 CIP 数据核字（2023）第 158313 号

把栏杆拍遍．行走人生
（BA LANGAN PAIBIAN . XINGZOU RENSHENG）

作　　者：梁　衡

策划编辑：鲁艳芳
责任编辑：王晶晶　刘之南
出　　版：东方出版社
发　　行：人民东方出版传媒有限公司
地　　址：北京市东城区朝阳门内大街 166 号
邮政编码：100010
印　　刷：北京市十月印刷有限公司
版　　次：2023 年 9 月第 1 版
印　　次：2024 年 3 月北京第 3 次印刷
开　　本：880 毫米 ×1230 毫米　1/32
印　　张：6
字　　数：134 千字
书　　号：ISBN 978-7-5207-3605-3
定　　价：218.00 元（全 6 册）
发行电话：（010）85924663　85924644　85924641

目录

风沙行

1968年12月将近年底时，中央决定分配因
"文化大革命"而滞留在大学里的三届学生。
那方法不是如现在这样个人填志愿，单位招
聘，签约上岗。而是政治动员，号召到最艰苦
的、祖国最需要的地方去。这样一来，天真、
热血一点的人就纷纷写决心书表态。我学的是
档案，为稀缺专业，最早是苏联专家要帮中国
建一所档案学院，后中苏关系破裂，就在人民
大学开设了一个档案系，每年只收二十人左
右，我的上一年级只有十九人，以往的学生全
部留在中央机关。这次号召到基层去、到边疆
去，我们全班十二名党员纷纷带头表态，结果
鞭打快牛，十二个人就全被分到北部边疆，东
起黑龙江西到新疆，一路撒开了去。大家毫无
怨言，限三天报到，打起背包就出发。

背景介绍。特殊年代，特殊境遇。时代气息扑面而来，下文的叙述皆由此生发。

一个"就"字，将义无反顾的决心和勇气展现出来。

— 一 —

我被宣布分往内蒙古巴彦淖尔盟，查了一下

地图，在乌兰布和沙漠的边缘，心想，此生要和风沙打交道了。临行时行李中只带了一套《毛泽东选集》和一本焦裕禄治沙的小册子。

几经辗转，多日后我来到一个叫巴彦高勒的地方。安顿好住处，就与几个先到的待分配同学到街上去转转，谁知一出院门不远便是沙漠。正是午后，风停日暖，天净如洗。沙地气候，早穿皮袄午穿纱，虽是深冬，并不十分寒冷。我们见惯了大都市里的高楼大厦、车水马龙，忽看到电影里的沙漠，十分新奇。沙丘相拥而去，一个连着一个；连绵的弧线，一环套着一环，如凝固的波涛。才知"沙海"这个词确不是随意杜撰的。我忽然想起《吊古战场文》里说的"浩浩乎平沙无垠"，还有唐诗里的名句："大漠孤烟直，长河落日圆。"不远处就是黄河。大漠长河，天高地阔，黄沙滚滚。我们几个萍水相逢的天涯学子，来作这沙海中的伴侣，一扇新生活的大门即将打开。大家兴奋不已，打滚扬沙，尽兴而归。

谁知还没有两天，沙漠就露出了真容。因为我们还要继续被下派到县里去，就借了人力排子车拉上行李到火车站去办托运。走到半路，狂风大作，飞沙走石，瞬间黄尘蔽日。前日里美丽温柔的沙海早不知躲到何处。街上的行人，男士一律帽沿朝后，女士以纱巾裹脸，艰难地躬身前行，好像正跟前面的一个人角力较劲。我们几个

不只是物质生活的贫苦，更是精神生活的匮乏。

口语化用词，传达轻松心态，为后文转变蓄势。四字词语写景，需多留意。

拟人手法，突出沙丘连绵相接的姿态。陌生化用法给人新鲜感。

连续引用古诗文。展现广袤画面，勾画寥廓意境。

概写一笔，领起下文。

与前文的大漠风光形成鲜明对比。文中多用四字词语写沙漠环境，简洁明快，干净利落，笔到意尽，极具特色。

前拉后推护着车子，不让风吹翻行李，大口地喘气。可一张口，好像旁边正等着一个人，立即就给你嘴里塞进一把沙子。成语说，逆水行舟，不进则退。我没有行过船，却体验到了逆风拉车，不进则退。这是我到西北后经历的第一场风沙洗礼。回到招待所后，脱光了衣服也扫不净身上的沙子，那时候的招待所里还没有浴室。

作者将沙海拟人化，赋予沙海动作，甚至性格，侧重表现其"真容"的狂暴。

我被下派到了临河县，这是守着黄河边的一个小县，只有四万人口。过了二十多天，才在县招待所里逐渐聚集了七八个大学生和十来个中专生。组织干事名李志忠，三十多岁，清瘦老练，说一口当地话。他是我出校门后碰到的第一个工作联系人。他找到我说："县里决定把你们编成一支劳动锻炼队。俺给你们找了一个条件最好的生产大队，小召公社光明大队，靠近公路，离县城四十里。大队长还是全国党代表哩。你们就在那里劳动落户。你看现在县里这个样子，也抽不出什么人去带队了。这二十多个学生中，就你一个党员，特任命你为队长，也算是帮我们一个忙。为了便于工作，再给你一个公社党委委员，可参加公社的有关会议。"就这样给我戴了一顶高帽子，却是个紧箍咒，套住了一个给他们白干活儿的人。

"高帽子"和"紧箍咒"，生动形象，两相映衬，也包含着对那个时代的看法。

第二天，他即叫上县里唯一的一辆吉普车，带上我去看将要安家的地方。那时的乡间公路全部是土路，冬季里的塞外，几乎无日不风，空中悬浮着似落不落的沙尘，天地一片昏黄。出城北行一个多小时后，车子停下，他说："到了。"我说："在哪里？"他用手指了指公路西侧，我仍是一头雾水。在我的印象里，所谓村子，总得有房、有树、有人家。就算没有江南的粉墙黛瓦、中原的青砖大院，也总得有几间房子或一点鸡犬之声吧？而这里唯闻北风呼啸，只见黄尘滚滚，向四处望去，收割过的田野是黄的，一条土路是黄的，远处的沙丘是黄的，依稀有几间平顶土房，也是黄的，整整一个黄土、黄沙、黄风搅动的混沌世界。我们要住的就是那几间瞪大眼睛才能辨认出来的土房。这就是塞外，我将要安家的地方。京城亲友若相问，一袭黄尘在风中。

安顿下来后，我们四个男生睡在一条土炕上，开始了沙里滚、土里爬的锻炼生活。河套平原冬天的一大农活儿就是担土平地。背风铲土，顺风扬沙，口、耳、鼻，乃至贴身内衣及任何隐私处，无不灌进沙子。到收工吃饭，碗里也休想没有沙粒。这就是我们正常的劳作和生活。有一次我和一位女同学进城为锻炼队采买生活用品。骑自行车，来回八十里。下午返回时又风沙骤起，俩人蹬车艰难地逆风而行。那同学本就瘦小，又是城里长大，哪受过这等折磨，渐渐

看似简单的一问一答，将"我"的惊愕写了出来。

"所谓、总得、唯闻"，一系列包含特殊意味的副词，勾画环境，传达失落之感。接着用一连串的"黄"，突出入目所见的单调，展示沙尘肆虐的威力。

化用诗句，为文章平添了雅致，也为这荒凉的环境增添了一份自我调侃的乐观旷达的意味。

运用"事字诀"，以具体的事例来说明风沙之大。

体力不支。我们只好骑行一阵又推行一阵，勉力
而行。眼看天色昏暗下来，风愈紧沙愈急，前面
还要路过一片坟地。我急了，从车上解下一根绳
子，拴在她的车把上，翻身上车，在前面使劲蹬
车，她也使尽全身的力气在后面跟骑，天黑前无
论如何要赶回去，两人都汗水湿透了棉衣。家里
的同学不放心，到我们临近村口时，早已看见几
只手电筒的灯光，正出来找人。我们进屋后一屁
股坐在炕沿上几近瘫软。战友们赶快拧一把热毛
巾，又在锅里舀一碗米汤来压压惊。要不是我还
顶着个"队长"头衔，当时真想哭几声，喘过来
气后，自嘲地说了一句："没想到今天当了一回
拖拉机。"大家哄然一笑，就算了事。

　　多少年后我在国家新闻出版署工作，各省
的新闻出版局局长大都是我们这批老五届的学
生。物以类聚，每年开会在饭桌上说着说着，就
谈起往事。那天，我不知怎么谈到这次"风沙夜
归人"。在座的四川省新闻出版局的局长陈焕仁
与我同是六八届。他当即讲了一个更惨的故事。
当时他们几个大学生被下放到四川阿坝劳动，就
是当年红军过草地的地方。草地有风无沙，但多
雨雾。一天，他们几个人出去捡柴禾，突然一阵
雾起，伸手不见五指，几个人走散，天黑回来时
少了一人，大家也是打着手电筒四处呼喊。第二
天，在不远处发现一堆狼吃剩的人骨头。顿时，

艰难紧促的叙述之
后，用一句轻松的"自
嘲"收束，苦中作乐，
苦中有乐，读来让人为
之一叹，为之一笑。

无声与有声，都写

出了悲惨故事给人带来的巨大心灵冲击。

由"锻炼"之本意，引申到生活给人的磨难、锤炼，语义渐深，隽永含蓄。

比喻之要素，在整体不同和局部之共同。这里突出飓风之"力量"，"横挡、推住、不准"，写出其难以抵御的力度。

将"飓风"比作"巨人"，"大喘着粗气"的"车子"自然是任其欺凌的老弱，"黄河深处"的说法生动贴切，与黄沙漫天的总体氛围吻合。

满座无声，沉默良久，半天有谁以拳击桌，说了一声："喝酒！喝酒！"才又把大家拉回到现实。那时的口号是知识分子到基层去锻炼。"锻炼"这个词借自铁工，就是把一块铁扔在炉子里烧炼，再拿出来反复锻打。我们这批人就像是刚出炉的毛坯铸件，除了锻打，还被放到一个风洞实验室里来反复地吹沙洗磨。

一年后，我先在县委工作，后当省报的驻地方记者，仍少不了经常下乡，吃风浴沙。一次额外受优待，搭乘盟委书记的车下乡。出城时还天清气朗，车行到北山脚下，山后渐渐升起一片腾腾的烟雾，先是深红暗黄，后渐成灰黑一团，滚滚而来。一会儿就感到了飓风的力量，像有一个无形的巨人，横挡于路的中央，用双手推住我们的车子不准前行。车子大喘着粗气，颤抖着左右摇晃。霎时间风助沙威，沙借风力，一团沙、土、风搅成的旋涡将车子团团裹定。只见挡风玻璃上刷刷地卷过流沙的怒涛。车子如掉到了黄河深处，上下左右浊流滚滚，一片昏黄，人如在水下不辨东西。那时的北京吉普还是帆布棚，何谈密封。沙子寻着袖口领口、衣襟裤脚等一切可乘之隙，急急往身子里钻。赶紧停车，静待其变，大家都不敢说话，因为一张口就有一把土直塞咽喉。这样等了半个小时，渐渐挡风玻璃上才出现路的影子，司机启动雨刷，边刷土边小心前行。

这是我印象最深的一次风沙与车子的较量，如果当时人在车外又当如何。同行的盟委书记名为蒋毅，是一位慈爱可亲的老者，后来他也调回北京，曾任全国总工会副主席。一次开会我们碰到一起，说起那段往事犹惊魂未定，如在昨天。

以车和人在风暴中的表现，显示"飓风"的效果，进而侧面烘托飓风肆虐的狂暴。最后以"我们"的"说起往事"点"风沙行"的主题。

二

虽风沙肆虐，但人们居于斯，长于斯，也有了对付的办法。最有效的法子就是栽树造林。天不绝人，有沙就有抗沙的植物。在牧区有沙打旺、花棒、柠条等能固沙且可兼作牧草的灌木。农区则有一种名叫沙枣的树，我对它印象极深。现摘取一段当年的日记如下：

承上，更在启下。

1973年6月10日

我们住的房子旁长着两排很密的灌木丛，也不知道叫什么名字。第二年春天，柳树开始透出了绿色，接着杨树也长出了新叶，但这灌木却没有一点表示。我想大概早已干死了，也不去管它。

摘取日记，不只是为了佐证，也是"印象极深"的体现。

后来不知不觉中灌木发绿了，叶很小，灰绿色，较厚，有刺，并不显眼，我也并不十分注意。只是每天上井台担水时，小心别让它的刺钩着自己的身子。

副词连用，展现自己的不在意。

6月初，我们劳动回来，天气很热，大家就在门前空场上吃饭，隐隐约约飘来一阵花香，我一下就想起香山脚下夹道的丁香，一种清香醉人的感觉。但我知道这里是没有丁香树的。

第二天傍晚我又去担水，照旧注意别让枣刺挂了胳膊，啊，原来香味是从这里发出的。真想不到这么不起眼的灌木丛却有这种醉人的香味。我开始注意沙枣。

去年4月下旬，我到杭锦后旗参加了一期盟里举办的党校学习班。党校院里有很大的一片沙枣林。学习到6月9日结束。这段时间正是沙枣发芽抽叶、开花吐香的时期。当时曾写了一首小词记录了自己的感受：

干枝有刺，

叶小花开迟。

沙埋根，风打枝，

却将暗香袭人急。

秋天，我到杭锦后旗太阳庙公社的太荣大队去采访，又一次看到了沙枣的壮观。

这个大队紧靠乌兰布和大沙漠，十几年来，他们沿着沙漠的边缘造起了一条二十多里长的沙枣林带，沙枣后面又是柳、杨、榆等其他树，再后面才是果木和农田。这长长的林带锁住了咆哮的黄沙。那浩浩的沙海波浪翻滚，但到沙枣林带前却停滞不前了。沙浪先是凶猛地打在树干上，但立即被撞个粉碎，又被气流带回几尺远，这样，在树带下就形成了一条无沙通道，像被一个无形的磁场阻隔，黄沙总是不能越过，并且还逐年树进沙退。高大的沙枣树带着一种威慑力量巍然屹立在沙海边上，迎着风发出豪壮的呼叫。

　　沙枣有顽强的生命力。一是抗旱，无论怎样干旱，只要插下苗子，就会茁壮生长，虽不水嫩可爱，但顽强不死，直到长大。二是能自卫，枝条上长着尖尖的刺，动物不能伤它，人也不能随便攀折它。沙枣林常被用来在房前屋后当墙围，栽在院子外护院，在地边护田。三是能抗碱。它的根扎在白色的碱土上，但枝却那样红，叶却那样绿，在严酷的环境里照样茁壮生长。

对沙枣的习性如数家珍的背后，是作者对沙枣的了解和熟知。

　　在这里我见到了林业队长。他是一个近六十岁的老人，二十多年来一直在栽树。花白的头发，脸上深而密的皱纹，古铜色的脸膛，粗大的双手，我一下就想到，他多么像一株成年的沙枣，年年月月在这里和风沙搏斗。他那质朴、顽强、吃苦耐劳的品质，在育苗时通过满是老茧的手注入到沙枣秧里，在护林时通过期盼的眼神注入到古铜色的树干上。不是人像沙枣，是沙枣像人。

由树及人，其实每一棵枣树背后，都有一位伟大坚韧的造林者。

　　今年，又是初夏，而我在去年冬天已移居到临河县中学来住。这个校园其实就是一个沙枣园。一进大门，大道两旁便是密密的沙枣林。每作者将沙枣诗意化，将生活诗意化，充满美感。

天上下班，特别是晚饭后，黄昏时，或皓月初升的时候，那沁人的香味便四处飘溢，八方袭来，飘飘漫漫，流溢不绝。初夏的一切景色便都融化在这股清香中，充盈于人的心怀。

引用诗句，照应香气，表达盛赞。

宋人咏梅有一名句："暗香浮动月黄昏。"其实，这句移来写沙枣又何尝不可？

沙地上可咏可叹之物还有许多。有一种红柳，生长很慢，极耐旱，枝通红。细枝可用来编筐子。我刚住下时房东送来一只新的红柳箩筐，横纹竖线，细编密织，就像是一只大红灯笼，红艳照人。放于墙角顿觉陋室生辉，寒窑生暖。较

一个"顿"字，彰显红柳的通红耀眼，魅力非凡。

粗一些的红柳枝可编成篱笆，不是做篱笆墙，而是糊上黄泥盖房顶，以枝代瓦。我们住的就是这种房子。它的嫩枝还有一个妙用，当小孩子出疹子正发热难受、将出未出之时，煎汤喝之，立马疹出病愈。又有一种芨芨草，叶嫩时可供牛羊啃食。最有趣的是，它多年生的草秆子有一人多高，洁白似雪，柔韧如藤，大约如织毛衣针那样的粗细。仲秋时节，你老远就能看见谁家土屋前后翠绿一蓬，这时的风景真不亚于江南平原上翠竹深处有人家。收割后可穿成帘子，雪白细密，透风遮阴。而最多的用途是绑成扫院子的大扫帚，一人多高，坚韧而有弹性。无论是农家小院还是学校、机关都会靠墙杵上几把，不威自重，

亮丽照人，一进门就感到这院子不扫也净。当
然还有其他沙地特产，名声最响的就是河套蜜瓜
了，我曾专有一篇《吃瓜》说其中的味道。祸福
相依，这都是得了沙子的好处。

　　就是沙子本身也有许多特别的用途。沙与
土，性相近，习相远。沙为圆粒，性流动；土
为粉状，性黏滞。沙间有空隙，吸水透气；土
质紧密，无水板结，见水成泥。这一比就见出沙
子的可爱，也有了许多专门的用处。小者，可洗
油瓶，弥砖缝。老油瓶子是最难清洗的，在没有
发明洗涤灵的时代，乡间有一个最简单的办法，
抓一把沙子，加半瓶水，来回晃荡几次，便洗得
光亮剔透。新铺的砖地，缝隙纵横，这时倒上一
簸箕沙子，再扫上两遍，天衣无缝。沙子还用来
铺在瓜地里，改变局部小气候，造成午热晚凉，
便于瓜积累糖分，变得特别好吃。沙性吸水存
水，当地就总结出一种植树经验，简直是一门特
技，一个专利。拿一空酒瓶装满水，放入扦插树
苗，连瓶埋入沙土中，小苗靠这一瓶水就可熬到
长出须根，翻出瓶外，接上地气。在泥土中则不
行。大者，沙子可用来筑城修路。我在乡下的时
候，公路边每隔百米就备有一堆沙子，防止雨天
泥泞。沙子的这种圆、松、软、滑的特性还被用
来减震，学校体育课上跳高、跳远的沙坑就是一
例，而这几天看俄乌战争的报道，其所修的工事

　　这一段写景咏物，
结构严谨，层次清晰，
详略有致，充满了浓浓
的抒情意味。

　　写极为实用的科
学知识，却用极为美
妙的对称句式，增加了
雅趣。

　　列举利用沙子特性
造福人类的事例，流露
出对劳动人民智慧的热
情赞颂。

就是钢筋水泥板中间夹以厚层的沙子。

沙子因其流动性更被用来作自动密封剂。我的家乡山西洪洞县有一座明代的监狱，就是京剧《苏三起解》里唱的"苏三离了洪洞县"的那个洪洞县囚禁苏三的监狱。狱墙先用砖砌成内外夹层，夹层里面灌满沙子。当越狱者正高兴自己已凿开了一个墙洞时，沙子却喷涌而出，堵塞洞口。犯人费尽心机，到头来却被一堆沙子戏弄，沮丧不已，又被锁回牢房。我们不能不惊叹古人的聪明，也不能不承认沙子的全能。

犯人越狱竟被沙子所阻，写出沙子别样功用，也为文章增添了一份谐趣。

三

人久生情，地久生恋。长年生活于沙地，对这里也有了一种特别的情感。别看风沙脾气大，平歇下来也温柔可人。仲夏的夜晚，你一觉醒来正凉风过野，细沙打在窗纸上，簌簌刷刷，如春雨入梦，窗外月明在天，地白如霜，沙枣花暗香浮动。这时忆亲人，怀远方，心也温暖，情也安宁。

前两节分别叙述经历、说明功用，由此转入真挚的抒情。

想来命运把我们扔到这沙地里来也是有一定的道理。古人不是说要给你一点重任，先得饿其体肤，苦其心志吗？学生刚出校门正该这样。在大自然所设的各种苦境中，风沙够得上上等之苦了。但它像一杯苦茶，喝过之后又有一点回甜。

一年后这支锻炼队解散，散伙那天，我们再登沙丘，再看那浩浩乎平沙无垠，大漠孤烟、长河落日，别有一番滋味在心头。人生旅途漫长，但只要你曾经穿越过风涛沙浪，就懦者勇弱者强，男女即可为壮士。大风起兮尘飞扬，壮士归去兮守四方！大家挥沙分手，各赴前程。但不管走出多远，我们身上都有一个印记：从风沙中走出来的人！

　　这种风沙刻在心里的烙印将伴我终身。后来我在全国各地采访，朱熹下轿问志，我却下车伊始先问人家的降雨量、无霜期、树木覆盖率，等等，好来与西北做对比。不知道的人还以为我是学农林水专业的。1983年，我到新疆采访中国科学院新疆沙漠研究所，与他们谈沙说沙，如话乡音，格外亲切。后来去河南，在兰考捧起一把焦裕禄治过的沙子，倍感亲切。到山东看黄河入海口，滚滚而来的沙子竟在海边形成一片新的陆地。我在心中轻轻地喊道，其中一定有几粒是从我当年的衣缝中抖落或者口鼻中吐出来的啊。退休后，单位每年夏天都组织我们到北戴河休假。我意外地发现海边沙地里竟然还有一棵沙枣树，在海风的长年揉搓下扭出了好几道弯，如虬龙欲飞，屹然挺立。它叶小、皮红、有刺，被淹没在郁郁葱葱的松林里，实在不显眼。游客们穿着艳丽的泳衣，打着遮阳伞，嘴里叼着

与前文引用的诗句遥相呼应。

化用刘邦诗句，并不言出处，意境圆融，恰切自然，不言豪情而自有豪情。

朱熹下轿即问《南康志》，表示对地方志的重视。而作者的"问"，则是对当地环境气候的关注。这是一直留存的风沙情结。

小吃，熙熙攘攘地从它身边擦过，没有人多看它一眼，也没有人问一句这是什么树。老沙枣树沉默不语，有几分独在异乡为异客的凄凉。而我每年去时总要找到它，看了又看，摸了又摸，再合影一张。

生理学研究说小孩子断奶后吃的第一口菜是什么味道，就决定了他一生对美味的记忆。一个人的一生有两个童年。一个是生理人的童年，大约是六岁之前吧。一个是社会人的童年，大约是他从学校毕业之后走向社会的第一个六年。除了极少数人含着金钥匙落地，谁也不知道社会将给他准备什么样的头道菜。塞外风沙就是我进入社会后吃到的第一道菜，尝到的第一口社会味，它已永久地刻写在我生命的基因里。从此，西北的风沙成了我观察环境、透视社会、研究人生的一面镜子。

那一年在云南，主人陪我逛街。我看到了这样的场景：为了扩宽街道砍去许多树木，城市只剩下裸露的水泥板。主人还在得意地说："我们这里四季如春，山好水好。"我脱口而出："就是人不好！你知道吗？在西北几代人才能栽活一片林，你们这里插根扁担都能活。怎么就是不栽树！"一时弄得人家很尴尬。回来后我仍意犹未尽，在报上发了一篇短评《好山好水更要好官》。

一次正赶上北方有沙尘暴，我们恰好到海南

以游客态度和"我"的态度对比，移情于树，传达作者对老沙枣树的特殊情感。

朴实的比喻，背后是朴实真挚的情感。

去开会，一落地，蕉叶如诗，椰林如画，上下天光，一碧万顷。别人都庆幸这几天逃离了北方的沙尘，我却心里有一丝在关键时刻逃离战场，不能与父老共艰克难的耻辱感。到晚年回头一看，我才发现自己的作品无论是文学还是新闻，凡影响较大的都与风沙有关。我的一篇写栽树老人的新闻稿入选小学课本已有三十年，现还未"下课"，还与孩子们一同栽树。就是写西部的历史人物竟也不脱风沙的背景，如左宗棠和他的左公柳，林则徐发配新疆兴修水利，王洛宾在青海追求遥远的美丽，等等。上天赐我以风沙，我报风沙以文学，报风沙以人生。我在接受西北文学奖的答词中说：

　　"从一参加工作我就与西北结下了不解之缘。中国地形西高东低，是西部的冰雪化水，输送东南，滋润国土，繁衍子民。而它却把高寒、荒漠、风沙留给自己。生长在西北国土上的生命，无论是树木、灌草还是人，都有一种顽强、坚忍的牺牲精神。他们都是中华大地上生命的极点。我由衷地感恩西北，敬畏那些顽强的至高无上的生命。"

　　从去年开始，国家对环境保护的内容已经调整为"山水林田湖草沙"的七字方针。这个

前文批评别人的尴尬，与此刻出人意料的"耻辱感"，都是无理之妙。反常言行背后，是作者内心深处的眷恋与热爱。

当初的苦难经历成了上天之"文学、人生"，回馈以"报"，也是"我"人生态度的转变。

叙中含情，深情收束，余味悠长。

"沙"字已经堂堂正正地成为国策的一部分了。我伴沙而行五十年也倍感光荣。

刘军梁 点 评 老 师

河南省郑州市创新实验学校教师，曾获"语文报"杯全国微课设计特等奖，河南省优质课一等奖。

搭　车

　　大约在自己无车，而又不得不出行时，才求人搭车，这实在是一种无奈之举、尴尬之事。而搭车又分两种，一是搭熟人的车，有友情垫底。二是在路边拦车，一厢情愿，两不相识；一个敢坐，一个敢拉，最能见出世风的淳朴与人情的厚道。

　　本段多用短句，节奏强，生动明快，活泼有力。尾句点题，道出文章主旨，总领下文。

一

　　我第一次搭车是搭的马车，当时我们七八个大学生在内蒙古河套农村劳动锻炼，房前正守着一条沙土公路。路上汽车很少，多是马车。一到秋天满是送公粮的车队（现在免了农业税，农民已经不交公粮了），还有用红柳笆子围得老高的甜菜，送往糖厂去榨糖。可谓车辚辚，马萧萧，粮糖不绝驰于道。

　　我们的驻地离公社、医院、供销社等行政中心大约有五里地，常有些小事要去办。最方便的出行方式就是在路边搭车，只要一招手就能跳

　　化用自杜甫《兵车行》，改后的尾句仍押ao韵，读来朗朗上口，语言生动、雅致，展现了运粮队伍络绎不绝的热闹场面。

上一辆，好像这就是我们的专车。时间长了我们也摸出一点规律。车倌有年轻一点的，有老一点的，一般来讲老一点的好说话。在他们眼里大学生是"稀罕物"，奇怪这些洋学生怎么一下子掉到这个沙窝子里来。至少我们当时所在的公社还从来没有出过一个大学生。车又分空车、实车。空车好搭，实车装满货很难再坐人，但在车辕头再捎一个人也是可以的。俗话说，人一出门小一辈儿。对车倌我们一律喊大叔或大爷，先喊得对方心软。

还有一个窍门是女生好搭车，鲜有被拒绝的，男生就可能让人家找个借口拒绝掉。同性相斥，异性相吸，这个中学物理课上就学过的定律也同样适用于人类。如遇有急事就让女同学出面去拦车（如那一年党的"九大"召开，就急着要进城去打听会议精神，这事关我们的分配和前程），我们就躲在屋里趴在窗户上看，等到车把式"吁——"的一声勒住马，刹住车，我们就立即冲出来喊道："还有一个，捎上我。"而且一上车就掏出进城带的干粮说："大爷尝尝我们烙的发面饼。"车把式就不好意思说什么。但这种"美女招手法"很少用，有失女生的尊严。

因为这是一条固定的路线，时间长了与车倌也混熟了，话也多了。他们总爱向我们打听城里的稀罕事儿，我们也常能从他们嘴里听到在城里

本段介绍搭车的原因、方式。"实车装满货很难再坐人"，为下文搭运煤车做铺垫。

"躲、趴、冲"等动词精准、生动，再加上"我们"和车把式简短的语言，搭车的场景如画般浮现在读者眼前。

本文多处运用对称的句子，把事物的两个方面并列着说。内容上表意更丰富，增加了

听不到的故事。

一般车倌都年纪偏大，有的是儿子娶了媳妇忘了爹和娘，他不愿意在家里看儿媳妇的白眼，就出来赶车，多挣工分还落得个逍遥。他们绘声绘色地讲起儿媳妇摔盆骂狗，我们听了都伤心。也有家庭和睦的，会给你展示刚从城里出车回来给小孙子买的玩具。有的光棍儿车倌还会悄悄告诉你，这条线上的车马店里有和他相好的老板娘。

思想张力；结构上有着对称之美，两句相互映衬，极富情趣。

罗列车倌的故事，与尾段"永远流动着故事"相呼应。

当时一到秋天，公路两边的房主就会腾出些房子来烧个大炕，接待过夜的车马，一般是赶车人自带米和马料，房主收一点柴火钱。也有人吃马喂，吃住全包的，类似现在的民宿。一时，车马店里人声喧哗，骡嘶马叫，人们套车卸车，大声地互相招呼。土炕上弥漫着旱烟味，有时还带一点酒香。还有一件最让孩子们高兴的事，可以到甜菜车上去抽一个糖萝卜，生吃或切片蒸熟，堪比现在的口香糖。总之，一到秋天，这条路上就鞭声不绝尘飞扬，马铃儿响来人四方。搭车成了一种文化，我们很怀念那些不期而遇的人，和那一条永远流动着故事的路。

运用视觉、听觉、嗅觉，写出秋天车马店里的热闹场景。

过渡句，总结上文，引起下文，点明文章主旨，道出对搭车经历的怀念。

二

劳动锻炼结束后我到县里工作，当时县与县之间由老旧的柏油路相通，每天只有一趟班车。

介绍历史背景，写搭车的原因，引出下文的传奇搭车经历。

无论公私，出门办事也少不了到路边去拦车搭车，这好像已经成了一种共享的社会福利。

杭锦后旗（简称杭后）离临河县四十公里，临河县是当年傅作义晋绥军的根据地，这里有不少旧的房屋街道和文化遗存。内蒙古巴盟机关先是设在磴口县（就是我从北京毕业后千里迢迢去报到的地方），后又搬到临河，因房产不够，许多活动就到杭后去举办。

一次我在那里住党校，学员都是当地的公社干部，每人一辆自行车。一到周末即"飞鸽"（当时的名牌自行车）而去。我因有事，没有走成，原打算这一周不回家了。不想早晨一觉醒来，面对一个空荡荡的院落，不觉又动了归心，便去城边的路口等班车。这条大路直通四十公里外临河县委的大门，当时我新婚不久，家安在县委大院里的一间办公平房里。老婆刚从外地调来，还没有安排工作，人生地不熟，举目无亲。我在路之头，她在路之尾，也许这时她正在大门外的路口遥望班车，"误几回，天际识归舟"。

我这边左等右等班车不来，却过来一辆油罐车，我一挥手，司机居然慢慢地停了下来。车上是一个光溜溜的椭圆形大油罐，罐的两侧各有一条一尺高的铁护栏，这是唯一的抓手。我喊一声："师傅好，我是临河县委的，搭个车行吗？"他从车窗里探出头来，用嘴巴指向车上的油罐说："咋的？敢上去不？"没有想到幸福来得这么容易，我连说："敢！"话音未落，便翻身上车，坐在罐侧。以双脚顶住护栏，双手左右托住油罐，找好平衡。司机一踩油门，就像大象背上吸了一只蜗牛狂奔而去。以现在的交通规则论，这绝对是要重罚重处的。但那时天高皇帝远，地僻无王法，又年少轻狂，无知无畏。这竟成就了我搭车史上最具传奇性的一笔，现在想来还后怕中夹杂着自豪。

以"大象"喻"油罐车"，以"蜗牛"喻搭车的"我"，生动地写出"我"与"油罐车"体型、行进速度方面的差距，蜗牛的"吸"又照应前文"以双脚顶住护栏，双手左右托住油罐"。

还有一种搭车是半搭半挂。1972年8月，我被调往内蒙古日报驻巴盟记者站，从此开始了一生的新闻职业。记者站唯一的交通工具是一辆自行车。好在人还年轻，有的是力气。河套是个大平原，除北部靠近国境线的几个县外，套内数百里之内都可以蹭车前往。只要任务不急，就可以或走或停，有点类似现在的驴友骑行。那时国内还没有流行头盔、护膝之类，否则一定很潇洒。我把一个旧黄布书包拴在车把上，迎风赶路，天黑宿店，蓬头垢面。这就是当时中国西部一个最基层记者的形象。因为再低一级就是县委报道组的通讯员了，这只能算是新闻外围人员，我也曾干过两年。

运用白描手法，勾勒出"我"在西部做记者时，骑行在路上的诗意形象。

这种搭车没有预先的计划，也不必与司机打招呼征得同意。一般是在夏秋季节，风和日丽，你骑行在路上，如果觉得累了，就物色一辆挂有拖斗的卡车，这种车子车速比较慢，或者选一辆拖拉机也行，就是噪声大一点，也颠簸一些。

你把骑行位置调整在拖车的右前方，等它从左边追上你两车平行时，你让过车头，右手扶定车把，腾出左手一把拉住拖车后马槽上的插销把，那粗细长短与弧度简直就像是为搭车人量身定做的。这时你就可以挺起身子，扬眉吐气，一展酸困的腰背，单手扶把保持平衡，任由拖车带着你长驱急奔。这样子极像海上的冲浪运动，快艇后面用绳子拖着一个脚踏冲浪板手拉牵绳的人。

这时我会解开衣扣，任风鼓荡着衣裳，想象自己是一只正在被牵引的风筝，就要升上天空。大有李清照词"九万里风鹏正举。风休住，蓬舟吹取三山去"的味道。这样的搭行十里二十里不在话下，累时可以脱开手慢行片刻，反正路上有的是车，一会儿就可"顺手牵羊"，再抓一辆继续滑行。

这种搭车是旁门左道，但是"盗亦有道"，你可以慢慢领悟规律，熟能生巧，渐至完美。一是要找对位置，你必须跟在拖车的右外侧，若在左内侧，则有与对面来车相撞的危险。二是虽然省力却不可省脑，要随时紧盯前方数百米的路况，一旦发现有路面不平或对面有车来时要立即松手，以免司机猛刹车造成你连人带车的追尾。由于胆大心细，我这样搭行两年，行程数百公里，还从来没有出现过意外。驾驶室（他们叫车楼子）里的司机师傅也从没有苛责过你不许蹭挂，倒是遇有错车或路况不好时，还会主动减速鸣笛提醒后面蹭挂的人，人性之憨厚善良可见一斑。

点出本段的主旨，照应首段"世风的淳朴与人情的厚道"，结构严整。

三

我最不能忘记的是一次长途搭车。那次到包头附近的营盘湾煤矿采访，矿上还有一个磁窑。当时我的小家庭刚刚组建，正缺东少西。我先打听好有一辆回临河的顺风车，便买了一吨煤和一个小水缸，还有些锅碗瓢盆之类的小杂物。司机是一个姓胡的四十多岁的汉子，正和他的姓氏一样，一脸大络腮胡子。助手倒是一个白净的小伙子，姓张。上午吃过早饭后，我们收拾停当，打马上路。胡子和小张坐在前面的车楼子里，我躺在后车厢的煤堆上，护着我的那些家当。

车子发动起来以后，胡子突然推开车门，从车楼子里甩给我一件老羊皮袄。我平躺在煤堆上，身下垫着皮袄，如在沙发上。老羊皮袄是用隔年的老羊宰后剥下的皮制作而成，毛长皮厚，一把握不透，堪比一块厚毛毯或一床棉被。当地

"最不能忘记"道出这一次搭车的印象之深，经过前两节的铺垫，读者对下文的阅读兴趣更浓了。

运用借代的修辞，以"胡子"代指司机，读者眼前一下子浮现出司机的样貌来。恰当的借代，可使文章形象突出、特点鲜明、文笔精练。

习惯将这种老羊皮熟制后直接缝制成袄，并不需要再罩一层布面。这是车倌、货车司机、守夜人、野外作业者一族，无论冬夏必备的行头。当然也能为雪夜冰天中热恋的男女抵御风寒，留下难忘的温暖。它正穿时皮板在外，可挡风寒；反穿时长毛在外不怕雨淋；如在野外，穿则为衣，卧则为褥，盖则为被，不怕揉搓，不避沙石。待到穿过两三年后，皮子经千揉万搓已经软得如一块海绵。这时再拿去清洗，配上布面（行话叫挂个面子）。几年的塞外生活，我太熟悉这种万能皮袄了，甚至已闻惯了它散发出来的膻腥味儿。当时我把这光板老羊皮袄垫在身下，如在热炕，从心里感到这位胡子大哥的热心肠。

车子顺着山间公路缓缓而行，右山左滩，好个空阔的田野。我仰面朝天看着深远的蓝天。小学地理课上就学过内蒙古高原这个词，其实没有在这里生活过的人，恐怕一生也不知道这几个字的含义。现在形容一个有身份的人叫作"高大上"。如果让我在中国大地的各种地貌中选一个"高、大、上"者，那就是内蒙古高原。单说"高"，珠峰够高了吧，但是脚下群峰犬牙交错，无平坦之感。单说"大"，华北平原、长江平原、成都平原都够大了吧，但阡陌纵横，市镇毗连，让人不能心静，没有居高临下之感。关键是这个"上"字，在人为高贵，在地为高原。有

以比喻写出羊皮袄的御寒效果之好，表达出作者内心的感激，并再次与首段"世风的淳朴与人情的厚道"呼应，结构严整。

巧妙地运用网络热词解说内蒙古高原的特点，有条理地描绘其高、阔、平的特点，又赞美其包容万物，宁静安详。

包容万物之心、宁静安详之态，不张不扬，十分低调。唯有这内蒙古高原高、大、上俱全，仰望有日月之可触，俯瞰无群峰之碍眼。亦高亦阔，如川之平，如秋之爽。

我躺在车上，伸手就能摸到蓝天；放眼前方，是一条永远到达不了的天际线。这时候你才真切地感到地球是圆的，假如对面的远处出现了一辆车，就像在大海上看见船的桅杆一样。这种感觉，你要是能到内蒙古中部的锡林郭勒或东部呼伦贝尔草原跑车会更加明显。我们的车在地球的表面飞奔、撒欢，又好像要离地而去。可以伸手撕下一片白云，缠绕在脖子上或者贴在胸前，然后再一松手，又放它飘去。

车子从营盘湾山里出来后，渐渐进入平坦的套区，除了前面的路、远处的天际线，四周没有任何参照物。两个多小时之后越过沙地草滩进入农耕区，时当8月，序属仲夏，正是八百里河套小麦的收割期。放眼望去，遍地金黄。麦浪拍打着车帮，卡车就像是漂在海上的一条船。

我的家乡也是产麦区，但那里是丘陵、梯田。麦熟季节的风景是沿着山梁一层一层、一圈一圈的金黄。我还从未见过这一马平川、八百里的麦浪，金波滚滚，浩浩荡荡。坐在行进中的敞篷车上，有一种检阅夏季的庄严感，一边看一边在心里酝酿着诗篇，后来还真的写成了一首六百

"飞奔、撒欢"拟人化地刻画出卡车疾驰的场景，作者的欣喜、兴奋之情溢于言表。

"拍打"将麦浪拟人化，刻画风吹麦浪的可喜景象，又以船喻卡车，大海喻麦浪，形象地刻画出河套八百里小麦的辽阔。

"检阅"一词写出"我"坐在敞篷车上的

视野开阔，又写出夏季麦浪的整齐、壮观。

行的长诗。但"文化大革命"期间所有的文艺期刊都已经停办，万马齐喑，无处发表，枉自少年轻狂。不过十多年后，这首胎死腹中的长诗被浓缩成一篇六百多字的短文《夏感》，编入小学语文课本，一直使用至今，这还要感谢那次搭车捡来的灵感。

运用比喻，把天空比作大海，把车子比作船，写出天空的通透和蔚蓝，化无形为有形，生动形象。

我抓着车帮，看累了就四肢放平躺在老羊皮袄上，继续做着天上的遐想。天蓝得让人看不透它的深远，我又觉得它是一汪大海，车子就是穿行在波浪中的船。我奇怪，空气是透明的，水是透明的，为什么无数个透明的叠加就成了蓝色，如天空，如海洋，愈深愈蓝。这恐怕是物理学家该去思考的问题，就像当年牛顿终于从太阳的白光里分出了七色光。我们总有一天会从这个"蓝色"中抓到点什么。这么想着，我就伸手去抓到一朵云，然后一松手，又放它归去。这时才突然理解了那些神话题材：阿拉伯会飞的神毯、中国的《西游记》、屈原的《天问》、李白的《梦游天姥吟留别》，等等。我这哪里是搭车，是搭了一架飞机或者是一艘射向宇宙的火箭。在还没有乘过飞机的时候，这是我距离白云最近的一次旅行。

与上文"伸手抓云"相照应，表现出内蒙古高原之"高"。

运用拟人，赋予车子人的情态，生动形象地写出车子停下前摇晃的样子。

正当我这样"目既往还，心亦吐纳"，做着天上的遐想时，突然车子摇晃了一下，软塌塌的，像是撞在棉花堆上，又挣扎了两下哼了一声就不动了。我翻身跳下，这时胡子和助手小张也早从车楼子里出来，正蹲下身子四只眼睛瞄着车底。胡子爬到车盘底下摸了半天，出来时满脸沙土，摊开满是油污的双手说："这可拉下疙蛋了（遇到麻烦了），传动轴断了。"我的脑子嗡的一下炸了，虽不懂车，但也知道车轴的重要性，有如人之脊柱，房之大梁。在这四处不着边的旷野上，断轴之祸，无异于灭顶之灾。

　　小张那张白脸唰的一下更白了。胡子只说了两个字："皮袄！"小张爬上车帮，嗖的一下抽出刚才还垫在我身下的那张万能老羊皮袄，麻利地铺到车底下去。他们两个搬出工具箱，捡了些家伙就仰躺在皮袄上叮叮当当地干了起来。我无事可做便绕着车查看地形，这时才发现我们前进方向的右手正对着一个山口，一条干河正蜿蜒而下。枯水季节，河床上积满一层绵软的细沙。河床既不宽也不深，而且又平，一般不会有司机特别注意到它。谁知我们这个钢铁怪物吃硬不吃软，刚一下河就一头杵在沙窝里。就像旧小说上说的，有那骄傲的武士打出一拳，却被对方的软肚皮吸住，拳头再也拔不出来。我们的车遇到的正是这种尴尬，咔嚓一声，轴断车停，进退不得，幸亏还没有翻车。

　　他们在车底鼓捣了半天，最后抽出一根车轴。胡子毕竟是个跑车的老江湖，拄着车轴就如关云长依着一把大刀，贼亮的眼睛把周围四方扫视了一遍，说："这个地方没有人家，也很少过车，再说就算有车来也拖不动咱们，只有自己想办法了。"他用手指着右手北方那个隐隐约约的山口说："估计公社在那个方向，一般公社里都会有个农机修理点，我们去碰一碰运气。"然后突然转向我温和地说："小记者，你敢一个人在这里看车吗？"本来是我搭他的车，好像倒成了他求我。同在危船，有难共担，我这个搭车的闲人，好不容易有了一个立功表现的机会，连忙大声说："敢！"心想这里不用说有坏人，就连个活人影儿也没有，这片麦子地又吃不了我。说着胡子把我安顿在车楼子里，给我留了一个军用水壶，还有一把大铁扳手壮胆，嘱咐我不管遇到什么事儿，不要开车门儿。然后他们两个背了一个水壶，扛起车轴，顺着河沟一步一弯腰地向那个远处的山口走去。我拉紧车门，顿时一股莫名的孤寂袭上心头，刚才那美丽壮阔的麦浪，霎时间成了淹没我这个孤儿的大海，而蓝色的天穹也成了吸我而去的黑洞。

一个人在车里无聊，就打开随身的小黄书包。掏出一本书翻两页，看不进去；又掏出采访本，想将一下这两天的采访记录，也看不在心上。顿觉心随事走，人生起落在瞬间。刚才还飞车高原，蓝天白云，心花怒放。这时孤身一人缩在车内，北风打门，几多凄凉。胡子他们扛着沉重的车轴远去的身影，一步一踩留在沙地上的脚印，总浮现在我的眼前。此去有希望吗？那个地方有个农机站吗？全靠运气了。

我这样一个人胡思乱想着，不觉天色慢慢暗了下来，我低头看一下手表已经下午七点，心如落日，暮云沉沉。当我再一抬起头时，车窗玻璃上却贴着一张人脸，鼻子都压成了扁平。我霎时间惊出一身冷汗，这里四面旷野，从哪里跑出一个人来？我都能听到自己心脏的狂跳，努力让它静下来，才看清是一个当地老乡，满脸皱纹，大概有六十多岁。我还是想不明白他是怎么出现的，就像唐僧在去西天的路上，突然路边就会出现一个人还是妖。当我确信他就是一个当地老乡后，就把车窗摇下一条细缝。老汉一口当地话："后生，车子焊（陷）住了吧？我下午三点就瞭见（看见），这辆车过去了，怎么现在还在这瘩？"我已完全松弛下来，打开车门说："大爷，沙子焊住车了，轴断了，师傅到北山根去寻个农机修理站。"老汉一听马上露出一脸的同情："天都擦黑了，肚子饿了吧，到我的道班里去吃点儿东西。"原来老人是个当地的养路工。

河套平原处，除各县与县之间的正规公路是沥青路面外，乡村之间全是沙土路，每隔十里左右就设一养路站，俗称"道班"。一般配三四个

比喻手法，写出"我"一个人在车楼子里看车时的失落与忧虑，生动形象。

语言描写，直接运用方言，展现出当地老乡的朴实。

插叙，补充当时的养路制度，交代老汉的身份。

人、一辆毛驴车，遇有雨水冲塌，或者大车压毁路面，随时拉土修垫。民工都从生产队里抽，在队里记工分，是一种民间养路制度。白天干活儿晚上各回各家，留一个人看守道班。

我随老人来到他的道班，这是路边一个高坡上圈出的简易小院，只有一间房子、一盘土炕和灶台。刚才我们飞车过道班，正"两岸猿声啼不住"，放眼高原喜欲狂，哪能顾及这个小院？而老人却一眼记住了这辆倏忽而过的车子。老人一进院子就顺手在门口抽了一捆柴火，进门后就要挽起袖子点火做饭。

河套农村做饭，无论蒸、煮、炒、烙，都是固定在灶头上的一口三尺大锅，就是喝一口水也得用它来烧。我怪不好意思，说："不饿不饿，喝口水就走。"他说："你们的人一时半会儿回不来，我就是那个村里的，离这里七八里地呢。那里还没有通电，每天要等到晚上天黑了才用柴油发电供照明几个小时，他们要焊车轴也得等到来电才行。"我这才明白，为什么胡子走了这么长时间没消息。况且肚子也真的饿了，一天也没有正经吃口东西，就赶紧帮着老人刷锅、烧火。我在农村劳动一年，这些早学得麻溜麻溜的了，一边帮忙一边与他聊天。老人有儿有女，都已成家，他在村里没多少事儿就出来看道班，一天记一个工，去年队里分红每个工五角钱。说着他已

引用李白的《早发白帝城》，"两岸猿声啼不住，轻舟已过万重山"，写卡车速度快，侧面烘托老人的热心。

语言描写，再刻画老人的细心、热心。

经把面和好，擀成一张大饼，摊到锅底上。河套是产麦区，当地常做这种发面饼，做时里面放一点小苏打，用麦秆之类的软柴火烧灶，饼子蓬松酥脆，类似西北的锅盔或新疆的馕，属于面食中的饼类一族。

边与"我"说话，边为"我"和面、擀饼、摊饼，表现了老人的热情和干活儿利索。

这时天已经完全黑了下来，我心里老是挂记着胡子他们找到农机站没有，趁着大饼还在锅底等熟，就跑到外面踩着梯子上到房顶，向正北方向瞭望。果然天边有电焊光一闪一闪，稍微放了点心。我回到屋里把饼子收拾进书包里，加满一壶热水，给老人留下半斤粮票、五角钱，就向停车处返去。路上掰了一小块饼子，胡乱塞到嘴里压一压饿火。

写出"我"对老人的感激和知恩图报；"我"只吃一小块，写出"我"心系同伴的善良。

回到车前，我先围着汽车转了一圈儿，看有什么动静，又检查了车楼子里有没有什么变化。再翻到车顶上继续瞭望北边方向，电焊火花已经熄灭，说明他们已经完工。我就呆呆地透过黑暗一直盯着山口方向。后半夜开始起风了，麦田一浪滚过一浪，我好像置身在一个孤岛之上。为了打发时间，我开始找天上我认识的星座，数星星。

"盯"，意为仔细地看，表现出作者等待时的焦急，及对同伴的担忧。

这样也不知道过了多久，前面出现了两个晃动的手电光。我兴奋地大喊一声："胡师傅——"声音划破黑暗在寂静的原野上飘荡，倒把我自己吓了一跳，心里一阵震颤，眼圈都发热未见其人，先闻其声。司机最担心的不是自己的车与货，而是"我"是否饿了，生动刻画出司机的纯朴、善良。

"最香"的野餐，不仅在于食物本身的味道，更在于出乎意料的遭遇、美丽的环境、纯朴的人。

了。他们听见了我的声音，就高举起手电在空中划了几个圆圈。我跳下车向他们迎了上去。还没有等走到跟前，就听见在黑暗中胡子喊道："小记者，饿坏了吧？"我连忙喊："不饿不饿，我们有好吃的了。"他们来到车前放下沉重的车轴，先不说修车的事儿。胡子从怀里摸出一个油纸包，原来是一包酱牛肉。他说："没事了，总算把车轴焊好了。那个穷公社，想吃口饭，晚上连个鬼也找不见。好歹临走时在伙房里摸见两块酱牛肉。"我也赶快从书包里掏出大饼，又说了上道班的事儿。三个人先坐在车下的沙地上，掏出一把电工刀，把肉剁一剁，顶着满天星光，掰一块饼就着吃一口肉，再举起水壶喝一口水。今天不但搭车，还搭了一顿伙，这是我记忆中最香的一顿野餐。我的家乡出产一种老字号的平遥牛肉，香彻百年，闻名全国。我自己下乡一年也不知道吃过多少次柴锅大饼，但唯有今晚这顿野地里、星光下、卡车旁的牛肉加大饼，肉香、面香，还有田野里晚风送来的麦香，让我终生难忘。

我们吃饱喝足后开始干活儿。他们两个钻到车底下去换轴，我在外面打手电，等到轴换好了又用铁锹去清理车轮前面的沙子，为的是让车启动时轮胎能够抓住河床的硬石面。车轴换好了，胡子用沙子搓搓两手的油腻，跳进车楼子里发动车子，我们两个在外面心都提到嗓子眼上，胜败在此一举，生怕再听到那一声不吉利的"咔嚓"，如果车轴再断一次，今天晚上真要在这里喂狼了。马达嗡嗡地轰鸣着，车声抖动一下，我和小张在后面用力推车，明知道这点力气对一辆卡车来说就像蚊子推大象，但还是使出吃奶的力气自求安慰。终于"咔通"一声，车轮咬住了河床，轻轻往上弹了一下，缓缓转动了，我们三个人的心都唰地落了地。胡子喊了一声："上车！"小张从车底抽起那张老羊皮袄，一把甩到车后的煤堆上，推了我一把："快上！"我不知道哪里来的灵活劲儿，像猴子一样跳起，手抓马槽脚踩车轮胎一跃就翻上车顶。

　　这么一折腾已经是后半夜了，将近黎明时分。我躺在老羊皮袄上看着天边的月牙，晚风送凉，满天星斗，万籁俱静，感慨万端。我只是偶然搭了一次车，就摊上这么大一件事儿。苏东坡说"人生如逆旅，我亦是行人"，李白说"天地者万物之逆旅，光阴者百代之过客"，逆者，不顺也，有迎上、插入之意。社会就是一辆行走的快车，每个人告别父母、离开学校，都要来逆搭这辆车，却不知道会搭上哪一节车厢，而且还要换多少次车。这么想着，东方渐渐泛出鱼肚白色，不一会儿就跳出一轮红日，霞光照耀八百里河套，连麦浪也被染成了粉红色。

感情上的感慨，或者一个理性的结论，这样的文章由实到虚，有实有虚，就比较好看了。"

　　首尾呼应，结构严整。以《诗经》形容淳朴的民风，道出作者对往事的追忆追思。

　　塞上六年，马车、拖拉机、汽车，甚至领导的专车，也数不清搭了多少次。现在想来，那六年的搭车生活真是一种享受。当我坐在慢悠悠的马车上，听车倌聊天，看着两边的青纱帐、麦田、羊群时，就像是在听一首古老的歌谣或者喝一壶老酒。而当仰面躺在载货的卡车上，则是一种追逐在云端的旅行。自从离开河套之后再也没有搭过一次车了。一是因为进了城，交通方便；二是人情变化，世风日下，搭车之事鲜有所闻，而碰瓷行骗的事例倒是不少。所以就常常想起当年那些搭车的故事，怀念那种萍水相逢、互不相识、一见交心的淳厚民风。我生也有幸，一入社会就在《诗经》式的古风中熏陶了六年整，度过了一个社会人的童年。

季现辉

点 评 老 师

山东省济宁市安居第一中学语文教师。

骑 马

马何时为人类所驯养，不得而考。在我的印象中，马有三个主要用途。

一是军用，从春秋战国时的马拉战车，到现代的骑兵，马一直是战争中不可或缺的要素。二是民用，农业生产中的耕种收割、一般运输中的拉车载货，都少不了马。但随着生产力的进步，这些都渐渐退出历史舞台。现代军队中的骑兵已经消失，农村中也只见钢铁农机具，而不见了马的影子。马还有第三个用途，就是贵族式的养马、骑马，类似富人的私人游艇、飞机，已经溢出马的本能而有奢侈、炫富之嫌了。这些都与我辈平民无关了。

马这个主体的消失，使一些附加的趣味也随之再难觅。马粪性热且有肥力，在发明温室栽培前，我们现在吃的韭黄培养全靠马粪。秋天齐地割过最后一茬韭菜后，即覆上马粪，虽大雪纷飞，仍不误韭菜的生长。韭芽上蹿一层，马粪就再覆一层，道高一尺魔高一丈，最后长成了二尺多长的韭黄。因其不见阳光，色黄而叶嫩，韭香

题为骑马，却从马的用途写起，将个人经历置于历史场景中，辽远而宏阔。"不得而考"化用自成语"不得而知"及"然其行事不见于后，不可得而考"（《上曾子固龙图书》，张表），语言简练、雅致。

军用、民用方面，马都退出了历史舞台，仅存的贵族式养马、骑马又与平民无关，足见作者的惋惜，为下文写骑马的经历做铺垫。又与尾段呼应，结构严整。

从视觉、嗅觉角度写韭黄的鲜嫩、美味，又与温室韭黄对比，突出马粪在生活中的独特价值，又见作者的惋惜。

扑鼻，正赶上春节包饺子。一般人家买上一把，就已是很破费了。现在的温室韭黄无论如何也没有那种味道。马粪里还有什么奥秘不得细知，但还记得一件事。约四十年前，我在京西卧佛寺碰见园林工人正在抢救一棵病危的老松树。那方法是将树下直径数十米内的地砖全部挖掉，起走旧土，然后铺上一层均匀的马粪，再盖上新砖，大概这也是一味救树的偏方。

其实马粪在历史上曾经很是荣耀过的。唐时养马多，粪很值钱。国用不足，唐高宗就想卖马粪充实国库，只是后来被宰相刘仁轨劝住了。唐、宋两代都曾设有管理养马及马粪的"群牧判官"，是朝中的肥差。欧阳修为照顾王安石家贫，曾推荐他去做这个官，王坚辞不受。马身上还有一种下角料，就是钉马掌时削下的碎掌片，捡回去泡水浇花，无虫无味，花朵浓艳。现在只能见花思掌，却旧物不再了。现今关于马的一点趣味，大概只有到徐悲鸿的《奔马图》里去找了。

直抒胸臆，抒发作者对马及其附加趣味消逝的遗憾，为下文写骑马蓄势。

我与马最亲密的一段接触是在大学毕业后到农村去劳动的一年。在内蒙古河套，那是个半农半牧，又以农业为主的地区。农村除种地用马，又多养了一些马，所以不像中原农区对马管得那样严格，干活儿时牵之于地，收工后系之于槽。这里的马相当自由，大部分是不干活儿的游走之

与中原农区的马对比，突出河套的马的自由。"不干活儿""收工"等词，以拟人手法写马，赋予马人的情态，足见作者对马的尊重与喜爱。

徒。少量干活儿的也是一收工就摘掉笼头脱缰而去。于是常有大量的散马在村外的沙滩上或收割过的庄稼地里幸福地撒欢、嘶鸣，有一口没一口地伸长脖颈吃着地上的青草。也有放马人，一般是派个十五六岁的半大小子去管这些马。说是放马，其实是伴这些马玩儿。这个年龄，反正也干不了什么正经农活儿。

　　自从上年来村落户，我们已经与村民混得很熟了。一天，马倌小李子突然问我们敢不敢骑马。"敢！"我们七八个男女生齐声答道，并踊跃地举手，要求给一匹马。马的骑法有两种，一是骑鞍马，就是整齐地备上鞍子，套好笼头，手握缰绳，双足踩蹬，这是正规骑法。还有一种野路子，就是什么也不要，人骑马上，手抓马鬃，乘风而去。一般放马的人特别是男孩子惯用此法，俗称"骑光背马"。但是当地土话叫骑"产"马。这个字该怎么写，没有人去考证。村子里就是这样，很多字只鲜活在口头上。遇到非要写的时候，就胡乱填上一个同音字。比如当地产的一种芨芨草，这是学名，而大队、公社的文书中都写成"只及草"，而且还创造性地在"只及"二字上又各加了一个草头。这个"产马"的"产"字，直到多年后我才在一本旧字典里查到，应写作"骣"，也是这个音，释义为："骑马不加鞍辔。"就是骑光背马。这使我大吃

运用语言、动作描写，"敢！"回答短促而有力，再加上"齐声、踊跃"等词的运用，知青们对骑马的期待如画般浮现在读者眼前。

　　"骑、抓、乘"与上文的"套、握、踩蹬"，以精准的动词再现骑马场景，可见骑光背马和正规骑马的不同，为下文写骑光背马做铺垫。

　　作者对"骣"字进行考证，发现方言与古文直通，引人深思。又为下文写"我们"以骣马联想自身处境等处做铺垫。

一惊，这么一个偏僻的方言竟上接千载，直通古文，有一种深山藏古寺的意境。

那天我们每个人都分得一匹马。小李子服务周到，女同学就挑最老实的马，找个能踏脚的土墩扶上去。我们随便接过一匹，但也要有人帮忙才能骑上去。你想第一次骑马，马背圆滚又无鞍辔缰绳可抓，马一跑开人就翻了下来。好在都是沙地，也摔不痛。就是马跑的过程中，你实在抓不住了，也可主动滚落下来，不会有事的。小时在村里就听人说，老马识途，护主佑人，不像毛驴那么奸猾。"毛驴是个鬼，摔人不断胳膊就断腿。"那天，大家玩兴很浓，跌下又爬上，学而不厌。

等到你基本上能驾驭马让它开走时，也有两种情况。一是马走慢步或碎步，四个蹄子前后交错地踏行。步子走得好的马被称为"走马"，人坐其上稳如坐轿。二是马慢跑，直至飞奔起来。当地的孩子称之为"抹奔子"，这也是一个极形象又专业的方言。"奔子"好理解，奔腾之意。妙在这个"抹"字上。因为马奔腾起来后，你的双手抓着马鬃或缰绳，像是在顺着马的长脖颈从前往后地来回抹动，十分传神。我从一听到这三个字就立即在脑子里把它写了出来。待我们能初步掌握马时，小李子和他的伙伴们就大喊："抹奔子！抹奔子！"意即让马跑起来，飞起来。这

引用俗语，以驴的奸猾反衬马的护主。

时马就不是四条腿交错着地了，而是像饿虎扑食一样，两前腿齐向前扑出，刚一落地后两腿又跟上来点地弹出，波浪式飞跃。这才是骑者最享受的时刻，人如在浪尖上荡滑板，一波接着一波；如雄鹰展翅，上下翻腾。难怪西方的神话总是给马的两肋和天使的腋下加一双翅膀。但这里说的是理想状态，是熟练的骑手。作为新手只是稍微有了那么一点点感觉，已自惊喜，而且还付出了巨大的代价。

原来，人的屁股与马背是一对矛盾。你向下压它，它就向上顶你。静止时这矛盾还不明显，马一颠起来，就把人弹了上去；人再落下来，屁股就重重地摔在马背上，就这样来回对撞。而马背是什么？是一条硬硬的大脊梁骨。李贺写马诗云："向前敲瘦骨，犹自带铜声。"它硬如铁、窄如刀，就这样一下一下地砍在你的屁股和尾椎骨上，这怎么受得了，所以正规的骑马一定要备鞍子。而骣骑的要领是必须人马一体，就像有什么东西把你和马粘在一起，人即马，马即人，永是上下一起动。这时二者已不是一对矛盾，而合为矛盾的同一方，共同去对付另一方——大地，或踏地而行，或点地而飞。而这个任务，人就不必管了，交给马去完成，它天生就是干这个的，你就坐享其乐吧。耳边呼呼秋风过，眼观四野花草香。但这种人马合一的状态要非常纯熟的骑手

以"饿虎扑食、波浪式飞跃"比喻马的前腿扑出、后腿弹出，生动刻画出马飞奔的画面。"扑、弹"可谓描写当时动作的"唯一动词"。正如作者说："文章中的动词用得好，文章就会生动、形象、有力，或庄或谐，或雅或俗，都有奇效。"（《梁衡的21堂作文课》）

用"明典"，言简义丰。"文章里面用典好比盖楼房，不是一砖一瓦慢慢地盖，而是预先做好一面墙、一扇窗户，啪的一下装上去，有时虽然只有几个字，却包含了许多内容。"（《梁衡的21堂作文课》）

"耳边呼呼秋风过"侧面写骑马之快，

"眼观四野花草香"写骑马之惬意，两句构成对偶，读来朗朗上口，语言凝练雅致。

联想，由马及人，感慨人生际遇，升华主题，引人深思。

"暗典"，化用苏轼《前赤壁赋》中的"相与枕藉乎舟中，不知东方之既白"。

才能做到，或者如小李子这样从小和马一起玩大的孩子。

那天我们痛痛快快地"抹"了一回"奔子"，可是到了晚上就甜尽苦来，乐极生悲。先是腰和两腿酸痛，因为骑马的时候双腿要用力夹紧马背，腰也前后晃动扭曲。这还是其次，最难堪而又难言的是，屁股连同尾椎骨经马背这把"骨刀"上下地砍剁，晚上退下裤子，已是皮破肉绽，渗出血水，火辣辣地疼。四个人在炕上辗转反侧，喊爹叫娘。一边又窃笑着，猜想现在后面院里的那四位女生，又该如何？聊着，聊着，大家联想到我们现在的处境，忽然觉得我们就是一群骟马。人靠衣裳马靠鞍，我们本来以"骟马"之身入学，经过五年的大学教育，毕业时学校都给配了不同"鞍具"：天文、生物、化学、历史、建筑，等等。但一出校门就一律被摘鞍除蹬，不分专业，不问对口，轰到这黄沙窝子里来与草木共生同乐。这样想着又不觉悲从中来。于是再不多想，就说："睡觉！睡觉！"迷迷糊糊不觉东方之既白。

第二天，我们碍于面子照样出工，只是走起路来一瘸一拐。村里几个调皮的男人故意追着女生问："大学生，昨天的马骑得过瘾吧。"这种难言之痛，大约过了一周才慢慢康复。但我们还是照骑不误，西风骏马本无价，秋风黄沙皆有情，天赐之乐何能放过？而且臀底功从磨砺出，骑马乐从苦中来，之后也就渐渐痛少乐多了。一年后政策落实，劳动结束，男女同学都分赴各地。只知多年后这中间出了一位天文学家、一位中学校长，余皆未能细考。

那次骑马之后过了三十年，我到四川九寨沟又得了一次骑马的机会。主人是一个下海文人，先做汽车生意，玩腻了钢铁的"宝马""悍马"，又来做山水旅游，就自己买了一匹有血有肉、红鬃白蹄的真宝马，金辔银鞭，豪华一回。那天他邀我们同登青、甘、川三省之交的一座山头，遥望黄河从天际而来，在茫茫草地上划过它出世以来壮美的第一湾，龙蛇一道，闪烁明灭。顿觉风展衣袖，天地入胸，欲扶摇而去。回程时，主人将他的宝马借我一骑，我踩蹬翻身，一抖缰绳，顺着弯弯的山道直冲而下。耳旁风声呼呼，绿树花草倒退而去，我又找回了当年"抹奔子"的感觉。

化用"宝剑锋从磨砺出，梅花香自苦寒来"，趣谈骑马的经历，让人忍俊不禁。

"暗典"，化用《小石潭记》"潭西南而望，斗折蛇行，明灭可见"，突出黄河的壮美。"抹奔子"与标题照应，结构严整，道出"我"对骑马的追忆。

季现辉

点　评　老　师

山东省济宁市安居第一中学语文教师。

打黄羊

我此生只打过一次猎，打黄羊。

按现在的说法，黄羊为二级保护野生动物，是不能打的。但那是什么年代？1972年。我国直到1986年才有了第一部野生动物保护法。那时正处于"文化大革命"中政局混乱，经济上物资匮乏的特殊时期。不用说保护野生动物，连人的最低生活状态都很难维持。每人每月二十八斤口粮、三两油，没有任何肉食供应。这三两油放到现在，还不够炸一根油条。"打猎"这个概念，现在主要是一种高档的游乐。要申请特别的指标，经过一系列的批准手续。而在那时，其实就是去找一口能填肚子的东西。

1972年，我的第一个孩子降生，母亲缺奶，大人除了一份口粮，没有任何额外营养。"奶粉"这个词，我是过了多年以后才听说的。当时我在《内蒙古日报》驻巴彦淖尔盟记者站，一共三个人，三个民族，典型的民族团结小集体。站长包音乌力吉，蒙古族；还有一个叫恩和，达斡尔族；我，汉族，最小，才二十多岁，又是从城

开篇点题，语言简洁，干净利落，巧妙设悬。用"此生"与"只一次"形成对比，"此生"表明时间长，"只一次"强调次数少、印象深。

用现在炸油条所用油量，类比1972年每人每月供给油量，通俗易懂，呼应上文"物资匮乏"，为下文"打黄羊"做铺垫。

一词一句，短促有力，强调"我"在三

里来的外地人，干什么都一副怯生生的拘谨之态。他们俩四十多岁，又都是本地人，各方面都游刃有余。老包看见我窘迫的样子就说："小梁，我们去打一只黄羊。"

当时靠近国境线新成立了一个潮格旗（县）。野生动物无国界，那里常有大群的黄羊来回游走，我们决定去碰一下运气。一个冬日的晚上，我们宿在离边境不远的一个蒙古包里。地上放着一个用汽油桶改装的火炉，里面烧着牛粪。我原以为干牛粪松松软软的，如草一样一烧即过。没想到它竟如炭块儿一样，直烧得炉火纯青，连炉筒都烧红了。

虽然是出于生活窘迫前来打猎，而我这时却起了玩心。我看看蒙古包的穹顶，摸摸身下的毛毡，又仔细打量那菱形的支撑蒙古包四壁的红色扇杆，这是蒙古包的脊梁，如折扇之骨，可随时折叠迁移，所以又叫"围扇"，蒙古语叫"哈那"。平常在农区采访都是睡土炕，今天睡在蒙古包里感觉十分新鲜。我一个在北京学档案专业的大学生，本该毕业后去故宫或中央档案馆工作，今天却睡在蒙古草原上。

人生如一片树叶，命运就是潮水，自己不知将往何处。我想当年苏武牧羊、文天祥被俘，在塞外住的也一定是这种毡包。秦时明月汉时光，两千年不变的"穹庐"。这时外面正下着小雪，

人中的特别之处，解释下文"干什么都一副怯生生的拘谨之态"的原因，为下文"我"打黄羊时的柔弱做铺垫。

"原以为"与"没想到""竟"形成强烈对比，写出了"我"的新奇感受。

平静的语言背后蕴藏着感人的力量。"看看、摸摸、仔细打量"，一连串的动作，写出了"我"在强烈好奇心驱使下的所作所为，画面感十足，呼应上文的"玩心"。

插入诗句"晚来天欲雪""红泥小火炉",既是描绘实景,真实再现草原毡包内外的景色对比,又使得文章语言凝练典雅、耐人寻味,增添了诗情画意,令人回味无穷。

环境描写,把"无边的草原"比作"看不透的深渊",生动形象地写出了夜幕下草原的苍茫、浩瀚,"看不透"流露出作者行车时的恐惧心理,与"铁壁般的黑幕"互为补充,增添了一股阴森恐怖的气息。

两处司机的语言描写,增添了喜剧的韵味。无边的黑暗、提心吊胆的恐惧,与司机的轻松幽默,形成了一种落差,令读者紧绷的心弦放松了下来。

雪片从庐顶的透气孔落进来,瞬间消融,而炉火只管嗡嗡地烧着,倒有一种晚来天欲雪,红泥小火炉的诗意。老包用蒙古语与当地的朋友聊得正欢,我却急着想赶快出猎。他说不急,等雪再落得厚一点。

等到后半夜,我们带上了一个当地蒙古族小伙子巴特尔(蒙古语英雄之意),连同司机四个人开了一辆北京吉普,带了一条半自动步枪,出发了。无边的草原,夜色中像看不透的深渊。车灯前,只有纷纷扬扬的雪花,而光带两侧就是铁壁般的黑幕。车轮滚滚,我们像掉进了一个黑洞。也不知过了多长时间,我突然担心地问:"不会跑出国境线吧?"司机半开玩笑地说:"索性,咱们就偷偷地出国遛他一趟。"因为国境线的两边都是平坦的草原,并无明显的地标,双方的人常有误出误入的情况。好在两国的关系还好,如对方的骆驼、牛、马等大牲口走失时也会互相归送。

我们在黑暗中飞奔着,司机突然轻轻地喊道:"有了!"只见车灯的光束网住了一只飞跑的家伙。灯光中片片的雪花舞动着,又给它打上了一层网纹,忽隐忽现,确是一只黄羊。司机猛踩一脚油门追了上去,这东西很傻,只知拼命地往前跑,其实它只要左右一闪就坠入黑暗,我们的车灯就很难搜到它了,但它就是顺着光线一根筋地往前跑。倒像是我们给它照明，它给我们引路。原来它怕黑暗，只敢在车光里面走。奇怪，一个夜行动物，旷野独行，不怕黑，而遇到一片光明后就再也回不到"解放前"。

草原并不像公路那样平坦，时有土包草根，所以车子颠簸开不快。那个黄羊倒是蹦跳自如，像箭一样穿射。这时就看出车轮与四条腿各有优劣了。但是黄羊终归是要输给人的，它有两个致命的弱点，一是不敢跃入黑暗，因此就被车灯锁定；二是它跑得再快，总有力气用尽的时候。而我们的车子是烧油的，只要油箱不干就不愁追不上它。于是就这样在黑暗中不紧不慢地跟着，距离逐渐接近。直到只剩下几十米时，坐在第一排的老包，从卸掉帆布挡风的右车窗伸出枪去，"叭、叭"两声，那只黄羊应声扑地。

我们欢呼着跳下车，这个大家伙估计有六十多斤，三个人七手八脚抬着扔到后厢。我一下来了劲儿，要求也坐到前排去。老包在车灯的光线里，隔着雪花，一个漂亮的动作顺手把枪扔向我，说："试试你的运气。"话音未落，枪已飞过来，我顺势接住。这车灯就像舞台上的一束聚光灯，正照着我们上山打虎的一幕。我也觉得自己成了杨子荣，顿生豪情，坐到前排"啪"的一声拉上车门，把枪伸到窗外，说一声："开车！"

多种表达方式的综合运用，增添了表情达意的深度与厚度。理性议论背后，既有对黄羊难逃厄运的同情与惋惜，又有对人类高科技发达带来便利的自豪与喜悦。

"一下"写出了捕猎到黄羊之后的兴奋，与上文的恐惧形成对比，同时为下文"我"亲手猎杀黄羊的经历做了铺垫。

环境描写，"急急地跑、慢慢地落"构成语言的对称美，"急急地跑"呼应上文"我"的豪情万丈；"慢慢地落"衬托"我"此时心情的平静，自然而然地引出下文"我"冷静的思索。

引诗句入文，增添了音韵美、典雅美、气势美，那种能与古人比肩，甚至胜过他们的欣慰、自豪感跃然纸上。"铁骑追黄羊"应时应景，画面感极强。

"跃、挺、冲"连用三个动词，写出了受伤后的黄羊进攻时的气势之猛，"没走两步便倒地"前后动作的强烈对比，表明这是黄羊在拼死一搏，正是因为被黄羊的气势所震撼，所以"我"才会"一时没有了主意"。

车子在急急地跑，雪在慢慢地落，这个世界好安静，我们是来打猎的吗？人很有意思，常会因为某一种逻辑而推出另一种结果。最开始本是因为孩子无奶，想法子要给母亲补补身子；城里无肉可买，就想到来草原打黄羊；又因为赶上了下雪，所以就看到了这美丽的夜色、灯光、飞雪、黄羊。就是专门的舞台灯光设计、精心导演的电影也没有这种效果呀。现在我们都成了剧中人，仿佛到了另一个世界，有一种别样的神秘。什么苏东坡的"左牵黄，右擎苍""千骑卷平冈"，哪如今天我们这"沉沉夜，雪茫茫""铁骑追黄羊"。我正美滋滋地狂想着，随着路面的不平，车灯左右一晃，又网住了一只。比刚才的那只略微小一点，跑得更快。只是亦不敢跃入黑暗，这就注定了它难逃枪口的命运。

约跟行了二十多分钟，距离已经缩得很近。我一扣扳机，黄羊立马翻身倒地，一丝不动。停车，我慢慢靠近，这家伙却突然跃起身，挺着两只角向我冲过来。但它的腿已受伤，虽然气势很猛，还没走两步便又倒地。我一时没有了主意，明知它是食草动物，不会咬人，还是不敢靠近它。又明知我现在的身份是猎人，它是猎物，应置它于死地。但刚才是在远处开枪，就如同面对一个靶子，手指移动之间还没有多少心理压力。这时是在汽车的聚光灯下看着它棕黄色的漂亮的皮毛和那流线型的腰身，特别是在车灯中反射着光芒的那双大眼睛，我一时手足无措。倒像是一个做错了事的孩子，面对一个无言的大人。

我冷静了一下，努力战胜自己的自责心理。我给自己解释，家里养的羊不是也照样要杀着吃吗？就鼓起勇气扑上去，想按住它的身子。但它一甩头又换了一个位置，拿眼睛瞪着我。这时坐在车后排的巴特尔走了下来。他可能是看见我实在窝囊，便两步抢到黄羊的正对面，双手抓住两只长长的羊角，然后发力一拧，整个羊头被转了一百八十度。稍停片刻，黄羊蹬蹬脚，便再不动了。这类似我们在电视节目《动物世界》里常看到的狮虎捕鹿羊时的锁喉功。还不等黄羊完全停止抽动，巴特尔就从腰间拔出一把半尺多长的蒙古刀，对准腹部正中划了一个小口子，左手伸入腹内，只一把就把内脏掏了出来扔在地上。顺手将刀上的血在皮毛上擦了两下，双手提起四脚，一把将黄羊摔到后备厢里，直看得我目瞪口呆。

> 动词运用精准。"抢"字写出动作的干脆、利落，反映出巴特尔焦急的心理，也突出了他豪爽、威猛的个性，与下文的"抓住、一拧"互为补充，细腻地描绘出了巴特尔杀死黄羊的过程。

这时我才意识到我的软弱，真是百无一用是书生。本来不管打猎还是饲养牲畜，都是人类获取食物求生存的一种方式。我这个刚出校门的学生真不具备这种生存本领，活该挨饿。只有老包、巴特尔他们才是草原的主人，是有自主生存能力的人。孟子说："君子远庖厨。"可是一千多年了，也从没有误了哪个君子吃肉，可见人性

> 用自嘲的方式调侃，诙谐幽默。"我"与老包、巴特尔的生存能力形成对比，突出了"我"的悲悯情怀及书生的柔弱气质。

之矛盾、虚伪的一面。

两天后的一个晚上，我怀抱着那只冻僵了的黄羊回到县城的家里。刚推开门，就"轰"的一声把它扔落在地。妻子吓了一跳，说这是什么。我说："救命的东西来了，孩子有奶吃了。"我们把它靠在灶台旁，一直过了两天才慢慢地化软。这回再也没有英雄巴特尔帮忙了，只好自己动手用一把尖刀，慢慢地剥了皮，剔骨取肉。然后用一个袋子挂起来冻在外面的房檐下。这是孩子母亲的专供，每天给她煮一碗肉汤。我尝了一口，并不好吃，肉很粗，味亦膻。但为了下一代也得硬着头皮喝下去。这只黄羊帮我们渡过了最困难的那几个月。

多少年后，我读到女作家毕淑敏的一篇文章。母亲怀她时正随军在新疆，本来条件就很艰苦，孕期反应又特别大，什么都吃不下。一次偶然发现唯有鸽肉可食，正好当时军用粮库里常飞来大批的野鸽子，很容易捕捉。长大后母亲对她说："怀你的时候大约吃掉了上千只鸽子，而吃进去的米加起来也不过十几斤。"等到儿子长大后我也常对他说："你能有今天还得感谢那只黄羊。"

其实黄羊之功，何至于此？1960年全民饥饿的困难时期，内蒙古草原上的黄羊动辄数百上千头的一群，在天边游荡，成了当地甚至北京地区的"救命粮"。前几年看到央视上播的一个电视片，当时全国上下都处于饥饿的恐慌无奈之中，而紧张建设的核试验工程不能下马，将士们勒紧裤腰带在饥饿中苦斗。一次，主持军工的聂荣臻元帅召某位将军来汇报工作。敬礼毕，还未及落座，聂荣臻却盯着他容光焕发的脸严厉地问道："人人都面有菜色，你怎么这样红光满面？是不是盗用了军粮！"对方连忙解释说："我们组织机关干部和战士到草原上打了一批黄羊，为大家补充了一点营养。"聂帅才半信半疑地让他坐下来说事儿。

黄羊功大，大可救民渡荒，小可救小儿无奶之急，真天之尤物也。

艰难时期的感激之情，引出下文——介绍黄羊在全民饥饿的困难时期，对内蒙古地区及北京地区的人们的救命之恩。

用具体的事例介绍了黄羊的救济之功，"容光焕发、面有菜色"形成对比，突出了黄羊不可磨灭的功劳，自然而然地引出下文的感慨，表达对黄羊的感恩之情。

赵建霞　　点 评 老 师

山东省寿光市圣城街道一中语文教师，潍坊市立德树人标兵。

土　炕

不懂得土炕就不懂得中国的农村和农民，至少不懂得中国北方的农村和农民。而没有亲身睡过几年土炕的人，很难感受到这块黄土地和农民心头细微的振动。

我在土炕上出生并度过了童年，八岁进城就再不睡土炕了。没想到二十二岁大学毕业后被分配到塞外河套，又睡了六年土炕。这好像是要特意唤醒我对土炕的记忆，激活我身上的土炕基因。我一直认为人生有两个童年。一个是自然人的童年，主要是身体的成长，大约六年。一个是社会人的童年，主要是从学校毕业后走向社会，学习独立生活，也是六年。就是说我的两个童年都是在土炕上度过的。

炕上冷暖

大学毕业的时候我是被政治动员，热血沸腾写了决心书，自愿到边疆去的。有一种"男儿带吴钩""青山埋忠骨"舍身报国勇上前线的味

道。1968年12月4日宣布分配方案，我被分配到
内蒙古巴彦淖尔盟的临河县。

临河是靠近黄河的一个小县，城中只有一条
碎砖铺成的东西街，十分钟就可以走完。招待所
在街的最西头，一院清冷。迎接我的是屋里的一
盘冷炕，12月底数九寒天，几簸箕煤的微火怎暖
得身下的三尺冻土？况且孤身一人，这次第怎一
个"冷"字了得。就这样我苦挨了一个月，才等
齐了七八个大学生和十几个中专生，然后被送到
一个村子里插队劳动。又是一盘冷炕，上面睡着
我们四个男生。虽来自不同学校，现在却都是同
炕师兄弟了。上海来的年龄最大，算是大师兄，
呼和浩特来的两个是老二、老三，我排老四。而
四个女生则被安排在后面一个农户家里。

这间寒屋已久没有人住，风吹雪埋，尘网
如织，又正是塞上的隆冬时节，突然住进几个人
来，不是这房子给我们避寒，反倒是靠我们的体
温和哈出来的热气来给这个寒窑暖身。一盘冷
炕，占据了半间房，我们吃饭睡觉看书，全都在
炕上。当地房子的结构是黄土地上起梁，上面搭
椽，椽上铺红柳编成的篱笆（俗称笆子）代替
瓦，并无顶棚。红柳笆子裸露着，蜘蛛虫蛇之类
都可借宿其上与人同居，不过现在是冬天还暂无
此虞。为了御寒，我从供销社用军用水壶打回一
壶酒，直接挂在椽子上。房子不高，每天早晨起

巧妙化用李清照的
《声声慢》，展现当时
的清冷艰苦，也与后文
热炕带来的温暖形成了
对比。

"埋"字写出雪之
深，"织"字把蛛网乱
结、久无人居的场景展现
出来。

身，头就碰着水壶，就顺便仰头喝一口酒，暖暖身子，再哆嗦着下炕生火。

这个冷炕真正有了一点热气是临近春节时，房东需要做年食，他家一个灶火不够用，借我们的灶煮肉、蒸馍、炸油糕。当地俗语"牛头不烂，多费柴炭"，把这个冷炕狠狠地烧了几天，才透过了热气。这大爷虽没有多少文化，但是知书达理，通于世故。那些历史故事、评书演义，肚子里也装了不少。一杯酒下肚，便掏出了心窝子话。他说："娃们，我看你们总是提不起气。俺们这个地方是苦一点，但你们是公家人，迟早待不住的。再说了，公家人由公家做主，个人说了也不算。有一句话叫嫁鸡随鸡，嫁狗随狗，嫁个扁担挑上就走。那昭君是个皇帝的公主吧？把她嫁到塞外她也得走，不是还跟人家匈奴单于生了几个孩子吗？"说得我们哈哈大笑。这下我们彻底认了命，就知道我们都是些已经出了塞的王昭君，还妄想再过什么宫里的生活？既来之则安之，就知足吧。

从来知识分子的流放都伴随着知识和书籍的传播，在这塞外的冷炕头上，我却遇到了按原来的人生轨迹根本不可能读到的两本书。一本是《太平洋战争》，好像是哪个知青偷偷带来的他老爸军事院校的教科书，写二战时美日对太平洋岛屿的争夺。战争宏大的场面和残酷的现实，激

引入王昭君的例子，既是对往事的回顾，也隐含自己安身塞外、扎根边区的决心。

发了我一个男子汉的热血情怀，也顺便养成了我对军事题材作品的阅读爱好。第二本是陈望道先生的《修辞学发凡》，当时已经残破，缺了封面和封底。陈望道是和陈独秀一起创立共产党的人物，是中国翻译《共产党宣言》的第一人。因他与陈性格不合，愤而离去做学问，又成了中国修辞学的开山第一人。修辞学是研究文章词章怎样美丽动人的学问。这本书很专，就是大学中文专业也未必选修。而我反复研读，其味无穷，还详细做了笔记。

是这盘热炕焐热了我们的身子，也回暖了我们的心。

特殊时期，两本书带给作者特殊的影响。这是炕头生活精神层面的温暖。

炕上冷暖——冷是衬笔，暖是主笔。结尾的抒情暖意融融。

炕上烟火

开春了，农事活动增多，我们也渐渐融入到了农民的生活中。村里白天下地劳动，晚上关于生产调度、政治学习、生活安排、邻里纠纷等等的事情，都在饲养院的一盘大炕上讨论解决。当时还没有电视机，就算没有什么事儿，男人们也都会凑到这里来，谈天说地。这一方大炕就是全村的"多功能厅"。

而开会时总伴随着抽烟。烟具很有特点，并不是常见的铜烟锅、竹烟管、玉烟嘴之类的。而是一根羊的小腿骨，名叫"羊棒"。任何动物

此处"渐渐"轻描淡写，背后又有多少辛苦周折。

的小腿都是中空细长，下端平开成三角形，这是为了支撑身体的重量，符合力学原理，著名的法国埃菲尔铁塔就是以此原理仿生而建。利用羊腿制作烟具，正是利用了它的中空和那个三角平头。先将骨头刮洗干净，在腿骨前的三角平面处打一个小洞，镶进一个半公分深的小子弹壳，以装旱烟丝，在另一头配一个烟嘴儿。因为烟斗处很小，按进烟丝，抽一口即成灰，吹掉；再按，再吹。吹的力气倒比吸的还要大，那尼古丁在肺里并没有留下多少。所以当地抽烟不叫"抽"或"吸"，而叫"吹羊棒"。这样一按一吹，一明一灭，很是享受。

　　那时候生产队饲养院里这种"吹羊棒"的方式，还真是个"玩意儿"，以后我在全国各地再未见过。这大约是由煤油灯时代沿袭而来的习惯，盘腿在炕，就着灯头不停地吸、吹、按，如果用火柴或打火机都很麻烦，也是带着一股特别的劲儿。所以，那时尽管饲养院早已有了电灯，但土炕上还是备有一盏油灯，抽烟的人就你一口、我一口频频做传灯状。屋里笑声、骂声和孩子们的打闹声组成了一首"大炕交响曲"，而那根羊棒在浓浓的烟雾中传来传去，倒像是大剧院乐池里一根带着荧光的指挥棒。

　　后来我离开了生产队去县里工作，再后来又当记者，还是少不了下乡，仍然与土炕脱不了

"刮洗、打、镶、装、配、按、抽、吹"等一系列动词，如数家珍，当时场景历历在目，正是作者"融入"当地生活的最好写照。

阅读回忆性散文，要格外留意那些展现内心感受变化的词语。

"大炕"之大俗和"交响曲"之大雅相互交织，是作者生活和情怀的完美结合。

干系。那时候的干部讲究"三同"：同吃、同住、同劳动，在农家吃派饭、睡土炕是经常的事儿。关于炕的记忆成了我脑子里永存的一卷河套风俗画。

概写一笔，既是承上，又同时启下，引出下文的故事。

有时候到村里采访也会住在社员家里。一次住在一个五十岁的老光棍儿家，我们聊得投机，他突然说："今天我给你做一碗疙瘩汤喝。"这是北方产麦区最普通的饭食，我小时候母亲就常做。将面粉放在碗里洒少量的水，拌成半干的碎片，均匀地撒入滚开的锅中，所以又名"拌汤"。但是无论什么样的高手，手拌的面入锅后仍会面疙瘩大小不匀，这真是一道不解的"哥德巴赫猜想"难题。想不到今日它被破解在一个土炕上的光棍儿手里。

用专业的、理性的数学名词，来诠释生活的、感性的手拌面疙瘩。作者的散文中，常有这样不同领域的"杂糅"，充满谐趣。

只见他将拌好的半干半湿的面粉先不急于下锅，而是倒在案板上，用刀轻剁慢翻；再撒干面，再剁再翻。如此面疙瘩就可以细到任何你需要的级别。然后天女散花，下入滚开的锅内，起锅前倒入少许油泼葱花，满锅散打一颗鸡蛋，有异香。我得此奇方十分骄傲，从此凡家里要做疙瘩汤时，我立即抢入厨房，亲自操刀，乐此不疲。六年的河套生活，不知在土炕上捡得多少奇闻逸事和验方。

以此一笔收束，详略有致，虚实相间。

后来我成了家，夫人在县里中学教书，学校就拿出一间废教室，中间隔墙一分为二，为两个小家庭各盘了一个大大的土炕。这样我无论在家或出门都成了一个彻头彻尾的塞外炕上人了。

炕上家国

虽然我后来离开了塞上，但一生也没有走出土炕的影子。

我在《光明日报》当驻站记者时跑的还是乡村。北方的村庄孰能无炕？新闻就在炕头上。虽然《光明日报》以文化教育为主要内容，以高端知识分子为主要读者对象，但我的这些炕头新闻仍然敢与都市新闻一拼头条。

1983年7月，我到山西岢岚县保护区采访，回来时遇大雨。那时出门没有什么换洗衣服，进招待所后衣服拧一把水就放在炉子上去烤，再往灶膛里加一把火，人就直接钻到炕上的被子里了。两个县委通讯员也光着身子陪我说话，不知怎么就说到农村教育上去了。说现在的教材是为考大学设计，而农民子弟考大学很难，就干脆连初高中也不念了。县委认为应改革现行农村教材和教学体制。我一听，一个鲤鱼打挺坐了起来，在炕头披着被子就着炕桌，让他们继续说，随即整理成一份"群众来信"内参稿，立即发报社。

一个月后召开全国教育工作会议，我回报社值班。一天中午，报社教育部的朱主任突然推

门进来，高喊："今天咱们报纸可露脸了！上午
全国教育会议闭幕，请万里副总理到会讲话。他
说：'我就不讲了，这里有一份《光明日报》的
群众来信，我念一下，这就是我的意见。'"万
里念的正是我写的那个内参。第二天，内参公开
登上头条。有谁能想到，那稿子来自一方山中雨
后的热炕头上，小炕头直接连着大会堂。

　　中国的改革开放新时期是从农村开始的，风
起青萍之末，春江水暖"炕"先知。改革大潮，
"炕上窥变"可见一斑。

　　1980年，我到山西五台山下忻州的一个小村
子里去采访。这里出了一个奇人叫岳安林，他在
"文化大革命"前就考上清华大学，因为出身不
好又被退回到村里。我本以为我们从京城到塞外
已经够委屈的了，没有想到还有更不公平的事。
这事如发生在今天去跳楼也是有的。但岳很淡
定，回乡之后于"文化大革命"的乱烟之中，居
然静心研究农村科技，有点左宗棠落第还乡后再
不读经书，而修农、水、地理、军事等实用之学
的意味。他还自修了两门外语。等到乡村经济的
旧体制稍有松动，他就承包了公社养猪场，一年扭
亏，并创造了一套科学饲养法，用华罗庚优选法设
计饲养流程。

　　我是在猪场的大炕上采访他的。共三间房
三个大炕，一间他住，炕上堆满了饲料麻袋和书

这样的引用和化用，颇见文化功底。而聚焦于"炕"，围绕其大做文章，也是我们平时写作的学习方向。

仍然是"炕"。沿一条主线行文，紧致细密，视点集中。

本；一间炕头上烧一口大锅，兼作粉房；一间火炕的温度严加控制来做菌苗实验（当时市面上还没有温箱、冰箱之类的东西）。我惊喜于这个"深山藏古寺"和"草色遥看近却无"的发现。在这个猪场的土炕上住了几天，写了一篇《一个养猪专家的故事》，见报后收到五千多封来信，有不少人直接背着行李来取经。岳随即办了一个炕头养猪培训班，一下轰动全国。他本人也被破格从农民转为国家干部，直接任职科委副主任。有趣的是许多来信说，他们是在生产队饲养院的炕头上读到这张报纸的。还有人是去走亲戚，见到这张报纸时已经被倒着糊在炕墙（俗称炕围子）上，他是趴下身子头贴炕面，侧身读完并抄下全文来的。这篇稿子也获得当年全国好新闻奖。

> 如此场景，如在眼前，是那个时代人们求知若渴的写照。画面也让人忍俊不禁。

　　还有一篇头条新闻是写农民怎样自觉投入商品经济的大潮。当时农民苦于"极左"体制久矣，穷不堪言，苦无出路。晋南一个叫朱勤学的农民，躺在炕头上用一个半导体收音机听到北京市面上芝麻酱缺货，而当地盛产芝麻，他便做了一小罐样品，进京叩门问路。没想到一次成交，订了几个火车皮的货，带动全村一夜致富。真是，谁言三尺炕头小，春雷滚滚炕洞中！

> 用散句叙述，用骈句总结抒情，富于变化。

　　还有两个炕头人物，不能不表。山西神池县，为高寒风沙之地，山大沟深，去的记者很少。我曾进山在炕头上采得两个大写的人物。

> "得"字充满收获

一个是乡村女教师贾淑珍。十七岁嫁到这个只有二十户人家的小山村里。这里交通极不方便，到我们去的时候还没有通车，吉普车开到山脚下，我们手脚并用爬山而上。这个地方派不来教师，而孩子们也没法儿走出去上学。贾就在自己新婚后的炕上办了一个炕头小学，找了一块杀猪案板，从炕洞里掏了一把烟灰刷一刷就是黑板。这一办就是二十五年。这个大山深处的小村子因为有了她再没有一个文盲，全村三十岁以下的都是她的学生，还出了两个大学生、几个中专生。她自己有三个孩子，每次坐月子只休息七天就上课。她的孩子在不会翻身时用两个枕头压在炕头上，会爬身时就在墙上钉一根绳子拴着。再大一点就下地扶着炕沿走，看炕上的小哥哥姐姐读书。直到我去的前三年，村里面才为学校盖了三孔新窑洞。但仍然是在炕头上教学，有四十二个学生。我说给大家照张相，孩子们就一窝蜂地跳下炕，争着在地上找自己的鞋。

我盘着腿在炕上采访，窗户上有一盆红色的石榴花。窗外一只大红公鸡，隔着玻璃咚咚地要啄吃那红花绿叶。公鸡、红花，一群叽叽喳喳的娃娃。到哪里去找这样的炕头授课图？这就是中国的乡村教育。我在写这篇文章时，又逢一年一度的高考，全国的应届考生已是一千万。传媒总是热心报道那些大城市里赶考的壮观场面，关注

的喜悦，也饱含着对"大写"的人物的敬重。

这是对"交通极不方便"的具体阐释。

跳下炕找鞋，是极具地方特色的场景。艰苦中见乐观，乐观中又不乏诙谐。

诗意化表达的背后，是内心的赞许。

出了几个高考状元。有谁知道这深山里还有一所炕头小学，还有一个将青丝熬成白头的乡村女教师呢？正是她们用柔弱的肩膀扛起了中国农村教育的大梁。

还有一位更神奇。这个县有个八角村，一个农民在六十五岁那年组织了七个平均年龄已经七十一岁的老汉，进山栽树。我采访时他已经八十一岁，先后有五个老人已经离世。十六年，这七个老人共打起了三十六座土坝，绿化了八条沟，仅过去一年间伐树木的收入就为全村每家买了一台电视机。说到水土保持，我们立即会想起那些大水库、国家防护林，而在这里我真切地看到他们手植的绿柳白杨，已经淤积了两米多高的泥沙。近几十年来黄河下排的泥沙量已经减少了一半，有谁想到其中还有几个乡村野老之功呢。

最感人的还不是数字，而是在他炕头的一席谈话。他的小院共有三间房，老伴去年已经去世，现在就剩下他孤身一人。那天我们盘腿坐在正房的土炕上聊天。老人赤脚布衣，满脸沧桑，却笑声朗朗。手中拿着一杆晋北农民常用的铜头长身烟杆儿（比前面说的河套羊棒长约两倍）。他说："我就是栽树的命，老伴儿走了，女儿接我进城，我不去。"一边又用烟杆敲着墙说："我的棺材已经备好，就摆在隔壁的炕上，哪一

与"大水库、国家防护林"对比，"绿柳白杨"彰显这几位"乡村野老"的功勋。

以笑声、语言、动作，来展现人物潇洒超然的精神风貌。

天树栽不动了，躺进去就是。"然后点上一锅旱
烟，慢悠悠地喷出一口白雾。

　　我大惊，这等以命相许的故事，只有在战
场上才会有。《三国演义》中庞德大战关羽，
身后抬着一个棺材；历史上左宗棠收复新疆，
曾带棺西行。可现在，我却在一个普通农家的
炕头上，听着这位八十一岁老农以烟杆敲墙说
棺材，笑谈生与死。谁说农村炕头上尽是些老
婆娃娃、芝麻绿豆的事儿，且听一个劳动者怎
样谈生命的价值。老人姓高名富，我建议县里
为他和这个群体立一块碑，并当即为报纸写了
一稿《青山不老》。二十五年后这篇文章被收
入人教版的语文课本，现在已经使用了三十多
年还印在书上。其余在炕头上采访过的农村英
才、奇才更不知多少，多为农村医生、农技
师、乡间知识分子，等等。一次在晋南曲沃县
的一个乡村私人小医院里竟碰到一个曾为一个
木匠成功做了断指再植的农民医生。时我正有
小病，就以身试刀，躺在他的土炕上住了七天
院，然后完璧返城。

　　等到我退休之后，再不为记者的使命所累，
而因文学采风作乡间自由行时，仍见炕生情。在
陕北旅行，几乎每一个炕头上都有动人的故事。
彭德怀率军与多于我方十倍的敌军周旋。他躺在
窑洞的土炕上，听着头上胡宗南士兵的脚步声，

却临阵不慌。沙家店战斗，一口吃掉敌人六千。而在佳县窑洞里的一个土炕上，毛泽东深夜工作，饿急了，只好拿红枣充饥。第二天，警卫员收拾房间，只见地上满是枣核和烟头，而炕桌上却有一篇新写就的《中国人民解放军宣言》。西柏坡村的小土炕更是神奇，毛泽东从这个炕头上发出了一百九十七封电报，指挥了三大战役。这里被誉为中国革命的最后一个农村指挥所，再具体一点说是最后一个土炕指挥部。当时的五大领袖：毛泽东、周恩来、朱德、刘少奇、任弼时，全是南方人。他们小时也都从未睡过土炕。然自南方兵败之后长征北上，转危为安，节节胜利，盖因睡土炕而接地气乎？神奇的土炕，真是"既下得厨房，又上得庙堂"，小戏、大戏都能唱。

有一年我到青海湖边采访王洛宾的旧事。高原气候寒冷，虽是盛夏仍然要烧炕，我是盘腿坐在土炕上完成采访的。当年王洛宾就是因为在一个车马店的土炕上，看着灶口的火光，听着老板娘美妙的歌声，一念心动留下来采风，才有了那首名曲《在那遥远的地方》。我盘腿在炕，口问笔录耳听，面前的尕妹子唱着一首又一首的"花儿"，好像泉水淙淙，永远也淌不完。外面微风过野，雨声潇潇，你不能不承认这大炕就是一张生发艺术的温床。

我又想起民歌里许多与炕有关的唱词："烟

由家而国，由个人经历而至领袖故事，题材渐写渐大，情感也变得阔大厚重。

尕（gǎ），年纪小。

锅锅点灯半炕炕明，酒盅盅量米不嫌哥哥穷。"
而李季、贺敬之这些大诗人更是直接从土炕上走
出来的。李诗"崔二爷怕得炕洞里钻"，贺诗
"米酒油馍木炭火，团团围定炕上坐"，这些诗
句从娘胎里就带着土炕味。我去看过中国最东北
端的大炕，不但大而且还有俄罗斯壁炉的味道。
而我看到的最大之炕要数南疆的民居土炕了。一
间屋子里，炕就占了一大半。全部待客、宴请、
喝酒、唱歌、吃手抓羊肉等，都是在炕上进行。
幸亏我炕上生炕上长，会盘腿坐炕，由此也与维
吾尔老乡拉近了感情，听着《十二木卡姆》欢快
的弹拨乐声，心都快要飞了起来。炕上铺着大红
毯子，三面墙上都是五彩壁毯，斑斓夺目，如置
身在卢浮宫中。

　　中国的大炕从黑龙江一直铺到西藏，真是一
炕跨东北、华北、西北，过中原，下西南，温暖
了大半个中国。我们常说一方水土养一方人，这
一方土炕养育了多少中华儿女，书写了多少惊天
动地的篇章。

炕之消失

　　我退休后机缘巧合下在郊外拥有一个农家
小院，第一件事就是亲手盘一个土炕。炕的结构
我早已烂熟于心，其诀窍全在抽风、过火与储热

由与炕相关的故事，到与炕相关的唱词，是"土炕"文化深入人心的印迹。

议论式抒情，表达出作者对中国大炕的深厚情感和热烈赞颂。

里。炕不可太高，高则坐时吊腿；不可太低，低则屈膝，且压灶不能抽风。灶炕相连，灶高九砖，炕高十一砖；地面到炉条四砖，炉条到烟道又五砖。自然抽风，力大无穷，加一小铲煤，火苗上蹿，砰砰有声。

炕内的结构有九转连环型，即用砖砌成烟道来回折返；有满天星斗型，即以砖块无规则地散布炕内，烟火游走其中，如云漫山头。炕离灶最近处为炕头，而末梢的烟道处名"狗窝"，如狗盘卧之状。烟囱藏在墙内通向房顶，至少要高出屋脊三尺才便于抽风。总之抽风要好，散热要匀，才是好炕。土炕还有一个高贵的品质，就是七八年之后，经火烤烟熏，吸柴草之精华，就自然变成一车上好的肥料，又全部回归农田。这真像一个高尚的人贡献了一生却不留骨灰。

我扬扬得意地盘了一炕，于秋凉夜静之时，身下其暖融融，窗外明月在天，赛过神仙。白天则置一小炕桌，读书、喝茶皆宜。曾得诗一首："满院梧桐一亩田，三分耕读七分闲。卧听竹影打西窗，闲看白云过屋檐。"抄于友人，故问何人之诗？答曰：好像是王维的吧？我抚掌大笑。吾炕竟有王维辋川山庄之意矣。

但是好景不长，京城人口剧增，环境压力增大。连郊区也禁烧木材煤炭了。无柴无煤，哪有烟火？无烟无火，还成什么炕？就是一堆冰凉的土。越数年，我只好悻悻地亲手拆了这盘土炕。

曾经伴随着我度过两个童年和断续一生的土炕，只能永远地存在于梦里了。

刘军梁　　点评老师

河南省郑州市创新实验学校教师，曾获"语文报"杯全国微课设计特等奖，河南省优质课一等奖。

河套忆

白居易忆江南，最忆的是红花、绿水、桂子、芙蓉。我却常想起西北的河套，想那里的大漠、黄河、沙枣、蜜瓜。

1968年底，我从首都的学校毕业后被分配到内蒙古西部的一个小县里，迎接我的是狂风飞沙，几乎整日天地混沌朦胧，嘴里沙土不绝。风头过来时，路上的人得转过身子，逆风倒行。那风也有停歇的时候，一天，我们几个人便乘了这个难得的机会，走出招待所，穿过那些武斗留下的残墙断壁，到城外去散心。只见冰冷的阳光下起伏的沙丘如瀚海茫茫，一直黄到天边。没有树，没有草，没有绿，甚至没有声音。在这里好像一切都骤然停止。

我们都不说话，默默地站着，耳边还响着上午分配办公室负责人的训话："你们这些知识分子在这里自食其力，好好改造吧。"知识就是力量。我们这几个人本是有力量的，有天文知识、化学知识、历史知识，可是到哪里去自食其力呢？眼前只有这一片沙漠，心头没有一点绿荫。

春天到了，我被派和民工一起到黄河边去防汛。开河前的天气是阴沉低闷的，铅灰色的天空，像一口大锅扣在头上，不肯露出一丝蓝天。长长的大堤裹满枯草蓬蒿，在风中冷得颤抖。那茫茫大河本是西来，北上，东折，在这里绕了一个弯子又浩浩南去的。如今，却静悄悄的，裹一身银甲，像一条沉睡的巨龙。而河的那岸便是茫茫的伊克昭沙漠，连天接地，一片灰黄。我一个人巡视着五六里长的一段堤，每天就在这苍天与莽野间机械地移动，像大风中滚动着的一粒石子，我的心也像石头一样地沉。我只盼着快点开河，好离开这忧郁的天地。

一天下午，当我又在河上来回走动时，眼睛突然一亮，半天上云开一线，太阳像一团白热化的火团，挤开云缝，火团旁那铅块似的厚云受不了这炽热，渐渐由厚变薄，被熔化，被蒸发。云缝越来越宽，阳光急泻而下，在半空中洒开一个金色的大扇面。这时远处好似传来隐隐的雷鸣，我的心激动了，侧过耳朵静静地听着，声音却好像是从脚下发出的。啊，老河工说过，春气是先从地下泛动的。

忽然我又发现，不知何时，黄河那身银色的铠甲裂开了一线金丝，在渐渐地扩宽。那是被禁锢了一冬的河水啊，正在阳光下欢快地闪出软软的金波。不一会儿偌大的冰河就破碎了，浮动精神。将黄河冲开禁锢之后的舒展、奔放、阔大、汹涌一展无遗，无不传递着作者情难自禁的喜悦之感。

了。黄河伸伸懒腰苏醒了，宽阔的水面漂着巨大的冰块，顺流直下，浩浩荡荡，像一支要出海的舰队。那冰块相撞着发出巨大的响声，有时前面的冰块流得稍慢一些，后面的便斜翘着，一块赶一块地压了上来，瞬时就形成一道冰坝，平静的河面陡然水涨潮涌。北国的春天啊，等不得那柳梢青绿，墙头杏红，竟来得这样汹涌。

不知何时，堤外的河滩里跑来一群觅草的马，它们狂奔着，嘶鸣着，一会儿吻吻地下的春泥，一会儿又仰天甩着长鬃。我被感染了，不禁动了那在心头关锁了许久的诗情，轻声咏道：

诗句连同上面写马的句子，都是曲笔。处处是写马，却也处处是写人——此为正衬。

俯饮千里水，仰嘶万里云。
鬃红风吹火，蹄轻翻细尘。

我的心解冻了。

春天过后，我们被分配到一个生产队去当农民。每天担土拉车，自食其力。生活是单调的，但倒也新鲜。书全都锁进了箱子。我从头学着怎样锄草、间苗、打坷垃。我已学会用一根叫"担杖"的棍子担土，学会不怕膻味吃羊肉汤泡糕，还知道酸菜烩猪肉时最好用铜锅，那菜就越煮越泛出鲜绿。高兴时也去和放马的后生们一起骑上马在草地上狂奔，只是不敢备鞍，怕摔下来挂了镫。晚上也到光棍儿房里去听古，有时也能凑上

此时的"自食其力"，与前文呼应，可见人物心境已大为不同。

看似极烦琐之笔，却是极俭省之笔。生活之单调，生活之新鲜，"我"从排斥抵触到欣然接受，流露的是自我的觉醒和深情。

去开几句粗野的玩笑。

一次，我从牧人处得到了一个黑亮的野黄羊角，竟用心地雕起烟嘴来。渐渐地，我们的饭量大了，胳膊腿粗了，只是不怎么用脑了，对箱子里的书也渐渐淡忘。只有偶尔开会夜归，抬头望天，学天文的就指给大家，那是"牛郎"，那是"织女"。抱把柴火蒸馒头时，学化学的就挽起袖子来兑碱，算是我们还有一点知识。

夏初的一夜，经过一天的劳累，我在泥壁草顶的小屋里酣卧。一觉醒来，月照中天，寰宇一片空明，窗外的院子白得像落了一层薄霜。不知为什么，我不自觉地动了对北京的思念。这时的北海，当是碧水涟涟，繁花似锦了。铁狮子胡同里我们那个古老的校园——那里曾是鲁迅先生不能忘却的刘和珍君牺牲的地方——这时那一树树的木槿又该用她硕密的花朵去遮掩那明净的教室。图书馆的楼下一定也泛起了一阵阵的清香，那满园的丁香应该已经开放了。和着月色，我忆起宋人的诗句，"暗香浮动月黄昏"。这样不知过了多久，便又在一种浮动的暗香中蒙眬睡去了。

翌日，我起来扫院子，鼻间总有一种若有若无的清香。我怀疑还是昨夜的梦，但这香又总不肯退去。原来沙枣花已悄悄绽开。我拉着扫把伫立着，房东大爷看见了说："后生，想家了吧，春过了，你们也该走了。"我说："大爷，我们

触景生情，却也是情由心生。

注满作者的联想，更注满作者的情思。

文章开头由听觉写起，此时却转向嗅觉。花香昭示人物心境的转变，也含蓄诗意地表达自己渴望回归故土的意愿。

不走了，就在这里当一辈子农民。"不料，他胡子一抖，脸上闪过一丝不快，连说："那还行？那还行？"

一年后，我们自然是分配了，工作了，各自去自食其力了。去年夏天，我们这一伙河套人在北京的一个朋友家里小聚。主人说要给大家吃一件稀罕物，说着便捧出一个金黄如碗大的东西。众人一见，不禁齐声惊呼："河套蜜瓜！"在北京见到这种东西，真如他乡遇故人，席间气氛顿时活跃。瓜切开了，那瓤像玉，且清且白，味却极甜，似糖似蜜，立时香溢满室。

老朋友们尽情畅谈，经过那场沧桑之变，各人终于又走上了自己的路。大家诉说着，互相安慰、祝贺、勉励。当然，也少不了忆旧，又陶醉于河套平原那迷人的夏夜、火红的深秋，最后自然又谈到桌上的蜜瓜。那样苦的地方，怎么能产出这样好的瓜呢？我们这些在那块土地上生活过的人自然知道，正因为经历了那风沙、干旱和早晚极悬殊的温差，这瓜里的蜜才酿炼得这样甜、这样浓。事物本是相反才能相成的。

河套，我永远不会忘记那个我刚开始学步的地方。

再次点出"自食其力"，落在实写上。数次点示，含义各有不同，自有让人会心一笑的美妙。

将之称为"故人"，佐以香甜的味觉，回首那段苦难时光，沉淀下的是隽永难忘的青春岁月。

叙中有情，情中有理。"苦"与"甜"的滋味对照，是作者深沉的人生感悟，富含哲理，给人启迪。

呼应题目，收束全文。

刘军梁　　点评老师

河南省郑州市创新实验学校教师，曾获"语文报"杯全国微课设计特等奖，河南省优质课一等奖。

吃　瓜

　　不知为什么，现在有一个网络流行语，把看热闹命名为"吃瓜"，那些看热闹的人就叫"吃瓜群众"。此瓜远非彼瓜，今瓜已非昔瓜，这个瓜已完完全全地变异了，这倒让我想起当年吃真瓜的味道。

　　我八岁以前是在农村度过的，记忆中只有吃西瓜。那时农民以粮为命，土地以粮为本，在商品经济不发达的年代，西瓜不但是调剂生活的奢侈品，亦是一个乡村孩子记忆中的特殊风景。

　　我们那里种瓜不说"种"，叫"押瓜"或"压瓜"。小时候只记住这个发音，不知何字。汉字真有魅力，想来这二字都可。押者，未知也，押宝。因为一个瓜在剖开之前是不知好坏的，有点赌的味道，就如现在玉石市场上的赌石。压，也有道理，一是要压瓜秧，二是瓜地里要压沙。这是为了改变局部小气候，利用沙地午晚温差大的特点，瓜日长夜歇，易积累糖分。现在著名品牌宁夏硒砂瓜也是这个道理。

　　西瓜是不可能家家都种的，一般是一个

以网络热词引出话题，富有时代气息，激发读者阅读兴趣。点明"瓜"的不同内涵，引出下文，引发一段难忘的人生经历。

解释"种"瓜的两种不同说法和下文瓜棚的两种叫法，阐释形象，联想丰富，颇有趣味，充分体现出汉字的奥妙。

村或附近几村有一个种瓜能手，每年种几亩地供周边食用。而孩子们很会利用大人的爱心，在瓜地里放开肚皮吃瓜，直吃到肚子和瓜一样圆。还有更好的奖励是跟着大人去看瓜。到瓜熟季节，地里就搭一个瓜棚，白天卖瓜，晚上看瓜。要是哪一天晚饭后，有大人突然摸着你的脑袋说："要不要晚上跟我去看瓜？"那就乐得如现在说要带你去南极旅游。急忙抱起一个小枕头，抢先跑出门外，生怕被母亲抓了回来。瓜棚也是书面语，我们叫"瓜庵子"或者"瓜鞍子"。这也是口口相传，大约两个字都说得通。"庵"，是离人群较远的简陋小屋，如尼姑庵；又名"鞍"，因为瓜棚只作临时之用，四根木头，两个人字架，形如马鞍。不管"庵"还是"鞍"，都很传神。

如你去看瓜，乐趣在瓜外。后半夜躺在瓜棚里，凉风习习，天边银月如钩，田野里虫鸣唧唧。如再有幸看到远处夜行的动物，多半是狐狸，那两盏灯一样的眼睛直瞪着瓜棚，只这一点就足够你回去对小伙伴们吹上半年。有一次，我还赶上看十几个大人晚上挑灯夜战在地里掏獾子。不是闰土讲给鲁迅说的那种用叉子去叉，而是找见它的窝用水灌。被水灌出来的獾子肥肥胖胖的像一头小猪。大人们高兴地把它捆在一根棍子上抬着，说回去炼獾子油，这是冬天治手脚皲

把看瓜比作去南极旅游，写出去看瓜的无比惊喜与难得。"急忙、抢先"两个副词分别修饰动词"抱起、跑出"，把孩子的欢腾雀跃、急不可耐表现得淋漓尽致，充分写出了看瓜的乐趣。

总写一笔，领起下文。语言整齐对称，富有韵律美。"凉风习习、银月如钩、虫鸣唧唧"三个四字词语状写夏夜瓜地环境，凝练贴切，富有诗意，渲染了安宁恬静的氛围，刻画出优美惬意的田园风光。

裂的秘制润肤膏。不过乡下还有比这更简单、更高级的润肤品，那便是遍地都有的麻雀屎，涂在手上滑润细腻，是绝好的养颜之物。雀屎涂手，这好像不可接受，但是当今上流社会喝的猫屎咖啡不是比这个还过分吗？自然与人真是一团解不开的谜。

　　我的第二次吃瓜高潮是刚参加工作后不久。大学毕业，在当时"到边疆去"的口号鼓舞下，我热血沸腾，就来到内蒙古巴盟，乌兰布和沙漠的边缘。此地别无所长，唯产一种叫"华莱士"的蜜瓜，据说是当年由一个传教士带进来的。金黄色，滚圆，比足球略小一圈，熟透后瓜瓤白中带绿色，如翡翠。它不像西瓜那样多汁多水，其肉呈果冻状，细腻浓香，闭上眼睛咬一口，还以为是在吃蜂蜜。吃过之后上下唇粘在一起，甜得化不开，要取清水漱口。多年以后，我在埃及遇到一种浓咖啡，喝时也要先准备一杯清水，以漱洗唇齿。瓜的糖分能多到这种境地，实在是令人匪夷所思。当地气候恶劣，浩浩乎平沙无垠，风起时尘暴蔽日，当面不见人影，白天烈日烤人，晚上又夜凉如水。我一个人背井离乡来到这个沙窝子里，举目无亲，聊以自慰者或给亲友去信时报喜不报忧者，唯有这华莱士瓜。现在早不用这个名字了，而叫河套蜜瓜。

　　当地还产一种三白瓜，大如篮球，白皮白

　　宕开一笔，巧妙勾连，丰富了文章内容，表现出自然之趣，能让读者感受到乡村生活的奇妙与质朴。

　　从颜色、形状、味道、质感等方面，细腻描绘记忆中的蜜瓜。多用短句，语流断续，每一处停顿都仿佛是作者在回味，引发读者驻足想象，如见其形，如品其味。

　　典雅的书面语凝练生动，极富表现力，描绘出当时生活环境的恶劣，反衬出华莱士蜜瓜带给自己的甜蜜。

瓤白籽。刚一切开，还以为是生瓜蛋子，但吃时水多汁，甜胜过红瓤瓜，却又多了一股如雪梨似的清香，别有一种弦外之音。还有一种冬瓜，不是东西的"东"，是冬天的"冬"，如农村土炕上的长条枕头那么大，并不是当菜吃的冬瓜。到晚秋时才收获，但并不着急吃，暂放到房内墙根处或水缸后面不去理它。到了冬腊月时，它早已悄悄化作一包蜜水，用手轻轻拍一下，能看到瓜皮下汁水的流动。这时不能用刀了，要用一个空心草杆吸食。外面飞雪团团，屋内炉火熊熊，盘腿坐在滚烫的热炕上，吃完白水煮羊肉，浑身冒汗，甩掉老羊皮袄，小心捧过一个冬瓜，吸一口凉透肺腑，甜到心底，霎时间如身生轻功，耳聪目明。

又两年，这里有了生产建设兵团，引进了一种泰国瓜。从形状上看，它彻底颠覆了瓜的概念，不是圆球形，而是一个长棒子，大约有两握之粗，二三尺之长，表皮油光黑亮，里面是暗红色的瓤。到地里摘瓜，不是抱瓜，而是在肩膀上扛一条瓜。吃时要切成一段一段平放桌上，如一块块圆形蛋糕。

其实，忆吃瓜最忆是吃法。现在城里人吃瓜或宴客餐后上的瓜都是切成碎块，以牙签取食，而真正的好瓜瓤沙汁多是经不起牙签一挑的。我们那时在地里吃瓜都是一刀两半，半个瓜

运用叠词，将室内外环境进行鲜明对比，画面感十足。"甩掉、捧过、吸一口"几个动词连用，如电影镜头，展现了地域特色，表现出冬瓜带给人超越味觉的无限享受。

"不是……而是……"构成对比，突出泰国瓜的奇异；连用两组"不是……而是……"形成复沓效果，反复强调，惊奇之情溢于言表。

自然过渡，由看瓜之乐、品瓜之趣，写到吃瓜之法。从行文节奏来看，前文紧锣密鼓，

端在手里，用勺子挖着吃。我在瓜季下乡时经常在包里揣一把勺子，不为吃饭，而为地头吃瓜。就像是端一个大海碗蹲在老槐树下吃午饭，有一种吃的气势。当地吃什么都是大碗。肉是连骨剁块，煮熟后堆在碗里。有一次我到乌梁素海（当地称湖为海）采访，招待所里吃鱼，竟也是满满地每人一大碗，如冒了尖的粮堆。我以后走遍全国，甚至出国去，这样大碗吃鱼是唯一的一次。北地民风淳厚，可见一斑。

各种奇异的瓜接二连三写来，用笔"密"；从这一处开始，语句舒缓，长句较多，用笔"疏"。叙述疏密有间，读来颇有故事的起伏跌宕之感。

后来还有一次痛快地吃瓜，那已经不是西瓜，而是哈密瓜了。1983年到新疆，在石河子采访时正赶上国庆节，团场招待所的大院里就剩下我们两个北京来的小记者。主人不好意思地说，放假了招待不周，吃好瓜不想家，就往我们的房间里倒了一大麻袋瓜。近半个世纪过去了，天山秋色全不记，唯留瓜香唇齿间。

"最忆"吃瓜之法，实为怀念民风之淳厚。

离开巴盟四十年后我回去过一次，又吃了一回华莱士，但已全无味道。问起冬瓜、三白瓜、泰国瓜，当地人直摇头，似从未听说过，我倒像是桃花源里出来的人，尽说些远古的话。后来也去过一次新疆，在国宾馆里吃切成小牙的哈密瓜，味同黄瓜。至于在北京更是吃不到当年的那个味道了，常百思不得其解。人说世界之变如沧桑，一块瓜里也沧桑啊！

后来找到了两个原因。一是今瓜已非昔

俗语和诗句错落，文白相间，雅俗交融，既写出当地淳朴热情的民风，又表达出作者对那时、那地、那人的深切怀念。

瓜，食用瓜早成了商品瓜，要产量，追化肥，上农药。二是地头瓜变成了城里瓜。对瓜来说离地一天，味减一半，暗失美感。原来人与瓜的初恋只能在瓜地里。物理学家玻尔与爱因斯坦争论测不准原理。他说："比如你去测海水的温度，实际上得到的已是海水加温度计的温度，海水的初始温度你是永远测不到的。"所以海南人吃椰子，过午不食，只吃上午在树上新摘的。但椰一离树，原味便无，也只能是一个原味的近似值。世间之物瞬息万变，人生许多美好只能有一次，过后便只好保存在记忆里了。于是就想到城里人的可怜，千里之外你还想吃到好瓜？也只配做一个"吃瓜群众"了。南宋词人蒋捷有一首《虞美人·听雨》，回味人生不同年龄段时听雨的感觉，吃瓜何尝不是这样，遂仿其调填《吃瓜》一阕：

　　少年吃瓜瓜棚中，枕瓜听虫声；青年吃瓜边塞外，大漠孤烟，味浓伴豪情。

　　而今吃瓜高楼上，淡而无味也；风沙瓜香都无影，侧耳遥闻闹市车马声。

以测量海水温度、海南人吃椰子与吃瓜进行类比，并从中领悟到人生哲理，耐人寻味，启人深思。

填词总结全文，巧妙点明文章主旨。忆吃瓜，实乃忆美好的童年岁月、难忘的塞外风情。世事沧桑，遗失在车马喧嚣中的，不止是瓜香，更多的是人与自然相融相亲的关系与情感。

附：蒋捷原词《虞美人·听雨》：

少年听雨歌楼上，红烛昏罗帐。壮年听雨客舟中，江阔云低，断雁叫西风。

而今听雨僧庐下，鬓已星星也。悲欢离合总无情，一任阶前，点滴到天明。

孙秋备   点 评 老 师

河南省许昌市襄城县斌英中学高级教师，省学术技术带头人，省教学标兵，曾获省优质课、省优秀成果一等奖。

圣弥爱尔大教堂

两个比喻，形象写出教堂之高及色彩之明艳。

青岛是美丽的。在海边回望全城，散于山坡上的房子，五彩纷呈，形态各异。其中最吸引我的是圣弥爱尔大教堂。它那两个高耸着的尖顶，如鹤立鸡群，那殷红的色彩，在绿树之中犹如一束明艳的火把花。我不能满足于远眺，便托熟人帮忙，想到里面去看个究竟。

作者用视觉上的广远极言教堂之高，以至于伸入蓝天中的十字架都变得小而远。同时，动词"撕挂"赋予静态的十字架以动感。

用大家熟悉的古庙旗杆与佛殿尖塔作类比，令人自然感受到十字架的肃穆庄严，体会其引发情绪共振的宗教力量。

青岛是山城，车子上坡下坡，七拐八拐，在一个巷子里停了下来。下车仰头一看，眼前的教堂如一座壁立的大山，双峰并峙，峰顶的两个十字架在蓝天中，渺渺然，撕挂着流云，刚才远眺时心中所起的轻松突然被肃穆庄重所代替。我不信教，但我不能不惊叹这建筑的艺术魅力。如中国古庙前的旗杆，如佛殿殿脊上的尖塔，这种抽象的装饰总把人引入特定的空间，让你去与某一种情绪共振。

陪同的人说，今天不是星期天，一般不接待参观，他先派人去请神父，然后指着那两个半空中的十字架说："'文化大革命'时，红卫兵把它们割了下来，当时我到现场看过。别看在空中不怎么大，躺在地上长宽四点五米，有一间房子大呢，后来重修时是用直升机吊着焊上去的。"这座教堂长八十米，高六十余米，占地两千四百七十平方米，在全亚洲也是数得着的大教堂。

神父出来了，是一位清癯老者，衬衣外面套一件干净的灰背心，略微谢顶，一脸和善。他领我从东侧门进入教堂，推开笨重的大门，右手石墙上镶着一个石碗，盛着半碗清水。他伸手以食指蘸水在额上略点一下，我们开始在大厅内漫步。

大厅高十八米，如一个旧式大礼堂。前面有讲台，讲台拱顶上画着宗教壁画，是些圣母、教徒、小天使，色彩绚丽和谐。台上摆着些祭品之类，灯光通明，绝无佛殿道观那种阴暗之感，无论从建筑风格还是从宗教用品上说，资本主义比封建时代是进了一步。我在内蒙古看过喇嘛庙，那油黑的皮鼓，长如一人的大喇叭总有一种原始的神秘。

我问这个讲台做何用处。神父说："做弥撒用，这是我们的宗教仪式，每天早晨一次，星期天三次。"我回过头，厅内是一排排长条椅。靠前面几排的跪板上有小棉垫，看来是常来的教徒的，他们都有固定的座位。厅后二层楼上有一大平台。神父说："那上面是唱诗班站的地方。原有一个极大的管风琴，全世界只

"领、推、伸、蘸、点"，一组动词将清癯、和善又虔诚的神父形象带到读者面前。跟随这一系列动作与仪式，读者也与作者一起进入参观教堂的情境中。

运用对比手法，写出教堂的建筑风格和宗教用品在色彩上明丽和谐的特点。

有四架。1956年苏联一位音乐教师慕名专门来探访，也是我陪他参观，他弹奏之后赞叹得很。'文化大革命'中也被红卫兵砸了。"说完他又不停地惋惜。我说："那现在用什么伴奏？""用雅马哈电子琴。"我们都不由得笑了起来。这古老的教堂总是挡不住新东西的渗入，不管它是因为什么。

有两个地方引起我的好奇。一是厅前左侧有一个与地平齐的石棺。根据我浅薄的经验，推想这里埋着这座教堂的建筑师。那一年我在国外一个教堂里就曾遇到此事。神父说不是，原来这里埋的是创建这教会的第一位主教。这教堂的前身是海边一间油纸铺顶的小屋，后改为一间瓦房，是德国入侵时的产物。1932年才动工扩建，1934年完工，就是现在这个样子。我默算了一下，1897年德国入侵青岛，1914年已被日本人赶走。这教堂怎么还能继续修建呢？神父说当时德军撤了，德国主教并没有走。我默然了，我苦难的同胞，其时国破家亡，身处水深火热，何有财力心力修此辉煌的工程呢？但确实是我中华大地上的民脂民膏，其中相当一部分还是教民牙缝里的自愿节余。

我仰望这教堂灿烂的穹顶，惊叹上帝的力量，宗教的麻醉果然更胜刺刀的镇压。日本人坚决地从青岛赶走了德国人，却又聪明地留下一个

富有哲理。古老的教堂在历史变革中挡不住新事物的渗入，无论这种新旧更迭是以何种形式。这里有细微的讽刺，也有洞明世事的豁然开朗。

作者用"推想"留下悬念，引入个人经验，丰富了文章内容，使叙事起波澜。

从油纸铺顶的瓦房，到现在这个样子，简洁准确的叙述明写教堂建筑形制的发展，暗写宗教在青岛渗透的过程。

"默然"里流淌着深挚、强烈的情感。作者由教堂的修建历史，联想到同一时期国家和人民的遭遇，表达出对苦难中国与苦难同胞的悲悯之情。

叙述逐层推进，情感由对宗教建筑的赞美、惊叹，转为对其"麻醉"民心的批判。

主教，还在两年之内就帮他修成这座教堂。但是
那个石棺中现在也已空空，已故主教大人，也在
"文化大革命"中被红卫兵掘出，抛尸荒野了。
这真是一出历史的闹剧，挖坟鞭尸，是伍子胥
的发明，帝国主义的侵略遇上了封建式的狭隘报
复。这石棺对面还有一空棺，是留作葬这教堂里
的第二位圣人的，还不知下回如何分解。

大厅两侧各有两个木制小橱，状如庙里的神
龛。橱两侧各有一窗，窗下有小木凳。原来这就
是忏悔的地方，神父坐在橱内"垂帘听罪"，教
徒跪在外面解剖灵魂。我还是第一次见到这种实
物实地，大为新鲜。我说："教徒什么时候来做
忏悔？""随时都可，教堂里住有神父，我们这
些人是一辈子不能结婚的。"

我倒又生了疑问：神父没有家庭，他怎么
能懂婚姻家庭方面的事，怎么会有情海欲火、恩
恩怨怨方面的体验，怎样对症下药帮那些诸如
犯了"第三者"罪的人赎罪呢？不过我问出口的
是："教友肯说心里话吗？"神父笑笑："昨天
陈香梅女士来参观也提这个问题。"我记起报上
登的陈香梅（美籍华人，当年美国空军飞虎队队
长陈纳德的遗孀）这两天正在本市访问。看来
提这种问题的人都是圈子外的人了。诚则灵，
不说实话是心不诚，死后灵魂就不能升天。要
灵就必诚，不怕他不自觉。我想起在峨眉山、

至此，穹顶的"灿烂"不仅是宗教建筑艺术的彰显，更是危难时期民脂民膏与同胞血汗的永恒标记。

"原来这就是"有惊讶，更有不屑。作者化用"垂帘听政"一词，不仅形象化地点明忏悔的形式，也一语双关地讽刺所谓"忏悔"的虚伪、愚妄。

几个连续的反问，对宗教仪式的意义继续进行追问。层层递进，质疑有力。

五台山见到的香客，他们在崎岖的山路上负重苦行，在佛像前五体投地式地叩头。眼前小橱外的跪凳上似乎闪出一个哆哆嗦嗦、双肩抽搐、双手扪面的女人身影。

从教堂大厅里出来，外面阳光灿烂，我又仰望了一会儿这座通体深红、指向蓝天的双峰高塔。它的确够得上当地建筑史上的一座丰碑。我想起在国外看过的几个大教堂，莫斯科红场那个大洋葱头造型的教堂，圣彼得堡十六根花岗石巨柱的伊萨基辅教堂，印度九瓣莲花形大同教堂，这些都以建筑风格独特而闻名。我甚至怀疑建筑师是借题发挥，满足自己的创作欲。

从教堂院子里出来，我开门上车，发现刚才丢在车座上的西服上衣不见了。下车时我曾动了一念是否要把车窗摇上，一想司机在车上也就算了，果然就这一念之差出了漏洞。司机也大呼上当，他们只到五步之外的门口说了两句话，可见偷者的高明。幸好衣袋内不曾装一分钱。下坡时，我又探出车窗，我想这小偷每天在这教堂外做活儿，肯定也得空进去看过那赎罪的小橱，不过他不信，这也是一种解脱。

下山时我又探出窗外回望一下这神圣的教堂，心中不由得闪过一丝微笑。你看，建筑师假借这教堂创造自己的艺术，神父在教堂内布道，教徒在跪凳上忏悔，小偷则在教堂外自由潇洒地行窃。大家都守定自己的宗旨，心诚则灵。社会就在这种复杂的关系中共生共存。

回归教堂又跳出教堂，将视野和思考伸向更广阔的社会人生。

徐沙沙　　点 评 老 师

北京市第一〇一中学教师，著有散文集《总有些光，在不经意间偷偷照亮》《有种生物叫你的小孩》。

在青岛看房子

年末时，在青岛开了一个全国性的会。大家一到青岛，都说这里很美，连广州、厦门等沿海城市来的人也这么说。其实青岛的美，依我看就美在那些别有味道的房子上。

青岛的旧式建筑主要是德国式的，德国人在1897年入侵青岛后就做了永不离去的打算。殖民政策的目的当然是掠夺，占岛十七年间，他们掠走无法计算的财富，也在青岛营造了"安乐窝"，大约为了缓解思乡之苦，或者出于对自己传统文化的骄傲，他们造了许多德式原版的房子。之后，其他国的殖民者也在这里造本国味道的窝。所以青岛的房子人称"万国楼"，这里有二十四个国家风格的房子，无形中形成了一个建筑博物馆。殖民者在世界上许多国家都留有这种痕迹，这就如野兽奔走觅食，无意中将粘在身上的花种草籽带到他乡一样。

德国人在青岛最大的建筑有三处，即提督府、提督楼和花石楼，分别是提督办公、住家和渔猎休息的地方。这三处我都仔细看过，全都是一色花岗石砌成。提督府是政权机构，楼高墙厚，风格雄浑凝重。花石楼紧邻海边，孤高如堡，颇多野趣。楼下有一片小松林，在林间听涛声起落，看潮水来去，足可忘尘脱世。最可看的还是提督楼，1903年始建，1907年落成。据说这楼是仿德皇宫的样子缩水而成，是一座典型的德国古堡式建筑。

我参观时先环楼绕了一圈。楼高三十余米，共三层，底层和顶层都用糙石穿靴戴帽。窗户都有粗石镶边，窄而高的玻璃窗如两只深陷进去的眼，中间窗框上鼓起的石头活像德国人的高鼻梁。一层有客厅，厅内家具一如往日，橱柜上的商标证明这是皇室用品。客厅东有一花厅，全部玻璃天棚，内有喷水。

客厅北通舞厅，厅中央有一花篮吊灯，挑着三十八个灯泡，环壁有各式金属壁灯。最有趣的是小舞台两侧，各有一女子脸形的壁灯，头上伸出四枝花，挑着四盏灯。那女子本有一个面如满月的脸盘和俏美的高鼻子。"文化大革命"中红卫兵看不惯她这个洋人样，就踩成了扁平。鼻子让人踏过一脚，当然就不会好受，所以至今总是愁眉不展的样子。

这房子十分结实，墙厚一米，足可当碉堡来用。室内装修极豪华，室外野树杂花满坡绿风，树间还环坡散存着旧日监工护院用的废碉堡。

游人不经意时，目光碰上它那只半睁着的"眼睛"，会打一个寒噤，惊忆起这是中国劳工在刺刀尖下的作品，想起这楼里碉堡护卫下的淫乐。据说盖这房的第一任提督也未能享其福，因仿德皇宫又耗资太大，他被国会弹劾，楼未住，人先去。隔着历史的风雨，这些都已经模糊，但在今日明媚的阳光下，这建筑群却渐现出它的美学价值。就如一般人游颐和园，并不注重研究慈禧太后是怎样挪用海军经费的。艺术和政治毕竟不是一回事。

在青岛小住的几天内，看房子成了我的兴趣。晨起我穿行小巷端详这些异国来的"老外"，去摸它花岗石的墙，去数它窗楣上的瓦。

这些房子的美，首先在它们的造型，它们很少有如四方盒子或火车厢式的整齐划一的规格，轮廓少直线而多折线或弧线。屋顶无一平顶，或成哥特式的尖突，或成四棱四面的盔形。窗户很少开成方框，有的窄而细高，令你想起古堡的幽深；有的则鼓出一个兜肚，下圆上尖，像一滴半空中的垂露。屋顶则是一色的红瓦，瓦又不是如现代建筑式的平摆，或如中国宫殿式的斜铺，而是近乎垂直的立挂。建筑师在将要完成他凝重的花岗石作品时，又用鲜亮的红瓦来做一"头饰"，将房子齐额一包，就像一位红布包头的锡克族武士挺立在海边的绿树下。

借助游人视角，还原伤痛的历史，给人警醒。

这正对应了朱光潜先生说的："人对世界有三种价值观念：科学价值、实用价值和审美价值。"

对称的句式，朗朗上口。

"窄而细高"给人空间感，"肚兜"的比喻极具形象感，"古堡"一词想象深邃，喻体"垂露"给人清幽之感。

运用拟人、比喻的修辞，一栋极具特色的建筑跃然眼前。

有时我走得远一些，喜欢坐在海边的礁石上回望全城，但见群楼鳞次栉比，衬着如云的绿树，像一簇簇跳动的火苗，在蓝天碧海间又似一抹烧红的晚霞。其实，如果单说青岛的洋房就是比北京的四合院美，比水乡竹楼美，或也未必，只是骤然于我稔熟的土地上飞来异国的新奇之效，又难得我们这个胸怀大度能兼容并蓄的民族，将这种建筑风格的异国种子保留下来，在华夏土地上终于蔚成一城。青岛便得了一种他山之美，也就美得有了个性。

有时我从饭店的高楼上推窗俯视全城，这时一座座红房顶就变成了一块块平面的投影，无数块红手帕下面的人，绝没有想到他举着的屋盖在空中组合了这样一种美的图案。就如大型团体操的表演，我又不由得记起卞之琳的一首名诗：

你站在桥上看风景，
看风景人在楼上看你。
明月装饰了你的窗子，
你装饰了别人的梦。

青岛，你和其他城市一样生产、生活、建设，不经意中却装饰了多少人的梦。

我想一个城市的形成也如一处自然风景。我们有泰山的雄伟、黄山的浩瀚、九寨沟的神奇，

红瓦楼和绿树相间，色彩如画，美轮美奂。而"火苗、晚霞"的比喻，又给人燃烧的激情和希望。

不同的方位词，不同的景观语，正照应了那两句古诗"横看成岭侧成峰，远近高低各不同"。

以诗映景，哲理、诗情并存。不妨朗诵一下卞之琳的《断章》，加深对文章的理解。

排比、对比多种修辞手法运用。自然风物和人文景观交相辉映，

看似随意，实则在为下文做铺垫。

也有北京皇宫的辉煌、苏州园林的精巧和青岛这些房子的绚丽多彩。凡美好事物的诞生都必经过痛苦的折磨，你看哪座名山没有经过火的熔炼和水的切割。青岛在经过历史阵痛之后而育成的这种美，我们要好好地保存她。

回扣题目，照应开头，形成闭合结构，言有尽而意无穷，留给读者深深的思考。

张　娟

点评老师

广东省东莞市海德双语学校语文教师，全国作文教学大赛设计特等奖获得者，市级骨干教师。

印度土王邦寻旧

在印度旅行，一件有趣的事不可少，就是寻找那些土王的旧踪，在历史的烟尘里发现一点自己头脑中还没有存入的人和事。

印度南部的班加罗尔本就美得让新来者整日兴奋不已，而当你赞美当地的景致时，陪同却故意不以为然地说："明天到迈索尔去，那才真叫美呢！"从班加罗尔出发，西南行一百五十公里，便是过去的迈索尔土邦国，现在是一个小城。从公路上看开去，两边全是密密的椰林、油绿葱茂的菠萝蜜树和垂着黄鸭蛋似的果实的杧果树，而车子则是在一条大榕树搭成的绿胡同里钻行，不时这浓绿的凉荫中又会闪出一团热辣辣的火焰，耀眼光明，叫你在绿的沉醉中猛一惊醒。那是通体火红、不见绿叶的木棉树或火把树，行行重重，曲径通幽，更增加人的向往之情。

迈索尔到了，这是一片神秘的化外之地，土是一色的红壤，像一块无边的红地毯，而空阔中却玉立着一株一株的棕榈树，树下净无根草，树干通体洁白，拔地而起，到半空再展开她宽薄的枝叶。路边的房子，也都是红白两色，蓝天下绿树中如木偶小屋。这时一座洁白耀眼的城堡出现在天际，我一阵兴奋，驱车而至。原来这里还不是王宫，而是当年的英国总督府，现在作了旅游宾馆。这是一座两层楼的全大理石建筑，内外通体洁白，厚重雄浑。楼梯的扶手，宽得足可以躺下一个人。昔日的舞厅现在是大餐厅，玉栏雕栋，金碧辉煌。主人揭开一方地板，露出里面的弹簧机关，说："装了这些东西，跳舞时，随着乐声的急缓，舞步的快慢，地板就砰砰然地颤抖，真是享受的极致了。"当年总督夫人的房间如今已是客房，每晚收费四千卢比。房大约二百平方米，一英寸厚的地毯满铺过去，叠花压锦，吊灯是大理石的，真不知怎样雕成。澡盆也是老式样。一个长瓷盆，三边围着花玻璃屏风，马桶的踏脚和坐处有毛织厚垫。电话是瘦高细挑扁担式的老样子，通体镏金。总督的房间亦然，只是已改装过。我在楼上楼下走了一趟，恍如那些当年的英国贵族就在眼前，他们着燕尾服，打黑领结，如企鹅般挺胸腆肚；贵妇则袒胸露肩，长裙扫地，一会儿楼梯上飘上飘下，一会儿舞厅里吻手打躬。我才相信果然有这样豪华的场所来装下那些电影常见的镜头。一楼大厅一幅迈索尔二十四代土邦王画像，挂杖披衣大如真人，目光炯炯，透出一种英明聪慧之气，除了那一堆包头

虚实结合，写出了英国总督府的奢华，以及贵族阶层浪漫文艺的生活。

"飘"字极具表现力，展现了英国贵妇们如蝴蝶般轻盈优雅的姿态，韵味十足。

布外，倒也没有多少土味。

　　离总督府约五公里才是土王的王宫。总督府讲究大理石的纯白、线条的简洁，这里则追求金银的奢华、装饰的繁缛。王宫正面是一个前敞的二层大厅，约有排球场大，供商议大事、发布诏令和举行仪式之用。中间是王座，两边是大臣的席位，再两边墙上有窗格，是供王妃等女眷们躺在墙里窥看仪式之用，那时印度的妇女是不能随便露面的。厅下是广场，如现代大型体育场之广，是一般民众聚集之地，广场右侧有一寺，各种石雕神像叠床架屋地堆砌在墙头屋顶。厅的二层右侧是土王的起居室，内有意大利穿衣镜、比利时的银椅、捷克斯洛伐克的吊灯，而天花板则是缅甸柚木制成。右侧是土王与亲信大臣议事的小议事厅，正中是银大门，浮雕着许多宗教神像故事，唯王可以出入。与门相对是一个二百八十公斤的纯金宝座，厅侧之门为象牙硬木镶嵌，象牙拼镶之处如随手描画般自如。硬木的深红与象牙的纯白相映相照，热烈与娴静共处一平面之中。这两扇门于1934年曾送至美国芝加哥参加世界艺术博览，颇为轰动。正像中国古代艺术中秦始皇兵马俑、云冈石雕佛像、甘肃铜雕马踏飞燕、魏碑书法等许多艺术品已成美的典范却不知其作者姓名一样。我在这两扇门前伫立良久，怅然肃然，向那不知名的艺术家默默致敬。环视厅

　　作者在这里偷换概念，将"土邦王"的"土"换成"时髦"意义上的"土"，设计巧妙，幽默诙谐，增添阅读趣味。

　　一间起居室里聚集着来自世界各地的精品家具，作者在这里不仅是想表现王宫的华美、贸易的互通，同时更深层次地表现文明的互通。

　　将这两扇门与中国的兵马俑、云冈佛像、马踏飞燕、魏碑书法进行类比，强调其高超的艺术价值，成为美的典范，更为重要的是表达对其创作者——那些无名艺术家的钦佩和赞美。

内，那银门金座画有价，怎敌这无名艺人无价心，同时我也惊叹这一小土邦之王，辖地居民也不过我们国内一县之大，却有如此气派的王宫，真令人咋舌。

王宫最可看的是后宫，中有一天井式大厅，高如欧洲的圆顶教堂，数十根厅柱，全生铁铸成。此宫始建于1800年，1887年毁于大火，后又从英国请工程师花了四百万卢比重建，虽是封建式样，建筑材料却吸收了资本主义工业社会的文明。环中央大厅有一壁画长廊，共二十六幅，每幅约高二米，长三米，幅幅相连，画的是土王在宗教节日里举行游行的宏大场面。土王坐在一个由八十公斤黄金制成的御辇内，这金辇又放在象背上，象背装饰得彩披拂地，流苏摇缀，两只雪白的牙上还箍了两对宽大的金圈，驾象人坐于辇前象颈上，王在辇内英姿勃发，前后仪仗逶迤，万众山呼。前几天我在斋浦尔参观另一土王宫遗址时见过真正的象群，昔日王宫仪仗队的象现在正执行着驮游客上山的新使命。

印度在1947年独立前全国有五百多个土邦王。英国人统治时期还承认这些土王的权力，到独立后政府便取消了他们的割据，赎买了他们的财产。迈索尔小邦国的土王共传了二十五代，最后一位王叫马哈拉加，到1974年才去世，他的儿子现在还是这个邦的议员。中央厅的右侧辟有一

数字简单，而力量惊人，写出了后宫的宏大、奢华。这就是列数据的魅力，它的力度不是一般言语能传达出来的。

宕开一笔，又收回，在古今比较中写出了历史的变迁、时代的更迭。"旧时王谢堂前燕，飞入寻常百姓家。"

个小陈列室，展览着这位末代土王的收藏物。最多的是兵器，各种各样的刀剑中，有一把二百年前的古剑，薄而细长，可作缠腰之柔；有一种中国兵刃中没有的匕首，形如《西游记》中二郎神的三尖两刃刀，但手把上有小机关，刺中人后机关一开，两旁又炸出四个小刃，作用如现代子弹中的"炸子"；有一四指钢爪，套在手心里，不防捏人一把，能致骨碎，属暗器一类。

兵器室里面又有一室陈列的是王的猎物标本。看来这个末代王在气数将尽之前纵情游猎，行踪遍及欧亚非各地，每有猎获就将其中硕大者制为标本，其意大约是记功扬威。封建君王巩固统治的主要手段便是一个字：杀。不杀人时就杀兽，总之要杀气常存。在中国史书中每朝都有皇帝行猎的记载，如有亲射得重大猎物者必恭录时、日、地点，以明圣上英武，现在沈阳故宫中还存有努尔哈赤某年亲猎得一头大熊的标本。我在这个土王的猎物室中漫步，如置身于天然森林，突然你眼前冲出一头猛虎，双爪前探，血口盆张；一转身，一头黑熊又人立而起，双掌正要搭在你肩上；眼前独角犀兽弓背疾驰，远处梅花鹿耸耳静立；我一仰头，墙上伸出一头牦牛，两只大角如壮士般双臂环抱，眼如铜铃；后退时不小心碰在一个齐人高的灯柱上，用手一摸，原来是一根象鼻，脚旁供人坐的一个圆凳竟是一只象脚。

一个"杀"字，将古代封建君王统治的弊端体现出来，一个王朝的兴衰与统治者的统治手段密不可分。与下文第二十四代王"行仁政、得民心"形成对比。作者先写末代君王再写第二十四代王，其用意可见一斑。

排比句式，四字词语精练生动、简洁整饬，即使是标本也难掩凶猛之态。

忆往昔"土地贫瘠，旱灾频频"，望今朝"碧波浩渺，田连阡陌"。小土王大魄力，两处对比的运用，表现出作者对第二十四代王励精图治、造福百姓的颂扬。

粗笔勾勒大坝的建造工程，更显工程师"艺高人胆大"，侧面表现第二十四代王的英明。

在迈索尔的二十五代土王中最令人印象深刻的是第二十四代王。刚才看到的英总督府门庭里的那张画像就是他。第二十四代王即位时邦内土地贫瘠，旱灾频频，他励精图治，兴修水利，筑成一历史上闻名的水坝。下午返回时我们曾驱车到坝上凭吊。坝高不可测，长约四五公里，坝外是一汪湖水，碧波浩渺，坝内绿树如烟，田连阡陌。我真不明白这小土王怎能有如此大的魄力，几乎是在平地上筑起这样长的大坝。车在坝上行驶约十五分钟。我在国内还未见过这样的工程，一般建库造坝，尽量取河口狭窄之处，而这条坝则平地卧龙，一虹南北。坝取弓形结构，弓背向水，可加倍受力，十分科学。

我们到坝下泄洪口处，激流喷涌而出，浪头常突然跃上渠岸，袭人一身清凉。渠首坝身上有花岗石碑，上刻明此坝是1929年到1937年修建，十多位工程师的名字都了然其上，并注明他们在此工作的日期，虽有的仅数月，亦不漏掉。比起创作那扇象牙门的艺人，工程师的待遇要好得多，可见第二十四代王的开明。坝旁的数顷土地已开辟成灯光花园，引水环绕其间，花圃成方成格。我们从渠首下来时，已是日暮时分，一会儿灯光齐明，坝上灯柱成一条长龙，花园中的音乐喷泉随乐声节奏的快慢或如礼花冲天、或如彩绸漫舞，且五颜六色，变幻无穷。路边花中都因势因地置有多色灯光，园中心一条人工瀑布两叠而下，浩浩中流波光闪闪。虽是夜间，游客慕名而至，摩肩接踵，影影绰绰。夜风吹笑语花香，不辨天上人间。土王当年只知兴水利、修农田，未料今日又得旅游之利。灯光花园已成了印度招徕游客的一主要项目，坝头就有一座高级旅游饭店，难怪人们最不肯忘记这位第二十四代土王呢。

　　许多旧迹往往是这样，不管当初修建者的目的如何，最终还是传给后人，作为国家、民族和全人类的财富，如我们现在游金字塔、长城、颐和园。一个人，不管自觉不自觉，只要他为世界留下一份有价值的文化遗产，便可永恒。

　　化用李俊明的诗句"不论天上人间"，极言坝旁灯光花园之美。一座建筑，造福百年，第二十四代王的丰功伟绩溢于言表，自然而然地引出下文的哲思句。

　　阐明观点：一个人的生命是有限的，在有限的生命中创造出有价值的文化遗产，便可在历史的记忆中获得"永生"。

胡　涵　　　　点评老师

山东省淄博市张店区第八中学语文教师，张店区教坛新秀。

佩莱斯王宫记

我曾暗发宏愿，如可能要遍访世界上现存的王宫。因为王是一国权力的最高象征，王宫自然集中了这个国家最好的东西，包括自然风景、建筑艺术、历史文化，等等。所以当罗马尼亚的东道主邀请我们访问佩莱斯王宫时，我窃喜正中下怀。

车子从布加勒斯特出发，向北驶去，一望无际的平原上刚翻过的土地袒开褐色的胸膛，天边或路旁不时出现一片茂密的森林，我顿然感到大自然的辽阔和这异国风光的美丽。路边靠着公路很近的地方常有农民的住房，这极普通的建筑却令我在车里激动得无法坐稳，欠着身子，贴着车窗贪婪地向外看。

我的第一感觉是：这房子不是给人住的，而是给人看的。大凡给人住的房子，总是面积求大，结构简单，用料用工求省，所以现代民居，或者是平房就是一个火柴盒子，或者是楼房就是一个大集装箱。而这些房子却绝不肯四面整齐划一，房子的一面或凸或凹，呈折线或弧线的美。

　　我的视线紧紧捕捉着一套扑过来又急急闪过的房子，它的门厅有意不开在正中，而是于房角挖掉一块，像一个熟鸭蛋被切了四分之一，露出蛋黄剖面，颜色和方位都十分雅致。路边所有的房顶都不像中国的房子一样，成一面坡或两面坡，那房收顶时才是建筑师大露一手之际，屋顶伸出许多尖的、圆的、多棱形的高柱，如魔盒子里探出的手。

　　我想这房主人都是些大公无私、为他人着想的人。要是只为实用，大可不必这样复杂，他却花钱花工，给来往的行人制造了一件工艺品，免费参观，提供美的享受，使许多如我这样的外乡人大饱眼福。这是参观王宫前的一个铺垫，我的情绪先有了一个适应异域的转换空间。

　　车子甩脱平原渐入山区，远处是白雪皑皑的山峰，公路沿着一条山谷穿行，谷下有河，名佩莱斯河，此地就因河得名。河隐藏在浓密的松树、白桦、冷杉深处，水流潺潺，只闻其声。树特别高大，一般要二人合抱，密密地插在山坡上。积雪压着落叶，铺满树下，雪静树更绿，空山不见人，有一种莫名的幽邃。

　　我忽然想起曾看过的一部电影，是描写罗马尼亚古代社会的。公元前，这片土地上生活着达契亚人，这是罗马尼亚人的祖先，公元二世纪罗马人侵入这里，达契亚人开始了与罗马人的长期征战、融合。那片子的外景大约就是在这沟里拍的，也是这树、这水和沟里尖顶的草房。武士们用笨重的铜剑格斗，声震山谷，尸横遍野。印象最深的一幕是：一支军队因败阵归来要执行军纪，处死一半，于是站成一列，一、三、五，单数点名，点到的人出列，伏首到前面的木墩子上，引颈等着巨斧劈下，遵命如流，视死如归。那曾经是一个多么野蛮又多么壮丽的时代。当时我坐在影院，被震慑得如痴如呆，忘乎所在。想不到今天能溯访此地。我停车路边，向深深的谷底、密密的林中眺望，希望那里能走出一两个腰围兽皮、握剑持盾的勇士。山风吹过，树森然不动，只抖下一些纷纷扬扬的雪。

王宫坐落在山湾子里，公路在这里随山的走向回了一个圈，水好像也是在这里发源的。东面是一面斜伸上去的大雪山，凄迷的雪雾一直漫到天外，古树在雪线以下排着奇幻的方阵，忽出沟底，忽涌坡上，森森然，如黛如墨，有时消失在远处的雪光中又如烟如织。

王宫在山坡上临谷面南而立，这是一座石木结构的民族式宫殿，它本身就是一座巍然的小山，王宫以厚重的花岗石起墙，越往上越层叠错落，挑出许多的尖顶，用橡木镶拼成各种图案的门窗，衬着皑皑的白雪，掩映在常青松杉和还留着些红叶子的枫树林中，完全是一

此处描写堪称妙绝，连用动词"伸、漫、排、出、涌、消失"，化静为动，美得让人不忍呼吸。

由王宫的地势写起，依次写了结构、尖顶、门窗及它的建造史，娓娓道来，引人入胜。

个童话世界。这王宫的第一位主人是1866年从德国来的卡罗尔国王。卡罗尔是中国宋徽宗、李后主式的人物，身为国王却酷爱艺术，这王宫是他亲自参与设计督造的，里面结结实实地收藏着各种艺术品。王宫于1873年开始建造，1883年基本建成，到1914年全部完工时，卡罗尔也已去世了。

王宫共三层，一百六十间房。门向西开，进门就是一个通高三十多米的天井，中央是客厅，墙上垂下十八世纪的壁毯，厅内全套意大利硬木家具。

上二楼，左边一武器库收藏着五世纪到十九世纪的武器，有阿拉伯的剑、中国的弓，还有一把关公刀，一副连人带马的骑兵铠甲，据说是全罗马尼亚唯一的了。

右边是国王的办公室，室内桌椅的侧面、腿脚处、扶手上全是浮雕，椅子扶手的造型是四个坐着的小人，还都跷着一条腿。桌上的烛台分两层，上下层间有三个顽皮的小儿，做头顶重物状，神色颇惹人爱。天花板是三寸厚的木浮雕花饰图案。另有一写字台，侧面浮雕一老人头像，他勇往向前，长发被风吹向后面，如呼啸的火车头。台角的废纸篓也是由皮革精制而成，上面刺着花纹，墙上有伦勃朗的名画。

再往前是天井式的藏书室，两层楼，橡木书

武器库的收藏品包罗万象，跨越千年，"唯一"一词更是体现出藏品的珍贵、稀有。

本段重点写国王办公室里的浮雕，形态各异，惹人欢喜。

"呼啸的火车头"采用比喻的手法，生动描摹了老人头像的头发被风吹起的样子，充满情趣。

柜，有旋梯可上下取书；桌上有信札箱，是皇后手绘的箱面。王宫里紧邻办公之地就有藏书室，这大概是欧洲皇帝的习惯。沙皇冬宫里的藏书室也与这差不多，只是更大些。我在中国故宫没有见到这种设施，也许我们的皇帝不如他们爱读书，或者我们现在搞旅游的人不着意展示这些。藏书室后又有一小办公室，小办公室右拐，便开始出现了一大串客厅。这客厅很类似我们人民大会堂以各省命名的大厅，不过它是以艺术类别或国家、地区命名，而分别收藏着各地的艺术品。

采用移步换景的手法，罗列王宫内的空间布局与陈列物品，让人一目了然。"据说"二字表现了作者用语的斟酌仔细、行文的严谨，连用两个"据说"使王宫音乐厅充满了传奇色彩。

第一个是音乐文学厅，国王在这里接见作家、艺术家。全套桌椅是印度国王送的，黑色硬木，镂空浮雕，据说用了三代人工才完成。还有日本的瓷器，一对中国的大双龙洗，直径约有半米。最可看的是墙上的四幅油画，全以一个少女为题，据说是王后的构思。

第一幅代表春天，少女从花丛中走出，和煦的阳光照着她幸福的脸庞；第二幅代表夏天，阳光从浓荫中射下，她的纱裙飘动着幻化出一种热烈的向往；第三幅，色调转深，那女子低着头，一种秋的悲凉；第四幅，少女半裸着伏在一片雪地上，一片圣洁。

王宫的艺术品不仅来自卡罗尔国王，还来自酷爱艺术的王后。

这王后是国王上任三年后娶过来的，她也酷爱艺术，是一个作家、诗人，夫妻算是珠联璧合。可以想见，他们每天在王宫里就是以这艺术的切磋来打发时日。没有听说过宋徽宗有什么擅画的妃子做伴。李后主的周后只是天生的美貌，他后来又纳了周后之妹，一个更美的美人，为她写了那首著名的"手提金缕鞋"词，却也未见二周与之有什么唱和。看来他们还是不如卡罗尔幸福。

音乐文学厅后是意大利厅，两侧立着米开朗琪罗的三个铜雕，墙上是六幅意大利名画；再前，威尼斯厅，两件拉斐尔复制伦勃朗的圣母像，原件已经失传，此复制件也就成绝响了；再前，阿拉伯厅，满是地毯、挂毯，最有趣的是那几个长枕头，一枕可共十人眠；再前，土耳其厅，然后右折是长廊，长廊尽头再右折是小剧院。到此已绕王宫一周，再下又是武器库了。

1910年后，这剧院又改成电影厅，舞台上刻有国王的一句话："一切艺术我都喜欢。"国王常在这里观摩演出，有时兴之所至还登台朗诵。这大概又类似我们的唐玄宗了，他亲自谱写《霓裳羽衣曲》，又做导演，又与宫人共舞。卡罗尔虽喜欢艺术，治国方面也没有出什么大错，这一点比宋徽宗、李后主、唐玄宗都强。

从王宫出来，我又在周围的山坡林间徜徉了一会儿，除这座王宫外，旁边还有稍小一点儿的

以宋徽宗、李后主对比衬托，更突出了卡罗尔夫妇的艺术修养与幸福生活。

用同样热爱艺术的宋徽宗、李后主、唐玄宗和卡罗尔国王形成对比，言辞之中体现出赞美之情。

由王宫之美写回景色之美，白雪、绿树、流水、皎月、雪光，如山水画卷。"秉烛夜游"，热爱之情非同一般。

七八处宫殿，现在都做了旅游饭店。有一处就是我们昨晚睡的，内部设施极豪华。但最美的还是周围的白雪、绿树和沟里潺潺的流水。昨晚夜半醒来，皎月在天，雪光映窗，偶有一两声狗吠，或"咔嚓"一声雪压树枝的断裂声。要不是碍着外宾的身份，我真想半夜出户做一回秉烛夜游了。现在再看这景，虽没有昨夜梦幻式的朦胧，但还是一样地静，一样地美。

我佩服卡罗尔国王，他用艺术家的眼光选中了这块上帝创造的王土内最美的地方，又用王的权力集中人力在这里创造了一座艺术宫殿。他的后辈尊重这创造，所以他一死，第二代国王就立即重建新宫，把旧宫做了艺术博物馆，直到今天。

结尾进一步赞美艺术之树常青，首尾呼应，浑然一体，形成闭合结构。

国王是有至高无上的权力的，但权力再大也将随生命而止。可是当他乘有权之时，选择干一件国家民族永远记住的事，这权力便变成了永久的荣誉。卡罗尔选择了艺术，他知道艺术之河常流，艺术之树常绿，就如这佩莱斯的山和水。

赵米英
江苏省淮安市城北开明中学语文教师。

点评老师

在欧洲看教堂

一

外国人说在中国旅游是"白天看庙，晚上睡觉"，中国人在欧洲旅游则是"白天看教堂，晚上中餐馆"。这是两种文化的差异，反映出相互的陌生与不理解。我在初接触教堂时总有一种怪异、神秘的感觉，不愿多看，也不愿细想。但是在欧洲，几乎一抬头就见教堂，主人一安排参观名胜，就是教堂，就像我们出门见绿树、做客必饮茶一样平常，你想摆脱也摆脱不掉。这次到意大利访问，又勾起了许多关于教堂的联想。

基督教的起源在公元1世纪，算到现在已有两千年，比当今世界上大多数国家和民族的历史还要老。

什么东西都怕老，一老就有了资格，有了说法，有了附会、寄托和蕴藉。比如一棵老树，虬枝拂云，浓荫蔽日，有风吹鸟衔的种子落在糙皮枝缝间，又生出些杂花绿草，甚而树上再长出

比喻贴切自然，拉近了遥远神秘的教堂与中国读者的心理距离，激发读者的阅读兴趣。

宕开一笔，叙述基督教起源之早、资格之老，有利于读者全面了解教堂文化。

"一老就有了资格"，经过岁月洗礼的事物往往被时间赋予了更多的意蕴，随基督教

兴起发展的欧洲教堂也是如此。语言平实而幽默，富有哲理。

前后照应，借生活中的老树来比喻欧洲的教堂，引发读者思考。"读到树以外的东西"引出了下文，由教堂写到作者对宗教的认识。

对比手法，将五台山、峨眉山的世外之感和灵隐寺的世俗之情，与圣彼得广场上的庄严、霸气作对比，颇有画面感。

"巍然矗立"极言柱之高，"宽敞的"极言台阶之宽，"深幽的"极言门庭之深，从高、宽、深三个维度写了教皇居住的梵蒂冈宫的气势恢宏。

一棵树。树枝上噪暮鸦，枯洞里宿野狐。有好事者就来附会鬼仙，寄托精神，披红献祭，焚香顶礼，它就成了一棵既有物质又有精神的树。但这必须是老树，越老、越枯、越怪就越好，亭亭小树是没有这个资格的。

我把欧洲的教堂就比作这样一棵树，你总能从它身上读出许多树以外的东西。树的主干是政治，是哲学，是世界观。本来一种宗教就是一种对世界的看法，并又依此有了对现实世界的做法。当我在梵蒂冈参观时，立即感到它对世界的影响和干预。

那天正赶上一个月末的星期日，每月只有这一天梵蒂冈宫才对外开放。我们去得早，圣彼得广场上还没有什么人，我环顾四周，隐隐感到一种王气、霸气。这里虽是宗教建筑，但绝没有五台山、峨眉山上绿树映古寺的世外之感，也没有灵隐寺里青烟绕红烛的世俗之情。教堂的正面八根大理石柱巍然矗立，就差没有盘龙在上了，而宽敞的台阶、深幽的门庭，简直就是一座君临天下的皇宫大殿。殿的左右两侧伸出两个弧形的石柱长廊，作环抱状，揽着一个广场，有囊括宇内、怀抱四海之势。

事实上在欧洲，在地中海沿岸，从古代起教皇和世皇就在斗，争夺治民之权，斗得难分难解，教会干预政治从来就没有停止过。公元756

年，法兰克国王丕平为酬谢罗马教皇助他登上王位，将新夺得的意大利中部大片土地赠给教皇，史称"丕平赠土"。从此，只统治精神世界的教皇也有了土地、臣民、军队、赋税，有滋有味地做起了既有精神又有物质的真皇帝。历史上也多了一个新名词：教皇国。欧洲的政治纠纷、军事争夺、王室更替，甚至科学、思想领域，它都要干预，直到为新国王行加冕礼，其权势到13世纪达到顶峰。

作者将"它都要干预"放到干预领域的后面，对"都要"进行强调，可见教皇及教皇国的权势之盛。

1870年，意大利下决心收复了罗马城四周的教皇领土，教皇避居城西北角的梵蒂冈，直到1929年，墨索里尼才和教廷正式签订了条约，承认这个独立的梵蒂冈国。梵蒂冈的正式居民只有一千人，但有自己的军队、报纸，还发行邮票。它在政治思想方面的影响远远超出它这个只有零点四四平方公里的国界，世界上凡有基督教的地方几乎都有它的影子。

我们从梵蒂冈宫出来时，正逢教皇难得的一次出来与教民见面，据说是在哪一个阳台上，白云仙鹤，幽幽邈邈，不见其人，只听见麦克风里隐隐嗡嗡的声音，而我们来时空旷的广场上已是一片黑压压静悄悄的人群。后来我们进去看圣彼得教堂。教堂内富丽堂皇，游人如织，自是一番景象。但是在这热闹之中还有数处恬静，就是立于墙角的几个忏悔室，每个室前默默地排着一行

早晨圣彼得广场上还没有什么人，此刻却是一片黑压压的人群，"静悄悄"与"黑压压"两个看似矛盾的叠词连用，充分展现了教民对于教皇的尊崇。

人，最前面的一位已经跪伏在窗下，听着布帘后不识其面的神父为自己做心理解剖。

看着这巍峨如皇宫的教堂，这教堂内外虔诚的大众，你不得不承认宗教是一种力量，一种政治和思想的势力。马克思说："宗教是人民的鸦片。"吉本所著的《罗马帝国衰亡史》中有一段妙论："盛行于罗马世界的各式各样的崇拜，都被人民看作同等的正确，哲学家则把它们看作同等的荒谬，而地方行政官则把它们看作同等的有用。"宗教和政治从来是联姻的，见不得又离不得，互相利用的。

佛教在中国也曾走过同样的路，一时被皇帝利用，封什么护国禅寺、国师，拨给土地、佃户，一时又灭佛烧庙。同是一个唐朝，宪宗时耗资动众，修塔建庙，大迎佛骨，甚至误导百姓倾囊捐银，断臂焦指，以表虔诚。韩愈就因上书反对此事，"一封朝奏九重天，夕贬潮州路八千"。到武宗时就来一个全国灭佛运动，庙宇统统烧光，弄得我们现在考古，研究唐以前的古建筑都很难。这种忽而捧之、忽而摧之，全是利益之争、权术之用。宗教也就忽明忽暗，成了一个难以捉摸的幽灵。

我在梵蒂冈城里散步，时而觉得梵蒂冈宫和圣彼得教堂有一种君临天下的辉煌，时而又觉得它向隅而泣，在咀嚼历史的凄凉。你看

转为第二人称，直接与读者对话，作者和读者之间达成共识：宗教是一种力量，一种政治和思想的势力。

叙述佛教在中国传播的经历，说明了政治对宗教的态度是以利用为主，不论是"捧之"还是"摧之"，全是利益之争、权术之用。

教堂阴沉的身影，墙壁、穹顶上那被风雨冲刷的斑痕，它倒像一个历经宦海沉浮的政客。它顽强地坚持自己的立场，狡猾而又宽容地笼络民众，拼死地和政敌搏斗，所以才这样伤痕累累，面色冷峻。

用议论的表达方式，对上文所写进行总结，并对两座建筑物产生了一种赞叹之外的悲悯。

二

宗教为了控制信徒，首先要制造理论，要建立体系，要培养和训练神职人员。因此就要垄断文化，学文化必须进神学院、修道院。现在亚洲有些地方还是小孩子学文化必须进庙。但是人一有了文化，就会表现出自己的个性。所以有一种看似奇怪但又不无道理的现象，教会总是在培养自己的叛逆者。正如马克思所说，资产阶级在培养自己的掘墓人。教堂成了诞生新科学、新思想的大棚。

当教众有了新思想，有了对世界的个性化的认知，其中必将有人将新思想进行传播，那神圣的"教堂"变得不再神圣，此处为后文介绍哥白尼坚信"日心说"做铺垫。

波兰的哥白尼到罗马学神学，并任教长，却在神学院研究出一个"日心说"，被恩格斯称为把上帝的宇宙颠倒了过来。意大利的布鲁诺，十五岁进修道院，二十五岁当牧师，却坚信哥白尼的"日心说"，并勇敢宣传，最后被教会烧死。奥地利的孟德尔在修道院里工作了八年，发现了生物遗传规律。就是我们中国唐朝也有个叫一行的和尚，在庙里研究天文，并在世界上第一

列举布鲁诺和一行和尚的事例，涵盖中外，印证了前文观点"教会总是在培养自己的叛逆者"。

次实测子午线。到1977年，国际天文界还以他的名字命名了一颗小行星。但是恩恩怨怨，纠缠最深的要数伽利略与罗马教会了。

中学读物理时，就知道了伽利略和他做实验的比萨斜塔。老实说，这次到意大利，最想看的就是这个斜塔，但是万没想到它也是一座教堂建筑。

大约在10世纪时，比萨小国在与邻邦作战时得胜，抢掠了大量财富，为炫耀胜利，便要建一个圣迹广场。广场上当然少不了宗教建筑，就设计了一座教堂、一个大礼拜堂和一座塔。大约是建塔的钱来得不干净，塔建到三层时就发现向南倾斜，只好停工。又过了一百零四年，比萨人不死心，又接着往上盖，并且把每层倾斜一方的柱子加长一点，约到1278年终于建成，但仍然是个斜塔。于是这塔就再也没有别的名字，而以"斜塔"显于世、名于世了。

当时意大利各城国正在纷纷进行建筑比赛，名作高手，群星灿烂，以至于现在我们仍将这个半岛视为建筑博物馆。但无论是以后的达·芬奇，还是米开朗琪罗，无论是现在仍占据世界第一的圣彼得教堂，还是占据第二的圣母大教堂，任何高手也没有这样的绝笔，因为谁也不敢与之比"斜"，现在塔顶仍比中轴线偏斜四点八九米。它就这样巍巍然一直矗立了八百年，真是蚌

"显"是有权势，"名"是有名气，前者是地位，后者是声望，两个意思相近词语的连用，凸显斜塔地位的显赫。

病成珠，牛黄成宝，世上的事常歪打正着，斜塔反而名声远播，到现在每天来瞻仰的游客十万人众，为它的子孙赚着大把大把的银子。

"蚌病成珠，牛黄成宝"，此处运用类比手法，写出了斜塔的声名远播颇有歪打正着的意味，通俗易懂。

前面说过，在斜塔建成前后，其他教堂里已经出现过培根、哥白尼、布鲁诺等这些上帝的叛逆者。到这塔建成三百年时，一天，塔下走来一个年轻人，这就是比萨大学的教授伽利略。他手里握着大小两只铁球，他要借这举世闻名的斜塔，揭穿一个曾被视为亘古不变的真理。过去人们总认为物体从空中落下来时是重物比轻物快，伽利略则认为不管对错，只能靠实践验证。

只见他爬上塔顶，双手撒开，抛下大小两个铁球，不一会儿，"嘭"的一声两球同时落地。就这一声，敲开了物理学的大门，我们有了一个新概念：加速度。我们开始了对运动的研究，有了以后的火车、汽车、登月飞船。而曾亲睹这光辉的一刹那的，现在还存在于地球上的，就只有这座斜塔了。

伽利略做完实验，从斜塔上缓缓地走下来，伽利略的学生欢呼着、拥戴着他。他满面春风，东望佛罗伦萨、罗马、威尼斯，他的目光穿过教堂的丛林，他怀疑上帝设计的这个世界。

神态描写，写出了伽利略做完实验之后的得意、激动，以及对上帝所设计的这个世界的怀疑。

当时的比萨属于佛罗伦萨国。伽利略自从斜塔实验之后春风得意，却被公爵算计，丢了比萨大学的教授之职，只好到威尼斯去教书。那时威尼斯被教会摒弃，宗教裁判所也不去管它，因此意大利不少学者都逃到这里来治学。他在这里又发明了天文望远镜，在那本是一片深沉静美的夜空中发现了转动的新星，发现了月亮上的山脉，他一下子把上帝创造的完美世界给捅了个大窟窿。教会给了他第一次警告，不许他再说话。

"捅"字可见伽利略发明天文望远镜的影响巨大，对教会的学说、教会地位的稳固产生了极大威胁。

他这样憋了九年，直到老教皇死了，伽利略又忍不住写了一本《关于托勒密和哥白尼两大世界体系的对话》，大胆宣传哥白尼学说，又道出了一个从未听说过的新原理——运动和静止是相对的，这就是有名的伽利略相对性原理。这一下又把上帝纸糊的世界捅了个更大的窟窿，从根本上动摇了"地球是静止的，是宇宙的中心"这一理论，并且这还成为后来爱因斯坦相对论的基础。

与前文"他一下子把上帝创造的完美世界给捅了个大窟窿"形成了照应，"纸糊的"刻画出教会理论的脆弱与不堪一击，"更大的"则体现出伽利略宣传哥白尼学说的意义重大。

这次教会再也不能容忍这个叛逆者，便把他抓到了罗马，审讯了三个月，昼夜不息，施以酷刑。他最后只得声明："我从此不以任何方法、语言或著作，去支持、维护或宣扬地动的邪说。"伽利略当时是屈服于教会的淫威，他没有像布鲁诺那样勇敢地去接受火刑，他签字了。据说他伏在地上签字时，又悄悄地自言自语："但是地球确实在转动。"一个科学家的良心在受煎熬。伽利略曾经是想和教会搞好关系的，他说："我是上帝忠实的孩子。"他曾寄幻想于他的几个主教朋友，但是，愚昧容不得科学，他还是没有逃脱审判。这年是1633年，是斜塔建成的三百五十五年后，宗教裁判所判他终身监禁。当年，年轻潇洒的伽利略做完实验，迎着欢呼从斜塔上走下来，一条真理——自由落体定理——也随他从斜塔上走下来。现在他已入垂暮之年，更多的真理从他的口里说出来，宗教裁判所的黑牢却一口将他吞进去。

　　一个科学原理在发现之初总是不为人注意。当年法拉第刚发现磁变电，进行表演时，有绅士问："可这又有什么用呢？"法拉第说："先生，不久这玩意儿就会为您缴税的。"现在全世界因电而创造的税收已经数不清了。伽利略被终身监禁在一个幽深的教堂里，可外面的世界却在一步步按他揭示的规律演变，就连那些神父、主教也都坐上了汽车、火车、飞机，去做相对运动，他们看着卫星传播的电视，终于不得不承认地球确实在动，在绕太阳转。实践是检验真理的唯一标准，当天体运行和身边的运动都无数次地证明伽利略是正确的时候，主教、教皇们的良心也在无数次地被谴责。终于，他们实在脸红心跳地坐不住了，到1979年才为伽利略平反。教会与伽利略的这段公案，拖了三百四十六年。

　　一条真理被承认却要付出这么长的时间，现在这段历史的见证者只有两件了。一是那斜塔。那天，在暮色苍茫时，我在塔下久久凭吊。塔拔

插入法拉第的故事，丰富文章内容，为本段论点"科学原理在发现之初总是不为人注意"提供论据。

"脸红心跳"写出了主教、教皇们内心的惊惶，刻画了他们伪善自私、漠视生命、藐视真理的形象。

地而起，一出就斜。旁边就是笔直冷峻的教堂。但是斜塔背过脸，不理它，只是向大地俯吻下去，好一个叛逆者。还有一座是佛罗伦萨的主教堂，这在意大利也算一景，其规模就是在全世界的教堂群中也是数得着的。

　　教堂内有一个特点，就是埋葬着教会承认的名人，并都配有大理石雕像。没想到进门后第一个人就是伽利略。他端坐于上，长须齐胸，明眸远眺，右手中捏着大小两个铁球，左手持一个单筒望远镜，象征着他对物理世界和天文世界的重大发现，实际上就是对上帝世界的挑战。教堂大厅的尽头，主教正在布道，蜡烛在昏暗中闪着幽幽的光，虔诚的教徒跪在一排排的长凳前，游客在厅里自由走动。伽利略就这样静观着世界变化。他生前恐怕也想不到，到死也不给他平反的教会，却又把他请到这里，给一把交椅，让他终日与唱经布道的主教们为伴。

三

　　教堂虽然是基督的大旗，是他的讲坛、他的行营，但教堂首先又是它自己，是由砖石构造，建成某种形状，又配以某种装饰的房子。它是盛着精神的物质，是相对内容而存在的形式。而形式这种东西又常常可以偷偷地离开内容，或假借内容来实现自己的价值。正如不管是皇帝还是农夫都要穿衣，裁缝就只管他们的形式，只在这一点上实现自己的手艺。中国诗赋的格律，就是离开内容而独立存在的声韵和节奏的美。当主教大人们决心到处修造恢宏的教堂来宣扬圣道时，艺术家也就找到了一种表达自己艺术才能的借口和形式。所以今天我们看教堂，就是对宗教没有一点兴趣，也可以把它当作艺术来欣赏。就如欣赏马王堆出土的金缕玉衣，并不必追究这衣服是穿在什么人身上的。

教会垄断了文化，也垄断了艺术，垄断了建筑。因为它有势，有钱，能调动最好的材料、最好的艺术家来修教堂。与教堂平行的是皇宫，那也是有钱有势的主，你看哪一家不金碧辉煌？因此罗马和欧洲大地上的著名教堂，实际上成了那些伟大艺术家的个人纪念碑。我猜想教会与艺术家之间是心照不宣、互为利用的。我花钱雇你来修教堂，你的才能越发挥得淋漓尽致，教堂就修得越好，就越证明我教的伟大；我被你雇来修教堂，你花的钱越多，教堂修得越大，就越能发挥我的才能，证明我的存在。这种暗中的相互利用，倒给我们留下了一件件艺术精品。

借教堂成名的艺术家当首推米开朗琪罗。米开朗琪罗于1475年诞生在佛罗伦萨，他的奶娘是位石匠的妻子，也许就是因为这段缘分，他一生

句式对称、整齐，富含音韵美和节奏感，形成一种回环往复的美感。说明不仅政治与教堂之间是相互利用的关系，艺术家和教堂之间也是互相利用的关系。

也没有离开石雕艺术。后来他风趣地说："我是吃铁锤和凿子的奶长大的。"他二十九岁时便完成了成名作《大卫》，至今这件作品被全世界美术院校的学子奉为入门教材。

梵蒂冈宫的西斯廷教堂，可以毫不夸张地说就是米开朗琪罗纪念馆。这位文艺复兴的先驱，以他人文主义的思想，是反对神权的，但是他被迫两次来梵蒂冈的西斯廷教堂作画。第一次来是1508年，画了四年；第二次来是1535年，这次画了八年。现在西斯廷教堂成了游人难得一进的艺术圣地，那天我们去瞻仰时，教堂内密密麻麻地站满了人，大家慢慢地挪动脚步，都仰起头看着这四百多年前的珍品。

"密密麻麻、慢慢地、挪动脚步"刻画出看画作的人之多，从侧面衬托了画作的艺术魅力之大。

米开朗琪罗的这些画全部用裸体人物来表达，他是以人的尊严来对抗神的统治。他第一次受聘是来画这个大厅的拱顶，开始他请了几位当时也是很有名的高手画家帮忙，几天后他发现不合自己的标准，然后就一个人来完成这项艰巨的工程。在这块五百多平方米的天花板下，他站在脚手架上，仰着脸，要是晚上，手里还举着一盏灯，就这样一直画了四年，到1512年完成。不用说别的，就是我们现在仰脸看画，一会儿就脖颈酸疼，他是以怎样的毅力来创造艺术的啊。

运用白描的手法，"站、仰、举、画"，寥寥数笔勾画了米开朗琪罗作画时一丝不苟的形象，并且将这个形象置于"五百多平方米的天花板下"，表达了作者对米开朗琪罗的敬佩与赞叹。

他第二次被召来是为了在祭坛后的山墙上画一幅《末日的审判》，画高十三米，宽十二米，四百多个人物，足足画了八年，还是全用裸体。
当画快完成时，教皇的一位官员来视察说："这
么神圣的地方，怎么能画这种画？这画不如挂在
澡堂子里。"米开朗琪罗非常恼火，此人一去，
他就将他的形象画成一个阴间的法官，脚上盘着
长蛇。现在这个人还在画上受罪。他的透视技巧
十分高超，画上每个人物都像随时要走下来。这
幅画当时就轰动了世界。

　　我挤在人群中，屏住呼吸，和大家一起感
受这种艺术的魅力。我只感到四周全是米开朗
琪罗的化身，这些人物从两侧的墙壁上，从天花
板上，一齐拥来，穿越五百年的时空，带着画家
的呼喊，向我们诉说人的复兴，文艺的复兴。在
教会死寂的殿堂里竟有了这样一个活泼的人的世
界，这和我们在庙里和石窟所看的冰冷的一个
模样的佛祖、罗汉大不一样。大约上帝也承认
了内心深处的寂寞，从而暗自屈从了这位艺术
家，让他在神殿上打开一扇通向人世的窗户，
而实际上也就在众神间为米开朗琪罗留了一把
交椅。

　　米开朗琪罗的创作态度是极其认真的。创作
《大卫》时，他用一道屏风挡起来，作品未完成
前，不许任何人看一眼。一次，他正修改一件作
品，有朋友来访，刚扫了作品一眼，他就装作失
手把灯掉在地上，屋里一片黑暗。凡是自己眼睛

用"拥、穿越、
带、诉说"一系列动
词，给静止的画面赋
予动态的美感，画面感
强，让读者如临其境。

"凡是……绝不……"句式的运用，刻画了米开朗琪罗对艺术精益求精的执着追求。

通不过的作品，绝不肯示人；凡是没有新意的作品，他绝不留存。一次，他为雕一个人像，竟一连做了十二个稿样。正是这种执着，这种残酷的追求，使我们在五百多年后还觉得他是一个不可企及的高峰。

罗马和欧洲的著名教堂，大多是经数代名家设计和监督施工而成。世界第一大的圣彼得教堂是公元326年始建，以后历数次重修，到16世纪更有拉斐尔、米开朗琪罗这样的大师加入，到1626年才完成现在这个规模，前后一千三百多年。世界第四大教堂的佛罗伦萨大教堂于1296年开工，到1496年完成，前后二百年。罗马圣玛丽亚大教堂是公元352年始建，一直建到18世纪，前后一千四百多年。

"因为、却、并且、只有、才"一系列词的运用，清晰地将朝代、信仰、人们对宗教建筑的付出三者之间的关系展现出来，用词准确，逻辑严密。

一座建筑的修建动辄上百年、上千年，只有宗教的信仰才能维系这样的工程。这在东方也不例外，中国的云冈佛窟修了六十年，乐山大佛修了九十年，大足佛刻前后七百年。因为朝代可以更替，信仰却没有更换，并且又只有这种宗教迷信式的信仰，才能驱使人们将自己的精力、财力去做无限的倾注，并代代相续。

承接上文教堂大多经数代名家设计和监督施工而成的叙述，引出下文现代艺术家张扬自我、突破传统的叙述。

一个教堂越是这样一代代地往下传，就越显得珍贵，好像一个十世单传的婴儿。这是欧洲人最爱向客人展示的骄傲。正是在这种传承中，教堂成了一棵独特的艺术大树。如果你细心一点，还会发现这棵大树仍在不断地抽着新芽。现代艺术家就是设计教堂也要张扬自己创造的个性，他们已突破传统教堂尖顶厚墙的冷面孔而更富有人性，这也许是为了适应旅游业的需要。最典型的是芬兰的岩石教堂，建于1969年，由蒂莫和图奥莫兄弟两人合作设计。它完全是在一座岩石山顶上挖的一个深坑，搭上玻璃、钢和铜材的大顶棚，有十足的现代味道，但仍不失教堂本色。

　　我认为，教堂对教会来说是布道的场所；对教徒来说，是寻找安慰、洗刷心灵的地方；对艺术家来说，那是他手中的一块石料或者是一块画布。

文末提出自己的观点，以理作结，犹如豹尾。

李学敏

点评老师

山东省淄博市张店区第八中学语文教师。

在印度看乞讨

尽管我们受到了特殊的礼遇，尽管这里的风光是平生从未见过的美，但是在将离开印度时，我们几个人都发誓不愿再来第二次了。我们实在受不了那一双双总是在你面前晃着的乞讨的手。

7日凌晨3时到德里，住五星级阿育王饭店。旅途劳顿，蒙头大睡，早晨醒来一开门，两个白衣黑汉（印度的饭店全是男服务员）就进来打扫。我们下楼吃饭，回来时房间已收拾好，这时他们又进来挥着大抹布比画着说："打扫一下好吗？"我点头表示同意。他不打扫，出去一趟，又敲门进来，又比画一下，我又点头，他又不打扫，出去又回来。这样骚扰再三，我终于明白是来要小费的。但刚下飞机，饭店银行还未开门，卢比换不出来。一大早我们同行的几个人都收到这种反复的"问候"。直到换来钱，发了小费我们才有了一点自由，才能静下来观察一下这座以印度历史上的"秦始皇"命名的豪华的饭店。

一会儿，使馆同志来约去看看市容。浓绿阔叶的参天巨木，沿街随意怒放的玫瑰，嫩细的草坪，使我们顿生新奇兴奋之感。沿着总统府前气势雄浑的大道，我们漫步到印度门下。这是一座如巴黎凯旋门式的纪念碑建筑，我掏出相机，仰头辨认着门楣上的字迹，准备作一会儿历史的沉思，身后却响起清脆的小锣声，回头一看，一个精瘦的黑汉子牵着两只猴子，龇着一口白牙，不知何时已蹲在我们身后的草坪上，那两只猴子正围着他挤眉弄眼地转圈。他一见我们回头，便招手请照相。陪同连说："那是讨钱的。"话音未落，快门已按，那汉子早起身伸手，那两只小精灵也立即停止舞动，静静地伺立两旁。我们猝不及防，只好掏出十个卢比，打发走玩猴人，重又抬头研究印度门的历史。

忽然背后又响起呜呜的笛声。又一个头上缠着一大团花布的汉子，不知何时已盘膝坐在我们身后，他面前摆着一个小竹盘，盘中蜷缩着一条比拇指还粗些的长蛇。那蛇随着笛声将头挺起一尺高，吐出长长的信子，样子十分凶残。思古幽情让这一猴一蛇是给彻底吹掉了，况且我们刚才匆匆出来，也没有换几个零钱。大家便准备上车走路。但那玩蛇的汉子却拦住路不肯放行，说少给一点也行，又突然将夹在腋下的竹盘一翻，那蒙在布里本来蜷成一盘的蛇突然人立前身，探头吐信，咄咄逼人。汉子脸上涎笑着，一手托蛇，一手伸着要钱，没办法，又投下十个卢比，我们

四字短语使景物描写凝练而典雅。"准备作一会儿历史的沉思"和后面讨钱的画面形成一种黑色幽默，扫兴，厌烦，画面感十足！

滑稽、可笑、可恶。连猴子都"挤眉弄眼"不怀好意，何况人乎？一词便可见作者的感情色彩。

两个"突然"，一个写出汉子的厚颜无耻，一个写出蛇的凶猛骇人。哪里是讨钱，分明是要挟，是抢钱，只得慌慌

而去。连用四字短语，简洁，文学味十足。

这句话用比喻，把热闹的场面比作是"一锅冒着热气的八宝粥"，生动形象地写出印度末代王朝皇宫前的众生乱相，颇有讽刺意味。

和北京街上存车的老太太类比，贴近我们的生活，很容易理解见鞋收钱的荒诞、可笑，令人无可奈何。

慌慌而去。

从印度门出来到红堡，这是一座印度末代王朝的皇宫。门口熙熙攘攘，卖水果的，卖孔雀毛的，卖假胡子的，拦住路非要给你剪个影不可的，形形色色，喊声不绝，像一锅冒着热气的八宝粥。这回有了经验，不管什么人上来，连声"no, no"，目不旁视。但是当我们从堡内出来，又有几个人拥了上来，非要领你到停车场不可，真是笑话，我们自己刚才停的车，还用别人领路？但是不行。特别是一个拄拐的残腿青年，你左突右冲，他东拦西堵，而且故意在你面前晃动那条半截腿。只好给他十个卢比。拿了卢比也不领路了，我们自己去上车，这简直有点强夺了。

从红堡出来去看甘地墓，进墓地要脱鞋，门口早有一堆人争着给你看鞋子，又是十个卢比。接着看比拉庙，在印度凡进庙和旧王宫、城堡之类的地方都要脱鞋，于是给人看鞋，成了最方便的要钱行业，类似北京街上存车的老太太，见车就收钱。这里是见鞋就收钱，而且你非脱鞋不可，不给钱不行。比拉庙前又被敲了一次竹杠。

这座庙是全石建筑，太阳晒得石板火烫，我们赤着脚，龇咧着嘴，正想欣赏一下各种雕像，一个穿黄衣、持竹棍的警察（印度警察的警棍是一根一米长的普通竹竿）走上来喝道开路，要为我们领路。

我们一行中有三人英语很好，又有使馆同志陪同，实在想自己静静地观赏一下这古代的建筑艺术。但是不行。你从这座房子里进去，他就在门口堵你，非要领你进另一座房子不可，还把别的游人推开，像是对我们特别照顾。我们心里实在烦透了，而你越烦，他越缠住不放，在一个个神像前指指画画，又用乌黑的食指蘸一点朱砂，强在你的额头上按一个红痣。其实他那半生不熟的英语，那点历史、艺术知识真说不出什么东西。但我们成了他的俘虏，只得跟他一处一处地绕，终于走完了这座庙，脚也烫得成了烙饼。他自然又向我们伸出手。刚才因为无零钱，一咬牙给了看鞋人五十卢比，现在除了一百的一张，再无小票了。况且，到印度还不过半天，照这样下去我们每人三十美元的补助，怕只填了这些人的手心也不够。陪同的同志只好拔下身上的一支圆珠笔。那警察接过看也不看一眼，老大不高兴地走了。

在印度讨钱成了一种风气，一种行业。好像一切人都可以想出要钱要东西的招数，而且毫不脸红。孟买海湾中有一个象岛，星期天我们乘船去玩，一下船，一个约五六十岁的老太婆便来搀扶你。我看她这一身打扮，花里胡哨的"沙丽"（印度妇女穿的服装，就是身上裹的一块大

动作描写，"指指画画、蘸、按、绕"几个动词写出警察对"我们"的纠缠和不尊重，"烙饼"的比喻，用夸张写出"我们"的身心备受折磨。

外貌和神态描写，从大耳环写到面部贼亮的眼、大红吉祥痣，再写到

布），两个大耳环，黑如树皮的面部闪着两只贼亮的眼，额头上一个大红吉祥痣，额顶发缝里也有一道红朱砂，像被人刚砍了一刀，很是吓人，忙摆手避让。

这时，一对欧洲夫妇跳下船。老太婆就上来扶那欧洲女人，她那双枯瘦如柴的黑手紧扣着那女人肥嫩的白手臂，指甲几乎掐到肉里去，生怕这个到手的猎物逃掉。那白女人大概不知其意，边走边听她指指画画地说海边的树林、滩上的鹭鸟，很为异乡情趣所醉。一会儿走过栈桥，那老太婆就拉着白女人要照相，跟在后面的丈夫忙举起相机。这时旁边果然又跳出一个同样打扮的老太婆，一照完相，两人都伸手要钱，丈夫愕然，准备走，哪能走了，只好掏出一张纸币给了第一个老太婆，但第二个却坚决缠住不放。我窃喜自己的经验，聪明的白人活该上当。

岛上有一个从整座石山中掏出的印度教庙，是游人必到之地。这庙前也就成了向游客讨钱的主战场。许多如刚才那样的当地妇女，着"沙丽"服装，头顶两个高高的铜壶，缠着人照相，而且一般你很难摆脱她的纠缠。我从庙里出来，汗水湿透了衣裳，便躲在一棵大树下，揪起衣领扇风，树上一群猴子蹦来蹦去，抓着树枝打秋千，我不由得掏出相机。突然觉得有人在扯后衣襟，回头一看，一个十来岁的女孩，

旁注：

额顶发缝里的红朱砂，生动形象地写出老太婆吓人的装扮，表达出作者对她的嫌恶。

"枯瘦如柴"和"肥嫩"，"黑手"和"白手臂"，鲜明的对比，老太婆的狡猾、欧洲女人的不谙世事，显而易见。"几乎"和"生怕"揭示出她"热情"背后的险恶用心。

从卖艺者，到残疾人，到警察，到老太太，到小女孩，作者一路走来，老少各色人等都在讨钱，防不胜防。选材典型，为下文深思做好了铺垫。

穿一件地方味很浓的新裙子，头顶一个铜壶，正向我伸出手。她那对小黑眼珠中还透出几分稚气，但脸上的神情分明已很老练，看来操此业至少已有几年。

我一时陷入深思，像这种从大人到孩子，人人处处都讨钱的现象，到底是生活所迫呢，还是一种方便省事的职业（尽管在国内我也听说有乞丐万元户的，但绝没有这样一个天罗地网），这小孩子身上的裙子、头上的铜壶分明是一套要钱的道具。而我这几日在印度看到的不是向你挥舞蛇头，就是伸出断腿，或让你看腿上流脓的疮，或抢着为你领路，在饭店里送行李时就是一个箱子也要两人提，用饭则一再要给你送到房间，手纸也要故意送一次，又送一次，费尽心机，想出许多要钱手段。总之，一起床，你周围就晃着许多乞讨的手。

穷人自然是值得同情的，但只有穷而有志的人才该同情。向人伸手乞讨如同妇女卖身一样，是真正被逼到绝路之后才不得已而为之的求生之法。但如果把穷当成一种要钱手段，甚至不穷也要变着法要钱，而根本无所谓人的尊严，那么这种同情心便会立即变为厌恶。我想起昨天和几位印度知识分子的谈话，他们也很为这种乞讨的恶习忧虑，说政府为无业人想了许多办法，包括在海边造了房子，但他们不愿劳动，把房子租了出

承上启下。承接上文遇到的种种讨钱怪相，引出下文透过现象看到的本质。

本段议论更加严密，明确了哪种穷人才值得同情，让读者为印度乞讨的风气唏嘘不已。

去，又到城里来讨钱。事实上，这种乞讨风与有无职业已经无关了，人人都可毫不脸红地伸出自己的手。

我想，大凡给予有两种，一是对对方付出劳动的补偿，是平等的交换；二是对对方的爱和怜，是愉快的奉献或捐助。当对方既未付出劳动，又无可爱可怜之处时，你无端地付出倒是对自己自尊心的践踏了。但我还是无法拒绝身边这个女孩，我掏出口袋里仅有的两个卢比，给她照了一张相。关上相机，我的心里像收进一个魔影……

呼应上文，让小女孩事件有头有尾，让文章结构完整。又戛然而止，用省略号，引人深思。

秦　岩　　　　　　　　点 评 老 师

山东省临清市京华中学高级语文教师，水城名师。

辛弃疾的一瓢泉水流过千年

江西上饶市铅山县有个稼轩乡，就是南宋词人辛弃疾，号稼轩的那个"稼轩"。辛弃疾当初起这个号，就是准备到农村去种地的。他尝谓"人生在勤，当以力田为先"。但是生于乱世，他先以救国为重，拼搏了前半生后，不受朝廷重用，他带着满腹的郁闷、惆怅，到铅山来过农家日子。他喝酒、交友、访山林。一日访得一处泉水，不大（还没有半个网球场大），形如一个水瓢，就给它取名"瓢泉"。他在这瓢泉边一徘徊蹉跎就是二十多年，真是岁月磨尽英雄老，一个把栏杆拍遍的壮士，就这样终老山林。他一生有词作六百多首，而"瓢泉之作"竟占了两百二十五首。其中有一首《洞仙歌》以无比欣喜之情记叙了这个泉的发现：

飞流万壑，共千岩争秀。孤负平生弄泉手。叹轻衫短帽，几许红尘。还自喜，濯发沧浪依旧。

人生行乐耳，身后虚名，何似生前一杯

酒。便此地、结吾庐，待学渊明，更手种，门前五柳。且归去，父老约重来，问如此青山，定重来否？

瓢泉的发现还真成了辛弃疾生活中的一个转折点。两年后的1194年，他从福建任上再次被撤职，就干脆在泉边起房架屋，把家搬到这里，从此再没有离开过。

那天我去采访时，乡党委书记自豪地说："我这里是中国第一词乡。"我说："历史上词人的家乡多矣，何见得你就是第一？"他说有四条理由，没有人敢比。

"一、乡政府以词人之名命名；二、在本乡八十平方公里范围内竟留下辛词两百多首，占词人全作的三分之一；三、我们继承这份遗产的力度最大。"我说，前两条是硬件，全国确实没有第二家可比，唯这第三条值得商榷。书记不急，领我看他的乡政府办公小院，从院墙再到一楼、二楼、三楼，粉壁墙上浓墨淡彩，不是辛词便是辛词的画意。等到落座，他竟将辛南渡后的每一个节点、每一首词的创作时间讲得清清楚楚，当说到某首词时就背得滚瓜烂熟。真让我们这些自命为文人的人汗颜。我说："你是个'真辛粉'"。他说，在稼轩乡随便摸个人头都是"辛粉"。今年春节，乡机关同家属举办本乡的春

语言质朴，如话家常，将千年前辛弃疾的生平经历与作者的采访经历这两条故事线徐徐展开，娓娓道来，亲切自然。

"书记不急"，满溢着乡党委书记的自豪：从"院墙"一一数到"三楼"，如数家珍。

双关语，照应前面的两个"每一个"，表现乡人们对辛弃疾与辛词的熟悉，印证了"继承遗产的力度最大"。

晚，有一个节目是比赛背辛词。一口气背三首者小奖、十首者中奖、一百首者大奖，奖品是笔记本电脑。还真有人抱走了电脑。我说还有第四条呢？

他领我穿村走巷，穿过一片辛词的海洋，来到村外的"瓢泉"旁。他说第四条就是这"瓢泉"，是硬件里的硬件。一个词人在近千年前发现、流连、吟咏过的一处泉水，能不断线地一直流淌到今天，默默地滋润以他名字命名的稼轩乡。这确是一个奇迹，一个全国的唯一。

大家还记得我们在中学课本里学过那个柳宗元的"小石潭"吧，那年我专门由湖南过广西去寻访，它早已无踪无影。小时我故乡的村庄里有十几处泉水，前些年回去时，一泉不存，地干裂得耕地能掉进牛腿。水这个东西，受地质、气候、战争、开矿等因素的影响，是最不稳定的。连黄河都曾有过改道和断流。难得这一瓢之泉，竟如稼轩词一样叮叮淙淙、不紧不慢地流过了千年。

瓢泉，是在一整块石头上泛出的一处小水，积为一汪，清澈见底。当年朝廷不听他这个主战派的建议，对之屡召屡弃，他心酸无比，自嘲姓氏："艰辛做就，悲辛滋味，总是辛酸辛苦。更十分，向人辛辣，椒桂捣残堪吐。世间应有，芳甘浓美，不到吾家门户。"既然好事不到吾家门户，那就把吾家搬到这个好风景处。这一瓢秀丽的小泉给了词人莫大的慰藉。朝中的事管不

前面宕开一笔，极写四条理由中的第三条，巧设悬念，引起读者焦急的心理。现在作者在书记的带领下来到瓢泉，读者也在作者的带领下，聚焦到文章的核心——瓢泉，层层推进，脉络清晰。

这一句意蕴丰富。泉水在千年前给予词人莫大的慰藉，流淌千年又滋润千年。就像辛弃疾的词一样，流传至今，人们去学习、去体悟、去传承。

了，他在这里"管竹管山管水""宜醉宜游宜睡""记得瓢泉快活时，长年耽酒更吟诗"。

这里本来游人就少，泉边小树上挂了一个水瓢，是专门给辛词的知音们准备的，好隔时空遥对，同饮一泉水。我摘瓢在手，躬身舀水，举瓢齐眉如举杯，天光云影，与辛公，醉一回！饮罢，击瓢而歌曰：

　　君在泉之头，
　　我在泉之尾。
　　泉水淙淙流千年，
　　郁孤台下清江水。

　　君弃宦海去，
　　来寻甘泉美。
　　管山管竹又管水，
　　山水看你也妩媚。

　　君词书墙头，
　　君词写巷尾。
　　稻花香里说丰年，
　　千年神交，一瓢泉酒，
　　与君醉一回。

"摘、躬、舀、举、击、歌"，一连串的动词，表现了作者如知己好友一般与词人隔空共饮的情状，表达对辛弃疾的敬重。

以词作结，含蓄凝练，通俗易懂。语言参差错落，整齐中有变化。对照前文，有条理地进行总结，先写泉水跨越千年，勾连古今，"郁孤台"暗含辛弃疾深沉的爱国情思。

张蓓蓓

北京市第二十中学语文教师。

点评老师

夜　市

晚饭后，待夕阳西沉，柏油马路上的灼热稍稍散去一些，我便短衫折扇，向王府井北口的东华门街慢慢走去。

来得早了一点，摆好的摊子还不多。这时拐弯处飞出一辆平板三轮，蹬车的是个长发短裤的小伙儿，口里哼着流行曲，身子一左一右地晃，两条腿一上一下地踩，那车就颠颠簸簸地冲过来，车上筐子里装满了碗和勺，叮叮当当地响。筐旁斜坐着一位姑娘，向他背上狠狠地捣了一拳，骂声："疯啦！"小伙子就越发美得扬起头，敞开胸，使劲地蹬。突然他一捏闸，车头一横，正好停在路旁一个画好白线的方格里。两人跳下车，又拖下十几根铁管，横竖一架，就是一个小棚子。雪白的棚布，车板正好是柜台，劈劈啪啪地摆上一圈碗。姑娘扯起尖嗓子，高喊一声："绿豆凉粉！"刹那间，一溜小摊就从街的这头伸到另一头，夜市开张了。

人行道上的路灯唰的一下亮了，夕阳还没有收尽余晖，但人们已感觉不到它的存在。灯光逼

"飞、冲"写出了平板三轮车速度之快。"一左一右、一上一下"，极简的语言表现出小伙子骑车的动作。"颠颠簸簸、叮叮当当"，叠词音韵和谐，分别从视觉和听觉写出车子行驶时的情态。

灯光营造了温和、闲适的氛围，为表现人间烟火蓄势。

"持、舀、浇、绕、抓、砍、画"等一系列动词，描写出中年汉子制作鸡蛋煎饼的过程，一气呵成，自然流畅。

与其说是匠人精神，不如说是专注于热爱的职业创造出的美。

走了日光，温和地来到人们身旁。夜灯一出来，这个世界顿时便加了几分温柔和许多随便。人们悠闲地、并无目的地从各个巷口向这里走来。白日里恼人的汽车一辆也没有了，宽阔的街面上全是推着自行车的人流，互相牵着手的男女，嬉笑奔跑着的儿童。国营商店这时大都关了门，个体小贩们似唱似叫地，就在它们的门前摆起了地摊。

一个煎饼摊吸引了我，三轮车上放了一个火炉，炉上一块油黑的方形铁板，一位中年汉子左手持一把小勺，伸向旁边的小盆里舀起一勺稀面糊，向铁板上一浇。右手持一柄小木耙，以耙的一角为圆心，飞快地绕了几圈，那面糊立即被拉成一张白纸，冒着热气。我正奇怪这张纸饼的薄，他左手又抓过一只鸡蛋，右手一耙砍下去，一团蛋黄正落在煎饼心上，那小耙又再画几个圈，白纸上便依稀挂了一层薄薄的黄，热气腾腾中更增加了一种隐隐的诱惑。

只见他右手扔下小耙，取过一把小铲，却又不去铲饼，先在铁板上有节奏地敲三下，然后将铲的薄刃沿饼的边，唰地划出一个圆圈，那张薄饼已提在他的手中，喊道："五毛一张！"那架势不像是卖饼，倒像在卖一张刚刚制作完的水印画。这一套熟练的动作，大概不过三分钟。那小勺、小耙的精致，也如工艺品，至于那把小铲，干脆就是油画家用的画铲。我立即觉得自己迈进了一个艺术的大观园，心中微微得到一种愉快的满足。

前面人群的头顶上闪出一幅挑帘，大书"道家风味"四字，十分引人。平地放着四个铁筒改装的火炉，炉口上正好压了一个鼓肚铁鏊，鏊子上有一个很厚的圆盖。和刚才做煎饼不同的是，黄色的稀面糊从鼓肚处流下，自然散成一个圆饼，这在我们家乡叫"摊黄"，是乡间极平常的吃食，但在这里就别有出处了。

守摊的一男二女，像夫妻姑嫂三人，那男子不干活儿，只管大声招揽顾客："真正道家秘传，请看中国两千年前就有的高压锅，道人就用这种炉子炼丹做饼，长命百岁。我家这祖传的道家炊饼已有四十二年不做，今年挖掘整理，贡献给首都夜市……"这时一个青年上前插问："是不是回民食品？"他大概分不清道教和伊斯兰教，那炉边的女子耳尖，迅即答道："回民、汉民都能吃，小米、玉米、黄豆，真正小磨香油。不腥不腻，养人利口。"就有人纷纷去讨。

这家人可真聪明，要是白天，这宽阔的马路，这两边洁净的店堂，街上疾行的车辆，西服革履的人群，哪能容他们在这里论饼说道呢。但这是夜晚，暮色一合，城换了装，人也变了性，大家都来享受这另一种心境。

离开这"道家食摊"没有几步，又有一个

摊黄的制作极简，侧重于表现其售卖的技巧。

偌大的广告牌立在当地，红底白字，大书"芙蓉镇米豆腐"，旁边还有几行小注："芙蓉镇米豆腐，以当地特有白米及传统秘法精制，特不远千里专程献给首都夜市。"我忍不住哈哈大笑，这芙蓉镇本是一个小说和电影里的地方，作品中有一个卖米豆腐的漂亮女郎，惹出一段曲折离奇的故事，想不到竟也拿来做了广告的由头。

香味本来是听不见看不见的，但是我此刻却明明是用耳朵和眼睛，来领略这些食品的味道了。先说那大小不同高低起伏的叫卖声，只靠听觉就可以知道这食阵的庞大综杂。有的起声突峻，未报货名，先大喊一声："哎！快来尝尝。"有的故念错音，将"北京扒糕"念成"北京扒狗"。有的落音短截，前字拉长，后字急收："炒——肝儿！"有的学外地土话，要是卖烤羊肉，总是忘不了戴顶新疆小花帽，舌头故意不去伸直。闭目听去，七长八短，沸沸扬扬，宛如一曲交响乐在街空回荡，但再细细辨认，笛、琴、管、鼓，又都一一分明。那每一种频率，每一个波段，实在都代表着每一种香味和每一块六尺见方的地盘。

这些商贩艺术家不但叫卖有声有韵，堆货站摊也极讲造型。卖馅饼的就故将案上的肉馅堆成一个圆球，表面撒上木耳、葱、姜、香菜之末，杂陈黑、白、黄、绿之色，远远看去五彩缤纷。

打通五感，以声写形，不同的吆喝声、叫卖声代表着不同的美食风格、美食味道。

各种嘈杂的叫卖声汇聚在一起，汇成一曲交响乐，字字句句是作者对美食的享受、对生活的热爱。

卖凉粉的更构思奇巧，在一块晶莹透明的方形大冰上凿出几排圆坑，凉粉碗就一一稳在其中，白冰、白碗、白粉，冰清玉洁，素娴雅静，目光一接触就凉气袭人。

再看那案边锅旁的师傅们，头上的白帽多不正而稍歪，腰间的围裙虽系实又轻撩，本是一口京腔却又故意差字走音，要是有外国人走过，还会高喊一声"OK！"整条街面上漾着一种幽默、活泼的气氛。顾客不知不觉中有了一种替摊主辩护的宽恕心理，摆在这里的货自然就是最有特点、最该叫好的。艺术本是在劳动中创造，这时，他们手舞口唱，那火烤油灼的燥热，腰酸腿困的劳顿，全在这一声声的叫卖中，在这擀面杖有节奏的敲打声中化作了顾主的笑语和他们手中的钞票。无声的夜以她迷人的色调，将这一切轻轻地糅合在一起，连游人也一起糅了进去，糅得你心旷神怡。

这条街，前半条是吃的世界，后半条便是穿的领地。

跨过半条街，香味渐稀，却色彩纷呈。服装摊的摆法自与小吃摊不同，干净、漂亮、耀目。几十条彩色锁链从铁架顶端垂下，每隔几个链孔就挂进一个衣架，架上是一件短衫或一条长裙，层层叠叠，拥锦压翠。这些时装不但用料华贵，形式也实在出奇，有一件上衣活像蒙古族的摔跤

概写风味小吃摆摊造型的构思奇巧。突出视觉，巧用色彩，馅饼五彩缤纷，凉粉玉洁冰清，堪称艺术品。

从特写到概写，从叫卖声到摊位的造型，转到街道的氛围。

一个"糅"字，用拟人的手法赋予了夜色温柔的特点，放松而闲适。

承上启下，从饮食转向服饰。"世界"和"领地"张扬着活力。

八个字写出了服装摊的特点。"层层叠叠"极言服装之多；

"拥锦压翠"不仅有面料、色彩，还凸显商品之丰富。

夜市上衣服的特点，"风味"与"时髦"、"传统与反传统"两组词语对食品摊位和服装摊位作对比，突出其不同特点。

"提、套、拉、褪"，四个连续的动词写出了小姑娘换衣服的干净利落，同时表现其直爽的性格特征。

服，没有纽扣只一根腰带，并不讲究合体，随便前后两片而已。有一件裙子，灰土色，上面的图案竟全是甲骨文字，就像出土文物。

一个摊位的最高处挂着一件连衣裙，上身的丝格如将军胸前的绶带，一身显贵之气，罩在透明塑料袋中，标明价格四百八十七元。我怕看错又问一遍，看摊的一个小女子说："这还贵啊，两天已卖出三件！"再看其他摊上一二百元一件的衣服已极平常。我不觉环顾一下周围的人，也都是一鼻两眼，真想不出他们何以能这样在夏夜的凉风中一掷千金。

如果说食品摊讲究的是风味，这里要的便是时髦。那边力求土一点，强调传统；这里却极力求洋一点，专反传统。有一个摊位专营男式短裤，却围着不少女客。按说穿短裤是为凉快，这些料子却厚如帆布，颜色青灰相杂，像一块深色大理石，陈旧滞重。但买的人很多，偏要这种"流行"。

一位姑娘在货摊里提起一件，便在人群的挤揉间，套进双腿，拉至腰际，再将外面的裙子一褪。两条粉白的大腿和两只随便穿着一双拖鞋的赤脚，在白炽灯下分毫毕见，我立时神色大窘，而那两个小胡子摊主却连声叫好："您穿上真正盖帽！赛过好莱坞的影星，电影上的模特儿！"这姑娘也不在意，掏出钱包，直视两个小伙儿：

"便宜一点行不行？人家还是学生呢！""好，二十，零头不要了。"一个大姑娘，当街脱裙试裤，无论如何总觉不雅，又听说还是学生，我更觉惊奇，便插了一句："是中学生还是大学生？""当然大学生！"那女孩嫌我这样提问轻看了她，硬硬地回了一句，随手抽出两张十元的票子往摊上一扔，抓起她的裙子，穿着那件大理石短裤扬长而去。

这时逛夜市的人比刚才更多，摩肩接踵，如沸如滚。夜与昼的区别是，她较白天的紧张、明朗、有节奏，而更显得松弛、朦胧、散漫。所以这时候街上的人其心也并不在购物。腹不饿，亦要一碗小吃，不在吃而在品；衣不缺，又买一件新衣，不为衣身而为赏心。看他们信马由缰，随逛随买，其形其神已完全摆脱了白天的重负。

一"品"一"赏"，一组对比写出逛夜市是一种心态、一种心境。

年轻女子们穿着大的薄衫，脖间只要一根细项链点缀，再赤脚拖一双凉鞋。小伙子则穿牛仔短裤和T恤衫，上些年纪的男女衣着轻软宽松，或有的就穿睡衣前来走动。借着一层暮色，大家都将自己放松到白天没有的极限。

人行道栏杆上坐着一男一女，两个大人却只买了一小盘扒糕，女的端着盘，张大口便要男的来喂。那男子用竹签插一小块糕放在她口中，她就笑眯眯地挤一下眼，不用说是一对情人。

"小盘、大口、挤眼"几个词语描绘出小情侣相处的温情画面。

一对年轻夫妇牵着一个五六岁的男孩从我身

动作、语言描写，生动地展现出孩子的撒娇、父亲的严肃、母亲的慈爱等情态。

对偶句，"树影"对"凉风"，"醉影"对"衣裙"，用凝练的语言写出夜深晚归之景，句式整齐，音韵和谐，读来朗朗上口。

边擦过，孩子边跺脚边嚷："就要吃，就要吃！"父亲说："再吃肚子就要破了。""破了也要吃。"母亲笑了："宝贝，咱们每天来一次，把这条街都吃个遍。"三个人一起高兴地大笑起来，那份轻松随便，好像这条街是他家的一样。

夜深了，游人渐稀渐疏，天上的一轮月亮却更明更圆。树影婆娑，笼着归人尽兴后的醉影；凉风徐起，弄着他们飘飘的衣裙。我踏着月色往回走，想明天还要来，后天也要来。这样热天的晚上，谁耐烦去电影院，又怎能看进书去，而短衫折扇地到这本社会学、艺术学的大辞典里来悠游查检一番，随听随看，随尝随想，夏夜里还有比这更好的节目吗？

薛丽娜

点评老师

山西省祁县第四中学语文一级教师。

从容的德国

题目运用拟人手法，引起读者强烈的好奇和兴趣，同时也是贯穿全文的线索，文章处处彰显从容。

在德国旅行，我真嫉妒这里的环境。在北京拥挤的自行车、汽车和人的洪流里钻惯了，一在法兰克福降落，就如春天里突然脱了棉袄一样的轻松。

巧妙拟人，让读者也似乎一下子就感受到那股轻松惬意。

宽阔的莱茵河当城静静地流过，草坪、樱花、梧桐，还有古老肃穆的教堂，构成一幅有色无声的图画。我们像回到了遥远的中世纪，或者到了一个僻静的小镇，心也静得像掉进了一把玉壶里。

化用"一片冰心在玉壶"，将画面的纯净美好呈现在读者眼前，令人产生联想和想象，也不自觉地安静下来，沉醉其中。

在几个大城市间的旅行，是自己开车走的。这种野外的长途跋涉，却总像是在一个人工牧场里，或者谁家的私人园林里散步。公路像飘带一样上下左右起伏地摆动。路边一会儿是缓缓的绿地，一会儿是望不尽的森林。隔不远，高速公路的栏杆上就画着一只可爱的小鹿，那是提醒司机，不要撞着野生动物。这时你会真切地感到，你终于回到了大自然，在与自然对话，在自然的怀抱里旅行。

细节描写，一个小小的提示路标，更能够体现出德国人与自然密不可分、融为一体的日常。

我努力瞪大眼睛，想看清楚那绿色起伏的

坡地上是牧草还是麦苗，主人说，不用看了，那全是牧场。这样的地在中国早已开垦成农田，怎么能让它长草呢？可是一路上也没看到一头牛，说明这草地的负担很轻，大约也是过几天来几头牛，有一搭没一搭地啃几口。它只不过顶了一个牧场的名，其实是自由自在的草原，是蓝天下一层吸收阳光水分、释放着氧气的绿色的欢乐的生命，是一块托举着我们的绿毯。

当森林在绿毯的远处冒出时，它是一块整齐的蛋糕，或者是一块被孩子们遗忘的积木。初春，树还没有完全发绿，透着深褐色。分明是为了衬托草地的平缓轻软，才生出这庄严和凝重。这种强烈的装饰美真像冥冥中有谁所为，欧洲人多数信教，怕是上帝的安排吧。

要是赶上森林紧靠着公路，你可以把头贴在玻璃上，去数那一根根的树。树很密，树种很杂，松、柏、杨、柳、枫等交织在一起，而且粗细相间，强弱相扶，柔枝连理，浓荫四蔽。这说明很长时间没有人去动它、碰它、打扰它。它在自由自在地编织着自己的生命之网。你会感到，你也在网中与它交流着生命的信息。从科隆到法兰克福，再到柏林，我们就这样一直在草坪上、在树林间穿梭。

当车子驶进柏林市区时，天啊，我们反而一头扎进森林里，是真正的大森林，车子时而穿

赋予牧场人的性格。将其类比草原，读者自然就会联想到广阔、绿色，进而感受到自由自在的情绪。而"托举"一词更是精准地将景色特点舒缓地展开在读者眼前。

四字短语串联使用，句式整齐，简洁凝练。仿佛踏入了树的仙境，各种各样的树连成一片，画面感极强。

过楼房，时而又钻进森林，两边草木森森，我努力想通过树缝去找人、找车或找房子，但是看不到，这林子太深了太广了，和在深山老林里看到的一样，只不过树细了一些。主人说，这林子大着呢，过去这里面都可以打猎。我突然想起一种汽车就名"城市猎人"，看来有一点根据。城在林中，林在城中，这怎么可以想象呢？后来在商店里买到柏林城的鸟瞰图，看到市中心的胜利女神如一根定海神针，而周围则是一片绿色的海洋。

将城中森林比作绿色的海洋，用上"定海神针"的本意，更凸显城与林密不可分，用词诙谐生动。

在这到处是绿草绿树的环境中，自然要造些漂亮的房子，要不实在委屈了它。在德国看房子也成了一大享受，欧洲人的房子决不肯如我们那样四方四正，虽则大体风格一致，但各自总还要变出个样子。比如屋顶，有的是尖的，尖得像把锥子，直指天穹，你仰望一眼它就会领你走进神圣的王国。有的是大屋顶，稚气得像一个大头娃娃，屋顶像一块大布，几乎要盖住整座房子，你得细心到屋顶下去找窗户、门。较多的是盔形顶，威武结实像一个中世纪的武士。

将这里的环境拟人化，"委屈"一词用得绝，让读者一时辨不清到底是景不负人，还是人不负景。

通过屋顶的描写，来证明前文欧洲人的房子是各有各的样子。有详有略，既有比喻也有拟人，读后印象深刻。

还有一种仿古的草皮屋顶，在蓝天下隐隐透出一种远古的呼唤，据说是所有屋顶中造价最高的。屋顶多用红瓦，微风一吹，绿树梢上就飘起一块块红布。德国人仿佛把盖房当成一种游戏，必得玩出一个味儿来。要是大型建筑，他们

"盖房"本是一桩大事，在这里将其比作"游戏"，可见德国人的生活状态是松弛的，恰如后文所说"充分地享受生活"。

就更有耐心去盖，就像全世界屈指可数的科隆大教堂，千顶簇拥，逶迤起伏，简直就是一座千峰山。从1284年一直盖到1880年才盖好，至今也没有停止过加工养护，我们去时于"山"缝间还挂着许多脚手架。至于一般的私家住房，就像小孩子过家家一样必定要摆弄出个新样子。德国人常常买一块地，邀几个朋友，自己动手盖房子，他们在充分地享受生活。

和树多房美相对应的是人少，车在公路上行驶时两边看不到人，就是在城里也很少看见人。有几次我有意地目测一下人数，放眼街面，数不到几个人。这是如中国的长安街、东单西单一样的街道啊。一次在市中心广场停车，要向路边的收费机里喂几个硬币，兜里没有，想找人换，等了半天才从街角转出三个散步的老妇人。

一次开车从高高的停车场上下来，到出口处自动栏杆挡着，不喂硬币它不弹起。我踩住刹车，旁边会德语的同志就赶快去找人换钱。这是车库门口，不能总挡人家的路。但是大概有十分钟，任我们怎么着急，就像在一个幽静的山坡下，怎么也唤不出一个人影。那条挡板无言地伸着它的长臂，我抱着方向盘，透过车窗，眼前闪出了当年朱自清写的游欧洲的情景：火车爬到半山，一头牛挡住路，车就只好停下来，等着它慢悠悠地走开。欧洲人竟是这样地舒服啊。就像在牧场上不见牛羊，只见绿绿的草；在城里不见人，只见空空的街。生存的空间是这样大，感到心里很宽，身上很轻。

人越少就服务得越周到。在汉堡，大约六七十米就有一个人行过街路口，我们乘坐的庞然钢铁大物不时谦让地驻足给行人让路。有的路口电杆上画一个手掌印，你要过路时按它一下，红灯就会亮起挡住车流，人过后红灯自灭。虽然车行如海，但人在车海里是这样的从容，如同受到自然恩惠，人们受到社会完好的关照。反过来如同对自然的保护，人们也十分遵守社会秩序，表现出自觉的纪律性。

拟人的用法，刻画出当地人对社会秩序自觉遵守程度之高，更佐证了后文"环境的从容养成人性的谦让"。

将人置于车海的背景下，画面营造的反差，体现出舒适的环境才可以塑造出从容的性格，也呼应了标题。

纪律是社会共同的利益，在国内早听说过，德国人就是半夜过路口，附近无一车一人也要等红灯，这次真是亲身体验。汽车也是这样礼貌，尤其是如执行弯道让直行、辅道让主道之类的规则时，经常谦让得让你发急。而在北京街头，汽车常常要挤着自行车，追着人的屁股抢路走。是环境的从容养成人性的谦让，当他谦让时不是对哪一个人，而是对整个生态环境的满意和尊重。

"挤、追、抢"几个连续性动词，鲜明描绘了北京街头车赶车的争抢、拥堵场景，与德国的环境形成对比。

总之，在德国无论是在乡间，在城里，都感受到一种被缓解、被稀释和被冲淡了的环境。我们为什么愿意到草原、到海边去旅游，就是因为那宽松的环境，那里空间极大，大到可以尽力去望，没有什么东西会阻挡你的视线；你可以尽力

运用类比，调动视觉，让读者更能身临其境地体会德国无处不在的安宁、自在之感。

去听，没有什么人为的声音会来干扰你的听觉，只有天籁之音。这时你才感到人的存在，人的主宰。人们为什么要寻找山水，就是为了释放那些在市井中被压缩许久的视力、听力和胸中的浊气。所以当一个城市二十四小时都能给我们一汪绿色一片安宁时，这是何等的幸福啊。

　　这正是作者文章"五诀"之"情字诀"的运用。直接抒情，表达了作者对德国环境的向往和赞美，也与文章首段的"嫉妒"之情遥相呼应。

郭丰婷

点 评 老 师

福建省福州市延安中学教育集团语文教师。

杏花村访酒

一般的可游之处，大约有两类。一是风景特别好，悦目赏心，怡人情怀；二是古迹名胜，可惊可叹，长人见识。当我去过汾酒产地山西杏花村后，真不知道该怎样归类。

说是村，并名以"杏花"，其实这里是一个大型的酒厂。历史上曾杏林千亩，繁花如云，直到现在也保持着古韵。但凡来晋之人，无不设法去游一次，游人之意却并不在山水间，而在酒。

汾酒厂的餐厅是别致的，墙上挂着名人字画，最醒目的是郭沫若手书的那首"杏花村里酒如泉"诗。服务员打开酒坛盖，将酒斟入杯。当液面停止了波动，杯中的汾酒纯净透明，就像刚才并没有注入什么。主人举杯，我试酌一口，唇初沾而馨绵，口将咽又生甜，味柔和而隽远。客人都笑了，但并没有大声赞美，只是微笑着颔首，仿佛怕破坏了这酒的恬静。这汾酒是清香型的代表，它不求那浓、那烈，只要这纯、这真。这汾酒，如窈窕淑女，淡妆素抹。

相传贵州的"茅台"，是清康熙年间，一

前句已将一般可游之处进行分类，此句却宕开一笔，将杏花村另行分类，前后对照，设置悬念，引起读者的阅读兴趣，从而一步步走进主题。

化用欧阳修"醉翁之意不在酒，在乎山水间也"一句，却反其意而用之，再次引发读者阅读的兴趣。

又一句化用，令人想起苏轼的"淡妆浓抹总相宜"一句，于是汾酒也就化为了西子，寥寥数语已让汾酒形神具备。

个山西盐商传去的。陕西的"西凤",是"山西客户迁入,始创西凤酒"。至今我国不少地方的酒名中,仍带有"汾"字,如"湘汾""溪汾""佳汾",可见其渊源。

所谓"闲笔不闲",此段貌似与正文内容无关,却将上文品酒余韵氤氲开去。"相传"一词写出"杏花村"历史渊源,汾酒则将这种渊源酝酿在酒味里。

喝过酒,我们被让到招待所里小憩。这招待所也别致,是一所中国式的四合院,取名曰"醉仙店"。院心有古井,有假山。山下有水,有草。草地上有一条汉白玉的黄牛,牛背上牧童横笛,旁边的碑上题着杜牧那首"借问酒家何处有,牧童遥指杏花村"的名诗。环院,南北为客房,东侧为碑廊,记录着南北朝以来汾酒的历史。西侧为展览馆和历代酒器陈列馆,出出进进的游人无不感受到酒文化的博大精深,馆内也有许多关于汾酒的名人题赠。

比喻修辞,将到杏花村访酒比作在八达岭长城上远眺和在故宫大殿前的柱础旁沉思,从"点"铺向"面"。

这时,虽主人已在房中泡好热茶,连声招呼客人休息,但大家却总在院中流连。不错,人们是为访酒而来,但要是这里没有这些酒外之物,那酒何处没有?人们之所以固执地要到杏花村来,实在是要来品味、依恋与凭吊一会儿这酒中所凝聚的民族文化,就像在八达岭长城上远眺,在故宫大殿前的柱础旁沉思。

呼应前文"游人之意却并不在山水间,而在酒"一句,点出到杏花村访酒的用意在于酒,更在于酒中所凝聚的民族文化,进一步升华了主题。

杏花村,实在是一个特殊的去处。来游的人,其意并不在山水,但也不全在酒。

徐敏红 **点评老师**

浙江省温岭市箬横镇中学语文高级教师,温岭市教坛新秀。

三十年的草原四十年的歌

标题运用对称句式，意味深长，点明内容，暗示主题。

　　内蒙古歌手在民族宫大剧院演出了一场"蒙古族长调歌曲演唱会"，主题是保护草原，遏制沙化。大幕未启，节目单发下来，上面赫然印着一位老歌手的名字：哈扎布。我心中猛然一惊，他真的还在世！

巧妙设计悬念，引出下文对老歌手哈扎布的介绍。

　　我没有见过哈扎布，也没有听过他的歌。记住这个名字，是因为叶圣陶老的一首诗《听蒙古族歌手哈扎布歌唱》。1968年，我大学毕业被分配到内蒙古工作，一到当地先搜集资料，有一本名人游内蒙古的诗文集，其中有叶老这首诗。开头两句就印象极深，至今仍能背出："他的歌韵味醇厚，像新茶，像陈酒。他的歌节奏自然，像松风，像溪流。"我读这诗已是三十多年前，这三十多年间再未听说过哈扎布的名字，更没有想到今天还能听到他的歌。

引用叶老的这首诗，从侧面表现老歌手哈扎布的歌韵味醇厚。

　　因为是呼唤保护环境，恢复生态，晚会的气氛略有点压抑。老歌手是最后出台的，主持人说他今年整八十岁。他着一件红底暗花蒙古袍，腰束宽带，满脸沧桑，一身凝重。年轻歌手们

运用外貌描写，突出老歌手的沧桑，同时运

一字排开拱列两旁。他唱的歌名叫《苍老的大雁》，嗓音略带暗哑，是典型的蒙古族长调。闭上眼睛，一种天老地荒、苍苍茫茫的情绪袭上我心。

用侧面描写，通过"我"的听歌感受衬托出老歌手歌声的感染力强。

过去内蒙古闻名海内外，是因它美丽的草原、美丽的歌声。我三十年前在那里当记者，曾在草原上驰过马，躺在草窝里仰望蓝天白云，静听那远处飘来的、不是为了演唱而唱的歌。当时一些传唱全国的著名歌词现在还能记得，"鞭儿击碎了晨雾，羊儿低吻着草香"。那时无论如何也不会想到，这种美丽几十年后就要消失。

运用排比，生动描绘了三十年前内蒙古草原的美丽、歌声的动听与"我"的陶醉，为草原美丽消失后"我"的惆怅做铺垫。

近几年沙尘暴频起草原，直捣北京。去年，北京一家大报曾发表了一整版今昔对比的照片，并配通栏大标题：昔日风吹草低见牛羊，今天老鼠跑过见脊梁。今晚，我闭目听歌，不觉泪涌眼眶。新茶陈酒味不再，松涛无声水不流。当年叶老因歌而起的意境已不复存在，剧场一片清寂。我仿佛看见一只苍老的大雁，在蓝天下黄沙上一圈圈地盘旋，在追忆着什么，寻找着什么。坐在我身后的是一位至今仍在草原上当记者的同志，他悄悄地说了一句："心里堵得慌。"

老歌手歌声依旧，但因草原将消失，"我"听歌时感觉意境全无，只剩"苍老大雁"盘旋寻觅，表达出"我"的痛心。

晚会后回到家里深夜难眠，我起身找到三十多年前的笔记本，叶老的诗还赫然其上：

他的歌韵味醇厚，

像新茶，像陈酒。

他的歌节奏自然，

像松风，像溪流。

每个字都落在人心坎上，

叫人默默颔首，

高一点低一点就不成，

快一点慢一点也不就，

唯有他那样恰好刚够，

才叫人心醉神怡，尽情享受。

语言不通又有什么关系，

但听歌声就能知情会意。

无边的草原在歌声中涌现，

草嫩花鲜，仿佛嗅到芳春气息，

静静的牧群这儿是，那儿也是，

共进美餐，昂头舔舌心欢喜。

跨马的健儿在歌声中飞跑，

独坐的姑娘在歌声中支颐，

健儿姑娘虽然远别离，

你心我心情如一，

海枯石烂毋相忘，

誓愿在天鸟比翼，在地枝连理。

这些个永远新鲜的歌啊，

真够你回肠荡气。

叶老既是在描绘荡气回肠的歌声，更是在给读者勾画一幅意境壮美的内蒙古草原图。

他的歌韵味醇厚，

像新茶，像陈酒。

他的歌节奏自然，

像松风，像溪流。

莫说绕梁，简直绕心头。

更何有我，我让歌占有。

弦停歌歇绒幕垂，

竟没想到为他拍手。

好一个"莫说绕梁，简直绕心头"！"绕心头"的是歌声，更是那美丽的草原。

当年叶老虽听不懂蒙古语，但他真切地听到了其中的草嫩花鲜，静静的牧群，还有回肠荡气的爱情。我查了一下叶老写诗的日期：1961年9月，距今正好四十年。我抄这诗也过了三十年。三十年、四十年来，当我们惊喜地看着城市里的水泥森林疯长时，却没想到草原正在被剥去绿色的衣裳，无冬无夏，羞辱地裸露在寒风与烈日中。

运用对比、比喻、拟人三种修辞，表达出作者看到在现代化进程中，草原被水泥森林吞噬的震撼与痛惜。

没有绿色哪有生命？没有生命哪有爱情？没有爱情哪有歌声？若叶老在世，再听一遍哈扎布的歌，又会为我们写一首怎样深沉的诗？归来吧，我心中的草原，还有叶老心中的那一首歌。

最后一段运用顶针与反问，振聋发聩，引人深思。最后一句巧妙点明主题，呼吁大家保护草原。

欧阳艳　　　　　　　　　　　　　　　点评老师

湖南省湘潭市益智中学语文高级教师，湘潭市优秀教师及班主任。

与朴老缘结钓鱼台

我与佛有缘吗？过去从来没有想到这个问题。1993年初冬的一天，研究佛教的王志远先生对我说："11月9日在钓鱼台有一个会，讨论佛教文化，你一定要去。"本来平时与志远兄的来往并非谈佛，大部分是谈文学或哲学，这次倒要去做"佛事"，我就说："不去，近来太忙。"他说："赵朴老也要去，你们可以见一面。"我心怦然一动，说："去。"

志远兄走后，我不觉反思刚才的举动，难道这就是"缘"？而我与朴老真的命中也该有一面之缘？我想起弘一法师以著名艺术家、文化人的身份突然出家去耐孤寺青灯的寂寞，只是因为有那么一次"机缘"。据说一天傍晚，夏丏尊与李叔同在西湖边闲坐，恰逢灵隐寺一老僧佛事做毕归来，僧袍飘举，仙风道骨，夏公说声："好风度。"李公心动说："我要归隐出家。"不想生此一念后竟真出家了。据说夏丏尊曾为他这一句话，导致中国文坛隐去一颗巨星而后悔。那老僧的出现和夏公脱口说出的话，大约不可说不是缘

运用对比衬托的手法，先讲对佛事不感兴趣，但听说朴老也要去，就"怦然心动"，也要去。足见朴老享有崇高威望，同时也使叙事有波澜。

插叙李叔同与佛的机缘，"竟在文学和佛学间架了一座桥"，恐怕这就是作者所希望的佛缘吧。这一段紧扣标题"缘结"之"缘"。

（后来，我读到弘一法师的一篇讲演，又知道他的出家不仅仅是有缘，还有根）。而这缘竟在文学和佛学间架了一座桥。敢说志远兄今天这一番话不是渡人的舟桥？尽管我绝不会因此出家，但一瞬间我发现了，原来自己与佛还是有个缘在。

9日上午，我如约驱车赶到钓鱼台。这座多少年来作为国宾馆的地方，现在也揭去面纱向社会开放。有点身份的活动，都争着在这里举办。初冬的残雪尚未消尽，园内古典式的堂榭与曲水拱桥掩映于红枫绿松之间，静穆中隐含着一种涌动。

在休息室我见到了朴老，握手之后，他静坐在沙发上，接受着不断走上前来的人们的问候。老人听力已不大灵，戴着助听器，不多说话，只握握手或者双手轻轻合十答礼。我在一旁仔细打量，老人个头不高，略瘦，清癯的脸庞，头发整齐地梳向后去，着西服，一种学者式的沉静和长者的慈祥在他身上做着最和谐的统一。看着这位佛教领袖，我怎么也不能把他和五台山上的和尚、布达拉宫里的喇嘛联系起来。

我最先知道朴老，是他的词曲，那时我还上中学，经常在报上见到他的作品。最有影响力、轰动一时的是那首《哭三尼》，诗人鲜明的政治立场、强烈的爱憎、娴熟的艺术让人钦佩。可以说我们这一代人，只要稍有点文化的，没有人不

古朴典雅的景物描写、明丽的色彩、静穆的氛围，为朴老的出场做了烘托。

此段用极简省的笔墨，对朴老的体态、衣着、一系列动作进行了精准的刻画，突出了朴老的身份、年事已高和沉静、平和的性格。而微妙的内心刻画，表明了这位佛教领袖的与众不同。

记得这首曲子，而我原先只知唐诗宋词，就是从此之后才去找着看了一些元曲。佛不离政治，佛不离艺术，佛不离哲学，大约越是大德高僧越是能借佛径而曲达政治、艺术、哲学的高峰。你看历史上的玄奘、一行，以及近代的弘一，还有那个写出《文心雕龙》的刘勰，写出《诗品》的司空图，甚至苏东坡、白居易，不都是走佛径而达到文学、科学与艺术的高峰吗？只知晨钟暮鼓者是算不得真佛的。

后来我看书多了，又知道朴老在上海抗日救亡时的义举善举，知道了他与共产党合作完成的许多大事，知道了他为宗教事业所做的贡献，还知道他是西泠印社的第五任社长，接触更多的还是他的书法艺术。在大街上走，或随便翻书、报、刊，都能见到朴老题的牌匾或名字。我每天上班从北太平庄过，就总要抬头看几眼他题的"北京出版社"几个字。朴老的故乡安徽省要创办一份报纸，总编喜滋滋地给我看他请朴老题的"江淮时报"几个字。人们去见他，求他写字，难道只是看重他是一个佛门弟子？

会议开始了，我被安排坐在朴老的右边。正好会议给每人面前发了一套《佛教文化》杂志。其中有一期发有我去年去西藏时拍的一组十三张照片，并文。图文分别围绕佛的召唤、佛的力量、佛的仆人、佛的延伸、佛是什么、佛是文化

从"我"中学阶段就受朴老词曲的影响，联想到他最有影响力、轰动一时的《哭三尼》，又联想到玄奘、一行、弘一、苏东坡等人。作者感悟到越是大德高僧，越是能借佛径而达文学、科学与艺术的高峰，并运用反问句，肯定了朴老在文学艺术上的高深造诣。

用"知道了……，知道了……，还知道……"的递进句式，简约概述了朴老在抗日救亡时的义举善举，并说明了他作为社会活动家的卓越贡献和艺术上的巨大成就。

等主题来阐述。我翻开杂志请他一幅幅地看，边翻边讲。他听说我去了西藏，先是一惊，而后十分高兴。他仔细地看，看到兴浓处，就慈祥地笑着点点头。最后一幅是我盘腿坐在大昭寺的佛殿前，背景是万盏酥油灯，题为"佛即是我"，并引一联解释："因即果，果即因，欲求果，先求因，即因即果；佛即心，心即佛，欲求佛，先求心，即心即佛。"这回朴老终于些微地冲破了他的平静，他慈祥地看着图上的人影，大笑着用手指一下我说："就是你!"并紧紧握住我的手。因为朴老听力不好，所以我们谈话就凑得更近，大概是这个动作显得很亲密，又看见是在翻一本佛教文化杂志，记者们便上来抢拍，于是便定格下这个珍贵的镜头。

会议结束了，我走出大厅，走在绿中带黄、绵软如毡的草地上。我想今天与朴老相会于钓鱼台，是有缘。要不怎么我先说不来，后来又来了呢？怎么正好桌子上又摆了几本供我们谈话的杂志？但这缘又不只是眼前的机缘，在前几十年我便与朴老心缘相连了；这缘也不只是佛缘，倒是在艺术、诗词等方面早与朴老文缘相连了。

缘是什么？缘原来是张网，德行越高、学问越深的人，这张网就越张越大，它有无数个网眼，总会让你撞上的，所以好人、名人、伟人总是缘结四海。缘原来是一棵树，德行越高、学问

用心理描写呼应前文，点明结缘题旨。文章以"结缘"为线索来组织材料，结构严谨，脉络清晰。

以"网"和"缘"两个形象的比喻展开议论，生发哲思：德行越高、学问越深的人，就能缘结四海。要想结缘，就要有人生积淀和准备。

越深的人，这树的浓荫就越密、越广，人们总愿得到他的荫护，愿追随他。佛缘无边，其实是佛学里所含的哲学、文学、艺术浩如烟海，于是佛法自然就是无边无际的了。难怪我们这么多人都与佛有缘。富在深山有远客，贫居闹市无人问，资本是缘，但这资本可以是财富，也可以是学识、人品、力量、智慧。在物质上，更重要的是在精神上富有的人，才有缘相识于人，或被人相识。一个在精神上平淡的人与外部世界是很少有缘的。缘是机会，更是这种机会的准备。

车子将出钓鱼台大门时，突然想得一偈，便轻轻念出：

身在钓鱼台，心悟明镜台。
镜中有日月，随缘照四海。

以作者自做的偈结尾，既符合本文谈佛的内容，又升华了主题。

温　莉　点评老师
山西省太原市第十二中学语文高级教师，曾获国家级作文教学课题研究论文一等奖。

这里有一座歪房子

我们只见过年久失修而歪斜的老房子，哪有人专门去建一座倾斜欲倒的新房子呢？但还真有这样一件怪事，婺源严田村就出了一座精心设计、结构复杂、外斜内平的徽式新房。

婺源向以山清水秀的风景和白墙黛瓦的民居闻名。近年除吸引了不少走马观花的游客外，还有一批艺术家、作家、学者长期留住，将整个身心融入到山水田园，同时他们又按照自己的理念解读生活。文化从来都是在传统与变异中前行，于是这座歪房子就成了老树上的一朵新花，忽放奇彩，蜚声四野。而每当有一个丰富内涵的意象出现，总会有无穷个不同的解读，斯为艺术。

世界万物没有一个绝对的平衡，而总是在倾斜与校正中来回摆动。这座歪房子不过是将这种意识具象化，让人可看、可摸、可住、可思，去理解人生。其实，以"斜"警世古已有之。中国古代有一种叫"欹"的器皿，在一根横木上挂一陶罐，当空着时罐身半斜；加水一半，罐身正；加满水，罐子立刻倾翻。孔子见而感叹道："吁，恶有满而不覆者哉！"这是让人警惕不要自满。名"宥坐之器"，宥同右，意即座右铭，是在以斜警正。

运用"典字诀"，插入三段典故，分别说明以斜警正，以斜示正，以斜说正。

著名的国宝山西永乐宫壁画里有众多人物故事，但是没忘了画一个细节。一个童子，正在用一块木片去垫支一个桌腿。别小看这块斜木片，明代学者李渔的《闲情偶记》里有详细记录。宋代学者刘子翚，朱熹的老师，曾有一首咏物诗专说它："匠余留片木，楮案定欹倾。不是乖绳墨，人间地少平。"这是以斜示正。

清代诗人龚自珍有一名篇《病梅馆记》，他说梅花本来长得好好的，有人偏要用绳子把它绑得东扭西歪，以曲为美，这是病态。他同情被扭曲之梅，就买了三百盆全部松绑，并且发豪言要将天下病梅全部解放。这是以斜说正。

佛说一物一世界，看来无论一个小木片、一个小陶罐、一枝梅都含有辩证法，都可借物警世。以上所举三件都可为手中把玩之小物件，而现忽有庞然如一所房子者矗立眼前，人可绕其外，入其内，效果又当如何？这正是现代艺术与传统之所别吧。遂有感而作《歪房子铭》：

概括三件玩物小而传统的特点，与歪房子大而现代的特色形成鲜明对比。

人居地球而不知头朝下行走；居平常之屋而不知反常之事。正所谓习以为常，歪以为正，非以为是。

居都市者，吸汽车尾气而不觉；吃农药残留之粮菜而不觉；夜不见星光之灿烂而不觉；日不闻鸟语之欢鸣而不觉；身处喧闹纷扰之市而不觉；心陷案牍之劳、商利之争、官场之累而不觉。疲于奔命，忙如蜂蚁，自以为得意。

有某君一日行至婺源严田古村，见山青水绿，天朗气清，惊为桃源。随造屋数间以引知音，又筑歪房一座以警人心。房外观之，为将倾欲倒之状，入内则敞亮平稳，目眺远山天际绿，耳听鸣泉心上流。坐饮清茶一杯，顿悟今是而昨非，尽洗半生红尘。

古人云，以铜为镜可正衣冠，以人为镜可明得失。今以房为镜，可明居世之道。陡然一倾，震悟人生。

史丽芬

点 评 老 师

山西省晋城市爱物学校语文教师，晋城名师培养工程学员。

霸王岭上听猿啼

　　猿，这种灵长类的动物，离我们人类最近又最远。生物在漫长的进化过程中，由水里的鱼变成陆上的虫、鸟、兽，最后变成两腿可直立的猿，又一咬牙，打了个哆嗦就变成了人。

　　猿离我们最近，但现实生活中它又离我们最远。我们在野外、在动物园、在电视上的《动物世界》里，常可以见到狮、虎、象、蛇，但几乎没有见过猿。就是在文字记录、文学作品中也少有猿的描述。中国读书人能够记得起的，也就是李白的诗句"两岸猿声啼不住，轻舟已过万重山"，这是一千三百年前的事情了。再就是郦道元的《三峡》："每至晴初霜旦，林寒涧肃，常有高猿长啸，属引凄异，空谷传响，哀转久绝。故渔者歌曰：'巴东三峡巫峡长，猿鸣三声泪沾裳！'"更是一千五百年前的事了，之后便少见猿影，更无闻其声。

　　今年1月的一天，北京已是天寒地冻，我正在一个暖融融的会议室里开会，突然手机响起，是从海南打来的，一个很兴奋的声音，是省林业

引用李白的诗句及郦道元的名句，既增添了文章的文学色彩，又丰富了"猿"的文化内涵，还说明了猿在文学作品中的描述很少，猿在现实生活中离我们很远的事实。

厅王副厅长。他也不顾我是否方便接听就大声说："你不是要看树吗？有一个科考机会，我带你进原始森林，顺便还可以看海南长臂猿。要知道，全世界也就只有我们这里还有这个物种了，总共也不过几十只，比大熊猫还珍贵，明天就买票飞过来。"我赶紧一边压低声音答应着，一边溜出会议室。他还在不停地说，像是战场上发现了新情况，紧急呼叫。

把王副厅长当时的状态比作"战场上发现新情况"，形象地写出了他的兴奋之情。

我看着窗外结冰的湖面，听着呼啸的北风说："这个季节出什么差呀！"他说："冬季的热带雨林很好看，海南长臂猿更难得一见，全世界在野外见过它的不过数十人，听过它鸣叫的也不过一百人，你要能来就是第一百零一人。再说，你从北到南等于又过了一次夏天。"我挡不住他的诱惑，第二天直飞海南，当晚就摸黑上了霸王岭自然保护区。翌日晨，我们在一棵大杧果树下吃过早点，便向大山深处进发了。

"第二天、当晚"说明我一刻也不愿意耽搁，"摸黑"更形象地表明"我"听猿啼的心情非常急切。

长臂猿的保护与研究是一个很专业的话题，同行的有两个重要人物来做我们的顾问。一个是这里的第一代长臂猿野外观察员陈庆，父亲是伐木工人，出生在林区，保护区一成立他就来了。

长臂猿的习性是常年生活在树上，在八九十米高的树梢间，用它的长臂如荡秋千似的悠来荡去，每天要飞过一千棵以上的树，采食一百三十多种果。老陈来林区已五十多年，从未见过长臂猿下地行走。我们对狮子、老虎等猛兽可以捕获，并给它们戴上无线电项圈追踪研究，而对长臂猿却很难无害捕获，更不用说戴项圈了，因为它已经有了一双和人类差不多的灵巧的手，唯一的办法就是同步跟踪观察。

将狮子、老虎等猛兽与长臂猿对比，说明人类想要了解长臂猿非常艰难。

长臂猿每天早晨五点就开始啼鸣，公的叫，母的和，这是在求爱和宣示领地，所以观察员们就每天"闻猿起舞"。原始森林里哪有路？你想，猿在树梢上飞，他们在下面追，慌不择路，藤缠树拦，跌倒爬起，皮肉受伤是很平常的事。有一次连续一周没有听到猿的叫声，正疑惑间，一大早忽啼声突起。老陈喜急，冲出窝棚就追，野藤一绊，翻身滚进沟里，小腿骨折。他忍痛爬了两个多小时，拦了一辆拉木头的车下山，住院两个多月。

"喜急、冲、追、绊、翻、滚、骨折"等几个动词，形象地描绘出老陈听到猿啼时兴奋的状态，也表明了野外观察猿的活动会遇到很多困难和危险。

还有一位顾问是香港嘉道理集团的陈博士。嘉道理是英国一个老牌企业，20世纪30年代落户上海，后又迁驻香港，长期资助农业和生态方面的科研。陈博士是研究猿的专家，英国留学，香港工作，父母是港府官员，家有一双可爱的小女儿，他却一年有一百五十天左右住在霸王岭上的老林中。本来他昨天要走，听说今天我要来就推迟了一天。

我问："你现在的研究课题是什么？"他说："抢救猿，要先抢救树。现在主要研究猿的食用树种，育苗繁殖，恢复原生态。同时，为减少保护区原住民对林子的破坏，也研究能让山民致富的替代经济作物。"陈博士四十来岁，方脸阔肩，浓眉大眼，是个帅哥。我说："你衣食无忧，不在香港与家人厮守，来这里钻林子干什么？"他笑了笑，反问我："那你大冬天从北京跑来干什么？"车里"轰"地发出一阵快乐的笑声。这时我突然意识到，这个世界上还是有那么一部分人在为李白、郦道元的猿操心。陈博士边走边指点着窗外，哪处曾经被破坏过，哪片是新恢复的林子，如数家珍。近年来他们已在一百五十公顷范围内种植了五十一种、八万多棵长臂猿喜食的树种。

車子上到半山腰，再往前就没有路了，大家下车步行。没有进过热带原始林的真不知道它的味道，我的第一感觉是品种繁多，眼花缭乱，在大自然面前立即感到自己是多么无知。刚进山时还有松、樟、榕等能叫得上名字的树，再走就一个也不认得了。只有好奇于它的形，吃惊于它的叶和果。

有一棵树，远看亭亭玉立，近看却浑身长满了扁平的刺，像一个冷美人，真可谓"可远观而不可亵玩"。请教老陈，说名叫"簕树"。还有蜈蚣藤，贴着树往上爬，简直就是一条几米长的大蜈蚣。扁担藤，比扁担还要宽，挂于两树间，

"如数家珍"既表明陈博士对当地的情况非常了解，也表明了陈博士对这一份工作非常热爱。

远看近看完全不同，写出了这棵树不同寻常的一面，而"像一个冷美人"更形象地写出了这棵树独特的美。

你躺上去就是一张吊床。

　　林中多大树，动辄高一百多米。树高易倒，于是就进化出特有的板状根。每一棵树都在不同方向长出几块酷似直角三角板的根。我立于板根中间，高可齐顶，平如墙壁，以手叩之砰然有声，这是根吗？如果切割下来，就是一张桌子、一块床板。但它的确是根，是这棵树的立身之本、生命之源。它利用最合理的力学原理，托起了一株参天巨木，大自然真是玄机无穷，于是人们创立了一门"仿生学"。你看高压线铁塔、埃菲尔铁塔就是这"板根"原理，而飞机的机翼是鸟翅的仿造。人类永远在解读自然、学习自然，却不可能跳出自然，就像不能抓住自己的头发离开地面。

　　在林中的第二个感悟是生命的竞争。平常看动物世界，弱肉强食，不想这里也是你死我活，最典型的是藤与树的较量。树为了争取阳光就拼命地往高里长，藤子虽软得不能自立却会爬上树，站到巨人的肩膀上去晒太阳。这对冤家在林中，一刚一柔，一直一曲，构成了一幅相争相依、相映成趣的图画。有的藤子一圈一圈，上到层楼，惊呼天凉好个秋；有的爬到半腰就被风吹落下来，闲抛乱掷，一团乱麻满地愁。藤树相争一般是藤子占上风。

　　你在林子里经常会看到一根老藤凭空而降，

这句话写出了板根特有的形态，突出其生命力之强，表明其对参天巨木的重要意义。

既有比喻，又有拟人，形象活泼地将树与藤的较量描绘出来，既写出它们竞争的激烈，又突出了它们的生命活力，语言充满了趣味。

悠闲自在，十分潇洒，其实这是一个笑面杀手，刚刚杀死了一棵大树。它先缠住了树，然后一扣一扣地往紧收，树就慢慢地窒息而死，朽木倒地去，树去藤还在，这就是热带雨林中常见的"绞杀"现象。也有树反过来吃掉藤子的，但这是极少的意外。

有一棵碗口粗的树引起我的注意，树皮起伏，显出均匀的绳纹凸凹，颜色灰绿相间，有如军人身上的迷彩服。当初曾有一根藤子沿着它一圈一圈地往上爬，或许是因为"亲吻"过狠勒破了树皮。树的伤口就分泌出汁液，一点一点地将它包裹起来，终成此奇观。白居易说"在地愿为连理枝"，现在它们"在林竟成连理躯"。歌剧《刘三姐》里唱道："山中只有藤缠树，世上哪见树缠藤。"而今天我在霸王岭上的原始森林中，竟发现了这树裹藤的惊人一幕。我以手抚树，想这"迷彩服"下该藏着怎样的爱恨情仇。这就是达尔文说的"适者生存，自然选择"。汉语很妙，翻译成"物竞天择"。万物相争，自有老天爷来当裁判。

正当我痴迷于这原始林的丰富变幻时，忽然老陈压低嗓子喊了一声："有猿叫！"五六个人顿时停下脚步，停下手里的一切动作，像被施了魔法一样地一起定格在丛林中。大家伸长脖子，竖起耳朵，捕捉那早已被历史和自然遗忘了的声音。只听"嘘——",一声长鸣越过树梢,接着远处也回应一声。我们极其兴奋,放轻脚步加快速度,同时又将全身的力气都集中在耳朵上,打捞着那飘忽不定的来自远古的回声。猿的啼声类似鸟类,尖细悠长,划空而过,穿透力极强,而且总是雌雄相答,一呼一应。这时林中阳光闪烁,溪水明灭,猿声迢递,已不辨是我们穿越时空回到了远古,还是那猿的啼鸣穿越万年到如今。

中午过后,我们到达一个叫葵叶岗的观察点,这是此行的终点。山坡上有一个水泥框架的小房子,门上挂着一块铁牌,上书:"海南霸王岭国家级自然保护区与香港嘉道理农场暨植物园,为携手拯救极度濒危的海南长臂猿,于2004年成立本保护监测点,为海南长臂猿做长期定点、野外监测和研究之用。"里面四壁空空,只一个木板大通铺。这是第二代长臂猿观察点,虽已经取代了过去的草窝棚,但仍然十分简陋,可想见,除了不能上树,会用火,他们的生活状态与猿相差无几。原始林中还有这样一批人,我不觉肃然起敬。三个年轻人,正在溪水旁舀水洗菜,埋锅造饭。他们是去年刚分来的大学生,来自东北林业大学和中南林业科技学院,算是第三代野外观察员了。

因为连续爬山,我们一个个都累得大汗淋

> 这段环境描写极富诗意,既描画了原始森林的优美环境,又将时空与远古相接,使文章充满了历史的韵味。

> 一句简笔勾勒,却写尽长臂猿观察人员生活的简陋。

经历了艰难的跋涉之后，大家边吃饭边议论。这种随意的氛围，让人感受到了研究长臂猿的艰辛之外的乐趣。

漓，口渴腿软。每个人随意找了一节木头，围着一块大石桌坐下，边吃饭边议论着刚才长臂猿的啼鸣。老王说："你还是来对了，亲耳听到了猿的叫声，这是原始森林给你的最高礼遇。许多人多次上山也没有听到过一次，今天你可以被授予第一百零一位听猿人了。"大家听了哈哈大笑，身上顿时轻松许多。

我抬头打量着周围的地形，这是走到尽头的一个小山谷，大约有一个篮球场的大小，三面群峰遮天，一面水流而去。山坡上满是参天巨木和一些密密麻麻的小树，都是我没有见过的，全是长臂猿的食源植物。

我一棵一棵地请教着树名，赶紧记在本子上并画了草图。正面坡上是：桃榔、白背厚壳桂、海南暗罗、海南肖槠；左边是：红椤、肉食树、黄榄、白颜；右边是：乌榄、红花天料、野荔枝、海南山龙。只听这些奇怪的树名，就知道我们已经远离尘世，回到了洪荒时代。

随手一指，老陈便能脱口而答，表现出老陈对这里的树了如指掌。

我随手指着身边一棵树问这叫什么，老陈说："凸脉榕。"榕树我当然是见过的，有大叶榕、小叶榕，还有气根，这棵怎么不像呢？他说："我教你，凡榕科，叶片背后都有三条脉络。"真是万物都有其理。鲁迅说第一个吃螃蟹的人最勇敢，我佩服那第一个进原始森林的人、第一个识别生物的分类学家，不知当初他们是怎样拓荒前进的。

　　老陈边说边用一根长棍，熟练地从树上拧下一束嫩叶，说这是长臂猿最爱吃的浆果，叫短药蒲桃。我看着这肥厚的绿叶、雪白的果实，想象着长臂猿在空中展演杂技，耳旁又响起那悠长的叫声。长臂猿，这个人类的近亲为什么总是在不停地鸣叫呢？

以一个问句引出下文对长臂猿啼叫的思考。

　　恩格斯在《劳动在从猿到人的转变中的作用》一文中说，人们在协作过程中"已经到达彼此间不得不说些什么的地步了"，"猿的不发达的喉头……缓慢地然而肯定无疑地得到改造"。猿的喉头之所以得到改造，是因为彼此间已经"想要说点什么了"，它最想说不愿与人分手，但在进化路上还是无奈地分道扬镳了。如毛泽东的词："人猿相揖别。"这一别多少年呢？就在我正写这篇文章时，世界多个科研机构公布了两大最新发现，一是捕捉到了爱因斯坦一百年前预言的，走了十三亿光年才来到地球的引力波；二是最新化石研究证明，人与大猩猩、猿等灵长类动物的分手是在一千万年前。猿鸣一声穿千古，仰观宇宙两茫茫。我们人类和猿就是在这森林边揖手而别，但下一步不知将要走向何方。

写两大发现，来进一步证实"人猿相揖别"历史之久远，蕴含了作者深深的感慨。

　　一般人要想看到猿几乎是不可能的，今天我能穿越千年，像李白、郦道元那样，听见一声猿啼，并成为"第一百零一位听猿人"，已是万幸。为了弥补未能与猿谋面的遗憾，保护区洪局长请我们回到半山腰的监测站，看他们的实地录像。

拿熊猫与猿对比，突出猿的可爱呆萌。

猿，其实是很可爱的，灵敏如电，萌态喜人，赛过熊猫。它们刚出生时一色金黄，毛发柔软。但长到六七岁时雌雄就分成黄黑两色，深黑的鬃毛衬托出雄性的威猛，而一头金发则现出雌性的妩媚。保护区存有一段珍贵视频，巨木之上一根百米青藤缓缓垂下，一只母猿正以手攀藤向下张望什么。不一会儿，一只小猿倏尔飞上，投入母怀，母放开小仔，观其练技。母子到达树梢后，前面丈远处是另一棵大树，母一声长啸，鼓励幼仔勇敢起跳，然后母前子后一起飞向那棵树梢。

这段话细致地描绘了长臂猿母子活动的情景，"倏尔飞上"突出了小猿动作之灵敏，"母前子后"又突出了母子感情之深厚。

洪局长说，对猿的观察最难，蹲候数年也未必能捕捉到一个清晰的实景，这段视频是他们的"镇馆之宝"。陈博士说，现在世界上与人最近的灵长类有四种，非洲大猩猩、黑猩猩、红毛猩猩和长臂猿，三猩一猿。但只有长臂猿终年生活在树上。

全世界现存长臂猿十六种，全部在亚洲。海南长臂猿是英国人于1892年来海南采集标本时发现的，起先被归入黑冠猿，到2007年才根据叫声不同，经过DNA测定后独立分为一个新种，当时只有七只，两个群。按常规，这么低的存活数已不可能再繁衍下去，随即被宣布为灭绝物种。但是由于有陈庆、陈博士这样的一大批科学工作者长期仔细地保护，现在又奇迹般地恢复到四个群二十五只。这是对生物学的贡献，也是对地球村的贡献。

但为了留住长臂猿的这一声长啼，不知有多少人长年隐姓埋名在大山中，用他们的青春、健康甚至生命来为地球挽留一个物种。陈庆他们刚上山时在小窝棚里与毒蛇、蚊虫为伍，还要对付当地苗民可怕的"放蛊"旧习，对付偷猎行为。一次老陈误踩了猎人下的铁夹子，一只脚被夹住，鲜血直流，险伤及骨。一次得了疟疾，浑身痛得下不了山，正好一外国专家来考察，随身带有一种特效药才保住一命。而有的学者因为长年在深山老林里，家里老婆实在不能忍耐，愤而离婚。人从动物变来，但人的进步在于他有了思想，他不断探寻未知，甚至愿为知识献身。而动物与人分手之后，就永远还是它自己。

对猿的研究，即是对人类自身进化史的研究，是在回望我们走过的历史。自有科学以来，人们就孜孜以求的一面探讨外部世界，自然、宇宙；一面探讨自身、生命。恩格斯说："猿类大概是首先由于它们在攀援时手干着和脚不同的活……由此就迈出了从猿转变到人的具有决定意义的一步。""一般说来，我们现在还可以在猿从猿很重感情的角度，说明了猿离人类很近，是人类的近亲，从而为"我们要保护猿，守护猿的家园"这一观点提供依据。

"釜底抽薪"准确地写出了砍伐森林对长臂猿生活的破坏非常大，影响了它们生活的根本。

作者设想猿的心理，既表达了作者对森林遭到破坏的痛心，又表达出作者希望森林和猿都能得到保护。

类中间，观察到从用四条腿行走到用两条腿行走的一切过渡阶段。"猿，给我们提供了一个难得的进化桥头堡。猿的家族也接近人类，实行严格的一夫两妻制；猿重感情，成员中有一个遇险，其余必去搭救；一个遇害，其余必守护不走。这也是造成它易被猎杀的原因。猿离人类很近，但是我们在很长一段时间内却不知保护这个近亲，保护它的家。

以霸王岭为例，1954年就开始砍树，到1994年才基本停止，一直砍了四十年，森林面积缩小殆尽。这对长年在树梢上飞翔的长臂猿来说，是釜底抽薪。森林不存，何以家为？郦道元说猿叫时"属引凄异，空谷传响，哀转久绝"。猿的叫声这样"凄异哀转"，一是叹与人类之分手，二是哀生存之艰难。

一只野生的猿每天至少要飞过一千棵树，采食一百三十多种果，这要多大的森林空间啊？它终日长啸，哀转不已，是好想要个家，要个宽敞一点的能容下它的家。其实森林不只是猿的家，也是人的家。由于森林砍伐，山洪频发，大量农田被毁，村民已无可耕之地，林场也已无可伐之木。如果真的到了森林被砍光的那一天，人类也就没有了立足之地。我们今天悲猿之将灭，那时又有谁来悲人类之消亡。要知道森林可以不要人类，人类却不能没有森林。虽然人类为了自身的生存和贪婪，正在造成一个个物种的灭绝，但一定是等不到地球上其他物种的全部灭绝，人类自己就先消失了。到那时，也许地球又再从洪荒开始，重演进化史，或者能进化出一个比我们懂事一点的新人类。

　　临下山时老陈接到一个电话，说明天有一个林学家要上山来普查物种，请他帮忙。行话叫"打样"，就是在山上划出一块一百米乘一百米的方格，统计格子内的所有植物，他爽快地答应了。回京后我一直惦记着这件事。就打电话过去，问那天共查出了多少物种？他说二百三十种。我双手合十，遥望南天，祈祷着再也不要减少一种了，因为这是猿和我们共有的家。

通过叙述森林与人类的关系，写出了人类保护森林的重要性，发人深省。从句式上来看，整齐对称，顶针回环，很有艺术性。

返京后的惦记，更动人心，写出了作者对霸王岭上的长臂猿的牵挂。"二百三十种"，以具体的数据说明霸王岭的物种得到了较好的保护，长臂猿的生存环境有了较好的恢复。

胡金辉　　　　　　　　点 评 老 师

广东省番禺中学附属学校教师，广州市十佳青年语文教师，优秀中小学班主任。

大渡河上三首歌

泸定县，因红军长征飞夺泸定桥而名扬天下，县城边为纪念红军长征飞夺泸定桥而建一纪念公园，园内有一"四歌亭"。亭内立一四面体石碑，碑的三面各刻有一首歌，连词带谱。这三首歌说出来都是赫赫有名。第一首是《歌唱二郎山》，第二首是《英雄们战胜了大渡河》，第三首是《康定情歌》。三首歌都发祥在大渡河两边，大渡河不但因红军夺桥而有威武之名，亦因这三首歌而大有文名。四歌亭名"四歌"，实际只有"三歌"，还空一面碑虚席以待。当地负责人说："如果有谁还能写出可与这三首比肩的作品，我们就把它刻在那面空碑上。"这三首歌中，《康定情歌》是民歌，其余两首都是音乐老前辈时乐濛作曲的，回京后我即托人找到时乐濛老先生并登门拜访，受了一次音乐启蒙教育。

音乐不说具体事，只表现一种情绪
——《歌唱二郎山》原本唱的是大别山

当我在北三环外的一处部队干休所见到时乐濛时，老先生偶感小疾，坐着轮椅，还是坚持接待我这个奇怪的不速之客。外面的音乐世界好热闹，流行歌、摇滚乐，歌手前面唱，舞者后面跳；歌星台上站，台下的观众就举手来回摇。而曾为一个时代写下许多名曲，曾任中国音乐家协会主席的老人，却静静地坐在这个光线略显不足的旧房子里，坐在这把轮椅上，有几分孤独、几分落寞。我们一起开始了对湮没往事的钩沉。

"二呀么二郎山，高呀么高万丈……羊肠小道哪难行走，康藏交通被它挡。"这是一首20世纪五六十年代非常流行的歌。但是我万没想到，一坐下来老人就说，其实这首歌原本是写大别山的，是从歌唱大别山移植过来的。原来的歌词是："大呀大别山，红军到了家。大别山，从此就是人民的家。"1952年7月要搞第一届全军文艺汇演，5月西南军区为筹备汇演节目，将时乐濛从川东军区调到贺龙、邓小平领导的西南军区，任战斗文工团团长，抓创作。他发现独唱歌曲《千里跃进大别山》很受战士欢迎。二野是从大别山过来的，山东、河南子弟多，由时乐濛作曲的这首歌本就用了河南梆子风格，每次到筑路

外面音乐世界的热闹，反衬出时老的孤独，以及他所代表的那个时代的凋零。

从侧面表现此曲受欢迎的程度，也是下文重新填词的重要原因。

工地演出都要连连谢幕。

当时筑路部队正大战二郎山，歌手孙蘸白建议重新填词，就拿它进京参赛，于是由洛水填了现在的这个词。先是在筑路工地上演唱，进京调演又一炮打响，连谢幕四次下不了台，第二天就在北京传唱起来。贺龙高兴得不得了。很快又流行全国，家喻户晓。再后来又带到朝鲜慰问志愿军，传遍朝鲜战场。朝鲜来华演出的文工团都唱这首歌。20世纪50年代，我们一个文化代表团到英国演出，一位观众提出要听《歌唱二郎山》，演员大奇，一问才知道，这位英国老兵曾是朝鲜战场的俘虏。他在俘虏营里学会了这首歌，而且终生难忘。

谈到这首歌由唱大别山改编为唱二郎山，时乐濛先生说，音乐不表现具体事物，只表现情绪，当工人在扛麻袋或拉纤时，就只"嘿哟，嘿哟"，比有具体的词还丰富、还鼓劲。

现在二郎山隧道已经通车。过去遇有雪雨，七八天都翻不过去山，那天我们十几分钟就通过了。隧道口前立有一块红色岩石，石面上刻着这首《歌唱二郎山》。这是筑路大军的纪念碑，也是新中国音乐史上的一块丰碑。时乐濛先生还不知道这件事，我将此事告诉他时，他坐在轮椅里，脸上漾出幸福的笑容。

选取英国老兵点名要听《歌唱二郎山》的典型事例，充分说明了改编之成功、影响之大，也揭示了音乐不受具体事物限制，只要感同身受，表现出情绪就会受欢迎的道理。

这里叙议结合，肯定了《歌唱二郎山》在音乐史上的地位，更是对那个年代英勇无畏、豪情满怀的人们的敬意。

艺术创作主要靠多方面长时间的生活积累
——《英雄们战胜了大渡河》，
作者没有去过大渡河

　　大约在上小学的时候，我就听到过一首雄壮豪迈的歌《英雄们战胜了大渡河》，开头的歌词至今还能记起。那天沿着大渡河驱车赶路，我忽然想起这首歌，就问地方上陪同的老郭，他一听很激动，我们就一同哼起了开头一段："万里风雪盖高原哪，大渡河水浪滔天。"就是有了这个契机，老郭才说，县里有一个红军飞夺泸定桥纪念公园，公园里有一个四歌亭。于是又特意绕路去看了那个四歌亭。

　　《英雄们战胜了大渡河》刻在亭内四方碑的面东一侧，五线谱并词，魏风词，罗宗贤、时乐濛曲。这是一首气势很大的合唱歌曲，近半个世纪在我脑海里一直大浪滔天，乐声如潮。这次读碑才发现歌词很简单，就四段："万里风雪盖高原，大渡河水浪滔天，进军的道路被它拦；当年红军爬铁索，大渡河上英雄多，坚决战胜大渡河……藏胞支援了牛皮船；同志们，加油干，快把那物资往上搬。"这词反映了那个时代简明朴素的文风，也证实了时乐濛先生所说的，音乐主要是一种情绪，而不在具体内容。

　　访问中我极想知道这首歌的创作过程，不

想时老先生又言出惊人："我到现在也没有去过大渡河。"时老说："当时接到参加调演的任务后，我们考虑到在舞蹈方面还有几个能拿出手的，如《军民打青稞》《筑路舞》等，音乐方面却没有有分量的节目。当时全国就两件大事，一是抗美援朝，一是解放西藏。大渡河成了进军西藏的大障碍，筑路任务十分突出。当年红军过大渡河是和阶级敌人斗，现在是和恶劣的自然条件斗。于是决定写一个七分钟的合唱，这在当时已是大型节目。再下去体验生活已来不及，只剩一个月了，就从生活积累中汲取。"时老说："周总理说过嘛，文艺创作是长期积累偶尔为之。我没有到过大渡河，但我随军征战，到过黄河、长江、湘江等大江河，有生活。当时部队文艺生活很活跃，战士筑路中写了许多墙报、快板、枪杆诗，这是我们创作的又一主要来源。我们很快就写好，排好。这个节目全军汇演得了二等奖。"

在那次全军汇演上，时乐濛一个人有三首曲子得奖，被授予"中国人民解放军作曲家"称号。后来又创作了大合唱《三套黄牛一套马》，一百二十人的合唱，一直唱到"文化大革命"开始。

通过引用时老的访谈内容，揭示了"艺术创作主要靠多方面、长时间的生活积累"的艺术规律。节目的获奖又从侧面印证了这一点。

一团凄美的谜

——《康定情歌》的作者是谁?

泸定四歌亭里的三首歌,前两首词曲作者都明明白白刻在碑上,唯《康定情歌》没有作者。现在我们都说它是一首民歌,但记谱、整理者又是谁?应该有一个人,就像王洛宾整理新疆民歌那样。

我提出这个问题,老郭更来了精神。老郭是地委宣传部副部长,曾在报社工作过,遍采当地风土掌故。他说,这首名曲的收集者叫吴文季。

吴文季是福建泉州惠安人,抗战时期在重庆上学,学音乐,当时国民党在甘孜有一支准备出征缅甸的部队,他被调来任文化教员,主要是教歌。康定地处通往西南的咽喉地带,内地物资经此流往我国西藏、印度,日军侵华期间曾是仅次于上海、天津的第三口岸,藏汉文化交流多,音乐积淀多。

吴文季在军旅中事情不多,就常到寨子里、到集市上、到骡马会上搜集民歌。《康定情歌》就是这样搜集的。歌中唱的跑马山,我原以为是如兴安岭、祁连山一样连绵的大山,原来就是康定城里的一个小山包,站在街上就能望见山顶,当年藏汉人民在山头斜坡上跑马取乐。可以想见那时货物满街、骡马满山、藏汉杂处、山歌

众所周知,《康定情歌》的旋律是欢快的,一个"凄美"已预示着作者遭遇的坎坷。

此处插叙康定所处地理位置的重要,这是康定音乐积淀多的重要条件,也是《康定情歌》创作的大背景。

从《康定情歌》的歌词,联想到欢快热闹的场面,传达出人们对于美好生活的向往,这也是这首歌曲深受欢迎,能走向世界的原因。

互答的情景。

吴文季在康定的短暂服役结束后,回重庆,抗战胜利后又回南京继续学音乐。1947年,南京音乐学院举办师生联欢会,他将这首歌拿出来,请江定仙老师配器,首次由伍正谦老师演唱。1949年,女高音歌唱家喻宜萱,将这首歌带到巴黎,《康定情歌》开始走向世界。

不幸的是,吴文季以后的生活道路十分坎坷,后来他调到总政文工团,任男高音领唱,曾领唱过《英雄们战胜了大渡河》。听到这个说法我很兴奋,大渡河的三首歌相互间真的有扯不断的缘分,前两首和时乐濛有关,后两首又和吴文季有关,三首歌梗相连,枝相缠。

运用比喻的修辞手法,将三首歌曲比喻为缠绕在一起的树藤,生动形象地表现出三首歌之间扯不断的缘分。

但是好景不长,"肃反"时吴文季因为在国民党部队的那一段历史问题被取消了领唱资格,后来又被下放到家乡泉州的文工团。"文化大革命"中吴文季背着历史问题又遭批斗,一直孤身一人,最后病死在惠安的一个破庙里。几年后,泉州文化局为他重新修墓立碑,碑上刻着"他终生为自由而歌唱"。老郭说他还专门代表康定父老到墓上献过一束花。我听后想到另一句碑文也许更合适:"他终生为爱情而歌唱,却没有得到过爱。"

作者对碑文的改写,表达了对吴文季的崇敬和惋惜之情,营造出题目中凄美的氛围。

采访过这三首歌的故事,我总想看看四歌亭里还空着的那一面无歌的碑,我希望能出现一首新歌，最好还能与这三首歌脉相通、枝相连，就像芭蕾舞剧《天鹅湖》里那著名的四小天鹅舞一样有一种连环叠加的美。但我又想，就这样空着也许更好，生活和艺术完美是永远也追寻不到的，但我们又永远地追寻着。

照应开头，回到四歌亭，总结作者的感悟：虽然生活和艺术的完美永远追寻不到，但我们依旧会不懈追寻。

赵彦萍　　点评老师

山西省太原市第十二中学校语文教研组组长，太原市高水平骨干教师。

四十年前开启国门那一刻

开头"四十年"呼应标题，第二句总领全文，高度凝练，开宗明义。

今年是中国改革开放四十年。改革开放，这四个字已成了一个时代的标志，一代人永恒的记忆。

现在的中国人，小学生假期出国游，都已是很平常的事了，但是不可想象，四十年前中国的大部分高干都未曾踏出国门。1978年，"文化大革命"结束，中央决定派人出去看看，由副总理谷牧带队，选了二十多位主管经济的高干，出访西欧五国。行前，邓小平亲自谈话送行，嘱咐好生考察学习。

"亲自"可见重视程度，"嘱咐"体现殷切期盼，"好生"富于典雅韵味。

代表团组成后才发现，二十多人中只有两个人出过国，一个是水利部长钱正英，也就只去过苏联等社会主义国家，还有一个是外交部给配的工作人员。这些高干出国后有诸多不习惯。宾馆等场合到处是落地玻璃门，工作人员提醒千万别碰头，但有一次还是碰碎了眼镜。吃冰激凌，有人怕凉，就有人说："可以加热一下嘛。"言谈举止，土里土气，笑话不断。一个十多亿人口的大国，一个联合国的常任理事国，在世界舞台上

举例说明，细节刻画，读来看似好笑，细品却饱含沉重的苦涩感。

竟是这样地手足无措。

　　生活小事不适应还好说，关键是每天都要脑筋急转弯。出国前脑子里想的是西方正在腐朽没落，我们要拯救世界上三分之二受苦的人。但眼前看到的富足、繁荣让他们天天感叹，处处吃惊。西德一个露天煤矿，年产煤五千万吨，只有两千名职工，最大的一台挖掘机，一天就产四十万吨。而国内，年产五千万吨煤大约需要十六万名工人，相差八十倍。法国一个钢铁厂年产钢三百五十万吨，职工七千人。而武汉钢铁公司年产两百三十万吨，有六万七千人，我们与欧洲的差距大体上落后二十年。震惊之下，代表团问我使馆："长期以来，为什么不把实情报告国内？"回答是："不敢讲。"

　　代表团6月归来，在大会堂里向最高层汇报，从下午三点半一直讲到晚上十一点，听者无不动容，大呼"石破天惊"。

　　1978年10月，邓小平又亲自出访当时已是"亚洲四小龙"的新加坡，而这之前我们常称人家为"美帝国主义的走狗"。邓深为对方的成就吃惊，尤其佩服其对外开放和引进外资的政策，便求教于李光耀总理。李直率地说："你要交朋友，要引资，先停止对别国反政府武装的支持，停止他们设在华南的广播电台。"邓回国后断然停止"文化大革命"中奉行的"革命输出"，转

比喻贴切，灵动传神，同时设置悬念，引人思考。

"只""就"，副词的运用，使表意更准确。用数据说话，真实可信；对比手法，凸显差距之大。

"无不""大呼"极富画面感。汇报时间之长，"石破天惊"之语，均给人留下无穷的想象空间。

由"断然""大胆"可见邓小平锐意改革的决心和勇气。李的直率坦荡、邓的果断坚决，共同书写了一段历史佳话。

语言描写，侧面刻画。一位七十四岁的老人竟能放低姿态，及时认错，其襟怀与格局非同凡响。

夸张而接地气的语言，自带喜剧效果。"我"和众人的反应，真实地再现了那个时代国人的落后与闭塞。

而大胆引进外资，改革体制，直至提出"一国两制"。邓的虚心和坚决给李光耀留下了深刻的印象，多年后他回忆说："我从未见过一位共产党领袖，在现实面前愿意放弃自己的一己之见。"认错是痛苦的，但这更见一个伟人的伟大。

而当时的普通百姓是怎样接触并接受外部世界的呢？1984年，我时任中央某大报驻省记者，应该不算是很闭塞的人了。一次回京，见办公室一群人围着一件东西看，这是报社驻西柏林记者带回的一张绵纸，八寸见方，雪白柔软，上面压印着极精美的花纹。大家就考我，是什么物件。当时中国还没有纸巾这个词，也没有一次性这个概念，我无论如何答不上来。那位记者说："这是人家公共厕所里的擦手纸。"天啊，我简直要晕了过去，老外这样的阔气，又这样的浪费呀！我把这张纸带回驻地，给很多人传看，无不惊得合不上嘴。

不久，我第一次出国到欧洲，飞机上喝水用一种硬塑杯，晶莹剔透，比玻璃杯还漂亮，喝完便扔。但我觉得实在是一件艺术品，舍不得扔掉，把玩许久，一直带回国内。喝热茶时每人一套精美的茶具，喝咖啡时又是另一套咖啡具。机上走廊很窄，空姐来回更换不厌其烦。该送咖啡了，我嫌面前小桌上的杯盘太多，也为空姐少洗一套杯具着想，便将空的茶杯递了过去。不想这位洋大姐用吃惊、鄙夷的眼光，深深地瞪了我一眼，那潜台词是："你这个中国土包子！"我一时羞愧难当，永远也忘不了那个抽了我一鞭子似的目光。

这就是当时我们与世界的差距。

当中国十年冰冻的体制、停滞的生产力受到外来信息的吹拂时，一切守旧的思想开始在春风中慢慢融化。责任制、承包、下海、商品经济等，这些新概念先是如幽灵般地在人们身边徘徊，最后聚成了一个时代大潮，一批时代的弄潮儿也就出现了。

1980年春，当时人民公社的体制还未撤销，我到山西五台山下一个小村庄里采访一位奇人。他在"文化大革命"前即考上清华大学，却因出身不好，被退回乡里务农。他躬耕于农亩却不改科研的初心，自学两门外语，研究养猪技术。公社猪场连年亏损，改革春风稍一吹动，他便带上自己的一个小存折，推开公社书记办公室的门，说："我愿承包公社猪场，一年翻身。如若不能甘愿受罚。口说无凭，立个军令状，以此相押。"说罢将存折"啪"的一声，扣在桌子上。书记也豪爽，说："如若有失，你我共担。"结果这个猪场一年翻身，大大赢利。这篇稿子见报后，一个月竟收到五千多封来信。全国各地前来学习的农民络绎不绝，他就借势办起了养猪培

神态描写细腻、准确，空姐的惊讶，侧面刻画出国人眼界的狭隘。"抽了我一鞭子似的目光"，比喻生动贴切。

比喻贴切，生动形象。社会思想的解冻，有赖于改革的春风。

一个心思活络，目光如炬；一个豪爽利落，侠肝义胆。选取典型事例，刻画了改革开放初期时代弄潮儿们的果敢。

训班。当地破格将这个农民转为国家干部，又直接任命为科委副主任，科学的春天、政治的春天一起到来了，那篇新闻稿也获得当年全国好新闻奖。

　　还有更破格的。1981年2月，我去采访一个煤矿，矿长是学采煤专业的大学生，长期在矿上工作，我去时他正戴着安全帽下井。稿子见报不久，他突然被任命为省长。一届任满后又调任煤炭部长。那几年经我报道过的普通人，就有四人当上全国人大代表，甚至人大常委会委员。那时，新人成长、重用，真正用上了那个词：雨后春笋。恩格斯说："文艺复兴时期是需要巨人，而且产生了巨人的时代。"四十年前的1978年和随后的日子，正是一个产生了巨人和奇迹的时代。

　　当时虽然大力起用知识分子，但也只能用一小部分。你想，从错划右派，知识分子下放，到十年内乱再次打压，民间窝了多少人才啊。我们一个小小记者站每天挤满上访的人，有申冤的，有要工作的，还有申报发明的。他们以为报纸可帮他们解决一切问题。于是我突发奇想，提出"像开发矿藏一样开发人才"，组织一个人才开发公司，让他们自己解放自己。省政府大力支持，随即拨款四十万元。这在当时是全国第一家

承上启下，简短有力。

雨后春笋，活泼清新，生动再现了新人成长之快、重用之多。引用名言，气势磅礴，画龙点睛。

人才公司，消息还上了《人民日报》。

　　那时的农民在想什么？强烈地想摆脱贫穷，要发财致富。长期穷的原因不是自然条件不好，也不是人懒，是政治上的束缚。本来经济发展就是如河水行地，利益所趋，自通有无。这一招，早在春秋时的政治家管仲治齐就大见灵验，全球资本主义发展也大得其利。而我们搞社会主义，却弃之不用，还避之如瘟疫，防之如猛虎。当时国家供应短缺，农民卖一点自产品却要撵、要抓、要罚，人为地制造穷困。

　　随着大气候的变暖，开放集市的呼声愈来愈高。报上只是试探性地登了一条四指宽的"群众来信"《是赶集还是撵集》，当日便脱销，甚至有人上门要加订报纸。农民赶集时将这张报纸挂在扁担上作为护身符。冰冻十年的市场，哗啦一下，春潮澎湃。

　　晋南平原产芝麻，一个叫朱勤学的农民从收音机里听到城里副食店缺芝麻酱，就立即手磨一小罐到北京推销，一下拿到上百吨的订单，还带出了一个靠做芝麻酱致富的"麻酱村"。我采访时他拿出自己订的十几种报刊，大谈如何利用外部的科技信息、商品信息。这在当时是很新鲜的事。我很快在报上发了一个头条《听农民朱勤学谈信息》。

　　马克思说："人们能够自由地获得世界范围

引用伟人的名言，观点鲜明，具有画龙点睛的作用。同时，还为上一段朱勤学的故事做了精彩的注脚。

内的最大信息，才能得到完全的精神解放。"古今中外，历来的改革都是先睁开眼睛看世界，从对比中找差距。当俄国农奴制走进死胡同时，彼得大帝发起改革，组织庞大的出访团巡访欧洲，而他自己则化装为一个普通团员随团学习。清末，当中国封建社会已千疮百孔，感到不得不改革时，清政府也于1866年派出了第一个出国考察团，西方先进文化的信息逐渐吹入国内。然而，近代以来中国对外的大门总是时开时闭，思想也就一放一收。

历史证明，国门打开多大，改革的步子就有多大。五四运动是近代以来最大的一次打开国门、思想解放的运动，直接导致后来新中国的成立。1978年以后中国人再次睁开眼睛看世界，是又一次思想大解放，直接导致了中国特色社会主义的出现。

两次思想解放，直接导致社会出现新形态、新阶段、新起点。与开篇形成呼应，概括总结，收束全文，引人深思。

贾书琴　　　　　　　　　　　点 评 老 师

江苏省常熟市常清中学教师，常熟市教学能手。

树上中国

把栏杆拍遍

梁衡 著

人民东方出版传媒
People's Oriental Publishing & Media

东方出版社
The Oriental Press

图书在版编目（CIP）数据

把栏杆拍遍．树上中国 / 梁衡著 . — 北京：东方出版社，2023. 9
ISBN 978-7-5207-3605-3

Ⅰ . ①把…　Ⅱ . ①梁…　Ⅲ . ①散文集—中国—当代　Ⅳ . ① I267
中国国家版本馆 CIP 数据核字（2023）第 158337 号

把栏杆拍遍．树上中国
（ BA LANGAN PAIBIAN . SHUSHANG ZHONGGUO ）

作　　者：梁　衡

策划编辑：鲁艳芳
责任编辑：王晶晶　刘之南
出　　版：东方出版社
发　　行：人民东方出版传媒有限公司
地　　址：北京市东城区朝阳门内大街 166 号
邮政编码：100010
印　　刷：北京市十月印刷有限公司
版　　次：2023 年 9 月第 1 版
印　　次：2024 年 3 月北京第 3 次印刷
开　　本：880 毫米 × 1230 毫米　1/32
印　　张：5.5
字　　数：123 千字
书　　号：ISBN 978-7-5207-3605-3
定　　价：218.00 元（全 6 册）
发行电话：（010）85924663　85924644　85924641

目录

树殇、树香与树缘

　　"殇"字在字典里的解释是：还没有到成年就死了。就是说，是非正常死亡。在古代又指战死者。屈原有一篇名作就叫《国殇》，歌颂、悼念为国捐躯的战士。我这次海南之行，也意外地碰见两棵非正常死亡的珍稀树，由此引起了一连串的故事。

　　11月底，北京寒流骤至，降下第一场冬雪，接着就是有史以来最严重的雾霾，污染值突破一千大关，媒体大呼测量仪"爆表"。行人出门戴口罩，白日行车要开灯。就在这样的日子里，我们恰好在海南开一个生态方面的会议，逃过了北京生态之一劫。

　　晨起推开窗户，芭蕉叶子就伸到你的面前，有一张单人床那么大，厚绿的叶面滚动着水珠，像一面镜子，又像一面大旗。我忽然想起古人说的蕉叶题诗，这么大的叶子，何止题诗？简直可以泼墨作画了。又记起李清照的芭蕉词："窗前谁种芭蕉树？阴满中庭。阴满中庭，叶叶心心，舒卷有余情。"

三亚市地处北纬18°，正是亚热带与热带之交，这里的植物无不现出能量的饱满与过剩。椰子、槟榔、枇杷通体光溜溜的，有三层楼那么高，一出土就往天上钻，直到树顶才伸出几片叶子，扫着蓝天。树上常年挂着青色的果实。我们走过树下，当地农民熟练地赤脚爬上树梢，用脚踩下几个篮球大的椰子。我喝着清凉的椰子水，想着此刻北京正被雾锁霾埋的同胞，心生惭愧，有一种不能共患难的负罪感。

路边的波罗蜜树更奇，金黄色的袋形果子不是长在叶下或细枝上，而是直接挂在粗壮的主干上，有的悬在半腰，有的离地只有几寸，像一群正在捉迷藏的孩子。北方秀气一点的人家常会养一盆名"滴水观音"的绿植，摆在客厅里引以为豪。而这里满山都是"观音"，一片叶子就有一人多高，两臂之宽。我背靠绿叶照了一张相，那才叫自豪呢——你就是一个国王，身后是高高的绿色仪仗。她在这里也不用"滴水观音"这个娇滴滴的名字，当地人就直呼其为"海芋"。还有一种旅人蕉，一人多高的叶管里永是贮满了水，旅行的人随时可以取用。

虽是冬季，也误不了花的怒放，仍是一个五彩的世界。红色、紫色、雪青色的三角梅在路两旁编成密密的花墙。大叶朱蕉一身朱红，让你分不清是花朵还是叶子。三层楼高的火焰树在各

"钻、伸、扫"三个动词，生动地表现了三亚植物的高大饱满。

将北方"滴水观音"的秀气，与三亚满山"观音"的壮美形成鲜明的对比，同时通过"我"背靠绿叶拍照时内心的自豪，来凸显三亚"海芋"的高大。

本句运用比喻和拟人，传神地描绘出火焰树鲜红的颜色与旺盛的生命力。

种厚重浓绿的草树簇拥下，向天空喷吐着红色的火焰。

我看着这些美景激动不已，激动之余又是嫉妒。我身在曹营心在汉，一花一叶都牵动我的北方神经，联想到此刻北京的雾霾，想起我那些可怜的北方同胞。这真是太不公平了，同样是人，难道北方人就该去承受寒冷、大漠、风沙、雾霾吗？我想起二十年前一个真实的故事。西北某省一个青年团干部，第一次走出家乡来到深圳（他还没有像我这样上过海岛呢），大呼南方原来是这样的啊！一跺脚，永不再回自己的家乡。我们且不要骂他背叛，生态，生态，生存之态，谁不想生存在一个好的状态下呢？

正当我嫉妒上帝对这里的垂青，羡慕他们的幸运时，一件事让我心境陡转。开完了会，我脱离了大部队，开始了一个人的找树之旅，希望能找到一棵有亚热带特点，附载有海南人文历史的古树，好收入我的"人文古树"系列。

午饭前我来到陵水县，说明来意。县委麦书记说："我刚来两个月，还不熟悉乡情，不知有没有你要找的树。但两个小时前，这里非法砍倒了两棵大腰果树，我正为这事生气。"说着，他打开手机，给我看砍树现场，还有他当时发出的工作微信指令："速到现场，立即查办！"我说："为什么要砍？""借口清理卫生，整理

本段描写"我"见到三亚美景"激动又嫉妒"，同时又为北方同胞要承受恶劣生态而不平的复杂心理，巧妙引出下文的"找树之旅"。

村容。"腰果，漆树科，原产巴西南纬10°以内地区。它的果实，我只在超市里小包装的食品袋里吃到过，而且大都标明是进口食品。至于腰果树，我走遍祖国南北，甚至别的许多国家，到现在也没能见过是什么样。我苦苦寻找的人文古树还没有找到，却碰到两棵被随意腰斩的稀有的腰果树。连日来我对海岛的美丽印象，顿时成了一堆破碎的泡沫。翠绿的芭蕉叶、鲜艳的火焰花后面竟然藏着锋利的刀斧。有朋自远方来，碰到这种事，不亦尴尬乎？这顿饭谁也吃不进心里。饭后，我提议再到现场看一下，因下午要赶火车去海口，放下筷子便急急上路。大约一个小时的车程，路两边仍然是椰子、芭蕉、三角梅，但我的心头已一片冰凉。

　　在一个叫高土村的村口，路边横躺着两棵刚被放倒的大树，像两个受伤倒地的壮汉。我验了一下伤口，是先被锯子锯，快断时又一推而倒的，断处还连着撕裂的树皮，似乎还能听到它痛苦的呼喊。树梢被甩到远处的一个水塘旁，树身约有两房之高。同来的林业厅王副厅长大呼："哎呀，这两棵稀有的腰果树是20世纪国家为扭转油料短缺，从巴西引进的，算来至少有三四十年了。"

　　我蹲下身来，用手轻轻抚摸着断茬，还有一点湿气，并散发出淡淡的木香。那一圈圈的

"破碎的泡沫"和"锋利的刀斧"，生动地表现了作者看到"两棵被随意腰斩的稀有的腰果树"后，内心的失望、悲凉与痛惜、尴尬。

运用拟人手法，描写大树被锯倒的惨烈场景，来表达"我"看到此种场景内心的痛苦。

年轮，像是在诉说它成长的艰难，和十几个小时前的厄运。它从南纬10°横跨赤道，来到北纬18°；从美洲远涉重洋来到亚洲。它是我们请来的客人，它负有传递新的生命、传播地域文化、输送资源、改善生态的使命。它在这块陌生的土地上好不容易扎下了根生活了几十年。它已习惯了这里的阳光，这里的雨水，它像一个远嫁他乡、皮肤黝黑、牙齿雪白的巴西女郎，正惊喜地打量着自己的新居，突然五雷轰顶，天旋地转，灾难从天而降。

　　我悲从心来，一阵恐怖。回头打量了一下周边的环境，光天化日，并不像一处杀人越货的野猪林。村民也不知道什么叫森林法，只是木木地说，这树没有什么用，所以就砍掉了。就在几十米开外的地方有一处温泉，水面上飘着一团团的热气，衬着蕉叶、椰林，婷婷袅袅，宛若仙境。我上前用手试了一下水温，足有90℃以上，游人常在这里煮鸡蛋吃。而水下的沙子、石粒清晰可见。完了，完了，温泉映月，名木在岸，又一处永远消失了的美景，永远消失了的乡愁！

　　回程的路上，谁也不想说话，车子里一片沉闷。我问王副厅长："一棵腰果树正常寿命有多长？"答曰："因是引进树种，还正在生长之中，它在国外可活到七百岁。"如此算来，这树正当少年。一棵代表着一个时代、一项国策的

本段运用拟人手法，生动地描绘了这两棵腰果树传奇的成长经历，与猝不及防的悲惨结局，具体记述了"树之殇"。

巧妙运用短句，来表达作者对美景消失的痛心和遗憾。

树就这样瞬间消失了。树殇啊，国树之殇，国策之殇！

第二天上午，我原定在省里有一场关于新闻文化的讲座，主人坚持改为森林文化。我当记者几十年，骨子里却是个林业发烧友，半生爱树，所经历的树事无数，讲座不敢当，讲几个故事还是有的。我说，一个地方，树木的保护不是靠上面的一道命令，要靠当地的文化自觉，应该有三道防线。一是法律，国家意识；二是乡规民约，集体约束；三是民间信仰，自觉践行。我在江西采访时曾碰到一个杀猪护树的故事。一个村民不小心，清明节上坟烧纸时燃着了集体的树林，村里就按规矩将他家的肥猪杀掉，按照全村的户数，分为若干等份，开村民大会，每户分得一份，并讲明杀猪分肉的原因，以示教育。这一乡规民约，在当地已有几百年的传统。

我的家乡，有一座柏树山，山上有北岳大帝黄飞虎的庙，庙中塑有大帝神像，并地狱轮回的故事。每年庙会人杂，或林边农人耕田，时有毁树。于是主事者就在庙门上以北岳大帝的口吻刻一对联："伐我林木我无言，要汝性命汝难逃。"以后就再也没有人敢折一枝一叶。这是假神道设教，也已有上百年的历史。不要简单地说它是迷信，这是一种信仰，一种生态信仰、自然信仰，敬天悯人。

我记不清这天讲座时讲了多少个故事，最后说到我的亲历。我大学一毕业就被分配在西北的一个沙漠边缘工作，那里没有几棵树，沙窝里的一点红柳、沙枣、芨芨草、骆驼刺，就能唤起我们心底的微笑。早晨学校里的孩子们没有水洗脸，站成一排，老师拿一小碗水，含在口里，顺着孩子的脸喷一遍，各人用手一抹，就算洗了脸。也许你笑他们不文明，但文明要有条件，你砍树却是有了条件丢了文明。那地方没有热带雨林的雨，没有能题诗的芭蕉叶。不要说种树，春天种子落地后农民就仰天望雨。

运用对比，突出西北沙漠边缘地区气候的干燥与植物的稀少珍贵，表现了西北地区的人民对绿色的渴望。

会后主人请我去一个香会馆喝茶。香是沉香木的香，茶具桌椅是海南黄花梨，这两件东西都与树有关，都是世界同类中的极品，一克沉香比一克黄金还要贵。而黄花梨是红木家具中的王冠。

按照香道流程，主人像新疆人吃大盘鸡那样，将一大盘各种碎块的香料放到桌上，然后用一个特制小刀小心地刮下一点粉末，置于台湾特产的加热杯上，让客人托于鼻下静品其香，数秒后再换一口气。据说在大城市里品一次香，要花上万元。主人用一个小显微镜教我们辨识香的真假好坏，好香在镜下显出银子般的细微结晶。

这香是一种叫白木香的树因意外所伤，如人砍、虫咬、风折，在特定气候条件下分泌出的一种保护液，经年累月一点点地积累，就像动物体内的名贵药品牛黄、狗宝，像溶洞里的钟乳石，可遇而不可求。世界上最珍贵的是时间，而这沉香与花梨都是时间的凝聚。海南黄花梨又是世界花梨之最，贵在它树心的"格"，一棵树要到三四十年后才开始有"格"，"格"再长到一指之粗约要七十年。人类之残忍，就是摘取"格"，这一块花梨树的心头肉，来制奢侈品的。我在景区的一个商店里看到一根比拇指略粗的海南黄花梨拐杖，价值五万七千八百元。

不管"香"也好，"格"也好，都是时光的累积，我们在这里喝茶一杯，闻香几秒，忠诚的树木却要无言地在深山老林中为我们修行上百年。人们多知品香用木的尊贵，而不知树生于世的艰难，与它对人类的忠诚。人们大谈香文化、红木文化，却忘了树文化、生态文化，舍其源而求其流。

正品着香，喝着茶，有谁说大厅里的电视开了，正直播今天处理砍树事件的新闻。我们一拥而出，只见昨天我去过的现场，两棵卧倒在地的树旁，一群人有森林警察，有村民，有干部，正一起低头向倒树致哀，然后依法办事，将肇事人带走拘留。接着是一篇电视评论，号召在全岛开展爱树、护树，寻找人文古树的活动。大家一时都高兴地跳了起来，以茶代酒，互相庆贺，几个年轻人还唱起了歌。突然有谁提议："我们何不现在就用手机上'面对面'的快捷办法，建一个微信群，名字就叫'我们的树'。"于是在经历了这几天的树殇之痛后，在树香的氛围中，我们结下了这一段奇特的树缘，回京后"我们的树"成了一个沟通南北，爱树、护树、寻找人文古树的工作平台。

最后一句言简意赅，高度概括了全文内容，巧妙点题。同时作者用实际行动呼吁人们爱树、护树，保护生态。

欧阳艳　　点 评 老 师

湖南省湘潭市益智中学语文高级教师，湘潭市优秀教师、班主任。

一苗树

沙漠是地球的癌症，没有在沙漠里生活过的人，不知道绿色就是生命的希望。

世界排行第九的库布其大沙漠浩瀚无垠，沙漠中的达拉特旗（县）如海中一叶，官井村就是这叶上的一痕。但只这一痕，面积就有一百六十一平方公里，相当于欧洲小国列支敦士登的国土，在中国也堪比一个中等城市。

四十年前的这里曾是飞沙走石一片混沌。村民的住房一律门朝里开，如果向外，早晨起来沙拥半门高，你根本推不开门，人将被活埋在屋子里。村里所有的院子都没有院墙，如有墙，一夜狂风满院沙，墙有多高沙就有多深。苏东坡形容月光下的院子，"庭下如积水空明，水中藻、荇交横，盖竹柏影也"。而风沙过后的院子，沙与墙平，月照明沙静无声，死寂得像一座坟墓。

我曾有在沙漠边生活的经历，风起时帽檐朝后戴，走路要倒行。就是进了村也分不清房子、行人。过去像达旗这样的地方，不用说庄稼难有收成，风沙起时，人们赶车出门，就如船在海里遇到台风，车仰马翻，没入沙海。平时小孩子出门玩耍，也有被风卷沙埋而失踪的。人在这样的地方怎么生存？乡民渐渐逃亡殆尽。

村里有个汉子名高林树，一个名字中有三个木，也该他命中有树。全家人实在过不下去了，就逃到三十里外的一处低沙壕处。一次赶车外出，他向人家要了一棵柳树苗，就势插在沙窝子里，借着低处的一点水汽，这树竟奇迹般地成活了。一年，两年，三年，五年，柳树长到一房高。外来的人站在沙丘上，手搭凉棚四处一望，直到天边也就只能看到这么一点绿，别看只这么一点绿，它不知点燃了多少远行人生的希望。能在这树荫下、沙壕里，喝口水，喘喘气，比空中加油还宝贵。这是茫茫沙海中的唯一坐标，这里就被称为"一苗树壕"。时间一长，这个地名就传开了。

民间口语真是传神，不说"一棵"，而说"一苗"，那风中的弱柳就如一苗小草，在无边沙海中无助地挣扎。但这苗绿色的生命启发了高老汉，他想有一就有十，就有百，栽树成瘾，几近发狂。凡外出碰到合适的树苗，不管是捡、是要，还是买，总要弄一点回来。平时低头走路捡树籽，雨后到低洼处寻树苗。功夫不负有心人，渐渐这条老沙壕染上了一层新绿。有了树就有了草，草下的土也有了点潮气。

1990年，当地人永远记住了这个年份。高林

使用数词，体现柳树的成长过程不易，满含期待之情。

"唯一坐标"体现了它的珍贵和重要，茫茫沙海中，这是一个标志，也是一抹希望。

使用口语，更鲜活更具有生活气息。"沙漠"之"大"和"一苗树"之"小"的对比，让读者感受更真切。

树在树荫下试种了一片籽麻，当年卖油料竟得了一万两千元。那年头，国家刚刚兴起改革，允许有人先富，一个万元户在城里也是让人眼热心跳的，更不用说在寸草不生的沙窝子里，淘出了这么大一个宝。远近的村民纷纷效仿，进壕栽树，种树种草种庄稼。光阴似箭，日月如梭，一晃过去三十年。三十年后是什么样子呢？

过渡句，承接上文对三十年前官井村的记叙，引出下文介绍三十年后的变化。

2018年8月底，塞上暑气初消，秋风乍起，我有缘来造访这个远近闻名的一苗树壕官井村。高老汉已八十多岁，不再见客。村主任和老人的二儿子领我登上全村最高处，天高云淡，浩浩乎绿盖四野。一物降一物，原来这沙子也有能治服它的宝贝。杨、榆、柳等高大的乔木如巨人托天，而柠条、沙柳、花棒、苜蓿等灌草，则铺开一张硕大的地毯。

把杨、榆、柳的站立比作"巨人托天"，一个"托"字，用巨人承受压力时的稳重有力，来形容杨、榆、柳顶着绿盖时的遒劲。后一句将"柠条、沙柳、花棒、苜蓿等灌草"比作"硕大的地毯"，一个"铺"字，动态地写出了灌草的面积之大、生命力之强。

正是羊柴、柠条的开花季节，那红白相间的小花朵，就如小姑娘身上的碎花衣裳。羊最爱吃的沙打旺草，挺着一条圆滚滚的绛紫色花棒，如孩子的小手举着一大块巧克力。黄沙早已被逼到遥远的天边，成了绿洲上的一条金色项链。这时一丝风也没有，天地静得出奇。黑黝黝的玉米地密不透风，十里八里地绵延开去，浓得化不开。眼前这一百六十一平方公里的土地早已不是一苗树、一点绿了。

把天边的黄沙比作绿洲的金项链，生动形象地写出绿洲治理的成效，抒发了作者的喜悦之情。

村主任自豪地说："这一带壕里产的沙柳苗

抗旱、抗虫、成活率高，全国凡有沙漠的地方都用我们的苗。我们现在是拿'万'字来说话了，现有沙柳苗基地七万六千亩，林地十六万六千亩，还有一万亩甘草、一万亩土豆、一万亩苜蓿、一万头奶牛……全村已人均收入两万元。"我听着他不停地"万"着，笑道："你现在已算不清，有多少万个'一苗树'了。"

他又指着远处的沙丘说，生态平衡，这沙漠也不敢全治完，留一点在那里可以储存水分，发展旅游，也好让下一代知道过去的这里曾是什么样子。

我问高老汉的儿子："你爹当年栽的那'一苗树'呢？"他说："早已长到两抱粗，那年我哥结婚，砍倒做了家具。"我说那是个标志，砍了多可惜。他说，要是知道现在有这么多人来参观，肯定不会砍的。不过事后又补栽了一棵。我就急切地跟他去看，这是一棵榆树，也快有两抱粗了，枝叶如盖，浓荫覆地。榆树是个好树种，木硬枝柔，抗风耐旱，特别是到春天时，榆钱满树，风吹四方，落地生根，子子孙孙繁衍不息。我说，这树上一定要挂个牌子：一苗树，让人们不要忘记当年那百里沙海中的一点绿。

世界第九大沙漠的变绿，原来是从这一苗树开始的。

阚　琼

点 评 老 师

北京市第二十中学语文教师，海淀区语文骨干教师。

文中连续使用"万亩、万头、万元"等数量词，与"一苗"相对比，突出官井村三十年来的巨大变化，表达了当地村民的自豪之情。

点题，高林树和村民们是改善环境、劳动致富的典范，他们用持续不断的辛勤努力，谱写了奋斗创造幸福的时代篇章。

照应开头，呼应题目。使读者明白凡事只要心中有希望，从点滴做起，秉承执着、坚韧、顽强的精神，终会创造奇迹。

铁 锅 槐

一棵上百年的老槐树长在一口铁锅里，这好像绝不可能，但确实如此。

11月底，我在河南商丘寻找人文古树，看了几棵汉柏宋槐都不理想，大家气喘吁吁地坐下来吃午饭。当地一位朋友突然一拍脑袋说："怎么忘了铁锅槐呢！"放下筷子，我们便冒着小雨赶到七十公里外的白云寺，拜访这个锅与槐的奇妙组合。

白云寺初创于唐贞观年间，曾是与少林、白马、相国等寺齐名的中原四大古寺，但现在香火不旺。我们去时寺里凄风苦雨，只有几个僧人袖手看门，一个小和尚系着围裙在伙房里淘米，后院及两厢都是零乱的砖瓦木料。进门后的右手处就是我们要拜访的铁锅槐，现在已是这个寺的镇寺之宝。

只见一圈石栏杆中躺着一口直径两米多的大铁锅，锅里挺立着一棵有三层楼高、两抱之粗的古槐。锅沿有三指厚，在雨水的润泽下闪闪发光，像是一个套在树根上的项圈。锅已半埋土中，树的主根早穿透锅底，深扎地下，而侧根蜿蜒屈结，满满当当，将铁锅挤满撑破，又翻出锅外垂铺在地，像一大块不规则的钟乳石，或是一摊刚冷却了的岩浆。

我看着这满锅的老根，只觉得这是一锅正在慢慢烹煮着的时间。虽是深秋，这古槐仍枝叶繁茂，覆盖着半亩大的地面。而整棵树身向西边倾斜，巍巍然如一座比萨斜塔，有一种饱经沧桑的厚重与庄严。

由满锅的树根想到烹煮的时间，作者想象奇特，感悟独特，一棵饱经沧桑的古槐浮现在读者眼前，耐人寻味。

寺院是宗教圣地，是沟通神与人的桥梁。为了给僧人和香客备饭，寺里常有超大的铁锅，这口直径两米的大锅还不算最大，我见过一口更大的，洗锅时要放下一个梯子，才能将人送到锅底。大锅往往是一个寺院兴旺的标志，这白云寺在康熙时达到鼎盛，常住僧人千余人。

介绍康熙年间白云寺的常住僧人之多，和大铁锅的由来、用途等，说明了为什么"大锅往往是一个寺院兴旺的标志"。

史载1687年，寺里住持佛定和尚为舍粥济贫，造铁锅两口，日煮米一石二斗。十九年后一口铁锅经长年的火烤水煮终于有了裂纹，就被几个小和尚抬着放到寺的一角。春去秋来，寺院盛而又衰，这口锅也渐渐被人淡忘。沙尘淤满锅底，荒草爬上了墙角，淹没了铁锅。这时一只喜鹊衔着一粒槐籽从天上飞过。它俯下身子，看到这汪嫩绿的鲜草，就落下来歇脚，槐籽落在铁锅里。

丰富的想象描绘出一幅动人的画卷，不仅解开悬念，还为文章增加了趣味。

想这铁锅离开灶台被弃墙角已经数十年，

烈日严霜，凄风苦雨，它早已心灰意冷，奄奄待
毙。忽然有一只小手轻轻地抓挠着它冰凉的身
子，一丝微弱的声音像在耳旁似有似无地呼唤。
原来是那粒槐籽经水浸土育，已经开始发芽生
根。这口铁锅"吱楞"一下打了个寒噤从梦中惊
醒，忙将这个幼小的生命搂在怀里。那雪白的细
根穿过厚厚的积土，吸吮着锅沿上的雨滴，像是
在替它擦拭眼角的泪花，而嫩绿的树苗已有尺许
之高，正努力探出锅外，好奇地张望着庙宇、蓝
天、白云。

　　铁锅记起了佛经上讲的万物轮回、因果有
缘、众生平等。啊，行住坐卧都是禅，一花一叶
皆佛性。它知道这是佛祖托它来抚养这个从天而
降的小生命，就更加搂紧这棵小树苗。槐树一天
天长大，当它已经高过院墙，可以俯视外面的
世界时，才发现这个世界上的槐树全是长在土地
里，只有它被小心地托着、抱着，长在一口铁锅
里，不禁感动得热泪盈眶。这好比一个没有文
化、不识字，甚至还身有残疾的母亲，在贫病交
加中照样抚育成一个伟岸的英才。千艰万难，玉
汝于成，它怎么能不痛感身世飘零，而加倍珍惜
一定要活出个样子呢？

　　铁锅槐无疑是大自然的杰作，就算你有一百
个聪明的头脑，也想象不出这样的作品。万物有
缘，槐树本是一种最普通的树种，数百年来在山

"穿过、吮吸、探出、张望"，运用拟人的修辞手法，生动形象地描绘出了在铁锅的呵护下苗壮成长的槐树形象。

生动的拟人、形象的比喻，突出槐树成长中对铁锅的感恩之情，让人感受到铁锅和槐树彼此的深情厚谊，引出了下文的议论：万物轮回，因果有缘。

地平原、房前屋后不知有槐几多，而长在铁锅里的唯此一棵；铁锅本是一种最普通的炊具，千家万户用来烧水煮饭的铁锅不知几多，但用来栽树而且长成大树的也只有这一口。

再说，就算这锅与树前世有缘，那结合之后的数百年岁月，水火兵燹，雷劈电击，畜啃人砍，寺院塌毁，它们又携手逃过了多少劫难才有今天的正果？物竞天择，自然筛选，这是铁的定律。在无尽的岁月长河中，无数个偶然机缘的组合，就出现了奇迹，就诞生了天才。

虽然人类愈来愈聪明，但还是逃不出自然的手心。不见我们办了多少音乐学院，却常会输给一个牧羊女或打工汉的歌喉；办了多少文学院，而大作家总是长在校园外。皇室为培养自己的接班人，从选妃子、找奶妈开始，到定太子、配师傅，结果大多不如草莽中杀出来的开国之主。假如现在有谁出巨资请你再复制一棵铁锅槐，恐怕打死也不敢接这个活。

铁锅槐虽是天工之物，但它修行于古寺之中，早已融进人的智慧和佛的灵性。虽然在悬崖之上，在大河之岸，树抱石之类的奇树不知多少，但那些树所抱的都是些自然的石头，而这棵古槐抱着的却是一口煮饭的铁锅，是人工所造，佛家所有，为达官贵人煮过茶，为穷乞丐舍过粥的普度众生的锅，是一锅人间烟火。这是信念的

燹（xiǎn），意思为野火，兵燹是指战争造成的焚烧破坏等灾害。

由铁锅槐联想到人类社会，印证了人类再聪明也无法与自然抗衡的道理。让人不禁感慨：有心栽花花不开，无心插柳柳成荫。

守望，是佛与人的拥抱，是伟大的天人之合。你只要看看那锅里劲结的树根，就知道它们有多大的定力。槐树咬定铁锅，将它凿穿、撑裂、抱紧、融合；铁锅则仰着身子吃力地挺举着大树，不顾自己已经被压裂，被深深地挤进了泥土。直至最后，再也分不清是锅抱槐还是槐抱锅。

这是心的力量，是佛家所谓的大愿，不信世上事不成，不信有缘不结果。它们就这样晨钟暮鼓，相濡以沫，在古寺残阳中不知送走了多少寂寞。山挡不住风啊，树挡不住云，这个世界上什么也挡不住生命的降生。而一个生命一旦降生，就会本能地捍卫生的权利，坚强地活下去！

临出寺门时已暮云四合，我又回望了一下这棵铁锅槐，经秋雨打湿的树身更显出沉稳的铁青，斜伸着的身子像一支要射向云空的利箭。而根部那一圈翻卷着的闪亮的锅沿，则如一把拉满弦的弓，引而待发。我忽然觉得，伫立在面前的是一个面壁的达摩，是另一个版本的罗丹雕塑《思想者》。

世人多爱盆景，喜其能于尺寸之间盈缩天地，吐纳岁月。而古今中外，到哪里去寻找铁锅槐这样一个天地所生、人神共塑、旷古烁今的盆景呢?

这里动词的连用，让我们看到了槐和锅相濡以沫、互相扶持、相互支撑的生命力量，为下文抒情议论做铺垫。

运用比兴的手法，赞美了铁锅槐顽强不屈的生命力，给人以强烈的感染力。

以反问句收束全文，引人深思。

赵彦萍   点评老师

山西省太原市第十二中学语文教研组组长，太原市高水平骨干教师。

万里长城一红柳

中国北方最明显的地理标志就是长城，从山海关到嘉峪关，逶迤连绵穿行在崇山峻岭之上，将秦汉到明清的文化符号一一镌刻在苍茫的大地上。如果是夕阳西下的时候，一抹红霞涂染了曲曲折折的石墙，又为烽火台、戍楼勾勒出金色的轮廓。这时，你遥望天边的归雁，听北风掠过衰草黄沙，心头不由会泛起一种历史的苍凉。可是谁也没有注意到，万里长城由东向西进入陕北府谷境内后，轻轻地拐了一个弯。这个弯子很像旧时耕地的犁，此处就叫犁辕山。这气势浩大、如大河奔流般的长城，怎么说拐就拐了呢？现在能给出的解释，只是为了一座寺和一棵树——一棵红柳树。

那天，我沿着长城一线走到犁辕山头，一抬眼就被这棵红柳惊呆了，心中暗叫：好一个树神。红柳是专门在沙漠或贫瘠土地上生长的一种灌木，极耐干旱、风沙、盐碱。因为生在严酷的环境下，它长不高，也长不粗。

当年我曾在乌兰布和沙漠的边缘工作，常与

描写回忆中红柳单薄的身姿，并用拟人的手法，描写其虽出身艰苦却不忘舍身济世的品质：既可入药又能做材料，奠定了赞美红柳的感情基调。

话锋一转，补充说明红柳对大自然保护的作用，照应了中心思想。

本段为"文章五诀"之"形字诀"，从颜色、线条等角度精心构图，绘制了一幅古典的写意风景画，一株穿越历史、饱受折磨，却更加高大茁壮的红柳跃然纸上，充满蓬勃旺盛的生命力。

红柳为伴。它大部分的枝条只有筷子粗细，披散着身子，匍匐在烈日黄沙中或白花花的碱滩上。为减少水分的流失，它的叶子极小，成细穗状，如不注意你都看不到它的叶片。这红柳自己活得艰苦，却不忘舍身济世，它的枝叶煮水可治小儿麻疹，它的枝条鲜红艳丽，韧性极好，是农民编筐、编篱笆墙的好材料。

我大约有一年的时间，就住在红篱笆墙的院子里，每天挑着红柳筐出入。如果收工时筐里再装些黄玉米、绿西瓜，这在一色黄土的塞外真是难得一见的风景。但红柳最大的用途还是防风固沙，防止水土流失。红柳与沙棘、柠条、骆驼刺等，都是黄土地上矮小无名的植物，最不求闻达，耐得住寂寞，许多人都叫不出它的名字。

但是眼前的这棵红柳却长成了一株高大的乔木，有一房之高，一抱之粗。它挺立在一座古寺旁，深红的树干，遒劲的老枝，浑身鼓着拳头大的筋结，像是铁水或者岩浆冷却后的凝聚。我知道这是烈日、严霜、风沙、干旱，九蒸九晒、千难万磨的结果。而在这些筋结旁又生出一簇簇柔嫩的新枝，开满紫色的小花，劲如钢丝，灿若朝霞。只有万里长城的秦关汉月、漠风塞雪才能孕育出这样的精灵。它高大的身躯摇曳着，扫着湛蓝的天空，覆盖着这座乡间的古寺，宛如一幅古典的风景画。而奇怪的是，这寺门上还挂着一块牌子：长城保护站。

站长姓刘，我问保护站怎么会设在这里？他说，这是佛缘。说是保护站，其实是几个志愿者自发成立的团体。老刘当过兵，在部队上曾是一个营教导员，他给战士讲课，总说军队是长城，退下来后回到了长城脚下，看着这些残破的戍楼土墙，心里说不清是什么味道，就想保护长城。府谷境内共有明代长城一百四十多公里，上有墩台一百九十六个，这寺正好在长城的中点。他每次走到这里，就在这棵红柳树下歇歇脚，四周少林无树，就只有这一点绿色。放眼望去，茫茫高原，沟壑纵横，万里长城奔来眼底。他稍一闭眼，就听到马嘶镝鸣，隐隐杀声。可再一睁眼，只有残破的城墙和这株与他相依为命的红柳。一开始为了巡视方便，他就借住在寺里，后来身边慢慢聚集了五六个志愿者，就挂起了牌子。

人们常说"天下名山僧占尽"，可这里并不是什么名山，黄土高原，深沟大壑，山穷水枯。也可能就是那"犁辕"一弯，这里才被先民视为风水宝地。犁弯子就是粮袋子，象征着永远的丰收，在这里盖寺庙是寄托生存的希望。寺不知起于何时，几毁几修，仍香火不绝。但奇怪的是，这寺无论毁了多少次，墙边的那棵红柳都顽强地生存下来，于是就成了重新起殿建寺的标记。

本文在叙事时多用第三人称的全知全能视角，作者站在故事以外，以旁观者的身份来讲述故事和叙述情况，使得描述具体全面，内容真实客观。

本段描写、记叙、说明等多种表达方式杂糅，叙中有情、情中有理、理中有形、形中有情，打破了单一写作手法的单调和枯燥，是对文章传统写法的传承和超越。

从树的外形判断，它当在千年以上，明长城距今也只有六百来年。就是说当初无论是修城的将士，还是修寺的僧人，都在仰望着这棵树工作。长城，这座我们民族抵御外侵、保卫和平生活的万里长墙，在这里拐了个弯，轻轻地把这寺庙、这红柳搂在怀里。这是生命的拥抱、信仰的倾诉和文化的传递。而这棵红柳，怕长城太孤寂，年年报得紫花开，花开香满院，又成了寺庙的灵魂。民间常有耗子、狐狸成精，以及柳树、槐树成精的故事。红柳实现了从灌木到乔木的飞跃，算是成了精，修成了正果。它与长城与寺庙相伴，俯视人间，那密密的年轮和丝绕麻缠的筋结里，不知记录了多少人世的轮回。

本段多次使用拟人的修辞手法，一个"搂"字，生动形象地写出了长城守护寺庙和红柳的情态，"怕"和"报"字，呈现了红柳用花朵装扮长城的感恩之心。作者在共生共存的理念下赋万物以灵魂，拼就了一幅"自然文学拼图"。

如果说长城是人工的智慧，红柳是自然的杰作，那么这寺庙就是人们心灵的驿站。先民日出而作，日落而息，面朝黄土背朝天，他们疲倦的魂灵也需要歇息。这寺庙不大，除了僧房就是佛堂。堂可容六七十人，地上一色黄绸跪垫，前面供着佛像并香烛、水果。可以说，这是我见过的国内最安静的佛堂。堂内窗明几净，无一尘之染。窗外是蓝天白云，人坐室内如在天上。这里既没有名刹大寺里烟火缭绕的喧闹，也无乡间小庙里求报心切的俗气。我稍留片刻便返身出来，不忍扰其安宁。

通过"如果说……是……，……是……，那么……就是……"的句式，关联起"长城、红柳、寺庙"之间相互依存的关系，从而指向"人工、自然、心灵"的和谐共生，极具思辨性。同时将寺庙比作"人们心灵的驿站"，点出了寺庙的文化疗愈功能，富有文采。

我问，这座寺庙真的灵验？老刘说屡毁屡

修总是有一定的道理，反正当地人信。最近一次发起修寺的是一位煤老板，煤矿总出事故，寺一起，事立止。还有，寺下有一村，村里一对小夫妻刚结婚时很恩爱，后渐成反目。妻子恨丈夫如仇敌，打骂吵闹，凶如母虎，家无宁日。公婆无奈，求之于寺。托梦说，前世女为耕牛，男为农夫，农夫不爱惜耕牛，常喝斥鞭打，一次竟将一条牛腿打断。今世，牛转生为女，到男家来算旧账了。公婆闻之半信半疑，遂上寺许愿。未几，小夫妻和好如初，并生一子。

　　这样的故事还可讲出不少。我不信，但教人行善总是好事，借神道设教也是中国民间的传统。又问，怎么不见僧人？答曰，现在不是做功课的时间，都去山下栽树了。想要香火旺，先要树木绿。村民信佛，寺上的人却信树。也是，没有那株红柳，哪有这寺里千年不绝的香火？

　　保护站已成立五六年，慢慢地与寺庙成为一体。连僧带俗共十来个人，同一个院子，同一个伙房，同一本经济账。志愿者多为居士，所许的大愿便是护城修城；僧人都爱树，禅修的方式就是栽树护树。早晚寺庙里做功课时，志愿者也到佛堂里听一会儿诵经之声，静一静心。而功课之余，和尚们也会到寺下的坡上种地、浇树、巡察长城。不管是保护站还是寺上，都没有专门经费。他们自食其力，自筹经费，维持生活并做善事。去年共收获玉米两千斤，春天挑苦菜卖了六千元，秋里拾杏仁又收入八百元。这使我想起中国古代禅宗"一日不作一日不食"的农禅思想，一切信仰都脱离不了现实。

正说着，人们回来了，几个和尚穿着青布僧袍，志愿者中有农妇、老人、学生，还有临时加入的游客。手里都拿着锄头、镰刀、修树剪子，一个孩子快乐地举着一个大南瓜。有一个年轻人戴着眼镜，皮肤白皙，举止文雅，一看就不是本地人。我问这是谁，老刘说是山下电厂的工程师，山东人。一次他半夜推开院门，见寺外一顶小帐篷里一人正冷得打哆嗦，就邀回屋过夜，遂成朋友。工程师也成了志愿者，有时还带着老婆孩子上山做义工，这院子里的电器安装，他全包了。大山深处，长城脚下，黄土高原上的一所小寺庙里，聚集着一群奇怪的人，过着这样有趣的生活。

佛教讲来世的超度，但更讲现世的解脱：多做好事，立地成佛，心即是佛，佛即是我。山外的世界，正城市拥堵、恐怖袭击、食品污染、贪污腐化、种族战争，等等，这里却静如桃源，如在秦汉。只有长城、古寺、志愿者和一棵红柳。无论中国的儒、佛、道，还是西方的宗教都以善行世，就是现在提倡的社会主义核心价值观，"友善"也赫然其中。我突然想起马致远的那首

生动质朴的语言、旁征博引的哲思、信手拈来的古诗词、生动曲折的情节……作者在对古树今人的描摹中，思绪飘荡于中华上下五千年的文明脉络，以开放包容的姿态接纳万物，文本呈现多重的历史性、文学性、哲学性及故事内涵的多样性。

"奇怪"却"有趣"，形成反差感，塑造了一个人类精神的世外桃源，令人心生向往。

将本地有趣自然的山中生活与纷扰的城市生活进行对比，表达对自然生活的热爱和向往。并且由物及人，用"万里长城一红柳"象征老刘等志愿者。

名曲《天净沙》，不觉在心里叹道：长城古寺戍楼，蓝天绿野羊牛，栽树种瓜种豆。红柳树下，有缘人来聚首。

老刘说，其实单靠他们几个志愿者，是保护不了长城的。也曾当场抓获过偷城砖的、挖草药的，甚至还有公然用推土机把长城挖个口子的，但是都不了了之。对方眼睛瞪得比牛眼还大，说："你算个球！县长都不管呢。"确实，他们一不是公安，二不是警察，遇到无赖还真没有办法。但是现在可以"曲线护城"了，这就是借助树和佛。

目前虽还没有一个管用的"护城法"，却有详细的《林业法》，作恶者敢偷砖挖土，却不敢偷树砍树。保护站就沿长城根栽上树，无论人砍、牛踏、羊啃都是犯法。而同样是巡城、执法，志愿者出来管，对方也许还要争执几句，僧人双手一合十，他就立马无言。头上三尺有神明，人人心中有个佛呀。

这真是妙极，人修了寺，寺护了树，树又护了长城。文物保护、治理水土、发展林业、改善生态等，无论从哪一方面来说这都是个很有意思的典型。就像那棵无人问津、由灌木变成乔木的红柳，在这个古老的犁辕弯里也有一个少为人知、亦俗亦佛、既是环保又是文保的团体。县长下乡调研，见此很受感动，随即拨了一笔专项经

此为"文章五诀"之"典字诀"，化用《天净沙》，自成一词，文采立现。

文似看山不喜平，一波三折的叙事扣人心弦，以此唤醒全社会对生态环境和中华人文古树的保护意识和文化自觉。

在文本叙事即将收束的时刻，作者适时点出"人、寺、树、长城"之间互利互惠的闭环结构，体现出作者关于人与古树关系的思考及浓郁的生态保护意识等。

费给这个不在册的保护站。县长说，这笔钱就不用审计了，他们花钱比我们还仔细。

两年来，老刘用这钱打了一眼井，栽了三百亩的树，为站里盖了几间房。寺不可无殿，城不可无楼。他还干了一件大事，率领他的僧俗大军（其实才十来个人）走遍沿长城的村子，收回了一万多块散落在民间的长城砖，在文物局指导下修复了一个长城古戍楼。完工之日，他们在寺庙里痛痛快快地为历年阵亡的长城将士做了一个大法会。

那天采访完，我在寺上吃晚饭，大块的南瓜、土豆、红薯特别的香。他们说，这是自己种的，只有地里施了羊粪才能长得这样好，山外是吃不到的。饭后，我要下山，老刘送我到寺门口。香客走了，志愿者晚上回城去住，寺里突然冷清下来。晚风掠过大殿屋脊的琉璃瓦，吹出轻轻的哨音。归鸟在寺庙上空盘旋着，然后落到了墙外的林子里。夕阳又给长城染上一圈金色的轮廓。

人去鸟归，万籁俱静，我突然问老刘："这么多年，你一个人守着长城，守着寺庙，是不是有点孤寂？"他回头看了一眼红柳，说："有柳将军陪伴，不孤单，胆子也壮。"这时夕阳已经给红柳树镀上一层厚重的古铜色，一树紫花更加鲜艳。我说："回头，在北京找个专家来给你测一下这树的年龄。"他说："不用了，我已经知

动静结合的环境描写，呈现出一幅宁静安详的寺院晚景图。静的是夕阳长城，动的是晚风和归鸟，更是作者的留恋自然风景之心，意境的营造与"羁鸟恋旧林，池鱼思故渊"有异曲同工之妙。

夕阳、红柳、古铜色光影、鲜艳紫花……插在人物语言描写中的自然景物刻画，仿佛给志愿者的坚守和奉献精神增添了一层旖旎的外

道了。"我大奇："你怎么知道的？""去年秋8月的一个晚上，后半夜，月光分外的明。我在房里对账，忽听外面狗叫。推开院门，在红柳树旁站着一位红盔绿甲的将军。他对我说，你不是总想知道这树的年龄吗？我告诉你，此树植于周南王十四年，到今天已两千三百二十六年。说完就消失了。"我看看他，看看那树，这一次我真的是惊呆了。

　　回京后，我第一件事就是去查中国历史年表，史上并没有"周南王"这个年号。但是，我不忍心告诉老刘。

衣。所谓的"大事大情大理"聚焦于一人一物，让读者产生景美人更美的阅读体验。

　　一个"不忍心"，饱含作者对环境保护者和森林文化守护者的深情和敬意。

贾　璐　　　　点评老师

河南省郑州市龙翼初级中学语文老师，南开大学文学硕士，郑州市文学社团优秀辅导教师。

燕山有棵沧桑树

北京之北一百多公里处就是河北的兴隆县，境内有燕山的主峰雾灵山。正是秋高季节，我同几个好友乘兴登山，一路黄花红叶，蓝天白云。松鼠横穿于路，野雀飞旋在树，鸟鸣泉响，好不快活。正走着，忽见路边有一指路牌：沧桑树与见证桩。不觉好奇，就下路拐入荒径，攀荆附葛，爬上一高坡，顿现一树一桩。

树是一棵奇怪的大松树。根基部十分壮大，盘根错节与山石一体，已分不清彼此。原树已经枯死，而在侧根处又长出一棵新树，有合抱之粗，浑身的鳞片层层相叠，青枝挑着绿叶在秋阳下闪闪发光。树身成"7"字形，斜出石缝向山外探去，蜿蜒遒劲，如一条苍龙欲腾空而去。大家正说这树像龙，当地的朋友说，这树还真就与龙有关。

原来，历代皇帝都自比真龙天子。清朝入关后的第一位皇帝是顺治帝，他即位后就在遵化县选定了自己的龙寝之地，后人称东陵。为使陵寝安宁，东陵以北兴隆境内这两千五百平方公里

的山林，就全部划作"后龙风水"禁地。原住民
全部迁走，不许耕种、伐木、采药、打猎，不许
闲人进入。又配备了专门的护陵部队，隔不远就
设一哨卡，满语称"拨"，现当地还留有不少地
名："一拨子""二拨子"……森林郁蔽后，又
清出若干防火通道，现有"北火道"等地名。一
次士兵巡逻，忽然阵阵山风送来黄酒的甜香。
深山禁地何来酒馆？细寻处，是深秋季节梨果落
地，自然发酵，一沟酒香。于是这里就名"黄酒
馆"。封建专制，普天之下莫非王土，皇帝伸
手一指，这两千五百平方公里的土地一占就是两
百五十四年，直到1915年才解禁。山之禁，树之
福。这棵龙形松，四季有人护，年年有酒喝，过
了两百多年平静舒心的好日子。笑看冬去春来，
静听花开花落。

运用短句和对举
句式，音韵和谐，极具
对称之美感。"笑看冬
去春来，静听花开花
落"，这棵龙形松仿佛
一位伫立于尘世间的智
慧老者，从容淡定，闲
适安然。

1931年日本人侵占东北，1933年南下占领兴
隆，直逼北京，当年的这一片皇家禁地又成了敌
我双方争夺的战略要地。在日本一方是南下的跳
板，又是一处重要的战略物资地；在我方山高林
密，正是开展游击战争的好地方。一场残酷的侵
略与反侵略战争在这里反复拉锯，其间数不清出
了多少民族英雄，最著名的一个是孙永勤。

孙本是一个普通农民，小时曾读私塾，粗
通文字，又习得一身好武艺，身高两米，双手过
膝，行侠仗义，人称"黑面门神"。他耻为亡国

运用短句，给人物
画像。作者深谙古典小说
塑造人物之道，寥寥几笔
就将人物经历、特长、身
形、性格特点凸显出来。

奴，便串联村里的十六位弟兄宣誓"为国为民，永无二心，抗暴杀敌，有死无降"，拉起一支"民众军"，自任军长。后接受中国共产党的领导，改称"抗日救国军"，一直发展到五千多人。孙带领部队一年半间，与敌交战两百多次，拔掉据点一百多个，成为日军的心腹大患。以至于日本人诱降国民党，与何应钦谈判签订《何梅协定》时都将灭孙作为一个筹码。而当时中共也注意到这支抗日力量，1934年8月，正在长征途中的党中央发表著名的《八一抗日宣言》，将孙永勤与吉鸿昌、瞿秋白并列，说他"表现出我民族救亡图存的伟大精神"。孙在最后一次战斗中，寡不敌众又腿部负伤，被团团包围。他对参谋长关元有说："当年我们空手起家，誓杀尽敌寇，有死无降。今天弹尽粮绝，我来吸引敌人，你带部队冲出去，以图再起。"关说："杀敌第一，愿与军长同生死。"结果孙以下七百壮士全部壮烈牺牲。这棵树目睹了一个英雄的诞生。

"沧桑树"下还有一截二尺多高如水桶之粗的树桩，旁立木牌，上书"见证桩"三字，这是当年日寇掠夺当地资源的见证。我俯下身去想辨认一下树桩的年轮，只是经年的风吹雨打，横截面上的本质已经朽去，用手一捏，即成碎末。但整个桩子的大形还在，短粗挺直，身带焦痕，挺立于荒草乱石之中，似有所言。

"沧桑树、见证桩"巧妙地对应，这棵树历经风雨、见证历史。"短粗挺直、身带焦痕"经过战争蹂躏的树形残志存，两个"挺"字将沧桑树的树魂生动形象地表现出来。

看完"沧桑树"我们又重回登山主道，继续上山。秋阳如春，照在身上暖洋洋的，刚才脑子里的硝烟渐渐散去。正是果熟季节，路两边赤、橙、黄、绿，摆满销售和等待外运的核桃、柿子、苹果、山楂，排起两道长长的水果墙，农民的笑意都挂在脸上。近年来为致富老区，这里浅山处大力发展经济林，林果成了农民的主要收入来源。深山处开辟成国家森林公园，封山育林，涵养水源。来到这里才知道，北京人吃的栗子、冰糖葫芦多取自本地，原来兴隆已是全国第一板栗大县、山楂大县。北京人喝的水，也来自这里，全县高山密林间有大小径流八百条，昔日的"后龙风水"禁地已经成了京城的风水宝地。

随着山路的上行，两边的树木愈来愈密，栎树、楸树、枫树、桦木、杉木等遮住了头上的太阳和山外的蓝天，我们在林木的隧道里穿行。约一小时后终于穿出树海爬上燕山最高处的雾灵山峰。

这燕山是一座历史名山，也是中国政治史的一个大舞台。其成名很早，《诗经》中即提到燕山、燕水。李白之"燕山雪花大如席"，韩愈说的"燕赵多慷慨悲歌之士"大略都是指这里。元灭宋后在这一带建都。朱元璋灭元后将他的第四子朱棣分封到这里，名为燕王，住藩北京。燕王深谋远略，在此整军备武，朱元璋一死便南下夺了帝位，将大明迁都北京，就是史上有名的永乐大帝。他奠定了北京作为历史名都的规模气象。之后这里又上演了李自成进京、清军入关、日寇南侵、长城抗战、新中国成立等几场大戏。

这团飘动的火苗，比枫叶还要大三四倍的花楸叶，"秋风一过它就红得像浸了血、着了火"。这是生命力旺盛、生机勃发的象征。

我登上燕山之巅，遥望群峰从山海关一路奔来，长城起伏其间，脚下是一片树的汪洋，胸中荡起一幅历史的长卷。这时只见远处绿波中现出一团飘动的火苗，那是刚才上山时路过的一片花楸树林，这是一种我从未见过的树种，大概只有这燕山深处才有吧。都说枫叶红于二月花，这花楸叶子是枫叶的三四倍大，叶面厚实，树身高大，只在悬崖深壑、人迹不到的地方生长。秋风一过它就红得像浸了血、着了火。我又想起了刚才那棵穿越战火而来的"沧桑树"和劫后余存的"见证桩"。

"人会老树还在"树是这片土地上的原住民，它历经风雨，穿越历史的烟云，见证着时代的沧桑，结尾段的文字厚重感十足，余韵悠长，引发思考。

山不转水转，人会老树还在。一截树桩见证了一个民族曾经的苦难，一棵树记录了这片土地上三个半世纪的沧桑。无论是朝代更替、人事变幻，还是自然界的寒来暑往、山崩地裂，都静静地收录在树的年轮里。

张晓莉　点 评 老 师

山东省淄博市张店区第八中学语文教师，淄博市教学能手。

死去活来七里槐

中华民族的三千年文明史是一部英雄史也是一部苦难史。如果要找一个记录了中华民族苦难的活的物证，那就只有河南三门峡的七里古槐了。

2014年11月，我到三门峡市出差，顺便问及当地有无可看的古迹。他们说，去看"七里古槐"，我却听成"奇离古怪"。我说："怎么个怪法？"答曰："不知何年生，也不知几回死，活得死去活来。"树坐落在陕县观音堂镇的七里村，以地得名。

一

槐树在北方农村无处不有，是村民乘凉、下棋、集会和夏天吃饭的好地方，已成民俗文化的一部分。在我的记忆中，那是一把绿色的大伞，是一个温馨的摇篮。小时院门外有大小两棵槐树，爬树、掏鸟、采槐花，是我们每天的功课。每当傍晚，炊烟袅袅，小村子里弥漫起柴火香时，大人们就此一声彼一声地呼喊着孩子们回家吃饭。这时我们就在高高的树枝上，透过浓密的树叶大声回答："在这儿呢！"然后像猴子一样滑下树来。可以说我的童年是在槐树上度过的。印象中槐树的树身平整光滑，不糙不凹，每爬时必得以身贴树，搂紧臂，夹紧腿，快倒脚，才不会滑落。树枝是黛绿色的，光润可爱，表皮上星布着些细小的白点，像旧时秤杆上的金星。树性柔韧，农民常取其枝，以火煨弯，制扁担钩、镰刀把、筐子提手等物件，孩子们则用来制弹弓。

细致描写印象中的槐树模样，与下文的"七里槐"形成鲜明对比。铺垫充分，后文的视觉冲击才强烈。

可是眼前的这棵槐树让我怎么也不敢相信它还是槐，这是一个幽灵。它身重如山，干硬如铁，整棵树变形、扭曲、开裂、空洞、臃肿，无论如何，再也找不到我脑海里槐树的影子。它真是一怪，奇离古怪。

和印象中的槐树截然不同，这些触目惊心的词语，让人忍不住问：这棵树到底经历了什么？

先说这树的大。古槐坐落在长安到洛阳古驿道旁的一处高坡上，树身遮住了半个蓝天，未进村先见树。据说当年唐开国大将尉迟恭在七里之外就见到这棵树。当你向树走去时，它就像一座大山正向你慢慢压来。等到爬上土坡，靠近树下，你又觉得这不是树，而是一堵墙，一座城堡，直逼得你喘不过气来。要像小时候那样，再搂着它爬是绝对不可能了。你倒是可以踩着不平的树身攀上去。为了测量树围，我们五个男人手拉着手，才勉强将它合抱。准确地说，这树围也

"压"字，既写出树之大、树之葱茏，也暗含树给人以沉重之感。与下一句的"直逼得你喘不过气来"相呼应。

是无法测量的，因为它的表面起起伏伏，如瀑布
泻地，如山川纵横，早已不成树形，无法合围，
只能大概地比画一下。这时你仰观树冠如乌云压
顶，再退后几十米看，那主干在蓝天的背景下
又成龙成凤，如狮如虎，张牙舞爪，尽人想象。
四五里之外就是横跨欧亚大陆的陇海铁路，每有
客车过时就特别广播，请大家注意看窗外的古
槐。它已成中州大地上的一个地标。

　　奇怪之二，这树浑身上下布满了大大小小
的疙瘩和深深浅浅的空洞。古树身上有几个疙瘩
和洞不足为怪，这是它的骄傲，是年迈德高的标
志。如老人手臂上的青筋，脸上的皱纹，是岁月
的积累，时光的磨痕。但树生疙瘩如人生肿块，
毕竟不是好事。况且这树也不是只有几处凸凹，
而是全身堆满了疙瘩，根本看不出原来的树纹。
我想试着数一下树身上到底有多少个疙瘩，大中
套小，小又压大，似断又连，此起彼伏。你盯不
到半分钟就眼花缭乱，面前是一片连绵的山峰，
来去的云朵。你一时又像掉进了波涛翻滚的大
海，或者乱石穿空的天坑。都说卢沟桥的狮子数
不清，这槐树身上的疙瘩根本就无法数。而且树
身是圆形的，你边走边数，转一圈回来，已经
找不到起点，扑朔迷离，如在雾中。我们已坠
入一个离奇古怪的方阵，一个从未见过的时空
系统。

近抱树身，仰观树
冠，再退后远看"蓝天
背景下的主干"，描写
角度多变。既有写实，
又驰骋想象，虚实结
合，古槐神韵毕现。

与上一段开头的
"先说"一样，清晰地
标明了结构脉络。

描写树身的疙瘩之
多，比喻、对比、铺排渲
染，令人印象极为深刻，
为下文"写史"蓄势。

二

这棵树所在的陕县，属中国最古老的地名。现在我们常说的陕，是指陕西省。就像豫指河南，晋指山西。其实，陕的溯源是现在河南省三门峡市的陕县，古称陕塬，也就是现在这棵古槐的扎根之处。周成王登位之后，周、召二公帮他治理天下，两人分工以陕塬为界，周治陕之东，召治陕之西，并立石为界。现在陕县还存有这块"分陕石"。算来，这已是三千年前的事了。今天偌大的一个陕西省，二十多万平方公里，却是因为坐落在一块小石之西而得名。陕塬之西的西安是十三朝古都，之东的洛阳是九朝古都。大半中国古代史几乎就是在这两个古都的连线上来回搬演。你看，这棵老槐一肩挑着两个古都，背靠三晋，左牵豫，右牵陕，老树聊发少年狂。它像一根定海神针，扎在了中国历史地理的关键穴位上。天下大势，合久必分，分久必合，在这块古老的土地上，多少次的朝代更替，多少代的人来人去，黄河奔流东逝水，沧桑之变知几回。但是这株老槐不死，上天把它留下来，就是要向后人叙说那些不该忘记的苦难。

老槐无言，但它自有记事的办法，就是满身的疙瘩。如同古人在没有文字之前，最原始的办法是结绳记事。这棵古槐与中华民族共患难，不知经过了多少风雨，熬过了多少干旱，穿过了多少战乱。它每遭一次难就蹙一次眉，揪一下心，身上就努出一块疙瘩。

　将古槐与中华民族的苦难史联系起来，拟人化的排比句，令人感同身受。

三

　古槐生在唐朝，它遭的第一大难是"安史之乱"。

　中国古代农民所受之苦，大致有两类。一是服兵役。不管哪个人上台，哪个朝代更替，都是用刀枪说话。"一将功成万骨枯"，一朝更替血漂杵。兵者，杀也。只要战事一起，就民不聊生。百姓或者被驱使杀人，或者被杀。二是赋税徭役。统治者是靠人民供养的，农民要无偿地缴纳实物，无偿地贡献劳力。唐朝有"租庸调法"，"租"即缴粮，"庸"即缴布，"调"即服役。而战事频繁无疑加剧了赋税的征收与劳役的征召。兵役与徭役就像两扇磨盘，不停地碾磨着无辜的生命。

　形象的比喻，写出了人民生活的苦不堪言。

　中国人以汉唐为自豪。唐强盛的顶点是开元之治，但接着就发生了天宝之乱，即"安史之乱"。有趣的是，这个大转折发生在同一个皇帝，即唐玄宗身上。开元、天宝都是唐玄宗的年号。他前期小心翼翼，励精图治，后期贪图安逸，纵容腐败，重用奸臣。中国封建社会两千年，是君主专权的家天下，各朝由治到乱几乎都是同一个模式，祸乱先从掌权者自身开始，从他们的私事、家事甚至是婚事开始。

唐玄宗鬼使神差地爱上了自己的儿媳妇杨玉环，先让她离婚，出家，然后又返娶为妃，就是史上著名的杨贵妃。玄宗与贵妃终日饮宴作乐，不理政事。白居易有诗为证："春宵苦短日高起，从此君王不早朝。承欢侍宴无闲暇，春从春游夜专夜。"这时，地方上已藩镇割据，军阀坐大。其中最有势力有野心的是安禄山，杨贵妃又认安为干儿子，里勾外连，姑息养奸。这等下伤人伦，上毁朝纲，外乱吏治的胡作非为，让在长安以东刚刚长成不久的这棵槐树不觉皱眉咋舌，当时就起了一身鸡皮疙瘩。这恐怕就是这棵古槐最初长疙瘩的缘起。后来安禄山公开扯起反旗，756年在洛阳称帝，国号大燕，然后就顺着这条驿道从老槐树下一直打到长安。今陕县一带是叛军和政府军反复争夺的主战场。当真是"祸国殃民"，当政者以国事为儿戏，以私乱国，招来横祸，又祸及百姓。

内战一起，驿道上、黄河边就人头落地，血流成河。只西塬一战，就有二十万唐军战死沙场。而百姓，不是死于乱军中，就是被抓丁拉夫。家破人亡，痛不欲生，诗人杜甫亲历了这场

引出下文唐玄宗和杨贵妃的事。

槐树的"皱眉""起了一身鸡皮疙瘩"，暗含着作者的批判叹息。

"只、就"二字，足见战争残酷，伤亡惨重。

大乱。离老槐树不远，有一个石壕村，杜甫在这里过夜，正遇上抓壮丁。房东老妇人出来说："连年打仗，家里早无男丁，要抓就把我抓去吧，别的不会，可以到军营里帮你们做做饭。"来人就将老妇带走了。可见战争中人口锐减、民生凋敝到何种程度。

引用杜甫的《石壕吏》中的情节，表现民生凋敝。

虽已千年，这石壕村现在仍然沿用旧名，那天我去时，村口迎面的大墙正书着那首《石壕吏》。杜甫夜宿的窑洞还在，只是已坍塌过半。巧合的是这个千户大村，有一半人姓杜。村外的石壕古驿道在埋没多年后，最近又被重新发现，旅游部门正在维修，准备对外开放。我们试走了一回，那坚石上磨出的车辙，足有一尺之深，可见岁月的沧桑。

心中有史，所见皆着历史色彩。

当年杜甫就是从洛阳出发踏着这条驿道过新安县、陕县、潼关回长安的，沿路所见，心酸不止。他边走边吟，为我们留下了著名的"三吏"（《新安吏》《石壕吏》《潼关吏》）和"三别"（《新婚别》《无家别》《垂老别》）。"客行新安道，喧呼闻点兵""暮投石壕村，有吏夜捉人""哀哉桃林战，百万化为鱼"。这连年的战乱，百姓何以生存！杜甫曾被叛军困在长安，战乱过后，他又目睹了这座当时世界名都的颓废荒凉："国破山河在，城春草木深。感时花溅泪，恨别鸟惊心。"

摘引杜甫《三吏》《三别》中的诗句，精确表达沉重的心情。

与杜甫同困在长安的还有写了著名的《吊古战场文》的大散文家李华，他这样描写当时战争的残酷和百姓的从军之苦："万里奔走，连年暴露""无贵无贱，同为枯骨"。这唐朝经安史之乱后就开始走下坡路。政治日渐腐败，吏治更加黑暗，社会贫富差别日益扩大。老槐之西靠近长安城，有一个阌乡县（今属灵宝市），缴不起租税的农民被关入大牢，不少人在牢中冻饿而死。白居易愤而上奏一封《奏阌乡县禁囚状》，又写诗感叹道："朱轮车马客，红烛歌舞楼。欢酣促密坐，醉暖脱重裘。……岂知阌乡狱，中有冻死囚。"面对这种腐败，这槐树俯首驿道，西望长安，只能以泪洗面了。日复一日，泪水冲刷着树身，皴裂开一道道的细缝，又浸蚀出一个个的空洞。它浑身的疙瘩高高低低又增加了不少。

唐之后，经过五代十国几个短命王朝的更替，直到公元960年，赵匡胤重又统一天下，建立大宋。宋朝的都城还是定在河南。这中间又乱了两百多年，再后是金人的入侵，宋、元、明、清的更替，社会激荡，兵连祸结，民不聊生。官道上："车辚辚，马萧萧。……耶娘妻子走相送，尘埃不见咸阳桥。"狼烟四起，尘埃滚滚，再加上兵匪在树下勒绳拴马，埋锅造饭，砍树斫枝，老槐树被折磨得喘不过气来，又不知几死几活。

該段多处用典，语言深沉凝重，真实再现了"安史之乱"所带来的苦难现实。古诗文信手拈来，也足见作者深厚的文学素养。

每写完一段历史，便以古树作结，古树是历史的见证者、记录者。

杜甫《兵车行》中的诗句。

写史、写树水乳交融。

胜利使人骄傲，苦难让人清醒。无论是对一个民族还是一个人，苦难永是一剂良药。一个没有经历过苦难的民族是不成熟的民族；一个经历过苦难而又不知道保存这份记忆的民族是短视的民族；只有经历了苦难而又能时时不忘，以史为镜、知耻而勇的民族才是最有希望的。

由于地理气候的关系和人为的原因，历史上中国大陆，特别是中原地区一向多灾，水、旱、蝗、黄、兵、疫、匪，七灾俱全。人和树都生活在这块黄土地上，一次次地克服苦难，死中求生，化险为夷。可惜，人的记忆常常是选择性的，在英雄与苦难、经验与教训、胜利与牺牲、光荣与屈辱之间，人们常记住了前者而忘记了后者，甚而是有意地回避。幸亏在这片国土上还有古树与我们同在，树不欺人亦不自欺。它与我们扎根在同一片土地上，同呼吸共命运。

天灾，灾树亦灾人；人祸，祸人也祸树。树木在默默地记录着一切，而且远比人的记忆悠长。它有自己的语言，用宽窄不同的年轮、扭曲变化的形体、或枯或润的肤色、高高低低的肿块、深深浅浅的树洞来表达它的喜悦与愤怒，记录下了它所经历过的自然和人文的变迁。以铜为镜可正衣冠，以人为镜可知得失，以树为镜可还原本然。当我们心浮气躁时，踌躇满志时，或者临受大任之际，请找一棵起伏不平、虬劲桀骜、

> 这一段议论，点明苦难之于民族的意义和面对苦难的态度，蕴含着作者对历史的深沉思考。语言精警深刻，引人深思。

> 点明古树承载的历史意义，它既是历史的忠实记录者，也是冷静的思考者。读懂了古树，也就读懂了历史。以树观史，这是作者挖掘人文意蕴的新路径，也能激发我们的新思维。

伤痕累累的古树来读一读吧，面对它沉思默想一会儿，你会顿然脚踏实地，心静如水。

那天采访完后正是日暮时分，夕阳压山，红霞满天，风停云住，宿鸟归林。我终于能静下心来，以手抚树，一点一点地来研读一下这棵老槐。

这个宏大的比喻既形象地总结了上文，也引出下文关于画的巧妙喻说。

它五围之长、数丈之高的树干表面，展开后就是一幅巨大的历史画卷。中国传统文人的画多表现闲适题材，留下的著名长卷如画山水之美的《富春山居图》，画市井繁华的《清明上河图》，画人物飘逸的《八十七神仙卷》，还有写这个古槐所在地古代贵族生活的《虢国夫人游春图》等，无不如此。而画现实生活中苦难的几乎没有，只有近代蒋兆和的一幅《流民图》。

人工不逮天工补，现在好了，我们有了这幅《老槐说难图》。这是一幅老辣的焦墨山水人物画，那凝重枯涩的线条欲断还连，欲哭无泪；这是一幅毕加索的《格尔尼卡》，那立体图形的拼接，似像非像，似有似无，诉说着被撕裂、被践踏后的悲惨和痛苦；这又是一幅发愤图，树身上的疙瘩如拳如脚，如枪如戟。我耳边又响起在这树下殉国的李家钰将军的誓言："男儿持剑出乡关，不灭倭寇誓不还。"

作者以画作比，运用丰富的联想和想象，形象诠释了老槐的多重意蕴。

这里面有历史，安史之乱、"文化大革命"之乱等一个不少；有故事，战争、冤狱、天灾，应有尽有。这画中有人物，唐朝以胖为美，你看大团的线条组合与立体肿块的堆砌中，有雍容富态的杨贵妃，有风流倜傥的唐明皇，还有那个特别肥大的安禄山（传安禄山体壮如山，肚肥如鼓，刺客连刺三刀，未破其肚）。画中还有才思奔涌的李白，瘦弱多病的杜甫，忧国忧民的白居易，直到鲁迅、冯玉祥、刘少奇、彭德怀。在这个世界上，树和人是相通的，树中有人，人中有树。要不，毛泽东怎么在病危之际仍然要人给他读《枯树赋》呢？当读到"昔年种柳，依依汉南。今看摇落，凄怆江潭。树犹如此，人何以堪"，他不由泪流满面。

往事越千年，满树疙瘩记苦难。树因水土气候的关系而生疙瘩，这很自然。但是因人文社会的变化而郁结于心，鼓为疙瘩，这有没有根据？陪我去采访的报社孟总讲了一个他亲身经历的故事。当年他们村里有一棵大杨树，浑身长满了疙瘩。疙瘩何来？都是从人身上来的。那些年缺医少药，村民得了病就请本村一个半医半巫的老人来治。治法也很简单，河边揪一把草药，熬了喝下，老者守在病人身边口中念念有词，同时伸手在病人身上一抓，向大杨树的方向甩去。病人就"涩然汗出，霍然病已"。那大杨树就代人受病去了。年长日久，杨树就长满了一身的疙瘩。又过了些年，村里搞基建，将这树伐掉，各家分了

再次用典，说明树和人是相通的，读古树就是读古人，作者的人文情怀溢于字里行间。

化用毛泽东诗句，自然贴切，富音韵美。

出自枚乘的《七发》。全文大量用典，贯穿始终，文化色彩浓郁。

几块木板。孟家人多，正愁无床，就拿来做了铺板。结果凡睡上的人都身上起疙瘩，孟总浑身最多时起过四十二个。最后只好将这铺板移作别用，人身上的疙瘩也就慢慢消失。信不信由你，但确有其事。

树木有灵。村边一棵杨树能为全村人担灾，这千年古驿道旁的一棵老槐当然也会为我中华民族分担苦难。

结尾意味深长。饱经历史风雨的老槐是有灵性的，它有慈悲、有担当、有勇毅。树犹如此，人当如何？

徐方方   点 评 老 师

安徽省合肥市第三十八中学语文教师，区骨干教师。

中华版图柏

在晋、陕、蒙三省区的交界处，有一座山名高寒岭，它是长城内外的分界点，又是万里黄河的拐弯处。能在这里远眺河山，遥对青史，是一种幸运。孔子说登泰山而小天下，惜其不知他身后还有更大的天下。

高寒岭，其名"高"，海拔1426米，为周边之最，由此向北直至外蒙古，一马平川；其名"寒"，冬季最冷时零下三十一摄氏度，冰雪盖野。但就是在这样的环境下，竟生长着遍野的松柏，绿满沟壑，一望无际。而岭的最高处，有一棵柏树，树冠的剪影极像一幅中国版图，因此被称为"中华版图柏"。就在这棵树下，不知演绎了多少有关中国版图的故事。

大约在孔子那个时期，这里属于晋国的地盘，又是游牧经济区与农耕经济区的交汇点，各民族、各诸侯国、各地方势力纷争不断。长期以来，拉锯式的争夺留下的一大痕迹就是长城。从秦代到明朝，这个巨大的战争工事，不断地增修改建。从这里辐射出去的军事、政治力量，逐渐

开篇交代中华版图柏所处的地理位置，并用孔子的话来反衬位置的重要性，引发阅读兴趣。

此段运用对比的写法、先总后分的叙说方式，书面语、口语、四字短语穿插使用，长短句结合，语言简洁典雅而又灵活生动。

改变着中国的版图。而这棵树也一直在冥冥中静静地观察，悄悄地记录，时长日久，它也竟变成了一幅版图，定格在高寒岭上。

我是2013年初上高寒岭的，当时为扶贫开发，人们才发现了这块沉睡的荒野。大家惊奇地奔走相告，说山上有一棵极像中国地图的柏树，我上山后也为之震惊。只见这棵柏树独立在山巅，于蓝天白云的背景上衬映出一幅逼真的中国地图，而它的脚下，千山万壑里全部填满了各种形状的松柏，郁郁葱葱，绿满天涯。我信造物有缘，凡自然之物形有所异者，必是上天情有所寄，理有所寓。于是便遍访当地人士，翻寻史志，搜求典故，以证其奇。自那年上山之后就念念不忘，连续三年，年年来参拜，时时在寻思。

柏树是一种很长寿的树种，在中国大地上，三千年的柏树并不少见。我的家乡，太原的晋祠公园里现在还有周柏唐槐，小时常去摸爬，印象很深。那年，从宝鸡到西安，过周公庙，三千年的柏树更是成排成行。

柏树性喜阴耐寒，专在背阴、积雪、崖畔处生长。其根或深扎黄土，或裂石穿墙，或裸露崖上，随山势地形而奔突屈结，天赋其形，鬼斧神工，常是根雕的好材料。因柏多生崖畔，又俗称崖柏，生命力极强。其木质耐腐，且有一种淡淡的芳香，所以古人常用来做棺木，以图不朽。其品种很多，有侧柏、圆柏或桧柏。高寒岭上的柏为侧柏，叶扁平如纸，片片成羽，厚厚地叠加在一起，成一团绿云。也有老百姓称之为降龙木，据说佘太君手里的拐杖就是这种木头。

这里演绎的第一出版图大戏是在北宋时期，而且竟与范仲淹、欧阳修等名人有关，这是我过去绝没有想到的。赵匡胤结束了五代纷争统一天下后，宋王朝的北部边界到此为止，但边墙外还有两个外族政权正对它虎视眈眈，这就是党项族建立的西夏和契丹族建立的辽。夏、辽、宋，又是一部史上继魏、蜀、吴之后的"三国演义"。

西夏在其首领李元昊的率领下十分强悍，不断南下袭扰，宋丢城失地、损失惨重。因为赵匡胤是武将出身，靠兵变夺得天下，所以宋代实行抑武扬文的政策，文臣带兵。一般人都知道范仲淹、欧阳修的文章好，他们的名字永存在《古文观止》上，却很少人知道他们还金戈铁马，将文章写在北方的冰天雪地和大漠黄沙中。范仲淹的那首著名的《渔家傲》，就是写他在北地带兵戍边的战争生活：

塞下秋来风景异，衡阳雁去无留意，四面边声连角起。千嶂里，长烟落日孤城闭。

浊酒一杯家万里，燕然未勒归无计，羌管悠悠霜满地。人不寐，将军白发征夫泪。

頑强生命力。详写香味和叶片形状，运用了比喻，突出了柏树品质高洁的特点。

引用诗歌，呈现范仲淹寄身边疆、苦志报国的情怀。引出下文不计得失、驻守边防的事迹。

这首词有一个版本就名《渔家傲·麟州秋词》，词中紧闭的孤城即指麟州，就是现在的神木，距高寒岭不到二十五公里。

当年西夏十分强势，宋政治军事的腐败导致前线连吃败仗。朝廷没有办法，于康定元年（1040年）起用范仲淹。范因为敢于说实话，议论朝政，给皇帝和太后提意见，这之前已经三次被贬在外。他受命后不计个人得失，从秀丽的浙江赶赴荒凉的西北，三个儿子先后随他来到前线，这年他已五十二岁。

他到任后不急于出战，狠抓军事训练，选拔当地将领，积极修筑工事。又改革兵制，强调兵将一体，将领身先士卒。宋制，一旦入伍终身为兵，为防逃逸就在士兵脸上刺字。范认为这太伤人格，是对士兵的不尊重，下令改刺于手心。又允许军队带家，在边地实行屯垦。经过三年的努力，又打了几个胜仗，宋渐从颓败中回缓过来，双方呈相持之势。西夏人忌惮范，说他胸中自有雄兵百万。宋仁宗说："有范仲淹在前线，我可以睡个安稳觉了。"

范当时率军主要在今延安到甘肃一带的西线作战，宋仁宗于庆历四年任范仲淹为河东、陕西宣抚使，并赐黄金百两，要他去今山西及陕西的神木、府谷一带的东线视察。

语言洗练，极少用修饰语，交代范仲淹赶赴边疆的前因后果，体现出闪转腾挪、详略分明的叙事功力。

正面描写和侧面描写相结合。先叙写范仲淹带兵戍边的具体情形和各项改革措施，再写西夏人和宋仁宗的反应，从而表现出范仲淹的戍边政策所取得的良好效果。

　　原来，当时宋对夏、辽作战的大本营是河东，即现在的山西西南部。高寒岭为战略要地，其东边的麟州要塞，孤悬在黄河之西，每年河东需为其供应粮六十万石，草一百二十万车，负担很重，因此朝中有人主张弃守麟州，皇帝要他去实地调查拿个主意。范主张力保麟州，并将皇上赏他的黄金全部分给守边将士，激励大家保家卫国。他又加修工事，招流民三千户，免其赋税，恢复边地经济。

　　同年，朝廷又派时为谏官的欧阳修前来调查。欧调查后支持范的做法，上奏折说："麟州天险不可废，麟州废，府州（即现府谷县）则不可守。河东州县则不安。"并建议皇上批准将今山西北部的忻、代、岢岚等地开放，耕种实边，进一步增强周边地区的经济实力，就近供应前线。

　　欧阳修还提出一项用当地土人将领（他称之为"土豪"）的政策。他在奏折里说："今议麟州者，存之则困河东，弃之则失河外。若欲两全而不失，莫若择一土豪，委之守麟州坚险，与兵二千，其守足矣。……其当自视州如家体，一己休戚，其战自勇，其守自坚。"有一出有名的传统戏《佘太君挂帅》。佘家，就是宋时在这里世代守边的一大"土豪"家族。朝廷对之十分信任，最高时官授一品。佘家，其实姓折，在当

　　本段和下一段主要写欧阳修与范仲淹"英雄所见略同"的军事见解，两位历史伟人，为了中华版图殚精竭虑，令人肃然起敬。

地二字同音。去年宋史专家还在府谷开了折氏专题研讨会。

范、欧二人视察高寒岭是在庆历四年。一说到这个年份，人们就会想起中学课本里读过的《岳阳楼记》，开头第一句就是："庆历四年春，滕子京谪守巴陵郡。"这范、欧、滕三人是好朋友，都属于当时的改革派和主战派。范仲淹与滕子京还是同一年的进士，曾被一同派到现在的江苏南通治海修堤。风大浪高，当时许多人想打退堂鼓，唯范、滕二人于海浪中屹然不动，互引为知己。

言简义丰。"风高浪大"与"屹然不动"，环境恶劣与行为坚决形成鲜明对照。

后来，命运又把他们从东南沿线推到西北大漠，范在庆阳前线统兵作战，滕在当地任地方官，积极支前保证供应，交情愈厚。这时朝中的保守派找了一个机会，诬告滕劳军时多花了钱，要判他入狱。范仲淹在皇帝面前据理力争，说这样将会让前线的将士寒心，以后谁还替你守边？滕才得以免罪，但还是被贬到了巴陵郡。他到任后毫不气馁，励精图治，两年后百废俱兴，乃重修岳阳楼。这时他想到了两个出生入死的朋友，便分别给范仲淹和欧阳修各写一信，希望他们每人写一篇岳阳楼记。这实则是借楼明志，以记其壮。

引用滕子京的语言，意在说范仲淹和欧阳修乃"雄才巨卿"，

滕在《求记信》里说："天下郡国，非有山水环异者不为胜；山水非有楼观登临者不为显；

楼观非有文字称记者不为久；文字非出于雄才巨卿者不成著。"在他眼里只有范、欧二人才算得上"雄才巨卿"，这封信现还存《岳阳县志》里。但不知为什么历史上没有留下欧阳修的文章，而范仲淹的《岳阳楼记》却成了千古名篇。范的这篇文章实在是醉翁之意不在酒，借洞庭湖的波涛浇胸中的块垒，大写他们的改革经历和人生况味，是他"庆历新政"政治改革的文学表达。

从侧面写二人具有镇守边关、匡扶国事的雄才大略。

　　一般人只知道江南水乡洞庭湖畔，渔舟唱晚中的岳阳楼，何曾想到这塞外的高寒岭，也是范、欧、滕三人友谊和那一段历史的见证。岳阳楼是一座人工的砖木建筑，是庆历改革同仁们的南方坐标，而这高寒岭上的版图柏，则是他们的北方坐标。不过更珍贵的，它是一个活着的生命，一个活着的坐标。岳阳楼是一件文物，版图柏是一棵古树，这再次说明记录历史可以有三种形式：文字、文物和古树。而树木又是最忠实无言的、活着的、青枝绿叶的、有汁有液的、有情感的记录。

　　过渡句，对比议论，呼应前文，突出了范、欧、滕三人的不同经历，和甘为国事驱遣的吃苦奉献精神。

　　现测得这棵版图柏的树龄已九百七十一年，当地人说是范、欧来时所栽。这虽无确考，但这棵树的确是见证了范、欧二公翻山越岭、踏冰卧雪、筑寨守城的，也见证了庆历新政的改革派们忧国忧民、爱国报国的思想。现在人们已在高寒岭上造了一座"范欧亭"，纪念他们的功绩。

　　借物写人，借写中华版图柏，歌颂中华杰出儿女忧国忧民、爱国报国的优秀品质。

引用欧阳修《秋声赋》，以景物类比人事，将树和人比照来写，树木须风雨造型，人才须时势助力。

说也奇怪，我三次上高寒岭都是在深秋之际，每当我登高一望，看沟壑起伏万木萧条之时，就想起欧阳修的《秋声赋》："秋之为状也，其色惨淡，烟霏云敛；其容清明，天高日晶；其气栗冽，砭人肌骨；其意萧条，山川寂寥。"范、欧是历史的天空烟霏云敛、天高清明之后才逐渐显露出来的人物，而这棵版图柏经历千年的秋风的扑打，浑身已刻写出一道道的皱纹，它俯瞰群山，岿然不动。当年宋夏之争时，它挺立在这里，是国境上的一根界桩，而现在，一千个春来秋去，它还在这萧条寂寥的高寒岭上守望着北疆，守望着历史。

高寒岭上演绎的第二出中国版图大戏是在康熙年间。原来明清之际，在今新疆伊犁河一带兴起了一支准噶尔蒙古族，到康熙时在其首领噶尔丹的率领下已称霸中亚。其势力东起兴安岭，西到伊犁，时常南下侵城掠地，抢夺人口，成了悬在大清北天上的一团乌云，也是压在康熙心头的一块石头。庆父不除，鲁难未已，噶尔丹不除，大清难宁，北部边境的版图无法完整，康熙决心反击，连续三次亲率大军出征。

引用典故，说明噶尔丹对清朝国防的威胁之甚，交代了康熙亲率大军三次出征噶尔丹的原因，为下文叙述康熙亲征噶尔丹做铺垫。

第一次是康熙二十九年（1690年），噶尔丹从兴安岭西麓南下，直逼北京。三十七岁的康熙出古北口，与噶在今河北、内蒙古交界的坝上草原相遇，打响了史上有名的乌兰布通战役。

茫茫草原，无险可守。噶尔丹也真不愧为一个奇人，便命将一万头骆驼缚腿卧地，环列为城。驼背上搭以箱笼，蒙上湿毡，士兵依为工事，施放火器、弓矢，号"驼城阵"。这恐怕是中外战争史上唯一的一次以骆驼为战斗工事的战例。清军以火炮攻"城"，只可怜了那些无辜的骆驼。

那年为写秋季的草原，我去过这个地方。草地上有一个小湖，倒映着蓝天白云，据说当年湖水尽为血染。时康熙的舅父为将，亲自上阵与敌格斗，牺牲于此，这湖后来就名将军泡子，可想当时战斗的惨烈。是役清军大胜，噶兵败后逃到今蒙古国西部的科布多。

1695年，噶又率骑兵三万南侵。第二年，康熙又率兵出独石口（今河北赤城），开始了第二次亲征，直将噶追击至今外蒙古乌兰巴托东南。噶军几被全歼，妻子被杀，他只率数十骑逃脱。康熙三十六年（1697年），康再鼓余勇发起了第三次亲征，对噶做最后的清除。出发前他谕示山、陕、甘三省巡抚，一切费用即由中央拨付，不得借机再向地方摊派，扰累百姓。

康熙2月29日从府谷刘家渡过黄河，3月4日在高寒岭住一宿。第二天一早醒来，朔风刺骨，寒气逼人。他登上山顶，手扶着古柏，向北瞭望，但见群山起伏，白雪皑皑，一望无际。不由

从敌方角度，说明噶尔丹"驼城阵"的特点；下段从我方角度，叙述康熙舅父牺牲于此的故事，两者形成对照，显出版图之争的惨烈。

副词的运用生动传神："直"显出康熙驱逐敌寇的勇气和决心；"几"写出战绩赫赫，"只"刻画出噶尔丹狼狈之态，语句简短，节奏紧凑，重现康熙为民驱敌的英姿。

精炼典雅的四字句，一句一画面，一句一角度，由近及远，运用触觉、视觉从动、静

想起前方的将士，抛家离乡、爬冰卧雪地守护边疆，心中一阵感动，便口占《晓寒念将士》诗一首："长河冻结朔风攒，带甲横戈未即安。每见霜华侵晓月，最怜将士不胜寒。"壮丽的山河、强大的军容，更激励了这位马上天子不灭强虏誓不罢休的壮志。

这时恰逢噶在伊犁的老窝发生内乱，康乘势挥师西进，风卷残云。3月13日，噶尔丹败死，清军大获全胜。4月7日，胜利班师的康熙又高兴地赋诗道："黄舆奠四极，海外皆来臣。眷言漠北地，茕茕皆吾人。六载遑不息，三度勤征轮。边圻自此静，亭堠无烟尘……"他对部下说："朕两年之内三出沙漠，栉风沐雨，并日而餐，千辛万苦就是为了立强国之大业。"确实我们应该感谢康熙前后八年，三次北地亲征，现在的中国版图基本上是他那时奠定的。

康熙这几次亲征除平定叛乱外，还调查研究解决了两件大事。

一是不修长城。1691年5月，康熙第一次征噶尔丹之后，古北口总兵官蔡元向朝廷提出，他所管辖的那一段长城"倾塌甚多，请行修筑"。康熙坚决不同意，他批示道："秦筑长城以来，汉、唐、宋亦常修理，其时岂无边患？明末我太祖统大兵长驱直入，诸路瓦解，皆莫能当。可见守国之道，惟在修得民心。民心悦则邦本得，而边境自固，所谓'众志成城'者是也。"以康熙这样一个满人皇帝，却能熟悉儒家经典，洞察历史，得出"守国之道，惟在修得民心"的结论，要把长城筑在民心上，真是难能可贵。这也是清朝能立国二百六十多年的原因之一。康熙的"民心长城"含多项内容，如吸收汉族的先进文化，多民族共处，沿用科举制度，用汉官，修《康熙字典》等。

第二件大事则是开放禁地，蒙汉融合。原来，清王朝开国初期为避免蒙汉两族的矛盾，在晋、陕、蒙边境，沿长城一线划出五十里宽、一千里长的缓冲地带，俗称"皇禁地"。蒙民不得放牧，汉民不得种地。这次他过高寒岭，看到边地蒙汉两族民众生活艰难，便下令逐步开放禁地，允许蒙民放牧，汉民种地。康熙三十六年（1696年）他下令："有百姓愿意出口种田，准其出口种田，勿令争斗。"第二年，山西、陕西的汉民即纷纷拥入准噶尔旗开垦土地，这就是后来绵延数百年的走西口的由来。

先是允许边民春去秋回种地，不许居住，再逐步发展到可以在口外居住生活。清政府还屡次调整相关政策，不断丈量土地，完善管理，后来在高寒岭一线，以"仁、义、礼、智、信"五字命名，设为五段。"仁、义"两段属山西河曲管理，"礼、智、信"三段属陕西府谷管理。这不

由发展民生到发展文化，清政府对边境的管辖由单纯武力控制，到照顾民生民情，再到合理分配土地，促进经济繁荣、文化发展、民族融合，显出版图治理

理念的逐渐进步。由"民族争斗"到"民族融合"，中华版图柏见证了历史的发展。

四字短语典雅、优美、整齐，画面开阔，充满诗意，音韵和谐，充满感染力。至此，全文的景、物、人、事、理完美交融。

化用范仲淹的词句，既重现中华版图柏的生长环境，又点明"述说青史"的写作宗旨，更蕴含着和平已至、今非昔比的自豪之情。

但在经济上繁荣了边疆，在文化上也促进了民族大融合，为后来发展成多民族的国家奠定了基础。

现在，当我手抚翠柏，遥望河山时，这里虽然还有残存的戍楼、烽火台，但边境线早已北移到千里之外。只见山下水草丰美，牛羊成群，天边飘荡着蒙古族的长调，而黄河两岸田连阡陌，稻黍遍野，汉家炊烟袅袅，当年的古战场已演变成一片和平祥和的土地。我大学一毕业就被分配在这一带工作，这里农牧交错，蒙汉融融，早已无边塞之感。不由想起康熙的那句话，"民心悦则邦本得，而边境自固。"

现在高寒岭已被开辟为黄河长城旅游区和森林公园，更引进了经济与观赏价值俱佳的高寒牡丹。千山万壑中除松柏叠翠之外，又多了一处花团锦簇、牡丹遍野的景观。柏树旁新立起了一座康熙的铜像，一抹夕阳给他和不远处的范欧亭镀上了一层金色的轮廓。这时，再回头看这棵翠柏，早已不是国境上的一根界桩，而是一个新时空的地标。

塞下秋来风景异，长烟落日说青史。千嶂里，烽火台下翠柏绿。

李亚平

山东省济宁市高新区杨村煤矿中学语文高级教师，教育部关工委优秀辅导教师。

点 评 老 师

百年震柳

地震能摧毁一座山，却不能折断一株柳。

约在百年前，1920年12月16日晚八时，在宁夏海原县发生了一场极可怕的地震，震级八点五，裂度十二，死二十八万人，震波绕地球两圈，余震三年不绝，是世界历史上最大的地震之一，又被称为环球大地震。这远远大于后来我国1976年的唐山大地震和2008年的汶川大地震。虽已过去近百年，海原大地震仍然是全球地震界说不完的话题。

1920年的中国，军阀混战，天下大乱，贫穷落后的西北忽又遭此奇祸。是年秋，海原的小气候突然变好。田野丰收，谷物满仓，梨子硕大无比，直把枝条压得喘不过气来。而树上秋果未落，春花又开，灿若白雪。当人们正惊异于天降祥瑞之时，进到12月却怪象频频，群狼夜嚎，畜不归圈。平日里温顺服帖的家狗瞪眼、炸毛，疯狂地咬人。天边黑烟滚滚，地心雷声隐隐。深夜里山民静卧窑洞，望见远山红光罩顶，又闻炕下的土层深处，有如撕布裂木之声，令人毛骨悚然，惊为魔鬼作祟。

到16日晚八时，忽风暴大起，四野尘霾，大地开始颤动，如有巨怪在土下钻行。霎时山移、地裂、河断、城陷。黄土高原经这一抖，如骨牌倒地，土块横飞。老百姓惊呼："山走了！"有整座山滑行三四公里者，最大滑坡面积竟毗连三县，达两千平方公里。山一倒就瞬间塞河成湖，形成无数的大小"海子"。地震中心原有一大盐湖，为西北重要之产盐地。湖底突然鼓起一道滚动的陡坎，如有人在湖下推行，竟滴水不漏地将整个湖面向北移了一公里，被称为"滚湖"。至于道路断裂、田埂错位、村庄塌陷等，随处可见。所有的地标都被扭曲、翻腾得面目全非。

这些被破坏的还都是些非生命之物，而受灾最重的是人，有生命的人。当地百姓一向生活苦寒，平日居住全靠依山挖洞为窑。这种既无梁木支撑，又无砖石为基的土窑，大地轻轻一抖就轰然垮塌，整村、整寨、一沟、一坡的人，瞬间就被深埋黄土之中，如意大利庞贝古城之灾。

整个震区在许多年后才大略统计得死亡人数约二十八万人。至今，这仍是全球史上死亡人数最多的天灾之一。当时的甘肃省省长给大总统徐世昌的十万火急电报说："人心惶恐，几如世界末日将至，所遗灾民无衣、无食、无住、游离惨状目不忍见，耳不忍闻。"但北洋政府也只是以大总统的名义，捐一万大洋了事。

　　海原大地震实是因地球的印度洋板块与太平洋板块相互挤压所致，与近年发生的汶川大地震同出一因。在这条地震带上有两个巨人一直在扛着膀子，艰难地较劲。这种相持，大约千年就会打破一次平衡，两身相错，大地轻轻一抖。有案可查，1982年，国家地震局曾在当地开深槽验土，探得六千年来，在海原地区这两个板块就有六次因较劲失手而引发地震。第一、二次大约在五千年前，第三次在两千六百年前，第四次在一千九百多年前，第五次在一千年前，第六次即海原大地震，在一百年前。两个板块轻轻一擦，世界就几死几活，如同末日降临。

用通俗易懂、生动形象的语言解释地震的缘由，进行科普，丰富读者的知识。

　　太久远的缺乏记载，就说百年前的这一次，大地瞬间裂开一条两百三十七公里长的大缝，横贯甘肃、陕西、宁夏。裂缝如闪电过野，利刃破竹，见山裂山，见水断水，将城池村庄一劈两半，庄禾田畴撕为碎片。当这条闪电穿过海原县的一条山谷时，谷中正有一片旺盛的柳树，它照样噼噼啪啪，一路撕了下去。但是没有想到，这些柔枝弱柳，虽被摇得东倒西歪，断枝拔根，却没有气绝身死。狂震之后，有一棵虽被撕为两半，但又挺起身子，顽强地活了下来，至今仍屹立在空谷之中。

　　为了寻找这棵树，我从北京飞到银川，又坐

由前面文字的铺垫中笔锋一转，引出本篇文章叙述的主角，运用拟人的手法，并使用"挺起身子、顽强、屹立"等词语奠定情感基调，呼应下文。

汽车颠簸了四个多小时，终于在一个深山沟里找到了它。这条沟名哨马营，一听这个名字，就知道是古代的屯兵之所。宋夏时，这里是两国的边界。明代时，因沟里有水，士兵在这里饮马，又栽了许多柳树供拴马藏兵。后几经更迭，这里成了一个小山庄，住着几户人家，过着被外界遗忘的桃源生活。直到1981年，由中国、美国、加拿大、法国组成的联合考察队，沿着两百三十七公里长的地震裂缝徒步考察时才发现了它。

我们从县城出发，车子在大山的肚子里翻上翻下，左拐右折，沿途几乎没有看到人家，偶有几座扶贫搬迁后留下的废院子，散落在梁峁沟坎之中。坡上大多是退耕后的林地，树苗很小还遮不住黄土。可想百年之前，这里更是怎样的荒凉寂寞。正当我心头一片落寞之时，身下的沟里闪出一团翠绿，车头一拐，驶入谷底。行到路尽之处，眼前的一棵大柳树挡住了去路，原来这条路就是专为它修的，这就是那棵有名的震柳。

它身高膀阔，蹲在那里足有一座小楼那么大。枝叶茂盛繁密，纵横交错，遮住了半道山沟。难怪我们在山顶上时就看见这里有一团绿云。沟的尽头依稀还有几棵古柳，脚下有一股清泉静静地淌过，湿润着这道沟。几头黄牛正低头吃草，看见来人，好奇地摆动尾巴，瞪大眼睛，这真是一个世外桃源。欲问百年事，深山

"闪"字生动形象地写出作者从开始经历的"荒凉寂寞"，到眼前出现"翠绿"的惊喜，表现出看到"震柳"的欢欣。

访古柳。

但我不知道这株柳，该称它是一棵还是两棵。它同根、同干，有同样的树纹，头上还枝叶连理。但地震已经将它从下一撕为二，现两半棵树中间可穿行一人。而每一半，也都有合抱之粗了。人老看脸，树老看皮。经过百年岁月的煎熬，这树皮已如老人的皮肤，粗糙、多皱，青筋暴突。纹路之宽可容进一指，东奔西突，似去又回，一如黄土高原上的千沟万壑。这棵树已经有五百年，就是说地震之时它已是四百岁的高龄，而大难后至今又过了一百岁。

看过树皮，再看树干的开裂部分，真让你心惊肉跳。平常，一根木头的断开是用锯子来锯，无论横、竖、斜，从哪个方向切入，那剖面上的年轮图案都幻化无穷，美不胜收。以至于木纹装饰成了我们生活中不可或缺的风景，木纹之美也成了生命之美的象征。但是现在，面对树心我找不到一丝的年轮。如同五马分尸，地裂闪过，先是将树的老根嘎嘎嘣嘣地扯断，又从下往上扭裂、撕剥树皮，然后再将树心的木质部分撕肝裂肺、横扯竖揪，惨不忍睹。正如鲁迅所说，悲剧就是将人生有价值的东西撕裂给人看。你看，这一棵曾在明代拴过战马，清代为商旅送行，近现代相伴农夫耕作的德高望重的古柳，瞬间就被撕得纷纷扬扬，枝断叶残。天灾无情，世界末日。

句式整齐，从古诗词演化而来，读起来朗朗上口，增添了文学韵味。

生动形象的比喻贴切而又逼真，刻画"震柳"树皮"粗糙、多皱"的特征，突出"震柳"的苍老。

衔接自然，不留痕迹。

"扯断、扭裂、撕剥"等一系列动词的使用，仿佛给读者还原"五马分尸"的场面，生动而又逼真；连续运用四字短语，节奏鲜明，表达效果较好。

但是这棵树并没有死。地震揪断了它的根，却拔不尽它的须；撕裂了它的躯干，却扯不断它的连理枝。灾难过后，它又慢慢地挺了过来。百年来，在这人迹罕至的桃源深处，阳光暖暖地抚慰着它的身子，细雨轻轻地冲洗着它的伤口，它自身分泌着汁液，小心地自疗自养，生骨长肉。它就是那二十八万亡灵的转世再生。百年的疤痕，早已演化成许多起伏不平的条、块、洞、沟、瘤，像一块凝固的岩石，为我们定格了一段难忘的岁月。我稍一闭目，还能听到雷鸣电闪，山摇地动。

柳树这个树种很怪。论性格，它是偏于柔弱一面的，枝条柔韧，婀娜多姿，多生水边。所以柳树常被人作了多情的象征。唐人有折柳相送的习俗，取其情如柳丝，依依不舍。贺知章把柳比作窈窕的美人："碧玉妆成一树高，万条垂下绿丝绦。不知细叶谁裁出，二月春风似剪刀。"但在关键时刻，这个弱女子却能以柔克刚，表现出特别的顽强。

西北的气候寒冷干旱，是足够恶劣的了，它却能常年扎根于此。在北国的黄土地上，柳树是春天发芽最早，秋天落叶最迟的树，它尽力给大地最多的绿色。当年左宗棠进军西北，别的树不要，却单选中这弱柳与大军同行。"新栽杨柳三千里，引得春风度玉关。"柳树有一种特殊的本领，遇土即根，有水就长，干旱时就休息，苦熬着等待天雨，但绝不会轻易死去。它的根系特别发达，能在地下给自己铺造一个庞大的供水系统，远远地延伸开去，捕捉哪怕一丝丝的水汽。它木性软，常用来做案板，刀剁而不裂；枝性柔，立于行道旁，风吹而不折。它有极强的适应性，适于各种水土、气候，也能适应突如其来的灾难。美哉大柳，在人如母，至坚至柔；伟哉大柳，在地如水，无处不有。唯我大柳，大难不死，百代千秋。

　　我想，那海原大地震，震波绕地球两圈，移山填河，夺去二十八万人的生命，为什么单单留下这一株裂而不死的古柳？肯定是要对后人说点什么。地震最常见的遗址是倒塌的房屋、错裂的山体和沉默的堰塞湖。但那都是些无生命之物，只能苦着脸向人们展示过去的灾难。而这株灾后之柳却不同，它是一个活着的生命，以过来人的身份向我们宣示，战胜灾难唯有坚守。一百年了，它站在这里，敞开胸怀袒露着伤痕；又举起双臂，摇动青枝。它在说，活着多么美好，这个世界上没有什么能够扼杀生命，地球还照样转动。

　　我出了沟口翻上山头，再回望那株百年震柳，已看不清它那被裂为两半的树身，只见一团浓浓的绿云。一百年前，地震在这里撕裂了一棵树；一百年后，这棵树化作一团绿色的云，缝合

運用排比，从三个不同角度赞美柳树的精神品质，感情热烈真挚。化用古语，形成骈句，典雅而有韵味。

设问句式为下文主题升华造势。

总结提炼"震柳"带给人们的启示，"战胜灾难唯有坚守"，掷地有声。

"再回望"照应前文，形成呼应，引发思考。

了地缝，抚平了地球的伤口。

　　我知道县里已经建了地震博物馆，有文字，有图片，但是最生动的，莫如就在这里建一座"震柳人文森林公园"，再种一沟的新柳。震柳不倒，精神绵长，塞上江南，绿风浩荡。这不只是一幅风景的图画，更是一座活着的博物馆，一本历史教科书。

揭示写作意图，高度赞扬"震柳"是"活着的博物馆"，是"历史教科书"。

刘国兰　　　　　　　　　　点 评 老 师

江西省南丰县初中语文教研员，市初中语文学科带头人。

中国枣王

一

中国是个红枣的国度，产量占世界红枣产量的百分之九十八。世界红枣看中国，中国红枣看陕北，陕北有个红枣王。

这个王不是自封的，是经联合国正式加冕的。迄今，联合国粮农组织共评定出世界农业遗产地三十六处，中国佳县即是其中之一。但不是因为稻麦杂粮，而是因为红枣。正式的桂冠是："全球重要农业遗产体系·中国佳县古枣园"。

佳县有个小村，名泥河沟，村前有座枣园，内有三百年以上的枣树三百三十六株，其中三株已逾千年，更有一株被确认为一千四百年，高八米，要三人合抱，这就是我们要说的枣王。

今年8月我慕名去朝见枣王。正当盛夏，北京酷暑难熬。而泥河沟却浓荫盖野，绿风荡漾。小村前临黄河，后靠群山。一条小支流从深山中蜿蜒而出，临入黄河之时顾盼生辉，绕了六个小弯。每个弯中都揽着数户人家，组成了一个村

开篇点题，用顶真的修辞手法介绍红枣产地，突出陕北红枣的王者地位。选材新颖，吸引读者。

"桂冠"一词照应"枣王"，从联合国角度对中国佳县古枣园进行官方认证，确立其"全球重要农业遗产"的重要地位，意义重大。

从数字角度对枣王进行介绍，突出枣树年代久远、外形粗壮。枣王古朴深重的形象变得具体可感，真实生动。

句间用《楚辞》中常用的文言助词"兮"，语言典雅有韵味，表示语意未完，情感强烈。"王宫"比喻枣王的生长环境，生动形象地写出正是泥河沟村优越的生态环境和独特的地理条件，才能孕育出中国枣王，表达作者由衷的赞美和感叹。

语言生动，将古枣树比作"红毛狮子"，形象地写出其颜色暗红、树皮奇特的特点，体现出枣王庄重的形态和威严的气势；同时"十年'人'龄""细皮嫩肉"等词，语言幽默。

长短句交错使用，突出了黄河轻风带给枣林的动感与生机，古老的枣树重现生命活力。

落，这就是泥河沟村。村前，滔滔黄河奔流而去，岸边起伏的金色山崖点缀着油绿的枣林，黄绿交替，明暗生辉。更远处千沟万壑，奔来眼底，万木葱茏。这里便是枣王的王宫所在，背黄土高原之绿树兮，面大河奔腾之涛声。

枣王雍容大度，体形庞大，主干短粗，拔地而起，如堡垒镇地。由于年深久远，树身由下向上开裂成数股，或宽或窄，都向左绕旋而上，力如拉丝、缠绳。树身上的纹路跌宕起伏，如虎豹，如断崖，如乱云。枣木本来就是暗红色的，树皮撕裂后炸出的细毛，或卷或竖，怒发冲冠。枣王就是一头红毛狮子，卧于园中，不言自重，威风凛凛。令我们这些只不过数十年"人"龄的、细皮嫩肉的高级动物顿生几分敬畏。

而主干之上，又顺左旋之势连发出三根大枝，都有水桶之粗。连卷带拧，裹着青枝绿叶，呼啸着向蓝天探去。树下三十多亩的枣林全是它的臣民，前呼后拥，枝繁叶茂，也都在数百年以上。但无论多老的树，在阳光下一律闪烁着油亮的叶片，垂挂着沉甸甸的枣子。这时从河面上吹过来一阵轻风，奔腾往复舞于林下，飘举升降，摇枝弄叶，哗哗作响。快哉，大王之风。

一棵枣树的根可扎到方圆百米之外，任你多么贫瘠、干旱的土地，它都能像雷达扫描一样，搜取石缝、土层中的那一点点的营养、水分。

三十年前我当记者时，采访过一个枣树研究所，他们在树根下挖了一个很深的剖面，装上玻璃幕墙，观察枣树的生长。那细如蛛网的根系，天罗地网，连观察者都被网入其中。现在，我背倚枣王，脚踏大地，想象着这千年古枣园下，该是怎样的一个网络世界。

　　我第二次去泥河沟，正好是九九重阳节的那一天，秋高气爽。看万山红遍，星星点灯，落枣满地，如红毯迎宾。真的，毫不夸张，主人见有客来，先提一把扫帚，就像冬季扫雪一样扫开落枣，为客人清出一条路来。我来到枣王身下，摘一颗红枣细品着它酸甜绵长的味道，像是咀嚼着一部史书。一千四百年了，它守候在这里，记录着自然和人世的变化。就这样一年一熟，薪火相继，不避风雨。用它的年轮，用它的果实，周而复始地向人们传递着自然和社会的遗传密码。

　　而当我们踏着红枣铺就的地毯登山一望时，风景又与8月来时大不相同。红枣烂漫，黄河东去。人道是天下黄河九十九道弯，而现在每个弯子的崖缝里都填满了正在晾晒的红枣。大河起舞，红绸飘动，织来绕去。好一幅黄河枣熟图，一派王者之气。

以"网络世界"比喻庞大的枣树根系，生动地写出了古枣树在努力生长的过程中，始终扎根土地，博大而深沉。

将古枣树拟人化，表现其在漫长的生命旅程中不惧困难、坚守使命，是自然生态和社会发展的记录者与文明的传递者，作用重大，影响深远。

　　"填满"这一动词，突出了黄土高原红枣大丰收的景象。"大河起舞""红绸飘动"等四字短语，典雅凝练，生动表现了大丰收后黄河流域成为红枣的世界，场面壮观。

二

枣树性坚、木硬、根深、果红，其品质几近完美。由于它是由野生酸枣进化而来，所以还保留了极强的野外生存能力。北方的果树，如桃、李、杏、梨、苹果等，遇有寒冷的年份都会冻死，而枣树却从未有闻。寒冷的冬夜，在枣树下常可听到噼啪的冻裂声，它皮可裂、枝可断，但就是不死。

它的木质自带红色，硬而有光泽，制作家具或雕刻工艺品，效果绝佳。小时候，我的家乡，村里人常用它做炕沿。人们每天上炕下炕，一副祖传几代的炕沿，蹭坐蹭摸，像红缎子一样闪闪发亮，那是主人家身份的象征。再配上雪白的窗纸、鲜红的窗花、热气腾腾的炉灶，还有炕上的大花被、小炕桌，一幅典型的北方窑洞图。

枣树从不占用正规农田，它艰难、倔强地长于沟底塄畔、坡边悬崖。为了自卫，它浑身长刺。枣树身形不直且多裂纹，它不怕风折、雨淋、畜啃，小外伤反而刺激其生长。收获时，有枣无枣三竿子。业界称为："体无完肤，枝无尺直。浑身有伤，遍体新枝。"

若论外表，它既没有松柏的挺拔，也没有杨柳的柔美。但这种不平、不直、虬曲勾连、浑身是刺、貌不惊人的树却很内秀。它干生嫩枝，枝

将北方的果树与西北的枣树进行对比，突出枣树极强的野外生存能力，不惧寒冷，生命力顽强。拟声词"噼啪"，形象地表现了枣树在恶劣环境中不屈的抗争精神。

运用比喻，生动形象地写出枣树木质优良，打造的炕沿效果绝佳，并且价值突出，深受百姓喜爱。

生"枣股"，股生"枣吊"，渐柔渐美。你单看这一尺来长的枣吊，柔嫩得简直就是楚王宫里的细腰女子。真不敢相信这是从百年、千年老树上发出的新枝。"枣吊"两边互生着如美人瓜子脸式的叶片。叶面厚实，油绿如翡翠，背面有三道纹线，如美女画眉。这样梳洗打扮一番后，她才开始静心育枣。一到秋季，每个"枣吊"上都会吊着三五颗圆滚滚的果实，像一串串的红灯笼，漫山遍野，迎风摇曳。

三

黄河是中华母亲河，红枣就是母亲项链上的宝石。中国原生红枣的分布带基本上是沿着黄河两岸的走向，甘肃、宁夏、陕西、山西、河南、山东，直到入海。当地老百姓说，枣树一听不到黄河的涛声就不好好结枣了。专家解释，是近岸土质适宜，河谷水分恰好。而最宜之处，是黄河中段的晋陕峡谷；晋陕之段，又以沿黄河八十二公里的佳县一段为好。所以枣王上下求索，最终落户于此。

据史料记载，在陕北一带，三千年前人们就开始种植枣树，古人从野生酸枣中不断地选育优化。"枣"字的繁体是"棗"，就是"棘"字的上下变形。可见枣树本为草莽出身，是从荆棘丛

三个比喻生动形象地写出"枣吊"两边枝叶的形状、颜色和纹理的特征，充满美感和画面感。

将秋季成熟的"枣吊"比喻成"红灯笼"，写出了枣树结果子的美好状态，表现了作者对枣树历尽磨难依然充满蓬勃生命力的敬佩和赞赏。

将"红枣"比喻成"宝石"，既新颖独特又直观形象，体现出红枣之于黄河的价值，以及与其融为一体、不可分割的关系。

对"枣"字形的解说，清晰而有深度，突出枣树的来历。

中一步步走来。泥河沟周边的山洼里至今仍有许多高大的酸枣树，有几株已六百年以上。

离枣园五里处，有一个名"酸枣塌"的地方，竟有一座人工栽培的古酸枣园。"塌"者，陕北特有地貌，指山地向黄河边的过渡。园中一百七十六棵老酸枣树都已百年以上，合抱之粗，果实有将近山楂那么大。我从来没有见过这么大、这么甜的酸枣。后带了一把回京，食者惊为神果。因风味独特，籽可入药，它的价格竟是红枣的十倍。

我在佳县上高寨乡还访到一株更老的酸枣树，已有一千三百年，数丈之高，要两人合抱，应是枣王先祖的另一分支，有如类人猿。让人吃惊的是，它秀丽挺拔，树皮细腻，浑身布满平整美丽的网纹，似已修炼成精。树下有巨石，石上多洞，常有白蛇出没。不知从何年起，这树下就有了一座庙，当地人视之为神，年年祭拜。

要知道，一般多年生的酸枣，也就只有筷子粗细，而它却成合抱之木。真是山中有佳树，路远人不知，独自在这里默默地为自然、为人类保存着优良的品种基因。由此也可推知，这枣王谱系之纯正，血统之高贵。连《同仁堂志》都有记载："用葭县油枣做药配方，医治百病。"由酸到甜，由酸枣到红枣，枣树家族相伴人类走过了多么漫长的路程。而现在这份遗产全部集枣王于

对酸枣树美好外形的描写，突出其与众不同，表现人们对古树的敬畏，对自然的敬畏。

一身，备案于联合国了。

红枣经世代选育优化，已成各色百态。有水分大的鲜枣，有肉厚的干枣，有小如指肚的蜜枣，有大过一寸的骏枣。小时候我家乡的集市上，农民卖枣不带秤，而是腰里掖一把尺子。有人要买时，就将红枣摆于地上，抽尺一量，七颗一尺。你说，要五尺还是一丈？以此来显示枣的个头之大。玩的就是这种气派，这个红火。山西黄河边有枣，上小下大，形如茶壶，就名壶瓶枣。宁夏黄河边有一种枣，又大又圆又光，极像一个红色的乒乓球。可当地老乡不这么叫，而名之曰"驴粪蛋"。现在的红枣到底有多少个品种，一般人已很难说清。

四

如果说黄河是民族的乳汁，红枣就是老百姓的干粮，枣树向来有铁杆庄稼之称。春蚕到死丝方尽，枣树千年亦结果，而且它常会给你一个惊喜。不管多老的树，都会突然从粗干糙皮上发出一根嫩条，或在主根的远处钻出一株小苗，当年就能挂果。民谣："桃三杏四梨五年，枣树当年就还钱。"言其诚恳、勤劳，如山中老农。

枣树好像天生就是为穷人准备的一道生命防线。无论怎样的天打雷轰、风狂雨骤、雪霜加

将枣王优良的品种基因比作"遗产"，既照应上文的农业遗产，又交代出枣经过漫长的进化，最终造福人类的伟大功绩。

承上启下，将"红枣"比作"老百姓的干粮"，突出枣对于百姓的重要性；"铁杆庄稼"的称呼，是对枣树顽强生命力的高度评价，更是对枣树在任何环境下都将自己奉献给人类的由衷感激。

身，红枣从不会绝收。它是如此巧妙地适应了自然。它的花期长达一月有余，东方不亮西方亮，有足够的时间授粉坐果，同时还为蜜蜂提供了最多的打工机会，这在其他果树是几乎没有的。再者枣子熟时，已收罢麦子，既不与粮争劳力，又躲过了雨季。

它又最善储存，当丰年时，可蒸为枣馍、枣糕；婚嫁时撒到炕上、被窝里，寓意早生贵子，为农家生活增加喜庆。而当年景不好时，可晒干磨成枣面，救荒度灾。专家考证，秦始皇统一六国时，红枣就作为军粮从军行了。李自成起兵它也曾助一臂之力。

运用明典，以秦始皇和李自成的历史故事，写出红枣最善储存、最能救急的特点，体现红枣在历史进程中做出的巨大贡献。

远的不说，1949年，毛泽东转战陕北，住佳县，缺少军粮。老百姓拿出了全部存粮，其中就有相当数量的红枣炒面。那天，也是九九重阳这个日子，毛泽东正饿着肚子熬夜工作。房东掀开门帘，送来一碗红枣。第二天，警卫员收拾房间。小炕桌上一堆烟头，一堆枣核，还有一篇翰墨淋漓的雄文《中国人民解放军宣言》，这在《毛泽东年谱》中有载。改朝换代，拥军佑民，这红枣是立了大功的。当地的红枣专家说："你看这枣，花是金黄色的，呈五角形；果是鲜红色的，红得如血。这不就是共和国国旗的元素吗？它应该被选为国树。"

对枣树的花和果进行描写，形象生动，充满画面感。反问句强调了红枣对于共和国的重要意义，赋予红枣深刻的历史价值。

历史翻过了一页，现在当然不会以枣代粮充

饥了。但它在黄河两岸飘起了千里红绸，随大河上下，起舞不休，红遍了半个中国。红枣已经成了一道旅游的风景，也成了游人心中的中国符号。

　　所以，联合国就在这个风景最佳处封了一个枣王。

将红枣比作"中国符号"，表明红枣是中国的象征，"中国枣王"是生长于陕北的"佳县千年古枣树"，更是生长于中国大地之上的"中国枣树"。

吕　莉　　点评老师

浙江省永康市第三中学语文教师，第十届"文心雕龙杯"全国中小学校园文学艺术大赛优秀指导教师。

华表之木老银杏

一

天安门前的华表庄严华丽，其演变过程颇有深意。在古代，华表最早是公众场合的大立木，民众有什么意见都可刻之于上，称为"谤木"；后来立于通衢及邮驿之处，有指路之意；再后来立于皇城外，上卧神兽，有监督王命和政事之意。总之，立一木而观天下，伸正义，明是非，鞭腐恶。公器在上，宏大庄严，关乎天下社稷。但这毕竟是一个静止的非生命之物。如果能在中国大地上找到一个有生命的华表，一株活的巨木，千年不倒，风雨无阻，静静地记善恶、写青史，那该多好。很庆幸，我们找到了，这就是山东莒县浮来山上的春秋老银杏树。

银杏，又名白果，被称为植物的活化石，树中的熊猫。因生长缓慢，又名公孙树，意即爷爷种树孙子收获。树分雌雄，雄者无果，伟岸高大，身壮干直，如壮士擎天；雌者产果，树形肥硕，四枝收拢，如健妇在野。果可熟食，如银色的巧克力球；叶为扇形，深秋变黄，可入药。我小时这种树还很稀罕，难得一见，现在作为经济作物和美化树木在我国南北都有种植。

我是按照自定的人文古树标准，纵向看，其事必为记录历史的里程碑；横向看，其貌必为本地区的一个地标。我在全国比较了不下一百棵的银杏树之后，终于选定了莒县这棵春秋老银杏。它有四奇。

> "在全国"可看出寻找面积之广，"不下一百棵"可见比较的树木之多，表现出作者选择这棵老银杏时的慎重与严谨的态度。

一是树龄之老，距今已三千多年。其树最低的几根大横枝，离地一人多高。由于三千多年地心的引力，滚圆的枝干竟被引拉成扁平的带状，侧垂着像一个个伸长的骆驼脖子，这是其他树所从未见到过的。过去当地人有病，常来暗取一片作为神药，现已作为文物严加保护。一般古树龄的推算主要靠相关记载和旁证，清嘉庆《莒州志》记载此树为春秋所植，当时就已有十余围之粗，从根到梢无一枯枝败叶。人行树下无不摩挲轻抚，不忍离去。《左传》记载公元前715年鲁、莒两国就曾在此会盟，现树下还有一碑专记此事，可证其老。

> 运用"典字诀"，引用嘉庆《莒州志》和《左传》的记载，为证明老银杏"树龄之老"提供确信的依据。

二是树形之大。树坐落在古刹定林寺，定林寺不大，顺山势分为三进。第一进是主院，老银杏独自占了整个院子，倒把佛殿挤到了一边，要进寺先要爬几十级的台阶。当你站在坡下仰望寺门时，门里不见墙、不见殿、不见人。塞满一座

> "独自"和"整个"构成了空间上的对比，突出老银杏"树形之大"，给读者留下鲜明深刻的印象。

山门的就是一棵树，不，只是树身的一截。等到拾级而上，渐入院中，树落平地，天哪，这哪里是一棵树，就是一座山，一座层峦叠嶂、沟壑纵横、上下奔走的山脉。

这银杏因为年深日久，树身早已不是我们想象的一整棵躯干，它矗立于地的主干已分化成数股或粗或细的枝干，被风雨打磨成铁石之色。横出左右，相互扭曲、交错、攀绕，成沟成崖，陡峭崎岖。多年来，雨水顺沟壕蜿蜒渗流，如河川经地。树上尘落土埋，鸟窝鼠洞，又生出许多杂草、小树、松鼠等二代三代的生命，莽莽然一座十万大山。

老银杏与大自然融为一体，一树一世界，树上有山、有水、有物、有情，道出了老银杏能够存在三千多年的原因。

庙里存有一块刻石，上书"象山树"三个大字。意为树大如山，年代已不可考。这个"树山"上生树已是常事。1959年（中共庐山会议那年），工作人员从半空的老树杈上发现一株银杏落果后的自生小苗，便双手捧下来，栽到院东几十米处，现在也长得要两人合抱了。冥冥中这棵树倒记录了中共党史上的一件大事。而现在那棵挺拔的合抱之木也成了彭德怀元帅当年犯颜直谏、耿直为民的象征，常引来游客合影。在后院，还有两棵唐代的子树，至于寺院前后风吹籽落而成的小苗，又不知几多。母树早已空心，我们已无法去探数它的年轮。民间传说树围有"七搂八拃"，后来实测胸围十五点七米，树高

"空心"为后文"风洞"发出隆隆的声音埋下伏笔。

二十四点七米，树冠遮阴八百多平方米。从高、大、老各方面来说，都是国内之最了。

三是色彩之美。我第一次慕名来看银杏，是在一个秋季。离山还有四五里远，就望见远处的天空一片灿烂。黄透了的树叶层层叠叠，在风中像一座隐隐闪现的金山，又像夏收后打谷场上遍布的麦垛。夕阳晚照，流光溢彩，我们有幸进入到一个奇幻的世界里。

> 茂盛的银杏叶将天空染成了金黄，夸张地呈现出老银杏覆盖的面积之大，给人以震撼。

凡树木，不都是绿色的吗？即使到了秋季也不可能一夜秋风满树金呀！瞬间就黄得这样没有一丝杂色。但这就是银杏，它是树中之妖、树中之神、树中的一绝。它不停地摇落片片金叶，随风吹送到院子的各个角落里。脚下是一层厚厚的黄绒地毯，让人实在不忍踩踏。我去时正有一部电影在那里拍外景。而最美的是红色的庙墙，依着山势形成长长短短的折线，树叶顺墙头镶上了一条金色带子，蜿蜒起伏。令人想起名曲《金蛇狂舞》。一年最是秋色好，满院皆戴黄金甲。树和寺坐落在一座小山之上，山在寺后轻轻围了一个半圆，遮风御寒；又在南面的树根下暗藏一泉，日夜不歇地吟唱奔流。中国大地历朝都旱灾不断，而这棵银杏树几千年来竟没有一日口渴，美颜常驻。

> 将凋落的银杏叶比喻成"黄绒地毯"，生动形象地写出了树叶之多、之柔，表现出老银杏落叶后的盛况。

> 化用唐代诗人黄巢《不第后赋菊》中名句"满城尽带黄金甲"，给人以古色古香的美感。

四是这树的名气大，树上有说不完的故事，而且都是和名人大事相关。在这一带生活过的古今名人有诸葛亮、王羲之、颜真卿、杨虎城等。晋代文学批评家刘勰就在这树下的小庙里出家，完成了他的著作《文心雕龙》。而最奇的是，这树常于夜深人静之时，发出浑厚深远的隆隆之声，传之数里，隐隐不绝。如山中狮吼或远处的雷声。科学家解释是树老中空，形成巨大的风洞，风回气旋，有如雷鸣。或许，那正是老银杏叹时感世、或悲或喜的一声声呼唤。因这声音并不定时，许多庙上的香客、外地的游人为能听一次老树自鸣，常在后半夜时分披衣守候树下。于是院前，就黑压压、静寂寂，一片望不尽的人群。如同岱顶观日，这银杏发声也遂成一景。我前后三次造访老银杏其实都是为了访这树上的故事。

与前文"母树早已空心"一句相照应，使内容更加完整。

二

老树讲的故事是"毋忘在莒"。这个成语知道的人不多，其意，类似"卧薪尝胆"。

"毋忘在莒"恐怕是中国最老的成语之一。莒国的存在是公元前一千年左右，那时还没有纸张，秦始皇也还没有统一文字，当时人们要写这四个字还得用刀刻在木片上。你就知道这个故事，连同这讲故事的老银杏的辈分有多高了，它至少够得上中国最古老的成语之一吧。

老银杏如同一个诉述古老故事的长者，给围坐在身边的我们开始讲中国历史故事。

秦始皇没"统一文字"之前就有了"毋忘在莒"这个成语，在衬托中表现成语的古老。

周武王在公元前1046年得天下后，首先分封他的两个得力功臣。分姜子牙的家族到齐国，国都临淄；分自己家的人周公到鲁国，国都曲阜。未有齐、鲁之前，这里已有一个小国莒国，国都在现在的莒县。这三国基本占据了现在的山东，比汉末的魏、蜀、吴还早八百多年，就演了一部春秋版的"三国演义"。起初，齐、鲁仍按臣子之礼，友好事周，后来对外用兵争霸，对内阴谋夺权，早不把天子权威放在眼里。公元前649年，齐国正是荒唐无道的襄公掌权，他杀了来访的鲁桓公。由于他随意杀戮，臣又反过来弑君，襄公死，国内一团混乱。

当时襄公有两个儿子正避乱在外，老大公子纠，由他的老师管仲监护着流亡鲁国；弟弟公子小白由老师鲍叔牙监护着流亡莒国。襄公死亡的消息传来，两个人就争着回国去抢班夺权。鲍叔牙与管仲本来也是好友，但这时都各为其主算尽机关。管仲对纠说："莒国离齐近，鲁国离齐远，这样赶路我们一定会落在后头。不如我率轻骑先行去截杀小白，公子随后赶来。"纠点头称是。管仲说罢翻身上马，带数骑急行。约行一日，来到莒国城外的银杏树下，他判断小白还未经过，便偃旗息鼓，弯弓搭箭设伏于树下。

果然，第二天日上三竿之时，一小队人马急急走来，为首坐于高头大马上的正是小白。管仲

"三国演义"中魏、蜀、吴三国鼎立的故事耳熟能详，运用类比能够更清晰地了解齐、鲁、莒三国势均力敌的局面。

管仲在老银杏下设置埋伏，为后文管仲射杀小白的故事做铺垫，加强了两个情节之间的完整性。

忙将弓背于身后上前搭话："许久不见，公子可好？这样匆忙，赶往何处？"小白答礼说："父王去世，回国奔丧。"管说："国丧之事，有兄长操办，何劳你作弟弟的远行？"小白一听口气不对，变色道："此话怎讲？"管仲乘对方稍一分心，翻身抽弓，白光一闪，一箭早已射向小白的胸膛。只听对方"哇"的一声，口吐鲜血，落下马来。管仲眼见得手，便撤回去复命。公子纠听得高兴，知政敌已去，一路商议继位之事，向都城慢慢而行。

其实管仲那箭"当啷"一声，正好射在小白胸前的带钩上，未伤皮肉。小白何等聪明，顺势咬破舌头，口吐鲜血，装作落马而死。见管仲撤走后，立即吩咐部下加速赶路。

"慢慢"一词，与前文公子纠得知襄公被杀后匆忙回国的举动形成鲜明对比，公子纠得意的神情跃然纸上。

六天后，当公子纠一路行到齐国边境之时，临淄城头已经变换成小白的大王旗。向来政治斗争中亲骨肉也不半点手软。就像李世民玄武门之变，瞬间亲手杀掉三个兄弟，血腥登位。小白哪能忘了这一箭之仇，又仗着自己是大国，便向鲁国发去命令："纠为我的亲兄，不忍相残。着你们就地代我处死。将那个管仲押回齐国，由我来亲自收拾。"管仲一听这话，心里就明白自己不会死了，定是鲍叔牙向小白举荐了他。果然囚车一入齐境，小白就立即拜他为相，并尊称相父。

公子小白与公子纠争夺王位之战如同"李世民玄武门之变"，类比之中推动了后文情节的发展。

这管仲是春秋时的第一政治家，兴农业、举

渔利，特别是重商业。不消几年，齐国就成了春秋一霸，小白也成了史上大名鼎鼎的齐桓公。一天，桓公与鲍叔牙、管仲几位亲近的老臣在一起饮酒。桓公已微醺，便说："我们这么干喝酒，难道你们就不想对寡人祝贺点什么？"这时鲍叔牙忙起身再拜："愿我君毋忘在莒。"这一句话，让桓公酒醒了一半。他在莒国流浪几年，国内政局不稳，无日不担惊受怕。至于生活，温饱不济，饿时马料也是吃过的。于是，桓公起身正色道，齐国能有今天，全赖两位师父辅佐之功，在莒的日子当永志不忘。

又过了些日子，桓公见管仲年高体衰，便召问："相父之后谁可助我相国？"管仲知他心有所属，便低头不语。桓公说："易牙、竖刁、常之巫、公子开方如何？"管仲叹了一口气说："这四人都不能效国家，我请求大王速将这四个人驱逐出去，永不再用。"

齐桓公闻言，果然将易牙、竖刁、常之巫、公子开方打发出宫。但这四个人平常最会拍马屁、抬轿子，总是把桓公伺候得舒舒服服。桓公一天吃不到他们送的美味，看不到他们送来的美女，特别是听不到他们的颂言，就觉得心里空落落的，饭也吃不香，觉也睡不好。这样苦熬了三年，等到管仲死后，他将这四人又召了回来，相伴左右。

齐桓公将四人"打发"出宫，和后文中"将这四人又召回来相伴左右"的两个举动，可以看出他没有听从管仲的劝告，又一次的反转为后文齐桓公的惨死埋下伏笔。

四个人回来的第二年，桓公就卧病在床。易牙、竖刁等见他大势已去，便凶相毕露，堵塞宫门，传令不许任何人进宫，要将他饿死。桓公有气无力，求宫女打开一扇窗户，仰望浮来山方向。他说："当年我逃亡莒国，颠沛流离之苦能忍；管仲在银杏树下射我一箭，我仍拜他为相，为大业，忘私仇，能忍；在位四十二年，南北征战，伤痛累累，能忍。想不到今天四个小人设下的陷阱，教我忍无可忍，但又只好咽下这个苦果。枉我英雄一世，阅人无数，现在才明白，能当面说得出最肉麻话的人，必有最奸诈之心，会最伪善之术，是在为自己谋最大之私利。我还有什么面目见管仲于九泉呢？"他就这样遥望着那棵已果实累累的老银杏，在自责自悔中，被活活饿死了。

中华文明五千年，有说不完的故事。可以读正史如《左传》《史记》，可以读小说如《三国演义》，也可以听人说书。但我们还有另一种方式，就是去读一棵活着的老树。每次来浮来山，我总要抽一点时间，静静地依偎在这棵老银杏树下，仰望它遮天蔽日的枝叶，抚摸着它青筋暴突的树身，或秋叶飘零，斜风细雨；或月上枝头，河汉茫茫，屏气凝神地听老树胸中发出的历史回声，叫人如醉如痴回肠荡气。历史这个东西很有意思，像一条地下河流，时隐时现。有时候

三个"能忍"之事与一个"忍无可忍"也得"咽下"之事形成鲜明对比，真可谓"生于忧患而死于安乐"，给读者留下了无尽的思考空间。

作者"依偎"在老银杏旁听它"胸中发出的历史回声"，这种主观体验巧妙地融入对老银杏"树叶、树干"等描写之中，实现了二者交相融合。

丢了，就到书上去找，正史上没有，还可找野史；有时丢了，就到地下去找，专门有一行叫考古；有时丢了，还可到树上去找，树上有一部中国史。因为连我们人类自己都是从树上走下来的。那古树上下，总会雁过留声，人过留名，事过留痕。

我总觉得，树与人是平等的，它和我们一起创造历史，记录历史。所不同的是，它远比我们长寿，在文字、文物之外可以为我们存留一部活的人文史。莒县在春秋时名莒国，它立国八百年，在正史上留下的痕迹并不太多。但是，国不怕小，有树则灵；史不怕绝，树在则存。一树可以传国，可以记史，可以延续国脉。莒国在公元前343年被齐国灭掉，所幸有这棵老银杏在，至今还用它那三千年前的鲜活根系，输送着古代文明的新鲜乳汁。听说当地发展旅游正在恢复莒国古城，最好的坐标就是这棵春秋老银杏。

国外当然有古树，但没有我们中华民族这样完整的不断线的历史可记；国内某一个地区当然也有完整的人文历史，但要找一棵足够长寿的树静候一旁，不讳不藏，不漏不欺，直书国史，也不容易。其他长寿树也是有的，如松、柏、槐就是。但松多藏于崇山峻岭，避世自养，不问烟火；柏多在庙宇陵园之中，记些神鬼之事；槐则立于村头路旁，耳中多是些爱情男女。只有银

老银杏是中华文化和中国历史的见证者，它的精神内涵来自历史的沉淀，有着中华民族的特点。

化用唐代刘禹锡《陋室铭》中的名句：山不在高，有仙则名，水不在深，有龙则灵。

一组排比句将松、柏、槐的种植地不同、"关注"事各异进行了对比，表明银杏树有

"华表"之姿，同时照应篇首，首尾呼应，浑然一体。

杏，长寿古老，号称树中化石。它生于民间，长于庙堂，身挺如旗，叶灿若金，华贵巍峨，飘飘云端。这是一种天生的记功树、荣辱榜，是林中之华表、树中之《史记》，是典型的"人文古树"，几乎就是中华民族的图腾。

赞曰：

大哉银杏，华表之木。雄枝接天，盘根通古。叶灿如金，果垂银珠。天眼长开，俯察万物。善恶有报，以身直书。民族图腾，国之谤木。

以赋这种文体作结，用精辟而凝练的四字词语总结全文，朗朗上口，荡气回肠。

董丽娜

点 评 老 师

山西省太原市第十二中学校语文教师。

徽饶古道坚强树

通常，我们确定一棵树的树龄是看它的年轮。如果告诉你，有一棵树连年轮都没有了，却还青枝绿叶地活着。你相信吗？

在安徽与江西交界的浙岭，山路弯弯，石梯接天。山口有巨石，上书"徽饶古道"。古驿道下山进入江西婺源界，路旁有一棵古樟树卓然而立。它下临一马平川，天垂野阔；北眺远山如屏，层峦起伏。这棵古樟在网上被称为"坚强树"，它像一位检阅历史的将军，自宋、明以来，就这样俯视大千世界，阅尽人间之变。树之所以名"坚强"，是因为它创造了生命的奇迹。

三年前，我第一次经过这里，一见这树即有一种说不出的激动。类似的古树名木，我见过苏州的"清奇古怪"汉柏，那是雷电的杰作，四棵树撕肝裂肺，东奔西突，两千年了仍顽强地存活。也见过宁夏五百岁的震柳，那是世界级大地震的产物，一百年前，魔鬼之手从地心伸出，生将一棵老柳撕为两半，现在仍枝叶繁茂，如一团绿云。但是，还从来没有见过天火从天而降，硬将一棵大树的树心掏空，空得只剩下一个薄壳，像一个工厂里废弃了的铁烟囱。当地为加强保护，筑了一个高台小心地将它拥立在上，四周又设了栏杆。那天我踏上高台时，庄严之情油然而生，有一种走近英雄碑似的感觉。

我绕树一周，轻轻抚摸着它粗涩枯硬的树皮。树皮已经很薄，胸围六米的树身，只有一个指头厚度的树皮，轻轻叩击，嗡嗡有声。它完全是借助筒状的力学原理，巧妙支撑才不会倒掉。树约有三四层楼高，你仰头看树梢，云卷云舒，鸟啼鸟落。树下有洞，洞内足够宽敞，地上长满了茸茸的绿草，如毡如毯。我弯腰进去，仰面平躺在这块不规则的地毯上，透过朝天的洞口，看绿叶婆娑，白云飘过，有一种当年躺在内蒙古草原上的感觉，只差飘过一首牧人的歌。这树绝对是一个活的地标，徽饶独有，全国唯一。

一棵树，一棵有生命的树，怎么就像一个铁烟囱似的屹立在旷野上了呢？当地人说，十多年前的一天晚上，突然雷电交加霹雳一声，这棵千年古樟，就如一根蜡烛一样被点燃了。大树喷着火苗，映红了半个天空，直烧了三天三夜。就是树上的余烟也袅袅地飘了半个多月。到火灭烟散时，古樟本已腐朽的内瓤已被全部烧尽，只留下了一层盔甲似的外壳。但祸兮福之所倚，大火过后树的内壁已经完全炭化，反而有了抗腐能力，

运用比喻，把经历大火失去树心的古樟树比作"废弃了的铁烟囱"，写出了古樟树遭遇之惨烈，为下文埋下伏笔。

"绿叶婆娑"与上文的"只剩下一个薄壳"形成鲜明对比，生动形象地写出了古樟树的特征，突出它令人惊叹的生命力。

运用侧面描写，写出这场火的火势之大、时间之长，突出古樟树在大火中受到了难以想象的摧残。

从此雨淋不朽，坚挺至今。

　　我小时候常见路边的架线工人，在埋木头电杆前，先将其下部烧焦，以便防腐。还有，考古出土的帝王棺木中也常填充着大量的木炭。这说明天要木不朽，先以火炼之。人们都以为这棵树死了，像一个标本那样小心地保护着它。但是天火炼木本是要它凤凰涅槃的，怎么会让它去死呢？三年之后，人们惊喜地发现在树腰、树梢处吐发出了一层嫩芽，渐渐地又长出一层新绿。婺源向来因黛瓦粉墙的徽派民居和漫山遍野的油菜花给人以轻柔的印象，如今这个秀美的背景又添上了坚强的一笔。

　　这棵坚强树在网上热闹了一阵子后就沉寂下来，而我却总不能释怀，第二年便再去上饶婺源搜求资料。树者，书也。我想，要读懂一棵树，先得读上几本与树有关的书，读懂书中的人。

　　婺源在历史上的文化崛起是南宋之后，全县在唐代时只有进士四人，宋代就猛增到三百二十八人。靖康之耻，宋人南渡，大批望族、文人聚集婺源。同时，因江北为金人侵占，这里也就成了抗战前线。于是自南宋以降，独立、坚强、自尊、向上，就成了徽饶道德的主流传统。这种精神在以后历代的民族矛盾与正邪斗争中不断地砥砺发扬，长流不衰。我灯下翻书，那一个个的有志、有节、有能、有为之士，如

追述历史，用史实告诉读者，徽饶这个地方如何一步步形成如今独立、坚强、自尊、向上的主流道德传统。

那棵坚强树一样，在历史长河的彼岸向我们默默颔首。

在我看来，在古道上喊出坚强不屈第一声的人是朱弁（1085—1144），他正当北宋、南宋之交的乱世，就出生在离坚强树四五十公里的紫阳镇。赵构的江南政权一成立，即派使者到金国去议和，朱弁为副使。弱国无外交，金人不但不加理睬，反将朱弁扣留，这一扣就是十五年。金人惜其才，十五年间屡屡逼他为官，他凛然道："自古交兵，使在其间，言可从从之；不可从，则囚之、杀之，何必易其官？"他将使节印抱在怀里，片刻不离，表示若再加辱，就抱印而死。他南望故国，感慨赋诗《春阴》：

关河迢递绕黄沙，惨惨阴风塞柳斜。
花带露寒无戏蝶，草连云暗有藏鸦。
诗穷莫写愁如海，酒薄难将梦到家。
绝域东风竟何事，只应催我鬓边华。

诗写得悲愁交集，沉雄刚毅，钱锺书评其有晚唐之风。在这样的境遇下，他也没有忘记尽忠报国，完成了对北国人事、景物的调查，返宋后即上递朝廷。他的流亡诗抄也成了重要文献，后代诗人元好问特别搜集印行。一般人知道汉苏武留胡十九年，却很少知道宋朱弁留胡十五年。

弁（biàn），古代男子戴的一种帽子。

语言描写，勾勒出朱弁坚贞不屈、忠于国家的人物形象。

十五年的坚持，这要有多么坚定的信念？他在徽饶古道上举起了一面民族气节的大旗，如马克思形容的那样，从此一个幽灵就在这棵古樟树下游荡。

同是紫阳镇人，大名鼎鼎的朱熹比朱弁小四十五岁，也是个主战派、硬骨头。过去，我只知道他是个哲学家、文化人，写过那句著名的"问渠那得清如许，为有源头活水来"。这次树下读史，才知道那活水之源即是他正义的胸怀。

朱熹十九岁中进士，后到江西星子县（2016年改庐山市），就是陶渊明家乡去任职，正赶上大旱，他组织百姓平安度灾。灾后他向朝廷写了一封长长的奏折，大诉民间疾苦，痛批军政腐败，言辞激烈。说灾祸将至，近在早晚，上面却还不知道。孝宗看后大怒，差一点儿罢了他的官。

他为官有两个特点，一是每到一地先调查研究，成语"下轿问志"就是从他而来；二是刚正不阿，有那不干净的官员知他要来上任，就先主动辞职。晚年，他被推荐去给皇帝讲课，每双日进宫讲儒家经典。但总是借机大讲民间疾苦，要求整肃纲纪。皇帝听得不耐烦，只讲了四十六天，就把他赶出宫去。宋金议和之后，他对政局失望，就一心研究学问去了。只是还忘不了家乡的那棵树："故家归来云树长，向来辛苦梦家乡。"家乡的那棵坚强树啊，民族恨，臣子泪，多少忠魂日夜萦绕在树梢。

婺源虽是小县，却名士不绝。为官廉政，犯颜抗上，坚持真理，已成了这树下绵长的清风。宋末名士许月卿，许村人，离大树也就五十公里。常犯颜直谏，说管天下的人，其量要足以容天下，广纳良才。他深感官场全面腐败，写了《百官箴》四十九篇，列出各职各官的注意事项。宋亡，他不忘国耻，穿孝服"满城风雨近重阳，一舸烟波入醉乡"，数年不语而亡。

元末汪泽民为官一尘不染。浙江出了一个大案，家里抄出一个给各级官员的行贿名单，详注各人名下受贿银两。只有汪名下注明"未受"二字。他在山东兖州任职，上面来员检查廉政，刚到地界便返身而回。别人问为什么？答：有汪在兖州可以不去。

明代大臣汪铉心忧国事，主持兵部，第一个引进西方"佛朗机"大炮，遍布海防、边防；主持吏部，明察暗访，请托送礼之风为之一扫；主持都察院，先建立巡视人员管理制度；钦差出京办案，随带物品不得超过一杠，重不得过百斤。这都是在坚强树下发生的坚强事。

当历史的脚步行将迈出中国古代史的门槛时，有一个人出现在树下，他就是鼎鼎大名的中国铁路工程第一人詹天佑。詹家祖居老樟树下的岭脚村。1872年，清政府派出第一批留美学生，十一岁的詹天佑即在其列。他学成归国后正是帝国主义列强欺我无人，肆意瓜分、垄断中国的铁路修筑权之时。

光绪十四年（1888年），清政府决定修一条津榆铁路，要架滦河大桥，河床泥沙深，水流急。先由英国人设计，失败；又转手日本人，不行；德国工程师出马，还是不行。詹要求来试一试。他采用"空气沉箱法"，一次成功，外国人刮目相看。不久，詹在英法两国相持不下时接手西太后去祭扫西陵的新易铁路工程，四个月通车。这是中国人自己设计、施工的第一条铁路。

而最长中国人志气的是京张铁路。路在八达岭丛山中穿行，地形十分复杂。英、俄两国没有争到修路权，就封锁技术，威胁不给我国任何帮助。詹天佑拍案而起："中国地大物博，而于一路之工必借重外人，我以为耻！"他大胆启用本国人才，并创造性地把工程变学校，一开工即招收练习生，同步教学培养，六年毕业。为测工程最难的八达岭隧道，他攀岩踏雪，风餐露宿，比外国人的方案缩短了两千米。从青龙桥到八达岭地势最陡一段，他不用通常的螺旋大回环，而用"之"字形，两个车头，前拉后推，为世界首创。工程提前两年完工，还节省了三十五万六千两银子。

京张铁路的成功，使詹名扬中外，他先后

运用动作和语言描写，生动形象地写出詹天佑对英、俄两国搞技术封锁的愤慨，以及独立修建我国第一条铁路的信心。

出任了中国所有重要铁路的总工程师，并代表中方在中东铁路委员会，与英、法、日、美等唇枪舌剑，为国家争主权。他洁身自好，一生不沾烟酒，要求学生和子弟"勿屈己以徇人，勿沽名而钓誉"。他的五个孩子也全部学铁路专业，效力中国铁路事业。

我对詹天佑的第一印象，是在十七岁那年考上大学坐京张铁路列车进京，当列车缓缓通过那个著名的"之"字路段时，全车厢的人都探出身来，向路边詹天佑的铜像默默地行注目礼。这次又去看了离坚强树不远的詹氏祠堂和詹天佑纪念馆。这全都是詹氏族人和民间集资所建，高大敞亮，藏品丰富。我印象最深的是一张当年詹天佑对八达岭路基的地质测绘图。在乱石如麻、荆棘丛生的荒岭上，像切蛋糕一样切出一个坡形剖面，上面满是密密麻麻的数据和外文符号。这幅图绘于光绪三十年，中国人脑后还拖着一根长长的辫子，科学的曙光终于初照这亘古的八达岭荒原。

今年我又三访坚强树，发现虽斗转星移，这里的人们仍然守树如玉、初心不改。20世纪"文化大革命"中大毁文化之时，岭脚村一位名詹永萱的文化人却默默地征集文物。当时一百元收来一麻袋杂玉，他慧眼识珠发现其中一粒疑是猫眼石，就带到故宫鉴定，果如所猜，价值连城。前

側面描寫，詹天佑把自己的一生奉献给中国铁路事业。

点明了詹天佑的八达岭路基地质测绘图所具有的划时代的重大意义，它把科学的曙光带到了这片土地。

面提到的乡贤，明代大臣汪铉亲身佩带的一条玉带，居然也被他们收来。后来成立县博物馆，詹永萱任第一任馆长，馆里的一多半重要文物都经他之手，那猫眼石自然成了镇馆之宝。詹永萱的儿子詹祥生从小被父亲耳提面命，子承父业，现在是第二任馆长。

这二詹不知过手多少文物、瑰宝，虽一毫而莫取；也不知接待过多少名人，包括国家领导人，不卑不亢，虽布衣而有名士之风。那天我在席间向小詹馆长请教了许多问题，他还特别讲述了詹天佑送给家乡灭火水龙的事。现在他是全国政协委员，也是委员中唯一的一个县级博物馆馆长。

我在树下的高台上凭栏眺望，远山一线，白云悠悠。以这棵树为半径，方圆也就不过百公里吧，坚强之人，数之不尽；大义之举，连绵不绝。这还只说到土生土长的婺源人，如果算上北人南迁，再至上饶各县，在此生活过的民族英雄、爱国诗人，如岳飞、陆游、辛弃疾；革命先烈方志敏，民主人士黄炎培，还有上饶集中营里的英雄群体，就更多了。

说到这里，我不得不提到一个人。我们报社有一位老记者名季音，当年的新四军战士，曾被关在上饶集中营，九死一生，今年已经九十六岁，还在写回忆录，发表文章。行文至此，我不

虽是历数此地英雄人物，但仍是以树为主线，树是文章的主干，人和事是枝叶。

古樟树的特点是高大挺直，生命力顽强。作者用它象征被关在上饶集中营的新四军战士，也象征他们坚韧不屈的品质。

樟树不仅可以供人在树洞里娱乐，甚至还可以救人，对应了上文的"人树相依，情深意长"。

觉动了情，专门拨通了电话，向他致敬。他说全北京，当年上饶的狱友也就只剩两人了。岁月的尘埃正在一点一点地覆盖他们的身躯，最后他们终将会无言地离去。但有这棵擎天一柱的英雄树为他们代言，这一代代的慷慨悲歌就会永不停歇地震彻山谷，席卷河川，在青史上呜呜回响。巍巍古樟，山高水长。

樟树是我国长江中下游常见的树种，更是江西的省树。其树形高大，动辄七八米之围，树干横生旁出，荫蔽四方，千年不老，四季常青，蔚然而有文化之象。樟树从不亭亭玉立，孤芳自赏，总是枝叶交错，你绕我缠，老干上覆盖着厚厚的苔藓，又常寄生一种"接骨草"，是骨科良药。村民如有牛羊鸡鸭腿折，捣烂敷之即好。樟树喜总是长在村头水口人气兴旺的地方，人树相依，情深意长。有倒地跨河者就顺便为桥，任人行走；有生路边浓荫如盖者，就让人们设个凉亭喝茶歇脚；有树洞中空者，孩童常出入嬉闹。

我见过一棵大樟树，其树洞之大令人惊叹，在人民公社时期，里面曾养过一头牛，现在里面摆着一张麻将桌，供人打牌。一棵探身江边的老樟树，树枝扫到水面，一年上游发大水冲下不少人来。它竟如一把笊篱一样捞出十多个人，这些人的后人年年还有来树下感恩烧香的。乐安县竟有一条长二十里的夹岸古樟树林，每株两抱以上。离坚强樟约六十公里的婺源赋春镇，有号称江南第一樟的宋代古樟。一枝平伸探过河去，荫遮两岸。岳飞曾在这一带驻军，留下一首隽美的小诗："上下街连五里遥，青帘酒肆接花桥。十年征战风光别，满地芊芊草色娇。"

樟者，木旁加章，此树大有文章。我在江西考察人文古树，几乎逢樟必有故事。这棵名坚强树的古樟劝人信高洁，拳拳表予心。就是专讲正义、忠诚、高洁、自强的故事。我信凡物之有异者必有其理，必暗含其情，等待有人来认识，来解读。天上之火为什么要点燃这棵古道旁的老樟树，就是要它做一个照路的火把，勿忘来路；为什么烧空了已朽的内瓤，却留下薄薄的树皮，就是要它涅槃再生，宣示生命的顽强；为什么会成一个上下圆筒状，就是要接通天地，吐故纳新，发扬正气。

我们平常说读懂一个人不容易，其实要读懂一棵树更难。人不过百岁，树可千年；人才几族几种，树论科、属、种，有万万千；人有衣食保障还命运多舛，而树暴于荒野，山崩地裂，雷劈电闪，却仍然挺直脊梁；人的大脑里只存有一生的记忆，树的年轮里却藏有数朝数代的沧桑；人到须发皆白时，儿孙绕膝，大不了讲讲一生的经历，可大树呢，我见过三千年的大树，立于山，临于水，居然能不慌不忙，娓娓道出秦汉唐

三组设问形成排比，句式整齐，气势磅礴。

四组排比句，对比树与人的不同，发人深省。

两组对偶句，表达出古树身上有着厚重的历史、沉重的情感。

宋。一棵树，树皮上有多少道纹路，就有多少个故事，树枝上有多少片叶片，就有多少首诗篇。你要能读懂一棵古树，就得俯下身子去吻它的根，那根里浸泡着先人的血泪；你要能读懂一棵古树，就得仰起头去看它头上的天，那天空有无言的痛苦悲欢。请读懂一棵树吧，这是在考古，在探秘，在复盘历史，在追溯文明，在破解一本自然留给我们的天书，是在回望人类自身的成长。

总结全文，卒章显志。"坚强树"是大自然的选择，而树下的人们选择了坚强。树和人的精神，都值得我们学习。

也许在别的地方还有类似的古树，但这样身高皮薄巍然而立的坚强树不多，同时树下又有这么多坚强的人和事的更不多。这是自然的选择，也是人文的表达，我们应该格外地珍惜它。

陈阳阳　　　　　　　　　　点评老师

北大附中天津东丽湖学校语文教师，东丽区校级骨干教师。

万里黄河千里桑

对中华民族来说，黄河的伟大是说不尽的。我曾在上游，看刘家峡的绿波；在河套看八百里麦浪；在壶口瀑布听虎啸龙吟之声；今天又在它的下游，看到它如何为炎黄子孙造就这一望无际、直达海边的大平原。

事情的缘起是联合国粮食及农业组织在全世界调查农业发展状况，并颁发"全球重要农业文化遗产"证书。去年春天在山东德州夏津县发现了一片六千亩的桑树林，并认定这是目前世界上罕见的、古老完整的桑树群，随即颁发了证书。这是一片典型的人文森林，保存了地球上的农桑文化。去年第一时间我即去采访，今年又二访其地，探其脉络。

黄河造地是借其巨大的水能，经年不断地搬运泥沙来完成的。五十年前我刚大学毕业到黄河边工作，就记住了这个数字：黄河每年从上游向下搬运泥沙十六亿吨。这是怎样的一个巨人，一个移山填海的大力士啊！

德州之夏津，处黄河下游。津者，渡口。夏

运用排比，选取黄河沿途别具特色的风光，生动再现黄河的伟大。

将黄河拟人化，形象写出黄河搬运泥沙的伟力，作者对黄河的崇敬、赞美之情喷薄欲出。

用"黄龙"指代"黄河"，一方面充分调动读者关于"龙"的民族文化记忆，另一方面也形象地再现了黄河翻滚如龙腾的宏伟气势。

插入"有德之水"及"德州"得名的由来，丰富文章内容，增强可读性。

津，传夏代之黄河渡口，可见其地历史悠久。黄河冲出龙门，行至河南、山东，挟带大量泥沙，早已高出地面而成悬河，稍不小心便崩堤决口，隆隆而下。据史料记载，自周至清代，黄河在夏津一带曾多次改道，二十多次大决口，一千五百多次小决口，这一条黄龙滚来滚去，搬沙运土，造就了豫鲁大平原。现在从空中俯瞰，在夏津的南北各留下四条大的黄河故道。它每淤完一块土地就侧转身去，再淤他处。

河，本来是流水的，但黄河不同，它日夜流淌的是滚滚泥沙，送来为我们造地。所以黄河古称有德之水，今山东德州即因临德水而名。但这片沙土未经改造之前就是一片不毛之地，一片沙漠。风起时遮天蔽日，沙打农田，土盖房舍，甚至行人迷路被埋的事都有发生。天降其土，教人耕种，并不等于天上掉馅饼，大自然恩赐的泥土是要用人的汗水调和才能收获的。于是，在黄河搬运泥沙的同时，先人们也就开始了在黄河故道上治沙造地的伟大工程。这其中最有效的手段之一就是种桑固沙，养蚕织帛。

历史上先民劳作的情景我们已不得亲见，但很幸运，在夏津黄河故道上还遗存了这片六千亩的古桑树群，让我们能一窥原貌。

那天，我们特意选了一块还留有旧痕的沙原。虽然起伏的沙丘早已为桑林所覆盖，我们在

浓荫中爬上爬下，但还能看出沙山的旧貌。那屹
立于沙丘顶上的老桑树，就如黄山迎客松一样，
傲骨嶙嶙，又笑容可掬。我问，黄河决口，水漫
平川，怎么会沙丘起伏呢？当地人说，你不知洪
水过后，先是太阳晒，旱魔肆虐；风灾接着而
来，吹沙成丘。这故道就如山峦一样起伏不平。
现经历代一锹一镐地挖，大部分沙丘都推成平
地。可知先民治沙造地，经多少年才有这沧桑
之变。

　　这里依稀还保留着历史上蚕桑兴旺的样子，
齐鲁大地早在秦汉时便植桑养蚕，曾有"齐纨鲁
缟"之称，经唐宋而达丝帛业的高峰。元代后因
引进棉花，丝绸业开始衰退，桑树的功能逐渐由
养蚕改为食用桑果，到清代又出现一个种桑高
潮。联合国到这里来找农业遗产算是摸对了门
牌。现夏津全县还存有百年以上的古桑两万余
株，千年以上的两百余株。

　　桑树这种树单看外表就能读出历史的沧桑，
它像一个老人，风雨都刻在脸上。在古桑园行
走，几乎每棵树都有合抱之粗。树皮特别粗糙，
那一条条奔走的纹路，都能插进一根手指。大概
是为了便于采桑，桑树大都经人工修剪，离地一
人高即向四边分杈，树冠极大。上千亩的桑园，
浓荫蔽日，枝叶折射阳光，筛出金光万点。一粒
粒桑葚，白的、红的、黑的，如珍珠玛瑙点缀

用拟人手法赋予桑树人的性格特征，既有傲骨又有柔情，如在眼前。

作者曾说："一篇文章总得给人一点信息、知识、美感和思想。"本文信息量大，知识点密集，前有联合国粮农组织颁发证书的新闻，此有蚕桑演变的历史，处处皆有学问。

"刻"字极见功力，揭示了风吹雨打之凌厉，形象诠释"沧桑"之感。

其间。

因为年代久远，许多老树都中心开裂，或张开乌黑的树洞。但奇怪，不管多老的桑树，树身整体都很平整匀称，它不像老槐树那样浑身堆满高高低低的疙瘩，也不像老柏树那样会将树干拧成麻花。它是那样的安详，虽年迈仍留意衣着，讲究仪表，树纹粗而不乱，树干短而苗壮，手掌大的绿叶油油发亮。与枣树一样，它常会于老干上突发一根嫩枝，挑出一串桑葚，给你一个惊喜。这千亩老桑园中弥漫着一种甜甜的诗意，令人油然想起《诗经》和汉魏古诗中许多采桑的美丽诗句。

园中最具代表性的三株树都有一千五百年以上的树龄，两株都以"龙"命名。"腾龙"那株，一出地即腾空而起；"卧龙"那株，因雷击劈为两半，树皮爬地行数米后又跃起再生枝长叶。第三株最奇，被封为"桑树王"，出地半人高后即分为五杈，当地人说是如来的手指，每根指头也有一抱之粗。游人在树下，可以与先民从容对话。

一位从济南来的老者正在仔细看着说明牌，他说老远来不为吃桑果，而为了解一点古桑文化，而他的孙子早和伙伴们到树下摘桑果去了。这里游客买票入园是可任意采摘的。现在这个园子已是一座桑文化园、休闲园，也是一座桑树基

将桑树与槐树、柏树作对比，突出桑树树身的匀称、气质安详。"将树干拧成麻花"一句，运用拟人手法，用语清奇，俏皮活泼。

赋予桑树人格化的特质。"突发"强调出其不意，"挑"显示勃发的生机，"给"展现主动的姿态。

过渡句，承接上文对三株树的描绘，开启下文游人对古桑文化的求知。

因库。它保存了大甜紫、白子母、红子母、江米
葚、玫瑰香、长柄白、小草莓、白葚等多个稀
有传统品种，当地也成立了桑树开发研究院。县
干部自豪地对我说，中国四大农书《氾胜之书》
《齐民要术》《王桢农书》《农政全书》，前三
本书的作者都是山东人，而且都离夏津不远。

　　桑树林的贡献还不仅在养蚕、结果，其对
生态的影响极大。首先是防风固沙，保持水土。
桑树最适宜在沙地生长，旱涝不避，沙打不埋。
其根深入地可达八米，根幅是树冠的几十倍，任
多大一片沙地，多么长的故道，都会让它的根
网编扎得密密实实，咆哮的沙龙就再也不可能
翻身了。

　　除了固沙，它还是一个巨大的空气净化器，
林中负氧离子丰富。这两年生态保护意识加强，
特别是旅游业的兴起，人们猛然发现这片古桑林
是一个金银聚宝盆，更是一个文化聚宝盆。现在
当地已经用桑民入股的方式来保护、开发这片古
桑林，既为社会找回了文化，又为村民带来了财
富。而因这片古桑林的开发，还在附近催生了一
个旅游度假小镇。真可谓老树新花，古为今用。

　　桑树与枣树虽为树木，却同被称为"铁杆
庄稼"，其栽培史与其他粮食作物同步。确实，
稻、麦、豆、黍，有哪一种庄稼能这样挺立千
年，年年结果呢？堪称铁杆。而且它们的果实

"咆哮的沙龙、翻
身"等词语生动而富有
活力。

用三个精辟巧妙的
暗喻，形象展现桑林的
多重价值，化抽象为具
体，易于理解。

此有"铁杆庄稼"
之说，后有"铁打的甜
蜜的事业"与之照应。
思绪流转，却总能相
接，巧思匠心如此，可

都含糖量极高，是一项铁打的甜蜜的事业。巧的是三年前我曾采访过陕北的"枣王"，那是联合国粮农组织在中国颁发的另一份"全球重要农业文化遗产"证书。可见桑、枣同为国际所重视。中国的红枣产量占世界产量的百分之九十八，而桑蚕业则直接孕育出一条横跨亚欧大陆的丝绸之路。一枣一桑，确实为世界农业做出了巨大贡献。

桑树无论多老，只要活着都会结果，那棵一千五百年的桑王，现每年还产果一千两百斤。现在全县年产桑果近四万吨，简直是又一个门类的粮食。桑树浑身是宝，而且都与活命救人、抗灾度荒有关。一枣一桑，饥年不慌。把它归入林业或农业，似乎都可。桑树的果实为桑葚，我们在树下随意采摘一粒，放在口中，如一块待化的冰糖。除吃鲜果，还可晒干，当储备粮。

上天安排，桑葚的成熟期，正是农历小满前后，麦子待熟，青黄不接，穷人缸底无粮，这时桑葚就成了救命粮。明洪武年间组织人口大迁徙，朝廷的一条政策就是人口迁往有桑枣处。现在这桑园里的一些人家还可追溯到祖上是如何逃难觅食，落户到树下的。除食用外，桑枝可入药，治关节病；桑皮，止咳，利尿；桑叶可用来制茶、煮粥，清毒、降脂。寄生在桑树上的"桑黄"也可入药。

中国历代王朝几乎都把发展农桑作为立国之本。宋太祖下令凡垦荒植桑者可免田赋，元世祖颁布"农桑之制"十四条，规定每名男子每年要栽种桑、枣二十株。明太祖要求农民有田五亩至十亩者，须栽桑、麻、木棉各半亩。官员中还有不少身体力行，积极带领百姓植树种桑的典型。夏津的这片古桑林作为文化遗存之可贵，除保存了农桑原貌外，密林深处竟还有一座清代种桑县令朱国祥的纪念馆，为我们复原了一个古代勤恳为民的好官形象，也可一窥当时的农桑政策。

朱国祥本为清康熙年间的京官，因为人正直被排挤出京，到夏津任县令。他下车伊始就到黄河故道视察，看到黄沙漫漫，认定这里"半地沙漠，不宜稼禾""多种果木，庶可免风灾而裕财用"。又上书请求免收三年税赋，与民生息。

他亲自下地总结栽树经验，发明了"包袱地"种植法，即地成四方如一块包袱，周边栽桑林围裹，挡风固沙，中间种植宜沙的花生等作物。若纯种桑时，又测算出每亩地以植六株为宜，进行推广。朱为官刚正、廉洁，上任不久即清理积案，平了不少冤狱。他最恨横征暴敛，盘剥百姓。他常教诲部属要珍惜民力，曾自制许多木盏为餐具发给同僚，提醒一粒一粟都来自土地，勿忘农本。

朱国祥在任六年，到1680年调升离任。万人

承上启下句，上承桑林的自然态形貌描写，下启桑林的文化态故事讲述，由树及人。

通过万人空巷送行、联名请求留任、三建祠堂纪念等侧面描写，烘托朱国祥刚正严明、为民造福的形象。

空巷，顶香案送行。本县乡绅联名请求朝廷准他留任。留任不成，当地百姓就为他建了一座生祠来纪念。在封建社会建生祠是民间对好官的最高褒奖了。更奇的是，到嘉庆八年（1803年）时，老百姓又为他第二次建祠堂。这时距他离任已过了一百二十多年。

晚清时局混乱，朱国祥的祠堂渐废，后来，当地百姓又为他三建祠堂。旧县志中对好官多有记载，但两百三十多年间为一个县令三建祠堂，足见百姓对他惠民政策和爱民形象的深深怀念。旧衙门的大堂上常有四个大字：明镜高悬。清一代夏津曾有县官几多，唯朱国祥如皓月在天，永远活在这一片苍茫的古桑林之中，活在当地民众的心里。

叙事结束，辅之以议论，亮出作者的价值评判，高度赞扬朱国祥的人格魅力。

两句设问，自问自答，提醒读者注意，引发思考。

黄河万年流淌，桑林千年不老。感谢联合国粮农组织发现了它的文化价值。什么是文化，就是人类创造的物质财富和精神财富的总和。什么是人文森林，就是记录、保存有人的物质活动与精神活动的森林。人文森林愈老，它所积淀的文化就愈深厚，这有点像考古学上说的文化层。并不是所有的森林都有文化，事实上许多森林都是自然态森林。恩格斯说："劳动和自然界在一起才是一切财富的源泉，自然界为劳动提供材料，劳动把材料转变为财富。"

伟大的黄河，中华民族的母亲河，给我们提

供了自然界的黄土——最充分的劳动材料；勤劳的祖先又对故道里的黄土进行耕作加工，创造了物质财富及与之相应的精神财富。这就是夏津古桑林里所珍藏的文化遗产。

首尾呼应，深化主题，歌颂母亲河的滋养，致敬祖先带来的物质、精神财富，讴歌古桑林文化遗产。

林惜丽

福建省石狮市第一中学语文教师。

点 评 老 师

戈壁深处夫妻树

一

树不在高，有故事则名。想不到戈壁滩上一棵普通的榆树却出了大名。我正苦于在边疆地区找不到有故事的人文古树，新疆的一位朋友突然来电话说，那里有一棵老榆树，与我国的第一颗原子弹爆炸有关，被当年领导核试验工程的张爱萍将军命名为"夫妻树"。我听后大喜，放下电话，稍加准备便飞往现场，这次找树真可以说是不远万里了。

到达马兰的当天下午，我就迫不及待地去拜访这棵夫妻树。天佑中华，除明山秀水外，又专门给我们留下了这块可以升起蘑菇云的无人区。1958年，测量部队在这里打下第一根界桩，惊天动地的事业就此拉开序幕。

车在荒原上颠簸前行，路边是西北荒漠中常见的沙蒿、红柳、骆驼刺、芨芨草，都被风吹得东倒西歪。虽是七月天，仍然见不到多少绿色。终于进入一条宽阔的滩地，眼前出现了三三两两

开篇仿《陋室铭》中的名句，既富有文采，又直接点出了这棵树有故事，让读者对这棵树的故事充满期待。

"迫不及待"写出了作者拜访这棵有故事的夫妻树的急切心情。

荒漠之景，既写了作者探访夫妻树路途之艰辛，又为下文写夫妻树的崇高形象做了很好的铺垫。

的榆树。在西北，雨季的洪水就是一架巨大的推土机，常把地面推出各种沟槽，土下面存了一点水，就能养活几棵树。同时，水过地平，人又借以为路。因此，在荒原上水、树、路，总是天然地共生在一起。旅行者只要望见一线绿色，那里便有生命、有人迹了。所不同的是，晋陕一带的黄土高原，土质松软，水将土地切割成深深的沟壑；而在新疆坚硬的戈壁滩上，水只能冲出一条浅阔散漫的沟滩。

将晋陕一带的黄土高原与新疆的戈壁滩进行对比，突出了戈壁滩环境的恶劣。

　　渐渐前面显出一团团的绿色，树多了起来，沟里也有了一点生气。突然出现一峰骆驼，挡在车前，瞪大眼睛看着我们坐的这个铁怪物，远处更多的骆驼在树荫下观望。但树，却只有一色的榆树。在戈壁这种"夏日如烧，冬风如刀"的大环境下，能够存活的大乔木只有榆树。这时连鼎鼎大名的胡杨也不见了踪影，更不用说所谓"岁寒而后凋"的松柏了。大漠最可怕的不是寒，而是干。要窒息生命，干涸比寒冷更彻底。我们顾不及眼前的景色，飞车掠过两边的山、石、树、骆驼，直奔那棵夫妻树去。

以生命力顽强的胡杨和松柏在此处不见踪影的事实，来衬托榆树之顽强。

　　"风打沙埋流云过，独向苍天不问年。闲看天边蘑菇云，静听落叶打脚面。"这是一棵很老、很有资格的榆树，它独立在宽阔的河滩上，背景是远山的红色岩石，脚下是灰色的戈壁沙粒，不远处几只悠闲的骆驼在吃草。老榆树的根

初见夫妻树，将它置于戈壁、远山、岩石、骆驼等背景之下，更突出其悲壮与苍凉。

怎么扎进这铁硬的地面，我们不得而知，只知道它一出土就是这样的悲壮、苍凉。树分两股，一股粗壮高大，顶天立地；另一股也是同样的粗壮，但长到一半时突然停止，便依偎在这高股之旁，成连理之状；又有更小的一枝，修长可爱，藏于两股之后。它们相互搀扶提携，像一个温馨的三口之家。

来时，我已经注意到了，戈壁榆多是二三枝连体，相濡以沫，大约是为了互借阴凉，抵御风沙。这株夫妻树浑身的树皮已龟裂成手掌大的碎片，贴着树身拼接成不规则的网状。每块裂片就像春天犁沟里翻起而又被晒干的泥巴，乍尾翘角，七棱八瓣，摸上去生硬刺手。而树纹也如犁沟之深，我的小臂可以轻松地嵌入。常见有表皮龟裂的树，顶多皮厚如铜钱，纹宽若小指。这戈壁空间之大，竟连树纹也这样地放大了。我知道这是一种适者生存的自我保护，当夏季洪水来时，它就狂喝猛长；雨季过后，风吹日晒，它就炸裂表皮，切断毛细管道，减少蒸发。在这亘古荒原上，它日开夜合，寒凝暑发，生而裂，裂而生，年年月月，竟修炼出这副铁打的铠甲，甲内静静地裹着一位大漠戈壁的守望者。

老榆树头顶上的枝极细，叶极小，灰绿色，经风吹沙打早已锈成一团乱麻。细如钢丝的枯枝穿插其间，那是它的白发。

二

一棵树怎么会和原子弹有关？又为什么被命名为"夫妻树"？

连设两问，形成悬念，引出关于夫妻树的感人故事。

原来，原子弹爆炸，首先要找一块没有人烟的地方做试验场，还要有一批愿意隐姓埋名的人去干活。保密，成了试验工作的第一条铁律。当时调干部谈话，第一句话就是："你愿不愿意隐姓埋名？"后来形成了一个口号："干惊天动地事，做隐姓埋名人。"我们许多科学家、将军，甚至一个单位、一支部队，突然就从正常生活中消失了。每个人对自己干的事，上不告父母，下不告妻儿。

这句通俗的口号采用的是对比的手法，将所干之事与所得之名对比，突出了科学家们伟大的奉献精神。

1963年，即原子弹爆炸的前一年，北京某部一位女科技干部被通知去罗布泊参加试验。她兴奋得一晚没有睡着觉，但是第二天只对丈夫淡淡地说了一句："我要到外地出趟差。"对方也随便回了一句："好啊。"两人就这样平静地告别。妻子一进基地就是几个月。离基地不远处有一条季节性洪水沟，长满榆树。一条简易公路从沟里穿过。一天，她正在树下等车，望见远处一个军人扛着箱子向这边走来，身形很像自己的丈夫。她瞪大眼睛，等到走近，果然是他！原来那天离家时她丈夫也接到了出差通知，但他们都严

传神地写出了这位女科学家见到爱人时的惊讶表情。

守保密规定，相互不多问一句。今天树下相见，才得知干的是同一件工作。几个月以来两人近在咫尺，说不定传送的样品、文件上都有对方的指纹，却不知心爱的人就并肩战斗在身旁。这是一个爱情故事，但远远超出了《槐荫记》之类的树为媒，而是"树为题"，是上天来借题点破天机。张爱萍将军听到这件事后感动地说，真是一双中华好儿女，这树就叫"夫妻树"吧。

道出了"夫妻树"得名的由来，感人至深！

原子弹试验，无论在哪个国家都是头等大事，都会以各种方式写入历史。但是谁能想到中国的原子弹试验，却是用一棵老榆树来记录其中一个最感人的侧面。而这棵"夫妻树"在四十四年后的2008年，被评为马兰基地二十个纪念标识物之首（其余还有将军楼、气象站等）。

三

看完夫妻树，我们继续沿着这条沟慢慢前行。漫散在戈壁滩里的老榆树，或扎根石缝，缘山而生；或俯身石滩，如老龙卧地；或挺身谷口，壮士当关。虽姿态各异，都在对天发浩歌。面对寂寞的戈壁，它们要说点什么。

三个"或"构成排比，摹写戈壁滩里的老榆树的不同姿态，引出下文科学家们的感人故事。

20世纪五六十年代，无数的科学家、将军、青年知识分子，告别条件优越的大城市，放弃在国外的优厚待遇，来到这个叫作马兰的戈壁

深处，其势头很像三四十年代国统区的青年奔赴
延安。大戈壁的生存条件非常差，要饱受寒暑之
苦、风沙之苦、干渴之苦，还有三年困难时期带
来的饥饿之苦。但最难熬的还是与家人隔绝的寂
寞之苦。

与当年的延安对
比，突出大戈壁的寒暑
之苦、风沙之苦、干渴
之苦、饥饿之苦及寂寞
之苦。

　　原子弹试验严格保密是各国的通例，但是，
还没有哪一个国家在核试验起步时像中国这样
穷。他们都有优厚的物质条件来为保密工作补
偿，来还这一笔人情债。美国是第一个研究原子
弹的国家，可以动用一个空降师到敌国去偷回一
个科学家。可以在荒漠上建起一座科学城，有自
己独立的户籍、邮政、交通和生活供应系统。科
学家不必"上瞒父母，下瞒妻儿"，而是把全
家搬到城里来"伴研"。而我们却有多少个家
庭十年、几十年地在保密、猜想、恐慌中苦熬、
苦等。离家工作的人儿也在两难中揪心。观看当
年的纪录片，猎猎漠风中，马兰基地某单位的门
柱上大书着这样一副对联："举杯邀月，恕儿郎
无情无义无孝；献身科研，为祖国尽职尽责尽
心。"横批："忠孝难两全。"忠孝难两全，舍
家是为国。戈壁大漠里的秦时明月，见过马革裹
尸、勒功楼兰的将军，但没有见过这样不求功名
的团体。

将美国搞原子弹的
情形与我国的原子弹科
学家的情况进行对比，
突出了我国科学家们隐
姓埋名的艰辛。

　　那对科技干部夫妻还算是幸运的一对，他
们虽在京城离别时打哑谜，却又在老榆树下鹊桥

这样感人的故事，值得树碑立传。

轻描淡写的一句话，却字字千钧。以作为"丈夫"的邓稼先的平凡之语，表现了作为"科学家"的邓稼先的伟大。

以小写大，轻声话语的背后是巨大的奉献精神。

会，他们的故事已与原子弹试验同垂青史。老榆树下还有为这个故事立的碑。后来，我翻看相关资料，同屋不知情、同锅不知事、同衾不问业的保密夫妻不知有多少。两弹一星元勋邓稼先，小夫妻俩本在国外过着衣食无忧、琴瑟和鸣、功业圆满的好日子。新中国成立，毅然归来。钱三强找到邓稼先说："国家要放一个'大炮仗'，你是否愿意参加。但这工作要严格保密。"邓一口答应，他只对妻子说了一句："我可能要出个远门。"妻子也再不多问一句。可这一出远门就是二十八年。直到1964年10月16日原子弹爆炸，他的岳父许德珩（时任全国政协常委）拿着一张《人民日报》号外问严济慈（物理学家）："谁有这么大的本事，能造出原子弹？"严说："你回家去问问你的女婿吧。"许一头雾水。

原子弹的关键部件是铀核。为求能精确加工，核基地工厂在全国举行了一场"比武招亲"，上海市年仅二十多岁的六级车工原公浦被招上了。他与万千宠爱在一身的"原子公主"结了亲，却要远离自己新婚不久的妻子和怀中的婴儿。临出门时他拥抱了一下妻子郭福妹，只轻声说了一句话："我上班去了，你要把孩子带大。"这话有点秋风易水寒，壮士西去不复还的味道。当时铀的国际价格是每克四千美元，但就是这么贵也买不到，西方封锁我们，东方老大哥也封锁我们。于是，我们举全国之力，土法炼铀，日积月累，终于为原公浦凑够了鸵鸟蛋大小的一块铀原料。这可是全党、全军、全民的心肝宝贝。

原公浦一肩担国家，万里赴戎机。为不负重任，他和团队封闭训练了半年多，体重减了四分之一。最终他只用三刀就切出了合格的铀蛋。胜利那一刻，他一屁股瘫坐在地板上。为此周恩来特批给基地每人二斤猪肉，原公浦只不过比别人多了十元奖金，还有一个绰号"原三刀"。中国古典诗词中有不少写闺中少妇思念丈夫戍边的句子。"打起黄莺儿，莫教枝上啼。啼时惊我梦，不得到辽西。"这时在上海的妻子郭福妹无论怎样的设想、思念、做梦，也梦不到丈夫在西北干着这样一件天大的事。

生者长戚戚，逝者恒已已。最可爱的是那些基层的战士、职工。他们不知道自己在干什么，却知道这件事最神圣。战士刘春光牺牲在工地上，司令员抱着他的遗体，含着泪花大声喊道："导弹，知道吗？小刘，咱们是搞导弹的！"多少年后，两弹一星已成为中国人骄傲的里程碑，许多无名英雄才浮出水面。1964年10月16日，当蘑菇云升起的时候，飞行中队长郭洪礼受命在七千米高空冒险驾机穿过蘑菇云心取样，被记集体一等功。三十五年来，他转业、换岗，从未给

化用"铁肩担道义"，引用"万里赴戎机"，写出原公浦一心为国，不远万里奔赴边疆的崇高形象。

这是对原公浦最高的赞誉！

直到牺牲，都不知道自己从事的是多么伟大的事业。司令员的呼喊里有悲痛，更有赞美。

人说过此事，直到1999年国庆五十周年时，电视台采访到他，公司和家里人才大吃一惊。马兰基地在梳理自己的奋斗史时，登报寻找本单位的无名英雄，四川的一位老妇人拿着报纸，对着墙上自己老伴的遗照喃喃地说："老伴啊老伴，你干了这么大一件事，到走也没有跟我说一声呀！"他们一个一个都是这样的淡定。天将降大器于斯民也，必将凝其志、聚其心、守其拙，然后方成正果。春雷一声，原子弹爆炸成功了，中华民族终于有了国之最大、最重之器。

老人家直到老伴离世都不知其所从事的伟大事业。这一"喃喃"包含多少思念、骄傲与钦佩！

四

现在的马兰基地大不一样了。经多年建设，这里宛然已是一座绿色科学城。城中的树种，仍以榆树为主，只不过因为有水源保证，又经人工的修剪、嫁接，这"榆"家大院人丁兴旺，蔚为壮观。

今时不同往日！这句话写出了马兰基地在新时代的新面貌。

有任性生长的原生榆，与白杨比肩，同向蓝天；有修剪成圆球形，约一房高的馒头榆；有喷泉一样冲到空中，又缓缓垂下柔枝龙爪榆。最奇怪的是主干道边的绿化榆，是我从来没有见过，也绝对想象不出来的"燕尾榆"。我见过的嫁接榆树，只是在树形、颜色方面有变，而叶片的形状、大小是始终不变的，如近年来城市里出现

排比句，写出马兰基地榆树品种之多、形状之丰富。

的金叶榆，灿若黄金，但也还不脱其形。而现在路边的这种榆，在离地一人多高处植入接穗，其枝便一发不可收地喷向天空，在行人的头上搭起一道绿色天棚。它的叶片异常巨大，我伸手采了一片，比一个男人的手掌还要大，是普通榆叶的七八倍。叶形也不是一般的鱼尾状，而呈宽阔的纺锤形，快要收尾时又探出两个尖尖的尾巴。可见榆树这种树基因极好，它在苦水里泡大，浓缩了生命，稍微改善条件，便爆发出无穷的活力。

榆树是个大树种，它所在的科、属、种三级都以"榆"命名，它是一个集团军的司令，或者一个舰队的旗舰。榆家军有多少兵种，实在说不清。

我对榆树的印象是它的生命力极强，自生自长，从不求人。小时候在北方的农村里随大人栽树，栽桃、李、枣、杏，栽杨、柳、槐等，但从来没有听说过专门栽榆树的。每年4、5月间春风一起，满天都是翩翩起舞的榆钱，那就是它的种子。在河边、路旁、墙根、院角，甚至房顶上的砖缝瓦沟里，一场新雨过后都能长出一窝一窝的榆苗。对榆树来说，春天里要做的一件事不是"栽"而是"拔"，你若不随时拔掉它，它的根就会穿透你的房顶，撑裂你的院墙。

我看到过从南京明城墙上取下来的一株小榆树，其根伸进墙缝，竟清晰地拓印出当年烧砖工匠的名字。它有穿越时空、探囊取物、铸印历

将"榆"说成是集团军的司令，突出了"榆家军"之庞大。

"穿透、撑裂"写出了榆树根的力量，突出了其顽强的生命力。

史的本事。我也亲历过与小榆苗的较量，这可不是一般的拔草、间苗，而像是从混凝土墙里往外抽一根废钢筋。榆苗未曾出土先有"韧"，长到一尺成钢丝，不管你怎么使劲，哪怕将脱它的绿皮，只剩一根白色的筋条，它还是不肯投降。而这时你的手指反倒被它勒出了血。世上大概再没有这么顽强的树种了。

写出了榆树的钢筋铁骨，这像极了戈壁滩上的那些隐姓埋名的科学家们。

就因它的韧性，榆条常用来当绳子捆扎柴草；榆皮被孩子们拧成"皮鞭"，甩得震天响；榆皮面则被农家的主妇们调和其他杂粮做成品；榆木一般会被派去做车轴或者油坊里榨油用的"油梁"，总之是在干最重、最苦的活儿。如要形容人之老实、坚守，则曰：榆木疙瘩。遇有荒年，榆树首先挺身而出，舍己活人。当年在马兰基地，部队断炊，许多人缺乏营养得了夜盲症，就是靠吃榆树皮挺过来的。所以马兰人称它为功勋树。

榆树全身都是宝，但做的都是最重最苦的活儿，刻画出榆树吃苦耐劳的精神。

榆树性格坚韧、无私、无求的一面我是早就知道的，这次来到大戈壁，又发现了它沉默、忍耐和坚守的一面。这株夫妻榆在荒凉的戈壁滩上一直坚守着等待什么？它终于等来了一群中华民族的优秀子孙，等来了共和国的天空升起的蘑菇云。就像原子这个东西，自有宇宙便有它，它一直等待着，终于等来了卢瑟夫、爱因斯坦这些物理学家去发现它，打碎原子壳解放它，释放出了

进一步揭示老榆树的优秀品质，写树，也是写人。

惊人的能量。榆树长在西北，蘑菇云就升起在西北，冥冥中有什么缘分吧。

美哉大榆，天假其威，地予其强；能屈能伸，能收能藏；生性最韧，生命最坚。大哉戈壁，天高地广，亘古茫荒；原子裂变，宇空吸张。春雷一声，国运翻转。

让一株西北的老榆树来为原子弹试验的成功写照，正是情理之中。

以四言诗赞美老榆树的精神和原子弹精神，既深情，又古雅！

胡金辉　点 评 老 师

广东省番禺中学附属学校教师，广州市十佳青年语文教师，广州市优秀中小学班主任。

这最后一片原始林

像一场战争突然结束，2014年，林区宣布了禁伐令。在打扫战场时，人们意外地发现了这个人迹罕至的角落，还有一片原始林。其令人惊喜不亚于忽然登上一个外星球。

2016年6月30日，我有缘造访了这最后的一片原始林。

早晨八时，从黑龙江绥棱县出发，行车两个多小时来到一个叫"鸡爪沟"的地方。你一听这个名字，就知道是红色年代大开发的痕迹。在名为"鸡爪沟"的这一带沟壑中，分布着大大小小的伐木场，大都名"五一""七一""十一"等。以政治的名义向自然进军，讨伐森林。而这块林子竟能在锯齿斧刃间留存了下来，真是万幸。

我们在这里换上迷彩服、长筒靴，每人一把伞，虽然天正降大雨，还是义无反顾地向林地进发。先是沿着牛车车辙前行，辙中积了一尺多深的雨水，泥中泡着黑色的牛粪。辙印边长着茂密的车前子，这是一种中药，利水通便。因专喜在车轮轧过的地方生长，所以名"车前子"。虽然头上有雨伞挡雨，但路边齐腰深的蒿草挂满水珠，几下就把腰身裤腿刷得湿透。我们踩着稀泥、牛粪，深一脚浅一脚地向黑森林前进，不一会儿就消失在茫茫林海中。

正走着，忽然听见右边不远处有哗哗的流水声。我们收起雨伞，任雨水洗面，踩着朽木、草墩，钻过横七竖八的灌木。忽然眼前一亮，一条溪流从山上奔腾而下。我问这水的名字，说是叫"跳石溪"。水面上满是大大小小的石头，你可以像小鹿一样，一直踏着石头跳到河的源头。

眼前这条溪流没有留下一丝人类活动的痕迹。首先，你不知它来自何方。仰望山顶只见远远近近的山、层层叠叠的树、朦朦胧胧的雨，半山一道歪歪斜斜的水流，跌跌撞撞地碰着那些大大小小、圆圆滚滚的石头，或炸起雪白的浪花，或绕行成一条飘飞的哈达。遇平缓之处时，就蓄成一汪小潭，碧玉如镜，清澈照人。因为是在峡谷之中，经过千年万年的冲刷，这些石头无论大小，一律呈圆形：滚圆、椭圆、扁圆、平圆。你远远望去，一沟漂亮的弧线，纵横交错，相叠相绕，任是毕加索转世也构思不出这样的图画。我站在"跳石"上，眺望着空蒙中的山、树和水，一时竟不知是穿越到了何处。

虽然有"跳石溪"，但我还是不能跳溪而

《文心雕龙》有云："镂心鸟迹之中，织辞鱼网之上。"作者描摹泥中牛粪、辙边车前、齐腰蒿草、湿透腰裤、茫茫林海，看似闲笔，其实是镂心织辞，极力勾勒原林之"始"、之"野"，通过这些细节，让读者犹如跟随作者一起，探幽其间。

景物描写灵动鲜活，有远山、碧玉小潭、各异圆石、击石浪花。运用比喻手法，将浪花比作哈达，将小潭写成玉镜，且用词精准，一"炸"一"蓄"，动静相成，或写豪放奔腾之水，或写闺阁静雅之流，各美其美，原始初成。

上，那样将误了水以外的风景。我们退回老林，雨时停时下，云忽开忽合，大家就举着手机、相机抓紧时间照相采景。

人类虽然早已进入现代文明，但是总忘不了找寻原始。这是因为，一来，它是大自然的原点，可由此研究自然界的进化，包括人类自己；二来，它是人类走出蛮荒的起点，是生命的源头，我们有必要回望一下走过的来路。

判断一个地方是不是够原始，一个简单的办法就是看有没有人的痕迹。从纯自然的角度来说，人的创造是对自然的一种干扰和污染。比如庐山上、西湖边的那许多诗词、题刻，在自然女神看来无异于公园里常见的废纸、烟头。所以探险家总是去寻找那些还没有被人文污染过的地方。没有人来过，无路；景色第一次示人，无名；前人没有留下诗文，无文。今天我们进入的正是这种"三无"之境。雨打树叶，空谷鸟鸣，小径明灭，时见草虫。我的心一下落入了一片空灵。

虽是来看原始森林，但先要说一说这里的石头。

石头的年龄自然比树更古老，更原始。而且就因为有了这些遍野的石头，才拦住了伐木者的手脚，为我们留下了这片林子。国内最有名的石头景观是云南的石林，那是一片秀气的石柱。还有我写过的贵州天星桥，那是喀斯特地貌特有的精巧。而这里的石头一律是巨大坚硬的花岗岩，浑圆沉稳，高大挺拔，无不迸放着野性。大约亿万年前，这里正是大海之底，所以石的分布无一定规则，或独立危坐，或双门对峙，或三五相聚，或隔岸呼唤，各具其态。外形也或如狮、虎、鹰、犬，各得其妙。好像是在造生物世界之前，上帝先用石头在这里画了一个草图。

我虽不忍以文字去亵渎自然，但为了叙述的方便，还是不得不给几处奇景暂取一个名字。这一处可名"巨舰出海"，一块酷似军舰的大石，上宽下窄，头尖肚圆，高昂着头，正分开密密的丛林，在绿海中破浪穿行。这巨石睥睨一切，它大声宣布："我就是这里的主人，是这里的保护者。"林子之所以还能保持现在这个原始的样子是它们老石家的功劳。

还有一处石景，我叫它"双剑问天"。这是两片薄如一纸，却有一楼之高的巨石，像两柄刚出鞘的剑，不知从何年何月起被弃置于此。你看它立于红松白桦之间，剑头向天，直指苍穹。最奇的是这两把平行的大剑，中间只有一拳之隔，其间蓝天一线，白云飞渡，你不能不叹天工之妙。就算是石器时代的遗物，又是何人能打造这样大，这样尖，这样薄，这样成双成对的利剑？又是什么力量能将它直立于此。

看着这道细缝，你会想起"白驹过隙"这个

和云南石林、贵州地貌形成对比，突出原始林石头的野性、浑然之美。又运用排比，句式整饬，突出其形态各异，似鬼斧神工。最后以"草图"二字作结，巧妙地将眼前之景融入无限时空之中，可谓"几处岩石窥造化，无限乾坤立其间"。语言准确精炼，生动多姿，如行云流水，一气呵成。

拟人手法，生动刻画巨石居功自恃的神态。"老石家"一词俏皮可爱，又冲淡了睥睨之态的傲慢，读来令人莞尔。

词，时间的流逝就像一匹白马从一道缝隙间一跃而过。李白说："光阴者，百代之过客也。"我拍剑问天，林间何时初有剑，石剑何时共树生？这石缝中不知流走了尘世间的多少光阴。林外岁月林中剑，人自匆匆剑无声。山门外曾有多少次的改朝换代、你夺我争、硝烟战火，还有那响彻云天的伐木声，都被这无声的双剑挡在了门外。

现在要说一说这些在乱石间争荣竞秀的草木了。在山口处，我看见一棵被放倒的红松，有两抱之粗，应是当年试伐的痕迹。它横躺在地上整整地压住了一面坡，倒在这里至少也有十年了。这里的林业局是1948年成立的，比新中国成立还要早。长期砍伐，到20世纪90年代林场就开始资源枯竭，水土流失。只有这片林子是个例外，人们叩不动这个山门。红松、冷杉、大青杨、水曲柳、胡桃楸、黄菠萝等参天大树遮蔽着头上的天空，而榛子、山葡萄、山丁子、稠李子、蓝莓等杂灌草盖沟压坡，如毡如毯，人行林中如在科幻影片中。

脚下最值得一说的是蕨类、苔藓这些地被植物，这是整个林区的地毯，是森林里所有生命湿润润的温床。蕨草每一枝都长着七八片叶，而每个叶片都像剪纸或者木刻，不求线条的流动，却有刀刻石印般的凝重。况且它与恐龙同一个时代，在这林子里资格最老。这样老的物种却有鲜嫩碧绿的色彩，在幽暗的老林中如一束发光的宝石花。

　　说到苔藓，我小时候不知见过多少，不过也就是雨后地上的一层绿毛。后来在南方热带雨林中见过更浓密、更鲜艳的，将石头裹成一块碧玉。在内蒙古林区见过大团生长的，颜色发暗的苔藓，那是驯鹿特有的饲料。而这里的苔藓因环境潮湿土壤肥沃，却长成了根根细草，又织成密密一片，人们就叫它苔草。

　　它生在地上、树上、石上，绿染着整个世界，不留一点空白。最让人感动的是它的慈祥，它小心地包裹着每一根已失去生命的枯木。那些直立的、斜倚的、平躺于地的大小树干，虽然内里已经空朽，但经它一打扮，都仍保持着生命的尊严。绿苔与枯树正在悄然做着生命的转换。而榛子、蓝莓、蘑菇、野葡萄等拥着树根，挂满树枝，伸手可及，你正走在一个童话世界中。

　　老林子中最美的还是大树，特别是那些与石共生的大树。有一棵树，我叫它"一木穿石"。我们平常说"水滴石穿"，可是有谁真的见过一滴水穿透了一块石头？现在，我却见到了一棵树，一棵活着的树，硬是生插在一块整石之上，像一颗刚射入石中的炮弹，光光溜溜的还没有爆炸；又像一枚仰面向天正待发射的火箭，膀粗腰圆，霸气十足。我只看了一眼就被惊呆了，拔不

苔草本无感情，枯木本无生命。但在作者笔下苔草慈爱温情，让枯木保留最后的尊严；枯木空朽颓败，却被绿苔包裹出恣意的新生。而这背后原是作者的温情和善意、希望和祝福。

此处运用比喻手法，将树比作炮弹、火箭，写出其穿石而生、蓄势成长的强大生命力。既紧扣上文绿苔予

开脚步，时空骤然凝固。

这是一棵红松，当初也许是一粒种子，落在石板上，靠着老林中的湿气慢慢地发芽。但它命运不济，一出生就躺在这个光溜溜的石床上。它的须根向四周摸索，拳握住一点点泥尘，然后蛰伏在石面的稍凹处，聚积水分，酝酿能量。松树有这个本事，它的根能分泌一种酸液，一点一点地润湿和软化石块。成语"相濡以沫"是说两条鱼，以沫相濡，求生命的延续。而这棵红松种子却是以它生命的汁液，去濡润一块没有生命的石头，终于感动了顽石，让出了一个小小的空间。它赶紧扎下了一条须根，然后继续濡石、挖洞、找缝，周而复始，终于在顽石上树起了一面生命的大纛。现在这棵红松的胸径有四十厘米，一个小脸盆那么大，不算很粗。但是专家说，它已经有九十年以上的树龄。要是用一台高速摄影机把这首生命进行曲拍下来，再用慢速回放，那是怎样地震撼人心。

如果说刚才的那棵树有男性的阳刚之烈，下面这棵便有女性的阴柔之美。它生在一根窄长的条石上，两条主根只能紧抓着条石的边缘向左右延伸，然后托起中间的树身，全树就成了一个"丁"字形，一个标准的体操动作"一字马"。远远看去就像一个女子，正在腾空飞杠或者在平地上下叉。那两条主根是她修长的双腿，树干是

枯木新生，又为下文写此树九十年茁壮成长的生命史歌做铺垫。

纛（dào），古时军队或仪仗队的大旗。

以白描之法勾勒出树的"阴柔之美"，其姿、其态、其韵、其美跃然纸上，树似人，人犹树，二者在作者笔下

她妙曼的身躯，挺胸拔背，平视前方。这是我第一次看到一棵树的根与身子长得一般的粗细、一样的匀称、一样的美丽。在南方热带雨林中，我见过如乱麻般的气根；在华北平原上，我见过老槐树下块状的疙瘩根；却还从来没有见过这样决绝而又从容，在条石上匍匐而行的苗条的松树根。已分不清它是树贴在石上的根，还是石上鼓起的一道棱。我怀疑它们的分子早已相互渗透，相混相融。这树身里分明已经注入石质的坚硬，却又画出这样柔美的弧线，好一个"幽谷美人"。

有一棵合抱之树，我暂名为"长龙过峡"。两块巨石相距十多米远，不知为什么它先以根抓住右边之石，然后腾空一跃，又搭在左边的石头上，再仰头一声长啸，直冲向蓝天。在这片原始森林中，几乎每一棵参天巨木，都是这样惊心动魄，有声有色，又悄然不惊地活着。它们或抓住一块圆石，如老鹰抓小鸡一般，用利爪紧紧地箍住它；或用大片的根包紧一块方石，就像用包袱皮裹东西一样整整齐齐。有时还会故意露出一小块石面，像是开了一扇小窗户。总之，树先用根俘获一块石，然后脚踏实地，顽强地生长。在原始林中看树，绝不会有人工林的单调，因为有太多的天然元素让它可以做出无尽的排列组合，向人们贡献出任何艺术家都不可能完成的天工之美。这些树到底在做着什么样的追求？达尔文说："生物有一种内在的倾向，它在朝着更进步和更完善的方向发展。"生命这个东西总是在拼搏、砥砺、奋斗中才能擦出火花，才能体现它的价值。其实我们人类，也在时时追求这种完善。

在林中穿行了约三个小时，雨停了，阳光穿过红松、冷杉和大青杨的枝条，洒在湿漉漉的草地上，幻化出奇幻无穷的美。我们就这样在绿色的时间隧道里穿行，见证了大自然怎样在一片顽石上诞生了生命。它先以苔草、蕨类铺床，以灌木蓄水遮风，孵化出高大的乔木林，就成了动物直至我们人类的摇篮。这时再回看那艘石头巨舰，是泰坦尼克号？是哥伦布的船？还是郑和下西洋时的遗物？都不是，它是《圣经》上说的方舟，是佛经上说的前世。它沉静地停在这里，是特别要告诉我们，假如没有人的干扰，地球是什么样子，大自然是什么样子，我们曾经的家是什么样子。

恩格斯说，人类对自然的每一次胜利，都会得到报复。正好相反，当年我们屈从了这片原始林，现在它给我们友好的回报，留下了一面大镜子，照出了人类文明的进程。以铜为镜，可正衣冠；以史为镜，可知朝代之兴替；以这片原始林为镜，可知生命、人类和地球的兴替。现在我们有了海洋考古，如果发现了一点沉船上的瓷片、铜钱，就惊为奇宝。怎么就没有想到来这林中来考一考未有人之前的洪荒大地呢？这至少会让我们减少对地球这条小船的折腾，减缓它的下沉。

　　我下山时，看见沿途正在修复早年林区运木材的小火车路，不为伐木，是准备开发原始森林游。

呼吁"减少折腾""减缓下沉"，照应开头砍伐树木形同战争，解除悬念。作者的创作意图完全浮出水面，使读者醍醐灌顶。结尾处笔锋一转，"原始森林游"又在开发，点明人类的贪婪和无知，可谓不着一字，尽是批判，婉而多讽，令人扼腕沉思。

王　慧　　点评老师

西南大学附属中学校语文教师，区骨干教师，重庆市北碚区作家协会会员。

一条大河消失了，一棵树却还在

去过河南济源济渎庙已有十多年，别的都已经淡忘，只有那棵柏树却时时会浮现在眼前，那是我们民族一张沧桑的脸。

济源，即济水之源。这里曾经发源了一条大河，一条与长江、黄河齐名的济水。它们都是中华民族的母亲河，各自成水系，源于群山，越过平原，奔流入海。但是，北方的黄河太强势了，它进入黄淮大平原后不断决口，有记载的大改道就有九次，较大的二十六次，小的泛滥不计其数。这条黄龙在南北两千公里范围内来回翻滚、冲决。济水最终在金代被黄河夺去了入海河道，从地图上永远地消失了。至今还留下一批沿河的地名：济源、济南、济宁，等等。

令我奇怪的是，济水虽然已经消失了一千多年，但在它的源头还完好地保存了一座济渎庙，庙起隋代，香火代代不绝。渎者，直流入海的河。但是现在还奔腾不息、直入大海的长江、黄河却没有这个待遇。朱元璋当皇帝后，专门有一道圣旨规范天下享受皇家祭祀的名单，济水之神赫然其中。济水流域曾造就灿烂的中原文化，其河虽没，其功实不敢忘。

济渎庙里的屋宇、墙壁、道路已不知翻修过多少次，唯独没有动的就是庙里的这一棵柏树。它从汉代走来，早已成了一座岁月的雕塑。我见到它的第一面就联想到那幅著名的油画《父亲》。父亲端着一只粗瓷碗，手上青筋暴突，脸上堆满皱纹。几十年的岁月刻在一个老人的脸上，而两千年的岁月却刻在一棵古树上。

将"油画中的父亲"与"古树"进行类比，引起读者丰富的想象和强烈共鸣。

在所有的树种中，柏树是寿命最长、木质最硬、最耐风雨、最经旱涝的树木。于是天地就拿它来做一根写人记事的木棒，好比太史公写《史记》的竹简，或者上古时结绳记事的麻绳。柏树立于庙中，静观天地之变，凡大事内印于年轮，外现于树干。换一朝，肌肤鼓出一道棱；经一劫，树纹盘出乱麻一团。雷声霹雳，山河改道，树身一个激灵，呈痛苦扭曲之状；天下太平，风和日丽，得以喘息数年，树纹又渐渐顺畅。如此，天灾人祸，天道轮回，昨日电劈一刀，今日雨抽一鞭，后日又春风洗面。一日一日，树干伤痕压着伤痕；一年一年，树纹麻团绞着麻团。树已不树，皮已无皮，如一块顽石，一块女娲补天的落地之石，刻着我们民族的一张饱经风霜的脸。

一系列短句的连用，使语言表达更加凝练，突出了柏树的特点，也交代了柏树留存至今的重要原因。

长短句交错使用，使行文错落有致。长句语气舒缓，仿佛作者正靠近抚摸这棵柏树；短句急促有力，似乎令人感受到"电劈一刀、雨抽一鞭"的痛楚。既有画面感又有节奏感，写出了柏树生存的艰辛。

岁月演变，一条大河消失了，而这棵柏树

将"树"与"河"进行对比，写出了柏树生命力顽强的特点。该句极富理趣之美，能引起读者的感悟和思考。

却还在。当我们怀念已经永远逝去的济水时，可以来济水的源头摸一摸这棵柏树，仿佛还能听到从历史的隧道里传来的流水声。济渎临终时将它的后事一起托给这棵老柏树。树比河流更久长，因为它是一个活着的生命，在不停地进行光合作用，吐故纳新，暗记流年。济渎庙里年年神鸦社鼓，接受祭拜的有大殿、神像、圣旨碑等，但真正能感知人间烟火的还是这棵附载着济渎之魂的老柏树。

王燕燕

点评老师

河南省郑州市郑东新区龙翼初级中学语文教师，郑东新区教学创新先进个人。

一 树 成 桥

游走各地见过无数的桥，大江、大河上的桥，跨海桥、铁桥、木桥、水泥桥。但只有这座桥是我记忆中的唯一：一棵树倒地为桥，但是它还活着。

这树名梭罗树，据说月亮里的桂树就是它。我也是第一次见到。粗大的树身横搭过一条水渠，树根在这头，树梢在那头，两个合抱粗的树干稳稳地撑在对岸，就像一个正在做俯卧撑的巨人，人们就在它宽阔的腰背上来回行走。

这棵树，竖起来也有两三层楼那么高。当初可能是一场大风或一次洪水将它扑倒，但是根还连着土，它没有死。像一个负伤的勇士，它做了许多次的挣扎，想站起来，没有成功。从树梢那一头发出的新枝已有肱股之粗，探伸着，尽力够向自己的脚跟，在高喊："起！"但是起不来了，它的身子太沉了。树倒地已经很有些年头，你看那新枝也要长成第二代的大树了。而且它已发现了自己的新使命，何必起身？就这样为人们当一座桥！一座青枝绿叶的有生命的桥。当时我

开门见山，用两处转折连词，表现出桥的独特：外在形态之奇与生命力的顽强。这是文章的总起句。

把倒地的树比作正在做俯卧撑的巨人，形象地表现出树根树梢分立两岸的形态。"稳稳、宽阔"两个形容词形容树稳固，形体巨大，给人一种安全感。

运用比喻和拟人的手法，把树比作负伤倒地的勇士，展现树顽强的生命力，一句有力的高喊，喊出了树的不屈与倔强。

一句反问后紧跟一句坚定的选择，短句与句末问号、感叹的结合

使句子铿锵有力，树的形象由坚韧倔强转为坚定豁然；"青枝绿叶、有生命"，词虽质朴，细细品来却蕴含深意。

不由地惊喊了一声："一树为桥。"他们说，好，这个景点就这样命名。

我想游人来到这里，一定会有各种各样的联想和沉思。我当时想到的是鲁迅的"俯首甘为孺子牛"和臧克家的那首诗《有的人》。可改为《有的树》：

改写臧克家的诗，展开联想，文章由上文的"奇景"转入下文的"奇闻"。

有的树倒下了，却还活着。
它宁愿俯下身子，为人民做一座桥。
当春风吹过的时候，桥畔是青青的野草。

我是2016年4月17日在江西横峰采访时见到这个奇景的。横峰及附近几县是方志敏烈士创建的根据地。他从这里出发，带先遣队北上，是为了掩护红军西行，那是注定要牺牲的。但他无怨无悔。后来兵败，他本已和参谋长粟裕带八百人冲出重围，但是大部队还未出来。他说我是领导，理应和大家在一起，又返身回去，因此被俘就义。当地有很多关于他与梭罗树的传说。其一是他极英武美俊，白马短枪，粉丝无数。他每在梭罗树下读书，起身后，警卫员总能在树后找见几双妇女暗送的布鞋。我曾亲访过一个当事人，时老妇人已九十七岁。

文末结尾讲述了方志敏的故事，既增加了文章的传奇色彩，也将树的象征意义彰显出来——像方志敏一样的英雄们用身躯守护着人民。

张蓓蓓
北京市第二十中学语文教师。

点评老师

乌拉山的柏树

从一进山，我就注意到这山上的柏树了，第二天一早便爬起来登上屋后的山头，仔细地观察这些树。

这山又大又深，一座一座，一层一层。昨天来时，过了一峰又一峰，转过一沟又一沟，山重水复。有时你觉得只要翻过这一座就不会再有了吧，但横在面前的又是一座；有时你感到只要爬上这个山顶便能看到山外了吧，但爬上去一看，远处还是山。无数的山就组成这样一个庞大的阵容，气势磅礴，确实壮观。

进山几十里，只见到一户牧民。人迹杳杳，唯有古树，而且是清一色的柏树。山上有巨石，就以石为阵，以树为兵。树并不密集，一棵与一棵之间有一点距离，远远看去，像士兵在操练，黑压压的，有一种肃杀之气，不觉联想起淝水之战中的"草木皆兵"来。这样广阔的山，峰峦如海，起伏不断，树也就连绵不绝，兵结百里。

我攀着石崖，到石间仔细地观察每一棵柏树。因为缺水，树长得并不高大也不挺拔，但是

"一座一座、一层一层、一沟又一沟"运用反复的修辞手法，突出表现了山的高大巍峨、连绵不绝，营造出一种山外依然是山的奇妙氛围。语句极富韵感，音乐美十足。

"石为阵，树为兵"，巧设喻。乌拉山柏树带给人的庄严、肃穆之感便油然而生。

"肃杀"一词，极言柏树的严整、威武，自然承接上文"以树为兵"。

很坚强。山上几乎没有一点土，全是石头，被雨水冲刷得溜光，树根就插在石缝里。我顿时对这些树肃然起敬，觉得这不是从石缝里往外长的树，而是从天上降下的一股生命之水溅落在石头上，又顺着石缝细细地渗到各处，四面八方，遍布山崖。

树刚出石缝时，只有胳膊粗，但是它能把石头挤裂成两半，越长越粗，等到树干有水桶粗时，树身就有一房之高了，而树根密密麻麻，奔走东西，攀缘上下，已不辨多少。这样大的一棵树至少要长上百年。可以想见这树根早已深入地下吃透了整座山。它吸收着石下一点一滴的水，然后送回地面滋润着这棵树。由于长年的风吹雨打，这些柏树除叶子是绿的外，树干已变成褐色，而根或黑或黄，和石头几乎无法分辨。大自然选择了这样坚强的树，树也顽强地保护了这座山。这便是内蒙古的乌拉山的柏树。

一个"插"字，画面感十足。仿佛柏树树根有万分的力量，那坚韧不屈、顽强拼搏的形象就呈现在我们眼前。

作者在描绘乌拉山柏树的时候，并非随意泛泛而谈，而是非常用心地慢慢缩小"包围圈"。先写周围连绵不断的群山，再说到清一色的古柏，最后下石间细致地观察一棵柏树。由远及近，层次分明。

王　婷　　　　　　　　　　点评老师

山东省聊城市水城慧德学校教师，区、市优质课一等奖，区、市教学能手。

这里有一座古树养老院

万物平等，物竞天择。树有生的权利，也有生存的能力。只要有土、有水、有阳光，树木就生长，就繁衍。专家说每一平方米土壤中就有上万粒植物的种子，每一棵树下能共生一百五十种植物。它们为大地所厚爱，为雨露所滋润，在阳光下成长。

但是树却常为人所抛弃。本来人类是从森林中走来，森林是人的家。遗憾的是，正如社会上有对老人的虐待，也有对老树、古树的遗弃。所幸，爱心不绝，在我对古树的探访中，竟意外地发现了一处古树养老院，园子的主人叫王相泽，是烟台市莱山区的一名企业家。他生在农村，小时家有大树，粗如圆桌，绿荫满院。那是童年最美好的记忆，也给他种下了永远的爱树情结。他大慈大悲，爱吾老以及树之老，企业稍有余钱便开始收养古树。那天在园子里，我边走边听他讲救死扶伤收养古树的故事。

十八年前的一天，他到外地出差，车子在公路上走，远处正在开山取石，山上隐隐有树。

用词简洁，点明树木赖以生存的条件；"只要……就……"的句式，让人感受到树木生存能力的强大，极富表现力。

由人到树，从"虐待"到"遗弃"，让读者更直观、真切地感受到树的不幸遭遇。

运用比喻，描写记忆中大树的形象之美，富有画面感；运用暗典，化用孟子名句"老吾老以及人之老"，表明"爱树"不仅是情结，更是行动。

他就绕路来到山下，一棵从未见过的大树有合抱之粗，满树白花，灿若霜雪，屹立于石崖之畔。那粗壮的老根如老人青筋暴突的手指，正顽强地插入石缝，抓住每一处可借力存身的石块。但是脚下炮声隆隆，烟尘已经淹上树身，窒息着它的绿叶白花。眼看就要地动山摇，扑身倒地。此地名黄巢关，据传当年黄巢起义曾驻兵于此，还在树上拴过马。王相泽上去说："反正你们要开山，这棵树也存不住了，不如卖给我。"结果他花了六千元把树带回了家。后来一查，是棵毛梾树，山茱萸科，果可榨油，木质极硬，传说孔子周游列国时就用这树做车梁，所以又名车梁木。现在这棵老树就舒舒服服地挺立在园中的一个小坡上。正时交6月，序属初夏，满树白花笑得十分灿烂。老王收树有几条规矩。一不收山上野生的大树，二不收正常生长的树，三不收小树。反正一个原则：不干预树的正常生活。他只扶孤助老，做绿色慈善。

人总是看重现实的物质利益，而树却不同，它除了供人物质享受外，还帮人记录历史、寄托精神。可惜我们目光太浅，只讲实用，对树用之则植，不用则弃。

园中有一棵柿子树十分惹眼，浑身堆满大大小小的疙瘩，像一个长满老年斑的老人。它来自陕西，树上的瘤体是一种病，主人早已将它遗

形容词、动词的使用，精准而深刻。"青筋暴突"极言老树之老，"插"极言老树生命力之顽强，"淹"极言老树生存环境之恶劣。在冲突中揭示老树的生存现状。

运用明典，介绍毛梾树的别名，突出树的历史感，深沉厚重，增加文化趣味。

照应上文人类"对老树、古树的遗弃"，点明遗弃原因，进一步引发读者思考树的价值，关注树的命运。

弃。老王收来后仔细调理，现在树头已发出五尺长的新枝，去年又重新结果，挂满了一树的红灯笼。疙瘩树身倒显得更加古拙可爱。

"调理"一词写出老王精心治愈病树，表现他的爱树情怀；"一树的红灯笼"的比喻，生动形象地写出柿子树"转危为安"后旺盛的生命力。

在园子里我看到一棵刚移来的老槐，根下一抔新土，通身还缠着保湿的薄膜，但是树顶已绽出嫩绿的新枝。老王说："附近有个社区正在改造，我四年前就盯上这棵树了，十五米高，通体溜直，这在刺槐中实在少见。你看，刚到，还没挂牌呢。"这园中的每一棵树都有一块身份牌，注明树名、科属、树龄、何年何月移自何处。

树的"身份牌"的细节描写，突出表现老王对树的一丝不苟，"爱树人"的形象立体可见。

王相泽的爱树之心早已超出市界、省界，名声在外，于是常有热心人来给他通报树情。一次某司机告诉他某村有遗弃之树，他急去察访。只见一处院内有两棵三百年的老紫薇，墙颓草长，满目荒凉。一棵已经枯死，还有的一棵也被垃圾埋到半腰，奄奄一息。经辨认树下废弃的井台和井石上的刻字，知道这是一处高家的旧祠堂。但现在村里已无一人姓高，高家祖上早不知迁居何处。他找到村委会，谈好三千元的价格。他人和树还未离村，就听见村主任在大喇叭上喊话："各家派人到村委会来领钱，每户十元。"这真是物有其值，所见不同。紫薇，又名百日红、干粉白、叶翠绿，花朵繁密，娇红明艳，百日不谢，向为名花奇树。现在这棵紫薇成了老王的镇园之宝，每有客来必领至树下，奇树共欣赏，花

用二字、三字、四字短语对紫薇树进行介绍，生动有趣。陶渊明"奇文共欣赏，疑义相与析"诗句的化用，使

得文章语言典雅厚重，
韵味十足。

通过樱花树与柳树
的对比，突出老王育树
经验丰富，再次表明他
的爱树情怀。

句内排比，展现
老王收集的古树种类之
多、地域之广，让人震
撼。"一本大书"的比
喻，进一步阐明古树的
价值，引发下文对古树
保护意义的思考。

好相与析。

在园中看树是一道风景，听老王讲育树经更
是一种享受。他说移树最怕露根透气，所以每移
之时必先将树根蘸满泥沙各半的糊浆，再小心培
土。对有的树则要在外围斩根一次，如是三年，
为的是刺激新根的生长。别人移大树要剃树冠，
他却尽量不剃，免伤元气。他指给我看两行对比
的樱花树，那剃过头的竟十年不长，愈来愈瘦。
但柳树移栽时则必须剃头。那年他从福建漳州买
得两棵大榕树，时已入冬，车进山东时已飘起小
雪。到家后他急挖一暖窖暂埋，唯留少许枝叶透
气，又放进一个电热器加热。一过年就为它们建
了个二十米高的保温大棚。现在这榕树气根如
林，枝繁叶茂，一派南国风光。

我一生不知看过多少天然林、人工林、植
物园，但还从未见过这样一座古树养老院。园内
约有五百棵古树，有来自河南的乌桕、安徽的黄
连、山西的皂角、陕西的苦楝、山东的木瓜……
每棵树都是一本大书，在诉说着不同的经历。

有一棵古槐，老王已交了钱正要拉树走人，
老太太追了出来，说当年孙女有病，是在这树下
烧香救命的，死活不放树走。有一棵树运来时在
半路上受到刁难，他去找当地领导说情，这位领
导反大受教育，下令加速绿化，保护古树，老树
再不得出境。凡来到这里的树或因修路，或因城

建，或因兄弟分家，或因迁坟，各有各的故事。它们虽然都是被逼无奈，远走他乡，但来时都不忘随身带着自己的身份证——年轮，这是数百年来的活记录啊，是一部中国生态史、文化史。老王爱树，但并不小气。区里要建一座三千亩的大植物园，老王说，没有古树算什么植物园，顶多是个大苗圃，他张口就捐出了一百零八棵古树。他爱吾园以及人之园，要让树文化普及，让更多的人爱树。

　　这个园子，我头天去了一次没有看够，第二天又去了一次，用手摸，用身子抱，用脸贴。我想如果黄巢地下有知，那迁居远走的高家有知，那些分家卖树的弟兄有悟，那些扩城砍树的主政者们醒来，都能到这个园子里来走一走，他们一定会感恩老王在遥远的地方，为他们本乡本族存下绵绵一脉。我能体会到老王对树的那一种爱。

　　将树的年轮比喻成身份证，生动形象地写出古树是历史的记录者和见证者，揭示古树的价值。

　　运用暗典，再次化用孟子名句表现老王的爱树情怀，以及渴望树文化得到普及，在全社会形成爱树之风的美好愿望。

　　文章充满智慧，展现哲理之美。作者读懂了爱树人老王，也读懂了古树养老院：生命的意义在于热爱；保护的意义在于绵延生命、传递信仰、传承文化。

吕　莉　　　　　点 评 老 师

浙江省永康市第三中学语文教师，"文心雕龙杯"全国中小学校园文学大赛优秀指导教师。

北戴河的松树

　　一般人印象中的松树是高大挺拔的，英俊伟岸，直向蓝天。那是说的东北兴安岭，在北戴河的海边可不是这样。沿着海湾全是松树，却没有一棵直溜的。

　　首先是个头不高。所谓直入云霄者，在这里绝对看不到，倒是有不少没入了山坳。这是因为海风一阵一阵地向岸上刮来，就像有一个巨人强按着树的头，用一把无形的梳子，一遍又一遍地给它梳。松树总是半弯着腰，不能直身，任其揉搓。按常规，树冠应该是圆形的，向上和向外的一圈秀出新绿的松针，笼着一层娇嫩的朝气。但这里不行，松树的满头黑发，早被带咸味的海风揉成一团乱麻，又挤扁成了一个锅盖。行人走路常要小心，不要让它扫了眉毛或刮了头顶。

　　再就是树身不直。每棵树向上长时至少会弯出两个弯，再多就说不清了。这又是风的作用。那树被忽东忽西，不停地吹；忽左忽右，不停地拧，它就只好来来回回地弯。但这一弯，倒弯出了美感，有了线条和力度。当你看一棵独立的树时，它就是一根龙头拐杖，孤傲不群。要是一片林子，树干就左右交织，顾盼相呼，或负气而走，狂马乱奔。遇有斜风细雨，劲枝轻舞，松叶落地，就是一幅乱针绣。

北戴河的历史不长，它像庐山一样，是到了19世纪二三十年代受洋风濡染，官僚阶层有了休假观念才兴起的避暑胜地。所以海边林中藏有不少旧址。你散步时一不小心，就会有一块石头挡路，上刻某将军楼、某使馆避暑地，但大都有址无房了。就是新中国成立后，这里也发生了不少关乎国运的故事。

松树生于此地，身壮而不高，干硬而不直，叶茂不秀，林密不齐，倒是很合乎它身处的政治气候与历史地理。

四字短语，精致凝练。不仅写出松树的美感，也赋予松树人的形象与性格，描写得活灵活现。

呼应上文，总结出松树的外形与它的生长环境有很大关系，进一步深化文章的主题。

张楠林

点评老师

清华大学附属小学语文教师，曾获全国青年教师教学基本功展评青年教师组一等奖。

徐霞客在这棵树下说再见

徐霞客是伟大的旅行家，他一生足迹遍及现在全国的二十一个省，经三十年撰成六十万字的《徐霞客游记》。那么，他的最后一篇游记写于何处？这个问题很少有人注意。2018年11月8日，我到云南宾川县的鸡足山寻访古树，偶揭谜底。

徐霞客于明崇祯十一年（1638年）12月22日来到鸡足山，住了三十天，每天写一篇游记。后应丽江土司之邀下山，第二年8月又返回山上，日记续写到9月14日，是为《徐霞客游记》的最后一篇。两次共考察记录了二十五寺、十九庵、二十七静室、六阁和两庙及山上的各处风景。在这里他站在鸡足山顶，还有了一个伟大发现，纠正了《水经注》关于长江源头的错误描述，指出金沙江才是长江的源头。

一日他忽生足疾不能行走，丽江土司就派来了八个壮汉，用竹椅将他抬下山去一起送到湖北的江边，一百五十天后他坐船回到江阴老家。不久便去世了，享年五十四岁。

开篇点题，并巧妙设置悬念，谜底到底是什么呢？让读者迫不及待地想往下读。

交代背景简练如洗，一系列数字既见作者考证之严谨，又表明徐霞客确是"伟大的旅行家"。

徐霞客在山上借宿于悉檀寺，这是一家皇家寺院，金碧辉煌为全山之最。寺前一棵古杉挺身独立直向蔚蓝的天空。他下山时扶椅来到路口，伸手摸一摸伟岸的树身，又来到涧边默默地注视着湍流的飞瀑。平时他最喜在这里观瀑，日记中写道："坠崖悬练，深百丈余""绝顶浮岚，中悬九天"。这时晚霞烧红了整个山谷，正当冬日，叶落满山，倦鸟归林。他知道，这次不是短暂的回乡休憩，而是客居人间，要大辞而去了，便从怀中掏出一支已磨得微秃的毛笔，挥手掷向幽谷的水雾之中。他伫望良久，想听一听生命的回声。那支笔飘摇徐下，化作了一株空谷幽兰，依在悬崖之畔，数百年来一直静静地绽放着异香。人们把它叫作《徐霞客游记》。

悉檀寺后来被毁，我上山时寺院已是一片废墟，连一片完整的瓦都找不到了。幸好建寺时栽的一棵杉树还卓然而立，三百年来它一直静静地守望在这里像等待什么。张若虚《春江花月夜》说："江月年年望相似，不知江月待何人？"古杉年年望穿眼，终于望到我这一个找树的人。

缘分是什么，就是圆圈套圆圈，总会套住一个人。我今由树及山，由山及人，上溯近四百年，环环相套竟能与徐霞客相逢，还真有缘分。"徐霞客古道"正在申报世界非物质文化遗产，

给古树一笔特写，紧扣题目中的"这棵树"。

引用徐霞客日记中的描述，足见山之奇险，瀑之壮观。"叶落满山，倦鸟归林"，四字短句，诗意古雅，正与徐霞客的日记文字相契合。

此想象描述真乃神来之笔！将这位旅行家生命最后一刻的风貌定格，画面感极强。把《徐霞客游记》比作那支笔化作的空谷幽兰，赞美崇敬之情溢于言表。

再次提到古杉，照应前文。"卓然而立"，风采依旧；"静静地守望"，初心不改。

虽是细节，却意义深远，时时紧扣题目。

我想应于树下刻一石："徐霞客驻足投笔处。"他一生旅行的句号是画在这里。又可在古寺废墟上建一座徐霞客博物馆。中国是一个历史悠久的国家，但博物馆却少得可怜。瑞士人口不到九百万，就有一千一百座博物馆，而我国截至2018年底才五千三百五十四座。

"留住历史"，体现作者的使命担当。结尾意味深长，引人深思。

用各种借口留住历史，是今人对后人的承诺。

徐方方

点评老师

安徽省合肥市第三十八中学语文教师，区级骨干教师。

煤海上有棵勿忘树

神东煤炭集团现在已经是世界上当之无愧的最大煤炭企业之一，年产煤两亿吨。其煤田横跨晋、陕、蒙三个省区，是一片黑色的地下海洋。可是它的地表却是另一片绿洲。汽车飞驰，怎么也跑不出油松、山杏、白杨、柳树和沙柳织成的屏障。

工程师王义是学沙漠治理的，他也没想到林学院一毕业就来煤矿上班。我们传统的观念是挖煤先要砸破地壳，或竖井、斜井、露天开采，总之是开肠剖肚，煤块、矸石、黄土、黑尘，一片狼藉。我的家乡就产煤，小时就记得村里人下井弯腰背煤，被称为"煤黑子"。几十年后倒是现代化了，但破坏力更大，把个秀丽的小山村搅得天翻地覆。河也干了，泉也枯了，房也歪了，地也裂了。农民耕地时，牛腿踏进地缝里拔不出来。那时我已到京城工作，他们就来找我，到煤炭部告状。煤农矛盾、开发与环境的矛盾不知闹腾了多少年。终于有一天我们觉悟了。三十年前当神东煤矿开发时，地下还在规划，地面上就考虑着怎么保持水土了，同步成立了环境绿化保护

开篇以对比手法，呈现一片由地下黑色煤田与地表绿色植物组成的奇特煤海，引发读者对这个地区的关注。"怎么也跑不出屏障"的比喻，生动形象地展现了这片煤海面积广大、地域辽阔。

句内排比，强调所谓的现代化挖煤对环境的破坏力更大，造成的影响难以修复，令人痛心。

中心。王义就是踩着这个锣鼓点来上班的，现在已是老资格的主任了。

这三省区交界处本来就是风沙苦寒之地，是毛乌素沙漠的边缘，又是多年洪水切割的黄土高原沟壑区。风沙起时遮天蔽日，行不见路；洪水来时，滚滚而下，直灌井口。井之不存，焉能挖煤？原先煤炭开采的老规矩是一掘进，二开采。现在变成了一绿化，二掘进，三开采。原先准备用工程治理，筑坝护井，修渠引水，得花六百多万元，还不能从根上解决问题，后改用生物治理才花了一百七十万元，不仅平安无事，还走上了良性循环。

当年王义上班的第一件事就是规划栽树。先拣那些最耐旱、抗沙的"先锋树种"，樟子松、沙柳、沙棘开路。几年下来，它们虽其貌不扬却已携手连片，绿盖高原，蔚为壮观，初步压住了沙老虎、水猛兽。又三十年，共植树五百万株，灌草五十八万亩，现在已是林涛滚滚、水草丰美了，远处竟有悠闲的羊群。外来者怎么也想不到这里曾是荒漠，更不知下面就是煤矿。

矿区采过煤后会地面下沉。你想，每年从地下挖走两亿吨煤，那是多大的一个空洞，难免地塌土崩，裂缝纵横。大地变成了一件碎布袍，这时需要有针线来缝补，而修补大地的最好针线就是林和草。老王领我到林子里去看他们的修补功

運用暗典，化用出自《左传》的成语"皮之不存，毛将焉附"，表现煤田所在地环境恶劣，经年遭受破坏，挖掘条件极差。反问句式，更进一步引发人们对这一问题的关注。语言深沉厚重，韵味十足。

四字短语的运用，形象地描绘了建设者规划栽树后，煤海日益改善的环境，语言典雅而富有韵味。

将"林和草"比作"修补大地的最好针线"，形象生动地写出了生物治理是目前最有效的环境治理方式，通俗易懂。

夫。虽然绿风吹过，已经芳草绵绵，树影婆娑，但还是能依稀见到裂缝纵横的蛛丝马迹。有些裂缝宽能踏进一只脚，长则蜿蜒游走直到望断之处。但是所有的缝隙都有树根穿过两边，正努力将这已分家的泥土拉紧，令人想起手术后缝合的伤口。

人常说地上有多大的树冠，土里就有多广的根系，这是多么大的缝合力？要知道一棵耐旱树种的根可以伸出去几百米长，一丛沙柳的毛根能覆盖五百平方米。就这样，下面飞针走线，上面落叶填壑，接着水和着泥土弥缝，绿草盖野，还有了小动物，大地渐渐复苏如初。地球的活力只有靠动植物的生命才能恢复。我感叹这十三个矿井，一千多平方公里，下面机声隆隆，乌金滚滚；上面却平静祥和，绿意盎然。

以长镜头的方式，带领人们认识经过生物治理后，这片煤海从下层到上层、从植物到动物的可喜变化。

为了能够俯视全景，老王领我们登上一座海拔一千一百八十八米的山头。就取这海拔数的吉利谐音，他们在这里修了一条"1188生态大道"。走在这条大道上不只是看绿化，更是看文化，看人类文明史。

大道全长七公里，两边杨柳夹道，野花铺路，脚下按时间顺序，每隔百十米就钉有一条金灿灿的铜踏板，上面刻着一行字。起步的第一块上刻：46亿年前地球形成。以后有：古生代泥盆纪出现成片森林；距今3亿~4亿年前森林陷

以空间顺序展现绿化道特殊的布局，引发人们关注铜踏板上展现的"煤的形成史"和

埋，煤炭形成；1785年蒸汽机使用，煤炭工业兴起；1878年中国开始机器采煤；1996年中国《煤炭法》颁布；2015年神东建成第一个亿吨煤炭基地；1962年美国生物学家蕾切乐·卡逊《寂静的春天》一书敲响生态危机的警钟；1972年公布《联合国人类环境会议宣言》；1983年后中国颁布《中华人民共和国森林法》《中华人民共和国环境保护法》《中华人民共和国生态法》；2018年中国成立生态环境部……，共一百五十条铜踏板。

而路两旁的太阳能路灯箱上则按"山水田林湖草沙"分类，彩绘着相关的诗词，把你带入一个人文之旅。如："山中何所有，岭上多白云""水满平川月满船，船轻撑入藕花边""田舍清江曲，柴门古道旁""湖光秋月两相和"，等等。其余还有很多与生态有关的节气、习俗等内容的诗词绘画。一时绿风荡漾，神清气朗，仿佛回到唐宋，在陪王维、苏轼悠游于山林。你能觉得这是一座矿山吗？在这样一条大道上走着，不用讲解员你也明白，煤炭是地球给人类的珍贵馈赠，是多少亿年前由树木变成的，现在我们应该再报之以森林。

这几年我一直致力于一门"人文森林学"的研究，树木不但给人提供了物质利用，还承载着人类文明，它是一部有生命的史书，记载着人类活动的每一个细节。神东矿这样的世界大矿，必定有一棵树见证了它的成长。于是，下午在去机场的路上，我就让老王绕路领我去看看他们最早栽的那一片林子。在一条矿区公路边我们选中了一棵最有代表性的油松，它已有碗口粗，两丈高，劲枝穿绕，松针浓密，像一个英气勃发的小伙子。正好树身的后面还保留了一小块未治理前的原生地貌，一片裸露的沙坡，让人没有忘记过去。我建议将这棵树命为"勿忘树"，它是这座世界级大矿的活的纪念碑。树前可扩一个小广场，供游人停车凭吊。树下可勒石铭文：

勿忘三十年前建矿之初栽下的这一棵树。

勿忘三十多年前我国首次通过《中华人民共和国森林法》和《中华人民共和国环境保护法》。

由此上溯三亿年，勿忘地球上由森林形成了煤。

"人文森林学"角度审视人类与环境的关系。

在油松树积极的生命状态和恶劣原生生长环境的对比中，突出了以王义为代表的建设者，在神东煤田生态保护中的重要作用，强调纪念的意义。

作者洞若观火，看到了"树"的精神价值，创造性地发出以"树"为"碑"的呼吁，提醒我们要尊重自然，不要忘记前人在探索生存与发展道路上所做的努力，警醒我们心生敬畏，汲取精神力量，续写文明篇章。文章高瞻远瞩，境界深远。

吕　莉　　　　点评老师

浙江省永康市第三中学语文教师，第十届"文心雕龙杯"全国中小学校园文学艺术大赛优秀指导教师。

来自天国的枫杨树

一次在贵州谈树，座中有一位干部说，他多年前在云贵边境的大山里下乡，见到一棵大树，不知名，还拿回其一根枝到省林业部门求证，也无结果，后来大家就都称这树为无名树。我听后大奇，世上哪有没名字的树？第二年就专程到大山里去访这棵树，想不到引出一段传奇。

树在贵州省威宁县的石门坎乡。这里是云、贵、川交汇的鸡鸣三省之地，属乌蒙山区的最深处。那天，一转过山梁我就看见了那棵树，非常高大，长在半山腰上，都快要与山顶齐平了。等走到树下，真的立有一块小石碑，上面用中英双语刻着"无名树"。原来，这是清末，一名叫伯格理的英国传教士从家乡带来的树苗，竟在异国他乡生长得这般硕壮高大。

一棵古树就是一本活着的史书。在我采写的人文古树系列中，有记录了战争、天灾、经济活动等各种事件和人物的古树，唯独没有一棵记录传教士文化的古树。十多年前，我到福建三明考察过一片桫椤林。这是一种珍稀树种，全世界只有两片成林，一片在巴西，但面积很小，约六百亩，我们这一片有两万多亩。这树种有一个奇怪的名字——格氏栲，是一个叫格瑞米的英国传教士在中国发现后回国写成论文公布的。但是我遍查资料，也没有发现格瑞米这个人，只好存疑。今天在这里，终于第一次见到一棵实实在在的附载有西方传教士文化的大树。

作者运用插叙的写作手法，切入十多年前考察栲树林的经历，侧面衬托"无名树"的稀有和珍贵。

树无名，人不再

来之前我稍微做了一点功课。

伯格理（1864—1915）生于英国一个工人家庭，二十三岁那年被教会招募到中国传教。他先在安徽经过半年的汉语培训，然后溯长江而上到云南。中途在三峡的急流中还翻船落水，险丢性命。以后从云南进入贵州，他的一生就全部贡献给这座乌蒙大山了。中央电视台曾播过他的三集纪录片，国内也出版过有关他的书。

此处交代伯格理赴乌蒙途中的曲折和艰辛，为后面的"事功"做铺垫，可谓历险而来，成事而"去"。

乌蒙山深处生活着这样一个族群：苗民。他们原住中原，同为华夏后裔。在经年的战乱中被逼得一逃再逃，直落入这边陲大山的夹缝之中。没有了自己的土地、财产、文字，没有尊严。被汉人地主欺侮、歧视，被彝人奴隶主掠为奴隶，类似印度的贱民。他们算是世界上最苦难的族群之一了，极需要同情，需要改变现状。这时伯格

叙述苗民的历史和现状，自然形成了"一个最先进国家的年轻人"和"一个最落后的族群"的巧妙对比，从而让"剧情"在这种先进和落后的冲突中铺陈开来。

理出现了，好像是上天导演的一出话剧，世界上一个最先进国家的年轻人，突然降落在一个最落后的族群中，剧情由此展开。

当时的苗民几乎是没有什么房屋可言，草棚、洞穴，人畜共居。就是直到2000年左右我第一次去苗寨时，有的人家仍然是下养牛上住人，围火塘而食，屋里臭气氤氲，黑烟熏人。陪同的市委领导说他一般下乡都不进苗屋的。可是一百多年前的伯格理，大大方方地住进了苗屋。他在日记里说，有一次他抱着一捆干草，与一头猪睡在一起过了一夜。他学着说苗语，吃荞面、土豆。他去救济那些在生存线上挣扎的苗民。请看他的日记：

此处运用"典字诀"，引用伯格理的日记来说明苗民生存条件之恶劣、生活境遇之艰难，增强可信度。

12月15日。由于寒冷和饥饿，人们每天都在死亡线上挣扎。

12月18日。晚饭后我和老杨带着一些苞谷和几百文钱，去寻访穷人。整天都在下雪。在我们的第一个去处，房子已经倒塌，他们用苞谷秸秆搭了一个巢穴。里面有父亲、母亲、一个儿子和一个小姑娘。除了一塘火，一无所有。每到夜晚，成群的狼就在周围大声地嚎叫。我们给了他们一些粮食和钱。

12月20日。和老杨一起出去，救济了四个家庭。

　　无疑，苗民正在遭受最沉重的苦难，问题是谁来拯救他们。他们中间没有工人阶级，不可能产生阶级觉悟，也没有先进文化的输入。这是一片最适合外来宗教植入的土壤。马克思说："宗教里的苦难既是现实苦难的表现，又是对这种现实苦难的抗议。宗教是被压迫者生灵的叹息，是无情世界的心境，……宗教是人民的鸦片。"伯格理就是这样一位来自八千公里之外的，以宗教的身份闯入苦难世界的使者，他和苗民兄弟一起对现实抗议、同情、叹息，用宗教来安抚被压迫者的生灵。

　　这好像不可理解，一个英国人明明可以过着衣食无忧的日子，为什么要千里迢迢，来东方过这地狱式的生活？那时在英国的教会有一股"救世"热，招募青年到最苦最远的地方去拯救穷人。对于一个渴望有成就、愿牺牲的年轻人来说，这也是机遇。

　　世上总有一些愿以生命之血汗去培植理想之花的人，而不必计较以什么名义。就像我国20世纪五六十年代毕业的大学生，一句口号"到祖国最需要的地方去"，就能立即让人热血沸腾，甚至付出生命。我就是当时从北京去到内蒙古的，二十二岁，比伯格理还小一岁。我们那一批人到达后还嫌不苦，不愿留在城镇，我的一个福建籍的同学提出到更远的阿拉善去，他终日在茫茫的

　　此处也是明典。引入马克思对宗教的剖析，使"宗教是人民的鸦片"的评价，与伯格理在"传教"过程中的伟大成就形成明显矛盾，为后文得出"事实上他已超越了宗教"的结论做好铺垫。

　　此处运用设问修辞，抛出问题，以引起读者注意，启发读者进行思考。

戈壁滩上与一个孤身老牧民一起牧骆驼，好像这样才是心目中的壮丽人生。大约青年人在他青春期的那几年，一颗不安分的心总在做着异常的跳动，不知道哪一次就会跳出轨道，做出想不到的事情。

伯格理当然不是以革命的名义，不是来领导穷人打土豪、分田地的。他是以宗教的名义，来施舍主的爱，教人自爱、互爱，做上帝的羔羊。他要在乌蒙深处开辟一片桃花源。而这里确实也是一个川、云、贵三不管的世外之地。他在这里安了家，只花了五个英镑在山坳坳里盖起一座简陋小屋，被称为"五镑小屋"，要用愚公移山的耐力，撬开这个石门坎，干一番事业。

那天，我是先绕行云南昭通，而后进入贵州威宁的石门坎的。山崖上一扇巨大的石门半开，横断云贵，石门坎由此得名。石壁旁用中英双语刻着一行字：

栅子门的石梯路

1905年，为方便从昭通运送砖瓦到石门坎修建教堂和学校，伯格理先生安排打通的岩路。学校建成后，由负责建筑工程的王玉洁老师以此为背景取名"基督循道工会石门坎小学"，1912年更名为"中华基督循道工会石门坎光华小学"。

　　一过石坎就可以看到那棵高大的"无名树"，它浓绿一团，像是这个石灰岩大山中的圆心一点；直立着朝向太阳，又像是一根测量时间的日晷。它就这样每日运转着太阳的投影，已经一百多年。我们那一天的采访，无论走到哪个方向都能回望到它的身影。

　　石门下面是陡峭的石梯小路，满地碎石。我小心地下到寨子里，最想看的当然是主人的故居，那个"五镑小屋"。那间房子与其说是主人的卧室，还不如说是这大山里唯一的一间诊所。在这里发生过许多治病救人的故事。苗民处深山之中，远离现代文明，终年潮湿阴冷，瘴气横行。天花、霍乱、伤寒、麻风多种传染病轮番发生，民众完全生活在一种痛苦无告的自生自灭之中。虽然伯格理举着唯心的宗教旗帜，但首先得面对唯物的残酷现实。他在传播上帝之爱前，先得抚平苗民正在流血的伤口。

　　伯格理行走在崎岖小路上，穿行于寨子间，总是药箱不离身，在集市上碰到有人倒地就灌药施救。他娶了一个护士妻子，又有几个专业医生做同道。他屋内那张白木小桌上，各种药瓶就占了大半个桌面。不相识的苗民经常老远赶来求他治病。那些原本必死无疑的伤寒、疟疾等，几片西药就起死回生，在苗民眼里伯格理就是神仙。这是科学的力量，但伯格理把功劳记在神的账

　　"无名树"在此俨然成为伯格理的人间象征，成为他终身事业的"圆心一点"，也成为苗民心中的虔诚信仰。一句"无论走到哪个方向都能回望到它的身影"，表达出作者对伯格理深深的敬意。

　　此处运用想象的表现手法，刻画出伯格理奔走穿行、随处救人的场景，使人物形象更加立体、饱满。

上，劝说那些受苦的人们：归来吧，耶稣的孩子。于是从者如流。

伯格理真心把苗民当亲人，施医喂药，不嫌其脏，不怕染病。而事实上他也多次被传染，病愈后又照样救人。在病危时他宁可把稀缺的盘尼西林让给苗民，但最后一次他没有能逃脱病魔之手。1915年，石门坎流行伤寒，许多人逃走躲避，他却留下来照顾他的学生。他终于倒在了"五镑小屋"里，时年只有五十一岁。所以，我一进入石门坎，就在这个山坳里上上下下地搜寻那个"五镑小屋"，但是百年风雨，早已荡然无存。唯有当年在屋后栽的那棵"无名树"已长得特别高大，要三人才能合抱。它一离地即分为两股，像一个倒立的"人"字，写向蔚蓝的天空。

人虽去，石留痕

石门坎，是一部用石头书写的历史。

苗民无自己的文字，也不识汉字。好像处在石器时代，与外部世界完全无法沟通，因此，受尽汉官、彝族土司的欺骗、作弄。他们常拿一张有字的纸，说是上面的公文，任意勒索。苗族本来与华夏同源，曾是楚人先祖。但是由于不断地被驱赶、逃亡，到被赶到西南边陲时，不但丢失了土地，也丢失了自己的文字。伯格理下决心创

为救人而生，因救人而死，其高贵品质让人慨叹不已！

此处运用"形字诀"，以形写情。作者执意搜寻"五磅小屋"而不得，深感遗憾，幸好伯格理留下的"无名树"高大繁茂，它所"写出"的大大的"人"字，恰似伯格理大爱无疆的人生写照。

造苗文。他选用苗族衣服上的图案作声母，从拉丁文中找韵母，模仿汉语的单音节词，终于制订出了第一批苗文，这是一个奇迹，苗人可以读书上学了。

这就回到了文章开头说的石门坎小学。石门坎，一道石头的门槛，这边是贵州那边是云南，两边分布着最穷苦的苗民。伯格理带领他们打通了这道门槛，烧砖、烧瓦、伐木，建起了一所能容纳两百多名学生的小学校，周边山区还建了十七所分校，为地方发展了新式教育。1911年，中国的辛亥革命爆发，他即把学校改名为"石门坎光华小学"，意在庆祝推翻清朝，光复中华。并在《苗族原始读本》中加进了爱国主义教育的内容：

问：苗族是什么样的民族？

答：苗族是中国的古老民族。

问：中国是什么？

答：中国是世界上一个古老的国家。

问：苗族是从哪里来的？

答：苗族是从中国内地的黄河边来的。

他很注意配合时局，争取地方政府的支持。他日记里记载，端午节要开运动会了：

地方政府的支持……伯格里处处用心，思虑周全，真正做到了和苗民同呼吸、共命运，难怪苗民尊他为"苗王"。

他的爱是跨越国界的，他的理念是超越时间的。

此处运用"事字诀"，写伯格理培养的苗族人才朱焕章两次拒绝蒋介石的出仕邀约，反哺石门坎教育，创办中学，培养苗族人才。

我早在节前一周致函汉官（县长），邀请他在节日那一天光临，为获胜者颁奖。他于下午两点来到并对孩子们发表了演说，接着为学校颁发了证书及奖品。

值得一提的是，从一开始，伯格理就坚持苗、汉双语教学，使学生视界开阔，也加强了民族团结与融合。学校还开英语课、生理卫生课。所以后来曾发生了更奇怪的事情，抗日战争中驼峰航线上的美国飞行员失事降落在深山里，竟遇到了能说流利英语的苗民，因而得救。

伯格理在深山办学的影响有多大，只举两例便知。辛亥革命后蔡锷任云南总督，亟需人才，他1912年2月6日亲自致电伯格理：

需八名苗民学生，入云南省立师范，成绩优者，入北京师范；（需）入讲武堂四名，成绩优异者，送日本士官学校，以造国家栋梁。

伯格理当即答应。

他还不断选送优秀小学毕业生到成都华西中学读书。这些孩子毕业后又都回到苗区发展教育事业。有一个叫朱焕章的孩子，十六岁才读小学一年级，但是天资聪颖。伯格理资助他去成都华西大学读书，他在毕业典礼上的发言引起了坐在台下的蒋介石的注意，就单独召见他，希望他到总统府工作。朱焕章却婉言拒绝，他说："我的老师伯格理告诉我们，每个受到高等教育的苗族人都要回到石门坎，为苗族人服务。"1946年，朱焕章当选为"国大"代表，到南京参加会议，他是苗族参与国家大事的第一人。蒋再次单独召见他，希望他出任当时政府教育部民族教育司司长，朱焕章再次拒绝。他回到石门坎开办了第一所中学，自任校长，为苗族培养了很多人才。

经过伯格理坚持不懈地努力，这个西南大山里的文化荒原上出现了奇迹。从1905年第一所学校开学，仅仅三十年，云贵苗区的教育水平远远高于当时的全国平均水平，甚至高于汉人的平均教育水平。1945年抗战胜利后，国民党曾做过人口普查：汉人每十万人中有二点一九个大学生，而苗族人每十万人中有十个大学生。

列举具体数据，有力地印证了伯格理对苗民的教育产生了重大成果。

以一人之力改变一个地区的文化落后，历史上确有先例。唐代，韩愈被发配到潮州，那也是一处未开发的蛮荒之地，买卖奴隶，巫术盛行，他大办学校以开民智。他之前潮州只出过三名进士，他之后到南宋就出了一百七十二名进士。韩庙碑上说："不有韩夫子，人心尚草莱。"这乌蒙大山里，如果没有伯格理，苗民的精神世界也还是一团荒草啊。是伯格理帮他们翻过了这道愚昧和文明之间的门槛。

"草莱"，荒草之意。此句彰显了韩愈对潮州文化和教育的深远影响，以此衬托伯格理对乌蒙山苗民的巨大改变。

我很想看一看伯格理小学的旧址，2015年，这里曾纪念过石门坎小学建立一百周年。但是旧房也早已片瓦不存了，倒是那棵"无名树"下有1914年立的一块由当时的县知事书写的功德碑，讲伯格理如何在这里"兴惠黔黎，初开草昧；能支大厦，独辟石门""化鹃舌为莺声，……由人间而天上"。其意很类潮州韩夫子庙碑。斯人虽远去，石碑留旧痕。

石门坎是一道大的石坡，没有走惯山地的人还真有点累。我们在"无名树"下小憩一会儿继续下行。突然在断壁荒草间发现一些整齐的石块，再一看竟然是两个相连的旧游泳池，池子半边靠山，三面围墙，相当于现在一个标准泳池的大小，全部用二尺长的大石条砌成。泳池还十分完好，只是久不使用，石缝里长出了没膝深的荒草。草丛中的一块小石碑上面用中英文刻着："游泳池。伯格理先生修于1912年。1913年5月端午节运动会正式使用。"当年他们砍伐竹子，打通竹节，架设管道，从山上引来清泉水注入池中。这恐怕是中国最早的露天游泳池了。可以想见，一生都不洗一次澡的苗民，在清澈见底的泳池中戏水，春风吹面，蓝天白云，那是一种什么样的心情。

从游泳池再下一个小坡，便是足球场了。这是伯格理和他的学生们用蚂蚁搬家、蜜蜂做窝

鹃（jué），一种雀形目鸟类，叫声特异。

以"蚂蚁搬家、蜜

式的方法，从石山腰上硬抠出一块平地建成的。伯格理本人足球、篮球、板球无所不能。足球场一边紧贴着山壁，一边就是悬崖，下面是万丈深渊，远处是不尽的群山，层层峦峦，云蒸雾霭。据说当年踢球时，如果不小心皮球滚落山下，是要背着干粮去下山寻找的。

当年的四川军阀杨森也喜欢足球，并且手下有一支球队，号称打遍天下无敌手。他从四川到贵州上任，路过石门坎意外地发现这里竟有一个足球场。就让他的球队与苗族学生队比赛，学生们打赤脚上阵。结果三场球，杨队输了两场，有一场还是苗族学生给了面子。杨森把他的队员集合起来臭骂一顿说："你们还好意思穿鞋吗？"队员们忙脱下鞋送给这些苗族兄弟。临走时杨森还向伯格理要了四名队员。

伯格理从英国带来了篮球、足球，在学校举办运动会，让苗民第一次尝到现代运动的欢乐。他的日记里这样记载：

引进各种各样的体育项目，除了能增强中国人的体质，也可以大大促使中国的年轻人，无论是汉族还是少数民族，摆脱低级趣味，过上健康、快乐、积极向上的生活。

伯格理开办新式学校，引进现代体育运动，

"蜂做窝"为喻，说明修建足球场时挖土开石的不易，简明扼要、生动传神。

大山深处的游泳池、层云环抱的足球场，在当时贫瘠、战乱的年代可以说每一件都令人惊奇，真的是在乌蒙山深处开辟了一片"桃花源"。作者此处用词优美，联想丰富，表达出了对伯格理的无限崇敬，和对其教育理念的充分认同。

引入伯格理的日记片段，由运动会的趣事记载，巧妙地过渡到伯格理在苗族地区除了医疗、教育之外的另一个重要作为：移风易俗、摒弃陋习。

在这个深山窝里大刀阔斧地移风易俗，现在想来人们几乎不敢相信。但大树做证，青石留痕。我在泳池边长满青苔的石条上漫步，度量着池的长宽；从这个悬崖足球场的边上探身下望，想象着当年挖土开石的劳作；又回头仰望那棵伸向半空的"无名树"。石门坎，石门坎，这是一片纯石头的喀斯特地貌，是贵州全省最高最寒冷的地方，却在一百多年前捷足先登，最早接触到了现代文明。旧武侠小说里常说某人的武功抓石留痕，佛教故事说达摩面壁九年，在这悬崖峭壁上，伯格理有什么样的功夫，能够留下这么多痕迹呢？

类比武侠小说里的"抓石留痕"，佛教中的"九年面壁"，照应文章小标题"人虽去，石留痕"，以诘问的语气，强调伯格理在苗地石门坎成就不凡。

树有名，爱永在

当我从上向下依次看完了石门坎、"无名树"、游泳池、足球场之后，又返回到山梁上。虽然明知"五镑小屋"和当年的石门坎小学早已不复存在，还是想凭吊一下它的旧址。

"五镑小屋"已经让伯格理的后继者高树华牧师改建成一座二层小别墅。有壁炉、橱柜，很厚的石墙，典型的英式房子，体现了当时最高的西方文明。但是，这房子里却藏着一个悲剧。好房子引起了土匪的注意，猜想主人一定有钱。1936年3月6日，一伙土匪冲进高的小屋，不但抢劫了他的财物，还残忍地将他推下石坎，一直滚落到无名树下。无名树看着他这位可怜英国同乡在痛苦地呼喊，但也无能为力。当学生们闻讯赶来时，高已血肉模糊，他只说了一句话："我要和伯格理牧师在一起。"也长眠在石门坎下。

在原石门坎小学的旧址上已建造起一所现代化的小学校和一所中学。近十年来石门坎已经出了本科生三百五十人，研究生六人，博士生两人。

让我吃惊的是，石门坎小学竟有一个红色的塑胶大操场，在绿色四围的群山怀抱中十分耀眼。球场靠悬崖一侧的边缘建了一条开放式图书走廊（可能也是为了防止皮球的滚落），学生们课后可以随意抽读自己喜欢的书。我抽出一本，还未及读，立时白云擦肩，绿风入袖，八百里乌蒙奔来眼底，不觉神思千里之外。这一生不知读了多少书，也上过各类的学府，却从来没有经见过这样的高山清风读书处。

我慢慢收回视线，才猛然发现刚才还在半山腰的"无名树"，正好长到与新学校的操场齐平。这时才看清了树梢和它的枝、它的叶。只见每一束柔枝上都旁生出长长的叶柄，柄侧对生着椭圆形的叶片，类似槐树的叶形，但更大、更绿、更柔软，如一扇孔雀的羽毛。更有趣的是，枝上挂的果荚，像一串串的鞭炮，足有二尺来长，在微风中来回摆动，发出粼粼的闪

此处运用拟人修辞，赋予"无名树"以人类感官，以"见证人"的视角，重现了伯格理后继者高树华的悲惨遭遇，给人以亲临现场之感，让人痛惜。

此处运用拟人修辞，以动写静，只一个"奔"字，把乌蒙山脉的起伏蜿蜒、雄伟险峻写得活灵活现。

此处运用"形字诀"，描写无名树长长的叶柄、浓绿的叶片，还有那如鞭炮般的果荚，为引出学名"枫杨树"进行铺垫。

光。我赶快用手机上的识花软件一搜，哎呀，它本来是有名字的啊，叫枫杨树！这是一棵来自天国的枫杨树。

枫杨树形疏密有致，枝叶婆娑轻柔，有柳树的风度，所以别名麻柳；那一串鞭炮式的果荚很像蜈蚣，又叫蜈蚣柳。我奇怪为什么它的学名叫枫杨？枫树和杨树分别属于槭树科和杨柳科，这枫杨树却属于胡桃科，既不沾枫也不带杨呀。大约它的片荚状果实与枫树相似；而身形又如杨树般高大。果荚片片兮飘四方，身躯巍巍兮立山岗。人们仰之敬之，不认识它就直呼为"无名树"，已经一百多年了。

现在到底该叫什么名字呢？我忽然想起一个典故。当年史诺在延安采访毛泽东，毛泽东向他介绍说："中国的读书人有两个称呼，一个是名，一个是字。比如，我名泽东，字润之。而中国人之间来往时，一般不直呼其名，只尊称他的字。"我想这棵树来到中国已一百多年，早已中国化了。它也有两个名字。学名枫杨树，字伯格理。事实上我多次来贵州，一般人说起这棵树时，也都称它为伯格理树。

伯格理是一个特例，是一个奇迹。

他在旧中国的动乱年代，在最穷困落后的苗族山区，用了十年的时间创办教会、学校、医院、邮局，创造了苗文，普及文化，引进良种，移风易俗。直到1915年去世，他把毕生的心血贡献给了当时中国最落后的被人遗忘的乌蒙山区。

但他还是没有能走得更远，他在世时屡遭地方黑恶势力的阻挠、追打，有一次重伤几乎丢掉性命，后回国养伤，他的继任者也不幸命殒石门坎。他的事业不可复制。这类似旧中国梁漱溟、晏阳初在山东、河北做的农村改革实验，如夜空飞过了一颗流星。那么伯格理的意义在哪里？在于他宣示了爱的力量。他不能左右时局的变化，不能左右政治形势，但是可以唤醒人们的良知。用大爱去融化一切的不愉快，就像海水淹没嶙峋的礁石。

不错，伯格理是来传教的。1840年鸦片战争后，中英不平等条约强加进了传教条款，他是乘着西方的侵略浪潮而登陆中国的，他是一个虔诚的教徒。伯格理在日记中说："我们在这里不是政治代言人，不是探险家，不是西方文明的前哨站。我们在这里就是要让他们皈依。"伯格理是用一片爱心来做这件事的，他为能被苗族接受感到无限幸福，他在《苗族纪实》中激动地说：

和他们是一家人！在我生平中还从来没有受到过如此崇高的赞扬；而且是被中国最贫穷和待发展的少数民族认可为一种父兄般的形象，这对

运用类比和比喻，表达出对伯格理"没有能走得更远"的惋惜。

运用比喻的修辞手法，将伯格理对苗民的爱比作淹没礁石的海水，柔韧有力，广泛包容。

这段日记运用排比修辞，显示出其传教行为的"纯粹性"。以宗教之名，行大爱之实。

这是伯格理的"情字诀"啊！"一家人、父兄、最可爱的人们、我的兄弟和姐妹们、我的孩子

们"，他用饱含情意的笔触，写出了毋庸置疑的真诚，读来感人至深！

于我来说是最大的幸福。成为苗族人中的一位苗人！所有这些成千上万的蒙昧、不卫生、落后、犯过罪的但又是最可爱的人们。我的兄弟和姐妹们，我的孩子们！

自从猴子变人以来，人类就是一个命运共同体了。岂止人类，便是这个星球上所有的生物同在一个地球村，也都是一个命运共同体。人们对山水、花草、动物尚且有爱心，何况同类之间呢。爱因斯坦是威力无穷的原子能的奠基人，人们问他世上什么力量最强大？他说，是爱。

爱是一条底线，在道德上叫人道，在哲学上叫共性，在品格上叫纯粹。这是超阶级、超种族、超时空的。只不过一般的爱心总要有一个躯壳，如男女之爱，如亲情之爱，如阶级之爱，如同病相怜，等等。宗教也是众多躯壳之一，伯格理就是顶着这个躯壳来推行爱心的。事实上他已超越了宗教。因为并不是所有的宗教和宗教徒都能做到这一点。相反，以宗教名义进行的战争、残杀，从来也没有休止过。伯格理是从宗教的蛹壳中化飞出来的一只彩蝶，他体现的是最彻底的人道精神。

王阳明，明朝杰出的思想家、文学家、军事家、教育家，心学集大成者，被冯友兰誉为"五百年来第一人"。

大约比伯格理早三百年，中国哲学家王阳明从京城被贬官到贵州，他那时的生存条件比伯格理更差一些。他在一个山洞中痛苦地悟出了对后世影响很大的致良知思想，即人人都有内在于心的天理良知，我们要通过各种艰苦的磨炼来找到它。伯格理是在中国贵州彻底实践了王阳明致良知哲学思想的第一个外国人。

当一个人修炼得超出他的躯壳后，就是一个纯粹的人，有道德的人，他会超时空地受到所有人的尊敬。这样的例子，中外不胜枚举。如白求恩，一个加拿大人来中国支援抗日；如史诺（摩门教徒），一个美国人同情红军，宣传红军，冒险采写了《西行漫记》；如拉贝（犹太教徒），一个德国人在遭遇南京大屠杀时冒死救了许多中国人；南非黑人领袖曼德拉坐狱二十七年，出狱后就任总统时，却邀请看守他的狱卒参加典礼。以上这些人各有自己国籍、党派、民族、宗教的躯壳，但爱到深处，爱到纯粹时，这些躯壳都已灰飞烟灭，只剩下一颗爱心，即老百姓说的良心。大爱是能求同存异，包容一切的。不论是一个人还是一个团体，有没有爱心是衡量他好坏的底线。这就是为什么虽然已经过去一百多年，伯格理在中国人心里，尤其是在苗族人的心里总是抹之不去。

人总是要死的，把身体埋入地下，把精神寄托在天上。宗教称之为天国。在各国的神话中都有一整套天国世界的人和物。我们也常说，马克思的在天之灵，等等。毛泽东还写过一首浪漫

运用排比修辞，通过白求恩、史诺、拉贝、曼德拉等人的例子，有力地论述了"一个纯粹的、有道德的人，会超越时空地受到所有人的尊敬"。

以上几段密集运用"理字诀"，分条析理、层层递进，有力地论述了大爱可以超越阶级、超越种族、超越时空、超越宗教，并且永存人心，抹之不去。

的天国题材的《蝶恋花》。伯格理也早就是天上的人了。但是，他在人间留下了一棵树：伯格理树。一年又一年，这棵树挺立在石门坎上，舞动着青枝绿叶，呼吸着乌蒙山里的八面来风，现在它已经超过主人生命的一倍，将来还会超十倍、几十倍地活下去，向后人讲述爱的故事。

文末再次点出"伯格理树"，借形抒情，写它"舞动着青枝绿叶，呼吸着八面来风，讲述着爱的故事"，升华了文章主题。

卢志元　　　　　　　　　　　点　评　老　师

山东省济南市济阳区竞业园学校教师，济阳区十大优秀青年、济阳区优秀教师、优秀班主任。

享受自然

把栏杆拍遍

梁衡 著

人民东方出版传媒
People's Oriental Publishing & Media
东方出版社
The Oriental Press

悬空寺

图书在版编目（ＣＩＰ）数据

把栏杆拍遍．享受自然 / 梁衡著 . — 北京：东方出版社，2023.9
ISBN 978-7-5207-3605-3

Ⅰ．①把… Ⅱ．①梁… Ⅲ．①散文集—中国—当代 Ⅳ．① I267
中国国家版本馆 CIP 数据核字（2023）第 158334 号

把栏杆拍遍．享受自然
（ BA LANGAN PAIBIAN .XIANGSHOU ZIRAN ）

作　　者：梁　衡

策划编辑：鲁艳芳
责任编辑：王晶晶　刘之南
出　　版：东方出版社
发　　行：人民东方出版传媒有限公司
地　　址：北京市东城区朝阳门内大街 166 号
邮政编码：100010
印　　刷：北京市十月印刷有限公司
版　　次：2023 年 9 月第 1 版
印　　次：2024 年 3 月北京第 3 次印刷
开　　本：880 毫米 ×1230 毫米　1/32
印　　张：6.5
字　　数：146 千字
书　　号：ISBN 978-7-5207-3605-3
定　　价：218.00 元（全 6 册）
发行电话：(010) 85924663 85924644 85924641

目录

苏州园林

我到苏州，是特地为她的园林而来的。在一条很小的弄里，我找到了网师园，这是苏州最小的园子，占地只有八亩多。园子入口处很窄，四周有山、水、石、桥、花、木。园中心处有一屋，名"竹外一枝轩"，这个名字初读来令人不解，细想才知是据苏东坡诗意："江头千树春欲暗，竹外一枝斜更好。"果然，轩面一池水，水边有斜依的松柏、袅袅的垂柳，而穿过柳荫在波光水色中闪现出亭台桥榭。景是错落的，甚至斜乱的，但这正是整齐美之外的更深一层的美，造园者与诗人的心是相通的，他们用人力来提炼自然美的精华，这是艺术。

和网师园相比，拙政园算是苏州最大的园子了，据说是《红楼梦》大观园的原型，但她并没有因为大而失去精。园中有楼曰"见山楼"，但对面只是很宽阔的水，隔岸又是若许亭、轩、阁，一起埋在绿树丛中，哪里有什么山？可是当你再凭栏品味时，会突然想起陆游的诗："疏沟分北涧，翦木见南山。"谁敢说剪掉林木之后，

特为苏州园林而来，才有了苏州之行。总领全文，未成曲调已有情。

网师园的美景验证了苏东坡的诗意："一池"水、"斜依"的松柏、"袅袅"的垂柳、"闪现"的亭台桥榭，"形"之美与"典"之趣，在此融为一体。

自问自答，仿佛领着我们穿林凭栏，一路观赏，一路联想，陆

游的诗让眼前景豁然开
朗，"典"的引入，让
"形"之美含蓄到极致。

把城中的园林比作
律诗，其精美、凝练、
含蓄之美立刻形象鲜活
了，无声的园林成了富
有神韵的唐诗宋词，可
读、可感。

"梅一枝"颇得苏
轼"残梅一枝"神韵，
"影布墙上"化用柳宗
元"影布石上"，用典
于无痕，辅以"丹青高
手"作画的比喻和对
比，更显苏州园林的形
神皆美。

那边没有山呢？想见的山比看见的更好看，更有
味，这真是含蓄到极致了。

其余还有许多亭、堂，如"看松读画
轩""月到风来亭""留听阁"等，都画龙点
睛，景外有意。让你身在其中，又不得不神思其
外。城中的园林不比大自然中的山水，她只有在
有限的条件下，向精美、凝练、含蓄中去求艺
术，像一首律诗，这样"园"有尽而意无穷。而
在这里，艺术的表现手法又不像诗一样靠字、
词，却是靠山石、花木、砖瓦。难得的是这些无
声之物，竟有神有韵地构成了一个美的境界。当
你在这些园子里悠游时，那实际上是在翻一部唐
诗，或一本宋词了。

如果说在网师园、拙政园里得到的是诗情，
那么在留园里得到的便是画意了。这个园子多回
廊，亭堂又多窗，匠心之意是让你尽量透过廊、
窗取景，抬眼时便是一幅图画。窗外常是粉墙，
窗与墙之间或植竹数竿，或插梅一枝，墙为纸，
物为墨，随风摇曳，影布墙上，且天生的艳红翠
绿，这是任何丹青高手所不能企及的。这还不
止，窗户又都是各种图案的花格子，透过窗子看
景时别有一种隐约的效果与气氛，是朦胧的美。
还有一奇趣，当游人在廊中走动时，从不同的角
度望去，又会是一幅不同的画面，叫"移步换
景"，真可谓将我们视觉的潜力挖绝了。

园中除画之外，还有雕塑，这便要说到石了。有一块"鹰石"突兀耸立，浑身高高低低，洞洞眼眼，石顶部极似一只老鹰腾空，长颈内弯，两爪伸张，双目炯炯，大约发现了地上有一只雏鸡，正鼓翅欲下。我站在石旁注视良久，越看越像，越想越像。觉得那鹰神从石出，气从石来，活了！但我岂不知，这只是太湖里随便捞上来的一块石头。苏州园林的艺术就体现在不以墨为图，不以斧凿去雕塑，尽量利用自然之美，专取似与不似之间，匠心之意只是撩拨起你的遐想，引而不发，藏而不露。中国画中本有写意的一派，那是比工笔更含蓄，更有味的。

留园中还有两块石头叫人难忘。一曰"冠云峰"，高六点五米，重五吨。是宋时运"花石纲"落入太湖中，清朝官僚刘蓉峰造园时又捞得的，这是苏州园林中最大的一块了。其旁又还有一块石"岫云峰"，傍有一些紫藤出地，分为两股，穿石间小孔而上，到石巅后又绞作一团，浓荫蔽覆。藤遒劲而叶蒙缀，至少已逾百年。在苏州园林中，空间自不必说了，就连时间这个因素也被纳入造林艺术之中了。有人工制造的错落的美，有历史铸就的古邈幽远的美。我们平时谈画，那是些平面的颜色，我们游历山水，那是些自然的原形。而现在，我们看到的却是窗框里的翠竹，水池中的山石，这是自然物与纸上画的过

"鹰石"本只是石头，然而加入想象，就有了形象，那石像老鹰腾空，其凌厉的动作、炯炯的目光，呼之欲出！"神从石出，气从石来"，令人忍不住赞叹：写活了！

以"中国画"作比，突出苏州园林"讲究自然之趣"，"引而不发，藏而不露"中蕴含的正是本真的自然之形、含蓄的自然之美，以及无限的赞赏之情。

由遒劲的紫藤之形联想到古邈幽远的时间，空间与时间在苏州园林被艺术地定格了。

渡，是自然美与艺术美的融合，别有一种角度，另是一番享受。

别于宅地花园的是沧浪亭。园中有山，环山有河，水面开阔。这本是北宋庆历年间，诗人苏舜钦为官失意后隐居之所。他在这里造了亭，还写了《沧浪亭记》，歌咏其自在之情："觞而浩歌，踞而仰啸，野老不至，鱼鸟共乐。"亭上有楹联："清风明月本无价，近水远山皆有情。"登亭而望，绿荫之外空水茫茫，尘嚣不闻，市井不见，闲矣，静矣。这里不比城里那几处园子，那是主人正官运亨通之时闲玩游赏之地，这里是文人失意官场后抒发悲凉、宣泄积愤的所在。其意境是李白的《春夜宴桃李园序》，是王维的《山中与裴秀才迪书》，是陶渊明的《桃花源记》，游这种园子，得到的是一种恬淡闲逸的美。这就不只是诗与画的陶醉，而是在冷静地披览历史了。她使人不由忆想起我们民族悠久的文化，和历史上曾相继登场的各种思想与人物。

在苏州看园林，实在是在读一本立体的书。本来通过建筑这面镜子，我们一样可窥见当时社会的政治、经济与文化，不过这种窥视与探讨却是充满了艺术的乐趣。这在国外已经专门兴起了一门"艺术社会学"。苏州的园林建筑艺术则完全称得起这门学科的一个分支，我想现在我们继承自己民族的文化遗产，不仅要去钻图书馆、考

苏舜钦的《沧浪亭记》和楹联，让沧浪亭添了隐逸情怀。登亭望水，忘怀得失，眼前有清风明月，心中无市井尘嚣。

由沧浪亭而想起民族的悠久文化，苏州园林已不是单纯的建筑艺术，而是一部文化的经典。作者在此处举出李白等人名作，凸显出苏州园林深厚的文化底蕴。

察文物、看古装戏，还应该到这样的城市里来走一走、想一想。

　　建筑是凝固的音乐，在这些秀美的园林里随时都飘荡着几世纪前的音符，一碰到我们的心弦，便会响起历史的鸣奏，在我们心灵的空谷中久久回荡。我又想，我们现在欣赏这浸透了古典文化艺术之汁的苏州城，还不应该忘记，怎样去为我们的后代，创造一座同样饱储着当代文化艺术的城市。

> 一连串的比喻，不仅写出了苏州园林外形之美，更突出了苏州园林在我们心灵产生的巨大震撼，这是艺术美的巨大力量，足以穿越任何时间与空间，永垂不朽。

王俊芳　　　　　　　　点评老师

江苏省丹阳市华南实验学校语文高级教师，江苏省初中语文乡村骨干教师培育站导师。

武夷山，我的读后感

"读后感"本指阅读文章的感想，用在此处既暗含武夷山如书一般值得品悟，又代指作者游览后的感想。

名山也已登过不少，但当我有缘做武夷之游时，却惊奇地发现这次却不劳攀缘之苦，只要躺在竹筏上默读两岸的群山就行，只这一点就足够迷人了。

用"只（要）……就"的关联词，强调游武夷山与游览其他名山的区别，"默读"二字更是与标题相照应。

山村码头、长虹卧波的石桥下，一条碧绿的溪水缓缓飘来。两岸群山将自己突兀的峰岩或郁葱的披发投入清澈的溪中。我们跳上一条竹筏，船工长篙一点，悠悠然滑向平如镜面的河心。河并不宽，一般也就三五十米，两旁山上的草木与崖上的石刻全看得清；水并不深，大都一篙见底，清得连水草石砾都看得分明；流也不急，长十四公里，落差才十五米，可任筏子自己随便去漂。只是弯子很多，可谓九曲十八弯。但这正是她的妙处，在有限的空间里增加了许多的容量，溪流围着山前山后地转，两岸的层峦叠嶂就争着显示自己的妖媚。

排比句，将溪流"不宽、不深、不急"刻画得特色鲜明，仿佛让读者也身临其境，与作者一同乘筏漂流。

我半躺在筏上的竹椅里，微醉似地看两边的景色，听筏下汩汩的水声。耳边是船工喃喃的解说，这石、那峰、天王、玉女，还有河边的"神

"半躺、微醉"用词精准，极富画面感。仿佛看到作者悠然沉醉在景色之中，更侧面体现了武夷山水动人之美。

龟出水"，山坡上的"童子观音"。山水毕竟是
无言之物，一般人耐不得这种寂寞，总要附会出
一些故事来说，我却静静地读着这幅大水墨。

　　这两边的山美得自在，当她不披绿裳时，本
是红色的岩石经多年的氧化，镀上了一层铁黑，
水冲过后又留下许多白痕，再湿了她当初隆起时
的皱褶，自然得可爱。或蹲或立，你会联想到静
卧的雄狮、将飞的雄鹰或纯真的顽童、憨厚的老
农，全无一点尘俗的浸染。但大多数山还是茂林
修竹，藤垂草掩，又显出另一番神韵。筏子拐过
一两道弯，河就渐行渐窄，山也更逼近水面，氤
氲葱郁。

　　山顶的竹子青竿秀枝，成一座绿色的天门
阵，直排上云天，而半山上的松杉又密密匝匝地
挤下来。偶有一枝斜伸到水面，那便是姜子牙无
声的垂竿。浓密的草窝里会突然冒出一树芭蕉，
阔大的叶片拥着一束明艳的鲜花，仿佛遗世独立
的空谷佳人。河没有浪，山没有声，只有夹岸迷
蒙的绿雾轻轻地涌动。水中起伏不尽的山影早已
让细密的水波谱成一首清亮的渔歌，和着微风在
竹篙的轻拨慢拢中飘动。这时山的形已不复存
在，你的耳目也已不起作用，如朱自清在《荷塘
月色》中仿佛听到了"梵婀玲上奏着的名曲"，
我这时也只凭感觉来捕捉这山的旋律了。

　　这条曲曲弯弯的溪水美得纯真，是上游

　　比拟手法的使用，
或拟物"雄狮、雄鹰"，
或拟人"顽童、老农"，
情态各具，活灵活现，山
的未被尘俗浸染的自在之
美跃然纸上。

　　运用比喻，生动形
象地刻画了芭蕉叶绿意
掩映之下的明艳鲜花，
更显现了超凡脱俗的意
境，武夷山哪怕细微之
处也有仙境意味。

　　既是引用，又是通
感。将视觉、听觉彼此
挪移转换，与前文"谱
成渔歌"相呼相应，更
传递出人与山融为一体
的自然和谐之美。

五十平方公里的群山中，滴滴雨露轻落在叶上草上，渗入根下土中，然后沙滤石挤，再溢出涓涓细流，又由无数细流汇成这能漂筏行船的大河。所以这水就轻软得可爱，没有凶险的水涡，没有震山的吼声，只是悄悄地流，静静地淌，逢山转身回秋眸，遇滩蹑足曳翠裙。每当筏子转过一个急弯时，迎面就会扑来一股爽人的绿风，这时我就将身子压得更低些，顺着河谷看出去，追视这幅无尽的流锦，一时如离尘出世，不知何往。

在这种人仙参半的境界中，我细品着溪水的清、凉、静、柔，几时享受过这样的温存与妩媚呢？回想与水的相交相识，那南海的狂涛，那天池的冰冷，黄河壶口的"虎啸"，长江三峡的"龙吟"，今天我才找到水之初的原质原貌，原来她"最是那一低头的温柔，像一朵水莲花不胜凉风的娇羞"。在世间一切自然美的形式中，怕只有山才这样的磅礴逶迤，怕只有水才这样的尽情尽性，怕也只有武夷山水才会这样的相间相错、相环相绕、相厮相守地美在一起，美得难解难分，教你难以名状，难以着墨。

我才信山水也是如情人，如名曲，可以让人销魂铄骨的。一处美的山水就是一个暂栖身心的港湾，王维有他的辋川山庄，苏东坡有他的大江赤壁，朱自清有他的月下荷塘，夏丏尊有他的白

从"山美得自在"到"水美得纯真"，结构分明，概括了武夷山水的特点。

拟人和对偶的夹杂使用，不仅凝练概括了溪水曲曲弯弯的特点，也呼应上文"轻软"二字，还鲜活描摹出溪水纯真可爱之美。

对比四处水的特点，短句铺排，凸显此处水的决然不同。

类比王维、苏轼、朱自清、夏丏尊等人，意在表明自己也找到了暂栖身心的港湾，既赞美了武夷九曲，也暗指自己也有一样的志趣。

马湖，今天我也找到了自己的武夷九曲溪。

筏过五曲溪时，崖上有"五曲幼溪津"几个大字，那"幼"字的"力"故意写得不出头。原来这幼溪是一个明代人，名陈省，字幼溪，在朝里做官出不了头，便归隐此地来研究《易经》。石上还刻有他发牢骚的诗。细看两岸石壁，又有许许多多的古人题刻，我也渐渐在这幅山水画中读出了许多人物。

"石桥下""上游五十平方公里的群山""筏过五曲溪"等词语移步换景，表明了作者竹筏漂流的路线，条理清楚。

那个曾带义兵归南宋，"而今识尽愁滋味，欲说还休"的词人辛弃疾，那个"但悲不见九州同"的诗人陆游，那个理学大师朱熹，都曾长期赋闲于此，并留下笔墨。还有那个一代名将戚继光，石壁上也留着他的铮铮诗句："一剑横空星斗寒，甫随平虏复征蛮。他年觅取封侯印，愿向君王换此山。"这是些什么样的人啊，他们是从刀光剑影中杀出来的英雄，是从书山墨海中走过来的哲人，他们每个人的胸中都有一座起伏的山，都有一片激荡的海。可是当他们带着人世的激动，风尘仆仆地走来时，面对这高邈恬静的武夷，便立即神宁气平，束手恭立了。

排比手法的使用，一方面表达了此山不凡，引来无数英雄、哲人流连、驻足，另一方面与后文相呼应。

人在世上待久了，难免有这样那样的烦恼和这样那样的重负。为解脱这一切，历来的办法有二：一是皈依宗教，向内心去求平衡；二是到自然中去寻找回归。苏东坡是最通此道的，所以他既当居士，又寻山访水。但是能如消磁除尘那样，使人立即净化、霎时回归的山水又有几许？苏子月下的赤壁，毕竟是月色朦胧又加了几分醉意，何如眼前这朗朗晴空下，山清水幽，渔歌筏影，实实在在的仙境呢？

如果一处山水能以自己的神韵净化人的灵魂，安定人的心绪，启示人生的哲理，使人升华，教人回归，能纯得使人起宗教式的向往，又美得叫人生热恋似的追求，这山就有足够的魅力了，就是人间的天国仙境。

我登泰山时，曾感到山水对人的激励；登峨眉时，曾感到山水给人的欢娱；而今我在武夷的怀抱里，立即感到一种伟大的安详，朴素的平静，如桑拿浴后的轻松，如静坐功后的空灵。这种感觉怕只有印度教徒在恒河里洗澡、佛教徒在五台山朝拜时才会有的。我没有宗教的体验，却真正接受了一次自然对人的洗礼。武夷一小游，退却十年愁。对青山明镜，你会由衷地默念：什么都抛掉，重新生活一回吧。难怪这山上专有一处名"换骨岩"呢！

我正庆幸自己在默读中悟出了一点道理，突然眼前一亮，竹筏已漂出九曲溪，水面顿宽，一汪碧绿。回头一望，亭亭玉女峰正在晚照中梳妆，船工还在继续着他那说不完的故事。

对比手法，与苏子月下的赤壁进行对比，传神描绘出优美的意境，字里行间显露着对武夷山的倾心。

又宕开一笔，议论抒情，写何为人间天国仙境，实则承上启下，引出在作者心中武夷便是仙境。

宕开一笔，写武夷先写泰山、峨眉，正面衬托，抒发游览两山的感触。两个比喻句的运用，更强调武夷给人截然不同的安详、平静。

对仗手法的使用使文章富有节奏感，生动地概括了游历武夷的收获。

哪怕已出九曲溪，仍恋恋不舍而回望。运用拟人，叙述武夷之美，含蓄隽永，余味无穷。

郭丰婷　　　　　　点评老师

福建省福州市延安中学教育集团语文教师。

草原八月末

　　朋友们总说，草原上最好的季节是七八月。一望无际的碧草如毡如毯，上面盛开着数不清的五彩缤纷的花朵，如繁星在天，如落英在水，风过时草浪轻翻，花光闪烁，那景色是何等的迷人。但是不巧，我总赶不上这个季节，今年上草原时，又是八月之末了。

　　在城里办完事，主人说："怕这时坝上已经转冷，没有多少看头了。"我想总不能枉来一次，还是驱车上了草原。车子从围场县出发，翻过山，穿过茫茫林海，过一界河，便从河北进入内蒙古境内。刚才在山下沟谷中所感受的峰回路转，和在林海里感觉到的绿浪滔天，一下都被甩到另一个世界上，天地顿然开阔得好像连自己的五脏六腑也不复存在。

　　两边也有山，但都变成缓缓的土坡，随着地形的起伏，草场一会儿是一个浅碗，一会儿是一个大盘。草色已经转黄了，在阳光下泛着金光。由于地形的变换和车子的移动，那金色的光带在草面上掠来飘去，像水面闪闪的亮波，又像一匹大绸缎上的反光。

　　草并不深，刚可没脚脖子，但难得的平整，就如被一只无形的大手用推剪剪过一般。这时除了将它比作一块大地毯，我再也找不到准确的说法了。但这地毯实在太大，除了天，就剩下一个它。除了天的蓝，就是它的绿；除了天上的云朵，就剩下这地毯上的牛羊。这时我们平常看惯了的房屋街道、车马行人还有山水阡陌，已都成前世的依稀记忆。看着这无垠的草原和无穷的蓝天，你突然会感到自己身体的四壁已豁然散开，所有的烦恼连同所有的雄心、理想，都一下逸散得无影无踪。你已经被融化在这透明的天地间。

　　车子在缓缓地滑行，除了车轮与草的摩擦声，便什么也听不到了。我们像闯入了一个外星世界，这里只有颜色没有声音。草一丝不动，因此你也无法联想到风的运动。停车下地，我又疑是回到了中世纪。这是桃花源吗？该有武陵人的问答声。是蓬莱岛吗？该有浪涛的拍岸声。放眼尽量地望，细细地寻，不见一个人，于是那牛羊群也不像是人世之物了。我努力想用眼睛找出一点声音。牛羊在缓缓地移动，它们不时抬起头看我们几眼，或甩一下尾，像是无声电影里的物，玻璃缸里的鱼，或阳光下的影。仿佛连空气也没有了，周围的世界竟是这样空明。

　　这偌大的草原又难得的干净，干净得连杂

　　与第二自然段中"天地顿然开阔"相呼应，写出了辽阔无边的自然美景能让人的身体自然舒展，让人的灵魂空明。

　　设问，作者借用"桃花源、蓬莱岛"，让读者感知到此刻草原的静谧。

色都没有。这草本是一色的翠绿，说黄就一色的黄，像是冥冥中有谁在统一发号施令。除了草便是山坡上的树。树是成片的林子，却整齐得像一块刚切割过的蛋糕，摆成或方或长的几何图形。一色桦木，雪白的树干上面覆着黛绿的树冠。远望一片林子就如黄呢毯上的一道三色麻将牌，或几块积木。偶有几株单生的树，插在那里，像白袜绿裙的少女，亭亭玉立。蓝天之下干净得就剩下了黄绿、雪白、黛绿这三种层次。

　　我奇怪这树与草场之间竟没有一丝的过渡，不见丛生的灌木、蓬蒿，连矮一些的小树也没有，冒出草毯的就是如墙如堵的树，而且整齐得像公园里常修剪的柏树墙。大自然中向来是以驳杂多彩的色和参差不齐的形为其变幻之美的，眼前这种异样的整齐美、装饰美，倒使我怀疑不在自然中。

　　这草场不像内蒙古东部那样"风吹草低见牛羊"，不像西部草场那样时不时露出些沙土石砾，也不像新疆、四川那样有皑皑的雪山、郁郁的原始森林作背景。它像什么？像谁家的一个庭院，"庭院深深深几许"，这样干净，这样整齐，这样养护得一丝不乱，却又这样大得出奇。本来人总是在相似中寻找美，我们的祖先创造了苏州园林那样与自然相似的人工园林，获得了奇巧的艺术美。现在轮到上帝向人类学习，创造了

比喻，用"白袜绿裙"来写桦树的颜色，生动形象，且给人无限想象的空间，为草原之美增添了神秘色彩。

对比，通过与其他地方的草场对比，调动读者已有的经验，让读者眼前这个草场可见、可感，更加具体形象。

这样一幅天然的装饰画，便有了一种神秘的梦幻美，使人想起宗教画里的天使浴着圣光，或郎世宁画里骏马腾啸嬉戏在林间，美得让人分不清真假，分不清是在天上还是人间。

在这个大浅盘的最低处是一片水，当地叫泡子，其实就是一个小湖。当年康熙帝的舅父曾带兵在此与阴谋勾结沙俄叛国的噶尔丹部决一死战，并为国捐躯，因此这地名就叫将军泡子。水极清，也像凝固了一样，连云朵的倒影也纹丝不动。对岸有石山，鲜红色，说是将士的血凝成，历史的活剧已成隔世渺茫的传说。

我遥望对岸的红山、水中的白云，觉得这泡子是一块凝入了历史影子的透明琥珀，或一块凝有三叶虫的化石。往昔岁月的深沉和眼前大自然的纯真使我陶醉。历史只有在静思默想中才能感悟，有谁会在车水马龙的街市发思古之幽情？但是在古柏簇拥的天坛，在荒草掩映的圆明废园，只会有一些具体的可确指的联想。而这空旷、静谧、水草连天、蓝天无垠的草原，叫人真想长啸一声"念天地之悠悠"，想大呼一声"魂兮归来"。教人灵犀一点想到光阴的飞逝，想到天地人间的长久。

我们将返回时，主人还在惋惜未能见到草原上千姿百态的花。我说，看花易，看这草原的纯真难。感谢上帝的安排，阴差阳错，我们在花已尽，雪未落，草原这位小姐换装的一刹那见到了她不遮不掩的真美。正如观众在剧场里欣赏舞台上浓妆长袖的美人是一种美，画家在画室里欣赏窗前晨曦中的模特又是一种美。两种都是艺术美，但后者是一种更纯更深地展示着灵性的美。这种美不可多得，也无法搬上舞台，它不但要有上帝特造的极少数标准的模特，还要有特定的环境和时刻，更重要的还要有能与美产生共鸣的欣赏者。这几者一刹那的交汇，才可能迸发出如电光石火般震颤人心的美。

　　大凡看景只看人为的热闹，是初级；抛开人的热闹看自然之景，是中级；又能抛开浮在自然景上的迷眼繁华而看出个味和理来，如读小说分开故事读里面的美学、哲学，这才是高级。这时自然美的韵律便与你的心律共振，你就可与自然对话交流了。

　　呜呼！草原八月末。大矣！净矣！静矣！真矣！山水原来也和人一样会一见钟情，如诗一样耐人寻味。我一步三回头地离开那块神秘的草地，将要翻过山口时又停下来伫立良久。像曹植对洛神一样，"背下陵高，足往神留，遗情想象，顾望怀愁"，明年这时还能再来吗？我的草原。

王红枚　　　　　　　　点评老师

重庆市渝中区石油路小学语文教师，渝中区骨干教师、优秀德育工作者。

壶口瀑布记

凡世间能容、能藏、能变之物唯有水。其亦硬亦软，或傲或嗔，载舟覆舟，润物毁物，全在一瞬之间。时桃花流水而阴柔，又裂岸拍天而狂放。凡河川能伸能屈，能收能藏，唯我黄河。其高峡为镜，平原飘带，奔川浸谷，挟雷裹电，即因时势而变。时滔天接地而狂呼，又拥地抱天而低言。

我曾徘徊于黄河上游的刘家峡水库，惊异于她如泊如镜的沉静；曾生活于河套平原，陶醉于她如虹如带的飘逸；也曾上溯龙门，感奋于她如狮如虎的豪壮。但当我沿河上下求索而见壶口时，便如痴如狂。

壶口在山西吉县境内，是黄河上唯一的瀑布。因状如壶口而得名。水流至此急冲沟下，人观瀑布由上俯下，只见烟水迷漫，船行至此得拖出河岸，绕过壶口。即古书上所谓"河里冒烟，旱地行船"。原来黄河在这里，先因山逼而势急，后依滩泻而狂放，排山倒海，万马奔腾，喧声蔽天。却正当她得意扬眉之时，突以数里之阔

"凡"字说尽天下之水，具有包天蕴地的气魄，给文章奠定了豪放的基调。

"凡"字观尽天下河川，点明黄河具有的独特性格。

排比句，写出了"我"对黄河三个地点的三种不同感受，接着，用"如醉如狂"这个强烈程度远胜"惊异、陶醉、感奋"的词语，引出了壶口。

多用四字短语，写出了壶口瀑布飞跃而下的气势。骈散结合的句式，给人一种张弛有度的美感。

跌入百尺之峡，如水入壶，腾荡急旋。于是飞沫起虹，溅珠落盘，成瀑成湫，如挂如帘。裂坚石而炸雷，飞轻雾而吐烟。虎吼震川，隆隆千里，龙腾搅谷，巍巍地颤。波起涛落，切层岩如豆腐，照徐霞客所记，三百年来竟剁石开沟上剁三百余米；激流飞湍，锉顽石如木铁，据民间所言，有黑猪落水，眨眼之间，退毫拔毛，竟成雪白之豚。黄河于斯，聚九天雷霆，凝江海之威，水借裂石之力，轰然辟开大道坦途；沙借波旋之势，细细磨出深沟浅穴。放眼两岸，鬼斧神工，脚下这数里之阔的磐石，经黄河涛头这么轻轻一钻一旋，就路从地下出，水从天上来。她顺势一跃，排山推岳，挟一川豪情，裹两岸清风，潇洒而去，又再现她的沉静、她的温柔、她的悲壮、她的大度，去路千里缓缓入海。

　　呜呼，蕴伟力而静持，遇强阻而必摧，绕山岳而顺柔，坦荡荡而存天地。美哉，壮哉，我的黄河！

> 　　短短两句，融合了古籍记载和民间传说，增加了文章的容量，也写出了壶口瀑布的魅力和影响力。

> 　　"跃、排、推、挟、裹"简洁有力，瀑布的狂放如在眼前；"沉静、温柔、悲壮、大度"风格一变，经过壶口后的黄河温柔多娇。

张爱英　　　点评老师

河北省石家庄市第二中学初中部语文教师，石家庄"语文主题学习"名师工作室主持人。

天星桥，桥那边有一个美丽的地方

"竟"字含有超乎想象之意，写出了对天星桥如此美丽感到震惊。"确实"一词写出天星桥鲜为人知的遗憾。

如果说第一段吊起了读者的胃口，那么此段两个"从没"连用，更勾起了人们的好奇心，天星桥是一种怎样的美。

全国的山水也不知道去了多少处，竟没有想到还有这么美丽的地方。确实，全国知道天星桥的人很少，它在贵州黄果树瀑布旁八公里处，许多年来黄果树的名声太大，很少有人注意到它。

天星桥的美，就美在你突然发现世界上的风景还有这样一种美。只要你一走进这个景区，就一步一吃惊，一步一回头，你总要问："这是真的吗？"一般的"真像""真美"之类的词，在这里已经苍白无力。因为这景你从没见过，从没想过，就是在小说中、在电影上、在幻想时、在睡梦里也没有出现过。现在，突然从你的心灵深处抓出一种美，摆在你眼前。你心跳，你眼热，你奇怪自己心里什么时候还藏有这样的美。

天星桥景区不算很大，方圆五点七平方公里，三个半小时就可逛完，基本上是走平地，也不会让你很累。你可以从从容容地看，慢慢悠悠地品。整个景区前半部以山石之奇为主，后半部以水秀之美为主，而渗透在全过程的是绿色的树、绿色的风。所以当你从那个美梦中醒来，细细一想，其实这天星桥的美和其他地方一样，还是跑不了石美、水美、树美。但是它却能够化平淡为神奇，将几个最普通的音符谱成了一首天上的仙乐。

石头哪里没有？但这里的石头总要变出个样，变出别一种形、别一种神，像一个曲子的变奏，熟悉中透着新鲜，叫你有一种感觉到却说不出的激动。

比如石的表面经常会隆起一簇簇的皱褶。它本是个铜头铁脑、生硬冰凉的东西，却专向柔弱多情方面取貌摄形，如裙裾之褶，如秋水之纹，如美人蹙眉，如枯荷向空。这种强烈的反差，从你心里揉搓出一种从未有的美感，你忍不住要叫、要喊，难怪国画专有一种表现法叫"皴"法。

再说它的形，也实在不俗，它绝不肯媚身媚脸地去像什么，是什么，反而是它什么也不像，什么也不是，在你头脑的储存里根本就没有这样的构图。比如一座山石，大约有城里的一座高楼那么大，侧面看它却薄得像一本书，或者干脆是一张纸。硬是挺立在那里，水从脚下绕，藤在身上爬。它是什么？什么也不是，就是美。脚下的、头上的，还有那些在坡上、沟里随意抛掷的石头，都要美出个样儿。

你可以伸手随意抚摸崖边一块突出的石，那就是一朵凝固的云。有时你走过一座小桥，这桥身是一块整石，但你怎么看也是一段枯了多年的树。有时路边或山根的石头连成灰蒙蒙一片，那就是一群抵角的山羊，前弓后绷，吹胡子瞪眼，跃然目前。

天星桥景区的前半部是石在水中，浅浅的水面托起无数错落的石山、石壁，又折映出婆娑多姿的影。有的山平光如洗，在水里是一面立着的镜子；有的中裂一缝，在水里就是一道飞来的剑影。而在这很多但并不太高的群峰之间，则是三百六十五块踏石，游人踩着这些石头，鞋底贴着水面，在绿波上荡漾。当你看着水里的青山倒影时，也就惊奇地发现了自己什么时候也变得这样美。因为这石的数目暗合了一年的天数，所以在这里总会有一块正是你的生日，此园就名"数生园"。你站在生日石上，可以体会一下降世以来这最美丽的一天。

景区的中部是两座对峙的山峰，相距数十米之遥，他们各探出一只手臂呼唤对方。但就在相差一拳之远时，臂长莫及，徒唤奈何。这时一块巨石从天而降，上大下小，正好卡在其间，于是两手以石相连，成一座云中石桥，千年万年，苍松杂树扎根其上，枯藤野花牵挂其旁。石头能变到这等花样，也算是中外奇观。这桥景区的名字大概就是因它而取，就像我们给一本散文集取名，就拣其中最得意的一篇。

天星桥的水是为石而生的。一入景区，脚下就是水，水里倒映着各色的山石。所以这水实际上是一面大镜子，就是为了让你正面、反面、侧面，从各个角度来看山、看石。只不过这镜子太大，你无法拿在手里，于是人就走到镜子里，踏在镜面上，"镜不转人转"。

刚入景区，在数生园一带，水面极浅，山石也不高，清秀娴静，如庭院深深。但静中有变，水一时被众山穿插成千岛之湖，一时又被变幻成漓江秋色，忽而又错落成武夷九曲，当然都是微型美景。总之随石赋形，依山而变，曲尽其态。到过了那云中之桥，山高谷深，就渐有恢宏之气了。谷底有一座深潭，方圆数里，一泓秋水深不可测。潭为四山所合，不见源头；水从深底冒出，成两米多高的水柱，又静静滑落潭面，如夜空中的礼花。问之于当地人，说这潭就叫"冒水潭"，可见开发之迟，连名字也还没有受过文人们的"污染"。潭边有一株古榕，干粗二抱，叶繁如山，依树临潭，遥望天桥，只恨眼前不是夜晚，否则山高月小，好一篇《后赤壁赋》。

水从冒水潭里流出之后，泻在一片石滩里，没有了先前的浅静，也没有了刚才的深沉，撞在各样石上，翻起朵朵浪花，叩响潺潺轻鸣。要知这滩绝不是一般的乱石滩，而是一根根直立的石柱、石笋，此景就名水上石林。云南的石林是看

水映山石，人在镜中转，静中有动，别有一番情趣。

动静结合，写出天星桥的水秀美的特点。

对比，写出"水上石林"的神奇，表现出生命的律动。

过的，那些无枝无叶的树，无言地伸向天空，让你感到生命的逝去；桂林的溶洞子也是看过的，那些湿漉漉、阴沉沉的石笋、石塔在幽暗中枯坐默守，让你感到岁月的凝固。当石头们只是同类相聚时，无论怎样地表现，也脱不出冰冷生硬，就像一场纯由男性表演的晚会。而现在绿水碧波欢快地冲入了这片石林，手之舞之，足之蹈之。绕过这片石轻翻细浪，撞上那座崖忽喧涛声，整个滩里笑语朗朗，湿雾蒙蒙，你再次体会到水就是生命。这些无生命的石头这时也都顾盼生辉，变出无穷的仙姿神态。游人从这块石跳到那块石，就在这水欢快的伴奏和伴唱中，舞蹈着穿过这片已有亿万年的生命之林。

该段写天星桥的水来无影去无踪，表现出灵动之美。

天星桥的水不像我们过去随便看过的一条河、一个湖或者一座瀑布，你始终无法看到它一个完整的形，不知它从哪里出来，最后又回到何处。就像我们看一座房子，要找水泥只有到那砖与砖之间的勾缝中去寻。我只知道那水的结尾处是一个叫作珍珠泉的地方。蹚过数生园，钻出冒水潭，又漫过石林的水，不知道还做了哪些事，最后汇到了这里。

比喻形象生动，既写出了瀑布的独特形状，也描摹出了水珠的缤纷色彩。

这里名泉，实则是一个大瀑布，但它不是一匹直垂下来的布，而是一圈卷成漏斗状的布。平软的水波滑过整石为底的圆形沟坡，在石面上滚成一颗颗的珍珠，在阳光中幻出五颜六色。这时，你的面前是一只大斗，一只不停地吸进金银珠宝的斗。围着这急吸灌的珍珠飞流，四周翻起细碎的浪花，奏起喧闹的乐声。然而这一切突然就消失在一块巨石之下。当你翻过这一道石梁时，仿佛刚才就没有见过什么水，也没有听到水声，只有累累的石和石缝中绿绿的树，这水是一个来无踪去无影的洛神。

由水过渡到下段写树，非常自然。且以传说中的洛神来比喻水，增强了审美体验。

天星桥的树以榕树为多，叶大荫浓，满谷绿风，这里的树常会变出许多的形。有一株名"美人树"，树身高大绰约，枝叶如裙裾飘动，女士们都争着与它合影。有一株叫"民族大家庭"，一从石中钻出即分成五十六根树干，大家就一根一根地去数。还有一株并不是树，是一株老藤，不知有多少年月，甚至也看不清它从哪里长出，只见从山坡上搭下来，也许当初是被风吹了一下，就挂在了对面的一棵高树上又绕了几匝。生命之力竟将这藤拉得笔直，数丈之长，一腕之粗，像一根空中的单杠。

比喻新奇，突出了老藤的直、粗，赞美了生命之力。

当我环顾四周，贪婪地饱餐这些秀色时，突然发现这里除了石就是水，基本上没有土。大大小小的树，不是抓吸在石上，就是浸泡在水中。无论是在路旁、在头上、在脚下，那些奔突蜿蜒、如雕如刻的树根，招惹得你总想用手去摸一摸，用身子去靠一靠，甚至想用脸去贴一贴。这些本该深埋在土层下的、不见光日的精灵一下子冒了出来，排兵布阵，做了一次惊人的展示。这实在是天星桥的个性。

从数生园出来，路边有一块一楼多高的巨石，光溜溜的石壁上却顶出一株胳膊粗的小树。远看这树就如假的一般。导游小姐总喜欢考考游人，问这树根在哪里？你俯近石壁细细一看，石上蛛丝马迹，那树根粗者如箸，细者如丝，嵌缝觅隙，纵贯南北，奔走东西。我忽觉头上轰然一响，眼前的石面成了一片广袤的平原，于无声处河网如织，水流涓涓。那红色的"之"字形须根就像一道道闪电，生命的惊雷在天际隐隐作响。面对这株亭亭玉立的榕树和这块光溜溜的寻根壁，我一下子寻到了生命的美、生命的理。

我在这里徘徊，几乎每一块巨石都立在水中，而每块石上都爬满了树根。那根贴着石面匍匐而下，纵横交错，又将巨石网了个结实，然后再慢慢抽紧，就像我们在码头上看到的，吊车用网绳从水里提起一件重物。那赭色的根涨满了力，像一个大木桶外条条的铜箍，像力士角斗时臂上暴突的青筋。有长得粗些的，如臂如股披挂石上，像冬天崖上的冰柱，像佛殿后守门的韦驮，凛然而不可撼。霎时我觉得天星桥全部的美都在这根与石的拥抱之中，回看刚才的水美、石美全都做了树的铺垫。

这是一种多么美妙的有机结合。你看石临水

巧妆，极尽其意，因水而灵；水绕石弄影，曲尽其媚，因石而秀。而这树呢，抱坚石而濯清流，展青枝而吐绿云，幻化出一团浓烈的生命。这种生命的力量和美感，充盈在这条不大的山谷之中，令你流连忘返，回肠荡气。天下的好景有的是，但有的路途遥远，一生只能做一次游；有的以险取胜，只能供一部分人做冒险的旅行。只有这天星桥，路又不远，山又不险，景却特美，你可以一来再来，细品慢游。

总结全文。水灵、石秀、树美，天星桥充满了生命的力量、自然的美感，作者对此产生了由衷的敬畏之情。

陈玉蓉

点 评 老 师

贵州省贵阳市白云兴农中学语文教师。

恒山悬空寺

我国有五岳名山，北岳恒山因交通不便，不及泰山、华山那样为人所知，然而，偏是深山藏宝。随着交通开发、旅游业的兴起，这一地区的恒山风光、云冈石窟、应县木塔等灿烂的文化明珠，都光彩熠熠地展现在人们眼前。其中恒山十八景之一的悬空寺，以其悬空结楼的惊绝艺术，让人既增长历史知识，又享受到独特的旅游情趣。

南出浑源县城八里，就是恒山，山之西有翠屏山。两山对峙，中隔峡谷千丈，洪流奔突。翠屏山一侧是万仞绝壁，就在半壁岩上悬着一座古寺。我们来到山下，仰首一望，只见一个建筑群红绿相映、玲珑剔透，像是一幅彩画贴在石壁上，又像无形的线把几座小房子系在半空。正如当地民谣说的："悬空寺，半天高，三根马尾空中吊。"陪同的同志说："请登寺吧。"只见一线小路曲曲弯弯向空中升去，飞鸟在半山腰翱翔。过一会儿我们就要进入这个空中楼阁了，我的心倒先悬了起来。

这寺按山的走势，院门南向，四十间大小殿宇台阁，紧贴岩壁一字排开，南北长如蟠龙，东西窄如衣带。进入寺门，穿过小院便登楼。楼梯既陡且窄，仅容一人。我们紧跟向导，手扶冰冷的岩石，忽上忽下，忽而又折回，像在石回路转的山洞中慢慢探行。若无人导引，断不知所向，就是到了眼前的殿宇，也无路可达。大家攀梯绕廊，在半空中迂回，兴致盎然。

先看三官殿。这是道教的天地，几座泥塑像都是乌眉黑须，衣袖带风，有一种飘尘出世的无为之感。继而是三圣殿，这里则是佛家的世界。看那佛像，丰臂润面，端坐莲席，目光微启，大概雷鸣电闪也不能惊动他的一丝禅心。最后是三教殿，这里集中国封建文化之大成。中间是佛祖释迦牟尼，右边是圣人孔子，左边是道教祖宗老子。他们神态各异，竭力表现出所主宗教的雍容大度。当然，沿途的神龛、小殿里还有许多阿难、护法、韦驮、关公、四大天王等栩栩如生的人物。

我聚精会神地欣赏着，一回头，见外面白云缭绕，那雾气已乘人不备，潜入殿门，托住众神，好一个仙境神界。妙的是寺院依山砌屋并无后墙，塑像与山石浑然一体。有的借岩石的突悬，如隐山洞；有的背靠坚壁，更显得端庄大度。还有那衣带、云彩，随风舒展，极为精巧。

沿山势、进寺门、登楼梯，作者仍用移动的镜头，动态凸显悬空寺特点：崖壁阁道，曲折迂回，依岩建构。奇险巨观令游客兴致盎然。

"先看、继而、最后"，三叠结构，移步换景。道的"无为"、佛的"无我"、儒的"仁爱"三教合一，须臾间化入人心。

此段紧扣"妙"字定点观赏。写雾气缭绕，"乘、潜、托"生动拟人营造静默玄幻意境；描塑像与山石相依，"隐、靠、舒展"化静为动虚实相生。

我奇怪它们是用什么材料塑成的，竟与山石共垂千古而又毫未破损。凑到跟前细看，已有好事者剥开一点"伤口"，像泥、像沙、像灰、像石。向导说，这是特选的泥土、细沙，再加上比较好的棉花、麻纸，按一定配方调制而成。这可真是我们祖先最早的"钢筋水泥"了。

我们一个殿一个殿地看完后已走到尽头，回首一望，这才看清寺的全貌。原来这条窄窄的"衣带"，却打了三个"结"，即全寺精细地分成三个建筑群，每组都有上下左右的殿宇，成为三足鼎立之势。虽是水磨青砖、琉璃彩瓦，但并不落入俗套。同中有异，虚实相生，错落而不零乱，庄严而又精致，布局甚是巧妙。

第一组与第二组以小院相通，第二组与第三组则靠一条仅容一人的栈道相接。就在这条悬空栈道上，依石又筑着一个重檐式的二层阁。游人到此，提心吊胆，缘壁而行，如履薄冰。如果大着胆子向下望，但见流云飞鸟，真是身悬半空了。我们退回身来，贴着石壁向上看，这才发现在山下看来像刀切一样的石壁，原来微呈弧形，整座寺就躲在这个弧凹里。向导说，要是遇到下雨，任你头上飞瀑直泻，屋瓦却滴水不沾，所有楼台殿阁都被遮在水帘中。那时遥望恒山，更是云遮雾障，山色有无了。

寺之曰悬空，并不是夸大的命名。整座建

筑是在半壁上凿石为基，但这地基又只有一条石
坎，并不能承担全部殿堂。这么多危楼耸立，只
在岩基上挂了一个边。若人之登山，攀藤附葛，
一只脚踏住岩石，一只脚却悬空着。

原来，修寺时先在石壁上横向凿洞，打入
一排木桩作"地基"，再在木地基上铺石为面，
砌墙造屋，偌大的一座寺院就这样悬空而起了。
为减轻殿宇对木桩的压力，寺下安了几根木柱支
撑。但这木柱只有一握之粗，却有丈把长，支于
崖上的缝隙中，既无础石，也无钉楔，远看就如
几根小棍挑着一个木偶戏台，游人见此，无不惊
绝。不但殿基下的木柱如此，就是殿内的木柱也
同样纤细修长。原来，那横梁也是插入石壁的，
木柱只不过是个样子。怪不得民间传说，悬空寺
的柱子是假的，用手一推就可以来回摆动。

这寺始建于北魏后期，经金、明、清三代
重修，至今已有一千五百多年，还是这样结结实
实。聪明的祖先，力学规律在他们手中已运用自
如了。

当年这里是晋冀二省相通的要道，至今半
山腰上还残存着栈道的痕迹。那时人来人往，香
火不绝。虔诚的善男信女远道来烧香许愿，在半
空中求神拜佛。过往的诗人墨客也多题咏，就是
"诗仙"李白也在这里留下"壮观"两个大字。
你看那石壁上还有这样一首明人题诗：

设计者"胸中有丘
壑"，是熟谙建筑艺术的
审美趣味的。"不喜平
坦，喜峭拔突兀"，两个
"原来"，凸显建筑大师
们敢于突破、乐于创造的
"奇绝"匠心。

人文景观的穿插，
拓展了时间长度与空间
广度。引用李白题字、
明人题诗，更加突出了
建筑的奇绝艺术和当年
香火盛况，增添了浓浓
的文化色彩。

石壁何年结梵宫，
悬崖细路小溪通。
山川缭绕苍冥外，
殿宇参差碧落中。
残月淡烟窥色相，
疏风幽籁动禅空。
停车欲向山僧问，
安得山僧是远公。

人要成佛升天，当然不可能，但人为地创造这样的悬空佛地，却大可以加强宣传气氛。你看，"梵宫""苍冥""碧落""残月淡烟""疏风幽籁"……总之，你踩着"悬崖细路"到此一游，或再烧上三炷高香，不就觉得已是飘尘出世、顿悟佛法了吗？这大概是悬空寺之所以这样建造、这样命名的用意吧。

我继续寻访石上的题咏，在一个亭子里发现了一块清同治年间的重修寺碑。碑文详述了这寺到清咸丰九年已多处坍塌，绅士们计议重修，但苦不得其法。这时，有一个叫刘山玉的木匠自告奋勇，说可以扎架整修，但还未实施就突然病故。

直到同治三年春，又有一个木匠张庭秀毛遂自荐。他更有绝招，并不扎架，而在悬崖上结绳

本段详叙建寺历史周折，"苦不得其法"暗点了悬空寺建筑奇绝，以至于找不到修缮的方法。

"悬崖上结绳为圈，腰缠脚踩，次第更换松木。"体现了我中华民

为圈，腰缠脚踩，次第更换松木。现在我们看到的寺院就是经这位大师润色后的杰作。

千百年来，不管佛也好，道也好，总是在追求空中的天堂。但事实证明，神并不能给人以天堂，倒是人们靠自己勤劳智慧的双手，创造了神话般的伟大文明。我抚着碑文临窗远眺，对面恒山蔽空，背后翠屏接日，谷底一线流水绕山而去。这时阳光给古寺的琉璃瓦上镀了一层鎏金，整座建筑，在这深山幽谷中放着异彩。啊，悬空寺，你这颗空中明珠，光照祖国河山，历阅人间沧桑，你仍将继续高悬在历史的长河中，和众多的星汉一起发出灿烂的光芒。

这一结尾直抒胸臆，紧承作者在段首提出的求真务实的理性思索，再次盛赞这一颗光彩熠熠的文化明珠，强调历史是人民书写的，文明是人民创造的，而历史和文明将继续光照现在，启迪未来！

张爱林　点评老师
山西省太原市新希望双语学校语文高级教师，太原市政府授予课程改革先进个人。

永远的桂林

　　桂林山水实在是一个老而又老的题目，人们却总在不停地谈论，可见它的美丽不减，魅力无穷。因为人们还看不够，还没有把它弄明白，就要来欣赏，来探寻，并在探寻中获得美的享受。每年有一千万左右的人从世界各地到桂林来，就是为了看这里的山、这里的水、这里的石头。

　　这几样东西哪里没有？但这里就是与别处不一样，美得让人吃惊，美得让人心醉。文人墨客艺术化了的溢美之词且不去说，陈毅的题词倒是一句大实话："愿做桂林人，不愿做神仙。"一个外国元首看罢桂林后说："上帝用第一个七天造了亚当、夏娃，用第二个七天造了桂林，下一个七天真不知还要造什么。"外国人信上帝，中国人信神。神也好，上帝也好，反正说不清的事情就先交给他们，桂林确实是美得说不清。

　　新年刚过有桂林之游，我们先是乘船顺漓江由桂林到阳朔，水面清浅，浅得让你不敢相信，坐在船上能看见水里的石头。因为水浅，不起波，水面就平得像一面镜子。这么浅的水，却能漂得动这条百十来人的船，也亏了这水的平静，船是平底用不着多吃水，就像一块木片似的，稳稳地漂。这首先就让你感到很亲切，既不野，也不险，据说从桂林到阳朔八十千米，落差才只有三十八米。

江面上偶然漂过几个竹筏，是七根竹子扎成，筏上总有一位渔翁，横一根竹篙，携两只鱼鹰。远看去绿波埋脚，人好像直接踩在水面上，神话里的八仙过海、观音出水大概就是学的这个样子。这时两岸的山就在水边稀稀疏疏地排开来，山头没有北方那样尖的峰或顶，总成一个柔和的弧，从平地突然钻出，像圆圆的馒头，像立起的田螺，虽在冬季还是披满草树。

山，隔不远就一个，临水而立，随着水的弯弯千媚百态。这山并不高，一般也就四五十米，所以在船上什么都可以看个清楚。看山间的树，树间偶尔露出的红叶；看石头，石上的纹路，还有那些不知何时留下的摩崖题字。就像在城里的马路上闲走，看两边的高楼，谁家的阳台上晾着一件好看的衣服，谁家新漆了一扇窗户。

江水贴着山根轻轻地转，说轻是轻到不知是流还是不流，没有浪，没有波，甚至没有涟漪。其实这水是专来为山做镜子的，你看水里的倒影，一丝不差，是几何学上标准的对称体。船

用具体的数字说明漓江水面清浅，"亲切、不野、不险"喜爱之情溢于言表。

对句整齐雅致，"横"形容词作动词，简洁洗练。

将桂林的山与北方山峰作对比，借助拟人、比喻的修辞，突出山峰的柔和，描摹出"桂林阳朔青螺碧"的独特神韵。

"没有……没有……甚至没有……"的递进句式，"镜子"的暗喻，羊角山的形象

描绘，体现出漓江清冽
恬静的意境美。

　　一系列传神的动
词，比喻、比拟的巧妙
运用，"一帮"活泼的
"红领巾"给漓江增添
了生动的色彩，和漓江
的静美相得益彰。

　　作者"瞻前顾后"
把山"如骆驼、如垛口"
的情景有序地描摹，发出

过杨家坪，有山名羊角，那水里也就真的浸着一只大羊角。随着水的左曲右折，每一个山头就可以一个一个前后左右地看，还可以镜外看了镜里看。山水向来是叫人豪迈、叫人昂扬洒脱的，今天却像一件工艺品直跳到你的手上，叫你赏，叫你玩。梳妆江畔立，顾影明镜里，为君来不易，叫您恣意看。辛弃疾词："我见青山多妩媚，料青山见我应如是。"这里山也不阳刚，水却更阴柔，秀得很，也嫩得很。在这里你是无论如何也吼不得一声，喊不得一句的。

　　过杨家坪不久，有半边渡。那是因为山一时向河边走得太近，将脚泡到了水里，人贴岸行走便断了路，还要搭几步船。说是渡船却又不来对岸，渡了半天却还在那一边继续走路。这时正有一帮小学生放学，像群羊羔撒欢，直颠得河中的树影乱颤。正当野渡无人舟自横，四五个小不点飞身上筏，一个稍大一点的就自觉殿后，竹篙一点，"呼哨"一声，红领巾便迎风燃起五六团火苗，眨眼就飘到了路那一端。河这岸有几个女子在浅水处的石头上捶衣，孩子在草窝里嬉戏，背后稍远处有农夫在耕地。

　　因是冬末，没有常见的漓江烟雨，平林漠漠，景色清明。岸边不时闪过一丛丛的凤尾竹，竹后是农家袅袅的炊烟。往前方眺望，群峰起伏，如一队行进的骆驼，隐约驼铃在耳；回首来处，水天迷茫，山峰相连相叠，如长城的垛口，回环不绝。站在船上，我不时冒出这样的念头，这是真山真水吗？

了"这是真山真水吗？"的赞叹，照应了桂林美如仙境的概括。

在北方，人行山里几天几夜出不去，不知道要钻多少一线天、扁担峡；车行山里，跃上峰巅，倒海翻江。而这山水却奇巧如盆景，美丽如童话。说是盆景，却是真的山水、树木；说是童话，我们又真真切切地置身其内。事物每当真假难分时，就像水墨画洇润出一种迷蒙的美；像无题诗传达着一种说不清的意；像舞台上反串后的角色透出一种新鲜与活泼。这是我初读桂林的印象。

水墨画、无题诗、舞台剧的神奇比喻，写桂林美得无法形容，作者陶醉其中，喜不自禁。

上岸之后我们乘车从旱路往回返，这时没有了水光掩映，却又多了满野的绿风。路边的小山一个个兀立平野，近看像一座座圆头碉堡，像一个个麦垛。山不高，满头都披着茸茸的草树，恨不能停车伸手去摸摸它，或者一头扎进草堆，重做一场儿时的美梦。

承前文的"童话"之喻，作者不仅动其心，更要付其行了。为下文写专门驱车去看月亮洞做铺垫。

同车的一位青年朋友说："原来世上真有这样的山。小时候认识了象形的'山'字，总也找不到想象中的山，今天才算解了这个谜。"大家都哈哈大笑。这些"麦垛"大大小小地交错着，淡出淡入，绿枝蒙蒙，像一团团春风刚梳妆过的杨柳，远到天边就只剩下一痕痕绿色的曲线。我们是专门驱车去看月亮洞的，那实际上是远处的几笔描绘出月亮洞的若隐若现，又引用尼克松的故事，写出月亮洞的魅力无穷。

一座山峰，中穿一洞，这洞又被前面的山所遮掩。车子前行就渐渐看到一眉弯月，月亮由亏到圆，灿若小姑娘的笑脸，再行又渐为轻云所遮，如月食之变。那年美国总统尼克松来游，大声叫绝，非要上山去探个究竟。这本是苏州园林中惯用的"移步换景法"，不想大自然却早就创造在这里等着。

第二天我们又在城里看了一天山。城里看山，这本身就是一个新鲜话题，都市里怎么能有山？有也只能是公园里的假山。那年我在昆明登龙门，看到城近郊有那样的真山已是大吃一惊，不想这桂林却有几十个大大小小的山头，直跑到城里的马路边，钻到机关的院子里，蹲到人家楼前的窗户下，或者就拦在十字路口看人来人往。孤山、穿山、象山、叠彩山、骆驼山、独秀峰，就这样真真切切地和人厮混在一起，桂林人每天上班下班，车水马龙绕山走，假日里则摩肩接踵，在山坡上滚，山肚子里钻，相处久了连山也都有了灵气。

桂林的山会"跑"、会"钻"、会"蹲"、会"拦"，它们富有灵性。"厮混"贬词褒用，突出作者对桂林的山竟能与城市亲密共生的欣喜。

最有名的是象鼻山，城边水旁一个四脚稳立的大象，长长的鼻子直伸到水里，水下又有一个同样的象。骆驼峰，就是一峰蹒跚西行的长毛驼，连背上的两个驼峰、前伸的鼻子和旅途劳顿的神态都惟妙惟肖，人们说这是世界上最大的骆驼。这些山大都被改造成公园，真山真水，当然比景山、颐和园要好看得多。

桂林的山中皆有洞，洞大不可言。我只上
到穿山的一个洞里，传说这是伏波将军一箭射穿
的。洞内可坐数百人，有石桌石凳，夏天退了休
的老人就在这里下棋、打牌做神仙。这洞的上面
又还有同样的一层。

除了上山看洞，还可入地看洞。资格最老的
当然是芦笛岩。在这个地下龙宫里，竟都是些石
笋、石柱，石的瓜、果、桃、李，石的狮、虎、
猴、龟。有的奇石，任怎样高明的大师也雕绘不
出这样惊天地的杰作。我奇怪这里大至山，小至
石，怎么都如此逼近生命，凝聚着活力？桂林这
块地方真是从山水到草木，从天上到地下，让灵
气窜了个遍，浸了个透。人杰者，百代出一；地
灵者，万里难觅。今独此地，除了上帝的垂青，
鬼斧神工，又能作何解呢？

不知为什么，在桂林我总要想起苏州，它
们分别是从自然和人工的两头去逼近美，都是想
把这两头拉过来挽成一朵美丽的花。人不但喜美
食、美衣，还讲究择美而居。一种办法是选一块
极富自然美的地方安营扎寨，这就是桂林。另
一个办法是把自己居住的地方尽量打扮得靠近自
然，这就是苏州。

人类本来开始像小鸟恋窝一样依偎着自然，
向往自然，古代有多少僧道隐者为享松竹之乐而
逃离都市。但是随着人力的强大，人类又开始排

神奇的想象为奇石平添了情趣，作者惊叹于大自然的鬼斧神工了。写石放在写山写水之后，紧密地呼应了首段。

斥自然，他们建起了现代的都市，用钢筋、水泥、玻璃、铝合金重垒了一个新窝，但同时也就开始接受应有的惩罚。而我们在桂林却找到了一个答案，像桂林山水一样珍贵的，是桂林人与自然相契合的精神；像桂林山水一样令人羡慕的，是桂林人的生存环境。他们在尽情实现人的价值的同时，既不是如僧看庙般的媚就自然，也不是如上海、广州那样赶走自然，而是在自然的怀抱里，把现代文明发挥得恰到好处，把自然的美留到极限，让人对自然永存一分纯真、一分童心，人与自然相亲相融。

我才理解到陈毅所说，愿做桂林人，不愿做神仙。神仙虽好，没有烟火，桂林是一个有烟火的仙境，一个真山真水的盆景，一个成年人的童心梦。

这是议论，由桂林产生联想，并进行了深刻的思考，肯定了人与自然相契合的生存状态。体现了作者"文章为美而写、为思想而写"的创作理念。

温 莉　　　　　点 评 老 师

山西省太原市第十二中学语文高级教师。

储存时间的溶洞

贵州号称世界溶洞博物馆，其中最有名的是织金洞，这里兼有各种造型的钟乳石，千奇百怪，美轮美奂。我本是要作一次浪漫的赏美之旅，但走着走着倒陷入了对时间的沉思。

时间从哪里来？又到哪里去了？这是哲学家、物理学家考虑的问题。它实在是太浩渺虚幻了，让常人难以捉摸，甚至从来不去想它。古人发现地球绕太阳一圈，四季轮回，就把它叫做"年"；又发现月亮绕地球一圈，缺而又圆，就把它叫做"月"；日升又落，就把它叫做"日"。为了更实用一些，就借助太阳影子的移动发明了计时的"日晷"，借助容器滴水发明了计时的"滴漏"，即古诗里说的"漏声迢递"。再往后有了钟表。但所有这些，都是你眼睁睁看到的正在走着的时间，那么过去的时间去了哪里？能让我们摸一摸、看一回吗？原来它藏在地下的溶洞里。

在湘、鄂、黔相连的武陵山区遍布溶洞，我曾进过一个特大的洞，可以开进一架飞机。现

开篇简洁，直入主题。概括"织金洞"的特点，又引出对"时间的沉思"。

由熟知的"年、月、日、时"引起对过去时间的找寻，引出"地下溶洞藏着时间。"

在这织金洞已探明的也有十二千米，上下四层，四十七个大厅，最高者一百五十米，有五十层楼那么高。都说水滴石穿，看看大自然有多么大的耐心啊，能穿出这么大的一个石洞。水穿成洞后还不算完，它还要在洞里造石笋、石柱、石崖、石山。当年穿洞是用减法，洗去石头里的钙质；现在造石是用加法，水滴石上，留下一层钙质，层层相加，要数十万年才长几毫米。而现在眼前的钟乳石如山如峦啊，这要"滴答"多少年。

有一根石柱只有合抱之粗，却有百米之高，一直顶到溶洞的天花板。这要是林中的一棵大树，我们会去测算它的年轮，而现在只能推想它的"年层"，那是多么多么薄，肉眼无法看到，显微镜无法捕捉，只能靠理论推算的"年层"啊。在没有钟表之前，古人曾点香计时，它就是未有人类之前造物者留在这里的一炷香，慢慢地燃去水分，留下不去的香灰，留给将要出现的人类。可以想见这项工程的难度，要亿万年间洞顶上的那个漏水点与地面垂直不变，石柱才不会歪斜；要亿万年间头上的水量匀速下滴，石柱才粗细均匀；要亿万年间没有地震等地壳变动，石柱才不会断裂……这是一场多么耗时、耗心又多么精准的实验啊。当年卢瑟夫研究原子结构，实验八千次才有一次成功，想造物者在这漆黑的大溶洞里默默地坚守，其耐心更远在八千倍之上。神

形象的描述、具体的数字，写出溶洞范围广、内部高的特点，让读者印象深刻。

作者发挥联想，巧妙地将石柱比喻成造物者燃香后留下的香灰，形象生动，表现时间的久远。

运用比喻，将石柱形成的过程比作一场实验，生动形象地写出了溶洞形成的不易，体现了造物主的鬼斧神工。

呼其技，伟哉自然！人类是绝对无法完成的，因为他没有足够的时间。

我在溶洞里徜徉，讲解员在耳边说着些钟乳石的美丽，什么倒挂琵琶，什么霸王的盔甲，我全然没有听进去，只想着在地球上还没有树木之前，怎么就像树一样地长起这些石柱。这时路过一根石笋，只有齐腰之高，因为在路边，被游人摸得溜光。我忽然想起那年走在江西的竹林里，路边也是这样高的一根竹笋，嫩绿滴翠，像一个翩翩少年，我曾忍不住扶笋留影一张。主人说那笋子昨天还没有冒芽，一夜间就蹿了这么高。而眼前这个石笋呢，讲解员说已有四十万年。

啊！小学学历史时就记住了四十万年前才有了北京猿人。石笋一节，从猿到人啊！想一千多年前柳永在月光下从容地咏着他的词，"柳丝长，春雨细，花外漏声迢递"，而地球却在它自己的漏声中不紧不慢地走了过来。朱自清在他的散文《匆匆》里感叹时间的流逝，"是有人偷了他们罢：那是谁？又藏在何处呢？是他们自己逃走了罢：现在又到了哪里呢？"原来他们跑到地下，跑到了这织金洞里。按照爱因斯坦的相对论，空间可以弯曲，时间可以追回。那么时间也是一种矿藏。

我的想法滴在时间的流里，没有声音也没有影子，我不禁觉得自己也被溶进了这个溶洞

由眼前的石笋，联想到曾与一根竹笋留影的经历；将主人的述说与讲解员的介绍形成对比，突出石笋形成时间之长。

"漏声"指铜壶滴漏之声。此处将地球拟人化，生动地写出地球形成的时间久远。

"矿藏"是地下埋藏的各种矿物质总称。在这里把时间比喻为矿藏，表明了织金洞是时间留给我们的珍贵宝藏。

里。我参观过世界闻名的南非金矿，乘电梯下去，深不见底。我想有一天也许这洞口会挂上一块牌子：织金时间开发公司，在这洞里像开发金子一样地开发时间，那将是世界上的第一座时间矿洞。

古人说一寸光阴一寸金，难怪这个洞名叫织金溶洞呢。

作者由记录时间的溶洞，感悟到时间的宝贵，用朴实的语言，表现深刻的哲理。

张建才 点评老师

浙江省温州市龙湾区外国语学校语文教师，曾获温州市2020年中小学线上教育教学"抗疫情"精品微课奖项。

海　思

没有见过海，真想不出她是什么样的。

眼前这哪里是海呢？只有水，水的天，水的地，水的色彩，水的造型。那如花灿烂的浪，时起时伏的波，星星点点的雨，湿湿蒙蒙的雾，一起塞满了这个蓝天覆盖下的穹庐。她们笑着、叫着，舔食着天上的云朵，吞没了岸边的沙滩，狂呼疾走，翻腾飞跃。极目望去，那从天边垂下来的波涛，一排赶着一排，浩浩荡荡，如冲锋陷阵的大军；那由海里泛起的浪花，沸沸扬扬，一层紧追着一层，像秋风田野上盛开的棉朵。

那波浪互相拥挤着、追逐着，越来越近，越来越高。赶来到脚下时便成了一道道齐齐的水墙，像一匹扬鬃跃蹄的野马，呼啸着扑上岸来，"啪"的一声，一头撞在那些圆溜溜的礁石上，顷刻间便化作了点点水珠和星星飞沫。还不等这些水珠从礁石上退下，又是一排水墙，又是一声巨响，一阵赶着一阵，一声接着一声，无休无止，不穷不尽。

倒是水雾里的那几只海鸥在悠闲地盘旋着，

开篇入题，既引出下文，又设置悬念，激发读者阅读兴趣。

两组排比短句，概括了水的各种形态，把读者带入了一个浩瀚磅礴的"水"世界。"塞满"一词极言"水"之多、之盛、之无涯、之壮阔。

细细描摹波浪的形态。"极目望去、越来越近、赶来到脚下时"三个词组揭示了由远及近的观景顺序，条理清晰。"冲锋陷阵的大军、扬鬃跃蹄的野马"两个精妙的比喻，刻画出波浪的汹涌澎湃，让读者如临其境，如闻其声，如见其形。

打着浪尖。我站在礁石上，任海风鼓满襟袖，任浪花打湿鞋袜。那清风碧波，像是从天上，从地下，从四面八方，从我的五脏六腑间一起涌过。我立即被冲洗得没有一丝愁绪，没有一星杂虑。而那隆隆的浪、滚滚的波，那浪波与礁石搏斗的音乐，又激荡起我浑身的热血。海啊，原来是这个样子。

每天，我在海边散步，便被织进一张蓝色的大网中。我知道这水和空气本是透明无色的。但天高水深，那无数的"无色"便织成了这种可见而不可触的蔚蓝色，似有似无，给人一种遐想、一种缥缈、一种思想的驰骋。朱自清说，瑞士的湖蓝得像欧洲小姑娘的眼，我这时却觉得这茫茫的大海蓝得像一个神秘的梦。

渐渐，我奇怪这海的深和阔。那滚滚的海流何来何去？那万丈长鲸，何处是它的归宿？那茫茫的彼岸又是什么样子？我想起书上说的，在那遥远的百慕大海区，舰艇会突然失踪，飞机会自然坠落。在大西洋底，有比喜马拉雅山还高的海岭在起伏，有比北美大峡谷还深的海洋深谷在蜿蜒。还有那海底的古城，那长满了绿苔的墙，那曾是住宅和商店的房，真不知这一片深蓝色中还有多少个这样的谜。

本来，不管是亚洲高原上的大河，还是大洋洲大陆上的小溪，都将在这里汇合；不管是杨贵妃沐浴过的温泉，还是某原子能电厂用过的冷水，都要在这里相聚。时间和空间在大海里拥抱。太阳晒着，将这一切蒸发、循环；台风鼓着，将它们翻腾、搅拌。亿万年的历史，五大洲的文明，纵横相间，一起在这里汇拢，融进这片深深的蓝色。科学家说，物质是不灭的，那么捧起一掬海水，这里该有属于大禹那个时代的氢，也该有哥伦布呼吸过的氧。于是，我明净的心头又涌上一汪蓝色的沉思。

当我从海湾的那边返回时，是乘的船。风平浪静，皓月当空，船在月光与水波织成的羽纱中飘荡。我躺在铺位上，倾听那海风海浪的细语，身子轻轻地摇晃着，不由想起那唱着催眠曲的母亲和她手里的摇篮。本来，地球上并没有生命，是大海这个母亲，她亿万年来哼着歌儿，不知疲倦地摇着，摇着。摇出了浮游生物，摇出了鱼类，又摇出了两栖动物、脊椎动物，直到有猴、有猿、有人。

我们就是这样一步步地从大海里走来，难怪人们对大海总是这样深深地眷念。人们不断到海边来旅游，来休憩，来摄影作画、寻诗觅句。原来是为了寻找自己的血统、自己的影子、自己的足迹。无论你是带着怎样的疲劳、怎样的烦恼，请来这海滩上吹一吹风、打一个滚吧，一下子就会返璞归真，获得新的天真、新的勇气。人们只

作者的思绪在广袤的空间和无限的时间中纵横驰骋，让文章在写景抒情的同时有了大气磅礴之美，体现了梁衡散文的大格局、大境界、大情怀。

新奇的比喻和形象的拟人手法，将大海孜孜不倦孕育生命的母亲形象展现出来，让人耳目一新，同时为下文的思考做铺垫。

由前文跨越时空的联想，到此处"发现自己"感慨，对海的沉思进一步升华，与文章题目"海思"遥相呼应。

有在这面深蓝色的明镜里才能发现自己。

当弃船登岸时，我又转过身来，猛吸一口这海上带咸味的空气。

用一句看似"闲笔"之句收束全文，余味悠长，让读者掩卷而思。

柳慧娟

北京师范大学鄂尔多斯第二附属学校语文教师、教研组长，北京大学汉语国际教育硕士。

点 评 老 师

秋　思

　　十月里有机会到吕梁山中去，一进到山的峰谷间，秋浓如酒，色艳醉人。常年生活在城市里的人，真不知道大自然原来是这样的换着时装。这山，原该是披着一件绿裳的吧，而这时却铺上了一层花毯。那绒绒的灌木、齐齐的庄禾、蔚蔚的森林，成堆成簇，如烟如织，一起拼成了一幅五光十色的大图案。

　　这花毯中最耀眼的就是红色，坡坡洼洼，全都让红墨汁浸了个透。你看那殷红的橡树、干红的山楂、血红的龙柏，还有那些红枣、红辣椒、红金瓜、红柿子等，都是珍珠玛瑙似的闪着红光。最好看的是荞麦，从根到梢一色娇红，齐刷刷地立在地里，远远望去就如山腰里挂下的一方红毡。

　　点缀这红色世界的还有黄和绿。山坡上偶有几株大杨树矗立着，像把金色的大扫帚，把蓝天扫得洁净如镜。镜中又映出那些松柏林，在这一派暄热的色彩中泛着冷绿，更衬出这酽酽的秋色。金风吹起，那红波绿浪便翻山压谷地向天边滚去。登高远望，只见紫烟漫漫，红光蒙蒙，好一个热烈、浓艳的世界。

我奇怪，这秋色为什么红得这样深浓。林业工作者告诉我，这万山一片在春之初本也是翠绿鹅黄的，一色新嫩。以后栉风沐雨，承受太阳的光热，吸吮大地的养分，就由浅而深，如黛如墨；再渐黄而红，如火如丹。就说这红枣吧，春天里繁花满枝，秋时能成果的也不过千分之二三，要经过多少场风吹雨打、蜂采蝶传，才能收获那由绿而红、一粒拇指肚大的红果，这其中浓缩了多少造物者的心血。那满山火红的枫叶则是因为她的叶绿素已经用完，显现红色的花青素已经出现，这是一年来完成了任务的讯号，是骄傲与胜利的标志。

本来，四时不同，爱者各异，人们大都是用自己的心情去体贴那无言的自然。所以即使春花灼灼，也难免林小姐葬花之悲；秋色如水，亦有欧阳修夜读之凉。其实顺着自然之理，倒应是另一种感慨。芳草萋萋，杨柳依依，春景给人的是勃发的踊跃之情，是幻想，是憧憬，是出航时的眺望；天高云淡，万山红遍，秋色给人的是深沉的思索，是收获，是胜利，是到达彼岸后的欢乐。一个人只要是献身于一种事业，一步步地有所前进，他的感情就应该和这大自然一样的充实。

我站在这秋的山巅，遥望那远处春天曾走过

设置悬念，吸引读者阅读兴趣，很自然地引出下文。

通过"红枣、枫叶"演绎从"翠绿鹅黄"到"如火如丹"，为下文升华主题蓄势。

由对"自然之景"的思考到"自然之理"的感慨，最后到"人生态度"的总结，逐层推进，水到渠成。

的小路，不觉想起《钢铁是怎样炼成的》一书中关于年华的那段名言："人，最宝贵的是生命。生命对每个人只有一次，人的一生应该这样度过：忆往事，他不会因为虚度年华而悔恨，也不会因为生活庸俗而羞愧。" 我想，不管是少年、青年还是中年人，都请来这大自然的秋色中放眼一望吧，她教你思考怎样生活，怎样去创造人生。

> 引用名言深化"秋日之思"，收束全文。

刘国兰　　　　点评老师

江西省抚州市优秀语文教师，初中语文市级学科带头人。

武当山，人与神的杰作

在武当山旅行，最让我震撼的是万山丛中、绝壁之上和古树深处的宫殿。宫殿本是给人住的，给有权的王或皇住的，但不可理解，在这方圆八百里的荒山之中，怎么会有这么多的红墙绿瓦、木柱石梁，甚至还有铜铸、鎏金的大量宫殿。据统计，有九宫、八观、七十二庙，两千七百间房。真不知，历史是怎样完成这一杰作的。

武当大兴土木第一人当数朱棣。朱是违反封建帝王的传承法则，夺了侄儿的皇位上台的。他在位期间完成了中国建筑史上的两大工程，一是北修故宫，为我们留下了一座中国最尊贵的皇权殿堂；二是南修武当，为我们留下了一处国内最庞大的神权殿堂。史载，为修武当，朱棣运用了江南九省的赋银，三十万工匠，耗时十二年。现在通行的说法是，他为了借神权来保皇位。可能还有更深一层的意思，这武当山也许是他经营的一个后方战略基地，一个政治陪都。但不管他是什么目的，都为我们留下了一批灿烂的文化遗

以数字入文，资料准确，客观理性之余，让读者对武当山建筑的宏伟产生浓厚兴趣。

引用典故，将武当山的历史呈现在读者面前，考证性强。

产，我们只要先看看山上山下的两处大殿就会明白。

太和宫修在海拔一千六百一十二米的山顶上，规模宏大，明代时已有山门、朝圣殿、金殿等房五百二十间，历经风雨、战火，就是现在也还存有一百五十多间。它还有一个奇怪的名字——紫金城，和北京的故宫紫禁城只差一字，也有一条长长的红色宫墙，将山头最高处全部圈起来，围成一座"皇城"。上顶蓝天，下眺汉水，俯瞰着林海茫茫、白云缭绕的七十二峰。太和宫里最好看的是金殿，整座大殿由黄铜铸成，表面又鎏以赤金。虽为铜铸，却是一座真正的大殿，高五点五米，宽四点四米，梁上的斗拱榫头、屋脊上的人物走兽、飞檐下的铃铛、四周的大柱围栏，各种构件应有尽有，花格镂空的门窗开合自如，殿内供设一样不少。

我轻轻推开殿门，正中是庙的主人真武大帝的坐像，高一点八六米。传说朱棣命画家为真武造像，画一张，不满意，杀一个画家，如是者数人。后一画家暗悟其意，就照朱的神态作画，当即通过。现在满山各庙留下的真武像都是这一个模式。

朱棣是个政治强人，南下金陵夺皇位，北扫大漠拓疆土，又下诏修《永乐大典》，文治武功都要占全。他生性残忍，又喜伪装。名儒方孝孺

移步换景，先写大殿总体轮廓，给读者留下初始印象，即使是游记，也应有极强的逻辑性。

描写言简意赅，以形传神，空间辽远，用笔节省，却富有穿透力。

"金殿"为太和宫的显要重点，因此浓墨重彩进行描绘，能给读者留下鲜明印象，易产生身临其境之感。

由粗略到细微，着笔层层递进，这里开始写朱棣的"坐像"，整整两个段落都是对"坐像"的描绘，既有形的描摹，又有典的融入，灵巧感与厚重感共存。

不为他起草诏书，他就以刀抉其口，灭其十族，杀八百七十三人。但在庙里，有小虫落其衣，他轻放于树说："此物虽微，皆有生理，勿伤之。"你看现在这个"真武大帝"，不威自重，静镇八方，还有几分慈祥。这是一个真真切切的人，圆头大耳，无冠，短须，丹眼，龙鼻，腰壮肩阔，以手按膝，凝视前方。更妙的是他身着一件锦袍，体态安详如春，衣纹流畅如水，却于前胸和袖口处露出金属纹的铮铮铠甲。轻衣便服，难掩杀气，这正合朱的身份。

这尊神像无论从哪个角度讲都是一件极好的艺术品，它既无一般庙里神像的呆板，也没有帝王像居高临下的霸气，完美地表现了"神"与"皇"的结合。我真佩服这无名艺术家的构思之精和做工之巧。

真武神连同旁边的金童玉女等共五尊真人大小的铜像当时在北京铸就，经大运河运到南京，再溯长江而上，又入汉水至武当山下，再搬到这海拔一千六百多米的金顶上，可想是怎样的费工费时。现在山上还存有朱棣专为运送这批铜像下的圣旨："今命尔护送金殿船只至南京，沿途船只务要小心谨慎。遇天道晴明、风水顺利即行。船上要十分整理清洁。故敕。"后面又补了一句："船要十分清洁，不许做饭。"你看皇帝也这样婆婆妈妈，圣旨公文也不嫌啰唆。今天，当我们读这一段君权神授的故事时，却无意中读出了政治，读出了文化。感谢那些无名的工匠、艺术家，在六百年前为我们预留下这么多建筑、冶炼、雕塑、绘画的标本。

山顶的金殿是武当山海拔最高、施工难度最大的宫殿，以精见长；而山脚下的玉虚宫则是武当山海拔最低、占地最多的宫殿，以大见长。它又名老营宫、行宫，可知这是当年全山施工的大本营，又是驻扎军队的地方，也是皇帝出行办公、休息的地方。朱棣在启动北京故宫工程后四年，开始修玉虚宫，形制全照故宫的样子，只是等比缩小。而且山门、泰山庙、御碑亭等附属建筑越修越多，高峰时达两千多间殿宇，占地八十多万平方米，后经战火、水患，楼殿、屋宇逐渐荒废坍塌。到20世纪90年代，平地淤泥已达两米之深，沧海之变，宫墙之内已成了一个庞大的果园。1994年花了一百多万，动用机械清土，这座深宫才大致露出了原貌。

我一进山门，心灵为之一振，映入眼帘的是一个荒荒的广场，而铺地的巨石每块都有桌面之大。石面油光平滑，可知这里曾经涌过多少膜拜的人流，但石缝中钻出的荒草又告诉你，它已熬过不知多少年的寂寞。广场的尽头是巍峨的宫殿轮廓和红色的残垣断壁，衬着绵绵的远山，令人想起万里长城或埃及沙漠里的金字塔。

由山顶到山脚，由上到下，依序展开，空间的变化与眼前景物的变化相得益彰，顺序井然是游记散文的基本功。

山脚胜景有"玉虚宫"，以朴实大气的语言概述"玉虚宫"的形貌与作用，非描写重点，因而行文略简。

着笔有咏怀诗的味道，虽然游记重在写景写物，但是抚今思昔的深沉慨叹能增强文章的厚重感，容易激发读者共鸣。

　　这是另一个故宫，你脚下就是午门外的广场，只是多了一分岁月的悲凉。与北京故宫不同，院里多了四座碑亭。我从来没见过这么大的碑和亭，过去所见庙里、陵前的碑亭也不过就是平地竖碑、四角立柱、搭顶遮雨而已。而眼前，先要踏上几十级台阶才能上到亭座。这时仰观亭身，墙高九米多，厚二点六米，一样的红墙绿瓦，只是顶子已经塌落，成了一个天井，越过墙头的高草矮树，露出一方蓝天白云。实际上这就是一个小的宫殿，里面端立着一扇冰冷的石碑，宛如庙里的神像。

　　这碑也特别的巨大，重一百多吨，只驮碑的赑就高过人头。每面碑上刻有一道圣旨，第一道是讲要严肃山规："一应往来浮浪之人，并不许生事喧聒，扰其静功，妨其办道。"第二道是讲这宫建成后如何灵验："告成之日，神屡显像，祥光烛霄，山峰腾辉。"站在亭上北望，是广场、金水桥、玉带栏杆和巍峨的大殿，不亚于北京故宫的排场。可以设想，皇帝出行到此，这玉虚宫内外仪仗銮驾，三呼万岁，君权神授，何等威风。但是这豪华的行宫未能等到它主人的到来，朱棣在永乐二十二年（1424年）死于北征途中。

　　朱棣死后，这出人与神的双簧还在往下演。真武帝的封号愈来愈大，进香的人愈来愈多，但无论如何这造神运动也救不了它的主人。自明代以后武当虽愈修愈大，而中国封建王朝却愈来愈衰落。但这满山满沟的文化积淀却愈来愈深厚，到处是建筑、文学、绘画、雕刻、音乐、武术的精品。

太子坡景区有一座五云楼，楼高五层，通高十五点八米，却只由一柱支撑，交叉托起十二根梁枋，建筑面积达五百四十四平方米。南岩景区，在半壁悬空为殿，殿外又横空挑出一长近三米、重达数吨的石雕龙头，祥云饰身，目光如炬，须髯生动。且不说其做工之精，如何装上去即是一谜。那天，我去寻访一处荒废的旧宫，半路向导说，沟下有一岩洞，披荆拔草，下去一看，洞里竟刻有一幅王维的自画像并一首诗。我望着起伏的沟壑和冉冉的云雾，真不知藏龙卧虎，这里面还有多少艺术的珍宝。

就像慈禧为自己祝寿却给后人留下了一座颐和园，朱棣为自己修家庙，却留下了一座文化武当山。其实，不只是中国这样，你看世界各地的金字塔、泰姬陵、希腊神庙等，那些为皇、为王、为神造的宫殿、教堂、园林，最终都逃离了它的主人，而回到了文化的怀抱。历史总是在重复这样的故事，王者借手中的权力，假神道设教，造神佑主，而忘了打扮神灵时绝离不开艺术。于是神就成了艺术的载体，而那些被奴役的

这一段属于游记的补充，几笔交代"五云楼、空为殿、荒废的旧宫"等，看似与文章重点相悖，实则作者想要印证华夏大地藏有无数的艺术珍宝。

结尾总结提炼，画龙点睛，提升游记的格局与品质。在漫长的岁月里，艺术永葆最纯粹的面目。

工匠倒成了艺术创作的主体。历史不以英雄的意志为转移，总是按它的取舍标准，有时看似"买椟还珠"，实则舍去该舍的，留下该留的。

武当山古建筑群于1994年被联合国列入世界文化遗产。

张寒潇

曾任教华南师范大学中山附属中学，获中山市论文比赛一等奖。

点 评 老 师

平壤的雪

那一年我访问朝鲜，10月26日上午在南浦参观时，还下着淅淅沥沥的小雨，下午五时回到平壤，天空却飘起鹅毛大雪来。晚上我们驱车行进在去妙香山的公路上，路边的松树经车灯一照，在茫茫夜色中像一排憨笨的熊猫。雪花飘飘直扑车窗，司机说，你们赶上了朝鲜今年的第一场冬雪。

妙香山是朝鲜著名的风景区，这个宾馆也修得很有民族特色。我们一下车就被让进热烘烘的房间里，一进门照例要脱鞋的，地上满铺着一层草编薄席，织工很细，还挑出美丽的图案。有很好的沙发，可是大家都抢着坐在地上，地上热乎乎的，原来暖气是在地板下的。这风味古朴的房间里却摆着现代化的家用电器，大收音机、彩色电视和冰箱。我们急忙去调电视，猜想或许能收到北京的图像，没有，只有一个频道。

第二天早晨醒来，一拉开窗帘，大落地玻璃外便是山，还有潺潺的流水。山很近，所以水和树一下就扑在你的眼前，将你紧紧拥抱，你已不

"扑"字巧妙拟人化，赋予雪花人的情态，生动地表现出朝鲜第一场冬雪的急、大。

移情于景，作者巧妙又强烈地表达眼前景

知这旅馆的存在，昨晚使用过的电视、冰箱、浴室好像在这山出现的同时，早被一声喝令退得无影无踪。现在只有自然来和你对话了。

这山并不单调，两三层，前后错落成近景和远景，折出一个之字形的谷，谷底有水，能听见远去的声音。山上最多的是油松，给山盖了一层厚绿作为底色，绿底子上又有黄色，那是落叶松；又有红色，是枫树；有褐色，是已经红过头的黄松。还有许多杂生的灌木，经秋霜后显出深浅不同从绿到红的过渡。但是今天早晨在这复杂的各色之上又突然撒了一层白，就更显出一种奇妙的变化。

白，在画中是作为一种原色而衬底的，现时却反过来，白将一团红绿压去。如果她是厚厚的一层如棉被一样盖下去，也就不说她了。但你想，第一场雪自然是不会太大，而且时间也不会太长，所以这白做不了背景，倒成了点缀。当白雪从天上纷纷扬下时，落叶松和枫树伸手去接她，但他们的叶子小或软，雪花从他们的指间、手掌上滑下来，却将地上的杂草和灌木悄悄地盖住，盖成一片白，黄松倒益显其黄，红枫则益见其红。油松的本领就大不同了，他的针叶密而硬，团团的雪片都结结实实地挂在、压在、镶在叶缝间。整个树成了一个粉团，勾出一个厚重的轮廓。

太阳出来了，雪开始变软，绿针刺破了雪团，刺出水来，水又洗净了绿叶，现出明亮的色彩，于是这松树身上竟幻化出静静的白和水汪汪的绿。再披上红色的朝霞，再点缀上黄枝红叶，再隐去脚下平时杂乱的草木山石，再伴奏上远处传来的叮咚的水声。放眼望去，远处隐约空蒙，近处清明沉静，好一幅水彩画，好一首交响曲。这山一夜间竟变成这个样子，真是好看极了，我不禁抚着窗台动了感情。

突然门开了，同伴进来问我在干什么。我一回头，才发现自己还在这座房子里，地上摆着冰箱和电视。第二天一回到大使馆里，我就问昨天北京是否也下了雪。

运用通感手法，通过视觉和听觉将"绿、白、红、黄"和"叮咚"之声融为一体，富有画面感，让人感受到雪融化时的生机和美。

既生动形象地写出雪后山景的生动诗旒，又真挚地直抒胸臆，连用两个"好"字，突出作者对平壤的雪的强烈喜爱。

王　婷　　　点评老师

山东省聊城市水城慧德学校语文教师，聊城市教学能手。

印度的花与树

一般来说，好风景给人的是陶醉，是沉思。但我一到印度南部的班加罗尔，却被这里的风景激动得直想狂呼高歌。

班加罗尔的风景，全在街上的花和树。我们平时说花，不外桌上瓶里的插花，窗前盆里的鲜花，还有花圃里精心侍弄的花，田野里烂漫绚丽的花。可这里却是轰然一树的花，满街满城的花，而且是一色火红的花。

一出机场，迎面就是几株叫不上名的大树，满树不是绿叶，全是火红的花朵，车子进了城就在花树搭成的胡同里钻行。后来我才辨清，这红花树主要有两种：一是我国南方也有的木棉树，花很大，且常年四季地开。另一种是火把树，类似国内的绒线树，有叶，很细碎，花却是特别硕大，红肥绿瘦，反显不出树叶。怎么可以想象，街上合抱粗的巨木擎天而立，不是绿叶扶疏，而是红花万朵，在明媚的阳光下如火苗狂舞，直拥到五六层楼的窗前；又如红绸飘落，直垂到路边，扫着车顶和行人的头。

　　向来赏花，人为主，花为次，花是人手中的玩物、眼中的小景。清供一枝在案头，玉色闲情相共品。而现在，反次为主，这花上下半空，前后一街，将人结结实实地裹在其中。席卷天地八方来，红花热血共沸腾。好像一个酒徒，平时能有一两杯好酒已庆幸不已，现在一下被推到酒海里游泳，醉了，醉了，醉得不知东南西北。

　　成树的红花之外，还有一种藤类的明丽亚花常爬在墙头，紫色的花朵如小儿的拳头，枝叶茂密，曲虬结绕，往往几十米、上百米地盖过墙头，密密匝匝，叠翠压锦。其色彩珠光宝气，明媚照人，其势态却如蓬蒿弃野，生灭由之。每见此景我不觉生一种惋惜之感，这样的花朵要是在国内，就是案头一枝也足可斗室生辉，要是公园里能有一株，也会叫游人流连驻足的。而在这里却随意委弃，开得这样浪费，可见好花之多，多到抛金撒银的地步。

　　红花之外便是绿树，树个个大得惊人。苦楝树一伸臂就护住半块蓝天，棕榈树矗立着就是一根旗杆，大榕树的根接地通天，要是照一个特写镜头，你准以为是一片小树林子。总之，一棵树就是一个停车场，就是一个绿色的庭院。一行树就是一条蜿蜒的堤坝，一座逶迤的山脉。树浓荫蔽日，层绿无边。人在树下，如在一座神秘的教堂里一样。对中国大地上的绿色，我本就十分留

　　人在行旅，醉在花海，既有比喻也有侧面描写。"醉了，醉了"反复咏叹，突出作者观花后沉迷其中的感觉。

　　作者给"明丽亚花"一个特写镜头，从花色和花势上细致描摹，凸显了花开放时的烂漫恣肆，喜爱之情溢于言表。

　　过渡自然，由对"红花"的描摹转到对"绿树"的细致刻画，衔接紧凑。

意。天山风雪中松柏的凝绿，华北平原上春风杨柳的新绿，江南池塘中荷叶的碧绿。但是，无论我头脑中的哪种绿，都无法形容眼前这异国巨木的绿，这是在北纬十二度的骄阳下被烘烤着的，泛着光闪闪亮晶晶的油绿，举目之中所觉的已不是颜色，而是一种释放着的能量了。

这许多从未谋面的树中，有一种阿育王树最引我注意。阿育王本是第一个统一了印度的国王，其地位相当于我国的秦始皇。他为记功而立的阿育王柱，柱头四面雕着四个雄狮，一直保存至今，印度的国徽就是以它作图案的。现在这种树取了他的名也真够匹配，我一踏上印度的土地，就被这种树的神威所感召。

在维多利亚博物馆的大院里有两行阿育王树，树干挺立如柱，树冠庞然如山，树叶密不透风，一团神秘的墨绿透出古老、深沉、庄严。树旁是碧波荡漾的水池，再远处是藏有历史见证的博物馆大厅。我仰头看这擎着蓝天的神树，仿佛阿育王在半空中正注视着他的臣民，草木之物能长出人情神威来，也真是天地之灵了。

我在班加罗尔街头见到的阿育王树却别是一种风度，树冠一离地面，就被修成一座铁塔，昂首直立，而枝条却披拂而下，长长的叶片闪着亮亮的新绿，像一个威武的壮士披着新制的铠甲。原来这是一种倒栽的阿育王树，类似中国的倒栽柳，不过没有那种婀娜，倒有一种英武之气。这树也是有灵性的吗？如古人所说牡丹富贵，菊花隐逸，那么，这阿育王树便够得上雄浑博大了。

到班加罗尔的第二天，我们就驱车到迈索尔，又有幸看到了城市之外的田野中的树景。路边时而扑来芒果树、波罗蜜树，树上垂着累累的果实，而远处密密的椰子林却看不到边。这奇怪的树种，直到快摸着天时才顶出几片大叶，而叶腋间就是一堆西瓜大的果。这果一年四季不停地熟，人们爬上树摘掉，不久一仰头它又长了出来，仿佛是上帝在天际向臣民无声而又无休止地赏赐。

中间有一次我们停车休息，路边堆着如墙如堵的椰子，两个半卢比一个，椰农弯刀一挥，削去椰壳的顶盖，插进一根吸管，椰汁甘甜沁人。车子正好停在一株巨大的火把树下，我手捧阴凉嫩绿的椰果，仰视这株红色的伞盖，美味美景并收心中。真不知造物者为什么特别恩宠这片土地，生命之力在这里竟是如泉水般地四处涌流。

在印度的日子里，无时不在与红花绿树相伴，出门车在树下钻行，进宾馆先献上一个花环，访问完再捧上一束鲜花。一天，我深夜归来，桌上插着一束红玫瑰，茶几上放着水果篮和一洗手小钵，钵中可人的清水上漂着三片殷红的

运用夸张的修辞手法，把印度田野里树的奇特，刻画得淋漓尽致。从城市到乡野，美景也一路延伸。

作者欣赏美景、品尝美味，感叹造物主的伟大神奇，感恩大自然的馈赠，热情讴歌了生命之美。

花瓣。灯下，对着这三片花瓣，我独坐沉思，竟不愿上床了。我本无心，这红花绿叶却枝枝叶叶拂不去，直追客人到梦中。

我想，红花绿树是专为来装扮我们这个世界的，造物者之所以选了这两种颜色，是因为它们代表着生命。你看所有的动物、植物，哪个能离了血红素和叶绿素呢？难怪红花绿树这样叫人激动，它是热辣辣的生命将自己奔腾不息的力，借了红绿两色来显示给我们的啊！生命不息，花树就永远伴随着我们。

我明白了，当我们爱红花绿树时，其实是在爱自己的生命。

豹尾。由物及人，深化主题。爱红花绿树就是爱自己的生命，爱生命的绚丽多姿。

王宏亮　　点评老师

辽宁省阜新市彰武县初中语文教师，辽宁省优秀教师、省骨干教师。

冬季到云南去看海

年末深冬季节，到云南腾冲考察林业，主人却说，先领你去看热海。我心里一惊，这大山深处怎么会有海，而海又怎么会是热的？

车出县城便一头扎进山肚子里。公路成"之"字形，车子不紧不慢，一折一折地往上爬，走一程是山，再走一程还是山；一眼望去是树，再看还是树。只见一条条绿色的山脊，起起伏伏，一层一层，黛绿、深绿、浅绿，由近及远一直伸到天边。直到目光的尽头，才现出一抹蓝天——这蓝天倒成了这绿海的远岸。

走了些时候，渐渐车前车后就有了些轻轻的雾，再看对面的林子里也飘起一些淡淡的云。我说："今天真算是上得高山了。"主人笑道："正好相反，你现在是已下到热海了。"我才知道那氤氲缥缈、穿林裹树的并不是云，也不是雾，竟是些热腾腾的水汽，我们车如船行，已是荡漾在热海之上了。

所谓热海，是一个方圆八平方公里的地热带。腾冲是一个休眠火山区。多少年前，这里曾经火山喷发，现在地面上仍留有许多旧痕。如圆形的火山口，黑色的火山石，还有奇特的"柱状节理"，那是岩浆喷出时瞬间形成的一片美丽的石柱。但最奇的是地下的热海。大约火山熄灭后还是不死心，便试探着要找一个出口，地下的岩浆就悄悄地摸到这里，一直窜到离地表还有七八公里处，用炽热的火舌不停地向上喷舔着地面。于是这八平方公里的土地就成了一台巨大的锅炉，地下水被煮得滚烫，一个名副其实的热海。

热海虽名海，但我们并不能像苏东坡那样"纵一苇之所如，凌万顷之茫然"，也不能如曹操那样"东临碣石，以观沧海"。因为这海是藏在地下的，我们只能去找几个海眼"管中窥豹"。最大的一个海眼就是著名的"大滚锅"，单听这个名字，就知道它的威力。要看这口大锅先得爬上一个高高的"锅台"，我们拾级而上，还未见锅就已听到滚滚的沸水之声，头上热气逼人。上到锅台一看，这口石砌的大锅，直径三米，深一点五米，沸腾的热浪竟有尺许之高。由于长年累月地滚煮，锅沿上已结了一层厚厚的水碱，真是一口老锅。大锅前又开出一条数米长二尺来宽的石槽，亦是水沸有声，热气腾腾，槽上架着一排竹篮，里面蒸着土豆、鸡蛋、花生等物，这恐怕是我见过的最奇特的蒸笼了。游人可

用拟人的手法，生动形象地推测了"热海"产生的原因，表达了作者对这种神奇的自然景观浓厚的兴趣。

引诗句切入观海，写出了此处热海没有大海一望无际、苍茫辽阔、气势雄浑的特点，突出热海藏于地下的独特性。

先声夺人。未见锅而先闻声，滚滚的沸水之声真是无愧于"大滚锅"的名字。

以上去随意品尝这地心之火与山泉之水的杰作，就像在城市路边的早点摊上吃小笼包子。我们看惯了日夜奔流不息的江河，可谁又见过这无年无月翻滚不止的开水大锅呢？我抬头看一眼天上的白云和锅后山崖的绿树，忽然想起张若虚的那首名诗："江畔何人初见月？江月何年初照人？"这山上何时现滚锅，滚锅何时初见人呢？天地间悄悄地隐藏有多少秘密。

引用诗句，表达了作者对这一奇特景观的赞叹和思考，增添了哲理的韵味。

　　因为地处热海之上，山上山下露头的温泉就随处可见。有的潺潺而流，兀自成潭；有的点点而滴，挂垂成线；还有的间歇而喷，如城市广场上的音乐喷泉。但这泉水都脱不了一个"热"字，于是就利用来做浴池，连普通的山民家也开池营业。为了能更深一层感知热海之美，我们选了一处浴室推门而入，待穿过短廊才发现，并没有"入室"，而是豁然开朗，又置身在半山之上。原来这里的浴池并不是平地之池，而是一个一个挂在半壁，就如高楼上的阳台。试想，在半山之上，绿风白云，枕石漱流是什么样子？我极兴奋，不肯下水，先披衣环顾四周，做一回精神上的沐浴。只见偌大一个池子，犹抱琵琶，叫一株从石缝中探出的大叶榕树俯身遮去了大半，而一株老藤左伸右屈，就做了这池子的栏杆。池边杂花弱草，青苔翠竹，池水清清见底，水面热气微微蒸腾。水先是从一个石龙头中注入池中，再

推门而入，却未"入室"，置身半山之上。"才、而是"等关联词语巧妙运用，平处见奇。

大自然灵秀的万物、神奇的造化带给我们精神的慰藉、心灵的净化。

漫过池沿，无声地贴着石壁滑向山下，于是过水的半面山岩就如一堵谁家宾馆大堂里的水幕墙，淋淋漉漉。我凭栏遥望着对面林梢上升起的轻轻的雾，和脚下谷底游走的云，竟有一种将军阅兵式的自豪，然后翻身入水畅游其中，仰望蓝天白云，觉得自己就是一条天上之鱼。天下真有这样的海吗？

"自豪、天上鱼"表达了作者对热海无限喜爱、赞叹之情。

因为刚才池边的那棵大叶榕树，下山时我就留心起这山上的植被。我知道榕树喜热，多见于福建、广东，或者西双版纳，现在能现身于偏北的腾冲，定是得了地下的热气。这么一想，果然发现这方圆远近处的树的确特别，既有许多亚热带的芭蕉、棕榈，又有本地的松、柏、杉、樟，还有远古时期留存下来的，曾与恐龙为伴的黑桫椤树。有一种我从未见过，枝如杨柳，叶如榆钱，在这个隆冬季节满树还坠着些红绒绒的花朵。主人说，这属柳科，就叫红丝绿柳。啊，好浪漫的名字。现在科学家已经弄清热海的来历，是这满山的绿树饱饱地蓄足了水，然后再慢慢地渗入地下，经地火加热后又悄悄送回地面，这个过程七十五年一个周期，循环往复，川流不息。这么说来，我们现在既是行在密林之中，又是站在历史的河岸上。

该段大量笔墨写树，是为下文揭示热海的来历做铺垫。

作者由眼前生生不息的热海和密林，联想到历史的浩瀚奔腾、悠久厚重。

这块神奇的土地，我已说不清到底该叫它热海还是绿海，抑或岁月之海。其实它就是一个为

地热所蒸腾、绿树所覆盖、岁月所打造的，令人
陶醉的生态之海。

雷　娟　　　　　　　　　　点 评 老 师

陕西省渭南市铁路自立中学语文教师，多篇文章发表于《教师报》
《语文报》。

雨中明月山

开篇入题，语言有筋骨，耐咀嚼，颇有古意。

江西西部有明月山，藏于湘赣之间，不为人识。当地政府恨世人不识璧中之玉、闺中之秀，便邀海内外作家记者团做考察之游。

铺垫，蓄势。

头一日，游人工栈道，乘缆车登顶，云绕脚下，雾入衣襟，游者不为所动；第二日，看大庙，殿宇巍峨，新瓦照人，更不为动。当晚，人走一半。

典雅古朴的语言，化静为动，写出新竹耸立的姿态和凌云的气势，亦令众人精神为之一振。

第三日，微雨，主人再邀所余之人做半日之游。无车无马，徒步爬山。一入山门，立见毛竹数竿，有两握之粗。青绿滚圆的竹面上泛出一层细蒙蒙的白雾，竹节处的笋叶还未退净，一看就是当年的新竹。但其拔地接天，已有干云捉月之势。众人精神为之一振，纷纷冲上去照相，然后开始爬山。

翠竹、红树、雪浪、青石，大笔点染，用色浓烈大胆。

路沿峭壁而修，左山右河。山几不见土石，全为翠竹所盖；河却无岸无边难见其貌，其实就是两山间一谷。谷随山的走势成"之"字形，忽左忽右，渐行渐高。谷间只有四样东西：竹、树、石、水。水流漱石，雪浪横飞，竹木相杂，堆绿染红，好一幅深山秋景图。

石头一色青黑。大者如楼，小者如房，横空出世，杂布两岸。有那顺洪水而流落谷底者，无论大小皆平滑圆滚，俯仰各态。雨，似下非下，朦朦胧胧，湿衣润肤。正行间，路边有一石探向谷中，四围藤树横绕围成天然扶栏，我说好个"一石观景处"。凭"栏"望去，只见竹浪层层，满川满山，一直向天上翻滚而去。近处偶有一枝，探向林外，正是苏东坡诗意"竹外一枝斜更好"。

竹子这东西无论四季，总是一样的青绿，永葆青春朝气。大家就说起苏东坡，宁肯食无肉，不可居无竹，又说到城里菜市场上卖的竹笋。主人见我们对竹感兴趣，突然说："你们知道不知道，这竹子是分公母的？"我们一下子静了下来，都说不知。他说："你看，从离地处起往上数，找见第一片叶子，单叶为公，双叶为母。"众人大奇，拨开竹子一找，果然单双有别。我自诩爱竹，却也不知这个秘密。大家又问，这有何用？"采笋子呀！山里人都知道，只有母竹根下才能挖到笋子。"这山原来不只是为了人看的。

等到又爬了几里地，过了一座吊桥，再折上一段石板路，半天里忽一堵石壁矗立面前，壁上有瀑布垂下，约有几十层楼房那么高。石壁的背后和四周都簇拥着绿树藤萝，如一幅镶了边的

层层竹浪，"向天上翻滚而去"，比喻贴切，有画面感，写出山坡上茂密竹林在风中摇曳的姿态。

美景激发雅兴，雅兴引出趣闻。

想象新奇独特，"直立的江河奔流图""银河泻地，雪浪盖

顶"，写出瀑布及其周围景物大气磅礴、惊心动魄的壮美！"猛扑、裹挟"写出水势汹涌、云雾喷薄的样子。

红叶"如夜间火光之一闪"，运用比喻和通感，色彩浓烈，饱和度高，既写出红叶在一片苍松绿竹中色彩的浓烈与鲜明，又写出感觉上火光般的炽热。

没有细节上的铺陈，也没有情感上的夸张，只是静赏雨中明月山。收敛节制的情感，简洁平实的叙述，如这清淡的野茶和雨雾中的明月山一般，令人痴迷沉醉。

岩画，而画面就是直立起来的江河奔流图。它不像我们在长江或黄河边，看大浪东去，浩浩千里，而是银河泻地，雪浪盖顶。我自然无法接近水边，只试着往前探了一点身子，便有湿云浓雾猛扑过来，要裹挟我们上天而去。我赶紧转身向后，这时再回望来路，只见云雾倏忽，群山奇峰飘忽其上，古庙苍松隐约其间。近处谷底绿竹拍岸，流水奏琴，偶有一束红叶伏于石间，如夜间火光之一闪。

这时，主人在下面半山腰的一间石室前招手，待我们款款下来，他已设好茶桌。茶备两种，一为当地的黄豆、橙皮、姜丝所制，驱寒暖胃，咸辣香绵，慢慢入心；而另一种则为山上采的野茶，清清淡淡，似有似无，就如这窗外的湿雾。我们都不再说什么，只是端着杯子，静静地望着远处。许久，不知谁喊了一声："天不早了，该下山了。"我说："不走了，就这样坐着，等到来年春天吃笋子。"

白鹤敏　点评老师

云南省昆明市西南联大研究院附属学校语文教师，云南省普通话测试员。

张家界读山

4月29日　长沙—张家界

上午六时从长沙出发，中午在常德吃饭，晚上到张家界。这是十年前才开发出来的风景区。夜宿金鞭岩宾馆，暮色微合，三面环山，房前略有一片开阔地。

介绍了从早至晚的行程和宾馆周围的环境，语言条理、朴素、简练，让人一目了然。

4月30日　张家界—黄石寨

晨八时，车出发到龙门，开始登山，今天看的景点是黄石寨。进山即在谷中行走，谷底铺有青石板路，倒不很费力，只是走得脚底又硬又疼。最可贵的是，这石板路全部藏在密密的冷杉林中，我从未见过这样好、这样多的冷杉群落。在路边休息，无论你向左右看，还是向上看，只有密匝匝的、直溜溜的树干，就像谁将无数根筷子插在这里。而杉树顶上枝叶茂密，将阳光遮挡得严严实实。我们就在这样一个阴凉湿润、绿风满谷浸衣袖的环境里一步步地登山。

将树干比作无数根筷子，突出树干的密集笔直，画面感极强，给人一种身临其境之感。

这时其实是看不见什么山的，只有树，只有绿，甚至树也看不清的，只是密密的树干，像在八卦阵中行走。绿，更多的是一种氛围、一种蕴积、一种感觉。张家界是国家森林公园，这大概就是它本身的含义。

渐登渐高，终于扭过几个"之"字升到半山。这时从树的顶梢和空隙中看到了山峰，天啊！哪里是山，简直是一件人工艺术作品。但艺术品哪有这么大，这样高，什么人又能造得出来呢？当地人和导游总是要附会出许多人性化的故事，其实张家界的好处就是人迹绝少。天下名山佛占尽，一般的山，特别是好山，总少不了庙的，而这方圆百里竟无一座庙，只此一点就证明它是自然的山水，并没有人为的歪曲和污染。陪同的是张家界报社的小卓，我问这里有没有庙，她说："哪有庙？有土匪。"说得极妙，湘西曾是有名的土匪窝。

当走到南天门时，迎面是几座独立的山峰，你说像石笋、石塔或者棒槌都行。承德有一个棒槌山，许多人争着去看，但怎么能与这个比呢？难以理解，山怎么像树一样是从沟底里长出来的呢？在黄土高原上，我们见过那些被洪水切割的沟壑，和凑巧留下的土柱、土笋，这好理解，我眼睁睁地见过水是怎样切割、冲击土块和泥沙的，但这里是石头啊。

张家界的美，就在它的山峰是各自独立、千姿百态的石峰。待登上山腰，钻出杉树林后，你就可以移步换景，一步一步地欣赏了。它所表现的，主要是伟岸、挺拔、奇险，以瘦硬、孤傲、冷峭偏多。偶有片状的，就很薄，侧看轻轻如纸，好像手指一弹就可弹出一个洞，这是由于几亿年洪水对砂石岩的漫漫冲洗造成的。

山石不像北方的太行山，是竖纹、壁立，而是横纹。所以有的峰岩简直是一摞叠着的纸牌，或是一摞叠着的铜钱。这叠摞当然是很随意的，像牌局刚散，人去牌留，随手将牌码在那里。这是从来没见过的景。随着登高，我总在想，这山是怎么造出来的。说是南天门，其实哪有门，是一座天然的石拱。我们门下小憩，面对山下一片石笋，笋上点缀着青松，百思不得其解。

> 运用比喻，将峰石比作牌局散去时人手中的纸牌和铜钱，生动地表现出山石自然天成的横纹形状，极具新颖性和趣味性。

登到石寨的最高处看山，群峰朝宗，这时你再看就很清楚了。一条莽莽苍苍的大壑，壑沟中许多山峰如驼群赶路，昂起他们的头；又如帆船出海，于烟雾缭绕中挂满了帆，逶迤而来。这山不管是半山腰的树，也不管形状似塔、似柱、似笋，它们的峰顶基本在一条水平线上，像一座没有造完的桥留下的桥墩。

> 连用两句比喻，将群峰比作赶路的驼群和出海的帆船，想象丰富，表达诗意，语言充满感染力。

想当年，这里是一片石头，广袤千里，如现在的戈壁沙滩、黄土高原。洪水就这样鼓起潮，推起浪，如锯拉刀砍，斧削锉磨，日夜不停地加

> 这一段写作者想象的造山的过程，连用三字词、四字词和短句，节奏明快，读来有音韵美感。

工，终于寻见一条细缝，然后一个浪头钻进去，轰然一声，啃下一块石头。就这样浩浩荡荡、轰轰烈烈地造山。现在黄河的壶口瀑布不就是这样造成的吗？

登张家界，你首先感受到的是自然的伟力。但在这样的大破坏、大再造之后，生命又立即去占领它。便是最高处，迎风的硬石头上也能长出青松来。山顶有一株株探出崖外的卷松，人们争着去照相。背景是万山如画，峰立如壁，这时你又感到生命对自然的征服，或是自然对生命的孕育，这是一曲自然界中自然力与生命力的交响曲。

> 通过写硬石头上的青松和悬崖边的卷松，由景入情思，表达了作者对自然力与生命力的礼赞。

5月1日　张家界—天子山

今天登天子山。

因为昨天登黄石寨，上山八里，下山七里，又走了十二里的金鞭溪，一早起来，所有人都腿疼腰僵得难以挪步。但是对大部分人来讲，来张家界也许此生就这一次，所以众人还是鼓劲再登高峰。

天子山在登山途中没有什么好看的，直到登上山顶之后，才看到群峰隐现于雾霭霞光之中，千变万化，极为壮观。下山后走十里沟壑，群峰如画，名"十里画廊"。可惜路被洪水冲断，满

> 多次使用四字词，简洁凝练，整散相结合，使表达富于变化。

沟卵石，留神脚下，常要分心。我又一次看到
了，山就是这样被水冲造成的。山水、山水，现
在看到的无水之山，其实是许多年前水的加工；
有水之山，则是水正在对山进行加工。不知万年
之后张家界的山又会是什么样子。

5月2日　张家界—黄龙洞

上午看黄龙洞。

因为在国内看过很多的溶洞，开始我真觉此
洞意思不大，进去后才深感有必要一看。最大的
特点是大。洞之高大，不可测，要用船进入。机
船开十五分钟进去，然后步行爬坡，七上八下，
不知何往。

最奇的是中央大厅有无数石笋，有一根细如
银针，快要长到洞顶。而顶上有两处，如天花板
漏水，洒下细细的瀑布。可见有河就在我们的头
上经过。本来连爬了两天的山，已经累得谈山色
变，今天主人说是再不会让大家爬山的，未想却
在洞里爬上爬下。我们说这是明爬变成了暗爬。
没有想到，水在外面造山，形成河，又到地下穿
行，再切出洞内的山。洞里河山，风光无限。洞
中有一巨石，形如手，成"八"字状，据说这洞
形成已有八亿年。

在张家界我们读的是自然，读到了什么呢？

使用欲扬先抑的手
法，表达作者对黄龙洞前
后不同的情感态度，由此
突出了黄龙洞之高大、独
特，令人意想不到。

通过写洞中的石
笋、小瀑布、洞中巨石，
来表现黄龙洞的奇美。融
合叙述、描写、议论等多
种表达方式，丰富多变，
波澜多姿。

在张家界读山，读的不仅是风景，也读到了自然力与生命力，读到了大自然旺盛的创造力。读者在欣赏美文、美景的同时，也能够跟随作者的想象而进行深入的思考。

使用拟人的手法，把大自然的水流进地下造出一个大世界，比拟为鼻烟壶画家在壶里反手作画，突出了大自然别具一格的艺术创造力，非常生动。

把地球比作绣球和烟斗，上帝对大自然的精雕细琢跃然纸上。

是自然力——水、风、雷电与火，是生命力——林木、草苔、动物与人，还有无尽的时间，它们合作完成了一幅杰作。现代派的画家先是用线条、颜料来表现思想，后来不能满足在平面上施展，就用木刻，用石雕，用铜塑，去占领空间。当艺术家正这样一步步探索时，不知道大自然已经在这里创作了八亿年，而且用的原料是如此之多，空间是如此之大。

与其说我们从平地进洞，还不如说是到洞里去看山。因为我们下到洞底时，又开始绕着石笋、石柱上上下下地爬山了。当我面对六米高的"神针"石柱，看着天花板上簌簌而下的雨丝瀑布时，我想到了雁荡山的大小龙湫、庐山瀑布。在地上水聚水散，水流水渗，本是极自然的，但想不到这水竟偷偷地溜进地下来，竟又造出这样大的一个世界。自然艺术伸到地壳里来，从从容容地进行着它的创作。这有点像鼻烟壶的画家，不满足于在壶的玻璃外作画，到壶里面去反手用笔作画，别出一种效果。

世上没有神，没有上帝，可是我们要求解这自然之谜，只能先假设一个神、一个上帝。正像解方程式先假设一个X一样，到现在这个方程也还在求解的过程中。我们只能说是鬼斧神工、上帝之手。地球是上帝手里绣着的一个绣球，他一针一线地绣；又如雕琢的一个烟斗，一刀一刀地刻。我们看人工的艺术品，比如云冈石窟造了六十多年，乐山大佛造了九十年，惊异于那一代人、两代人、几十代人的功力。但比起这件八亿年的艺术品，人们怎么能不惊羡自然的耐心与执着呢？达摩修道面壁八年，不知他于沉沉黑暗中怎样寻觅一线光明。一切有志于悟道的艺术家，都可以在这里得到启发。

5月3日　张家界—天子峰

今天登上天子山峰顶后看山，群峰簇拥，如士兵列队。岩壁，线与面相互变幻，如油画、国画两种画法并用。群峰尽情地舒展开去，于云雾光影之中。忽一石之突，如油画之甩出一块颜料；那云烟缭绕，又如写意国画的随意一抹了。真感叹于人力的微小、笨拙。

多次使用比喻句，多层次地写出了天子山的各种形象，生动地体现了天子山的多姿多彩、变幻无穷的特点。

山是要当作画来读的。要是把山局限于像什么，就如外行看画，说"画得很像"便觉是好。我在南天门，正欣赏那一柱天南时，一回头，后面之山似一幅美女出浴图，侧坐水边，低头抚水。急往前走几步，又不像了。像与不像全在你的联想，能调动起你平常储存的艺术形象，这便是审美，便是自然这位作者与你这个读者的交流。

不识古文不能读唐宋，没有艺术修养的人

文末指出，读山水，需要有一定艺术修养的人才能读出其中奥妙，才能获得真正的审美和创造。点明了主观因素对于客观环境的作用，总结全篇，升华主旨，富有理趣。

不能读山水，或者读不深，读不出味。这就是为什么这里祖祖辈辈居住着山民，却非要等到让外面的人来发现这山水，特别要让艺术家来发现，让黄永玉、陈复礼来发现，他们是能够读懂山的人。我在写泰山时说，许多读懂泰山的人，感受到它的浩然之气，下山后成就了他们的大业。这张家界每天约有二十万人上山，有没有下山后成其文业、艺业、政业的呢？沿途我就看见四五个持速写本，于路边挥汗读山的人。

郑燕璇

点 评 老 师

广东省汕头市潮南区砺青中学语文教师。

长岛读海

想知道海吗？先选一个岛子住下来，再拣一条小船探出去，你就会有无穷的感受。

8月里在烟台对面的长岛开会，招待所所长是一个很热情的人，叫林克松，与美国总统尼克松只一字之差。一天下午，他说："我给你弄一条小船，到海里漂一回怎么样？"第二天吃过早饭，我们驱车来到了海边。船工们说风太大不敢出海，老林与他们商议了一会儿，还是请我们上了船。他说："你来了，我们没有惊动官府，要不然，你今天就享受不上这小船的味道了。"我想今天就冒上一回险。

快艇高高地昂起头，在海上划出一道白色的浪沟，海水一望无际，碎波粼粼，碧绿沉沉。片刻，我们就脱离了陆地，成了汪洋中的一片树叶。这时基本上还风平浪静，大家有说有笑，一会儿就到了庙岛。这岛因地利之便是一座天然的避风港，历代都十分繁华。

岛上有一座古老的海神庙，海神为女性，这里称海神娘娘，在福建一带则叫妈祖。妈祖在

开篇简洁自然，用设问的形式紧扣文题，吸引读者，为下文看海做铺垫。

"冒上一回险"为下文写风浪大、船难行，以及"我"在海上的担惊受怕埋下伏笔。

历史上确有其人，是福建湄州的一林姓女子，善航海，又乐善好施，死后人们奉为海神。宋代时朝廷封林家女为顺济夫人，元时封天妃，清时封天后，神就这样一步步被造成了。这反映了不管是官府还是百姓，都祈求平安。后殿右侧是一陈列室，有各种不同时代、不同类型的船只模型，大多是船民、船商所献。室后专有一块空地，供人们祭神时燃放鞭炮之用。人们出海之前总要来这里放一挂鞭炮，是求神也是自慰，地上的炮皮已有寸许厚。我国沿海一带，直至东南亚，甚至欧美，凡靠海又有华人的地方都有妈祖庙。有人说，如果组织一个妈祖党，那将是世界上最大的政党。

庙岛的海神庙依山而建，山门上书"显应宫"三个大字，据说十分灵验。山门两侧立哼哈二将，门庭正中则供着一个当年甲午海战时致远舰上的大铁锚。这铁锚和致远舰，还有舰的主人，带着一个弱国的屈辱和悲愤，英勇战斗，以死明志，终因身中鱼雷而沉入海底，半个多世纪后它又显灵于此昭示民族大义。锚重一吨，高二点五米，环大如拳，根壮如股。海风穿山门而过，呼呼有声；大锚拥链而坐，锈迹斑斑，如千年古树。

我手抚大锚，远眺山门之外，水天一色，烟波浩渺，遥想当年这一带海域，炮火连天，血染碧波，沉船饮恨，英雄尽节。再回望山门以内，哼哈二将本是佛教的守护神，因为他们有力便借来护庙。这大铁锚本是海战的遗物，因为它忠毅刚烈也就入庙为神。人们是将与海有关的理想幻化为神，寄之于庙。这庙和海真是古往今来一部书，天上人间一池墨。

离开庙岛，我们向外海方向驶去，海水渐渐变得烦躁不安。这海水本是平整如镜，如田如野，走着走着我们像从平原进入了丘陵，脚下的"地"也动了起来。海像一面宽大的绿锦缎，正有一个巨人从天的那一头扯着它抖动，于是层层的大波就连绵不断地向我们推压过来。快艇更加昂起头，在这幅水缎上急速滑行。

老林说开花为浪，无花为涌。我心中一惊，那年在北戴河赶上涌，军舰都没敢出海，今天却乘着小船来闯海了。离庙岛越来越远，涌也越来越大。船上的人开始还兴奋地说笑，现在却一片寂静，每个人的手都紧紧地扣着船舷。当船冲上波峰时，就像车子冲上了悬崖，船头本来就是向上昂着的，再经波峰一托，就直向天空，不见前路，连心里都是空荡荡的了。

我们像一个婴儿被巨人高高地抛向天空，心中一惊，又被轻轻接住。但也有接不住的时候，船就摔在水上，炸开水花，船体一阵震颤，像要散架。大海的波涌越来越急，我们被推来搡去，

是景，更有一股厚重的人文气息。

由静入动，对大海由平静到汹涌的状态的描写出神入化，涛声如在耳畔，大海犹在眼前，表现了大海的壮阔之美。

用比喻的修辞手法，生动地描绘了海浪翻滚浮动的场景，表现了大海的变化无常，以及"我们"的惊慌失措。

像一个刚学步的小孩在犁沟里蹒跚地行走，又像是一只爬在被单上的小瓢虫，主人铺床时不经意地轻轻一抖，我们就慌得不知所措。

我不知道这海有多深，下面有什么东西在鼓噪；不知道这海有多宽，尽头有谁在抻动它；不知道天有多高，上面有什么东西在抓吸着海水。我只担心这只半个花生壳大小的小船，别让那只无形的大手捏碎。这时我才感到，要想了解自然的伟大，莫过于探海了。在陆地上登山，再高再陡的山也是脚踏实地，可停可歇，而且你一旦登上顶峰，就会有一种把它踩在了脚下的自豪。可是在海里呢，你始终是如来佛手心里的一只小猴子，你才感到了人的渺小，你才理解人为什么要在自然之上幻化出一个神，来弥补自己对自然的屈从。

我们就这样在海上被颠、被抖、被蒸、被煮，腾云驾雾般走了约半个小时。这时海面上出现了一座小山，名龙爪山，峭壁如架如构，探出水面，岩石呈褐色，层层节节如龙爪之鳞。山上被风和水洗削得没有一棵树或一根草，唯有巨流裹着惊雷一声声地炸响在峭壁上。山脚下有石缝中裂，海水急流倒灌，雪白的浪花和阵阵水雾将山缠绕着，看不清它的本来面目。

老林说这山下有一洞名隐仙洞，是八仙所居之地，天好时船可以进去，今天是看不成了。我这时才知道，在我国广泛流传的八仙过海原来

三个"我不知道"，一个"我只担心"，通过作者的内心感受，再次凸显了大海的深不可测以及无穷的力量。

简单几笔就勾勒出小山的形状、颜色以及层次，用词精准贴切。

发生在这里。古代的庙岛名沙门岛，是专押犯人的地方，犯人逃跑无一不葬身海底。一次有八个人浮海逃回大陆，人们疑为神仙，于是传为故事。现在我们随着起伏的海浪，看那在水雾中忽隐忽现的仙山，仿佛已处在人世的边缘。在海上航行确实最能悟出人生的味道。当风平浪静，你"纵一苇之所如，凌万顷之茫然"，觉得自己就是仙；当狂涛遮天，船翻桅摧，你就成了海底之鬼。人或鬼或仙全在这一瞬间。超乎自然之上为仙，被制于自然之下为鬼，千百年来人们就在这个夹缝里追求，你看海边和礁岛上有多少海神庙和望夫石。

面对着这变化多端的大海，作者感知生命的流转，生出对历史、时间和生命的感悟，带给我们启迪和思考。

离开龙爪山，我们破浪来到宝塔礁。这是一块突出于海中的礁石，有六七层楼高，酷似一座宝塔。海水将礁石冲刷出一道道的横向凹槽，石块层层相叠如人工所垒，底座微收，远看好像风都可以刮倒，近看却硬如钢浇铁铸。我看着这座水石相搏产生的杰作，直叹大自然的伟力。

用比喻的修辞手法，写出了礁石凹槽的坚硬，让读者身临其境，在文字中感受大自然的造化之功。

过去在陆地上看水与石的作品，最多的是溶洞，那钟乳石是水珠轻轻地落在石上，水中的碳酸钙慢慢凝结，每万年才长一毫米，终于在洞中长成了石笋、石树、石塔、石林。可今天，我看到水是怎样将自己柔软的身子压缩成一把锉、一把刀，日日夜夜永无休止地加工着一座石山，硬将它刻出一圈圈的凸凸凹凹，分出塔层，磨出花

运用拟人的修辞手法，写出了水长年累月地加工一座石山的过程，突出海水的威力。

纹。完工后又将塔座多挖进一圈，以求其险；在塔尖之上再加一顶，以证其高；又在塔下洗削出一个平台，以供那些有幸越海而来的人凭吊。

这些都做好之后还不算完，大海又将宝塔后的背景仔细调动一番。离塔百多米之远是一片壁立的山坳，像一道屏风拱卫相连，屏面云飞兽走、沙树田园，屏与塔之间奇石散布，如谁人的私家花园。我选了一块有横断面的石头，斜卧其旁，留影一张。石上云纹横出，水流东西，风起林涛，万壑松声，若人之思绪起伏不平，难以名状。

脚下一块大石斜铺水面，简直就是一块刚洗完正在晾晒的扎染布。粉红色的石底上现出隐隐的曲线，飘飘落落如春日的柳丝，柳丝间又点撒些黑碎片，画面温馨祥和，"燕子声声里，相思又一年"。这是任何一个画家都无法创作出的作品。

大海作画就是与人工不同，如果我们来画一张画，是先有一个稿子，再将颜色一层一层地涂上去。而这海却是将点、线、色等，在那天崩地裂的一瞬间，统统熔铸在这个石头坯子里。然后就用这一汪海水，蘸着盐，借着风，一下一下地磨，一遍一遍地洗，这画就制成了。实际上我们现在看着的这一幅画仍在创作中。

《蒙娜丽莎》挂在法国卢浮宫博物馆里，几百年还是原样，而我们再过十年、百年后再来

用几个极有动感的词，写出了一块静石的神韵。四字短语铿锵有力，语言练达，极富表现力。

运用对比和拟人手法，将大海冲刷打磨石头的过程与人工作画作对比，形象地写出大海的鬼斧神工，画面感十足。

看这幅石画，不知又将是什么样子。现代科技发明了高速摄像机，能将运动场上的快动作分解来看，有谁再来发明一个超低速摄像机，将这幅画的形成过程动起来，拿到美术院校的课堂上去放，那将是一门绝顶精彩的"自然艺术"课。

下午看九丈崖，这是北长山岛的一段海岸，虽名九丈实则百丈不止。从崖下走一遍，可以感受海山相吻、相接、相拼、相搏的气魄。

我们从南面下海，贴着山脚蹭着崖壁走了一圈。右边是水天相连的大海，海上迎风而起的白浪像草原上奔驰的马群，翻腾着，嘶鸣着，直扑身旁。左边是冰冷的石壁，犬牙交错，刀丛剑树，几无退路。那浪头仿佛正是要把人拍扁在这个砧板上，我们就在这样的夹缝中觅路而行。但是脚下何曾有什么路，只是一些散乱的踏石和在崖上凿出的石阶。行人如履薄冰地探路，一边又提心吊胆地看着侧面飞来的海浪。老林走在前面，他喊着："数一，二，三！三个浪头过后有一个小空当，快过！"我们就像穿越炮火封锁线一样，弓腰塌背，走走停停。尽管非常小心，还是会有浪头打来，淋一身咸汤。

这时最好的享受就是到悬崖下，仰着脖子去接几滴从天而降的甘露。原来与海的苦涩成对比，九丈崖顶上不断飘落下甜甜的水珠。这些从石缝里渗出来的水，如断线的珍珠，逆着阳光折射出美丽

用比喻的修辞手法，把白浪比作马群，写出海浪的波涛汹涌、声势浩大。

把水珠比作五色流星，写出崖顶水珠滴落的速度。我们接水珠的细节描写，突出水珠的清甜。

的色彩。我们仰着脸，目光紧追定一颗五色流星，然后一口咬住，在嘴里咂出甜甜的味道。

在仰望悬崖的一霎间，我又突然体会到了山的伟大。它横空出世，托云踏海，崖壁连绵曲折，尽收人间风景。半山常有巨石与山体只一线相连，如危楼将倾；山下礁石则乱抛海滩，若败军之阵。唯半山腰一条数米宽的浅红色石层，依山势奔突蜿蜒，如海风吹来一条彩虹挂在山前。背后海浪从天边澎湃而来，在脚下炸出一阵阵的惊雷，山就越发伟岸，崖就越发险绝。我转身饱吸一口山海之气，顿觉生命充盈天地，物我两忘，神人不分。

文末升华文章的主题，表达出作者对大海的敬畏之情。

李小慧　　　　　　　　　　点 评 老 师

广东省东莞市道滘中学语文教师，东莞市初中语文教学能手。

泰山，人向天的倾诉

我曾游黄山，却未写一字，其云蒸霞蔚之态，叫我后悔自己不是一名画家；今我游泰山，又遇到这种窘态，其遍布石树间的秦汉遗迹，叫我后悔没有专攻历史。呜呼，真正的名山自有其灵，自有其魂，怎么能用文字描述呢?

我是乘着缆车直上南天门的。天门虎踞两山之间，扼守深谷之上，石砌的城楼横空出世，门洞下十八盘的石阶曲折明灭直下沟底，那本是由每根几吨重的大石条铺成的四十里登山大道，在天门之下倒像一条单薄的软梯，被山风随便吹挂在绿树飞泉之上。门楼上有一副石刻联："门辟九霄，仰步三天胜迹；阶崇万级，俯临千嶂奇观。"我倚门回望人间，已是云海茫茫，不见尘寰。

入门之后便是天街，这便是岱顶的范围了。天街这个词真不知是谁想出来的。云雾之中一条宽宽的青石路，路的右边是不见底的万丈深渊，填满了大大小小的绿松与往来涌动的白云。路的左边是依山而起的楼阁，飞檐朱门，雕梁画栋。

写泰山先写黄山，既是正面衬托，突出游玩泰山时的真切感受，又巧设悬念，激发读者阅读兴趣。

抓住特点俯视写景。形象的比喻、非凡的夸张与鲜明的对比，将泰山的高大雄奇及磅礴的气势淋漓尽致地表现出来，呼应上文"虎踞、扼守"两词。

描绘游览所见是游记散文的特色之一。作者以青石路为观景立足点，它们其实都是些普通的商店饭馆，游人就踏着雾进去购物、小憩。不脱常人的生活，却颇有仙人的风姿，这些是天上的街市。

渐走渐高，泰山已用她巨人的肩膀将我们托在凌霄之中。极顶最好的风光自然是远眺海日、一览众山，但那要碰到极好的天气。我今天所能感受到的，只是近处的石和远处的云。我登上山顶的舍身崖，这是一块百十平方米的巨石，周围一圈石条栏杆，崖上有巨石突兀，高三米多，石旁大书"瞻鲁台"，相传孔子曾在此望鲁都曲阜。

凭栏望去，远处凄迷朦胧，不知何方世界，近处对面的山或陡立如墙，伟岸英雄；或奇峰突起，逸俊超拔。四周怪石或横出山腰，或探下云海，或中裂一线，或聚成一簇。风呼呼吹过，衣不能披，人几不可立，云急急扑来，一头撞在山腰上就立即被推回山谷，被吸进石缝。头上的雨轻轻洒下，洗得石面更黑更青。我曾不止一次地在海边静观那千里狂浪怎样在壁立的石岸前撞得粉碎，今天却看到这狂啸着似乎要淹没世界的云涛雾海，一到岱顶石前，就偃旗息鼓，落荒而去。难怪人们尊泰山为五岳之首，为东岳大帝。一般民宅前多立一块泰山石镇宅，而要表示坚固时就用稳如泰山。至少，此时此景叫我感到泰山就是天地间的支柱。

先"右边"写自然美景，再"左边"绘建筑艺术，最后介绍天街购物的人们，条理有序。

化用大家熟悉的杜甫诗句"一览众山小"，这样写既可以激发读者的联想与想象，产生身临其境之感，又让语言典雅凝练，意蕴丰厚。

四字短语的使用让语言表达精炼生动、简洁自然。将山的伟岸超拔、石的奇形怪状、风的强大气势、云的不堪一击刻画得鲜活可见。"扑、撞、推、吸"四个动词很有画面感，运用拟人手法，把云的鲁莽可爱表现出来。

议论句，抒发作者的观景感受。突出了泰山拔地通天、气势雄伟的特点；"支柱"一词为下文写"人与天的对话"做了铺垫。

这时我再回头看那些象征坚强生命的劲松，它们攀附于石缝间，不过是一点绿色的苔痕。看那些象征神灵威力的佛寺道观，填缀于崖畔岩间，不过是些红黄色的积木。倒是脚下这块曾使孔子小天下的巨石，探于云海之上，迎风沐雨，向没有尽头的天空伸去。泰山，无论是森森的万物还是冥冥的神灵，一切在你的面前都是这样的卑微。

这岱顶的确是一个与天对话的好地方，各种各样的人在尘世间活久了，总想摆脱地心的吸力向天而去。于是他们便选中了这东海之滨、齐鲁平原上拔地而起的泰山。泰山之巅并不像一般山峰尖峭锐立，顶上平缓开阔，最高处为玉皇顶。玉皇顶南有宽阔的平台，再南有日观峰，峰边有探海石。这里有平台可徘徊思索，有亭可登高望日，有许多巨石可供人留字，好像上天在它的大门口专为人类准备了一个进见的丹墀，好让人们诉说自己的心愿。

我看过几个国外的教堂，你置身其中仰望空阔阴森的穹顶，及顶窗上射进的几丝阳光，顿觉人的渺小，而神虽不可见却又无处不在，紧攥着你的魂灵。但你一出教堂，就觉得刚才是在人为布置好的密室里与上帝幽会。而在岱顶，你会确实感到"天接云涛连晓雾，星河欲转千帆舞"，"闻天语，殷勤问我归何处"。不是在密室，而

此句统领下面两段文字。阅读可知，"岱顶的确是一个与天对话的好地方"的原因是：好在位置"高"，耸入云霄之上；好在地势"平"，顶上平缓开阔；好在主人"坦诚"，专门准备巨石供人留字。

用词精准，"空阔"表明空间大，"阴森"带来恐惧感，阳光用"几丝"限定，灵魂被"紧攥"，这哪里是心灵对话的地方，而是充满压抑与束缚。与下文岱顶对话的气派、氛围、效果形成鲜明对比。

是在天宫门口与天帝对话。同是表达人的崇拜，表现人与神的相通，但那气魄、那氛围、那效果迥然不同。前者是自卑自怯的窃窃私语，后者是坦诚大胆的直抒胸臆，不但可以说，还可以写，而天帝为你准备好的纸就是这些极大极硬的花岗石。

这里几乎无石不刻，大者洗削整面石壁，写洋洋文章；小者暗取石上缓平之处，留一字两字。山风呼啸，石林挺立，秦篆汉隶旁出左右。千百年来，各种各样的人们总是这样挥汗如雨、气喘吁吁地登上这个大舞台，在这里留诗留字，借风势山威向天倾诉自己的思想，表达自己的意志。

你看，帝王来了，他们对岱岳神是那样的虔诚，穿着长长的衮服，戴着高高的皇冠，又将车轮包上蒲草，不敢伤害岱岳神的一草一木，下令"不欲多人"，以"保灵山清洁"。他们受命于天，自然要到这离天最近的地方，求天保佑国泰民安。玉皇顶上现存最大的一面石刻，就是唐玄宗在开元十四年东封泰山时的《纪泰山铭》，高十二点三米，宽五点三米，现存一千零八个字。铭曰："维天生人，立君以理。维君受命，奉为天子，代去不留，人来无已……"从赫赫高祖数起，大颂李唐王朝的功德。一面要扬皇恩以安民，一面又要借天威以佑君，帝王的这种威于

长短句交替使用，使得行文错落有致。长句语气舒缓，仿佛作者正环顾四周尽情欣赏石面刻文。短句急促有力，似乎令人感受到迎面呼啸的山风，看到周围密集的石林，既有画面感又有节奏感。

衮（gǔn）服，天子穿的衣服。

直接引用铭文，交代唐玄宗向天倾诉的内容，突出泰山景点的与众不同之处，印证泰山丰厚的历史文化底蕴。

民而卑于天的心理很是微妙。他们越是想守住天下，就越往山上跑得勤，汉武帝就来过七次，清乾隆就来过十一次。在中华大地的万千群山中，唯有泰山享有这种让天子叩头的殊荣。

除了一国之主外，凡关心中华命运的人也几乎没有不来泰山的。你看诗人来了，他们要借这山的坚毅与风的狂舞铸炼诗魂。李白登高狂呼"天门一长啸，万里清风来"，杜甫沉吟着"会当凌绝顶，一览众山小"。志士来了，他们要借苍松、借落日、借飞雪来寄托自己的抱负，一块石头上刻着这样一首诗："眼底乾坤小，胸中块垒多。峰头最高处，拔剑纵狂歌。"将军来了，徐向前刻石"登高壮观天地间"；陈毅刻石"泰岳高纵万山从"。还有许多字词石刻，如"五岳独尊""最高峰""登峰造极""擎天捧日""仰观俯察"，等等。其中"果然"两字最耐人寻味。确实，每个中国人未来泰山之前谁心里没有她的尊严、她的形象呢？一到极顶，此情此景便无复多说了。

我想，要造就一个有作为、有思想的人，登高恐怕是一个没有被人注意，却在一直使用的手段。凡人素质中的胸怀开阔、志向远大、感情激越的一面，确实要借凭高御风、采天地之正气才可获得。历代帝王争上泰山，除假神道设教的目的外，从政治家的角度，他要统领万众治国安

"越……越……"用两个没有因果关系的句子，解释帝王登临泰山的原因，诙谐而又幽默，将历代帝王"借天威以佑君"的微妙心理传递了出来。

"你看"第二人称的运用，仿佛作者正与读者面对面交流，娓娓道来的口吻极具亲和力。"诗人来了"与上文的"帝王来了"及下文的"志士来了、将军来了"构成间隔反复，突出强调了"凡关心中华命运的人几乎没有不来泰山的"。

作者直接引用刻石文字，交代了人们向天倾诉的内容，表达了他们对泰山共同的敬仰和赞美之情。

邦，也得来这里饱吸几口浩然之气。至于那些志士、仁人、将军、诗人，他们都各怀着自己的经历、感情、志向，来与这极顶的风雪相孕化，拓宽视野，铸炼心剑，谱写浩歌，然后将他们的所感所悟镌刻在脚下的石上，飘然下山，去成就自己的事业。

看完极顶我们步行缓缓下山，沉在山谷之中，两边全是遮天的峰峦和翠绿的松柏，刚才泰山还把我们豪爽地托在云外，现在又温柔地揽在怀中了。泉水顺着山势随人而下，欢快地一跌再跌，形成一个瀑布，一条小溪，清亮地漫过石板，清音悦耳，水汽蒸腾。怪石也不时地或卧或立横出路旁，好水好石又少不了精美的刻字来画龙点睛。

万年古山自然有千年老树，名声最大的是迎客松和秦松。前者因其状如伸手迎客而得名，后者因秦王登山避雨树下而得名。在斗母宫前有一株汉代的"卧龙槐"，一断枝横卧于地伸出十多米，只剩一片树皮了，但又爆出新枝，欣欣向上，与枝下的青石同寿。如果说刚才泰山是以拔地而起的气概，来向人讲解历史的沧桑，现在则以秀丽深幽的风光，掩映着悠久的文明。我踏着这条文化加风景的山路，一直来到此行预定的终点——经石峪。

经石峪，因刻石得名，就是石头上刻有经

四字短语，精致凝练。排比修辞，句式整齐，分别从视野的开阔、意志的坚定、志向的远大三个方面写出了泰山给登高者带来的浩然之气。

"托"字将岱顶的平缓开阔呈现在读者面前，"揽"字则将山谷的深邃包容细腻描绘。"豪爽、温柔"，运用拟人的修辞手法，在对比中将岱顶与山谷截然不同的景点特色表达了出来。

细节描写，"只剩一片树皮"暗示年代的久远，"爆出新枝"则表明生机勃勃，"卧龙槐"就是见证者，它讲述着历史的沧桑，见证着文明的悠久。

文的山谷。离开登山主道有一小路向更深的谷底蜿蜒而下，碎石杂陈，山树横逸，过一废亭，便听见流水潺潺。再登上几步台阶，有一亩地大的石坪豁然现于眼前。最叫人吃惊的是，坪上断断续续刻着斗大的经文。这是一部完整的《金刚经》，经岁月风蚀现存一千零六十九个字。我沿着石坪仔细地看了一圈，这是一个季节性河槽，流水长年地洗刷，使河底形成一块极好极大的书写石板。这部经刻大约成于北齐年间，历代僧人就用这种独特的方式来表达自己的信仰。

我在祖国各地旅行，常常惊异于佛教信仰的力量和他们表达信仰的手段。他们将云冈、敦煌的山挖空造佛，将乐山一座石山改造成坐佛，将大足一条山沟里刻满佛，现在又在泰山的一条河沟里刻满了佛经。那些石窟是要修几百年，经几代人才能完成的。这部经文呢？每字半米见方，入石三分，字体古朴苍劲。我想虽用不了几百年，可顶着烈日，挥汗如雨，在这坚硬的花岗石上一天也未必能刻出一两个字。中国的书有写在竹简上的，有写在帛上、纸上的，今天我却看到一部名副其实的石头书。

我在这本大书上轻轻漫步，生怕碰损它那已历经千年风雨的页面。我低头看那一横一竖，好像是一座古建筑的梁柱，又像古战场的剑戟，或者出土的青铜器。我慢慢地跪下，轻轻抚摸这

"向更深的谷底蜿蜒而下""过一废亭""沿着石坪"，这些词语点明作者在经石峪的观赏路线，移步换景，条理清晰。

排比句，饱含着作者对历代僧人伟大精神的礼赞。"挖空、改造、刻满"三个动词，将历代僧人表达信仰的手段刻画出来，解释了上文"惊异"的原因。

用"慢慢、轻轻"两个叠词分别修饰"跪下、抚摸"两个动词，运用细节描写，刻画出作者观赏《金刚经》时的虔诚。

将泰山比喻为一本巨书，生动形象地写出了泰山文化的博大精深，以及她的丰厚底蕴给人们带来的启迪和教育意义。

"南天门、天街、岱顶、经石峪、岱宗庙"，全文以作者的游踪为主线描绘景点、抒发感受。

一点一捺，又舒展身子躺在这页大书上，仰天遐想。四周是松柏合围的山谷，头上蓝天白云如一天井，泉水从旁边滑过，水纹下映出"清音流水"四个大字。我感到一种无限的满足。

一般人登泰山多是在山顶上坐等日出，大概很少有人能到这偏僻深沟里的石书上睡一会儿的。躺在书上，就想起赫尔岑有一句关于书的名言："书——是这一代对下一代的精神上的遗训。"泰山就是我们的先人传给后人的一本巨书。造物者造了这样一座山，这样既雄伟又秀丽的山体，又特意在草木流水间布了许多青石。人们就在这石上填刻自己的思想，一代一代，传到现在。人与自然就这样合作完成了一件杰作。难怪泰山是民族的象征，她身上寄托着多少代人的理想、情感与思考啊。虽然有些已经过时，也许还有点陈腐，但却是这样的真实。这座石与木组成的大山，对创造中华民族的文明史是有特殊贡献的，谁敢说这历代无数的登山者中，没有人在这里顿悟灵感而成其大业的呢？

天将黑了，我们又匆匆下到泰安城里看了岱宗庙。这庙和北京的故宫一个格式，只是高度低了三砖，可见皇帝对岱神的尊敬。庙中又有许多碑刻资料、塑像、壁画、古木、大殿，这些都是泰山的注脚。在中国就像只有皇帝才配有一座故宫一样，哪还有第二座山配有这样一座大庙呢？

庙是供神来住的，而神从来都是人创造的。岱岳之神则是我们的祖先，点点滴滴倾注自己的信念于泰山这个载体，积数千年之功而终于成就的。他不是寺院里的观音，更不是村口庙里的土地、锅台上的灶君，是整个民族心中的文化之神，是充盈于天地之间数千年的民族之魂。我站在岱庙的城楼上，遥望夕阳中的泰山，默默地向他行着注目礼。

用"不是……更不是……是……是"的句式，再次强调泰山是整个民族的文化之神，是充盈于天地之间数千年的民族之魂，总结全文，引人深思。

赵建霞　　　点 评 老 师

山东省寿光市圣城街道一中语文教师，潍坊市立德树人标兵。

九华山悟佛

到九华山已是下午，我们匆匆安顿好住处便乘缆车直上天台。缆车缓缓而行，脚下是层层的山峦和覆满山坡、崖脚的松柏、云杉、桂花、苦楝，最迷人的是那一片片的翠竹，黄绿的竹叶一束一束，如凤尾轻摆，在黛绿的树海中摇曳，有时叶梢就探摸到我们的缆车。更有那些当年的新竹，竹竿露出茁壮的新绿，竹尖却还顶着土色的笋壳，光溜溜的，带着一身稚气直向我们的脚底刺来。

天台顶是一平缓的山脊，有巨石，石间有古松，当路两石相挤，中留一缝，石壁上有摩崖大字"一线天"。侧身从石缝中穿过，又豁然一平台。台对面有奇峰突起，旁贴一巨石，跃然昂首，是为九华山一名景"老鹰爬壁"。壁上则有松八九棵，抓石而生，枝叶如盖。登台俯望山下，只见松涛竹海，风起云涌。偶有杜鹃花盛开于万绿丛中，如火炽燃。遥望山峰连绵弯成一弧，如长臂一伸，将这万千秀色揽在怀中。远处林海间不时闪出一座座白色或黄色的房子，是些

从"松柏、云杉、桂花、苦楝"到"翠竹"，作者用点面结合的手法写出了九华山树木的种类繁多，这里是游览者的圣地，也是天然的氧吧。

作者由山峰之形联想到长臂，一个"揽"字赋予了山峰人的情态，用拟人的手法生动地展示出山峰的形态美。

和尚庙或者尼姑庵。我心中默念，好一湾山水，好一湾竹树。

流连些时候，我们踏着一条青石小路走下山来，这时薄暮已渐渐浸润山谷，左手是村落小街，右手是绿树深掩着的山涧，唯闻水流潺潺，不见溪在何处。山风习习，宁静可人，大家从都市走来，每个人都感觉到了一种久违了的静谧，谁也不说话，只是默默地享受。这时左边一个小院里突然走出一位老人，手持一个簸箕，着一身尼姑青衣，体形癯瘦，满脸皱纹，以手拦住我们道："善人啊，菩萨保佑你们全家平安，快请进来烧炷香。"我一抬头才发现这是一个尼姑庵。大家好奇，便折身跟了进去。老妇人高兴得嘴里不住地念叨："好人啊，贵人啊，菩萨保佑你们升官发财。"这其实是一间普通的民房，外间屋里供着一尊观音像，设一只香炉，一个蒲团。墙脚堆满一应农家用具，观音被挟持其中。我探身里屋，是一个灶房。我们向功德箱里丢了几张票子，便和老妇人聊了起来。

老人六十九岁，原住山下，来这里已七年。家里现有两个儿子、两个孙子。我说："现在村里富了，你为什么不回去抱孙子？"她说："儿媳妇骂得凶，说我出来了就别想再回去。""儿子来不来看你？""不来。他让我修行，说怎么都行，就是不许剃发。"老妇人指指自己稀疏的

听到水流声却不知水在何处，既写出了山涧之静，也照应了上句的"绿树深掩"。

"默默地享受"表达出作者与同行的人对静谧的喜爱之情。正因如此，老人的出现才显得"突然"，这种突然使得所有人内心的宁静和快乐被终止。

"挟持"一词用拟人的手法让观音像有了人的情感，观音在这里也失去了自由，虽不情愿，却也无可奈何。

白发，一再解释。"香火好吗？""哪有什么香火？你不请，人就不进来。"我看一眼院子，有水井、桶杖之类，可想她一人生活的艰难。同行的两位女同志唏嘘不已，我也心中悒悒。

下山时我便更留意街上的情景。整个山镇全是些大大小小的取了各种名字的庙庵、精舍、茅棚。许多还是新盖的，墙都刷成刺目的白色或黄色，门口贴副带佛味的对联，大门内供尊佛像，隐约香烟缭绕。原来这里的人世代以佛为生，人家竟以佛事相传。过一中等"精舍"，一着僧衣者立于门前与人闲话。我稍一搭讪，他便热烈地介绍开来。原来这大大小小的庙庵全山竟有七百多家，有的是正规管理的庙，而绝大部分都是起个名字就称佛，摆台香炉就迎客的"私"庙。宛如城里人，将自己临街的门窗打开，就是个小店。下山后我在招待所里谈及此事，一位当地人说："嘿！你还不知道，有的干脆就是两口子，白天男人穿上僧衣，女人穿上尼姑服，各摆一个功德箱，晚上并床睡觉，打开箱子数钱。"我一时语塞，不由联想起刚才那老妇人一再自我表白"儿子不让我削发"，大约怕我们以之为假。

第二天一早，我们即去拜谒这山上的名刹祇园寺。一进庙，见和尚们匆匆奔走，如有军情。一队老僧身披袈裟折入大雄宝殿，几个年轻一点的跑前跑后，就像我们地方上在开什么大会或者

搞什么庆典。更奇怪的是，一些俗民男女也匆匆
进入一个客堂，片刻后又出来，男的油发革履之
间裹一件僧袍，女的则缠一袭尼衣，唯露朱唇金
坠和高跟皮鞋。僧俗各众进入大雄宝殿后，前僧
后俗站成数排。只见前侧一执棒老僧击木鱼数
下，殿内便经声四起，嗡嗡如隐雷。那些披了僧
袍尼衣的俗民，便也两手合十跟着动嘴唇。

　　大殿两侧有条凳，是专为我们这些更俗一些
的旁观游客准备的。我拣条凳子坐下，同凳还有
两位中年妇女。一位妇人掩不住地激动，怯生生
又急慌慌地拉着那位同伴要去入列诵经，那一位
却挣开她的手不去。要去的这位回望一眼佛友，
又睁大眼睛扫视一下这神秘、庄严又有几分恐惧
的殿堂，三宝大佛端身坐在半空，双目微睁，俯
瞰人间。她终于经不住这种压力，提起宽大的尼
袍，加入了那二等诵经的行列。

　　我便挪动一下身子，乘机与留下的这位
聊了起来。我说："你为什么不去？"她说：
"人家是为自己的先人做道场，我去给他念什么
经。""这个道场要多少钱？""少说也得有几
十万。这是一家新加坡的富商，为自己所有的先
人做超度，念大悲咒。"我大吃一惊，做一场佛
事竟能收这么多的钱！她说："便宜一点也行，
出十元钱写个死者的牌位，可在殿里放七天。"
她顺手指指大殿的左后角，我才发现那里有一座

> "掩不住地激动、
> 怯生生、急慌慌"，这
> 些情态描写，形象生动
> 地塑造出一个迫于压力
> 而选择从众的妇女，与
> 另一位佛友形成鲜明对
> 比，也为下文作者与另一
> 位佛友对话创造机会。

牌位叠成的小山。我说："看样子你是在家的居士吧。"她说才入佛门，知之不多。问及身上的尼姑黑袍，她说是在庙上买来的，三十五元一件，凡入这个大殿的信徒，必须穿僧衣，庙上有供应。我这才明白，刚才那帮俗家弟子为什么要到客堂里去，专门来一次金蝉脱壳。这有点像学校里统一制作校服，是规矩，但也是一笔可观的生意。

既解释了上文俗家男女的奇怪行为，也揭示了名刹祇园寺的收入来源。所谓的规矩，不过是通过巧设名目来增加收入。

从祇园寺出来，我们拾级而上去看山顶上的百岁宫，实际上是一个山洞。相传明代有一无暇和尚来此修行，积二十八年刺舌血写得一部《华严经》，活到一百一十岁坐化，肉身三年不腐，门徒奇之，以金裹身，存之至今。因为是真身所在，这里香火更旺。我们到时这里也正大做道场，问及价目，曰每场二十万元。

作者登上九华山山顶，只看到砖木沙石，自然景观遭到破坏，到处都是浓重的商业改造气息，内心只剩下失望。

山顶风景无他，只是大兴土木，满地砖木沙石，碍脚碍眼。庙门前空地上，几个石匠正在叮叮当当地刻功德牌。路边小店起劲地放着念经的录音带，高声叫卖木鱼、念珠之类的法物。梵音与市声齐飞，游客共香客一体。我们缓缓下山，走几步就会碰到扛着木头或担着砖瓦的山民，这些苦力不时停下来将木料拄地，擦着汗水。但是他们不肯静下来休息，而是向每一个擦身而过的游客伸出手："菩萨保佑，行个好，给个茶水钱。钱给了修庙人比买了香火还灵。"一种矛盾的心理立即攫住了我的心，见苦而不救，有违人心；鼓励乞讨，又助长歪风。这种层层的堵截使人大为扫兴，那些佛心重、心肠软者更是被弄得十分尴尬，只要给了一个，就会有两个、三个上身。我立即想起在印度访问时的情景，回国后愤而写了一篇《在印度看乞讨》，想不到今天在国内的圣地名山又重陷那时的窘境。

　　但我的心还是硬不起来，就与一个扛木头的山民聊了起来，知道他们的工钱是每扛百斤可得四元三角，是够苦的，便顺手掏出一张票子，那人的脸立即笑得像一朵花。可是我并没有一丝做了善事的喜悦。下山后又接着看了地藏王殿，这是九华山的主供菩萨，主管阴间轮回之事，殿内经声嗡嗡，木鱼声声。门口有一位边吃饭边当值的小僧，我问这里可做道场，他翻我一眼说："这是地藏王亲自住的地方，他专管超度，怎么会不做？"很怪我的无知。问及价码，七百元到二十万元不等。下山时我们从九华街穿过，路过两间储蓄所，见柜上都有和尚在存钱。从背后望去，其双手举于柜上，头向前探，腰板就拔得更直，僧袍也更显得挺括岸然。

　　中午吃饭时我心里总是不悦。中国四大佛教名山，前三个五台、峨眉、普陀，我早已去过，唯有九华心仪已久，不想今天却得了一个铜臭味极浓的印象。钱这个东西像流水，赚钱聚财如挖渠。有人挖工业之渠，借产品赚钱；有人挖农业之渠，借菜粮赚钱；有人挖商业之渠，借流通赚钱；另有书报、娱乐、旅游、饮食，皆因各人所好而设专渠。这个世界上是处处挖渠，处处设坑，借高水低流之势，把你口袋里的那一点积蓄都要滴引过来，聚而敛之。

但今天令我吃惊的是，向以慈悲、普度、舍身、苦行为本的佛，也自己或允许别人在这方圆百公里的九华山腹地引了这么多的渠，挖了这么大的坑。你看那山上卖香的，路边卖佛的，九华街上卖饭开店的，遍山开庙开庵的，拦路行乞的，据说还有经营墓地的。我突然感到，昨天在山顶所陶醉的一湾山树、一湾翠竹，竟是一湾欲海。在薄暮时分于茂林修竹间所用心体会的淙淙细泉，原来都向着这个大海流了过来。我们仿佛不是来游山，不是来欣赏山水的美，而是被人招来送钱的，宛如河面上随波逐流的一片落叶。

午饭后我怀着怅然若失的心情下山。车到山口，闪过一湾翠竹和一棵枝叶如盖遮着半天的大树，树下露出了一座黄墙青瓦的古寺。这也是一座上了九华名刹榜的大庙，叫甘露寺，同时也是九华山佛学院。肃穆之象不由让我驻车凭吊。正当中午，僧人午休，整座大庙寂然如灭，使人有忽入空门之感。大殿上杳无一人，唯几炷香缭缭自燃，几排坐禅的蒲团静列成行。

作者用"吃惊、这么多的渠、这么大的坑"来表达自己内心的震惊、不解和心痛。

我们游山玩水的好心情被商业利益的手段冲击得荡然无存。作者用"不是……不是……而是"的句式，强烈表达了内心的震惊和痛苦。

与前文所见的庙宇形成对比，这里肃穆、寂静，一个人也没有，让人的心一下子沉静下来，表达了作者对这里的喜爱之情。

佛祖端坐半空，目澄如水，静观大千。殿柱上挂有戒牌，上书《九华山佛学院坐禅规则》："进禅堂心平气和，万缘放下……"廊柱上有《僧伽壁训》："为僧首要老实，接物必重慈悲……"右侧为饭堂，十数排桌凳，原木原色，古拙简朴。桌上每隔二尺之远反扣两个碗，清洁照人。墙上有许多戒条，都是当思一餐不易、一粒难得之语。饭厅之侧有平台，上植花木，红花绿叶。一小树干上悬一偈牌，上书："绿竹黄花即佛性，炎日皓月照禅心。"我顿觉佛无处不在。我们这样穿堂入室在大庙中随意行走，偶遇一二僧人也目不斜视，既不怕我们为偷为盗，也不把我们喜作上门的财神，心情比在山上时愉悦多了。返到大殿，我虽不信佛，还是双手合十对着佛像拜了三拜，心中说道："这才是真佛。"

从庙里出来继续下山，车子驶过一弯又一弯，峰峦叠翠，竹影绵绵。我想佛教到底是高深莫测，处处随缘，可以是立见现钱的摇钱树，也可以是一本悟不透的哲学书。你可以马上掏钱换一个安慰，换一个虔诚；也可以无限追求，以情以性去悟那四大皆空、永无止境的佛理佛心。

这里的僧人和上山所遇的僧人形成对比，他们才是真正不染尘世浮华的僧人。作者直抒胸臆，表达了在这里找到了久违的快乐。

结尾点题。佛度众生，方法不尽相同。可用钱求心安，也可追求佛理佛心。不必求同，不必苛责，心宽慰处，便是悟佛。

雷　娟　　点评老师

陕西省渭南市铁路自立中学语文教师，多篇文章发表于《教师报》《语文报》。

榆林红石峡记

"名片"二字，巧
用比喻凸显名声之大、
分量之重，三句类比铺
排而来，为红石峡的出
场蓄足了势。

此句放在段首，承
上文之"突现奇景"，
又接下文三奇罗列，过
渡巧妙，简洁凝练。

引用诗句为证，将
红石峡的险要地势、疆域
要塞和历史地位烘托而
出。充满画面感的描述带
来浓郁的历史厚重感。

每个城市都有自己的名片，如巴黎之大铁塔，北京之天安门，上海之黄浦江。在榆林则是红石峡。峡在城北三里。正大漠北来，浩浩乎平沙无垠，忽巨峡断野，黄绿两分，突现奇景。

峡之奇有三。一是沙中见河，曰榆溪河。此大漠之地，人常以为黄沙漫漫，旱象连连。殊不见，却有一河无首无尾涌出沙中，绿波映天，穿峡而过。二是山色全红。大漠有峡已自为奇，而石又赤红，每当晨曦晚照之时，两岸峭壁危岩，就团团火焰，接地映天。三是峡中遍布石刻。刀凿斧痕，题刻满山。这是它的迷人之处。

自秦汉以来，榆林即为北疆要塞，红石峡天险其北，镇北台雄视其上，历代征战以此为烈。古诗云："屯兵红石峡，斩将黑山城。血染芹河赤，氛收榆塞清。"想当年，鼙鼓震天，马嘶镝鸣。将军战罢归来，弹剑呼酒，分麾下炙，长烟落日，悲笳声声，于是便削石为纸，振河为墨，铁钩银划，直抒胸臆。个中人物，最知名者有二。

　　一是清代名臣左宗棠。清朝后期，列强瓜分中国，英、俄染指西北，左于同治五年（1866年）受命任陕甘总督。其时，朝中正起"海防""塞防"之争。投降派谓塞外不毛之地，不值经营，更欲放弃新疆，任其存亡。左力排谬说，以陕督之职筹粮备饷，又领钦差之命，提兵西进，一举收复新疆，固我中华万世之基业。其用兵之时更植千里左公柳，春风直渡玉门关。他的老部下刘厚基时任榆绥总兵，就向他为红石峡求字，他即大书"榆溪胜地"。左宗棠在陕甘经营十多年，雄图大略，边情难舍，这四字虽赞榆溪，却更赞西北。观其书法，用笔沉着，结字险劲，雄踞壁上，隐隐肱股之臣，浩浩大将之风。

　　将左宗棠所做之事一一罗列凸显其雄才大略；化用"春风不度玉门关"，千里杨柳更显一腔爱国柔情，一"刚"一"柔"，人物便鲜活于纸上。

　　还有一位，是抗日名将马占山。马曾任东北边防军师长，黑河警备司令。1931年率部在黑龙江打响抗日第一枪，后受排挤，移驻西北，一腔热血，报国无门。他1941年来游此地，眼见祖国河山破碎，愤而连刻两石"还我河山"。其字笔捺沉重，深陷石中，说不尽的臣子恨、亡国痛。石峡中这类慷慨激昂文字还有许多，如"巩固山河""威震九边""力挽狂澜"等，皆横竖如枪戟，点撇响惊雷。今日读来仍虎震幽谷，风卷残云。

　　聚焦石刻，"深陷"二字既写笔画之深，又写心中深恨，"臣子恨、亡国痛"，古有忠将岳飞，今有名将占山，让人感慨万千。

　　中国之大，何处无峡，峡多刻石，何处无字？然红石峡正当中原大漠之分，蒙汉农牧之

短短四句十六字，
写尽了红石峡存世之久
远、远观之形象、地处
之紧要、历史之厚重，
用语凝练而传神。

结尾收束有力，用
比喻的手法高度概括红
石峡石刻的历史地位，
和文字背后的中华大爱。

界。北望牛羊轻牧如白云落地，南眺稻麦初熟又
绿浪接天。天老地荒，沉沉一线，地分绥陕，史
接秦汉。

呜呼，收南北而融古今，唯此一峡。峡全长
三百米，南北走向，东西两岸，一川文字，满河
经典。除述边关豪情，还有写风光之秀，如"蓬
莱仙岛""塞北江南"；写地势之险，如"天限
南北""雄吞边际"；有感念地方官吏的治民之
德，如"功在名山""恩衍宗嗣"；有表达民族
团结之情，如"中外一统""蒙汉一家"等，各
种汉、满文字题刻凡二百余幅。好一部刻在石壁
上的地方志，一枚盖在大漠上的中国印。正是：

赤壁青史，
铁铸文章。
大漠之魂，
中华脊梁。

史丽芬

点评老师

山西省晋城市爱物学校语文教师，晋城名师培养工程学员。

南潭泉记

霍州之下马洼村，因唐李世民过此下马而得名。儿时记忆中是一个极美丽的山村，两山一沟，东西走向。窑洞顺北坡而下，高低错落，掩映于黄土绿树之间。鸡犬相闻，炊烟袅袅，有如仙境。南山为翠柏所覆，村民推窗见绿，天生画屏。沟里有三条小河穿村而过，我家院子临近沟底，前后各有一河，朝洗青菜门前溪，夜闻窑后水淙淙。南山之顶不知何年修了文昌阁、文笔塔各一座，倒映于山下池中，取"巨笔砚影"之意。而沟底的杨、柳、椿、槐，为追探阳光，与两山比高，千树如帆，一沟绿风，为远近闻名之奇景。

村中多泉，大小十余处，最美数南潭泉。泉贴南山之根，有一老杏树护于泉上，青枝绿叶，如华盖之张。环泉一片杏林，杏林之上是连绵的古柏，堆绿叠翠，直上蓝天。泉不大，仅一席之地，甘冽沁脾，无论雨旱，涌流如常。水极清，沙粒颗颗，鱼虾往来，清晰可见。杏叶筛落一池阳光，水波陆离万变，宛若龙宫之穴。水极静，

引用历史故事，补充下马洼村得名原因，增添厚重感，也引起读者兴趣，想一探此地的奥秘。

寥寥几笔，勾勒出了一个世外桃源的景象。

树木种类繁多，用拟人的修辞，表现出树木生机勃勃的特点。

此处"堆绿叠翠"一词妙极，尤其动词"堆"和"叠"出神入化地表现出古柏的翠绿。

如鱼吐泡，从沙中轻轻泛出，细流漫淌，汇于数十步外的一个池塘中，蓄以灌田。池上一大沙果树，偶有鸟啄果落，叮咚有声。杏熟时，孩童攀缘于树，如猿之影。

这幅画面有声有色，有动有静，既写出了硕果累累的丰收图景，也表现出人与自然和谐共生的情景。

南潭泉在村人心中是神泉、药泉，可去灾、可保命。天有大旱，于此求雨，屡屡有应。人有病，来提水一罐，涤肠洗心。家父三十一岁时得大病，一年不起，高烧不退，渐至垂危。有老者说，人临走也须还一个清凉。遂到南潭取水一罐，缓缓灌下，未想竟起死回生。遇有山洪暴发，数日内河水不清，而密林中的南潭泉则神清气定，清澈如镜，为全村最后之备用水源。每到夏日，割麦打场，酷日当头，人嗓子里冒烟，牲畜顺毛流汗。大人抢夏，孩子们的任务就是到南潭提水。人喝畜饮，暑气顿消。取水多用孩子，合童贞之纯；必用瓷罐，表质朴之心。不怕头上三尺火，一片冰心在罐中。南潭泉永是村人心中一道清凉的风景。

插入父亲的故事，表现了水的神奇妙用，照应了本段开头"南潭泉在全村人心中是神泉、药泉"。

村人对泉水既喜爱呵护，又恭敬虔诚，从侧面也表现出村人质朴、纯粹的追求。

我是20世纪50年代离开故乡的，南潭美景时在梦中。某日有村干部来京，说因开煤矿，全村已河断泉枯，水声不再，杏林不存。我心中怅然若失，断了相思，碎了旧梦。2017年春节回乡，忽闻喜讯，县里发展旅游，将重修南潭泉，追回旧时景。

听说泉枯，"我"心痛不已；忽闻泉重修，"我"兴奋不已，鲜明的对比，表现了"我"对泉的喜爱和眷恋之情。

凡村不可无水，或河或井，最好有泉。才从

地心来，又在人心上流。顾盼其影，潺潺其声，一村之魂。我八岁离乡七十回，真正够得上少小离家老大还了，故乡已几经沧桑。六十年一甲子，风水今又转了回来。

南潭归来，山水之幸，吾乡之幸。

> "少小离家老大回，乡音无改鬓毛衰。"一个人离开故乡后，才会真正懂得故乡。

余小霞　　点评老师

陕西省西安市铁一中分校语文教师，获得全国教师基本功、一师一优课、语文报杯、嘉陵杯等多项赛事全国一等奖。

江南的春天

今年春节时正在江西上饶，信江浩浩荡荡，穿城而过，晨起无事信步江畔。

气象信息，北京今天的最高温度只有零下二摄氏度，北方应该是冰雪茫茫、草木枯黄的吧，而这里却是一片绿色。石缝里挑出一枝不知名的草，开着一朵淡黄色的花。想北京，玉兰花是每年春回大地时较明显的标志吧，印象最深的是每年3月5日"两会"召开的时节，中南海红墙外的玉兰树才努力鼓出一些花蕾，也偶尔会绽开几朵。算一下日子，今天才是2月5日，整整还差一个月呢，这路边玉兰树上的花苞已经鼓得快撑不住了，有几朵已在枝头怒放，如翩翩起舞的蝴蝶。远处有一团迷迷蒙蒙的红雾，走近一看，是一株山桃，已绽开细碎的花瓣，正乱红无数落满地。

最有趣的是江边的柳树，细长的枝条上，还挂着去冬没有落尽的叶子，只是略微有一点发黄，而褪去叶子的枝梢处却鼓出了今年的新芽，有那性急的还绽开了嫩叶。不由想起清人张维屏的两句诗："造物无情却有情，每于寒尽觉春

用北方的"冰雪茫茫、草木枯黄"和江南的"一片绿色"对比，突出江南春早，为下文的描写抒情奠定基调。

巧用"迷迷蒙蒙的红雾"来比喻"山桃"，既写出山桃的色彩柔美，又显出其花姿婀娜，富有画面感。

生。"寒尽春生，多么有趣的现象，令我陷入了沉思，不由吟哦出一首小诗《江南春柳》：

> 去冬残叶仍缀枝，
> 今春新芽又鼓蕾。
> 时光不觉暗中渡，
> 生命悄悄在轮回。

作者的小诗和张维屏的诗形成呼应，不仅突出了"寒尽春生"的生命状态，句式的变化还让文章变得灵动起来。

穿过柳树行子，闪出一团耀眼的金黄，我想那大概是北方每年最早开的迎春花吧。走近一看，却是一丛蜡梅。这是比迎春还早的花儿，不必等到春天，在腊月里就能开放。但为了抵御风寒，她的花朵表面天生有一层蜡质，这也难免遮掩了她的容颜，所以又叫"蜡梅"。而我今天看到的蜡梅却褪去了蜡衣，水灵灵的，一串儿笑声在枝头。

用"一串儿笑声"来表现蜡梅花水灵灵的美，作者以听觉写视觉，通感的修辞让描写更加活泼新奇。

还有，北方春色最典型的镜头，是飞雪飘飘和在一片枯黄中悄悄露出的草芽。韩愈诗："新年都未有芳华，二月初惊见草芽。白雪却嫌春色晚，故穿庭树作飞花。"韩愈说的是中原，如果再往西北呢？像我当年生活过的内蒙古西部，"千里黄云白日曛"，这些年由于三北绿化造林，虽说生态大有好转，但枯黄寒冷的底色是不会变的。而这里，悄悄涌动着的春色，却是在一个大红大绿的深色背景中悄悄上演。

将中原和西北的春天，与江南的春天对比，笔锋开阔，收放自如，更加衬托出江南春色的涌动。

江南的树叶一律比北方的阔大、宽厚，绿得发黑。在江边的马路旁，在小区的院子里，这个时节还不开花的乔木，香樟、广玉兰、桂花、含笑、梓树，还有较矮的绿篱植物，石楠、夹竹桃、八爪金盘都黛绿油亮。然后，那一行行如仪仗队的茶花树，在浓密厚重的绿叶间怒放着艳红的花朵，有男人的拳头那么大。这花红得像谁在绿丛间泼了一团红墨，浓得化不开。以至于我几次想照一张花朵的特写，在镜头里却总难分清花瓣的纹路和层次。

以"一团红墨"比喻茶花的色彩浓郁、姿态饱满，突出江南春天的生命力。

比茶花更人高马大的，是一行行的柚子树。自然也是稠密厚重的枝叶。不过，在密叶深处却高悬着几颗去秋还未摘去的黄柚。如果把这一汪浓重的黛绿比作是深邃的夜空，那么这穿越去冬而来的柚子，就是明亮的来自遥远夜空的星星。他们在春的门槛上，隆重地目送着过去的岁月，并迎接春的到来。

"夜空的星星"形象地写出黄柚的明亮高悬；"目送"和"迎接"则以拟人传情，点染出春天渐进的气息。

南北之春，除了生命的韵律及其背景的不同，便是空气的湿度了。我住到这里已经一个月了，能记得起的见到太阳的日子也就三五天吧，整个世界就这样沐浴在绵绵细雨中。唐朝诗人杜牧的名句："南朝四百八十寺，多少楼台烟雨中。"辛弃疾的后半生在上饶度过，他也有词写上饶之春："东风吹雨细于尘。"雨，比尘还细，如烟一样的轻软缥缈，罩着人间，当然也罩

作者将杜牧和辛弃疾的诗句信手拈来，语言典雅；并再次将南北之春对比，描绘出江南雨水丰富，绿色的生命蓬勃舒展。

着所有的树木花草。

　　我记得在北京时，林业界的朋友说，北方的树其实不是被冻死的，主要是被春天的干风抽死的。你仔细观察，春天的树梢头一般都会被抽干了三五寸，而这里却急着要发芽。北方，春雨贵如油；这里则漫天而降，如烟如织。那些绿色的生命，岂止是只靠根部来吸收水分，它浑身的每一个细胞，都在呼吸着天地间的湿润，怎么能不叶绿花红呢？

　　我舒坦地伸开双臂拥抱天地，正无边喜雨潇潇下，一江春水向东流。

　　结尾化用杜甫《登高》里的诗句，传达出作者对江南之春的无限热爱，以及不负春光、拥抱生活的热切希望。

严文君　点评老师

江苏省镇江市中学语文高级教师，曾获江苏省"蓝天杯"教学设计一等奖。

不如静对一院秋

我从不喝酒，却年年为秋色所醉。进入
11月，院子里的树木花草绚烂迷离，早让人醉得
一塌糊涂。

那天在楼下散步，本来是艳艳蓝天，静静的
小区，忽起了一阵秋风，所有的树木便发疯地摇
摆，比赛着抖落身上的叶子。于是红的、黄的、
绿的、橙色的、绛色的，枫树、银杏、柿树、梧
桐等树叶，瞬间就搅成一场五彩的雪花，从天而
降。正在散步和晒太阳的人们一时都被惊呆了，
等到回过神来，再掏出手机去拍照时，却又恢复
了平静。秋阳艳艳，澄明如水，只是地上多了一
块厚厚的地毯，镶嵌着数不清的色块、线条，还
散发着落叶的清香。人们一时晕了神，都不忍心
去踩。秋天就是这样突然降临的吗？如忽饮美
酒，让人心醉。

红色是喜庆之色。人有喜事喝了酒，脸色发
红，会有一种按捺不住的激动。现在的院子正是
这种气氛。柿子树的叶片本就厚实，这时红得像
浸过红颜料的布头，裹着黄柿子，露出一脸的憨

厚。枫树，正庆幸他们一年中最露脸的时刻，不管是元宝枫还是鸡爪枫，都尽力伸展开他们的尖叶，鲜红欲滴，如少女的口红。

以及元宝枫和鸡爪枫鲜红的特点，体现出生命的绽放姿态。

而平时最不注意的爬山虎，本是怯怯地匍匐在墙角、墙头，用它的墨绿去勾线填缝，这时却喷出耀眼的红光，一时墙头便舞着蜿蜒的红飘带，墙角则像是谁刚泼了一桶红油漆，而高楼整面的山墙，则像一面鲜艳的红旗，火辣辣地呼喊着大地的浪漫。

"怯怯地匍匐"与"火辣辣地呼喊"形成强烈的对比，突出强调了爬山虎在秋天与平时截然不同的表现，更有画面感和视觉冲击力。

我们常说秋天是金色的季节。这院子里虽不像丰收的田野有玉米、南瓜的金黄，却也给金色留下了足够的舞台。阴差阳错，当初设计者在院子的中轴大道旁全部栽上了银杏。它们干直冲天，枝柔拖地，枝条上互生着一束束嫩叶，叶开如扇。春夏时绿风荡漾还不觉有奇，而这时清一色地转黄，岸立路旁，就成了两堵"黄金海岸"。人们走在路上，有如登上金銮宝殿，脚踏软软的金丝地毯，遥望两条黄线射向蓝天，不知身在何处。本来工人还是每天照样地清扫落叶，后来居民强烈呼吁停扫一周，好留住这些金黄。现在，连环卫工人也吃惊地抱着扫帚，坐在路边的长椅上，享受着上天恩赐的这一年一次的黄金假期。大家仿佛都到了另一个世界。

描写常见的秋景，代入感很强，为下文对银杏的新颖描写做铺垫。

"登金銮宝殿，踏金丝地毯"，极富想象力，由感官感知到身临其境，紧扣"醉"字，呼应开头。动词的运用使想象变成行动，更富动感。

当然还有不变的绿，那是松柏、翠竹、没来得及落叶的杨柳和地上绿油油的草坪，他们都

紧承前文红色、黄色主色调的景物描写，以绿色为背景，中间

做了秋的深色背景。也有许多中间的过渡，马褂木因为硕大的叶片特别像古人穿的马褂而得名，这时呈现出深褐色，而白蜡树则刚刚染上一点淡黄。更有那玉兰，白绒绒的花苞，已经准备好了来年春天的绽放。地上的落叶，因时间的先后分出了水分的干湿和颜色的浓淡。

　　墙是一色的青灰，偶有一串红叶单挂在上，就像暗夜里的灯笼；一片鲜红的新叶正被风吹到枯叶堆上，像是正要去点燃它的火苗。阳光从树上未落的绿叶上反射着粼粼的光，秋风还是突然地来去，搅动一团色彩，扬起又落下。这时我就痴痴地坐在长椅上，透过漫天的彩叶，享受着胜似春光的秋色。难得，天地换装一瞬间，五颜六色齐抖擞。看尽南北四时花，不如静对一院秋。

刘海霞　　点评老师

山东省济南市历下区语文教师，市级教学能手。

望星空

天渐渐黑了。白日里的山水、田林、高楼、大路，统统无声地融进了那夜的大幕里，就连天空也失去了明亮的蓝色。仿佛是为了证明这空阔的存在，不知不觉中，天上又突然东一颗西一颗地挂起了星星。这时，人们经过一天的紧张、激动之后，在这夜的抚慰中，也渐渐恢复了冷静和自在。隐没了周围有形的物，解脱了心头烦人的忧，于是只剩下美的幻想。

星夜之美，主要是这天上的星。她发出微微的光，将一团浓浓的夜色搅拌成淡淡的雾霭，笼罩寰宇，朦朦胧胧；她眨着亮亮的眸子，在无尽的苍穹中，或簇而成堆，或散分西东。而这时，白日里人喊马嘶的喧嚣又早已化作了蛙唱虫鸣。在这且沉且静的气氛中，人们怎能不幻出各种想象？

于是，看那星的图案，便有天狼、天犬、狮、虎、熊、蝎，还有背着箭的猎户、斩妖的英雄。那很多星组成的亮带呢，多像一条银色的河。有河必有渡河人，于是又有隔岸相望的牛虚实结合，从虚到实，从牛郎织女的传说过渡到河边树下的恋人。人的情感与自然融为一体。

通过对诗句的引用，让读者感受到从古至今浩渺星空中那些美丽的情思。

视角变换，仰头看天，由近及远，由大到小，从黑夜写起，穿过月光，将目光聚焦于闪亮繁星。

通过数字的列举，鲜明直白地写出我们认知的渺小与宇宙的浩大，引发后文一连串的幻想与追问。

郎、织女。其实，这时在人间的河边、树下，又何尝没有依偎着的恋人？那是人化了的星，地化了的天空。这时，人们的全部思想、全部知识，都升腾到宇宙中，凭着思维的闪电，在重新做着组合。

通信卫星是近年来才有的事吧，而我们的祖先却早已在运用了。苏东坡说："但愿人长久，千里共婵娟。"杜甫叹："今夜鄜州月，闺中只独看。"不都是通过月亮这颗大卫星，传播着对亲人的相思吗？从古希腊神话，到我国的唐诗宋词，这幽渺无际的星空，飘着多少美丽的情思啊！

星空除给人以情的陶冶外，还给我们一种智的开拓。

夜色蒙蒙，河汉茫茫。在万籁俱静中，遥望无垠的宇宙，比观沧海、眺远山，更易起一种追求的渴念。黑夜本就给人以神秘之感，月光又使人生迷茫之情。这时，仰望那晶晶的星，恰如黑板上观字、剧场里看戏，我们的注意力便不由集中于她了。

离地球最近的星，当然是她的姐妹金、木、水、火、土、天王、海王、冥王等星。以她们为主，围着太阳组成了太阳系。就以冥王星的轨道算，直径达一百二十亿公里，如果乘时速六十公里的火车也要穿行八百三十余万年呢！多么大的太阳系啊！但这在直径为十万光年的银河系里，又只是一个小点。银河系呢，在宇宙中又不过是沧海一粟。我们这样一直不断地探索开去，在河外星系，又不知还有多少未知的东西。那闪烁的星斗上面，可有人类居住？那迷离的光团，可真是飞碟在飞舞？不是有人说金字塔或许是外星人来造访的标志，空中捕获的电波，可能是他们发来的信息吗？啊，这月白风清的夜空里储着多少秘密！

云来月去，斗转星移。当四围皆静，目光在群星间徜徉时，不觉便反躬想到我们人类自己。这迷乱的星空无边无岸，怎么把握她的来去？聪明的祖先根据一个月中月亮的不同位置（归宿），把天空分成二十八宿，分片查数。汉代的张衡靠肉眼已数出了六千多颗星星。到1609年，伽利略发明了望远镜，后来不断改进，我们现在已能看到九十多亿光年内的天体，那星已多得不可胜数。

天，本就够迷人了，而这一片渺茫中，又不时会出现一些怪异。本来是一颗闪闪的星，背后却会拖出一条像扫帚似的长尾巴来。多少年来，人们认为这是不祥之兆。1682年，英国天文学家哈雷研究了这样一颗星后，指出她是在按一定周期运行，七十六年后还会回来，后来果然应验。还有的星会忽明忽暗，这曾使希腊人十分恐慌，说她是魔鬼的头。可是1842年，英格兰一个又聋又哑的青年天文学家古德里克（他去世时未满二十二岁）却推测是

一切景语皆情语，云来月去，斗转星移，外物在变，不变的是飘荡在浩瀚星空中的缕缕情思。过渡巧妙，从眼前的星空回到美的幻想，为后文的幻想做铺垫。

用"而"字句转折，承接上文对星的追寻，引出人类对星空的探索。

从哈雷到古德里克，从阿利斯塔恰斯到哥白尼，从布鲁诺到伽利略，通过一系列的名人事迹的罗列，将星空与人类智慧联系在一起，天上的繁星凝聚着人类的艰苦劳动。

有一颗暗星在定期绕她旋转，而遮了她的光，一百年后这个推测又被证实。还有那日心说的创立，从公元前古希腊天文学家阿里斯塔恰斯，到波兰天文学家哥白尼，就经历了一千八百多年的斗争。为此，布鲁诺被烧死，伽利略又被判刑。这闪闪的繁星啊，随便哪一颗都凝聚着人类为探索宇宙所付出的艰苦劳动。

那些伟大的天文学家，他们将自己融进这漫漫的长夜里，用生命之光，来为宇宙这部无头无尾的巨著作一个小小的注脚。人的躯体在宇宙中只是一微尘埃，但他的思想却可以包容宇宙。我们仰观河汉，你看那星，哪一颗不都是根据三大定律和相对论，在牛顿、爱因斯坦的脑海里运行？

人生于永恒的宇宙，如火花之一瞬，可是他创造的事业却会永恒，你看张衡、祖冲之、郭守敬，他们不是分明被命名为星名，已在宇宙中获得永生了吗？这时你再体会这溶溶的夜色、闪闪的繁星，再听这浅唱低吟的天籁之声，就会视通万里，思接千载，不由得想联翩。这清阔淡远的星空中，藏着多少哲理，多少激情啊！

星空，这样宁静，这样深沉。

将人的渺小与宇宙的辽阔进行对比，将人的微不足道和思想的广阔无垠相对比。表现出人类思想的伟大与永恒。

使用"可是""不是"句式，强调人生短暂，但我们建立的功业却会在星空中闪烁，鼓励读者们在仰望星空的同时，进行美的幻想，在思索中探究哲理，在宁静的星空里用激情做出自己的一番事业，言尽而意无穷，发人深省，引人深思。

吴玥　**点评老师**
广东省佛山市南海外国语学校语文老师，佛山市科研组中心成员。

芦芽山记

山西多山，太行、吕梁纵贯南北，分卧东西，全省境内几乎无平地。其间较著名者，有历代皇帝封禅祭扫的北岳恒山，有伯夷、叔齐不食周粟而死的首阳山，有介子推不受晋文公之封而焚身的介休绵山。但因这些地方历史掌故的名声太大，倒常常使游人忘记了山水本身的美。所以，若是真游山，还是无名的好。于是，在山西，我们便选中了吕梁山北梢自然保护区的主峰——芦芽山。

十一日晨，天微阴。我们备足干粮和水，东南出五寨县城，乘车行十多分钟，便投入大峡谷中。谷底乱石如斗，两侧峰崖急扑而下，遮天蔽日。车上下颠簸似浪中行舟，又紧贴山根爬行，缓缓如一豆甲虫。离市井才十数里，便顿如隔世。瞩目窗外，那山有的整石以为峰，拔地而起，节节如笋；有的斜卧如虎豹，周身斑驳有纹；更有其大如房的卵石，以一细尖立于山巅，石上又石，成累卵之危，仿佛一推即可滚落。山少树，石青黑，多水痕。可以想见，史前时期这

宕开一笔，先写游名山之缺陷，自然引出无名的芦芽山。

把"车在山路上行走"比喻为浪中行舟，形象地写出了山路的崎岖不平。"紧贴、如豆甲虫"侧面写出了山路的窄与陡。

"如笋、如虎豹、如卵石"三个比喻，将山石形态各异的特点栩栩如生地展现出来。

里曾是洪水汤汤，这些巨石被飘举如豆丸，山谷被切割如腐乳。后来骤然水退，寂寂石存，山高谷深，悄然至今。

再走，山坡多灌草，郁蔽如棕毡，间有松树散立其间。以后树渐渐增多，松杉直立如筷，密密匝匝，不得深视。这山正如其名，峰多峭拔如出土芦芽，这时一律为绿树所覆，你前我后，纷沓相叠，正是旧县志上说的"芦芽叠翠"。举目越过层峦望开去，满山满野的林子，近处墨绿，稍远深绿，再远浅绿，层层次次，最后只剩下一层朦胧的绿意溶入天穹。车子像一叶扁舟，在这片绿海的波峰浪谷中穿行。

约九时半，我们来到主峰下，这时云已阴得沉沉欲坠了。山脚几个看林人说，怕有雨，今天是万不可登山了。远远而来的我们，岂肯悻悻地回去，大家每人折了一根枯树枝，便一头扎进黑林子里。头上云来云往，林中忽明忽暗，落叶积地盈尺，一踏一个虚坑。这里本少人迹，今天又飘着细雨，四周淅淅沥沥，唯闻雨打松枝与风弄树叶之声，越发静得怕人。脚下不时横着倒地的枯木，庞然身躯，用杖一捅就是一个窟窿。两边立着被雷劈死的大树，或中心炸裂，或齐肩削去，皆断躯残肢，一副残酷悲怒之状。朽黑的树身上又生出寸厚的绿苔，奇奇怪怪地立于空林间，如虎狼鬼魅，抬头常给人一身冷汗。领路的

从视觉角度入手，由近及远，绿意渐浅，色彩变化，绿仿佛流动起来了，照应"叠翠"之称。

老杨说，他上这山已有十一次了，倒有九次走错了路，但愿今天不再犯第十次错误。

爬了约一小时，我们跃上一面斜坡，眼前骤然大亮。两山峰之间现出一片开阔地，虚云轻雾贴着两边的山，笼着坡上的树，在阔地的远处小心地拱合成一个大圆圈。而这个圆形的阔地上却无一根树木，清一色的阔叶绿草，托着大朵的黄花，微雨中灿若群星，又娇如美人出浴，四周绿树白云都是她们的陪伴。大家心情为之一振，高歌狂呼一阵，便东折而上攀小径向顶峰冲去。

这时山更陡，峰更峭，景亦更奇。我们攀行在石磴上，雾入衣袖，云拂脚面。俯视脚下则山川无形，天地不分，唯白云一片，滚滚如大海波涛，风振林梢，又隐隐传来千军万马之声。间或脚下石路正过两山谷口时，则浓云团团缕缕厮涌而出，急喷狂走之状，若山下鏖战，硝烟冲天却又寒气逼人，不敢稍留。

将凌绝顶时要过一短峡，仅容一人单行，曰束身峡；要过一梯，横杠九节，梯担两峰间，曰九杠梯，下临无底。这是全峰最险之处，过去当地人说，凡不做亏心事者才敢过梯。现在两边更加了栏杆，但仍然令人目眩。过九杠梯便是芦芽绝顶了。这是一块巨大的孤石，下细上大，状如蘑菇，探伸在半空之中。石上有小庙一座，曰太子殿，是过去求雨人表示虔诚的所在。这时云蒸雾裹，已不辨天上人间。殿宇的檐角时隐时现，云中探出几株古松，我确信自己还未离地而去。

　　雨还在下，我们拄杖下山了，当钻出密林时衣服早已湿透，鞋帮上满是星星点点的野花瓣子，早已成绣鞋一双。看林人笑道，还从未见过你们这般有兴致的人，忙招呼我们进屋烤火。这时我们心头贮满了愉快，哪管什么鞋湿衣凉，连忙辞谢，驱车下山。山下雨小，回看林间已挂上了无数条细亮细亮的瀑布，轻柔柔的，从水绿的林梢垂下来，跌在石上汇入谷底。谷底的水比来时已很大了，只是不见半点泥沙，还是原来的清。

　　在别人不愿出门的时候，去游人迹少至的地方，我们的心中泛起一丝莫名的骄傲。

此处与前文的"十一日晨、再走、约九时半、爬了约一小时"，共同交代本文是以时间推移、地点转换为写作顺序。

呼应开头"若真游山，还是无名的好"，结构完整严谨。

白 利

点评老师

山西省吕梁市柳林县穆村镇教委中学语文一级教师。

娘子关上看飞泉

娘子关，雄踞在太行山东侧，正当晋、冀两省的交界。史载唐太宗之妹平阳公主曾奉命驻兵于此，创建城关，故而得名。盛夏七月，我们一行数人出平定县城，驱车九十里前来造访。这里山高谷深，草茂树稀，迎着山风还有几丝寒意。山上现存新旧两关，旧关只剩两楼和一些阶梯残石，共二十七级，极陡，人登时需俯身弯腰，手脚并用。新关尚完整，有一条小道直通山下，关门仅能过一车一马，可谓"一夫当关，万夫莫开"。

城墙顺山势起伏，逶迤而去，谷底风回水响，声若雷鸣，使人不由生发凭吊古战场的幽情。汉初，韩信曾在这里攻打赵国，背水一战，大获全胜。如今这山畔、沟下已星散着不少工厂、机关、居民和驻军，给这荒僻的山野增添了无限的生机。再加上这里以泉水著称，那藏在山坳崖后的绿柳青田，使这北国的原野颇带一点江南的景象。

我们先去看玉龙泉，泉已修一电厂，用此

文章开篇交代了娘子关的地理位置和历史渊源，从大处着笔，以太行山和晋、冀为地理背景，以唐朝为时间背景，既有宏大的视野，又有厚重的历史感，可谓起笔不凡，大气磅礴。

叙述韩信在此作战，既承接上文的历史背景，又引出娘子关如今的发展，表现了娘子关悠久的历史和蓬勃的生机，承前启后，结构紧凑。

水来发电。过去喷水的玉龙头已不复见，只见一处很大的泉口，上加石盖，盖的东西两侧各留六孔。水从泉眼内向上喷出，直顶石盖，然后向两边穿孔而出，汇入一个大池中。我们站在石盖上，脚下嘭嘭然如立鼓面。水池中建有石舫，舫边另有一个石条砌就的大游泳池。难得的是这急喷横流的大水却无一泥一沙，一池碧波清若空无，这时一群顽童正在池里嬉水，他们一丝不挂，来去翕忽，宛若游鱼。

娘子关的泉眼有一百多处，最壮观的当数水帘洞泉。我们转过一个山崖，只见对面山嘴上一挂飞泉飘然而下。这时人恰好与飞泉的半腰相齐，隔岸平视，看个正好。那泉后的山石在流水的浸润下满是苔藓、葛藤，一层叠一层，厚重、滑腻，像一幅墨绿的挂毯。那飞泉白光一闪，当空划破厚重的浓绿，散成一挂珠帘，轻轻贴着石壁垂下来；又像是一轴素绢，靠着绿壁，浴着艳阳，时舒时卷，楚楚有情，就专等谁来作画题诗了。

我看着看着，忽而心里不知足起来，就攀藤附葛，向谷底探去。同伴们直喊使不得，但我哪顾这些。谷底多巨石，光滑、圆润、洁白，是上游洪水冲下来的，其状如卧牛、奔象、驯羊、飞马……而深谷两峰的石壁却另是一种奇观：石形或凸或凹，石面若松针杂陈，若蜂窝相叠，石

描写石泉的激越和顽童的嬉戏，突出了玉龙泉的动态美。四字短语的使用，使表达凝练典雅，增添了文章的诗意美感。

前一句通过写泉后的苔藓、葛藤来映衬飞泉的秀雅与壮观，构思精巧。后两句运用比喻的手法，将飞泉比作"珠帘、素绢"，形象地写出了泉水的晶莹剔透、轻盈飘逸、温婉动人。整个片段既有静态描写，也有动态描写，文章便有静有动。

连续使用二字词、四字词、五字词，读起来朗朗上口，富有节奏感和音韵感。同时，于

色又似白似黄，莫能确指，一起构成这面千奇百怪的大浮雕。这时谷底细雾蒙蒙，仰观山岩、飞泉，如面纱相遮。

我想，抽象派的艺术家，要是站在这里指石壁而言，说这是人、是兽、是车、是马，是田园村舍，你是不能完全否认的。原来这也是一种钟乳石，不过桂林的钟乳石经大水浸蚀，成柱、成林；这里的经湿雾浸润，成线、成丝。那好比是一座园林，这却如一个盆景，各得其妙。当地群众叫这种石头为上水石。石多孔，取一块置浅水盘中，水可徐徐升到石巅。若再撒些豆、麦、花籽于上，则可发芽抽绿，移青山绿水于案几之上，使室内春意盎然。

到谷底观飞泉，不仅能默察其细微，还可领略其声威。仰望蓝天一线，两山壁立，谷中激流湍急，虎啸雷鸣。水帘后深草茂树，不知其底，传说那里面有个神仙住过的老君洞。我突然记起县志上的一首明人题咏："娘子关头水拍天，老君洞口赤霞悬。惊雷激浪三千丈，洞里仙人不得眠。"

稍近帘底，水烟雾气，缠臂绕腿。我大着胆子靠前几步，大珠小珠，立时劈面盖顶。这时仰观水帘，真是银河泻地，云翻水怒。苏东坡观庐山是"横看成岭侧成峰"，我看这娘子关飞泉堪称"远似淑女近如虎"。我喜滋滋地淋了一身运用拟人手法，赋予娘子关飞泉人的性情，体现其婉约多姿；同时运用了排比与对比的手法，强调了娘子关飞泉的独特，情感充沛。

水，退坐在远处的一块大石头上。

我细品着这水，她是泉，但又不是一般的涓涓细流；是瀑布，但又不是泥沙俱下的洪水。她从山顶进石而出，又飘飘落下。黄河滚滚没有她这样妩媚，长江浩浩没有她这般激越，那排空的海浪又没有这样俊美。她豪爽、多情、开朗、大方，把大把的珍珠悬空撒下，摔得粉碎，然后又在谷底，聚拢成一泓清潭，再转山绕石，悠然而去。

空谷独坐，我吸着湿润润的雾，听着水在石上弹奏的歌，看着水珠在阳光中幻成的五彩的霓，任清泉在我心头静静地淌。山顶上伙伴们已招手催行了，我却一片痴情，好像对这水还有许多未说完的话。

文末作者探究娘子关一带多清泉的原因，"蓄之既久，其发必速"，泉如此，人亦如此，从自然现象联想到生活哲理，富有理趣。

回来的路上，我问一位水利工作者，才知道这方圆几百里都是石灰岩山区。石间缝隙甚多，地面水全渗到了地下深处。太行东来，到这关前骤然下降，地层错动，于是那些经石间千过万滤的清清流水，便一起被挤出地面。这关上关下到处是大泉小水，有的老乡在家里搬起一块石板便可汲水呢。这大概就是"蓄之既久，其发必速"的道理吧！

郑燕璇

广东省汕头市潮南砺青中学语文教师。

点 评 老 师

石河子秋色

国庆节在石河子度过，假日无事，到街上去散步。虽近晚秋，秋阳却暖融融的，赛过春日。人皆以为边塞苦寒，其实这里与北京气候无异，连日预告，日最高气温都在二十三摄氏度。街上菊花开得正盛，金色与红色居多。花瓣一层一层，组成一个小团，茸茸的，算是一朵，又千朵万朵，织成一条条带状的花圃，绕着楼，沿着路，静静地闪耀着她们的光彩。还有许多的荷兰菊，叶小，状如铜钱，是专等天气凉时才开的。现在也正是她们的节日，一起簇拥着，仰起小脸笑着，蜜蜂和蝴蝶便专去吻她们的脸。

花圃中心常有大片的美人蕉。一来新疆我就奇怪，不论是花、是草、是瓜、是菜，同样一个品种，到这里就长得特别的大。那美人蕉有半人高，茎粗得像小树，叶子肥厚宽大，足有二尺长。她不是纤纤女子，该是属于丰满型的美人。花极红，红得像一团迎风的火。花瓣是鸭蛋形，又像一张少女羞红的脸。而衬着那花的宽厚的绿叶，使人想起小伙子结实的胸膛。这美人蕉，美

寥寥数笔，写出作者对晚秋时节石河子的整体感受，赛过春日。为后文描写此地秋天不一样的韵味，定下基调。

秋菊的味与色，开放的意境与姿态，不禁让人想起千古名句"不是花中偏爱菊，此花开尽更无花。"

运用比喻、拟人等修辞，写出美人蕉植株高大、叶片肥硕、花朵红艳的特点，喜爱之情溢于言表。

得多情，美得健壮。这时，她们挺立在节日的街心，拉着手，比着肩，像是要歌，要说，要掏出心中的喜悦。有一首歌里唱道："姑娘好像花一样，小伙儿心胸多宽广。"这正是她们的意境。

石河子，是一块铺在黄沙上的绿绸，仅城东西两侧的护城林带就各有一百五十米宽。而城区又用树行画成极工整的棋盘格，格间有工厂、商店、楼房、剧院。在这些建筑间又都填满了绿色——那是成片的树林。红楼幢幢，青枝摇曳；明窗闪闪，绿叶婆娑。人们已分不清，这城到底是在树林中辟地盖的房、修的路，还是在房与路间又见缝插针栽的树。

全城从市心推开去，东西南北各纵横着十多条大路，路旁全有白杨与白蜡树遮护。杨树都是新疆毛白杨，树干粗而壮，树皮白而光，树冠紧束，枝向上，叶黑亮。一株一株，高高地挤成一堵接天的绿墙，一直远远地伸开去，令人想起绵延的长城，有那气势与魄力。

而在这堵岸立的绿墙下又是白蜡。这是一种较矮的树，它耐旱耐寒，个子不高，还不及白杨的一半，树冠也不那样紧束，圆散着，披拂着。最妙是它的树叶，在秋日中泛着金黄，而又黄得不同深浅，微风一来就金光闪烁，炫人眼目。这样，白杨树与白蜡树便给这城中的每条路都镶上了双色的边，而且还分出高低两个层次。这个大

"绿绸、棋盘格"的比喻，生动形象地写出了石河子树之多、绿之浓、秋之美。置身其间，仿佛置身童话世界。

观察细致，笔力尽显，运用比喻、拟人的修辞，描摹出白杨树挺立的英姿和蓬勃的生命力。

棋盘上竟有这样精致的格子线，而那格子线的交叉处又都有一个挤满美人蕉与金菊的大花盘，算是一个棋子。

我在石河子的街上走着，以新奇的目光打量着它，打量着这个棋盘式的花园城。这时夕阳斜照着街旁的小树林，林中有三五只羊在捡食着落叶，放学的孩子背着书包绕树嬉戏。落日铺金，一片恬静。这里有城市的气质，又有田园的姿色，美得完善，她完全是按照人们的意志描绘而成的一幅彩画。我想这彩画的第一笔，应是1950年7月28日。这天，刚到新疆不久的王震将军带着部队策马来到这里。举目四野，荆棘丛生，芦苇茫茫，一条遍布卵石的河滩穿过沙窝，在脚下蜿蜒而去。将军马鞭一指："我们就在这里开基始祖，建一座新城留给后世。"

三十多年过去了，这座城现在已出落得这般秀气。在我们这块古老的国土上，勤劳的祖先不知为后世留下了多少祖业。他们在万里丛山间垒砖为城，在千里平原上挖土成河。现在我们这一代，继往开来，又用绿树与鲜花，在皑皑雪山下与千里戈壁滩上打扮出了一座城，要将她传给子孙，他们将在这里享用这无数个金色的秋季。

城市如棋盘，行道树如格子线，花朵如棋子，作者丰富的想象力，让人几乎可以感受到石河子的秋色之美。

广泛勾连，用王震将军初到石河子的事例，展现了拓荒者的壮志豪情。

王宏亮

点 评 老 师

辽宁省阜新市彰武县章古台学校语文高级教师，辽宁省优秀教师。

西北三绿

古曲有《阳关三叠》，如怨如诉，叙西北之荒凉，写旅人之悲怆。今天，当我也作西北之行时，却感到别有一番生机，即兴所记，而成西北三绿。

刘家峡绿波

当我乘交通艇，一进入黄河上游的刘家峡水库时，便立即倾倒于她的绿了。这里的景色和我此时的心情，是在西北各处和黄河中下游各段从来没有过的。

一条大坝拦腰一截，黄河便膨胀了，宽了，深了，而且性格也变得沉静了。那本是夹泥带沙、色灰且黄的河水；那本是在山间湍流，或在垣上漫溢的河床，这时却突然变成了一汪百多平方公里的碧波。我立即想起朱自清写梅雨潭的那篇《绿》来。他说："那醉人的绿呀，仿佛一张极大极大的荷叶铺着……"我真没有想到，这以"黄"而闻名于世的大河，也会变成一张绿荷叶的。水面是极广的，向前，看不到她的源头；向后，望不尽她的去处。我挺身船头，真不知该作怎样的遐想。朱自清说，西湖的绿波太明，秦淮河的绿波太暗，梅雨潭的特点是她的鲜润。

而这刘家峡呢？我说她绿得深沉，绿得固执。沉沉的，看不到河底，而且几尺深以下就看不进去了，反正下面都是绿。我们平时看惯了纸上、墙上的绿色，那是薄薄的一层，只有一笔或一刷的功底。我们看惯了树木的绿色，那也只不过是一叶、一团或一片的绿意。而这是深深的一库啊，这偌多的绿，可供多少笔来蘸抹呢？她飞化开来，不知会把世界打扮成什么样子。

大湖是极静的，整个水面只有些微的波，像一面正在晃动的镜子，又像一块正在抖动的绿绸，没有浪的花、涛的声。船头上那白色的浪点刚被激起，便又倏地落入水中，融进绿波；船尾那条深深的水沟刚被犁开，随即又悄然拢合，平滑无痕。好固执的绿啊！我疑这水确是与别处不同的，好像更稠些，分子结构更紧些，要不怎会有这样的性格？

这个大湖是长的，约有六十五公里，但却不算宽，一般处只有二三公里吧，总还不脱河的原貌。一路走着，我俯身在船舷，平视着这如镜的湖面，看着湖中山的倒影，一种美的享受涌上心头。

　　"深沉、固执"，在作者眼里，刘家峡的黄河水是有性格的。

　　作者的感情强烈，和纸上、墙上的绿、树木的绿相比较，"深深、偌多"，凸显这里黄河水绿的深邃，即便使用言语也形容不尽。

　　"只有些微的波"，写出水面的平；像"抖动的绿绸"，描绘出绿水迤逦的情景，时时紧扣一个"绿"字展开。

　　先写船头，再写船尾，作者的视线始终离不开这水，水给人最深刻的印象就是绿。

山是拔水而出的，更确切点，是水漫到半山的。因此，那些石山，像柱，像笋，像屏，插列两岸，有的地方陡立的石壁，则是竖在水中的一堵高墙。因为水的深绿，那倒影也不像在别处那样单薄与轻飘，而是一溜庄重的轮廓，使人想起夕阳中的古城。在这样的地方、这样的时刻，游人也不敢像在一般风景区那样轻慢，那样嬉戏，那样喊叫。人们偏在舷边，伫望两岸或凝视湖面。这新奇的绿景，最易惹人在享受之外思考。

我知道，这水面的高度竟是海拔一千七百多米。李白诗云"黄河之水天上来"，那么，这个库就是一个人们在半空中接住天水而造的湖，也就是说，我们现时正在半空水上游呢。我国幅员辽阔，人工的库、湖何止万千，刘家峡水库无论从高度、从规模，都是首屈一指的。当年郭沫若游此曾赋词叹道："成绩辉煌，叹人力，真正伟大。回忆处，新安鸭绿，都成次亚。"

那黄河本是在西北高原上横行惯了的，她从天上飞来，一下子被锁在这里。她只有等待，在等待中渐渐驯顺，她沉落了身上的泥沙，积蓄着力量，磨炼着性格，增加着修养，而贮就了这汪沉沉的绿。她是河，但是被人们锁起来的河；她是海，但是人工的海。她再没有河流那样的轻俏，也没有大海那样的放荡。她已是人化了的水泊，满贮着人的意志，寄托着人们改造自然的理

山的形态各种各样，"陡立、竖"极言山之陡峭。山的影子倒映在深绿的水中，别有一番厚重和韵味，带给作者无限的遐思。

水是高原之水，作者从李白的诗引发的奇妙的遐想，令人惊叹。

引用郭沫若的话，足见刘家峡水库的规模和高度，赞美之情油然而生。

以深情的笔触写下对刘家峡黄河水的思索，将黄河水拟人化了，这里的黄河水已不

想。她已不是一般的山洼绿水，而是一池生命的乳浆，所以才这样固执，这样深沉，才有这样的性格。

船在库内航行，不时见两边的山坡上垂下一根根的粗管子，像巨龙吸水，头一直埋在湖里，那是正修着的扬水工程。不久，这绿水将越过高山，去灌溉戈壁，去滋润沙漠。

当我弃舟登岸，立身坝顶时，库外却是另一种景象。一排有九层楼高的电厂厂房，倚着大坝横骑在水头上。那本是水平如镜的绿水，从这厂房里出来后，瞬即成为一股急喷狂涌的雪浪，冲着、撞着向山下奔去。她被解放了，她完成任务了，她刚才在那厂房里已将自己内涵的力转化为电。大坝外，铁塔上的高压线正向山那边穿去。像许多一齐射出的箭。它们带着电能，东至关中平原，西到青海高原，北至腾格里沙漠，南到陇南。这里的工作人员说，他们每年要发五十六亿度电，只往天水方向就要送去十六亿度，相当于节煤一百二十万吨呢。我环视四周，发现大坝两岸山上的新树已经吐出一层茸茸的绿意，无数喷水龙头正在左右旋转着将水雾洒向它们。是水发出了电，电又提起水来滋润这些绿色生命。

这沉沉的绿水啊，在半空中作着长久的聚积，原来是为了孕育这一瞬的转化，是为了获得这爆发的力。现在刘家峡的上游又要建十一个这

再是一汪静止的湖泊，而被赋予了新的含义，她的绿就是她的性格。

水不单单是供人欣赏的湖泊，更重要的，这水还要造福人类，水的精神又多一层意味。

运用比喻，描绘出黄河水两种截然不同的美的姿态，无论静谧的绿水，还是喷涌的雪浪，都是这里黄河水的性格。

行文至此，作者深挚的情感自然流淌，化用李白的诗句，表达对刘家峡的赞美和祝贺之情。

样大的水库了，将要再出现十一层绿色的阶梯。黄河啊，你快绿了，你将会"碧波绿水从天来，奔流到海不复回"。刘家峡啊，你这一湖绿色会染绿西北，染绿全国的。我默默地祝贺着你。

天池绿雪

雪，自然不会是绿的，但是它却能幻化出无穷的绿。我一到天池，便得了这个诗意。

在新疆广袤的大地上旅行，随处可以看见终年积雪的天山高峰。到天池去，便向着那个白色的极顶。车子溯沟而上，未见池，便发现地中流下来的水，成一条河。因山极高，又峰回沟转，这河早成了一条缠绵无绝的白练，纷纷扬扬，时而垂下绝壁，时而绕过绿树。山是石山，沟里无半点泥沙，水落下来摔在石板上跌得粉碎，河床又不平，水流过七棱八角的尖石，激起团团的沫。所以河里常是一团白雾、千堆白雪。我知道这水从雪山上来，先在上面贮成一池绿水，又飞流而下的。

雪水到底是雪水，她有自己的性格、姿态和魅力。当她一飞动起来时，便要还原成雪的原貌。她在回忆自己的童年，她在流连自己的本性。她本来是这样白，这样纯，这样柔，这样飘飘扬扬的。她那飞着的沫，向上溅着、射着、飘着，好像当初从天上下来时舒舒慢慢的样子。她急慌慌地将自己撞碎，成星星点点、成烟、成雾，是为了再乘风飘去。我还未到天池边，就想，这就是天池里的水吗？

那一团飞沫激发了作者的想象，想象曾经雪的颜色、雪的情态、雪的风姿。

等到上了山，天池是在群山环抱之中。一汪绿水，却是一种冷绿。绿得发青、发蓝。雪峰倒映在其中，更增加了她的静寒。水面不似一般湖水那样柔和，而别含着一种细密、坚实的美感，我疑她会随时变成一面大冰的。一只游艇从水面划过，也没有翻起多少浪波，轻快得像冰上驶过一架爬犁。我想要是用一小块石片贴水飘去，也许会一直飘滑到对岸。刘家峡的绿水是一种能量的积聚，而这天池呢？则是一种能量的凝固。她将白雪化为水，汇入池中，又将绿色作了最大的压缩，压成青蓝色，存在群山的怀中。

与上文的刘家峡的绿形成比较，刘家峡是绿的深沉，而天池水则透出一股寒意和冷寂，水似乎更蓝、更绿。

池周的山上满是树，松、杉、柏，全是常青的针叶，近看一株一株，如塔如簾，远望则是一海墨绿。绿树，我当然已不知见过多少，但还从未见过能绿成这个样子的。首先是她的浓，每一根针叶，不像是绿色所染，倒像是绿汁所凝。一座山，郁郁的，绿的气势，绿的风云。再就是她的纯。别处的山林在这个季节，也许会夹着些五色的花、萎黄的叶，而在这里却一根一根，叶子像刚刚抽发出来；一树一树，像用水刚刚洗过，空气也好像经过了过滤。你站在池边，天蓝，水

绘景用语简洁凝练，运用比喻，近景写出林木分明之状；远景写出树林的辽阔和颜色的浓重。

绿，山碧，连自身也感觉通体透明。我知道，这全因了山上下来的雪水。只有纯白的雪，才能滋润出纯绿的树。雪纯得白上加白，这树也就浓得绿上加绿了。

我在池边走着，想着，看着那池中的雪山倒影，我突然明白了，那绿色的生命原来都冷凝在这晶莹的躯体里。是天池将她揽在怀中，慢慢地融化、复苏，送下山去，送给干渴的戈壁。好一个绿色的、怀抱雪山的天池啊，这正是你的伟大，你的美丽。

追本溯源，只有纯白的雪才能滋润纯绿的树，照应前文，雪能幻化出无穷的绿，巧妙自然。

点出天池绿的精神，胸怀宽广、默默奉献，赞美之情溢于言表。

丰收岭绿岛

从戈壁新城石河子出发，汽车像在海船上一样颠簸了三个小时后，我登上了一个叫丰收岭的地方。这已经到了有名的通古特大沙漠的边缘。举目望去，沙丘一个接着一个，黄浪滚滚，一直涌向天边。没有一点绿色，没有一点声音，不见一个生命。我想起瑞典著名探险家斯文赫丁在我国新疆沙漠里说过的一句话："这里只差一块墓碑了。"好一个死寂的海。再往前跨一步，大约就要进入另一个世界。一刹那，我突然感到生命的宝贵，感到我们这个世界的可爱。

我不由回过身来，只见沙枣、杨、榆、柳筑起莽莽的林带。透过绿墙的缝隙，后面是方格的

侧面写出戈壁道路的崎岖、不平坦。

运用比喻，将沙漠比作大海，可见沙漠的无边无际。同时也是环境描写，渲染丰收岭的荒凉和偏僻，为下文做铺垫。

农田，红的高粱、黄的玉米、白的棉花，正扬着笑脸准备登场，这大概就是丰收岭名字的由来。起风了，风从沙漠那边来，那苍劲的沙枣，挺起古铜色的躯干，挥动厚重的叶片；那伟岸的白杨，拔地而起，在云空里傲视着远处的尘烟；那繁茂的榆柳拥在白杨身下，提起她们的裙裾，笑迎着扑面的风沙。

> 用"苍劲""厚重""伟岸"等形容词描摹沙枣、白杨、榆柳扎根大漠的挺拔的姿态，赞扬其顽强、乐观的精神。

　　绿浪澎湃，涛声滚滚，绿色就在我的身后，我不觉胆壮起来。这绿色在史前原始森林里，让人感到恐怖；在无边的大海上，让人寂寞；在茫茫的草原上，使人孤独。而现在，沙海边的这一点绿色啊，使人振奋，给人安慰，给人勇气。只有在此时此地，我才真正懂得，绿色就是生命。现在，这许多的绿树，连同她们的根须所紧抱着的泥沙，泥沙上覆盖着的荆棘、小草，已勇敢地深入到沙海中来，形成一个尖圆形的半岛。

> 丰收岭绿岛，也许没有前两个地方那样深沉、固执、纯粹的绿，却带给作者更直接、强烈的感受。

　　我沿半岛的边缘走着，想到最前面去看看那绿色和黄沙的搏斗。前面杨、榆、柳那类将帅之木已经没有了，只派这些与风沙勇敢肉搏着的尖兵。她们是红柳、梭梭树、沙拐枣、沙打子旺等灌木，一簇簇，一行行。要论个人容貌，她们并不秀气，也不水灵。干发红，叶发灰，而且稀疏的枝叶也不能尽遮脚下的黄沙。但这是一个伟大的群体，方圆几百亩，我抬头望去，一片朦胧的新绿，正是沙间绿意薄如雾，树色遥看近却无。

> 作者体会到了绿色的真正意义——生命。绿，是生命的象征，是勇敢的象征，是顽强的象征。

"朦胧、绿雾"写出这绿岭的稀疏，虽然它并不繁茂，但却阻挡了狂沙肆虐的步伐，守住了生命的防线。

这绿雾虽是那样的淡，那样的薄，那样的柔，但却是一张神奇的网，她罩住了发狂的沙浪，冲破了这沉沉的死寂。

我沿着人工栽植的灌木林走着，只见一排排的沙土已经跪伏在她们的脚下。看来这些沙子已被俘获多时，沙粒已经开始黏结，上面也有了稀疏的草，有了鸟和兔子的粪，已有了生命的踪迹。治沙站的同志告诉我，前两三年这脚下是流动的沙丘，我们引进这些沙生植物后，沙也就驯服多了。梭梭林前涌起的沙梁，虽将头身探起老高，像一匹嘶鸣的烈马，但还是跃不过树丛。那树踩着它的身子往上长，将绿的枝去抽它的背，用绿的叶去遮它的眼，连小草也敢"草假树威"，到它的头上去落籽生根。它终于认输了，气馁了，浑身被染绿了。

比喻生动，形象刻画了肆虐的狂沙被制服的过程，表现出梭梭林生命力的顽强。

治沙站的同志又转过身子，指着远处那些高大的防风绿墙说："七八年前，连那些地方也是流沙肆虐之地。"我停下脚来重新打量着这个绿岛，她由南而北，尖尖地伸进沙漠中来，像一支绿色的箭，带着生命的信息，带着人们征服荒原的意志，来向这块土地下战表了。漠风吹过来，这个绿岛上涛声滚滚，潮起潮落，像一股冲进荒漠里的绿流，正浸润着黄沙，慢慢地向内渗移。

比喻精妙，"绿色的箭"写出丰收岭的形态，也表现出人们征服荒漠的决心。

我联想到，千百年来流水剥去了大地的绿衣，黄河毁了多少田园，挟带着泥沙冲进碧波滔滔的大海。黄色在海口渐渐蔓延，渐渐推移，于是我们的海域内竟出现了一座黄海。这是大自然的创造。而现在，人们却让沙海边出现了一座绿岛，这是人的创造。

我在这座人工绿岛上散步，细想着，这里的绿不同于黄河上碧绿的水库，也不同于天山上冷绿天池中那些绿的水，那是生命的乳汁，是生命的抽象，是未来的理想。而这里的绿，就是生命自己，是生命力的胜利，是伟大的现实。

丰收岭的绿岛啊，就从这里出发，我们会收获整个世界。

举目远眺，作者浮想联翩，感慨人的无限创造，盛赞在边疆治沙的人们的伟大。

点出刘家峡水库、天池水绿的特点，与丰收岭形成对比，突出丰收岭的绿的生命意义，照应前文，点明文章主旨，盛赞生命的顽强。

何培培　点 评 老 师

陕西省西安市第二十六中学语文教师，碑林区教学能手。

芝麻开门，柿子变软

桌子的"圆"、盘子的"圆"、柿子的"圆"，象征团团圆圆，增加了亲切感，朴素的待客之道拉近了心的距离。

简简单单却又蕴含人生的哲理：人生需要有一些时刻，慢下来，静静等待，顺其自然。

"摘、取、插、置"动词连用，生动形象地写出了江西余干农村代代相传的柿子催熟土法子，饶有趣味。

上午到江西余干县甘泉村座谈，这个村以产柿子闻名。大家围桌而坐，主人以柿子待客，端上一大盘，黄润如玉，绵软诱人。

柿子在北方也是有的，唯其有一点不好，不熟时发涩，熟透时又易落地成泥，因此，常乘硬而摘，以便于运输，但吃时如何变软去涩又是个难题。在北方我的家乡，小时候常用的方法是用温水泡，倒是不涩了，但还硬，成了脆柿子，另一种口味。笨办法是放在窗台上静静地等，让时间说话，不怕它不软。常记小时走亲戚，大人从窑洞天窗上取下束之高阁、存之很久的柿子，其味之美，永生难忘。但这个办法只能自食，不便买卖。

江西余干的办法是，将柿子于未软之时摘下，取长短大小如火柴梗的一段细芝麻秆，如牙签大小，于柿蒂旁插入，静置一两天，柿子就自然成熟，如现在桌上的这个样子。我听后大奇，仔细端详，果然有一插入之痕。坐在一旁的乡长说，我们小时的一大农活，就是于柿熟季节，帮

大人用芝麻秆插柿子。插时柿子还硬邦邦，只能
干活不能偷吃。等到大人赶集回来，抢吃筐底剩
的软柿子，那是最高兴的记忆。

　　一物降一物，万事皆有理。看来芝麻秆与柿
子之间肯定有一种什么化学反应。阿拉伯有故
事《芝麻开门》，这柿子催熟的难题也是靠芝
麻来解开的。

篇末点题，引入童话故事，增添神秘感，耐人回味。

刘娜娜　　　点评老师

安徽省马鞍山市和县中学语文教师，曾获第十届全国初中语文教师教学基本功大赛一等奖、"一师一优课"部级奖项。

沙堆里的城隍

西方神话中的神都是些离人很远的女神、酒神、爱神等，哪怕帮人找个对象，也是派个天使躲在暗处远远地射上一箭，类似现在动物学家在密林深处，向老虎或梅花鹿发去一支麻醉枪，它就软软地倒下。而在中国的神话里，神总是在人的身旁，如影随形，朝暮不离，无时不在护佑着你。你需要谈情说爱，就出现一个月老来牵一根红线；你要做生意，就有一个财神爷站在商店门口；你要做饭，灶王爷就贴在锅台上；当天黑了你要睡觉，门口就有两位门神站岗。人也舒心，神也温馨。

而让我没想到的是，在遥远的长城脚下、大漠之边，也有一个神与人同在。2021年9月我到陕北采风，听说靖边县正在出土一座城隍庙，便立即赶到现场。

全世界闻名的万里长城在榆林一带被当地人轻松地叫作"边墙"，听起来就像一堵与邻家一墙之隔的短墙。沿长城的县都被冠以"边"字：靖边、安边、定边。远在天边有人家，墙里墙外胡汉两大家。从秦汉至明朝，这边墙内外就故事连连，有时狼烟滚滚，烽火千里；有时又开关互市，交易粮食、茶叶、皮毛、牛马。因为不管胡人汉人，总得居家过日子。于是这"边墙"就有了两个功能，战时为军事工程，平时为通商口岸，类似现在的海关。亦军亦民，忽战忽和，千百年来恩恩怨怨，可谓是一道奇异的风景。

为适应这种状况，明代沿榆林一线的边墙修了三十六个堡子，既是藏兵御敌的工事，又是开关互市的场子。慢慢堡子里聚集了人口，就变成了一个小城镇。有人就有了信仰这个幽灵，有信仰就要请一尊神来主事，最实用的神就是城隍。

城隍无关发财，也不管谈情说爱，是个最基层的综合之神。说小点是个虚拟的村长，说大点是个虚拟的区长、市长。它在乡下的办公处叫土地庙，在城镇叫城隍庙。现在正挖掘的这个堡子名"清平堡"，始建于明成化年间，周长不到两公里，里面也设了个城隍。随着历史的变迁，整个堡子渐为风沙所埋，现沙面上已固化为耕地、草坡、灌木林，间有大树，城隍爷就埋在下面。我估计这是中国最北的城隍了，因为再往前走一步就踏出"墙"外，一片茫茫的草原，无城当然也无"隍"了。

一般古墓、古城的挖掘是平地挖坑，考古人

凝练地写出长城在历史长河中所发挥的两大功能，此为背景介绍。

照应前文铺垫的"人神关系"，引出"城隍"，点题，自然巧妙，水到渠成。

"沙"与"城隍"的关联初显，在文中完成"第一次亲密接触"，纲举目张，一目了然。

员要十分小心地沿台阶层层下探。遇有重要处，为防踏毁文物，还要搭吊板俯身悬空作业。这次却难得有一次地面作业，只需将沙堆层层剥开，就渐渐露出了庙墙、院落、廊房、殿宇。就像意大利人从火山灰中挖出了一座庞贝古城。

我们从容地"迈步进院，穿堂入室"。最可看的是北边的正殿，城隍爷端坐高台之上，文人样貌却一身戎装，双耳垂肩，白脸红唇，身威而面慈。他宽袍大袖，右手握拳支膝，左手微张成接物状，目视前方。廊下的武士则高鼻深目，昂然挺身，一看就是个胡人，作狰狞状以驱恶鬼。武士双手虚握，估计手中原有兵器，年深日久已经朽去，却仍不减威风。这些塑像，或坐或立，并没有全部露出沙外，考古人员只是大概地清扫出他们的轮廓，为防风化正准备以塑料蒙面处理。我们正赶上将蒙未蒙之时，难得一见的佛光乍现的这一刻。

城隍爷和众文武的红袍、黑靴、蓝袖口，甚至金腰带上的云纹都历历在目。只是犹裹沙土半遮面，有的刚露出一个头，下身还是一个大土堆；有的如埃及的狮身人面像；有的半边身子钻出土外，目光炯炯，像是刚从古代穿越而来。总之，甩脱了六百年的风沙，掩不住重见天日的喜悦。我也如见故人，想不到从小遍读史书、神话，今日里与诸神相见却是在这蓬蒿、沙柳丛生

末句类比，借助"火山灰中的庞贝古城"，突出刻画"沙堆里的城隍"，浅显形象。

工笔手法，精细地描绘出城隍爷与武士的形象：前者"威""慈"并举，后者凛凛威风，各美其美。

化用"犹抱琵琶半遮面"，形容沙堆中文物将出未出之状。

的长城脚下。艺术这种东西很神奇，能架起时空的桥梁，也能拉近人与神的距离。

作者巧妙地把眼前的文物与印象中的诸神关联起来，指出"人神"关系皆源自"艺术之神奇"。

中国土地辽阔，各地风俗信仰不同，但城隍无分南北，是一个普遍之神。县官不如现管，他最大的特点就是按辖区工作，保佑百姓平安，类似现在的方格化管理。凡神都是人造的，因此习惯上总要拿一个现实的人来作躯壳，就像写小说要有个原型。比如关公就被推举来作财神；秦琼、尉迟恭就被选来作门神。至于城隍的替身，并无统一规定，而是由当地百姓自己选举产生。我查了一下，一般都是选品学兼优、政绩卓著、可以信赖的人物。比如杭州曾是南宋都城，它的城隍就是宋代的民族英雄文天祥，其天地正气足以保民永远平安。那么，这座长城脚下的明代小城堡，该选谁来任城隍呢？

以问句过渡。承接上文中国百姓对城隍的选举，从侧面印证中国的"人神"关系："人（百姓）也舒心"。

这一线史上最出名的人物要数范仲淹了。北宋与长城外的西夏长年对峙，屡遭败绩，守边武将已畏敌如虎，皇帝就把文臣范仲淹派去带兵。范保家卫国真是赤子忠心，他带着自己十六岁的长子，亲自上阵，一夜之间筑起了一座土城。又大刀阔斧地改革兵役制度，重用本土将领，连打了几个胜仗，终于使边防巩固，人民安居。宋仁宗说，有范仲淹在前线我可以睡一个安稳觉了。范长年在这里风餐露宿，枕戈待旦，有他那首著名的《渔家傲·秋思》为证："塞下秋来风景

通过对范仲淹的正面描写，以及宋仁宗语言的侧面描写，塑造了范仲淹赤胆忠诚、守边卫国的形象。

异，衡阳雁去无留意。四面边声连角起，千嶂里，长烟落日孤城闭。浊酒一杯家万里，燕然未勒归无计。羌管悠悠霜满地，人不寐，将军白发征夫泪。"他彻底实践了自己"先忧后乐"的思想，至今还坐在这个北方最前沿的小庙里。

我仔细端详着眼前的这尊城隍，他方脸圆腮，一个冬瓜式的面型，还真像史上留下的范公画像。说来有趣，范仲淹这一族至今家谱不绝，还有一个范氏宗亲会每年都有活动，我因学术故被忝列为顾问。每逢聚会，我就奇怪范家的基因怎么这样强大，虽时过千年一个个仍阔脸大耳，酷似先祖。今天见到的这个城隍也正是此貌，难怪一进门就似曾相识，如遇故人。六百年来范公一定曾多次显灵，保境安民。

我仔细研读出土的碑文，它先交代城隍的设置："城隍有祠，遍于环宇，非只大都巨邑而也。虽一村一井，莫不图像而禋祀之。"古之帝王"张刑罚以禁民之恶，立天地百神之祀，使民不教而自劝，不禁而自惩。"又说明城隍的作用："设官，以治于治之所及；设神，以治于治之所不及。上天为民虑者深且切也！"原来古代的政治家，早就看穿了单纯的行政管理并不能解决所有的问题，物质归物质，精神归精神。既要依法治国，也要依德治民。

"治之所及"是什么呢？政治、经济、社

会、生活等现实的方方面面；"治之所不及"是什么呢？就是各人的心中所想，他们的信仰、世界观。这才是一块无边的天地，一股巨大的潜在力量。一念之善，春风化雨；一念之恶，翻江倒海。所以康德说有两种东西总是让人敬畏，那就是头上的星空和心中的道德。而在中国，遍布于城乡甚至于"一村一井"的城隍，就是这种道德普及的最后一公里。你不能不说这是古人的伟大发明，且能寓教于美，托人塑形，以艺术的方式呈现于民，流传于后。你看那些泥塑人物多么生动，虽六百年仍衣带如水，神清目明。城隍不只是劝人行善，还导人审美，亦是一尊美神。

在中华三千年文明史上，明清以来的一个小城堡算不上多老；在陕西这个拥有汉陵、唐都的文物大省里，一个城隍庙也挂不上号。但是庙不在大，有神则灵；城不在老，有事则魂。清平堡正因为它的平常、普通，才典型地代表了那一段历史，勾勒出了这一带河山的变迁。共性寓于个性，当我们立于这土堆之中时，就看到了一个历史的活标本。你看那城墙、城门，特别是专门用于伏兵杀敌的"瓮城"，仿佛重现了当年城头的呐喊和刀光剑影。我不禁想起那篇著名的《吊古战场文》："浩浩乎，平沙无垠，夐不见人。河水萦带，群山纠纷。黯兮惨悴，风悲日曛。蓬断草枯，凛若霜晨。鸟飞不下，兽铤亡群。亭长告

> "这"指代上句中"各人的心中所想"，是"信仰"，是"世界观"。

> 对前文的"城隍"形象收束和总结。"城隍"不仅保境安民，还劝人行善，更导人审美。照应开头。

> 对称句式中"灵"和"魂"这一对动词，将清平堡的"城隍庙"置于时间长河中。

由眼前之景生情，由情联想到古战场，回顾历史上战争的悲惨场面，描述古战场荒凉凄惨的景象，虚实交错。

余曰：'此古战场也，常覆三军。往往鬼哭，天阴则闻。'"

长城这个中国最大、最老的战争工事，从秦汉一直修到明代，从没有消停。直到清代出了一个康熙皇帝才宣布永不修长城。他说："秦筑长城以来，汉、唐、宋亦常修理，其时岂无边患？明末我太祖统大兵长驱直入，诸路瓦解，皆莫能当。可见守国之道，惟在修得民心。民心悦则邦本得，而边境自固，所谓'众志成城'者是也。"他不但弃修长城，还开边利民。清王朝开国初期为避免蒙汉矛盾，曾将长城内外划出五十里宽、一千里长的缓冲地带，俗称"皇禁地"。康熙下令开放，并以儒家经典的"仁、义、礼、智、信"五字命名，设了五个城寨，这可以看作是最早的"经济开发区"，从此开始了"走西口"的民族大融合，也为后来发展成多民族的国家奠定了基础。他懂得不靠砖石长城，而靠民心"治于治之所不及"。于是由战争而和平，由军事而经济，清平堡从此永清平，城隍作证。

叙述康熙皇帝对长城的"不修"之事，三次提及"民心"，推导出"不修长城，修得民心"的道理。

多次点题，城隍亦是历史的见证。

在中国九百六十万平方公里的土地上，这个周长两公里的堡子只是小小的一个点。但它却交集了长城、塞外、沙漠，代表着一种地貌、一种气候，一段自然生态的轮回。你只要看看脚下被深埋着的这一座城、一座庙、一个神，就知道这里曾经是怎样的沙尘肆虐。当地传统说书中有一个代表作《刮大风》："风婆娘娘放出一股风，刮得天昏地暗怕死个人。刮得那个大山没顶顶，刮得那个小山平又平。千年的大树连根拔，万年的顽石乱翻滚。刮得碾盘掼烧饼，刮得那个碾轴辘滚流星，哎呀呀好大的风。"远的不说，四十年前我在这一带工作时，一夜醒来，风刮沙壅都推不开门。下乡采访，起风时一片昏暗要开车灯。可是现在呢？高处一望，绿满天涯，蓝天如镜。新华社2020年发文，宣布横跨长城内外的毛乌素沙漠已经消失了。

来前，我曾拜访过已七十多岁的治沙英雄牛玉琴。她一嫁到这沙窝深处，便开始在家门口一棵棵地栽树，直到栽出一片绿洲，因此被请去联合国作报告。当地人戏称她"种树种到联合国"。这样的治沙人，一代一代数不清有多少老愚公。六百年啊，城隍在深深的沙土下做了好大一个梦，直到有一天考古队员把他轻轻推醒，蒙眬中看星汉摇落，旭日东升，浩浩乎绿海无垠。

走出开挖现场，我遇到一个小小的遗憾。土坑旁堆着一大堆刚挖出的老树根。虬曲缠绕，须乱如麻，根部已有一抱之粗。原来这城隍庙里与正殿相对着还有一个戏台，这些树就长在戏台上的沙土里。它顽强地与风沙搏斗，

引用，六次出现的"刮"，不仅突出强调"沙尘肆虐"，也因为适当地重复而形成了独特的音韵效果。

笔锋一转，"绿蓝"与前文"沙尘"之色对比，使人获得感官上的愉悦。

入情，则有沧海桑田之感；入形，则有历史穿越之感。

由"赶到现场"至"迈步进院，穿堂入室"，到"走出"，不露痕迹的移步贯穿全文。

沙埋一分，树长一寸。就这样屡埋屡长，终于没有被窒息，没有被埋死。清理遗址时工人嫌它们碍手碍脚，就统统锯断挖去。噫，本是同庙生，相弃何太急。这老树未死于六百年的风沙，却刹那间断魂在明晃晃的斧锯之下，我扼腕顿足，大呼可惜。

古庙是古，古树也是古啊，它们同是我们民族的记忆，又更是一段活着的乡愁！试想，当年这边塞荒僻之地，常年草盛人稀，鸟飞兽亡，军民无以为乐，只有逢年过节时在庙里才可能给城隍爷唱一回戏，胡汉交易，人神共乐，喧声满院。这些老树也于黄沙中吐出绿叶，抚慰着守边人儿苦寂的心。我说何不留下这些古树，把整座庙宇开辟成一个旅游场所，城隍归座，武士扬眉，绿树遮阴。让外来的游人在土堆上吼一阵信天游，再邀城隍爷同坐喝一壶马奶酒，唱一首《出塞曲》，看一出六百年前的地方戏，那该多有味道。

"噫"做叹词有悲伤之意，下句化用曹植的《七步诗》，表达对"老树根"简单粗暴的处理的不满，心生遗憾。

以抒情加想象收束全文，给读者留下思考的空间，余韵悠长。

王珊珊

点评老师

陕西省西安市临潼区骊山中学语文教师，西安市教学能手、骨干教师。

遇见一只石老虎

到宁波去找树，却碰见一只老虎。路边一只石雕的小老虎，正半蹲在地，撑起两条前腿，仰望着远方。一颗大脑袋与肩同宽，一双大眼睛像两个铜环，流畅的线条，简洁的造型。最可爱的是抿嘴一笑，两道唇线一直划过整个脸蛋。左右各三根对称的长须，若隐若现，就算是它身上的虎毛。通体光溜溜、胖墩墩、圆滚滚。连额头上那个标配的王字符也省掉了。这还是老虎吗？是，一看就是，虎头虎脑，一只天真的小老虎。那个无名的匠人抽象出了人的审美与虎的灵魂。这虎已经有了些年份，绿苔已爬满了它的腰身。

当我见到这只石虎时，第一冲动就是想上去摸一摸，与它亲近，与它合影。天真的引力像天体中的黑洞，谁能逃脱它的吸引？它是我们生命的原点，人过中年难免都背负了一些痛苦、烦恼与悔恨，突然有一个机会能让你推倒重来，这是多大的惊喜，多么值得庆贺的事情。但这在现

意外遇到的小石虎，引出写作对象，也引发了作者关于天真的思考，留心生活，善于思考，意外才能变成惊喜。

描写细致，石虎的可爱跃然纸上。"抿嘴一笑"展现石虎天真的灵魂。

精妙的比喻，掷地有声的反问，天真具有毋庸置疑的吸引力，此句也为后文议论埋下伏笔。

实中已不可能。于是艺术家就在虚拟的空间里帮人们实现想要的一切。他随便用什么材料就化出一个美好的意象，一幅画、一首曲子或者一个雕塑。这意象真是无所不能，让你振奋，让你沉思，有时引你大笑，有时惹你伤心……那一年日本著名指挥家小泽征尔到中国访问，主人招待为之演奏《二泉映月》，他听得泪流满面，突然下跪，说这首曲子只配跪着听。这就是艺术，一个能征服人的黑洞。但现在这个石虎不要那么崇高，不要那么激动，它只与你会心地微笑，卸下你身上所有的沉重。清风明月，尘埃落定，轻轻地一把将你拉回天真。这时你可以什么也不想，不问，也无所往。这大概就是佛家的大自在，道家的纯自然，儒家的明心见性。但现时并没有哪一家出来说话，只有这只石虎微笑着蹲卧在路边的树下。

天真，大概是一切美感中的最纯之美，一切情绪中的最真之情。它是上天所赋、与生俱来，只有在孩子身上才会有短暂的留存。随着岁月的碾压、自然风雨的冲刷，我们会渐渐失去天真，只剩下一脸的倦容、一颗沉重的心。这时艺术就挺身而出帮我们追回天真，并且将它存到云空间里，趁你不注意的时候摆放在某个角落，在邂逅中给你一个惊喜、一个失而复得的回赠。黑格尔在《美学》一书中说："它（艺术）就用慈祥的手替人解去自然的束缚。"指的正是这只路边的小老虎。

王丽媛

点 评 老 师

广西壮族自治区桂林市第十八中学语文老师 。

玉兰、海棠与窗帘

花与人是一对组合。如旷野无人，花自开落给谁看？若房前无花，屋中人又多么寂寞？正是：有花无人不精神，有人无花俗了人。

大院里的玉兰与海棠同在3月里抢着开花，而当初的设计者不知为什么又把它们一起种在人家的窗户下，于是就形成了层花拥窗、花影重重的奇景。花开时就有人来走马灯似的观看、拍照，好不热闹。无奈，家主人只好静静地挂帘避客，那窗帘散发着一丝"低头的温柔"。

花给人的美感是轻柔浪漫，花影朦胧。宋词人张先以写花影著称，号张三影，有名句："云破月来花弄影"。诗人卞之琳也有一名句，算是朦胧诗的开山作："月亮装饰了你的窗子，你装饰了别人的梦。"而现在，"鲜花装饰了你的窗子，你的窗子连同鲜花都装入了别人的相机。"朦胧中多了一分幽默。

玉兰有多种，3月初次第开花，可持续到4月初。花有六瓣、九瓣、十三瓣各型；色有纯白、绛紫、嫩粉，而以纯黄色最为稀有，也是最后开花，压轴。其实，院子里的花有玉兰也有辛夷花，一般人根本分不清，都称作玉兰。两花极相似，同属木兰科，一个为木兰属，一个为玉兰亚属。在观花人看来，只要一样的美丽，也不必去管它。

戛然而止，回扣文章开头"花和人是一对组合"，引发读者思考、回味。

孙秋备　　　　点评老师

河南省许昌市襄城县斌英中学高级教师，省学术技术带头人，曾获省优质课、省优秀成果一等奖。

那青海湖边的蘑菇香

小时长在农村，食不为味只求饱。后来在城市生活，又看得书报，才知道有"美食家"这个词。而很长时间，我一直怀疑这个词不能成立。我们常说科学家、作家、画家、音乐家等，那是有两个含义：其一，它首先是一份职业、一个专业，以此为工作目标，孜孜以求；其二，这工作必有能看得见的结果，还可转化为社会财富，献之他人，为世人所共享。而美食家呢？难道一个人一生以"吃"为专业？而他的吃又与别人何干？所以我对"美食"是从不关心、绝不留意的。

十年前我到青海采访，青海地域辽阔，出门必坐车，一走一天。那里又是民歌"花儿"的故乡，天高路远，车上无事就唱歌。省委宣传部的曹部长是位女同志，和我们记者站的马站长一递一首地唱，独唱、对唱，为我倾囊展示他们的"花儿"。这也就是西北人才有的豪爽，我走遍全国各地，未见哪个省委的部长肯这样给客人唱歌的，当然这也是一种自我享受。但这种情况，在号称文化发达的南方无论如何是碰不到的。

　　一天我们唱得兴起，曹部长就建议我们到金银滩去，到那个曾经产生了名曲《在那遥远的地方》的地方去采访，她在那里工作过，人熟。到达的当天下午，我们就去草滩上采风，骑马，在草地上打滚，看蓝天白云，听"花儿"和藏族民歌。曹部长的继任者桑书记是一位藏族同志，土生土长，是比老曹还"原生态"的干部。

　　晚上下了一场小雨，第二天早饭后桑书记领我们去牧民家串门。遍野湿漉漉的，草地更绿，像一块刚洗过的大绒毯，而红的、白的、黄的各色小花星布其上，真是一个名副其实的金银滩。和昨天不一样，草丛里又钻出了许多雪白的蘑菇，亭亭玉立，昂昂其首。小的如乒乓球，大的如小馒头，只要你一低头，随意俯拾，要多少有多少。这些小东西捧在手里绵软湿滑，我们生怕擦破她的嫩肤，或碰断她的玉茎。我这时的心情，就是人们常说的"天上掉下馅饼"，喜不自禁。

　　连着走了几户人家，看他们怎样自制黄油，用小木碗吃糌粑，喝马奶酒，拉家常。老桑从小在这里长大，草场上这些牧马、放羊的汉子，不少就是他光屁股时候的伙伴。蒙蒙细雨中，他不停地用藏语与他们热情地问候，开着玩笑，又一边介绍着我们这些客人。印象最深的是，每当我

　　蓝天、白云、绿草，骑马、听歌、打滚……连续的几个短句，毫不遮掩地体现出作者开怀、自在的情感。对作者而言，此次青海之行，注定是一次难忘的经历，或许美食仅仅只是一个情感的出口。

　　行文至此，作者终于给了本文主角——蘑菇一个特写。"亭亭玉立、昂昂其首"，接下来用比喻和夸张的修辞手法突出蘑菇的个头大、数量多。

与前文描写的开阔敞亮的草原风光不同，此段描写了草原湖畔人家的屋内情况，重点描写了屋内的铁火炉。一句"围炉话家常"极富画面感，文白夹杂，别有韵味。

"红脸娃"妙在一"红"字，一是实写，突出高原孩子的自然肤色；二是虚写，突出孩子的健康结实。此处动词使用也非常精彩，"蹿、采、兜、抖"连用，描绘出红脸娃行云流水般采蘑菇过程，同时侧面写出蘑菇之多。

们踩着一条黄泥小路走向一户人家时，一不小心就会踢飞几个蘑菇，而每户人家的门口都已矗立着几个半人高的口袋，里面全是新采的蘑菇。

老桑掀开门帘，走进一户人家。青海湖畔高寒，虽是8月天气，可一到雨天家里还是要生火的。屋里有一盘土炕，地上还有一个铁火炉。这炉子也怪，炉面特别的大，像一个吃饭的方桌，油光黑亮，这是为了增加散热，和方便就餐时热饭、温酒。雨天围炉话家常，好一种久违了的温馨。

我被让到炕头上，刚要掏采访本，老桑说："别急，咱们今天上午不工作，只说吃。娃子！到门口抓几个菌子来。"一个八九岁的红脸娃就蹿出门外，在草丛里三下两下弯腰采了十几个雪白的蘑菇，用衣襟兜着，并水珠儿一起抖落在炕沿上。我突然想起古人说的十步之内必有芳草，这娃迈出门外也不过五六步，就得此美物。而城里人吃的鲜菇也至少得取自百里之外吧，至于架子上的干货，更不知是几年以上的枯物了。

老桑挽了挽袖子说："看我的，拿黄油来。"他用那双粗大的黑手，捏起一个小白菇，两个指头灵巧地一捻，去掉菇把，翻转菇帽，仰面朝上；又轻撮三指，向菇帽里撒进些黄油和盐，那动作倒像在包三鲜馄饨；然后将蘑菇仰放在热炉面上，齐齐地排成一行，像除夕夜包的饺子。

不一会儿，炉子上发出哳哳的响声，黄油无声地融进菇瓢的皱褶里，那鲜嫩的菇头就由雪白而嫩黄，渐渐缩成一个绒球状。而不知不觉间，莫名的香味已经弥漫左右而充盈整个屋子了，真有宋词里"暗香浮动月黄昏"的意境。也不要什么筷子、刀叉，我们每个人伸出两指，捏着一个蘑菇球放入口中。初吃如嫩肉，却绝无肉的腻味；细嚼有乳香，又比奶味更悠长。像是豆芽、菠菜那一类的清香里又掺进了一丝烤肉的味道，或者像油画高手在幽冷的底色上又点了一笔暖色，提出了一点亮光。总之是从未遇见过的美味。

从草原返回的路上，我还在兴奋地说着那铁炉烤香菇，司机小伙子却回头插了一句嘴："这还不算最好的，我们小时候在野地里，三块砖头支一个石板，下面烧牛粪，上面烤蘑菇，比这个味道还要香。"大家轰地一阵笑，又引发了许多议论，纷纷回忆一生中遇到的最好的美味。但结论是，再也吃不到从前那样的好东西了。这时，老马想起了一首"花儿"，便唱道："上去高山（着）还有个山，平川里一朵好牡丹。下了高山（着）折牡丹，心乏（着）折了个马莲莲。"曹部长就对了一首："山丹丹花开刺刺儿长，马莲花开到（个）路上。我这里牵来你那里想，热身

細筆描繪烤蘑菇香味。借用宋代林逋的《山园小梅二首》中的千古名句"暗香浮动月黄昏"来写蘑菇香，可谓是"神来之笔"，既写出了香味弥散的悄无声息，又体现出香味的高雅清幽。

此处由味觉入手，"初吃"对"细嚼"，写出烤蘑菇的鲜腴、回味无穷；继而使用通感手法，以视觉写味觉，再次突出烤蘑菇肥而不腻、口齿留香的特点。

再次写到"花儿"，一方面呼应前文，另一方面为下文的主题"最好的东西只能是记忆中的一瞬"做铺垫。

子挨不到（个）一打上。"啊，最好的美味只能是梦中的情人。

回到北京后，我十分得意地向人推荐这种蘑菇新吃法。超市里有鲜菇，家里有烤箱，做起来很方便，凡试了的都说极好。但是我心里明白，却无论如何也比不上草原上、雨天里、热炕边、铁炉上，那个土黄油烤鲜菇的味道，更不用说那道"牛粪石板菇"了。

人的一生不能两次蹚过同一条河流，世界上最好的东西只能是记忆中的一瞬。物理学上曾有一个著名的"测不准原理"，两个大物理学家玻尔和爱因斯坦为此争论不休。爱氏说能测准，玻氏反驳说不可能，比如你用温度计去量海水，你读到的已不是海水的温度。我又想起胡适的话，他说真正的文学史要到民间去找，到口头上流传的作品中去找，一上书就变味了。确实，时下文学又有了"手机段子"这个新品种，它常让你捧腹大笑或拍案叫绝，但却永远上不了书，你要体验那个味道只有打开手机。

看来，城里的美食家是永远也享受不到"牛粪石板菇"这道美味了。

> 由事及理，并引用了"测不准原理"和胡适的话来论证。

> 结尾用诙谐幽默的笔调呼应首段关于"美食家"的论述，同时引发读者思考，到底什么才是真正的美食？

谭妙蓉

点评老师

广东省深圳市红岭中学语文教师，第三届全国文学课堂教学大赛现场授课一等奖，全国十佳文学教师。

人与草色共浪漫

有一个画家说，他盯住一张宣纸，能从纸的纹路里看到山水、人物、车马。一般人做不到，只有画家，他的脑子里有许多的写生稿，一遇宣纸就能擦出灵感的火花。一个雕塑家，雕得一只雄鹰，栩栩如生，众人竞相夸赞，问他怎么雕成的，他说石头里本来就有一只鹰，我只不过是去掉了多余的部分，鹰就飞了出来。看来，美无处不在，就看你能不能发现。

感谢上天在贵阳郊区赐我遇到一小块草原。草名沙漫草，半人高的秆子、柔软的草穗，有点像芦苇。正是初秋时节，草色转红，风过处，波涛起，那滚滚的红浪就一直拍打到天边。草原我当然是见过的，内蒙古的草原，青草刚没过脚面是供羊吃的；新疆的草倒是高一些，但总是随山坡起伏，是专供牧马的。而这一块却不一样，是专门给人看的，打理得干干净净、平平整整，却又不失辽阔。黑格尔说，人与外界有两种关系，一是物质关系，毁灭它从而为人所用，就如草转化为牛羊肉，又为人所食；二是审美关系，不破

以画家的故事导入，语简意丰，文趣与理趣并存，激发读者的阅读兴趣。

运用了比喻、夸张的修辞手法，把草比作"滚滚的红浪"，既富有动态美，又生动形象地渲染出初秋草色的艳丽、草原的辽阔。

对比，以内蒙古和新疆草原的实用价值，来突出贵阳这一小块草原的观赏价值。"干干净净、平平整整"叠词的使用，写出了草色如洗的清新纯净之美。

坏它，只静静地欣赏它的美。今天这草就担负着第二种功能。

我像画家看宣纸一样，仔细地打量着眼前的草，它的纹路，它的光泽、质感，行话叫"肌理"。凡物皆有肌理，小到手上的指纹，大到整座山的石痕。这是它的个性标志，也是它第一示人的美感，如虎豹的皮毛、树木的年轮、大理石的纹路。我看过壁立的太行，整面岩石就像一个直立起来的足球场，质硬而色红，纹理如虎豹奔突、流云闪电。江西有一座龟峰，整面山坡如龟甲之壳，纵横龟裂。也看过大地的肌理，如著名的龙胜梯田，黄河入海口的红碱淖湿地。皆天工绘就，线条来去，色块错叠，光影变幻，妙不可言。

而眼前这草场的肌理是什么样子呢？我用手机取景，竖切出一块，再指动放大。就像显微镜下看雪花、木纹一样，你不得不惊艳于它的美丽。挺直的草秆由左下角辐射斜穿升空，光滑、刚挺、笔直，充满了力度。而纷繁的草叶却碎金万点，完全无序地飘荡、聚散。但正是这种无序给审美留出了巨大的空间，随着你目光的游走，这碎叶的组合忽如断木的年轮，忽如行星的轨道，如礼花，如雨点。目到意到，它就是一个可任意变幻的沙盘。

而整个画面的调子，近景处草深成褐色而偏

热，远景朦胧色黄而偏暖，草秆上又泛出一点冷绿的光，深浅有致，冷暖得当，娴静明丽。我紧盯着，眼不动而画在动，忽如草船借箭，万箭齐发；忽如天气骤变，一团搅动的气旋，是一幅乱针绣，是一张抽象画、一首朦胧诗。是戴望舒的《雨巷》，是毕加索的《格尔尼卡》。我按下快门，这张图可去做一个电脑的屏保，或打印出来挂在墙上。但我还不满足，一跃钻进草窝里去打滚。远看，我也是这大地肌理中的一个点。

远近结合，使景物描写更有层次感。色彩词的运用，营造出"深浅有致，冷暖得当，娴静明丽"的意蕴美。

草原最美秋色里，人亦是入画的胜景。与草共舞，融为"大地肌理中的一个点"，点题"人与草色共浪漫"。

刘　瑛　　点评老师

广东省深圳市大鹏新区南澳中学语文高级教师，区兼职语文教研员。

早春的紫荆花

北方的春天，大部分植物是先发芽、长叶再开花。但也有不按常规出牌的，如蜡梅、迎春、玉兰、碧桃都属此类。但它们总算还为大自然留点面子，仍在枝叶的腋处、柔条上开花，只不过是比绿叶抢先了一拍。而最性急又最不讲理的莫不过紫荆了，它竟在人毫不觉察时，突然从干硬的主干上暴出一团大红大紫的花蕾。

说是花蕾，简直就是手里举着的一颗红色手雷，空气都快要凝固了。瞬间，魔力喷发，这一堆干树枝就成了一丛耀眼的紫花棒子，一起向蓝天扫去，好像天地间，除了蓝色就剩下一个紫。但直到这时，它还是不容树干上有一丝的绿，要的就是这种霸气。

审美这个东西很有意思，琳琅满目、五彩斑斓当然是一种美，但单纯与大反差也是一种美。就像一场大型交响乐或一个大合唱，正在进行时突然休止，留给一支小号或一个女高音，让这声音在自由的空间中单独飞翔。这时，你在暖暖的

両个"最"字，凸显紫荆花的"霸气"；"竟、突然、暴出、大红大紫"几个词语写出了紫荆花的开放带来的惊喜。

喻体"手雷"具有体积小、威力大的特点，极其生动形象地写出一朵花蕾生命力之"旺"，与下文写一丛紫荆花的奔放相呼应。

此处以议论的表达方式和类比手法，阐释丰盈的生命都有各自的美，都值得讴歌。

阳光下，在黄和灰为主的大背景下，看着这些唯一的紫荆，就美得别无选择。这个世界，菩提本无树，叶芽都不在。

"黄、灰"与"紫"色彩上构成鲜明的对比，尾句是点睛之笔，引发读者对人生的思考。

点 评 老 师

颜　娜

江苏省昆山市昆城外国语学校语文教师，市级骨干教师、教学能手。

和秋相遇在莫斯科

运用恰当的比喻，写出作者初到莫斯科"他乡遇故知"的感受，表达了作者对莫斯科的喜爱之情。

动词"洗"字，既描绘出天空的纯净，又暗示了作者心境的开阔与愉悦。

妙用比喻，生动形象地写出了红衣李树亮丽的色彩和蓬勃的生命力。

汽车在从机场往莫斯科的公路上飞驰，两边的景物忽闪而过。我突然有一种感觉：像在他乡遇到一个故人，很熟很熟的，但又一下想不起名字。

莫斯科的郊外比北京显得开阔，茸茸的衰草一直铺到天边，草地上红色的小木房，东一座西一座，漫不经心地散落着。而天是洗过一样的，湛蓝湛蓝。路边的白桦林被风轻拂着伸向远方，一抹冷绿中又显出些亮亮的黄叶，像画家随意点染了几笔，天地间疏朗而又清静。八小时前我还在北京机场的大楼里随人流拥来挤去，现在看着这异国的风光，陌生中却又生出一种似曾相识的亲切来。我的头贴在玻璃窗上，细细地体味着、寻觅着。车子进入市区，车流如梭，行人穿着大衣在街上漫步，便道上的落叶在他们脚下轻轻地打着旋。一株红衣李树从车窗前急闪而过，红红的如一团旺火。我心中一亮，啊！明白了，我飞了几千公里在这里追上了秋天，一下降落在她的怀抱里。

今年，我与秋相遇在莫斯科。

第二天，我们去参观一个大教堂。这实际是座公园，古老的建筑加上初秋的树林谐和而幽静。合抱粗的杨树并不太密，却好大一片，深深地望不出去。树叶黄了，风一吹飒飒地飘落下来，而地上的草却还是绿色不减，丰厚如茵。阳光斜射进来，被切割成丝丝缕缕，幻成一幅壮美迷离的奇景。我一头钻进树林，喊道："快给我照一张，要这树、这草、这光。"要不是顾及客人的身份，我真想就地躺成一个大字，去一试大地的温柔与空气的清凉。林间三三两两的游人悠闲地走着，与树林、草坪、秋色融在了一起。

说是公园，可无论如何也没有我在国内香山脚下，或颐和园长廊上看到的那种熙熙攘攘。好静啊，人们一个两个，在自自然然地来去，我对着大树，我仰望天空，在品着秋。秋是什么呢？像一只无形的手在空中撒了一把显影剂，于是天高了，云淡了；繁叶抖落了，树干清瘦了；空气清亮了，空间开阔了。热闹的夏就这样显像为沉静的秋。

最使我深得秋味的是基辅的一次聚会。那天苏中友好协会基辅分会邀我们去座谈，基辅本有"栗树之城"之称，协会的小楼更是埋在栗树深处，十分幽静。座谈结束后主人特为中国客人

独句成段，既承接上文对莫斯科郊外和市区景色的描写，又引起下文对"我与秋相遇在莫斯科"的具体描述。

运用动作和语言描写，写出了作者想要照相留住秋色的急迫心情，和对莫斯科公园秋色的无比喜爱。

运用设问、比喻和排比的修辞手法，写出了秋到人间带来的变化——天高气爽。

准备了两个小节目。房角原有一架钢琴，这时走上来两位男女歌唱家，他们深情地唱了一支《人生相会只有一次》，这歌声琴声贴着天花板、擦着墙，在身前身后低回慢转，我们沐浴在一个乐声的温泉之中。我想起一个成语，说风景好时曰"秀色可餐"，现在我们就正餐着一曲妙乐，这是何等的精神享受啊。

把"乐声"比作"温泉"，化无形为有形，使读者身临其境般体会到音乐如泉水流淌的感觉，以及聚会的温暖气氛。

我这样想着，猛一抬头看到厚厚的橡木窗户外那参天的栗树，和栗树枝叶后依稀可辨的楼房。街上的汽车正一辆辆地疾穿而过，却没有一点声音，像鱼儿在水里游。我耳听美妙的音乐，眼看无声的车流，久久地凝视那黄绿相间的栗树枝叶，顿悟到一种从未有过的境界。动与静是这样巧妙地结合，这是秋给予的吗？秋真是一个过滤器，它滤掉了夏天的蝉鸣蛙鼓，还要滤掉这尘世的烦恼与躁动。

作者陶醉于秋天的安静，感动于秋色的美好。

又一次品秋是到圣彼得堡，这是一个港口城市，又长期是沙皇俄国的都城，这里的秋色是古墙碧水与红叶的组合。当年沙皇的夏宫，现在已是艺术博物馆了，宫前一方清水映着蓝天白云，水旁是大片耀眼的红枫，枫叶顶上露出圆形的金灿灿的屋顶。一个漂亮的孩子穿着鼓囊囊的衣服，露出一个圆脸庞，瞪着一双亮亮的大眼睛，在石梯上一跳一跳地捡树叶。我心中不禁荡起一阵愉快，上去拍拍他的头，用

描写夏宫前优美的自然环境，"蓝天、白云、红枫"，色彩斑斓，像一幅画卷在眼前展开。

俄语问他是男孩还是女孩，几岁？他仰起脸，先看看身后的父母，说："男孩。"又伸出两个指头，表示两岁。他的父母一直在笑眯眯地看着我这个中国人。这是两位医学工作者，我高兴地邀他们合影。苏方翻译又开玩笑说："你也要和苏修照相。"我们都大笑，大家依在红枫下，还有这个漂亮的孩子。秋阳静静地洒在我们身上，暖洋洋的。

开心的人们和秋天温暖的景致交织在一起，相映成趣，情景交融。

从夏宫回来，我步行回旅馆。涅瓦河顺着街道，傍着宫墙，从市中心静静地流过。白浪轻轻地拍打着两岸黑色的石条，碧水倒映着远处金顶的教堂。秋凉，河边的游人大都风衣绒帽，有的还戴上讲究的手套。几个年轻的画家在河边架起画板，在捕捉秋景和这秋景中的人。我边走边眺望这水蒙蒙、波闪闪的河面。河对岸是巍巍的冬宫，河面上是那艘著名的阿芙乐尔号巡洋舰，当年这两个新旧势力的代表，现在一个在岸边，一个在水上，都成了供人凭吊的文物。我眼前又浮现出刚才那个小男孩的笑脸。

叙写"东宫"和"阿芙乐尔号巡洋舰"两个标志性景致，如今都成了文物，暗示岁月流逝中发生的巨大变化。

秋风送来河面上的雾气，湿润润的。在这里，或者说在这里的秋景中，我看到的不只是一个过滤了的季节，而且是一个过滤了的世纪。

尾段含蓄隽永，以小见大，蕴含哲理。把时间单位从"季节"扩大到"世纪"，表现了作者对历史和人生的思考。

陈阳阳　　　　点 评 老 师

北大附中天津东丽湖学校语文教师，东丽区校级骨干教师。

寻找缝补地球的"金钉子"

参观一个地质博物馆，我才知道原来地球是由一百一十二颗"金钉子"缝补连缀而成的。中国有十一颗，最后的一颗在贵州。我不觉起了好奇心，专程从北京到贵州，去找这颗神奇的"金钉子"。

"金钉子"是一个形象的比喻。源于1869年首条横穿美洲大陆的铁路胜利完工，这在当时是一件大事。疲劳的建设者们不忘浪漫一把，就用一颗18K金制成的道钉，钉在最后的一根铁轨上，以作为工程结束的纪念。1965年国际地质科学联合会（简称地科联）借用"金钉子"一词，来命名地球不同年代的岩层。

人类从哪里来？从低等生物一步一步地走来；低等生物何时出现？要到地壳中的化石里去找。生物出现、灭绝、再出现、再灭绝，顽强地生存发展，直到有了人类。这么说来，生物发展史就是地球发展史。但又不完全是，因为在没有生物之前先有了地球，是地球贪玩时无意间孕育了生命。地球的年龄大约是四十六亿年，生物的出现是在三十八亿年前，十六亿年前出现肉眼可见的生命，而人类的出现则只有三百万到四百万年。有一个生动的比喻，如果把地球的年龄比作一天二十四小时，人类的生命则只有三分钟。但这只有三分钟的人类，却有超强的大脑、足够的想象力和无穷的智慧，居然想要弄清自己出生之前的地球。就像我们生活在当代中国，要弄清周秦汉唐、宋元明清，甚至还想要弄清更遥远的史前混沌时期。

通过列数字、作比较，说明了在漫长的历史长河中，人类生命的短暂，但人类却具有无穷的智慧。

　　研究历史是用考古法，挖掘地表土壤中的人类文化遗存，分出哪朝哪代。研究地球史也是用考古法，不过是寻找地壳岩石中的生物遗存，即化石，以区分出地质年代。科学家在上一个年代与下一个年代的交接处做了一个记号，给它砸上了一颗"金钉子"。

强调人类智慧的伟大，肯定了人类研究历史的方法，既科学又准确。

　　对地球历史的探源是一项大海捞针的工程，更是一场没有尽头的跋涉。我们可以这样想象，在四十六亿年前的浩渺太空中，地球就像一团飞速转动的泥丸，在转动中不断崩裂、黏合、被挤出；涂上新的岩浆，融进了新的物质，孕出新的生命；时而隆起成山，裂地为谷，陷落为海，怒喷巨火。然后再崩裂、黏合，岩浆奔流，又来一遍沧海巨变，凤凰涅槃，如此反复无穷。又像是制陶艺人工作转盘上的一团泥，在飞速转动中不停地被拍、打、挤、捏，再上釉涂彩，进炉过

将地球比作泥丸，"崩裂、黏和、被挤出"等词，形象地将地球变迁的历史动态化地展示在读者面前。

运用准确的动词，模拟出地球演变的过程，让人脑海中浮现出生动的画面，语言生动形象，极具张力。

火，然后成壶成罐，成碗成碟。这时我们随便拿起一只碗，你还能分得清它已经从当初的一团泥嬗变了多少层吗？

但是，科学家有办法。地球再大也没有人的脑海大，历史再久远也没有人的目光看得远，地层学就专门来解决这个难题。国际地质科学联合会下面有一个专门分会——国际地层委员会。科学家把四十六亿年以来的地层单位，分为"宇、界、系、统、阶"五级，相应的时间单位就是"宙、代、纪、世、期"五个时期。原来时间就隐藏在这五个地层里，或者说这五个地层就是凝固的时间。这样我们就可以看图识字，看"层"说"时"了。迄今为止，探明地层的基本单位是一百一十二个"阶"，像楼梯的台阶一样，上下层阶阶相连。就是说我们要给地球走过的每一个台阶都做个记号，手里需要准备一百一十二颗"金钉子"。

但是四十六亿年啊，顽石层层，史海茫茫，怎样才能找到某一个台阶，然后再去砸上一颗"金钉子"呢？不要怕，有一条哲学原理管着：世上没有绝对静止的事物。小至一个人，大至一颗星球，只要你一动就会留下脚印。地球转动了四十六亿年，总会留下一些蛛丝马迹，让科学家抓住小辫子。

它留下的痕迹主要有两个。一是，每个时期

引用哲理，更具说服力。

"抓小辫子"比喻抓住缺点作为把柄。作者巧妙地运用反语，强总会有一个代表性的物种出现和消失，它的信息就会保存在岩层的化石里。二是，哪怕一块石头也会变老。岩石里有些物质在不停地放射，自然就留下了脚印。不论是人还是物，这个世界上最藏不住的就是年龄，一个孩子总会变成老人，没有人能挡住悄悄爬上眼角的皱纹。只要我们在地球的某一层岩石中找到相应的物种化石，再辅测它变化着的化学成分，就可以断定它的年代了。科学家就是用这个办法让时间倒流，让石头说话，为我们讲述地球过去的故事。

为了严谨，国际地科联公布了非常苛刻的"金钉子"标准：必须有自然的、完整的、有足够长度的地层剖面，内含有标志那个时期最早出现的生物化石。另外还特别加上一条人性化的规定，要求剖面所在地环境开阔、交通方便，便于人们公开研究参观和交流。现在全球假设的一百一十二颗"金钉子"已经找到了七十八颗，在中国有十一颗，贵州这颗就是中国的第十一颗，为"寒武纪三统及五阶标准剖面点"。它的意义很特别，一身而兼二职。即在"宇、界、系、统、阶"的五层系列中，它既是一个"统"的标志，又是一个"阶"的标志。

我们打个比喻，在中国历史中，习惯把每朝的开国皇帝称为"高祖"，比如汉高祖刘邦、唐高祖李渊，下面就是他们的儿孙辈一代一代地往

调科学家抓住证据，进行科学研究，语言幽默诙谐，通俗易懂。

运用类比，形象地指出只要岩层变化就会留下证据，仿佛人的皱纹，留下了时间的印记。科学家们在这些证据中找出端倪，进行科学研究，引领我们不断探索地球的奥秘。

下传了。现在贵州的这颗"金钉子"就好比唐高祖李渊。对上，他是唐朝和隋朝两朝的分界点；对下，他又是唐高祖李渊与唐太宗李世民两代的分界点，它是一颗"高祖级"的"金钉子"。而以三叶虫化石为代表，这个点位离我们现在大约已有五点零八亿年了。

将"金钉子"与唐高祖李渊相比，强调了贵州这颗"金钉子"所具有的开拓意义，更加形象，便于读者理解。

与贵州这颗"金钉子"有关的关键人物有两人。一个是研究并确定"金钉子"点位的科研团队带头人，贵州大学的赵元龙教授。一个是在现场挖掘并守护化石剖面三十年的苗族农民刘峰。这两个身份迥异，年龄和文化知识差别极大的人却如红花绿叶，共同演绎出了一个地球故事。

到贵阳的当天下午，我即去拜访赵元龙教授，他已经八十六岁，住在一座老式的没有电梯的七层楼上。我比他小十岁，上楼下楼都气喘吁吁，而他还在上班，有时还要出野外。地质学研究最大的特点就是野外考察，一卷行李、一个铁锤，走遍天涯。赵教授的大半生几乎都是在苗岭的深山密林中找化石。"松下问童子，言师采化石。只在此山中，云深不知处。"他的女儿也过五十岁了，她说她小时候的记忆就是父亲不停地出野外。而且由于费时长，科研经费不足，他经常是先工作，自己垫钱出差，然后再慢慢报销，白贴上去的钱也不知有多少。

化用诗句，风趣幽默，形象地展示了科学家们扎根深山的科研精神。

他一生的精力全在研究地层学，特别是寒

武纪这一段的分层。为了寻找这颗"金钉子"，国际学术界争论了一百年，到后期逐渐集中到中、美、意三国的三个候选地上，又反复论证了三十年。直到2018年，国际地科联经过多次现场考察，反复比较，层层投票，终于一锤定音，把这颗"金钉子"砸在了中国贵州省剑河县的深山中。正式命名为"苗岭统乌溜阶全球界线层形剖面和点位"，联合国教科文组织发来了证书。就是说，中国贵州的苗岭山上有个叫乌溜的地方，是地球四十六亿年历史的一个定位点。

赵教授说这是一门冷学问，寒武纪的这一段的定位研究，全球不超过一百人，中国也不过几十个人，他们是地球尖兵。但这背后是举国之力，象征着一个国家的国力和学术高度。赵教授几乎耗尽了一生所有的心血，老人近来的身体已经大不如前。女儿心疼地说准备卖掉现在的房子，换一个有电梯的新楼住，起码上下楼方便一点。好在他已经带出一个强大的团队，我的采访主要是由他们团队成员兰天副教授，一个很有学者风度的小伙子，帮助完成的。

隔天，我又驱车前往剑河县八郎苗寨，去拜访"金钉子"的守护人刘峰。这是一个很壮实的苗族农民，皮肤黝黑，身材粗短，虎背熊腰，猛一看倒像个举重运动员。他的家在剖面现场的一个小山头上。自己就山势修了一个化石陈列馆，

　　"多次、反复、层层"等修饰限制词的运用，突出了整个认定过程的复杂与艰辛，强调了这颗"金钉子"是经过科学的筛选，才最终定在贵州苗岭山上的乌溜。

　　抓住人物特征对这个苗族农民进行外貌描写。欲扬先抑，与后文这位农民地质学知识的渊博形成鲜明的对比，

突出科研工作者的平凡质朴。

上挂一块横匾，刻着一行斗大的字，"等你五亿年"，是赵教授亲笔书写的。我往门前一站，一股雄宏古远的磅礴之气一下就罩住了我的全身。馆内全是他三十年来亲手挖的五亿年前的化石。馆外是个平台，可俯瞰苗岭群山，茫茫苍苍直到天际。这位苗族汉子滔滔不绝地向来人讲述着每一块化石的年份，所含物种的科学价值。在我们这些外行看来，他完全是一位令人仰视的地层科学家了，只不过他的谈话中时常夹杂着一些草根故事，有时让你捧腹大笑。

运用"事字诀"记叙了刘峰参与化石发掘的过程，赵教授鼓励刘峰坚持工作，刘峰凭借顽强的毅力坚持下来，终有所成。

　　天气闷热，看完室内的化石，我们拉过几个小凳子坐在平台上，切了一个大西瓜，慢慢细聊。他说1982年，赵教授带着几个学生来到八郎苗寨的山上采化石、选剖面，顺便就在本村雇了六个农民帮助敲化石，每天工资三元钱。刘峰第一天就敲出一块没有见过的化石，后经对比研究是一个新发现的物种"始海百合"。赵教授大喜，说："你真好手气。"立即奖励三元。他高兴地说，等于我头一天上班就挣了双份工资，为此赵教授还请他喝了酒。以后就形成了一个不成文的规矩，凡有新的发现，赵教授就请大家吃一顿。但是干了没多久，别人嫌钱少，都陆续不干了。他也想打退堂鼓，经赵教授的劝说终于坚持了下来，如今已成了八郎苗寨的地质"土"专家，化石收藏第一人。

地层学是一门精细深奥的学科，但是具体操作起来，却比建筑工地上的农民工还要辛苦。朱自清在他的散文《谈抽烟》中说，当你点燃一支烟时，不管是蹲在石阶上的瓦匠，还是靠在沙发上的绅士，这种享受是一样的平等。地层学的研究，当具体到在剖面作业时，不管你是教授、专家还是临时雇来的农民工，在石头和锤子面前也是一样的平等。而一块能让人眼前一亮的完美化石，却经常会最先出现在农民工粗大的黑手里。就像足球比赛，有时临门一脚全靠运气。赵教授经常会扔过来一块石头说："小刘，你的手气好，你来敲！"

通过对比、类比，写出科研成果的出现有着偶然性。

两百多米长的剖面，每隔二十厘米就要采样敲石。这可不是我们平常说的那种考古，用一把"洛阳铲"，探挖脚下松软的黄土，这是在敲五亿年前坚硬的石头啊。刘峰刚开始只是为了一天三元钱的收入，后来对化石渐渐有了兴趣，再后来在赵教授的言传身教下，已经成了专家们离不开的助手，就连外地的古生物研究单位都请他去出现场呢。他第一次走出大山，受邀到外地帮助带几个学生敲化石，对方说你先一天到，选最好的旅馆住下。他一咬牙，选了个一晚三十元的旅馆。第二天主人来了说，你这个身份该住三百元一天的呀，他才第一次感到了自己的价值，直到我们谈话时还掩饰不住那骄傲的笑容。

选取典型事例，突出人物形象。从生手到专家付出了多少艰辛，科研工作者在艰苦的条件下，凭借着百折不挠的毅力，不断攻克一道道科研难关。

他也常接待来到现场的外国专家。一个叫罗伯特的美国专家与他交上了朋友，特别喜欢喝他家的米酒，像啤酒那样大碗大碗地喝。不想，那天开会前喝多了，影响了研讨。为此赵教授把他狠批一顿。2006年，国际古生物协会在北京开会，会后要选定一个外地考察路线，罗伯特立即站起来为贵州八郎拉票："去八郎吧，那里有苗寨米酒，有戴满银饰的姑娘，有苗歌，有踩鼓舞，有最好的地质剖面。"想不到一个深山里的苗族农民，却成了中国地质界的品牌，为"金钉子"落户中国悄悄发挥着作用。

刘峰像一张明信片，宣传了地质学相关的知识，作者肯定了刘峰在地质学研究中所起到的推动作用。

我问他，长期在野外作业有没有遇到过什么危险？他说最危险的一次就是精选了一大口袋化石背着下山，一到公路边上碰到两个送公粮的农民。三个人正说着话，后面来了一辆大卡车，把他们一起撞飞了，其中一个人当场死亡。电报打到贵阳，赵教授手都软了。我开玩笑说，赵教授是不是心疼他的那一袋化石？他却很认真地说："不是，当时我要是死了，赵教授那一点可怜的科研费还不够我的丧葬费呢。他的研究立马断档，那就彻底完了。"

人物的语言描写，一句玩笑话体现出刘峰对于整个科学研究的重要性。

他虽然舍不得离开赵教授，但生活实在太清贫。眼看村里人外出打工都盖起了新房，他有几次动了走的心。那年姑娘考上大学，没有学费，他想退出工作。赵教授赶忙发动地质界的朋友，

一次捐了八千元，先送孩子入学。他说我家姑娘大学五年穿的衣服一直是赵家送的。而赵教授时常背一卷行李，带着学生爬到山上来，就住在他家的阁楼上。一次为准备向国际地科联申报资料，赵教授请了国内最著名的几个顶尖级地层专家来到八郎，就住在他的小木屋里。是夜风雨大作，山洪暴发，小屋几欲被掀翻。专家们浑身湿透，围着火盆听雷声。刘锋和他的老父亲，连声安慰，添火送水，陪着专家一直枯坐到天明。一个汉族知识分子和一个深山苗寨里的农民，为了那颗理想中的"金钉子"，在这里一盯就是三十年，这恐怕是国际地学研究界少见的一道中国风景。陈毅说淮海战役是中国农民用支前的小车推出来的，"苗岭统"这颗"金钉子"是朴实的苗族兄弟，用铁锤一点一点从五亿年前的岩石中敲出来的。

科学发现有时是先有偶然的邂逅，然后再去顺藤摸瓜找规律，如我们经常说的牛顿看到苹果落地；有时是先有了一个科学假设，然后再去寻找实证，如门捷列夫的元素周期表。"金钉子"的寻找就属于后一种类型。自从英国人莱伊尔在1833年出版了《地质学原理》，地层理论的提出已近两百年。而寒武纪第三统第五阶的"金钉子"假设，也已经被论证了一百年。直到中国科学家终于在贵州找到藏有"印度掘头虫"三叶虫化石，厚达两

环境描写，交代了科研工作环境的恶劣，衬托出科研工作者甘于清贫，在艰苦条件下坚持研究的执着精神。

举例论证，强调"金钉子"的发现属于后一种类型，先提出科学假设，再寻找实证。使论证更具体、更翔实、更有说服力。

百多米的地层剖面时，这个五亿多年前的地层标准才算是被确立。相当于七十多层楼的高度啊，像切豆腐一样一刀切下去，五亿年前的岩石剖面纹理清晰，化石要素俱全。到哪里去找这样天衣无缝的剖面呢？一颗闪亮的"金钉子"终于"钉"在了中国的西南角，苗岭山中的白云深处。

提出问题，引人思考。为下文讲述研究地球史的意义做铺垫。

人类这样执着地研究地球史，到底是为了什么？古语言："以史为鉴，可知兴替。""金钉子"所标志的正是一部地球生命的兴替史。而一切历史研究的意义，都在于回看过去、预知未来。当你转动地球仪，找到这一百一十二颗"金钉子"时，就会知道人类从哪里来，将到哪里去。往小了说，比如怎样保护地球，关注气候变化，应对灾难，珍惜生物的多样性；往大了说，比如人类的进化与消亡，甚至考虑往外星球的迁移。因为每一个物种的出现和消亡的时间大概是几百万年，人这个物种也逃不出这个劫数。我们现在还处于人类的童年期，它和以前所有的物种一样，将来是进化还是消亡，尚未可知。"天凉好个秋"，地球这条小船迟早会"载不动，许多愁"。在多少亿年后，它也会像一颗流星那样毁灭。"金钉子"虽小，却是一个星球过去的记忆和未来的路标，也是我们人类摸着过河的石头。

议论，强调了人类研究地球生命史的意义，肯定了"金钉子"所起到的重要作用。

作者关注整个人类发展史，从"金钉子"联想到了人类的过去、现在和未来。蕴含哲思的论述，不仅体现出"金钉子"的研究价值，更让人思考地球的奥秘和人类历史发展的方向。

地球兴亡，匹夫有责。科学的作用在于发现，更在于普及。科学要求总得有一部分人，具

化用"天下兴亡，匹夫有责"，肯定了科研

宇宙之视野，怀人类之担当。文章写到这里，我突然觉得现在一般地理课堂上的地图或地球仪已经不够用了，应该制作一种新教具或者玩具。用一百一十二块地层版合成一个可以拆分的立体地球仪。上课前给每人发一把亮晶晶的"金钉子"。其中有七十八颗是深色的，刻上发现序号、国别、地名，用来缝缀已知的地层，而剩下的那些浅色的无名的钉子则任你去发挥想象，寻找落点。也许这个地层里有一条恐龙，那个地层里有一个三叶虫，而某个角落层里还会有一个智人。让孩子们亲手来缝缀一颗有四十六亿年历史的地球，那是多么有趣的事情，它将养成一代新人宽广的胸怀和无限丰富的想象力。而且这其中定会有几个人，就是将来的赵教授。不要着急，那些颜色稍浅一点的钉子，都会慢慢地一颗一颗地镀上真金，而变成颜色沉稳的金光闪闪的"金钉子"。

我们要善待手里捧着的这一颗地球。

工作者的使命与担当，不仅要发现科研成果，更要将其普及和推广。

运用比喻，表达了作者对培养科研接班人的美好祝愿，坚信科研精神一定会传承下去，使主题得以升华。

郝一璇　点评老师

山西省太原市第十二中学语文一级教师，第二届全国青运会青少年文化教育进校园优秀指导教师。

古城平遥记

听说山西平遥将被定为历史文化名城，我特意去采访。

平遥，北魏时即设县治，名曰平陶，后避魏太武帝拓跋焘讳，改为平遥，至今已一千四百多年。其为文化古城，理由有三：一是至今还有一座保存完好的古代城墙；二是城内还有许多古香古色的店铺和一些古老的手工业工艺；三是近郊有一座艺术价值极高的古寺。在20世纪80年代的今天，还有这么一个古代细胞，确属不易。

先说那城，铁钉大门，锯形女墙，长长的护城河，一如我们从古画上看到的那样。县志载，周宣王时，大将尹吉甫北伐猃狁，在这里驻兵，首筑此城。待做了县治后，历代又不断增修，现存城池是明洪武三年扩建后留下的，城墙高三丈二，宽一丈五，周长约十二里，还基本完好。这是全国两千多个县中罕见的一例。

城墙上共修有七十二个戍楼，我从那喧嚣的大都市走来，弃车登城，一下子就像回到了古代社会。戍楼上仿佛军旗猎猎，刁斗声声。极目

> 列出三条理由，统领全文，让人一目了然，可以迅速而准确地把握作者思路和文章层次。

> 将平遥古城比喻成"古代细胞"，传神地写出古城在整个中华大地上虽然微不足道，却依然有生命力。

> 大处着笔，古城概貌厚重久远。

城郊，平畴绿野，阡陌相连。俯视城内，高脊瓦房鳞次栉比，店铺纵横，摊贩沿街，似闻叫卖之声。闭锁性是封建社会的特点，你沿城墙而行，就会发现这城严实得像一个铁桶。过去一般县城只有四门，而这平遥城却有六门。这是因为当年这里商业已很发达，南来北往的商人，进城出城的农民，终日络绎不绝，因此东西城墙又各增一门。当地人说这城是一只乌龟。你看，南门是头，北门是尾，东西四门是四条腿。说也巧，南门外又恰有一条柳根河擦城而过，从上往下看，这整座城确实像一个正在吸水的乌龟。

奇怪的是，每座城门瓮城的内外门本应该是垂直一线的，而唯东北一门却偏偏斜了。门外有条路，蜿蜒如蛇状。当地人说，路去十五里有一寺，寺内有一塔名麓台塔，那实则是一根木桩，龟的一条腿是系在这桩上的，所以这城门是斜的，不然这龟早跑到河里去了。我们听着都笑了，倒也有点道理。

下得城墙，细游市井，更见古味。街极窄，仅容一马车，两旁一律为店铺。我随便走进一家布店，这里没有现代商店的玻璃柜台，全是红木柜面，已磨得油光。缘墙立着小格货架，室内光线有些暗，却浮着一种异样的味道，正是"古香"。店铺外的每根椽头上，原本是一律雕有龙头的，后被破坏了，幸有少数还在，看那雕工是极精细的。县委的同志说，不久将全部修复。街上许多行业的店铺都以"古陶"命名，更见古色。

这些房子中还有一种可看的，就是"票号"旧址。票号便是今日的银行，据说中国最早的票号是发源于平遥和邻近的太谷县。平遥人过去在外经商的极多，赚了钱，要往家里送，很不安全，还要雇保镖，于是便生出这票号，专管兑取银钱。我看了一处叫"日升昌"的票号旧址，五进深院层层有门，俨然金库重地。如今是县里一处机关在此办公，不久将腾出来，好专供人考察游览。

平遥还有两样够得上古代名产：一是牛肉。我在孩童时便知这是极稀有的珍肴，曾偶得试尝，几十年来常常回味。据说其牛在杀前先灌饱花椒水，牛肉先用当地产的一种硝盐生腌七天，然后再煮，并不加任何作料。多少年来，人们用现代的手段分析，易地易法试制，终不得其味，因此至今仍是一绝。

另一种是漆器，其历史可追溯到唐代，现在还可找到明代的原作。它一律选上好的椴木制成，猪血砖灰抹缝，再涂以中国老漆，共四遍。每遍涂后都要用细砂纸蘸水，细细打磨。最后一遍，则要用手掌蘸麻油用力推磨，所以叫"平遥推光漆"，制成后平光如镜。

穿插遗址由来，答疑解惑，与上下文多处"据说"相呼应，丰富了文章内容，增强了文章的可读性。

"选、涂、蘸、打磨、推磨"等一系列动词，有条不紊地再现了漆器制作的工艺流程，语言平实洗练。

更绝的是，这种家具不避水火，一壶开水浇上去不起皮，火红的烟头放上去不留痕。据说，某次国外捞得一古代沉船，船上其他物件早已被海水浸泡得面目全非，唯有一个小炕桌，拭去泥沙，光彩照人。翻过桌底，却有"平遥"二字。

漆器设计师薛生金同志十六岁拜师学艺，现在已是这种绝技的专家，他领我看了漆器厂的产品陈列室。这里有桌、柜、几、凳、屏，凡生活中各式家具应有尽有。妙的是，这些家具虽千姿百态，却总不脱一种统一的韵味——"古色"。比如这电视柜，本是现代有了电视机之后才为它设计的，但它色调深沉，腿脚处又微现出弧度，再饰以云纹，谁说不古？更奇的是描金彩绘，有花草鸟兽和全套古典小说人物。这画用的是一种特别的入漆颜料，既有油画的明暗调子，又有国画的精确线条，别是一种艺术。平遥推光漆已名扬海外，出口是不需检验的。

出城去，近郊还有宋、元、明、清古迹共七十六处，而以佛寺最多。我国历史上崇尚佛教的北魏政权曾在山西建都，留下了以云冈石窟为首的一大批佛教艺术。在平遥郊外也有一座名寺叫"双林"，建于北魏，重修于明，取释迦牟尼圆寂之地各有双木之意。寺内建筑倒也平平，却保存了大量极有艺术价值的悬塑、彩塑。整套的佛祖故事都是用泥塑出来，探出墙壁，悬在空

平遥漆器工艺之精湛、保存之长久，于此可见一斑。这个据说的事例起佐证作用。

从色调、线条、纹样、颜料等方面，举例说明平遥漆器有古色古香的韵味。

中。所以有人说，连环画应是我国首创。

被专家们评为艺术价值最高的是十八尊泥塑罗汉，这些佛国里的神，竟与地上的人是相通的。有一尊名哑罗汉，有口不能言，目眦裂，脸通红，一副急迫之状。其余的笑罗汉，面如春风；醉罗汉，两眼惺忪；病罗汉，形容枯槁。人创造了神，看来神还是脱不了人。宗教是内容，艺术是手段，那内容现在对多数人来讲已晦涩难懂，而这手段自身倒让人探究无穷。这里中外游人日益增多，内有不少是专为艺术而来的。

晚上宿在县委招待所里，这招待所竟也是一件古董——当年大概是一家有钱人的深宅。正房一溜五孔大窑洞，窑上有楼。两侧厢房也是五窑五房，成三合大院。西北角有雕栏玉阶曲折上下，上面大约原是小姐的闺房。据说这样的古宅在城中还所存甚多。

晚饭后我在院中散步，两旁中式的高大屋脊在苍茫暮色中庞然耸立，使我觉得正处在一座幽谷之中。这时明月东升，又将这一片古色罩上了一层朦胧。四周极静，远近隐隐传来三两声火车的笛鸣，叫人知道这不是魏晋。

骈散结合，文白相杂，读来节奏分明、音韵和谐，给人一种视觉上的错落之美。一个个罗汉形神毕现，真切如在眼前。

以环境描写收束全文。作者身处古城院落犹如身在幽谷之中，怀古之意油然而生。结尾运用"以声衬静"的手法，以火车笛鸣声衬托夜的寂静。

沈素艳　点评老师
江苏省扬州市张纲中学语文高级教师，扬州市学科带头人。

石兽一口吸尽长江水

　　龙可以说是中华民族的图腾，它是力量和美的化身。据闻一多考据，这图腾的原型最初是蛇，后又加了鹿、虎、狮等形象。今人又考证了当年黄河流域出土的鳄鱼化石，可能龙中又杂糅了鳄鱼的多鳞而凶猛。这个图腾既能屈伸而飞腾，又美丽而威严，拿来作一个民族的名片是很骄傲的。

　　古代为神化皇权，就说皇帝是真龙天子。而老百姓更崇拜真龙，让它无所不能，护佑百姓。人的第一需要是水，就让龙来管水，尊之为"龙王"。没有雨水时向它要，水泛滥时又让它来治，中国大地上到处有龙王庙。我还记得小时候村里久旱不雨，村民头戴柳枝圈抬着龙王像求雨的情景。民间传说的时间愈长，神就造得愈细致，人们也在尽情享受自己的想象力。于是就让龙生了九个孩子，各司其职，所谓"龙生九子"。

　　各种传说版本不同，但一个目的：人想要什么，就让龙生一个儿子去干什么。比如，古代石碑很多，谁来驮？就生一个赑屃力大驮碑。人想发财，就生一个貔貅，有口无肛，只进不出，让它来聚财，于是貔貅成了经商之人佩带的吉祥物。人间水患多，就让龙生一个八夏来镇水，八夏嘴阔肚大，能一口吸尽江河水，常放于桥头、江边。北京什刹海的后门桥下就有一个。

八夏是什么样子，谁也没见过，但我见过一次。2012年5月21日，湖北赤壁组织了一次作家采风。我们在浩瀚的江面上兜了一圈后弃船登岸，沿着人工凿的石磴爬升到高高的路边。就在这路与磴的交接之处，有一只石兽静静地蹲在树荫下，它就是八夏。

我当时首先是被它的美所震撼。这个龙子不是长蛇形，而是狮虎类的兽形，周身鳞片，蹲卧在地，引颈吸水，一口吞尽长江水。它的发力点在腰部，所以背弯成了一面弓，那一根绷紧的弧线构成了这件石雕的主旋律：力量感。双脚着地、怒目圆睁更加强了吸的力度。而口中正在吸的水，却被设计得很小，只有兽的一只爪子大小，让你尽情地想象它是怎样轻松地一口吸尽长江水的。什么苏东坡《赤壁赋》里的"纵一苇之所如，凌万顷之茫然"，什么《三国演义》里的火烧赤壁，都让它一口吸到肚子里去了。这是中国传统艺术的写意手法。在戏曲舞台上一根马鞭就是一人一马，一面帅旗就是千军万马。这是一

作者运用典型的外貌描写，写出了八夏"一口吞尽长江水"的气势，呼应了标题。

个无名石匠的作品，但堪称大师之作。我围着它转了好几圈，合影一张。

有趣的是这座石兽还是一个治水预言，可谓"一吸成谶"。长江能不能"高峡出平湖"？从孙中山时期就有设想，到底该不该修三峡水库一直争论不休。为了慎重，中央批准1958年10月先在赤壁的陆水修建一座三峡试验坝。这座大坝于1976年建成，它涵盖了现在三峡大坝的所有功能，有一座主坝、十五座副坝、灌溉渠首、电厂、升船机等。水库容量七点零六亿立方米，约为三峡水库的五十六分之一，三十四年后真正的三峡水库建成。往上追溯，这陆水水库就是三峡水库的原型，如果再往上追呢？就是这座八夏石兽了。

幻想是埋给未来的种子。

从石兽谈到治水，文末再写回石兽，有意思的历史知识增添了文章的趣味性。

运用比喻修辞的哲理式句式收尾，单独成段，余韵悠长，让人深思。

颜　娜　点评老师

江苏省昆山市昆城外国语学校九年级语文组长，市级优秀教师。

吴县四柏

一千九百多年前，东汉有个叫邓禹的大司徒在今天苏州吴县栽了四棵柏树。经岁月的镂雕陶冶，这树竟各修炼成四种神态。清朝皇帝乾隆来游时，有感而分别命名为"清""奇""古""怪"。

最东边一棵是"清"。近两千年的古树，不用说该是苍迈龙钟了。可她不，数人合抱的树干，直直地从土里冒出，像一股急喷而上的水柱，连树皮上的纹都是一条条的直线。这样一直升到半空中后，那些柔枝又披拂而下，显出她旺盛的精力和犹存的风韵。我突然觉得她是一位长生的美人，但她不是那种徒有漂亮外貌的浅薄女子，而是满腹学识，历经沧桑。要在古人中找她的魂灵，那便是李清照了。你看那树冠西高东低，这位"女词人"正右手抬起，扶着后脑勺，若有所思。柔枝拖下来，风轻轻拂着，那就是她飘然的裙裾，"险韵诗成，扶头酒醒，别是闲滋味。"

西边一棵曰"奇"。庞然树身斜躺着，若水

牛卧地，整个树干已经枯黑，但树身的南北两侧各披挂下一片皮来，就只那一片皮便又生出许多枝来，枝上又生新枝，一直拖到地上。如蓬蒿，如藤萝，像一团绿云，像一汪绿水，依依地拥着自己的命根——那截枯黑的树身。就像佛家说的她又重新转生了一回，正开始新的生命。黑与绿，老与少，生与死，就这样相反相成地共存。你初看她确是很怪的，但再细想，确又有可循的理。

北边一棵为"古"。这是一种左扭柏，即树纹一律向左扭，但这树的纹路却粗得出奇，远看像一条刚洗完正拧水的床单，近看树表高低起伏如沟岭之奔走蜿蜒，贮存了无穷的力。树干上满是突起的肿节，像老人的手和脸，顶上却挑出一些细枝，算是鹤发。而她旁边又破土钻出一株小柏，柔条新叶，亭亭玉立，那该是她的孙女了。我细端详这柏，她古得风骨不凡，令人想起那些功勋老臣，如周之周公，唐之魏征。

还有一棵名"怪"。其实，她已不能算"一棵"树了。不知在这树出土的第几个年头上，一个雷电将她从上至下劈为两半，于是两片树身便各赴东西。她们仰卧在那里相向怒目，像是两个摔跤手同时跌倒又各不服气，正欲挣扎而起。长时间的雨淋使树心已烂成黑朽，而树皮上挂着的枝却郁郁葱葱，缘地而走。你细找，找不见她们的根是从哪里入土的，根就在这两片裸躺着的树

> 喻体"蓬蒿"和"藤萝"的选用，写出了"奇柏"新生枝丫的茂密葱郁，"绿云"和"绿水"写出了枝丫生命力的旺盛。

> 作者的视角由远及近，运用比喻，将"树纹"比作"正拧水的床单"和"蜿蜒奔走的沟岭"，写出了"古树"的苍老及极旺盛的生命力。

> 作者展开丰富的想象，既写出了"怪树"之形"怪"，更揭示了她内在的"倔强"、对生命的渴望。

皮上。白居易说原上草是"野火烧不尽",这古柏却"雷电击又生"。她这样倔,这样傲,令人想起封建士大夫中与世不同的郑板桥一类的怪人。

这四棵树挤在一起,一共占地也不过一个篮球场大小,但却神志迥异地现出这四种形来,实在是大自然的杰作。

那"清"柏,像是扎根在什么泉眼上,水脉好,土气旺,心情舒畅。那"古"柏,大约根须被挤在什么石缝岩隙间,未出土前便经过一番苦斗,出土后还余怒未尽。那"奇""怪"二柏便都是雷电的加工,不过雷刀电斧砍削的部位、轻重不同,她们也就各奇各怪。真是天雕地塑,岁打月磨,到哪里去找这样有生命的艺术品呢?

而且何止艺术本身,你看她们那清、奇、古、怪的神态,那深扎根而挺其身的功力,那抗雷电而不屈的雄姿,那迎风雨而昂首的笑容,那虽留一皮亦要支撑的毅力,那身将朽还不忘遗泽后代的气度,这不都是哲理、思想与品质的含蓄表现吗?

大自然本身就是一部博大的教科书,我们面对它常常是一个小学生。我想应该让一切善于思考的人来这树下看看,要是文学家,他一定可以从中悟到一些创作的规律,《唐诗》《聊斋》《山海经》《西游记》不是各含清、奇、古、怪

由树及人,联想到了古代文人墨客中的"怪人"——郑板桥。

"天雕地塑"和"岁打月磨"两个词语,把空间和时间无限拉大,是历史的见证。

形神兼备,由树及人,是对四棵古柏特征的总概括。

作者抓住文学家、政治家及一般游人三类群

吗？要是政治家，他一定会由此联想到包公那样的清正，贾谊那样的奇才，伯夷、叔齐那样的古朴，还有扬州八怪等那些被社会扭曲了的怪人。就是一般的游人吧，到此也会不由得停下脚步，想上半天。云南石林里那些冰冷的石头都会引起人们的种种联想，何况这些有生命的古树呢？她们是牵着一条历史的轴线，从近两千年以前的大地上走来的啊！

体，再一次强调四棵古柏的"清""奇""古""怪"，并进一步延伸对历史和生命的思考，以理结尾。

颜　娜　　点评老师

江苏省昆山市昆城外国语学校九年级语文组长，市级优秀教师。

路边的钉头果

2018年11月7日，我在云南宾川县的一家路边小饭馆吃饭。门口一小树，枝很细，叶片如柳眉低垂。上面结着十几颗泡状圆球，乳黄色，半透明，如网球大小。球面布满发丝粗细的小钉，因此就名"钉头果"。

我从未见过这植物，不知该称它是花还是树，也不知这些个泡泡是花还是果。主人原是一印度尼西亚归国华侨，他说此木原产热带之赤道一带，门前种此是借物之奇，为饭馆招揽客人。果然，食客多"见果下马"，落座就餐。我出于好奇，便摘了一两个干果带回北京。又顺寄新疆朋友，托其育种。第二年出苗，装盆，托人经西安缓存半月，我去开会时带回北京。已遍历大半个中国，经多种气候、海拔之催变、考验。如此大空间的调度，真类太空飞船育种实验了。

2020年春苗在阳台上生长，五月初正当我生日那天开花，可见有缘。花白色，分泌液滴，甜如蜜。秋天枝头果然结有小灯球晃动照人，当年秋天又在花盆里落籽出苗，到2021年清明节时已有一人多高。时已现风和日丽，便已移到室外，郑重赠送给园林队管理。算来，从发现到引种成功已经是第四个年头了，老天不负苦心人。这大概是该品种北京引进之第一例，反正我在北京居住已四十多年，从未见过这个尤物。而居民们则像看熊猫一样，争着来观赏这树珍果。小区院里征集绿化摄影图片，我就照了一张，放入橱窗，命名为"独在异乡为异客"。我电告云南、新疆、西安的朋友，他们也喜不自胜。想不到这一枚钉头果倒成了串联起半个中国的友好使者。我突然想起苏东坡曾有一首叹柳絮的《花非花》，遂打油一首。

以"尤物"呼之，与熊猫并提，足见其奇异、罕见。

照应前文"已历大半个中国"，可谓"钉头果之缘"。

词曰：

是花还是非花，也无人去管它。
秋阳高照，风过处，轻摆枝丫。
举灯泡无数，轻如气球，圆似乒乓。
又薄如蝉翼，嵌百千细钉，密如麻。
问主人，原是为作一个招客的酒帘挂。

你看它垂手路旁，
引客回眸，闻香下马。
那果儿，如灯盏引路，亮晶晶，
那叶儿，如柳眉低垂，羞答答。
不声不张，自是惹停了多少车马。

似花非花，玲珑可爱，诗句细摹钉头果之形态，喜爱之情溢于言表。

宾川在滇西北，属大理州管辖，知道者不多。但它地处金沙江干热河谷地带，境内海拔有上下七千米的落差。立体气候最适合生物多样化，从黑龙江到海南岛，从温带到热带，所有植物在这里都能安家。回京后，我因这钉头果一缘，顺势写了一篇《秀色可餐在宾川》，发表在《人民日报》上，未想被好事者看中，入选了2019年的全国地理高考试题，无意中又为宾川县作了一个免费广告。县里大喜，专门发文宣示全国，凡本年考生，一律可免费来宾川一游。

另一天，我也请宾川的朋友来北京这个大院里，看一看他们已出嫁落户的女儿。

因果结缘，因缘作文，惊喜连连。

巧用比喻，写出钉头果被迁徙的命运，语露怜爱之意。

沈素艳

江苏省扬州市江都区张纲中学语文高级教师，扬州市学科带头人。

点评老师

路边的芭蕉花

2016年11月我在海南乡村的路上，看到一家院子的墙外伸出一朵芭蕉花，足有一尺多长，绿杆红头，酷似一支大彩笔。就像公园里常见的，练字人蘸着水在地上写字的那种大笔。我简直想用手去把它摘下来了。

我知道动物常有仿真的功能，比如"枯叶蝶"活像树上的一片枯叶，有的蛇极像一根树枝。那是为了伪装、逃生或者为了捕食。但我真不明白，芭蕉花长成这个样子，是为了吸引文人墨客来写字的吗？它也要以此谋生吗？我只有这一次，在海南见到过这样酷似彩笔的芭蕉花，后来留心观察，再往北到长江一线，虽蕉叶仍大，花却小而无形了。

古人说蕉叶题诗，却从未听说过借蕉笔写字。看来，古代文人多集中于江南，到过海南的不多，没有触发他们的灵感。南宋李清照曾避战乱于江南，最南走到浙江，有词："窗前谁种芭蕉树，阴满中庭。阴满中庭，叶叶心心，舒卷有余情。"如果女词人能到海南，或许会说："窗

自然开头法，引人入胜。巧设比喻，用语形象，写出了芭蕉花的外部形态之美，极富画面感，表现力强。

通过联想和想象，更好地突出芭蕉花的特征，引起读者的强烈共鸣。

"海南的芭蕉花"与"长江一线的芭蕉花"形成鲜明对比，突出了海南芭蕉花"大、美"的特征。

引用李清照的词，为文章增添了文学色彩。改写李清照的词，将海南芭蕉的独特之美展现得淋

漓尽致。文章至此戛然而止，但意犹未尽，令读者回味无穷。

前谁种芭蕉树，笔悬中庭。笔悬中庭，浓墨重彩，挥洒有余情。"

王燕燕

河南省郑州市郑东新区龙翼中学语文教师，郑东新区教学创新先进个人。

点评老师

山中柿红无人收

2016年深秋，我到河南渑池去寻访一棵名"奶奶柏"的古柏树。车行深山大涧之中，阒寂无人，崖畔路边的柿子树正挂着火红的果子，任其自落，无人采收。因节令已到，一吃冷风，柿子树的粗杆细枝都变成黑色，蜿蜒曲折，如一团飞线，在空中做不规则地飘、揉、滚、动。宛如向空中撒出去的一张旧渔网，网上挂着一盏盏的小红灯。而红与黑，向来是最庄重的搭配，就像我们过年用红纸写春联。

车行山顶，隔着这张"树网"眺望谷底的景色，就如一英国贵妇人戴着垂沿纱帽，隔着网眼看人。山下房屋绰约，炊烟人家，依稀朦胧。沟底秋播的冬小麦已泛出新绿，一幅天然图画。"我见青山多妩媚，料青山见我应如是。"天人相通，心境大好。

画家吴冠中晚年致力于西画与中画的结合，求诗意的朦胧，我的一个美术评论家朋友多次为吴的画策展，号"新水墨派"。一般来讲外行解经典，总是俗人说俗话。就像赵丽蓉说："探戈

阒（qù），寂静、空虚的意思。

运用比喻，将柿子树的粗杆细枝比作飞线，进而又比作旧渔网，实在新奇。

运用比喻，将"树网"比作是贵妇人戴着的垂沿纱帽，由此"隔着网眼"赏美景，别有一番情致。

大胆联想，将画家吴冠中的朦胧画风"新水墨"和"渔网画"作对比，既通俗又新奇。

就是蹚着走，三步一窜两步一回头。"以我俗人之见，这新水墨就是渔网画，朦胧的线条如渔网抛空，上面挂着些晶亮的小鱼。何况眼前挂的更是几盏微明的小灯呢？我拍了这张《空山柿红图》，又找来几张吴画，不信你来比一比。

妙用诗文点题。世人眼中的平常之景，在作者眼里却是大自然在作画。素材的选取、高雅的审美，在于细致观察。

白居易在山里看到盛开的桃花，惊呼："人间四月芳菲尽，山寺桃花始盛开。长恨春归无觅处，不知转入此中来。"今天我无意间在这深山大涧里，看到大自然原来是这样作画，正是："匠心力穷心用尽，不如山色一面开。莫恨绝技无师处，只缘未到此山来。"

李姣田　点评老师

河南省周口市第二十三中学教师，周口市教学标兵、骨干教师。

把栏杆拍遍

感悟生命

梁衡 著

人民东方出版传媒
People's Oriental Publishing & Media

东方出版社
The Oriental Press

图书在版编目（CIP）数据

把栏杆拍遍．感悟生命 / 梁衡著．— 北京：东方出版社，2023.9
ISBN 978-7-5207-3605-3

Ⅰ．①把… Ⅱ．①梁… Ⅲ．①散文集—中国—当代 Ⅳ．① I267
中国国家版本馆 CIP 数据核字（2023）第 158314 号

把栏杆拍遍．感悟生命
（ BA LANGAN PAIBIAN . GANWU SHENGMING ）

作　　者：梁　衡

策划编辑：鲁艳芳
责任编辑：王晶晶　刘之南
出　　版：东方出版社
发　　行：人民东方出版传媒有限公司
地　　址：北京市东城区朝阳门内大街 166 号
邮政编码：100010
印　　刷：北京市十月印刷有限公司
版　　次：2023 年 9 月第 1 版
印　　次：2024 年 3 月北京第 3 次印刷
开　　本：880 毫米 × 1230 毫米　1/32
印　　张：6.125
字　　数：137 千字
书　　号：ISBN 978-7-5207-3605-3
定　　价：218.00 元（全 6 册）
发行电话：（010）85924663 85924644 85924641

目录

命薄原来不如纸

京西宾馆是专门开会议政的地方。会议大厅里挂着一幅大画《万里长城图》，上有张爱萍将军的题字："极目长空万顷波，纵横点染势嵯峨。中华儿女雄今古，万里龙盘壮山河。" 画的落款时间为1984年，到今年三十一年了。这个宾馆也已经不知经历了多少共和国历史上的大事，送走了多少大大小小的人物。画的作者及张将军也都已作古。我每次去开会，都不由得要扫几眼这幅画。三十一年了，仍然是纸白墨黑，树绿花红，色泽不改。而我却两鬓渐白，抬头有纹，再环顾四周，旧朋渐少，新人如笋，物是人非，逝者如斯，顿觉人的生命原来是这样的娇嫩，这样的不耐岁月，竟不如墙上的一张纸。其实，这三十一年的宣纸还只能算纸中的婴儿。前些日子，报上说发现一幅晋代的字，距今已一千七百年。人的寿命往长里说，九十年可以了吧，但也只有这张晋代字纸的十九分之一。呜呼，命薄原来不如纸。看来，人如要寿，只有把生命转换成

文章虽未对《万里长城图》画作内容进行具体的描写，却用张爱萍将军的题字，让读者感受到了画作辽阔、壮美的意境，化繁为简，意蕴无穷。

作者将画作色泽不改、一如往昔的状态，与自己的衰老之态进行对比，联想到身边旧友逐渐离世，抒发出物是人非、时光流逝的感慨。运用四字短语，节奏鲜明，典雅别致。

照应题目，感叹词"呜呼"的使用，将"命薄原来不如纸"的

慨叹烘托得更有力量。"原来"二字对"命薄不如纸"进行强调，写出了作者对"命薄不如纸"这个观点重新体悟之后的认同。

墨痕，渗到纸纹里去。

纸墨之寿，永于金石。

李学敏

点 评 老 师

山东省淄博市张店区第八中学教师。

人生没有返程票

报载，美国航天公司计划造一艘大飞船，将人送到外星球，大约在26世纪实现。飞船可容纳一百万人，速度为光速的五百分之一，就是说飞行五百年才能达到一光年的距离，要飞到二十光年远处的星体，需整整一万年时间。所以飞船必须很大，是一个小社会，当船到目的地时，走出来的乘客已是上船人的第四百代子孙了。

这场旅行代价真大，四百代人才能完成。现在地球上所有能找到的，有文字记录的古人也没有这么老。就是说，这艘飞船在太空中要经历一个地球人类成长的文明史，才能到达另一个星球落脚。不是我们一个人重活一遍，是整个地球上的人类重活一遍。想来真是渺茫，既可怕，又有吸引力。报纸说："星际旅行只需单程票。"初一看，有点去而不回的味道，要在航行途中写遗嘱，开追悼会，那谁还愿去呢？

事情就怕放大来看。看完星际旅行计划，再反观人类自己，其实我们一生下来不就是买了

开门见山，语言精炼地点明写作缘由。对社会生活多关注、勤思考，写作灵感便源源不断。

"文明史"和"落脚"形成鲜明的对比，一大一小，形成强烈反差，突出这场旅行的极度漫长，增强文章的感染力，给读者以震撼。

两个问句，出现在文章思路转折处，既加强了作者思想的表达，

一张单程票吗？这个地球上不是每天也有死、有生、有老吗？区别只在于你是在原地过完单程，还是在运动中过完单程，反正人生没有返程票。我们常说：假如我小十岁、小二十岁，如何如何。假如你小上一百岁，你也许能协助孙中山，不让军阀混战；假如你小上两百岁，也许你能帮助林则徐赢得鸦片战争。但是这一切都不可能。

万物在动、在变，哲学家说一个人不可能两次走过同一条河流。俗话说，开弓没有回头箭。你只能创造一次，也只能享受一次。正是因为只有一次，人生才珍贵，才有特殊的意义。

魏俊芸

点评老师

江西省南昌市新建区第五中学语文教师，南昌市优秀教师。

做人如写字，先方后圆

　　我常恨自己字写得不好，许多要用字的场合常叫人尴尬。后来我找到了根子上的原因，自己小时用的第一本字帖，是赵孟頫的《寿春堂记》，字圆润、漂亮，弧线多，折线少，力度不够。当时只觉好看，谁知这一学就入了歧途。字架子软，总是立不起来。后来当记者，更是大部分时间左手握一个小采访本，右手在上面边听边画，就更没有什么体，只是一些自己才认识的符号。

　　一次读史，说书法家沈尹默的字原来并不好。他和陈独秀相熟，一天在友人聚会的酒桌上，陈当众挖苦他的字不好，沈摔筷下楼而去，从此发愤练字而成名家。"文化大革命"中沈的"检查"大字报，常是白天贴出，晚上就被人偷去珍藏。

　　我也曾多次发愤练字，但总是有比写字更重要的事等着我，使我一次次"愤"不起来。因为如果真要练字，就得从头临帖，从头去学欧阳询、颜真卿、柳公权，而这却要花时间。真奇怪，欧、颜、柳、赵，三硬一软，我怎么当初就

　　开篇交代自己写字不好的原因。单刀直入，为下文自己通过多种方式练字做了铺垫。凝练的短句，写出了赵字的特点，文章语言长短句结合，错落有致，富有变化的美感。

　　举了沈尹默练字的例子，在有趣的故事中，道出了写一手好字的重要性，也写出了"我"受到感染，也"发愤"练字的原因，丰富了文章内容，增添了趣味性。

偏偏学了一个赵字呢？我甚至私下埋怨父亲没有尽到督导之责，一失足酿成终身恨。

后来又看到曾国藩谈写字，说心中要把圆柱的软毛笔当作一个四面体的硬木筷去用，转角换面，字才有棱有角，有力有势。于是我就去帖求碑，以求其硬，专选《张黑女墓志》《张猛龙碑》这种又方又硬的帖子来练。说是练，其实是看。办公桌一角摆上"二张"，腰酸背困之时，翻开看上几眼。

练字要有童子功，就像小演员走台步，要用笔锋走遍那字架的每个角、每个棱。童子早不再，逝者如斯夫，我还是没有时间。字没练成，理倒是通了：学字要先方后圆。先把架子立起来，以后怎么变都好说。就像盖房，先起钢筋、骨架、墙面，最后装修任你发挥。如果先圆再去求方，就像对一个已装修完的家，要回头去改墙体结构，实在太难，只有推倒重来。而人生没有返程票，时光不能倒流，岂能什么事都可以推倒重来？只好认了这个苦果，好字待来生了。

做人如写字，也要先方后圆。赵孟頫是宋臣而后又事元的，确实圆而不方，不像文天祥。人若能先方，即小时吃苦磨炼，修身治学，品行端方，后必有大成。一个人少年时就圆滑、懦弱，

"腰酸背困"之时"翻看几眼"，与上文的"总是有比写字更重要的事等着我"相呼应。自己所谓的"发愤"，也不过是看几眼，并没有多大行动，幽默的笔调调侃了自己练字不用功。

"童子功、走台步"，用巧妙的比喻，写出了自己小时候没有抓住契机、长大后没有花时间下功夫练字的遗憾，形象贴切。

把"写字"比作"盖房子"，这是"我"悟出的练字方法，要先有整体架构，再有自己的特色。形象的比喻贴近生活，通俗易懂。

赵孟頫和文天祥形成对比，少时圆滑和小时方正形成对比，对比的写作手法，回环相映的对举句式，由写字谈到做人，再次呼应题

就很难再施教成才；而小时方正，哪怕刚烈、莽撞些，也可裁头修边，撼弯成才。

目。写字要方，做人品行要端，不可圆滑。

崔丽媛

点评老师

山东省淄博市张店区第八中学语文教师，张店区骨干教师。

享受人生

"享受"这个词，在很长一段时间和大部分时候，是被当作贬义词使用的。随着年纪增长，阅历增多，才知道这种理解未免狭窄。人来到世界上，美好的生命只有一次，而且内容无限，你就是抓紧享用也只能仅得其中的一部分。老作家孙犁见几个年轻人在泰山极顶，不欣赏这泰山风光，却围坐在一块巨石上大打扑克。他感叹道，扑克何处不能打？这泰山风光却能享受几回？你看，这就是享受。这里没有剥削，没有欺诈，大大方方，自自然然，取之不尽，其乐融融。

上面只是随举一例，其实享受自然只是人生的一部分。生命中值得享受的东西还有很多很多。比如享受知识，读书学习；享受艺术，听音乐、赏诗文、观演出；享受刺激，探险、登山、看竞技比赛；享受感情，亲情、友情、爱情；享受成功，奖励、鲜花、掌声；享受环境，浴新鲜空气、赏满眼绿色；享受安宁，心平气和、自我平衡；享受休闲，散步、谈天、度假；享受精神，信仰、理想、宗教；等等。还可以举出许多

连用四字短语，概括力强，语言典雅而富有韵味，生动形象地展现了尽情享受生命时的美好状态。

举例论证，具体有力地证明了生命中值得享受的东西有很多，所以不同的人接受同一种享受时是可以平等的。

许多，这都是自然赋予我们，让我们尽情选择享用的。一次朋友谈天，有人说，独身或僧尼无爱无伴，少了多少享受？马上有人反驳道，这也是一种享受——享受孤独。生命原来是这样的多层次、多角度，生命之花原来是靠这许多的享受来供养的。试想一个在鲜花掌声中受勋的人，和点一支烟来过瘾的人，这是两种多么悬殊的享受。但是只要可能，不同的人接受同一种享受时又是多么的平等。

朱自清说："老于抽烟的人，一叼上烟，真能悠然遐想。他霎时间是个自由自在的身子，无论他是靠在沙发上的绅士，还是蹲在台阶上的瓦匠。"但事实上，许多人一辈子也没有能够享受到生活的全部内容或主要内容。就像我们住进一家五星级的大酒店，除了睡觉，其他的健身、娱乐、美容、商务等设施都没有享用。又像不少人对计算机的使用，只不过是将它当成了一部打字机。生命是博大丰富的，可享受的东西无穷之多。生命又是很短暂的，许多有意义的东西稍纵即逝。我们对享受的理解，既不该狭窄，更不该冷漠。

当然，那种剥削、占有、挥霍式的享受，是最低级而不入流的。我们这里讨论的是全面的享受，它实际是对生命的认识、开发和利用。要达此点，先得有两个条件。一是勇气，就是对生

用朱自清的话作为道理论据，用住进五星级酒店却只睡觉不享用设施作为事实论据，两者正反对比，突出了生命中可享受的东西无穷多，应广泛理解享受的观点，引出下文观点。

承接上文应广泛理解享受的观点，顺势提出观点：文章讨论的全面的享受是对生命的认识、开发和利用。水到渠成，逻辑严密。

生动形象又浅显易
懂地阐明缺乏信心、不
够勇敢的人享受不到生
命之果，进一步证明想
要享受生命，先要具备
勇气。

举例论证，举了马
克思等名人的例子，证
明创造越多、享受越多
的观点。

"沉重"一词意蕴
丰富，引人深思——享
受生命离不开勇气和创
造，要付出劳动，甚至
有可能牺牲。

活的勇气，鲁迅所谓直面人生，古人所谓舍我其
谁，现在的流行歌曲唱的潇洒走一回，痛快活一
场。对生命没有充满信心的人，不热爱生活的
人，是不可能享受到生命之果的。望高峰而却
步，就看不到极顶的风光；将出海而又收帆，就
体会不到惊涛骇浪。二是创造，生命之身是父母
所赠予的，而生命的意义却全靠后天的开发。可
以说，你有多少创造，就有多少享受。马克思、
毛泽东、邓小平、哥白尼、牛顿和爱因斯坦都分
别创造了一个新学说，并因这个新学说开辟了一
个新领域、一片新世界。因此，他们生命中就有
了一种特别的滋味，就多了一份特殊的享受，我
们这些常人是无论如何难以看到的。

这么说来，"享受生命"这句话又是多么
沉重，就像说"我要登上珠穆朗玛峰"，不是随
便哪个人都敢开口说出的，但登这种高峰的风光
毕竟有人能享受到，它确实是我们生命的一部
分。爱因斯坦、达尔文、爱迪生、开普勒等人，
他们的伟大发现完成时，都说过类似的话：现在
生与死对我都已无所谓了。因为他们都已享受到
了生命中最成功、最华彩的段落。就是那些壮志
未酬、行将赴死的勇士，如布鲁诺、文天祥、项
羽、谭嗣同、林觉民等，也是一种对生命成功的
享受。当常人将父母给予的血肉之躯用来做衣食
之享时，他们却将生命的炸弹做最后一掷，爆出

无限的光热，通过凤凰涅槃，得到了永生。他们不但生时享受事业之乐、理想之乐，身后还永享历史之功和人格之尊。

　　本来，追求物质的进步和精神的自由，或曰两个文明，就是人类生存奋斗的最基本目标。列宁曾将共产主义形象地比喻为苏维埃加电气化。战争时期，战士们在战壕里憧憬的美好生活就是"楼上楼下，电灯电话"。我们不是苦行僧，我们的许多劳动、斗争、牺牲，就是为了能在行动之后享受这幸福的结果。但幸福又是个动态的东西，如想要独立高峰，就只有一座接一座去攀登，才能一次又一次地享受。可是我们常犯的错误是，当登临一个山顶时，除了擦汗、喘气，却常忽略了这山的美丽，忘记了脚下的林海，悬崖上的鲜花，还有天边的流云。这种享受若不经意便稍纵即逝，若再无追求，也就再没有新的享有。人生之中从最基本的吃饭穿衣，到无尽的物质和精神享受，这是一个多大的库藏，多么宽广的领域。你一方面可以最大限度地去开发、创造和丰富，另一方面又可以尽情地去利用、索取和享受。一个真正懂得享受生命的人，不但将造物者给他的一切都能尽情享受个够，他还进一步享受着自己的创造，更还有少数杰出人物又能跨越时空永享历史的光荣。

　　但是请别忘记，造物者同时又制定了一条

首尾呼应，进一步突出强调了生命宝贵，所以应珍惜、细细品味生命，尽情享受生命。结构严谨，自然明确。

铁的规律：生命只有一次，并且时间有限。所以我们对生命的享受不会那么从容，也不会没完没了。生命是一根甘蔗，甜甜的，吃一口就少一节。让我们好好地珍惜它，细细地品味它，尽情地享受它。

杨晶晶　**点评老师**

四川外国语大学附属中学语文高级教师，重庆市"最美女教师"，全国优质课大赛一等奖获得者。

你不能没有家

读一篇谈烈士后代赵一曼之子境遇的文章，暗吃一惊，阴影在胸挥之不去，并生出许多关于家的联想。

赵一曼受命到东北领导抗日工作时，孩子才出生不久。我们现在能看到的是烈士抱着孩子的那幅照片和那个著名的"遗言"："宁儿，母亲于你没有尽到教育的责任，实在是遗憾的事情……希望你，宁儿啊，赶快成人，来安慰你地下的母亲！"但是宁儿，就是后来的陈掖贤，成长情况并不理想。因母亲离开之后父亲又受共产国际派遣到国外工作，陈只好寄养在伯父家。他稍大一点，总有寄人篱下之感，性格内向，常郁郁不乐。中华人民共和国成立后，生父回国，但已另有妻室，他也未能融进这个新家。

陈的姑姑陈琮英（任弼时夫人）找到陈掖贤，送他到人民大学外交系读书。但他毕业后却未能从事外交工作，原因说来有点可笑，只因个人卫生太差，不修边幅，甚至蓬头垢面。他被分

文章开篇由烈士后代赵一曼之子境遇，引出关于家的联想，设置悬念，吸引读者的阅读兴趣。

配到一所学校教书，在以后的工作中，应该说组织上对这位烈士子女还是多有照顾，但他有一个令人难以置信的致命的弱点：自己管理不了自己的个人卫生和每月几十元的工资。屋内被子从来不叠，烟蒂遍地，钱总是上半月大花，后半月借债。组织上只好派人与之同住一屋，帮助整理卫生，并帮管开支。后来甚至到了这种程度：每月工资发下，代管者先替他还债，再买饭票，再分成四份零花钱，每周给一份。但这样仍是管不住，他竟把饭票又兑成现钱去喝酒。一次他四五天未露面，原来是没钱吃饭，饿在床上不能动了。婚姻也不理想，结了离，离了又复，家事常吵吵闹闹，最后的结局是自缢身亡。这真是一个让人心酸的故事。

用"先、再、再"生动写出代管者对陈细致周密的照顾。

陈掖贤血统不是不好，烈士后代；组织上也不是不关照，可谓无微不至；本人智力也不差，教学工作还颇受称道。但为何竟是这样的下场呢？是最基本的生存能力、生活能力过不了关！而这个能力又不是学校、社会、组织上能包办的，只有从小教育，而且只有通过家庭教育才能得到。赵一曼烈士在遗书中已经预感到这种没有尽到教育责任的遗憾。这种情况如果烈士九泉之下有知，一颗母爱之心不知又该受怎样的煎熬？

照应开篇，为读者解疑。文章详细讲述赵一曼烈士之子陈掖贤，因母亲牺牲而缺少家庭温暖与家庭教育，没能形成独立人格与生存能力，最终导致人生悲剧的故事，引出本文观点：人不能缺少家庭教育。

一个人品德和能力的养成有三个来源，学

校的知识灌输、社会实践的磨炼和家庭的熏陶培养。家庭是这链条上的第一环。人一落地是一张白纸，先由家庭教育来定底色。家庭教育与学校、社会教育最大的不同是：无条件的爱，以爱来暖化孩子，撅弯、拉直、定型。学校教育有前提：讲纪律、讲成绩。社会教育有前提：讲原则、讲利害。家庭里的爱，特别是母爱，是没有原则和前提的，爱就是前提，是铺天盖地、大包大容的爱。这种博大、包容的爱比社会上同志、朋友式的爱至少多出两个特点。

　　一是绝对的负责。父母的一切行为动机都是为了孩子，没有隔阂、猜疑，不计教育成本。大人是以牺牲自己的心态来呵护孩子，就像一只老母鸡硬是要用自己的体温把一颗冰冷的蛋焐成一只小鸡，并且一直保护到它独立。我们经常看到一个小孩子不吃饭，父母会追着哄着去喂饭；不加衣服，父母追着去给他添衣。有不懂事的孩子说："我不吃难道你饿呀？"确实，父母肚子不饿，但心中疼。同时又因为有了这种无私的、负责的态度，才敢进行最彻底的教育，不必保留，不用多心，坚决引导孩子向最好的标准看齐，随时涤除他哪怕是最小的毛病，甚至用打骂的手段，所谓打是亲骂是爱。

　　我们常有这样的体会，在成人社交场合看到某人吃相不雅，举止太俗时，就暗说家教不好。

此处运用对比论证，论述家庭教育与学校教育、社会教育的不同：家庭教育是不讲条件、没有原则和前提的爱。并在此基础上引出下文的论述：父母之爱的两个特点。

比喻论证。用语生动形象，证明了父母之爱的特点：绝对的负责。

举例论证。用生活事实论述父母绝对负责的无条件之爱。"追着、哄着"，用词朴实生动，很有画面感。

语言生动形象。
《皇帝的新装》是丹麦
童话作家安徒生创作的
童话。

两个"必须"用词
准确，强调家庭教育不
可替代的重要地位。

比喻论证。把孩子
比成一颗种子，形象生
动地论述了父母之爱具
有"无微不至的关怀"
的特点。

强化观点，再次强
调家庭教育的重要性。

但说归说，这时谁也不肯去行教育责任，指破他的缺点了。因身份不便，顾虑太多。"皇帝的新衣"只有在皇帝小时候由他妈去说破，既已成帝，谁还敢言呢？有些毛病必须在家庭教育中去克服，有些习惯必须在家庭环境中培养，错过这个环境、氛围，永难再补。

二是无微不至的关怀。因为有了动机上的无私、负责，才会有效果上的无微不至。孩子彻底生活在一个自由王国中，他所有的潜能都可得到淋漓尽致的发挥，就像一颗种子，在春季里，要阳光有阳光，要温度有温度，要水分有水分，尽情地发芽扎根。孩子有什么想法不会看人脸色而止步，不会自我束缚而罢休。甚至撒娇、恶作剧也是一种天性的舒展。这样，他的全部天才基因都会完整地保留下来，将来随着外部条件的到来，就可能长成这样那样的大家、人才，甚至伟人。但是一进入社会教育，哪怕是最初的幼儿园教育都是某种程度的修理、裁剪、规范统一，是规范教育，不是舒展教育、创造教育。家庭教育中的无微不至、充分自由、潜移默化将一去不再。这就是为什么所有的孩子一说去幼儿园就大哭不止。当然，人总得从家庭教育升到学校教育阶段，但绝不能缺少家庭教育。

其实，家庭给人的温暖和关爱，以及由

此产生的特殊的教育作用还不止于孩童阶段，它将一直伴随人的终生。表现为夫妻间、兄弟姐妹间、子女与老人间的坦诚、指错、批评、交流、开导、帮助等，这都是任何社会集体里所办不到的。我们细想一下，一个人成家之后在亲人面前又不知改了多少缺点，得到多少鼓励，学到了多少东西。因为家庭成员的合作克服了多少生活及事业上的难题。现在社会上有很多继续教育机构，但常忽略了这个终身家庭教育机构，一个独身的人或寄人篱下的人将失去多少继续接受教育的机会。这么想来，人真的不能没有个家。

　　马克思说，人是各种社会关系的总和。当一个人少了最基本的社会关系——家庭关系，少了家庭教育、家庭温暖，他至少不是一个完整的社会人，不是一个很幸福的人。佛教哲学讲结缘，在人生的众多缘分中，情缘是最基本的，因情缘而进一步结成家庭就有了血缘，进而使民族、社会得到延续。一个人没有爱过人或被人爱，就少了一大缘，是一悲哀；有爱而无家，又少了第二大缘，又是一悲哀。一个社会如果没有家庭这个细胞，它将无缘发展。虽然，曾有仁人志士说过"匈奴未灭，何以家为"的壮语，但那是特殊情况，甘愿牺牲小家为了天下人都能有一个安定的家。

点题句，也是观点句。

从马克思理论角度强调家庭的重要性。

从宗教角度强调家庭情感血缘的重要性。

"特殊情况"用语准确，指出仁人志士的壮语背后的博大胸怀：舍小家为大家。再次强调"家"的重要性。

从历史角度反面论述家的重要性。

联系现实，强调家庭的地位不可或缺。

列举"空巢家庭"与"农村留守儿童"的生活现实，又引用中外名人名言从反面进行论述。此处举例论证与道理论证相结合，从反面论述家庭的重要地位，充分而有力。

辛亥革命烈士林觉民牺牲前在其著名的《与妻书》中说："充吾爱汝之心，助天下人爱其所爱，所以敢先汝而死。"赵一曼烈士对儿子说："你长大成人后，希望不要忘记你的母亲是为祖国而牺牲的。"乱世舍小家是为救国家，盛世则要思和小家而利国家。历史上也确实有过放大无家思想的试验，但都以失败告终。如太平天国，分成男营、女营，夫妻不得团聚。近读一则资料，1930年，国民党"立法院"甚至讨论过要不要家庭的问题。可见任何政党都有过"左"的行为，当然都成了历史的泡沫。

最新的一份社会调查显示，人们对幸福指数的认同要素，第一是经济，第二是健康，第三是家庭，然后才是职业、社会、环境等。现在出现的老人空巢家庭、农村留守儿童，都是变革中我们不愿看到的"家"字牌悲剧。但有三分奈何，谁愿做无家之人？恩格斯说家庭就像一个苹果，切掉一半就不再是苹果。独身、单亲、离异、留守、空巢、无子女都不能算是一个完善的家庭。当年林则徐说，烟若不禁，政府将无可充之银、可征之丁。现在如果都由这样的家庭组成社会，国家将无可育之才、可用之才。社会要增加多少本该可以在家庭圈子里消化的矛盾。

《西厢记》说，愿天下有情人终成眷属，

我则为天下计，愿情缘血缘总相续，小家大家
皆欢喜。

结尾语言典雅，重申立场，表达作者对小家大家的美好祝愿。

李红玲　　　　　　　点 评 老 师

河南省安阳市内黄县实验中学语文高级教师，县国培"送教下乡"辅导导师。

母亲石

那一年我到青海塔尔寺去，被一块普通的石头深深打动。

这石其身不高，约半米；其形不奇，略瘦长，平整光滑，但它却是一块真正的文化石。当年宗喀巴就是从这块石头旁出发，进藏学佛，他的母亲每天到山下背水时就在这块石旁休息，西望拉萨，盼儿想儿。泪水滴于石，汗水抹于石，背靠石头小憩时，体温亦传于石。后来，宗喀巴创立新教派成功，塔尔寺成了佛教圣地，这块望儿石就被请到庙门口。

这实在是一块圣母石，现在每当虔诚的信徒们来朝拜时，都要以他们特有的习惯来表达对这块石头的崇拜。有的在其上抹一层酥油，有的撒一把糌粑，有的放几丝红线，有的放一枚银针。时间一长，这块石的原形早已难认，完全被人重新塑出了一个新貌，真正成了一块母亲石。就是毕加索、米开朗琪罗再世，也创作不出这样的杰作啊！

我在石旁驻足良久，细读着那一层层的，在

石头"普通"，作者却被"深深打动"，开头设置悬念，吸引读者阅读。

外表如此普通、平凡的石头，为什么是一块真正的文化石？引出下文母亲石背后的故事。

母亲石寄寓了深沉的母爱，同时经过千万人的创造，它又包含了丰富的文化内涵、宗教内涵。

半透明的酥油间游走着的红线和闪亮的银针。红
线蜿蜒曲折如山间细流，飘忽来去又如晚照中的
彩云。而散落着的细针，发出淡淡的青光，刺着
游子们的心微微发痛。我突然想起自己的母亲。

那年我奉调进京，走前正在家里收拾文件书
籍，忽然听到楼下有"笃笃"的竹杖声。我急忙
推开门，老母亲出现在楼梯口，背后窗户的逆光
勾映出她满头的白发和微胖的身影。母亲的家离
我住的地方有几里地，街上车水马龙，我真不知
道她是怎样拄着杖走过来的。我赶紧去扶她，她
看着我，大约有几秒钟，然后说："你能不能不
走？"声音有点颤抖。我的鼻子一下酸了。

父亲文化程度不低，母亲却基本上是文盲，
她这一辈子是典型的贤妻良母。小时候每天放
学，一进门母亲问的第一句话就是："肚子饿了
吧？"菜已炒好，炉子上的水已开过两遍。大学
毕业后先在外地工作，后调回来没有房子，就住
在父母家里，一下班，还是那一句话："饿了
吧。我马上去下面。"

我又想起我第一次离开母亲的时候。那年
我已是十七岁的小伙子，高中毕业，考上北京的
学校。晚上父亲和哥哥送我去火车站。我们出门
后，母亲一人对着空落落的房间，不知道该做什
么，就打来一盆水准备洗脚。但是直到几个小时
后父亲送我回去，她还是两眼看着窗户，两只脚

搁在盆边上没有沾一点水，这是寒假回家时父亲给我讲的。现在，她年近八十，却要离别自己最小的儿子。我上前扶着母亲，一瞬间觉得我是这世上一个最不孝顺的儿子。我还想起一个朋友讲起他的故事。他回老家出差，在城里办完事就回村里看了一下老母亲，说好明天走前就不见了。然而，当他第二天到机场时，远远地就看见母亲拄着拐杖坐在候机厅大门口。可怜天下父母心，儿女对他们的报答，哪及他们对儿女关怀的万分之一。

我知道在东南沿海有很多望夫石，而在荒凉的西北却有这样一块温情的望儿石，一块伟大的圣母石。它是一面镜子，照见了所有慈母的爱，也照出了所有儿女们的惭愧。

细节描写，生动表现了母亲此刻对离家求学的儿子的牵挂与担忧。

呼应开头，揭示"母亲石"的内涵，深化文章主旨，赞颂母爱伟大，呼吁大家珍惜母爱。

孔祥华　　　　　点 评 老 师

山东省菏泽市牡丹区二十一中语文教师，曾获全国语文优质课例一等奖，山东省中语会优秀教师及先进个人。

康定情歌背后的故事

南国冬日，冒着凛冽的海风，我来到福建惠安，看一个给全世界留下了永远的爱，自己却没有得到爱的人。三年前，我到川藏交界的康定，无意中知道那首著名的《康定情歌》的发现整理者是一位叫吴文季的人，原籍福建惠安。以后就总惦记着这件事，今天终于有缘来访他的故居和墓地。

开篇设置悬念，引起读者兴趣。

在抗日战争时期，吴文季一腔热血投奔抗日，在武汉参加了"战时干部训练团"，后又辗转重庆，考入中央音乐学院。学院停课期间，为生计他应聘到驻扎在康定地区的青年军教歌，这使他有机会到民间采风。康定地处汉藏文化的交接带，既有汉文化的敦厚，又有藏文化的豪放，尤其是音乐取杂交优势，更显个性。大渡河畔有一座跑马山，那是汉藏同胞，特别是青年男女节日里跑马对歌的地方。吴文季就是在这里采得这首情歌溜溜调的。

介绍《康定情歌》的采集地点，是汉文化和藏文化的汇集地，歌曲兼容了两个民族的文化特点。

随着抗战胜利学校内迁，这首歌也被带回南京。先是经加工配器在学院的联欢会上演出，引起轰动。当时的中国女高音歌唱家喻宜萱就将它带到巴黎的国际音乐节，于是这首歌又走遍世界。那是多么浓烈的爱情旋律啊！"世间溜溜的女子，任我溜溜地爱哟，世间溜溜的男子，任你溜溜地求。"从西部高原吹来的清风夹着草香，裹着这歌、这情，飘过原野，洒向广袤的大地。大渡河的雪浪和着它的旋律，一泻千里，冲出深山，流过平原，直入大海。

"裹、飘、洒、冲、流、入"，多个动词连用，表现出《康定情歌》受到人们的喜爱，从高原走向全国，冲向世界。

那天晚上我就宿在康定城里。这是一座高山峡谷中的小城，抗战时曾做过西康省的省会，因地处中国内地通往西藏直至印度的咽喉要道，当时是仅次于上海、天津的对外商埠。晚饭后在街上散步，随处可见历史的遗痕，老房子、商店里的旧家具，地摊上老画片，还有藏区常见的石头、骨头项链、小刀具等，许多外地游客在街上悠闲地转悠着，怀旧，淘宝。

市中心修了一个休闲广场，华灯初上，喇叭里播放着《康定情歌》，还有那首有名的《康巴汉子》："康巴汉子哟……胸膛是野性和爱的草原，任随女人恨我，自由飞翔……"河水穿城而过，拍打着堤岸，晚风轻漾，百姓就在广场上和着这歌的旋律、浪的节拍翩翩起舞。不少游客按捺不住，也跳进队伍里，手之舞之，足之蹈之。那坦荡的爱浓烈的情，我现在想来心中还咚咚作响。《康定情歌》已被刻在大渡河边的石碑上，已登上各种演唱会，通过现代传媒手段传遍全球，甚至被卫星送上太空。但是，很少有人问一问，它的作者是谁？

当我在大渡河边惊喜地知道了这首民歌的发现整理者时，立即就想探寻他的身世。几年来我到处搜求有关资料，而这却将自己推入一种悲凉的空茫。

运用设问的修辞手法，引出本文探寻的这首民歌的发现者和整理者吴文季。

南京解放后，吴文季在1949年5月参加解放军，先后在二野文工团、西南军区文工团、总政文工团工作，曾任男高音独唱演员，领唱过《英雄战胜大渡河》等著名的歌曲。但因为参加过"战干团"和曾到国民党部队教歌这一段经历，被认为不宜在总政文工团工作，于1953年被遣送回乡。没有任何处分，也没有任何说法。天真的他以为下放劳动一两年就可返回北京，以至于他走时连行李都没有带全，一批宝贵的创作乐谱也寄存在朋友处。没有想到竟是一去不归。

那天，我从惠安县城出发，找到洛阳镇，又在镇上找到一条小巷。这巷小得仅容一人紧身通过，然后是一处破败的民房。房分前后室，我用脚量了一下，前室只有三步深，墙上挂着他的一张遗像，供少数知情而又知音的人前来瞻仰。地上则散乱地堆着一些他当年用过的农具，后室只能放下一张床，是他劳累一天之后，挑灯写歌的地方。

感情强烈，充满疑问，自然引出文眼"悲凉的空茫"，然后转入对吴文季身世的探寻。

吴文季的生活条件虽然艰苦，但仍旧坚守心中所爱，坚持写歌。

吴回乡后，孤无所依，就吃住在兄嫂家，每日出工，参加集体劳动，业余帮镇上的中学辅导文艺节目，一时使该校节目水平大涨，居然出省演出。后来又安排他到地方歌舞团工作，还创作并排练了反映当地女子爱情的歌剧《阿兰》。他盼着北京有令召还，但日复一日，不见音讯。就这样，直到1966年5月1日他不幸病逝，也没有等到召回令，时年才四十八岁。

参观完旧居，访过他的兄嫂，我坚持要去看看他的墓。村里人说，从来没有外地人，更没有北京来的人去看，路不好走。我的心里一紧，就更想去会一会那颗孤独的灵魂。开车不能了，我们就步行从一条蜿蜒的小路爬上一个山包，再左行，又是一条更窄的路。因为走的人少，两边长满一人多高的野草，一种大朵的黄花夹生其中。我问这叫什么花，领路的村民说："叫臭菊，到处是，很贱的一种花，常用来沤肥的。"我心里又是一紧，更多了一分惆怅。大家在齐人深的野草和臭菊中觅路，谁也不说话，好像回到一个洪荒的中世纪。

转过一个小坡，爬上一个山坳，终于出现一座孤坟。浅浅的土堆，前面有一块石碑，上书"吴文季之墓"，并有一行字："他一生坎坷，却始终为自由而歌唱。"我想表达一点心意，就地采了一大把各色的野花，中间裹了一大朵正怒放的臭菊，献在他的墓前，深深地鞠了一躬。然后坐在坟前，听头上的风轻轻吹过，两旁松柏肃然，世界很静。

臭菊第二次出现，用怒放来形容，为本文意象。

我想陪这个土堆里的人坐一会儿，他绝不会想到有这样一个远方的陌生人来与他心灵对话。他整理那首情歌是在1944年左右，到现在已经六十多年，那是他精神世界中最明媚、灿烂的时刻。而他的死，并孤寂地躺在这里是1966年，也已半个世纪。他长眠后的岁月里，回忆最多的一定是在康定的日子，那强壮的康巴汉子、多情的藏族姑娘，那激烈的赛马、跳舞、歌唱、狂欢的场面。这是他一生中最美好的一瞬。

音乐史上的许多名曲都来自民间的采风，并伴有音乐家的传奇故事，如大漠戈壁长风送来的驼铃，久久地摇荡着人们的心灵。吴文季的西康采风，很类似音乐家王洛宾的青海湖边采风，康定的藏族姑娘应该比青海的藏族姑娘更热辣奔放一些。王洛宾与卓玛曾有一鞭情，有相拥于马背、飞驰过草原、陶醉于绿草蓝天的浪漫，因而产生了那首名曲《在那遥远的地方》。我们也有理由猜想，在《康定情歌》后面，在鼓声咚咚、彩旗飘飘的跑马山上，或许也另有一个浪漫的故事。"世间溜溜的男子，任你溜溜地求哟"，难道吴家这样英俊的大哥就没有哪位姑娘在赛马时轻轻地抽他一鞭？那时他才二十四岁啊，正

运用插叙，插入王洛宾和卓玛的美好爱情故事，和吴文季对比，突出了他一生的孤寂。

是花季。

我在墓边坐着，南国的冬天并不凋零，放眼望去，大地还是一样的葱绿。近处仍是没人深的野草和大朵的臭菊，远处有一座小山，我问叫什么山，陪同的人说不出具体的名字，倒讲了一个曾在山那边发生的著名的"陈三五娘"故事。啊，我知道《陈三五娘》是在闽南一带流传甚广的传统剧目，后来还被拍成了电影。大意是穷文人陈三，在元宵灯会上与富家女子黄五娘邂逅，互相爱慕。黄父却贪财爱势，将五娘允婚他人。陈三便和五娘私奔，终于找到了自己的幸福。这是一个闽版的《梁祝》，但我不知故事的原型却是在这里。

讲故事者说，他们私奔的路线就是从那座山后转过来，一直朝这边，朝吴的墓地走来。吴文季在这里长大，又酷爱民间音乐，他一定看过这出戏。也许，他在这凄冷的墓里，还在一遍一遍地回味着这个故事。私奔是爱情题材中常有的主题，从司马相如与卓文君到《陈三五娘》，传唱不衰。但天上无云何有雨，地上无土怎长苗？当你处于一个不敢爱或不敢被人爱的环境或条件下时，你与谁私奔，又奔向何处呢？

吴文季所留资料甚少。他在总政文工团大约是有一位女友的，离京时，他的衣物、书籍，特别是一些乐谱资料还寄存在她处。但自从下放

臭菊第三次出现。

再用插叙，插入陈三和五娘私奔并终于找到幸福的故事，和吴文季的爱情不幸形成对比，把他的孤寂之情再往前推进一层。

解开疑问，生活在特殊的历史时期，"不敢爱、不敢被爱"是吴文季一生孤苦飘零的原因。

后，对方的回信就渐写渐少，最后音讯断绝。这大约是我们知道的他一生中唯一享受过的一丝的爱，像早春里吹过的一缕暖风，然后又复归消失。

　　山上的风大，不可久留，我起身下山，对地方上的朋友说："墓碑上的那句话应改为：他终身为爱情而歌唱，却没有得到过爱。"

首尾呼应，渲染悲情氛围，另外表现了作者对歌曲贡献者吴文季被世人遗忘的悲剧命运的叹惋。

程　霖　　点 评 老 师

湖北省十堰市实验中学教师，曾获全国教育硕士教学技能大赛一等奖、市级教学竞赛一等奖。

乌梁素海，带伤的美丽

开篇以欣赏"带伤流血的美人"创设情境，类比重回时的"难堪"，形象地设置了悬念：作者遇到了什么难堪的事情？

介绍当年的乌梁素海，为后文"重回"做铺垫。

"勾、弹拨、闪"等动词的运用，令一汪湖水鲜活灵动，芦苇、水鸟、鱼儿奏响"生命之曲"。

假如让你欣赏一位带伤流血的美人，那是一种怎样的尴尬。四十年后，当我重回内蒙古乌梁素海时，遇到的就是这种难堪。

乌梁素海在内蒙古河套地区东边的乌拉山下。四十年前我大学刚毕业时曾在这里当记者。叫"海"，实际上是一个湖，当地人称湖为"海子"，乌梁素海是"红柳海"的意思。红柳是当地的一种耐沙、耐碱的野生灌木。单听这名字，就有几分原生态的味道。而且这"海"确实很大，历史上最大时有一千二百多平方公里，是地球上同纬度的最大淡水湖。

那时我还没有见过真正的大海，每当车行湖边，但见烟水茫茫，霞光潋潋。翠绿的芦苇，在岸边小心地勾起一道绿线，微风吹过，这绿线就起伏着舞动开去，如一首天堂里的乐曲。湖里的水鸟，鸥、鹭、鸭、雁、雀等就竞相起舞，或掠过水波，或猛扎水中，浪花轻溅，像有一只无形的手在弹拨着水面。而水中的鱼儿好像急不可耐，等不到水鸟来抓它，就自动倏地一下跳出水面，闪过一个个白点，像是五线谱上跳动的音符。

这时走在湖边，心头会突然涌起那已忘却多时的优美文章，什么"落霞与孤鹜齐飞，秋水共长天一色"，什么"沙鸥翔集，锦鳞游泳，岸芷汀兰，郁郁青青"，我知道从来不是好文章写出了真美景，而是真美景成就了好文章。乌梁素海就是这样一篇写在北国大地上的锦绣文章。每当船行湖上时，我最喜欢看深不可测的碧绿的水面，看船尾激起的雪白浪花，还有贴着船帮游戏的鲤鱼。而黄昏降临，远处的乌拉山就会勾出一条暗黑色的曲线，如油画上见过的奔突的海岸，当时我真觉得这就是大海了。

那时，"文化大革命"还未结束，市场上物资供应还比较匮乏，城里人一年也尝不到几次肉，但这海子边的人吃鱼就如吃米饭一样平常。赶上冬天凿开冰洞捕鱼，鱼闻声而来，密聚不散，插进一根木杆都不会倒。那个岁月时兴开"学习毛主席著作讲用会"，有一次我们整理材料，在河套各县从西向东采访，很辛苦，伙食也没有什么油水。乌梁素海是最后一站，还有好几天，大家就盼望着到那里去解馋。

到达的当晚，我们果然吃到了鱼，而这种吃法，为我平生第一次所见。每人一大碗堆得冒尖的大鱼块，就像村里人捧着大碗蹲在大门口吃饭

用"真美景、好文章"议论，充满理趣，理与情、情与理，交相辉映，点出乌梁素海美景的特点。

"插进一根木杆都不会倒"的细节，突出乌梁素海拥有丰富的渔业资源。

一样，这给我留下永久的记忆，当时的鱼才五分钱一斤。以后走南闯北，阅历虽多，但无论是在我国南方的鱼米之乡，还是在国外以海产品为主的国家，再也没有碰到过这种吃法，再也没有过这样的享受。那时，每当外地人一来到河套，主人就说："去看看我们的乌梁素海！"眼里放着亮光，脸上掩饰不住的骄傲。

这次我们真的又来看乌梁素海了，是应水务部门的特别邀请，但不是为看海的美丽，而是来参加会诊的，来看它的伤口。

七月的阳光一片灿烂，我们乘一条小船驶入湖面。为了能更有效地翻动历史的篇章，主人还请了一些已退休的老"海民"，与我们同游同忆。船中间的小桌上摆着河套西瓜、葵花籽，还有油炸的小鱼，只有寸许来长。主人说，实在对不起，现在海子里最大的鱼，也不过如此了。我顿觉心情沉重。坐在我对面的王家祥，乌梁素海渔场的原工会主席，说："那时打渔，是用麻绳结的大眼网。三斤以下的都不要，开着七十吨的三桅大帆船进海子，一网十万斤，最多时年产五百万吨。打上鱼就用这湖水直接煮，那才叫鲜呢。现在，这水你喝一口准拉肚子。"（不知是否为了验证他的话，当天下午，我们一行中就有俩人因拉肚子，而不能正常采访了。）当年的兵团知青、退休干部于秉义说："20世

"不是……而是……"关联词的运用，过渡至乌梁素海的"伤口"，巧妙点题。

以对话形式论述生态破坏的来龙去脉，让读者感觉参与其中。

纪70年代时，这里随便打一处井，七米深，就自动往上喷水。"水务公司的秦董事长在一旁补充："到90年代已是三十米深才能见水；到2007年，要一百二十米才见水，十五年水位下降了九十米，年均六米。"

海上泛轻舟，本来是轻松惬意的事，可是今天我们却无论如何也轻松不起来，这应了李清照的那句词："只恐双溪舴艋舟，载不动许多愁。"我们今天坐的船真的由过去的七十吨三桅大船退化成像一只蚱蜢似的舴艋小舟。

"大船"变"小舟"，侧面写出生态的变化，突出"我们"沉重的心情。

河套灌区是我国三大自流灌区之一。黄河自宁夏一入内蒙古地界，便开始滋润这八百里土地，经过总干、干、分干、支、斗、农、毛七级灌水渠道，流入田间，又依次经总排干、排干等七级排水沟，将水退到乌梁素海，在这里沉淀缓冲后，再退入黄河。所以，这海子是河套平原的"肾"，首先起储水排水的作用。同时，又是河套的"肺"，它云蒸雾霭，吐纳水汽，调节气候，所以才有八百里平原的旱涝保收，才有北面乌拉山著名的国家级森林保护区的美景。

以"肾、肺"为喻，生动说明乌梁素海在河套地区环境保护方面的重要作用。

但是，近几十年来人口增加，工厂增多，农田里化肥农药增施，而进入湖中的水量却急剧减少，水质变差。你想，排进湖里的这些水是什么水啊？就是将八百里平原浇了一遍的脏水。河套农田每年施用农药一千五百吨，化肥五十万吨，

用触目惊心的数字，直观说明生态恶化的原因。

进入乌梁素海的工业及生活污水三千五百万吨，这些都要洗到湖里来啊。当地人说，乌梁素海已经由河套平原的肾和肺，退化为一个"尿盆子"了。这话虽然难听，但很形象，也很警人。

在船舱里坐着，听大家叙往事，说今昔，虽清风拂面，还是拂不去心头的一怀愁绪，我便到后甲板散步。只见偌大的湖面上，用竹竿标出二三十米宽的一条水道，我们的这艘"舴艋"小舟只能在两竿之间小心地穿行。原来，湖面的水深已由当年的平均四十米降为不足一米，要行船，就只好单挖一条行船沟。我再看船尾翻起的浪，已不是雪白的浪花，而是黄中带黑，像一条刚翻起的犁沟。半腐半活的水草，如一团团乱麻在水面上荡来荡去，再也找不见往日的碧绿，更不用说什么清澈见鱼了。乌梁素海难道真的应了它的名字，成了乌黑的海、污浊的海？只有芦苇发疯似的长，重重叠叠，吞食着水面。主管农水的李市长说，这不是好现象，典型的水质富营养化，草盛无鱼，恶性循环。

现在如果你不知内情，远眺水面，芦苇还是一样的绿，天空还是一样的蓝，水鸟还是一样的飞，猛一看好像无多变化。可有谁知道这乌梁素海内心的伤痛。她是林黛玉，两颊微红，弱不禁风，已经是一个病美人了，是在强装笑颜、强支病体迎远客。我举目望去，远处的岸边有些红绿房子，泊了些小游船，在兜揽游客。船边地摊上叫卖着油炸小鱼，船上高声放着流行歌曲。不知为什么，我一下想起那句古诗："商女不知亡国恨，隔江犹唱后庭花。"

中午饭就在岸边的招待所里吃。俗话说，无酒不成席，而在内蒙古还要加上一句"无歌不成宴"。乐声响起，第一支歌就是《美丽的乌梁素海》。歌手是一位漂亮的蒙古族姑娘，旋律婉转，琴声悠扬，只是听不清歌词。歌罢，我请歌手重新念一遍歌词，她顿时有几分不自然。李市长出来解围说："不好意思，这还是当年的旧歌词，和现在的实景已经远不相符了。"我说："不怕，我们随便听听。"她就念道："乌梁素海美，美就美在乌梁素海的水。滩头芦苇密，水中鱼儿肥，点点白帆伴渔歌，水鸟空中飞。夜来泛舟苇塘荡，胜游漓江水，暖风吹绿一湖水，船入迷津人忘归。"

刚才人们还沉浸在美丽的旋律中，她这一念倒像戳破了一层华丽的包装。现在水何绿？鱼何肥？帆何见？怎比漓江水？顿时满场陷入片刻的沉默与尴尬，主客皆停箸歇杯，一时无言。客中只有我一人是当年从这里走出去的，四十年后重返旧地，算是亦客亦主，便连忙打破沉默说："是有点找不到这歌词里的影子了。这次回来我发现，四十年来在这块土地上已经消失了不少东

视角变换，以乐写哀，更见其哀。于繁荣的旅游业中，表现出深沉的悲痛、无限的感慨。

动人的歌声、美丽的歌词，反衬今日眼前"受伤"的乌梁素海。

四个问句连环使用，引人深思，对昔日的美好怅然若失。

西。老李、老秦，你们还记得三白瓜吗？白籽、白皮、白瓤，吃一口，上下唇就让蜜糊住了；还有冬瓜，有枕头大，专门放到冬天等过年时吃，用手轻轻一拍，都能看到里面蜜汁的流动；糜子米，当年河套人的主食米，煮粥一层油，香飘口水流。现在都一去不回了。"我这几句解嘲的话，又引来主人一阵唏嘘。他们说，都是化肥、农药、人多惹的祸。

乌梁素海啊，过去多么绰约多姿健康美丽，而现在这样的苍老，这样的伤痕累累。但就是这样的病体，它还在承担着难以想象的重负：每年要给黄河补充一点三亿立方米的下游水；给天空补充三点六亿立方米的气候调节水；给大地补充六千万立方米的地下水。可是它自己补进来的只有四亿立方米溶进了化肥、农药、盐碱的排灌水。入不敷出，强它所难啊！它得的是综合疲劳征，是在以疲弱之躯勉强地支撑危局，为人们尽最后的一丝气力。李市长说，如不紧急施救，它将在数十年内如罗布泊那样彻底干涸。现在设想的办法是，在黄河上引一专用水开渠，于春天凌汛期水有多余时，给它补水输血。大家听得频频点头，都忘了吃饭。正说着，主人忽觉不妥，忙说："不要这样沉重，办法总会有的，饭还是要吃，歌还是要唱的。"于是，乐声又轻轻响起。歌声中又见青山、绿水、白帆、肥鱼。

受伤的乌梁素海，我们祈祷着你快一点康复，快一点找回昨日的美丽。

用比拟呼告的手法收束全文，通过两个"快一点"，表达作者对乌梁素海的祝愿。

王珊珊

点　评　老　师

陕西省西安市临潼区骊山中学教师。

人人皆可为国王

说到权力和享受，国王可算是一国之最。普天之下，莫非王土，一国之财任其索用，一国之民任其役使。所以古往今来，王位就成了很多人追求的目标，国王生活的状态也成了一般人追求的最高标准。

但是不要忘了一句俗话：尺有所短，寸有所长。虽然大有大的好处，但它却不能占尽全部的风光。比如，同是长度单位，以"里"去量路程可以，去量房屋之大小则不成；用"尺"去量房间大小可以，去量一本书的厚薄则难为了它。同是观察工具，望远镜可以观数里、数十里之外，看微生物则不行，这时挥洒自如的是显微镜。

以人而论，权大位显，如王如皇者亦有他的局限，比如他就不能享村夫之乐、平民之趣。《红楼梦》里凤姐说得好，"大有大的难处"。而《西游记》里孙悟空就懂得小有小的好处，钻到铁扇公主肚子里去成大事。

就是在君主制度的社会里，王位也不是所有人的选择。明代仁宗皇帝的第六世孙朱载堉，就曾七次上疏，终于辞掉了自己的爵位。他一生潜心研究音乐和数学，他发现的"十二平均律"传到西方后，对欧洲音乐产生了巨大影响。对量子理论做出贡献的法国人德布罗意也出身公爵世家，但他不要锦衣玉食，终于在科学史上占有一席之地。据说现在的荷兰女王也很为继承人发愁，因为她的三个子女对王位都不感兴趣。

在现代社会里，特别是在市场经济的运行规律下，人们的利益取向、价值取向和实现途径已经变得多元化了。每一个成功者都可以享受高呼万岁式的崇敬，享受鲜花和红地毯。社会上有许许多多的"国王"，在各自不同的"王国"里享受着自己"臣民"的膜拜。你看，歌星、球星是追星族的国王；作家、画家是欣赏者的国王；学者、教授是学术领域内的国王；幼儿园的教师、小学校的教师，整天享受着孩子们的拥戴，也俨然如王——孩子王；就是牧羊人，在蓝天白云下长鞭一甩，引吭高歌，也有天地间唯我独尊的国王感。

事物总是有两面性，有所不为才能有所为；失之东隅，收之桑榆；塞翁失马，焉知非福。每个人只要努力，都能得到一种王者的回报。当一个人壮志难酬或怀才不遇时，这大约是人生最低潮最无奈的时期吧。但就是在这种状态下，他仍然会有追随者，仍然可以为王。

朱载堉辞掉爵位后反而有所成就，对世界产生巨大影响，可见王位并不是所有人的追求。

这里的"国王"是指在某个领域有成就、受人尊敬、受人爱戴的人。

指出成为"国王"的路径，只要做出成绩，就能得到同样的精神享受。

举出柳永、林则徐的例子，表达出自己的观点：当一个人壮志难酬或怀才不遇时，仍可以反败为王。

人人皆可为王，不是为了拥有国王的生活，而是拥有国王的精神，字里行间充满着作者智慧的哲思。

人只要具备三条就可以成为国王，颠覆了我们对"国王"一词的传统理解，也让读者领略到作者思维的严谨周密。

北宋时的柳永，宋仁宗不喜欢他，几次考试不第，连个做臣子的资格也拿不到，他只好去当"民"。但是在歌楼妓院、勾栏瓦肆的王国里他成了国王——词王，"凡有井水处，即能歌柳词"，可见他这个王国有多大。林则徐被贬到新疆伊犁，但就是这样一个"钦犯"，沿途官民却争相拜迎，泪洒长亭，赠衣赠食，争睹尊容。到驻地后人们又去慰问，去求字，以至于待写的宣纸堆积如山。在人格王国里林则徐被推举为王。

在日常生活中，更是人人可以为王。我看过一场演唱会，那歌手也没有什么名，但当时着实有王者风范，台下的女孩子毫无羞涩地高喊"我爱你"，演唱结束，歌迷就冲到台上要签名，要拥抱。一次去爬山，在山脚下一位年轻人用草编成蚂蚱、小鹿之类的小动物，插满一担，惹得小孩子和家长围成几层厚厚的圆圈，很有拥兵自重的威风。等到登上半山时，又见许多人挤在一起围观，一个老者在玩三节棍，两手各持一节细棍，将那第三节不停地上下翻挑，做出各种花样，人们越是喝彩，他越是得意。在这个山坡上临时组建的三节棍小王国里，他就是国王。

国王的精神享受有三：一是有成就感，二是有自由度，三是有追随者。只要做到这三点，不管你是白金汉宫里的英国女王，还是拉着小提琴的街头艺术家，在精神上都能得到同样的满足。

要做到这三点并不难，只要诚实、勤奋就行——因为你虽没有王业之成，大小总有事业之成；虽没有权的自由，但有身心的自由；虽没有臣民追随，但一定有朋友、有人缘，也可能还有崇拜者，"天下谁人不识君"。所以人人皆可为国王，谁也不用自卑，谁也不要骄傲。

画龙点睛，点明主旨：人人皆可为国王。引发读者思考，使文章更有深度。

徐程明　（点评老师）

山东省济宁市汶上县第一实验中学教师，曾获"山东省一师一优课"一等奖。

节 的 联 想

中国人的习惯，不出正月都算过年，叫过大年。"年"是春节，是一年中最大的节，就特别给它一个月的地盘。于是我就想到年和节有什么不同，比如正月里就还有元宵节，还有更小的立春、雨水等被称为"节气"的节。

节者，接也。事物都不可能一帆风顺直线前进，都是有节有序，走走停停，接力而行。节是一个运动着的概念。这首先是宇宙运行的规律，地球绕太阳公转一圈，因所处位置不同，就分出二十四个节气。从春到冬节节递进，就这样走过了一年。

人的成长也有"节"，从孩童时节、学生时节、工作时节，直到退休后的晚年时节，所以社会规定了儿童节、青年节、老年节，从小到老就这样一节一节度过了一生。

植物的生长也有"节"，最典型的是竹子，竹管中空外直，美则美矣，但每隔尺许必得有一停顿，然后接着长，是为一节，如果一直到顶，就不成材，就不堪于用。务过农的人都知道玉米

段落总起句，起到提纲挈领的作用。语言文白夹杂，富有音韵美。

"务过农的人"指从事过农业劳动的人。"噼啪作响"，拟声词的

拔节，夏季的夜晚浇过一场透水，你在玉米地旁听吧，噼啪作响，那是田野里生命的交响。无论有生命的还是无生命的事物都是接续前进，走过一节，再拔一节，这是一个生命动态的过程。

节者，结也。古人在无文字之前就发明了结绳记事。顺顺溜溜的绳子上打了一个结，必是有事要记住，平平常常的日子里规定了一个节日，必是有事值得纪念。

节，是一个时间的概念。值得纪念的有好事也有坏事，好事如五四青年学生反帝纪念日、八一五日寇投降纪念日、十一国庆纪念日等。坏事如七七事变纪念日、南京大屠杀公祭日等。不过我们常把好事称节日，坏事称纪念日。就是对一个伟人，人们也是既记住他的生日，也记住他的忌日。好事纪念，是为发扬光大，要庆要贺；坏事不忘，是为警惕小心，要常思常想。郭沫若就写过著名的《甲申三百年祭》，前事不忘，后事之师。人生、社会只有在好坏反正的对立斗争中才能前行。

节是一个社会运行中的坐标。一个国家规定国庆节，是让国民知道立国不易，忘了国庆节就是忘国；一个民族用最典型的民俗礼习来过自己的节，是提醒同胞不要忘祖。中国人把阴历七月十五定为鬼节，外国人有亡灵节，是要生者不忘掉死者。节，是在时间的长绳上打了几个结，叫

运用生动形象地表现玉米拔节的状态，使读者有身临其境的感觉。

对称的句式，高度概括"纪念日"的意义，凝练集中，上下句相互映衬，读起来朗朗上口。

我们一步一回头，积累过去，创造未来。

节者，截也。它专截取生活中最有意义的日子，再以这日子为旗帜，去选择截取一定的地域、一定的人群，从而强化生活中不同的个性。你看各国、各民族都有自己的节。青年人有青年节，老年人有老年节，妇女有妇女节，基督徒有自己的圣诞节，连最自私的情人们也要为自己规定一个情人节。

这节还是拦截人们感情的闸门。你看春节那返乡的人流如潮如海，元宵、中秋、重阳，无论哪一个节都是在开启人们的某一种思绪。节有最小者是每个人自己的生日，最大者是全地球每三百六十五天过一个元旦节，而火星则每六百八十六天过一个元旦节。我有时突发奇想，现在人们还没有找到宇宙大爆炸诞生的那一日，如果找到了那一天，又找到了外星人，大家同庆宇宙的元旦节，不知会是什么样子。这样想来，节又是一个划分空间的概念。此节与彼节可以有关，也可无关。而当最多的人同时关注一个节日时，那就是最大范围的大同。当一个人被写入一个节日时，他就有了最高的威望，如伟人的生日总是被列为纪念日。

知道了节是生命的过程，我们就会格外地珍惜它。要节节而进，奋勇而行，谨守人生之节、人格之节。节既是时间的概念，又在提醒我们生

命的流失。我在一篇文章里曾发问，是谁发明了
"年"这个东西，直将我们的生命寸寸地剁去。
我们一方面要节约生命，勿使岁月空度；另一方
面又承认节序难违，不要强挽流水，而是重在享
受生命的过程。

节又是一个空间的概念，我们都知道这个世
界上有多少人群、多少民族、多少个国家和组织
就有多少个节日，有多少人就有多少个生日。它
提醒我们"喜吾节以及人之节"，每当节日来临
时不要忘了相互庆贺，邻国国庆要发个贺电，亲
友过节要送束鲜花，老人记着儿童节，青年人不
要忘了父亲节、母亲节和重阳节。节是我们在这
个世界上互相联系的纽带，是一个爱的纽结。

想明白了以上的意思，我们就天天都在过
节，天天都在为别人祝福和在被别人祝福之中。

节而进"，守住"人生之节、人格之节"。文以载道，教化众人。

化用孟子名句"老吾老以及人之老"。

张建才　　点 评 老 师

浙江省温州市龙湾区外国语学校语文一级教师。

人的外美和内美

　　事物都有它的形式和内容。凡美好的形式都可取悦人，引起人的注意。正如美好的山水使人愉悦，好男好女也教人驻足回首。曹植于洛水之滨见有女子，翩若惊鸿，有感而赋成千载名文《洛神赋》。徐志摩见东瀛女郎，只那"一低头的温柔"就使他灵感触发，创作出一首流芳百世的名诗。形式本来就有独立于内容而自身存在的一面，有自己的审美价值和使用价值。人也是这样，他的形式之美在特定条件下可以发挥出超乎内容的特殊作用。

　　西施之美使吴亡越兴，杨贵妃之美使唐由开元之治转天宝之乱。现代人中已故美国总统肯尼迪的夫人杰奎琳算是一例。肯尼迪并不爱她，但是他知道夫人的美色可以作政治资本，于是在竞选期间带着她到处讲演，所到之处人山人海。他出任总统后又带她出访法国，那位一向性格冷漠的法国总统也表现出少有的热情。不可否认，自古以来，人的外表美就是一种力量，一种无论对人对事的征服力。

虽然古今中外有不少靠外在美而成事的人，但这毕竟是辅助手段。就是武则天、慈禧、叶卡捷琳娜二世也是先靠其色居上位而终靠其能力掌权。一个人归根到底还是要有自己的内容，即知识和能力。泰戈尔说："你可以以外表的美来评论一朵花、一只蝴蝶，但你不能这样评论一个人。"人既要讲形式，更要讲内容，秀发之下该有一颗聪明的头脑，明眸之后该是知识的海洋。

在现实生活中常有这样的人，初见其形光彩照人，再听其言立见浅底。其实外表美只是立身做事的起点，是给别人的第一印象，比如儿童的天真，可爱是可爱，但并不能作永久的本钱。一个人如果错把自己的形式当了内容，并以此立身，便是真正的悲剧。因为形式有时也会妨碍内容，就如写诗，格律就常妨害内容的发挥。顾影自怜的人多乏奋发之力，极少孜孜以求，因此其貌灼灼其才平平者大有人在。有聪明一些的就利用这外美所创造的愉快氛围，加紧内实的步伐，甚至一些有志气的则干脆舍形式之累而求内容之精。

17世纪，墨西哥有一位女诗人叫索尔·德克拉鲁斯。她有美丽的仪容，特别有一头让人羡慕的秀发。但是她为求得丰富的知识，便自立规矩，每日没有学完规定的课程，便剪掉一缕秀发以作惩罚，最后终于掌握了渊博的知识。居里夫

引用诗人泰戈尔的名言，来论证内美（知识和能力）对人的重要性。

运用类比推理，用秀发、明眸来类比外美，用头脑、知识的海洋来类比内美，强调"人既要讲形式，更要讲内容"的观点。

一针见血地指出混淆内外之美的严重后果，发人深省。

化用古语，议论性文章也不乏浓厚的文学色彩。

人年轻时很漂亮，她孤身在巴黎求学，在教室外的走廊上常被热情的男生围住，但她没有接受这廉价的捧场，专心读书，身上似有一层无形的铠甲，最后，以一弱女子而获两次诺贝尔奖。当她以一个演员一样美的形象出现在世界科学大奖的领奖台上时，台下所爆发出的赞美与欢呼，就是一百个选美小姐加起来也不敢去享受其中的百分之一。一个人能以最美的外貌，在最佳的年龄，成就最了不起的事业，就像用极严的格律写出潇洒自如的诗，像一首最好的诗又谱上最美的曲，这样的人真是千古绝唱了。

有这样一件真实的事，一位女学生一天终于见到了自己崇拜的诗人。回到家里却俯床大哭一场，因为诗人不如她想象的漂亮。人们理想中的完人总是形式和内容一样美。中共党史上的名人萧楚女，才华横溢，精力过人。"楚女"其实不是女性。许多姑娘看了他的文章，慕名求婚。可惜他满脸是疤，他总是很诚实地托人转告爱慕者，自己长得并不美。其实外美易得，内美难求，内外兼有的美就更难求。我平时看到蔡文姬、薛涛、李清照、梁红玉等历史人物的画像，也总怀疑真人未必有这样美。其实形式之美是暂时的，任怎样的花容月貌，经岁月流逝都会皱如树皮，蔫似秋草。但她们的才学却如星辰之光永远闪烁，所以后人无论真假总要还她们一个

运用对比论证，将选美小姐的外美与居里夫人的内外兼修作对比，突出强调修炼内美的重要性。

运用比喻论证，将外美、妙龄、成功的完美融合，比作最美的诗歌和最动听的诗文曲谱，让抽象的道理形象化呈现，便于读者理解。

对前文的论述加以概括，再次强调内外兼有之难。

用高度凝练又极富文学性的语言，来综述外美与内美的关系，指出内美经得住岁月的淬炼和打磨，历久弥坚。

美的形象，而且越经历史风雨的洗涤，她们就
越美丽。

林大琼　　　　　　　　点 评 老 师

四川省成都市新都区天元中学校语文教师，新都区优秀青年教师。

补　丁

　　补丁这个词恐怕要退出词典了，它本是指衣服破了，用块碎布头补上。但是现在三十岁以下的人有谁见过补丁？又有谁还穿补丁衣服？

　　提起这个题目是因为一场乌龙。网上传出一张照片，当年的一个"知青"，脚上的球鞋补丁摞着补丁。有朋友赶快发我，我也不觉哑然失笑。这个"补丁客"就是我，但不是知青，已是大学毕业生了。20世纪60年代末有一个政策，凡大学毕业生都得先到农村去劳动一年。1968年底我们几个从北京、上海来的大学生，到内蒙古巴彦淖尔盟临河县报到，被安置到一个生产队劳动。吃住干活一如知青，只是有国家发的工资，不拿队里的工分，农民乐得接受。

　　第二年春天我们在门前搭了一间草棚，垒了一个灶台。挑水、拾柴、做饭，过起了农家烟火的日子，还不忘在土墙上刷了一条放眼世界的时髦语录。那天，当地报社的一个摄影记者路过村子，意外地发现这里竟还有几个种地的大学生，就为我们拍了几张照片。旷野衰草风沙，土房柴草泥巴，书报锄头镰把，断肠人在天涯。

五年寒窗各有所学，上知天文下知地理（我们这几人有天文、土木、生物等各种专业），现在却被困在塞外的一个沙窝子里。理想虽还未破灭，却不知将身落何处，一脸天真，几个书娃。照片上最显眼的是我坐在一个小柴凳上伸出的一双脚，脚上是从北京穿来的那双帆布解放鞋，上面摞着十三个补丁。这个数字我一辈子也忘不掉。

那个年代是短缺经济，吃饭要粮票，穿衣要布票，全民勒紧腰带过日子，穿补丁衣服很平常。连周恩来为防两袖磨破，办公时都戴上一双袖套，像女工在包装台上干活那样。毛泽东接见外宾时屁股后面有两个补丁，工作人员说换条裤子。毛说不用，外宾又不看后面。我们的大学校长是吴玉章，资格更老，曾是毛泽东的老师。与学生合影时，他坐前排的椅子上，后排站着的同学一低头，发现吴老肩膀上有两块补丁。这都是20世纪60年代的事，这种困境一直持续到80年代末。

演员达式常拍《人到中年》，背心后面几个破洞，那不是道具设计，就是他自己平时穿的衣服。这就是那个年代的正常生活。

我们这些乡下学生鞋上有几个补丁算什么，我当时还有一件白衬衣，那是用日本进口的"尿

活的贫困和"我们"的心情。

前半句句式整齐，有文言气息，却和后半句的口语"沙窝子"碰撞在一起，显得语言精妙活泼。

列举毛泽东、周恩来、吴玉章的例子，丰富了文章内容，也写出了穿补丁衣服的普遍性。

举出用尿素化肥袋子缝制衣服的典型事

例，让读者对那个特殊的时代有更深的了解。

素"化肥袋子缝制的。生产队将空袋子五角钱一个卖给社员，但"尿素"两个字怎么也洗不掉，裁剪时把它巧妙地处理在双腋下不易被看见的地方。随着时代的变迁，经济的发展，不管是领袖、明星还是平民的补丁都没入了历史的烟尘。衣不为暖而为美，走马灯似的换着花样穿，不再因破而补，而是因时而弃，许多完好的衣鞋就成了垃圾。

衣可弃，习难改。我常碰到的一个难题是，一双袜子，面子还好好的，脚后跟上却张开一个大洞。用之不能，弃之可惜。早几年尼龙袜时代还专有一种补袜的胶水，可解此难题，这几年也不见了。一天在网上忽发现"补丁"二字，如他乡遇故知，乐从心底生。网上有各种补丁，颜色、布料、款式任选，而且还自带粘胶，一贴即可。我大喜，即下单购得几款。几日后到货，才知道这"补丁"不是那"补丁"，而是专往新牛仔衣裤上贴的小装饰。我这个"祥林嫂"，只知道补丁是补衣服的，不知道补丁还会耀武扬威地骑在新衣服上，而且还会变脸。就如过去戴口罩是一色的白，现在有红、有黑，还有卡通，甚至国旗都印了上去。我收到的变脸补丁自然不能解我的补袜难题。

运用拟人手法，赋予补丁以人的动作和神态，生动形象、诙谐幽默，也写出了补丁用途的变化。

袜子没有补成，补丁二字倒由实际问题升华成一个哲学问题，终日萦绕在我的脑子里，

此段承上启下，同时也实现了行文由事及理的过渡。

抹之不去。这世上的事是缺而后补，还是不缺
也补呢？补是为了填洞找平，还是为平地上起
楼呢？

　　本来，补者，补缺、补漏之谓也，有弥
补挽救之意。物因残而补，衣因洞而补，牙因
缺而补，实在万不得已才去补。凡补过的东西
总归是不如原装原配的好。但再一想，也不一
定，补者又有补给、补充、添加、增强之意。
补过的东西其强度和外观也有反超原物的，如
胶粘的木板、焊接的金属，若去做破坏实验，
先断裂的并不是补焊之处。掺了新元素的合
金，也强过原来的单一金属。现在连人的脸也
可以修补了，补后的面容更漂亮，以至于美容
已成为一种时尚和一门产业。莎士比亚说，生
还是死，这是一个问题；补还是不补，也成了
一个我想不透的新课题。

　　后来，我们这一批"文化大革命"中落难的
大学生自然都离开了农村，但那是每人都打过补
丁之后的事了。或者考研，或者入乡随俗，重学
一门本事，反正必须重打补丁。别的不说，只外
语这个补丁就有天来大，补得你喘不过气。那个
时代，我们从中学到大学都是学的俄语，而要考
研就得从头学英语，人近三十了还得重新投一次
胎，要用多少吃奶的力气？不像是补一双鞋、一
件衣，人打补丁是很痛苦的，我没有做过整容，

此段论述充满了思辨色彩，引发读者思考，究竟是补，还是不补好。

作者由身上的补丁联想到人生需要打补丁，由实及虚，扩大了补丁的内涵，也使文章的内容更丰富，思想更加厚重。

想来一定很痛。但我见过钉马掌，要翻起马蹄，用钉子生生地给它钉上一块铁，那马也得忍着。但不要小看这块"铁补丁"，肉蹄变铁蹄，踏遍千里烟尘绝。科技改变世界，这么一块小补丁就大大地提高了军力（当然还有生产力），历史学家说蒙古人就是靠此横扫欧亚而造就了一个超大帝国。

"困青"们当时也找到了一块"铁补丁"——考研。何以解忧，唯有杜康；何以解困，唯有考研！当然，考前你还得先上一个学前班：吃风裹沙，挑水劈柴，烟熏火燎，脱胎换骨，从城里人变成一个乡下人。然后再从低谷开始——补起。果然，经过连续强迫地补丁摞补丁，置之死地而后生，还真有人成名成才了。与我们一起在风沙中点瓜种豆、躬耕于垄亩的一名弱女生，三补两补，后来居然成了知名的天文学家，去摘星追月、躬耕宇宙去了。只可惜当初忘了说一句"苟富贵，勿相忘"。

后来我们这几个"困青"，也一个一个逃出困境。有一次在北京的一个饭局上，不知怎么说到吃羊肉，又正在兴头上。在座的一位西服领带，国家外汇管理部门的领导——你就听听这职务和看看这身装扮，足够洋气的吧——他大声说："你们信不信？现在给我一只羊、一把刀，我可以二十分钟以内，让你们在这锅里吃到涮羊肉。"这真是"庖丁解羊",大家为之一愣,摇头不信。但是我信,我知道他再洋也有一条深扎于黄土中的根,也是在那个年代打过补丁的"困青"。只不过当时我在农区种地,他在牧区放羊。现在我们都已成古稀之人了,白头"困青"在,谈笑说补丁。再回看那张照片,如烟如尘,恍如隔世。那位照相的记者名叫李青文,想来也已八十多岁了,还不知在天涯何处。感谢他为我们留下了难忘岁月的一痕,也愿他能看到这篇短文。

　　看来,生活乃至生命总是在不停地打着补丁。当然,最好一开始就能有一个正常的状态,尽量不要人为地破坏而又再去打补丁。但岁月蹉跎命多舛,人生谁能无补丁。

与开头的情节相呼应,使文章结构更加完整。

最后一段阐发议论,收束全文,起到了深化主旨的作用。

杨　青　　点评老师

山东省滕州市第三中学语文教师,曾获滕州市优质课比赛一等奖。

年　感

钟声一响，已入不惑之年；爆竹声中，青春已成昨天。是谁发明了"年"这个怪东西，它像一把刀，直把我们的生命，就这样寸寸地剁去。可是人们好像还欢迎这种切剁，还张灯结彩地相庆，还美酒盈杯地相贺。我却暗暗地诅咒："你这个叫我无可奈何的家伙！"

你在我生命的直尺上留下怎样的印记呢？

有许多地方是浅浅的一痕，甚至今天想来都忆不起是怎样划下的。当小学生时苦等着下课的铃声，盼着星期六的到来，盼着一个学年快快地逝去。当大学生时正赶上"文化大革命"的年代，整日乱哄哄地集会，莫名其妙地激动，慷慨激昂地斗争，最后又都将这些一把抹去。发配边疆，白日冷对大漠的孤烟，夜里遥望西天的寒星。这许多岁月就这样在我的心中被烦恼地推开，被急切地赶走了。年，是年年过的，可是除却划了浅浅的表示时间已过的一痕，便再没有什么。

但在有的地方，却是重重的一笔，一道深深的印记。当我学会用笔和墨工作，知道从知识的长河里吸取乳汁时，也就懂得了把时间紧紧地攥在手里。静静的阅览室里，突然下班的铃声响了，我无可奈何地合上书，抬头瞪一眼管理员。本是被拦蓄了一上午的时间，就让她这么轻轻一点，闸门大开，时间的绿波便洞然泻去，而我立时也成了一条被困在干滩上的鱼。

围绕同一情境，创设长河、闸门、绿波、鱼等一系列有内在关联的比喻，写出自己被中止读书时的无奈、尴尬，表达对读书学习时间的珍视。

后来从事文字工作，当我一人伏案写作时，我就用锋利的笔尖，将一日、几时撕成分秒，再将这分分秒秒点瓜种豆般地填到稿纸格里。我拖着时间之车的轮，求它慢一点，不要这样急。但是年，还是要过的。记得我第一本书出版时，正赶上一个年头的岁末。我怅然对着墙上的日历，久久地像望着山路上远去的情人，望着她那飘逝的裙裾。但她也没有负我，留下了手中这本还散着墨香的厚礼。这个年就这样难舍难分地送走了，生命直尺上用汗水和墨重重地画下了一笔。

"撕、填"两个动词，可见作者对细微时间的充分利用。

比喻贴切，拟人形象。用写书这样的"厚礼"来回馈岁月，与前面的"怅然、望着"所传达出的对时间流逝的怅惘不舍形成对比。

想来孔夫子把四十作为"不惑"之年也真有他的道理。人生到此，正如行路爬上了山巅，登高一望，回首过去，我顿然明白，原来狡猾的岁月是悄悄地用一个个的年来换我们一程程的生命的。有那聪明的哲人，会做这个买卖，牛顿用他生命的第二十三个年头换了一个"万有引力"，而哥白尼已垂危床头，还挣扎着用生命的最后一年换了一个崭新的日心说体系。

引用名人事例，一个年轻时便有杰出成就，一个垂暮时发表重要学说。两个"换"字，引出下面对"换得做成一件事，明白一个理"的议论抒情。

时间不可留，但能换得做成一件事，明白一

个理。而我过去多傻，做了多少赔钱的，不，赔了生命的交易啊！假若把过去那些乱哄哄的日子压成一块海绵，浸在知识的长河里能饱吸多少汁液，假使把那寒夜的苦寂变为积极的思索，又能悟出多少哲理。

时间这个冰冷却又公平的家伙，你无情，他就无意；可你有求，他就给予。人生原来就这样被年、月、时，一尺、一寸、一分地度量着，人生又像一支蜡烛，每时都在做着物与光的交易。但是总有一部分蜡变成光热，另一部分变成了泪滴。年是年年要过的，爆竹是岁岁要响的，美酒是每回都要斟满的。不过，有的人在傻呵呵地随人家过年，有的人却微笑着，窃喜自己用"年"换来的果实。

这么想来，我真清楚了，真的不惑了。我不该诅咒那年，倒后悔自己的过去。人，假如三十或二十就能不惑呢？生命又该焕发出怎样的价值呢？

将时间人格化。两个"就"字，将时间的"冰冷"和"公平"表现得淋漓尽致。

呼应开头。从"暗暗地诅咒"到"不该诅咒"，情绪的转变构成文章的文脉，情中有理，也体现了作者对生命价值的深沉思考。

刘军梁　　　点评老师

河南省郑州市创新实验学校教师，曾获"语文报"杯全国微课设计特等奖，河南省优质课一等奖。

何处是乡愁

乡愁，这个词有几分凄美。原先我不懂，故乡或儿时的事很多，可喜可乐的也不少，为什么不说乡喜乡乐，而说乡愁呢？最近回了一趟阔别六十年的故乡，才解开这个人生之谜。

故乡在霍山脚下。一个古老美丽的小山村，水多，树多。村中两庙、一阁、一塔，有很深的文化积淀。

我家院子里长着两棵大树，一棵是核桃，一棵是香椿，直翻到窑顶上，遮住了半个院子。核桃，不用说了，收获时，挂满一树翠绿滚圆的小球。大人站到窑顶上用木杆子打，孩子们就在树下冒着"枪林弹雨"去拾，即使头上砸出几个包，也喜滋滋的，此中乐趣无法为外人道。

香椿炒鸡蛋是一道最普通的家常菜，但我吃的那道不普通。老香椿树的根，不知何时从地下钻到我家的窑洞里，又从炕边的砖缝里伸出几枝嫩芽。我们就这样无心去栽花，终日伴香眠。每当我有小病，或有什么不快要发一下小脾气时，母亲安慰的办法是，到外面鸡窝里收一颗还发热

开篇点题。问句设置悬念，引发读者思考：何谓乡愁？"乡喜乡乐"是仿"乡愁"造的词，语言俏皮活泼。

鲁迅先生《秋夜》中写：一株是枣树，还有一株也是枣树。作者仿用此句，引出下文的回忆。语言朴实，乡思绵长。

"钻、伸"二字足见老香椿生命力之顽强。令人想到朱自清先生笔下的小草。赞美、喜爱之情溢于言表。

"无心去栽花，终日伴香眠"。整饬的

的鸡蛋，回来在炕沿边掐几根香椿芽，咫尺之近，就在锅台上翻手做一个香椿炒鸡蛋。那种清香，那种童话式、魔术般的乐趣，永生难忘。

当然炕头上的记忆还有很多，如在油灯下，枕着母亲的膝盖，看纺车的转动，听远处深巷里的狗吠和小河流水的叮咚。这次回村，我站在老炕前叙说往事，直惊得随行的人张大嘴合不拢，而村里的侄孙辈也如听古。因为那两棵大树早已被砍掉，河已不在，只有旧窑在，寂寞忆香椿。

出了院子，大门外还有两棵树，一棵是槐树，另一棵也是槐树。大的那棵特别大，五六个人也搂不住，在孩子们眼中就是一座绿山、一座树塔。常记树下总是拴着一头牛或一匹马。主干以上枝叶重重叠叠，浓得化不开。上面有鸟窝、蛇洞，还寄生有其他的小树、枯藤，像一座古旧的王宫。而爬小槐树，则是我们每天必修的功课。隐身于树顶的浓荫中，捉着空中迷藏。

槐树枝极有韧性，遇热可以变形。秋天大人们会在树下生一堆火，砍下适用的枝条，在火堆里煨烤，制作扁担、镰把、担钩、木杈等农具，而孩子们则兴奋地挤在火堆旁，求做一副精巧的弹弓架或一个小镰把。有树必有动物，现在野生动物事业归国家林业部来管。村里的野物当然也不离古树，各种鸟就不用说了，松鼠、黄鼠狼、獾子、狐狸的造访是家常便饭。

夏天的一个中午，正是日长人欲眠时，突然老槐树上掉下一条蛇，足有五尺多长，直挺挺地躺在树荫中。一群鸡，虽以食虫为天职，但还从未见过这么大的虫子，一时惊得没有了主意，就分列于蛇的两旁，圆瞪鸡眼，死死地盯着它，双方相持了足有半个时辰。这时有人吃完饭在河边洗碗，就随手将半碗水泼向蛇身。那蛇一惊，嗖的一下窜入草丛，蛇鸡对阵才算收场。现在，就是到动物园里，也看不到这样的好戏。

还有一天的晚上，我一个叔叔串门回来，见树下卧着一个黑影，便上去踢了一脚，说："这狗，怎么卧在当道上！"不想那"狗"嗖地翻身逃去，星光下分明是一匹狼，大约是来河边喝水，顺便在树下小憩片刻。第二天听了这故事，很令人神往，我们决心去找这匹狼。长期在农村，早得了关于狼知识的秘传：铜头、铁身、麻秆腿，腿是它的最弱项。傍晚时分，四五个孩子结伴向村外走去。随身带上镰刀、斧头、绳子，这都是平时帮大人打柴的家什。大家七嘴八舌，说见了狼，我先用镰刀搂腿，你用斧砍，他用绳捆。正说得热闹，碰见一个大人，问，去干什么？答，去找狼。大人厉声训斥道："天快黑了，你们还不都喂了狼？给我回去！"我们永远怀念那次未遂的捕狼壮举。

出大门外几十步即一条小河，流水潺潺，不

舍昼夜，河边最热闹的场景是洗衣。在没有自来水和洗衣机之前，这是北方农村一道最美丽的风景。洗衣是家务劳动，也是社交活动，还是一种行为艺术。女人和孩子们是主角，欢声笑语，热闹非凡。许多著名的文艺作品都喜欢借用洗衣这个题材，如藏族舞蹈《洗衣歌》、歌剧《小二黑结婚》等。我们山西还有一首原汁原味的民歌就叫《亲圪蛋下河洗衣裳》。

浮想联翩，丰富了文章内容，侧面烘托对此场景的喜爱与难忘。

印象最深的是河边的洗衣石，有黑、红、青各色，大如案板，溜光圆润。这是多少女子柔嫩白净的双手，蘸着清清的河水，经多少代的打磨而成的呀。河边总是笑声、歌声、捶衣声，声声入耳。偶尔有一两个来担水的男子，便成了女人们围攻的目标。现在想来，那洗衣阵中肯定有小二黑、小青、亲圪蛋等。洗好的衣服就晒在岸边的草地上，五颜六色，天然画图。

黑红青的多彩、案板的比喻是静态的呈现。柔嫩白净的双手一"蘸"，轻轻巧巧写出女子的温柔与勤劳。妙！

我们常在河边的青草窝里放羊，高兴时就推开羊羔，钻到羊肚子下吸几口鲜奶，很是享受。那时也不懂什么过滤、消毒。清明前后，暖风吹软了柳枝，可褪下一截完整树皮管，做成柳笛，"呜哇呜哇"地乱吹。大人不洗衣时我们就在这洗衣石上玩泥，或坐上去感受它的光润。

不是"风声雨声读书声"，是"笑声、歌声、捶衣声"。以听觉写出洗衣女子的活泼可爱和青春萌动的微妙。

那时洗衣用皂角，村里一棵硕大的皂角树，一季收获，够全村人用上一年。皂角在洗衣石上捶碎后，它的种子会随河水漂落到岸边的泥土里，春天就长出新的皂角苗。小村庄，大自然，草木之命生生不息，孩子们的心里阳光满地。大家比赛，看谁发现了一株最大的皂角苗，然后连泥捧起种到自家的院子里。可惜，这情景永不会再有了。前几年开煤矿破坏了地下水，村里的三条河全部干涸，连河床都已荡平，树也没了踪影。洗衣歌、柳笛声都已成了历史的回声。

忆童年，最忆是黄土，我的老乡，前辈诗人牛汉，就曾以敬畏的心情写过一篇散文《绵绵土》。村里人土炕上生，土窑里长，土堆里爬，家家院里有一个神龛供奉着土地爷。我能认字就记住了这副对联："土能生万物，地可载山川。"黄土是我的褓褓，我的摇篮。农村孩子穿开裆裤时，就会撒尿和泥。这几年城里因为环保，不许放鞭炮，遇有喜事就踩气球，都市式的浪费，且看当年我们怎样制造声响。

一群孩子，将胶泥揉匀，捏成窝头状，窝要深，皮要薄。口朝下，猛地往石上一摔，泥点飞溅，声震四野，名"摔响窝"。以声响大小定输赢，以炸洞的大小要补偿。输者就补对方一块泥，就像战败国割让土地，直到把手中的泥土输光，俯首称臣。这大概源于古老的战争，是对土地的争夺。孩子们虽个个溅成了泥花脸，仍乐此不疲。这场景现在也没有了，村子成了空壳村，新盖的小学都没有了学生。空空新教室，来回燕

和上文生机勃勃、生生不息的画面形成对比，感慨环境被破坏，"历史的回声"这一暗喻充满无奈、遗憾和失落。

变换几字的排比，对联的引用，形象的比喻，着意突出了土地的价值和意义，写出了黄土对"我"的养育，情深意长。

排比句里充满了对过去炸泥巴的怀念。不着一个"愁"字，淡淡

的怅惘与哀愁已经油然
而生！

穿梭。村庄没有了孩子，就没有了笑声，也没有人再会去让泥巴炸出声了。

农家的孩子没有城里人吃的点心，但他们有自己的土饼干。不是"洋"与"土"的土，是黄土地的"土"。在半山处取净土一筐，砸碎，细筛，炒热。将发好的面拌入茴香、芝麻，切成条节状，与土混在一起，上火慢炒至熟，名"炒节子"。然后再筛去细土，挂于篮中，随时食用。这在城里人看来，未免有点脏，怎么能吃土呢？但我们就是吃这种零食长大的。一种淡淡的土味裹着清纯的麦香，香脆可口。天人合一，五行对五脏，土配脾，可健脾养胃，村里世代相传的育儿秘方。

　　"砸碎、细筛、
炒热、拌入、慢炒、筛
去"，几个动词的使
用，让人想起捕鸟的闰
土，土饼干里是难忘的
乡村生活。

从春到夏，蝉儿叫了，山坡上的杏子熟了，嫩绿的麦苗已长成金色的麦穗，该打场了。场，就是一块被碾得瓷实平整、圆形的土地。打场是粮食从地里收到家里的最后一道工序，再往下就该磨成面，吃到嘴里了。割倒的麦子被车拉人挑，铺到场上，像一层厚厚的棉被，用牲口拉着碌碡，一圈一圈地碾压。孩子们终于盼到一年最高兴的游戏季，跟在碌碡后面，一圈一圈地翻跟斗。我们贪婪地亲吻着土地，享受着燥热空气中新麦的甜香。

　　"一圈一圈"，用
反复的修辞，既写出农
家碾压麦子的辛勤，又写
出孩子们把它当作游戏的
天真和无忧无虑。

一次我不小心，一个跟斗翻在场边的铁耙子上，耙齿刺破小腿，鲜血直流。大人说："不碍，不碍。"顺手抓起一把黄土按在伤口上，就算是止血了。至今还有一块疤痕，留作了永久的纪念。也许就是这次与土地最亲密的接触，土分子进入了我的血液，一生不管走到哪里，总忘不了北方的黄土。现在机器收割，场是彻底没有了，牲口也几乎不见了，碌碡被可怜地遗弃在路旁或沟渠里。有点"九里山前古战场，牧童拾得旧刀枪"的凄凉。

没有了，没有了，凡值得凭吊的美好记忆都没有了。只能到梦中去吃一次香椿炒鸡蛋，去摔一回泥巴、翻一回跟斗了。我问自己，既知消失何必来寻呢？这就是矛盾，矛盾于心成乡愁。去了旧事，添了新愁。历史总在前进，失去的不一定是坏事。但上天偏教这物的逝去与情的割舍，同时作用在一个人身上，搅动你心底深处自以为已经忘掉的秘密。于是岁月的双手，就当着你的面将最美丽的东西撕裂，这就有了几分悲剧的凄美。但它还不是大悲、大恸，还不至于呼天抢地，只是一种温馨的淡淡的哀伤，是在古老悠长的雨巷里，"逢着一个丁香一样的结着愁怨的姑娘"。乡愁是留不住的回声，是捕捉不到的美丽。

那天回到县里，主人问此行的感想。我随手写了四句小诗：

追着碌碡一圈一圈跑的岁月逝去了，这是多么伤感的事！作者引用《水浒传》里的句子，更显"一去不复返"的凄凉。

用反复的手法慨叹美好记忆的逝去。作者用"凭吊"一词，足见关于香椿、泥巴、翻跟斗的记忆弥足珍贵！

行文至此点题，之前所有的快乐和美好突然就消失了。这思而不返的就成了"乡愁"，自问自答，更觉伤感。

鲁迅说，悲剧是将人生有价值的东西毁灭给人看。从戴望舒《雨巷》里咀嚼出哀伤又美丽的乡愁，回味悠长。

以信手拈来的小诗作结，霍山的云，儿时的梦，熟了的庄稼，都是淡淡的乡愁，浓浓的乡思。

何处是乡愁，
云在霍山头。
儿时常入梦，
杏黄麦子熟。

秦　岩

山东省临清市京华中学语文高级教师。

点 评 老 师

万鞋墙

陕北多山，千山万壑，有村名赤牛洼，世代农耕，名不见经传。近年有退休回村的干部老高，下决心收集本地藏品，建起一农耕博物馆。我前去参观，不外锄、犁、耧、耙、车、斗、磨、碾之类，也未有见奇。当转入一巨大窑洞时，迎面一堵高墙，齐齐地码着穿旧、遗弃了的布鞋。足有两人之高，数丈之长。我问："有多少双？"答道："一万三千双。"我脱口而出："好一堵万鞋墙！"

这鞋平常是踩在脚底下的，与汗臭为伴，与尘土、泥水厮磨，是最脏最贱之物。穿之不觉，弃之不惜，几乎感觉不到它的存在。今天忽然集合在一起，被请到墙上，就像一队浩浩荡荡的翻身的奴隶大军，顿然感到它的伟大。

鞋有各种大小，各种颜色，这是乡下人的身份证，代表着男人、女人、大人、孩子。但不管什么鞋，都已经磨得穿帮破底、绽开线头，鞋底也成了一个薄片。仔细看，还能依稀辨出原来的形式、针脚、颜色。这每一双鞋的后面都有一个故事，从女人做鞋到男人穿它去种田、赶脚、打工等，一个长长的故事。我们这一代人都是穿着母亲的手做布鞋长大的，又穿着布鞋从乡下走进城市，每一双鞋都能勾起一段心底甜蜜的或辛酸的回忆。

比喻，把鞋墙比作磁墙，把鞋墙勾起每个人心底的回忆比作黑洞，表现出"我们"都深深陷入其中，难以自已。

这鞋墙就像是一堵磁墙，又像一个黑洞，我伫立良久，一时无语，半天，眼眶里竟有点潮湿。同行的几个人也突然不说话了，像同时被击中了某个痛点，被点了哑穴。大家只是仰着头细细地看，像是在寻找自己曾穿过的那一双鞋。半天，陪同来的辛书记才冒出一句："老高，你怎么想出这么个主意，怎么想出这么个主意！"

据说是听说，不完全是事实。但是根据这双足有一尺长的特大号布鞋，也可见母亲的爱子之心。

鞋墙下面还有鞋展柜，展示着山里鞋的前世今生。有一双"三寸金莲"，那是旧社会妇女裹脚时的遗物，现在的女孩子绝对想不到，妙龄少女还曾以美的名义受过那样的酷刑。有一双特大号的布鞋，是本村一个大汉穿过的，足有一尺长，据说当年他的母亲很为做鞋犯愁。有一双新鞋底上纳着两个"念"字，这种鞋是男女的信物，一般舍不得沾地。有名"踢倒山"的牛鼻子鞋，有轻软华丽的绣花鞋，有雪地里穿的毡窝子鞋，也有黄河边纤夫拉纤穿的草鞋等，不一而足。这是山里人的才艺展示，也是他们的人生速写。

在回县里的车上，大家还在说鞋。想不到这

个最普通的穿戴之物，经今天这样一上墙，竟牵动了每一个人的神经。一种鞋就是一个时代的标志。中国革命是穿着草鞋和布鞋走过来的，新中国成立初，我们建第一个驻外使馆，大使临行前才发现脚上还穿着延安的布鞋，才匆忙到委托店里买了一双旧皮鞋上路。

中国革命穿草鞋和布鞋，第一个驻外大使买旧皮鞋上路，反映了时代的进步，可见"一种鞋就是一个时代的标志"。

　　大约在20世纪60年代以前，北方农村的人一律穿家做的布鞋。小时穿妈妈做的鞋，成人穿老婆（陕北人叫婆姨）做的鞋。马克思说："人和人之间的直接的、自然的、必然的关系是男女之间的关系。"布鞋是维系农耕社会中男女关系，以及农民与土地关系的一根纽带。做鞋也成了农村妇女生命的一部分，从少女时学纳鞋底开始，一直到为妇为母，满头白发，满脸皱纹。一针一线地纳着青春，纳着生命。遇有孩子多的人家，做鞋成了女人的沉重负担。

　　男人们很珍惜这一双鞋，夏天干活则尽量打赤脚。出门时穿上鞋，到地头就脱下来，两鞋相扣小心地放在田垄上，收工时再穿回来。每年农历正月，穿新鞋是孩子们永远的企盼，也是母亲笑容最灿烂的时刻。要说乡愁、亲情、家忆，布鞋是最好的标志。

写出男人们对鞋的珍惜，表现当时物质条件的匮乏，以及人们对劳动成果的爱惜。

　　在大家的议论声中，我提了一个问题，请说出自己关于鞋的最深刻的记忆。同车的老安，一个退休多年的老干部，他说："我记忆最深的是小时候的一年正月,刚换上新鞋,几步就奔到大门外,不想一脚踏到冰窟窿里,新鞋成了两团泥。回家后,我妈气得手提笤帚疙瘩,一直把我追到窑畔上。"一车人发出轰然的笑声,每个人的心底都美美地藏着这样一个又甜又酸的故事。

鞋不但是人情关系的标识,还是社会进步的符号。有人说,看一个人富不富,就看他家里地上摆的鞋。我是1963年进大学的,同班有一位从湘西大山里考来的同学,赤着脚上课。老师问,为什么不穿鞋。他说长这么大,就没有穿过鞋。

1968年大学毕业,按那时的政策,我到内蒙古农村当农民劳动一年。生产队饲养院的热炕,是冬季的晚上村民们聚会、抽烟、说事的热闹地方。腾腾的烟雾和昏暗的灯光中,炕沿下总是一大堆七扭八歪、又脏又瘪的鞋。其中有一双就是我从北京穿来的,上面已补了十三个补丁。就是后来当了记者,走遍了黄土高原的沟沟壑壑,也还是一双布鞋。遇到下雨,照样蹚泥水,一步一声响。采访后回到住地的第一件事,就是到伙房里烤鞋。20世纪90年代我已在北京的中央国家机关工作,那时的会议通知常会附一句话:请着正装。"正装"什么意思?就是要穿皮鞋。

那几天在县里采访,虽还有许多其他内容,但是脑子里总是转着那些鞋。立一堵墙以为纪念,是人们常用的方法,最著名的如巴黎公社墙、犹太人的哭墙，还有国内外经常看到的烈士人名墙。但集鞋为墙，还是第一次见到。鞋虽踩在脚下，不像帽子风光，却要承一身之重，走一生之路，最是苦重，也最易被人忘记。

我们常说"慈母手中线，游子身上衣"，却很少人说到"游子脚下鞋"。做鞋，首要是结实。先要用布浆成"衬"，裁成帮，裹成底。将麻搓成绳，锥一下，纳一针。记得幼时，深夜油灯下，躺在母亲身旁，是听着纳鞋底的刺刺声入睡的。现在市面上已找不到人工布鞋了，那天我在县里托人找了一双，不为穿，是想数一下一双鞋底要纳多少针。你猜多少？两千五百针。那堵鞋墙共有一万三千双鞋，你算一下总共要多少针呀。每一个人都说自己的事业轰轰烈烈，走过的道路艰苦曲折，又有谁想到脚下千针万线的慈母鞋呢？

鞋墙不朽。

鞋最是苦重，但最易被忘记。作者直抒胸臆，赞美了鞋的忍耐、付出、沉默、低调。

运用引用、对比的修辞，生动形象地写出做鞋的工序繁多，以及其中的艰难曲折，表达了对慈母辛勤劳动的赞美。

直抒胸臆，鞋墙象征艰苦奋斗的精神，寄托着乡愁、亲情、家思，反映了社会的进步。

葛小霞　　点评老师

江苏省镇江市丹徒区世业实验学校教师，镇江市十佳教师。

死与生的吻别

"坚持、特殊、文化"三个词语写出了莫斯科公墓之特别，巧设悬念，吸引读者同作者一起探幽索胜。

上飞机前还有一小时的机动时间，我坚持要去看看莫斯科的公墓，看看那个特殊的文化角落。

去得匆匆，竟连大门口是什么样子也未及细看，只记得是一条很宽的街，高大的门。门对面好大一片树林，绿涛翻滚着，无闹市的喧嚣，有郊野的清风，气氛是一种淡淡的寂静。一进门，甬道两旁分列着一排排的常青松柏，松柏下是死者整整齐齐的眠床。这里没有中国公墓常见的土堆，也无供骨灰的灵堂，只有绿树护着青石，青石衬着鲜花，猛一看像一个清净的公园或谁家的庭院。

用"没有……也无……只有……"句式，巧妙融入对比，从国人对墓地的刻板印象入手，衬托出莫斯科公墓的清净、雅致，和如临别院的亲近感，照应上文"特殊"二字。

我向一个靠近路边的墓葬走去。墓盖是一面极光洁的花岗石板，石板中央伸出两只大手，也是花岗石雕成，粗壮的腕部，有力的骨节，立时叫人起一种坚实的联想。这两只手轻轻地合拢着，捧着一块三角形的大红宝石，我一时不解了。这组颇具匠心的雕塑，就算是墓碑吗？那么这下面安息着一个怎样特殊的人呢？我在墓前肃立良久，细细揣度着，那双手从石中冲出时的强劲与合拢时的轻柔，那花岗石的纯黑与宝石的鲜红，幻化成一种多层复合的美，将人引向一个深邃的意境。向导过来告诉我，这里安眠着的是一位著名的心脏外科专家，他一生用自己灵巧而有力的手拯救过无数人的生命。

噢，我一下明白了，一个人死后用这种含蓄的手法来表达他的生平与事业，表达生者对死者的纪念。最哀切的事情却用最艺术的手法来表达，这是一种多么平静、超脱而又理智的举动啊！我们说长歌当哭，他们却更祭以艺术。

我慢慢地往里去，一股强劲的艺术魅力如磁石般地吸引着我。这哪是什么墓地，简直是画廊。所不同的是这里每一件艺术品下还有一个曾是活泼泼的人，那是这件艺术的根，是它的主题。墓碑全部是清一色的黑花岗石，打磨得极光亮，熠熠照人如一面银镜。有的只简单地在这石面上刻出死者的头像，轻轻的又淡淡的如一幅随意素描。说是清淡，那不过是艺术的质感，这石与锤造就的作品自然是风雨不去，历久如新的。有的凿成浮雕，死者的形象微微凸起在石板、石块或石柱上，若隐若现，好像在天国那边透过云雾回望人间。更多的则是半身胸像和各种含义深刻的组合雕塑。但这偌大的墓地无两块相同式样的墓碑。生者不肯抹杀死者的个性，也决计要表

碑各不相同。这是生者
对死者最大的尊重，也
是艺术家对自己职业最
大的虔诚。

此处是细节描写，
通过"附、依、弯、
握、偎、执、飘"等动
词，生动形象地描摹出
二人的雕像情态，体现
出这对夫妻的惺惺相惜
和纯真挚爱，读来恍若
在眼前。

现出自己的匠心。

一位叫依留申的飞机设计师，他的墓碑是一个圆柱形与凹面的组合，圆柱上雕有他的胸像，胸前有三枚醒目的大勋章。那块凹面石块立衬在石柱后面，表示无垠的天穹，天穹上还有些飞机的航行轨迹。看着这一组近在咫尺、盈缩如许的石雕，我顿然如驰骋蓝天，并感到一种凌云的壮志。有一位海军将领，他的墓盖上只有一只大铁锚，黑锚金链，屹然挺立，风打浪涌，不动丝纹。有一组更特殊的墓碑，石柱上横着一个大箭头，上面浮雕着六个人的头像，这只箭头正穿云过雾急急飞行，原来这六个人是一个派到国外的救援小组，不幸同机遇难。

松柏中有一组男女雕像吸引了我。不用说这是一个合葬墓了，令人吃惊的是，两人全是裸体。男子略向前俯身，倚在一石上，右臂弯回，手中握着一柄铁锤；女子偎在他的身后，手执一条轻纱，款款地飘在身后。两人都目视前方，但我切实地感到他们的心是那样的相连相通，是一个不可分的整体，最纯真大方的爱是容不得一点遮掩的。

原来这对夫妻，男的是雕刻家，女的是一位芭蕾舞演员，都是搞艺术的。我想这组作为墓碑的石雕一定是他们生前设计好，叮嘱后人这样创作的。试想以我们的传统观念谁愿在自己的墓前留一个裸体像呢？又有谁敢将自己的亲友雕成一个裸体立于墓上呢？但艺术家自有艺术家的思考。世间虽有山水的磅礴，花草的艳丽，但哪一种美能比得上人体蕴藏的灵感呢？而这种人类的共性之美，并不是随便哪一个形象都可以表达的，只有那些个别的、极富外美条件的人体，才可充分表现这种内蕴的美感。

　　这两位艺术家，一个人是终生为人们塑造这种能表达内蕴之美的外形，另一个则所幸天地钟秀其身，就矢志以自己美的外形去表现人类美的灵魂。总之，他们一生都沉浸在对人体美的追求、创造中。正当他们的事业处于顶峰之时，突然上帝要召他们而去，这是多大的遗憾啊。我好像听见他们弥留之际求上帝答应他们再给世上留下点东西，上帝说只许留一件，这就是墓碑。于是他们就将自己的一生浓缩在这块石头上。他们要将自己美丽的躯体展示在这里，用这力、这柔、这情，留给后人永恒的美。什么才能久而不朽呢？石头。什么才能跨越生命的"代沟"，无言地表达感情与思想呢？艺术。于是这石头的艺术便成了死者与生者在墓前吻别的信物。

　　当匆匆一小时的参观行将结束的时候，我没忘记这普通公墓里还有一位不普通的人物——赫鲁晓夫。他的墓在公墓前后大院之间的甬道旁，占地不大。我没想到这样一个曾为超级大国一号

　　将我们的传统观念与艺术家的思考形成鲜明对比，强调艺术家不局限于俗世观念，而是突破传统思维和自我局限，用艺术之美桥接生死。更为下文写"看来有了钱，没有文化，没有新观念还是难超越自我"打下伏笔。

　　两句设问，引人深思：石头不朽，艺术传思，二者的结合使得生死不是鸿沟。艺术的融入使石头成为信物，使牵念化作吻别，语言优美、凝练，富有哲思，更是巧妙点题。

领袖的人物，死后却屈身路旁。当他和光明一别之时，就来这里与民同乐了。他的墓碑从艺术角度说也很有个性。那是由三个黑白方格相扣而成的石雕，在最上一格中放着赫鲁晓夫的人头雕像。

从普通百姓切入名人案例，层层递进。

赫在位时的一件惊世之举就是将斯大林遗体迁出列宁墓，而他现在却被置于公墓堆中。历史人物的功过且由历史学家去评说，但艺术家自有自己的见解。据说，这个墓碑的设计者曾受过赫鲁晓夫的批评，但他并不从个人好恶出发，客观地认为赫这个人是功过参半，所以就用黑白两色夹一人头，赫鲁晓夫的家属也接受了这个方案。我站在那里好一会儿，端详着这件艺术家送给政治家的礼物。

按照惯例，赫鲁晓夫的遗体应该安葬在克里姆林宫的红墙下；按照常情，他不会让和自己水火不容的设计师来设计墓碑。但赫鲁晓夫的选择恰恰体现出一种共存的温情和博大的胸襟。

在回去的车上，我自然联想到国内的墓葬风气。一次在南方旅行，老远就见到青山上一片片的白，像长了秃疮一样。那是新修的水泥墓。像这样铲去青松翠柏，铺上冰冷的水泥，且不说破坏水土，于死者又有何益呢？建筑向来标志着当时当地的社会文化。我想起一位建筑师朋友说的话，世界上的建筑可以分为三类：给人住的，给神住的，给鬼住的。那么，通过神鬼之居的庙堂、陵墓同样可以窥见社会文明的一斑。封建帝王可以独占金字塔或十三陵那样大的地下宫殿，而刚才参观的这个苏联公墓，无论贵贱，每人交

运用比喻的手法，生动刻画国内墓地毫无温情可言，遑论艺术性。

运用对比手法，将封建帝王墓和苏联公墓作对比，突出苏联公墓的社会属性和公平属性。

一笔租金，占地一方，限期十四年。

　　这几年我们国内不少人富了，人住的房子非常现代化，却又按最陈旧的规矩去盖庙修墓安抚鬼神。看来有了钱，没有文化，没有新观念，还是难超越自我。能懂得向死者献上一件富有审美价值的雕塑，生者与死者之间能以艺术方式倾心交流思想，交流感情，这个民族的文化素养就不会很低了。

　　作者之前描绘苏联公墓的艺术性和人文性，委婉批判我国墓地的设计乏善可陈；结尾处将苏联公墓和国内墓地作对比，呼吁国内墓地设计陈旧源于民族文化素养偏低，从而总结原文，引人深思。

王　慧　　　　点评老师

重庆市西南大学附属中学校语文教师，区骨干教师。

印在黄土地上的红手印

　　余生也晚，农村土改没有赶上，合作化还依稀有记忆。但轰轰烈烈的"大跃进"、"人民公社"、"四清"运动、"农业学大寨"运动，以及改革开放，农民再度翻身，发财致富，起楼盖房，这些都身历其境。加之我从小生长在农村，后来当记者又泡在农村，农村之事、农民之心，自以为还是知之甚详，与他们千丝万缕，相惜相通。但有一件事叫我大出所料，触目惊心。就是安徽凤阳小岗村的十八户农民，曾经因为要包干种田，竟至于冒坐牢之险来盟誓按印。他们的要求不过是一要吃饭，二要劳动，争取用自己的劳动成果喂饱自己的肚子，难道这也犯法？许多事情真是繁而亦简，简而却繁。说不准哪一个线头就能牵出一卷千尺彩练。

　　我第一次知道这件事，是在邓小平同志去世的1997年。现代出版社出了一本《邓小平与现代中国》，讲到小平同志首先肯定了中国农民创造的这种新型的生产关系，他说："《凤阳花鼓》中唱的那个凤阳县，绝大多数生产队搞了大包干，也是一年翻身，改变面貌。"书中收录了那张字据，大意是：我们分田到户，不再向国家伸手要粮，并上缴公粮，这样做杀头坐牢也甘心。红手印赫然在目，深刺我心。1997年，全国纪念改革开放二十年，安徽出版了一本新书，名为《起点》，洋洋二十五万言，是专门研究新时期农村改革的，就将小岗之事定为这场改革的起点。我如饥似渴细读一遍，十月里便专门到小岗村去做一访问。

小岗名岗，其实是一片平原，正处江淮之间，自古水旱灾害交替，百姓苦不堪言。但今日小岗已是大道朝天，新村一片。我努力想找回当年贫穷凋敝的影子，穿过迎街的新房，左拐右拐，终于找到两间残留的泥草房。我弯腰进去，一位老奶奶正在灶前烧火做饭，地上是大堆的花生藤蔓，上面还有一些未摘尽的籽粒。我蹲下身与老人聊天，顺便摘一粒花生剥开送到嘴里，说："还没摘尽哩，烧掉多可惜。"老人说："东西多了，瘪一点的就不要了，还不够工钱呢。"原来，这是一间炊房，她家早盖了新房，隔壁一个大院子，砖墙红瓦，院里有一大块菜地、十几株树，还停着一台拖拉机。

进房里一看，更让我大吃一惊，一辆摩托车明光锃亮，依墙而立。地上空啤酒瓶随意插置，堆满一箱。而墙角的麻袋已快堆到房梁。我捏一

事件在农村改革中的重大意义。"赫然在目、深刺我心"与上文"触目惊心"照应，引出下文采访。

四个词语写出今昔鲜明对比，准确凝练地概括出改革开放后小岗村翻天覆地的变化。

细节描写。撷取摩托车、啤酒瓶、麻袋三个有代表性的事物，描绘出小岗村农民如今富

裕的生活状况，突出改革开放二十年农村翻天覆地的变化。

捏，是花生；再捏一袋，是大米。富了，农民已富得流油了，已从那个噩梦中醒过来了。我想找当年十八户人秘密开会盟誓签字的那间旧房子，可惜早已拆掉了。这间旧房也是因为老人恋旧，舍不得拆，侥幸留了下来。我说千万要留下一两间，这是文物啊。我知道那张按有十八个红手印的纸片已被中国革命博物馆收藏。说了一会儿话，我拉着老人在草棚前照了一张相。

参观完旧房，我还想找一两个参加过盟誓夜会的旧人，可惜也很难找齐了，只找到一位叫严金昌的，就在他家的新房大厅里扯开家常。八仙桌上是一大盆花生，还有茶和烟。我脑子里还是转着那个老问题：包干种地，难道就像造反闹革命一样严重吗？满屋人有参加过当年签字的老农，有陪我来的县委干部，有当年的乡干部和驻村工作队员，大家七嘴八舌痛说往事。

严金昌说："你不知道，那时我们有多穷。一年打的粮只够吃三个月，一过10月，人们就出去讨饭。上面年年都派工作队，每家住一人，就这样地里还是不打粮。"我听着想起《起点》一书中的一个情节：万里到安徽走马上任，他下乡问贫，推开一个草棚子，见灶前草堆里坐着一个老人和两个姑娘，万里和她们拉话，她们总是不起身。说了一会儿话，村干部劝万里走，原来她们没有裤子穿，正埋在灶前草堆里取暖。这位新

引用书中事例，丰富叙述内容。作者的转述穿插在当事人讲述中，既补充了情节，也

书记立即心酸难忍，泪流如雨。他长叹一声：我们何以对得住老区的父老百姓！我说，有这种事吗？他们说，毫不夸张，那时一家人一床被，大姑娘没裤子穿是常有的事。

严金昌说："那时，一说分田就是复辟资本主义，要坐牢的，可是当年穷得已经只剩下一个死了，只想分开干，一季算一季，吃一口算一口，死也是个饱肚子。干部坐牢，我们送饭，他们的孩子由我们供养到十八岁。"我不觉凛然打了一个寒噤。我这个自认为了解农村的人，真不知道那些年"大寨红花遍地开"的时候，却有不少地方已经走到这个绝境。大家听着，沉浸到二十多年前茅屋油灯、风卷柴门的那个庄严神圣时刻的气氛中。新房大厅里静悄悄的，唯闻记者笔录的沙沙声，和谁偶尔捏碎一粒花生壳的清脆响声。

烟火明灭，香烟缭绕。我急切地问："结果呢？"严金昌一下子激动地站起来，其他人也都轰然齐说："结果，当年产粮十三万斤，相当于五年产量的总和，油料三万五千斤，相当于二十年产量的总和，并且三年来第一次向国家交公粮。"这后来，却是公社、县里来批"资本主义单干风"，左批右压，撤职、扣化肥、扣种子，但是小岗人死也不后退，铁心包到底。能有什么比饿肚子更可怕的呢？一旦找到了一条能救人活命的办法，又怎么肯丢掉呢！

使叙述节奏疏密有间，富于变化。

凛然，有两个意思。一指寒凉，一指严肃，形容庄重、敬畏的神态。"凛然打了一个寒噤"既有对农民兄弟走到绝境的往昔生活感同身受，心生寒凉，也是对敢于迈出改革第一步的人们心怀敬重。

动作语言描写，再现回忆往事时群情激昂的场面。"轰然"可见声响之大、众口一词。"十三万、三万五千、五年"等数字显现出改革的成效巨大。

连用两个反问句，说出世间最淳朴的真理，没有比饥饿更可怕的事，没有比活命更重要的事。表现出小岗村农民的决心之大。

议论中饱含情感，充分肯定了这场改革对中国老百姓的深远影响。以中华人民共和国成立的意义来比照包产到户的意义，前者是让人民站起来当家作主，后者则让百姓富起来过好日子。

借景抒情，稻香、土地、绿树、新房，一派恬静美好的田园风光。作者内心澎湃激荡的情感，在美好的乡村景色中沉淀为下文冷静的思考。

用典，引用《诗经·王风·黍离》中的名句，把政府比作只为人民命运忧思，没有任何私心的人。语言典雅凝练，意蕴丰厚。"捶胸踩脚、痛心疾首"用拟人手法，形象可感，耐人寻味。

　　正当农民和他们的顶头上司僵持不下时，1979年，邓小平登上了黄山之巅，他对万里说："不要拘泥于形式，要千方百计，先让农民富起来！"小平同志的这句话，宣布了一个新时代的到来。风从黄山来，雷起江淮地。它的意义不亚于三十年前，毛泽东同志在天安门城楼振臂高呼"中国人民从此站起来了！"它标志着成熟的共产党人已经开始摆脱"姓社姓资"的字面纠缠，甩脱空想，要一心发展生产力。中国老百姓要一心过日子了。

　　从村里出来，我们一伙人心里沉甸甸、热乎乎的。窗外，秋风送着稻香，收获后的田野里露出诚实的土黄。远处绿树间闪过一排排新房的屋顶。我想，那些年是政府不想让老百姓吃饱吗？不是，它每年又发贷款，又发救济，又派工作队。像小岗村，甚至一家派驻一人，还一块儿劳动，但是农民并不感激，反而盟誓画押，搞地下活动。政府要是个血肉之躯，一定要捶胸踩脚，痛心疾首。"知我者谓我心忧，不知我者谓我何求！"政府何求呢？确实没有。

　　那几年我正在北方一个县里工作，县政府住的是平房土院，全县只有一辆老式吉普车，干部穿补丁衣服，一身泥，一身水。冬日下乡，和农民一起挖土平地，大风吹得帽檐朝后，人张不开嘴。政府和它的工作人员确实没有一点私心，没有什么贪欲。但是我们"忧心"太多，那时常年下乡指导，半夜半夜地开会，同吃、同住、同劳动、同规划，培养典型，讲阶级斗争，搞大批判，"割资本主义尾巴"。我们恨不能手把手地教农民种地，苦口婆心地对农民讲共同富裕，讲美丽纯洁的社会主义。就像家长替子女包办前程，自以为设计了一套最好的方案，处处指点，又时时督促。但是孩子并不感激，感到只有痛苦、压抑，于是就逃学，就离家，就反抗。

　　在回县城的路上，有人建议我们就近去看一下朱元璋的皇城。我们一行中正好有一位地方志专家，汽车穿过收割后的田野，沿乡间土路前行，专家遥指远处的人家，说那边正是皇宫大殿的旧址，我们现已走在皇城的东西大道上了。我惊叹这城之大。他说："共二十四条街，一百零八坊，是北京故宫的一倍半。"

　　原来，朱元璋1368年在南京登基，这之前的1362年他先是决定定都在自己的家乡，共调集了一百万民工，花了六年时间完成。朱元璋虽贵为皇帝，但总还脱不了农民出身，他不但要衣锦还乡，还要把皇城修在家门口。但这城修好之后却没有使用，后人猜测是有谋士提醒，此地处江淮之间，无险可守，不宜建都。朱皇帝随手一挥，也就作罢，但这一挥之间就是百万人六年的

把处处给农民"指导、规划"的政府，比作替子女包办前程的家长，比喻形象贴切。类比式议论说理生动精辟。

宕开一笔，写朱元璋称帝后大建皇城、重修寺庙、加高祖坟，对土地的占有欲望显示着其农民本色。作者用这一史实及自己的见闻，表现出农民与土地密不可分的关系，土地是农民的根。

血汗啊。现在我们登上城南一座残留的城门，城砖上还清晰可见当年烧砖匠人的名字。远处衰草连天，旧时城郭依稀可辨，而近处，那沉重的明砖皇瓦已垒上谁家的猪圈短墙。有几处城墙已经塌成土堆，我小心地躲开荆棘枣刺，在土堆上觅路，心想，这就是那方埋有百万民工的六百多年前的黄土吗？

从皇城出来，我们又去看了朱元璋当年出家的龙兴寺，和发家后为其父修的陵。朱从小家贫，曾讨饭，如我们面前谈到的小岗农民一样。一年大水，全家父母兄嫂四人皆亡，只剩元璋小儿，孑然一人，家里真是穷得死无葬身之地。一户人家舍他一块乱石岗、一捆高粱秆、三道草绳。埋了亲人，他便去寺里当小和尚。当和尚也是讨饭，不过换了说法叫"化缘"。

化缘四年，天下大乱，郭子兴起兵，他就摔掉僧钵去当兵，时年二十五岁。当时也不过是为求个肚饱，想不到这一去倒走上了登基称帝的金光大道。我们现在看到的龙兴寺早已不是当年收留乞儿元璋的小庙，器宇轩昂，金碧辉煌。到朱家坟上一看，也不是那个高粱秆葬人的乱坟岗了。朱一称帝，就重修寺庙，加高祖坟。至今陵前还矗立着石人石兽三十二对。朱的父亲，这个老农民，六百多年来在地下一定非常困惑。地面上施工的斧凿声、祭祀的喧闹声、仪仗的车马

寥寥几笔写尽历史兴衰。古城荒芜，黄土犹在，不管在哪个朝代，农民活下去的依凭就是一方土地。作者深沉的感慨寄寓在景物描写当中。

想象丰富，以事说理。以朱元璋父亲这个农民在地下的所感所思，生动地揭示了"土

声，想必吵得他心烦难眠。他一定想，我现在一个人何用睡这么大的百亩坟场，哪用得了供桌上如山如峦的酒肉，要是当初能给我一分耕地，每天能吃上一个窝头，也就赛过神仙了。

确实，历来农民最基本的要求就是能有一块种谷打粮的土地，这是农民的根，活命之根，是农民的保护神。小时候我清楚地记得，每个村口都有一个土地庙，每家窑洞旁的墙上还要专门挖出一个小神龛供奉土地爷。龛两侧每年春节要换一副对联："土能生万物，地可载山川。"他们的一切都靠这块黄土啊！所以千百年来，耕者有其田一直是农民革命的目标。

朱元璋一当皇帝就迁两万余户豪强离乡入京，逼他们让出土地。又鼓励农民认耕荒地，并承认其所有权。到洪武二十四年（1391年），全国耕地比洪武元年（1368年）增加一倍，社会大大稳定。土地问题向来是维系民心、维系国家安全的基础，要不，为什么在皇宫旁还要用五色土建一个社稷坛呢？皇权至上，但对土地的膜拜哪一朝也不敢稍有疏忽。当农民有土地时就自给自足，没有土地时就四方游走，卖力换饭。无处卖力就讨饭，连饭也讨不下去，便要铤而走险了。

可以说，这几个阶段小岗农民都经历过了。当年盟誓画押的盟主、生产队副队长严俊昌，三个孩子，秋后全家外出，老婆孩子讨饭，

地是农民的根"这个道理。叙述语言诙谐幽默，耐人寻味。

此处用典。"耕者有其田"，从太平天国运动到孙中山的三民主义，再到中华人民共和国的土地改革法，都曾提出这一口号，可见农民革命的目标就是拥有土地。

议论点明土地与国家、百姓三者的关联，既照应上文朱元璋起兵、称帝后迁户的史实，也呼应小岗村农民的经历。

多用短句，写出农民走投无路的窘迫处境。用词典雅蕴藉，"挈妇将雏、共盟山誓"，化用典故，表现出盟誓画押的悲壮苍凉。

比喻形象贴切，农民被设计和摆布着种田，就像姑娘被捆起来嫁人，失去了主动性，失去了生产的热情。与前文父母包办代替的比喻相呼应，揭示出问题的根源所在。

他五尺汉子实在张不开口，就到工地上找苦活干。冬天将至，没活了，又挈妇将雏回村。秋风吹，黄叶落，明年路在何处呢？他一咬牙，夜深人静，邀集穷兄弟共盟山誓，那种悲壮的气氛真有点像当年陈胜吴广："与其饿死，不如造反死。"但是与那些历史故事有本质的不同，这时小岗农民一还有土地，二没有贫富分化。可是农民为什么会这样不满呢？用当时一位省委领导同志的话说："农民虽然有土地，但对土地已经失去了热情。"农民被公社这根绳子捆在土地上，出工不出力，"头遍哨子探头看，二遍哨子慢慢晃。"他们讨厌这许多的设计与摆布，讨厌这种不切实际的生产关系。就像一个姑娘被捆起来，嫁给某一个男人，尽管是个好男人，还是过不下去。

马克思讲，人是社会关系的总和，当然包括他所处的生产关系。人不能超越这种关系，就像鱼不能跳出水域寻求一种新的生活方式。历史上也曾有不少聪明人做过这种超越关系的试验，但都一一失败。有英国欧文、法国傅立叶的空想社会主义试验，有苏联的集体农庄试验，在中国曾有洪秀全的"天朝田亩制度"，还有我们的"人民公社"试验。

大约革命者掌权之后都有一种急切的跃进心理，都急着要设计一个前所未有的、美丽无比的理想世界，并为这一目标的实现设计出许多具体步骤。根据凤阳县老县委书记王昌太所藏一大摞笔记本所载，我们从合作化到"人民公社"就用过四百多种计工办法。你想农民怎么能受得了这种摆布呢？他们感到很不自在。祖祖辈辈赖以生存的黄土地，亲亲热热、如爹如娘的黄土地，能载山川、养人畜、生万物的黄土地，现在怎么变得这样冰凉？这样别扭？

反复渲染，表现黄土地与老百姓的亲密关系、价值意义，繁复的人为设计拉开了农民与土地的距离。反复句式抒发出浓郁的情感和深沉的感慨。

许多书上都一遍又一遍讲着这样的故事：游子离乡前总要在身上带把土，华侨一归国门先俯身吻一下脚下的土。黄土是母亲，是永远亲不够，忘不了，放不下的啊！但是现在，凤阳农民面对这大片的土地，这属于自己的土地，却怎么也提不起心劲儿。书中记载，有老少父子二人干脆逃离这块大地，在深山里自耕自食，反而丰衣足食，向国家交余粮。金寨县金桥大队地处深山之中，1962年就私自实行包产到户，直到1980年全省推广承包制时，才发现这个世外桃源丰衣足食，已经十八年了。

用典抒情，以游子带土离乡、吻脚下土地的故事，表达中国人对土地的深情。与人民公社时期农民对土地的情感形成反差，发人深省。

事实上在小岗之前，安徽就先后有三次"包产"高潮。1957年称"包产到户"，1959年称"五包六定"，1961年称"责任田"。但三次都是肚子一饿就试行，肚子稍饱就停止。因为我们总觉得这样做是资本主义。但是这一次不一样，这一次中国出了邓小平，他在黄山之巅，果敢地

两个事例各有侧重，前者是一户人家的丰衣足食，后者是一个大队的丰衣足食，共同之处都是包产到户，自耕自食。以事说理，有说服力。

一声拍板，宣布了农村生产关系的革命。到1984年底，实行了二十六年的人民公社制度终于取消。恩格斯在马克思墓前说，要是没有马克思，经济学和社会主义不知还要在黑暗中摸索多少年。今天，当我重返凤阳大地时，深切地感到，要是没有小平同志，我们的农村改革又不知还要再推迟多少年。

车子离开皇城和朱家祖陵，沿着柏油大道在这20世纪末的秋风中疾驰。我脑子里总是闪过那十八个红手印，它忽而叠印在皇城的断墙上，忽而在西风古陵前的石人石马上，忽而又落在小岗村崭新的院落旁。在中国史书上和文学作品中，手印的使用大概是穷人的专利。富人有石刻、玉制甚至金制的名章可用，皇帝则用最大的传国玉玺。只有穷人，穷到一贫如洗，穷得只剩下干活卖力的十指，和指肚上的手印。像杨白劳卖喜儿被强按手印一样，穷人的手印总是做着无奈的挣扎或最后的抗争。在20世纪70年代末，凤阳这个曾经出了一个农民皇帝的地方，十八条汉子，捋臂挽袖，伸出十八根手指，把它深深地印在这片黄土地上，然后相约"苟富贵，勿相忘"。这是中国农民发起的改革，是中国农村的革命，革掉那些不合理的体制，革掉束缚生产力的生产关系。

这是一次人民对政府的批评，农民伸出他们

（旁注）

两组"要是没有……不知……"形成比照，充分表现出伟人的果敢拍板对于农村改革意义非凡。类比说理，蕴含深情。

全文以作者的行踪为明线，以作者的见闻感受为暗线，夹叙夹议，行文思路明晰。

联想式抒情，把红手印和土地、农民联系在一起，表达了作者内心的情感激荡，表现出无论古今土地都是农民的命根，是维系国家稳定的基础。

长短句结合，语言错落有致，叙述节奏沉稳顿挫。长句舒缓沉稳，强调历史背景；短句顿挫铿锵，表现改革者的勇气和决心。"苟富贵，勿相忘"用典贴切，引用中国历史上第一次农民起义陈胜的话，表现出小岗村农民红手印的划时代意义。

的泥手在我们的失误之处重重地按了一记小岗村包产到户契约手印。我们虔诚地接受了这一记指责。就像当年毛泽东同志在延安听了农民一句尖刻的批评，宽厚地减去公粮四万担。现在我们面对这张血红的手印，自省自责，一下松去农民身上"左"的生产关系之绑。

我们这个民族历来有下面犯颜直谏、上面从善如流的好传统。在中国农村这一个"包"字的三起三落中，上至中央彭德怀、邓小平、邓子恢等同志，下到县委书记、公社干部等都有中肯的意见，都有长长的谏书。《起点》一书中就收有数篇，最长的达一万言。但最有力的还是这张印有十八个红手印的巴掌大的纸片。古有文谏、武谏，甚至血谏，这是"土谏"。凤阳农民怀抱一块黄土，包定这块黄土，苦呈一种治国兴邦之策。

我又想起了1945年，黄炎培在延安与毛泽东同志那段著名的对话。黄说，一个政权怎么永葆活力？毛说，靠群众，靠民主。其言至真。只有共产党才是真心想为老百姓办事，有错就改。而一旦我们解开了束缚生产力发展的种种锁链，停止了在空想社会主义大海中的穷过渡，就立即如有神助，到达了胜利的彼岸。你看小岗不是一年超过五年、二十年吗？你看中国广大城乡这改革开放的二十多年不是天翻地覆了吗？我们的党、

運用文章五訣之"理字訣"，先敘事後說理。"理字立骨，精神楚楚"，至此，文章的主旨最終凸顯。

兩個"你看"，作者的欣慰、喜悦之情溢於言表。

　　我们的政权又焕发了活力。

　　凤阳，真是一个中国农村问题的实验室和博物馆。

孙秋备　　　　　　　　　　　　　点 评 老 师

河南省许昌市襄城县中学语文高级教师，省学术技术带头人，省教学标兵。

反求我心，大慧大觉

最近，我去拜访九十六岁高龄的季羡林先生，我知道他是研究佛教的，便问先生："你信不信佛？"他说："不信。"我又问："宗教为什么还会存在？"他说："因为科学解决不了所有的问题，剩下的只好求助宗教。"又问："宗教到底何时能消亡？"他说："恐怕到共产主义也消亡不了，人的心理问题没有那么简单。"

佛教在中国，就是这样，许多人信，许多人不信。各有各的理由，各有各的角度。但不管信还是不信，它是一种客观存在，从东汉传入中国，已存在了两千多年。不但存在，还有发展，甚至发展之后又再传回它的故乡印度，季羡林先生称之为文化史上很少见的宗教"倒流"。

不但有"倒流"，还有"横流"，它又从中国传到日本，传到欧美等地，几乎遍布世界的各个角落。这说明什么，说明它有用，能在一定程度上解释世界，特别是解释人生和人的心理。另外，还说明中华文化的博大，具有宽容与创新的精神。它没有排外、自闭，也没有盲目膜拜，

首句中写季先生是"研究佛教的"，而他自己却说"不信佛"，作者将相互矛盾的内容并置，为下文"是佛教，即非佛教，是名佛教"做铺垫，引出"我心皆佛"的观点。

"存在、发展、传回"三个词，高度概括佛教在中国的发展历史，体现佛教有宗教"倒流"现象。

这段话极妙，不但承上启下，讲明中国佛教"倒流、横流"现象，体现佛教在世界各国的影响力，还通过逻辑推理，写出中华文化兼容

自卑自怯，而是开放吸收，兼容并蓄，进而改革创新。

并包的特点，引出下文对佛教内涵的阐释。

连用两个"不是"，强调佛教在中国的变化，进而引出佛教强调自我体验，自渡渡人的特点。

中国古代之佛教早已不是印度之佛教，现在之佛教也不是过去之佛教。佛教传入中国之后，又新创几宗几派，已无人能说清。特别是禅宗经六祖革新之后，禅与佛几乎是两个概念。佛教与其他宗教之大不同处是不搞神秘化，强调自我体验，我心皆佛，人人可立地成佛。不宣传神主救世，而强调自度度人，有宽忍、无私、利他、和谐的一面，是积极的。

三个四字词语，写出中华文化由"儒释道"三家共同组建而成，并因此而源远流长的特点。

中国文化在佛教西来之前，便有道，强调无为，重自然规律；有儒，强调自强不息，济世救民；再加上佛的慈悲，中华文化就三足鼎立，巍然浩然，源远流长。至今中国许多名山、市井的古庙里，都三教共奉，你中有我，我中有你。就是在人们平常的处世用事中也常常是进为儒，守为道，退为佛，像是一套武术的攻防进守，又像是一个人，时而兴奋时而沉静。如林则徐这样的虎门销烟的民族英雄，也是一位虔诚的佛教信徒。而他那副名联"海纳百川，有容乃大；壁立千仞，无欲则刚"，你已无法确指这里是儒，是道，还是佛。文化，是很有意思的事，就像一道好菜，当你细品其色、香、味时，已无法说清是其中哪一种料在起作用。

用"好菜"来比喻中华文化极为形象，将抽象事物具象化，让读者从"好菜"的色、

对佛的体验有一句话讲得最通俗明白："如

人饮水，冷暖自知。"你自己去体会吧，说出来的就不算是佛，这大概就是禅味，其实是哲学。当年爱因斯坦与玻尔两位大物理学家争论物质能不能准确测量，直到死谁也没有说服对方。爱氏说能，玻氏说不能，叫"测不准原理"。比如用温度计测水温，你看到的温度是水加上温度计及环境的温度，而不是水的准确温度。

有一次，毛泽东接见外宾，赵朴初陪同，客人未到，毛即风趣地说："赵朴初，即非赵朴初，是名赵朴初。佛教有没有这个公式？"赵答："有。"是又不是，测不准，正是哲学境界。佛教传入中国后得华夏文化之灵，浴神州风土之情，是佛教，即非佛教，是名佛教。就像玻尔的那支温度计上的温度，是水温，即非水温，是名水温。它已是哲学、文学、艺术、政治、人生修养等的一种混合体了。

一部《红楼梦》，有人读情，有人读理，有人读阶级斗争；一部佛教，更是中国人两千年来读不完的书。你看，像梁启超、胡适、鲁迅这样的大家都曾苦心研究佛教，鲁迅还出资刻过佛经。而李叔同、金庸等作家、艺术家则干脆皈依佛门。这是佛教的妙处，每个行为都能在它的思维下找到一种实现的方法，每个人都能在它的背景下找到一个自我。

山西隰县小西天寺里，有一副对联："佛

香、味中，领悟"儒释道"不同思想理念在中华文化融合下共生共长的特点。

科学界有"测不准原理"，同样，佛学的体验也是因人而异。用科学故事来印证佛学道理，妙极！

三个"佛教"所指向的内容各有侧重，第一个"佛教"指融合华夏文化之灵与神州风土之情后的佛教，第二个、第三个"佛教"指刚入中国时的佛教。作者通过毛泽东与赵朴初的对话，形象地阐释了现在的佛教已经是哲学、文学、艺术、政治、人生修养等的混合体。

将佛教与《红楼梦》进行类比，说明佛教是"读不完"的书，不同的人能从中得到不同的领悟，突出佛教的博大精深。

即心，心即佛，欲求佛，先求心，即心即佛；因即果，果即因，种甚因，结甚果，是因是果。"当我们谈佛说禅时，其实是在探寻自我，研究我与周围世界的关系。这种含义是说不很准的，也是"测不准原理"。我心茫茫，佛法无边，唯其不准才有大用，才有发挥的空间，两千年不衰，天地间永驻。我们对佛千万不敢太认真，烧香拜佛，求其显灵；或打坐入定，以求顿悟，那不是佛的本意。列宁说，真理不可太死板，也不能太灵活。至于掌握到一个什么样的度，还是那句话，饮水人冷暖自知，你自己慢慢去品吧。

两千年来，佛教在中国是一本读不完的书。

将"心"与"法"并举，写出佛教与人心的关系，表明研读佛教其实是对自我的探寻。

作者谈佛，其实谈的是修心。因为"读不完"，所以"消亡不了"，结尾回扣首段关于"佛教"的讨论，明确"我心皆佛"故"佛法无边"的观点。文章首尾圆合、浑然一体。

徐敏红　　　　　　　　　　点 评 老 师

浙江省温岭市箬横镇中学语文高级教师，温岭市教坛新秀。

美文是怎样写成的

毛泽东在《讲堂录》中说："在中国历史上，不乏建功立业的人，也不乏以思想品行影响后世的人，前者如诸葛亮、范仲淹，后者如孔孟等人。但二者兼有，即'办事兼传教'之人，历史上只有两位，即宋代的范仲淹和清代的曾国藩。"范仲淹正当北宋封建社会的成熟期，他"办事兼传教"是一个典型的封建官员知识分子。而他留给我们的政治财富和文化思考全部浓缩在一篇只有三百六十八字的短文中，这就是传唱千古的《岳阳楼记》。

中国古代留下的文章不知有多少。如果让我在古今文章中选一篇最好的，只需忍痛选一篇，那就是范仲淹的《岳阳楼记》。千百年来，中国知识界流传一句话：不读《出师表》不知何为忠；不读《陈情表》，不知何为孝。忠孝是封建道德标准。随着历史进入现代社会，这"两表"的影响力，已在逐渐减弱，特别是《陈情表》，已鲜为人知。但有一个奇怪的现象，同样产生于封建时代的《岳阳楼记》却丝毫没有因历史的变

"办事"，指建功立业；"传教"，指建立和传播思想学说，以影响当代和后世。首段引用毛泽东的评价，强调范仲淹建立辉煌的"事功"，其道德文章思想更是对后世产生了深远的影响。

先扬后抑。先写《出师表》《陈情表》在历史中的影响力，再将《岳阳楼记》和两表进行对比，突显《岳阳楼记》在历史变迁中旺盛的生命力。

迁而被冷落、淘汰，相反，它如一棵千年古槐，历经岁月的沧桑，愈显其旺盛的生命力。

北宋之后，论社会形态，已经封建主义、民主主义、社会主义三世的冲击。但它穿云破雾，历久弥新。呜呼，以一文之力能抗三世之变，靠什么？靠它的思想含量：人格思想、政治思想和艺术思想。它以传统的文字，表达了一种跨越时空的思想，上下千年，唯此一文。

《岳阳楼记》已经成为一份独特的历史遗产，其中有无尽的文化思考和政治财富。从《古文观止》到解放以后历届的中学课本，常选不衰；从政界要人、学者教授到中小学生，无人不读，不背，这说明它仍有现实意义。归纳起来有三条：一是教我们怎样做人，二是教我们怎样做官，三是教我们怎样写文章。

一、我们该怎样做人
独立、理性、牺牲的人格之美

人们都熟知范仲淹在《岳阳楼记》里的名言"先天下之忧而忧，后天下之乐而乐"，却常忽略了文中的另一句话："不以物喜，不以己悲。"前者是讲政治，怎样为政、为官，后者是讲人格，怎样做人。前者是讲政治观，后者是讲人生观。正因为讲出了这两个人生和政治的基本道理，这篇文章才达到了不朽。其实，一个政治家政治行为的背后都有人格精神在支撑，而且其人格的力量会更长久地作用于后人，存在于历史。

"不以物喜，不以己悲"：物，指外部世界，不为利动；己，指内心世界，不为私惑。就是说：有信仰、有目标、有精神追求、有道德操守。结合范仲淹的人生实践，可从三个方面来解读他的人格思想。

一是独立精神——无奴气，有志气。

范仲淹有两句诗最能说明他的独立人格："心焉介如石，可裂不可夺。"范仲淹于太宗端拱二年（989年）生于徐州，出生第二年父亲去世，二十九岁的母亲贫无所依，抱着襁褓中的他改嫁朱家，来到山东淄州（今山东邹平县附近）。他也改姓朱，名朱说。他少年时在附近的庙里借宿读书，每晚煮粥一小锅，次日用刀划为四块，早晚各取两块，拌一点咸韭菜为食。这就是成语"断齑画粥"的来历。这样苦读三年，直到附近的书都已被他搜读得再无可读。但他的两个异父兄长却不好好读书，花钱如水。一次他稍劝几句，对方反唇相讥："连你花的钱都是我们朱家的，有什么资格说话。"他才知道自己的身世，心灵大受刺激。

"心焉介如石，可裂不可夺"，意为"我的心志耿介得就像一块石头一样，可以破碎，但不可以改变"。作者引用范仲淹的诗句，突显他坚守本心的品质。

真是未出家门便感知世态之炎凉。他发誓期以十年,恢复范姓,自立门户。

大中祥符四年（1011年）,二十三岁的范仲淹开始外出游学,来到当时一所大书院应天书院（今河南省商丘市）,昼夜苦读。一次真宗皇帝巡幸这里,同学们都争先出去观瞻圣容,他却仍闭门读书,别人怪之,他说:"日后再见,也不晚!"可知其志之大,其心之静。有富家子弟送他美食,他竟一口不吃,任其发霉。人家怪罪,他谢曰:"我已安于喝粥的清苦,一旦吃了美味,怕日后再吃不得苦。"真是天降大任于斯人,自觉自愿苦其心志,劳其筋骨。他在大中祥符八年（1015年）中进士,在殿试时终于见到了真宗皇帝,并赴御宴。他不久调去安徽广德亳县做官,立即把母亲接来赡养,并正式恢复范姓。这时离他发愤复姓只用了五年。

范仲淹中了进士后被任命的第一个地方官职是到安徽广德任"司理参军",就是审理案件的助理。当时地方官普遍贪赃爱财,人为制造冤案。他廉洁守身,秉公办案,常与上司发生争论,任其怎样以势压人,也不屈服。每结一案,就把争论内容记在屏风上,可见其性格的耿直。一年后离任时,屏风上已写满案情,这就是"屏风记案"的故事。他两袖清风,走时无路费,只好把老马卖掉。对历史上有骨气的人,范仲淹非常敬重。1037年，范第三次被贬赴润州（今江苏镇江）任上时，途中经彭泽拜谒唐代名相狄仁杰的祠堂。狄刚正不阿不畏武则天的权势被陷入狱，又贬为县令。范当即为其写一碑文，歌颂他："呜呼，武暴如火，李寒如灰，何心不随，何力可回！我公哀伤，拯天之亡。逆长风而孤骞，愬大川以独航。金可革，公不可革，孰为乎刚！地可动，公不可动，孰为乎方！"文字掷地有声。而当时他也正冒着朝中的"暴火寒灰"，独行在被贬的路上。他所描写的刚不可摧、方不可变，也正是自己的形象。

二是理性精神——实事求是，按原则办事。

范仲淹的独立精神绝不是桀骜不驯的自我标榜和逞一时之快的匹夫之勇。他是按自己的信仰办事，是知识分子的那种理性的勇敢。在我写瞿秋白的《觅渡》一文中曾谈到，这是一种像铁轨延伸一样的坚定精神。

亚里士多德说："吾爱吾师，更爱真理。"范仲淹是晏殊推荐入朝为官的。他一入朝就上奏章给朝廷提意见。这吓坏了推荐人晏殊，说："你刚入朝就这样轻狂，就不怕连累到我这个举荐人吗？"范听后半晌没有反应过来，一会儿，难受地说："我一入朝就总想着奉公直言，千万不敢辜负您的举荐，没想到尽忠尽职反而会得罪

引句意为："唉，武则天的性暴如火，为了帝位不知道杀了多少人，哪一件不随着她的心意而成？而李氏一脉几经杀戮，已是一盆死灰，谁有力量能使他们死灰复燃？只有狄公对着李氏后代的伤残而哀痛悲伤，愿出死力拯救他们不致断根灭亡。狄公像雄鹰孤独地逆风振翅飞翔，又像大船在江中溯流而上。金石可以镂刻，但狄公的性格不可以改变，二者相比，谁最刚强？大地可以动摇，但狄公的意志不可以动摇，两者相较，谁最方正？"

引句意为："我被您了解后得到了举荐，只担心如果自己的忠诚不如金石那样坚固，耿直不如药物那样有用，才能不足以让天下惊叹，名声不如泰山那样高大的话，就够不上大贤人的善意举荐。现在这些担忧一下就变成了过失，我怎么能不疑惑而惊讶？而且被您所了解举荐，却做让您后悔的事情，如果我沉默不去争辩，我就担心为官之士都会嘲笑您的举荐有过失。"

梁衡先生极善用典，他说："笔下无典，其文必浅。"这里借用粟裕将军上书毛主席的故事，让九百多年的时光浓缩在"类似一例"上，证明独立思考的理性精神直至今日依旧有着旺盛的生命力。

于您。"回到家他又给晏写了一封三千字的长信说："当公之知，惟惧忠不如金石之坚，直不如药石之良，才不为天下之奇，名不及泰山之高，未足副大贤人之清举。今乃一变为忧，能不自疑而惊呼！为公之悔，傥默默不辩，则恐缙绅先生诮公之失举也。"晏殊是他的恩师，入朝的引路人。这件事充分体现了范"爱吾师更爱真理"的品格。

宋仁宗时，西北强敌西夏不断侵扰，他被任为前线副帅抗敌。当时朝野上下出于报仇心理和抗战激情，都高喊出兵。主帅命令出兵，皇上不断催问，左右不停地劝说。但他认为备战还不成熟，坚持不出兵。主帅韩琦说："大凡用兵，先得置胜负于度外。"他说："大军一动就是千万人的性命，怎敢置之度外？"朝廷严词催促出兵，他反复申诉，自知"不从众议则得罪必速"，"奈何成败安危之机，国家大事，岂敢避罪于其间"。结果，上面不听他的意见，1041年好水川一战，宋军损失六千人。此后宋军再不敢盲动，最终按范仲淹的策略取得了胜利。这种独立思考的理性精神到九百多年后类似一例就是，共产党的粟裕将军在淮海战役前中央三下其令要他率师渡江，他三次斗胆向中央和毛主席上书，建议战场摆在江北，终于为毛主席所接受，这一决策使得解放战争提前胜利三年。

在人性中，独立和奴气，是基本的两大分野。一般来讲，人格上有独立精神的人，在政治上就不大容易被收买。我们不要小看人格的独立。就整个社会来讲，这种道德的进步经历了一个漫长的过程。奴隶制度造成人的奴性，封建制度下虽有"士可杀不可辱"的说法，但还是强调等级、服从。进入资产阶级民主社会，才响亮地提出平等、自由。人性的独立才被作为一种普遍的社会标准和道德意识。这一点西方比我们好一些，民主革命彻底，封建残留较少。中国封建社会长，又没有经过彻底的资本主义民主革命，人格中的奴性残留就多。

现在许多人也在变着法媚上，对照现实我们更感到范仲淹在一千年前坚持的独立精神的可贵。正是这一点，促成了他在政治上能经得起风浪。做人就应该"宠而不惊，弃而不伤，丈夫立世，独对八荒"。鲁迅就曾痛斥中国人的奴性。一个人先得骨头硬，才能成事，如果他总是看别人的脸色，他除了当奴才还能干什么？纵观范仲淹一生为官，无论在朝、在野、打仗、理政，从不人云亦云，就是对上级，对皇帝，他也实事求是，敢于坚持。这里固然有负责精神，但不改信仰、按规律办事，却是他的为人标准。

"不以物喜，不以己悲"，就是不随波逐流。那么以什么为立身根本呢？以实际情况，以

鲁迅说："人类的血战前行的历史，正如煤的形成，当时用大量的木材，结果却只是一小块。"但也正因为如此，历史的每一小步都是影响后世的一大步。

用短句，使句式整齐、节奏分明、音韵和谐，更能突出作者对范仲淹独立精神的推崇。

国家利益为根本。用现在的话说就是实事求是，无私奉献。陈云同志讲："不唯上，不唯书，只唯实。"人能超然物外，克服私心，就是一个大写的人，就是君子，不是小人。可惜，千年来人性虽已大有进步，社会仍然没有能摆脱这种公与私的羁绊。这个问题恐怕要到共产主义社会才能解决。你看我们的周围，有多少光明磊落，又有多少虚伪龌龊。

凡成大事者，首先在人格上要能独立思考，理性处事，敢于牺牲。而那些人格上不独立的人，政治上必然得软骨病，一入官场，就阿谀奉承，明哲保身，甚至阳奉阴违，贪赃枉法，卖身投靠，紧要关头投敌叛变。我在官场几十年，目之所及，已数不清有多少的事例，让你落泪，又让你失望。有的官员，专研究上司所好，媚态献尽，唯命是从。上发一言，必弯腰尽十倍之诚，而不惜耗部下百倍之力，费公家千倍之财，以博领导一喜。这种对上为奴，对下为虎的劣根人格实在可悲。我每次读《岳阳楼记》就会立即联想到周围的现实。"不以物喜，不以己悲"，这种对独立人格的追求，仍然是我们现在所需要的。

三是牺牲精神——为官不滑，为人不私。

"不以己悲"就是抛却个人利益，敢于牺

作者亦有一颗忧乐天下的心，此四段借情助理，融作者对独立人格的推崇之情，连接、劝导、帮助读者理解追求独立人格的重要性，并联结史今，呼吁现在依旧需要追求独立人格。

牲，不患得患失。怎样处理公与私的关系，是判断一个人道德高下的最基本标准。我们熟悉的林则徐的两句诗"苟利国家生死以，岂因祸福避趋之"讲的就是这个道理。范仲淹一生为官不滑，为人不奸。他的道德标准是只要为国家，为百姓，为正义，都可牺牲自己。下面兹举两例。

1038年宋西北的夏建国，赵元昊称帝。宋夏战事不断。边防主帅范雍无能，1040年仁宗不得不重组一线指挥机构，任命范仲淹为陕西经略招讨副使（副总指挥）赶赴前线，这年他已五十二岁，这之前他从未带过兵。范仲淹一路兼程，赶到延州(今延安)。延州才经兵火，前面三十六寨都被荡平，孤悬于敌阵前。朝廷曾先后任命数人都畏敌而找借口不去到任。范说，形势危机，延州不能无守，就挺身而出，自请兼知延州。

范仲淹虽是一介书生，但文韬武略，胆识过人。他见敌势坐大，又以骑兵见长，便取守势，并加紧部队的整肃改编，提拔了一批战将，在当地边民中招募了一批新兵。庆历二年（1042年），范仲淹密令十九岁的长子纯祐偷袭西夏，夺回战略要地"马铺寨"。他引大军带筑城工具随后跟进。部队一接近对方营地，他就下令就地筑城，十天后，一座新城平地而起。这就是后来发挥了重要战略作用的像一个楔子一样打入夏界

用大家熟悉的人物之言来印证"不以己悲"的道理，亦是在告诉读者，时光流逝，改变不了的是人类评判道德的标准。

用词之精准，叹为观止。"平地而起"写出范仲淹文韬武略兼备，破敌之势犹如破竹。

的孤城——大顺城。城与附近的寨堡相呼应，西夏再也撼不动宋界。夏军中传说着，现在带兵的这个范小老子（西夏人称官为老子）胸中自有数万甲兵，不像原先那个范大老子（指前任范雍）好对付。西夏见无机可乘，随即开始议和。范以一书生领兵获胜，除其智慧之外，最主要的是这种为国牺牲的精神。

范与滕宗谅（字子京）的关系，是他为国惜才，为朋友牺牲的例证。滕与范仲淹是同年的进士，也是一个热血报国的忠臣。西北战事吃紧时滕也在边防效力，知泾州。当时正定川一役大败之后，形势危急。滕招兵买马，犒赏将士，重整旗鼓。范又让他兼知庆州，亦治理得井井有条。但正因为他干事太多，就总被人挑毛病，有人告他挪用公款十五万贯。仁宗大怒，要查办。但很快查明，这十五万贯钱，犒赏用了三千贯，其他皆用于军饷。而这三千贯的使用也没有超出地方官的权力规定范围，但是朝中的守旧派，咬住不放，乘机大做文章，宰相等也默不作声。

"咬住"二字，令人对那段历史"泣血宵吟，扼腕长叹"。

范这时已回京，他激愤地说，朝廷看不到边防将士的辛苦和功劳，任有人在这些小问题上捕风捉影，加以陷害，这必让将士寒心，边防不稳。他力保滕宗谅无大过，如有事甘愿同受处分。这样滕才没有被撤职，而在庆历四年（1044年）被贬到了岳阳，才有后来《岳阳楼记》这一段佳话。如果没有当年范对滕的冒死一保，政治史和文学史都将缺少精彩的一笔。可知范后来为他写《岳阳楼记》，本身就是一种对朋友、对正义事业的支持，而这是要冒风险、付代价的。他在文章中叹道："微斯人，吾谁与归？"他愿意和志同道合的战友一起去为事业牺牲。

任何革命的、进步的团体和事业，都是以肝胆相照的人格精神为基础凝聚力量，团结队伍的。不要奸猾，只要忠诚。

二、我们该怎样做官
忧民、忧君、忧政的为官之道

范仲淹对政治文明的贡献，主要体现在一个"忧"字上。《岳阳楼记》产生于我国封建社会成熟期之宋代，作者生于忧患，成于忧患，倾其一生和一个时代来解读这个"忧"字。好像是中国封建社会发展到转折时期，专门要找一个这样的解读人。范仲淹的忧国思想，最忧之处有三，即忧民、忧君、忧政。也可以说这是留给我们的政治财富。这是每一个政治家都要面对的问题。

1. 忧民

他在文章中写道"居庙堂之高，则忧其民"，就是说当官千万不要忘了百姓，官位越

文章背后永远站着袒露胸怀的作者。通过知人论世，我们不但能看见范滕这段风雨共度的人生历程，更能领悟《岳阳楼记》中"微斯人，吾谁与归"这一感慨中的深意。

中华民族的忧患意识由来已久，"忧"字散落在浩如烟海的文化典籍中，却铭刻在每一位仁人志士的心中。是范仲淹的《岳阳楼记》将其解读清晰，让中国的"忧乐情怀"从此有了正式的名字。

高，越要注意这一点。

政治就是管理，就是民心。官和民的关系是政治运作中最基本的内容。忧民生的本质是官员的公心、服务心，是怎样处理个人与群众的关系。人民永远是第一性的，任何政权都是靠人民来支撑。一些进步的封建政治家也看到了这一点，强调"民为邦本"，唐太宗甚至说"水可载舟亦可覆舟"。范仲淹继承了这一思想并努力在实践中贯彻。他认为君要"爱民""养民"，就像调养自己的身体，要十分小心，要轻徭役、重农耕。特别是地方官，如果压榨百姓，就是自毁邦本。

范仲淹从1015年二十七岁中进士到1028年四十岁进京任职前，已在基层为官十三年。这期间，他先后转任广德（今安徽广德）、亳州（今安徽亳州）、泰州（今江苏泰州）、兴化（今江苏南通一带）、楚州（今江苏淮安）五地，任过一些掌管刑狱的幕僚小职，最后一任是管盐仓的小吏。他表现出一个典型的有知识、有理想、又时时想着报国安民的青年官吏的所作所为。他按儒家经典的要求"达则兼济天下"，却扬弃了"穷则独善其身"，只要有一点机会，就去用手中的权力为老百姓办事，并时刻思考着只有百姓安康，政治才能稳定。

范仲淹的忧民思想体现在三个方面，即为民

民本思想是中华民族数千年治国理政的核心理念。从《尚书》中"民为邦本，本固邦宁"，到孟子的"民贵君轻"；从朱熹的"新民"思想、王阳明的"亲民"思想，再到顾炎武的"厚民生，强国势"，历史上诸家学说都推崇民本思想。而范仲淹的忧乐思想不仅写在文章中，更贯彻在实践里。这是他优于其他封建政治家的地方之一。

详细罗列范仲淹所任官职和任职地点，写出他作为有知识、有理想、有情怀的青年官员，虽身处基层，却已实践民本思想。范公达则"兼济天下"，穷却不"独善其身"。

办事、为民请命和为民除弊。

一是为民请命。用现在的话说就是"情为民所系"。

关心民情，是中国古代清官的一种好品质、好传统。就是说先得从思想上解决问题，要有一颗为民的心。郑板桥就有一首名诗："衙斋卧听萧萧竹，疑是民间疾苦声。些小吾曹州县吏，一枝一叶总关情。"出身贫寒，起于基层的范仲淹一生不管地位怎么变，忧民之心始终不变。

1033年，全国蝗、旱灾害流行，山东、江淮地区尤甚。时范已调回朝中，他上书希望朝廷派员视察，却迟迟得不到答复。他又忍不住了，冒杀头之祸，去当面质问仁宗："我们在上面要时刻想着下面的百姓。要是您这宫里的人半天没有饭吃会是什么样子？今饿殍遍野，为君的怎能熟视无睹？"皇帝被他问得无言以对，就顺水推舟说："那就派你去赈灾吧。"当年他以一个盐吏的身份因上书自讨了一个修堤的苦差事，这次他这个谏官，又因言得差，自讨了一份棘手难办的赈灾之事。但从这件事情上倒让我们看到了他的办事才干。

他一到灾区就开仓济民，组织生产自救。灾后必有大疫，他遍设诊所，甚至还亲自研制出一种防疫的白药丸。赈灾结束回京后他还特意带回灾民吃的一种"鸟味草"，送给仁宗，并请传示

郑板桥与范仲淹二人皆出身贫寒，起于基层，心怀忧民之心，他们虽跨越百年，却有诸多相似之处。作者用典看似信手拈来，实则用意甚深。

后宫，以戒宫中的奢侈浪费。他的这个举动肯定又引起宫中人的反感。你去赈灾，完成任务回来交差就是，何苦又要借机为宫里人上一堂课呢？就你最爱表现，这怎能不招惹人嫉妒？他还给仁宗讲了他调查访问的一件实事。途中，他碰到六个从长沙到安徽的漕运兵，他们出来时三十人，现连死带逃，还剩六人，路途遥远，还不知能不能活着回到家。他深感百姓粮饷和运输负担太重。他对皇帝说："天之生物有时，而国家用之无度，天下安得不困！"

二是为民办事。用现在的话说就是"利为民所谋"。

思想上爱民还不算，还得办实事。他较突出的一件政绩是修海堤。1021年，范仲淹调泰州，任一个管理盐仓的小官。当时泰州、楚州、通州（今南通）位于淮水之南，东临黄海，海堤年久失修，海水倒灌，冲毁盐场，淹没良田，不但政府盐利受损，百姓亦流离失所，逃荒他乡。范仲淹只是一个看盐场的小吏，这些地方上的政务、经济上的事本不归他管，但他见民受其苦，国损其利，便一再建议复修海堤，政府就干脆任他为灾区中心兴化县的县令。他制定规划，亲率几万民工日夜劳作在筑堤工地。

一次大浪淹来，一百多人顿时被卷入海底。一时各种非议四起，要求停工罢修，范力排众

叙事之中忽借宫中人的口吻连发两句牢骚，不但读来幽默，更在幽默风趣之余，让读者品味出作者对范仲淹"情为民所系"品性的高度赞美。

议，身先民工，亲自督战，前后三年，终使大堤告成。地方经济恢复，国家增收盐利，流离的百姓又回到故乡。人们感谢范仲淹，将此堤称为"范堤"，甚至有不少人改姓范，以之为荣。历代，就是直到今天，能为范仲淹之后仍是一种光荣。明朝朱元璋一次审查犯人名单，见一叫范从文的人，疑是仲淹之后，一问，果是其十二世孙，便特赦了他。有一土匪绑票，见苦主名范希荣，再问是范仲淹之后，立即放掉。可见范在民间的影响之大之远。现在全国为纪念他而建的"景范希望小学"就有四十九所。

三是为民除弊。用现在的话说，就是敢于改革。

他是一位行政能力极强的政要。他的忧民，绝不像其他官僚那样空发议论，装装样子。他能将思想和具体的行动进一步上升到制度的改革，每治一地，必有创造性的惠民政策。他在西北前线积极改革用兵制度。当时因战事紧张，政府在陕西征农民当兵，士兵不愿背井离乡，便有逃兵。政府就规定在兵的脸上刺字，谓之"黥面"。一旦黥面，他永世，甚至子孙后代都不得脱离军籍。范经调查后体恤民情，认为这"岂徒星霜之苦，极伤骨肉之恩"，就进行改革，边寨大办营田，将士可以带家属，又改刺面为刺手，罢兵后还可为民。深得百姓拥护。

连用三典，从古至今，从庙堂到江湖，从皇帝到百姓，自不同角度表现范仲淹"利为民谋"的品质为世人敬仰。

短句起笔，振聋发聩。叙述虽平平无奇，却与下文中"积劳成疾，病体难支，但逾迸发出为民请命，大胆改革的热情"一句形成特殊的张力，这种语言的张力极大程度上突显了范仲淹的"忧民"之心。

范仲淹是六十四岁去世的。在他生命的最后三年，积劳成疾，病体难支，但逾逛发出为民请命，大胆改革的热情。1050年，他六十二岁时，知杭州，遇大旱，流民遍地。他不只用传统的调粮、赈济之法，而是以工代赈，大兴土木，特别是让寺院参加进来，用平时节余搞基建，增加就业；二是大办西湖的龙舟赛事，让富人捐助，繁荣贸易，扩大内需；三是高价收粮，使粮商无法囤粮抬价。这些举措看似不当，也受到非议，但挖掘了民间财力，让杭州平安度荒。

宋代税收常以实物缴纳，以余补缺，移此输彼，谓之支移，但运输费要纳税人出。范在1051年，去世前一年，知青州，这是他生命旅途的最后一站。他见百姓往二百里外的博州纳税，往返经月，路途劳苦，还误农时，运费又多出税额的二到三成。农民之苦，上面长期熟视无睹，范心里十分不安。他就改革征税方法，命将粮赋折成现金，派人到博州高于市价购粮，不出五天即完成任务，免了百姓运输之苦，还有余钱。一般地方官都是尽量超征，讨好朝廷。他却多一斤不要，将余钱退给青州百姓。

诚如他言："求民疾于一方，分国忧于千里。"可以看出他的忧民是真忧，决不沽名，不作秀，甚至还要顶着上面的压力，冒被处分的危险。像上面所举之例，都是问题早就在那里明摆

范仲淹已到生命尽头，仍然心系百姓，为民除弊。

又一次引用范公名言，史料丰富，且可作为有力论据论证文章的主旨。

着，为什么前任那么多官都不去解决呢？为什么朝廷不管呢？关键是心中没有装着老百姓。所以"忧民"实际上是检验一个官好坏的试金石，也成了千百年来永远的政治话题。这种以民为上的思想延续到共产党就是彻底地为人民服务。毛泽东专门写过一篇《为人民服务》的文章。2004年是邓小平同志诞辰一百周年纪念，我受命写一篇纪念文章，在收集资料时，我问研究邓的专家："有哪一句话最能体现邓的思想？"对方思考片刻，答曰，邓对家人说过的一句话可作代表，他说："我这个人没有什么大志，就是希望中国的老百姓都富起来，我做一个富裕国家的公民就行。"

2. 忧君

范仲淹的第二忧是忧君。他说"处江湖之远，则忧其君"，不管在朝在野都不忘君。封建社会"君"即是国，他的忧"君"就是忧国。不管在朝还是在野，时时处处都在忧国。

过去的皇帝虽权在一人，却身系一国之安危。于是，以"君"为核心的君民关系、君政关系、君臣关系便构成了一国政治的核心部分。而君臣关系，直接涉及领导集团的团结，是核心中的核心。综观历史，历代的君大致有明君、能君、庸君、昏君四个档次；臣也有贤臣、忠臣、

承上启下，过渡句。由范仲淹的"忧民"行为延伸到对官员好坏的评判，表明共产党就是彻底地为人民服务，突显党的初心是对中华民族"忧民"思想的延续。

作者对君臣关系的细分，基本涵盖了几千年历史中的中国政治的几种形式。

庸臣、奸臣四种。于是明君贤臣、昏君奸臣，抑或庸君与庸臣就决定了一朝政府的工作质量。而又以君臣关系最为具体，君臣故事成了中国政治史上最生动的内容（比如，史上最典型的明君贤臣配：唐太宗与魏征；昏君贤臣配：阿斗与诸葛亮；昏君奸臣配：宋高宗与秦桧等）。

范仲淹是贤臣，属臣中最高的一档；仁宗不庸不昏，基本上算是能君，属于第二档。他们的君臣矛盾，是比较典型的能君与贤臣的关系。在专制和权力高度集中的制度下，君既有代表国家的一面，又有权力私有的一面；臣子既要忠君，又要报国。这就带来了"君"的两重性和"臣"的两重性。君有明、昏之分；臣有忠、奸之别。遇明君则宵衣旰食，如履薄冰，勤恳为国；遇昏君，则独断专行，为所欲为，玩忽国事。"忧君"的实质是忧君所代表的国事，而不是忧君个人的私事。忠臣忧君不媚君，总是想着怎么劝君谏君，抑其私心而扬其公责，把国家治好。奸臣媚君不忧国，总在琢磨怎么满足君的私欲，把他拍得舒服一些。当然，奸臣这种行为总能得到个人的好处，而忠臣的行为则可能招来杀身之祸。范仲淹行的是忠臣之道，是通过忧君而忧国、忧民，所以，当这个"君"与国、与民矛盾时，他就左右为难。这是一种矛盾，一种悲剧，但正是这种矛盾和悲剧考验出忠臣、贤臣

作者深谙君臣关系的内核，便深晓范仲淹在选择忠臣之道的为难和矛盾。由此，读者就能理解范仲淹在君臣关系中面对矛盾的艰难处境和抉择，恰恰突显他作为忠臣、贤臣的人格。

的人格。

这种"四重奏"和"两重性"的矛盾关系决定了一个忠心忧国的臣子必然要实事求是，敢说真话，对国家负责。用范仲淹的话说："士不死不为忠，言不逆不为谏。"欧阳修评价他："直辞正色，面争庭论"，敢"与天子争是非"。仁宗属于"能君"，他有他的主意，对范是既不全信任，又离不开，时用时弃，即信即离。而范仲淹既有独立见解，又有个性，这就构成范仲淹的悲剧人生。封建社会伴君如伴虎，真正的忧君，敢说真话是要以生命作抵押的。范仲淹不是不知道这一点，他说："臣非不知逆龙鳞者，掇齑粉之患；忤天威者，负雷霆之诛。理或当言，死无所避。"他将一切置之度外，一生四起四落，前后四次被贬出京城。他从二十七岁中进士，到六十四岁去世，一生为官三十七年，在京城工作却总共不到四年。

1028年，范仲淹经晏殊推荐到京任秘阁校理——皇家图书馆的工作人员。这是一个可以常见到皇帝的近水楼台。如果他会钻营奉承，很快就可以飞黄腾达。中国历史上有多少宦官、近臣如高俅、魏忠贤等都是这样爬上高位的。但是范仲淹的"忧君"，却招来了他京官生涯中的第一次谪贬。

原来，这时仁宗皇帝虽已经二十岁，但刘太

此句意为："臣不是不知道如果说了陛下不想听的话，很有可能被剁成粉末；触犯天威之人，可能会身受雷霆之诛。但臣该说的话还是要说，就算是死也不会因此回避。"范仲淹的话袒露出一位忠臣对民、对国、对君的赤胆忠心。

后还在垂帘听政。朝中实际上是两个"君"。一个名分上的君——仁宗皇帝，一个实权之君——刘太后。这个刘太后可不是一般人等，她本是仁宗的父亲真宗的一位普通后宫，只有"修仪"名分，但她很会讨真宗欢心。皇后去世，真宗无子，嫔妃们都争着能为真宗生一个孩子，好荣登后位。刘修仪自己无能，便想出一计，将身边的一位李姓侍女送给皇帝"伺寝"，果然生下一子。但她立即抱入宫中，作为己子，就是后来的宋仁宗。刘随即因此封后，真宗死后她又当上太后，长期干预朝政，满朝没有一人敢有异议。

范新入朝就赶上太后过生日，要皇帝率百官为之跪拜祝寿。范仲淹认为这有损君的尊严，君代表国家，朝廷是治理国家大事的地方，怎么能在这里玩起家庭游戏。皇家虽然也有家庭私事，但家礼国礼不能混淆，便上书劝阻："天子有事亲之道，无为臣之礼；有南面之位，无北面之仪。"干脆再上一章，请太后还政于帝。这一举动震动了朝廷。那太后在当修仪时先夺人子，后挟子封后，又扶帝登位，从皇帝在襁褓之中到现在已二十年，满朝有谁敢置喙？今天突然杀出了个程咬金，一个刚来的图书校勘管理员就敢问帝后之间的事。封建王朝是家天下、私天下，大臣就是家奴，哪能容得下这种不懂家规的臣子？他即刻被贬到河中府（今山西永济市）任副长

置喙，意思为插嘴。

官——通判。范仲淹百思不得其解，十三年身处江湖之远，时时想着能伴君左右，为国分忧，第一次进京却一张嘴就获罪，在最方便接近皇帝的秘阁只待了一年，就砸了自己的饭碗。

范仲淹第二次进京为官是三年之后，皇太后去世。也许是皇帝看中他敢说真话的长处，就召他回朝做评议朝事的言官——右司谏。我国封建社会的政府监察体制分两部分：一是谏官，专门给皇帝提意见；二是台官，专门弹劾百官，合称台谏。到宋真宗时期，谏官权已扩大到可议论朝政，弹劾百官。中国封建社会长期稳定，台谏制度有其一功，它强调权力制约，是中国封建制度中的积极部分。便是皇帝也要有人来监督，勿使放任而误国事。在推行制度的同时又在道德上提倡"文死谏，武死战"，使之成为一种风气。在中国历史上从秦始皇到溥仪共四百二十二位皇帝，就曾有八十九位皇帝下罪己诏二百七十次，作自我批评。这种对最高权力的监督和皇帝的自我批评是中国封建政治中积极的一面。

范二次进京所授右司谏官的级别并不高，七品，但权大、责大、影响大。范仲淹的正直在当时已很有名，他一上任立即受到朝野的欢迎。这时的当朝宰相是吕夷简。吕靠太后起家，太后一死他就说太后坏话。郭皇后揭穿其伎，相位被罢。吕也不是一般人等，他一面收买内侍，一面

虽言说"百思不得其解"，却在第二次进京为官时不改脾性。明知不可为而为之，这就是忠臣贤子的铮铮铁骨。前后表述的矛盾，突显范仲淹"忧君、忧国"的品质。

默而不言等待时机。时皇帝与杨、尚两位美人热恋。一日，尚自恃得宠，对郭皇后出言不逊，郭挥手一掌向她打去，仁宗一旁急忙拉架，这一掌正打在皇帝脖颈上，吕和内侍便乘机鼓动皇帝废后。

后与帝都是稳定封建政权的重要因素，看似家事，常关国运。范仲淹知道后一旦被废，将会引起一场政治混乱。这种家事纠纷的背后是正邪之争，皇后易位的结果是奸相专权。他联合负责纠察的御史台官数人上殿前求见仁宗。半日无人答理。司门官又出来将大门砰的一声闭上。他的犟劲又上来了，就手执铜门环，敲击大门，并高呼："皇后被废，何不听听谏官的意见！"这真是有点不知高低，要舍命与皇帝辩论了。看看没有人理，他们议定明天上朝当面再奏。

第二天，天不亮范仲淹就穿好朝服准备出门。妻子牵着他的衣服哭着说："你已经被贬过一次了，不为别的，就为孩子着想，你也再不敢多说了。"他就把九岁的长子叫到面前正色说道："我今天上朝，如果回不来，你和弟弟好好读书，一生不要做官。"说罢，头也不回地向待漏院走去。"漏"是古代计时之器，待漏院是设在皇城门外，供百官暂歇等候皇帝召见的地方。

范仲淹这次上朝是在1033年，比这早四十六

用有节奏、有动感的叙事方式，让历史事件洗去岁月尘埃，在读者面前变得清晰明朗。同时，又借助夹叙夹议、文白相间的表述形式，照顾到读者的跟进能力，层层灌输、步步引导，使其进入到作者营造的故事氛围之中。

年，公元987年，宋太宗朝的大臣王禹偁曾写过一篇很有名的《待漏院记》，分析忠臣、奸臣在见皇帝前的不同心理。他说，当大臣在这个地方静等上朝时，心里却在各打各的算盘。贤相"忧心忡忡"。忧什么，有八个方面：安民、抚夷、息兵、辟田、进贤、斥佞、禳灾、措刑，等到宫门一开就向上直言，君王采纳，"皇风于是乎清夷，苍生以之而富庶"。而奸相则"假寐而坐""私心慆慆"，想的是怎样报私仇、搜钱财，提拔党羽，媚惑君王，"政柄于是乎隳哉，帝位以之而危矣"。他说，既然为官就要担起责任，那种"无毁无誉，旅进旅退，窃位而苟禄，备员而全身"的态度最不可取。他在这里惟妙惟肖地描述和揭示了贤相与明君、奸相与昏君的两个组合，还要求把这篇文章刻在待漏院的墙上，以戒后人。

不知范仲淹上朝时壁上是否真的刻有这篇文章。但范仲淹此时的确是忧心忡忡。他忧皇上不明事理，以私害公，因小乱大。这种家务之事，你要是一般百姓，爱谁、娶谁、休妻、纳妾也没有人管。你是一国之君啊，君行无私，君行无小。枕边人的好坏，常关政事国运。历史上因后贤而国安，后劣而国乱的事太多太多。同在一个唐朝，长孙皇后帮李世民出了不少好主意，甚至纠正他欲杀魏征这样的坏念头；杨贵妃却引进家

王禹偁（chēng）（954—1001年），字元之，济州钜野（今为山东省菏泽市巨野县）人。北宋诗人、散文家，宋初有名的直臣。

作者引用《待漏院记》中的"忧心忡忡"一词，不但写出直臣"忧"君的形态，更体现直臣的"忧君"品性，同时也暗合《岳阳楼记》的忧乐观。

此处用"忧心忡忡"来形容范仲淹，与上文王禹偁的"忧君"状态相呼应，凸显贤臣们的忧君思想。

人称转换，角度交错，使读者感受到范仲淹当时的澎湃心潮，体会到他的忡忡忧心。

族势力，招来安史之乱。

范仲淹正盘算着怎样进一步劝谏皇上，忽然传他接旨，只听宣旨官朗朗念道，贬他到睦州（今浙江桐庐附近），接着朝中就派人赶到他家，催他当天动身离京。这果然不幸为妻子所言中，顿时全家老小，哭作一团。显然这吕夷简玩起权术来比他高明，事前已做过认真准备，三下五除二就干净利落地将他赶出京城。他1033年4月回京，第二年5月被贬出京，第二次进京做官只有一年时间。

如果说范仲淹第一次遭贬，是性格使然，还有几分书生气，这二次遭贬，确是他更自觉地心忧君王，心忧国事。平心而论，仁宗不是昏君，更不是暴君，也曾想有所作为，君臣关系也曾出现过短时蜜月，但随即就如肥皂泡一样破灭。范仲淹不明白，几乎所有的忠臣都如诸葛亮那样希望君王"亲贤臣远小人"，但几乎所有的君王都离不开小人，喜欢用小人。

小人弄权玩术，利用人性的弱点，铲除异己。表面上看，吕夷简胜利了，但是范仲淹却被历代读书人奉为精神领袖，称其为："有史以来天地间第一流人物"。两相对比，想起范仲淹一句词："用尽机关，徒劳心力，只得三分天地。"

3. 忧政

忠臣总是一片忠心，借君之力为国家办大事；奸臣总是要尽手段投君所好，为君办私事。范仲淹一生心忧天下，总是和政治腐败，特别是吏治腐败做斗争，并进行了中国封建社会成熟期的第一场大改革——"庆历新政"。一个政权的腐败总是先从吏治腐败开始。当一个新政权诞生后，第一件事就是安排干部。通常，官位成了胜利者的最高回报和掌权者对亲信、子女的最好赏赐。官吏是这个政权的代表和既得利益者，也就成了最易被腐蚀的对象和最不情愿改革的阶层。只有其中的少数清醒者，能抛却个人利益，看到历史规律而想到改革。

1035年，范仲淹因知苏州治水有功又被调回京，任吏部员外郎，知京城开封府。他已两次遭贬，这次能够回京，一般人定要接受教训慎言敏行，明哲保身，但这却让范仲淹更深刻地看到国家的政治危机。他又浑身热血沸腾，要指陈时弊了。这次，范仲淹没有像前两次那样挑"君"的毛病，他这次主要针对的是干部制度问题，也就是由尽"谏官"之责，转而要尽"台官"之责了。

原来这宋朝的老祖宗——太祖赵匡胤得天下是利用带兵之权，阴谋篡位当的皇帝。他怕部下也学这一招来夺其子孙的皇位，就收买人心，凡高官的子孙后代都可荫封官职。这样累积到仁宗朝时，已官多为患，甚至骑竹马的孩子都有官在身。

凡一个新政权建立五十年左右是一道坎，这就是当年黄炎培与毛泽东在延安讨论的"周期律"。到范仲淹在朝时，宋朝开国已八十年，吏

作者将普通人与范仲淹面对贬谪后又受重用的行为进行对比，一反一正，分外鲜明。这样的写法在文中多次出现，既是颂扬范仲淹，更是批评一般官员面对利益就掩盖本心的行径，加强文章的艺术效果和感染力。

排比修辞，将"百姓赋税、政府行政能力、民间冤狱"等排叠而出，语气一贯，节律强劲，写出朝中吏治腐败之严重，体现范仲淹整顿吏治的迫切之心。

治腐败，积重难返，再加上当朝宰相培植党羽，各种关系盘根错节；皇帝要保护官僚，官僚要巩固个人的势力，拼命扩大关系网，百姓养官越来越多，官的质量越来越低。这之前，范两次遭贬，三次在地方为官，深知百姓赋税之重，政府行政能力之低，民间冤狱之多，根子都在朝中吏治腐败。

他经过调查研究，将朝中官员的关系网绘了一张"百官图"。1036年，他拿着这图去面见仁宗，说宰相统领百官，不替君分忧，不为国尽忠，反广开后门，大用私人，买官卖官，这样的干部路线，政府还能有什么效率，朝廷还有什么威信，百姓怎么会拥护我们。范又连上四章，要求整顿吏治。你想，拔起一株苗，连起百条根，这一整顿要伤到多少人的利益，如欧阳修所说："如此等事，皆外招小人之怨怒，不免浮议之纷纭。"皇帝虽有改革之意，但他绝不敢把这官僚班底兜翻，范仲淹在朝中就成了一个讨嫌的人。吕夷简对他更是恨得牙根痒，就反诬他"越职言事，荐引朋党，离间君臣"。那个仁宗是最怕大臣结党的，吕很聪明，一下就说到了皇上的痒处，于是就把范仲淹贬到饶州（今江西鄱阳）。从他1035年3月进京，第三次被起用，到第二年5月被贬出京，又只有一年多一点。

这是他第一次试图碰一碰腐败的吏治。这

次，许多正直有为的臣子也都被划入范党，分别发配到边远僻地。朝中已彻底没有人再敢就干部问题说三道四了。范仲淹离京，几乎没有人再敢为他送行。只有一个叫王质的人扶病载酒而来，他举杯道："范君坚守自己的立场，此行比之前两次更加光彩！"范笑道："我已经前后'三光'了。你看，来送行人也越来越少。下次如再送我，请准备一只整羊，祭祀我吧。"他坚守自己的信仰"不以物喜，不以己悲"，虽三次被贬而不改初衷。

从京城开封出来到饶州要经过十几个州，除扬州外，一路上竟无一人出门接待范仲淹。他对这些都不介意，到饶州任后吟诗道："三出专城鬓似丝，斋中萧洒过禅师。""萧洒过禅师"，这是无奈的自我解嘲，是一种无法排解的苦闷。翻读中国历史，我们经常会听到这种怀才不遇、报国无门者的自嘲之声。柳永屡试不中，就去为歌女写歌词，说自己是"奉旨填词"；林则徐被谪贬新疆，说是"谪居正是君恩厚，养拙刚于戍卒宜"；辛弃疾被免职闲居，说是"君恩重，且教种芙蓉"。现在范仲淹也是：君恩厚重，让你到湖边去休息！

饶州在鄱阳湖边，风大浪高，范自幼多病，这时又肺病复发。不久，那成天担惊受怕，随他四处奔波的妻子病死在饶州。未几，他又连调润

> 坚守不易，但"不以物喜，不以己悲"的信仰，让范仲淹虽三次遭贬却不改初衷。

> 反语。"君恩厚重"一词仿用辛弃疾语，在表达对朝廷贬谪忠臣之事上，嘲讽语气显得更为强烈，情感显得更为充沛，给人的印象也更加深刻。

州（今江苏镇江）、越州（今浙江绍兴）。四年
换了三个地方。他想起楚国被流放的屈原，汉代
被放逐的贾谊，报国无门，不知路在何方。他
说："仲淹草莱经生，服习古训，所学者惟修身
治民而已。一日登朝，辄不知忌讳，效贾生'恸
哭''太息'之说，为报国安危之计。情既龃
龉，词乃瞋凭……天下指之为狂士。"范仲淹已
三进三出京城，来回调动已不下二十次。他想，
看来这一生他只有在人们讨嫌的目光中度过了。

但忠臣注定不得休闲，范仲淹自1036年被
贬外地四年后，西北战事吃紧，皇帝又想起了
他。1042年，他被派往延州（今延安）前线指挥
抗战。1043年，宋夏议和，战事稍缓，国内矛盾
又尖锐起来。赋税增加，吏治黑暗，地方上暴动
四起，仁宗束手无策。庆历三年（1043年）四月
仁宗又将他调回京城任为副相，又免了吕夷简的
官，请范主持改革，史称"庆历新政"。这是他
第四次进京为官了。

这次，他指出的要害仍然是吏治。前面说
过，范仲淹第三次被贬，就是因为上了一个"百
官图"，揭露吏治的腐败。七年过去了，他连任
了四任地方官，又和西夏打了一仗，但朝中的吏
治腐败不但没有解决，反愈演愈烈。他立即上书
《答手诏条陈十事》。

他说，第一条，先要明确罢免升迁。现在

范仲淹也是个普
通人，面对报国无门茫
茫前路，他也会内心忧
伤苦痛迷惘。但是正因
为他是个普通人，他不
改初心去"立德立功立
言"，恰恰证明了他是
个真正的伟丈夫。

"仍然"写出范
仲淹的矢志不渝。范仲
淹虽因"吏治"之事被
贬，但是再大的磨难也
磋磨不了他"心忧天
下"的心志。

无论功过，不问好坏，文官三年一升，武将五年一提，人人都在混日子。假如同僚中有一个忧国忧民，"思兴利去害而有为"的，"众皆指为生事，必嫉之，沮之，非之，笑之，稍有差失，随而挤陷。故不肖者素餐尸禄，安然而莫有为也。虽愚暗鄙猥，人莫齿之，而三年一迁，坐至卿、监、丞、郎者，历历皆是。谁肯为陛下兴公家之利，救生民之病，去政事之弊，葺纪纲之坏哉？利而不兴则国虚，病而不救则民怨，弊而不去则小人得志，坏而不葺，则王者失。"你看"国虚""民怨""小人得志""王者失"，现在我们读这篇《条陈》，仍能感受到范仲淹那种深深的忧国忧民之心和急切的除弊救政之志。

他条陈的第二条是抑制大官子弟世袭为官。就是说不能靠出身好当官。现在朝中的大官每年都可自荐子弟当官，"每岁奏荐，积成冗官"，甚至有"一家兄弟子孙出京官二十人"。大官子弟"充塞铨曹（官署），与孤寒争路"。范仲淹是"孤寒"出身，深深痛恨这种排斥人才的门阀观念和世袭制度。

他条陈的第三条是贡举选人，第四条是选好的地方官，"一方舒惨，百姓休戚，实系其人"。第五条是公田养廉。十条倒有五条有关吏治。后面还有厚农桑、修武备、减徭役等。我们听着这些连珠炮似的言词和条分缕析般的陈述，

可以用屈原《渔父》中的"举世皆浊我独清，众人皆醉我独醒"来诠释范仲淹当时的心境。

跨越千年时光，不变的是贤臣们对理想社会的追求，这种"忧国忧民之心和急切的除弊救政"的情怀，是所有在世间清醒着的仁人志士所共有的啊。

客观罗列《条陈十事》后，忽然加入主观色彩极浓的抒情，不

仿佛看到了一个痛心疾首、泪流满面的臣子，上忧其君，下忧其民，恨不得国家一夜之间扭转乾坤，来一个河清海晏，政通人和。

毛泽东说："政治路线确定之后，干部是决定的因素。"干部制度向来是政权的核心问题。治国先治吏，历来的政治改革都把吏治作为重点。不管是忧君、忧国、忧民，最后总要落实在"忧政"上，即谁来施政，怎样施政。

"庆历新政"的改革之初，仁宗皇帝对范仲淹还是很信任的，改革的决心也很大。仁宗甚至让他搬到自己的殿旁办公。范仲淹派许多按察使到地方考察官员的政绩，调查材料一到，他就从官名册上勾掉一批赃官。仁宗即刻批准。这是一段君臣难得的合作蜜月。有人劝道："你这一勾，就有一家人要哭！"范说："一家人哭总比一州县的百姓哭好吧。"短短几个月，朝廷上下风气为之一新。贪官收敛，行政效率提高。

但是，由于新政首先对腐败的干部制度开刀，先得罪朝中的既得利益者，必然会有强大的阻力。他的朋友欧阳修最担心这一点，专门向仁宗上书，希望能放心用范仲淹，并能保护他，不要听信谗言。"凡小人怨怒，仲淹等自以身当，浮议奸谗，陛下亦须力拒。"但是皇帝在小人之怨和纷纭的浮议面前渐渐开始动摇了。范仲淹一次又一次地无法"自以身当"，终于在朝中难以

但能让读者看到忧心国家的范公形象，更能在字里行间读出作者对范公的崇敬之情。作者曾说："为文如为人，贵在自然……当时什么心情，就用什么心情去叙说。"因此，当读到抒情色彩浓重的句子时，就要驻足去细细品味，并体察作者的情感。

宦海浮沉，终难立足。此句让人想起《岳阳楼记》中的"淫雨霏

立足。庆历四年（1044年），保守派制造了一起谋逆大案，将改革派一网囊括进去。这回还是利用了仁宗疑心重、怕臣子结党的弱点，把改革派打成"朋党"。庆历五年（1045年）初，失去了皇帝支持的改革彻底失败，范仲淹被调出京到邠州（今陕西彬县）任职，这是他第四次被贬出京了。这之后就再也没有回京工作。

庆历六年（1046年），范仲淹因肺病不堪北地的风寒，要求调往邓州（今河南南阳），这年他已五十八岁。生命已进入最后六年的倒计时。他自二十七岁中进士为官，四处奔波，四起四落已三十一年。自庆历改革失败后，他已没有重回中央的打算。现在他可以静静地回顾一生的阅历，思考为官为人的哲理。

一天他的老朋友滕子京从岳阳送来一信，并一图，画的是新落成的岳阳楼，希望他能为之写一篇记。这滕子京与他是同年进士，又在泰州任上和西北前线共过事，是庆历新政的积极推行者。滕的一生也很坎坷，他敢作敢为，总想干一番事，却常招人忌，甚至被陷害。那一次在西北遭人陷害，亏得范力保，虽没有下狱，却被贬岳阳，但仍怀忧国之心，才两年就政绩显著，又重修名楼。

范仲淹看罢信，将图挂在堂前，只见一楼高耸，万顷碧波。胸中不由翻江倒海，那西北的

霏，连月不开；阴风怒号，浊浪排空；日星隐曜，山岳潜形；商旅不行，樯倾楫摧；薄暮冥冥，虎啸猿啼"一句。此时更觉历经风雨后的"不以物喜，不以己悲"品质的弥足珍贵。

一连串数字的罗列，概括了范仲淹的风雨人生。四起四落，三十一年，终究凝成了一篇《岳阳楼记》。

排比句式，一气呵成，概述范公人生不平之意。《岳阳楼记》

之所以能"震大千而醒人世，承千古而启后人"，不仅在于文章的形式，更在于它是范仲淹人生历程和精神内核的写照，是一面可以照史、照人的铜镜。

风沙，东海的波涛，朝中的争斗，饥民的眼泪，金戈铁马，阁中书卷，狄仁杰的祠堂，楔入西夏的孤城，仁宗皇帝忽而手诏亲见，忽而挥袖逐他出京，还有妻子牵衣滴泪的阻劝，长子随他在西北前线的冲杀……一起浮到眼前。他心中万分激动，喊一声："研墨！"挑灯对图，凝神静思，片刻一篇三百六十八字的《岳阳楼记》就如珠落玉盘，风舒岫云，标新立异，墨透纸背。他把自己奋斗一生的做人标准和政治理想提炼为"不以物喜，不以己悲""先天下之忧而忧，后天下之乐而乐"。震大千而醒人世，承千古而启后人。文章熔山水、政治、情感、理想、人格于一炉，用纯青的火候为我们铸炼了一面照史、照人的铜镜。文章说是写岳阳楼，实在是写他自己的一生。现在我们来看一下范仲淹怎样写文章。

三、我们该怎样写文章
文章达到的"三境之美"

1. 一文、二为、三境、五诀

在中国古代，文章是官员政治素质的一部分。"立功、立德、立言"三者缺一不可。古今有三种文章：一是官场应景，空话、套话，人们很快忘记；二是有一点思想内容，但行文不美（如大量的奏折、记、表等），人们也已经忘记；三就是以《岳阳楼记》为代表的既有思想内容，又有艺术高度，是一种思想美文。

　　《岳阳楼记》到底好在什么地方？在下评语前，我们不妨先探究一下好文章的标准。概括地说，可以叫作"一文、二为、三境、五诀"。

　　"一文"是指文采。首先你要明白，你是在做文章，不是写应用文、写公文。文者，纹也，花纹之谓，章者，章法。文章是一门以文字为对象的形式艺术，它要遵循形式美的法则，并通过这个法则表达作者的精神美。中国古代文、言相分，说话可以随便点，既要落成文字，就要讲究美。诏书、奏折、书信等文件、应用文字也一样求美。古代是把文件写成美文，而我们现在是把美文改成了文件，都一个面孔。

　　"二为"是写文章的目的，一为思想而写，二为美而写。既要有思想，又要有美感。文章有"思"无美则枯，有美无"思"则浮。

　　"三境"是指文章要达到三个层次的美，或曰三个境界。古人论诗词就有境界之说。我现在把文章的境界细分为三个层次：一是景物之美，描绘出逼真的形象，让人如临其境，谓之"形境"，类似绘画的写生；二是情感之美，创造一种精神氛围叫人留恋体味，谓之"意境"，类似绘画的写意，如徐渭（青藤）；三是哲理之美，说出一个你不得不信的道理，让你口服心服，谓

作者概括出的"一文、二为、三境、五诀"的评判标准，在作文和审美上极为实用。

将古今的文字形式进行比较，体现文采在写文章中的重要性，同时写出了作者对现代文字只追求实效，却忽略美感的遗憾和批评。

"枯、浮"二字凸显"思"与"美"在文章中的重要性，表明写文章不但要有思想，更要有美感。

"境界"是玄妙的东西，怎样将虚的感觉准确地传递给读者呢？作者运用了类比手法，借用"绘画的写生、绘

画的写意、绘画的抽象"，更浅显形象地写出三层境界的不同之处，引发读者的联想。

文章前两部分纵横开阖、气势宏伟、嬉笑怒骂、洋洋洒洒。到了第三部分，忽然收笔凝神，平实简洁地介绍"一文、二为、三境、五诀"之法。这样的行文布局，犹如一曲交响乐，在主旋律的演奏中，既有韵律的高潮，又有舒缓的尾声，妙哉！

通过前文对范仲淹一生评述，再去读《岳阳楼记》这两段文字，就会联想到作者跌宕起伏的人生。其实范仲淹

之"理境"，类似绘画的抽象，如毕加索。这三个境界一个比一个高。

"五诀"是指要达到这三境的方法，我把它叫作"文章五诀"，即"形、事、情、理、典"。文中必有具体形象，有可叙之事，有真挚的情感、有深刻的道理，还有可借用的典故知识。这一切，又都得用优美的文字来表达。这就是"一文、二为、三境、五诀"之法。

以这个标准来分析《岳阳楼记》，我们就会惊喜地发现它原来暗合作文和审美的规律，所以成了一篇千古不朽的范文。

请看全文：

庆历四年春，滕子京谪守巴陵郡。越明年，政通人和，百废俱兴，乃重修岳阳楼，增其旧制，刻唐贤今人诗赋于其上，属予作文以记之。

予观夫巴陵胜状，在洞庭一湖。衔远山，吞长江，浩浩汤汤，横无际涯；朝晖夕阴，气象万千。此则岳阳楼之大观也，前人之述备矣。然则北通巫峡，南极潇湘，迁客骚人，多会于此。览物之情，得无异乎？

若夫淫雨霏霏，连月不开；阴风怒号，浊浪排空；日星隐曜，山岳潜形；商旅不行，樯倾楫摧；薄暮冥冥，虎啸猿啼。登斯楼也，则有去国怀乡，忧谗畏讥，满目萧然，感极而悲者矣。

至若春和景明，波澜不惊，上下天光，一碧万顷；沙鸥翔集，锦鳞游泳；岸芷汀兰，郁郁青青。而或长烟一空，皓月千里，浮光跃金，静影沉璧，渔歌互答，此乐何极！登斯楼也，则有心旷神怡，宠辱偕忘，把酒临风，其喜洋洋者矣。

嗟夫！予尝求古仁人之心，或异二者之为，何哉？不以物喜，不以己悲。居庙堂之高，则忧其民；处江湖之远，则忧其君。是进亦忧，退亦忧；然则何时而乐耶？其必曰：先天下之忧而忧，后天下之乐而乐乎！噫！微斯人，吾谁与归？

时六年九月十五日。

全文共有六个自然段。

第一段叙写这件事的缘起。以事起兴，作一个引子，用"事"字诀。

第二段描写洞庭湖的气象，铺垫出一个宏大的背景。借山川豪气写忠臣志士之志，用"形"字诀。

第三、四段作者借景抒情，设想了两种"览物之情"，创造出一悲一喜的意境。通过景物描写营造气氛，水到渠成，即用"形"字诀和"情"字诀，由"形境"过渡到"意境"。连用淫雨、阴风、浊浪、星隐、山潜、商断、船翻、

也只是普通人，他会有"感极而悲"的时候，也会有"喜洋洋"的时候。但正因为普通，他"虽九死其犹未悔"的"心忧天下"品质才愈发让人钦佩。

仅用十个恐怖形象和十个美好形象，就勾勒出形象鲜明的悲喜情境，范仲淹对意象的选择足见其文学造诣之深。

日暮、虎啸、猿啼十个恐怖的形象。然后推出"去国怀乡，忧谗畏讥，满目萧然，感极而悲"的伤感情境。连用春风、丽日、微波、碧浪、鸟飞、鱼游、芷草、兰花、月色、渔歌十个美好的形象，推出"心旷神怡，宠辱偕忘，把酒临风，其喜洋洋"的快乐情境。

太平时"忧"强调的是未雨绸缪的忧患意识；危难时"担"突显的是身先士卒的担当行为。"忧、担"二字体现出范仲淹不但是思想上的哲人，更是行动上的巨人。

第五段，导出哲理，作者将形和情有意推向理的高度，设问：有没有超出上面那两种的情况呢？有，那就不是一般人，而是"古仁人之心"了。这种人超出物质利益的诱惑，超出个人的私念：在朝为官，不忘百姓；被贬江湖，不忘其君。太平时忧天下，危难时担天下。进也忧，退也忧，那么，什么时候才乐呢？到文章快结束时才推出一声绝响，一个响亮的哲理式结论："先天下之忧而忧，后天下之乐而乐"。做官要做这样的官，做人要做这样的人！用我们现在的话说，就是无私奉献，全心全意为人民服务。用的是"理字诀"。这个道理一下讲透了，这个标准一下管了一千年，而且还要永远管下去！这是文章的高潮，全文的主题，是作者一生悟出的真理，也是他的信念。不管哪个时代，哪个国家的官员都有忠奸、公私、贤愚、勤庸之分。而公而忘私、"先忧后乐"是超时代、超阶级的道德文明、政治文明，是人类共同的、永远的精神财富。范仲淹道出了这种为人、为臣的本质的理性的大美，文章就千古不朽了。作者讲完这个结论后，文章又从"理"回转到"情"："噫，微斯人，吾谁与归"，前不见古人，后不见来者，写出了一种超时空的向往和惆怅。

第六段，不经意间再轻带一笔转回到记"事"："时六年九月十五日"，照应文章的开头，像一个绕梁的余音。至此文章形、事、情、理都有（注意本文没有用典），形美、情美、理美三个层次皆具，已达到了一个完美的艺术境界。

这篇文章的核心是阐述"先天下之忧而忧，后天下之乐而乐"的道理。但如果作者只说出这一句话，这一个理，就不会有多大的感染效果，那不是文学艺术，是口号，是社论。好就好在它有形、有景、有情、有人、有物的铺垫，而且全都用优美的文字来表述，用了许多修辞手法。在"理境"之美出现之前，已先收"形境""意境"之效，再加上贯穿始终的文字之美，形美、情美、理美、文美，算是"四美"了，在内容和形式两方面都分别达到了很难得的高度，借用王勃在《滕王阁序》里的一句话，就是"四美具，二难并"了，是一种高难度的美。

2. 两类作者，两类文章

虽然我们给出了一个："一文"的要求、

《岳阳楼记》的尾句常被人忽略，却是一个绕梁的余音，令人恍然大悟。

作者用"一文、二为、三境、五决"来评析《岳阳楼记》，高度概括出这篇传世之作"四美具，二难并"的精妙。

"二为"的宗旨、"三境"的标准、"五诀"的方法，但并不是谁人拿去一套，就可以写出一篇好文章。就像数学课上，不是老师教给一个公式，人人都能得一百分。这还得有一个艰苦的修炼过程。

凡古今文章，从作者角度分有两大类。一类是文人、专业作家，如古代的司马相如、李白、王勃，现代的许多专业作家。作者先从文章形式入手，已娴熟地掌握了艺术技巧，然后再努力去修炼思想，充实内容，但无论如何，由于阅历所限，其思想总难拔到很高的境界。就像一个美人，已得先天之美，又想再成就一番英雄业绩，其难也哉！

第二类是政治家、思想家，如古代的贾谊、诸葛亮、魏征、韩愈、范仲淹，近代的林觉民、梁启超，现代如毛泽东等人。这类作者是从思想内容入手。他并不想以文为业，只是由于环境、经历使然，内心积累甚多，如火山之待喷，不吐不快，就借文章的形式表达出来。当然，大部分政治家是写不出好文章的，他们忙于事务，长于公文、讲话、指示等应用文字而不善美文，或者根本就没有修炼到思想的美，很难做到"四美具而二难并"。但也有少数政治家、思想家，或因小时就有文章阅读或写作训练的童子功（如人外表的先天之美），或政务之余不忘治学（如人形

此喻诙谐又通俗易懂，和下文的第二类人物的比喻形成高低之分，使读者对各类作者有了清晰的分类。

将能挟思想之深又借艺术之美的政治家、思想家，比作既有颜值又有才华的美女，体现

体的后天训练），于是便挟思想之深又借艺术之美，登上了文章的顶峰。就像一个美女后来又成就了伟功大业，既天生丽质，又惊天动地，百里挑一。

因为有两类作家，也就有两类文章，"文人文章"和"道德文章"。中国文学传统很重视政治家的"道德文章"。政治家为文是用个性的话说出共性的思想（如诸葛亮说的"鞠躬尽瘁，死而后已"，毛泽东说的"帝国主义和一切反动派都是纸老虎"）。如果只会用共性的语言说共性的思想，就是官话、套话，有理而无美，这不叫文章，也不可能流传。

"文人文章"，求"美"而不求"理"，是以个性的语言说出共性的美感。常"美"有余而理不足（如王勃的"落霞与孤鹜齐飞，秋水共长天一色"）。因为文章第一位是表达思想，"理境"为"三境"中最高之境，所以相对来讲，先入艺术之门，再求深造思想难；先登思想之峰，再入艺术之门易。所以真正的大文章家，由政治家、思想家出身的多，而专攻文章，以文为业的反倒少。历史上的范仲淹是一个政治家、军事家、学者，也许他从来也没有把自己当作一个作家。后人在排唐宋八大家之类的排行榜时，他也无缘入列。但这恰恰是他胜过一般文人之处。或者历史根本就不忍心将他排入文人之列。这倒给

"四美具而二难并"的令人惊艳，读来让人会心一笑。同时，也呼应了文章开篇对范仲淹的高度评价。

范仲淹"无缘入列"唐宋八大家，不是配不上，而是历史"不忍"。

我们一个启示，每一个政治家都有条件写出大文章，都应该写出大文章。

这篇文章是对我国封建政治文明的高度总结。中国封建社会近三千年，政界人物多得数不清，历朝皇帝四百二十二个（按理，他们是当然的大政治家），大臣官员更不知几多，但能写出《岳阳楼记》，并被后人所记住、学习和研究的只有范仲淹一人。现在我们知道要出一篇好文章是多么不容易了。要做文，先做人。金代学者元好问评价范仲淹说："文正范公，在布衣为名士，在州县为能吏，在边境为名将。其才、其量、其忠，一身而备数器。"我们还可以再加上一句："在文坛为大家。其思想、其文采，光照千年。"

中国从古至今，内容形式都好，以一篇文章而影响了中华民族政治文明、人格行为和文化思想的文章为数不多。我排了一下有十篇。它们是：

1. 贾谊的《过秦论》
2. 司马迁的《报任安书》
3. 诸葛亮的《出师表》
4. 陶渊明的《桃花源记》
5. 魏征的《谏太宗十思疏》
6. 范仲淹的《岳阳楼记》

"不忍"二字写出了范仲淹有别于普通的文人，他是真正的大文章家。"不忍"二字也突显作者对范仲淹的推崇之情。

用元好问的评价作结，从才、量、忠、文等角度高度概括范仲淹的一生，表达出做文先做人，好文的背后站立的是顶天立地的伟丈夫。

对于作者推荐的十篇经典，我们都可以用"一文、二为、三境、五诀"的标准加以品析，从中领悟"四美具而二难并"的文章的精髓，由文及人，进而看见文章背后掩藏着的作者的人生及情怀。

7. 文天祥的《正气歌并序》

8. 梁启超的《少年中国说》

9. 林觉民的《与妻书》

10.毛泽东的《为人民服务》

　　这些文章已经成为中华经典。什么是经典？我在《说经典》一文中谈道："第一，经典是一个时代的标志，空前绝后，比如我们现在不可能再写出唐诗、宋词；第二，已上升到理性，有长远的指导意义；第三，能经得起重复，即实践的检验，会常读常新。人们每重复一次都能从中开发出有用的东西。这就是经典与平凡的区别。一块黄土，雨一打就碎，而一块钻石，岁月的打磨，只能使它愈见光亮。"

　　怎么才能达到经典的高度呢？这又回到我们开头讲的"一文、二为、三境、五诀"的标准。简要来说，你得有很高的政治修养和文学修养，而且还要能有机地结合。而这不是每一个人都能做到的，用美学大师黑格尔的话说这种人是天才，"一般来说有这种才能的人一遇到心中有什么观念，有什么在感发他，鼓动他，他就会马上把它化为一个形象，一幅素描，一曲乐调或一首诗。"艺术史上这样的例子很多，如王羲之的《兰亭序》，徐悲鸿的《马》，冼星海的《黄河大合唱》等。范仲淹在这里是把他的政治理念化

"化"字妙极了。前文洋洋洒洒介绍范仲淹的风雨一生，恰恰为《岳阳楼记》的成形做铺垫。先做人，后写文，三百六十八字的文章凝结着的是范仲淹官

作了一篇《岳阳楼记》。

好文章是一个人在一定的时代背景下全部知识和阅历的结晶，是他生命的写照。其中不知要经历多少矛盾、冲突、坎坷、辛酸、成功与失败。这非主观意志可得，只可遇而不可求。因此一篇好的文章就如一个天才人物、一个历史事件，甚或如一个太平盛世的出现，不是随便就有的，它要综天时地利之和，得历史演变之机，靠作者的修炼之功，是积数十年甚或数百年才可能出现的一个思想和艺术的高峰。千军易得，一将难求；千年易过，好文难有。

范仲淹为我们写了一篇千古美文，留下了一笔重要的文化遗产和政治财富，同时他也以不朽的政治家、思想家和文学家载入史册。

海一生的政治理念，他将忧乐情怀全化解在这篇奇文之中。

　　结尾段呼应了篇首对《岳阳楼记》和范仲淹的评价，同时给了标题"美文是怎样写成的"一个总结式的答案。"千年易过，好文难有"，《岳阳楼记》因着范仲淹的人生而圆满，但它不仅是一个人的作品，更像一个时代，甚至整个民族的精神浓缩。

徐敏红　　点评老师
浙江省温岭市箬横镇中学语文高级教师，温岭市教坛新秀。

忽又重听《走西口》

正月里回家乡过年，初三那天作家赵越、亚瑜夫妇请吃饭，点的全是山西菜，不为别的，就是要个乡土味。席间，我问赵兄，最近又写了什么好歌词。我知道这几年他在词界名声大振，从中央电视台的春节晚会，到山西歌舞剧院出国演出，无不有他的新词。他说别的没有，倒有一首《走西口》，是旧瓶装新酒，还可自慰。

我知道《走西口》是在山西、内蒙古、陕西一带流行极广的一首民歌。过去晋北、陕北一带生活苦寒，一些生活无着的人便西出内蒙古谋生，有的是去做点小买卖，有的是春种秋回，收一季庄稼就走。这一生活题材在民间便产生了各种版本的《走西口》，大都是叙青年男女的离别之情，且多是女角来唱，其词凄切缠绵，感人肺腑。赵君这一说，再加上这满桌莜面、山药蛋、酸菜羊肉汤，乡情浓于水，歌情动于心，我忙停箸抬头请他将新词试说一遍。他以手辗转酒杯，且吟且唱：

叫一声妹妹哟你泪莫流，

泪蛋蛋就是哥哥心上的油。

实心心哥不想走，

真魂魂绕在妹妹身左右。

叫一声妹妹哟你不要哭，

哭成个泪人人你叫哥哥咋上路？

人常说树挪死来人挪活，

又不是哥哥一人走西口。

啊，亲亲！

咱挣上那十斗八斗我就往回走。

"旧瓶新酒"，和前文照应，写出赵君《走西口》的特点，于对比中知晓"新酒"新在何处，行文严丝合缝。

就这么几句，我心里一惊，不禁为之动容。确实是旧瓶新酒，变女声为男声，男儿有泪不轻弹，其悲中带壮，情中有理，虽无易水之寒，却如长城上北风之号，只有在黄土地上，在那裸露的沙梁土坎上，那些坡高沟深、无草无树、风吹塬上旷、泥屋炊烟渺的黄土高原上才可能有的这种质朴的赤裸裸的爱。这是小溪流水，竹林清风，《阿诗玛》《刘三姐》等那种南国水乡式的爱情故事所无法比拟的。赵君过去写过许多洋味十足的诗，其外貌风度也多次被人错认为德国友人、墨西哥影片里的角色等，不想今日能吐出如此浑厚的黄土之声。我说你以前所有的诗集、歌词都可以烧掉了，只这一首便可大名传世。这时一旁的亚瑜君插话："别急，你听下面还有对妹

子的呵护之情呢。"赵君接着吟唱:

叫一声妹妹你莫犯愁,
愁煞了亲亲哥哥不好受。
为你码好柴来为你换回油,
枣树圪针为你插了一墙头。
啊亲亲!
到夜晚你关好大门放开狗。
…………
叫一声妹妹哟你泪莫流,
挣上那十斗八斗我就往回走!

我是在西口外生活过整整六年的。大学一
毕业即被分配到那里当农民,也算是走西口,不
过是坐着火车走。那时当然比现在苦,但还不至
于苦到生活无着,并不是为了糊口,是为了"支
边"。当时我也未能享受到歌中主人翁的那份甜
丝丝的苦,那份缠绵绵的愁。因为那时还没有一
个能为我流泪滴油的妹妹。正是天苍苍,野茫
茫,孤旅一人走四方。但那天高房矮、风起沙
扬、枣刺柴门、黄泥短墙、寒夜狗吠、冷月白窗
的塞外景况我实在是太熟悉了。

你想孤灯长夜,小妹一人,将要走西口的
哥哥心里怎么能放心得下,于是就在墙头上插满
枣刺,又嘱咐夜晚小心听着狗叫。人走了,心还

在啊。"妹的泪是哥心上的油，真魂魂绕在妹身左右"，这是何等痛彻心骨的爱啊。这种质朴之声，直压中国古典的《西厢记》，西方古典的《罗密欧与朱丽叶》。

赵君谈得兴起，干脆打开了音响，请我欣赏著名民歌演唱家牛宝林演唱的这首《走西口》。霎时，那嘹亮的、带有塞外山药蛋味的男高音越过了边墙内外和黄土高坡上的沟沟坎坎、峁峁垴垴，我的心先是被震撼，接着被深深地陶醉了。

祖逖闻鸡起舞，我今闻赵君一歌思绪起伏。爱情这东西实在属于土地，属于劳动，属于那些无产、无累、无任、无负的人。古往今来有多少专吃爱情饭的作家，从曹雪芹到张恨水到琼瑶，连篇累牍，其实都赶不上塞外这些头缠白毛巾的

小伙子掏出心来对着青天一声吼。就像人类在科学上费尽心机，做了许多发明，回头一看远不如自然界早已存在的物和理，又赶快去研究仿生学。赵君也是写了大半辈子诗的人了，绕了一圈回过头来，笔墨还是落在了这一首上。

人以五谷为本，艺术以生活为根。黄土地实在是我们永远虔诚着的神。这使我想起四十年代在陕北那块贫瘠的土地上，一批肚子里装满了翰墨的知识分子，他们打着裹腿，穿着补丁裤子，抿着干裂的嘴唇，顶着黄风，在土沟里崖畔上白

天晚上地寻寻觅觅，为的是寻找生活的原汁原味，寻找艺术的源头。这其中最具代表性的是李季的《王贵与李香香》：

> 沟湾里胶泥黄又多，
> 挖块胶泥捏咱两个。
> 捏一个你来捏一个我，
> 捏得就像活人脱。
> 摔碎了泥人再重和，
> 再捏一个你来再捏一个我。
> 哥哥身上有妹妹，
> 妹妹身上有哥哥。

　　我请赵君给我随便讲一件在晋西北采风的事。他说："一次在黄河边上的河曲县采风，晚上油灯下在一家人的土炕上吃饭，我们请主人随意唱一首歌。小伙子一只大手卡着粗瓷碗，用筷子轻敲碗沿，张口就唱，'蜜蜂蜂飞在窗棂棂上，想亲亲想在心坎坎上'，不羞涩，不矫情，像吃饭喝水一样自然。"这也使我想起那一年在紧靠河曲的保德县（歌唱家马玉涛的家乡）采访，几位青年男女也是用这种比兴体张口就为我唱了一首怀念周总理的歌，立时催人泪下。

　　这些伟大的歌手啊，他们才是大师，才是音乐家，就像树要长叶，草要发芽，他们有生就有

*　　三言两语，人物便活灵活现地立住了，原因何在？动作描写、细节描写将画面定格，惟妙惟肖，如在眼前。*

这样工整对偶的句子，在作者的作品中俯拾即是，结构相同、句式匀称、语言凝练，有和谐雅致之美。

爱，有爱就有歌，怎么生活就怎么唱。在他们面前我们真正自愧不如。到后来，等到我也开始谈恋爱时，虽然也是在西口古地，也是大漠孤烟，长河落日，锄禾田垄上，牧马黄河边，但是无论如何也吼不出那句"泪是哥哥心上的油"。现在闻歌静思才明白，真正的爱、质朴的爱最属于那些土里生土里长的山民。他们终日面对黄土背朝天，日晒脊梁汗洗脸，在以食为天的原始劳作中油然而生的爱，还没有受过外面世界的惑扰，还保有那份纯、那份真。

就像要找真人参还得到深山老林中的悬崖绝壁上去寻，像我们这些城市中的文化人每天挤汽车、找工作、评工资，还有什么迪斯科、武打片、环境污染、公共关系，早已疲惫不堪，许多事都是"欲说还休（羞）"，哪里还有什么"泪蛋蛋、真魂魂、枣圪针、实心心"，更没有什么晚上能卧在你脚下的狗。

自然过渡，承接上文的歌，引出下文的两件事。同样是引出下文，笔法却与之前不同，小细节中有大讲究。

听着歌，我不禁想起两件事。一是著名学者梁实秋，晚年丧妻后爱上了比他小二十多岁的孤身一人的歌星韩菁菁。这是个人的私事，本来很自然，却让舆论哗然。首先梁的学生起来反对，甚至组织了"护师团"来干预他的爱。老教授每天早晨起来手拿一页昨晚写好的情书，仰望着情人的阳台。这位感情丰富，古文洋文底蕴极厚又曾因独立翻译完成《莎士比亚》而得大奖，装了一肚子爱情悲喜剧的老先生绝不敢在静静的晨曦中向楼上喊一嗓子："叫一声妹妹你莫愁。"文化的负重，倒造成了爱的弯曲，至少是爱的胆怯。

还有一件事，是那一年我在西藏碰到的一件极普通但又印象极深的事。那天我在布达拉宫内沿着曲曲折折的石阶木梯正上下穿行，这座千年旧宫正在大修，到处是泥灰、木料，我仔细地看着脚下的路，忽然隐隐传来一阵歌声。我初不经意，以为是哪间殿堂里在诵经。但这声音实在太美了，乐声如浅潮轻浪，一下下地冲撞着我的心。我心灵的窗户被一扇一扇地推开了，和风荡漾，花香袭人。我便翻架钻洞，上得一层楼上，原来是一群青年男女正在这里打地板。

西藏楼房的地板是用当地产的一种"阿嘎"土，以水泡软平铺在地上一下一下地砸，砸出的地板就像水磨石一样，能洗能擦，又光又亮。从一开始修布达拉宫到以后历朝历代翻修，地面都是这样制作，他们称为土水泥。我钻出楼梯口探头一看，只见约三十个青年分成男女两组，一前一后，每人手中持一根齐眉高的细木杆，杆的上端以红绸系一个小铜铃铛，下端是一块上圆下平如碗之大的夯石。在平坦的地板上，后排方阵的小伙子都紫红脸膛，虎背熊腰，前排方阵的姑娘们则长辫盘头，腰系彩裙，面若桃花。只听男女

> "绝不敢"三字略带调侃之意，是作者的笃定，也是梁实秋先生的无奈，隐隐有作者的叹息之声。

> 运用通感手法，把听觉上的歌声比作视觉上的浪花，再加入嗅觉上的花香，歌声就美得丰富醉人了。

歌声一递一进，一问一答，铃声璨璨，夯声墩墩，随着步伐的进退，腰转臂举，袍起袖落。这哪里是劳动，简直就是舞台演出。

这时旁边的游人被吸引得越聚越多，青年们也越打越有劲，越唱越红火，特别是当姑娘们铃响夯落，面笑如花，转过脸去向小伙子们甩去一声歌，那群毛头小伙子就像被鞭子轻轻抽了一下，喜得一蹦一跳，手起铃响，轰然夯落，又从宽厚的胸中发出一声山呼之响，嗡嗡然，声震屋瓦绕梁不绝。和我同去的一位年轻人竟按捺不住自己，跳进人群，抢过一根夯杆也手之舞之，足之蹈之起来。我看之良久，从心里轻轻地喊出一声："这样的劳动怎么能不产生爱情！"

爱是男女相见相知，不由得生发出的相悦相恋之情。对这种感情的表达，不同生活环境中的人会有不同的方式。李清照与其夫金石家赵明诚算是中国历史上文化层次很高的一对了，两人分居两地十分思念，李清照便写了一首后来在中国文学史上极有名的《醉花阴》：

薄雾浓云愁永昼，瑞脑消金兽。佳节又重阳，玉枕纱橱，半夜凉初透。

东篱把酒黄昏后，有暗香盈袖。莫道不销魂，帘卷西风，人比黄花瘦。

　　李将这首词寄给丈夫，赵明诚喜其情切词美，发誓要回写一首并超过她，便谢客三天，废寝忘食，得五十首，杂李词于其中以示友人。友人玩之再三，说只有这三句最佳："莫道不销魂，帘卷西风，人比黄花瘦。"赵自叹不如。像这种爱，早已经是非要爱出个花样不可，有点斗法的味道了。梁实秋与他所爱的大歌星当着面什么不能说，非得先写好一份情书，然后再捧书上门。这真是"人生识字扭捏始"，偏要拐那十八道弯。学问越高，拐的弯就越多。

　　文者，纹也，装饰、花样之谓也。文人办什么事都爱包装一下，连表达爱也是这样。但物极必反，弯子拐得过多，作品就没有人看了，文人自己也会觉得没趣，于是又寻找回归。胡适说："中国文学史上何尝没有代表时代的文学？但我们不应向那古文传统史里去找。应该向旁行斜出的不肖文学里去找寻，因为不肖古人，所以能代表当世。"胡适其他观点暂不去论，他的这句话倒很合毛泽东同志讲的，人民生活"是一切文学艺术取之不尽、用之不竭的唯一的源泉"，"过去的文艺作品不是源而是流"。所以从古到今，诗歌都有向民歌，特别是向民间的情歌学习的好传统。明代出了个作家冯梦龙，清代乾隆朝有个王廷绍，专向白话俚语学习，大量收集民间创作。有一首情诗《牛女》这样写道：

　　　　再次引出梁实秋先生的故事，既与前文照应，又印证此处观点。作者行文之草蛇灰线，构思之缜密精巧，此处可见。

　　　　旁征博引，前文引用李清照、梁实秋的故事，这里引用胡适、毛泽东的语言，有事有理，互为补充，互相印证。

闷来时，

独自个在星月下过。

猛抬头，

看见了一条天河，

牛郎星、织女星俱在两边坐。

南无阿弥陀佛，

那星宿也犯着孤。

星宿儿不得成双也，

何况他与我。

拿民间情诗与大词人李清照的《醉花阴》作对比，突出民间情诗因为来自生活，所以更直接、更清纯。

名人轶事、历史典故信手拈来，将读者置于广袤的时空之中，时间跨度长。文章既有纵横之气势，又有聚焦之力量。

用这首诗来比李清照的《醉花阴》如何？更能感觉到直接来自生活源头的清纯。而且在表现手法上，先是平平道来，最后用了逆挽之法，说是技法的成熟，不如说是真情所在，情到技到，大道无形，真情无文。其实一切好的民歌的美，正在于此。无论铺排、比兴，全在一个真实自然，见情而不露文。唐代是我国诗歌发展史上的一个高峰。像白居易那样的大家写罢诗后也要去向老太婆读，好求得民间的认同。刘禹锡在向民歌学习方面也很见成效，他的《竹枝词》就很有质朴之美："杨柳青青江水平，闻郎江上唱歌声，东边日出西边雨，道是无晴却有晴。"在诗歌创作方面，这种学习从古至今一直不衰。连那个只会写词不会治国的亡国之君李后主也有一首写得很直率的《菩萨蛮》：

花明月暗笼轻雾，今宵好向郎边去！刬袜步香阶，手提金缕鞋。

画堂南畔见，一向偎人颤。奴为出来难，教郎恣意怜。

看来不管是皇帝老子还是风流名士，要写好诗就得向百姓学习，努力去掉文人身上的珠光色和脂粉气。当然学习也要有个度，也不是越土越好，土到《红楼梦》里的"薛蟠体"也就糟了。

其实，赵君的诗大多是为歌、为舞而写的。这几年在舞台上有一股不太好的风气，哪怕是唱一首很纯朴的民歌，也要灯光陆离，烟雾漫漫，然后再找一些不明不白的伴舞，在歌手的前后左右伸胳膊蹬腿，非得把那清粼粼的旋律、蓝格莹莹的舞台，搅得一团混沌才甘心。而赵君的词却自带着一份不可亵渎的清纯，所以他的词也给舞台的台风带来了可喜的回归。他这几年的一大功劳是与著名编舞王秀芳等人合作创作了两台乡土味极浓的歌舞《黄河儿女情》和《黄河一方土》。这两台戏大震京华，并多次远征国际舞台。可见人心思土，艺风贵朴。

剧中有一段《背河》舞，就是编舞在他那首极富动感的歌词的启发下编出的，效果极佳。

"珠光色"和"脂粉气"是借代的手法，指过度的修饰和包装。

此一句收拢上文，在抚今追昔之后，把读者的思绪重又引到赵君身上，同时引出下文对现今舞台风气的评论。

细节处见匠心，宏观叙述的大视野与微观语言的小精致交相辉映，"人心思土，艺风贵朴"这八个字，视觉上整齐统一，听觉上和谐有韵。

"小皱褶"，此处运用借喻的修辞，把男人背起女人过河比作衣服的皱褶，新颖形象，富有生活气息。

北方的河水清浅，又多无桥，男人一般能蹚水过河，姑娘、媳妇胆小怕凉不敢蹚水，于是就专门有人在河边做起背人过河的生意，挣个小钱。前面说过，凡有劳动的地方就有爱，就连河边这种特殊劳动的小皱褶里也藏着爱。赵君的《背河》词是这样写的：

> 背起小妹妹河中走，
> 背了个欢喜扔了个愁。
> 妹妹的细腰扭呀扭，
> 扭得哥哥甜格滋滋，
> 像喝了蜜酒。
> 得儿哟，得儿哟，
> 莫怕那风浪三丈三，
> 妹妹哟，妹妹哟，
> 哥的劲头九十九丈九！
> 背起小妹妹河中走，
> 叫声妹妹不要害羞；
> 小心那掉在河里头，
> 快把哥哥亲格热热，
> 紧紧地搂。
> 得儿哟，得儿哟，
> 明年再背你下花轿，
> 妹妹哟，妹妹哟，
> 亲手给你揭开红盖头！

他的这首歌，又使我想起当年刚毕业在口外当农民劳动锻炼时的一幕戏。春天里大地刚刚苏醒，春风吹过河套平原，有一丝丝的温馨，一丝丝的甜润。柳条开始发软，枯草刚顶出新芽。劳动休息时，四野空旷无以为乐，经常的节目是摔跤。让我们这些学生大吃一惊的是，那些还没有脱去老羊皮袄或者厚棉袄的姑娘，手大腰壮，竟敢向小伙子叫阵，一会儿就龙腾虎跃，翻滚在松软的犁沟里，羞得我们看都不敢看。在劳动中油然而生爱心，爱心萌动就以歌抒之，歌之不足，舞之蹈之。现在想来田野上这种超出舞蹈的游戏中又一定还藏有那歌之舞之所未能表达尽的爱。

在赵君家吃了一顿饭，听了几首歌，倒惹我想了这许多。临走时赵君送我两盒《走西口》的磁带，这回赴宴真是货真价实。

> 景物描写，写出河套平原初春的景象，"温、甜、软、新"这些词语，在描摹春天之余，还带着爱情的甜蜜。

> 此处是侧面描写，以"羞得我们看都不敢看"，映衬出摔跤场面的激烈热辣，侧面写出当地民风的豪爽。

> 结尾照应开头，照应题目《忽又重听〈走西口〉》，文章前后照应，结构圆融，收笔干脆有力，余味悠长。

夏海芹　点评老师

广东省仲元中学高级教师，省学术技术带头人，省优秀教师。

烟草花为什么这样美

在乌蒙山深处的石门坎我无意中遇到了一块烟草田。有一株怒放的烟草花，不知为什么离开了烟田长在最外边的田垄上，正对着群山的谷口亭亭玉立。我从来没有见过秋天里还会有这么美丽的花朵，齐肩高的烟杆子支出层层的烟叶，厚实的叶子又捧着铃铛似的花朵。而这花呢？像一个个的小喇叭，乳白色的喇叭嘴，伸展开来翻卷出一圈水红色的外沿，一个一个鹊飞燕舞挤满枝头。染尽深绿雪白和浅红，也道不尽她的款款姿色。这烟花迎着山风，轻摆裙裾像在歌唱什么。

据《中国吸烟危害健康报告2020》，全国十四亿人口有超过三亿人吸烟。但是见过田里烟苗的人可能不足十分之一，见过烟花绽放的又不足十分之一。我小时生长在农村，见过种烟苗、炒制旱烟、粉碎烟苗杆子制杀虫剂。但印象中只有肥厚、硕大、油绿的烟叶，怎么就一点也不记得它开花的样子？《列子》上有一个故事，齐国有一人爱金，见市上有人卖金子，拿了一块就走。被抓后问他："旁边就站着人，你怎么敢拿？"他说："我只见金子，不见人。"可见人性趋利，视野里有多少盲区。烟草，本来就是让人抽烟过瘾的，谁还管它开什么花？

但今天的这株烟草花着实打动了我。这是在贵州海拔最高的威宁县，在大西南的乌蒙山深处，从这个山口望出去，群山连绵，河川萦带，烟村竹树，梯田如画，山下渺渺百万人家。此时的烟草花在想什么呢？也许正骄傲地将万里河山踩在脚下，迎着八面来风检阅着天边的人流车马，或者想到自己终会变成一缕青烟，任人吸食，就拼将这生命之花晕染成一朵晚霞。其实，它什么也没有想，只是静静地伫立在这里。

有一首流行歌曲《掌声响起来》："好像初次的舞台，听到第一声喝彩，我的眼泪忍不住流下来。"你看人是多么的可怜，名障目、利惑心，给一点掌声、一声喝彩就能哄他流泪；而这株野花呢，不因无掌声而自悲，也不因无喝彩而神伤，它永远是这样玉树临风，淡淡地微笑。我不觉想起了陆游的《卜算子·咏梅》："驿外断桥边，寂寞开无主。已是黄昏独自愁，更着风和雨。无意苦争春，一任群芳妒。零落成泥碾作尘，只有香如故。"其实梅本无愁人自愁，替草木忧心是多余。自然界万物有主，承天之光，接地之露，不卑不亢，无所谓荣辱。请听这花儿的

花的美因为没有功利作用就不受关注的事实，为下文"烟草花为什么这样美"蓄势。

此处环境描写使用烟草花的视角，举目而望，河山壮美，风光如画，人烟阜盛。作者以柳永《望海潮》之观览气势，展开对烟草花心思的揣摩，富有人情味。

在对烟草花做了诸多富有意味的联想之后，突转此句，有一种绚烂之极归于平淡的淡雅从容，体现作者的生命哲思。

通过人与花的对比，表达自己的独特见解，揭示烟草花自然而然的美，就像金色萤火虫晶莹地闪烁在草地，生命之美，只是顺应天性，只是分内之事。

仿照《卜算子·咏梅》模拟烟草花的歌唱，点明全篇主旨，自美其美，不问因由。

歌唱吧："我立群山上，花开我作主。欲化轻烟消人愁，散入风和雨。秋花艳似春，不须春芳妒。愿随绿叶碾作尘，休问因何故。"

周 华　　　　　　　　　　　　　点评老师

广东省仲元中学高一语文备课组组长，广州市高一语文中心组成员。

苔藓之美

苔藓恐怕是植物中最小最古老的品种之一，它是与恐龙同时期的物种，全球分布约有两万三千种，中国约有三千一百种，约占百分之十二。它的家族这样庞大，个体却十分的渺小。它没有根，没有花和籽，只有茎与叶，真是简洁到了极点，肉眼看去只是一点绿痕。

但是，这么卑微的植物却在干着一件伟大的事情。它不肯在明媚的阳光下落脚，把这里让给那些更需要热量的家族；不肯在人多的地方露脸，把这里让给那些更让人喝彩的花朵；它专找阴暗、湿冷、老旧的角落，用自己微小的身躯为那些被冷落抛弃了的旧物，织成一件细密鲜亮的绿衣，轻轻地裹在它们的身上。让它们不失尊严地屹立，安详地享受云起日落。它像一个发过大愿的苦行僧，专门引渡苦海中的人。

我第一次感觉到苔藓的存在，是在一个原始林子中穿行。当林子足够大、足够幽深时，最刺激你的并不是那些高大的乔木，而是林中一条条绿色的光带，那是用苔藓包装过的朽木或者挂于树间的古藤。微风拂动，树缝中的阳光照得它扑朔迷离，就像是夜空下的露天音乐会上，歌迷们手中的荧光棒划破黑暗，伴着歌声。如果赶巧，苔藓裹着了一块有棱有角的石头，那就算你运气，碰到了一块绿色的宝石。幽暗、孤寂的林子顿然有了生气。于是，我就肃然起敬，这才是真正地为他人作嫁衣。

其实苔藓之美更在于它对人心灵的抚慰。你看，愈是人迹罕至的地方或门可罗雀的时候，就愈显出它的存在。它永在无声地分担着你的寂寞，陪伴着你的孤独，而且总能将这份寂寞转化为一种恬静，将孤独转化为一种自信。古诗文中的苔藓无不都是一种静好的风景。最著名的如王维的"返景入深林，复照青苔上"，如刘禹锡的"苔痕上阶绿，草色入帘青"。纵然是隐居、流亡的岁月里也能找到一份快乐。而现在的旅人去寻访古镇、老宅，也会去留意那墙角的苔藓和旧瓦上的绿痕。说是无情却有情，情到深处只几痕。

苔藓虽小，却有极强的生命力。前几年有英国学者在南极一千五百年的岩心中发现苔藓的踪迹，施以适当的温度它竟能起死回生。苔藓虽微，却有它特殊的价值。小时家乡老屋的瓦缝里长一种藓草，土话名"瓦舍"，专治女人们易犯的"鼻衄"（鼻子流血），而我在黑龙江原始森林中见到的一种藓草，则专治男人们最怕的前列腺病。生活在高寒地带的驯鹿无青草可食，不要怕，专有苔藓来养活驯鹿，而驯鹿又养活了这里的土著。这苔藓就是人类一个最忠实的仆人，它平时不上台面，垂手立于墙脚，一旦有事就立马显身来到面前。

我是几乎不写新诗的，也忍不住要涂抹几行：

比喻、拟人句写出对苔藓的赞美之情。

致苔藓

当枯木已朽，
当砖瓦已旧，
古道上已经无人行走，
老房子里也再无人厮守。
这时有一个精灵，轻轻地走来，
它抚摸着过去的时光，
给每一件旧物盖上一层温柔。
它让万物有平等的尊严，
拥抱每一块冰冷的石头。
它用绿色填满所有的沟壑，
将寂寞酿成一壶老酒。
它让时光无声地轮回，
将死亡转化为生命的永久。

情到深处自然流露。行文至此，用诗歌结尾，直抒胸臆，升华主旨，深化中心，对苔藓的赞美之情跃然纸上。

李红玲　　点评老师
河南省安阳市内黄县实验中学语文高级教师。

高山韭菜坪

点明题目由来，尾句给人"此景闻说贵州有，人间值得几回游"之感，大气磅礴的环境描写，为下文美景蓄势。

贵州之乌蒙山，穿云披雾，绵延千里，人多知其险而少知其美。最美的是山顶十万亩花海，曰韭菜坪。为全国之仅有，世界之未闻。

敏锐的观察、鲜明的对比、细腻的文笔，写出了高山韭菜独特的形状、神奇的花色。

韭菜，本为农家常种之蔬，食客盘里常有之菜，忽一日于高山之上，成一十万亩之大盘，每年百万游客共进秀色之大餐，蔚为壮观。一般的韭菜，叶细长，长不盈尺；开白花，花不引人。而这里的韭菜，宽若一指，长可过人。最奇的是，韭在山下开白花，上到山上变紫红。

比喻、拟人、对偶多种手法齐用，出神入化的描写，写出了韭菜在每个花期的形态，让人惊喜，令人神往，一股怜爱之情油然而生。

每一朵花，未开之时拳为花苞，紧裹花蕊，如新娘披纱，娇羞待嫁；初开之时如礼花，每一苞都直挺出五六十个紫色花棒，欲辐射四周，划破夜空；盛开之时如绣球，每根花棒又二次炸裂，翻出粉色细丝，拳拳曲曲，跃跃草丛。到花尽之时则满山彩线飘舞，<u>丝丝缕缕惹相思，缠梗挂叶不忍去。</u>

整个山顶，花期长达一月有余，你方含苞我盛开，万紫千红斗未艾。这时遥望天边，花海共云影而徘徊，绿草托群芳而争艳。时逢9月，正值中秋，举国同欢，万家团圆，好花知时节，天高万里秋。

天下何处无花？但山顶十万亩不易；谁人没有见过韭菜？但白花变紫未有。于是，紫花大韭被人们惊为稀世之宝，曾穷各方之力，欲引种下山，但她宁餐风沐雨，不食人间烟火，一到山下又恢复白弱之态。这门槛就是一条两千五百米的高山海拔线。橘生淮南则为橘，韭生山上花变紫。管山者言，且不说让她下山，山门离花区只有一百米，为填此空白，多次引种，却无一朵肯下来。

自然与人，寸步不让。

"橘生淮南则为橘"实为用典，道出了"韭生山上花变紫"的缘由，表明韭菜超凡脱俗的美来自生长环境的影响。

结尾含蓄凝练，意味深长。

张家美

点 评 老 师

贵州省毕节市大方县思源实验学校教师，市骨干，一师一优课、网络空间优质课多次获省级奖。

老　墙

在婺源农村小住几天，徽式民居总是窄窄的巷子、高高的墙，房与房的距离又近，一出门，迎面就是一堵墙；一走路，人就夹行在两墙中间。每天出出进进，这墙就是一本读不完的书。

当地传统的砌墙方法是薄砖立砌、横搭、中空、填土，再外涂白灰。这样既节省材料，又可保温，而且土在墙中，寓田于墙。新墙在刚落成之时洁白如纸，就是我们常看到的白墙黛瓦的徽式格调。当初一个泥瓦匠完成一座新房或一堵新墙时，断没有想到他却为大自然提供了一张作画的温床。

岁月之笔是这样作画的。先用细雨在墙上一遍一遍地刷洗，再用湿雾一层一层地洇染，白墙上就显出纵横交错的线条和大大小小的斑点。论层次，这里有美术课上讲的黑、白、灰的过渡；论形状则云海波涛、春风杨柳、山石嶙峋，胜过一本《芥子园画谱》。我孩子是学画的，他说国画里所讲的线条、皴法、留白，西画里讲的光影、色调、透视，在这墙上都可以找到，就是课

此句言简意赅，统领全篇，下文徐徐展开"老墙"这本丰厚的经典，作者为我们慢慢解读，娓娓道来。

这段文字精巧绝伦，叠词、动词运用别致，拟人、对比的修辞手法，议论的表达方式，把老墙的艺术美表现到了极致。

堂上没有讲过的这里也有。人工艺术在自然面前是这样的渺小，他自从住到这里就再也没敢画过一笔画。正是"眼前有景画不得，神来之笔在上头"。

但大自然并不满足于平面的艺术。风雨如刀，岁月如锥，白墙就这里被铲去一块皮，那里被刻出一道沟，有时还被随意抽去一块砖，甚至推倒半堵墙。然后再借来四面八方的种子，乘着风和雨，漫天摇落在墙头。那些绿色的生命便悄无声息地栖身到砖缝里、墙皮间、红土中，甚至就借着一丝湿气黏附在光洁的墙面上。它们才是真正的"蜘蛛侠"，缘墙而走，无处不在，无缝不生。

村里古祠堂有一面大院墙，上面爬满了积年生的薜荔果，果可生吃亦可做成凉粉。这是一面既能看又能吃的墙。植物学家考察物种的多样性，有一个方法叫"打方"：在地上划定一个正方形，细数其中植物的种类和数量。我就试着任选了一面墙，借手机上的识花软件，一个一个地认识这些从未谋面的花草。单听这些名字，就让你心里暖暖的。

那紫云英，本是水田里的绿肥作物，这时也飞上墙头，从叶间探出紫色的小花，回望它走来的田野；有名"窃衣"的，是隐身高手，开着白色的小花，籽带绒毛，总能偷偷粘在衣服上跟你回家，落户墙角；有名"猪殃殃"的，人可食、

将大自然拟人为一位艺术家，白墙就是他的画布，作画方式就是自然之力，写法新奇，文采斐然。

将绿色生命类比为"蜘蛛侠"，缘墙而走，画面感十足。

活泼灵动的文字，让老墙充满了温情，一一介绍墙上植物与功效，丰富文章内容。

可药，活血止痛，但猪一吃就要遭殃；有接骨草，可接骨，凡猪狗鸡鸭腿折骨断，捣烂敷之即好；有一种野草莓，酸酸甜甜，名"蓬蔂"，唐人贾岛的诗里居然写到它，"别后解餐蓬蔂子，向前未识牡丹花"。还有更怪的名字"阿拉伯婆婆纳"，是从阿拉伯传来的物种。但民间不这么说，说是一个叫阿拉的老伯，躺在草地上想老婆，见小草玲珑可爱就取名"婆婆纳"，文化这个东西无时无地不在兼容变异。

你随意漫步吧，土墙、石墙、砖墙、篱笆墙，满墙上都草解人情，花惹人爱。只要你有耐心，任选一墙，就可以面壁一两个小时，像是在美术馆里看画展。不，比画展更好看。这是一面面实实在在的生态墙、文化墙。你想，无数个鲜活的生命自愿齐集到这面老墙上，跻身砖石，扎根红土，探身招手，与人共舞，这是一种什么样的情景？更可贵的是这些鲜活的花草并不欺侮无言的老墙，在完成最后的布局后还没有忘记露出一方红砖，突显一块青石，或留下一段粉墙。它提醒你，这不是一般的纸上图画。

一天，我偶然与儿子说起这几日读墙的感觉，他说："你不知道咱们这房子的西边有一座老墙，每当夕阳晚照时，那种历史的沧桑感让你心里发颤。我修这房子时还专门为了它开了一扇西窗，为了能最佳取景，还不厌其烦地改窗框、

这两句诗出自唐代诗人贾岛的诗《逢博陵故人彭兵曹》。

这段文字很好地表现了淳朴的民风、温暖的民情、包容的文化，与下文提到的"文化只存在于一瞬间"相呼应。

突然运用第二人称，拉近与读者的距离。

文章层层递进，加入后辈对老墙的认识，由老墙深入到老墙的历史和文化，增加了文章的厚重感。

配窗帘。但突然有一天西边冒出了一座新房，壁立眼前，挡了个严严实实，我心里一阵发凉。"正是"面前有景看不得，只因新墙挡旧墙"。文化这种东西很顽强又很脆弱，有时候只存在于一瞬间。

第二天，我就去寻访这堵老墙。原来她曾是一座三层楼高的民居，已三面坍塌，唯留下一个楼的直角兀立在窄巷之上。直角往南的一面墙还比较完整，祖露着砖块横竖相砌的纹路和白色的灰缝，甚至你都能感觉到还有一位砖瓦匠正在工作。而靠北的那段已经塌得只剩下一条楼线，清晰地露出墙的筋骨结构。只见碎砖破瓦如瀑布一样倾泻下来，犬牙交错的砖块间露出当年填充的红土。像大战后一个受伤的壮士正拄着枪托挺立在战壕旁。唯有那个高高的楼角还十分完整，在蓝天的背景下画出一个标准的直角图形，几根废弃的电线如一缕柔发掠过她的额头，头顶上白云来去，一只孤雁在天际盘旋，风在轻轻地打着口哨。这时晚霞烧红了天边，风雨楼台，残阳如血。

我一时惊呆了，如果要给眼前的这幅画起个名字，就叫《岁月》。我脑子里飞快地闪过一大串相似的情景，八达岭长城上破损的戍楼、澳门街头孤悬的大三巴牌坊、罗马城里残存的斗兽场。我甚至还想到了著名的比萨斜塔。我知

展现新旧文化的冲突，物质文明与精神文化的对抗，这是历史发展之必然，更加让人不胜唏嘘。

"受伤的壮士"这一比喻，无比的悲壮、苍凉。突出"老墙"成为作者心中坚不可摧、屹立不倒的精神坐标。

四个历史遗迹，丰富了文章的内涵，增加了文章的意蕴，让读者更加深刻地感受到"岁月"二字的分量。

道严田这个村子是有来头的，历史上一村就出了二十七个进士。而今还处处显示着她曾经是个"大户人家"，你看脚下的石板路与河边的洗衣石，一低头就是一块废弃的古碑。村口一棵宋代的老樟树七八个人才能合抱。岳飞曾在这一带驻军，与悲壮的《满江红》不同，他在这里留下了一首轻松愉快的小诗《花桥》：

岳飞还曾写过这样的小诗，一般人不知道，文章内容更加丰富，读者阅读兴趣更浓。

> 上下街连五里遥，
> 青帘酒肆接花桥。
> 十年征战风光别，
> 满地芊芊草色娇。

"点染"二字，看似轻描淡写，实则言近旨远，突出寻常百姓对老墙的眷恋，和老墙在中华历史进程中的重要作用。

当年的芊芊草色，现在依旧点染在寻常百姓家的墙头上。

在走回家的路上，我有意绕来绕去多走了几条巷子，为的是再多读几段老墙。有一座土墙矮房，早已被主人遗弃，劣筑的红土墙面上夹杂着石块草根，蛛丝马迹，山河如画。而一坡青瓦斜披而下，瓦上长满嫩绿的厚厚的苔藓。苔藓这东西很有意思，她是专门为一切老旧的东西配制新衣的。不管是老砖、旧瓦、朽木、断墙，都一律公平地给穿上鲜亮的绿装，让它们不失尊严。现在这绿苔青瓦的屋檐压得很低，直遮住了老土墙的额头，像一个女子梳着深深的刘海，刘海下露出一双大眼睛，

运用两个比喻，极其巧妙地表现了屋檐的低矮和花朵的灿烂。明暗对比，矛盾统一，别具匠心。

墙脚正绽放着一束灿烂的花。

　　我想自从人类走出山洞发明了垒墙盖房，这墙就与人长相厮守，从此墙上就烙下了人的体温、音容和身影。可惜近年来随着社会生活节奏的加快，人们总是拆了建，建了拆。说到观感手感，更是弃了泥土，别了砖瓦，不见了柴墙篱笆，只剩了些玻璃墙幕、冰冷的水泥钢架！难得这深巷子里还为我们保存了些有温度的老墙，保存了前人的眼泪和笑脸。我眺望深深的街巷，谁解这老墙里的密码？谁又能读得懂这幅风雨斑斑却又四季变换的青绿山水画？

　　那天，我临离开村子时，特地把年轻的村主任领到那个《岁月》老墙下，我说："你好好地保护她，说不定哪一天某个导演看中了这个外景，你们村就会一夜走红啦。"

意味深长地发问，揭示主旨：时代的发展，珍贵的民间文化遗产逐渐退出历史舞台，作者似在哀叹，更是在呼吁。

杨　静　　点评老师

四川省成都市嘉祥外国语学校教师，公开课多次获全国一等奖，多篇论文获全国一等奖。

挽留自然，为了我们的生存

　　澳大利亚人过着一种田园牧歌式的生活，这大半要归功于大自然的赐予。你想，澳洲有七百六十九万平方公里，国土面积只比中国小一点点，但是它的人口却只有两千六百万。多大的生存空间啊，就像一个人睡在一张几十平方米的大床上，横躺竖卧，打滚翻跟头，都任你由你，那是一种多么宽松的心境。

　　澳大利亚，说是一个国家其实就是一个洲，一个漂在南半球大洋上的洲。我们北半球也有几个洲，亚洲、非洲、北美洲，但这些海洋上漂着的每一个板块，上面都要挤着十几个、几十个国家，摩肩接踵，挤挤擦擦。少不了谁踩了谁的脚，谁撞了谁的腰，甚至谁与谁当面碰了一鼻子。所以，近千年、百年来或吵或打，没有一天的安宁。而澳洲一个人躺在南太平洋上，除旁边有数的几个岛国外，它独占地理。汪洋碧波隔世外，绿草如茵接天去。开国二百年，除第二次世界大战时日本人飞来扔了几颗炸弹，难得有谁来打扰，真是寂寞得连个吵架的人也没

　　用日常生活来打比方，通俗易懂又诙谐幽默。澳大利亚人田园牧歌式的生活，原来跟我们睡在超级大的床上一样，空间舒适，心境宽松。

　　近似对仗的语句，简洁明了地介绍了澳洲得天独厚的地理位置，几乎独占南太平洋，犹如世外桃源。自然环境也优越，碧波环绕，绿草接天，令人羡慕。

有。它打滚撒欢，高喊大叫，也不用担心碰着何人，吵了哪个。

因为漂在水上，自然就生出许多港湾。所以澳大利亚有许多著名的海港城市，如悉尼、墨尔本、黄金海岸、布里斯班。这些地方的海水悄悄地伸向内陆，如指如爪，如带如须，这充满动感的蓝色条块，穿割着绿地、森林，簇拥着那些红顶白屋。在澳大利亚的政府办公室里，在旅游点上，常挂有大幅的国土照片。蔚蓝色的大海上，漂着一块"心"形的翠玉。因澳洲多草树，这块玉就基本呈翠绿，但北部有一片沙地，玉上就又嵌出一块橙黄。澳大利亚出产一种在全球独一无二的宝石（Opal），中文音译正好是"澳宝"。这幅精心印制的国家地图，恰好表达出澳大利亚人自豪自得、宝其家国的心情。

在澳大利亚访问时，我们特别提出一定要采访一家牧场，要看看这田园牧歌的基层细胞是什么样子。那天，我们离开工业城市墨尔本，驱车二百五十多公里来到一个叫埃佛顿的小镇。镇上只有四千人，但安静整洁似一座花园。果然如人所说，只要你找到一个小镇，就必然会有一座教堂、一个咖啡馆和一个中餐馆，说明这里的多元文化。这三样都是用红砖砌就，托在草地上，映在绿荫中。

牧场主是墨尔本大学的一位教授，他十四年

拟人，生动形象地写出海水流向内陆的形态和动感。"悄悄"是静谧、舒缓的，"蓝、绿、红、白"是五彩缤纷的，描绘中饱含作者的赞美和惊叹。

将地理环境通过地图显现出来，可见印制得"精心"。海洋蔚蓝，草树碧绿，沙地橙黄，像"心"形玉，又照应宝石，将澳洲人的自豪感、家国情表达得恰如其分。

"必然会有"可见小镇的多元性。"红砖"可见质朴，"托、映"可见绿草如茵、树木茂盛，也可见小镇对多元文化的欢迎和呵护。

前买下这个牧场。原因很简单，就是想让四个孩子远离市井喧嚣，在纯净的大自然中度过童年。其妻是中学教师，从大城市到镇上来教书，四个孩子在这里相继读完小学、中学，又都考上墨尔本的大学，现都在外工作，最令他自豪的是小女儿还被聘到英国去教英语。这是最典型的澳洲人的大自然情结。

现在他经营的这个牧场，只养良种公牛，还有一个专供酿酒的葡萄园，他仍在大学任教。显然，这个牧场科技含量很高。他邀我们去看酿酒厂，公路像是画在绿毡上的一条飘带，澳洲特有的桉树如巨人般屹立两旁。这种树长大后会自动脱皮，树干显灰白色，凸凹不平，数人才能环抱，在绿色和新叶的映射间更显出历史的沧桑感。主人骄傲地说："这个牧场是当年从本州一位后来成为总理的人手里买来的。"路旁仍依稀可辨故人旧居。

车子在一带山坡前停下，平地露天立着六十个大钢罐，还有一些管线，几台运输叉车，一个垛满橡木桶的酒库。厂长是个四十多岁的汉子，他说这个厂只生产以某种葡萄为原料、有专门口味、为某特定阶层人士所好的酒。他已五次到中国，在湖北枣阳有一个合作酒厂，主要是看中那里深山的无污染环境。

我奇怪，眼前的造酒设备怎么都是露天的？

将公路比作飘带，写出公路的蜿蜒旖旎；周边比作绿毡，照应上文的"翠玉"；桉树犹如巨人，历史感、沧桑感扑面而来。

露天酒厂的设备非常简单，让人不由得产生疑问：这样的酒厂怎样生产酒呢？设置悬念，引人思索。

连个起码的用以遮盖的厂房也没有，刮风下雨，扬沙落土怎么办？厂长说，这里有风，但从来无尘，酿酒季节更是风和日丽。再说生产罐全部是密封的，下点雨也不怕。我环顾四周，视线之内真的见不到一点土。这个小酒厂被绿草拥上山坡，就快要送到树林的怀里了。机器的使用和技术的进步，使我们接受了一个新概念——人机工程，讲人和机器协调一体。而现在我又想到一个新概念——人与自然工程，人与天一体。科学和技术绕了一圈，又带领人类回到大自然的怀抱里。

澳大利亚立国不久，至今才二百多年。因为是英国殖民者新拓的海外疆土，开始也曾经历了饿狗见肥肉、拼命开发的过程。在首都堪培拉湖边公园的历史陈列室里，有当年开荒破土、挖矿砍树、草场沙化的老照片。但是他们觉悟得早，二十世纪七十年代初就开始对全民普及环保教育，现在已在环保技术、环保教育和环保成绩等方面处于全球的领先地位。

澳大利亚是一个资源大国，西部出矿砂、钻石和珍珠。珍珠颜色有黑、粉、紫，皆玲珑剔透，形态各异，几乎不需加工就可出口。南部出产"澳宝"，这种宝石在世界上独一无二，没有竞争。沿岸的海里盛产鱼类，本地人不养水产，全取自天然。餐馆里的大师傅做鱼时，常会在鱼

作者在这里所提出的疑问，照应上文对酒厂的描述，为下文谜底的揭开再次蓄势。我们不由得急切地想知道：没有厂房，风雨、沙土等问题怎么解决？

通过一个没有厂房的酿酒厂，侧面来写澳洲自然环境之好，有风无尘，风和日丽，绿草拥坡。同时利用良好的自然环境进行酿酒，可见科技要回归自然。

嘴里摘出一个鱼钩，鱼都是从海里轻而易举钓来的。厨房里待用的海贝上还长着海草。除了宝石、矿砂、珍珠还有羊毛，沙地和森林之外全是牧场。澳大利亚人真是一不小心跌进了大自然的福窝里，它不必像美国、日本那样去拼命争当军事大国、经济大国，它只要做一个环保国家，保住大自然特予的恩赐，就足吃足喝，够得上一个大户人家了。

我们在澳大利亚时时处处都能感受到澳当局这种以自然优势立国，并尽力保住这种优势的国策。2000年结束的悉尼奥运会是它向全世界展示这种国策的机会。主会场周围有二十七盏大探照灯，却不用电，全部利用太阳能。奥林匹克公园的两座山头绿草如茵，但谁能想到原来这里是一片臭水滩、垃圾场，他们经过整治将垃圾埋到九米深的地下。而在澳的任何城市、乡镇和高速公路旁你找不到一点裸土。草坪之外、树根下或其他的地方都用人工粉碎的木屑覆盖起来，真是珍爱尊崇如若神明。但是，不论是男女老少，都喜欢尽量裸身地在自然中跑步、逛街、游泳，一句话，在自然中打滚。我戏说这里是"地无裸土，人皆裸身"，真是新的自然组合。

当然，澳大利亚人并不承认自己只吃上帝给的饭。他们想努力改变"羊毛大国""矿砂大国"的形象，而给人以科技立国的印象，这体现在他们的"技术移民"的移民政策，凡申请技术移民者必须有某种科技专长。其意还在控制人口膨胀，提高人口质量，让上帝独给他们的这份资源，不至于尽快消耗完。

　　留住自然，是为了我们更好地生存。

全文的点睛之笔，发自内心地呼吁：为了更美好的未来，我们要留住自然。用"生存"而不是"生活"，更凸显自然对我们的必要性和重要性。

葛小霞

点评老师

江苏省镇江市世业实验学校语文高级教师，镇江市骨干教师。

试着病了一回

开篇引用毛泽东的名言，由尝梨子引出生病，病是对自己身体强度的破坏性试验。巧妙点题，引出下文，幽默风趣。

毛泽东说过一句永恒的真理：要想知道梨子的滋味，就得亲自咬一口，尝一尝。凡对某件东西性能的探知试验，大约都是破坏性的。尝梨子总得咬碎它，破皮现肉，见汁见水。工业上要试出某构件的强度也得压裂为止。我们对自己身体强度（包括意志）的试验，最简单的方法就是生病。这也是一种无可奈何的破坏。人生一世孰能无病。但这病能让你见痛见痒，心热心急，因病而知道过去未知的事和理，这样的时候并不多，也不敢太多。我最近有幸试了一回。

这一段简洁交代生病之因，反复渲染一个"冻"字。幽默的表达源于有趣的视角、奇特的联想。

将近岁末，到国外访问了一次。去的地方是东欧几国。这是一次苦差，说这话不是得了出国便宜又卖乖。连外交人员都怯于驻任此地。谁被派到这里就说是去"下乡"。仅举一例，我们访问时正值罗马尼亚天降大雪，平地雪深一米，但我们下榻的旅馆竟无一丝暖气，七天只供了一次温水。离开罗马尼亚赴阿尔巴尼亚时，飞机不能按时起飞，又在机场被深层次地冻了十二个小时。这样颠簸半月，终于飞越四分之一个地球，返回国门上海。谁知将要返京时，飞机又坏了。我们又被从热烘烘的机舱里赶到冰冷的候机室，从上午八时半，等到晚八时半，又最后再加冻十二个小时。药师炮制秘丸是七蒸七晒，我们这回被反过来正过去地冻，病也就瓜熟蒂落了。这是试验前的准备。

到家时已是午夜十二时，倒头就睡，到第二天下午才醒，吃了一点东西又睡到第三天上午，一下地如脚踩棉花，东倒西歪，赶紧闭目扶定床沿，身子又如在下降的飞机中，头晕得像有个陀螺在里面转。身上一阵阵地冷，冷之后还跟着些痛，像一群魔兵在我腿、臂、身的山野上成散兵线，慢慢地却无声地压过来。我暗想不好，这是病了。下午有李君打电话来问我回来没有。我说："人是回来了，却感冒了，扛几天就会过去。"他说："你还甭大意，欧洲人最怕感冒，你刚从那里回来，说不定正是得了'欧洲感冒'，听说比中国感冒厉害。"我不禁哈哈大笑。这笑在心头激起了一小片轻松的涟漪，但很快又被浑身的疼痛所窒息。

这样扛了一天又一天。今天想明天不好就去医院，明天又拖后天。北京太大，看病实在可怕。合同医院远在东城，我住西城，本已身子飘摇，再经北风激荡，又要到汽车内挤轧，难免扶病床而犹豫，望医途而生畏。这样拖到第六天早

以形象的比喻，生动而细腻地刻画出了病情逐渐加重的感受。

晨，有杜君与小杨来问病，一见就说："不能拖了，楼下有车，看来非输液不可。"经他们这么一点破，我好像也如泄气的皮球。平常是下午烧得重，今天上午就昏沉起来。

赶到协和医院在走廊里排队，直觉半边脸热得像刚出烤箱的面包，鼻孔喷出的热气还炙着自己的嘴唇。妻子去求医生说："六天了，吃了不少药，不顶用，最好住院，最低也能输点液。"这时，急诊室门口一位剽悍的黑脸护士小姐不耐烦地说："输液，输液，病人总是喊输液，你看哪儿还有地方？要输就得躺到走廊的长椅子上去！"小杨说："那也输。"那黑脸白衣小姐斜了一眼轻轻说了一句"输液有过敏反应可要死人"，便扭身走了。我虽人到中年，却还从未住过医院，也不知输液有多可怕。现代医学施于我身的最高手段就是于屁股上打过几针。白衣黑脸小姐的这句话，倒把我的热吓退了三分。我说："不行打两针算了。"妻子斜了我一眼，又拿着病历去与医生谈。这医生还认真，仔细地问，又把我放平在台子上，叩胸捏肚一番，在病历上足足写了半页纸。一般医生开药方都是笔走龙蛇，她却无论写病历、药方、化验单都如临池写楷，也不受周围病人诉苦与年轻医护嬉闹交响曲的干扰。我不禁肃然起敬，暗瞧了一眼她胸前的工作证，姓徐。

幸亏小杨在医院里的一个熟人李君帮忙，终于在观察室找到一张黑硬的长条台子。台子靠近门口，人行穿梭，寒风似箭。有我的老乡张女士来探病，说："这怎么行，出门就是王府井，我去买块布，挂在头上。"这话倒提醒了妻子，顺手摘下脖子上的纱巾。女人心细，四只手竟把这块薄纱用胶布在输液架上挂起一个小篷。纱薄如纸，却情厚似城。我倒头一躺，躲进小篷成一统，管他门外穿堂风。一种终于得救的感觉浮上心头，开始平生第一次庄严地输液。

当我静躺下时，开始体会病对人体的变革。浑身本来是结结实实的骨肉，现在就如一袋干豆子见了水生出芽一样，每个细胞都开始变形，伸出了头脚枝丫，原来躯壳的空间不够用了，它们在里面互相攻讦打架，全身每一处都不平静，肉里发酸，骨里觉痛，头脑这个清空之府，现在已是云来雾去，对全身的指挥也已不灵。最有意思的是眼睛，我努力想睁大却不能。记得过去下乡采访，我最喜欢在疾驶的车内凭窗外眺，看景物急切地扑来闪走，或登高看春花遍野，秋林满山，陶醉于"放眼一望"，觉得自己目中真有光芒四射。以前每见有病人闭目无言，就想，抬抬眼皮的力总该有的吧，将来我病，纵使身不能起，眼却得睁圆，力可衰而神不可疲。过去读史，读到抗金老将宗泽，重病弥留之际，仍大

化用鲁迅《自嘲》里的诗句："躲进小楼成一统，管他冬夏与春秋。"

此段写生病以后的身体感受。既有非常俗的比喻，也有非常雅的对比，大俗大雅而又诙谐幽默。

呼："过河！过河！过河！"目光如炬，极为佩服。今天当我躺到这台子上亲身做着病的试验时，才知道过去的天真，原来病魔绝不肯夺你的力而又为你留一点神。

　　现在我相信自己已进入试验的角色。身下的台子就是试验台，这间观察室就是试验室。我们这些人就是正在经受变革的试验品，试验的主人是命运之神（包括死神）和那些白衣天使。地上的输液架、氧气瓶、器械车便是试验的仪器，这里名为观察室者，就是察而后决去留也，有的人也许就从这个码头出发到另一个世界去。所以这以病为代号的试验，是对人生中风景最暗淡的一段，甚而末路的一段进行抽样观察。凡人生的另一面，舞场里的轻歌、战场上的冲锋、赛场之竞争、事业之搏击，都被舍掉了。记得国外有篇报道，谈几个人重伤"死"后又活过来，大谈死的味道。那也是一种试验，更难得。但上帝不可能让每人都试着死一次，于是就大量安排了这种试验，让你多病几次。好教你知道生命不全是鲜花。

　　在这个观察室里共躺着十个病人。上帝就这样十个一拨地把我们叫来训话，并给点体罚。希腊神话说，司爱之神到时会派小天使向每人的心里射一支箭，你就逃不脱爱的甜蜜。现在这房里也有几位白衣天使，她们手里没有弓，却直接

转入议论，作者紧扣题意，阐释了"生病即试验"的观点，比喻贴切而新颖，经历病的试验，人更懂得生命的可贵。

向我们每人手背上射入一根针，针后系着一根细长的皮管，管尾连着一只沉重的药水瓶子，瓶子挂在一根像拴马桩一样的铁柱上。我们也就成了跑不掉的俘虏，不是被爱所俘，而是为病所俘。"灵台无计逃神矢"，确实，这线连着静脉，静脉通到心脏。我先将这观察室粗略地观察了一下，男女老少，品种齐全。都一律手系绑绳，身委病榻，神色黯然，如囚在牢。死之可怕人皆知，辛弃疾警告那些明星美女："君莫舞，君不见玉环飞燕皆尘土"；苏东坡叹那些英雄豪杰："大江东去，浪淘尽，千古风流人物。"其实无论英雄美女还是凡夫俗子，那不可抗拒的事先不必说，最可惜的还是当其风华正茂、春风得意之时，突然一场疾病的秋风，"草拂之而色变，木遭之而叶脱"，杀盛气，夺荣色，叫你停顿停顿，将你折磨折磨。

　　我右边的台子上躺着一个结实的大个头小伙子，头上缠着绷带，还浸出一点血。他的母亲在陪床，我闭目听妻子在与她聊天。原来工厂里有人打架，他去拉架，飞来一把椅子，正打在头上伤了语言神经，现在话还说不利索。母亲附耳问他想吃什么，他只能一字一歇地轻声说："想——吃——蛋——糕。"他虽说话艰难，整个下午却都在骂人，骂那把"飞来椅"，骂飞椅人。不过他只能像一个不熟练的电报员，一个电

描写打吊针的情形，丘比特之箭与静脉注射，原本是两不相关，作者却将两者相类比，生动而又诙谐。

由事及理，感慨无论是什么风流人物，一遇疾病，立即气色全无。插入辛弃疾、苏东坡名句，文采立生。

码一个电码地往外发。

我对面的一张台子上是一位农村来的老者，虎背熊腰，除同我们一样，手上有一根绑绳外，鼻子上还多根管子，脚下蹲着个如小钢炮一样的氧气瓶，大约是肺上出了毛病。我猜想老汉是四世同堂，要不怎么会男男女女、大大小小地围了六七个人。面对其他床头一病一陪的单薄，老汉颇有点拥兵自重的骄傲。他脾气也犟，就是不要那根劳什子氧气管，家人正围着怯怯地劝。这时医生进来了，是个年轻小伙子，手中提个病历板，像握着把大片刀，大喊着："让开，让开！说了几次就是不听，空气都让你们给吸光了，还能不喘吗？"三代以下的晚辈们一起恭敬地让开，辈分小点儿的退得更远。他又上去教训病人："怎么，不想要这东西？那你还观察什么？好，扯掉，扯掉，左右就是这样了，试试再说。"

医生虽年轻，但不是他堂下的子侄，老汉不敢有一丝犟劲，更敬若神明。我眼睛看着这出戏，耳朵却听出这小医生说话是内蒙古西部口音，那是我初入社会时工作过六年的地方，不觉心里生一股他乡遇故知的热乎劲，妻子也听出了乡音，我们便趁他一转身时拦住，问道："这液滴的速度可是太慢？"第二句是准备问："您可是内蒙古老乡？"谁知他把手里的那把大片刀一挥说："问护士去！"便夺门而去。

三言两语就刻画出了老汉与医生鲜明的人物形象。刻画老人，以场景描写来表现；刻画医生，则侧重于语言描写。

我自讨没趣，靠在枕头上暗骂自己："活该。"这时也更清楚了自己作为试验品的身份。被试验之物是无权说话的，更何况还非分地想说什么题外之话，与主人去攀老乡。不知怎么，一下想起《史记》上"鸿门宴"一节，樊哙对刘邦说的"人为刀俎，我为鱼肉"，任你国家元首、巨星名流，还是高堂老祖、掌上千金，在疾病这根魔棒下一样都是阶下囚。任你昔日有多少权力与光彩，病床上一躺，便是可怜无助的羔羊。哪儿有鲤鱼躺在砧板上还要仰身与厨师聊天的呢？

引用《史记》，由己及人，妙语连珠，形象地道出了病人与医生的关系，突出了病人"任人宰割"的可怜地位。

我将目光集中到输液架上的那个药瓶，看那液珠，一滴一滴不紧不慢地在透明管中垂落。突然想起朱自清的《匆匆》那篇散文，时间和生命就这样无奈地一滴滴逝去。朱先生作文时大约还不如我这种躺在观察室里的经历，要不他文中摹写时光流逝的华彩乐章又该多一节的。我又想到古人的滴漏计时，不觉又有一种遥夜岑寂、漏声迢递的意境。病这根棒一下打落了我紧抓着生活的手，把我推出工作圈外，推到这个常人不到的角落里。

美妙联想，由液珠垂落，联想到朱自清的《匆匆》，联想到古人的滴漏计时，联想到诗歌里的意境，这就是文学美感。

此时伴我者唯有身边的妻子，旁人该干什么，还在干自己的。那个告诉我"欧洲感冒可怕"的李兄，就正在与医院一街相连的出版社里，这时正埋头看稿子。"文化大革命"中我们曾一同下放塞外，大漠著文，河边论诗，本来我

此处与第三自然段遥相呼应，高明的文章绝无闲笔，前文看似随意地提到"欧洲感冒可怕"的李兄，此刻又成了作者回忆的对象。

们还约好回国后，来一次塞外旧友的兰亭之会。他们哪能想到我现时正被困沙滩，绑在拴马桩上呢？如若见面，我当告诉他，你的"欧洲感冒论"确实厉害，可以写一篇学术论文抑或一本专著，因为我记得，女沙皇叶卡捷琳娜的情人，那个壮如虎牛的波将金将军也是一下被欧洲感冒打倒而匆匆谢世的。

这条街上还有一位研究宗教的朋友王君，我们相约要抽时间连侃他十天半月，合作一本《门里门外佛教谈》，他现在也不知我已被塞到这个角落里，正对着点点垂漏，一下一下，敲这个无声的水木鱼。还有我的从外地来出差的哥哥，就住在医院附近的旅馆里，也万想不到我正躺在这里。还有许多，我想起他们，他们这时也许正想着我这个朋友，他们仍在按原来的思路想我此时在干什么，并设想以后见面的情景，怎么会想到我早已被凄风苦雨打到这个小港湾里。病是什么？病就是把你从正常生活轨道中甩出来，像高速公路上被挤下来的汽车；病就是先剥夺了你正常生活的权利，是否还要剥夺生的权利，观察一下，看看再说。

因为被小医生抢白了一句，我这样对着药漏计时器返观内照了一会儿，敲了一会儿水木鱼，不知是气功效应还是药液已达我灵台，神志渐渐清朗。我又抬头继续观察这十人世界（大概是报

一字之妙！"甩"字写出了疾病来袭时的力度与速度，同时也隐藏着生病者的无力与无奈之感。

复心理，或是记者职业习惯，我潜意识中总不愿当被观察者，而想占据观察者的位置）。诗人臧克家住院曾得了一句诗："天花板是一页读不完的书。"我今天无法读天花板，因为我还没有一间可静读的病房，周围是如前门大栅栏样的热闹，于是我只有到这些病人的脸上、身上去读。

四世老人左边的台子上躺着一位老夫人，神情安详，她一会儿拥被稍坐，一会儿侧身躺下，这时正平伸双腿，仰视屋顶。一个中年女子，伸手在被中掏什么。半天趁她一撩被，我才看清她正在用一块热毛巾为老妇人洗脚，一会儿又换来一盆热水，双手抱脚在怀，以热毛巾裹住，为之暖脚良久，亲情之热足可慰肌肤之痛，反哺之恩正暖慈母之心，我看得有点眼热心跳。不用问，这是一位孝女，难怪老夫人处病而不惊，虽病却荣，那样安详骄傲。她在这病的试验中已经有了另一份收获：子女孝心可赖，纵使天意难回，死亦无恨。都说女儿知道疼父母，今天我真信此言不谬。我回头看了一眼妻子，她也正看得入神，我们相视一笑，笑中有一丝虚渺的苦味，因为我们没有女儿，将来是享不了这个福了。

再看四世老人的右边也是一位老夫人，脑中风，不会说话，手上、鼻子双管齐下。床边的陪侍者很可观，是位翩翩少年，脸白净得像个瓷娃娃，长发披肩，夹克束身，脚下皮鞋锃亮。他

总领下文，接下来的六个自然段都是在观察病人，刻画了病房里的众生相，作者睁开了文学的"第三只眼"。

散文的形散而神不散。时时处处都紧扣"试验"，这既是巧妙扣题，又将"试验"的对象由自己扩展至病房里的"旁人"。

运用了外貌描写、动作描写，将少年与上文的替母洗脚的女子形成对比，让读者生发出一种感慨：方寸之内，天壤之别。

头上扣个耳机，目微闭，不知在听贝多芬的名曲还是田连元的评书。总之这个十人世界，连同他所陪的病人都好像与他无关。过了一会儿，大约他的耳朵累了，又卸下耳机，戴上一个黑眼罩。这小子有点洋来路，不是旁边那群四世堂里的土子侄。他双臂交叉，往椅上一靠，像个打瞌睡的"佐罗"。"佐罗"一定不堪忍受观察室里的嘈杂，便以耳机来障其聪；又不堪眼前的杂乱，便以眼罩来遮其明。我猜他过一会儿就该要掏出一个白口罩了。但是他没有掏，而是起立，眼耳武装全解，双手插在裤兜里到房外遛弯儿去了，经过我身边出门时，嘴里似还吹着口哨。不一会儿，少年陪侍的那老夫人醒来，嘴里咿咿呀呀地大喊，全室愕然，不知她要什么，护士来了也不知其意，便到走廊里大喊："某床家属哪里去了？"又找医生。我想这"佐罗"少年大约是老夫人的儿子或女婿，与刚才那位替母洗脚的女子比，真是天壤之别。

我们现在常说的一句话是阴盛阳衰，看来在发扬传统的孝道上也可佐证此论，难怪豫剧里花木兰理直气壮地唱道："谁说女子不如男！"杜甫说："信知生男恶，反是生女好。"白居易说："遂令天下父母心，不重生男重生女。"二公若健在一定抚髯叹曰："不幸言中！不幸言中！"那"佐罗"少年想当这十人世界里的隐

此处又由"孝道"说开去，唱词、诗句随手拈来，杜甫、白居易的言与叹，引用的庄与想象的谐，满篇锦绣。

士，绝尘弃世。其实谁又自愿留恋于此？他少不更事，还不知这些人都是被病神强迫拉来的，要不怎么每个人手臂上都穿一根细绳，那一头还紧缚在拴马桩上。下一次得让阎王差个相貌恶点的小鬼，专门去请他一回。

不知何时，在我的左边迎门又加了一长条椅子，椅前也临时立了一根铁杆，上面拴了一位男青年。他鼻子上塞着棉花，血迹一片，将头无力地靠在一位同伴身上（他还无我这样幸运，有张硬台子躺），话也不说，眼也不睁，比我右边那位用电码式语言骂人的精神还要差些。他旁边立着一位姑娘，当我将这个多病一孤舟的十人世界透视了几个来回，目光不经意地落在她身上时，心中便不由一跳。说不清是惊、是喜，还是遗憾。只是模模糊糊地觉得，这个地方不该有个她。她算比较漂亮的一类女子，虽不是宋玉说的那位"登墙窥臣三年"的美女，也不比曹植说的"翩若惊鸿，婉若游龙"的洛神，但在这个邋邋遢遢的十人世界里（现在成十一人了），她便是明珠在泥了。

她约一米六五的身材，上身着一件浅领红绒线衣，下身束一条薄呢黑裙，足蹬半高腰白皮软靴，外面又通体裹一件黑色披风，在这七倒八歪的人中一立，一股刚毅英健之气隐隐可人。但她脸上有不尽的温馨，粉面桃腮，笑意静贮酒窝之

对姑娘形的描写何等写意，"着、束、蹬、裹"用词准确。对姑娘神态的刻画何等传神，"粉面桃腮、目如圆杏"，语言风格清新雅致。

中；目如圆杏，言语全在顾盼之间。是一位《浮生六记》里"笑之以目，点之以首"的芸，但又不全是。其办事爽利豁达，颇有今时风采。在他们这个三人小组中，椅子上那位陪侍，是病人的"背"，这女人就是病人的"腿"，她甩掉披风（更见苗条），四处跑着取药、端水，又抱来一床厚被，又上去揩洗血迹，问痛问痒。这女子侍奉病人之殷，我猜她的身份是病人的妹妹或女友，比起那个千方百计想避病房、病人而去的奶油小生可爱许多。也许是相对论作怪，爱因斯坦向人讲难懂的相对论就这样作比，与老妪为伴，日长如年；与姑娘作伴，日短如时，相对而已。这姑娘也许爱火在心，处冰雪而如沐春风。有爱就有火焰，有爱就有生活，有爱就有希望，有爱就有明天。

　　一会儿，这姑娘不知从哪里弄来一饭盒蒸饺，喂了病人几个，便自己有滋有味地吃起来。她以叉取饺的姿势也美，是舞台上用的那种兰花指，轻巧而有诗意。连那饺子也皮薄而白，形整而光，比平时馆子里见到的富有美感，三鲜馅的味道传来，暗香浮动。歌星奚秀兰唱"阿里山的姑娘美如水，阿里山的少年壮如山"，今天我遇到的小伙不是破头就是破鼻，无以言壮，倒是这姑娘如水之秀，如镜之明。她让我照见了什么，照见了生活。唐太宗说："以人为镜，可明得失。"抱病卧床者看青春活泼之人，心灰意懒者看爱火正炽之人，最大的感慨是：绝不能退出生活。这姑娘红杏一枝入窗来，就是在对我们大声喊，知否，外面的生活，火热依旧。我刚才还在自惭被甩出生活轨道，这时，似乎又见到了天际远航的风帆。

　　枚乘《七发》说楚太子有病，吴人往视，不用药石针刺，而是连说了七段要言妙道，太子就"涊然汗出，霍然病已"。我今天被缚在这张台子上，对眼前的人物景观看了七遍，听了七遍，想了七遍，病身虽不霍然，已渐觉宁然，抬手看看表，指针已从中午十二时蹒跚地爬到十九时，守着个小木鱼滴滴答答，整整七个小时，明天我要问问研究佛教的王君，这等参禅功夫，便是寺里的高僧恐怕也未必能有的。再抬头一望，三大瓶药液已到更尽漏残时，只剩瓶颈处酒盅多的一点，恰这时护士也走来给我松绑。妻子便收拾床铺，送还借的枕毯。我心里不觉生打油诗一首："忽闻药尽将松绑，漫卷床物喜欲狂。王府井口跳上车，便下西四到西天（吾家住北京小西天）。"

　　当我揉着抽掉针头还发麻的左手，回望一下在这里试了七个小时的工作台时，心里不觉又有点依依恋恋。因为这毕竟是有生第一次进医院观察室，第一次就教我明白了许多事理。病不可多得，也不可不得。奥斯特洛夫斯基的那句名言曾经整整鼓舞了我们一代人："生命对于我们每个人只有一次，人的一生应当是这样度过：回忆往事他不会因虚度年华而悔恨，也不会因为生活庸俗而羞愧；临死的时候，他能够说……"何必等那个时候，当他病了一场的时候，他就该懂得，要加倍地珍惜生命，热爱生活！这个还应感谢黑格尔老人，他的《精神现象学》，是他发现了人的意识既能当主体又能当客体这个辩证的秘密。所以我今天虽被当作试验变革的对象，又做了体验这变革过程的主体。要是一只梨子，它被人变革成汁水后再也不会写一篇《试着被人吃了一回》的。

这就是我们做人的伟大与高明。

这是抒情议论段，点出了"病"的意义：要加倍地珍惜生命，热爱生活。同时再次点题，至此文章由"梨"开始，又以"梨"收束，首尾圆合。

苏　丽　　　　　　点评老师

北京师范大学贵阳附属中学高级语文教师，贵州省初中语文乡村名师工作室主持人。

穿过死亡的生命之花

这是一张老照片，虽然还没有发黄，但也已经有了点岁月，二十多年了，我经常翻出来看看。

1998年3月31日，我有机会访问了世界闻名的庞贝古城。在公元79年（中国的东汉时期）8月24日，这里发生了一次火山大爆发。过去我以为火山灾难事先都有征兆，许多火山口还是旅游之地。我在新疆的克拉玛依就看过一个现在还往外淌着热泥浆的小包，人们已习以为常，爬上爬下地玩。长白山的天池边，人们用冒出地面的热水煮鸡蛋。

但是这处火山突然喷发，火山灰挟裹着有毒气体冲到几十千米的高空，日月无光，天地混沌。一张莫名的巨网罩住了城市，全城的人们瞬间就窒息而死。等到尘埃落定，这座占地六十五公顷，有七个城门、十四座塔楼的城市已被埋在五六米厚的火山灰里，像一场大雪盖住了一小片树叶，整个城市就被人们渐渐遗忘。直到一千六百多年后的1748年才被人偶然发现，开始

由一张二十年前的老照片引起回忆，引出下文。

以人们在安全的活火山口的习以为常、怡然自得，衬托下文庞贝古城火山喷发的突如其来、惊心动魄。

运用比喻，描绘出火山灰及有毒气体铺天盖地、包裹住一切的场景。

一系列的数字，凸显庞贝城的规模宏大。如此恢宏的建筑，却在顷刻间被火山灰完全掩埋。以"一场大雪盖住一片小树叶"作喻，平静的背后，藏着在巨大的灾难面前生命的脆弱与无力。

考古挖掘。因为是被厚厚的热灰瞬间覆盖，既隔绝空气又屏蔽了人为的破坏，竟挖出了一座完整的城市。

因出于保护，限制游人，我去看时全城寂寥无人，空荡如野，就像是登上了外星球。我们穿越回到了公元初的意大利，十米宽的石板大道，上面还有深深的车辙。居民小院、商业店铺、各种作坊鳞次栉比。我走进一个面包房，灶台、面板、烤炉一应俱全原封未动。有谁家门前的地面上卧着一条硕大的黑狗，猛地吓你一跳。原来是用小块陶瓷砖拼绘而成，本意就是看门护院，千年后居然还能吓退生客。我奇怪，那个时候就有了马赛克这种建材，还会用来作画。

有两样文化值得关注。一是角斗文化，城里居然有一座大型角斗场，常举行人与人、人与猛兽的角斗，比古罗马的角斗场还要早五十一年。二是娼妓文化，已经挖掘复原的妓院有二十五家，真堪比北平的八大胡同了，妓院墙上画着的"春宫图"还清晰可辨。只看这两样东西就知道这是一座极奢侈的消费型城市，也说明了它的发达程度。只是这时物留人空，空空的街道、空空的房舍已没有一点人气。没有人的呼吸、没有人的影子。

可能是上帝嫌这里的人们活得实在太"嘚

重现了近两千年前庞贝古城街道的细节，时间仿佛停止于那时那刻。

昔日城市的繁华尚依稀可辨，人的气息却已完全失却。叠词"空空的"和"没有人"反复运用，突出强调了繁华落尽、没有一点人气的庞贝古城已是一座空城。

瑟"了，很生气，一巴掌拍下来就把他们捂得严严实实，渺无声息。有人想跑，突然倒在路旁；有面包师伏在烤炉上；有一对男女在拥抱着呼喊……当然还有角斗场的惨叫、妓院里的调笑都瞬间死寂。火山灰劈头盖脸而下像制陶时浇下的石膏浆，整座城的街、房、车、人都凝成了这膏模中的坯子，随即又在这个洪炉中烧制定型。人在自然面前是何等的不堪一击。这让我想到中国的兵马俑，不过那是人工做好的陶俑埋入地下；这却是上天把活人变成了陶俑。看得人大气都不敢喘一口。这比兵马俑的年代大约晚了两百年。但历史无情亦有情，它把人类积累了几千年的文明瞬间打翻、冷藏、包装、深埋，在千年之后又借哪个农夫或牧童的手轻轻翻开这一页，指给后人说：你看，你看！

　　从庞贝遗址出来，路边正有一棵枯树，它已枯得只剩下多半个树身，树心的木质部分已经看不清，但龟裂的树皮节节而上，坚硬如铁，像武士身上黑色的铠甲，又像凝固的火山岩。这使我想起国内形容英雄树的一句话："站着五百年不死，死后五百年不倒"。而紧贴着它的脚下，一丛碧翠的绿叶托着一束小黄花钻出地面，金灿灿的像几颗小太阳。啊，这穿越死亡的花朵，我一下子又觉得回到人间。

虚实结合，联系眼前的场景，想象了灾难来临时惨烈的瞬间。有动作、有声音，使人身临其境，感染力极强。

将整座城市被火山灰所掩埋，比作膏模中的坯子在洪炉中烧制定型。再次凸显在巨大自然灾难面前生命的脆弱。

一系列动词的连用，写出无情地掩埋反而成就了千年后的重现。

龟裂而坚硬的树皮如铠甲、如火山岩，生命已结束，却死而不倒。在它旁边，新的生命正在诞生。死与生的轮回，生生不息。

点题，揭示主旨，大自然死与生的轮回永不休止。

　　我们敬畏自然，是因为自然在永不休止地呈现着死与生的轮回。我虔诚地靠上去与这树与花合影一张，就取名《穿过死亡的生命之花》。

白鹤敏　　　　　　　　点评老师

云南省昆明市西南联大研究院附属学校语文教师。

青檀树铭

　　山东枣庄之峄县有青檀沟，以其内遍布青檀树而得名。沟长两里，两岸全为一色的青石，石上丛生青檀树千余株。

　　青檀名檀却属榆科，其叶如榆，其子如榆钱。其幼时枝细而柔，中年时皮光而滑，青绿有纹，树叶婆娑，亭亭如盖，诚树中之美人也。其立于道旁自带三分静气，不威自重，无风也凉。盛夏时节，无论何人只要在树下一站，隐隐如有冰雪之感。传当年岳飞军务劳顿染目疾，来此小住，数日即目光炯炯。

　　青檀最可看的是老树。皮也裂，杆也枯，枝也虬，根也露，与青壮之树相比仿佛换了一个树种。这沟里共有三十六棵千年以上的老树，当沟口一株就名"千年青檀"，守门把关，如天王立殿。沟内有迎客檀、虎檀、鹿檀、梅檀、龙字檀、槐抱檀等等，直至送客檀。千奇百怪，神形怪影，牵人衣袖，惊魂动魄。

　　开篇引题，由青檀沟名字的由来讲起，语言凝练生动。

　　四个四字短语简练而传神，独特且新颖。运用比喻，将中年青檀比作树中美人，突显中年青檀外形美丽的特点。

　　运用排比的修辞，抓住老树的特点来写，语言富有气势，给人以画面感。同时，对比的运用又让其与青壮之树的区别一目了然。

这条沟记录着树与石的对话。青檀抱着光秃秃的青石，大小粗细之根钻洞觅缝，直撑得顽石横开竖裂，子孙繁衍，满山青绿。六百年的毅力、千年的意志，就这样与石头相拥，与时间共勉。史上曾有一次大旱，众松柏生于崖，渴而死；而青檀暴于石，挺而立，更见绿。世间无论何树总是求土以固其根，求水以润其脉。唯青檀却借石来养其魂，坚如石，危如岩，立如岸。魂存则命不死，静待天雨来，勃勃焕生机。世人皆知莲出淤泥而不染，而少知檀生顽石而愈绿。

> "抱着、钻洞觅缝、撑"等动词将青檀拟人化，刻画了青檀在石间顽强生长、繁衍不息的倔强模样，表现出青檀蓬勃的生命力。

我初识青檀并不是在山野，而是在都市的家具店里。檀属榆科，本贫贱出身，而青檀家具却与紫檀、花梨等一类的高级红木家具摆在一起。但她没有红木的那种傲气和珠光宝气，也不顾影自怜，喧闹嘚瑟。我当时见到的是一套圈椅茶几，漂亮的弧线，沉沉的墨绿中透出隐隐的花纹。静中有声，暗中有明，一直幽远到无形。我即联想到国画中的青绿山水、京剧舞台上的老生、名曲《二泉映月》和穿着布衣的民国学者。她出身贫贱却不卑不亢，气度自在，魅力袭人。就是最阔气的家具城也不敢把她当榆木看待，而要请她来与红木为伍，镇店守城。青檀树皮还

> 使用对仗，句式工整，富有音乐美。化用古文"求木之长者，必固其根本；欲流之远者，必浚其泉源。"

> 承上启下，承接上文描写自然界中的青檀，笔锋一转，下文介绍家具店里的青檀。为下文写青檀低调的品格、务实的精神做铺垫。

> 语言典雅，采用相似联想，并运用比喻的修辞，生动形象地写出青檀树的神韵，青檀"不卑不亢、气度自在"的魅力跃然纸上。

是制造中国宣纸的基本材料，纸寿千年，水墨人间，全赖青檀。

　　伟哉青檀，青青不老。

> 呼应题目，意味深长。表达出作者对青檀的无比喜爱和深情赞美，情感浓烈。

张学慧　　　　点 评 老 师

济宁市汶上县南旺镇第一中学语文教师，带领学生长期在《快乐作文》《课堂内外》等杂志发表文章。

入选课本

把栏杆拍遍

梁衡 著

人民东方出版传媒
People's Oriental Publishing & Media
东方出版社
The Oriental Press

图书在版编目（ＣＩＰ）数据

把栏杆拍遍．入选课本 / 梁衡著 . — 北京：东方出版社，2023.9
ISBN 978-7-5207-3605-3

Ⅰ．①把…　Ⅱ．①梁…　Ⅲ．①散文集—中国—当代　Ⅳ．① I267
中国国家版本馆 CIP 数据核字（2023）第 158315 号

把栏杆拍遍．入选课本
（BA LANGAN PAIBIAN . RUXUAN KEBEN）

作　　者：梁　衡

策划编辑：鲁艳芳
责任编辑：王晶晶　　刘之南
出　　版：东方出版社
发　　行：人民东方出版传媒有限公司
地　　址：北京市东城区朝阳门内大街 166 号
邮政编码：100010
印　　刷：北京市十月印刷有限公司
版　　次：2023 年 9 月第 1 版
印　　次：2024 年 3 月北京第 3 次印刷
开　　本：880 毫米 × 1230 毫米　1/32
印　　张：6.125
字　　数：139 千字
书　　号：ISBN 978-7-5207-3605-3
定　　价：218.00 元（全 6 册）
发行电话：（010）85924663 85924644 85924641

追求一个境界

季羡林

最近几年，我在几篇谈散文的文章中提出了一个看法：在中国散文坛上有两个流派。一个流派主张（或许是大声地主张），散文之妙就在一个"散"字上，信笔写来，松松散散，随随便便。用不着讲什么结构，什么布局，我姑且称此派为"松散派"。另一个是正相反，他们的写作讲究谋篇布局、炼字铸句，我借用杜甫的一句话："意匠惨淡经营中"，称此派为"经营派"，都是杜撰的名词。我还指出，在中国文学史上，散文大家的传世名篇无一不是"惨淡经营"的结果。

我窃附于"经营派"。我认为，梁衡也属于"经营派"，而且他的"经营"，无论思想内容还是艺术表现都非同寻常。即以他的写人物的散文来说，一般都认为，写人物能写到形似，已属不易，而能写到神似者则不啻上乘。可是梁衡却不以神似为满足，他追求一种更高的水平，异常执着地追求。但是他追求什么呢？我想了好久，也想不出一个恰当的名词。我曾想用"境地"，觉得不够；又曾想用"意境"，也觉得不够；也曾想用"意韵""韵味"等，都觉得不够。想来想去，我突然想到王国维的"境界"，自认得之矣。"境界说"是王国维论词的新发明，《人间词话》有很多地方讲到"境界"：

词以境界为最上。有境界则自成高格，自有名句。

境非独谓景物也，喜怒哀乐亦人心中之一境界。故能写真景物、真感情者谓之有境界，否则谓之无境界。

"境界"，同"性灵""神韵"等一些文艺理论名词一样，是有一定的模糊性的，颇难以严格界定其含义，但是统而观之，我们是能够理解的。这是一个富有启迪性、暗示性、涵盖性的名词，上举《人间词话》最后几句话可以给我们一些启迪。现在从梁衡散文中举出一个例子来。他的名作《觅渡，觅渡，渡何处？》是写瞿秋白的，瞿秋白这个人才华横溢，性格中和行动中有不少矛盾。梁衡想写这样一个人，构思了六年，三访瞿秋白纪念馆，迟迟不敢下笔。他忽然抓住了"觅渡"这个概念，于是境界立出，运笔如风，写成了这篇名作。

梁衡是一位肯动脑、很刻苦，又满怀忧国之情的人。他到我这里来聊天，无论谈历史、谈现实，最后都离不开对国家、民族的忧心。难得他总能将这一种政治抱负，化作美好的文学意境。在并世散文家中，能追求，肯追求这样一种境界的人，除梁衡以外，尚无第二人。

目录

把栏杆拍遍

以辛弃疾名句为标题，醒目贴切。"拍遍"一词，隐含着词人上下求索而遍寻不得、抱憾终身的悲怆。

中国历史上由行伍出身，以武起事，而最终以文为业，成为大诗词作家的只有一人，这就是辛弃疾。这也注定了他的词及他这个人，在文人中的唯一性，和在历史上的独特地位。

一语立骨。以武起事、以文为业，是辛弃疾一生的矛盾。"却将万字平戎策，换得东家种树书"，道尽辛弃疾一生。

在我看到的资料里，辛弃疾至少是快刀利剑地杀过几次人的。他天生孔武高大，从小苦修剑法。他又生于金宋乱世，不满金人的侵略蹂躏，二十一岁时他就拉起了一支数千人的义军，后又与耿京为首的义军合并，并兼任掌书记，掌管印信。一次义军中出了叛徒，将印信偷走，准备投金。辛弃疾手提利剑单人独马追贼两日，第三天提回一颗人头。为了光复大业，他又说服耿京南归，南下临安亲自联络。不想就这几天之内又变生肘腋，当他完成任务返回时，部将叛变，耿京被杀。辛大怒，跃马横刀，只率五十骑突入敌营生擒叛将，又奔突千里，将其押解至临安正法，并率万人南下归宋。说来，他干这场壮举时还只是一个英雄少年，正血气方刚，欲为朝廷痛杀贼寇，收复失地。

"肘腋"本义是胳膊肘和腋窝，比喻非常近的地方，多用于表达祸患发生。这里指部将叛变、耿京被杀之事。

但世上的事并不能心想事成。南归之后，他手里立即失去了钢刀利剑，就只剩下一支羊毫软笔，他也再没有机会奔走沙场，血溅战袍，只能笔走龙蛇，泪洒宣纸，为历史留下一声声悲壮的呼喊、遗憾的叹息和无奈的自嘲。

第一次比喻，写出辛词之独树一帜。

应该说，辛弃疾的词不是用笔写成的，而是用刀和剑刻成的。他以一个沙场英雄和爱国将军的形象，留存在历史上和自己的诗词中，时隔千年，当今天我们重读他的作品时，仍能感到一种凛然杀气和磅礴之势。比如这首著名的《破阵子》：

醉里挑灯看剑，梦回吹角连营。八百里分麾下炙，五十弦翻塞外声。沙场秋点兵。

马作的卢飞快，弓如霹雳弦惊。了却君王天下事，赢得生前身后名。可怜白发生。

我敢大胆说一句，这首词除了武圣岳飞的《满江红》可与之媲美外，在中国上下五千年的文人堆里，再难找出第二首这样有金戈之声的力作。虽然杜甫也写过"射人先射马，擒贼先擒王"，诗人卢纶也写过"欲将轻骑逐，大雪满弓刀"，但这些都是旁观式的想象、抒发和描述，哪一个诗人曾有他这样亲身在刀刃剑尖上滚过来的经历？"列舰层楼""投鞭飞渡""剑

旁观式的想象，最多算是浪漫；在刀刃剑尖上滚过的辛弃疾，才算得上是真正的豪放词人。

指三秦""西风塞马",他的诗词简直是一部军事辞典。他本来是以身许国,准备血洒大漠、马革裹尸,但是南渡后他被迫脱离战场,再无用武之地。像屈原那样仰问苍天,像共工那样怒撞不周,他临江水,望长安,登危楼,拍栏杆,只能热泪横流。

> 楚天千里清秋,水随天去秋无际。遥岑远目,献愁供恨,玉簪螺髻。落日楼头,断鸿声里,江南游子。把吴钩看了,栏杆拍遍,无人会,登临意。
>
> ——《水龙吟·登建康赏心亭》

谁能懂得他这个游子,实际上是亡国浪子的悲愤之心呢?这是他登临建康城赏心亭时所作。此亭遥对古秦淮河,是历代文人墨客赏心雅兴之所,但辛弃疾在这里发出的却是一声悲怆的呼喊。他痛拍栏杆时一定想起过当年的拍刀催马、驰骋沙场,但今天空有一身力、一腔志,又能向何处使呢?我曾专门到南京寻找过这个辛公拍栏杆处,但人去楼毁,早已了无痕迹,唯有江水悠悠,似词人的长叹,东流不息。

辛词比其他文人更深一层的不同,是他的词不是用墨来写,而是蘸着血和泪涂抹而成的。我们今天读其词,总是清清楚楚地听到一

作者组织了一组典雅三字句,句式整齐、节奏分明,仿佛镜头连缀,动态呈现了辛弃疾创作《水龙吟》的情境。

第二次比喻,写出辛弃疾"用生命写作"的本质。两次比喻,彼此呼应,是全文文脉所在。

个爱国臣子，一遍一遍地哭诉，一次一次地表白，总忘不了他那在夕阳中扶栏远眺、望眼欲穿的形象。

辛弃疾南归后为什么这样不为朝廷喜欢呢？他在一首写戒酒的戏作中说："怨无小大，生于所爱；物无美恶，过则为灾。"这首小品正好刻画出他的政治苦闷。他因爱国而生怨，因尽职而招灾。他太爱国家、爱百姓、爱朝廷了。但是朝廷怕他、烦他、忌用他。他作为南宋臣民共生活了四十年，却有近二十年的时间被闲置一旁，而在断断续续被使用的二十多年间，又有三十七次频繁调动。

但是，每当他得到一次效力的机会，就特别认真、特别执着地去工作。本来有碗饭吃便不该再多事，可是那颗炽热的爱国心烧得他浑身发热。四十年间无论在何地何时任何职，甚至赋闲期间，他都不停地上书，不停地唠叨。一有机会还要真抓实干，练兵、筹款、整饬政务，时刻摆出一副要冲上前线的样子。你想这怎能不让主和苟安的朝廷心烦？

他任湖南安抚使，这本是一个地方行政长官，他却在任上创办了一支两千五百人的"飞虎军"，铁甲烈马，威风凛凛，雄镇江南。建军之初，造营房，恰逢连日阴雨，无法烧制屋瓦。他就令长沙百姓，每户送瓦二十片，立付现银，两

四十年南归，二十年赋闲，三十七次调动。冷静的数字列举，写出了南宋朝廷的荒诞，也潜藏着作者的愤激。

辛弃疾不信奉"达则兼济天下，穷则独善其身"，而是上下求索，九死未悔。他是实干家行动派，是南宋的脊梁！

日内便筹足所需瓦数，其施政的干练作风可见一斑。后来他到福建任地方官，又在那里招兵买马。闽南与漠北相隔何远，但还是隔不断他的忧民情、复国志。

他这个书生、这个工作狂，实在太过了，"过则为灾"，终于惹来了许多的诽谤，甚至说他独裁、犯上。皇帝对他也就时用时弃，国有危难时招来用几天，朝有谤言，又弃而闲几年，这就是他的基本生活节奏，也是他一生最大的悲剧。别看他饱读诗书，在词中到处用典，甚至被后人讥为"掉书袋"，但他至死，也没有弄懂南宋小朝廷为什么只图苟安而不愿去收复失地。

辛弃疾名弃疾，但他那从小使枪舞剑、壮如铁塔的五尺身躯，何尝有什么疾病？他只有一块心病，金瓯缺，月未圆，山河碎，心难安。

> 又一处三字词语连用，表现出辛弃疾"男儿到死心如铁"的决心。金瓯，金盆盂，比喻疆土之完固，亦用以指国土。

郁孤台下清江水，中间多少行人泪。西北望长安，可怜无数山。

青山遮不住，毕竟东流去。江晚正愁余，山深闻鹧鸪。

这是我们在中学课本里就读过的那首著名的《菩萨蛮·书江西造口壁》，他得的是心郁之病啊。他甚至自嘲自己的姓氏：

烈日秋霜，忠肝义胆，千载家谱。得姓何年，细参辛字，一笑君听取。艰辛做就，悲辛滋味，总是辛酸辛苦。更十分，向人辛辣，椒桂捣残堪吐。

——《永遇乐·戏赋辛字送茂嘉十二弟赴调》

艰辛、悲辛、辛酸、辛苦、辛辣，细说"辛"之五味，辛弃疾五内俱焚。一句诘问，是作者在为辛弃疾鸣不平。

你看"艰辛""悲辛""辛酸""辛苦""辛辣"，真是五内俱焚。世上许多甜美之事，顺达之志，怎么总轮不到他呢？他要不就是被闲置，要不就是走马灯似的被调动。1179年，他从湖北调湖南，同僚为他送行时他心绪难平，终于以极委婉的口气叹出了自己政治的失意，这便是那首著名的《摸鱼儿·更能消几番风雨》：

更能消、几番风雨，匆匆春又归去。惜春长怕花开早，何况落红无数。春且住，见说道、天涯芳草无归路。怨春不语。算只有殷勤，画檐蛛网，尽日惹飞絮。

长门事，准拟佳期又误。蛾眉曾有人妒。千金纵买相如赋，脉脉此情谁诉？君莫舞，君不见，玉环飞燕皆尘土！闲愁最苦。休去倚危栏，斜阳正在，烟柳断肠处。

据说宋孝宗看到这首词后很不高兴。梁启超评曰："回肠荡气，至于此极。前无古人，后无来者。""长门事",是指汉武帝的陈皇后遭忌被打入长门宫里。辛以此典相比,一片忠心、痴情和着那许多辛酸、辛苦、辛辣,真是打翻了五味坛子。今天我们读时,每一个字都让人一惊,直让你觉得就是一滴血,或者是一行泪。确实,古来文人的惜春之作,多得可以堆成一座纸山。但有哪一首,能这样委婉而又悲愤地将春色化入政治、诠释政治呢?美人相思也是旧文人写滥了的题材,但又有哪一首能这样深刻贴切地寓意国事,评论正邪,抒发忧愤呢?

但是南宋朝廷毕竟是将他闲置了二十年。二十年的时间让他脱离政界,只许旁观,不得插手,也不得插嘴。辛在他的词中自我解嘲道:"君恩重,且教种芙蓉!"这有点像宋仁宗说柳永:"且去浅斟低唱,何要浮名?"柳永倒是真的去浅斟低唱了,结果唱出一个纯粹的词人艺术家。辛与柳不同,你想,他是一个大碗喝酒、大块吃肉、痛拍栏杆、大声议政的人。报国无门,他便到赣东北修了一座带湖别墅,咀嚼自己的寂寞。

带湖吾甚爱,千丈翠奁开。先生杖屦无事,一日走千回。凡我同盟鸥鹭,今日既盟之后,来往莫相猜。白鹤在何处?尝试与偕来。

破青萍,排翠藻,立苍苔。窥鱼笑汝痴计,

与前文第二个比喻呼应。辛词,真是蘸着血和泪涂抹而成的!

咀嚼,在这里是独自承受、反复思量的意思。需要"咀嚼"的情绪,一般都和快乐无缘,比如孤独、痛苦。

不解举吾杯。废沼荒丘畴昔，明月清风此夜，人
世几欢哀？东岸绿阴少，杨柳更须栽。

——《水调歌头·盟鸥》

作者明白，稼轩之
号，不是寄寓了辛弃疾的
归隐之趣，而是深藏着辛
弃疾的孤愤之情，是万般
无奈，是无处可诉。

　　这回可真的应了他的号，"稼轩"，要回
乡种地了。一个正当壮年又阅历丰富、胸怀大
志的政治家，却每天在山坡和水边踱步，与百
姓聊一聊农桑收成之类的闲话，再对着飞鸟游
鱼自言自语一番，真是"闲愁最苦""脉脉此
情谁诉"？

与前文两个比喻遥相
呼应。

　　说到辛弃疾的笔力多深，是刀刻也罢，血
写也罢，其实他的追求从来不是要做一个词人。
郭沫若说陈毅，"将军本色是诗人"。辛弃疾这
个人，词人本色是武人，武人本色是政人。他的
词，是在政治的大磨盘间磨出来的豆浆汁液。他
由武而文，又由文而政，始终在出世与入世间矛
盾，在被用或被弃中受煎熬。

辛弃疾有心、有
劲，能说、能做，有
胆、有识。能"了却君
王天下事"，可惜"男
儿欲死无战场"。

　　作为封建知识分子，对待政治，他不像陶渊
明那样浅尝辄止，便再不染政；也不像白居易那
样长期在任，亦政亦文。对国家民族，他有一颗
放不下、关不住、比天大、比火热的心；他有一
身早练就、憋不住、使不完的劲。他不计较"五
斗米折腰"，也不怕谗言倾盆。所以随时局起
伏，他就大忙大闲，大起大落，大进大退。稍有
政绩，便招谤而被弃；国有危难，便又被招而任

用。他亲自组练过军队，上书过《美芹十论》这样著名的治国方略，他是贾谊、诸葛亮、范仲淹一类的时刻忧心如焚的政治家。

他像一块铁，时而被烧红锤打，时而又被扔到冷水中淬火。有人说他是豪放派，继承了苏东坡，但苏的豪放仅止于"大江东去"，山水之阔。苏正当北宋太平盛世，还没有民族仇、复国志来炼其词魂；也没有胡尘飞、金戈鸣来壮其词威。真正的诗人只有被政治大事（包括社会、民族、军事等矛盾）所挤压、扭曲、拧绞、烧炼、锤打时，才可能得到合乎历史潮流的感悟，才可能成为正义的化身。诗歌，也只有在政治之风的鼓荡下，才能飞翔，才能燃烧，才能炸响，才能振聋发聩。学诗工夫在诗外，诗歌之效在诗外。我们承认艺术本身的魅力，更承认艺术加上思想的爆发力。

有人说辛词其实也是婉约派，多情细腻处不亚于柳永、李清照。

近来愁似天来大，谁解相怜？谁解相怜？又把愁来做个天。都将今古无穷事，放在愁边。放在愁边，却自移家向酒泉。

——《丑奴儿·近来愁似天来大》

少年不识愁滋味，爱上层楼。爱上层楼，为赋新词强说愁。而今识尽愁滋味，欲说还休。欲

这正是"旁观式"和"亲历式"的区别。旁观是浪漫的，也是冷静的；而亲历、身受，才能写出振聋发聩的诗词。

辛弃疾其人，饱受摧折而愈挫愈勇；辛弃疾的作品，亦随之炉火纯青，正所谓"国家不幸诗家幸"。

朱熹评价辛弃疾："经纶事业，有股肱王室之心；游戏文章，亦脍炙士林之口。"稼轩心灵丰裕，辛词情味丰富。

说还休，却道天凉好个秋！

——《丑奴儿·书博山道中壁》

柳李的多情多愁仅止于"执手相看泪眼""梧桐更兼细雨"，而辛词中的婉约言愁之笔，于淡淡的艺术美感中，却含有深沉的政治与生活哲理。真正的诗人，最善以常人之心言大情大理，能于无声处炸响惊雷。

我常想，要是为辛弃疾造像，最贴切的题目就是"把栏杆拍遍"。他一生大都是在被抛弃的感叹与无奈中度过的。当权者不使为官，却为他准备了锤炼思想和艺术的反面环境。他被九蒸九晒、水煮油炸、千锤百炼。历史的风云、家国的仇恨、正与邪的搏击、爱与恨的纠缠、知识的积累、感情的浇铸、艺术的升华、文字的锤打，这一切都在他的胸中、他的脑海，翻腾、激荡，如地壳内岩浆的滚动鼓胀，冲击积聚。既然这股能量一不能化作刀枪之力，二不能化作施政之策，便只有一股脑地注入诗词，化作诗词。他并不想当词人，但武途政路不通，历史歪打正着地把他逼向了词人之道。终于他被修炼得连叹一口气，也是一首好词了。

说到底，才能和思想是一个人的立身之本。像石缝里的一棵小树，虽然被扭曲、挤压，成不了旗杆，却也可成一条遒劲的龙头拐

直接点题，但又不仅仅是点题，而是用"把栏杆拍遍"为辛弃疾一生作总结。

这不是辛弃疾想要的，但既然躲不过，那就迎上去，把悲痛的苦酒酿成诗歌的玉露琼浆。

杖，别是一种价值。但这前提是，你必须是一棵树，而不是一棵草。从"沙场秋点兵"到"天凉好个秋"；从决心为国弃疾去病，到最后掰开嚼碎，识得辛字含义；再到自号"稼轩"，同盟鸥鹭；辛弃疾走过了一个爱国志士、爱国诗人的成熟过程。

诗，是随便什么人就可以写的吗？诗人，能在历史上留下名的诗人，是随便什么人都可以当的吗？"一将功成万骨枯"，一员武将的故事，尚要无数持刀舞剑者的鲜血才能写成。那么，有思想光芒而又有艺术魅力的诗人呢？他的成名，要有时代的运动，像地球大板块的冲撞那样，他时而被夹其间感受折磨，时而又被甩在一旁被迫冷静思考，所以积三百年北宋南宋之动荡，才产生了一个辛弃疾。

　　本段三句反问，振聋发聩，接着运用大胆的比喻得出一个更大胆的结论，收束全文。

卢望军　　　点 评 老 师

湖南省长沙市怡雅中学教师，岳阳市优秀教师、教学能手，湖南省首届教师文学奖·散文奖获得者。

栏杆拍遍有知音

《把栏杆拍遍》是抒写辛弃疾的一篇文章。2000年4月首发于《散文》月刊，随即被《新华文摘》刊用，又选入《现代散文欣赏辞典》（山西北岳文艺出版社）。2003年被选入华东师大出版社的《语文》高一教材，同时还入选江苏人民、山东教育、人民卫生等社的教材。这篇文章之所以能入选教材和引起反响，大概有三点。一是找到了一个新的角度，二是合理运用了辛词的原作，三是提炼出一个好标题。可谓三分角度三分词，还有四分是标题。

辛弃疾是一个伟大的词人，但长久以来在多数人眼里，他就顶着他这一顶桂冠，仅此而已，这对他有点不公平。我在中学时就读他的词，更喜欢阅读关于他生平传记的小册子，里面有许多生动的故事。

其实辛当词人之前是个武人，痛痛快快地杀过敌人；当词人的同时还是个政治家，是实实在在的朝中官员、地方大员。他最想带兵打仗，收复失地，不准；他提过许多好建议，不听。最后

開門見山，條理清晰，分點羅列，使讀者快速了解《把欄杆拍遍》一文入選教材的三大原因。

過渡句，承上啟下。承接上文"辛弃疾是一個偉大的詞人"，引起下文要講的"許多生動的故事"。

才无奈地去写词，却成了文学史上里程碑式的词人。这说明他有胆、有识、有才，是个奇人，是个英雄。只说词人，是把他大大说小了。

我奇怪社会上对一个人总是选择性地遗忘，当他的某一方面优秀时，其他方面就再无人去说。我这里讲到了他单骑取人头、练兵建大营、上书言事等事，说："辛弃疾这个人，词人本色是武人，武人本色是政人。他的词是在政治的大磨盘间磨出来的豆浆汁液。他由武而文，又由文而政，始终在出世与入世间矛盾，在被用或被弃中受煎熬。"用政治、军事、词作三条线来聚焦他的爱国情怀。这样他就不是一个平面的词人，而是一个立体的三维人物，集将军、朝臣、词人于一身了。这时再看他这个词人，比同样也是诗词名人的杜甫、苏轼、陆游就大大高出一等。这就是新角度，就有新鲜感。

正因此，作品就打动了各方面的人（不只是文学、诗词爱好者），它的效果远远溢出了语文课本和散文选集。对一般学生来说因为要应付考试，是把课文当作负担来被动学习的，但是这篇文章却让很多学生兴奋。华东师大二附中的一位同学谈她初读本文的感觉："回想起来读梁先生的文章不算早，大约是在高二初，陆续读了一些。当时的初衷只是为了解书中为中学生所熟知的历史名人。但不承想，只一篇《把栏杆拍遍》

旁批：

概括总结辛弃疾的人格特点：有胆、有识、有才。

把辛词比作"豆浆"，把政治比作"磨盘"，生动形象地写出了政治对辛弃疾的文学创作产生的深刻影响。

运用对比手法，写出辛弃疾相较于其他诗词大家的特别之处。

引用学生的话，正面描写，直接表达了学生对《把栏杆拍遍》的喜爱之情。

便使我沉醉了，不能释手。"一般军人很少看这类文人题材的作品，河南某军分区的一个政委在《新华文摘》上见到本文，激动地批满版面的边边角角，来信说："感谢作者为我们武人立传，写了一篇好文章。"我的一个老乡是一位英语教师，语文教学本与她无关，看了学生的书本后激动地写了一篇读后感。因为文章已深入到人心深处的一个共同点：人格。

文章成功的第二点是对辛词原作的引用。我是一个辛词迷，小时候就读过、背过许多他的作品。但是每一位阅读者都会加入自己的生活体验。大学毕业后我被分配在边疆一个小县城里，在"文化大革命"的动乱年代，形同被抛弃。我在一个语文教师处借到一本《稼轩词编年笺注》，视为珍宝，多读、细读，嚼得其中滋味，也品出了自身的凄凉。

其中有两首我印象极深，一是那首著名的《摸鱼儿·更能消几番风雨》，发泄空有抱负而不得实现的悲愤；一首《永遇乐》，自嘲命不好，本不该姓"辛"，弄得一生辛苦、辛酸不止。而我在那个冰凉的荒村小屋里也突然灵犀一通，自己也不该姓"梁"（凉）。辛词总是这样，嬉笑怒骂都成词，但却不失英雄本色，又天真可爱。

他被逼隐退后写了许多山水田园词，虽深

侧面描写，不从事语文教学的英语老师为文章写读后感，从侧面说明了《把栏杆拍遍》深入人心的程度。

作者在阅读辛弃疾的词时，加入了自己的生活体验，与辛弃疾产生了共鸣。

作者由辛弃疾对自己姓氏的自嘲，想到了自己的姓氏"梁"的谐音"凉"，幽默诙谐中写出了辛词对其自身的影响之深。

藏报国不成的无奈，却也饱含对生命、生活的热爱，为当地百姓传诵。虽通俗易懂，也成名句，如："最喜小儿亡赖，溪头卧剥莲蓬。"他曾居住的那个历史上一直被叫作"稼轩乡"的地方，现在还赫然挂着一块大牌子，"稼轩乡人民政府"。我去采访时村内外、乡政府大院的粉墙上都刷满了他的词。一年乡里自己办"春晚"，有一个节目是有奖背辛词，背一首奖毛巾，十首奖脸盆，一百首奖一个小电脑，居然有人抱得电脑归。可见词人根在民间，根在历史深处。我这篇文章中有选择性地引用了词人的六首词作。这无疑接通了他与读者心中的热线。这也是站在巨人的肩膀上，虽是写他高尚的爱国情怀又恰逢他有绚丽的艺术之作，借力发力，强化了文章的美感。这要因人而异，也是可遇不可求的。

运用事实论证，表现了辛弃疾晚年居住地百姓对他的爱戴。

把引用六首词作比作"接通热线"，生动地表现出辛词巨大的艺术魅力，也说明了《把栏杆拍遍》倍受读者喜爱的原因。

最后一点说一下标题。这是从一首辛词里化出来的。原词的上半阕是：

楚天千里清秋，水随天去秋无际。遥岑远目，献愁供恨，玉簪螺髻。落日楼头，断鸿声里，江南游子。把吴钩看了，栏杆拍遍，无人会，登临意。

吴钩就是宝刀，词人挎刀登楼，遥望远处河山，恨失地不能收复，只能双手痛拍栏杆，发出无奈的喟叹，一幅悲壮欲绝的形象。我在文章中说，如果哪个画家要为辛弃疾造像，就请用"把栏杆拍遍"这五个字。在这里我们"清清楚楚地听到一个爱国臣子，一遍一遍地哭诉，一次一次地表白。忘不了他那在夕阳中扶栏远眺、望眼欲穿的形象"。事实上还不等画家来作画，作者先把这几个字作了文章的标题。它确实收到了画龙点睛的效果，瞬间创造了一个难得的文学意象。

引用《把栏杆拍遍》原文中的句子，想象辛弃疾登高远眺的神情动作，再现辛弃疾忧国忧民的人物形象。

　　意象是什么？意象就是最能体现文章思想的形象，是诗化了的典型，是文章思想与美感融合后的定格，是一种图腾，是这篇文章的"logo"。就是说把思想和美感这两个本来抽象的东西具体化了，读者可见、可摸、可记、难忘。在这里作者拟了一个意象性的标题，就有了标志意义与审美效应。果然围绕这个标题引出许多故事。

把意象比作"图腾"和"logo"，化抽象为具象，生动形象地阐述了意象对于文章整体的重要性。

陈阳阳　　　　　　　　　　　　　　　　点 评 老 师

北大附中天津东丽湖学校语文教师，东丽区校级骨干教师。

跨越百年的美丽

　　1998年是居里夫人发现放射性元素镭一百周年。

　　一百年前的1898年12月26日，法国科学院人声鼎沸，一位年轻漂亮、神色庄重又略显疲倦的妇人走上讲台，全场立即肃然无声。她叫玛丽·居里，她今天要和她的丈夫皮埃尔·居里一起在这里宣布一项惊人发现，他们发现了天然放射性元素镭。本来这场报告她想让丈夫来做，但皮埃尔·居里坚持让她来讲，因为在此之前还没有一个女子登上过法国科学院的讲台。玛丽·居里穿着一袭黑色长裙，端庄的脸庞显出坚定又略带淡泊的神情，而那双微微内陷的大眼睛，则让你觉得能看透一切，看透未来。她的报告让全场震惊，物理学进入了一个新时代，而她那美丽庄重的形象也就从此定格在历史上，定格在每个人的心里。

　　关于放射性的发现，居里夫人并不是第一人，但她是关键的一人。在她之前，1895年11月，德国科学家伦琴发现了X光，这是人工放射

这是居里夫人给人的总体印象。"略显疲倦"从侧面表现出她为科学事业付出的艰辛努力。

"一袭黑色长裙"表现出她的优雅，眼睛能"看透一切，看透未来"，写出她的睿智和非凡的洞察力。

性。1896年5月，法国科学家贝克勒尔发现铀盐可以使胶片感光，这是天然放射性。这都是偶然的发现，居里夫人却立即提出了一个新问题，其他物质有没有放射性？物质世界里是不是还有另一块全新的领域？别人在海滩上捡到一块贝壳，她却要研究一下这贝壳是怎样生，怎样长，怎样冲到海滩上来的。别人摸瓜她寻藤，别人摘叶她问根。是她提出了放射性这个词。两年后，她发现了钋，接着发现了镭，冰山露出了一角。

为了提炼纯净的镭，居里夫妇搞到一吨可能含镭的工业废渣。他们在院子里支起了一口锅，一锅一锅地进行冶炼，然后再送到化验室溶解、沉淀、分析。而所谓的化验室，是一个废弃的、曾停放解剖用尸体的破棚子。玛丽终日在烟熏火燎中搅拌着锅里的矿渣，她的衣裙上、双手上，留下了酸碱的点点烧痕。一天，疲劳至极的玛丽揉着酸痛的后腰，隔着满桌的试管、量杯问皮埃尔："你说这镭会是什么样子？"皮埃尔说："我只是希望它有美丽的颜色。"经过三年又九个月，他们终于从成吨的矿渣中提炼出了零点一克镭，它真的有极美丽的颜色，在幽暗的破木棚里发出略带蓝色的荧光；它还会自动放热，一小时放出的热能融化等重的冰块。

旧木棚里这点美丽的淡蓝色荧光，融入了一个女子美丽的生命和不屈的信念。玛丽的性格

比喻形象，正是居里夫人的善于思考、善于追问和勇于探索的精神，使她获得了科学事业的成功。

"一锅一锅"，侧面写出提炼镭的艰辛和居里夫妇的坚持不懈。

与前文的美丽形象形成反差，更见其执着坚毅。语言描写，表达皮埃尔夫妇对镭的美好憧憬。

两次"美丽的颜色"，第一处指居里夫人对科学的热爱，第二处不仅写镭的颜色，也象征着居里夫妇人格的光辉。

里天生有一种可贵的东西，她坚定、刚毅，有远大、执着的追求。

她中学毕业后在城里和乡下当了七年家庭教师，积攒了一点学费便到巴黎来读书。为了求得安静，玛丽一人租了间小阁楼，一天只吃一顿饭，日夜苦读。晚上冷得睡不着，就拉把椅子压在身上，以取得一点感觉上的温暖。这种心无旁骛、悬梁刺股、卧薪尝胆的进取精神，是一般人很难做到的！本来玛丽·居里完全可以尽情享受青春时光，活个轻松，活个痛快。但是她没有，她知道自己更深一层的价值和更远一些的目标。

镭的发现引发了一场革命——科学革命。它直接导致了后来卢瑟福对原子结构的探秘，导致了原子弹的爆炸，导致了原子时代的到来。更重要的是这项发现的哲学意义，哲学家说事物无时无刻不在变，西方哲人说，人不能两次踏进同一条河流。公元1028年，东方哲人苏东坡赤壁望月长叹道："盖将自其变者而观之，则天地曾不能以一瞬；自其不变者而观之，则物与我皆无尽也。"现在，居里夫人证明镭便是这样"不能以一瞬"而存在的物质，它会自己不停地发光、放热、放出射线，能灼伤人的皮肤，能穿透黑纸使胶片感光，能使空气导电，它刹那间是自己又不是自己，哲理就渗透在每个原子的毛孔里。玛丽·居里几乎在完成这项伟大自然发现的同时，

通过引用苏东坡之语，思考越来越深入，充满哲学理性的味道。

也完成了对人生意义的发现。

她自己也在不停地变化着，在工作卓有成效的同时，镭射线也在无声地侵蚀着她的肌体。她美丽健康的容貌在悄悄地隐退，她逐渐变得眼花耳鸣、苍白乏力。而皮埃尔不幸早逝，社会对女性的歧视，更加重了她生活和思想上的沉重负担。但她什么也不管，只是默默地工作。她从一个漂亮的小姑娘，一个端庄坚毅的女学者，变成科学教科书里的新名词"放射线"，变成物理学的一个新计量单位"居里"，变成一条条科学定理，她变成了科学史上一块永远的里程碑。"自其不变者而观之"，她得到了永恒。"长恨春归无觅处，不知转入此中来"，就像化学的置换反应一样，她的青春美丽换位到了科学教科书里，换位到了人类文化的史册里。

居里夫人的美名从她发现镭那一刻起就开始流传于世，迄今已经百年，这是她用全部的青春、信念和生命换来的荣誉。她一生共获得了十项奖金、十六种奖章、一百零七个名誉头衔，特别是两次获诺贝尔奖。她本来可以躺在任何一项大奖或任何一个荣誉上尽情地享受，但是她视名利如粪土，她将奖金赠给科研事业和战争中的法国，而将那奖章给六岁的小女儿去当玩具。她一如既往，埋头工作到六十七岁离开人世，离开了她心爱的实验室。直到她死后四十年，她用过的

突然插入白居易的《大林寺桃花》一诗中的名句，文章文学气息更浓。

反问语气，表意更加肯定，直陈居里夫人获奖次数之多，也更突出她的淡泊名利、执着坚毅。

笔记本里，还有射线在不停地释放。

爱因斯坦说："在所有的世界著名人物当中，玛丽·居里是唯一没有被盛名宠坏的人。"她实事求是，超形脱俗，知道自己的目标，更知道自己的价值。在一般人要做到这两个自知，排除干扰并终生如一，是很难很难的，但居里夫人做到了。她让我们明白，人有多重价值，是需要多层开发的。有的人止于形，以售其貌；有的人止于勇，而呈其力；有的人止于心，而有其技；有的人达于理，而用其智。大音希声，大道无形，大智之人，不耽于形，不逐于力，不恃于技。他们淡淡地生活，静静地思考，执着地进取，直进到智慧高地，自由地驾驭规律，而永葆一种理性的美丽。

居里夫人就是这样一位挺立在智慧高地的伟人。

引用爱因斯坦名言，更可见居里夫人身上的优秀品质。

四句文言文句式的排比，工整自然、生动贴切，将文章从叙事转入说理，道出了文章主旨。

化用老子《道德经》的名句，指出居里夫人的美是自然的美、智慧的美、灵魂的美。

收束简洁，表达对居里夫人的高度赞美和崇敬之情。

何培培　　**点 评 老 师**

陕西省西安市第二十六中学教师，碑林区教学能手，曾获区级微课比赛、征文比赛一等奖。

武侯祠，一千七百年的沉思

开篇对比，从时空两个维度凸显出诸葛亮在人们心中的重要地位，和武侯祠对人们的价值、意义。

　　中国历史上有无数个名人，但很少有人像诸葛亮这样引起人们长久不衰的怀念；中国大地上有无数座祠堂，但没有哪一座能像成都武侯祠这样，让人生出无限的崇敬、无尽的思考和深深的遗憾。这座带有传奇色彩的建筑，令海内外所有的崇拜者一提起它就产生一种神秘的向往。

紧承上文，继续描写武侯祠的环境，虽位居闹市却清幽古朴，为后文"造访"哲人烘托庄严崇敬之感。

　　武侯祠坐落于成都市区略偏南的闹市。两棵古榕为屏，一对古狮拱卫，当街一座朱红飞檐的庙门。你只要往门口一站，一种尘世暂离而圣地在即的庄严肃穆之感便油然而生。

　　进门是一个庭院，满院绿树披道，杂花映目，一条五十米长的甬道直达二门，路两侧各有唐代、明代的古碑一座。这绿荫的清凉和古碑的幽远先让你有一种感情的准备，我们将去造访一位一千七百年前的哲人。进二门又一座四合庭院，约五十米深，刘备殿飞檐翘角，雄踞正中，左右两廊分别供着二十八位文臣武将。

"过、下、穿"用词准确，既写出了作者的行踪，其词本身又符合

　　过刘备殿，下十一阶，穿过庭，又一四合院，东西南三面以回廊相通，正北是诸葛亮殿。

由诸葛亮殿顺一红墙翠竹夹道就到了祠的西部——惠陵，这是刘备的墓。夕阳抹过古冢老松，叫人想起遥远的汉魏。由诸葛亮殿向东有门通向一片偌大的园林。这些树、殿、陵都被一线红墙环绕，墙外车马喧，墙内柏森森。诸葛亮能在一千七百年后享此祀地，并前配天子庙，右依先帝陵，千多年来香火不绝，这气象也真绝无仅有了。

公元234年，诸葛亮在进行他一生的最后一次对魏作战时病死军中。一时国倾梁柱，民失相父，举国上下莫不痛悲。百姓请建祠庙，但朝廷以于礼不合为由，不许建祠。于是每年清明节，百姓就于野外对天设祭，举国痛呼魂兮归来。这样过了三十年，民心难违，朝廷才允许在安葬诸葛亮的定军山建第一座祠，不想此例一开，全国武侯祠林立。成都最早建祠是在西晋，以后多有变迁。先是武侯祠与刘备庙毗邻，诸葛祠前香火旺，刘备庙前车马稀。

明朝初年，帝室之胄朱椿来拜，心中很不是滋味，下令废武侯祠，只在刘备殿旁附带供奉诸葛亮。不想事与愿违，百姓反把整座庙称武侯祠，香火更甚。到清康熙年间，为解决这个矛盾，干脆改建为君臣合庙，刘备在前，诸葛亮在后，以后朝廷又多次重申，这祠的正名为昭烈庙（刘备谥号昭烈帝），并在大门上悬以巨匾。

"殿、阶、庭"特点，换词则不可。

"绝无仅有"写出身为臣子却能在去世后与"先帝"同享祀地，受人们顶礼膜拜的崇高地位和巨大尊荣。

朝廷不许，建祠不成，百姓对天设祭。总有些东西大过封建专制，比如民心。

句式工整，对比手法。身份不及刘备，香火却较刘更旺，诸葛亮在百姓心中地位超越皇权，至高无上。

但是朝朝代代，人们总是称它为武侯祠，直到今天。武侯祠饱经历史风霜，却片瓦未损，至今每年还有两百万人来拜访。这是一处供人感怀、抒情的所在，一个借古证今的地方。

我穿过一座又一座的院落，悄悄地向诸葛亮殿走去。这殿不像一般佛殿那样深暗，它合为丞相治事之地，殿柱矗立，贯天地正气；殿门前敞，容万民之情。诸葛亮端坐在正中的龛台上，头戴纶巾，手持羽扇，正凝神沉思。往事越千年，历史的风尘不能掩遮他聪慧的目光，墙外车马的喧闹也不能把他从沉思中唤醒。他的左右是其子诸葛瞻、其孙诸葛尚，瞻与尚在诸葛亮死后都为蜀汉政权战死沙场。殿后有铜鼓三面，为丞相当初治军之用，已绿锈斑驳，却余威尚存。

我默对良久，隐隐如闻金戈铁马声。殿的左右两壁书着他的两篇名文，左为《隆中对》，条分缕析，预知数十年后天下事；右为《出师表》，慷慨陈词，痛表一颗忧国忧民心。我透过他深沉的目光，努力想从中发现这位东方"思想家"的过去。我看到他在国乱家丧之时，布衣粗茶，耕读山中；我看到他初出茅庐，羽扇轻轻一挥，八十万曹兵灰飞烟灭；我看到他在斩马谡时那一滴难言的浊泪；我看到他在向后主自报家产时那一颗坦然无私的心。记得小时读《三国》，总希望蜀国能赢，那实在不是为了刘备，而是为了诸葛亮。这样一位才比天高、德昭宇宙的人不赢，真是天理不容。但他还是输了，上帝为中国历史安排了一出最雄壮的悲剧。

假如他生在古周、盛唐，他会成为周公、魏征；假如上天再给他十年时间（活到六十三岁不算老吧），他也许会再造一个盛汉；假如他少一点愚忠，真按刘备的遗言，将阿斗取而代之，也许会又建一个什么新朝。我胸中四海翻腾做着这许多的"假如"，抬头一看，诸葛亮还是那样安静地坐着，目光更加明净，手中的羽扇像刚刚挥过一下。我不觉可笑自己的胡思乱想，我知道他已这样静坐默想了一千七百年，他知道天命不可违，英雄无法再造一个时势。

一千七百年前，诸葛亮输给了曹魏，却赢了从此以后所有人的心。我从大殿上走下，沿着回廊在院中漫步。这个天井式的院落像一个历史的隧道，我们随手可翻检到唐宋遗物，甚至还可驻足廊下与古人、故人聊上几句。杜甫是到这祠里做客次数最多的，他的名句"出师未捷身先死，长使英雄泪满襟"，唱出了这个悲剧的主调。

院东有一块唐碑，正面、背面、两侧或文或诗，密密麻麻，都与杜甫做着悲壮的唱酬。唐人的碑文说："若天假之年，则继大汉之祀，成先生之志，不难矣。"元人的一首诗叹道："正统不惭传千古，莫将成败论三分。"明人的一首诗

紧承上文的排比，盛赞诸葛亮才智绝伦；又将"我"思之翻涌与诸葛亮坐之安静等作对比，突出其淡泊而顺天知命。

输给曹魏，有军事、政治、时局等多种外因；赢得人心，却必有内在高尚人格，除却才比天高，还须德昭宇宙。

杜甫最懂诸葛亮，为亮之忠诚、鞠躬尽瘁、出师未捷身先死而痛哭。唐碑上唱酬诗文之密，可见悲亮者之多。

简直恨历史不能重写了："托孤未付先君望，恨入岷江昼夜流。"南面东西两廊的墙上嵌着岳飞草书的前后《出师表》，笔走龙蛇，倒海翻江，黑底白字在幽暗的廊中如长夜闪电，我默读着"临表涕零，不知所云"，读着"汉贼不两立，王业不偏安"，看那墨痕如涕如泪，笔锋如枪如戟，我听到了这两位忠臣良将遥隔九百年的灵魂共鸣。

这座天井式的祠院，一千七百年来就这样始终为诸葛亮的英气所笼罩，并慢慢积聚而成为一种民族魂。我看到一个个的后来者，他们在这里扼腕叹息、仰天长呼或沉思默想。他们中有诗人，有将军，有朝廷的大臣，有封疆大吏，甚至还有割据巴蜀的草头王。但不管是什么人，不管来自什么出身，负有什么使命，只要在这个天井小院里一站，就受到一种庄严的召唤。人人都为他的凛然正气所感召，都为他的忠义之举而激动，都为他的淡泊之志所净化，都为他的聪明才智所倾倒。人有才不难，历史上如秦桧那样的大奸也有歪才；有德也不难，天下与人为善者不乏其人。难得的是德才兼备，有才又肯为天下人兴利，有功又不自傲。

历史早已过去，我们现在追溯旧事，也未必对"曹贼"那样仇恨，但对诸葛亮却更觉亲切。这说明诸葛亮在那场历史斗争中并不单纯地为克

比喻。将黑底白字的岳飞草书《出师表》比作长夜闪电，歌颂恶劣环境下忠臣良将的精神光芒。

身份各异，但同受影响。表现出诸葛亮的精神千百年来对中国人影响之深广。

在前面用排比手法赞扬诸葛亮凛然正气的基础上，层层递进歌颂其德才兼备。这也是中国人追寻的理想人格。

曹灭魏，他不过是要实现自己的治国理想，是在实践自己的做人规范，他在试着把聪明才智发挥到极限，蜀、魏、吴之争不过是这三种实验的一个载体，他借此实现了作为一个人，一个历史伟人的价值。

史载公元347年，"桓温征蜀，犹见武侯时小吏，年百余岁。温问曰：'诸葛丞相今谁与比？'答曰：'诸葛在时，亦不觉异，自公没后，不见其比。'"此事未必可信，但诸葛亮确实实现了超时空的存在。古往今来有两种人，一种人为现在而活，拼命享受，死而后已；一种人为理想而生，鞠躬尽瘁，死而后已。一个人不管他的官位多大，总要还原为人；不管他的寿命多长，总要变为鬼；而只有极少数人才有幸被百姓筛选，历史擢拔为神，享四时之祀，得到永恒。

我在祠中盘桓半日，临别时又在武侯像前伫立一会儿，他还是那样，目光如泉水般的明净，手中的羽扇轻轻抬起，一动也不动。

刘红枚　　点 评 老 师

重庆市巴蜀中学语文高级教师，区骨干教师。

觅渡，觅渡，渡何处？

以此为题，概述了瞿秋白探索的一生，同时也是对瞿秋白精神世界的探索。

常州城里那座不大的瞿秋白纪念馆，我已经去过三次，从第一次看到那个黑旧的房舍，我就想写篇文章。但是六个年头过去了，还是没有写出。瞿秋白实在是一个谜，他太博大深邃，让你看不清摸不透，无从写起但又放不下笔。

去年我第三次访瞿秋白故居时，正值他牺牲六十周年，地方上和北京都在筹备关于他的讨论会。他就义时才三十六岁，可人们已经纪念了他六十年，而且还会永远纪念下去。是因为他当过党的领袖？是因为他的文学成就？是因为他的才气？是，又不全是。他短短的一生，就像一幅永远读不完的名画。

三个问句组成排比，引起读者思考：人们纪念秋白，不在于他的身份、成就、才气，而在于他精神世界的广阔博大。

我第一次到纪念馆是1990年，纪念馆本是一间瞿家的旧祠堂，祠堂前原有一条河，河上有一桥叫觅渡桥。一听这名字我就心中一惊，觅渡，觅渡，渡在何处？

瞿秋白是以职业革命家自许的，但从这个渡口出发，并没有让他走出一条路。"八七会议"他受命于白色恐怖之中，以一副柔弱的书生

1927年8月7日中共中央召开了一次紧急会议，选出新的临时中央政治局，决定举行秋收起义。

之肩，挑起了统率全党的重担，发出武装斗争的吼声。但是他随即被王明，被自己的人一巴掌打倒，永不重用。后来在长征时又借口他有病，不带他北上。而比他年纪大、身体弱的徐特立、谢觉哉等都安然到达陕北，活到了新中国成立。他其实不是被国民党杀的，是为"左"倾路线所杀。是自己的人按住了他的脖子，好让敌人的屠刀来砍。而他先是仔细地独白，然后从容就义。

如果瞿秋白是一个如李逵式的人物，大喊一声："你朝爷爷砍吧，二十年后又是一条好汉！"也许人们早已把他忘掉。他是一个书生啊，一个典型的中国知识分子，你看他的照片，一副多么秀气但又有几分苍白的面容。他一开始就不是舞枪弄刀的人。

他在黄埔军校讲课，在上海大学讲课，他的才华熠熠闪光，听课的人挤进礼堂，爬上窗台，甚至连学校的老师也挤进来听。后来成为大作家的丁玲，这时也在台下瞪着一双稚气的大眼睛。瞿秋白的文才曾是怎样折服了一代人，后来成为文化史专家、新中国文化部副部长的郑振铎，当时准备结婚，想求秋白刻一对印，秋白开的润格是五十元，郑付不起转而求茅盾。婚礼那天，秋白手提一手绢小包，说来送礼金五十元，郑不胜惶恐，打开一看却是两方石印，可想他当时的治印水平。秋白被排挤离开党的领导岗位之后，转

描写听课人之多，透过"挤、爬"等词语，从学生到老师，再到作家丁玲，侧面表现了瞿秋白的文才之高。

而为文，短短几年他的著译竟有五百万字。

鲁迅与他之间的敬重和友谊，就像马克思与恩格斯一样完美。秋白夫妇到上海住鲁迅家中，鲁迅和许广平睡地板，而将床铺让给他们。秋白被捕后，鲁迅立即组织营救，他就义后，鲁迅又亲自为他编文集，装帧和用料在当时都是第一流的。秋白与鲁迅、茅盾、郑振铎这些现代文化史上的高峰，也是齐肩至顶的啊。

他应该知道自己身躯内所含的文化价值，应该到书斋里去实现这个价值。但是他没有，他目睹人民沉浮于水火，目睹党濒于灭顶，他振臂一呼，跃向黑暗。只要能为社会的前进照亮一步之路，他就毅然举全身而自燃。他的俄文水平在当时的中国是数一数二的，他曾发宏愿，要将俄国文学名著介绍到中国来，他牺牲后鲁迅感叹说，本来《死魂灵》由秋白来译是最合适的。

这使我想起另一件事，和秋白同时代的有一个人叫梁实秋，在抗日高潮中仍大写悠闲文字，被左翼作家批评为"抗战无关论"。他自我辩解说，人在情急时固然可以操起菜刀杀人，但杀人毕竟不是菜刀的使命。他还是一直弄他的"纯文学"，后来确实也成就很高，一人独立译完了《莎士比亚全集》。现在，当我们很大度地承认梁实秋的贡献时，更不该忘记秋白这样的，情急用菜刀去救国救民，甚至连自己的珠玉之身也扑

作者把瞿秋白与鲁迅、茅盾、郑振铎等文化史上的高峰人物放在一起，是为了在对比、衬托中体现瞿秋白选择之伟大。

《死魂灵》是俄国作家果戈理创作的批判现实主义长篇小说，鲁迅感叹其应由瞿秋白译，暗含悲愤。

上去的人。如果他不这样做，留把菜刀作后用，留得青山来养柴，在文坛上他也会成为一个甚至十个梁实秋。但是他没有。

如果瞿秋白的骨头像他的身体一样柔弱，他一被捕就招供认罪，那么历史也早就忘了他。革命史上有多少英雄，就有多少叛徒。曾是共产党总书记的向忠发、政治局委员的顾顺章，都有一个工人阶级的好出身，但是一被逮捕，就立即招供。此外像陈公博、周佛海、张国焘等高干，还可以举出不少。而秋白偏偏以柔弱之躯，演出了一场泰山崩于前而不惊的英雄戏。

他刚被捕时，敌人并不明他的身份，他自称是一名医生，在狱中读书写字，连监狱长也求他开方看病。其实，他实实在在是一个书生、画家、医生，除了名字是假的，这些身份对他来说一个都不假。这时，上海的鲁迅等正在设法营救他，但是一个听过他讲课的叛徒终于认出了他。特务乘其不备突然大喊一声："瞿秋白！"他却木然无应。敌人无法只好把叛徒拉出当面对质，这时他却淡淡一笑说："既然你们已认出了我，我就是瞿秋白，过去我写的那份供词就权当小说去读吧。"

蒋介石听说抓到了瞿秋白，急电宋希濂去处理此事。宋在黄埔时听过他的课，执学生礼，想以师生之情劝其降，并派军医为之治病。他死

采用对比的手法，一反一正，反衬出瞿秋白对革命的忠诚与坚贞不屈，体现其心忧天下的博大胸襟。

写出了瞿秋白对"死"的态度，他是一个冷静的勇敢者，为了他认定的主义，一往无前，视死如归。

指士子宁可死也不愿受污辱，写出瞿秋白不愿为保全性命而求饶的铮铮气节和大无畏的革命精神。

这是瞿秋白1935年被国民党逮捕以后所写的文章，全文两万余字，是瞿秋白灵魂的自白。

意已决，说："减轻一点痛苦是可以的，要治好病就大可不必了。"当一个人从道理上明白了生死大义之后，他就获得了最大的坚强和最大的从容。这是靠肉体的耐力和感情的倾注所无法达到的，理性的力量就像轨道的延伸一样坚定。

一个真正的知识分子向来是以理行事，所谓士可杀而不可辱。文天祥被捕，跳水、撞墙，唯求一死。鲁迅受到恐吓，出门都不带钥匙，以示不归之志。毛泽东赞扬朱自清宁可饿死也不吃美国的救济粉。秋白正是这样一个典型的已达到自由阶段的知识分子。蒋介石见威胁利诱实在不能使之屈服，遂下令枪决。刑前，秋白唱《国际歌》，唱红军歌曲，泰然自行至刑场，高呼"中国共产党万岁"，盘腿席地而坐，令敌开枪。从被捕到就义，这里没有一点死的畏惧。

如果瞿秋白就这样高呼口号为革命献身，人们也许还不会这样长久地怀念他、研究他。他偏偏在临死前又抢着写了一篇《多余的话》，这在一般人看来真是多余。我们看他短短的一生，斗争何等坚决：他在国共合作中对国民党右派的批驳，在党内对陈独秀右倾路线的批判何等犀利；他主持"八七会议"，决定武装斗争，永远功彪史册；他在监狱中从容斗敌，最后英勇就义，泣天地动鬼神。这是一个多么完整的句号。

但是他不肯，他觉得自己实在渺小，实在愧

对党的领袖这个称号，于是用解剖刀，将自己的灵魂仔仔细细地剖析了一遍。别人看到的他是一个光明的结论，他在这里却非要说一说这光明之前的暗淡，或者光明后面的阴影。这又是一种惊人的平静。就像敌人要给他治病时，他说，不必了，他将生命看得很淡。现在为了做人，他又将虚名看得很淡。

"剖析"本义是指深入地分析，这里指瞿秋白对自己的人生历程和思想所进行的梳理反思。

他认为自己是从绅士家庭、从旧文人走向革命的，他在新与旧的斗争中受着煎熬，在文学爱好与政治责任的抉择中受着煎熬。他说以后旧文人将再不会有了，他要将这个典型、这个痛苦的改造过程如实地录下，献给后人。他说过："光明和火焰从地心里钻出来的时候，难免要经过好几次的尝试，试探自己的道路，锻炼自己的力量。"他不但解剖了自己的灵魂，在这《多余的话》里，还嘱咐死后请解剖他的尸体，因为他是一个得了多年肺病的人，这又是他的伟大、他的无私。

瞿秋白生于官宦世家，其父亲擅长绘画、剑术、医道等，家学深厚。

中国古老的文明铸就了瞿秋白的仁心义胆，革命于他原是一条不和谐、不平衡之路，然而更是觉醒后的无悔之路。

我们可以对比一下，世上有多少人都在涂脂抹粉、挖空心思地打扮自己的历史，极力隐恶扬善。特别是一些地位越高的人越爱这样做，别人也帮他这样做，所谓为尊者讳。而他却不肯。作为领袖，人们希望他内外都是彻底的鲜红，而他却固执地说，不，我是一个多重色彩的人。在一般人是把人生投入革命，在他是把革命投入人

瞿秋白是站在一个更高的角度参与革命的，是用玉石之身在革命中冲锋陷阵，实验、求证最高的生命价值。

生，革命是他人生实验的一部分。当我们只看他的事业，看他从容赴死时，他是一座平原上的高山，令人崇敬；当我们再看他对自己的解剖时，他更是一座下临深谷的高峰，风鸣林吼，奇绝险峻，给人更多的思考。他是一个内心既纵横交错，又坦荡如一张白纸的人。

我在这间旧祠堂里，一年年地来去，一次次地徘徊。我想象着当年门前的小河，河上来往觅渡的小舟。秋白就是从这里出发，到上海办学，去会鲁迅；到广州参与国共合作，去会孙中山；到苏俄去当记者，去参加共产国际会议；到汉口去主持"八七会议"，发起武装斗争；到江西苏区去，主持教育工作。

他生命短促，行色匆匆。他出门登舟之时一定想到"野渡无人舟自横"，想到"轻解罗裳，独上兰舟"。那是一种多么悠闲的生活，多么美的诗句，是一个多么宁静的港湾。他在《多余的话》里一再表达他对文学的热爱，他多么想靠上那个码头。但他没有，直到临死的前一刻他还在探究生命的归宿。他一生都在觅渡，可是到最后也没有傍到一个好的码头，这实在是一个悲剧。但正是这悲剧的遗憾，人们才这样以其生命的一倍、两倍、十倍的岁月去纪念他。

如果他一开始就不闹什么革命，只要随便拔下身上的一根汗毛，悉心培植，他也会成为著名的作家、翻译家、金石家、书法家或者名医。梁实秋、徐志摩现在不是尚享后人之飨吗？如果他革命之后，又拨转船头，退而治学呢，仍然可以成为一个文坛泰斗。与他同时代的陈望道，本来是和陈独秀一起筹建共产党的，后来退而研究修辞，著《修辞学发凡》，成了中国修辞第一人，人们也记住了他。

可是秋白没有这样做，就像一个美女偏不肯去演戏，一个高个儿男子偏不肯去打篮球。他另有所求，但又求而无获，甚至被人误会。一个人无才也就罢了，或者有一分才干成了一件事也罢了。最可惜的是他有十分才只干成了一件事，甚而一件也没有干成，这才叫后人惋惜。

你看岳飞的诗词写得多好，他是有文才的，但世人只记住了他的武功。辛弃疾是有武才的，他年轻时率一万义军反金投宋，但南宋政府不用他，他只能"醉里挑灯看剑，梦回吹角连营"，后人也只知他的诗才。瞿秋白以文人为政，又因政事之败而反观人生。如果他只是慷慨就义再不说什么，也许他早已没入历史的年轮。但是他又说了一些看似多余的话，他觉得探索比到达更可贵。当年项羽兵败，虽前有渡船，却拒不渡河。项羽如果为刘邦所杀，或者他失败后再渡乌江，都不如临江自刎这样留给历史永远的回味。项羽面对生的希望却举起了一把自刎的剑，秋白在将

先用类比，再抒发议论，表达出作者深深的惋惜之情。

这是对瞿秋白一生最高的评价，他完全可以做高雅"文人"，但偏偏扑向民族解放的火海，成为一个"斗士"。

要英名流芳时却举起了一把解剖刀，他们都把行将定格的生命的价值又推上了一层。

哲人者，宁肯舍其事而成其心。

秋白不朽！

深化主题。瞿秋白人虽离世，但其精神永存人间。其精神具体表现：心忧天下，视死如归，直面自我，坦荡真实。

陈海波

点 评 老 师

江苏省苏州中学附属苏州湾学校语文高级教师，江苏省教育科研先进个人，出版专著《教育的最小行动》。

我写《觅渡》

1982年我在《光明日报》发表散文《晋祠》，当年被人民教育出版社选入中学语文教材，并应教学需要写了一篇《我写〈晋祠〉》。十六年后，1998年又有一篇散文《觅渡，觅渡，渡何处？》（以下简称《觅渡》）被选入人教版高中语文新教材。许多语文刊物希望能再写一篇文章，谈谈《觅渡》的写作，以作教学参考。

这篇文章和《晋祠》不同，《晋祠》是写景，《觅渡》是写人。作者在《晋祠》中的目标是怎样发现自然美，表现自然美。而在《觅渡》中的目标是怎样发现人的价值，挖掘人的价值，想写出一种人格的力量和做人的道理。与大自然雄浑博大、深奥无穷一样，人也是永远探究不完的话题。人的精神世界其广阔、博大、复杂，绝不亚于自然世界，人是另外一个宇宙。

一个人对社会历史的贡献，或曰他所体现出来的价值分有形和无形两种。有形指他的功业，这依个人能力、机遇不同差别亦大。小至种一草、植一树；大至缔造一个国家，完成一项发

开篇娓娓道来，说明为何写这篇文章。

点明写作《觅渡》的目的：要发现和挖掘人的价值。让读者对《觅渡》有更加直观、深刻的认识。

此处总写一个人体现出来的价值分为有形和无形两种，再具体分写两种价值。条分缕析，层次分明。

明、一个发现。只说有形功业，人就是一望无际的群山，有层层丘陵，也有巍巍的珠穆朗玛峰。遥望历史，秦皇汉武、唐宗宋祖、马恩列斯、毛刘周朱，群峰屹立，连绵不绝。从凡人到英雄，从小事到大功，足够波澜起伏了。这是以成败论英雄。

还有一种无形的价值，就是人格的力量。一个人外在的功业有大小之分，内蕴的人格也有高下之分，这是另外一个做人的系列，另一种标准。一个人格高尚的人并不一定就能创造出多么惊天动地的功业，这与本人的学识、机遇、时势有关。比如白求恩、张思德、雷锋、焦裕禄，都没有什么惊天动地的大功大业，但他们的人格却足以照亮所有的人，包括身处要位、执掌大权的人。在人格这一点上，他们高山仰止，景行行止。人格所展示的是作为人所特有的一种本质的力量，这种力量一旦被开发，一旦与其他外在的力量相结合，便威力无穷，就像蕴藏在铀原子里的能量被裂变释放一样。

人格人人有，不因其人的外在职位、权力、功业的大小而分高下。人格是人的本质意志，是人的世界观、价值观。人格虽与外在的功业无关，但人格的展示却要有外在的机遇，在这个机遇下，小人物也能发出异样的光彩。

我当记者时，曾经采访过一件冤案，几百

"高山仰止，景行行止"一语出自《诗经·小雅》，司马迁曾用来评价孔子。现在常被用来表达对具有崇高品德之人的仰慕、崇敬之情。

为后文写秋白的巨大影响蓄力。

人受迫害，甚至一位县委书记被迫自杀，但是最后为此案奔走平反、坚强不屈的竟是一位看庙老人，这就是人格的力量。后来我写了一篇散文《桑氏老人》。就是说外部条件能更深刻地考验出一个人的人格，进一步锻炼成就一个人的人格。特别是复杂的背景、跌宕的生活、严酷的环境、悲剧式的结局，更能考验和拷问一个人的人格。瞿秋白就是这样一个典型。他有内在的人格，又有外在的功业，还有才未尽、功未成的悲剧，所以他是一个永远议论不完的话题，是一幅"永远读不完的名画"。

　　我接触瞿秋白这个题材比较早，在初中时我读过介绍他的小册子，他那幅脸色略显苍白的照片，我印象很深。还有照片后的题字："如果人有灵魂的话，何必要这个躯壳。但是，如果没有的话，这个躯壳又有什么用处？"还有鲁迅送他的对联，"人生得一知己足矣，斯世当以同怀视之"，都深刻地印在我的记忆里。

　　1963年我上大学，社会上批判叛徒哲学，说太平天国英雄李秀成是叛徒，又影射到秋白的《多余的话》。之后，我在八宝山亲眼见到他的被砸毁的墓，世事沧桑，世态炎凉。直到后来党中央再次正式确认他的功绩、他的英雄地位。他是个人物，是个复杂深邃的人。但这时还没有想到写他，真正想到要为秋白同志写篇文章，是见

> 将瞿秋白比作是"永远读不完的名画"，生动形象地写出瞿秋白带给我们的思考是无尽的。这样不寻常的比喻，使本文的语言极具表现力和思考力。

> 侧面描写，通过文学巨匠鲁迅的评价，表现出瞿秋白的才能突出、品质高尚，体现出他巨大的人格魅力。

到了他的故居。

　　1990年我到常州出差，问当地有什么历史名人。答曰，共产党早期三大领袖瞿秋白、恽代英、张太雷都是常州人。我心中一惊，真是人杰地灵。这座小城怎么容得下三位风云人物？秋白同志在城里还留有一处故居，并已开辟成纪念馆，我很快去拜谒了他的故居。

　　这是处于闹市中一条大马路边的一座旧房子。说是故居，其实不是秋白家的家产，它是瞿家的一座祠堂。秋白一家当时早已穷得房无一间，无处栖身，而只好借居在本族祠堂里，穷途末路，与林教头风雪借宿山神庙差不了多少。

　　秋白祖上曾是官宦人家，到他父亲一辈已破落得很。其父字、画、医都极好，现在故居墙上还挂有他的字画。但他很不擅长治家理财，过着穷愁潦倒、浊酒苦茶的散漫生活，治家的重担全落在秋白母亲的身上。这个没落家庭已如大厦将倾，柴米不济，捉襟见肘，债主常常前后堵门。父亲依然是既无能力又无多少责任心，唯母亲终日忧心如焚，以泪洗面。终于她实在经不起这如磐的压力，在一个深夜服火柴头自尽。当时秋白在外地念中学，他得知噩耗回家奔丧，在母亲床前的砖地上哭得死去活来。他在祭扫母坟时曾写了一首诗：

　　运用反问句，看似是对小城能走出三位风云人物表示惊诧，实则是对小城的一种赞美。

　　林冲原为八十万禁军枪棒教头，生活还算优越。后被奸人所害，丢官别妻，看守草料厂，风雪夜只能寄居山神庙。此处为类比，凸显瞿秋白当时面临的窘境。

　　这段文字多用四字词语，文白相间，整句和散句结合，读来舒缓自如又典雅精练。

亲到贫时不算亲，蓝衫添得新泪痕。

饥寒此日无人问，落上灵前爱子身。

　　我去参观时，默默地盯着那张老式木床，盯着深黑色的砖地，半天憋得喘不过气来。我曾经想过，文章就从这个情节开头。秋白是贫困如洗，是被社会逼到生存的边缘的啊。他从本质上代表被压迫的贫苦大众，这是他的人生起点，贫穷是第一课，他的人格锤炼是从这里开始的。

　　他是一块烧红的铁，被放在砧子上反复锻打，又被投到熔炉中，许多不纯之物被烧化了，化作青烟飞走了。又有许多不纯之物被锻打成渣挤出体外，剩下的是一块纯精之钢。坚不可摧，柔可绕指，光洁照人。秋白以没落世家子弟受劳苦大众之苦；以一柔弱书生当领袖之任；以学富五车、才通六艺之躯，充一普通战士，去作生死之搏。像山高岭险而生劲松，雾多露重而产名茶，历史的风口、浪尖、滚雷、闪电下站起了一个瞿秋白。

　　对秋白人格的剖析，我在文中设计了三个"如果"，表达了两层意思。

　　第一个"如果"，"如果秋白是一个如李逵式的人物"，是想说他怎样看待"生"，看待生命的价值。他不是普通人，是一个才华横溢的

"盯"与"憋"两个动词极富张力，生动而准确地写出了瞿秋白的遭遇给作者带来的压抑和悲痛。

"柔弱书生"与"领袖之任"，"学富五车、才通六艺"与"普通战士"两处鲜明的对比，彰显瞿秋白的伟大。

"风口、浪尖、滚雷、闪电"，八字连用，富有震撼力，突出了当时社会环境的恶劣、形势的严峻，反衬出瞿秋白的英勇无畏。

人。他有文才、画才、医才、翻译之才，他身体里的含金量要比常人高得多。但是他不顾影自怜，不怀才自惜，一旦民族大众需要就将自己的珠玉之身扑上去。好像用一块纯玉、一块黄金代替一块石头、一车土去堵决口。这是一种最大的无私，最高尚的自我牺牲精神，比只是一般地献出生命更可贵，更可敬，更耐人思索。

第二个"如果"，"如果秋白的骨头像他的身体一样的柔弱"，是想说他怎样对待"死"，说他对死的态度。秋白是一个理性的人，是一个深明生死大义的人。他是个英雄，但绝不是平常意义上的、传统形象的草莽英雄、刀枪英雄、虎胆英雄、狂飙英雄，勇敢、坚强等这些英雄冠词已无法概括他。他是一个冷静的勇敢者，只要他认准的主义、道理，他就静静地去实现。为了主义，他把死看得很淡。轻轻地，就像掀开杯盖吹开茶面上的浮沫。

第三个"如果"，"如果他不写《多余的话》"，是说他怎样看待"名"。他是一个诚实的人，就像他对生命可以轻抛，对死淡然一笑，对名也看得很透。对到手的名也像对生命一样，轻轻地一推，就把它推到一边了。他是大彻大悟、彻底超脱的人。人格修炼到此，应该说无论是佛、是道、是儒，还是一般的革命人生，他都超然其上了。

（旁注）两个"最"、三个"更"，将作者对瞿秋白的崇敬之情表达得淋漓尽致。

（旁注）比喻精妙，生动形象地写出瞿秋白为了理想，对待死亡从容、淡定。

秋白用他的惊人之举回答了以上的三个问题，这已经够我们思索无穷了。但还有更深一层，或曰更感人的一层，他是用悲剧的方式来回答这些问题的。这算是第四个"如果"，没有点出的"如果"。后人悲其生乱世而才不得用，又悲其处困境而志不得逞，可惜他的才华，又为他生前身后在党内长期蒙冤而不平。这是两个"悲结"，是秋白这个人物所以能引起广泛共鸣的主要原因之一。鲁迅说："中国人先在自己把好人杀完，秋白即是其一。……中俄文都好，像他那样的，我看中国现在少有。"

怀才不遇是历史上屡见不鲜的事实，也几乎是文学永恒的主题，这是社会矛盾发展中不可避免的现象。人们对这个主题的关注，正是期望社会的进步和人的价值的实现。所以屈原、贾谊、司马迁总是激励一代又一代的人。

瞿秋白也已经加入这个行列。但秋白与他们还有不同，他不是如封建时代那种简单地为明主不知，君王见弃。第一，他赶上了乱世，只要有一个稍微平静的环境和稍充足的时间，他的文学之才、艺术之才、治学之才就可以附在一块土壤上，扎下根，长成参天大树，如司马相如，如李白、王维、白居易。但家贫世乱，他没有这样的条件。第二，更主要的是，面对民众遭涂炭、陷水火，他顾不得去发挥自己的这些才。本来乱世

过渡句，承上启下，总结上面三个问题，并引出第四个问题：自己在《觅渡》中并没有点出的第四个"如果"。同时语意上递进，点明下面内容是作者要着重阐述的。

运用比喻，瞿秋白卓越的才能仿佛展现在我们面前，富有画面感。且长短句交替，长句语气舒缓，短句急促有力，行文错落有致，读来富有节奏感。

成名的文人也是很多的，如《觅渡》中写到的与秋白同时的梁实秋、陈望道。但秋白主动放弃了这个展才之机，为了民族大众的政治，一个文学艺术的巨才未能长得很大，并过早地夭折。这就让人更有一分遗憾、一丝悲伤。

壮志难酬，这也是历史常有的事，也是一种社会矛盾现象。对一个人来说逆境难免，企图一生顺利，心想事成，这不可能。但秋白的逆境，不是前进方向遇到的逆风、逆浪，而是在革命阵营内部，在他的身上发生的不公平、不愉快，甚至是迫害。年轻一点的同志常不理解，为什么党内也曾经有那么残酷的斗争。其实内部斗争也是一种矛盾，各种思想、观点、利益的不同，矛盾也有激化的时候。只是人们在习惯上总觉得自己人不该发生这种事，一旦发生不但令人生悲，更令人生愤。所以历史上的如岳飞、袁崇焕等忠臣良将未死敌手反被己害，令一代一代的人，一提起心里就颤抖，就发痛。

秋白也已归入这个行列，他是被"左"倾路线，被自己人所害，是长征前有意甩下的包袱，是被母亲推出怀抱的孩子。他甘愿舍弃自己的才华救党救民，反遭如此不公，这怎么不令人从心里感到深深的悲凉和激愤呢。他家住在觅渡桥旁，他一生都在寻找一个好的渡口，但没实现。后来我曾写过四句诗，表达这种遗憾：

"巨才"与"天折"放在一起，形成巨大的冲击，将作者的惋惜之情表达得淋漓尽致。

举出岳飞、袁崇焕的事例，便于我们理解瞿秋白的遭遇。"就颤抖，就发痛"运用短句，急促有力，突出强调痛心之情。

两个比喻，生动形象地写出了瞿秋白遭遇的悲惨，也清晰地表达出作者的同情与愤怒之情。

秋水茫茫夜沉沉，觅渡桥边觅渡人。

上下索求浑不见，白光一瞬有流星。

秋白是一出悲剧，一个有大才而未能充分展示，却过早夭折的大悲剧。一片诚心，未能见察，被抛弃，甚至死后多年仍蒙冤屈的大悲剧。他就是在这样一个悲剧过程和悲剧气氛中，揭示生命的价值和人格的内涵。

总结上文，连用五个"悲剧"，凸显出瞿秋白人格精神的伟大，也突出了作者对瞿秋白的同情、怜惜之情。

同是共产党的领袖，他对民族的贡献，虽不像毛泽东、周恩来那样有大功大业，但昭示了一种精神、一种道德。这种精神道德甚至超过了事业本身，因为精神可以变成无穷的力量，所以后人尊敬和纪念毛泽东、周恩来，也同样尊敬和纪念瞿秋白。

照应文初所提出的一个人对于社会的价值有两种，一种是有形的价值，即功业的建立；一种是无形的价值，即人格的价值。

《觅渡》是1996年8月发表的，1998年10月，我因公过常州第四次拜谒秋白纪念馆，馆里的同志说："明年，1999年是秋白诞辰100周年。"我立即联想到1998年我们刚纪念了周恩来、刘少奇、彭德怀100周年，秋白比他们还小一岁啊！他的物质生命只有其他战友的一半，但他的精神生命却与他们一样长存。许多事他没有来得及做，但他以自己的行动和生命昭示出一条路，所以我在文末说："探索比到达更可贵""哲人者，宁肯舍其事而成其心"，可见人

"探索比到达更可贵""哲人者，宁肯舍其事而成其心"，点明瞿秋白的意义所在，放在文末，使读者对瞿秋白有更深刻的认识。

格的力量与价值。

此段为插叙，插入人们自发集资修建瞿秋白纪念馆的事情，从侧面体现了瞿秋白的人格魅力。"桃李不言，下自成蹊"是司马迁评价飞将军李广的话，他也是一位悲剧人物。

纪念馆的同志说，常州准备隆重纪念秋白诞辰100周年，包括重修他的纪念馆、秋白铜像揭幕。而这些重修经费中竟有三十六万元是来自民间，是平时十元、百元，一张一张送到纪念馆来的。这中间没有任何的号召，只是默默地发生。桃李不言，下自成蹊，秋白同志永远活在人民的心里。

最后点明中心，升华主旨。瞿秋白是一个象征、一个代表，通过瞿秋白，作者阐述他对我们民族、历史、文学的思考。

鲁迅说："寄意寒星荃不察，我以我血荐轩辕。"歌颂他光明磊落的人格，又悲其大才未展，悲其忠心不被理解，这是《觅渡》一文想表达的主要意思，我想是这三点打动了读者。因为秋白身上所集中的人格魅力和悲剧情结，并不只是他自己的，是有民族性和在党史上有代表性的。首先是秋白具有历史的典型性，这篇文章也就有了文学的典型性。

魏志强　　点评老师

山东省济南市章丘区第二实验中学语文教师，济南市优秀教师。

特利尔的幽灵

《共产党宣言》的第一句话就是："一个幽灵，共产主义的幽灵，在欧洲游荡。"我不知道德文的原义，中文翻译时为什么用了"幽灵"这个词。中国人的习惯，幽灵者，幽远神秘，缥缈不定，威力无穷，看不见，摸不着。似有似无，信又不信，几分敬重里掺着几分恐惧，冥冥中看不清底细，却又摆不脱对它的依赖，大概这就是幽灵。

或许就是这幽灵的魅力，我一到德国就急着去看马克思的故居。马克思出生在德国西南部的特利尔小城，那天匆匆赶到时已近黄昏，我们在一条小巷里找到了一座灰色的小楼。在清静的街道上，在鳞次栉比的住宅区，这是一处很不引人注意的房舍，落日的余晖正为它洒上一层淡淡的金黄。我推门进去，正面一个小小的柜台，陈列着说明书、纪念品。门庭很小，窗明几净，散发出一种家庭式的温馨。最引人注目的是墙上的一张马克思像，不是照片，也不是绘画，是一幅用《共产党宣言》的文字组成的肖像。连绵不断

《共产党宣言》传入中国以来，各种版本对"幽灵"一词还有异物、怪物、巨影、精灵、怪影等几种不同的译法。自1964年由中央编译局校订、人民出版社出版的《宣言》单行本译为"幽灵"开始，以后出版的各种版本都统一译为"幽灵"，并一直沿用下来。

现多译为"特里尔"，是德国最古老的城市。城内有多处历史悠久的建筑和遗迹，其中古罗马建筑、圣彼得大教堂和圣玛利亚教堂被列入联合国世界文化遗产名录。

此处运用"形字诀"，介绍故居接待室的内部陈设。作者在

的字母排成长长的线，勾勒出马克思的形象，我们所熟悉的大胡子、宽额头和那深邃的目光。我在这张特殊的肖像前默站了好大一会儿。一个人能用自己驰名世界的著作来标志和勾勒自己的形象，这真是难得的殊荣。

故居的小楼共分三层，环形，中间有一个小小的天井。一层原是马克思父亲从事律师职业时的办公室，现在作了参观的接待室。二层是马克思出生的地方，现在陈列着各种资料，介绍马克思的生活情况和当时国际共运的背景。三层陈列马克思的著作。其实，马克思出生后在这里只住了一年半，他父亲1818年5月租下这座房子，5月5日马克思出生，第二年十月全家便搬走了。马克思于此地可以说毫无记忆，他以后也许再没有来过。

但是后人记住了它。1904年，这座房子被特利尔一位社会民主党人确认为就是马克思的出生地，党组织多次想买下它，限于财力未能如愿。到1928年才用十万金马克从私人手中买下，并进行修复，计划在1931年5月5日开放。但接着政治形势恶化，希特勒上台，1933年5月房子被没收，并作了纳粹地方组织的党部。直至第二次世界大战结束，社会民主党才重新收回了这座房子，1947年5月5日终于第一次开放。

世事沧桑，从马克思1818年在这座房子里

批注：

"马克思像"处着墨较多，借形抒情，表达了作者对马克思深深的敬仰之情。

粗线条，大写意，简单几笔勾勒出马克思故居的大致结构和功能分区。

马克思于1818年5月5日出生，下文中社会民主党"计划开放马克思故居"和后来"终于第一次开放"，都是选在5月5日马克思生日这一天，以表达对马克思的纪念之情。

此处运用"事字诀"，讲述故居开放遭遇的重重波折。据说马克思故居在被纳粹组织占用期间，各种遗物均遭洗劫和损毁，以致荡然无存。如上文所述，现在的马克思故居主要是通过陈列各种资料和著作，来展示马克思的生平事迹及成就，并无遗物展出。

出生，到现在已过了二百多年，其间世界变化之大，超过了这之前的一千八百年，但是世界仍然在马克思的脑海里运行。陈列馆里有一张当年马克思投身工人运动和为研究学问四处奔波的路线图，一条条细线在欧洲大地来回穿梭，织成一张密网。英国伦敦是细线交会最集中的地方，我将目光移驻在这个点上，自然想到那个著名的故事：马克思在大英博物馆读书、写作，时间长了脚下的地板给蹭出了一条浅沟，就像少林寺石板上留下了武僧的脚窝一样。

不管是文功还是武功，都是要下功夫的。马克思从一开始就把整个地球，把地球上的经济形态、生产关系、科学技术、人的思维，以及这个世界上的哲学，等等，全部作了他的研究对象。他要为世界究出个道理，理出个头绪。他是如阿基米德或者中国的老子那样的哲人，他看到了工人阶级的贫困，但他绝不只是想改变一时一地工人的境况。他不是像欧文那样去搞一个具体的慈善实验，就是巴黎公社他一开始也不同意，他是要从根本上给这个乱糟糟的世界求一个解法。

这座楼里保存最多的资料是马克思的各种手稿和著作的版本。我们最熟悉的当然是《共产党宣言》和《资本论》了。这里有最珍贵的《共产党宣言》第一版。在这之前还没有哪一本书能这样明确地告诉人们换一种活法，能在全世界范

"世界仍然在马克思的脑海里运行"是指世界仍在马克思所揭示的规律中运行。作者在此处进行了一次巧妙的时空转换，寥寥数字尽显马克思思想的科学性和预见性，是神来之笔。

此处运用类比修辞，突显马克思用功之深，引出"不管是文功还是武功，都是要下功夫的"，进而过渡到马克思的治学与治事。

作者在《理论原来也美丽》一文中说，《共产党宣言》和《资本论》是马克思撬动世界的两根杠杆。后面的几段，都是

围绕这"两根杠杆"进行
的叙述。

"泥腿子"，借
代，代指参加革命的人民
群众。

此处运用联想和想
象，将受到《共产党宣
言》熏陶的"泥腿子"
参加革命的过程镜头
化，使得人物的刻画典
型贴切，场景的描摹生
动形象，把"共产主义
风暴"不可阻挡的气势
表现得淋漓尽致。

围内掀起一场持续百年而不衰的运动。我们只
要看一看这橱窗里所陈列的从1848年首次出版以
来，各地层出不穷的《宣言》版本，就知道它
的生命力。它怎样为世界所接受，又怎样推动
着世界。

据统计，《宣言》共出版过二百多种文字的
数千种版本。它传到中国是1920年，由陈望道
先生译出第一个中文本。从此，起起落落经历了
两千年农民起义的神州大地，卷起了一场崭新的
风暴——共产主义的风暴。那些在油灯下捧读了
麻纸本《宣言》的"泥腿子"，他们再不准备打
倒皇帝做皇帝，而是头戴斗笠，肩扛梭镖，高喊着
"全世界无产者联合起来"，呼啸着冲过山林原野。

三楼的第二十二展室是专门收藏和展出《资
本论》的，最珍贵的版本是《资本论》第一卷的
平装本。《资本论》是一本最彻底地教人认识社
会的巨著，全书两百多万字，马克思为它耗费
了四十年的心血，为了写作，前后研究书籍达
一千五百种。在这之前谁也没有像他这样讲清资
本和劳动的关系。

恩格斯在马克思的墓前说，马克思一生有
两大发现，一是发现了物质生产是精神活动的基
础，二是发现了资本主义的生产规律。这本书不
只是教人认清剥削，消灭剥削，它还教人认识生
产力和生产关系，组织经济，发展经济。甚至它

的光焰逼得资本家也不得不学《资本论》，不得不承认劳资对立，设法缓和矛盾。《资本论》是一个海，人类社会的全部知识，经过了在历史河床上的长途奔流，又经过了在各种学科山林间的吸收过滤，最后都汇到了马克思的脑海里来，汇到了这本大书里来。

此处运用比喻修辞，把《资本论》比作"海"，赞美其内涵博大精深。

我看着这些发黄的卷了边的著作，和各种文字的密密麻麻的手稿，看着墙上大段的书摘，还有规格大小不一、出版时间地点不同的各种版本，一种神圣的感觉爬上心头。我仿佛从大海里游上来，长途跋涉，溯流而上来到青藏高原，来到了长江的源头。这时水流不多，一条条亮晶晶的水线划过亘古高原，清流漫淌，纯净透明，整个世界静悄悄的。头上是举手可触的蓝天白云，夕阳的光线从天井里折射进来，给室内镀上了一层灿烂的金黄。

作者用诗意的语言，描述了自己看到这些书稿时的感受，如同"溯流而上"到达了"马克思思想之河的源头"，获得了精神上的澄澈和内心里的宁静。

一百五十年前马克思宣布了"共产主义幽灵"的出现，欧洲一切反动势力真是茫茫然，吓得手忙脚乱。一百五十年后，当我站在特利尔这座小房子里时，西方人已经不怕马克思了，这窗户外面就是资本主义世界，这个世界完整地保存了这座房子，还在它的旁边开辟了马克思纪念图书馆。在对"马克思主义的幽灵"进行了那个"神圣的围剿"后，现在已不得不承认它的存在，并认真地从中汲取着养分。

此处运用拟人修辞，用"茫茫然"和"手忙脚乱"，把"欧洲一切反动势力"的惶恐样貌刻画得惟妙惟肖。

1983年马克思逝世一百周年时，当时的联邦德国曾专门发行了八百三十二万枚铸有马克思头像的硬币，其中三十五万枚专供收藏。而在此前，德国马克上只铸历届总统的头像。联邦政府国务秘书就此事在议会答辩说："马克思的政治观点在西方虽有争论，但他无疑是一位重要的学者，应该受到人民的尊敬。"牛津大学希腊文教授休·劳力埃德琼斯说："现有的大量文献，包括一部分很有价值的，都是在马克思主义的基础上产生的。不仅在历史、政治、经济和社会各门学科中，而且在美学和文学批评领域中，马克思主义都是每个有常识的读者必须与之打交道的一种学说。"他们就像输在对方剑下的武士，拱手垂剑，平心静气地讨教技艺。

从留言簿上看，来这里参观最多的是中国人。马克思主义于中国有太多太多的悲欢，这个幽灵在中国一登陆，旧中国的一切反动势力立即学着欧洲的样子，"对这个幽灵进行神圣的围剿"。就是共产党内，在经历了十月革命一声炮响送来马克思主义的一刹那的兴奋之后，接着便有无穷的磨难。这个幽灵一入国门，人们便围绕着怎样接纳它、运用它，开始了痛苦的争论。幽灵是万灵之药，是看不见的，是来自遥远欧洲的提示，是冥冥中的规定，是马克思的在天之灵。中国这个封建文化深厚、崇神拜上、习惯一统的

通过写对手的心悦诚服，衬托马克思主义这一幽灵的"威力无穷"。

特利尔曾每年接待超过十五万中国游客，占当地游客总数的六成以上，而且因为历史上的渊源，到马克思故居游览的游客又尤以中国人居多。

此句是一个巧妙的转折，一下把读者的视角从欧洲带到中国，切换自然。

国度，总是喜欢有一个权威来简化行动的程序，省却思考的痛苦。

中国历次农民起义总要先托出一个神来。陈胜、吴广起义托狐仙传话，刘邦起义假斩蛇树威，直到洪秀全创拜上帝教，自称是上帝的代言人。总之，要从幽冥之处借来一个威严的声音，才好统一行动。于是传播"共产主义幽灵"的书一到中国，便立即有了革命的"本本主义"，这种借天上的声音来指导地上的革命所造成的悲剧，择其大者有两次。

一次是土地革命时期，王明的"左"倾路线，导致根据地和红军损失殆尽。是毛泽东摒弃了"洋本本"，包括摒弃了共产国际派来的那个马克思的老乡——军事指挥官李德，而只用其神，只用其魂。他不要德国的、欧洲的外壳，他用中国语言，甚至还带点湖南味道大声说，打得赢就打，打不赢就走，农村包围城市，一下就讲清了中国革命的战略问题。幽灵才真的显灵了，革命重又"六盘山上高峰，红旗漫卷西风"。

第二次是中华人民共和国成立后，对生产关系的错误估计，导致了"大跃进""人民公社"对生产力的破坏，直至全面崩溃的"文化大革命"。是邓小平再次摒弃了"洋本本"，他再一次甩开强加给"共产主义幽灵"的沉重外壳，用中国语言，甚至还有点四川味道说了一声："不管黑猫白猫，

指毛泽东结合中国革命的实际，灵活运用马克思主义，"幽灵"才显示出了它的"无穷威力"。

作者用轻松、幽默的语言，把两位伟人"摒弃洋本本""甩开不切实际的躯壳"，带领中国革命重归正途的过程写得生

动有趣，淡化了悲剧色彩，凸显了伟人的高瞻远瞩和举重若轻。

　　此处运用"典字诀"，引用马克思批评大清帝国的话语，指出封闭不可取，再以新中国改革开放前的封闭与其相类比，说明"红色纯正的封闭"并非"幽灵"本意。

　　作者运用虚实结合的表现手法再次为马克思"画像"，挥洒自然，不着痕迹。

抓住老鼠就是好猫。"并大胆问了一句："什么是社会主义？"一下子就使中国这个社会主义国家跳出了共产主义的狂想，跳出了红色纯正的封闭。

　　当我们这几年逐渐追上了发展着的世界时，回头一看，不禁一身冷汗，一阵后怕。马克思当年批评大清帝国说："一个人口几乎占人类三分之一的大帝国，不顾时势，安于现状，人为地隔绝于世，并因此竭力以天朝尽善尽美的幻想自欺。这样一个帝国注定最后要在一场殊死的决斗中被打垮。"如果我们还是那样封闭下去，将要重蹈大清帝国的覆辙。

　　读了几十年马克思的书，走了几十年曲曲折折的路，难得有缘，来到马克思最初降临人间的地方，观看这些最早出现在人世的福音珍本。但这时我已不像当年在课堂里捧读时那样，脑海一片空白，心中的思考有如眼前这些藏书一样沉重。我注视着墙上用《宣言》文字组成的马克思肖像，他忽然清晰，又忽然模糊。一会儿浮现出来的是马克思的形象，他的宽额头大胡子。一会儿人不见了，只是一行行的字母，字里行间是百年工运的洪流和席卷全球的商业大潮。

　　我想，我们还是不了解马克思，许多年来我们对他若即若离，似懂非懂。这几年，我们也曾急切地追问：资本主义为什么腐而不朽，打而不倒呢？这个幽灵为什么不灵了呢？但是就在这个房间里，翻开这尘封褪色的书稿，马克思老人早在1859年就指出：无论哪一个社会形态，在它所容纳的全部生产力发挥出来以前，是决不会灭亡的。而新的更高的生产关系，在它的物质存在条件在旧社会的胞胎里成熟以前，是决不会出现的。

过去我们也曾认真地对照马克思的书，计算过雇几个工人就算是资本主义，数过农民家养几只鸡就算是资本主义。但是我们又忽略了，仍然在这些书稿里，马克思在人们急切地询问他社会主义的步骤时说，现在提出这个问题是虚无缥缈的。恩格斯说得更明白，我们不打算把什么最终规律强加给人类，关于未来社会组织方面的详细情况和预定看法，您在我这里连它们的影子也找不到。

马克思是一个伟大的思想家，而我们却硬要把他降低为一个行动家。共产主义既然是一个"幽灵"，就幽深莫测，它是一种思想，而不是一个方案。可是我们急于对号入座，急于过渡，硬要马克思给我们说个长短，强捉住幽灵要其显灵。现在回想我们的心急和天真实在让人脸红，这就像一个刚会走路说话的毛孩子嚷嚷着说："我要成家娶媳妇！"马克思老人慈祥地摸着他的头说："孩子，你先得吃饭，先得长大。"

到一个多世纪后，中国共产党在北京召开十五大，认真地总结经验教训，指出党绝不能提什么超越现阶段的任务和政策，这就是历史唯物

此处亦用"典字诀"，引用马克思在《〈政治经济学批判〉序言》中的话，回答了"资本主义为什么腐而不朽，打而不倒呢？这个幽灵为什么不灵了呢？"这两个问题，论证了"我们还是不了解马克思"、我们对马克思"似懂非懂"。

这更加让"对马克思主义一知半解，非要从他的书里找出一些条条框框来用的人"不知所措了。

诚如作者所言，"理论也可以很幽默"，此处读来让人不禁莞尔！

主义。俗话讲：日久见人心。心者，思想也。常人之心，年月可观；哲人之心，世纪方知。马克思实在是太高深博大了，在过去的岁月里，无论是东方的还是西方的学者，无论是资本主义的还是社会主义的实践者，其实都才刚刚从皮毛上理解了他的一小部分，便就立即或好或恶地注入感情，生吞活剥地付诸行动。他们经过许多跌跌撞撞、磕磕碰碰之后，再又来到他的肖像前、他的故居、他的墓旁、他的著作里重新认识马克思。

从故居出来，天已擦黑，特利尔很小，只有十万人口，却是德国最古老的城市。街上灯火辉煌，我们找了一家很有现代味道的旅馆，便匆匆住下了。如今我从东方飞到西方，就像唐僧非得要到释迦牟尼的老家去一趟不可，跋涉万里，终于还了这个愿。我带着圣地给我的兴奋和沉思慢慢进入梦乡。

第二天早晨一醒来，满屋阳光。推开窗户，惊奇地发现街对面竟是一座古罗马时的城堡，有一座完整的城门和向两边少许延展的残墙，距今已两千四百余年。城堡全由桌子大小的石块砌成，石面已长满绿苔，石缝间也已长出了手臂粗的小树。就像一位已经石化了的罗马老人，好一派幽远的苍凉，我感觉到了历史的灵魂。而越过城堡的垛口向南望去，还有一座尖顶的古教堂，据说也已经一千四百余年。沉重的红墙、窄窄的窗口，里面安置着主的灵魂。城堡和教堂只隔几条街，历史却跋涉了一千年，到它再走进我们住的这座旅馆，又用了五百年。咫尺方寸地，岁月两千年啊！

我注视着这个宁静的历史港湾，不禁想到，凡先驱者的思想，总是要留给我们一段长时间以理解和等待。就在离特利尔不远的乌尔姆，还诞生了德国的另一个大哲人爱因斯坦，他的相对论发表之初，据说全欧洲只有三个人能看懂，到四十年后第一颗原子弹爆炸，人们才信服了他。而就是现在许多人对其深奥也还是似懂非懂。我又想起一件事。也是马克思的老乡，天文学家开普勒经过十九年的呕心沥血，终于发现了行星运行规律，他欣喜若狂，在实验笔记上大书道：大事告成，书已写出，可能当代就有人读它，也可能后世才有人读它，甚至可能要等一个世纪才有读者，就像上帝等了六千年才有信奉者一样，这我就管不着了。

思想家只管想，具体该怎么做，是我们这些后人的事。既然是灵魂，它就该有不同的躯壳，它就会有永远的生命。

此处运用"理字诀"，以爱因斯坦和开普勒的事例，佐证"凡先驱者的思想，总是要留给我们一段长时间以理解和等待"。启示我们对马克思主义仍然需要理解和等待，不能心急。

本文运用明暗双线结构，明线写瞻仰马克思故居的经历，暗线写马克思主义的产生和发展、认识与实践。

行文结束，对于"马克思主义是否过时？共产主义能否实现？"这样的时代之问，作者并没有进行明确的阐释，却已经给出了自己的回答。

卢志元　　　点评老师

山东省济南市济阳区竞业园学校教师，济阳区十大优秀青年、济阳区优秀教师、济南市优秀班主任。

一个大党和一只小船

本文作于2001年，此段所列"六千五百多万党员、十二亿多人口"皆为当时数据。

文章五诀：形、事、情、理、典。此处运用"形字诀"，以"低头弯腰才能进入"和"刚能容下十几个人促膝侧坐"正面描写小船的小，以"一条细绳系在湖边"和"随着轻风细浪摇荡"侧面突出小船的小，正、侧面相结合把小船的"小"描绘得形神兼备。

详细叙述红船成为"会场"的来历，再现建党之初环境之恶劣、

中国共产党现在是一个拥有六千五百多万党员的大党，是一个有着九百六十万平方公里国土、十二亿多人口的国度的执政党。可是谁能想到，当初它却是诞生在一只小船上。在建党80周年之际，我特地赶到嘉兴南湖瞻仰这只小船。

这是一只多么小的船啊，要低头弯腰才能进入舱内，刚能容下十几个人促膝侧坐。它被一条细绳系在湖边，随着轻风细浪，慢慢地摇荡。我真不敢想，我们轰轰烈烈、排山倒海的八十年就是从这条船舱里倾泻出来的吗？

因为它是党史的起点，这条船现在被称为红船。1921年7月23日，中国共产党第一次全国代表大会在上海法租界的一栋房子里召开，但很快就被巡捕监视上了。不得已，立即休会转移。代表之一的李达，他的夫人王会悟是嘉兴人，是她提议到这里来开会的。8月1日，王会悟、李达、毛泽东先从上海来到嘉兴，租好了旅馆，就出来选"会场"。他们登上南湖湖心岛上的烟雨楼，见四周烟雨茫茫，水面上冷冷清清地漂着几只游

船，灵机一动，就租它一只船来当"会场"。当时还计划好游船停泊的位置，在楼的东北方向，既不靠岸，也不傍岛，就在水中来回漂荡。第二天，其余代表分散行动，从上海来到南湖，来到这只小船上。下午，通过了最后两个文件，中国共产党就这样诞生了。

今天，我重登烟雨楼，天明水静，杨柳依依。这烟雨楼最早建于五代，原址是在湖岸上。明嘉靖年间，当地知府赵瀛疏浚城河，用所挖淤泥在湖心垒岛，第二年又在岛上起楼。有湖有岛有楼，再加上此地气候常细雨蒙蒙，南湖烟雨便成了一处佳景。

清乾隆皇帝曾六下江南，八到烟雨楼，至今岛上还有御碑两通。现在楼头大匾上"烟雨楼"三个大字，是当年的一大代表董必武亲笔所书。历史沧桑烟雨茫茫，我今抚栏回望，真不敢想象我们这样一个大党，当初是那样艰难。那时百姓穷无立锥之地，要想建一个代表百姓利益的党，却没有落脚之处。列宁说，群众分为阶级，阶级有党，党有领袖。当时这十二个领袖是何等窘迫，举目神州，无我寸土。

我眼看手摸着这只小船，这些小桌小凳，这竹棚木舷。我算了一下，就是把舱里全摆满，顶多只能挤下十四个小凳，这就是现在有六千五百万党员的中国共产党的第一次代表大

创业之艰难，衬托出领袖们坚韧的革命意志和非凡的革命智慧。本文以船讲史（党史），这段是时间轴上的起点，确立了"船"和"党"的密切联系。

"我重登烟雨楼，天明水静，杨柳依依"与上一段中"他们登上南湖湖心岛上的烟雨楼，见四周烟雨茫茫"前后照应，暗示八十年间的环境之变化、社会之变迁。

讲述"烟雨楼"的历史，从五代到明清再到当代，并述赵瀛、乾隆、董必武等相关人物，增强了文章趣味性。

会的会场吗？但这个会场仍不安全，王会悟是专管在船头放哨的。下午，忽有一汽艇从湖面驶过，她疑有警情，忙发暗号，船内就立即响起一片麻将声。他们是一伙租了游船来玩的青年文人啊！汽艇一过，麻将撤去，再低声讨论文件，同时也没有忘记放开留声机作掩护。但不管怎样，中国共产党在这只褓褓似的小船里诞生了。距南湖不远是以大潮闻名的钱塘江，当年孙中山过此，观潮而叹曰："世界潮流，浩浩荡荡，顺之则昌，逆之则亡。"共产党在此顺潮流而生，合是天意。于是党的肌体里就有了船的基因，从此就再也离不开船。

宋人潘阆有一首写弄潮儿的词："来疑沧海尽成空，万面鼓声中。弄潮儿向涛头立，手把红旗旗不湿。"共产党就是立于涛头的弄潮人。

"一大"之后，毛泽东一出南湖便买船南下到湖南组织农民运动。大革命失败，他振臂一呼，发动秋收起义，上了井冈山。这时全国正处在白色恐怖之中，许多人不知革命的希望在哪里。他挺立井冈之巅大声说道，革命高潮是站在海岸遥望海中已经看得见桅杆尖头了的一只航船。

秋收起义前，周恩来也领导了南昌起义，兵败后南下广州，只靠一只小木船，深夜里偷渡香港，又转回上海，再埋火种。谁曾想到，惊涛骇浪中，这只小木船上坐着的就是未来共和国的总理。

蒋介石曾希望借中国大地上的江河之阻扼杀革命，但革命队伍却一次次地利用木船突围决胜。天险大渡河曾毁灭了石达开的十万大军，但是当蒋介石围追红军赶到这里时，只见到远去的船影和留在岸上的几只草鞋。

抗战胜利后，共产党从陕北东渡黄河，问鼎北平，而渡河时靠的还是老艄公摇的一条木船。船仍然不大，以至于连毛泽东转战陕北时骑的白马也没能装上，中国革命的整个司令部，就这样在一条木船上实现了战略大转移。不久就有百万雄师乘着帆船过大江，解放全中国。中国历史上的秦皇汉武们喜欢说他们是马上得天下，而中国共产党真正是船上得天下，是船上生、浪里走而夺得天下的啊。

英雄造时势，时势造英雄。历史长河的巨浪也颠簸着最早上船的十二名领袖。第一个为革命牺牲的是邓恩铭，这位从贵州南部大山中走出来的水族革命家，在山东从事工人运动，两次被捕，1931年被杀害。接着是何叔衡，红军长征后，他在一次突围中为不连累同志跳崖而死。以后脱党的有刘仁静，叛党的有陈公博、周佛海、张国焘。毛泽东则成了党的最长期的领袖。十二个人中只有董必武重回过故地。毛泽东1958年到此处毛泽东的"凝望不语"比之曹操的"歌以咏志",更加让人思绪万千、百感交集。

此处运用"理字诀",指出不实事求是,不发展地、辩证地看问题就会"误入藕花深处",甚至"险些翻船",敢于承认错误、改正错误才能"掉转船头",重回正确航向。

此处运用"典字诀",使得论述既典雅含蓄又准确有力。"春和景明,波澜不惊"代指国家和平安定的时期,"阴风怒号,浊浪排空"代指国家遭受暗流破坏的时期。

杭州时,专列经过南湖,他急令停车,在路边凝望南湖足有四十分钟,想伟人当时胸中涛翻云涌,其思何如。

中国古代有一个著名的关于船的寓言:刻舟求剑。是指不讲实事求是,不会发展地、辩证地看问题。我们不讳言也曾犯过这样的错误,曾急切地追求过新的生产关系,追求理想的社会模式,硬要在刻舟之处去找到想要的东西。因此也曾有几次尽兴放舟,"争渡,争渡,误入藕花深处"。最危险的一次是"文化大革命",险些翻船。但是我们敢于承认错误,改正错误。这时的中国共产党早已是一条大船,都说船大难掉头,但是邓小平成功地指挥它掉了过来。在我们坚持社会主义数十年后,又敢于重新问一句"什么是社会主义",敢于说社会主义初级阶段至少需要一百年。这勇气不亚于当年在南湖烟雨中问苍茫大地,船向何处。

红船自南湖出发已经航行了八十年。其间有时"春和景明,波澜不惊";有时"阴风怒号,浊浪排空"。八十年来,党的领袖们时时心忧天下,处处留意行船的规律。

历史上第一个以舟水关系喻治国驭世者是荀子,魏征曾以此来提醒唐太宗说:"水可载舟,亦可覆舟。"当我们这只小船航行到第二十四个年头,时在1945年7月1日,中国共产党刚开过

"七大"，胜利在即，将掌天下。民主人士黄炎培赴延安，与毛泽东有一次著名的谈话。黄问："如何能逃出新政权'其兴也勃，其亡也忽'的周期律？"毛泽东答："靠民主，靠相信人民群众。"依靠人民群众，我们打造出一只共和国的大船。

后来，红船航行到第七十一个年头，1992年，邓小平南行再指航向："逆水行舟，不进则退""发展才是硬道理"。我们扬起中国特色社会主义的风帆，又一次勇敢地冲上浪尖。浪里飞舟八十年，心忧天下几代人。我们的事业蒸蒸日上，中国共产党已是一个伟大的成熟的党。

南湖边上现在还停着这只小小的木船，烟消雨歇，山明水静。游人走过，悄悄地向它行着注目礼，这已经是一种政治的象征和哲学意义的昭示。六千五百万党员的大党就是从这里上岸的啊。从贫无寸土，漂泊水上；到神州万里，万里江山。党在船上，船行水上，不惧风浪，不忘忧患，顺乎潮流，再登彼岸。

此处亦用"理字诀"。在"船上治天下"的过程中，我们犯过错误，也勇于改正错误，不断地探索行船的规律："逆水行舟，不进则退""发展才是硬道理"……最终使党的事业蒸蒸日上。

行文至此，"船"之意象完成定格。

末段再写小船，与开篇相呼应，强化主题。最后用铭式的短句收尾，情理结合，实现了意象的升华。

卢志元　　点评老师

山东省济南市济阳区竞业园学校语文教师，济阳区十大优秀青年、济阳区优秀教师、济南市优秀班主任。

青山不老

用典，借用三国庞德"抬棺明志"的典故引出主人公，"无名老者"比"三国名将"更让人激动，开篇设置悬念。

用喻体绿色波浪代指树林，不出现比喻词和本体的借喻写法，使语言简洁新奇，写出盎然绿意给人带来的美好感受。

引用县志，增加文章真实性，晋西北大环境如同怪物般的破坏力，其恶劣程度在文言白描中可见一斑。

《三国演义》上有一个故事，写庞德与关羽决战，身后抬着一具棺材，以示此行你死我活，就是我死了也没什么了不起，埋了就是，真一副堂堂男子汉大丈夫的气概。这种气概大约只有在战争中才能表现出来，只有在书本上才能见到。但是当我在一个小山沟里遇到一位无名老者时，我却比读这段《三国演义》还要激动。

窗外是参天的杨柳，院子在沟里，山上全是树。所以我们盘腿坐在土炕上谈话，就如坐在船上，四围全是绿色的波浪，风一吹，树梢卷过涛声，叶间闪着粼粼的波。

但是我知道这条山沟以外的大环境，这是中国的晋西北，是西伯利亚大风常来肆虐的地方，是干旱、霜冻、沙暴等一切与生命作对的怪物盘踞之地。过去，这里风吹沙起能一直埋到城头，县志载："风大作时，能逆吹牛马使倒行，或擎之高二三丈而坠。"可是就在如此险恶的地方，我对面的这个手端一杆旱烟的瘦小老头，他竟创造了这块绿洲。

　　我还知道这个院子里的小环境，一排三间房，就剩下老者一人，还有他的棺材，那棺材就停在与他一墙之隔的东屋里。老人每天早晨起来抓把柴煮饭，带上干粮扛上锹进沟上山，晚上回来，吃过饭，抽袋烟睡觉。他是在六十五岁时组织了七位老汉开始治理这条沟的，现在已有六人离世，却已绿满沟坡。

　　他现在已八十一岁，他知道终有一天早晨他会爬不起来，所以早早准备好了棺材。他可敬的老伴，与他风雨同舟一生，也是在一天他栽树回来时，静静地躺在炕上过世了。他没有儿子，只有一个女儿在城里工作，三番五次地回来接他出去享清福，他不走，他觉得自己生命的价值就是种树，那边的棺材就是这价值结束时的归宿。

　　他敲着旱烟锅不紧不慢地说着，村干部在旁边恭敬地补充着……十五年啊，绿化了八条沟，造了七条防风林带，三千七百亩林网。去年冬天一次就从林业收入中资助每户村民买了一台电视机，这是一个多么了不起的奇迹！但他还不满意，还有宏伟设想，还要栽树，直到他爬不动为止。我们就在这样的环境中谈话，像是站在生死边界上谈天，但又是这样随便。主人像数家里的锅碗那样数着东沟西坡的树，又拍拍那堵墙开个玩笑，吸口烟……我还从没有经历过这样的采访。

　　在屋里说完话，老人陪我们到沟里去看树。

照应开头，"一墙之隔"的"棺材"意象暗示老人大限将至，更衬托出老人凛然坦荡的英雄气概。生而无憾，死亦何惧？

用事实、数据说话，此处列举数字，说明老人坚持之久、贡献之大。这也是"绿水青山就是金山银山"的有力证明。

杨树、柳树，如臂如股，劲挺在山洼山腰，看不见它们的根，山洪涌下的泥埋住了树的下半截，树却勇敢地顶住了它的凶猛。这山已失去了原来的坡形，而依着一层层的树形成一层层的梯，老人说："这树根下的淤泥也有两米厚，都是好土啊！"是的，保住了这些黄土，我们才有这绿树；有了这绿树，我们才守住了这片土。

看完树，我们在村口道别，老人拄着拐，慢慢迈进他那个绿风荡荡的小院。我不知怎么一下又想到那具棺材，不觉鼻子一酸，也许老人进去就再出不来。作为政治家的周恩来在病床上还批阅文件；作为科学家的华罗庚在讲台上与世人告别；作为一个山野老农，他就这样来实现自己的价值。

一个人如果将自己的生命注入一种事业，那么生与死便不再有什么界限。他活着已经将自己的生命转化为另一样东西，他死了，这东西还永恒地存在。他是真正与山川共存，与日月同辉了。达尔文和爱因斯坦都说过，生死于他们无所谓了，因为他们所要发现的都已发现。老人是这样坦然，因为他的生命已转化为一座青山。

老人姓高，名富。这个普通的人让我领悟了一个伟大的哲理：青山是不会老的。

付新科　　　　　　　　点评老师

广东省广州市番禺区沙湾象达中学语文教师。

无心插柳柳成荫

《青山不老》一文被选入课本后，经常有教学部门来问相关经过。其实，这是一个偶然，是一篇拐了几道弯之后的无心插柳之作。它经历了一个从新闻稿到文学稿，又到课文的过程。

20世纪80年代，我作为《光明日报》记者在山西驻站。山西的北部向为风沙肆虐之地，不但山西，整个华北、西北一线沙漠连着沙漠，对我国北方的农业和生态构成重大威胁。在山西当记者之前，我已在内蒙古工作六年，对风沙之害有切肤之痛。黄河每年要从上游、中游带走泥沙十六亿吨入海。植树造林防止水土流失，一直是华北、西北几代人坚持不懈的头等大事，也是我在采访中特别关注的话题。

1983年夏，我在晋北神池县采访到一件事。一个叫高富的农民，在十六年前组织了七个平均年龄六十五岁的人，成立了一支老年植树队，防风治沙。共打起三十六座坝，绿化了八条沟，为集体创造了惊人的财富，只一次间伐的树就能为全村每家买一台电视机。最让我激动的是他平和的态度，觉得种树像吃饭一样是最自然的事。

我去时五人已经去世，一人生病，只有他还在坚持种树。他的老伴也已去世，小院里就剩下他孤身一人，还有一副准备好的棺材。他坦然面对生死，说种到哪一天爬不动了，躺进去就是。我很激动，但是苦于没有写稿的由头，这样普通的劳动者在晋西北太多了。于是就给县委出了一个主意，你们应该给老人立一块碑，为他这个集体立一块碑。十六年的事，已不是新闻，但立碑就是新闻，就能带出十六年来的事迹。我在基层当记者多年，经常苦于那些可爱的普通劳动者、无名英雄不能见报，而地方领导又不善于宣传鼓动工作，我就常给他们找切入点，"拔苗助长"，打通走向版面的最后一公里。

有一年在吕梁山区，有一位教书几十年的山区教师默默无闻，我向县委争取授予他"山区办学英雄"，然后见报。我当时对自己的职业要求是："为无名者立传，为隐身者传名"。这一次神池县委也接受了我的建议，为高富立了碑。常委会一通过决定，我即发了这篇新闻稿《（肩题）神池县将立造林功臣碑；（主题）表彰高富育林十六载，一心为村里乡亲造福》。《光明日报》1983年7月24日见报。大家注意这个"将"字，这是一条预见性新闻，可知记者的良苦用

"孤身一人、棺材、爬、躺"等词刻画出了一位不辞辛苦、坦然面对生死的种树人。

承接上文，交代新闻稿由来，是《青山不老》选入课文的前奏。

插叙交代为什么要为高富等人立碑。

心。本来高富栽树和记者写稿，这都是各自生活
中最普通的事情。事情过去就过去了，干我们这
一行的都知道，新闻是易碎品。

　　1987年我调离新闻采访一线，到新闻出版署
工作。回首九年的基层记者工作，整理了一本研
究性小册子，书名《没有新闻的角落》，讲怎样
采访、写稿。其中收了这篇高富造林的消息，并
配了一篇写作体会《无尽的敬仰》。我敬仰他朴
实、敬业、牺牲的精神。尤其是他手持旱烟袋、
谈笑说棺材的镜头，我永不能忘。1990年7月山
西书海出版社出版了这本书，其时距当年消息见
报已经过去了七年。这本谈新闻业务的书发行量
很大，后来人民出版社、新华出版社、人民大学
出版社都有再版，成了新闻入门的必读书。共印
了多少，已无法统计。令人不解的是，这样一本
新闻业务书怎么会传到教育部门，引起教材编写
人员的注意。而且用的并不是那篇新闻稿，是文
学稿，那篇谈写稿的体会。

　　虽是一篇体会，但我是按散文写的。新闻与
文学的最大区别是：新闻说事，文学说人；新闻
是事学，文学是人学；新闻里也说人，但是以事
带出来的人；文学里也说事，但是以人带出来
的事。我的这篇体会已甩开新闻事件重点，谈高
富的人格美了，而且按照我的"文章五诀"写作
理论，形、事、情、理、典，一样不少，是一篇

　　交代了作者在整理
新闻稿时收录了《无尽
的敬仰》，由新闻稿变
成了文学稿。这是《青
山不老》的原型，是一
次"拐弯"。

　　作者直抒胸臆写出
对高富精神的赞美，特
别抓住了"手持、谈笑说
棺材"等细节。

　　交代这篇"体会"
是一篇散文，写明自己
对散文的写作观。

这篇文学稿又"拐了一次弯",编辑者将"青山不老"作为题目选进了六年级课本,"隔行如隔山、隔山打牛、淘"等词语用得好,作者用诙谐的方式,写出了他对这篇文选入课本的"无心插柳柳成荫"之惊喜。

"但是"一词别具匠心,补叙自己的遗憾:课文删掉了原文开头的一段,和老人送别的特写镜头那一段落。用了个动词"砍"字,表达了自己对这段文字的珍惜和不舍。

标准的散文。如炕头上的谈话、老人转身拄杖返回小院的背影,特别是最后那一段关于生命价值的理性的总结,都是很感人的。隔行如隔山,我真不知道是哪一位编辑高手,竟能"隔山打牛"从一本新闻理论书里淘出了这篇文章,用文章结尾时的一句话做了题目《青山不老》,选入了人民教育出版社2006年版的小学六年级课本。这时离新闻稿见报已过去二十三年,离《没有新闻的角落》的出版也已过去了十六年。常说十年磨一剑,二十年岁月磨成一篇小文章啊!

但是有一点小小的遗憾。文学稿变成课文稿时砍掉了文章开头最感人的一段:

《三国演义》上有一个故事,写庞德与关羽决战,身后抬着一具棺材,以示此行你死我活,就是我死了也没什么了不起,埋了就是,真一副堂堂男子汉大丈夫的气概。这种气概大约只有战争中才能表现出来,只有在书本上才能见到。但是当我在一个小山沟里遇到一位无名老者时,我却比读这段《三国演义》还要激动。

还有下面的段落:

他觉得自己生命的价值就是种树,那边的棺材就是这价值结束时的归宿。

看完树，我们在村口道别，老人拄着拐，慢慢迈进他那个绿风荡荡的小院。我不知怎么一下又想到那具棺材，不觉鼻子一酸，也许老人进去就再不出来。作为政治家的周恩来在病床上还批阅文件，作为科学家的华罗庚在讲台上与世人告别，作为一个山野老农，他就这样来实现自己的价值。

大概编者认为学生年纪太小，不必说到"死"，所以植树老人、周恩来、华罗庚一直工作到死的镜头都统统删掉了。其实大可不必，我们不是照样宣传黄继光、邱少云等烈士吗？对学生进行一点人生观、生死观的教育，正是这篇文章的意义所在。从行文上说，这么一删，后面的结论："他已经将自己的生命转化为另一样东西，真正与山川共存，与日月同辉了。青山是不会老的。"倒显得有点突兀。建议教师讲课时还是阐明这个本意。

这篇文章经过从新闻到文学再到课文的嬗变，已经走过了三十八年，现在还在使用。它已经超过了我的另一篇课文，服务了三十六年而退役的《晋祠》。虽说是无心插柳柳成荫，但还是有深层原因的，这与记者长期对生态的关注，对无名的普通劳动者的关注有关。我近年来仍在关注生态与自然，又开辟了人文森林学的写作，出

以反问的形式表达出这篇文章的意义所在，表明看法并提出建议，希望学生能明白作者的本意。

通过叙述课文存在的时间长，暗示这篇文章经得住时间的考验，照应了开头。接着用"虽说、但还是、深层原因"等词语点明入选课本的真正原因。

版了《树梢上的中国》，里面有更多的人与树的故事，可作为这篇课文的教学参考。比如《左公柳》一篇，里面就有左宗棠抬着棺材进新疆，"新栽杨柳三千里，引得春风渡玉关"，那可是真人真事，比《三国演义》还感人。

管东方　　点评老师

广东省兴宁市华侨中学语文高级教师，兴宁市初中语文名师工作室主持人。

晋　祠

出太原西南行五十里，有一座山名悬瓮。山上原有巨石，如瓮倒悬。山脚有泉水涌出，就是有名的晋水。在这山下水旁，参天古木中林立着百余座殿堂楼阁、亭台桥榭。绿水碧波绕回廊而鸣奏，红墙黄瓦随树影而闪烁，悠久的历史文物与优美的自然风景，浑然一体，这就是古晋名胜晋祠。

西周武王去世后，年幼的成王姬诵即位，一日与其弟姬虞在院中玩耍，随手拾起一片落地的桐叶，剪成玉圭形，说："把这个圭给你，封你为唐国诸侯。"天子无戏言，于是其弟长大后便来到当时的唐国，即现在的山西做了诸侯。《史记》称此为"剪桐封弟"。姬虞后来兴修水利，在其治理下唐国人民安居乐业。后其子燮继位，因境内有晋水，便改唐国为晋国。人们缅怀姬虞的功绩，便在这悬瓮山下修一所祠堂来祀奉他，后人称为晋祠。

晋祠之美，在山美、树美、水美。

这里的山，巍巍的如一道屏障，长长的又如

介绍晋祠的地理位置，点明其特点：悠久的历史文物与优美的自然风景相结合。笔法明快，清晰明了，总领全文。

介绍晋祠名字的由来，言简意赅，语言典雅。以历史故事入文，底蕴深厚，文化气息浓郁。

总领全文之句。

伸开的两臂，将这处秀丽的古迹拥在怀中。春日黄花满山，径幽而香远；秋来草木郁郁，天高而水清。无论何时拾级登山，探古洞、访亭阁，都情悦神爽。古祠设在这绵绵的苍山中，恰如淑女半遮琵琶，娇羞迷人。

这里的树，以古老苍劲见长。有两棵老树，一曰周柏，一曰唐槐。那周柏，树干劲直，树皮皱裂，冠顶挑着几根青青的疏枝，偃卧于石阶旁，宛如老者说古；那唐槐，腰粗三围，苍枝屈虬，老干上却发出一簇簇柔条，绿叶如盖，微风拂动，一派鹤发童颜的仙人风度。其余水边殿外的松、柏、槐、柳，无不显出几经沧桑的风骨，人游其间，总有一种缅古思昔的肃然之情。

以"老者说古"来比喻"周柏"，表明周柏的古老苍劲，周柏仿佛在诉说晋祠往事，见证晋祠历史。

也有造型奇特的，如圣母殿前的左扭柏，拔地而起，直冲云霄，它的树皮却一齐向左边拧去，一圈一圈，纹丝不乱，像地下旋起了一股烟，又似天上垂下了一根绳。其余有的偃如老妪负水，有的挺如壮士托天，不一而足。晋祠在古木的荫护下，显得分外幽静、典雅。

作者善用比喻，一个"负"字将古树的情态动感十足地表现出来，惟妙惟肖，画面感很强。

这里的水，多、清、净、柔。在园内信步，那里一泓深潭，这里一条小渠。桥下有河，亭中有井，路边有溪。石间有细流脉脉，如线如缕；林中有碧波闪闪，如锦如缎。这么多的水，又不知是从哪里冒出的，叮叮咚咚，只闻佩环齐鸣，

运用叠词和四字短语，音韵和谐、美感十

却找不到一处泉眼，原来不是藏在殿下，就是隐于亭后。

更可爱的是水清得让人叫绝。无论多深的渠、潭、井，只要光线好，游鱼、碎石，丝纹可见。而水势也不大，清清的波，将长长的草蔓拉成一缕缕的丝，铺在河底，挂在岸边，和着那些金鱼、青苔、玉栏倒影，织成了一条条的大飘带，穿亭绕榭，冉冉不绝。当年李白至此，曾赞叹道："晋祠流水如碧玉，百尺清潭泻翠娥。"你沿着水去赏那亭台楼阁，时常会发出这样的自问：怕这几百间建筑都是在水上漂着的吧？

然而，最美的还是祖先留给我们的文化遗产，这里保存着我国古建筑的"三绝"。

一是圣母殿。这是全祠的主殿，是为虞侯的母亲邑姜所修的。大殿建于宋天圣年间，重修于宋崇宁元年（1102年），距今已有八百八十年。殿外有一周围廊，是我国现存古建筑中能找到的最早实例。殿内宽七间，深六间，极宽敞，却无一根柱子，原来屋架全靠墙外回廊上的木柱支撑。廊柱略向内倾，四角高挑，形成飞檐。屋顶黄绿琉璃瓦相扣，远看飞阁流丹，气势雄伟。殿堂内宋代泥塑的圣母及四十二尊侍女，是我国现存宋塑中的珍品。她们或梳妆、洒扫，或奏乐、歌舞。形态各异，人物形体丰满俊俏，

足、自然亲切、活灵活现，写出了流水的细柔和波光潋滟。

此处为用典，引用"诗仙"李白咏颂晋祠的千古名句"晋祠流水如碧玉"，盛赞晋祠水的清澈、澄净、空明。

"然而"承上启下，让文章衔接自然，作者着笔重点发生变化，恰如其分引出下文。

将"泥塑圣母"及"四十二尊侍女"用"她们"称之，赋予它们人的形态、动作，栩栩如生。

面貌清秀圆润，眼神专注，衣纹流畅，匠心之巧，绝非一般。

二是殿前柱上的木雕盘龙。这是我国现存最早的盘龙殿柱，雕于宋元祐二年（1087年）。八条龙各抱定一根大柱，怒目利爪，周身风从云生，一派生气。距今虽近千年，仍鳞片层层，须髯根根，不能不叫人叹服木质之好与工艺之精。

三是殿前的鱼沼飞梁。这是一个方形的荷花鱼沼，却在沼上架了一个十字形的飞梁，下由三十四根八角形的石柱支撑，桥面东西宽阔，南北翼如。桥边栏杆、望柱都形制奇特，人行桥上，随意左右，如泛舟水面，再加上鱼跃清波，荷红映日，真乐而忘归。这种突破一字桥形的十字飞梁，在我国现存的古建筑中是仅有的一例。以圣母殿为主的建筑群还包括献殿、牌坊、钟鼓楼、金人台、水镜台等，都造型古朴优美，用工精巧。全祠除这组建筑之外，还有朝阳洞、三台阁、关帝庙、文昌宫、胜瀛楼、景清门等，都依山傍水，因势砌屋。或架于碧波之上，或藏于浓荫之中，糅造化与人工为一体。

就是园中的许多小品，也极具匠心。比如这假山上本有一挂细泉垂下，而山下却立了一个汉白玉的石雕小和尚。光光的脑门，笑眯眯的眼睛，左手齐肩，托着一个石碗，那水正注入碗中，又溅到脚下的潭里，却总不能满碗。和尚就这样，一天一天，傻呵呵地站着。

　　还有清清的小溪旁，突然跑来一只石雕大虎，两只前爪抓着水边的石块，引颈探腰，嘴唇刚好埋入水面，那气势好像要一吸百川。你顺着山脚，傍着水滨去寻吧，真让你访不胜访，虽几游而不能尽兴。历代文人墨客都看中了这个好地方，至今山径石壁、廊前石碑上，还留着不少名人题咏。词工句丽，书法精湛，更为湖光山色平添了许多风韵。

> 动词的巧妙运用让文章文采立现，一个"跑"字，石虎仿佛成了真虎。

　　这晋祠从周唐叔虞到任立国后，自然又演过许多典故。当年李世民就从这里起兵反隋，得了天下。宋太宗赵光义，曾于太平兴国四年（979年）在这里消灭了北汉政权，从而结束了中国历史上五代十国的分裂局面。1959年陈毅同志游晋祠时兴叹道："周柏唐槐宋献殿，金元明清题咏遍。世民立碑颂统一，光义于此灭北汉。"

> 周唐叔虞，即文章开头提到的姬虞。

　　晋祠就是这样，以她优美的身躯来护着这些珍贵的历史文化。她，真不愧为我国锦绣河山中一颗璀璨的明珠。

> 用"明珠"喻晋祠，收束全文，对晋祠高度评价，极尽歌颂和热爱，言已尽意无穷。

司艳平　　**点评老师**

广东省清澜山学校语文高级教师，山西省教学能手，曾获"语文报"杯微课大赛特等奖。

夏　感

充满整个夏天的是一个紧张、热烈、急促的旋律。

好像炉子上的一锅冷水在逐渐泛泡、冒气，而终于沸腾一样。山坡上的芊芊细草渐渐滋成一片密密的厚发，林带上的淡淡绿烟也凝成了一堵黛色的长墙。轻飞曼舞的蜂蝶不见了，却换来烦人的蝉儿，潜在树叶间一声声地长鸣。火红的太阳烘烤着金黄的大地，麦浪翻滚着，扑打着远处的山、天上的云，扑打着公路上的汽车，像海浪涌着一艘艘的船。金色主宰了世界上的一切。热风浮动着，飘过田野，吹送着已熟透了的麦香。那春天的灵秀之气经过半年的积蓄，这时已酿成一种磅礴之势，在田野上滚动，在天地间升腾。夏天到了。

夏天的色彩是金黄的，按绘画的观点，这大约有其中的道理。春之色为冷的绿，如碧波，如嫩竹，贮满希望之情；秋之色为热的赤，如夕阳，如红叶，标志着事物的终极。夏正当春华秋实之间，自然应了这中性的黄色——收获已有

旁注：

赋予夏天以人的感情，流露出对夏天的喜爱和赞美之情，奠定全文感情基调。

运用比喻、拟人、夸张等手法，形象生动地写出了麦子面积之大、长势之猛，表现了夏天麦浪翻滚的气势。

这段议论，用比喻的手法、对称的句式，表达了对每个季节不同色彩的理解，兼具情趣

而希望还未尽，正是一个承前启后、生命交替的旺季。

你看，麦子刚刚割过，田间那挑着七八片绿叶的棉苗，那朝天举着喇叭筒的高粱、玉米，那在地上匍匐前进的瓜秧，无不迸发出旺盛的活力。这时她们已不是在春风微雨中细滋慢长，而是在暑气的蒸腾下蓬蓬勃发，向秋的终点做着最后的冲刺。

夏天的旋律是紧张的，人们的每一根神经都被绷紧。你看田间那些挥镰的农民，弯着腰，流着汗，只是想着快割、快割。麦子上场了，又想着快打、快打。他们早起晚睡已够苦了，半夜醒来还要听听窗纸，可是起了风？看看窗外，天空可是遮上了云？麦子打完了，该松一口气了，又得赶快去给秋苗追肥浇水。"田家少闲月，五月人倍忙"，他们的肩上挑着夏秋两季。

遗憾的是，历代文人不知写了多少春花秋月，却极少有夏的影子。大概春日融融，秋波澹澹，而夏呢，总是浸在苦涩的汗水里。有闲情逸致的人，自然不喜欢这种紧张的旋律，我却想大声赞美这个春与秋之间的金黄的夏季。

与理趣，为下文赞美夏季的活力蓄势。

三个拟人化的动词，写出了夏季植物旺盛的生命力和蓬勃的长势。

多用短句，节奏明快。通过描写农民热烈的劳动场面，来体现夏天紧张、热烈、急促的特点。

王俊芳　　点评老师

教育硕士，中学高级教师，江苏省镇江市学科带头人。

夏日风景成永忆

标题简洁凝练，"永忆"一词设置悬念，引起读者的阅读兴趣，美好的回忆里又暗含淡淡的遗憾之情。

《夏感》（又名《夏》）发表于1984年，1985年5月入选北师大版初中语文第二册，其他还有人民教育、山东教育、世界知识、华语教学等出版社的各种教材选本，先后共使用了三十二年。这篇文章的入选大约是沾了题材的光，因为无论是文人写景还是学生作文都离不了春夏秋冬四季。但是你有没有发现，历史上的诗文写春秋的最多，冬季次之，而写夏的寥寥无几。现代散文中知名的如朱自清的《春》、老舍的《济南的秋天》、夏丏尊的《白马湖之冬》。而写夏的还真找不出几篇，为凑成四扇屏，我这篇就拉来充数。

"沾光"意为因凭借关系而得到荣誉、好处等，一个"沾"字让我们读出了作者的谦逊。

文章很短，只有六百六十六个字，正好六六大顺，但实际上纸墨背后是艰辛。或许选家和读者把它单纯看作是一篇风景散文，但美景后面是苦涩的汗水，没有在农村生活过的人很难体会个中滋味。从这个角度出发，这篇课文让孩子们知道一粒粮食来之不易，还是很有意义的。

作者想通过"美景"与"苦涩"让读者也能体会到农民劳作的艰辛。

文章说：

夏天的旋律是紧张的，人们的每一根神经都被绷紧。你看田间那些挥镰的农民，弯着腰，流着汗，只是想着快割、快割。麦子上场了，又想着快打、快打。他们早起晚睡已够苦了，麦子打完了，该松一口气了，又得赶快去给秋苗追肥浇水。"田家少闲月，五月人倍忙"，他们的肩上挑着夏秋两季。

夏季是一年中劳动量最集中、劳动强度最大、气候灾害最严重的季节，俗称为"三夏"：夏收，麦子要收、要打；夏管，秋苗要锄、要浇；夏种，晚秋作物要种。都是急活，所以又叫作"三抢"。古诗"锄禾日当午，汗滴禾下土"，正是说的夏天。前几天一大学教授在电视上把这两句诗解释为春天锄地，引起笑话。春风拂面，怎会"汗滴禾下土"。农谚"锄头下面三分水"，愈到炎夏愈要锄地，以切断土壤中水分的毛细蒸发。烈日下的人汗流如洗，连锄把子都烫手。

文章中有一句："半夜醒来还要听听窗纸，可是起了风？看看窗外，天空可是遮上了云？"幼时睡在农村的土炕上，到麦季大人们都睡不踏实，半夜风吹窗纸响，一个机灵翻身起来听风声，又披衣出门去看天。城里人可能不懂，为什

三个"最"字句，既写出了夏日的天气，也交代了夏日农活多、任务重。接下来的"三夏、三抢"又做了具体详实的补充。

描写人们担心恶劣天气——风、雨，接下来具体写两种天气给麦收季节造成的负面影响，思路清晰。

么要听风看天？麦收这几天叫"龙口夺食"，一年辛苦，就看老天爷给不给面子了。最怕的是下雨，一场雨下来一年收成就打了水漂。麦子一淋雨就生芽，粮库不收购，做成馒头、面条都粘牙。再说这风，它就是天然的鼓风机。那时还没有联合收割机，麦子要一把一把地弯腰割倒，一捆一捆地背、挑回场上，再套上牲口一圈一圈地碾压。虽然暑热伤人，人们还是希望阳光强一点，麦干好脱粒。为求一粒麦，宁愿晒脱三层皮。

两道工序写得有条不紊，特别是动词的运用，干净、简练，非常有张力。

麦子碾过后秆、壳、粒就分离了。先将麦秆堆成垛，备作冬季的燃料和牲口饲料。下一步的工序叫"扬场"，用一把大木锹，连壳带粒铲起，奋力一锹扬向空中，借着风力壳飞粒落，就可以归仓了。风要不大不小正好，太大了麦粒会被刮跑，太小了麦壳又吹不走。最好是炊烟升起后微微飘斜的那种风力，大约二三级吧。有时候麦与壳混堆在场上干等着来风，硬是一两天不见动静，空气沉闷得怕人，天与人在暗暗地较劲。

用拟人的手法，写出了焦急的心情；"硬是、较劲"略呈口语化，生动细腻。

打麦场在半山上，村子在山下，累了一天的人不敢下山回家，谁知道山风这个妖精什么时候出现呢？真是又爱又恨。天黑了先打发老人妇女们回家去，留下几个会扬场的把式在山上过夜，干什么？等午夜来风。一般孩子们很愿意留下，可以在野外吃到用篮子送的黄馍（白面馍暂时还舍不得，要等到过年才能吃），喝瓦罐里的新麦汤，远胜现在吃的盒饭。入夜趴在麦垛上，看山下村子里明灭的灯火，仰望头上黑洞洞的天空，空中的星星就对着你眨眼睛，那才叫"诗与远方"呢。而这时大人们早已经累得歪在麦垛上呼呼睡着了。天若有情，一定会在黑暗中"嘿嘿"地偷笑，笑人类在它面前是这样无奈。后半夜突然起风了，人们抓起木锨，挑灯扬场，直到东方发白。

化用"天若有情天亦老"，把天比喻为淘气的孩子。

　　关于麦子的记忆还有几次。人民公社时代，城里人都要支援"三夏"。在北京，大学生也下乡帮农民割麦子。所以我就记住了北京每年麦收的时间是在六月中旬，比我的家乡晚半个多月。而真正见到麦海、麦浪的雄奇壮阔，是毕业后在内蒙古的河套平原，那才叫浩浩乎麦海无垠。过去说"黄河百害，唯富一套"，它从青海、甘肃一路奔腾而来，在这里形成大片冲积平原，人少地多，自流灌溉，肥得流油。民歌里唱的穷人走西口，就是从山西往这里走，想不到我这个山西人今又重新走西口。河套种的是春小麦，比北京晚熟一个月。到七月中旬时一条公路横穿八百里平原，两边麦田如海，真有"沉沉一线穿南北"的气势。《夏感》中描写的激动人心的场面主要取自这里：

运用对比、比喻的修辞手法，语言生动形象，写出了壮阔辽远、激动人心的场面。长短句结合，富有气势。

好像炉子上的一锅冷水在逐渐泛泡、冒气，而终于沸腾一样。山坡上的芊芊细草渐渐滋成一片密密的厚发，林带上的淡淡绿烟也凝成了一堵黛色的长墙。轻飞曼舞的蜂蝶不见了，却换来烦人的蝉儿，潜在树叶间一声声地长鸣。火红的太阳烘烤着金黄的大地，麦浪翻滚着，扑打着远处的山、天上的云，扑打着公路上的汽车，像海浪涌着一艘艘的船。金色主宰了世界上的一切，热风浮动着，飘过田野，吹送着已熟透了的麦香。那春天的灵秀之气经过半年的积蓄，这时已酿成一种磅礴之势，在田野上滚动，在天地间升腾。夏天到了。

河套人称内地为口里，口里口外的麦收风光大有不同。这里冬季长，地里没活，有的是打发不完的时间。麦子收回来后先不急着打，而是连穗带杆高高垛起。到冬闲了，想起吃麦子，就先杀上一只羊，再抽出几捆麦子，驾上牲口去碾场。没有烈日，没有汗水，那种悠闲真让我这个吃过炎夏之苦的口里人羡慕。

但各有各的难处，北地气候变幻不定，夏天常有冰雹，这比下雨还可怕。正当麦子在地里干得唰唰响，单等开镰时，突然一朵乌云，乒乒乓乓，杏核大的冰雹如雨点似的砸下来，那真是祸从天降。我采访过一个灾后的生产队，一块茂

動詞運用精准，細致的景物描寫加上比喻、擬人等修辭手法，讓讀者身臨其境。

口里口外麥收的對比，夏天的"急促、熱烈"和冬天的"悠閑"形成強烈對比。

擬聲詞的運用，給人身臨其境的感覺，動詞"砸"寫出了災害性天氣的危害。

盛的麦田就像瞬间经过千万把刀子一阵乱剁，都成了寸寸的麦秸，麦粒落地搅成了一团泥。北方不像南方有两季、三季，一年就这一茬麦子，全村的人吃什么？虎背熊腰的生产队长全身都软瘫了，趴在田垄上放声大哭，拉都拉不起来。人生多艰辛，尽在夏感中。

但是，河套的麦浪实在壮观。可惜20世纪70年代还没有兴起旅游，否则的话，河套的麦季就会像现在人们看油菜花一样热闹。当时我二十多岁，正是少年轻狂不知天高地厚的年龄。白天采访在麦浪里穿行，晚上就趴在灯下写诗，一个夏季写了一首六百多行的长诗。当时"文化大革命"还没有结束，也没有地方发表，但是那种激情已经压缩在心底。十多年后这六百多行诗早已忘光，却转化成一篇六百六十六字的散文。六十年后我重回故乡，小院土炕，忆当年最忆还是麦收时，就随手写了一首小诗："何处是乡愁，云在霍山头。童年常入梦，杏黄麦子熟。"回首大半生，豪情、汗水、成就、乡愁，都荡漾在金色的麦田里。

小诗传达出浓浓的乡愁，体现了作者对家乡的热爱之情。

《夏感》入课文后，家乡发展旅游，把这篇文章和诗都刻在村头，常有师生前来参观，也就顺便成了教学基地。

结尾巧妙照应标题的"永"字。文字留香，记忆唯美。

秦益辉 点评老师

浙江省温州市温州育英实验学校语文教师，校名师工作室负责人。

壶口瀑布

壶口在晋、陕两省边境上，我曾两次到过那里。

第一次是雨季，临出发时有人告诫："这个时节看壶口最危险，千万不要到河滩里去，赶巧上游下雨，一个洪峰下来，根本来不及上岸。"果然，车还在半山腰，就听见涛声隐隐如雷，河谷里雾气弥漫，我们大着胆子下到滩里，那河就像一锅正沸着的水。

壶口瀑布不是从高处落下，让人们仰观垂空的水幕，而是由平地向更低的沟里跃去，人们只能俯视被急急吸去的水流。其时，正是雨季，那沟已被灌得浪沫横溢，但上面的水还是一股劲地冲进去，冲进去……我在雾中想寻找想象中的飞瀑，但水浸沟岸，雾罩乱石，除了扑面而来的水汽、震耳欲聋的涛声，什么也看不见，什么也听不见，只有一个可怕的警觉：突然就要出现一个洪峰将我们吞没。于是，急慌慌地扫了几眼，我便匆匆逃离，到了岸上回望那团白烟，心还在不住地跳。

第二次我专选了个枯水季节。春寒刚过，山还未青，谷底显得异常开阔。我们从从容容地下到沟底，这时的黄河像是一张极大的石床，上面铺了一层软软的细沙，踏上去坚实而又松软。我一直走到河心，原来河心还有一条河，是突然凹下去的一条深沟，当地人叫"龙槽"，槽头入水处深不可测，这便是"壶口"。

我倚在一块大石头上向上游看去，这龙槽顶着宽宽的河面，正好构成一个"丁"字。河水从四百米宽的河道上排排涌来，其势如千军万马，互相挤着、撞着，推推搡搡，前呼后拥，撞向石壁，排排黄浪霎时碎成堆堆白雪。山是清冷的灰，天是寂寂的蓝，宇宙间仿佛只有这水的存在。当河水正这般畅畅快快地驰骋着时，突然脚下出现一条四十多米宽的深沟，它们还来不及想一下，便一齐跌了进去，更涌、更挤、更急，沟底飞转着一个个漩涡。当地人说，曾有一头黑猪掉进去，再漂上来时，浑身的毛竟被拔得一根不剩，我听了不觉打了个寒噤。

黄河在这里由宽而窄，由高到低，只见那平坦如席的大水，像是被一个无形的大洞吸着，顿然拢成一束，向龙槽里隆隆冲去，先跌在石上，翻个身再跌下去，三跌、四跌，一川大水硬是这样被跌得粉碎，碎成点，碎成雾。从沟底升起一道彩虹，横跨龙槽，穿过雾霭，消失在远山青色

"从从容容"与前文的惊心动魄形成对比，"石床"般的黄河、细沙，给了我满满的安全感。

一系列动词，"涌、挤、撞、推、搡、呼、拥、撞、碎"写活了"黄河之水天上来"，赋予画面动感。

"黄"凸显秦晋两岸质朴本色，"清冷的灰、寂寂的蓝"，那水那山那天，用色古朴，皆为画意。

五个"跌"字，反复强调黄河的奔腾不息与跌碎成点，成雾成虹，文气连贯。

的背景中。

　　当然，这么窄的壶口一时容不下这么多的水，于是洪流便向两边涌去，沿着龙槽的边沿轰然而下，平平的，大大的，浑厚庄重如一卷飞毯从空抖落。不，简直如一卷钢板出轧，的确有那种凝重，那种猛烈。尽管这样，壶口还是不能尽收这一川黄浪，于是又有一些各自夺路而走的，乘隙而进的，折返迂回的。它们在龙槽两边的滩壁上散开来，或钻石觅缝，汩汩如泉；或淌过石板，潺潺成溪；或被夹在石间，哀哀打旋。还有那顺壁挂下的，亮晶晶的如丝如缕……而这一切都隐在湿漉漉的水雾中，罩在七色彩虹中，像一曲交响乐、一幅写意画。我突然陷入沉思，眼前这个小小的壶口，怎么一下子集纳了海、河、瀑、泉、雾，所有水的形态；兼容了喜、怒、哀、怨、愁，人的各种情感？造物者难道是要在这壶口中浓缩一个世界吗？

　　看罢水，我再细观脚下的石。这些如钢似铁的顽物竟被水凿得窟窟窍窍，如蜂窝杂陈，更有一些地方被旋出一个个光溜溜的大坑，而整个龙槽就是这样被水齐齐地切下去，切出一道深沟。人常以柔情比水，但至柔至软的水一旦被压迫，竟会这样怒不可遏。原来这柔和之中只有宽厚绝无软弱，当她忍耐到一定程度时就会以力相较，奋力抗争。据《元和郡县图志》中所载，当年壶

　　一系列四字词语连用，言简意丰点染景物特征；妙用比喻、拟人、排比，生动描摹出水的千姿百态。

　　集纳所有水态，兼容各种情感，壶口浓缩世界，文章由记游升至说理。

口的位置还在这下游一千五百米处，你看日夜不止，这柔和的水硬将铁硬的石寸寸地剁去。

　　黄河博大宽厚，柔中有刚；挟而不服，压而不弯；不平则呼，遇强则抗；死地必生，勇往直前。像一个人，经了许多磨难便有了自己的个性，黄河被两岸的山、地下的石逼得忽上忽下、忽左忽右时，也就铸成了自己伟大的性格。而这伟大只在冲过壶口的一刹那，才闪现出来，被我们看见。

　　不经磨难不能成河，不能成人。由河联想到人，说理上升到新高度。

　　伟大只在刹那，精神却是永恒。文末说理，理是核心。如作者所言："理字立骨，精神楚楚。"

刘娜娜　　　　　　点 评 老 师

安徽省马鞍山市和县中学语文教师，曾获第十届全国初中语文教师教学基本功大赛一等奖。

万里黄河一壶酒

《壶口瀑布》是我在记者任上写的最后一篇散文。1987年我正在黄河壶口采访，接到北京来的电话，成立国家新闻出版署，要我立即回京，从此结束了我十三年的驻站记者生涯。人的一生总有几个驿站、几个起止点，对我来说壶口这个地方算一个。

黄河与我有特殊的缘分。我小学、中学阶段是在黄河的支流汾河边成长，大学一毕业就分配在内蒙古黄河边的临河县，只听这个名字，就知道离黄河有多么近了。这里是河套平原，我第一次真切地感到为什么称黄河是母亲河。河套地区为黄河的中上游，黄河自青海发源，冲过四川、甘肃、宁夏的峡谷后进入内蒙古平坦地带，渐渐冲击出一个八百里平原。历史上黄河决口泛滥的灾害大都在下游的河南、山东，而中上游的河套则是富得流油。所以有一句话"黄河百害，唯富一套"，在这里你真正感觉到是躺在"母亲"的怀抱里。

头一年先在农村劳动，有一项农活就是淌黄河水浇地。仲夏的后半夜，万籁俱静，月光如水，你蹲在田头能听到玉米喝着黄河水，噼噼啪啪拔节的响声。因为有自流灌溉，这里的小麦特别好，产品是有名的河套雪花粉；瓜果特别甜，是有名的河套蜜瓜；又产一种"糜子米"，比小米大，比大米小，是当地的主食，也是草原牧民制作"炒米"的主要原料。黄河里产鲤鱼，当地人形容最好的美食是"新碾的糜子开河的鱼"。黄河水从西边进来，把这片土地滋润一遍后再从东边流出去，形成一个大湖——乌梁素海。在湖上行船，有时鱼会自动跳到船里。这就是黄河，以她丰富的资源养育着世代先民。历史上的"走西口"，就是指周边穷困省区的人往这里走，干什么？来投靠黄河讨生活。温柔、敦厚、富饶是我对黄河的第一印象。

　　第二年到县委工作，第一个任务就是到黄河边带领民工防"凌汛"。凌，是指冰凌，大冰块。沉睡一冬的黄河解冻了，河上漂浮而下的冰块浩浩荡荡，如出海的舰队。但一时不畅就会塞堵成冰凌大坝，决堤泛滥。这是只有在北方的黄河才有的一种特殊灾害。火山爆发是一股炽热的岩浆流冲向田野，而凌汛期的黄河决口则是一股冰块流冲向田野。民工说去年泛滥过一次，直到割麦子时冰凌还没化完，可见它的野性、它的威力。

　　我在一篇文章里记录过这次防凌汛的情景：

景物描写，先写视觉后写听觉，听觉尤为出色，用拟人的修辞手法，写出玉米在黄河水浇灌后拔节生长的喜悦状态。

将"火山爆发"和"凌汛期的黄河决口"作对比，突出后者的危险程度，再用民工的话补充交代其危害之大。

把河面上的浮冰比作出海的舰队，写出凌汛期场面之宏大、声势之浩大。"炸开"写出气势猛、破坏力强的特点。

比喻、拟人并用，把蜿蜒而来的黄河比作划过时空的闪电，写出黄河弯、亮、长的特点，富有想象力。

"终于有一天早晨，当我爬上河堤时，突然发现满河都是大大小小的浮冰，浩浩荡荡，从天际涌来，犹如一支出海的舰队。阳光从云缝里射下来，银光闪闪，冰块互相撞击着，发出隆隆的响声，碎冰和着浪花炸开在黄色的水面上，开河了！一架值勤的飞机正压低高度，轻轻地掠过河面。"这时的黄河无比威严、壮阔，我一下想起冼星海的《黄河大合唱》，当时就有一种创作的冲动，但是写不出来。

后来我当了记者沿黄河上下采访，黄河不同的形象在我脑子里反复出现，一遍遍地打印、叠加、发酵。我到过青、甘、川交界处的黄河第一湾，晨曦中它蜿蜒西来，刺破莽原，亮晶晶的像一道划过时空的闪电，是一股力量的源泉。当时还写了一首诗："九曲黄河第一湾，长河落日此处圆。从来豪气看西北，一泻千里下东南。"1983年我到甘肃采访刘家峡水库，这是黄河上游的第一阶梯水库。让人吃惊的是这里的水一点也不黄，你会怀疑是在梦里，或者在杭州西湖里，眼前只有一个绿。当时我写了一篇《刘家峡绿波》，其中有这样一段：

水面是极广的。向前，看不到她的源头，向后，望不尽她的去处。我挺身船头，真不知该作怎样的遐想。……整个水面只有些微的波，像一面正在晃动的镜子，又像一块正在抖动的绿绸，没有浪的花、涛的声。船头上那白色的浪点刚被激起，便又倏地落入水中，融进绿波；船尾那条深深的水沟，刚被犁开，随即又悄然拢合，平滑无痕。好固执的绿啊。我疑这水确是与别处不同的，好像更稠一些，分子结构更紧一些，要不怎会有这样的性格？

这时的黄河变身为一座绿色的湖。郭沫若拿它与新安江水库比："成绩辉煌，叹人力真伟大。回忆处，新安鸭绿，都成次亚。"新安，就是现在浙江的千岛湖。

从青藏高原出发的黄河为什么逐渐变黄了呢？它在做着伟大的造地运动，向我们民族注入资源和财富。我到开封，发现黄河在这里是一条悬河，河面比城墙还要高。到山东黄河出海口，能明显地看到一块新陆地在一点一点地向海洋里生长去。这些泥沙都是黄河从上游搬运来的，它每年要带来十六亿吨泥沙，在入海口新造三十平方公里的土地。要知道，近年来我们动用人力、财力、科技，在南海人工吸沙造的一个礁岛，也不过一平方公里左右。黄河千年不息，这样默默地聚沙为原，该有多大的毅力啊。

黄河历史上曾有无数次小的和六次大的决口改道，可以说半个中国的地貌是黄河造出来的，

分别对"水面的波、船头的浪点、船尾的水沟"进行描写，一个接一个比喻，生动可感；一句比一句工整，朗朗上口。

与前文叙述描写的表达方式不同，这一句转为议论，在说理中又含有抒情，理中蕴情，抒发作者对黄河的敬佩之情。

一半的物产都与黄河有关。沿晋陕峡谷的黄河两岸都产红枣，老乡说，枣树听不见黄河的水声就不结枣了。而河南、山东盛产花生、棉花、蚕桑，这都是因为黄河造就的冲积平原。联合国粮农组织给陕北、山东都分别颁发了全球红枣、桑蚕农业遗产证书，黄河为我们在世界民族之林中争了光。

1993年，距我第一次接触黄河已过去二十三年，距我最后一次告别壶口也过去了六年。就像一壶陈酿老酒一样，黄河的滋味在我心里愈来愈淳厚、绵长，终于压抑不住心里的激动，想写一点东西。但一条万里之长的古老大河，截取哪一段最能表现出它的雄壮、美丽，又能表达我内心的激动呢？想来想去，只有壶口。

这里的地形像一个水壶之口，黄河从晋陕峡谷中冲出，本是如脱缰野马在宽阔的河床上任性驰骋，却突然跌入这把大壶口中，它在这里收紧、跌碎、打旋、激突、冲锋，变成雾、化成雨、聚成潭，又再变回河流状奔腾而去。它像一个壮士，在风尘仆仆的途中痛饮一碗烈酒，浇心中的块垒，扫除浑身的疲劳。观者至此也被它的豪情感染，心中为之一振。每一个中国人只要到壶口的黄河岸上一站，都能油然而生民族的自豪感，难怪我们的人民币上印着壶口浪涛奔涌的图案。

把自己对黄河的情感比作一壶老酒，这壶既与壶口照应，又与生活中的酒壶一样，熨帖自然，读来回味悠长。

两字、三字堆叠，文采浩浩荡荡扑面而来，像滔滔黄河一样气势恢宏，势不可挡。后面一个长句收拢，长短句结合，气韵立生。

我终于写了一篇《壶口瀑布》，发表在1993年8月23日的《人民日报》上。后被收录在高等教育出版社（2000年）、上海教育出版社（2011年）、人民教育出版社（2014年）等几个版本的初中语文课本中。这篇文章是我心中黄河的缩影，也是我对黄河精神的理解。

2018年全国教材重新统编后，我的《晋祠》"退役"，这篇仍保留下来使用至今。仍然是写水，但由泉水变成了河水，而且是母亲河——黄河。

最后两段交代《壶口瀑布》入选课本情况，照应文章首段，有始有终。

徐青山   点 评 老 师

广东省湛江市雷阳实验学校书记、执行校长，中学语文高级教师。

清凉世界五台山

北岳恒山向东南逶迤而下，在山西东北部撒下了五座山峰，五峰拱卫连绵，圈出一块三百平方公里的地方，这便是国内外闻名的五台山。

山区以台怀镇为中心，分成台怀、台内、台外三个层次，像三个渐大的同心圆。在这个奇妙的同心圆内，由近而远，在山顶、谷底与密林中分布了五十七座红墙黄瓦的大小寺院，这里历来是海内外佛教徒朝圣的地方。那披着青松与白杨的冈峦，那映着鲜花与绿草的山泉，那阵阵的松涛和着悠悠的钟声，那绿茸茸的草地衬着古庙琉璃瓦上的夕阳，那从山谷里吹来的习习凉风，使这块小盆地的沟沟洼洼里，到处都有美的色彩与旋律，形成一个游览与避暑的胜地。

远在西汉末年佛教传入我国时，有两位从印度来的和尚，云游中国后看中了这座山。便上书皇帝，说释迦牟尼在经书上说，文殊菩萨的道场原来就在中国的五台山。于是皇帝便恩准在此修庙，从此历代香火相传，极盛时庙宇竟达三百多处，地方志上有此记载。

至于这山的风光之美、气候之好，又别有一段传说故事。说当年文殊初到此山时，酷暑难熬，风沙蔽日。有人说，东海龙王那里有一块"歇龙石"，只要借来镇山，便可玉宇澄清，暑气永消。于是文殊便去龙宫，指名要那块歇龙石。老龙王说，只要你拿得动，便拿去。这文殊就施展法力，口中念念有词，霎时，偌大的青石便缩成一粒小丸，飞入他的袍袖，被带回五台山。

可是那外出的小龙王回来后，发现丢了歇龙石，怒气冲天，便追到五台山四处寻找。它巨尾一扫，就把五个峰顶都削成了平台；利爪乱刨，在山顶上翻起无数黑石，至今这些石块还遍布满山，人称"龙翻石"。当然文殊自有对付它的办法，一声咒语，便飞起两座山，将这条恶龙镇压在山下。现在五台山北面的繁峙县境内有一处"秘魔岩"，传说是小龙王的被囚之处。制服了小龙王之后，文殊将清凉石安放在一个山坡上，并在此盖起一座清凉寺，从此这五台山真的成了一个清凉世界。

这自然是传说，但这个美丽的传说，反映了人们对美好生活环境的向往和改造自然的威力。去年8月，我曾专程去造访过那块清凉石，它高与人齐，如炕面之大，面青色，有云纹，人坐其上，顿生凉意。这么大的物体却安安静

五台山之美、气候之适宜，除了地方志上的真实记载之外，还用文殊菩萨与龙王战斗的传说故事，将"清凉石"的来历赋予神秘色彩，吸引读者阅读。

使用"咒、飞、压、放、盖、成"连续性动词，写出了文殊菩萨的神通广大，对付恶龙手到擒来。

"专程"二字体现作者对清凉石的好奇，"真不知"与前文写清凉石的传说相互呼应。

静地躺在一座大寺庙的院中，真不知它是怎样来的。

五台山的绝妙之处，是气候清新凉爽，所以又名清凉山。去年，正当酷暑季节，我们一进五台山，便立即被搂进了一个清凉的怀抱里。这里多的是青松、白杨，在台怀谷地南端有一寺，叫镇海寺，寺前寺后遍植古松。这些松也长得奇，孤高的杆子直指天穹，到顶上又横生出枝叶。深深的绿，浓浓的荫，在这浓荫的庇护下，阵阵松涛，将人们身上的汗、心中的热，涤荡得一干二净。

在谷地北口有一寺，叫碧山寺，这里是白杨的世界。寺门前，有一片深幽的白杨林，它们一出土便密匝匝地挤在一起，细枝阔叶交错连理。风来枝摇叶动，将一轮烈日的炽焰筛成一缕缕的丝、一点点的亮，给人一种愉悦的清凉。这两寺之间还有南山寺、显通寺、梵仙山、黛螺顶等，皆无寺不树，无山不林，四围远接天际的山顶高坡上全是层层的白杨、茫茫的劲松，和如毡似毯的草丛。整个小镇，连同谷里的人、车、马、房，还有那几十座寺院，一起被淹在这冷绿的大盆里，哪还有一丝的暑热能偷存下去？

除树多之外，这里的水也不少，台内各山各寺就流淌着泉水四五十处，清凉的河水环绕台怀流过。说它是河，倒不如说它是一匹飘动的锦

将外界的酷热难耐与五台山的清凉进行对比，突出五台山环境清新凉爽。运用"一……便立即"的句式写出了清凉之感来得迅猛。"被搂进"，运用拟人的修辞手法写出了五台山的清凉宜人与博大包容，使人褪去燥热，心旷神怡。

"无寺不树，无山不林"，连续两次使用"无……不"双重否定表肯定的句式，凸显这里寺多树密，满目皆苍翠。

河是飘动的锦缎，河是穿越森林走过谷底的歌者，运用比喻和拟

缎。这河很浅，却宽。它不咆哮，也不喊叫，只是在谷底穿树林，绕古寺，一路轻轻地歌唱着流去。人们在两岸的各处寺庙游览时，总要在这清凉河上穿行，这河水给人们一种凉意。

台怀镇口有一泉，名"般若泉"，泉眼圆亮如镜，水质沁凉宜人。清康熙、乾隆先后多次上五台山，都是专饮此水。现据化验查明，其中含有十四种对人体有益的微量化学元素，是一种极好的矿泉。显通寺大院里有一泉，依山势从上落下，流过院心，又一直淌到寺外的石板路上，亮亮的，像一条项链。

你若来到这里，可以蹲下来，引颈亲吻一下这来自地心的清凉，也可以像孩子一样，双手提鞋，赤足踏行在清波洗漱着的石板街上。一种无名的凉意会爬上你的双腿、你的腰身，慢慢地弥漫你的全身，直至心田。浓荫已将烈日从天空隔去，清泉又将新凉从地下送来，好一个清凉世界！

五台山的清凉，自然不是那块清凉石的魔力，实因地势高，暑气很难爬上它的山腰。它的五个台顶都在三千米左右，其中北台顶海拔高达三千零五十八米，是华北的最高峰。我们游完台怀镇各处后，乘上一部轻车，在这几个台顶之间飞驰，顿感两肋生风，通体透凉。

路是极险的，左曲右弯，常常将碰壁而猛

人的修辞手法，写出五台山的泉水安安静静带着游人浮躁心情而去，只留下一片清凉。

列举康熙、乾隆在此饮水次数之多，泉水中矿物质含量丰富，分别从历史和科学的角度来阐释五台山"般若泉"的非同一般。

再次以科学的方式解释了五台山清凉的原因，也为后面写道路险峻曲折，在路上感到惊心动魄做铺垫。

折，似落沟又急转。这时树也没有了，林带已落到了身下，成了山的围裙。坡上有五颜六色的山花，山顶有朵朵飘浮的白云，有的云朵飞过来，拦住车的去路，闯进车厢缠住我们的胳膊和腿脚，脸上也给抹了一层轻轻的湿意。坐飞机的人，在那个封闭的空间里，哪能体验到这种神仙般的滋味。

这时从车窗里看出去，尽是一座座连绵平缓的山头，要知每个台顶都有上百亩油绿的平滩，这是绝好的高山牧场。附近几省的农牧民，每年盛夏都要赶着骡、牛、马、驴等牲畜到这里避暑放牧，并进行交易，人称"五台山骡马大会"。这里既有山地起伏的旋律，又有草原辽阔的情感，如果在山头上静坐一会儿，看山下的庙、眼前的云，听林间的泉，沐浴那习习的风，就会得到一种特殊的、美的享受。从这数千米高的台顶到那飞鸟盘旋的谷底，从台怀镇这一点圆心，到周围近六百平方公里的山川，这是多么大的一个清凉世界啊！

除了好山好水之外，在这个清凉世界里还有好看的，那便是庙宇。到底是在佛家的圣地，这里的庙不但多，而且大得惊人，无论哪座寺院，动辄左右连院，前后数殿。一座显通寺，竟占地一百二十亩，有殿堂四百余间。塔院寺有一座大白塔，高七十五点三米。还有一座木塔是放经书

使用对比手法，将飞机内封闭狭小的空间，与眼前看到的惊险刺激的景象做鲜明的对比，凸显出在台顶飞驰的奇妙感觉。

围绕"大"字，分别从纵向和横向两个角度展开。从台顶到谷底，视角从高到低，纵向写出了五台山的高峻；从台怀镇到近六百平方公里的山川，视角从近到远，横向写出五台山的辽阔。目之所及，即清凉所及。

五台山除了有绝美的山水、苍劲的树木、美丽的传说和清凉的气候，还是佛教文化的胜地，在佛教的历史上具有重要意义。

的，能转动，另有一座殿将它裹在其中，取高处的书时，要到二层楼上伸手去拿。金阁寺里有一尊千手观音像，高十七点七米，他一人就占了两层殿，要看他的脸面也得上二层楼去。而这里许多寺又都修在半山上，凿坡为级，凡一百零八个台阶，披云掩绿，形若天梯。

　　第二个可看的，便是这庙宇内外的奇景。台怀镇最高处的菩萨顶上有一座殿，名滴水殿，它那琉璃瓦的屋檐檐头，别说阴雨天，就是晴天，也淅淅沥沥地往下滴着水珠。显通寺里有座铜殿，是用五十吨铜铸成的。又如无梁殿，殿无一木，全砖到顶；明月泉，泉如碗口，可鉴星月；写字崖，崖本无字，水流则显；千佛洞，洞内怪石，如人脏腑；等等。在台外，还有两件国宝，就是我国现存的为数不多的唐代木构建筑，曰佛光寺、南禅寺，在这两座寺庙里，你可以欣赏到一千两百多年前的庙宇建筑和佛像彩塑。

　　当盛暑难熬时，来这个清凉世界里，参观古建筑群，游览好山好水，增长历史文化知识，听取有趣的传说故事，实在是一件快事。

　　去五台山，有南北两路。南路从太原市转五台县城至台怀镇，凡九十公里，一路山势较缓，是在不知不觉中渐渐登山的。北路从山西省繁峙县的砂河镇，经鸿门崖天险，只四十六公里，坡陡路险，天气亦变化无常。我们登五

介绍庙宇内外奇景，运用顶真，词语连贯，读来朗朗上口；运用排比，句式整齐，读来大气磅礴；运用比喻，联想想象，读来如临其境。使用以上手法，写出了无梁殿、明月泉、写字崖、千佛洞的奇妙、奇丽、奇异。

游览五台山，眼可观宁静世界，耳可听奇妙传说，身可享清凉安逸，脑可增文史知识。观此一山，得此几乐。

文章尾段简述游览时间和路线，以及行程距离，与首段形成呼应。从"清凉世界又回到了炎热人寰"，表达

出作者对五台山的无限
留恋与不舍之情。

台山是在去年8月里，从南路上山北路下山的，
当我们沿着急速下降的公路，落到砂河镇时，
便又浑身汗津津的。我们从清凉世界又回到了
炎热人寰。

张雪玲

点 评 老 师

重庆市重庆八中优秀青年语文教师。

文章五诀

一篇文章怎样才好看呢？先抛开内容不说，手法必须有变化。最常用的手法有描写、叙事、抒情、说理等。如就单项技巧而言，描写不显单调，叙事不显拖沓，抒情不显做作，说理不显枯燥，文章就算做好了。但更多时候是这些手法的综合使用，如叙中有情，情中有理，理中有形，形中有情，等等。

所以文章之法就是杂糅之法、出奇之法、反差映衬之法、反串互换之法。文者，纹也，花纹交错才成文章。古人云：文无定法，如行云流水。这是取行云流水总在交错、运动、变化之意。文章内容空洞，言之无物，没有人看；形式死板，没有变化，也没有人看。

变化再多，基本的东西只有几样，概括说来就是：形、事、情、理、典五个要素，我们可以称之为"文章五诀"。其中形、事、情、理正好是文章中不可少的景物、事件、情感、道理四个内容，又是描写、叙述、抒发、议论四个基本写作手法。四字中"形""事"为实，

设问简洁，开门见山，引出文章论述的主要内容——写作手法如何变化。

简洁的判断句，顾"名"思义，文章的根本特点在于"花纹交错"。

点题句，简明地指出题目中的文章五诀，即：形、事、情、理、典。

"情""理"为虚，"典"则是作者知识积累的综合运用。就是我们平常与人交流，也总得能向人说清一个景物，说明白一件事，或者说出一种情感、一个道理。所以这四个字是离不开的，因实用功能不同，常常是一种文体以某一种手法为主。比如，说明文主要用"形字诀"，叙述文（新闻亦在此列）主要用"事字诀"，抒情文主要用"情字诀"，论说文主要用"理字诀"。

以"交响、运动会"设喻，论述了只有"五诀"并用才能写成优美文章，贴近生活，易于理解。

虽然一根单弦也可以弹出一首乐曲，只跑或跳也可以组织一场体育比赛。但毕竟内容丰富、好听好看的还是多种乐器的交响，和各种项目都有的运动会。所以无论哪种文体，单靠一种手法就想动人，实在很难。一般只有"五诀"并用才能做成斑斓五彩的锦绣文章。试用这个公式来检验一下名家名文，无不灵验。

从本段开始连举《岳阳楼记》《少年中国说》《为人民服务》三篇影响大的文章，作为论据。

范仲淹的《岳阳楼记》是一篇"记"，但除开篇用一两句小叙滕子京谪守修楼之事外，其余，"巴陵胜状""淫雨霏霏""春和景明"都是写形，"感极而悲""其喜洋洋"是抒情，最后推出一句震彻千年的大理，"先天下之忧而忧，后天下之乐而乐"。形、事、情、理四诀都已用到，文章生动而有深意，早已超出记叙的范围。

梁启超的《少年中国说》是一篇讲国家图强的议论文，但却以形说理，一连用了"老年人如夕照，少年人如朝阳。老年人如瘠牛，少年人如乳虎。老年人如僧，少年人如侠。老年人如字典，少年人如戏文"等九组十八个形象，大大强化了文章的说理性，使人过目难忘。

毛泽东的《为人民服务》中，张思德牺牲，是事；沉痛哀悼，是情；为人民服务，是理；引司马迁的话，"人固有一死，或重于泰山，或轻于鸿毛"，是典。特别是借典说理，沉稳雄健，是这篇文章的一个重要支点。

有人说马克思的文章难读，但是你看他在剖析劳动力被作为商品买卖的本质时，何等生动透彻："原来的货币占有者作为资本家，昂首前行；劳动力占有者作为他的工人，尾随于后。一个笑容满面，雄心勃勃；一个战战兢兢，畏缩不前，像在市场上出卖了自己的皮一样，只有一个前途——让人家来鞣。"在这里，"形字诀"的运用，已不是一个单形，而是组合形了。可知，好文章是很少单用一诀一法，唱独角戏、奏独弦琴的。我们平常总感到一些名篇名文魅力无穷，原因之一便是它们都暗合了"文章五诀"。

常有人抱怨现在好看的文章不多，原因之一就是只会用单一法。比如，论说文当然是以理为主，但不少文章仅止于说理，而且还大多是车轱辘话，成了空洞说教。十八般兵器你只会勉强使用一种，对阵时怎能不捉襟见肘，气喘吁吁。

马克思的文章陌生难懂，但作者举例精辟，形象生动，准确典型，让读者一目了然。

不要说你想"俘虏"读者，读者轻轻吹一口气，就把你的小稿吹到纸篓里去了。前面说过，形、事为实，情、理为虚，"五诀"的运用要特别讲究虚实互借。这样，纪实文才可免其浅，说理文才可避其僵。比如钱钟书《围城》中有这样一句话："（男女）两个人在一起，人家就要造谣言，正如两根树枝相接近，蜘蛛就要挂网。"这是借有形之物来说无形之理，比单纯说教自然要生动许多。

"文章五诀"说来简单，但它是基于平时对形、事、情、理的观察提炼，和对知识典籍的积累运用。如太极拳的掤捋挤按，京剧的唱念做打，全在临场发挥，综合运用。高手运笔腾挪自如，奇招迭出，文章也就忽如霹雳闪电，忽如桃花流水。

本句幽默夸张，如诙谐智者，将写作不可只用单一法的道理娓娓道来，同时第二人称的使用，拉近了与读者的距离。

四字短语使用自如，形象的比喻两相对举，结尾简明生动，余韵深长。

张　洁

点评老师

广东省中山市纪念中学语文教师，北京师范大学珠海分校语文学科兼职教师，中山市教师进修学校兼职教师。

书 与 人 的 随 想

在所有关于书的格言中，我最喜欢赫尔岑的这句话：书是行将就木的老人对刚刚开始生活的年轻人的忠告……种族、人群、国家消失了，但书却留存下去。

人类社会是一个连续发展的过程，我们常将它比作历史长河，而每个人都是途中搭行一段的乘客。每当我们上船之时，前人就将他们的一切发现和创造，浓缩在书本中，作为欢迎我们的礼物，同时也是交班前的嘱托。正因有了这根"接力魔棒"，所以人类几十万年的历史，某一学科积几千年而有的成果，我们都可以在短时间内将其掌握，从而腾出足够的时间去进行新的创造。书籍是我们视接千载、心通四海的桥梁，是每个人来到这个世界上首先要拿到的通行证。历史愈久，文明积累愈多，人和书的关系就愈紧密。

现实生活中我们常常会发现一个新世界，比如海洋、太空、微生物等，凡新世界都会给我们带来无穷的乐趣。但真正大的世界是书籍，它是平行于物质世界的另一个精神世界。有位养生

开篇引用赫尔岑的话，点明书对个体生命、对人类社会发展的重要作用。"书是老年人对年轻人的忠告"这一比喻，形象地表达出书对人的精神传承意义。

"几十万年的历史"和"几千年的成果"人们可以"短时间"掌握，时间上一长一短的对比，足可见书在人类文明传承中所具有的神奇而巨大的力量。

书，代表着精神世界。作者曾有言："人

生命的一半是物质，一半是精神。读书是对精神的那一半生命的能量补充。"可以作此句的注脚。

三个叠词"迷蒙蒙""怯生生"加上一个"茫茫然"，形象地写出了人出生时精神的蒙昧状态，为下文写读书对人精神世界的重要影响做铺垫。

"身体的自由度"对应物质世界，"精神的自由度"对应精神世界，两相对举，证明精神可以超越物质，读书可以使人的精神永恒。

此段举哥白尼的事例，具体有力地证明了上一段所说的，读书可以带给物质困境中的人最大的精神自由，他所创造的精神世界可以永存。

类比说理，形象且通俗易懂，读书与不读书有着完全不同的理解世界的角度。

家说："健康是幸福，无病最自由。"这是讲作为物质的人。大多正常的人刚生下来没有任何疾病，一张白纸，生机盎然，傲对现世。以后因风寒相侵，细菌感染，七情六欲，就灾病渐起，有一种病就减少一分活动的自由。

作为精神的人则正好与此相反。他初来人间时，对这个世界一无所知，迷蒙蒙，怯生生，茫茫然。于是就识字读书，读一本书就获得一分自由，读的书越多，获得的自由度就越大。所以一个学者到了晚年，哪怕他已重病缠身，身体的自由度已极小极小，精神的自由度却可达到最大最大，甚至在去世之后，他所创造的精神世界仍然存在。

哥白尼一生研究日心说，备受教会迫害，到晚年困顿于城堡中，双目失明，举步维艰，但他终于完成了划时代巨著《天体运行论》。到去世前一刻，他摸了摸这本刚出版的新书，欣然离开了人世。这时他在天文世界里已获得了最大自由，而且还让后人也不断分享他的自由。

中国古代有人之初性恶、性善之争。我却说，人之初性本愚，只是后来靠读书才解疑释惑，慢慢开启智慧。凡书籍所记录、所研究的范围，所涉及的东西，他都可以到达，都可以拥有。不读书的人无法理解读书人的幸福，就像足不出户者无法理解环球旅行者或者登月人的

心情。既然书总结了人类的一切财富，总结了做
人的经验，那么读书就决定了一个人的视野、知
识、才能、气质。当然读书之后还要实践，但这
里又用到了高尔基的那句话："书籍是人类进步
的阶梯"，如果你脚下不踏一梯，你的实践又能
走出多远呢？那就只能像一只不停刨洞的土拨
鼠，终其一生也不过是吃穿二字。你可以自得其
乐，但实际上已比别人少享受了半个世界。

　　一个人只有当他借助书籍进入精神世界，
洞察万物时，他才算跳出了现实的局限，才有了
时代和历史的意义。古语云"读书知理"，谁掌
握了真理谁就掌握了世界。所以读书人最勇敢，
常一介书生敢当天下。毛泽东当年不就是以一青
年知识分子之身，率部上井冈，面对腥风血雨坚
信必能再造一个新中国，他懂得阶级分析、阶级
斗争这个理。像马寅初那样，敢以一朽老翁面对
汹汹批判，而坚持到胜利，他懂得人口科学这个
理。他知道即使身不在而理亦存，早已将生死置
之度外。

　　读书又给人最大的智慧。爱因斯坦在伽利
略、牛顿之理论的基础上发现相对论，物理世界
一下子进入一个新纪元。马克思穷读了他之前的
所有经济学著作，发现了剩余价值规律，指出资
本主义必然灭亡，一下子开辟了社会主义革命的
新纪元。他们掌握了事物之理，看世界就如庖丁

用土拨鼠的比喻
生动形象地论述一个道
理：不读书，就无法享
受精神生活，充其量只
能算一个物质的人。

列举青年毛泽东和
老翁马寅初勇敢面对现
实、坚守自己信念的例
子，有力地证明了读书
人最勇敢，因为他们借
助书籍掌握了真理。真
理在心，因而无畏。

"穷读、所有"两
个词，足见马克思读书
之广泛深入。

所谓读书造人，即读书能不断激发人的学习力和创造力，进而创造出一个崭新的人。

此句照应第二段的比喻，承上启下。"得到过前人书的赠礼"，是指阅读了前人留下的大量书籍；"为下一班乘客留一点东西"，是指自己也要写一点书，留给后人阅读。由此进入下文更深层次的论述：写书。

"糅进"指混合到一起，意思是读书和实践要紧密结合，读的书只有运用到生活中，人才会真正有思想有智慧。

用典，用比喻，形象论述文章的品位格局能映照出人的品位格局。句式文白夹杂，文字灵活简练。

观牛，"以神遇而不以目视"，常人所难及也。所以从一定意义上讲，读书造人，你要成为某方面有用的人，就得攻读某方面的书；你要有发现和创造，就得先读过前人积累的书。毛泽东讲，从孔夫子到孙中山都要给以总结。历史也就真的产生了毛泽东、邓小平这样的巨人。这就是为什么一个民族的或者世界的伟人，必定是一个知识分子，一个读书人，一个读书最多的人。

我们作为历史长河中的旅人，上船时既得到过前人书的赠礼，就该想到也要为下一班乘客留一点东西。如果说读书是一个人有没有求知心的标志，那么写作就是一个人有没有创造力和责任感的标志。读书是吸收，是继承；写作是创造，是超越。一个人读懂了世界，吸足了知识，并经过实践的洗礼之后，才可能写出属于他自己而又对世界有用的东西，这就叫贡献。这样他才真正完成了继承与超越的交替，才算尽到历史的责任。

写作是检验一个人学识才智的最简单方法，写书不是抄书，你得把前人之书糅进自己的实践，得出新的思想，如鲁迅所言"吃进草，挤出牛奶"。这是一种创造，如同科学技术的发现与发明，要智慧和勇气。小智勇小文章，大智勇大文章。唐太宗称以铜为镜、以史为镜、以人为镜，其实文章也是一面大镜子，验之于作者可知驽骏。古往今来，凡其人庸庸，其言云云，其政平平者，必无文章。

古人云"立德立言"，人必得有新言汇入历史长河，而后才得历史的承认。其无论马、恩、毛、邓，还是李、杜、韩、柳，其功在当世之德，更在传世之文，他们有思想的大发现大发明。我们不妨把每个人留给这个世界的文章或著作，算作他搭乘历史之舟的船票，既然顶了读书人的名，最好就不要做逃票人。这船票自然也轻重不同，含金量不等，像《资本论》或者《红楼梦》，那是怎样一张沉甸甸的票据啊。书的分量，其实也是人的分量。

不读书愚而可哀，只读书迂而可惜，读而后有作，作而出新，方为大智慧。

把人类历史的发展比作长河，我们是搭乘历史之舟的乘客，这一比喻巧妙贯穿全文，行文严密。而且大比喻中又有小比喻，每个人留给世界的书是"船票"，不写文章的就是"逃票人"，既形象活泼，又引人深思。

篇末总结全文，犹如豹尾，坚劲有力。文言句式，骈散结合，典雅厚重。

徐方方　　点 评 老 师

安徽省合肥市第三十八中学语文教师，区级骨干教师。

背书是写作的基本功

开门见山，简单明了，直接提出观点："背书是语文学习的基本方法"。

通过对称句式，在背书的同时，也提出了写作的要求。通过长短句结合的方式，让读者感知，只有背书，才能使文字自然、流畅、华丽、优美；只有背书，才能使文章严谨、生动、清晰、新奇。

语文学习的方法固然很多，但我以为最基本的，也是最简便的办法之一就是背书。

一切知识都是以记忆为基础的，语文学习更是如此。要达到一般的阅读、书写水平，你总得记住几千个汉字；要进一步使文字自然、流畅、华丽、优美，你就得记住许多精词妙句；如要再进一步使文章严谨、生动、清晰、新奇，你就得记住许多文章体式、结构。就像跳舞要掌握基本舞步一样，只有肚子里滚瓜烂熟地装上几十篇范文，才能循规为圆，依矩成方，进而方圆自如，为我所用。至于文章内容的深浅，风格的高下，那是其他方面的修养，又当别论。

当然，只有理解了的东西才便于记忆，所以教师指导学生学习时，要尽量讲清字、词、文章的含义。但遗憾的是，人脑的生理规律正好相反，年轻时长于记忆，稍长时长于理解，如果一切等理解之后再记，便会"失之东隅"。因此有必要在少时先背诵记忆一些优秀诗文，以后再慢慢加深理解。

我国古代的幼儿语文教学多用此法，现在国外教育也很注意这一点。苏联在小学低年级教材中就加进普希金的诗歌，让学生背诵。这种知识的积累方法，好比先贮存上许多干柴，以后一有火种，自然会着。

前不久，我在娘子关看瀑布，那飞泉后的半壁山上长满青苔葛藤，密密麻麻，随风摆动。我观察良久，总难对眼前景物加以描绘。猛然想起柳宗元《小石潭记》里"蒙络摇缀，参差披拂"的描写，何其传神！当初对柳文只是记住了，理解得并不深，现在通过对生活的观察、印证，便立即融会贯通。这有点像老牛吃草，先吃后嚼，慢慢吸收。但是假如牛事先不吃进草去，它闲时卧在树下，就是把自己的胃囊全翻出来，也是不会反刍出新养分的。

俗话说："巧妇难为无米之炊。"这文章之"炊"，就是由字、词、句之"米"组成的。要使自己的语言准确、生动，便要有足够的后备词句来供选择，这就要记要背。

比如那鸟的动作吧，小时作文只需一个"飞"字，就全部解决。后来背的诗多了，脑子里记下许多：燕剪春风、鹰击长空、雁横烟渚、莺穿柳带等，以后再遇到写鸟时，就很少以一"飞"字搪塞了。可现在也常遇到这种情况，那笔握在手里，晃来晃去，却半晌落不下去，好像

通过举例论证，再次说明自己的观点，使用比喻的修辞手法，将背书的作用交代清楚，让读者发出"一定要读书"的感慨。

既是引用，也是自己的实践经验，再一次论证"背书是写作的基本功"。

再次通过比喻，论证说明"背书是写作的基本功"的观点，只有背书才能积累，积累后才能应用，没有积累就像没吃草的老牛一样，无法反刍出新养分。

正反对比论证，同样是"飞"，小时候写作文只需用"飞"字即可，后来却用背书背下的"燕剪春风、鹰击长空、雁横烟渚、莺穿柳带"来取代。但现在只能后悔自己当初记得少了。

笔干得流不出墨一样，其实是脑子里干得想不出恰当的词，这时就更恨当初记得少了。

强调背和记，绝不是限制创造，文学是继承性很强的，只有记住了前人的东西，才可能进一步创新。古代诗文中有许多名句都是青出于蓝而胜于蓝之作。宋代词人秦观的"斜阳外，寒鸦万点，流水绕孤村"，就是从隋炀帝杨广的"寒鸦飞数点，流水绕孤村"的诗中化用而来；王勃的"落霞与孤鹜齐飞，秋水共长天一色"，则脱胎于庾信的"落花与芝盖同飞，杨柳共春旗一色"。就是毛泽东诗词中也有不少如"天若有情天亦老"等取于古人的句子。

试想王勃肚子里如果不装有前人的那么多佳词丽句，绝不可能即席挥就那篇《滕王阁序》。高明的文章家在熟读前人文章的基础上，不但能向前人借词、借句，还能借气、借势，翻出新意。文章相因，从司马迁到韩愈、柳宗元，再而欧阳修、苏轼，总是在不断地学习、创造、再学习、再创造。你看，人们现在不是多记住了秦、王等后人的名篇佳句，倒忘了杨、庾等前人的旧作吗？这正说明文学在继承中前进。我们应该多记忆背诵些最新最美的诗文，好去提高语文水平，到时也会压倒秦观、王勃的。

> 通过例举名人的诗词，增强了文章的文学性，也提升了文章的可读性，在词句的变幻中，再次印证"背书是写作的基本功"的观点。

> 通过对前人学习的总结回顾，对读者提出要求：新时代的青年为了更好地发展与成长，要多背多记，在向前人学习的基础上创造，提升自己的文学水平。全文一以贯之，始终围绕着"背书是写作的基本功"的观点进行论证。

吴　玥　　　点评老师

广东省佛山市南海外国语学校语文老师，佛山市科研组中心成员。

我看舞蹈的美

舞之美，是人的美。它是一种艺术，当然有艺术美，但它所假之物并不是声、色、字、词，而是天生的、自然存在的人，因此它首先又是一种自然的美。它努力挖掘人的灵秀之气，给人一种高级的美感。我国第一个提倡使用模特儿的美术教育家刘海粟先生说过：美的要素有二，一是形式，二是表现。人体充分具有这二要素，外有美妙的形式，内蕴不可思议的灵感，融合物质美和精神美的极致而为一体，所以为美中之至美。当我们看着舞台上那舞动着的美人时，举手、投足、弯腰、舒臂，那美的形态、身段、轮廓、线条，恰好表现了美的内蕴、美的感情，而不必借助什么道具。

当然，舞台上的演员绝不是画室里的模特儿。舞蹈除自然美外，更重艺术美，于是便要讲到衣饰。但这衣饰绝不像老戏那样给人套上死板的程式，也不像话剧那样过分写实。它是绿荷上的露珠，是峭壁上的青藤，是红花下的绿叶，是翠柳上的黄鹂，是一种微妙的附着。它不过是为

总摄全篇，点明题旨，高度凝练简洁。

运用慢镜头回放的方式，生动还原舞蹈的一系列动作和形态，让读者身临其境，目睹其美。

以荷上露珠、壁上青藤、花下绿叶、柳上黄鹂作比，形象生动地

揭示了衣饰。它微妙地附着在舞蹈上，无言地陪衬，静默地补充。

了揭示舞者美的存在，像几片白云说明天空的深蓝；它不过是为了衬托舞者美的形象，像流水绕过幽静的山冈。

在舞台上作为外形之物，无论是先天的人体，还是后来补充的服饰，在形、体、色、质上都有极美的苛求，真可谓"四美具，二难并"，从而汇成为一种更理想、更美的"形"。为了表示飞动，西方艺术中有一种小天使，胖墩墩的孩子，两肋下却生出一对肉翅，显得十分生硬。这何如我们敦煌石窟里的飞天，窈窕女子，肩垂飘带，升起在天空。人着衣披戴本是很自然的事，但这自然的衣着，顿使沉重的人体化为轻捷的一叶，潇洒、舒展、轻盈、自如，满台生风。人外形的美、内蕴的美，都因那轻淡饰物的勾勒与揭示，而成一种美的理想、美的憧憬而挥发开来。国画界有以形写神与以神写形之争，从这个角度观之，舞者真是靠自己的外美之形来写内美之神了。

将西方艺术中的小天使与敦煌石窟的飞天进行对比，强调外形之美的重要性，由此引出舞蹈可借外美之形来显内美之神。

再者，飘动的舞者，又绝不是静止的雕像，所以除造型美外，更讲情感。这便要借助音乐。本来，演员在那铃响幕启之前，已先在体内储满一汪情感，上台后全待那乐声的煦风拂来，才摇曳荡漾，蓬勃生辉。乐声之于舞，如松涛上的清风，如干柴上的火焰，如桂树林间的香馨，如钱塘江面的大潮。

妙用比喻加排比，形象揭示乐声之舒爽、炽热、馨香、辽远。乐声之于舞蹈，是画龙点睛，是锦上添花。

　　当我们耳闻乐声、目观舞台时，体味的已不是形、色、物、体，而是神，是情，是韵，是一种充蕴全场、流动飘浮、深幽朦胧的美；是一种逆接千古、延绵未来、辽阔久远的美。当斗牛士的乐曲响起时，那狂热的西班牙舞步，便是催人上阵的鼓点，我们激动、昂奋，仿佛一场决斗就在眼前；当《康定情歌》飘过时，那冉冉的舞影，便是夏日给人小憩的荫凉，我们的心头一片静怡、惆怅，就像仰卧在康定草原上，看月亮弯弯。

乐曲与舞蹈是水乳交融的，特定的乐曲搭配特定的舞蹈，营造出特定的情境，带来特定的情感体验。将两首耳熟能详的乐曲作例子，易于读者理解和把握。

　　这时，长袖在台上飘动，音符在空中隐现，舞者内蕴和外观的美，一起随着乐声融为一股感情的潮流，在观众的前后左右穿流激荡。对观众来说，现在已不是观看，而是在闭目听、凝神想，用心、用身去与演员交流了。这时再看台上的演员，观众已经通过她心灵深处的那一泓秋水，在波光中照见了一个似她，但比她更美的形象。这便又是以神写形了。

前有"感情的洪流穿流激荡"，后有"一泓秋水"与之对应，思绪前后勾连，令人拍案叫绝。

　　我们知道，在客观世界上，存在着许多的美。大自然千姿百态的美，几何图形整齐组合的美，孩童天真烂漫的美，中年精壮强健的美，老者深熟沉静的美，美术家的色彩线条美，音乐家的声音和谐美，连被一般人认为最刻板的自然科学，也有它的"工程美"；连最枯燥的哲学，也有它的哲理美。这些美都是不同的人，在各自不

客观世界的"美"各具特色、精彩纷呈，但归根到底仍是加以他物，是孜孜以求后的美，由此引出后文舞蹈的独特性——用生命塑造出来的灵性美。

同的环境与条件下孜孜以求而得到的。

而舞蹈，因为它不假任何别的手段，是一种真正以生命自身来塑造的艺术，因此也最有灵性。舞者，是一面镜子，能照出各人的影；舞姿，是一阵风，能拂动各人的情；舞台，是一面大的雷达，能接收与反射各人的思想。当我们在大剧场里落座，四周灯光渐暗，乐声轻起，台上演员翩翩起舞时，我们便一下获得了一种共同的美。你看她一笑一颦，一起一停，一甩手一投足，挺拔、秀丽、高朗、愁忧，仿佛社会上一切美的物、美的情，这时全都聚在她的身上，成一团美的魅力。她早已不是她自己，而是一位法力无边的美神。她翻起人们的回忆，撩动人们的情思，牵动整个美的世界。这时平日里在你心中储存着的一切美好的形象，清风明月夜，风和日丽春，小桥流水，百鸟啼鸣，都会突然闪现在你的眼前，泛起在你的脑海。刹那间美的信息开始了奇妙的交流。

本来，舞蹈就是因人内心情感的摇荡，而不由要手舞足蹈。明月当空，花间的李白顾影自怜，便翩然起舞，举杯邀月；大江上的曹操有雄兵百万，就横槊赋诗，酹酒江心。今舞者，正是从人们平常不自觉的动作中，抽出最美的、规律性的东西，以衣具饰之，以音乐和之，酿成一股酒香，反过来荡摇人的感情。所以，老者观舞，

连用三个比喻句，形象地写出了舞蹈的灵性，它折射人心、连接人情、沟通人意。

寥寥几笔，却携清风、流水、鸟鸣入耳，揽明月、晴日、小桥入镜，有画面有声音，让人顿觉所遇皆美。

会生还少的乐趣；少年观舞，会陷入一片深沉；科学家在这里能为自己的规律找到美的表述方式；哲学家在这里能为自己的哲理找到美的形象；怀素和尚观公孙大娘一舞，而得书法之精妙，杜甫观公孙弟子之舞，而有华章传世。

人们与其说是在欣赏舞蹈，实际是在发现与升华自己潜在的美的意识、美的素养。因为无论是演员还是观者，他们都是最有灵感的高级生命。虽说表演艺术中还有话剧，但它主要靠台词；还有戏曲，但它主要靠唱腔；还有电影，那更是借助许多手段。只有舞蹈，是纯靠人的外形与内蕴。它的美，实在是特别的。

巧用四组对举句，语言精练，由此及彼，相映成趣。由老者至少年，由科学家至哲学家，由书法至文学，从不同维度着笔，意蕴丰赡。

以话剧、戏曲、电影作比，再次强调舞蹈是不假借其他手段的、纯靠人的外形与内蕴的美。由此总结全文，呼应开头，再现题旨"舞之美，是人的美"。

林惜丽

点　评　老　师

福建省石狮市第一中学语文教师。

追寻那遥远的美丽

快二十年了，总有一个强烈的向往：到青海去一趟。这不只是因为小学地理上就学到的柴达木盆地、青海湖的神秘，也不只是因为近年来西北开发的热闹。另有一个埋藏于心底的秘密，是因为一首歌，那首《在那遥远的地方》，还有它的作者，像一个幽灵似的王洛宾。

大概是上天有意折磨，我几乎走遍了神州的每一个省，每一处名山大川，就是青海远不可及，机不可得。直到去年，才有缘去朝圣。当汽车翻过日月山口的一刹那间，我像一条终于跳过龙门的鲤鱼。山下是一马平川，绿草如茵，起起伏伏地一直漫到天边，我不由想起了"天似穹庐，笼盖四野"的古老民歌。远处有一汪明亮的水，那就是青海湖，是配来映照这蓝天白云的镜子。

这里的草不像新疆的草场那样高大茂密，也不像内蒙古的草场那样在风沙中透出顽强，它细密而柔软，蜷伏在地上，如毯如毡，将大地包裹得密密实实，不见黄沙不见土，除了水就是浓浓的绿。而这绿底子上，又不时钻出一束束金色的柴胡和白绒绒的香茅草，远望金银相错，如繁星在空，这真是金银一般的草场。当年二十六岁的王洛宾云游到这里，只因那个十七岁的卓玛姑娘用鞭子轻轻地抽了他一下，含羞拍马远去，他就痴望着天边那一团火苗似的红裙，脑际闪过一个美丽的旋律——《在那遥远的地方》。

> "云游、抽、闪过"，年轻的创作者，不经意的邂逅，灵感突现，创作了名曲，创造出"那遥远的美丽"。

卓玛确有其人，是一个牧场主的女儿，当时王洛宾在草原上采风，无意间捕捉到这个美丽的倩影。这倩影绕心三日，挥之不去，终于幻化为一首美丽的歌，永远定格在世界文化史上。试想，王洛宾生活在大都市北平，走过全国许多地方，天下何处无美人，何独于此生灵感？是这绿油油的草，草地上的金花银花，草香花香。还有这湖水、这牧歌、这山风、这牛羊，万种风物万般情，全在美人一鞭中。卓玛一辈子也没有想到，她那轻轻的一鞭会抽出一首世界名曲。

> 设问中道出答案，答案尽在不言中，牛羊、山风、白云、花草……好山好水好人好风情，好一个"遥远的美丽"。

当后人听着这首歌时，总想为它注释一个具体的爱情故事，殊不知这里不但没有具体的爱，就是在作者的实际生活中，也没有找到过歌唱中的甜蜜。王洛宾好像生来就负有一种使命，总是去追寻美丽——美丽的旋律、美丽的女人，还有美丽的情感。王洛宾是"美令智昏""乐令智昏"，他认为生活甚至生命就是美丽的音乐。

> 由上文后人听歌自然引入王洛宾生平情感经历——对美丽旋律、美丽女人、美丽情感的一生追寻，文脉一以贯之。

他一入社会就直取美的内核，殊不知这核外

比喻。王洛宾一生追寻美，却屡屡受挫。二十六岁即创作名曲，六十八岁才恢复自由身，七十九岁央视首次介绍他的作品……

比喻。王洛宾的生命以歌为主线，歌是他生命的树干。极简的生活，极致的热爱。

还有许多坚硬的甚至丑陋的外壳。所以他一生屡屡受挫，直到1981年六十八岁时，才正式平反，恢复正常人的生活，1992年七十九岁时，中央电视台首次向社会介绍他的作品。这时，全社会才知道，那许多传唱了半个世纪的名曲，原来都出自这个白胡子老头。国内外许多媒体，纷纷为他举办各种晚会。

我曾看过一次盛大的演出，在名曲《掀起你的盖头来》的伴奏下，两位漂亮的姑娘牵着一位遮着红盖头的"新娘"，慢慢踱到舞台中央，她们突然揭去"新娘"的盖头，水银灯下站着一个老人，精神矍铄，满面红光。他那把特别醒目的胡须银白如雪，而手里捏着的盖头殷红似血。全场响起有节奏的掌声，人们唱着他的歌，许多观众的眼眶里已噙满泪花。这时，离他生命的终点只剩下两三年的时间。

王洛宾的生命是以歌为主线的，信仰、工作，甚至生活中的衣食住行都成了歌的附属，就像一棵树上的柔枝绿叶。1937年，他到西北，这本是一次采风，但他被那里的民歌所迷，就留下不走了。他在马步芳和共产党的军队里都服过役，为马步芳写过歌，也为王震将军的词配过曲。

他只知音乐而不知其余。甚至他已成了一名解放军的军人，却忽发奇想要回北京，于是不辞而别。正当他在北京的课堂上兴奋地教学生唱歌时，西北来人将这个开小差的逃兵捉拿归案。我们现在读这段史料真是哭笑不得，甚至在劳改服刑时，他宁可用维持生命的一个小窝头，去换取人家唱一曲民间小调。

他也曾灰心过，有一次他仰望厚墙上的铁窗，抛上一根绳，挽成一个黑洞似的套圈。就要踏向另一个世界时，一声悠扬的牧歌，轻轻地飘过铁窗，他分明看到了铁窗外的白云红日，嗅到了原野上湿润的草香。他终于没有舍得钻进那个死亡隧道，三两下扯掉了死神递过来的接引之绳。音乐，民间音乐，才真正是他生命的守护神。我们至今不知道这是哪一位牧人的哪一首无名的歌，这也是一根"卓玛的鞭子"，又一回轻轻地抽在了王洛宾的心上。这一鞭，为我们抽回来一只会唱歌的老山羊，一个伟大的音乐家。

为了寻找那种遥远的感觉，我们进入金银滩后选了一块最典型的草场，大家席地而坐，在初秋的艳阳中享受这草与花的温软。不知为什么，一坐到这草毯上，人人都想唱歌。我说，只许唱民歌，要原汁原味的。当地的同志说，那就只有唱情歌。青海的"花儿"简直就是一座民歌库，分许多"令"（曲牌），但内容几乎清一色歌唱爱情。一人当即唱道：

为了音乐，可以开小差当逃兵；为了音乐，可以把维持生命的窝头换民间小调，音乐可以让他忽略生存。

绝望的牢狱生活，因飘来的音乐而带来生的希望，音乐是他生命的守护神。

在介绍完王洛宾生平后，笔锋一转，又将镜头拉回作者身上，写三首歌词，直截了当地将青海民歌的风采呈现在读者面前。

尕妹送哥石头坡，
石头坡上石头多。
不小心蹉了妹的脚，
这么大的冤枉对谁说。

这是少女心中的甜蜜。又一人唱道：

黄河沿上牛吃水，
牛鼻圈落在个水里。
我端起饭碗想起你，
面叶捞不到嘴里。

这是阿哥对尕妹急不可耐的思念。又一人
唱道：

菜花儿黄了，
风吹到山那边去了。
这两天把你想死了，
不知道你到哪儿去了。

黄河里的水干了，
河里的鱼娃见了。
不见的阿哥又见了，
心里的疙瘩又散了。

一个多情少女正为爱情所折磨，忽而愁云满面，忽而眉开眼笑。

秦时明月汉时关，卓玛的草原、卓玛的牛羊、卓玛的歌声就在我的眼前。现在我才明白，我像王洛宾一样鬼使神差般来到这里，是这遥远的地方仍然保存着的清纯和美丽。六十四年前，王洛宾发现了它，六十四年后，它仍然保存完好，像一块闪着荧光不停放射着能量的元素，像一座巍然耸立，为大地输送着溶溶乳汁的雪山。青海湖边向来是传说中仙乐缈缈、西王母仙居之所，现在看来，这传说其实是人们对这块圣洁大地的歌颂和留恋，就像西方人心中的香格里拉。

回归现实，青海湖的清纯美丽吸引着"我"和王洛宾。"天地有大美而不言"，那遥远的美丽亘古悠长。

我耳听笔录，尽情地享受着这一份纯真。

我们盘坐草地，手持鲜花，遥对湖山，放浪形骸，击节高唱，不觉红日压山。当我记了一本子，灌了满脑子，准备踏上归途时，突然想到一个问题，怎么这么多的歌声里，倾诉的全是一种急切的盼望、憧憬，甚至是望而不得的忧伤，为什么就没有一首来歌唱爱情结果之后的甜蜜呢？

四字短语组成长句，读起来朗朗上口，且极具画面感，凝练传神。

晚上青海湖边淅淅沥沥下起当年的第一场秋雨，我独卧旅舍，静对孤灯，仔细地翻阅着有关王洛宾的资料，咀嚼着他甜蜜的歌和他那并不甜蜜的爱。

闯入王洛宾一生的有四个女人。第一位是他

"咀嚼"本意是将食物放在嘴里慢慢嚼，这里指品味王洛宾的歌曲和爱情。

王洛宾的一生，音乐是主线，爱情来得猝不及防。

最初的恋人罗珊，两人当时都是留洋学生。一开始，他们从北平出来，卿卿我我，甜甜蜜蜜，但风雨交加只得时聚时散，若即若离，最终没能结合。王洛宾承认她很美，但又感到抓不住，或者不愿抓牢。他成家后，剪掉了贴在日记本上的罗珊的玉照，但随即又写上"缺难补"三个字，可想他心中是怎样的剪不断，理还乱。直到1946年王洛宾早已娶妻生子，还为罗珊写了一首歌：

列出歌词全文，让读者直接从中读出王洛宾对罗珊的思念之情。

你是我黑夜的太阳，
永远看不到你的光亮。
偶尔有些微光呃，
也是我自己的想象。

你是我梦中的海棠，
永远吻不到我的唇上。
偶尔有些微香呃，
也是我自己的想象。

你是我自杀的刺刀，
永远插不进我的胸膛，
偶尔有些微疼呃，
也是我自己的想象。

你是我灵魂的翅膀，

永远飘不到天上。

偶尔有些微风呃，

也是我自己的想象。

　　意大利名曲《我的太阳》中的那位女郎是一个灿烂的太阳，而王洛宾的这个太阳却朦朦胧胧，只是偶尔有些微光，有时又变成了梦中的海棠，留在心中的只是飘忽不定、彩色肥皂泡似的想象。

　　第二位便是那个轻轻抽了他一鞭的卓玛，他们相处只有三天，王洛宾就为她写了那首著名的歌。回眸一笑甜彻心，瞬间美好成永远。卓玛不但是他的太阳，还是他的月亮。她那粉红的笑脸好像红太阳，她那美丽动人的眼睛好像晚上明媚的月亮。为了那"一鞭情"，他甚至愿意变作一只小羊，永远跟在她的身旁。但是也只跟了三天，此情此景就成了遥远的回忆。

　　第三位是他的正式妻子，比他小十六岁的黄静，结婚后六年就不幸去世了。

　　第四位是他晚年出名后，前来寻找他的台湾女作家三毛。三毛的性格是有点执着和癫狂的，他们相处了一段时间后三毛突然离去，当时在社会上曾引起一阵轰动、一阵猜测。我们现在看到的是王洛宾在三毛去世之后为她写的一首歌《等待》：

恋人罗珊"若即若离"，王洛宾已娶妻生子，却仍为之写歌，隐隐解答前文"我"之疑惑，这恋情也是"遥远的美丽"。

歌曲《在那遥远的地方》，让王洛宾与卓玛的三天相遇，瞬间化为永恒，是谓"遥远的美丽"。

斯人逝去，王洛宾为三毛写下歌曲《等待》，恋人的希冀得到的却是徘徊、等待、永不回来，这亦是"遥远的美丽"。

你曾在橄榄树下等待再等待，

我却在遥远的地方徘徊再徘徊。

人生本是一场迷藏的梦，

且莫对我责怪，

为把遗憾赎回来，

我也去等待，

每当月圆时，

我对着那橄榄树独自膜拜。

你永远不再来，我永远在等待，

等待等待，等待等待，

越等待，我心中越爱。

四个人中，只有黄静与他实实在在地结合，但他却偏偏为那三个遥远的人儿各写了一首动情的歌。

第二天我们驰车续行，雨还在下，飘飘洒洒，若有若无，草地被洗得油光嫩绿。我透过车窗看远处的草原，全然是一个童话世界。雨雾中不时闪出一条条金色的飘带，那是盛开的油菜花；一方方红的积木，那是牧民的新居；还有许多白色的大蘑菇，那是毡房。这一切都被洇浸得如水彩，如倒影，如童年记忆中的炊烟，如黄昏古寺里的钟声。我一次次地抬头远望，一次次地捕捉那似有似无的海市蜃楼。脑际又隐隐闪过五彩的鲜花、美妙的歌声，还有卓玛的羊群。

　　我突然想到，这自然世界和人的内心世界在审美上是多么相通。你看遥远的东西是美丽的，因为长距离为人们留下了想象的空间，如悠悠的远山，如沉沉的夜空；朦胧的东西是美丽的，因为它舍去了事物粗糙的外形，而抽象出一个美的轮廓，如月光下的凤尾竹，如灯影中的美人；短暂的东西是美丽的，因为它只截取最美的一瞬，如盛开的鲜花，如偶然的邂逅；逝去的东西也是美丽的，因为它留给我们永不能再的惆怅，也就有了永远的回味，如童年的欢乐，如初恋的心跳，如破灭的理想。

　　王洛宾真不愧为音乐大师，对于天地间和人心深处的美丽，"大师撮其神，一曲皆留住"。他偶至一个遥远的地方轻轻哼出一首歌，一下子就幻化成一个叫我们永远无法逃脱的光环，美似穹庐，直到永远。

了鲜花、歌声、卓玛、羊群，为后文揭示、升华文章的主旨层层铺垫。

进一步联想，解答文题。遥远、朦胧、短暂、逝去的东西是美丽的，正如自然中美好的事物，亦如那三段恋情。

总结全文，呼应文题。大师偶然创作化为永远。其歌其人，皆是遥远的美丽，值得永远追寻……结尾留白，引人深思。

叶燕芳　　　　　点评老师

江西省贵溪市美和学校语文教师，多次指导学生作文获得省、市奖项。

线 条 之 美

我第一次对线条感兴趣，是友人送了我一个细长的瓶子，里面装着一种很名贵的牡丹油。但我"买椟还珠"，目不见油，竟被这个瓶子惊呆了。

它的设计非常简洁，并没有常见的鼓肚、细腰、高脚、束口等扭扭捏捏的俗套，如果把瓶盖去掉，就剩下左右两条对称的弧线。但这线条的干净，让你觉得是窗前的月光，空明如水；或是草原深处的歌声，直飘到你的心底。我神魂颠倒了，在手中把玩、摩挲不停。工作时就置于案头，常会忍不住抬头看两眼。家里人说，你晚上干脆就抱着那油瓶睡觉去吧。

初中学几何时就知道，空中本没有一物，先有一个点；点一动，它的轨迹就生成了一条线。所谓轨迹者，只是我们的想象，或者是一物划过之后，在我们的脑海里的视觉驻留。原来这线条的美正在似有似无之间，是自带几分幻美的东西。主客交融，亦幻亦真，天光云影，想象无穷。正是因了它的来无踪、去无影、永不停，却又永无结果，也就让你永不会失望。线条，是一种虚幻的、没有穷尽的，可以寄托我们任何理想、情感和审美的美。

点动生线，线动生面，在大千世界里，这线永处于一种过渡之中。当它静卧于纸面时就含而不露，或如枪戟之威，或如少女之娴；而一旦横空出世，就如羽镝之鸣，星过夜空。这线内藏着无尽的势能与动能。所以中国画的白描，不要颜色，也不要西画的透视、光影，只需一根线，就能表现出人物的喜怒哀乐、山水的磅礴雄浑。那线的起落、走势、轻重、弯曲等，居然能分出几十种手法，灵动地捕捉各种美感。

叶落霜天，花开早春，大河狂舞，烈马嘶鸣。在大自然中，从天边群山的轮廓，到眼前的一片树叶、一枚花瓣，都是曲线的杰作。无论是平面还是立体的艺术，一线便可定格一个美丽的瞬间，同时也吐纳着作者内心的块垒。

曹植的《洛神赋》："翩若惊鸿，婉若游龙。……髣髴兮若轻云之蔽月，飘飖兮若流风之回雪。……秾纤得衷，修短合度。肩若削成，腰如约素。"简直是一幅美人线描图。张岱的名篇《湖心亭看雪》，写雪后西湖的风景，"天与云与山与水，上下一白。湖上影子，惟长堤一痕、湖心亭一点，与余舟一芥，舟中人二三粒而已！"你看一痕、一点、一芥、二三粒，虽是文字，作者却如

识，四字词语节奏感强，读起来朗朗上口。

有人形容宋代书法家黄庭坚的行书如"长枪大戟"，偶尔写小楷则"美若婵娟"，具有可视感的喻体，展现出抽象的线条的美感。

以国画"白描"为例，在与西画的对比中彰显线条丰富的表现力及创造的美感，自然流露出对中国文化的自豪感。

引用曹植《洛神赋》中对洛神的"白描"，恰当有力地表现了经典文学作品中的"线条之美"。

天地一色，长堤、湖心亭、小舟，天地之大与世物之小，张岱用画家的眼光审视这世界。

画家一般纯熟地运用了点和线的表现手法。

承上启下，指出线条具有的魔力及其对于艺术的巨大意义。

线条既然有这样的魔力，便为所有艺术之不可或缺，或者算是艺术之母了吧。最典型的是书法艺术，洗尽铅华，只剩了白纸上一丝黑线的游走。那飞扬狂舞的草书，漏痕、飞白、悬针、垂露等，恨不能将人间所有的线条式样收来，再融入作者的情感，飞墨于纸。或如晴空霹雳，或如灯下细语。就这样牵着人的神经，几千年来书不完、变无穷、说不够、赏不尽。其实，它就是一根线，一根用毛笔在宣纸上画出的黑线条。

从"书法艺术"，到最能体现书法艺术之美的"草书"，逻辑严密，语言有张力，饱含作者的情思。

再如舞蹈，一个舞蹈家的表演，实际上是无数条曲线在空间做着力与势、虚与实、有与无的曼妙组合，不停地在我们的脑海里形成视觉的叠加。正如纸上绝不会有两幅相同的草书，台上也绝不会有两个相同的舞姿。这永不休止的奇幻变化，怎么能不让你的神经止不住地兴奋呢。至于音乐，那是声音加时间的艺术，是不同声音的线条在不同时间段上的游走，轻轻地按摩着我们的神经，形成听觉上的驻留。所谓余音绕梁，三日不绝，其实那梁上绕着的是乐谱的彩色线条。

列举线条在舞蹈、音乐中呈现出的不同美感。语言优美，想象丰富。

线条魅力的最高体现是我们的人体。中国古典小说中凡关于美女的描写，几乎都是线条的展示。静态时嗔鼓粉腮、娇蹙蛾眉；动态时轻移莲步、风摆柳腰。就是一个女子忍不住妒火中烧，骂对方为小妖精、狐媚子时，仍然免不了借用线

用古典小说的例子，来说明人体之美展现的是人类的生命之美，是美中至美，也是展示线条之美。

条，妖狐其身，泼洒醋情，却又暗认其美。而男子的阳刚、伟岸、英俊，也无不是因为线条的明朗有力。

凡一物都有多宜性，如土地可种田亦可盖房、筑路、造林。人这个万物之灵，除作为生产力的第一要素外，还是世间最高贵的审美对象。每当世界杯足球赛时，许多女孩子都熬夜看球。我说你们又不踢球，为何这样关心？她们说："你不懂，我们不是看球，而是看人。"确实，那飞身一跃、腾空倒钩、贴地铲球、临门一脚，足以勾起女孩子心里的英雄崇拜。

当一个人被用来审美时，其外形能使他人产生妙不可言的愉悦、发自内心的欢喜，或一种不能自拔的相思，这都归功于那些活泼流动而绝不重复的线条。燕瘦环肥，昭君端庄，貂蝉妖媚，女人身上个性无穷的魔幻之线阐释着人体的线条之美。当一个男子爱美女修长飘逸、婀娜多姿的线条时，也会着意修炼自己虎背熊腰、铁肩铜臂式的线条。郭兰英唱："姑娘好像花一样，小伙胸膛多宽广。"奚秀兰唱："阿里山的姑娘美如水呀，阿里山的少年壮如山。"都是在说他们身上阴柔至美或阳刚至强的线条。

马克思说："人和人之间的直接的、自然的、必然的关系是男女之间的关系。"异性相吸，在很大程度上可以理解为不同线条的互补与

修饰词用得自然、准确、妥帖。

引用经典歌词，展现传统审美情趣。

重组。所谓相亲,第一眼就是相看对方线条之比例、走向、明暗。天庭饱满,地阁方圆,明眸皓齿,顾盼生辉。所谓一见钟情,就是一下落到了对方用有形、无形的线条织成的网兜里,再也挣逃不脱。

人类就是这样,以爱的理由在一代一代地相互筛选中,告别猿身猴相,走向完善美丽。于是就专门产生了美术界的人体绘画、摄影、雕塑;舞台上的舞蹈、戏剧、模特;竞技场上的体操、健美、杂技;等等。这些都是人对自身形体线条的欣赏、开发与利用。你看,为了突现身材的线条,便发明了旗袍、短裙、泳装;恨手臂之线条不长,就发明了水袖,在台上起舞蹁跹,挥洒人间,好不痛快。

线条的魅力又不止于具体的人或物,还常常注入了主观精神,可囊括一个时代,代表一个地域,成了一个国家或一段历史的符号。

秦篆、汉隶、魏碑、唐楷,还有春秋的金文、商代的甲骨,这每一种字体的线条,就是贴在那个朝代门楣上的标签。同为传统建筑,西方哥特式的教堂多用直线、折线,将人引向上帝的天国;而东方宏大敞亮的庙宇,则多用弧线、飞檐,震悟大千,普度众生,展现佛的救世与慈悲。

新中国成立之初,林徽因受命设计国徽与人民英雄纪念碑的浮雕。其时她已重病在身,研究出方案后便让学生去画草图。一周之后学生交来作业，她只看了一眼，便大声说："这怎么行？这是康乾线条，你给我到汉唐去找，到霍去病墓上去找。"多年前，当我初读到这段资料时就奇怪，只用铅笔在白纸上勾出的一根细线，就能看出它是康熙、乾隆，还是大汉、盛唐？带着这个疑问，我终于在去年有缘亲到霍去病墓上走了一趟。那著名的《马踏匈奴》，还有石牛、石马等作品，线条拙朴、雄浑、苍凉，虽时隔两千年仍传递着那个时代的辉煌、开放、不拘一格与国家的强盛无敌。康乾时期中国的封建社会已是强弩之末，线条繁缛奢华，怎能表现当时新中国的如日初升呢？

美哉！博大精深的线条。

仅此一句，便可看出建筑学家、建筑史家林徽因的功力。

将线条之美和时代、家国联系，提升了内涵，升华了主题。

用感叹句收束全文，表达出作者喜爱线条之美的情感。

潘淑亚　　　点评老师

河南省漯河市郾城区实验小学教师，全国百佳语文教师，河南省教育厅学术技术带头人，河南省骨干教师。

瓜果飘香的宾川

第一次吃到"心太软"

用"不可能、打破了"等词语突出宾川的特殊性，吸引读者。

按地理常识，如果在中国找一个县，既生长四方花木，又能产南北水果，好像不大可能，但这个悖论却在云南宾川被打破了。宾川者，三十万人口的小县。名不见传，史不留痕，东接大理，西连丽江，被挤压在这两个旅游大户人家的屋檐下，很少发声。但它小康自足，不求闻达，尽享天时地利，正在偷偷地乐。

夸张、拟人手法，既写出了洱海的大，又形象地写出了洱海与宾川特殊的位置关系，为下文几代人努力凿山开渠做铺垫。

到宾川县要借道大理，飞机落地，四十分钟车程即到县城，海拔一下由两千一百米降至一千四百米。万顷波涛的大理洱海，正是宾川头上的一盆水。奈何一山相隔，宾川地区世代缺水，为干热河谷地带，年降雨量仅五百毫米，比北京还少一百。清代时即有人提出凿山开渠，未果；直到1994年才凿穿大山，修渠四十八公里，引来洱海之水。这个大落差的热谷之地有了水，就变化出一个奇迹，水果又多、又奇、好看、好吃，竟成了一道特殊的风景线。

宾川处北纬二十五度，在滇西，比海南靠北了五个纬度。但我一进县境，竟如同行走在海口、三亚。最不该的是满街的榕树，这种典型的热带树种，怎么会出现在这里？还有杨桃，四棱两尖，明如翡翠。四十年前我初到广东，第一眼就记住了这种水果，今天他乡遇故人，深情款款落在枝头。又有莲雾、杧果、木瓜、柠檬、荔枝、芭蕉，这里每一条街都拿一种水果来作行道树，满城绿色，满街飘香。人家桌上当仙果，此处街头当伞用，竟奢侈到这样的程度。

徐霞客是江苏人，他当年游到此地也大吃一惊："大抵迤西（滇西）果品，吾地所有者皆有。"树上常会有这一类的牌子：请把杧果留枝头，让美丽在心头。劝人行善，物我两利。也许你说就把这里算是南方吧，但北方的梨子、苹果、葡萄、杏、桃、柿子一样不少。而现在秋尽冬来，正是水果淡季，当地的冬桃、石榴却又喜气洋洋登场。

到达的当天，普通的饭后水果就给了我一个下马威。一个大盘子内姹紫嫣红，层叠如山，晶莹有如鱼子，却甘甜如蜜。猜是石榴，却软绵无籽。主人说这是突尼斯石榴，籽很软，可连籽一起吃。是几十年前外宾赠送周恩来总理的，曾长期在全国多地试验驯化，最后才找到了宾川这

对比衬托，作者惊喜之情毕现。

对杨桃印象深刻。比喻、拟人手法，杨桃是深情款款的故人，作者又何尝不是？喜爱程度可见一斑。

通过南方人徐霞客的赞美，来说明宾川水果敢媲美南方水果，更令人信服。上文写杨桃为"点"，这里写水果种类之全为"面"，点面结合更能突出这里水果不仅美，而且多的特点。

简短的一句话，却从形状、颜色、光泽、味道多个角度描写出这个不一般的石榴。

处最理想的归宿。我知道国内最有名的是潼关石榴，在北京移植一株要几十万元，但和这相比，吃到嘴里像有吐不尽的沙子。他们这石榴已经打进上海的国际博览会，一个就要两百元。我问什么牌子？答曰"心太软"，满座哄然大笑。显然，灵感是来自那首著名的歌曲《心太软》，石榴好吃，种石榴的人竟也这样幽默。

不管红葡萄、紫葡萄都是白银票

如果只是一个好吃，也就罢了，难得的是宾川人能把好吃转化为钱！大把的票子！

葡萄是多么普通的水果，提子是葡萄的一类。宾川引种的提子，大约有十几个品种，其中几个最负盛名。如黑提，早成熟，色墨黑，味道幽香；青提，无核，色青绿，甜中带酸，正好解人初夏之困。最好吃的要数晚熟克伦森了，因其生长期长就愈脆愈甜，回味无穷，且可留树保鲜到11月份，色泽晶莹剔透，酷似鸡血灌注，人皆呼之为"鸡血红"。葡萄在国内外最大的出路是造酒，宾川人却不这样干。他们利用天时抢市场，直接卖钱。不管红葡萄、紫葡萄都是白银票。这里有别人学不来的东西，一是这里为干热河谷，天然温室，鲜果比外地早上市五十天，是为天时；二是这里土壤多为棕壤、红壤、鸡粪壤，是为地利。还有一样人和，就是学艺、请人传艺，人家的好东西，三天之后就成自家的活儿。就说这水果专业生产合作社，才说引进，全县呼啦一下就兴起三百五，联络了八万余户。请来了美国和上海的专家，运用以色列的灌溉技术，电商销售。菜甸村村民杨林勇去年底才将自家九亩地入了水果合作社，今年就分红十七万八。全社十八户，当年分红一百多万，还比分散经营节约了成本四十八万元，能不偷着乐？

从时间短、发展速度快、发展规模大，运用工具之现代化等角度，赞美宾川人有眼光、懂经营、做事果断等特点。

宾川更是全国第一个上了阿里巴巴"县货集"网卖鲜果的县城。结合旅游开发，左大理，右丽江，宾川聊发果财狂。新来的李副县长观察到一个现象，每当水果旺季一过，街上就新增一批私人小轿车。最是一年水果飘香后，新房前面新车走。

是否想起"左牵黄，右擎苍，锦帽貂裘，千骑卷平冈""老夫聊发少年狂"等诗句？长句短句错落有致，音韵和谐，朗朗上口。

在这里，自然界的时钟好像已经停摆

除了好吃、赚钱，还有一个好看。草木不分南北，瓜果没有四季，在这里，自然界的时钟好像已经停摆，走在街上，让你心里惊奇得有点发慌。

承上启下，过渡自然，条理清晰。

据我的浮浅经验，南国草木，大都开红艳之花，如印度、新加坡、南美洲，还有我国的海南。常见的有木棉花、火焰花、朱蕉花、三角

评判南北之花，衬托宾川花之种类繁多。

梅、芭蕉花，都火热逼人，可能是地近赤道太阳直射之故。北方的草木本就花少，开时也多色浅偏白，如槐花、梨花、柳絮、桐花、苹果花、玉兰花，及少见的毛梾、流苏树等，大约是因太阳平射，日照时间短，晒不红它们。

而宾川地虽偏北，花却火红。我走在街上，那些不结果子，专给人闻香悦目的石楠、桂花、澳洲桉、云南松、柠檬、木棉、火焰树等如岸如堵。这里的县政府也很奇怪，不像别处高楼大院，门卫保安，它就是一个不设墙的街心花园。绿树后开会，红花下走路，政治互信，官民相安。你树下办你的公，我花前跳我的舞，绿影婆娑，共享花香。

那天我事毕从办公楼出来，一树红花遮住了院半边。天啊，这种红花压城城欲摧的场面，我只有在印度见过。久违了！好美丽、热辣的火焰树，我禁不住上前抱树留影一张。

路过一处小吃店时，门口的一株异木吸引了我。其枝、其叶都酷似夹竹桃，但果实类似栾树，乒乓球大小，有个淡黄轻软的虚泡泡。说叫果实，其实应叫"果泡"。泡的表面细毛如钉，成纹成路，阳光下像一树挂满的小灯泡。主人见我们好奇，就主动出来招呼。他说这叫"百钉果"，是从不远处的山上移来的，为装点饭店，招徕食客。

在一座老院子里，我见到了传说中的曼陀罗，当年华佗就是用它来提取麻药，给人做开颅手术。曹操虽长年头痛，但怕被华佗加害，终未能受他一治。我想不管政见如何，以华佗的医德总不至于在手术台上做手脚，该他头痛。此时花正盛开，奇大，呈喇叭状，有碗口之阔，一尺之长，白中透红，花蕊硕长如鞭，款款下垂。在一个下山拐弯处，一户人家的院子竟被一团红色、紫色、雪青色的三角梅裹得严严实实，落霞与花色相映，龙光射斗牛之墟。这气势，我只在厦门的烈日下见到过。我连叫停车，此景只应天上有，不拍下来神不许！

在描景中适当加入历史典故，既增强了描写之物浓厚的文化色彩，同时也增强了文章的趣味性。

第二天下午去看乌龙卫村，此村以黄连树闻名。有趣的是，要去村里还要借道丽江，就像《东周列国志》里常说的借道征伐。我们虽不是"假道灭虢"，却也算游了一回丽江。

在云南、贵州，凡是带"卫"字地名的多半曾是明代的兵营，是朱元璋统一西南留下的历史符号。黄连木属稀有树种，我走遍全国访树，也只有在湖北的武陵山中见过一棵手腕粗的，而这个卫村竟有一百二十九棵百年以上老黄连，大都要两三人合抱。村中心还有一棵老榕树，占地有一个篮球场大，八年前树枝伸延顶住了场边的村委会，村委会就乖乖地后退了十米，现在老树又追到了新房前。过一家农户，门前随便长着一

化用诗句"落霞与孤鹜齐飞，秋水共长天一色""此曲只应天上有，人间能得几回闻"，语言既典雅优美，又风趣幽默；既抓住景物的特点，又洋溢着赞美之情。

棵木瓜，已有一房多高，上面六七十颗金黄的木瓜果，推推搡搡，就像一群正挤在老母猪肚皮下吃奶的小猪娃。形如龟背、如剪刀裁就的大花树叶，像一把把大蒲扇，正慈祥地为这些木瓜蛋子遮着荫凉。我说这树该有十几年了吧？村长说，哪里？它一年就长这么大，结这么多果。

这块土地往外冒树，就像油田往外冒油。

晋代石崇斗富用锦缎为障
这里却把咖啡新苗当绿篱

孔子说，食色，性也。在这里，食为有机，色为绿色。人处其间，率性而居，如在桃花源中。

那天按事先日程有个报告会，但我万没有想到，会场是在一个幼儿园里。原来这个小县竟有一个全省最大的幼儿园，占地四十八亩，有孩子一千两百人，园内有全县最大的礼堂。为节省资源，县政府的"街心花园"就不再盖什么礼堂了。不说县里开会，就是市里有什么大的活动，也要先问一下孩子们方便不方便，然后来蹭个会场。

我们一进院子，路旁、窗下、球场边全是各色花树，柠檬果绿、柚子橙黄；芭蕉倒挂，桂花飘香，像山雀飞在林子里，孩子们蛙声一片。最有意思的是一种智力游戏，北方叫九连环，或名八阵图，一般是用砖墙或铁杆搭成曲折小巷，转来转去总是出不去。但无论砖搭还是铁焊都显得冷酷冰凉。而今天我看到的这座迷宫，却是用当地四季常绿的青藤折绕编织而成。藤蔓拳拳，绿风荡荡，孩子们的笑声如空谷中传来的铃铛。我想，什么叫美好生活，什么叫回归自然，什么叫阳光雨露，什么是花儿与少年，看看这些幸福的孩子吧，从小就在绿色的襁褓里，不像城里孩子早早就受到钢筋水泥、玻璃墙幕、汽车尾气等现代文明病的污染。

会后，我们去吃饭。云南菜最大的特点是采自山林，纯用自然。餐桌上一个大火锅，十几样菌子轮流着往里倒，反正我一样也不认识。过去统统称之为蘑菇，其实菌是菌，菇是菇，全球已知菌类已有十万多种。席间不知怎么说到做菜，大家就争着亮自己手艺，人人都吹牛说自己做菜比饭店做得还好吃，个个是天厨下凡。席间女县长与民同乐，也报出了一道她自创的私家菜，语惊四座。

主食材是松露，这里先要说一下什么叫松露。它是附生在松根下的一种菌子，色如灵芝，味如果香，而且极为名贵。但松露并不是有松即生，那些黄山迎客松、长白美人松、东北樟子松，贵如故宫皇室里的雪松、罗汉松，就从来未曾听过有什么松露示人。如今只有宾川某乡某

本段介绍松露，长短句结合，错落有致，凝练而不失美感。

村，天降尤物，专生此露，如牛黄、狗宝一般，可遇不可求。前几天我看到法国国宴上还专门有黑松露这道名菜。

单说松露的采集就很有故事，它虽附生树根，却埋于土下，眼不得见，人不能识。但有一妙法，可曲线救国。原来猪对此菌的气味特别敏感，会自动拱食，于是人采菌时，就借八戒之力。所以这菌在当地又名"猪拱菌"。你想，当城里的爱狗人牵着自己的宠物上街时，一个乡下小姑娘放学后，赶着一头小猪到林中去寻宝，准备今天的晚餐，那是多么天真美丽的图画。屈原有名作《九歌·山鬼》，后世画家就没完没了地画半裸美女于山林间骑只老虎游逛，总觉别扭。何如来画一个月亮般的姑娘，赶着一头萌萌的小猪，手持一朵灵芝似的松露，在林中轻轻歌唱。

说远了，我们还接着听女县长说菜谱。取松露四两，洗净切好备用，再取半斤面粉加黄油炒香，暂搁一旁。将牛奶倒入松露，用粉碎机打碎搅匀，倒出。加鸡汤、黄油炒面、胡椒、盐，慢煮三十分钟。收火起锅，倒入碗盘，端上桌来，香倒八仙。满座听得屏声凝气，口水倒流，齐鼓掌，说要给她工作美食双点赞，真可谓上得会场，下得厨房。县长说，这没什么，咱们这里靠山吃山，慢节奏，日子好，谁家不是这

《九歌·山鬼》是屈原的代表作，讲述的是一个多情的山鬼，在山上等待心上人时的起伏不定的情绪。

正面描写县长做菜手艺，表现宾川人生活的精细；侧面描写在座之人的表现，衬托县长讲得绘声绘色，也流露出听众对宾川人的美慕敬佩之情。

样？好个轻描淡写谁家不是这样，试问北上广，"风帘翠幕，参差十万人家"，有哪一家能过成这样？

　　这里还有一件趣事，有关咖啡的来历。百多年前，一位取名田德能的法国传教士来宾川传教，山水阻隔，想念家乡的咖啡。实在难忍，便千里迢迢，山间铃响马帮来，从当时受法国殖民统治的越南运来了一株咖啡苗，不想至今已繁衍成百多株的咖啡林。据考证，这是中国最早引进的小粒咖啡。而现在这咖啡因品质优良，又乘着新开的中欧专列，返销回法国娘家。这有点类似法国梧桐的故事，植物随着人物走。岁月蹉跎，风能化人，俗可成习。当地农民也早已咖啡成瘾，至今，山柴铁锅煮咖啡，粗碗对饮话桑麻。

　　那天经过咖啡园，正是城里人的下午茶的光景，我们就随意在一个茅店里休息喝杯咖啡。伙计上来问，是要大粒、小粒、冲泡、现煮？还是冰咖啡？我因睡眠不好，向来不敢沾咖啡，一时茫然无对，脸憋得通红，显得很是老土。幸亏主人解围，建议我要冰的，这是他们的招牌。此冰咖啡可不是冰块加咖啡，而是当咖啡还未成杯中物时，即在原粒状态就入箱冰冻，多重处理，然后再来到杯中，类似冰葡萄酒的制作。

　　我们落座，原木桌面上摆着一只彩陶花瓶，瓶里插着一束刚从路边田垄上采来的野菊花。

插入柳永词《望海潮·东南形胜》中的名句，文采尽显。

咖啡能返销到"娘家"，青出于蓝而胜于蓝，这是"人杰"与"地灵"的共同结果。

原木、彩陶、野花，小桥流水人家，我顿时心境大好。几米之外就是一层层的咖啡田，很像江浙一带的茶山。远远望去咖啡树的叶面上泛着一层轻黄嫩绿的波光，让人想起茉莉或者丁香。因为我没有见过长在树上的咖啡豆是什么样子，店里的小伙子就跑出去折了一枝。

咖啡豆大如黄豆，晶莹剔透，熟后鲜红如血，极像我在新加坡见过的红豆。我一下就想起了王维的诗句："红豆生南国，春来发几枝。"我当然知道王维的时代是不会有咖啡的，只是觉得南国遥遥，红豆相思，茅店咖啡总是有一点什么关联。而采菊供桌上，悠然品咖啡，这是一种什么样的意境呢？一时又想不明白，是一首李商隐的《无题》。要是在大都市里，一般的白领们何曾知道，这大山深处还另有一种晚霞夕照、野菊加咖啡的美丽？

记得那一年，1988年吧，国门刚刚打开，国内刚有一点开放的气息。有一个香港出版代表团到内地访问后，我送他们从广州返港。那时白天鹅宾馆刚刚落成，我也是第一次见到这等的奢华，吃一顿饭价格奇贵，我就心痛，觉得不合算。当地搞对外交流的朋友就半玩笑半教训我说："你还以为来这里就是吃一碗饭吗？你在吃墙上的名画，在吃小姐的微笑，在吃这只白天鹅。"这话很有禅味，说得我醍醐灌顶，才知道吃饭并不只是吃饭。

　　据说，当年毛泽东接见外宾，赵朴初陪同。客还未到，毛说："你们佛教是不是有这样的公式：赵朴初不是赵朴初，是名赵朴初。"赵正要回答，外宾已到，这段"毛赵对"惜未能对完，后来才知《金刚经》上全是这种句式。感谢国门初开，我的脑门也得初开，知道了"说吃饭，并不是吃饭，是名吃饭"。人常说，三十年河东，三十年河西，山不转人转。1988年到2018年，正好三十年。现在大都市里的人，常借喝咖啡之名来这个路边小店里发呆，清风明月本无价，看不够的菊花、翠竹、山茶。

　　喝着咖啡，主客说着闲话。林业局局长说，你看见垄上的那些咖啡苗了吗？明年我们就用它来做街心绿障，代替冬青、黄杨。不知怎么，我一下想起晋代石崇斗富的故事，他请客时，以锦缎为障五十里。我说你们以咖啡苗为绿障，全国谁还敢与你们斗绿？大家举杯相嘱，大笑而去。

　　是夜回到住地作诗以记之：

　　路边茅店窗几明，一枝野花插净瓶。
　　向晚能喝一杯无，新焙咖啡味正浓。

> 引用毛泽东的故事，诙谐地应对了上文朋友的话，也是对现代奢华生活理念含蓄的反驳。

> 用"石崇斗富"来对比宾川绿化工程，赞美了宾川人因地制宜改造家园的大手笔、大智慧！

> 赞美宾川如诗如画之境、闲散恬淡的生活。以诗作结，收束有力，余音绕梁。

马存友　　点 评 老 师

河南省郑州市郑东新区龙翼初级中学语文教师。

难忘沙枣

四十多年了,我总忘不了沙枣。它是农田与沙漠交错地带特有的树种,要研究黄河沙地和周边的生态,就不能不研究沙枣。

记得我刚从北京来到河套时,就对沙枣这种树感到奇怪。1968年冬我大学毕业后分到内蒙古临河县,头一年在大队劳动锻炼。我们住的房子旁是一条公路,路边长着两排很密的灌木丛,也不知道叫什么名字。第二年春天,柳树开始透出了绿色,接着杨树也发出了新叶,但这两排灌木却没有一点表示。我想大概早已干死了,也不去管它。后来不知不觉中这灌木丛发绿了,叶很小,灰绿色,较厚,有刺,并不显眼,我想这大概就是沙枣吧,也并不十分注意。只是在每天上井台担水时,注意别让它的刺钩着我的袖子。

六月初,我们劳动回来,天气很热,大家就在门前空场上吃饭,这时隐隐约约飘来一种花香,我一下就想起在香山脚下夹道的丁香,一种清香醉人的感受,但我知道这里是没有丁香树的。到晚上，月照窗纸，更是香浸草屋满地霜，当时很不解其因。第二天傍晚我又去担水，照旧注意别让枣刺挂着胳膊，啊，原来香味是从这里发出的。真想不到这么不起眼的树丛里，却能发出这么醉人的香味。从此，我开始注意沙枣。

认识的深化还是第二年春天。四月下旬我参加了县里的一期党校学习班，党校院里有很大的一片沙枣林，房前屋后也都是沙枣树。学习直到6月9日才结束，这段时间正是沙枣发芽抽叶、开花吐香的时期，我仔细地观察了全过程。

沙枣的外表极不惹人注意，叶虽绿但不是葱绿，而是灰绿；花虽黄，但不是深黄、金黄，而是淡黄；所开的花个头很小，尚不及一般梅花的一片花瓣大。它的幼枝在冬天时呈灰色，发干，春天灰绿，其粗干却无论冬夏都是古铜色。总之，色彩是极不鲜艳引人的，但是它却有极浓的香味。我一下想到鲁迅说过的，牛吃进去的是草，挤出来的是奶，它就这样悄悄地为人送着暗香。当时曾写了一首小词记录了自己的感受：

干枝有刺，
叶小花开迟。

> 以两处巧妙的细节描写，叙述"我"渐渐注意到沙枣的香气，表现了作者认识沙枣的过程。

> 以沙枣外表貌不惊人，反衬沙枣极浓的香味，体现了沙枣在艰苦环境下默默奉献的精神品质。

沙埋根，风打枝，

却将暗香袭人急。

1972年秋天，我已调到报社，到杭锦后旗
的太荣大队去采访，又一次见识了沙枣的壮观。

这个大队紧靠乌兰布和大沙漠，为了防
止风沙的侵蚀，大队专门成立了一个林业队，
造林围沙。十几年来，他们沿着沙漠的边缘
造起了一条二十多里长的沙枣林带，沙枣林带
的后面又是柳、杨、榆等其他树的林带，再后
才是果木和农田。我去时已是秋后，阴历十月
了，沙枣已经开始落叶，只有那些没有被风刮
落的果实还稀疏地缀在树上。有的鲜红鲜红，
有的没有变过来，还是原来的青绿，形状也有
滚圆的和椭圆的两种。我们摘着吃了一些，面
而涩，倒也有它自己的味道，小孩子们是不会
放过它的。当地人把它打下来当饲料喂猪。在
这里，我才第一次感觉到了它的实用价值。首
先，长长的沙枣林带锁住了咆哮的黄沙。你看
那浩浩的沙海波峰起伏，但一到沙枣林前就止
步不前了。沙浪先是凶猛地冲到树前，打在树
干上，但是它当即被撞个粉碎，又被风卷回去
几尺远，这样，在树带下就形成了一个几尺宽
的无沙通道，像有一个无形的磁场挡着，沙总
是不能越过。而高大的沙枣树带着一种威慑力

沙枣果实的口感不
好，实用价值并不高，不
由得让人心生疑惑。作者
以欲扬先抑的写作手法，
体现沙枣的貌不惊人。

用拟人手法描写沙
枣与黄沙的斗争，场面
宏大，语言准确，让读
者如临其境。接着运用
比喻，把沙枣林比喻为
"一个无形的磁场"，
写出了沙枣林高大、坚
不可摧的特点。

量巍然屹立在沙海边上，迎着风发出豪壮的呼叫。沙枣能防风治沙，这是它最大的用处。

沙枣有顽强的生命力。一是抗旱力强，再怎么干旱，只要插下苗子，就会茁壮生长，虽不水嫩可爱，但顽强不死，直到长大。二是能自卫，它的枝条上长着尖尖的刺，动物不能伤它，人也不能随便攀折它。正因为这点，沙枣还常被用来在房前屋后当墙围，栽在院子里护院，在地边护田。三是它能抗盐碱，它的根扎在白色的盐碱土上，枝却那样红，叶却那样绿，我想大概正是从地下吸入了白色的盐碱，才变成了红色的枝和绿色的叶吧。因为有这些优点，它在严酷的环境里照样能茁壮地生长。

过去我以为沙枣是灌木，在这里我才发现沙枣是乔木，它可以长得很高大。那沙海前的林带，就像一个个巨人手挽手站成的队列，那古铜色的粗干多么像男人健康的臂膀。我采访的林业队长是一个近六十岁的老人，二十多年来一直在栽树。花白的头发，脸上深而密的皱纹，古铜色的脸膛，粗大的双手。我一下就联想到，他像一株成年的沙枣，年年月月在这里和风沙作战，保护着千万顷的庄稼不受风沙之害。质朴、顽强、吃苦耐劳，这些可贵的品质，就通过他那双满是老茧的手，在育苗时注入到沙枣秧里，通过他那双深沉的眼睛，在期待中注入沙枣那红色的

作者自然而然地将沙枣与人紧密联系起来，借物喻人，写出了种树人质朴、顽强、吃苦耐劳的精神品质。

树干上。

不是人像沙枣，是沙枣像人。

隔年端午节时，我到离沙地稍远一点的一个村子里采访。这个地方几乎家家房前屋后都是沙枣，就像成都平原上一丛竹林一户人家。过去我以为沙枣总是临沙傍碱而居，其叶总是小而灰，色调总是暗而旧。但在这里，沙枣依水而长，一片葱绿，最大一片叶子居然有一指之长，是我过去看到的三倍之大。清风摇曳，碧光闪烁，居然也不亚于婀娜的杨柳，加上它特有的香味，使人心旷神怡。沙枣，原来也是很秀气的。它也能给人以美的享受，能上能下，能文能武，能防沙，能抗暴。也能依水梳妆，绕檐护荫，接天蔽日，迎风送香。多美的沙枣！

那年冬季，我移居到县城中学来住。这个校园其实就是一个沙枣园，一进校门，大道两旁便是一片密密的沙枣林。初夏时节，每天上下班，特别是晚饭后、黄昏时，或皓月初升的时候，那沁人的香味便四处蒸起，八方袭来，飘飘漫漫，流溢不绝，让人陶醉。这时，我就感到万物都融化在这清香中，充盈于宇宙间。

宋人咏梅有一名句："暗香浮动月黄昏"，其实，这句移来写沙枣何尝不可？这浮动着的暗香是整个初夏河套平原的标志。沙枣飘香过后，接着而来的就是八百里平原上仲夏的麦香、初秋的菜香、仲秋的玉米香和晚秋糖菜的甜香。

　　沙枣花香，香飘四季，四十多年了还一直飘在我的心里。

乔文娟

点 评 老 师

北京市陈经纶中学实验分校教师，区级骨干教师，曾获得区级教师基本功大赛一等奖。

文章为思想而写

开篇用设问引出文章的主要内容、中心论点：文章为思想而写。"并不是每一篇都能有"，语言科学严谨，有说服力。

作者对文章写作目的认识步步加深：字词句的组合、表达情感、表达和创造美感、开采和表达新思想。现身说法，说理形象而具体。

　　人们为什么写文章？可以有很多目的。比如，为了传递信息、传播知识，为了创造艺术、创造美感。但还有更深的一层，就像开矿一样，是为了开采新的思想，交流新的思想。当然，并不是每一篇文章都能有新思想，但有新思想的文章肯定是好文章，这也是写作人追求的理想。

　　我最早写的文章是学生时代作文，主要是为了学习字词句的组合，好比小孩学步，仅是学会走，还谈不上走的目的。再后来写文章是我作为记者的本职工作，是为传播信息。新闻属平实一类的文体，以陈望道先生修辞学的分类法，是消极修辞，只求内容之实，不敢求形式华丽。但因采访之需，接触了各种人和事，感情常被感染，于是我又明白，文章是表达情感的。又因南北奔波常行名山大川之间，感于自然之美，再勾起肚子里小时读进去的那些美文，又明白文章是要表达和创造美感的。但随着年龄的增长和阅历的增加，许多事理在胸中冲撞、激荡和沉淀，许多想法从无到有，许多事从不懂到懂，我渐渐明白，文章还有更深一层的目的，它是用来开采和表达新思想的。

我曾写过一篇文章，提出散文美的三个层次。第一层是描写叙述的美，写景、状物、叙事、传递信息、传播知识等，求的是准确、干净。第二层是情境之美，即要写出感觉、感情、美感。第三层是哲理之美，即要写出新的思想。

有总有分，层次分明，思路清晰。明确散文美的三个层次，强调最高层次——哲理美。

这种美在文学作品中常有，在许多政论、哲学和科学论文甚至讲话中都可找到。只要有新的思想，就有美的魅力。我们平时看报纸、读社论、听讲话，大部分时候留下的印象不深，就是因为这些文章讲话只停留在传递信息、决定、指示这一层，还没有给人以新思想。而一篇文章或一篇讲话中一旦有了新思想的火花，便如闪电划过夜空，你会有永久的记忆。

比喻，将"新思想的火花"比作划过夜空的"闪电"，生动形象地写出新思想给读者带来的震撼和影响，写出文章中新思想的重要性。

比如"文化大革命"十年我们已经习惯了一切按最高指示办，报上文章无不重复着这样的话。但突然，1978年5月，《光明日报》发出一篇文章说"实践是检验真理的唯一标准"，提出一个很有震撼力的新思想，所以至今人们对这篇文章记忆犹新。再细想一些古文名篇之所以能流传下来成为经典，除有艺术之美外，大都是因为它首先说出了一种前人没有说出的新思想。如"业精于勤荒于嬉，行成于思毁于随"，如"天将降大任于是人也，必先苦其心志，劳其筋骨，

引用名家名篇中的哲理名言，证明"文章思想美让其得以流传"的道理，进而论证文章

思想美的重要性，使说理更有说服力，既增加了文采，又增强了可读性。

"繁殖"一词生动写出文章中的思想在读者头脑中传承、孕育、感悟、升华的过程。用比喻的修辞手法，形象地写出二者锦上添花的作用，衬托出思想的重要性。并以《岳阳楼记》为例，具体而有说服力。

引杜甫名句，接着仿一句形成对偶，句式整齐；仿"专家"造"专门家"，写出作家、思想者对新思想的追求。语言灵活多变，幽默风趣。

饿其体肤"，如"桃李不言，下自成蹊"，如"亲贤臣，远小人"等，这些哲理名言都让人常读常新，而这些文章也得以代代流传。

可以说，裹藏在文章中的思想，是这些文章在人们头脑里代代繁殖的种子。当然，光有种子的颗粒还不行，还得有茂盛的枝干花叶，所以文章还得有文采，还得有前两个层次的衬托。作为文学作品，如果三个层次都达到了，便是不朽好文。比如《岳阳楼记》，有洞庭湖景色的描写之美，有作者由此引发的情感之美，而最后又推出作者独自悟出的思想："先天下之忧而忧，后天下之乐而乐"，达到了一种哲理之美。这篇文章所以能流传千古，气贯百代，老实说，主要是因为这句话，这一个新思想。

人们或许会问，社会上每天文章千千万，哪能篇篇都有新思想？是的，许多文章只是完成着传递信息、传播知识、讲述故事的任务，作为一般人，这就够了。但作为作家、思想者，这却不够，他必须使自己的文章有新思想，要挖出别人没有表述过的思想。对这种新思想的追求就像铸炼新词新句一样，务求个性，务求最新，"语不惊人死不休"，篇无新意不出手。因为你是"专门家"，弄文章的"专家"，当然就与其他人的文章不同。

就像跑步，一般人快点慢点都无所谓，而短

跑运动员则不同，他必须跑出比别人快的成绩，因为他是专门干这个的。如果百米纪录是十秒，所有跑十秒零几的人都不会被人记住，唯有跑到九秒几的人才会被人记住。这零点几秒就是运动员生命的意义。同理，文章中的新思想才是作家生命的增长点。

历史老人将首先选择那些有新思想、有新鲜艺术感的文章传之后代，并根据其思想和艺术水平的程度决定它存留的时间。

用类比手法，将运动员冲击百米纪录和作家作比，强调"文章中的新思想才是作家生命的增长点"这一道理，从而论证思想之于文章的重要性。生动而形象。

呼应开头，点明题目，得出结论：有思想、有新鲜艺术感的文章才能经得住历史的淘洗，流芳百世。简洁明了。用拟人手法，生动易懂，彰显出说理散文的特点。

秦　岩　　　　　　　点评老师

山东省临清市京华中学高级语文教师，荣获聊城市"水城名师"称号。

我们为什么要阅读？

我们为什么要阅读？

先讲一个真实的故事。周日无事，一个大人带着十多岁的孩子在宿舍大院里散步。看到一个迎亲的车队，一群人围住接新娘的头车急得团团转。上前一看，一个轮胎瘪了。新娘马上就要下楼，宝马失前蹄，要误大事。正当大人无解时，这个孩子上前说："没事，你们使劲用脚踹轮胎。"司机半信半疑，大家顾不了许多，一顿乱脚，奇迹出现，轮胎渐渐饱满。人们齐问："这是怎么回事？"孩子慢慢道来："这款车名'兰博基尼'，车胎被扎后有自充气功能，只要用脚踹踹就行，还能再行驶一百公里。"父亲大奇："你怎么知道？""家里不是有一本汽车杂志吗？没事闲看来的。"这就是阅读的作用。阅读让你长知识，让你聪明。

其实，要问我们为什么阅读，不如先问一下为什么要吃饭？人是由物质和精神组成的。不吃饭不能长身体，会肉体死亡；不阅读不会有思想，会精神死亡。正如营养不良，会造成身体发育的缺陷，面黄肌瘦、腿细脖长、凸胸驼背等。不读书也会造成精神方面的缺陷，如自私、狭隘、孤独、浮躁、虚荣、骄傲、多疑、胆怯等，生活得不阳光、不自信、不幸福。有什么样的阅读，就有什么样的收获。它决定着人的知识、思想、意志、审美、情趣。这是从人的自我丰富的一面来说。

如果你不只是为了"美食"，又从阅读进入了创造，比如写作，就更应该知道阅读的重要了。熟读唐诗三百首，不会写诗也会"偷"；背得美文两百篇，不会作文也会"搬"。偷什么？从经典中偷来火种，点亮自己。 搬什么？搬来救兵，充实自己的文章。偷得仙桃能成仙，搬来救兵也称王。古人有集句写诗之法，全用别人旧句，那是一种在阅读基础上的积木式训练，常有好作。作文虽不能全篇集句，但借词、借句、借典、借气、借方法，还是需要的，这一切都要通过阅读来解决。当你超越阅读而进入写作，发表了作品时，别人又开始了对你作品的阅读。人类精神产品的生产就是这样螺旋式前进。

当然，这只是以写作为例。三百六十行，不管干哪一行也得先从阅读入手。因为阅读是启蒙，是积累，是钥匙，是开关。那个十岁男孩如果对汽车一直阅读下去，也许会成为汽车发明家、汽车大王。正如伽利略、达尔文、歌德小时

书造成的精神缺陷"，突出阅读可以让人自我丰富，形象生动，令人信服。

分论点二，适时总结本段内容，阐明阅读之于人精神的作用，暗合中心论点，深邃隽永。

本段举例论证和比喻论证结合，可见阅读对人类精神产品生产的推动作用意义重大。同时两个设问句形成对称效果，使得语言错落有致，议论铿锵有力。

分论点三，以小见大地表明阅读对人类精神产品生产的巨大作用，也隐含作者对自己作品也能成此功业的期待。

分论点四，言浅意深，引导读者不仅从个人的精神世界，还从下一代的良性发展角度思考问题，将论题引向社会的深处，发人深思。

最后得出结论，明确中心论点。本文层层递进，结构谨严，展现出深沉的思想境界与独特的艺术风格。

就开始对物理、生物、文学的阅读。如果你说老了，已胸无大志，那么，阅读至少可以疏通头脑，不至于让你提前痴呆，输在了终点线上。再者就算你无所谓了，也该为下一代装出一个阅读的样子，别让他们输在起跑线上。

我们为什么要阅读？为了精神生活，为了健康另一半的生命。

贾　璐　　　　　　　　　点 评 老 师

河南省郑州市郑东新区龙翼中学语文教师，南开大学文学专业硕士。

匠人与大师

在社会上常听到称呼某人为"大师"，有时是尊敬，有时是吹捧。又常不满于某件作品，说有"匠气"。匠人与大师到底有何区别？大致有三点。

第一，匠人在重复，大师在创造。一个匠人，比如木匠，他总在重复做着一种式样的家具，高下之分只在他的熟练程度和技术精度。比如一般木匠每天做一把椅子，好木匠一天做三把、五把，再加上刨面更光、合缝更严等。但是就算一天做一百把也还是一个木匠。大师则绝不重复，他设计了一种家具，下一个肯定又是一个新样子。判断他的高下是有没有突破和创新。匠人总在想怎么把手里的玩意儿做得更多、更快、更绝。大师则早就不稀罕这玩意儿，又在构思一件新东西。

第二，匠人在实践层面，大师在理论层面。匠人从事具体操作水平的上限是经验丰富，但还没从经验上升到理论。虽然这些经验体现和验证了规律，但还不是规律本身。大师则站在理论的

語言簡潔，開篇点题，引出下文。

舉木匠的例子，让论述具体可感，易于理解。

这句话突出了"匠人"的特点，用词准确，"就算"語气肯定；"一百把"适当的夸張起到了强調作用。

先概括匠人和大师的区别，下面再具体论述，与上文论述"匠人在重复，大师在创造"相同，都是总分结构。

层面上，靠规律运作。面对一片瓜地，匠人忙着一个一个去摘瓜，大师只提起一根瓜藤；面对一大堆数字，匠人满头大汗，一道接一道地去算，大师只需轻轻给出一个公式；匠人在想怎么才能捏好一个泥人，大师则已开始探讨宇宙和人。匠人常自持于一技，自炫于一艺，偶有一得，守之为本；大师则鲜花掌声过眼烟云，进取不竭，心忧难宁。所以你就明白为什么居里夫人会把诺贝尔奖章给小女儿当玩具，但是接着她又得了一个诺贝尔奖。

第三，匠人较单一，大师善综合。我们常说一技之长，一招鲜，吃遍天，这是指匠人。大师则不靠这个，他纵横捭阖，运筹帷幄，触类旁通，举一反三。因为凡创新、创造，都是在引进、吸收、对比、杂交、重构等大综合之后才出现的。同样是碳元素，软时可为铅笔，硬时可为金刚石，盖因结构之变化。当匠人靠一技之长，享一得之利，拿人一把、压人一筹时，大师则把这一技收来只作恒河一沙，再佐以砖、瓦、土、石、泥，起一座高楼。牛顿、爱因斯坦成为物理大师并不只因物理，还有更重要的数学、哲学等。一个画家，当他成为绘画大师时，他艺术生命中起关键作用的早已不是绘画，而是音乐、文学、科学、政治、哲学等。同理，一个音乐、书法、文学、科学方面的大师也是如此。而一个

在上文多方面论述匠人和大师区别的基础上，举出著名科学家居里夫人的例子，再次证明了大师"进取不竭"的创新精神。

对比鲜明，语言简洁。三个区别，都有此特点。

用碳元素软硬不同的两种形式，是源于结构的不同的事实，类比匠人和大师两种不同特点，是由于单一和综合的不同。深入浅出，生动形象，让人印象深刻。

社会科学方面的大师就要求更高，马恩是一部他们那个时代的百科全书，毛泽东则是当时中国政治、军事、文学的宝典。

这就是大师与匠人的区别。

这句话单独成段，结束上文，又照应开头，显得层次清楚。

我们研究这个区别毫无贬损匠人之意，大师是辉煌的里程碑，匠人是可贵的铺路石。世界是五光十色的，需要大师也需要匠人，正如需要将军也需要士兵。但是我们必须承认这个世界有层次之别，必须有起码的识别力，有一个较高的追求目标。拿破仑说不想当将军的士兵不是好士兵，将军总是在优秀的士兵中成长起来的，当他不满足于打枪、投弹的重复，而单一到综合，由经验到理性，有了战役、战略的水平时他就成了将军。鲁班最初也只是一名普通木匠，但当他在技术层面已经纯熟，不满足于斧锯的重复，进军建筑设计、构造原理时，他就成了建筑大师。虽然从匠人而成为大师的总是少数，但这种进取精神是人类进步、社会发展的动力。古语言，法乎其上，取乎其中；法乎其中，取乎其下。要是人人都法乎其下呢？这个社会就不堪设想，地球就会停止转动。

既承认匠人和大师各自的价值，又给二者清楚定位，为下文的论述蓄势，使议论走向深入。

引用古语，无可辩驳；反面论述，发人深省；戛然而止，引人深思。

我们可能在实际业绩上达不到大师水平，但至少在思想方法上要遵循大师的思路，比如力求创新，不要重复，不要窃喜于小巧小技，顾影自怜。对事物要有识别、有目标、有追求。力虽不

由"个人"到"民族"再到"社会"，层层递进。落脚到人类社会的发展上，照应开头，体现了议论性文章

的实用性，也体现了作者的社会责任感。

逮，心向往之。个人有了这样一种心理，就会有所上进，哪怕还不脱匠气，也是掌握了纯熟的、高等的技艺；民族有了这样一个素质，就是一个生机勃勃的、向上的民族；社会有了这样一个氛围，就是一个创新的社会。

张爱英

点 评 老 师

河北省石家庄市二中初中语文教师，"语文主题学习"名师工作室主持人。

说兴趣

过去一说某名人怎么成才，总讲其如何坚忍不拔、刻苦努力，其实这些都是有了兴趣之后的事。他能有成就，首先是因为他对那件事有兴趣。兴趣是什么？就是人追求完美事物的一种本能。

孩子对糖块有兴趣，姑娘对打扮有兴趣，青年对恋爱有兴趣，老人对忆旧有兴趣。人们对休闲、娱乐、美食、华服、好房子、好车都有兴趣，因为这样活着就舒服。但只满足于此也不行，时间长了就要退步，要堕落。于是人们对学习、开拓、创造也有兴趣，这样人类才会活得更美好。有兴趣，有各种各样的兴趣，是人的天性，人要学会开发自己的天性，要发现兴趣、保护兴趣、扩大兴趣。这不用专门去教，去辅导，你只要不压抑、不干扰它就行。就像水，一打开闸门就自然往下流；像烟，你一点燃干柴就自然往上走。

信佛者到处拜佛，佛经上说，你不必拜，佛就是你自己，只要你想成佛，就能立地成佛。

由"成才"历经的艰难过程寻本溯源，倒推起因，巧妙地引出"兴趣"这一论题，逻辑缜密。

通过设问启发思考，随即指出兴趣的本质特点，并从反面作进一步补充。由此为下文谈论"兴趣"确立了正向的、积极的范畴。

先后通过横向、纵向举例，得出"兴趣是人的天性"的结论。但并不止步于此，进而指出要"发现、保护、扩大"兴趣，三个动词层层推进，耐人寻味。

如果你能发现自己内心深处对某种事物的强烈兴趣，你就能立地成佛，你想成为什么样子，就能成什么样子，这才是最厉害的秘密武器。老师、家长总是怕孩子不学习，总嫌孩子不努力，"新松恨不高千尺"，其实，你不要急，也不必"恨"，更不要那么"狠"，搞得孩子们眉头常皱，心存压力。你只需细心地去发现他到底对什么有兴趣，就像发现落叶下的一棵春笋，只需浇一点水，一回头，它就已蹿高好几米。园丁的作用不是用剪子把花草剪整齐，而是用锄头把杂草锄干净。

生物学、人才学研究已经揭示，基因决定了每一个人身上都有某种特殊的才能。"天生我材必有用"，李白这句话是没有错的。兴趣是寂夜里飞舞着的萤火虫，常在你不经意时灵光一闪，有人及时捕捉到了自己的兴趣，有人却在兴趣敲门时木然无应，花自飘零水自流，错过了机遇。歌德的父亲安排歌德学法律，他却对文学、科学有兴趣；伽利略的父亲安排伽利略学医，他却对物理、天文有兴趣。每一届诺贝尔奖公布后，记者总要向得主提这样一个问题："您为什么要从事这项研究？"大部分人的回答是："不为什么，就是因为对它感兴趣。"

兴趣是人的天性，但要成就功德，还得将它转化为目标和毅力，不达目的绝不罢休。达尔

用"不要……也不必……更不要"的递进句式，对家长操之过急的反应做出提醒。并匹配使用"急、恨、狠"三个呈现情感递进变化的词，信息量很大，画面感十足，含蓄而传神。

道理论证，引用李白的诗句，为"每一个人身上都有某种特殊的才能"这一观点提供依据，使其变得更有权威性，更具说服力。

事实论据，有力地论证了这一段的论点："每一个人身上都有某种特殊的才能"。对偶修辞的使用，使这句话句式整齐，富有音韵和谐之美。

文小时候对生物有兴趣，一次，他在野外看见一只从未见过的甲虫，就用右手捉住；又见一只，即用左手捉住。这时又发现第三只，情急之下他将一只放入口中，腾出手来去捉第三只。不想嘴里那只甲虫放出一种辛辣刺激的液体，他"哇"的一声大叫，三只全跑了。可以看出，这时他的兴趣还是一种孩童式的天性。但是，由此出发，他后来毅然参加了贝格尔舰的环球考察，一走五年。每到一地，就采挖生物标本，托运回国。五年后他定居伦敦郊外潜心研究这些资料，冷板凳一坐就是二十年。1859年他终于出版了《物种起源》，创立了进化论，是目标和毅力巩固和延伸了他的兴趣。

但如果要想有更大的成就，兴趣还得转化为责任和牺牲，特别是从事社会科学，必得担大责，才能有大成。比如许多文学少年，当初只是因语言优美、情节曲折而对文学产生兴趣，但真正要成为如鲁迅、托尔斯泰那样的大作家，则非得有为时代、为民众立言的责任心不可。至于说到社会活动家更是要心忧天下，以身许国。兴趣只有在注入了目标和责任之后才算成熟，才能抗风雨，破逆境，到达胜利的彼岸。

总之，兴趣是成就人生的一粒种子，种瓜得瓜，种豆得豆。你先得找见自己的基因，是瓜还是豆，然后再说培育之事。有的人从一开始就

段首即旗帜鲜明地提出了本段的论点，并紧接着用达尔文小时候呈现出来的天性和成年后付出的坚毅执着，来举例论证。

从"基因决定特殊才能（兴趣）"，到"将兴趣转化为目标和毅力成就功德"，再到"将兴趣转化为责任和牺牲换得更大成就"，这三段的论点是相互关联的递进式论点。使得论证过程严密，内容充实，形成了一种力量逐渐强化的层次感。动词"注入"化虚为实，让"目标和责任"这样抽象的概念变得具体。

将"达尔文"们与"有的人"进行对比，得出结论。同时，用借喻的修辞，以"大瓜"喻"目标"，以"秋收"喻"成就"，强调在兴趣之下，坚定的目标、坚毅的执着是收获成就的必要条件。语言生动朴实，使文章的说理形象易懂。

没有弄清楚自己是瓜还是豆，或因环境所迫，瓜秧爬上豆架，满拧着长；有的人知道自己是瓜是豆，春风得意，却耐不过夏的煎熬，等不到秋天的丰收。只有那些像达尔文一样，一开始就认定要收获一颗大瓜的人，栉风沐雨几十年，才能享受到秋收的喜悦。

唐 娟　　点评老师

深圳市南山区丽湖学校优秀语文教师，曾获全国新课程有效教学"同课异构"教学比赛特等奖。

春到黄河边

因为写了一篇南方的春天，有读者就要求再写一篇北方的春天，我何尝不愿意呢？作为一个北方人，这个春天在我心里已经藏了几十年，只是没有遇到合适的契机。

北国之春自然比南边要来得迟一些，而且脚步也显得沉稳。回想一下，我第一次对春有较深的感受是在黄河边上，那时也就二十出头。按当时的规定，大学毕业先得到农村去劳动一年，我从北京分配到内蒙古河套劳动。

所谓河套，就是我们在中国地图上看到的，黄河最北之处的那个大拐弯儿，如一个绳套。我到县里被派的第一个活儿，就是带领民工到黄河边防凌汛。"凌汛"这个词，也是北方早春的专有名词，我也是第一次听到。就是冰封一冬的黄河，在春的回暖中渐次苏醒，冰块开裂，漂流为凌。

这流动的冰块如同一场地震，或是山洪暴发引起的泥石流，是半固体、半液体状，你推我搡，挤挤擦擦，滚滚而下。如果前面走得慢一

一个"藏"字，既写出了作者对那次在黄河边感悟春天经历的珍视，也写出了春到黄河边对作者的触动，引出下文。

"脚步沉稳"，用拟人的手法写出北国春天来得迟。

"凌汛"如此猛烈，如同地震，你推我搡，挤挤擦擦，滚滚而

下，很有画面感，写出
了黄河开河的迅猛。

伴随着春到黄河
边，"我"受命于开河
时，"我"奋斗的人生
开始了。

堤外堤内完全不
同的场景，一边连着天
际，一边连着人家，既
有美好想象，又有人间
烟火。

通过南北方春天的
对比，表现出两种春天
的不同，北方的春天更
豪迈。

"静静地欣赏着她
的容颜"，写出作者对
黄河的喜爱、喜悦与敬
畏之情。通过南北方春
天到来时感受的不同，
突出北方春天来得缓
慢，引出下一段描写春
的气息。

点，或者还有冰冻未开，后冰叠压，瞬间就会陡
立而成冰坝，类似这几年电视上说的堰塞湖。冰
河泛滥，人或为鱼鳖，那时就要调飞机炸坝排险
了。我就是这样受命于黄河开河之时，踏着春天
的脚步走上人生舞台的。

一辆小毛驴车，拉着我和我的简单行李，
在黄河长长的大堤上，如一个小蚂蚁般缓缓地爬
行。堤外是一条凝固的亮晶晶的冰河，直至天
际；堤内是一条灌木林带，灰蒙蒙的，连着远处
的炊烟。最后，我被丢落在堤边一个守林人的
小木屋里——将要在这里等待开河，等待春天
的到来。

我的任务是带着十多名民工和两架小毛驴
车，每天在十公里长的河段上，来回巡视、备
料，特别要警惕河冰的变化。这倒让我能更仔细
地体会春的萌动。南方的春天，是给人欣赏的；
北方的春天，好像就是召唤人们干活的。我查了
写春的古诗词，写北方的极少。大约因它不那么
外露。偶有一首，也沉雄豪迈，"羌笛何须怨杨
柳，春风不度玉门关"。

一般人对黄河的印象是奔腾万里，飞流直
下，或是壶口瀑布那样震耳欲聋。其实她在河套
这一段面阔如海，是极其安详平和、雍容大度
的。闲着时，我就裹一件老羊皮袄，斜躺在河边
的沙地上，静静地欣赏着她的容颜。南方的春天

是从空中来的，春风、春雨、春色，像一双孩子的小手在轻轻地抚摸你。而北方的春天却是一个隐身侠，从地心深处不知不觉地潜行上来。

脚下的土地在一天天地松软，渐渐有了一点潮气。靠岸边的河冰，已经悄悄地退融，让出一条灰色的曲线。宽阔的河滩上，渗出一片一片的湿地，枯黄的草滩上浮现出一层茸茸的绿意。你用手扒开去看，枯叶下边已露出羞涩的草芽。风吹在脸上也不像前几天那么硬了，太阳愈发地温暖，晒得人身上痒痒的。

再看远处的河面，亮晶晶的冰床上，撑开了纵横的裂缝，而中心的主河道上已有小的冰块在浮动。终于有一天早晨，当我爬上河堤时，突然发现满河都是大大小小的浮冰，浩浩荡荡，从天际涌来，犹如一支出海的舰队。阳光从云缝里射下来，银光闪闪，冰块互相撞击着，发出隆隆的响声，碎冰和着浪花炸开在黄色的水面上，开河了！一架值勤的飞机正压低高度，轻轻地掠过河面。

不知何时，河滩上跑来了一群马儿，四蹄翻腾，仰天长鸣，如徐悲鸿笔下的骏马。在农机还不普及的时代，同为耕畜，南方用水牛，中原多黄牛，而河套地区则基本用马。那马儿只要不干活时一律褪去笼头，放开缰绳，天高地阔，任其自己去吃草。尤其冬春之际，地里没有什么活

"一天天地、渐渐、悄悄、渗出、浮现、露出羞涩的草芽"，写出春天缓缓地、一点一点地来到黄河边，河套平原逐渐有了春的气息，既有动态美，又有画面感。

通过视觉、听觉等多种感觉写出开河的盛况。运用比喻的修辞手法，将大大小小的浮冰比作出海的舰队，浩浩荡荡，一泻千里，写出黄河解冻的盛况，写出春的深入。

河套平原的开阔，马儿欢快地感受春的气息。以"马"悟"春"，写出春天的活力。

儿，更是自由自在。眼前这群欢快的马儿，有的仰起脖子，甩动着鬃毛，有的低头去饮黄河水，更多的是悠闲地亲吻着湿软的土地，啃食着刚刚出土的草芽。当它们跑动起来时，那翻起的马蹄仿佛在传递着在春风中放飞的心情，而那蹄声直接就是春的鼓点。我心里当即涌出一首小诗《河边马》：

俯饮千里水，
仰嘶万里云。
鬃红风吹火，
蹄轻翻细尘。

以"翻起的马蹄、蹄声"写马的欢快，以"马"的欢快写"春"的到来，万物复苏，欣欣向荣。

时间过去半个世纪，我还清楚地记着这首小诗，因为那也是我第一次感知春的味道。

与开篇相呼应，这次对"春的味道"永生难忘。

南方这个季节该是阴雨绵绵、水波荡漾的吧，春天是降落在水面上的。所以我怀疑"春回大地"这个词是专为北方之春而造的。你看，先是大地上的小溪解冻了，唱着欢快的歌；接着是田野里沉睡一冬的小麦返青了，绣出一道道绿色的线；黄土路发软了，车马走过，轧出一条条的印辙；土里冬眠的虫儿开始鸣唱了；河滩上的新草发芽了，透出一片新绿。大地母亲就这样孕育着生命。

通过南北方春天的对比，连用五个排比、四个拟人，从不同角度写出不同景物感受到的春的气息。春的萌动、春的气息、春的活力，与前文呼应。"孕育着生命"写出大自然的伟大。

农历的二十四节气，是先民按照黄河流域

的气候来设定的。南方之春，冬还未尽春又来，生命做着接续的轮回。而北方之春，是在冰雪的覆盖下，生命做着短暂的凝固、停歇，突然来一个凤凰涅槃，死而复生。你听，"惊蛰"的一声春雷，大地积藏了一冬的郁闷之气一吐为快，它松一松筋骨，伸展着身子，山川河流、树木花草，都在猛然苏醒。就连动物们，也欢快地谈起恋爱，开始"叫春"。人们甩去厚重的冬衣，要下地干活了。地球绕着太阳转了一圈，又回到了"春分"点上。

新的一年开始了。

从大地、山川河流、花草树木、动物、人们多个角度，写出北国之春的到来缓慢而迅猛，厚积而薄发。

潘啊嫒　　点评老师

北京市育英学校语文教师，北京大学文学博士。

冬日香山

要不是有公务，谁会在这天寒地冻的时节来香山呢？可话又说回来，要不是恰在这时来，香山性格的那一面，我又哪能知道呢？

开三天会，就住在公园内的别墅里，偌大个公园为我们独享，也是一种满足。早晨一爬起来我便去逛山。这里，我春天时来过，是花的世界；夏天时来过，是浓荫的世界；秋天时来过，是红叶的世界。而这三季都游客满山，说到底是人的世界。形形色色的服装，南腔北调的话音，随处抛撒的果皮、罐头盒，手提录音机里的迪斯科音乐，这一切将山路林间都塞满了。现在可好，无花，无叶，无红，无绿，更没有人，好一座空落落的香山，好一个清净的世界。

过去来时，路边是夹道的丁香，厚绿的圆形叶片，白色或紫色的小花。现在只剩下灰褐色的劲枝，枝头挑着些已弹去种子的空壳。过去来时，林间树下是厚厚的绿草，茸茸地由山脚铺到山顶。现在它们或枯萎在石缝间，或被风扫卷着聚缠在树根下。过去来时，山坡上是些层层片片的灌木，扑闪着已经霜红的叶片，如一团团的火苗，在秋风中翻腾；现在远望灰蒙蒙的一片，其身其形和石和土几乎融在一起，很难觅到它的音容。

如果说秋是水落石出，冬则是草木去而山石显了。在山下一望山顶的鬼见愁，黑森森的石崖，蜿蜒的石路，历历在目。连路边的巨石也都像是突然奔来眼前，过去从未相见似的。可以想见，当秋气初收、冬雪欲降之时，这山感到三季的重负将去，便迎着寒风将阔肩一抖，抖掉那些攀附在身的柔枝软叶，又将山门一闭，推出那些没完没了的闲客。然后正襟危坐，巍巍然俯视大千，静静地享受安宁。我现在就正步入这个虚静世界。苏轼在夜深人静时去游承天寺，感觉到寺之明静如处积水之中，我今于冬日游香山，神清气朗如在真空。

与春夏相比，这山上不变的是松柏。一出别墅的后门，就有十几株两抱之粗的苍松直通天穹。树干粗粗壮壮，溜光挺直，直到树梢尽头才伸出几根遒劲的枝，枝上挂着束束松针，该怎样绿还是怎样绿。树皮在寒风中呈紫红色，像壮汉的脸。这时太阳从东方冉冉升起，走到松枝间却寂然不动了。我徘徊于树下，又斜倚在石上，看着这红日绿松，心中澄静安闲如在涅槃，觉得胸若虚谷，头悬明镜，人山一体。此时我只感到

细细描绘"过去来时"香山有声有色；冬日所见，景物灰暗枯落。看似贬抑，实则为下文做铺垫。

具体描绘了冬日香山"草木去而山石显"的另一面形象。"突然奔来眼前"用拟人手法，生动逼真，富有动感。

"虚静"指无欲无求的极端平静状态。寺原无意，因夜游之人而空明；山本无情，因观山之人而清静。

以"我"观物，故物皆着"我"之色彩。"人山一体"，文章写山写景物，实乃写"我"之心灵和志趣。

山的巍峨与松的伟岸，冬日香山就只剩下这两样了。

苍松之外，还有一些幼松，栽在路旁，冒出油绿的针叶，好似全然不知外面的季节。与松做伴的还有柏树与翠竹。柏树或矗立路旁，或伸出于石岩，森森然，与松呼应。翠竹则在房檐下、山脚旁，挺着秀气的枝，伸出绿绿的叶，远远地做一些铺垫。你看他们身下那些形容萎缩的衰草败枝，你看他们头上的红日蓝天，你看那被山风打扫得干干净净的石板路，你就会明白松树的骄傲。他不因风寒而筒袖缩脖，不因人少而自卑自惭。我奇怪人们的好奇心那么强，可怎么没有想到，在秋敛冬凝之后再来香山看看松柏的形象。

当我登上山顶时回望远处，烟霭茫茫，亭台隐隐，脚下山石奔突，松柏连理，无花无草，一色灰褐，好一幅天然焦墨山水图。焦墨笔法者，舍色而用墨，不要掩饰，只留本质。你看这山，她借着季节相助舍掉了丁香的香味、芳草的倩影、枫树的火红，还有游客的捧场，只留下这常青的松柏来作自己的山魂。

山路寂寂，阒然无人。我边走边想，比较着几次来香山的收获。春天来时我看她的妩媚，夏天来时我看她的丰腴，秋天来时我看她的绰约，冬天来时却有幸窥见她的风骨。她在回顾与思考之后，毅然收起了那些过眼繁花，只留下这铮铮

短句明快，加以"矗立、伸出、挺着"等动词，凸现松柏翠竹的遒劲，与衰草败枝形成对比，褒贬鲜明。

松柏之风骨乃傲然于风寒，卓然于寂寞，写山亦是写人。句式工整，表达凝练生动。"筒袖缩脖"一词，画面感强。

阒（qù），寂静空虚的意思。

用排比、拟人的修辞手法，写尽香山之美，又突出冬日香山的风骨。末两句议论升

硬骨与浩浩正气。靠着这骨这气，她会争得来年更好的花、更好的叶，和永远的香气。

　　香山，这个神清气朗的冬日。

华，于深沉的思考中蕴藏激情的赞美。

孙秋备　　点 评 老 师

河南省许昌市襄城县中学语文教研员，河南省教学标兵，河南省多文本阅读实践研究专家组成员。

明月出天山

对比，写出不同的人对月亮有不同的感受，引出下文。

月亮给人的一般印象是温柔、朦胧、美丽，但它也有雄浑、苍凉、悲壮的一面。记得小时候读的第一首写月亮的诗，就是李白的《关山月》，"明月出天山，苍茫云海间"，李白眼中的月亮是苍茫、雄浑、伤感的。

原来月亮之美也是有婉约和豪放之分的。有人花前月下，卿卿我我；有人望月问天，拍遍栏杆。李白不愧为一个伟大的诗人，他第一个将雄伟壮阔的天山和光明浩荡的月亮连接起来，展开了一个宏大的场景，从而也打开了我们心境的另一扇窗户。我喜欢这个意境，这和我的阅历有关。大学一毕业就被发配到西北，那时"文化大革命"动乱还未结束，工作不定，常一个人在黄河边，看月涌大河流，不知人往何处去。

"明月出天山，苍茫云海间"，李白诗歌苍茫、雄浑的意境和作者的心境契合，在生活中带给作者精神鼓舞。

我曾在一首诗里说到，"从来豪气看西北，涛声依旧五千年"。虽然同是一个月亮，但我总觉得西北的月亮比江南的圆，圆得结实、明朗、直爽，不朦胧，不矫情。古来西北多为征战、流放之地，又加上自然条件的辽阔苍茫，人生存之

西北的月就像西北的人一样：结实、明朗、直爽、不矫情。作者对于西北的喜爱之情溢于言表。

艰难，所以在西北看月与在江南不一样。豪放多于婉约，家国情怀多于儿女情长，自有几分悲壮与苍凉。

名句如卢纶的"月黑雁飞高，单于夜遁逃。欲将轻骑逐，大雪满弓刀。"如白居易的"万里清光不可思，添愁益恨绕天涯。谁人陇外久征戍，何处庭前新别离？"戊戌变法六君子谭嗣同曾仗剑游西北，有诗云："我愿将身化明月，照君车马度关河。"林则徐是福建水乡之人，曾是惯看清风明月、渔歌互答的。但他一踏上被发配新疆的漫漫长途就悲从中来，豪气溢胸，眼中的月色也为之一变。他在伊犁过中秋时有诗："雪月天山皎月光，边声惯听唱伊凉。孤村白酒愁无奈，隔院红裙乐未央。"他出嘉峪关时感慨："长城饮马寒宵月，古戍盘雕大漠风。"毛泽东很喜欢这首诗，曾抄写，现还挂在人民大会堂的甘肃厅。就是毛一到西部，其诗也有"长空雁叫霜晨月"式的悲凉。

西北我去过多次，西北月给我留下难以磨灭的印象。20世纪80年代初，石河子还是一片刚开发的绿洲，全市人口平均年龄才二十多岁，充满朝气。我在那里采访并过中秋，月光中的农垦新城像一位熟睡的少女。90年代访伊犁，夜色中庄严的林则徐纪念馆就是一座沐浴着月光的历史丰碑。前几年还去过一次帕米尔高原，群山起伏，

本段大量引用古今名人诗句，来论证西北之月更加苍劲豪迈。

"但……一……就……"，对比写出林则徐到了西北之后，诗的风格就变得豪气、悲壮起来。

"沐浴"一词，形象地写出林则徐纪念馆在月光的映衬下，更

加醒目、耀眼，暗写林
则徐已成为一座精神丰
碑，光照千古。

排比修辞的运用，
传达出作者对西北生活
的怀念之情，更浓烈、
更深沉。

用三个"最"收
尾，抒情笔法，余韵
隽永。

明月朗照，我已分不清这是地上的山还是月亮中的山。

其实月亮还是那个月亮，就是因为它照到了西北，照进了我的心房。不管走到哪里，当我抬头望月时，总会想起西北那雄浑的大漠，那连绵的天山，那一代一代的拓荒者、西北人，还有那里的葡萄、歌舞和馕。

明月出天山，天山的月亮最圆、最纯、最明亮。

李姣田

点 评 老 师

河南省周口市第二十三中语文老师，周口市教学标兵。

霍山红岩松记

青松向为生命力旺盛之标志；岩石则象征意志坚定。所以中国传统文化，无论诗文、书画，多以松石为题表现坚贞高洁。20世纪60年代出版的名著《红岩》，以其塑造的英雄形象及传达的浩然正气，曾影响了几代人。特别是它的封面，红色背景，一崖突起，青松挺立，永远定格在读者的心中。许多年来我一直感叹这艺术的创造力。但是，当六年前我在山西霍山脚下见到这块红色的岩石和石上的青松时，竟惊得合不上嘴，同行的人也都禁不住大喊："原来红岩松在这里！"

这棵树与小说《红岩》的封面如出一模，几无两异，在当地也一直被称为红岩松。松下无一抔黄土，树根就直接扎在悬崖的石缝里。崖高百丈，通体透红，如铁锈，如古铜。这是一处进山的路口，群峰让路为壑，水流奔腾成谷，经年的冲刷洗磨竟在谷口切割出这样一座孤峰绝壁，壁上长松。我们在崖下仰望，白云来去，一柱接天，劲松凌空。待爬到半山，才发现这座红色岩崖三面皆空，只留了一条窄窄的石壁与身后的群峰相连，孤岩青松，如天王托塔镇守着霍山之门。四面杂树环合，山风呼啸。我们小心地沿着壁上的小路，摆渡到红岩之顶，顶不平，错石斜出，如船头昂起，仅可容数人。身后万山如海，绿波滚滚，云雾蒸腾。松立船头，枝穗招展，如巨帆，如大纛，破浪前行。是时夕阳晚照，清风入袖，以手抚松顿生独立天地、视接千载之豪情。

霍山，古人封之为镇山。镇者，镇守、统领、弹压之意也。当年大禹治水之后莽荒初定，洪流甫退，遍野狼藉，逐封山为镇山，以定天下。据《禹贡》注，霍山时为冀州镇山。历代沿革，皇帝祭东、西、南、北、中五镇之山，霍山为中镇。明朱元璋称帝后，又统一钦定五岳、五镇之神共享祭祀。现在这块圣旨碑还立于霍山之门。想来无论是从政治还是地理角度，茫茫大地，江河横溢，烽烟滚滚，唯有以名山为镇，方显治者的权威。

霍山又名太岳山。山西多山，为一南北狭长地形。东有太行，西有吕梁，如两道闪电倏然南下，相遇为峰，是为太岳。这三道屏障围成表里河山，自古为兵家必争之地，不知演出了多少威武雄壮的活剧。往远处说，最著名的当数隋末李世民从太原起兵问鼎长安。行至霍州，久雨粮尽，李渊决定退军。李世民大呼："今兵以义

比喻巧妙，淋漓尽致地表现了作者的惊愕与崇敬之情。

动态描写，景与情相融。奇松遒劲挺拔，处于险恶的环境下，愈发坚毅顽强、震撼人心。

引用"朱元璋统一钦定五岳"的典故，写出了霍山作为中镇的威严。

四字短语，精致凝练。长短句交错使用，从视觉上写出了霍山的磅礴之气。

倏（shū）然，忽然的意思。

引用"李渊父子霍邑之战"典故，写出霍山悠久的历史，这是作者文章五诀中的"典字诀"。

动，进战则必克，退还则必散。众散于前，敌乘
于后，死亡须臾而至。"李渊父子整军再战，大
破隋军，西渡黄河，奠定大唐基业，史称霍邑之
战。至今，霍州境内仍有下马洼、马趵泉等与
之有关的地名，晋祠博物馆存有李世民手书的
《晋祠铭》碑。

从近处看，抗日战争中太岳山左挽吕梁，右
挽太行，巍然抗敌，也是立了大功。1936年，红
军东渡黄河过太岳，1937年8月八路军又在山西
建立指挥部，创建抗日根据地。毛泽东运筹帷幄
于延安，朱德、彭德怀立马太行，陈赓将军则带
领子弟兵神出鬼没，与敌鏖战于太岳。山西是全
国八年敌后抗战的战略支点与主战场。八年间，
我军民的热血洒遍河川，浸透了黄土，染红了山
崖。就是这次来探访红岩松，我们也不忘先去拜
谒山上的烈士墓。这红岩处众山脚下，正当大谷
之口，为万川汇注之地，其鲜红的颜色正是烈士
的鲜血经千渗百滤后凝染在石上。而守霍山之门
的岩上青松，被历史的穿堂风，塑造出遒劲的
腰身，风雨写就了它满脸的沧桑，洗净了每一根
松针。

好一个霍山，好一方红岩，好一株红岩上的
青松，自大禹治水，到抗日大功告成，不愧为历
史烟雨中的航标，苍茫大地上的定海神针。

自从第一次见到红岩松，我就想探究它与小

叙述抗日战争时
期，以毛泽东为首的八
路军，与敌人殊死搏斗
的故事，写出霍山人的
英勇。

"每一根松针"都
被"洗净"，体现了中
华民族迎难而上、刚强
不屈的品质。

三处典故，横贯古
今，或隐喻、或象征，
印证了霍山丰厚的历史
文化底蕴，是中华民族
坚毅顽强的体现。

说《红岩》的关系，当地人坚信那书的封面就是参照了这株红岩古松。我回京后即到出版社去打听，但时日太久，已找不到原书的设计档案。之后又辗转托问多人，还是杳无音信。但这毫不影响红岩松在我心中的魅力，又两次专门带京城的朋友去登山拜松，又托林业医生为它体检治病。我明白，凡天地间的感人之物，总是有一定的道理，何必去追问是人力所为还是浑然天成。

六年后终于写下了这一段文字。

首尾呼应，内容完整，结构严谨，引起读者共鸣。

| 于修影 | 点评老师 |

北京中学语文高级教师，朝阳区语文学科带头人。

石头里有一只会飞的鹰

雕塑家用一块普通的石头雕了一只鹰，栩栩如生，振翅欲飞，观者无不惊叹。问其技，曰：石头里本来就有一只鹰，我只不过将多余的部分去掉，它就飞起来了。

这个回答很有哲理。

原子弹爆炸，是因为原子核里本来就有原子能；植物发芽，是因为种子里本来就有生命。它不爆炸、不发芽，是因为它有一个多余的外壳，我们去掉它，它就实现了它自己的价值。

达尔文本酷爱自然，但父亲一定要他学医，他不遵父命，就成了伟大的生物学家。居里夫人二十四岁时还是一名家庭教师，还差一点儿当了小财主家的儿媳妇。她勇敢地甩掉这些羁绊，远走巴黎，终成一代名人。鲁迅先是选学地质，后又学医，当把这两层都剥去时，一位文学大师就出现了。就是宋徽宗、李后主也不该披那身本来就不属于他们的龙袍，他们在公务中痛苦地挣扎，还算不错，一个画家、词人终于浮出水面。这是历史的悲剧，但却是成才的规律，也

以讲述故事起笔，激发阅读兴趣，独辟蹊径的回答呼应标题，引人深思。

宋徽宗赵佶也是书画家，自创书法"瘦金体"，喜画花鸟。李后主李煜，南唐末代君主，精书法、工绘画、通音律，诗文均有一定造诣，词的成就最高。

是做事的规律。

物各有主，人各其用，顺之则成，逆之则败。佛说，人人都是佛，就看你能不能跳出烦恼。原来每个人都有一堆"烦恼"裹着一个"自我"，而我们却常常东冲西突，南辕北辙，找不到自我。

每当我看杂技演出时，总不由联想一个问题，人体内到底有多少种潜能。同样是人，你看，我们的腰腿硬得像根木棍，而演员却软得像块面团。因为她只要一个"软"字，把那些无用的附加统统去掉，她就是石头里飞出来的一只鹰。但谁又敢说台下的这么多的观众里，当初就没有一个人身软如她？只是没有人发现，自己也没有敢去想。法国作家福楼拜说："你要描写一个动作，就要找到那个唯一的动词；你要描写一种形状，就要找到那个唯一的形容词。"那么，你要知道自己的价值，就要找到那个唯一的"我"。记住，一定是"唯一"，余皆不要。

好画，是因为舍弃了多余的色彩；好歌，是因为舍弃了多余的音符；好文章，是因为舍弃了多余的语言。一个有魅力的人，是因为他超凡脱俗。超脱了什么？常人视之为宝的，他像灰尘一样地轻轻抹去。居里夫人得了诺贝尔奖，她将金质奖章给小女儿在地上玩。爱因斯坦是犹太人的骄傲，以色列开国，想请他当第二任总统，他赶快写信谢绝。他们都去掉了虚荣，舍弃了那些不该干的事，留下了事业，留下了人格。

　　可惜在现实生活中，我们总是算加法比算减法多，总要把一只鹰一层层地裹在石头里。欲孩子成才，就拼命地补课训练，结果孩子心理逆反，成绩反差；想要快发展，就去搞"大跃进"，结果欲速不达；想建设，就去破坏环境，结果生态失衡，反遭报复。何时我们才能学会以减为加，以静制动呢？

　　诸葛亮说"宁静致远"，当你学会自己不干扰自己时，你就成功了。老子说"无为而治"，马克思对共产主义社会的解释是"自由人联合体"，连国家机器也将消亡。当社会能省掉一切可以省掉的东西时，最理想的社会就出现了。

> 用毛泽东、居里夫人、爱因斯坦等名人舍弃名利成就伟大事业的例子，论证了选择"唯一"的价值的巨大作用。

> 运用现实中"欲速不达"的三个案例，层层推进，引出第二次设问，表述学会做减法的时代意义。

> 纵横古今，从个人到国家，强调"以减为加，以静制动"，才能达成自我成功，实现理想社会。

薛丽娜　　　　　点 评 老 师
山西省祁县第四中学语文一级教师。